译文名著精选
YIWEN CLASSICS

大卫·考坡菲（上）

[英] 狄更斯 著　张谷若 译

Charles Dickens

The Personal History of David Copperfield

上海译文出版社

图书在版编目(CIP)数据

大卫·考坡菲(上、下)/(英)狄更斯(Dickens, C.) 著;张谷若译.
—上海:上海译文出版社,2011.5(2024.9 重印)
(译文名著精选)
书名原文:The Personal History of David Copperfield
ISBN 978-7-5327-5358-1

Ⅰ.①大… Ⅱ.①狄… ②张… Ⅲ.①长篇小说—英国—近代 Ⅳ.①I561.44

中国版本图书馆 CIP 数据核字(2011)第 025786 号

Charles Dickens
THE PERSONAL HISTORY OF DAVID COPPERFIELD

大卫·考坡菲(上、下册)
〔英〕狄更斯 著 张谷若 译

上海译文出版社有限公司出版、发行
网址:www.yiwen.com.cn
201101 上海市闵行区号景路 159 弄B座
浙江新华数码印务有限公司印刷

开本 890×1240 1/32 印张 35.25 插页 4 字数 809,000
2011 年 5 月第 1 版 2024 年 9 月第 17 次印刷
印数:49,201-53,200 册

ISBN 978-7-5327-5358-1/I·3106
定价(上、下册):88.00 元

目　录

上　卷

下　卷

译本序

“在所有我写的这些书之中，我最爱的是这一部。……我对于从我的想象中出生的子女，无一不爱……不过，像许多偏爱的父母一样，在我内心的最深处，我有一个最宠爱的孩子。他的名字就叫‘大卫·考坡菲’。”

这是狄更斯自己给《大卫·考坡菲》作的序言里对这部小说所作的评判。

《大卫·考坡菲》确实是在狄更斯的作品中占有极为重要地位的一部小说，它也是长期以来就受到世界文学界和广大读者重视的一部作品。俄国最伟大的小说家托尔斯泰把它列为“深刻的”世界文学名著之一。我国早在清末，著名的古文家和翻译家林琴南就曾以《块肉余生述》为题把它介绍给读者，这部作品遂成为最早传入我国的西欧古典名著之一。后来，这部小说又相继出版过几种不同的中文译本，在我国广为流传。

正像作为父母，总是最偏爱自己最称心的子女，因为他们最能体现父母自己的思想、意志和理想。《大卫·考坡菲》也正是从多方面体现了狄更斯思想和政治主张的杰作。这是一部八十余万言的长篇巨著，人物纷纭，情节错综，内容丰富，其中首要的是通过主人公大卫·考坡菲，塑造了一个具有人道主义、资产阶级民主主义思想的知识分子的正面典型。大卫出身自中产阶级，少孤，早慧，勤奋好学，敏于观察，对朋友诚恳，友爱，对社会底层的人们富于同情。他早岁饱尝艰辛，备受坎坷，但是他披荆斩棘，顽强奋斗，终于功成名就，在事业上和家庭生活上都得到美满的结局。大卫这个人物，集中体现了资产阶级心目中的仁爱、正直、勤奋、进取、务实的精神。作为主角大卫这一形象的衬托和补充，狄更斯还塑造了另一个理想化了的女性人物爱格妮。尽管读者和批评家一般都感到这个人物过于空灵，有失现实之感，但在她身上，还是体现了温柔、聪慧、克己、独立、坚强等许多的优美品质。这两个人物都是狄更斯理想的正面形象。在这两个人物身上，狄更斯寄托了自己的世界观、人生观和伦理道德观点。

紧紧环绕大卫这一中心人物，狄更斯还刻画了形形色色令人喜爱的正面人物。在狄更斯那支带有漫画式夸张性的笔下，这些人物大都有奇特的个性或可笑的习惯，如贝萃·特洛乌小姐的乖张怪僻，狄克先生的疯疯癫癫，米考伯先生和米考伯太太的不擅家计，特莱得的举止失措，格米治太太的怨天尤人，巴奇斯先生的爱财如命等等，但是他们在品格上都有一些共同特点，一些与主人公大卫一脉相通的优良素质，这就是心地善良、正直、嫉恶如仇、见义勇为。即使大卫母亲懦弱无能，姑息养奸，维克菲先生借酒浇愁，累及亲友，小爱弥丽图慕虚荣，以至失足，但他们的性格中也都有令人同情和爱怜的一面。《大卫·考坡菲》这部作品之所以至今仍对我们发生巨大的魅力，原因之一就是它给读者提供了很多栩栩如生的正面人物。

这部小说中的人物，还有一个特点，就是社会底层的人物形象（如坡勾提兄妹、汉等）纯朴感人。狄更斯在刻画特洛乌小姐、米考伯夫妇、特莱得等人的时候，往往带有英国式的幽默笔法。狄更斯疼爱他们，同情他们，但也讥讽和嘲笑他们的缺点，仿佛是在向这些亲密的好友进行善意但又尖锐的告诫和规劝。而狄更斯在提到坡勾提先生的时候，则是敛容正色，满怀尊敬。狄更斯更突出地赋予这一人物舍己为人的品质。在小说接近尾声的部分，作家通过大卫之口这样说："如果说，我平生爱慕过、敬重过任何人，那我从心眼儿里爱慕、敬重的就是那个人。"狄更斯是最早开始使社会底层人民作为主要人物和正面人物跨入小说领域的古典作家之一，恩格斯因此而早就将他誉之为"时代的旗帜"。狄更斯是一个社会改良主义者，不主张积极的阶级斗争，因此，他在小说中，主要表现底层人民纯朴、诚恳、善良、正直的品质，但在恶势力面前，他们却只有容忍，退让，毫无反抗。因此，爱弥丽随史朵夫私奔之后，狄更斯才会让坡勾提先生亲至史朵夫府上为爱弥丽乞求史朵夫老太太的正式承认。在疾风暴雨的海上，汉和史朵夫双双殒命的一景，则更加耐人寻味。照故事情节的发展来看，照汉几次向海上张望的神色推测，他在失掉心爱的爱弥丽之后如果再与史朵夫狭路相逢，很可能要以你死我活的搏斗进行复仇。但这又与狄更斯向来所提倡的以德报怨式的博爱主义大相径庭。这一结局究竟应该如何处理？狄更斯的安排确乎出人意料：他们同时被狂涛巨浪吞没，他们的冤仇也就这样以不了而了之。单纯从艺术效果上来看，这一幕可谓韵味无穷，富有悲壮之美；但从其思想内容方面观察，我们虽不便贸然断定狄更斯曾有意识地寓以多么深刻的意义，但它至少也有意无意地反映了作家的世界观。他曾大声疾呼："人们应该作为良好的公民而融洽地生活在一起。"既然主张"融洽地生活在一起"，那么，在必死的时候，让汉和史朵夫不知不觉、心无怀恨地死在一起，也就丝毫不足为怪了。

这部小说反面人物的数量不多，但从其思想上以至艺术上所达到的深度来看，与前述正面人物相比却毫无逊色。贪婪阴冷的枚得孙姐弟，卑鄙狡诈的希坡母子，残忍自私的史朵夫一家，在外形和心理上都各具特点，他们的所作所为令人切齿，令人作呕，令人愤慨，狄更斯通过对这些人物的描写刻画，暴露和鞭挞了社会的丑恶现象。

史朵夫这个有钱有势的资产者固然资质聪慧、风流俊雅，但在其美丽的外表之下所掩盖的，却是一个自私、虚伪、傲慢、任性的丑恶灵魂。与大卫相比，他同样具有才华，受过更完好的学校教育，但他习惯于在社会上享乐、寄生，从未考虑到为社会尽职，因此他凭借家势、财产，终日悠游嬉戏，滥用精力，结果既害了别人，又害了自己。主人公大卫出于友情至上，眷念他这个总角之交，这个他"从童年时代起就信任和崇拜"的人物，对他的毁灭深切哀痛和惋惜，把他作恶的根源单纯归咎于自幼缺乏严父的训饬，耽于母亲的溺爱，这反映了作家本人世界观的弱点和阶级的局限。但狄更斯毕竟是一个忠实而又严肃的现实主义作家。他在塑造这一人物时，通过字里行间的细致描写，在客观上仍然对这个人物作了相当深刻的揭露和批判。我们今天在研究作家本人对这一人物的态度时，不应与研究书中大卫对这一人物的态度全然混为一谈。

《大卫·考坡菲》中形形色色的人物，包括主人公大卫在内，除在个别情节和场景之外，大多是在平凡的日常生活中开展活动的，也就是说，作家笔触所及，大体无非是他们的日常起居、求学谋生、交友恋爱、游历著述，这些都是人物个人命运上的兴衰否泰、悲欢离合。这部小说没有安排更多惊心动魄的场面和轰轰烈烈的英雄业绩。开卷读来，令人仿佛是在欣赏一幅清新恬淡的风俗画卷——十九世纪英国维多利亚时代社会生活的巨幅风俗画卷。但狄更斯所述，并非一部分资产阶级批评家和欣赏家所谓供人消愁解闷的材料。狄更斯是一个思想倾向很强的作家，他所叙述的每一个故事，都是有所为而述。狄更斯通过这些故事，触及了当时存在的很多重大社会问题和政治问题，诸如腐朽落后的教育制度和司法制度，贫富之间的尖锐矛盾和不平等，劳苦人民(包括童工)的悲惨处境、财产所引起的婚姻问题，妇女问题，失业问题等等。在这部作品中，狄更斯提出了上述一系列问题，而且就某些问题明确表达了他的改良主义的社会理想和政治主张。

大卫两度离家求学，反映了两种截然不同的教育状况和教育制度。大卫第一次求学所在的撒伦学舍，是当时英国学校教育之一斑。在这里，投机商人以盈利为目的而紧操培育人才之大权，摧残青少年的身心是他们最大的快事。这里贫富之间等级森严，管理手段残酷野蛮，简直是社会的缩影。天才的作家给校长配上一副沙哑的嗓子，给他的助手安上一只木制的假腿，绘声绘色地传达了他们的劣迹恶行。从而暴露和鞭挞了当时英国腐朽落后的教育制度。与撒伦学舍的环境气氛恰成对照的是斯特朗博士的学校。这里的办校人斯特朗博士，是道德和智慧的化身，他天性温文宽厚，治学孜孜不倦，教学循循善诱，在各方面都无愧为人师表。狄更斯在他身上寄托了自己的社会理想。狄更斯一贯积极主张改革教育，提倡通过普及教育改造社会。他的很多作品都涉及教育问题。在本书，有关教育问题，也不仅限于对这两种学校的描写。大卫在成年自立之后，几度回顾撒伦学舍，每次都是对以其为代表的腐朽教育制度的再次鞭挞；枚得孙姐弟对童年大卫的虐待，主旨固然在于财产的纠葛,但同时这一对姐弟，也与撒伦学舍的克里克、屯盖一样，都是当时那种野蛮教育制度和方法的忠实执行者。

小说中关于博士公堂和众议院的章节，虽然在这样一部长篇巨著中笔墨甚微，但也约略触及当时英国司法和政治制度的一些症结。这些都是较为重大的社会题材。关于这两方面，狄更斯在《尼古拉斯·尼克尔贝》、《荒凉山庄》等其他作品中，都有更加集中和深刻的反映。

狄更斯是一个小资产阶级知识分子出身的作家，他作品中的人物和事件，往往轻重不同地渲染了作家本阶级的色彩。小说中童年大卫那种田园风味的家庭生活，如醉如痴的恋爱与婚姻故事，充满了脉脉温情与纤纤感伤。如果从其社会意义和思想意义的角度衡量，这些描写未免有拖沓繁冗之嫌，但狄更斯是一个关心社会生活和人类命运的作家，他的笔触所及，均关涉到一定的哲理和主张，并不一定都是为了单纯描写人情或追求艺术效果。

大卫童年与母亲和坡勾提朝夕共处的日子，弥漫着多么安谧、和谐的气氛，唤起人们对于美好童年生活的回忆，对于人与人之间诚挚无私的情爱的憧憬。这样一些令人珍惜的场景，又与枚得孙姐弟所带来的阴冷和骚乱形成了多么强烈的对比！

大卫和朵萝的悲欢离合，也不仅仅是一曲细腻哀艳的悼亡悲歌。大卫与朵萝一见钟情，两相爱悦，私订终身，经历曲折，终成眷属，最后朵萝因病亡而与大卫永诀，笔触委婉动人，固然表达了真诚相爱，不为金钱、地位所左右的感情之可贵，但他们那迤逦曲折的恋爱过程，也反映了一切都以金钱、财产为基础的社会中男女青年的不幸；而大卫与朵萝婚后的生活，实际上是一出青年男女由于单纯感官上的爱悦而结合、彼此缺乏更深刻的理解所造成的家庭悲剧。大卫与朵萝曾几经龃龉，令人不禁设想：如果朵萝未在如花似玉的年华早凋，他们的家务和夫妻关系会出现何等结局？作家以大卫最终与爱格妮幸福结合的故事，否定了以盲目爱情为基础的结合。在小说中狄更斯一再重复的一句爱情和婚姻的箴言是："夫妻之间，最大的悬殊，莫过于性情不合，目的不同。"

在这部作品里，狄更斯写了很多组爱情和婚姻的故事，与大卫和爱格妮的故事同属一类而又起呼应作用的，还有特莱得与苏菲的故事、斯特朗博士与安妮的故事，而与这类故事对照的，则有贝莘·特洛乌小姐、大卫母亲、爱弥丽等人的爱情、婚姻悲剧，而引起这些悲剧的根本之源，都在于金钱、财产以及阶级的差异。

如前所述，在《大卫·考坡菲》这部长篇巨著中，包罗的思想内容十分丰富，反映了当时多方面的社会生活。但狄更斯所选择的题材，除少数例外者，又都是平凡的日常生活和人物的个人际遇。这与狄更斯其他一些重要作品(如《艰难时世》、《荒凉山庄》、《马丁·瞿述伟》、《双城记》等)有所不同。他在小说中提出的很多社会问题，最后都以大团圆的方式一一得到解决，即使在英国本土无法解决，他也想方设法把它们移植到海外去解决。因此穷困潦倒半世的米考伯先生终于得以施展雄才,受到沉重打击的坡勾提先生一家到底旗鼓重整。就连卑微寒碜的麦尔先生、不可接触的玛莎，也都找到了令人宽慰的归宿。狄更斯之所以把很多问题移到海外去解决，也恰恰从另一角度证明，这些问题在当时英国社会制度下根本无法解决。

一个家庭中最受偏爱的孩子，往往又是在外貌和性格上最像父母的孩子。《大卫·考坡菲》之所以最受狄更斯的喜爱，也是由于这部作品中的许多人物和故事，最接近作家本人的生活经历。这部小说最初是在狄更斯的好友，著名的狄更斯传记作者福斯特(J. Foster)倡议下，采用第一人称写作的。有人说，这是一部大部分写狄更斯自己经历的书，是一部以他自己的心血写成的书。因此，一般公认这是一部在相当大的程度上带有作家自传性质的小说。

小说主人公大卫的性格特征及生活经历，大都是狄更斯本人的性格特征和生活经历。甚至大卫那清俊秀丽的外貌，也都脱胎于狄更斯本人。狄更斯出身于海军军饷局一个小职员的家庭，虽然父母健在，但由于家计窘迫，双亲对他的教育和前途极为疏忽，所以狄更斯童年在家中孤寂的情况，实在并不亚于孤儿大卫。于是狄更斯自然而然把自己活动的天地转向家中久被遗忘的贮藏室里的书堆中——就像童年大卫一样。狄更斯的父亲由于负债入狱，狄更斯不得不在十二岁就独立谋生，像大卫在枚·格货栈那样去当童工。随后也像大卫一样，在律师事务所做学徒，学习速记；当记者，采访议会辩论……小说中有的段落，几乎是作家全部从自传中移植而来。但是带有自传性质的小说并不等于就是自传。这正如《红楼梦》不就是曹雪芹的家史，保尔·柯察金也不就是奥斯特洛夫斯基本人一样。小说中的大卫，虽有很多方面酷似狄更斯，但也有很多不同之处。大卫是个遗腹子，母亲随后又去世，而狄更斯的父母，则在狄更斯成年，以至成名之后，尚双双健在。而狄更斯的父亲，倒是在出生的当年就失去自己的父亲，后来由母亲一手抚养成人。

大卫那位与之伴随始终的老看妈坡勾提，仁慈、勤劳、笃实，是一个十分动人的形象。狄更斯恰有一位像坡勾提一样仁慈、勤劳、笃实的祖母，她是女佣出身，曾做过三十多年管家。这位老妇人还十分善于讲故事。由此我们也许更易理解，狄更斯为什么能将大卫那亲爱的老坡勾提描写得如此动人。

米考伯夫妇也是一对成功的典型。他们在贫穷和债务的苦海中载浮载沉，几经没顶，身世悲惨而又滑稽。狄更斯塑造这一对人物的时候，充分发挥了他的幽默天才。但他的幽默，并不含有嘲弄。他同情他们的遭遇，但又对他们的弱点加以温厚的讽刺。狄更斯正像大卫一样，对他们始终怀有深厚的感情。事实上，这一对患难夫妇的背景和身世，恰恰脱胎于狄更斯的双亲。狄更斯的父亲约翰·狄更斯是个受过完好教育的贫苦小职员，狄更斯的母亲伊丽莎白·巴罗则出身自较高的门第。他们的婚姻，并未得到女方家长认可。因此，狄更斯的家庭与狄更斯外祖父的家庭之间，长期存有芥蒂，这正如米考伯夫妇出国远走时都未得到米考伯太太娘家的谅解是一样的情形。

书中还有一些重要人物，如朵萝，在外形与性格上，都颇类狄更斯初恋的对象；而甜美、贤慧的爱格妮，则正像狄更斯的两个妻妹玛丽(Mary)和昭之娜·霍格思(Georgina Hogarth)。她们曾先后住在狄更斯夫妇家里，帮助他们理家育子。玛丽还是十七岁的妙龄少女时，就因病夭折，狄更斯为此深为悲痛，并终生悼念她。狄更斯正是由此体验到亲人亡故的悲哀，并写出朵萝病逝时大卫的心情。

我们在这里将书中人物与狄更斯生平交游逐一对比，是试图说明《大卫·考坡菲》一书的人物，虽如作家所说，都是“从我的想象中出生的子女”，但皆非出于作家的凭空臆造，而是多有所本。当然，我们也并非在这里提倡作家塑造形象时，只能写自己本人或自己的亲故至交。狄更斯创作《大卫·考坡菲》一书中的许多人物的成功经验只不过向我们证明，作家进行艺术创作的时候，应该写他最熟悉的东西，写他在思想上和感情上留下印象最深刻的东西。也只有这样写出的东西，才能真切、自然、打动读者，而不流于呆板、牵强。当然，作家在进行创作中，又要把自己在现实生活中体验最深的材料加以加工、组合，而不能原样照搬。这就是艺术来源于生活而又高于生活的道理。正是基于这一道理，《大卫·考坡菲》一书中的许多成功的人物才使我们感到，“虽然他们未必都是真的，但却都是活灵活现的。”狄更斯在给他这一作品写的序言里还说，“决没有人读这部记叙的时候，能比我写它的时候，更相信其中都是真情实况。”这里所说的真情实况，就是艺术的真实、由现实主义创作方法体现出来的真实。努力把握这种意义上的真实，这是一切伟大现实主义作家成功的秘诀。

《大卫·考坡菲》既是一部反映社会生活广阔图景的巨著，为这一内容所需，狄更斯为小说的构思，也颇费了一番匠心。

从结构看，大卫的故事，无疑是全书的主干。但据粗略的统计，小说中直写这一故事的篇章，不过仅占全部篇幅的不到二分之一。随着主干故事的开展，陆续出现了以其他人物为中心而开展的故事。它们都是由主干故事繁衍敷陈而来的旁枝侧杈，其中粗细不等，长短各异。它们都与主干故事有直接或间接的关系，但又都各有其相对的独立性，有其各自的社会内容。这些故事虽都随主干故事的开展而逐一出现并逐渐开展，但它们并非一些机械地首尾相接的故事“串联”，而是错综复杂地交织在一起，相互勾联，构成一部结构相当严密的作品。这正像一棵大树上相互交接的枝枝叶叶，形成一顶浑然完好的葱郁树冠。

如果以对近代长篇小说的一般概念去衡量，我们或许会感到这部小说结构尚欠紧凑，也难得从其首尾觅得最主要的高潮和低潮。但是我们从逐一分析各个故事入手，也就不难发现，这部小说也并非平静无浪的一池春水。主人公大卫一生否泰交替，悲喜互依，构成结构上的起伏多变。围绕主要故事开展的其他故事，也都疏密相间，各具张弛。这些由主要和次要故事组成的高潮和低潮，回旋跌宕，互相推动，读之令人时悲时喜，时惊时叹，啼笑不能自已。因此，这部小说虽然看来不如单纯以围绕主要人物开展单一情节的小说那样紧凑，但却同样引人入胜，给读者以高度的艺术享受。

长篇小说，自来大致分为两类：一类以刻画人物为主，一类以构思情节见长。一般认为以前者为特点的小说，更富有文学性，因而也更富有生命力。实际上，艺术效果最好的作品，则往往为人物塑造及情节构思俱佳者，即人物性格能随情节发展而发展和深化，故事情节能紧紧围绕人物性格发展而开展者。狄更斯的作品，如早期的《匹克威克外传》，就着重在刻画人物而情节比较散漫。以后随着作家在艺术上逐渐成熟，其作品则在性格刻画和结构安排上日臻完善。特别是其后期的作品如《双城记》，可谓人物性格和结构安排上都达到了比较完美的境地。《大卫·考坡菲》则是狄更斯创作中期的作品，这部小说，恰恰反映了狄更斯小说创作由早期逐渐走上成熟时期这个过渡阶段的特点。

这部小说之所以如此结构，固然与狄更斯创作经验的积累和现实主义深化有关，但同时也应看到，这也是狄更斯创作时的具体环境所决定的。狄更斯是一个靠艰苦奋斗白手起家的职业作家，即便在成名之后，他仍然需要以紧张的创作和工作来维持其个人和家庭的大量开支。他从开始创作起，常常是两部小说同时进行，按时定期分章分节在不同的杂志上陆续发表。在这种情况下，他就更需要精心设计和安排情节，以便保证全部作品顺利发表。由此我们也可以想见，狄更斯从一八三五年开始创作到一八七〇年逝世，在这三十五年创作活动中，曾经付出多么紧张而又艰苦的劳动。实际生活中的作家狄更斯与小说中的作家大卫相比，真不知前者要比后者勤奋多少倍！

狄更斯不仅是一位善于塑造人物和构思情节的大家，而且也是一位善于驾驭语言的大家。这部小说的语言，明快流畅，这正是狄更斯语言的总特点；但与此同时，它又兼有多种语言风格：细腻的叙述，娓娓动人，回旋不绝；不同人物的对话，真切自然，恰合各个人物的身份、教养和性格，抒情遣怀、旖旎哀婉；运用方言土语更增添了作品的质朴亲切之感；描写自然景物丰富多变，有时是那样恬静平和，有时又是那样磅礴雄伟……

狄更斯驾驭语言的能力，一方面要归功于他的天赋，另一方面也要归功于他深入实际生活和从事紧张采访写作工作所得到的锻炼。他在回忆采访议会辩论的情景时曾提到，因为坐着记录那些冗长的发言，他磨破了双膝盖；因为站着记录那些发言，站木了两腿。

如果说勤奋、进取、务实是大卫·考坡菲的一些主要性格特征，那么勤奋、进取、务实也是狄更斯这位伟大小说家的一些主要特征。他就是靠孜孜不倦而得以发挥其天赋的艺术才能；他就是靠艰苦奋斗和不断深入生活而取得艺术上的杰出成就。

张　玲

作者序

我在本书的原序里曾说过：本书脱稿之始，我正非常激动，因此，我看出来，想和本书保持应有的距离，以写这个正式绪论似所必需的平静，来把本书一谈，并非易事。我对本书的兴趣，时间至近，情绪极高；我对它的心情，半属愉快，半属惆怅——愉快的是，这样长的腹稿，终于竣工完成，惆怅的是，这样多的伴侣，竟要分手离去——因此，我有以心腹之言、隐微之感，使读者发生厌倦之虞。

不但如此。对于这个故事，凡是我能说的任何有关之言，我都尽我所能在故事里说了。

如果告诉读者说，运用了两年的想象活动，终于在两年之末要把笔放下，都怎样使人感到难过；或者说，一个作家，由脑子里想象出来一群人物，一旦全要永远和他告别，都怎样使他觉得就像把自己的一体发落到影影绰绰、邈邈冥冥的国度里一样：那也许都不会使读者怎么关心。然而，我却又别无其他可以奉告，除非，说实在的，要我坦白承认，说决没有人读这部记叙的时候，能比我写它的时候，更相信其中都是真情实况。不过这个话也许更无关宏旨。

所有这些坦白之言，现在看来，都绝不容置疑，因此，我对读者，只再说一句肺腑之言就够了：在所有我写的这些书之中，我最爱的是这一部。如果我说，我对于从我的想象中出生的子女，无一不爱；如果我说，决没有别的人，爱这一家子女，能像我爱他们那样：那都不难使人相信。不过，像许多偏爱的父母一样，在我内心的最深处，我有一个最宠爱的孩子。他的名字就叫《大卫·考坡菲》。

上　卷

第一章
呱呱坠地

在记叙我的平生这部书里，说来说去，我自己是主人公呢，还是扮那个角色的另有其人呢，开卷读来，一定可见分晓。为的要从我一生的开始，来开始我一生的记叙，我就下笔写道：我生在一个星期五夜里十二点钟。别人这样告诉我，我自己也这样相信。据说那一会儿，当当的钟声，和呱呱的啼声，恰好同时并作。

收生的护士和左邻右舍的几位女圣人（她们还没法儿和我亲身结识以前好几个月，就对我发生了强烈的兴趣了），看到我生在那样一个日子和那样一个时辰[①]，就煞有介事地喧嚷开了，说我这个人，第一，命中注定要事事倒霉；第二，赋有异禀能看见鬼神。她们相信，凡是不幸生在星期五深更半夜的孩子，不论是姑娘还是小子，都不可避免地要具有这两种天赋。

关于第一点，我无需在这儿多说什么。因为那句预言，结果是其应如响呢，还是一点也没应验呢，没有比我这部传记能表得更明白的了。至于她们提的那第二点，我只想说，我这份从胎里带来的“家当”，如果不是我在襁褓之中还不记事的时候就都叫我挥霍完了，那顶到现在，它还没轮到我的名下呢。不过这份“家当”，虽然一直地没能到我手里，我却丝毫没有抱怨的意思，不但如此，万一另有人现在正享受着这份财富，我还热烈地欢迎他好好地把它守住了呢。

我出生的时候，带有头膜[②]；这个头膜，曾在报上登过广告，要以十五几尼[③]的廉价出售。当时航海的人，囊中缺乏金钱，买不起这件东西呢，还是心中缺乏信念，情愿要软木作的救生衣呢，我不得而知。我只知道，应征出价的，只有孤零零的一个人，还是个和经纪期票[④]有关的代讼师。他只出两镑现钱，下剩的买价，全用雪里酒准折[⑤]。比他这个条件再多要求一点，那就连对他担保，说这件东西准能使他免遭溺死之祸，他也都不接受。这样一来，我们只好完全干赔广告费，把广告撤回；因为，说到雪里，我那可怜、亲爱的母亲自己也有这种酒正在市上求售呢。十年以后，这个头膜，在我的家乡那一块儿，用抓彩的方式[⑥]出脱了：抓彩的一共五十个人，每人出半克朗[⑦]，得彩的出五先令。抓彩的时候，我也在场。我现在记得，我当时看着我自己身上的一部分，用这种方式出脱了，觉得很不得劲儿，心里不知道怎么着才好。我还记得，抓着了那个头膜的是一个老太太。她提着个小篮子，万般无奈的样子从篮子里掏出了那规定好了的五先令，都是半便士的零钱，还少给了两便士半，因为费了很大的工夫和很大的劲儿，算给她听，说她的钱不够数，她到底还是没明白。她倒是果真并没淹死，而是活到九十二岁的高龄，洋洋得意寿终正寝的。这件事，在我们那一带，都认为了不起，过了许多年还都不忘。据我的了解，这个老太太，一直到死的时候，老是骄傲地自夸，说她这一辈子，除了过桥，就从来没打水上面走过；并且，她一直到死，喝着茶的时候(她极爱喝茶)，老气忿忿地说那些航海一类的人，不怕上帝见罪，竟敢大胆，像野马一样，绕世界“乱跑”一气。你跟她说，有些日常离不开的东西，茶也许得包括在内，都是这些她认为乱跑一气的人跑出来的，她却不论怎么也不能懂。她老是用“咱们不要乱跑”这句话回答你，回答的时候，还永远是斩钉截铁的口气，永远是自以为是、理直气壮的样子。

---

① 英国民间习俗，认为小孩出生的日子，关系到他一生的贵贱穷达，孩子的生辰亦然。通常以为，大清早出世的小孩最有长命的希望。有的地方，则认为在另一些一定时间内坠地的小孩，必定特别聪明，能看见鬼神的出没。

② 胎膜是缘子宫内长的一层坚韧纤维薄膜，头膜是胎膜的一部分，为有的婴儿生时所带(北京叫戴“白帽子”，主不吉祥)。英国民俗认为，头膜是吉祥之物，能使人免灾难，尤其能使人免遭淹死。当时报上常刊登广告，出卖头膜，1779 年在伦敦《晨邮报》上曾有卖头膜的广告，索价 20 几尼。所以这儿说 15 几尼是廉价。

③ 英国旧币，1 几尼为 21 先令(一镑是 20 先令)。几尼本为金币，始造于 17 世纪，1813 年后停铸，而以金镑代替，但仍用作计算单位。

④ 期票可以买卖，可以贴水，有人专做这一行的经纪。

⑤ 雪里酒出自西班牙，在英国为进口货，较名贵而极流行，故在市场上为投机对象。同时，雪里酒有数种，高下不同，且有名雪里而实非雪里者，故用它准折，较易蒙蔽。

⑥ 这种抓彩，是英国常用的办法，乡间更流行。

⑦ 英国旧币制，1 克朗等于 5 先令。这里是说，得彩的人，出两份钱。

现在，我自己也不要像野马一样“乱”说一气了，还是言归正传，接着说我怎样出生好啦。

我生在萨福克郡的布伦得屯①，或者像在苏格兰的说法，生在布伦得屯“那方近左右”。我是个背生儿。我睁开眼睛看见天日的时候，我父亲已经闭上眼睛不见天日，有六个月了。我自己的父亲，竟会没看见我，即便现在，我一想起来，都起一种怪异之感。我父亲在教堂墓地里的白色墓碑，在我那刚刚懂事的幼小心灵里，引起了种种联想；我们那个小起坐间，炉火熊熊，烛光煌煌，而我们家里所有的门却都又拴着，又锁着，把我父亲的坟，凄凉孤寂地屏在外面一片昏瞑的寒夜里（我有时觉得，那简直地是残酷），这种情况，在我那幼小的心灵里，也引起了一种难以名状的怜悯之情：这种种联想和这种怜悯之情，我现在模模糊糊地回忆起来，尤其起一种怪异之感。

我父亲有一个姨母，那自然就是我的姨婆了（关于她，我一会儿还有许多的话要说），她是我们亲友中间特殊的大人物。她叫特洛乌小姐，我母亲却老叫她是贝萃小姐，不过那只是我那可怜的母亲，对于这位凛然不可犯的人物，克服了畏惧之心而敢提起她来（那种时候并不常有），才那样叫她。我这位姨婆，当年嫁了个丈夫，既比她年轻，又生得很美，但是他却决不是“美之为美在于美行”②这句家常古训里所说的那样。因为大家都深深地疑心，认为他打过贝萃小姐，甚而还认为有一次，因为日用问题争吵起来，他竟作了一了百断的安排，行动虽然匆遽，态度却很坚决，要把贝萃小姐从三层楼的窗户那儿，扔到楼底下去。显而易见，他们两个脾气不投；所以贝萃小姐，没有法子，只得给了他一笔钱，算是双方同意，两下里分居③。他带着我姨婆给他的这笔

---

① 布伦得屯略以布伦狄斯屯为蓝本，该地在萨福克郡，离伦敦北面约50英里，狄更斯于1848年到过那里，他头一回是在指路牌上看到这个村子的名字，引起了他的注意，因而在他正计划中的小说里采用了。

② 1580年就有同样意义的格言见于记载，已称为古训。现在这种说法，始见于1670年。

③ 英国法律，分居为停止夫妻同居关系，但并非离婚。分居可由双方同意，可由法庭强制。这儿指前者。

钱，到印度去了。据我们家里一种荒乎其唐的传闻，说在印度，有一次有人看见他和一个马猴，一块儿骑在大象身上。不过，据我想，和他一块儿骑在大象身上的，决不会是马猴，而一定是公侯之类，再不就是母后什么的①。反正不管怎么说吧，他走了不到十年，消息就从印度传来；说他这个人不在了。我姨婆听见了这个消息，心里是什么滋味，没有人知道。因为他们两个分居以后，她跟着就又姓了她作姑娘那时候的姓②，在远处海边上一个小村子里买了一所小房儿，用着一个女仆，以独身妇女的身份，立门户过起日子来，从那时以后，据大家的了解，完全隔绝人世，坚定不移地不问外事。

我相信，我父亲曾有一个时期，是她最喜欢的人，但是我父亲一结婚，却把她给得罪苦了。原来她不赞成我母亲，说我母亲是个“蜡油冻的娃娃”。她从来没见过我母亲，不过她却知道我母亲还不到二十岁。我父亲和贝萃小姐生分了以后，就和她没再见面儿。我父亲和我母亲结婚的时候，我父亲的岁数比我母亲大一倍。我父亲的身子骨又不很壮实。结了婚一年，他就去世了，他去世以后六个月，我才出世的，像我刚才说的那样。

在那个多事而重要的星期五下午——如果我可以冒昧地这样说的话——情况就是这样。因此，我当然决不能硬说，我对于那个时候的情况，早就已经知道了。也决不能硬说，我对于后面发生的事情，是根据我自己亲身的见闻而追忆的。

那天下午，我母亲正坐在壁炉的前面，身体怯弱，精神萎靡，两眼含泪看着炉火，对于自己，对于那个她还没见面儿的无父孤儿，都抱着前途极为暗淡的心情，那个孤儿，虽然还没和任何人见面，而他家里的人，却凭预见先知，早就在楼上的抽屉里给他预备下好几罗别针了③，

---

① “马猴”，原文 baboon，通常译作“狒狒”；“公侯”原文 baboo，为印度人的尊敬称呼；“母后”原文 begum，用以称呼印度的后或公主。原文这几个字以音近而误传，译文改用“马猴”、“公侯”、“母后”，以求双关。

② 英人习惯，妇女离婚后，多仍用原夫之姓，贝萃则不然，故特地表出。

③ 别针儿用来给小孩别尿布等等。1 罗为 12 打；好几罗，当然是夸大的说法。

迎接他到这个对于他的莅临丝毫不感兴奋的世界上来。我刚才说，在那个三月的下午，天气晴朗，春风料峭，我母亲坐在壁炉前面，满心忡怔，满怀凄恻，不知道自己在这场就要临头的大难里，能否挣扎得过来，她正这样疑虑惶惑的时候，因为对着窗户抬起头来擦眼泪，忽然看见，有一个她不认识的女客，往庭园里走来。

我母亲把那位女客又看了一眼，就一下断定，那位女客准是贝萃小姐。那时候，正斜阳满院，漫过园篱，射到来客身上，把她的全身都映得通红。她那时正往屋门那儿走去，只见她那样凌厉硬直地把腰板挺着，那样安详镇静地把脸绷着，决不会叫人错疑惑到别人身上去。

她走到房前的时候，表现了另一种特点，叫人断定一定是她。原来我父亲时常透露，说我姨婆这个人，做起事来，很少有和普通的规矩人一样的时候，所以现在，她本来应该去拉门铃，但是她却没那样做，而跑到我母亲对着的窗户那儿，把鼻子尖儿使劲贴在玻璃上，往屋里瞧，据我那可怜的母亲后来说，把鼻子一下都完全挤扁了、挤白了。

她来这一趟，可真把我母亲吓得不轻，所以我永远深信不疑，我所以生在星期五那天，完全得归功于贝萃小姐。

我母亲见了我姨婆，心慌意乱，离开椅子，躲到椅子后面的旮旯那儿去了。贝萃小姐就带着探询的神气，慢条斯理地往屋子里面瞧。她先从屋子的一头儿瞧起，把眼睛一点一点地挪动，像荷兰钟上撒拉孙人[①]的脑袋那样，一直瞧到她的眼光落到我母亲身上。她瞧见了我母亲，就像一个惯于支使别人的人那样，对我母亲皱了一下眉头，打了一个手势，叫我母亲去开门。我母亲去把门开开了。

“我看你就是大卫·考坡菲太太吧？”贝萃小姐说；她把“看”字

① 荷兰钟，狄更斯时英国常见，其钟摆和重锤都以链联，重锤与钟摆同动，到尽头再拉回，代替上弦。撒拉孙人是十字军时期的阿拉伯人或伊斯兰教徒。其人的名字和形象，后在英国常用作店名或招牌。钟上的撒拉孙人，则是钟顶装饰这种人的形象，眼睛和机器相连，随钟摆一点一点地前移。

栖鸦庐的来客

加强，大概是因为她看到我母亲身上穿着孝[①]，而且还有特殊的情况。

“不错，是，”我母亲有气无力地说。

“有一个特洛乌小姐，”这位客人说，“我想你听说过吧？”

我母亲说，她很荣幸，久已闻到那个大名。不过她当时却有一种很不得劲儿的感觉，因为她虽然说荣幸，却没能透露出不胜荣幸的意思来。

“那个人现在就在你眼前，”贝莩小姐说。我母亲听了这个话，就把头一低，请她到家里坐。

她们进了我母亲刚待的那个起坐间，因为我们家过道那一面那个最好的房间里并没生火——实在说起来，自从我父亲殡了以后，就没再生过火。她们两个都落座以后，贝莩小姐还没开口，我母亲先忍了又忍，后来还是没忍得住，就哭出来了。

“别价，别价！”贝莩小姐急忙说。“别这样！听话！”

但是我母亲还是止不住悲痛，因此她就一直哭下去，到哭够了的时候才罢。

“我的孩子，你把帽子摘下来[②]，”贝莩小姐说，“我好瞧瞧你。”

这种要求，本来很古怪，但是我母亲却怕贝莩小姐怕极了，即便有心想不听她的话，也不敢真那样做。因此她就把帽子摘了，摘的时候，因为手哆嗦，把头发都弄乱了(她的头发多而且美)，披散在面前。

“哟，我的乖乖！”贝莩小姐喊着说。“你简直地还是个娃娃呀！”

毫无疑问，我母亲即便就岁数而论，本来就异乎寻常地年轻，但是看她的样子，却还要更年轻。她一面把头低着，好像年轻是她的罪过似的(可怜的人)，一面呜咽着说，她恐怕她还是个孩子，就做了寡妇了；她要是活得出来，那她也只能还是个孩子，就做了母亲了。跟着她们两

---

① 英美风俗，妇女为故去的近亲属(如丈夫)持服 2 年，第 1 年带重孝，第 2 年带轻孝。带重孝时，衣服都是黑色，还有白色的宽袖头，黑纱面幕等。带轻孝则穿灰、紫等有色衣服。

② 这是因为大卫的母亲当时戴着“寡妇帽”(这种帽子是孝服的一部分)，附有面幕，把脸遮住了一部分。参看本书第 17 章描写希坡太太给她丈夫持服那一段。

个都一时默默无言。在这个短短的静默时间里，我母亲有一种想法，觉得好像贝萃小姐用手摸她的头发似的，并且还是轻轻地、慢慢地摸的。她心虚胆怯地希望这是真事，就抬起头来看贝萃小姐，但是那时候，却只看见贝萃小姐坐在那儿，衣服的下摆掖了起来；两只手交叉着抱在一个膝盖上，两只脚跷着放在炉栏上，两只眼瞧着炉火直皱眉头。

"我的老天爷，"贝萃小姐突然说，"为什么叫起'栖鸦庐'[①]来啦哪？"

"你说的是这所房子吗，姨妈？"我母亲说。

"为什么偏叫'栖鸦庐'哪？"贝萃小姐说。"叫'饲鸭庐'岂不更合过日子的道理？这是说，如果你们两个里面，不论哪一个，有稍微懂得一丁点儿真正过日子的道理的，就会看出来，叫'饲鸭庐'更有道理。"

"这个名字是考坡菲先生起的，"我母亲回答说。"他买这所房子的时候，他喜欢认为，这儿有乌鸦。"

恰恰在那时候，晚风吹过，在庭园尽头几棵高大的老榆树中间引起了一阵骚动，让我母亲和贝萃小姐，都不禁不由地往那儿瞧去。只见那几棵榆树，起先枝柯低弯俯接，好像巨人交头接耳，低声密谈一样，这样安静了几秒钟以后，又枝柯乱摇起来，好像它们刚才谈的体己话太坏了，使它们觉得于心难安，因而手臂狂挥：在这几棵树乱摇狂摆的时候，筑在树顶上那几个饱经风雨、残破零落的乌鸦旧巢，就像在惊涛骇浪里的破船一样，掀簸折腾起来。

"那乌鸦都哪儿去了哪？"贝萃小姐问。

"那什么？"我母亲那时候心里正想别的事儿。

"那乌鸦呀，它们都怎么啦？"贝萃小姐问。

"自从我们搬到这儿来的那一天，就压根儿没看见过有乌鸦，"我母亲说。"我们本来只当是——考坡菲先生本来只当是，这儿是乌鸦成

---

① 当时还不兴门牌号数，所以房子，尤其是乡下的大宅子，都有名字。原文rookery，意谓聚居营巢的鸦群。

群结队抱窝的地方哪，其实那些巢都很老了，乌鸦都早就不要它们，飞到别处去了。”

“这真一点不错，地地道道是大卫·考坡菲的为人，一点不错，地地道道是大卫·考坡菲的生性！房子这儿连一个乌鸦的影儿都没有，可叫房子是‘栖鸦庐’！他只看见乌鸦巢，就当是真有乌鸦了！连对鸟儿都是这样听见风就是雨的！”

“考坡菲先生可已经不在了，”我母亲说。“你要是当着我的面儿说他不受听的话[①]——”

我想，我那个可怜的亲爱的母亲，当真曾有一阵儿，不怕构成“斗殴”的罪名，想和我姨婆动起手来。其实，不要说她那天下午那种样子，即便她对于斗拳训练有素，我姨婆也只要用一只手就能不费劲儿把她打发了。不过我母亲当时虽然也许有那种意图，而那种意图却只做到从椅子上站起来的地步就消释了。她又很柔顺地坐了下去，跟着就晕过去了。

一会儿，她自己还醒过来了，再不就是贝萃小姐把她掇弄过来了，反正不管怎么样吧，她还醒过来以后，只看见贝萃小姐正站在窗户那儿。那时候，苍茫的暮色，已经一阵比一阵昏暗，变成夜色了，她们只能模模糊糊地看出彼此的面目，而即便这种辨认，要不是借助于壁炉的火光，也是办不到的。

“我说，”贝萃小姐好像只是随随便便地看了一看窗外的景致，又回到椅子那儿，说，“你还差多少天就到了——”

“我怎么一个劲儿地哆嗦起来啦哪？”我母亲结结巴巴地说。“这是怎么啦？别是要死啦吧，不错，一定是要死啦！”

“决不会那样，决不会，”贝萃小姐说。“你喝口茶好啦。”

“哦，哎哟，哎哟，喝茶管得了事吗，能好起来吗？”我母亲不知所措的样子喊着说。

---

① 对于死者，只能说好话，这是西欧普通的观念，例如拉丁谚语云：“对于死者，除了好话不能说别的。”

“当然能，”贝萃小姐说。“决不会那么容易就死啦。你放心好啦。你这只是疑心病。你管你的大姐儿叫什么？”

“还说不定是个哥儿，还是个姐儿哪，姨妈，”我母亲没明白我姨婆的意思，天真地说。

“我的好乖乖！”贝萃小姐喊道，无意中把楼上抽屉里针插儿上第二句亲爱的话[①]脱口说出，不过她并没把那句话用在我身上，而却把它用在我母亲身上了。“我说的不是那个。我说的是你用的大姐儿。”

“哦，她叫坡勾提，”我母亲说。

“坡勾提！”贝萃小姐有些气忿忿的样子把这个名字重复了一遍。“你这是说，孩子，真能有好好的一个人，巴巴地跑到基督教的教堂里，起这样的怪名字，叫坡勾提吗？”[②]

“那本是她的姓儿，”我母亲有气无力地说。“因为她的名儿和我的重了，所以考坡菲先生当日老提着她的姓儿叫。”

“坡勾提，来呀！”贝萃小姐把起坐间的门开开了喊道，“拿茶来。你太太不太舒服。快点儿，不许磨蹭。”

贝萃小姐，好像这个家刚一安下的时候，就是人所公认的主人那样发号施令，吩咐过这番话，随后还往外看着，等到看见了坡勾提听见生人的语音儿，吃惊之下，急忙从过道那儿拿着蜡迎面跑来，她才把门关上了，又和先前一样落了座，把脚放在炉栏上，把长袍的下摆掖了起来，把手交叉着抱在膝盖上。

“你刚才说，不知道是个哥儿还是个姐儿，”贝萃小姐说。“我可觉得毫无疑问，一定是个姐儿。我早就得到先兆了，一定是个姐儿。我跟你说，孩子，从这个姐儿下生的时候起——”

“准保得齐不是个哥儿吗？”我母亲斗胆插了一句。

---

① 英国习俗，在给婴儿用的东西上，如针插儿、围嘴儿等，绣吉祥语或亲爱语，如“我的宝贝儿”、“上帝保佑你”等。原文“Bless the baby”是吉祥语，也是惊叹语。英国人的针插儿大，所以能在上面绣字。

② 坡勾提原文 Peggotty。在英语姓氏中古怪稀见。婴儿在行洗礼时，由教母把给他起的名字清楚地叫出来。行洗礼一般是在教堂里，所以这儿说，到教堂里起名字。

“我不是跟你说过，我已经得到先兆儿，知道一定是个姐儿么！”贝萃小姐回答说，“你不要跟我抬杠啦。从这个姐儿一下生的时候起，孩子，我就打算跟她交朋友。我打算做她的教母。请你答应我，给她起名字的时候，就叫她贝萃·特洛乌·考坡菲[1]。这个贝萃·特洛乌，可决不许再糊里糊涂地过一辈子啦。我可决不许有人把她的情义拿着不值一钱地糟蹋啦。我们得好好地抚养教育她，好好地照顾保护她，叫她千万不要痴心，把真情真义往不配受这种情义的人身上滥用。我一定得把这件事当作我自己的责任负起来。”

贝萃小姐说这番话的时候，每逢说完了一句，都要把头一梗，好像她的宿怨旧恨，正在心里发作，她极力克制自己，不把话说得过于露骨似的。至少我母亲在暗淡的火光里看着她的时候，觉得是那样。不过我母亲当时一来叫贝萃小姐的积威所慑，二来自己身上又正不舒服，三来完全叫人拿下马来，因而头脑昏乱，所以她并看不清楚任何的情况，也不知道该说什么话才好。

“呃，孩子，当初大卫待你好吗？”贝萃小姐问道，那时候，她已经静默了一会儿了，她那脑袋一梗一梗的动作也慢慢地停下来了。“你们两个过得舒服吗？”

“我们很和美，”我母亲说，“只能说考坡菲先生待我太好了。”

“哦！我恐怕他把你惯坏了吧？”贝萃小姐回答说。

“我现在又完全得在这个艰难的世路上自己当家过日子了，那我想，我得说他把我惯坏了。”我母亲呜咽着说。

“哦，别哭，别哭！”贝萃小姐说。“你们两个并不相配，孩子——我这是说，夫妻就没有真正相配的——我刚才就是因为你们不相配，所以才问起你那句话来。你是个孤女，是不是？”

“是。”

“你是当家庭教师的，是不是？”

“我给一个人家当教小孩儿的教师。考坡菲先生到那家去过。他对

---

[1] 英国小孩的名字，除了跟着父母、祖父母等叫而外，还往往跟着教父母叫。

我很好，对我非常注意，非常关心，最后就跟我求婚，我也就答应了他。这样我们就结了婚了。”我母亲老实简单地说。

“啊，可怜的孩子！”贝萃小姐沉吟着说，一面仍旧紧冲着炉火直皱眉头。“你都会什么？”

“对不起，你刚才说什么来着？”我母亲结结巴巴地问。

“我是说，像当家过日子什么的，你会不会？”贝萃小姐说。

“我恐怕不大会，”我母亲回答说。“没有我想要会的那么多。不过考坡菲先生可正教给我——”

（“他自己会的可就太多了！”）贝萃小姐从旁插了一句说。

“——我本来希望，可以学会一点儿，因为我很热心学，他又很耐心教么。但是他撒手把我撇下了，那场大不幸可——”我母亲说到这儿，又哭起来，不能再说下去了。

“别价！别价！”贝萃小姐说。

“——我每天一天也不漏，把日用账都记下来，到晚上和考坡菲先生一块儿结算。”我母亲说了这一句，又悲不自胜，哭了起来。

“别价，别价！”贝萃小姐说，“别哭啦！”

“——我敢说，关于账目，我们两个，从来没有过半句言错语差；仅仅考坡菲先生嫌我写的‘3’和‘5’太像了；又说我不该在‘7’和‘9’下面，老添上个小钩儿当尾巴，可以勉强算是小小的过节儿；”我母亲接着说，说着又一阵难过，哭了起来。

“你老这样，可就非闹病不可了，”贝萃小姐说，“那可于你自己也不好，于我那教女也不好。好啦，不许再哭啦！”

这样的劝解，对于使我母亲平静，发生了一部分作用，但是使她平静发生更大的作用的，是她越来越厉害的不适。跟着来了一阵静默，在这阵静默中，能听得见的只是两脚跐着炉栏坐在那儿的贝萃小姐偶尔发出来的一声“啊！”

“大卫用他储蓄的钱给他自己买了一笔年金，这是我知道的，”待了一会儿，贝萃小姐说。“他都给你怎么安排的？”

“考坡菲先生，”我母亲回答说，这时候她连说话都相当地费劲了。"对我非常周到，非常体贴。他把年金的一部分偿款[①]，划在我的名下。"

"那有多少？"贝萃小姐问。

"一年有一百零五镑，"我母亲说。

"这还得算不错，"我姨婆说。"因为他那个人，可能办得比这个还糟哪。"

糟这个字，在那个时候用起来，正是节骨眼儿。因为我母亲那时候的情况，正糟到十二分。所以坡勾提拿着茶盘和蜡烛进了屋子的时候，一眼就看出来，我母亲已经到了日子了——其实如果先前屋里够亮的，那贝萃小姐本来也可以早就看出来的；当时坡勾提急忙把我母亲搀扶到楼上我母亲自己的卧室里，就立刻打发她侄子汉·坡勾提去请护士和医生去了（她没让我母亲知道，好几天来把汉藏在我家里，专为到了紧急关头，听候差遣）。

这一支联合人马，几分钟内，先后来到。他们看见一位素不相识的老太太，凛若冰霜地坐在壁炉前面，左胳膊上系着帽子，耳朵里塞着宝石匠的棉花[②]，他们的惊讶，真非同小可。坡勾提既然对这个老太太一点也不认识，我母亲关于她，又一字没提过，所以她在起坐间里，就完全成了一个神秘人物了。她虽然在口袋里盈仓满库似地装着宝石匠的棉花，在耳朵里又填街盈巷似地塞着宝石匠的棉花，但是她的严肃神气，却并没因此而有丝毫减损。

大夫到楼上看过了病人又下了楼以后，我可以说，一定是看到他和这位素不相识的老太太，大概得有几个钟头的工夫，面对面地坐在那儿，因此就打叠起小心，准备对这位老太太尽心巴结，极力讨好。在男性中，他的脾气最柔顺，在瘦小的人里，他的性格最温和。他进屋子、出屋子，都扁着身子，免得多占地方。他走起路来，脚步那样轻，和

---

① 年金有好几种，这里指 reversionary annuity 而言，即过了一定时间或人死后，才付偿款。有些像保寿险那样，但是分年或分期付偿款。

② 这种棉花，是加工特制的，比普通棉花更白、更细，宝石匠或珠宝商用它垫珠宝。当时还没有脱脂棉。

《哈姆雷特》里的鬼魂[1]一样，而脚步那样慢，比那个鬼魂更甚。他把脑袋往一边歪着，一半是由于要谦虚地贬低他自己，一半是由于要谦虚地讨好所有别的人。如果说他连对一条狗都不肯呵叱[2]，那还不足以尽其为人。总得说，他连对一条疯狗都不肯呵叱才成。假如他非和疯狗打交道不可，那他也只能对它轻轻地说一个字，或者说一个字的一半，或者说一个字的几分之几。因为他说话慢腾腾的，也和他走路慢腾腾的一样。但是如果为了顾及今生此世任何情况，而叫他对疯狗疾言，他决不肯，叫他对疯狗厉色，他决不能。

齐利浦先生把头歪在一边，温和柔顺地看着我姨婆，对她微微一鞠躬，同时把自己的左耳朵轻轻一摸，问她为什么耳朵里塞着棉花，说：

"耳朵有什么不合适的地方吗，太太？"

"什么！"我姨婆像拽瓶塞儿那样，吧地一下把一只耳内里的棉花拽了出来，说。

我姨婆这种突然的举动，让齐利浦先生大吃一惊——这是他后来对我母亲说的——他当时还能保持镇定，真得说是上帝的仁慈。不过他还是把他问的那句话又和颜悦色地重复了一遍：

"耳朵有什么不合适的地方吗，太太？"

"瞎说！"我姨婆说，同时吧的一下把棉花又塞到耳朵里去了。

齐利浦先生碰了这样一个钉子以后，没有别的办法，只好坐下，怔怔地瞧着我姨婆，我姨婆就坐在那儿瞧着炉火。这样一直坐到楼上又叫他的时候。他上楼去了一刻钟的工夫，又下来了。

"呃？"我姨婆问，同时把靠着他那一面的耳朵里塞的棉花取了出来。

"呃，太太，"齐利浦先生回答说，"这个事儿——这个事儿——得慢慢地来，太太；急不——急不——得的！"

---

①在莎士比亚的悲剧《哈姆雷特》中，被谋害的丹麦国王，曾数次显魂（第1幕第1场、第4场、第5场；第3幕第4场）。

②不肯对狗呵叱，见莎士比亚喜剧《如愿》I. iii. 2，意为"不肯和狗废话"。现已变为英语普通习语。这儿断章取义，和原意有出入。

“啊—啊—啊！”我姨婆说。她这一声鄙夷之词，纯粹是发着狠儿说出来的，说完了，又和以前一样，把棉花塞在耳朵里。

一点不错，一点不错——后来齐利浦先生对我母亲说——他当时真有点叫我姨婆给吓着了；单纯从医学的观点来说，真有点叫她给吓着了。虽然如此，他还是坐在那儿瞧着她，几乎有两个钟头之久；她呢，就坐在那儿，瞧着炉火，这样一直到楼上又叫他的时候。他去了一会儿，又回到起坐间。

“呃？”我姨婆又把靠医生那面那个耳朵里塞的棉花取了出来，问。

“呃，太太，”齐利浦先生回答说，“这得——这得——慢慢地来才成，太太；急不得的。”

“呀—呀—呀！”我姨婆说，说的时候，那样恶狠狠地一龇牙、一咧嘴，齐利浦先生真没法再受了。他后来说，那一声“呀”，一点不错，是打算使他心惊胆裂的。他不敢再在起坐间里待着了，他宁肯跑到楼梯那儿，在挺冷的风地里，摸黑儿坐着，一直坐到楼上又叫他的时候。

汉·坡勾提是在国家学校里上学的，学习《教义问答》像龙一样[①]，因此可以看作是靠得住的见证人[②]。他第二天对人说，那个时候以后一个钟头，他碰巧从起坐间的门那儿往屋里偷偷看了一眼，不料一下就叫贝萃小姐瞅见了。那时贝萃小姐正在屋里烦躁不耐地来回绕弯。她瞅见他，没让他来得及逃开，就一下把他抓住了。汉说，他知道，贝萃小姐虽然耳朵里塞着棉花，但是楼上的脚步声和人语声仍旧免

① 西欧古代传说中往往说龙守护宝物，专心致志，昼夜不眠，如希腊神话中的亥斯拍利地斯园的龙。此处言汉于《教义问答》之诵习，亦专心致志，如龙之守护宝物。

② 国家学校，在不列颠，为教区或教会小学，由 1811 年成立的“促进贫民国教教义教育国家会”教育贫苦儿童，特别教他们国家教会的基督教教义。《教义问答》是以问答形式，把基督教义扼要总括，使要受坚振礼的儿童学习，并回答。《教义问答》里，说到摩西《十诫》，其中一诫是“不可作假证”。汉学习《教义问答》既非常尽心，当然可认为是可靠的见证人。

不了有时要传到她的耳朵里。他所以得出这样的结论，因为那位太太，显而易见，是在声音最高的时候，烦躁太过，无可发泄，才抓住了他，拿他来煞性子。她当时揪住了他的领子，拽着他一刻不停地在屋子里来回地走(好像他吃鸦片精吃多了似的[①])。这样还不算，她还又摇晃他的身子，又乱抓他的头发，又揉搓他的衬衣，又捂他的耳朵，好像她把汉的耳朵误认作是她自己的耳朵似的；反正不论怎么样，老是往死里揉搓他，蹂躏他。他这个话，有一部分让他姑母证明了；因为他姑母是十二点半钟、我姨婆刚把他放开了的时候看见他的。他姑母说，他的脸那时候那种红劲，和我自己那时候一样。

脾气柔和的齐利浦先生，即便说在任何别的时候，会记人家的仇，而在那种时候，却不可能记人家的仇。所以，他刚腾出手来，就扁着身子，进了起坐间，用他那最柔顺的态度对我姨婆说：

"呃，太太，我很高兴，现在我可以跟您道喜啦。"

"道什么喜？"我姨婆严厉苛刻地问。

齐利浦先生一看我姨婆的态度还是那样凛然不可犯，心里又慌起来，因此他就对她微微一鞠躬，微微一抿嘴，来安抚她。

"我的天，这个人怎么啦！"我姨婆急躁不耐地喊着说。"他哑巴啦吗？"

"你别着急，我的亲爱的太太。"齐利浦先生用他那最柔和的声音说。"现在着急的时候已经过去啦。你不用着急啦。"

我姨婆当时本来应该摇晃他，把他心里的话摇晃出来，但是她却并没摇晃他，而只摇晃自己的脑袋：这是后来大家一直都认为奇而又奇的事。不过她的脑袋那一摇晃，也摇晃得齐利浦先生心惊胆战。

"呃，太太，"齐利浦先生待了一下，刚一恢复了勇气，就接着说，"我很高兴，现在可以跟您道喜啦。现在事儿都完了，太太，还是

---

① 鸦片精为麻醉剂，吃过多了，人就昏睡，甚至死去。因此必须使这样的人醒着，其办法之一是拽着他在屋里来往地走。其它还有用指甲弹他的额，用湿手巾抽他等。

顺顺利利地完的。”

齐利浦先生发表这篇讲词的时候，用了有五分钟或者五分钟左右的工夫，在这个时间里，我姨婆一直目不转睛地盯着他。

“她平安吗？”我姨婆问，那时她两只胳膊交抱着，一只胳膊上仍旧系着帽子。

“呃，太太，我想，她用不着多久，就没有什么不舒适的了，”齐利浦先生回答说。“拿现在这一家的凄惨境况而论，又是个年轻的女人头一胎，她这阵总得算是再好也没有的了。太太，你要去看她，马上就可以，决没有碍处，反倒会有好处哪。”

“还有她哪，她好不好？”我姨婆正颜厉色地问。

齐利浦先生把脑袋更往一边歪起来，像一只讨人喜欢的鸟儿那样瞧着我姨婆。

“我说的是孩子，”我姨婆说。“她平安不平安？”

“太太，”齐利浦先生回答说，“我还只当是你早就知道了哪。是位哥儿。”

我姨婆一听这话，一言未发，只揪着帽带，像扔甩石的机弦①那样，把帽子提了起来，朝着医生的脑袋使劲打去，把帽子都打瘪了；她就这样把帽子瘪着戴在头上，起身走去，永远没再回来。她像一个心怀不满的仙姑②那样，或者说，像大家认为我能看见的神怪灵物那样，一下就不见了，而且一直也没再回来过。

一点不错，永远没再回来过。现在只有我，躺在篮形小床里，还有我母亲，躺在大床上。但是贝萃·特洛乌·考坡菲所在的地方，却永远是那个影儿憧憧、魂儿渺渺的国度，永远是我新近刚刚游之而过，历之而来的那个浑浑噩噩、窈窈冥冥的洪荒。同时，我们家窗上的亮光，也

① 甩石的机弦，古代一种军器，《旧约》以色列人国王大卫，在年轻还没做国王时，善用这种武器，把敌方的巨人哥利亚打死（《撒母耳记上》第 17 章第 40 节及第 49～50 节）。

② 像童话《睡美人》里说的那个第 8 个仙姑那样。

往外照到一切和我一样那些旅行者的尘世归宿之地[1]上面，也照到把无他即无我那个人的残骸遗体掩覆的丘墓上面。

第二章
渐渐解事

现在年深日久之后，我把我的孩提时期里那种混沌未凿的懵懂岁月重新忆起，只见在我面前首先清晰出现的形象，一个是我母亲，头发秀美，体态仍旧和少女一样；另一个是坡勾提，毫无体态可言，只有两只乌黑的眼睛，那种黑法，好像把眼睛的四周围也都带累黑了，还有又硬又红的两个腮帮子和两只胳膊，那种硬法，那种红法，老叫我纳闷儿，不明白为什么鸟儿不来鸽她，而却鸽苹果。

我相信我是记得我母亲和坡勾提的：她们两个，一东一西，因为俯着身子，再不就是因为跪在地上，在我眼里显得和矮子一样，我呢，就在她们两个中间，脚步不稳地从这个跟前又走到那个跟前。坡勾提老是把她的二拇指伸给我，叫我攥着。我只觉得，她那二拇指，叫针线活儿磨得非常粗糙，和豆蔻小擦床[2]一样。这种接触的感觉，在我脑子里的印象，和回忆起来的实际光景，无法分开。这种光景，也许只是我脑子里想当然的形象；不过，我总认为，我们中间大多数的人，回忆我说的那个时期而能想得起来的光景，大可以比许多人认为可能的更早、更远。我同样相信，许多许多很小的小孩，观察起事物来，在精密和正确方面，都到了令人惊讶的程度。实在说起来，我认为，许多成年人那种观察事物特别精密正确的本领，与其说是他们长大了以后才学会了的，

---

① 莎士比亚的《哈姆雷特》Ⅲ. i. 79：“有一个国度，从来没经人发现，从来没有旅行者到了它的境内却又回转。”原意盖如此。后来的注释家，把“境内”解释作“旅途的终点”。

② 豆蔻擦床为管状（故以喻手指）带锉齿的厨房用器，用它把豆蔻、姜等擦成碎屑（中国的擦床则为瓦形）。

倒不如更确切一些，说他们原来就会而保留下来的。尤其是，我总看到，有这种本领的人，一般都有一定的新鲜劲头、温柔性格和容易取悦于人的能力；而这种种品质，也都是把童年时期的赤子之心保留到成年的结果；这更使我相信，我关于儿童记忆的说法确有道理。

我现在离开正文，说这些话，本来还惴惴不安，觉得我这是又犯了跑野马“乱”说一气的老毛病了，但又一想却并不然。因为这些话可以使我阐明，我所以得出前面那样的结论，有一部分是根据了我自己的经验而来的，同时我这本记叙里，如果有的地方好像表明，说我从小儿就有观察的能力，或者说，我长大成人之后，对于我幼年的情况，记得很清楚，那我对于这两点，都毫不犹豫地直认不讳。

我刚才说过，我把我童年时期那段混沌未凿的岁月回忆起来的时候，觉得事物纷纭，但是首先一一分明在我的脑子里出现的，是我母亲和坡勾提。不过除了她们以外，我还记得什么呢？让我来想一想看好啦。

在一片迷离模糊的岁月里，我回忆起来，还有我们家的房子，以我最初记得它的样子出现——那所房子，我现在看来，不但不生疏，而反倒很熟悉。楼底下是坡勾提做饭的地方——厨房，通到一个后院；后院的正中间有一个鸽子窝，搭在一个柱子上，但是那里面却连一只鸽子都没有。院子的一个旮旯那儿有一个狗窝，里面也是什么狗都没有。那儿还有一群鸡，在我眼里，显得高大无比，带着要鸽人的凶恶样子，满院子游荡，其中有一只公鸡，老跑在一个架子上打鸣儿，我从厨房的窗户里往外看它的时候，它对我好像特别注意，我看见它就打哆嗦，因为它非常地凶猛。旁门外面还有一群鹅，我一到那儿去，它们就把长脖子伸出来，踋儿踋儿地跟在我后面；我晚上做梦的时候，都梦见它们，就和一个人四面叫野兽包围了，夜里会梦见狮子一样。

还有一个很长的过道，从坡勾提的厨房通到房子的前门。这个过道，在我眼里，真是一幅深远广阔的图景；过道的一面，有一个放东西的屋子，里面很暗，那是晚上得跑着过的地方；因为要是没有人在那儿影影绰绰地点着蜡，把潮湿、发霉的空气由敞着的门那儿放出来，叫所有混杂在这种空气里的那些胰子、泡菜、胡椒、蜡和咖啡的味儿噗地冒出，一下子都钻到你的鼻子里，要是不是那样的时候，那我就不敢说，会有什么东西，藏在那儿那些盆儿罐儿和旧茶叶箱子的中间。还有两个起坐间，一个是我们晚上闲坐的地方。这个“我们”，是说我母亲、我自己和坡勾提——因为坡勾提的活儿归置完了，我们没有客人的时候，老和我们在一块儿——另一个是我们家里顶好的那个起坐间，那只有星期天我们才上那儿去坐。在那儿，倒是阔气，但是却没有另一个那样舒服。那个起坐间，在我眼里，老有一种使人觉得凄惨的气氛；因为坡勾提告诉过我——我不记得是什么时候了，不过却使人有恍如隔世之感——说我父亲怎样出殡、送殡的人怎样穿上了黑氅[①]。星期天晚上，我母亲在那个起坐间里念书给我和坡勾提听，念的是拉撒路死而复活的故事[②]。我听了以后，害怕极了，闹得她们没有办法，只好把我从床上抱起来，从寝室的窗户那儿，把教堂基地指给我瞧，瞧那儿是不是非常安静，那儿的死人，是不是都在肃静的月光下，老老实实地躺在坟里。

不论在哪儿，我都没见什么东西有那个教堂基地里的草一半儿那么绿；也没见过什么东西有那儿的树一半儿那么葱郁；也没见过什么东西有那儿的墓碑一半儿那么幽静。羊都在那儿吃草。我早晨很早的时候，从我那小床上跪起来（我的小床安在我母亲屋内的套间里面）往那儿瞧的时候，正瞧见它们。我又看到日晷叫太阳照得通红。我心里想：“日晷又能表示时刻了，它是不是感到高兴呢？这真叫我纳闷儿。”

---

① 英美风俗，死人停在客厅的一头（一般停 3 天），送殡的亲友都在客厅里聚齐并举行哀仪。大卫的父亲的遗体虽不一定停在那儿，但客人在那儿会齐，却无疑问，所以大卫在起坐间（即客厅）里面想到过去出殡的情景。黑氅，指以前向丧事承办人租用的“mourning cloak”。

② 《新约·约翰福音》第 11 章第 44 节说：有一病人名拉撒路，其姊曾待耶稣有恩，使人告耶稣，说拉撒路病得要死。但耶稣未即来，等他来时，拉撒路已埋坟中四日。耶稣对他姐姐说，信我的人，虽死亦必复活。耶稣遂来拉撒路墓前，望天呼父，并大呼拉撒路出来，死人即出来。

还有我们家在教堂[1]的座席，（座席的背儿多高哇！）靠着座席，有一个窗户，从窗户那儿可以瞧见我们的家。坡勾提在作早祷的时候，也确实有许多许多次，从那儿瞧着我们的家来着，因为她总得弄清楚了，我们的家并没进去人劫盗东西，也没发出腾腾的火焰来，才能放心。不过，坡勾提的眼睛，尽管可以往别的地方瞧，但是我的眼睛如果往别处一瞧，她却就要大生其气；我站在座位上的时候，就朝着我直皱眉头，叫我往牧师那儿瞧。不过我却不能老往牧师那儿瞧，因为他不穿那身白衣服[2]，我也认识他，我又害怕他看见我那样直眉瞪眼地瞧他，会觉得奇怪，也许会停止了礼拜，盘问起我来——那我可怎么办呢？张着嘴傻瞧，是很不好的，不过我一定得有点事做才成啊。我往我母亲的脸上瞧，但是她却假装着瞧不见我。我往教堂的内廊里一个孩子那儿瞧，他呢，就对我挤眉弄眼。我往从门廊射进敞着的门那儿的阳光瞧，在那儿我瞧见了一只迷了路的羊——我说的这个羊不是罪人[3]，而是宰肉吃的羊；只见它又像有心，又像无意，要往教堂里来。我只觉得，我要是再多瞧它一会儿，我也许就要忍不住，对它高声说起话来，那样一来，我岂不要糟糕！我抬头瞧墙上的纪念牌，想到区上新近死去的巴捷先生，琢磨巴捷先生缠绵床褥、受诸痛苦、众医束手无策的情况[4]，不知道那时候，巴捷太太心里是什么滋味。我也纳闷儿，不知道他们是不是请过齐利浦先生，如果请过，是不是他也束手无策。要是那样的话，那每一个星期，都把这件事对他提醒一次，他应该作什么感想呢？我往齐利浦先生那儿瞧，只见他戴着礼拜天戴的领巾。又从他那儿把眼光转到讲坛上。我想，那个讲坛，真是一个很好玩的地方。要是用它作城堡，叫别

---

① 这儿的教堂以布伦狄斯屯村教堂做底本，这个教堂是有圆高阁的老建筑，门廊上面有日晷，里面有高背座席。该教堂有一小窗，可以看到牧师公馆。教堂座位，可向教堂租用，拦为某一家的座席，犹如包厢。

② 白衣服指法衣而言，宽大白色，牧师在做礼拜或举行仪式时所穿。

③ 基督教拿“迷途的羊”比作误入歧途的罪人。如《旧约·耶利米书》第50章第6节：“我的百姓作了迷失的羊”等。

④ 有身份地位的人，死后能埋在教堂里。据说，这个巴捷先生就是埋在教堂里的，纪念碑就立在坟上。“缠绵床褥……”是碑上墓铭的一部分。

的孩子从梯子那儿往上进攻，我就用带穗子的天鹅绒垫子[1]往他的脑袋上砍，那可就太好了。我这样想了一会儿，我的眼睛就慢慢地闭上了，起初还好像听见牧师在烘烘的热气里唱使人昏沉欲睡的圣诗，以后就什么都听不见了，以后就从座儿上砰的一声掉在地上，跟着坡勾提把我抱到外面，已经半死不活的了。

现在我又看到我们家那所房子的外面儿了。只见寝室带着方格子的窗户都开着，好让清新的空气透进屋里。残破的乌鸦巢，也在前园远处那一头高高悬在榆树上来回摇摆。现在我又来到后园了，这个后园坐落在有空着的鸽子窝和狗窝那个小院后面——我现在还记得，那儿真是一个保养蝴蝶的好地方；有一道高高的围篱，篱中有一个栅栏门，门上用挂锁锁着。——那儿有果树，树上的果子一嘟噜一嘟噜的，比从来任何园子里的果子都更大，更熟，更好吃；我母亲在那儿摘果子，摘下来都放在篮子里；我呢，就在一旁看着，有时偷偷地把醋栗往嘴里一噙，一口整个咽下，跟着又装作没事人一样。现在刮起大风来了，夏天一下就过去了。我们又在冬天的暮色中玩起来了，在起坐间里满屋子跳舞。跳到后来，我母亲都跳得喘不上气儿来了，坐在带扶手的椅子上休息；那时候，我就看着她把她那光泽的发卷儿往手指头上绕，把她那衣服的上部整理好。因为她就是爱美，就是因为自己美觉得得意。这只有我知道得最清楚，比任何人都清楚。

这都是我最小的时候留下来的印象。除了这个以外，我还觉得，我和我母亲两个，都可以说有点怕坡勾提，对于大小事，大部分都听她的调度。这是我最早的时候，根据我们家里的情况而得出来的看法——如果那可以说是看法的话。

有一天晚上，我母亲到一个街坊家里去消长夜去了，就剩了我和坡勾提两个人坐在起坐间的壁炉前面。我刚刚给她念了一段讲鳄鱼的故事。我一定是念得过于清楚了，再不就一定是那个可怜的好人听得过于

---

① 教堂里的垫子有两种，一种是做礼拜时下跪用以垫膝，一种是放在讲儿上用以垫《圣经》，这儿是指后者而言。

在教堂里

用心了，因为，我记得，我念完了以后，她只有一种模模糊糊的印象，认为鳄鱼好像是一种菜蔬。我那时早已念累了，并且困得要死，但是我母亲却答应过我，说我可以睡得晚一些，等她回来；我有这种美事儿，那我宁愿困死（这也是很自然的）也不肯上床去睡。当时把我困得只看见坡勾提这个人变得越来越大，后来都大得简直没法比了。我用我那两个二拇指，把眼皮使劲掰着，死气白赖看着坡勾提坐在那儿做针线活，看着她那一小块往线上打的蜡头儿——这块蜡头儿可真有了年纪了，浑身上下，没有一个地方没有皱纹——看着她那皮尺"住"的那个草顶"小房儿"，看着她那有推拉盖儿、盖儿上画着圣保罗大教堂全景的（圆屋顶是红色的）[1]针线匣子；看着她手上戴的铜顶针儿；看着她本人，因为我觉得她长得非常地可爱。我当时觉得困倦之极，所以我知道，要是我有一眨眼的工夫，什么都看不见了，那我就玩儿完了。

"坡勾提，"我突然说，"你结过婚没有？"

"哟，卫少爷，"坡勾提说。"你怎么会想起问这个话来啦？"

她回答我的时候，那样一愣，把我的困劲一下都给吓跑了。她回答完了，手里的针线活儿也忘了做了，只直眉瞪眼地瞧着我，把针都拉到线头儿那儿去了。

"你倒是告诉我，你到底结过婚没有哇，坡勾提？"我说。"你这个人长得很不寒碜，是不是？"

我当然认为，她和我母亲是两种模样；但是在另一派的美里，我觉得她是一个最完全的模范。在我们那个顶好的起坐间里，有一个绷着红天鹅绒面儿的脚踏子，我母亲在那上面画了一束花儿。那个脚踏子的面儿和坡勾提的颜色，据我看来，是一模一样的。不错，脚踏子的面儿光滑，坡勾提的面孔粗糙；不过那并没有多大关系。

"我长得不寒碜，卫！"坡勾提说。"哟，没有的话，我的乖乖！

---

① 圣保罗是伦敦的大教堂，为伦敦最著名的建筑，始建于1675年，1710年完成。式样仿罗马的圣彼得大教堂，惟规模较小。它的圆屋顶外部高三百六十四英尺，灰色。针线匣盖上把它画成红色，当然出于商人的拟造。

可是你怎么会想起问结婚的话来啦哪？”

“我也不知道！——一个女人，不能同时嫁两个男人，是不是吧，坡勾提？”

“当然不能，”坡勾提说，说得斩钉截铁地快极了。

“不过一个女人嫁了人以后，那个人死了，她就可以再嫁另一个人了，可以不可以哪，坡勾提？”

“那倒可以，我的乖乖，”坡勾提说。“要是她想再嫁，当然可以；那得看她对这件事是怎么个看法。”

“那么你是怎么个看法哪，坡勾提？”我说。

我不但问她，同时还带着好奇的样子瞧她，因为她也带着非常好奇的样子瞧我。

“我也没有什么看法，”坡勾提先犹疑了一下，把眼光从我身上挪开，又做起活儿来，然后才接着说。“我只知道，我自己从来没结过婚，卫少爷，我也不想结婚。关于这件事，我就是这样，别的我就不知道了。”

“别是你生了气啦吧，坡勾提？你没生气吗？”我坐在那儿，安静了一分钟的工夫，又问她。

我本来当真只当她生了气了，因为她回答我的时候，老那样不爱多说。谁知道我却是大错而特错了呢。因为她把针线活儿(她自己的一只长统袜子)，放在一边，把两只胳膊使劲张着，把我满是鬈发的脑袋一抱，使劲把我挤了一下。我知道她很使劲挤了一下，因为她这个人，胖得全身都肉乎乎的，所以，她穿好了衣服以后，不论多会儿，只要稍微一使劲，她背上的纽子就得迸几个。我记得，那天她抱我的时候，她背上的纽子，就有两个都迸到起坐间的那一头儿去了。

“这阵儿你再给我讲一讲鳌鱼吧，”坡勾提说。她那时候，连鳄鱼的名字还都没弄对呢，“因为我还一点都没听够哪。”

我当时不明白，为什么坡勾提那时候的神情那样奇怪；也不明白，为什么她那样急于要听鳄鱼的故事。不过我还是把精神重新振作起来，把我们的话头儿又转到那种怪物身上，讲鳄鱼怎样下了蛋，把蛋埋在沙子里，等太阳给它抱小鳄鱼；讲我们怎样躲开了鳄鱼，和它转磨玩儿，叫它老够不着我们，因为它的身子笨，转弯儿不灵活；讲我们怎样像当地的土人那样，跑到水里追它，用削尖了的大棍，捅到它的嗓子眼儿里，简单地说来，我们把鳄鱼的整套把戏，都演了一遍。至少我是那样。不过我对坡勾提却有些疑心，不知道她是不是也那样；因为她自始至终，老带着满腹心事的样子，用针往她自己的脸上和胳膊上四处地扎。

我们把所有关于鳄鱼的故事都讲得无可再讲了，我们就讲起鼍龙来，不过那时候，却听见门铃响起来了。跟着我们就跑到门口那儿，原来是我母亲回来了，我当时觉得，她看着比平素还更美。陪着她一块儿来的，还有一位绅士，长着挺秀美的黑头发和黑连鬓胡子，他上一个礼拜天，曾从教堂里送我们回家来着。

我母亲站在门槛那儿，弯腰把我抱起来，在怀里亲我，那时候，那位绅士就说，我这个小小的人儿，实在比一个国王还要幸福得多这句话，仿佛是这样说的；因为，我现在很明白，对这句话我当时不甚了了，是后来岁数大了一些的时候，才有所领悟。

“这句话是什么意思，”我隔着我母亲的肩头问那个绅士。

他拍我的脑袋；不过，他这个人，不知怎么，我总不喜欢；他那种沉重的嗓音，我也不喜欢。他拍我的时候，我就是不愿意他的手同时也会碰到我母亲的手，不过他的手却又一点不错，真碰到我母亲的手了，这也让我大吃其醋。我使劲把他的手推开了。

“哦，卫呀！”我母亲轻柔地说我。

“好孩子！”那位绅士说。“他这样疼他妈，本来是很应该的！”

我从来没看见过我母亲的容颜那样美丽过。她只温柔地责备我，说我不该那样没有礼貌。她把我紧紧贴在她的披肩上抱着，转身对那个绅士说，谢谢他，不怕麻烦，送她回家。她一面这样说，一面把手伸了出去；那个绅士也把他的手伸了过来，握我母亲的手，那时候，我觉得，我母亲往我脸上瞧了一眼。

那位绅士把头弯到——我看到他！——我母亲的小手套那儿的时

候对我说，“我的好孩子，咱们说‘再见’吧。”

“再见！”我说。

“好啦！咱们还得好好地交交朋友！”那位绅士说，一面大笑，“咱们还得握握手才成。”

那时候，我的右手正握在我母亲的左手里，所以我就把我的左手伸了出去。

“哦，伸错了[①]，卫！”那位绅士大笑着说。

我母亲把我的右手拽了出来，但是，由于我前面说过的那种原因，我是拿定了主意的，决不伸右手给他，所以我还是把左手伸给了他，他也就带着热烈的样子把我的左手握了握，同时还说，我是个有胆量的小家伙，说完了就走了。

即便这会儿，我都看见他在庭园里，转过身来，在屋门还没关的时候，用他那双预示不吉的黑眼睛，对我们最后看了一眼。

坡勾提原先连一句话都没说，连一个手指头都没动，这阵儿就马上把门拴上锁好，跟着我们一块儿进了起坐间。我母亲本来老是坐在炉旁那把带扶手的椅子上的，现在却和她平常这种习惯相反，在屋子的另一头儿那儿坐着唱起歌儿来。

——“我说，你今儿晚上挺自在的吧，太太，”坡勾提说。那时候，她手里拿着蜡，像一个酒桶那样，直挺挺地站在屋子的正中间。

“多谢你惦记着，坡勾提，”我母亲说，说的时候，语音里都带出高兴的样子来，“今儿晚上真是满自在的。”

“见见生人什么的，换换样儿，能叫人开心，是不是？”坡勾提提着头儿说。

“换换样儿，一点不错，叫人开心，”我母亲回答说。

坡勾提仍旧一动不动地站在屋子的正中间，我母亲就又唱起歌儿来。这时候，我呢，却睡着了，不过却没睡得很熟，因为我仍旧能听见她们说话的声音，不过却听不出来她们说的是什么。一会儿，我就又从

---

① 握手的规矩，应该伸右手，伸左手为无礼貌。

这样睡思不定的昏沉中，朦朦胧胧地醒过来了，只见我母亲和坡勾提两个人，都在那儿又哭又说。

“决不该找这样一个人，要是叫考坡菲先生说的话，他也决不会喜欢这样一个人，”坡勾提说。“这是我说的，我还是说定啦！”

“哎呀！”我母亲喊着说，“你这是存心要把我逼疯了才算哪！从来没有过女孩儿家像我这样受她佣人的气的吗？唉！我怎么啦，自己糟蹋起自己来啦，叫自己是女孩儿家。难道我没结过婚吗，坡勾提？”

“你当然结过婚，那是上帝都知道的，太太，”坡勾提说。

“那么，你怎么敢，”我母亲说——“我不是存心要说你怎么敢，坡勾提，我只是想要说，你怎么忍得——把我弄得这样不好受，说这样叫我难过的话。你不是分明知道，除了在这儿，我连半个可以对他说说道道的朋友都找不到吗。”

“就是因为这样，所以我才觉得，我更该说，那个人要不得。”坡勾提说，“不错，一点不错！那不成！不成！不论贵贱，全都不成！不成！”我当时以为，坡勾提说的时候，那样使劲儿，她一定非把蜡台扔了不可。

“你怎么能这样越来越惹人发火儿，”我母亲说，说的时候比先前哭得更厉害了，“用这样没道理的话来噎人！我不是一遍一遍地告诉过你，说现在除了极普通的小小殷勤而外，完全没有别的情况吗？你这个狠心的，你怎么可老说了又说，好像什么都定好了、什么都安排妥当了似的哪？你谈到爱慕的话。那你叫我怎么办？要是有人犯傻气，非要在情字上下功夫不可，那怨我吗？那你叫我怎么办？我就问你这句话。你是不是要叫我把头剃光了，把脸抹黑了哪？是不是要叫我用火烧我自己，拿开水烫我自己，或者不管用什么法子，把我自己弄得不成个人样儿哪？我敢说，你真想要叫我那样，坡勾提。我敢说，我要是真那么样了，你就趁了愿了！”

我当时觉得，坡勾提听了这番诬枉她的话，露出伤心至极的样子来。

“还有我的小乖乖！”我母亲跑到我待的那把带扶手的椅子前面，

一面把我抱起来亲我，一面喊着说，“我的亲乖乖，我的卫！能这样拐弯抹角地把我胡一编派，说我不疼我这个心肝宝贝，我这个向来没有过这样招人爱的小东西儿吗！”

“谁那样编派来着？”坡勾提说。

“你就那样编派来着，坡勾提！”我母亲反驳她说。“你自己分明知道，你就那样编派来着。你这个狠心的，从你说的话里，还听不出来，你就是那个意思吗？本来，你也和我一样，分明知道，我为了卫，上一节[①]连把新阳伞都没舍得买。其实我那把绿色的旧阳伞，早就全都毛啦，边儿也全都飞啦。这都是你亲眼看见的呀，坡勾提，这都是你没法儿不承认的呀。”跟着她慈爱地转到我这一面，把她的脸贴到我的脸上，说，“卫，你这个妈妈是个坏妈妈吗，卫？你这个妈妈是个讨人厌、狠心肠、自私自利的妈妈吗？乖乖，你说是吧；我的乖乖，你说‘是’，坡勾提就会疼你了，坡勾提疼你比我还厉害，卫。我一点儿也不疼你，是不是？”

我母亲说到这儿，我们三个一齐哭起来。我们三个里面，我觉得，我哭的声儿最大，不过我却敢保，我们三个，没有哪一个不是真伤心，不是真哭的。我自己就觉得，一点不错，心都碎了。并且，我恐怕，我当时还因为爱我母亲，替她伤心，一恸之下，忘其所以，竟叫起坡勾提“畜生”来。我记得那个忠厚老实人，听我这样一叫她，难过到极点。我恐怕那一次她身上一定连半个纽子都没剩。因为，她先和我母亲和好了以后，她又跪在带扶手的椅子旁边，和我和好，那时候她的纽子，就像排枪的子弹一样，一齐迸走了。

我们睡觉的时候，都非常地伤心。我上了床以后，还是抽抽搭搭、一逗一逗地哭个不住，过了好久，仍旧没睡得着。后来有一次，我逗得太厉害了，身子都在被窝里逗起老高来；那时候，只见我母亲坐在被

---

① 英国习惯，一年分为四节，以圣母节(3 月 25 日)、中夏节(6 月 24 日)、麦克尔节(9 月 20 日)及圣诞节(12 月 26 日)划分，为付租、付息、付款之期。这儿是说，大卫的母亲，上一节拿到进款(像年金偿款)的时候，没舍得用来买伞。

上，把身子俯在我上面。后来还是她抱着我，我才睡着了的，睡得还很沉。

我又看到了那个绅士；还是下一个星期天，还是过了不止一星期，他才又出现了呢？我现在记不得了。我不必自夸，说我对于日子记得清楚。不过他却一点不错，又在教堂里露了面儿；做完了礼拜，又和我们一块儿来到我们家。他这次不但到我们家的门口儿，还进了我们家的里面，看我们摆在起坐间的窗户那儿一盆顶呱呱的石蜡红。他虽然说是看石蜡红，我却觉得他对于石蜡红好像并没怎么注意。不过，他走的时候，却求我母亲把石蜡红给他一枝。我母亲说他爱哪一枝，就请他掐那一枝好啦——但是他却不肯——我当时不明白为什么——因此我母亲只得亲手掐了一枝，递到他手里。他接到这枝花儿以后说，他要把它永远永远保存着。我当时想，他这个人真傻，竟不知道，那枝花儿过一两天就要谢了。

晚上的时候，坡勾提不像以前那样常和我们在一块儿了。我母亲几乎事事都听她的调度，我觉得，比以前还要听——我们三个是很要好的；但是，我们仍旧还是和以前不一样，处得不像以前那样融洽了。有的时候，我有些感觉到，坡勾提好像反对我母亲把她那五斗柜里顶漂亮的衣服穿出来，反对她那样常常往那个邻居家里去；但是我却不明白为什么，我找不出使我满意的解答来。

慢慢地，我对于那个有黑连鬓胡子的绅士也看惯了。但是我对于他，仍旧像我刚见他的时候那样不喜欢；我对于他，仍旧存着一种使我不安的嫉妒心。不过我这种嫉妒和厌恶，只是出于一个小孩子的本能，同时又因为我认为，我母亲有坡勾提和我两个人捧着就很够了，不必再有别的人帮忙；如果除了这个以外，还有什么别的原因，那也跟我年纪大一些的时候所懂得的决不一样；但是那时候，我的脑子里却没有和我年纪大一些的时候一样的想法，或者相似的想法。我那时只能对事物作零零星星的观察(如果比方说的话)，但是叫我把这种零零星星的观察，联到一块儿，织成一个网，把人兜在里面，那是我当时办不到的。

有一次，是一个秋天的早晨，我和我母亲正在前园里。只见枚得孙[①]先生——我这阵儿知道他姓枚得孙了——骑着马走来。他见了我母亲，把马勒住，跟她打招呼。他说他要到洛斯托夫[②]去看朋友。他的朋友在那儿有快艇。他很高兴地对我母亲提议，说要是我喜欢骑马玩儿，他就抱着我，坐在他前边，把我带了去。

那时天气异常清爽明朗。马站在栅栏门那儿，又打响鼻，又刨蹄子，好像它自己也非常喜欢游玩一趟似的。因此我也非常想要去。这样，我母亲就把我打发到楼上，叫坡勾提给我打扮打扮。这时候，枚得孙先生下了马，把马缰绳拢在胳膊上，在叶香玫瑰围篱外面来回慢慢地走，我母亲就在围篱里面陪着他慢慢地走。我记得，我和坡勾提，从我那个小窗户那儿往外偷着瞧他们两个来着。我记得，他们两个一面溜达，一面装着瞧叶香玫瑰，靠得非常地近。我还记得，坡勾提本来脾气柔和得和天使一样，现在却一下烦躁起来，戗着毛给我梳头，使的劲儿还那么过分地猛。

枚得孙先生和我，一会儿就骑着马离开了，在靠大路一边儿的青草地[③]上，我们的马一路小跑往前走去。枚得孙先生毫不费劲，用一只胳膊抱着我。我记得，我平素并不是不老实的孩子，但是那一天，我却老不能乖乖地坐在他前面，总要时时转过头去，往他脸上瞧。他长了两只浅浅的黑眼睛——看起来没有一点深度的眼睛，我找不到更合适的字眼儿来形容——一出神儿的时候，就由于一种特殊光线的关系，看着好像对眼儿似的，因而显得仿佛五官不正。我偷着看了他好几次，每次瞧的时候，我对于他这种样子，都觉得悚然可怕，我心里纳闷儿，不知道他有什么心思，琢磨得那样出神儿。他的头发和连鬓胡子，现在凑得这样近一瞧，比我原先以为的还黑还多。他那脸的下部是方的，他那长

---

① “枚得孙”原文为“Murdstone”，由“murder”（杀人）和“stone”（石头）合成。后来这个名字，在贝莘·特洛乌小姐嘴里，变成了“Murdering”了，意思是“杀人的”。现译作“枚得孙”，和“没德(行)”、“损”双关。英文里人名词尾的“stone”，也往往读作“son”，如Johnstone即是。

② 英国萨福克郡东海岸一个海口兼海滨游玩的地方，在亚摩斯南10英里。

③ 走路边的青草地，为的是避免走大路中间，尘土飞扬。

得很旺的黑底胡，又天天刮得很光，只剩下了青碴儿：这都让我想到大约半年以前，穿乡游巷，到我们的村子这一块儿来展出的蜡人儿。这种情况，再加上他那两道整齐的眉毛，他那脸盘上，那样润泽地又白、又黑、又棕——他那个脸盘，我一提起来，就要骂它一声他妈的！他那个人，我一想起来，也要骂他一声他妈的！——都让我觉得他这个人很清秀，尽管我对他怀有疑惧。我认为，毫无疑问，我那可怜的亲爱的母亲，也觉得他清秀。

我们来到海边上一家旅馆，那儿有两位绅士，独占一个房间，正在那儿抽雪茄烟。他们两个都躺在椅子上，每人至少占了四把椅子，每人都穿了一身粗布夹克。在房间的一个旮旯那儿，堆着褂子和海员外氅，还有一面旗，都捆在一块儿。

他们两个一见我们进来了，就都带着些不修边幅的样子，急忙从椅子上翻身站起来，一面说，"喂，枚得孙！我们还只当你玩儿完了哪！"

"还没有哪，"枚得孙先生说。

"这个小家伙是谁？"两个绅士里有一个拉住了我，问。

"这是卫，"枚得孙先生回答说。

"哪个卫？"那位绅士说。"是卫·琼斯吗？"

"不是，是卫·考坡菲，"枚得孙先生说。

"怎么！这就是那个迷人精考坡菲太太的小累赘儿吗？"那个绅士喊着说。"那个漂亮的小寡妇儿？"

"昆宁，"枚得孙先生说。"请你说话留点儿神。有人可尖着哪。"

"谁？"那位绅士一面大笑，一面问。

我急忙抬起头来瞧他们，因为我急于想要知道知道是谁。

"不过是雪菲尔德的布路克[①]罢了，"枚得孙先生说。

我一听是雪菲尔德的布路克，一颗心才放下了；因为，起初的时

---

①雪菲尔德：英国工业城，以铁器出名，特别是刀叉用具。布路克据说是当时该城著名铁器商人。刀叉有尖，故戏以出刀叉的地方名称呼大卫。

候，我还真只当他们说的是我哪。

雪菲尔德的布路克这个人，好像很有叫人可乐的地方，因为当时一提起他来，那两位绅士就一齐哈哈大笑，枚得孙先生呢，也叫他招得很乐。他们笑了一阵，枚得孙先生称作昆宁的那位绅士说：

“雪菲尔德的布路克对于正进行着的这件事是什么意见哪？”

“哦，我想雪菲尔德的布路克这会儿对于这件事还不大了解吧，”枚得孙先生回答说，“不过，总的说来，我认为，他是不大赞成这件事的。”

他们听到这个话，更大笑起来。跟着昆宁先生说，他要按铃，叫雪里酒，给布路克祝寿。他按了铃，酒拿来了以后，他叫我就着饼干也喝一点儿，但是还没等我喝，又叫我站起来说“祝雪菲尔德的布路克倒血霉！”我照着他那样一说，他们都拍起手来，哈哈大笑，笑得我也跟着笑起来；他们一见我笑，笑得更厉害。总而言之，我们当时很开心。

喝完了酒以后，我们到外面，在悬崖上溜达，在草地上闲坐，从望远镜里瞧远处的景物——他们把望远镜递给我，叫我也瞧一瞧，我什么也没瞧见，但是我却假装着瞧见了。这样玩了一会儿，我们就又回到了旅馆，去吃早正餐[①]。我们在外面的时候，那两位绅士，一刻也没停，老抽烟——从他们的粗布褂子上的气味看来，我当时想，一定是褂子从成衣铺里拿回家来，上了身以后，他们就老没有不抽烟的时候。我还得别忘了说，我们那一天，到快艇上去过，上去了以后，他们三个就进了下面的房间，在那儿和一些文件干上了。我从开着的天窗那儿往房间里瞧的时候，瞧见他们在那儿一时不停地忙。在这一段时间里，他们把我撂给了一个很好玩的人。那个人有一个大脑壳，满头的红头发，头上戴着个发亮的小帽儿，身上穿着一件斜条布衬衫或者背心，在胸部用大写字母标着“百灵”两个大字。我当时认为，那必然是他的名字，因为他住在船上，没有街门，没地方挂名牌，才把它标在衬衣上。但是

---

①正餐是一日里最主要的一餐，或午间吃，或晚上吃，前者即早正餐，后者即晚正餐或正餐。

我叫他“百灵”先生的时候，他却说，那是船的名字。

我看到，那一整天，枚得孙先生，比起那两个绅士来，都沉默、稳重。他们两个都是嘻嘻哈哈、无忧无虑，你逗我、我逗你的，但是他们跟枚得孙先生却很少有开玩笑的时候。我觉得，他比起那两个人来，好像心眼更多，头脑更冷静；他们看待他，也有一点和我看待他那样。我留神看到，有那么一两回，昆宁先生说着话的时候，一面说，一面却斜着眼瞟着枚得孙先生，好像惟恐他不高兴似的。又有一回，巴斯尼(那是另外那个绅士)得意忘形的时候，昆宁先生踢了他一下，同时对他使眼色，叫他留神枚得孙先生，因为枚得孙先生正坐在那儿正颜厉色地不作一声。我不记得，那一天枚得孙先生除了说到雪菲尔德那个笑话以外还再笑过——而那个雪菲尔德笑话，话又说回来啦，本来就是他说起的。

我们晚上很早就回家了。那天晚上非常晴朗。到家以后，我母亲叫我进去吃茶点，她就又和枚得孙先生在叶香玫瑰篱旁一同溜达。枚得孙先生走了以后，我母亲就问我那一天的情况，问我他们都说了些什么话，做了些什么事。我把他们说她的话学了一遍，她听了笑了起来，跟着说，他们这几个人，净胡说八道，真不要脸——其实我知道，她听了那番话，非常喜欢。我当时知道是那样，也和我现在知道是那样一样。我趁着这个机会，问我母亲，她是不是认识雪菲尔德的布路克先生。不过她却说她不认识；她只说，她想那一定是制造刀剪那一行的一个商人。

她那副容颜，虽然按理说，我记得的是它改换了的样子，虽然我确实知道，它已经不在人间了，但是就在现在这一刻，那副容颜却在我面前出现，和在行人拥挤的街道上我愿注视的任何容颜那样清晰，那么我怎么还能说，那副容颜已经去而不返了呢？她那天真烂漫、如同少女的美，仍旧和那天晚上一模一样，有一股清新之气扑到我的脸上，那么我怎么还能说，那种美已经消歇了呢？就在现在这一刻，我的记忆，都使她那青年美貌，正像刚才说的那样，复活重现，并且，因为我的记忆比我这个人或者任何其他人，都更忠于自己那段知慕能爱的青春时期[①]，所以它就把它当时所珍重爱惜的形象牢守坚护，那么我怎么能说，她这个人还会有任何改变呢？

我们母子说过那番话以后，我上了床，她到床前来看我：我现在写的就是她到我的床前那时候的光景。她带着开玩笑的样子，跪在我的床旁边，把下颏放在手上，一面笑着，一面说：

“他们都说什么来着，卫？你再学一遍我听听。我不信他们真说过那样的话。”

“迷人精——”我开口说。

我母亲用她的手捂住了我的嘴，不让我说。

“他们说的不会是‘迷人精’，”她说，一面说，一面笑。“决不会是迷人精，卫。我这阵儿知道啦，决不是迷人精！”

“是，一点不错，是。他们是说‘迷人精考坡菲太太’来着，”我理直气壮地说。“他们还说‘漂亮’来着。”

“不对，不对，不会是‘漂亮’，决不会是‘漂亮’，”我母亲又用她的手捂住了我的嘴，拦着我，不让我说。

“对，对；是，是；是‘漂亮的小寡妇儿’。”

“这些不要脸的傻东西！”我母亲喊着说，一面捂着脸，一面笑。“他们这些男人真可笑！是不是？乖乖——”

“唉，妈。”

“这个话你可不要对坡勾提说，她听见了要生他们的气的。我自己听了就非常地生他们的气；所以顶好别让坡勾提知道。”

我当然答应了我母亲，不告诉坡勾提。跟着我们两个吻了又吻，我一会儿就睡熟了。

我现在就要说的，是坡勾提对我提出的那个使人惊异、富于新奇的建议。那本是我和我母亲说了那番话以后大概又过了两个月的事儿。

---

①这儿是把“记忆”拟人化，像人一样，有一个知慕能爱的青春时期。人是有各种感情、各种思想的，有时或者把这段时期忘了，而“记忆”则惟一所注只是记忆，所以他不会忘记这段时期，比任何人都忠于这段时期。

但是因为隔了这么些年，所以我现在想起来，那却好像是发生在我和我母亲说话的第二天似的。

那又是一天晚上，我们两个又和从前一样，一块儿坐着(我母亲又到邻居家去了)。眼前放着袜子、码尺、蜡头儿、盖儿上画着圣保罗的针线匣儿和讲鳄鱼的书，坐了一会儿，坡勾提先看了我好几眼，又把嘴张了好几张，好像要说话却没说出来似的——我当时只当她那是要打哈欠呢，要不，我一定会吃惊的——然后用哄我的口气说：

“卫少爷，我带你上亚摩斯[①]、到我哥哥家里住两个礼拜，你说好不好？你说那好玩不好玩儿？”

“你哥哥那个人脾气好吗，坡勾提？”我当时一下想不起别的话来，只随口这样一问。

“哦，他的脾气可好着哪！”坡勾提把手一举喊着说，“不但他的脾气好，那儿还有海，有大船、小船，有打鱼的，有海滩，还有俺和你一块儿玩儿。”

坡勾提最后这句话，听起来好像是说她自己。其实不然。她说的是她侄子汉，就是我在这部书第一章里曾提过的那个汉。不过这个名字，在她嘴里，却变成了语法的一脔了。[②]

我听她一口气说了这么些好处，兴奋得脸都红了。我说，那实在好玩儿。不过我妈让不让咱们去哪？

“我敢跟你打一个几尼的赌，她一准会让咱们去，”坡勾提说，一面用眼睛死劲往我脸上瞧。“你要是愿意的话，她一回来我就问她。就这么办啦！”

“咱们走了，她一个人怎么办哪？”我把我的小胳膊肘放在桌子上，把这个问题提出来问她。“她一个人可没法儿过呀！”

---

① 亚摩斯，英国东海岸的一个渔港，在伦敦北面。

② “汉”原文“Ham”。英国文化程度不高之人，或某地方言，不发“h”音，所以“Ham”念成“am”（这里译“俺”）。“am”是英语动词“be”的第一身、单数、现在式，直述语气等。所谓语法一脔，即指此而言。此处以“俺”译“汉”亦为“汉”字去“h”音，不过由原文动词变而为代名词了。

如果坡勾提忽然一下要在那只袜子的跟儿上寻找一个小窟窿的话，那么那个窟窿一定是小而又小，不值得一补的。

“我说！坡勾提！她一个人没法儿过呀，难道你不知道吗？”

“哟，你这孩子！”坡勾提说，这时候她到底把眼光转到我身上来了。“你不知道，她要上格雷浦太太家去住两个礼拜。格雷浦太太家里要来好些客人哪。”

哦，要是那样的话，那我说走就走。我当时急不能待地等我母亲从格雷浦太太家回来（这也就是前面说过的那家邻居），好问准了，她是不是让我们把这个了不起的计划实行起来。我真没想到，我母亲一听我们的打算，马上就同意了，跟着当天晚上就把一切都安排好了。我到那个人家去住这两个星期的食宿，都要算钱。

我们走的那一天，不久就到了。我像热锅上的蚂蚁一样，盼望那一天到来，惟恐有地震，或者火山爆发，或者其它天塌地陷的灾变突然发生，叫我们走不成。但是即使我在这种心情中，那个日子也来得太快了。我们要坐雇脚的马车去，在早晨吃过早饭的时候就上路。头天晚上睡觉的时候，如果能让我全身和衣而卧，头戴帽子，脚穿靴子，那跟我要多少钱，我都肯花。

我现在回忆起我当时怎样要急于离开我那个快乐的家，我怎么并没想到我所离开的会永无再见之期，虽然笔下好像很轻松，心里却十分沉重。

我现在回想起来还很高兴的是：雇脚的马车停在栅栏门那儿，我母亲站在那儿吻我，那时候，我对于我母亲，对于这个我从来没离开过一天的家，恋恋之情，油然而生，因而哭了起来。我现在琢磨起来还很高兴的是：不但我哭了，我母亲也哭了，不但哭了，我还觉得，她的心贴在我的心上直跳。

我现在回想起来还很高兴的是：车刚走动起来，我母亲跑到栅栏门外，叫车夫把车停住了，她好再吻我一次。我现在回想起来，要絮絮不厌的是：她这样吻我的时候，她对着我仰起来的那副脸，表现了一片真挚、一片慈爱。

我们走了以后，她仍旧站在路上，那时候枚得孙先生露面了，走到她跟前，好像劝她不要那样激动似的。我趴着车篷往后瞧，心里纳闷儿，不知道这和他有什么相干。坡勾提就从另一面趴着车篷往后瞧。我看到，她好像一百个不满意的样子，这是她瞧完了回过头来的时候，从她脸上可以看出来的。

我坐在那儿，瞧着坡勾提，心里琢磨，如果有人吩咐她，教她把我像童话里的孩子那样扔到外面远处，我能不能顺着她掉的纽子，找到回家的路[①]呢？我就这样瞧着她，琢磨了好久。

第三章
地换人易

我们这匹拉车的马，是世界上再懒也没有的了，我想这是不错的。它把个脑袋搭拉着，一步一步地往前蹭，好像故意要叫那些收包裹[②]的人大等而特等，它才甘心似的。我那时候当真以为它是在那儿琢磨这一点，越琢磨越觉得开心，都格格地笑出声儿来了呢。但是赶车的却说，它那不是笑，而是犯了咳嗽病了。

赶车的和他的马一样，也喜欢把脑袋搭拉着。他赶着车的时候，还喜欢睡眼蒙眬地把腰往前躬着，把胳膊放到膝盖上，一个膝盖上一只。我刚才说他“赶”车，其实我当时的印象是，这辆车，即便没有他，也照样到得了亚摩斯，因为一切，有马自己，就都办了。至于说说笑笑，他全不懂，他只会吹口哨。

坡勾提在她的膝盖上放着一篮子点心，我们即便坐这辆车一直到伦

---

① 德国格林兄弟童话集里的《汉斯尔和格蕾蒂尔》里说，汉斯尔的父亲是个樵夫，有一年凶年乏食，不得已把男孩汉斯尔和女孩格蕾蒂尔，骗到树林，自己走开，想把他们扔在那儿。但汉斯尔头天偷听父母计议，有所准备，出来时，装了一口袋白石子，在路上走不远就扔一个，这样他们顺着撒有石子的路，重回家里。

② 驿车和雇脚马车兼管运递包裹业务。

敦，那些点心也尽够我们路上大吃一气的。我们一路上差不多老吃，差不多老睡。坡勾提睡的时候，老把下巴颏放在篮子的把儿上；即便她睡着了，她的手也老抓着篮子不放；她打呼噜打得厉害极了，要不是我亲耳听见的，我真不能相信，一个本来应该是无力自卫的女性，却会那样鼾声如雷。

我们在篱路上[①]一会儿左、一会儿右，拐了那么些弯儿，在一家客店往下搬床架子的时候，又耽误了那么大的工夫，在别的地方又停过那么多的次数，所以把我闹得又乏又腻；后来到底看见亚摩斯了，觉得特别高兴。我往河[②]那面那一大片平平板板的荒滩[③]上瞧的时候，我觉得亚摩斯这个地方，好像有些一踩就一咕唧的样子，而且非常地平衍。照地理教科书上说，地球本来应该是圆的；如果真是那样的话，那我可就不明白了，为什么有的地方会像这儿这么平呢？不过我想起来了，亚摩斯也许正坐落在两极之中不定哪一极上吧；这样就可以把道理说明白了[④]。

我们走得更近一些了，连四周围的景物都能看见了，只见那片景物，像摆在一条线上那样，低低地平伸在天空下面。那时候，我对坡勾提透露，说这儿要是有个小土堆子什么的，也许会比较地好一些吧，我又说，这儿要是陆地和海多少再分开一些，市镇和潮水不像水泡烤面包[⑤]那么混杂在一块儿，也许会比较地好一些吧。但是坡勾提却说（说的时候，口气比平常更坚决），事情怎么来，我们就该怎么受；她自己呢，能做一个“亚摩斯熏青鱼”[⑥]，还觉得挺得意的呢。

我们进了街以后（我瞧着这种街很眼生），闻到鱼、沥青、麻刀和焦油的气味，瞧见水手到处溜达，大车在石头铺的路上叮叮当当地来来往

① 英国乡间，地边都有活树，成行密植，作为藩篱，是为树篱。有树篱夹路的路叫作篱路。篱路较窄，多弯儿。

② 这是亚尔河，亚摩斯就坐落在亚尔河口，市的旧街部分紧靠着亚尔河。

③ 这是亚摩斯的沙滩。

④ 旧说，地球是圆的，但南北两极却扁平，像橘子那样。

⑤ 烤面包往往泡在酒里或水里吃，水泡烤面包特为某种病人或小儿食物。

⑥ 亚摩斯以产熏青鱼出名。因而亚摩斯的当地人，诨名“亚摩斯熏青鱼”。

往，我才觉得，我刚才的想法，实在是冤枉了这样一个热闹的地方。我把我这个意见对坡勾提说了。她听到了我对这个地方这样喜欢，便悠然自得地对我说，人人都知道（我想这只是说，那些运气好、生来就是熏青鱼的人吧）亚摩斯归了包堆是天下最美的地方。

“你瞧，我们的俺在那儿接我们哪！”坡勾提尖声喊着说。“长得我都不认得了！”

一点不错，汉正在客店那儿等着接我们，他一见我，就和老朋友一样，问我一路可好。开头的时候，我只觉得，我跟他的熟劲可远不如他跟我的熟劲那么大；因为自从我下生那一天以后，他就再也没上我们家里去过，所以，在熟的方面，自然是他比我占上风。但是他把我背起来，要一直把我背到他们家的时候，我和他却一下就觉得亲热起来。他现在长得又大又壮，身高六英尺，虎背熊腰。但是他脸上却老带着憨笑的样子，仍旧一团孩气，头上又满是淡色的[1]鬈发，因此显得十分腼腆羞涩。他穿着一件帆布夹克，一条很硬的裤子，硬得好像用不着有腿在里面撑着，只凭裤子自个儿就可以挺起来。他头上与其说戴着帽子，还不如形容得恰当一些，说他头上顶着一件涂有沥青的东西，像一所老房子的房顶似的。[2]

汉背上背着我，胳膊下面夹着我们的一个小箱子，坡勾提提着我们的另一个小箱子，我们就这样穿过了一些到处都散布着碎木片和小沙堆的胡同，走过了一些煤气厂、制绳厂、大船厂、拆船厂、粘船厂、船具栈、铁匠炉，以及这一类横三竖四、乱七八糟的地方，最后来到了我刚才老远瞧见的那片死沉呆板的荒滩。那时候，汉说：

“卫少爷，你瞧，那面儿就是我们的家！”

我在那片荒滩上四面八方地瞧去，尽力往远处瞧，往海那儿瞧，又往河那儿瞧；但是不论怎么瞧，却都瞧不见有什么房子。只有一个黑漆

---

① 高加索种人（即白人）的颜色有深浅（或谓浓淡）两种，前者肤色深，发及眼黑，后者肤色淡，发棕、或黄、或红，眼蓝或棕。

② 比较本书第 57 章：“他给自己装备……一顶矮顶儿草帽，外面涂着沥青……”这当然是为的防水。

陆上船为家

漆的平底船，或者另一类的废船[1]，离得不远，扣在干地上，上面伸出一个像漏斗的铁玩意儿，当作烟囱；那儿风不大吹得着，雨不大淋得着，正暖烘烘地往外冒烟。但是除了这个以外，我就再也瞧不见有任何其他能让人住的地方了。

“不会是那个吧，不会是那个像一条船的东西吧？”我说。

“怎么不是，就是那个，卫少爷，”汉回答说。

我当时觉得，就是能住在阿拉丁的宫殿里，就是能看见大鹏鸟的蛋[2]，比起住在这条船里，都不会叫我觉得更迷人，更富有神话色彩。只见船帮上开了一个很好玩的门，船上面盖着顶子，旁面还开着小窗户。但是它所以叫人着迷，叫人惊奇，只是因为它真是一条船，从前毫无疑问，下过几百次水还不止，从来没有人打算把它放到陆地上，叫人当房子住。它所以叫我那样着迷，原因就在这儿。如果它当初打算住人，那我也许会觉得它太小了，太不方便了，太冷清了，但是就是因为从来没有人打算叫它作那种用途，它才成为一个再好没有、可以住人的地方。

船里面洁净得令人喜欢，要多齐整就多齐整。里面有一张桌子，一架荷兰钟，一个五斗柜，柜上立着一个茶盘儿，茶盘儿上画着一个拿阳伞的妇人，在那儿散步；她还带着一个雄赳赳的小孩，在那儿滚铁环玩儿。还有一本《圣经》挡着茶盘儿，免得茶盘儿滚下来；因为茶盘如果当真滚下来，那么，放在《圣经》四周围的好些茶杯、茶托儿，还有一把茶壶，就都要砸碎了。墙上挂着普通的彩色画儿，镶着玻璃框子，画的都是《圣经》里的故事。我瞧见了这些画儿以后，每逢再瞧见卖这种画的小贩子，就想起坡勾提的哥哥家里的情况。而且只要瞧上一眼，他

---

① 据说这个“船屋”是有底本的，在格雷夫孙(Gravesend)的运河岸上，有一个奇异的小房儿，由扣过来的一条渔船作的，长30英尺，上面有一个窗户，就是原先安船舵的地方。1844年的《格雷夫孙游览指南》上说到这个“船屋”。斐兹(Phiz)的插图，可能根据这个“船屋”画的。

② 这都见于《天方夜谭》。前者见故事《阿拉丁的神灯》，后者见故事《辛巴德第二次航海记》和《第三个行乞僧的故事》。阿拉丁借神灯之力，召来魔卒，一夜之间，盖成一座宫殿。大鹏能把象叼起来，衔到巢里，把象吞下。

家里的全部情况，就都在我面前出现。这些画儿里最引人注意的有两幅：一幅画着穿红衣服的亚伯拉罕要杀穿蓝衣服的以撒祭神，[①]另一幅画着穿黄衣服的但以理叫人投到绿身狮子的坑[②]里。在那个小小的壁炉搁板上面，挂着另一幅画儿，画的是孙德兰[③]那儿造的一条叫作“莎拉·捷恩号”的双桅方帆船，船的尾部是用木头做的，和真的一样，粘在画儿上；那真是一件艺术品，里面又有木匠活儿的手艺，又有画家配合的技巧，能有这样一件玩意儿，真是世界上顶叫人羡慕的了。房顶的椽子上钉着几个钩子，至于作什么用，我当时还没猜得出来。屋里还有小矮柜[④]和箱子一类的家具，又盛东西，又坐人，可以顶好几把椅子用。

我刚一跨进门槛，就一眼瞧见了这些东西了——要是按照我的理论说，这是小孩子所特有的本领[⑤]——跟着坡勾提开开了一个小门儿，把我睡觉的地方指给我瞧。我长这么大所看见过的寝室里，这要算最完备，最招人爱的了——它在船的后部，有一个小小的窗户，那原先本来是安船舵的窟窿眼儿。那儿墙上挂着一面小小的镜子，镜子框上镶着牡蛎壳，镜子的高低，恰好合乎我的高矮。还有一张小小的床，恰好够我躺得下的；还有一张桌子，桌子上摆着一个蓝盂子，盂子里生着一丛海藻。这个寝室里的墙，粉刷得像牛奶一样地白；杂布拼成[⑥]的被，花哨得叫我看着眼睛都发痛。在这个好玩的房子里，我特别注意到一种情况，那就是一股鱼虾的味儿，这种味儿，简直地是无孔不入。我掏出手绢来擦鼻子的时候，发现我的手绢有一股好像包过龙虾似的味儿。我私下里把我这种发现告诉坡勾提的时候，她说，她哥哥是贩龙虾、螃蟹和大虾的。后来我知道，船外面有一个小木头棚子，本是放锅、盆的地方，平常在那儿可以看到，龙虾、螃蟹和大虾，成堆儿放着，它们都你

---

①亚伯拉罕要杀以撒，见《旧约·创世记》第22章第1～13节。

②但以理被投到狮子坑里，见《旧约·但以理书》第6章第16～23节。

③孙德兰，英国东海岸一个海口和煤矿中心。有钢铁船厂。

④这是指凳子下面安上帮、底和门作的小柜而言。

⑤这种理论，与本书第2章第2段里所说有关。

⑥这是用颜色不同、大小不一的布，缝到一块儿做成的。仿佛中国过去小孩穿的“百家衣”或是女人穿的“水田衣”。

坡勾提先生极尽地主之谊

挤我，我挤你，乱搅在一块儿，不管抓住什么，就使劲一夹，夹住了还老不撒开。

有一位很客气的妇人，系着白围裙，迎接我们。本来我在汉背上，离船还有四分之一英里那么远的时候，就看见她站在门口，朝着我们屈膝行礼了。迎接我们的，还有一个顶美的小女孩儿（或者说，我认为她顶美），她脖子上戴着一串蓝珠子项圈，我要上前去吻她，她就是不肯，跑到一边儿藏起来了。待了不大的工夫，我们吃了一顿很阔气的正餐以后（吃的有煮扁鱼、稀黄油和土豆儿，还单给了我一盘排骨），一个满身毛烘烘、满脸笑嘻嘻的大汉走了进来。我听他管坡勾提叫“妞儿”，又见他亲热地在她脸上吧的一声亲了一下，再加上我又看到坡勾提对他一般合于礼数的举动，我就知道，这个人一定是坡勾提的哥哥，果然不错是她哥哥——因为紧跟着坡勾提就给我介绍，说他就是这一家的主人坡勾提先生。

“你来啦，少爷，我高兴极啦，”坡勾提先生说。“你可以看出来，少爷，我们这儿的人，看样子粗粗剌剌，干事儿可稳稳当当。”①

我对他表示了谢意，同时对他说，我敢保，我到这样一个可爱的地方，一定快活。

“你妈好吧，少爷，”坡勾提先生说。“你离开她的时候，她还挺乐呵的吧？”

我对坡勾提先生说，我离开她的时候，她要多乐呵就多乐呵；我又说，她还叫我替她问好儿（这当然是我自己编的客气话）。

“我谢谢她惦着，”坡勾提先生说。“少爷，你要是在我们这儿，和她，”朝着他妹子把头一点，“和汉，和小爱弥丽，一块待两礼拜，那我们可就太觉得脸上有光彩啦。”

坡勾提先生这样殷勤欢迎，尽了地主之谊以后，就到外面洗手洗脸去了，洗的时候，用了一壶热水。他说，“他那份脏劲儿，凉水是永远洗不干净的。”他一会儿就又回到屋里了，外表虽然大为改善，但是脸

① 原文把英语双声成语 rough and ready 拆开来用，译文易以对偶叠字。

却红得很，因此我不由得要认为，原来他的脸，和龙虾、螃蟹、大虾一个样：没经热水烫，黑不溜秋的，经热水一烫，就又红不棱登的了。

吃了茶点以后，门关好了，一切都妥帖舒适了（那时候，外面一片夜色里，冷风飕飕，雾气沉沉），我就觉得，人类脑子里能想得出来的让人安稳存身之处，没有能比这一家再可喜可爱的了。耳朵里听的是海面上刮起来的风，心里想的是外面一片荒凉的空滩上越来越浓的雾，眼睛里看的是壁炉里熊熊的火，脑子里琢磨的是四外近处完全没有邻舍的人家——而且是住在一条船里的人家：这种情况，真叫人心醉神迷。小爱弥丽这会儿害羞的劲儿已经过了，和我并排坐在一个最小、最矮的矮柜上，那个小矮柜，安在壁炉里的一边①，恰好合适，我们两个坐在上面，也恰好合适。坡勾提太太，系着白围裙，坐在壁炉那一面儿打毛活；坡勾提就做针线活儿；只见她用起那块蜡头和那个盖上画着圣保罗大教堂的针线匣来，那种自然劲儿、随便劲儿，就好像她从来没把那几件东西带到任何别的人家一样。汉给我上了四全牌②玩法的第一课，跟着又用那副脏牌算命，不过他记不清楚怎么个算法了，所以就一面试，一面想。每一张牌，经他的手一翻，就印上了一个带腥味的指头印。坡勾提先生就坐在那儿抽旱烟。我一看，那正是聊闲天儿、说体己话的时候了。

“坡勾提先生！”我说。

“什么，少爷？”他说。

“你叫你的少爷汉，是不是因为你们住在和方舟③一类的船里哪？”

坡勾提先生好像认为这个问题很深奥，不过他还是回答了我，说：

---

①英国旧式壁炉宽敞，壁炉里每一边和炉火之间的地方，能安下座位。这儿说一面是大卫和小爱弥丽，另一面是格米治太太，都在壁炉里面。

②牌戏之一种，可由二人以至六人同玩。这种牌戏四种可能的机会都占全了的为赢家，故名。

③《旧约·创世记》第5章第32节：“挪亚……生闪、汉（旧译含）、雅弗。”第6章说，耶和华告挪亚，使造方舟，与其家属，及有生之物，雌雄各一，全带进方舟，以避洪水。

“不是那样，少爷。他的名字不是我给他起的。”

“那么那个名字是谁给他起的哪？”我说，我这是把《教义问答》里的第二个问题[1]对坡勾提先生提出来了。

“哦，少爷，他爸爸给他起的呀，”坡勾提先生说。

“我原先还只当你就是他爸爸哪！”

“我兄弟周才是他爸爸哪，”坡勾提先生说。

“是不是不在啦哪，坡勾提先生？”我恭恭敬敬地停了一会儿，才用试探的口气问。

“在海里淹死啦，”坡勾提先生说。

我一听，坡勾提先生并不是汉的父亲，吃了一惊，跟着就纳起闷儿来，不知道我对于这儿别的人跟他的关系，是不是也弄错了。我当时非常好奇，想要弄清楚，所以我就拿定了主意跟坡勾提先生弄一个水落石出。

“小爱弥丽，”我说，一面看了她一眼，“是你的女儿吧，难道不是吗，坡勾提先生？”

“不是，少爷。她爸爸是我妹夫托姆。”

他这样一说，我就是想不再问，也办不到了。所以我就又恭恭敬敬地停了一会儿，用试探的口气问：“是不是也不在了哪，坡勾提先生？”

“在海里淹死啦，”坡勾提先生说。

我感到现在不好再问下去了，但是这个砂锅并没问到底，而却不管怎么样，都非问到底不可。因此我就说：

“难道你跟前，不论姑娘，也不论小子，什么都没有吗，坡勾提先生？”

“没有，少爷，”他回答说，一面说，一面哈哈大笑。“我还打着光棍儿哪。”

---

① 《教义问答》第一句问的是：你叫什么名字？第二句问的是：这个名字是谁给你起的？（答：我领洗的时候，我的教父母给我起的，等等。）

“光棍儿！”我吃了一惊，说。“那么，那是谁哪，坡勾提先生？”我一面这样问，一面往那个系着围裙、坐着打毛活的妇人那儿一指。

“那是格米治太太，”坡勾提先生说。

“格米治，坡勾提先生？”

不过说到这儿，坡勾提——我说的是我自己那个坡勾提——对我做了那样动人心目的姿态，叫我不要再问下去，因此我只好坐在那儿，瞧着那几个默默无言的人，一直瞧到睡觉的时候。那时候，坡勾提在我自己那个小小的房间里，才私下里告诉我，说汉是坡勾提先生的侄子，小爱弥丽是他的外甥女儿，他们都从小儿就父母双亡，无衣无食，所以坡勾提先生就先后把他们抱过来，养活大了。格米治太太呢，是个寡妇，她丈夫当年和坡勾提先生一块儿使船，后来死了，死的时候也很穷。坡勾提先生自己也是个穷人，坡勾提说。但是他的心可那样好，比金子铸的还可贵；那样实，比铁打的还可靠。这是坡勾提打的比方。她告诉我，说坡勾提先生从来不会发脾气，不会起誓，可就是一听见有人说他慷慨侠义，就非大发其脾气，大起其誓不可。他们里面，要是有人不留神，提到他这种好处，他就用右手往桌子上使劲一打（有一次把桌子都打劈了），同时狠狠地起可怕的誓，说，谁要是再提这个话，他不溜之乎也，一去不回，那他“就是那个”[①]。我追问的时候，发觉出来，“就是那个”这个可怕的誓到底是怎么个意思，怎么个来源，他们这几个人，好像连最模糊的概念都没有。不过他们却都把这句话看作是他最厉害的一个誓。

在船的另一头上，有一个和我这个一样的屋子，这一家里，那两个女人就在那儿睡觉；现在我听见她们到那儿睡去了，我又听到坡勾提先生和汉在我先前就注意到的那些钉在椽子上的钩子上，吊起吊床来。因为我深深感到我这位地主的侠义肝胆，所以听的时候，心里觉得非常地受用，昏沉的睡思更提高了这种受用的滋味。睡魔慢慢向我袭来的时

---

①原文 gormed，意为 god-damned，咒骂语，为萨福克郡等地方言，亦见本书第 21 章等处。

候，我听到狂风在海上怒号，又凶猛地从空滩上吹过，那时候，我的脑子迟迟钝钝地想到，恐怕海在夜里要涨大潮。不过我又一想，我究竟是在船上；再说，如果真有什么事故发生，有坡勾提先生那样一个人在船上，还怕什么。

但是睡了一夜，除了晨光来临，并没有任何意外事故发生。晨光刚一映到我屋里镶着牡蛎壳的镜框上，我就起了床，和小爱弥丽一块儿跑到海滩上捡石头子儿玩儿去了。

“你会全套水手的本领吧，我想？”我对小爱弥丽说。其实我一点也没那样想，不过我觉得，在异性面前，没话也总得找话说说，才显得殷勤温存，同时，在那一会儿的工夫里，一个叫日光映得发亮的帆，恰好紧靠着我们，在小爱弥丽的眼里映出了一个很美的小影子，因此我才想起刚才那一句话来。

“我吗，一点儿也不会，”小爱弥丽一面说，一面摇头。“我怕海。”

“怕？”我说，说的时候，带出一种应有的勇敢神气来，同时挺着胸脯对着大海说，“我可不怕！”

“你不怕！啊！不过海可狠着哪，”小爱弥丽说。“我亲眼瞧见过，海对我们的人是怎么狠来着。我亲眼瞧见过，海里的浪把一条和我们那个家一样大的船打得粉碎。”

“我希望那条船不是——”

“——我爸爸在那上面淹死的那一条？”爱弥丽说。“不是，不是那一条。我从来没见过那一条船。”

“也没见过你爸爸？”我问她。

小爱弥丽摇头。“不记得了！”

这太巧了！我马上就跟她说，我也从来没见过我爸爸。我和我妈老是两个人过日子，过得再没有那么快活，现在那样过，还打算永远那样过，我爸爸的墓就在离我们家不远的教堂墓地里，墓上有树遮着；早晨天气好的时候，我常在树下面溜达，听鸟儿叫，等等。不过我和爱弥丽，虽然都是没有爸爸的孩子，情况却好像不完全一样。因为她妈死得比她爸爸还早，她爸爸的墓在哪儿，也没有人知道，都只知道在深海里，却说不出来在什么地方。

“这还不算，”爱弥丽说，一面四外瞧去，寻找蛤蝌壳和石头子儿，“你爸爸是位绅士，你妈是位太太，我爸爸可只是一个打鱼的，我妈也只是一个渔户人家的女儿。我舅舅但[1]也只是一个打鱼的。”

“但就是坡勾提先生吧，是不是？”我说。

“是，就是但舅舅——就在那儿，”爱弥丽回答说，一面往船做的房子那儿一歪脑袋[2]。

“我说的就是他。我想他这个人一定非常地好。”

“好？”爱弥丽说。“我要是有做阔太太那一天，那我就一定非送他这些东西不可：一件带钻石纽子的天蓝色褂子，一条南京布裤子，一件红天鹅绒背心，一顶卷边三角帽子[3]，一个金壳大怀表，一支银杆烟袋，还外带着一箱子钱。”

我说，我认为坡勾提先生对于这些贵重东西，毫无疑问受之无愧。但是，我现在应该承认，我当时却觉得，他这位感恩报德的小外甥女儿，如果真给了他这套衣帽，那他穿戴起来，是否得劲儿，却叫人难以想象。我对于叫他戴卷边三角帽子的办法，特别怀疑：不过这只是我心里的感想，我并没说出来。

小爱弥丽数这几件东西的时候，站住了脚，抬起头来，往天上看，好像这些东西是光辉的幻景一样。她说完了，我们又往前走去，捡蛤蝌壳和石头子儿。

“你想当一个阔太太吗？”我说。

爱弥丽看着我，一面笑，一面点头，意思是说“想”。

“我很想当阔太太。那样，我们就都成了体面人了：我自己，我舅舅，汉，还有格米治太太。那样，要是闹起天气来，我们就可以不用担

---

①但是但以理的昵称，后面但尔亦然。

②我们用下巴颏指点方向，英、美人用头顶指点，和我们指的正相反。

③18 世纪末、19 世纪初，三角帽是普通人戴的，但 19 世纪初期以后，三角帽专为海陆军军人所戴。

心了。我的意思是说，不用替我们自己家里的人担心。替那些可怜的打鱼的人，还是一点儿不错，要担心的；要是他们有了灾难，我们就给他们钱，帮他们。”

她这种说法，在我当时的心目中，是一幅很令人满意的图景，因此也就不是不可能的图景。我把我想到这种图景而感到快乐的话告诉了小爱弥丽，小爱弥丽一听，得到鼓励，就羞涩地说：

“你这阵儿听我这一说，是不是也怕起海来了哪？”

当时风平浪静，没有什么叫我害怕的。但是如果有浪卷来，即使不是很大的浪，那我相信，我想到她那几个亲人都淹死了那种可怕的情况，我也非回头撒腿就跑不可。话虽如此，我当时却回答她说，“还是不怕。”同时又添了一句，说，“你虽然嘴里说你怕，其实你好像并不怕。”因为我们那时候正溜达到一条旧栈桥或者木头埂道上面，而她呢，老紧靠着栈桥的边儿走，我真怕她掉到水里。

“我怕的不是这个，”小爱弥丽说。“只是夜里刮风的时候，我老醒，醒来就想到但舅舅和汉，就不免要打哆嗦，还老觉得，真听见了他们大声喊救命。就是因为那样，我才想做阔太太。不过这个我可不怕。不信你瞧！”

在我们站的那块地方上，有一块大木头，样子巴巴裂裂的，高高地伸在深水上面，四面一点遮拦都没有。爱弥丽刚说完了“不信你瞧”这句话，就从我的身旁飕地一下顺着那块大木头跑去了。当时的情况，在我的脑子里，留下了极深的印象，我要是个画家的话，那我敢说，我现在能在这儿把那天的光景一点不差地画下来，画爱弥丽如何脸上带着一种使我永远不忘的神气，眼睛往海上老远老远的地方瞧着，身子往前跳去，好像命都不要了的样子(当时我觉得是那样)。

爱弥丽轻盈而勇敢的小小形体，飘飘洒洒地转过来，又平平安安地回到我的身旁了。我也跟着就对我刚才感到的恐惧和发出来的喊声，不觉笑起来。反正我喊是没有用处的，因为附近一带，一个人影都没有。但是从那一次以后，我在我的壮年时期，有过不止一次，有过许多次，曾经想到：那女孩子那天一时莽撞的行动中，她那样狂野的远望神气中，是否也和一切未经人知的可能事物一样，可能有一种吸引她的力量，慈悲地把她引到危险里去呢？可能有一种诱惑她的力量，为她死去的父亲所允许，引她到他那儿去，使她那天有机会结束自己的生命呢？从那一次以后，我曾有过一个时期，老纳闷儿琢磨：如果她的将来，能显示给我，让我一眼看到，而且能让我那样一个孩子完全了解，而她的性命，只要我一伸手就可以救得，那我是不是应该伸手去救她呢？从那一次以后，我有过一个时期——我不说这个时期很长，不过的确有过这样一个时期——我自己问自己：那天早晨，小爱弥丽当着我的面儿，遭了灭顶之祸，是不是更好呢？而我的回答是：不错，是更好。

我这个话也许说得过早了。我这个话也许还不到应该说的时候。不过既然说了，就让它留着吧。

我们溜达到很远的地方，把我们认为稀罕的东西都捡起来，装了满满的好几口袋儿。把几个搁了浅的星鱼小心在意放回水里——我即便这会儿，对于这种东西，还是不了解，所以不敢说，我们这样帮助它们，它们还是感激我们，还是讨厌我们——跟着又往坡勾提先生的家走去。我们走到盛虾那个棚子的时候，在背风那一面儿站住了，天真烂漫地互相对亲了一下，跟着，我们就心情愉快、身体健壮、脸上红扑扑地走进屋里去吃早饭。

“跟一对小绣眼鸟儿一样，”坡勾提先生说。坡勾提先生虽然说的是我们当地的土话，我却明白，那句话就是画眉的意思，我听了那句话，认为是夸我。

我当然爱上了小爱弥丽。我现在敢说，我当时对那个小女孩的爱，比起长大成人的时候最深的爱（尽管那也是高尚的、纯洁的），一样地真诚，一样地温柔，但是却更纯洁，更无所为而为。我敢说，我的理想，虚构了一种情况，笼罩在那个两眼碧波欲流的小妞妞身上，使她变得空灵剔透，使她变成了一个天使。如果在一个太阳辉煌的上午，她在我面前展开两个小翅膀飞起来，那我想，我还是会认为那是情理之中的事。

我们老是相亲相爱地在亚摩斯那片凄迷苍老的荒滩上，一点钟一点钟地游荡。“日”和“夜”，老在我们身旁游戏，好像时光自己还没老，还是个小孩，并且老玩个不歇。我对爱弥丽说，她就是我的命根子。要是她不亲口承认，说我也是她的命根子，那我没有别的办法，只好找刀去，不活着啦。她说，我也是她的命根子，我也认为，一点儿不错，我是她的命根子。

至于说，我们的身份门第不相配，我们两个都太年轻，我们还有别的困难阻碍我们，这些问题，我和爱弥丽全都没考虑过，因为我们根本就不曾想到将来。我们不作越长越大的打算，也就和我们不作越长越小的打算一样。我们是格米治太太和坡勾提夸赞的对象。晚上我们两个亲热地并排坐在小矮柜上的时候，她们老嘁嘁喳喳地说，“哟！多美呀！”坡勾提先生就一面抽着烟，一面瞧着我们笑；汉就整晚上，除了把个嘴咧着，什么也不做。他们在我们身上所感到的快乐，我想，就好像在一件好玩儿的玩具或者两个袖珍考利西厄姆①模型上所感到的一样。

我不久就看了出来，格米治太太既然住在坡勾提先生家里，那就是寄人篱下了，以这种情况而论，她应该更叫人愉快一些才是，而实际却不是那样。格米治太太这个人的脾气，未免爱烦躁，她有的时候，老哭丧着脸嘟嘟囔囔的，在那样一个地方很小的家庭里，叫别的人觉得很不舒服。我很替她难过；不过，有的时候，我只觉得，如果格米治太太自己能有一个方便的小屋子，一犯起脾气来，可以一个人躲到那儿，待到心情好起来的时候，那于别人也许会好一些。

坡勾提先生有的时候往一个叫作悦来居的酒店里去；我看出这一点来，是我们到这儿第二天或者第三天的晚上。那时候，他不在家；格米治太太就在八九点钟的时候，看了看那个荷兰钟，跟着说，他一定是往悦来居去了，她还说，早晨她就知道他要上那儿去的。

---

①这儿的考利西厄姆(Coliseum)，应非古罗马最大、最著名的圆竞技场(该场更通行的叫法是 Colosseum)，而为伦敦的娱乐场，在伦敦摄政公园(Regent Park)东南角，始建于1824年，1855年停办，1875年拆除。内部画有“伦敦全景图”，1844年并有轱辘鞋旱地滑行之戏(roller skating)。亦见本书第22章。

格米治太太本来就不高兴了一整天，上午炉火冒烟的时候，还一下哭了起来。“我是一个孤孤单单的苦命人，”一遇到有不遂心的事，她就这样说，“不论什么事儿，都没有不跟我别扭的。”

“哦，这不要紧，过一会儿就好了，”坡勾提说——我这儿指的还是我那个坡勾提——“再说，又并非你一个人觉得别扭，我们大家也一样地觉得别扭哇，你难道还不知道吗？”

“我可觉得更别扭，”格米治太太说。

那一天很冷，刮着刺骨的寒风。据我看来，格米治太太在炉旁占的那个特别给她留出来的地方，是最暖和、最严实的，她坐的那把椅子，也毫无疑问，是最舒服的；但是那一天，她却什么都看着不顺眼。她老抱怨“冷啊，冷啊”，老说，冷风吹到她背上，把她叫作是“哆嗦病”的毛病又勾起来了。到后来，她竟因为冷，淌起眼泪来，又说，她“是一个孤孤单单的苦命人，不论什么事儿，都没有不跟她别扭的”。

“一点儿不错，很冷，”坡勾提说。“没有人说不冷的。”

“可是我比别人觉得更冷，”格米治太太说。

在吃正餐的时候，格米治太太也是一个劲儿地不高兴。他们因为我是贵客，总是先给我“布菜”，给我“布”了以后，跟着就给格米治太太“布”。那天的鱼，个儿又小，刺又多，土豆也有点儿糊了。我们大家都承认，说我们也觉得有些扫兴。但是格米治太太却说，她比我们觉得更扫兴。跟着又淌起眼泪来，含着一肚子苦水的样子把前面那句话又说了一遍。

这样一来，九点钟左右，坡勾提先生从外面回来了的时候，这位苦命的格米治太太正非常苦恼、非常沮丧地坐在她自己独占的那个旮旯那儿打毛活。坡勾提一直都很高兴地在那儿做针线活儿。汉就老在那儿补一双下水穿的大靴子。我呢，就念书给他们听，旁边坐着爱弥丽。格米治太太除了发出一声凄楚的叹息而外，再就没吱一声儿，从吃了茶点以后也没再抬头。

“喂，伙计们，”坡勾提先生说，一面落座，“你们都好哇？”

我们大家，有的用语言，有的用表情，对他欢迎。只有格米治太太，也没说什么话，也没作什么表示，只一面打着毛活，一面直摇脑袋。

“又怎么啦？”坡勾提先生说，同时把双手一拍。“鼓起兴致来好啦，老姏[1]！”（坡勾提先生的意思是说老姑娘。）

格米治太太好像怎么也鼓不起兴致来。她掏出一块黑绸子旧手绢儿，用它擦眼睛，擦完了，并没把它放回口袋儿里，仍旧把它放在外面，又用它擦了一回眼睛，擦完了，仍旧把它放在外面，预备要用的时候，就在手头儿。

“又怎么啦，嫂子，”坡勾提先生说。

“不怎么，”格米治太太回答说。“你又上悦来居去来着，是不是，但尔？”

“哦，不错，我今儿晚上上悦来居去来着，在那儿待了不大的一会儿，”坡勾提先生说。

“我很难过，把你逼得往那儿跑，”格米治太太说。

“把我逼得往那儿跑？我还用人逼！”坡勾提先生很老实的样子大笑着说。“我自己就巴不得老往那儿跑哪。”

“巴不得老往那儿跑，”格米治太太说，一面又摇头，又擦眼泪。“不错，不错，巴不得老往那儿跑。我很难过，都是因为我，才叫你巴不得老往那儿跑。”

“因为你？决不是因为你！”坡勾提先生说。“你千万可别往那方面想。”

“我说是，是因为我，”格米治太太喊着说。“我难道自己还不知道自己是怎么回事吗？我难道还不知道我是一个孤孤单单的苦命人，不但所有的事儿跟我都没有不别扭的，我还跟所有的人，不论是谁，也都没有不别扭的？不错，不错，不论什么事儿，我偏比别人更爱心里别扭，还比别人更爱在外面露出来心里的别扭。这就是我命苦的地方。”

---

①原文 mawther，英国方言“成年女子”。译文“姏”，也是中国方言，音蛮，老女之称。

我坐在那儿听着这番话的时候，我的确不由得要认为，命苦的不但是格米治太太一个人，这一家还有别的人，沾了她的光，也跟着命苦呢。但是坡勾提先生却没用这种话来对付格米治太太，他只求格米治太太鼓起兴致来，作为回答。

“我本来不想要这样，但是这可由不得我自己，”格米治太太说，“太由不得我自己了。我知道我自己是怎么回事。我的苦命叫我觉得什么事儿都别扭。我老觉得我的命苦，这样一来，就老觉得什么都跟我别扭了。我倒是想要拿命苦不当回事，但是我可又没法子不拿它当回事。我倒是想要把心一狠，叫它去它的，但是我的心可又狠不起来。我把这一家人都闹得挺别扭的。这我并不觉得奇怪。我今儿就把你妹妹一整天都闹得挺别扭的，把卫少爷也闹得挺别扭的。”

我听到这儿，心一下软起来，非常难过，不由得大声说道，“没有的话，格米治太太，你并没把我闹得挺别扭的。”

“我这样，本来十二分地不对，”格米治太太说。“我这样报答你，太不应该了。我顶好上‘院’[1]里去，在那儿把眼一闭就完了。我是一个孤孤单单的苦命人，顶好别在这儿闹别扭。要是凡事都要跟我别扭，我自己也非别扭不可，那让我到我那个区[2]上，在那儿别扭去好啦。但尔，我顶好到‘院’里去，在那儿把眼一闭，免得连累你们！”

格米治太太说完了这番话，就起身走开，睡觉去了。坡勾提先生一直没露丝毫任何别的感情，只一味表示最深切的同情；现在格米治太太走了，他把我们几个瞧了一眼，满脸都带着原先使他激动的那种最深切的同情，一面点头，一面低声说：

“她这是又想起她那个旧人儿来了！”

我不大明白，格米治太太想的这个旧人儿是谁，后来坡勾提打发我上床睡觉的时候，才告诉我，说那就是死去的格米治先生。她又说，一遇到格米治太太犯了脾气，她哥哥就把她那是又想起格米治先生来了这

---

①指“贫民院”而言。

②贫民院为区立机关，由各区自己管理、花钱，别区的人，不能越区去住。

句话当作是公认的事实，这种想法，老使他深深地感动。那天夜里，他上了他的吊床以后，过了好久，我还听见他对汉说，“可怜！她这是又想起她那个旧人儿来了。”我们在这儿待的那段时间里，不论多会儿，只要格米治太太犯了同样的毛病（有过几次），他就老说这句话来打圆场，说的时候，永远是带着最温柔的同情心。

这样，两个星期不知不觉地就过去了。在这段时间里，除了潮水的涨落以外，没有什么别的变化。潮水的变化改变了坡勾提先生出门儿和回家的时间，也改变了汉工作的时间。汉没有事的时候，有时和我们走一走，把大船和小船指给我们瞧，还带着我们划了一两次船。人们对于一个地方的印象，往往在有些方面深刻，在有些方面淡漠。虽然我说不出这是什么道理，但是我相信，大多数的人确实是这样的，特别是有关人们童年时期的印象，更容易有这种情况。因此，不论什么时候，我只要听到亚摩斯这个名字，或者看到亚摩斯这个名字，我就想到一个礼拜天早晨在海滩上的光景。那时候，教堂的钟当当地响，招呼人们去做礼拜，小爱弥丽靠在我的肩膀上，汉懒洋洋地往水里扔小石头，太阳就在海的那一面儿刚刚透过了浓雾，把几条船显示出来，那几条船从雾里看来，和它们自己的影子一样。

后来回家的日子到底来到了。我和坡勾提先生，和格米治太太分别，还能咬着牙忍受；但是我和小爱弥丽分离，心里那份难过，真像刀子扎的一样。我们两个胳膊挽着胳膊，一块儿走到车夫落脚的客店，在路上，我答应她，一定给她写信（我后来把我答应她的这句话办到了，我写给她那封信上的字比普通用手写的出租招贴上面的字还大）。我们分别的时候，悲不自胜。如果我一生中，心头的肉挖去过一块的话，那就是那一天挖去的。

我在坡勾提先生家里住着的时候，我对于我自己的家，又一度忘恩负义，没大想起，或者说，一点儿也没想起。但是我现在刚一朝着它转去，我那童年的良心，就好像带着责问我的态度，用坚定的指头，往那方面指。我那时感觉到，家才是我的安乐窝，我母亲才是我的贴心人，才是我的好朋友。因为当时我的情绪低落，这种感觉越发显著。

我们一路前行，这种心理一直盘踞在我的心头。因此我们离家越近，看见的光景越熟悉，我就越急于要回到家里，要一头扎到我母亲怀里。但是坡勾提她自己却不但没有和我一样的急切心情，反倒连我有的这种心情都想要压服下去(虽然是很柔和的)。她看起来好像心慌意乱、无情无绪似的。

不管坡勾提怎么样，反正只要马肯走，我们总归是要到布伦得屯的栖鸦庐的，而且到底也真到了那儿了。我们到家那时候的光景，我记得太清楚了：那时正是下午，天气寒冷，天色阴沉，密云四布，眼看就要下雨的样子。

门开开了，我在又快活又兴奋的心情下，半哭、半笑，一心只想门里面一定是我母亲。但是却并不是我母亲，而是一个我不认识的佣人。

“这是怎么回事，坡勾提？”我很懊丧地问。“我妈难道还没回来吗？”

“回来啦，回来啦，卫少爷，”坡勾提说。“她早就回来啦。你等一会儿，卫少爷，我有——我有一句话跟你说。”

坡勾提当时心烦意乱，再加上她本来下车就很笨手笨脚的，所以她把身子弄得歪扭曲折，成了样子顶特别的彩绸了。不过我当时心里一片茫然，满怀诧异，顾不得跟她说这个。她下了车以后，拉着我的手，把我领到了厨房里，还把门关上了。我当时一面跟着她走，一面诧异极了。

“坡勾提！”我那时吓得什么似的问她，“出了什么事儿啦吧？”

“没出什么事儿，我的乖乖，我的卫少爷！”她装作轻松快活的样子答道。

“我敢说，一定出了事儿啦。妈在哪儿哪？”

“妈在哪儿哪，卫少爷？”坡勾提重了一遍。

“是啊，妈在哪儿哪？她怎么没到大门那儿去接咱们哪？咱们上厨房这儿来干什么哪？哦，坡勾提啊！”这时候我满眼是泪，觉得头发晕，仿佛要摔倒了。

“哎呀，我的乖乖！”坡勾提喊道，一面抱住了我。“你怎么啦？

说话呀，我的宝贝儿！”

“别是她也死了吧？哦，别是妈也死了吧，坡勾提？”

坡勾提大声喊道，“没有！”喊的嗓门儿大得惊人，跟着坐下直喘；一面说，我叫她吃了一惊。

我使劲儿抱了她一抱，给她压惊，或者说，使她惊定而喜。跟着就在她面前，带着焦急探询的神气看着她。

“你要知道，乖乖，我本来应该早就告诉你来着，”坡勾提说，“不过，我可老没得到机会。其实没有机会我也应该找机会才对。不过我可老不能切乎”——在坡勾提所能调动指挥的词汇里，“切乎”永远是代替“确乎”的字眼儿——“拿出那副心肠来。”

“有什么话你快说吧，”我说。这会儿吓得比先前更厉害了。

“卫少爷，”坡勾提一面手哆嗦着把帽带解开，一面好像上气不接下气的样子说，“你猜是什么事儿吧？你有啦爸爸啦！”

我一听这话，登时浑身哆嗦起来，脸也白了。好像有一样东西，跟教堂墓地里的坟联系在一块儿，跟死人复活联系在一块儿——至于究竟是什么，究竟我怎么会有这种感觉，我说不出来——像一股毒风一样，扑到我身上。

“一个新爸爸，”坡勾提说。

“一个新爸爸？”我跟着她重了一遍。

坡勾提倒抽了一口气儿，好像要咽什么很硬的东西却咽不下去似的，跟着伸出手来说：

“跟我来，去见他——”

“我不要见他。”

“——和你妈，”坡勾提说。

我一听说去见我妈，就不再使性子了，于是跟着坡勾提，一直来到我们那个顶阔气的起坐间；她把我送到那儿就走了。只见壁炉的一边坐着我母亲，另一边坐着枚得孙先生。我母亲一见我，把手里的活儿扔下，急急忙忙地，不过同时我觉到，也畏畏缩缩地，站了起来。

“我说，我的亲爱的珂莱萝，”枚得孙先生说，“沉住了气！克制自己，永远要克制自己！卫，你这孩子，你好哇？”

我和他握了一握手，跟着愣了一下才过去吻我母亲。她也吻我，又在我的肩膀上轻轻地拍了拍，就又坐下做活儿去了。我不敢瞧她，我也不敢瞧枚得孙先生；因为我很明白，他正瞧着我们母子两个呢。于是我就转身，走到窗户那儿；往外面那几棵小树那儿看去，只见那几棵小树，正在寒风中低头瑟缩。

一到我能溜溜湫湫地走开的时候，我就溜溜湫湫地上了楼。我发现，我那个亲爱的老卧室，已经换了屋子，我让人家安置在一个冷落的地方了。我溜达到楼下，要看一看，还有什么没改样儿的东西没有，因为所有的东西都大大地改了样儿了。我溜达到院子里，但是，却一下就又从那儿缩回去了，因为原先那个狗窝里，本来没有狗，现在却有一条大狗趴在那儿，这条狗，声音沉浊，皮毛深黑，和他一样——它一见我，就龇着牙，咧着嘴，跳到窝外，要来扑我。

第四章
受辱蒙羞

如果我新搬进来的这个卧室，是个有知觉的东西，会作见证，那我现在都可以恳求它——现在又是谁在那儿睡觉呢，我真纳闷儿——让它证明，我那天到那儿去的时候，我心里有多沉重。我要往那个屋子里去，上楼梯的时候，一路都听见院子里的狗直冲着我叫。我进了屋里，直发愣，直发傻，呆呆地瞧着屋子，也和屋子直发愣，直发傻，呆呆地瞧着我一样。我当时坐下去，叉着两只小手儿，琢磨起来。

我琢磨的都是顶古怪的东西。我琢磨这个屋子的样子；琢磨天花板上裂的缝子；琢磨墙上糊的纸；琢磨窗玻璃上打碎了的裂纹，它们把窗外的景物都弄得好像上面有一层水纹、一些漩涡似的；琢磨那个只剩了三条腿因而摇晃不稳的脸盆架儿，只见它好像带出一种满腹牢骚的神气，令人想到格米治太太怀念那个旧人儿的样子。我那时候，一直地老哭，不过，除了感觉到身上发冷，心里沮丧而外，我敢说，我总也没想到我为什么哭。到后来，我孤寂无聊到极点，就忽然想到，只有我和小爱弥丽才真是相亲相爱；而现在他们却硬把我和她拆开了，把我弄到这样一个好像没有人要我、没有人理我的地方，把我弄到这样一个连像她那样待我一半都不如的地方。我想到这儿，苦恼之极，把被的一角裹在身上，哭着睡了。

我睡梦中听见有人说，“他在这儿哪”，同时觉得，有人把被从我那发热的脑袋上揭开了。我醒来一看，原来是我母亲和坡勾提找我来了，说话的和揭被的，就是她们两个里面的一个。

“卫，”我母亲说，“你怎么啦？”

她居然会问我这个话，我觉得非常奇怪，所以我当时就说，“不怎么。”我记得，我当时把脸转到里面，不让她看见我正在发抖的嘴唇，其实我那发抖的嘴唇，才是对她更能说明事实真相的答复。

“卫，”我母亲说，“卫，我的孩子！”

我敢说，那时候所有她能说的话里，都没有她这句“我的孩子”能使我更感动的了。我使劲用被蒙着我的脸，不让她看见我的眼泪，她要抱我起来的时候，我使劲用手推她。

“这都是你闹的，坡勾提，你这个狠心的！”我母亲说。“我知道，这毫无疑问，都是你闹的。我真纳闷儿，不知道你良心上怎么过得去，居然能调唆我的孩子，叫他存心反对我，叫他存心反对我的亲人。你这都是什么意思，坡勾提？”

可怜的坡勾提，只把手一举，把眼一翻，嘴里像把我平常饭后老说的那几句祷词换了一种说法那样，说，“上天可有眼，考坡菲太太；我只求告，你对你此刻说的这种话，以后永远也别后悔！”

“这简直地是叫人发疯啊，”我母亲喊着说。“我这连蜜月还没过完哪！本来应该是：连跟我有深仇大恨的人，都要心软一下，都要收拾起嫉妒，好让我过几天安静日子，过几天快活日子。卫，你这个淘气的孩子！坡勾提，你这个野人一样的东西！哎呀！”我母亲烦躁不耐、由性任意的样子，骂我一句，又骂坡勾提一句。“这是什么世界啊，有这么些麻烦！我们本来还以为，我们有充分的权力，盼望在这个世界上，要多遂心就多遂心哪！”

那时我觉得有一只手来抓我，我觉得那只手既不是我母亲的，也不是坡勾提的。我跟着就顺着床沿儿溜到地上，站起来了。那原来是枚得孙先生的手，他一面抓住了我一只膀子，一面说：

“这是怎么啦？珂莱萝，我爱，难道你忘了吗？——要坚定啊，我的亲爱的！”

“实在抱歉，爱德华，”我母亲说。“我本来真想乖乖地听话来着，谁知道可闹得叫人这样不好受哪！”

“有这种事！”他回答说。“刚刚开头，你就说这种不中听的话了，珂莱萝。”

“把我弄到现在这样，真太难堪了。”我母亲把嘴一撅，回答说。“实在是——太难堪了——难道不是吗？”

枚得孙先生把我母亲拖到他身前，又跟她咬耳朵，又吻她。我当时看到我母亲的头靠在他的肩膀上，她的膀子挨到他的脖子上，我就知道，像她那样柔顺的脾气，枚得孙先生愿意怎么拨弄她，就能怎么拨弄她。我现在知道，他也确实把这个办到了。

“你先到下面去，我爱，”枚得孙先生说，“我和大卫一会儿就一块儿下去。”他对我母亲点了点头，笑了笑，把她这样打发开，看着她出去了，跟着就把脸沉下来，对坡勾提说，“我说，你这位朋友，你知道你太太姓什么吧？”

“我伺候她伺候了这么些年了，先生，”坡勾提说，“我还能连她姓什么都不知道？”

“这话不错。”他回答说。“但是我刚才上楼的时候，可好像听见，你称呼她，用的不是她的姓。她现在跟着我姓啦，你不知道吗？你要把这个记住啦，听见啦没有！”

坡勾提一句话也没再说，只很不放心地看了我几眼，一面打躬屈膝，一直躬出屋子去了。我猜想，她一定是看出来枚得孙先生要她出去，同时，她想在屋里待下去，又找不到借口，所以才不得已走了。屋子里就剩了我和枚得孙先生两个人了，那时候，他先把门关好了，在椅子上坐下，叫我站在他前面，用手抓住了我，然后目不转睛地一直往我脸上瞧。我觉得，我的眼睛，也不由自主地往他脸上瞧，也是目不转睛地。我现在回想起我们俩当时这样面对面地他瞧我、我瞧他的光景，我好像又听见了我的心扑通扑通地乱蹦乱跳。

“大卫，”他说，说完了，把两唇紧紧一闭，叫它们变得很薄。“比方我养活了一匹马，或者十条狗，它的性子拗，不听话，那你说我对付它的时候，该怎么办？”

“我不知道。”

“我揍它。”

我刚才回答他那句话，是憋住了气，打着喳喳说的；我现在不说话了，才感觉到呼吸急促起来。

“我叫它怕，叫它疼。我自己跟自己说，‘我要制伏这个家伙’，即便那样办会要了它的命，我也一定要那样办。你脸上这是什么？”

“泥儿，”我说。

他当然知道得很清楚，我脸上是泪痕，就和我知道得一样地清楚。不过，即便他把这句话问我二十遍，每问一遍都打我二十下，那我相信，我都宁肯让我那颗孩子的心迸出来，也决不肯对他招认。

“你人虽小，心眼儿可不少，啊，”他说，一面做出他个人所独有的那种似笑非笑的样子来。“我看你还真知道我的脾气。快把那个脸洗一洗，老先生，好跟我一块儿到楼下去。”

他一面用手指着脸盆架儿（就是我拿格米治太太打比方的那个脸盆架儿），一面把头一甩，叫我马上就照着他吩咐的话办。我知道，如果我稍有迟疑，那他一定要毫不顾惜，一下就把我打趴下；对于这一点，我当时就没有任何怀疑，现在更没有丝毫怀疑。

我照着他的话把脸洗了，他就抓住了我的膀子，把我一直押解到起坐间，然后对我母亲说：“珂莱萝，亲爱的，我希望，你现在不会再觉得不好受了。咱们不用多久，就可以把这孩子的小孩子脾气改过来了。”

我的天哪！那时候，如果他给我一句好话，那我可能一辈子都改好了，可能一辈子都变成了另一种样子的人；那时候，他只要说一句鼓励我的话，说一句讲明道理的话，说一句可怜我年幼无知的话，说一句欢迎我回家的话，说一句使我放心，感觉到这个家还真是我的家的话：只要说这样一句话，那我就可以不但不用外面作假敷衍他，而反倒要打心里孝顺他，不但不恨他，而反倒要尊敬他。我当时知道，我母亲看到我站在屋里那样战战兢兢，那样愣愣傻傻，也很难过。待了一会儿，我偷偷地溜到一把椅子前面，她用眼瞧着我的时候，露出比以前还要难过的样子来——因为她瞧不见一个小孩子走起路来那种活泼自然的脚步了。但是当时却没人说那个话，而说那个话的时机，却稍纵即逝了。

吃饭的时候，只有我们三个人在一块儿。枚得孙先生好像很喜欢我母亲——但是我恐怕我可并没因为他那样就喜欢他——我母亲也很喜欢他。我从他们两个谈的话里，知道他有个姐姐，要上我们家来住，那天晚上就可以到。枚得孙先生本人，并没躬亲作任何经营，但是在伦敦一家酒厂里有股份，或者说在那儿每年可以分到红利；他曾祖的时候，那家酒厂就和他家有关系；他姐姐也和他一样，在那家酒厂有权益关系。这个话是我当时就知道了的呢，还是后来才知道的呢，我现在记不清楚了；不过不必管我什么时候知道的，反正我可以在这儿提一提。

吃完了正餐以后，我们都坐在炉旁，我就琢磨，有什么法子，能不让人发觉我竟胆敢溜走、而就逃到坡勾提那儿，免得把这一家的主人招恼了：正在这样不得主意的时候，一辆大马车在我们家园庭的栅栏门外停住，跟着枚得孙先生就起身走出，迎接来客去了。我母亲跟在他后面。我就提心吊胆地跟在我母亲后面。我母亲在起坐间门口，趁着暮色苍茫，转身像平常那样把我抱住，在我耳边上偷偷地告诉我，叫我孝顺我的新爸爸，听他的话。她这样抱我、告诉我的时候，是急急忙忙、偷偷摸摸地，好像做的是什么亏心事似的，但是却又极其温柔慈爱地。她把她的手向后伸着，握住我的手，我们走到枚得孙先生在园庭里站的地方，她就把我的手放开，用她的手挽着枚得孙先生的胳膊。

来的不是别人，正是枚得孙小姐。只见这个妇人，满脸肃杀，发肤深色，和她兄弟一样，面目、嗓音，也都和她兄弟非常地像。两道眉毛非常地浓，在大鼻子上面几乎都联到一块儿了，好像因为她是女性，受了冤屈，天生地不能长胡子，所以才把胡子这笔账，转到眉毛的账上了。她带来了两个棱角峻嶒、非常坚硬的大黑箱子，用非常坚硬的铜钉，把她那姓名的字头，在箱子的盖儿上钉出来。她开发车钱的时候，她的钱是从一个非常坚硬的钢制钱包儿里拿出来的，而她这个钱包儿，又是装在一个和监狱似的手提包里，用一条粗链子挂在胳膊上，关上的时候像狠狠地咬了一口一样。我长到那个时候，还从来没见过别的妇人，有像枚得孙小姐那样完全如钢似铁的。

枚得孙先生和我母亲，对枚得孙小姐作了许多欢迎的表示，把她领到起坐间，她在那儿郑重其事地认了我母亲这个新至亲。于是她瞧着我说：

“弟妹，这是你的小子吗？”

我母亲说，是。

“说起来，我是不喜欢小子的，”枚得孙小姐说，“你好哇，小子？”

在这样令人鼓舞的情况下，我答道，我很好，我希望她也很好；我说的时候，态度不够恭敬的，因此惹得枚得孙小姐只用三个字就把我一下打发了：

“缺家教！”

她把这三个字清清楚楚地说完了以后，就道劳驾，说要看看她的屋子在哪儿。那个屋子，从那个时候以后，就成了一个壁垒森严、令人望而却步的地方了。在那儿，那两个黑箱子，从来没有人看见打开过，也没有人看见有没锁着的时候。在那儿（因为她不在屋里的时候，我有一两次扒着门缝儿往里瞧过）有无数的小钢手铐和铆钉儿[①]，森严可畏，罗列成行，挂在镜子上，那是枚得孙小姐打扮的时候戴的。

据我所能了解到的，她这一来，就一下扎下了根，再也不打算走

① 手铐指手镯而言，铆钉儿指耳环而言。

了。第二天早晨，她就开始“帮”起我母亲来，一整天的工夫，都在那个放东西的小屋子里进进出出；她说是叫每样东西都各得其所，其实是把原来的安排弄得天翻地覆。枚得孙小姐的脑子里，老疑神疑鬼，纠缠不清，认为女仆们弄了个男人在家里，不定藏在什么地方。这就是她这个人突出的特点，让我几乎一开始就注意到了的。由于这样活见鬼，她往往在特别古怪的时候，钻到盛煤的地窨子里，每次开完了黑咕隆咚的橱子，总要把橱门砰的一声关上，一心相信，她已经抓着了那个男人了。

枚得孙小姐这个人，虽然绝对没有飘然凌空的体态，而在早起这一点上，却完全和云雀一样。家里别的人，还都没有动静，她就起来了（去抓藏在这所房子里那个人，这是我一直到现在还信以为然的）。根据坡勾提的看法，枚得孙小姐即便睡觉的时候，也睁着一只眼睛；不过我却不同意她这种说法；因为我听她这样说了以后，自己曾试过，结果办不到。

她来了以后第二天早晨，鸡刚一叫，就起来拉铃儿。我母亲下楼吃早饭，要预备茶的时候，枚得孙小姐在她腮上啄了一下，那就是她最近乎一吻的举动，同时说：

“我说，珂莱萝，我的亲爱的，我到这儿来，你是知道的，是要把所有的麻烦事儿，都替你担负起来。因为你太漂亮了，太不会思前虑后的了”——我母亲听了这个话，脸上虽然一红，却不由得笑起来，人家把她说成这样的人，她好像并没不高兴，——“如果什么事儿都硬要叫你做，就不合适了；所以凡是我能做的，都由我来做好啦。你要是不见外，把你的钥匙都交给我，我的亲爱的，那以后所有这些事儿，我就都替你办了。”

从那个时候以后，枚得孙小姐，白天把那些钥匙放在她那个小小的监狱里，晚上就把它们放在她的枕头底下，我母亲就算是跟它们完全无缘了，也就像我跟它们完全无缘一样。

我母亲并不是连一丝一毫都没反抗，就让她的大权旁落的。有一天晚上，枚得孙小姐跟她兄弟谈论家务，她提了一些办法，他就表示了赞同。他们正谈着的时候，我母亲突然哭了起来，一面哭，一面说，她本来还以为，他们可以跟她商议商议哪。

“珂莱萝！”枚得孙先生态度严厉地说。“珂莱萝！我真没想到你会这样。”

“哦，你对我说，你没想到我会这样，那倒很好，爱德华！”我母亲哭着说。“你对我说，我应该坚定，那也很好。但是叫你自己这样，你可就要不高兴了。”

我可以说一下，坚定就是枚得孙姐弟二人共同立身处世的伟大依傍。如果当时有人问，我对这种伟大依傍怎样了解，那不管我用的是什么表达方式，反正我自己有一套看法；我清清楚楚地明白，他们所说的坚定，就是暴虐的别名，也就是他们两个所共有的那种脾气——那种阴沉、傲慢、魔鬼一般的脾气——的别名。如果现在让我说的话，他们的信条是这样的：枚得孙先生坚定，在他的势力范围内，别人都不许像他那样坚定：在他的势力范围内，别人都绝对不许坚定，因为所有的人，都要屈服于他的坚定之下。只有枚得孙小姐是例外。她也可以坚定，不过她的坚定是有分寸的，她的坚定只能是低一级的，只能是一个附庸。我母亲是另一个例外。她可以坚定，而且必须坚定，但是她那种坚定，却只是要坚定地忍受他们的坚定，坚定地相信世界之上，没有别的坚定。

“太难堪了，”我母亲说，“在我自己家里——”

“我自己家里？”枚得孙先生重了一遍说。“珂莱萝！”

“我的意思是说，在咱们自己家里，”我母亲显然吓坏了的样子结结巴巴地说，“我想你不会不明白我的意思的，爱德华——在你自己家里，我可对于家务，连一句话都不能说，真太难堪了。我敢说，咱们没结婚以前，我管家管得很不错。我这个话并不是瞎说，我有见证，”我母亲哭着说。“你问问坡勾提，没有别人来插手的时候，我是不是管得很好？”

“爱德华，”枚得孙小姐说，“咱们不必闹啦。我明儿就走。”

“捷恩·枚得孙，”她兄弟说。“不许你开口！听你这个话好像暗含着，说你不知道我的脾气似的，你怎么敢这样！”

“我决没有叫别人走的意思，这是清清楚楚的。”我那可怜的母亲，让他们挤对得走投无路，流了许多眼泪，接着说。“要是有人要走，那我就非难过不可，就非苦恼不可。我并非要这样，要那样。我并不是不讲理。我只求你们有的时候也和我商议商议就够了。不论谁，凡是帮我的忙的，我都感激。我只求你们，仅仅作为一种形式，有的时候和我商议商议就够了。从前有过一个时期，我还认为，你因为我没有世事经验，还像个少女，挺喜欢我哪。——一点不错，你这样说过——但是现在你可又好像因为我这样，又嫌我了，因为你对我那样严厉么。”

“爱德华，”枚得孙小姐说，“咱们不必闹啦。我明儿就走。”

“捷恩·枚得孙，”枚得孙先生大发雷霆说。“你不开口成不成？你怎么这样大胆！”

枚得孙小姐好像从狱里提犯人那样，把手绢从口袋里掏了出来，捂在眼上。

“珂莱萝，”他把眼盯着我母亲接着说，“我真没想到你会这样！我真一点也没料到你会这样！不错，我本来想，娶一个单纯天真、没经过什么事儿的女人，把她的性格改造一下，把她缺少的坚定果断灌输点给她，是一桩快事。但是，现在捷恩·枚得孙，不怕麻烦，在这方面来帮我的忙，为了我，来当一个等于是女管家的角色，可遇到了以怨报德的——”

“哦，我求你，我求你，爱德华，”我母亲喊着说，“千万别说我忘恩负义。我敢说，我决没有忘恩负义。以前没有任何人说过我那种话。我这个人，当然有好些毛病，但是可决不是忘恩负义的人。哦，你千万可别说我是那种人，我的亲爱的！”

“我刚才说，现在，捷恩·枚得孙遇到了，”他等到我母亲不言语了的时候，接着说，“以怨报德的情况，那我的感情就冷淡了、就改变了。”

“我爱，你不要说这种话啦，”我母亲很可怜的样子哀求说。

"哦，别说这种话啦，爱德华！这种话我听了可真受不了。不管我这个人怎么样，反正我的心肠可最软，一点不错，我的心肠最软。我确实知道，我是那样的人，所以我才这样说。不信你问坡勾提。我敢保，她一定会告诉你，说我的心肠最软。"

"一味的软弱，不管够到什么程度，珂莱萝，"枚得孙先生回答说，"对我都丝毫没有影响。你说这些话，净是白费气力。"

"咱们和好吧，"我母亲说。"叫我在冷冷淡淡或是别别扭扭的情况下和人相处，我可受不了。我很抱歉。我知道我有好多毛病；爱德华，你肯不怕麻烦，用你的毅力来改正我的毛病，那你太好了。捷恩，我什么都听你的好啦。你要是一动走的念头，那我的心就非碎了不可——"我母亲说到这儿，悲不自胜，说不下去了。

"捷恩·枚得孙，"枚得孙先生对他姐姐说，"咱们两个，以前可从来没有过疾言厉色。今儿晚上，发生了这样从没有过的事，并不能说是我的错儿；我这是受了别人的连累，才误入歧途。也不能说是你的错儿，你也是受了别人的连累，才误入歧途。咱们顶好都把今儿晚上这个碴儿忘了好啦。"他说了前面那几句宽宏大量的话以后，又补了一句，"再说，这种光景，让小孩子看着，也不像话。大卫，你睡觉去吧！"

我满眼都是泪，几乎都找不到门了。我看着我母亲受这样的罪真难过。不过我还是摸索着出了屋子，又暗中摸索着上了楼，来到了我的寝室，连去对坡勾提说"夜安"，跟她要支蜡的心肠都没有了。过了一个钟头左右，坡勾提上楼来找我，把我聒醒了，那时候，她告诉我，说我母亲凄凄惶惶地睡觉去了，只有枚得孙先生和枚得孙小姐两个人坐在那儿。

我第二天下楼，比平常略早一些。我来到起坐间门外，听见我母亲的声音，我就站住了。只听她正在那儿低声下气地哀恳枚得孙小姐饶了她这一遭儿；那位小姐总算开恩，不再怪她，两个人才算完全言归于好。从那时候以后，我只知道，我母亲对于任何事，不先请示枚得孙小姐，或者不先想法确实弄清楚了枚得孙小姐是什么意见，就决不敢表示意见。我每逢看见枚得孙小姐一发脾气(她在那一方面最拿不住，最不坚定)，把手伸到手提包那儿，好像要掏钥匙、把它交还我母亲，我就看见我母亲吓得心惊胆战。

枚得孙一家的血统里这种沉郁的病态，使枚得孙氏的宗教信仰都带上了沉郁阴暗的色彩，使它变得严峻、狰狞。我从那时起，曾琢磨过，他们的宗教信仰所以有这种性质，是枚得孙先生的坚定必有的结果。他对任何人，只要找到惩罚的借口，就一定给那个人最严厉的惩罚中最重的分量，决不放过，决不宽贷。既然如此，所以我们上教堂的时候，他们那种森然逼人的面目，教堂里那种改变了的气氛，我记得清清楚楚。我现在回忆起来，就好像可怕的礼拜天又来到了：在那几个排成一队的人里面，我是第一个进教堂的，好像是一个俘虏，叫人押着去做苦工。我现在回忆起来，好像枚得孙小姐又出现了：只见她穿着像是用黑棺罩做的天鹅绒长袍，紧跟在我后面，她后面是我母亲，我母亲后面就是她丈夫。现在和从前不一样了，没有坡勾提跟我们在一块儿了。我好像又听见枚得孙小姐嘟嘟囔囔地应答[1]，碰到令人畏惧的字眼[2]，就带着从残忍中尝到滋味的样子津津有味地使劲念诵。我好像又看见她说“苦难的罪人”[3]的时候，她那两只黑眼睛，在全体会众身上转，好像她对全体会众咒骂。我好像又看到了我那难得看见的母亲，夹在他们两个中间，胆怯心惊地动着嘴唇，而他们两个，就一边一个，在她的耳边上，像闷雷那样咕噜。我又一次忽然害怕起来，心里纳闷儿，不知道是否我们的老牧师错了，而枚得孙先生和枚得孙小姐对了，是否天上的天使，都是毁灭的天使。我又一次觉得，我动一动手指头，或者松一松脸上的筋肉，枚得孙小姐就用她的《公祷书》杵我，把我的肋条杵得生疼。

不错，我又看到了这种种情况，不但如此，我还又一次看到，我们从教堂里回家的时候，有的邻居，瞧瞧我母亲，又瞧瞧我，跟着又交头

---

① 做礼拜时的某些部分，有启有应，即由牧师先说一句，由会众后随一句。见底下注③。

② 如说人们如何走错了路；如何太顺从自己的意念情欲，犯了天父的圣法等。

③ 指《总祷文》，启：“天上的天主圣父，”应：“怜悯我们苦难的罪人；”启：“救世的天主圣子，”应：“怜悯我们苦难的罪人，”等而言。

接耳地谈起来。我还又一次看到，他们三个胳膊挽着胳膊往前走，我一个人在后面滞留，那时候，我也跟着邻居们的眼光瞧我母亲，同时心里纳闷儿，不知道我母亲的脚步，是不是当真没有我从前看到的那样轻快了，她的美丽轻盈，是不是当真因为受到折磨而消失无余了。我还又一次纳闷儿，不知道邻居们是否也和我一样，想起从前我们俩——她和我——回家的情况。我就这样，在寂寞无聊、阴沉抑郁的时候，一整天一整天呆呆地纳闷儿，琢磨所有这一类的情况。

他们曾有时谈到要把我送到寄宿学校去上学。这是枚得孙先生和枚得孙小姐提出来的，我母亲当然同意。但是，关于这个问题，还没最后商定，所以在这个期间以内，我在家里学习。

那种学习，是我永远也忘不了的！监督我的人，名义上是我母亲，实际上却是枚得孙先生和他姐姐，他们永远在场。那正是他们给我母亲灌输、他们胡叫作是坚定的那种教育的绝好机会；这种坚定真正地是我们母子两个命中的魔星。我相信，他们就是为了这种目的，才把我留在家里的。我和我母亲两个人一块儿过日子的时候，我对于学习，本来很灵快，很喜欢。我现在还模模糊糊地记得我在她膝前学字母的情况。一直到现在，我看到了童蒙课本上那种又粗又黑的字母，它们那种使人迷惑的新异样子，还有O、Q和S这三个字母那种好像笑嘻嘻的样子，就好像又和从前一样在我面前出现。它们并没有引起我厌恶或者勉强的感觉。不但没有那样，我还好像一路走的都是花儿遍开的地方，我就那样一直走到讲鳄鱼的书，并且一路上都有我母亲温柔的声音和态度，来鼓励我前进。但是现在接着那种学习而来的严厉课程，我记得，却把我的平静一击而歼灭无余了，使课程本身，变成天天得做的苦活、天天得受的苦难了。我现在学的功课，又长，又多，又难——其中有一些，我完全不懂——对于这些功课通常我总是完全莫名其妙，我相信，就跟我那可怜的母亲一样。

现在，让我回忆一下这种课程都是怎样进行的，使一天的早晨重新出现好啦。

吃了早饭，我就带着课本、练习本和石板，上了我们家那个次好的起坐间。我母亲这时候早就坐在书桌后面，专诚等着我了。但是她这个专诚，却还不及枚得孙先生和枚得孙小姐的一半儿呢：他们两个，一个坐在窗前的安乐椅上(假装着看书)，一个坐在离我母亲很近的地方串钢珠儿①。我一见他们两个，我就心里嘀咕，就开始觉得，我原先费了不知多大的劲儿才记在脑子里的东西，都一齐溜走了，溜到不知道什么地方去了。我附带地说一句，我真纳闷儿，不知道它们到底都到哪儿去了。

我把头一本书递给了我母亲。那也许是语法，也许是历史，再不就是地理。我把书递到她手里的时候，我就像要淹死的人那样，最后把书看了一眼，一开始的时候，趁着书刚念会了的新鲜劲儿，用赛跑的速度高声背起来。于是有一个字打了一个顿儿，枚得孙先生抬起头来瞧，又有一个字打了一个顿儿，枚得孙小姐抬起头来瞧。我的脸红了，我有六七个字连连打顿，最后完全打住。我想，我母亲如果敢的话，她一定会把书给我看的，但是她却不敢。她只轻柔地说：

“哦，卫呀，卫呀！”

“我说，珂莱萝，”枚得孙先生说，“对这孩子要坚定。不要净说‘哦，卫呀，卫呀’。那太小孩子气了。他念会了就是念会了，没念会就是没念会。”

“他没念会，”枚得孙小姐令人悚然可怕地插了一句说。

“我也恐怕他没念会，”我母亲说。

“那样的话，你要知道，珂莱萝，”枚得孙小姐回答说，“你就该把书还他，叫他再念去。”

“不错，当然该那样，”我母亲说。“我也正想把书还他哪，我的亲爱的捷恩。现在，卫，你再念一遍，可不许再这么笨啦。”

我遵从了这个告诫的前半，又念了一遍，但是对于这个告诫的后半，却没成功，因为我非常地笨。这一次连头一次背到的地方都没背

① 做项圈或其他装饰。因年事较长的妇女只能用白色或灰色的东西作装饰品，所以用钢珠儿。

到；我第一次本来会背得很对的地方，这一次却也忘了。我就打住了想底下的。但是我想的却不是我的功课。叫我想我的功课，是办不到的。我想的是枚得孙小姐做帽子的纱布有多少码，想的是枚得孙先生的睡衣值多少钱，还有诸如此类与我毫不相干、而且我也决不想和它有什么相干的荒谬问题。枚得孙先生不耐烦地动了一下，这本是我早就料到了必有的动作。枚得孙小姐也不耐烦地动了一下。我母亲低声下气地往他们那面斜着眼瞧了一眼，把书合上，作为我的欠债，等到我别的功课都做完了的时候再补。

一会儿，这种欠债的书就摞成一摞了，欠的债像在雪里滚的雪球一样，越涨越大。欠的债越多，我也就越笨。事情到了毫无希望的地步了，我觉得我陷到一片荒谬愚蠢的烂泥里去了，因此我就完全不作从那里面挣扎出来的想法，而把一切付之于天。在我越来越错的时候，我母亲和我那样毫无办法地你看我、我看你的情况，真是凄惨之至。但是在这种折磨人的功课里，最令人难过的是，我母亲（以为没有人注意她）嘴唇稍微一动，想给我点儿启发，那时候，· 枚得孙小姐（她坐在那儿，没有别的事，就老在那儿埋伏着窥伺这种机会）就用低沉的警告声音说：

“珂莱萝！”

我母亲吓得一跳，脸上一红，要笑又笑不出来。枚得孙先生就从椅子上站起来，抓起书本，朝着我打，再不就用它打我的耳光，然后抓住我的膀子，把我推到门外面。

即便我把功课都做好了，还有更难的跟在后面。这就是可怕的算术。这种算术，是专为我想出来的，题目由枚得孙先生亲自口述，开头是：“我到一个干酪铺子里买了五千块双料格勒斯特干酪[①]，一块干酪四便士零半便士，一共多少钱。”这个题目一出，我就看到枚得孙小姐暗中叫好儿。我趴在桌子上，死气白赖地算这些干酪的价钱，一直算到吃正餐的时候，一点也没有结果，一点也没有启发。那时候，石笔面儿

---

① 干酪多以产地为名，格勒斯特为英国的一郡。双料指块头的大小。

都钻到我的毛孔里去了，把我弄成了一个黑人混血儿了。他们只给我一片儿面包吃着再算干酪的账，同时，那天一整晚上，我都成了一个人所不齿的小家伙了。

事情已经过了这么些年了，我现在回忆起来，我当时那种折磨人的功课，好像都是这样进行的。如果没有枚得孙姐弟二人，我本来可以学得很好，但是这两个枚得孙对于我的影响，就像两条蛇的魔力对于一个可怜的小鸟儿一样。即便我一上午的功课都做得还算不错，那我除了得到一顿饭吃而外，别的也什么都得不到。因为枚得孙小姐一看到我没有功课，心里就难受；我只要一不小心，露出一丁点暂时无事可做的样子来，她就用以下的话引起她兄弟的注意："珂莱萝，我的亲爱的，没有比工作再好的了——给你的孩子点功课做做。"这样，我马上就又得在那儿钉住了，动不得了。至于和跟我一样大的孩子一块玩儿，那是我很少有的。因为枚得孙姐弟二人那种阴郁的神学理论，把小孩看作是一群毒蛇(虽然耶稣曾领过一个小孩，叫他站在门徒中间①)，他们认为，小孩互相传播毒素。

我现在认为，这种继续了六个多月的情况，把我弄得呆笨、阴郁、愣傻、倔强，那本是这种办法自然的结果。我感觉到，我一天一天地和我母亲越来越疏远，越来越生分，这种感觉，并没使我的阴郁、呆笨、愣傻、倔强减少。如果不是因为有另一种情况，那我很可能变成了呆若木鸡的傻子。

原来是这么回事。我父亲在楼上一个小屋子里，留下了数量不多的一批藏书。那个屋子，我可以自由出入(因为它就在我的寝室隔壁)，但是家里却从来没有别人到那儿打扰的。从那个给我带来幸福的小屋子里，拉得立克 · 蓝登、派里格伦 · 皮克尔、赫姆夫里 · 克林克、汤姆 · 琼斯、维克斐的牧师、堂吉诃德、吉尔 · 布拉

---

① 《新约 · 马可福音》第 9 章第 36 节以下说，门徒在路上彼此争论谁为大。耶稣说，有人要作首先的，他必作众人末后的，"于是领过一个小孩子来，叫他站在门徒中间。又抱起他来，对他们说，凡为我名，接待一个像这小孩子的，就是接待我。"也见《路加福音》第 9 章第 47 节以下。

斯和鲁滨孙·克鲁叟[①]这一支光辉的队伍，出来和我作伴。就是因为有他们，我才没变得心如槁木死灰，我才还抱有超越现时现地的一丁点儿希望——这些书，还有《天方夜谭》和《神仙故事》[②]——对我毫无害处。如果这些书里有一些有什么害处的话，我却并没受到。我不知道它们有什么害处。我当时有那么多更繁重的作业，得整天价抱着书本死啃瞎撞，居然还能挤出时间来看那些书(像我当时那样)，这让我现在想起来，觉得不胜惊异。我当时在我那些小小的苦难中(那在我实在就是大大的苦难)，居然能把自己想象作书里我喜欢的角色(像我当时那样)，而把枚得孙姐弟派作书里的坏人(也像我当时那样)，来安慰自己，这让我现在想起来，也觉得不胜稀奇。我曾有一个星期之久，一直地老是汤姆·琼斯(一个小孩子的汤姆·琼斯，一个老实、无害的人物)。我记得一点不错，我有的时候，有一个月之久，一直不断地充当自己心目中那个拉得立克·蓝登。我对于架子上那几本水陆游记(我记不得是什么名字了)，老像饥不择食似地读得津津有味。我记得，我有的时候，一连好几天，都用旧鞋楦头正中间那一块[③]作武器，在我们家这所房子里我自己的领域上到处游荡，完全像皇家海军的某某舰长又活活出现了，正要遇到叫野蛮人包围起来的危险，决心要够本才能死。舰长从来没有因为叫人用拉丁文法书打过耳光而失去尊严。叫人用拉丁文法书打耳光而失去尊严的只是我。但是舰长却总归是舰长，并且还是英勇的舰长——不管有什么文法书，即便是全世界所有的语言文法

① 前三者是英国18世纪小说家斯末莱特(Tobias Smollett，1721—1771)的小说。《汤姆·琼斯》，英国小说家斐尔丁(Henry Fielding，1707—1754)的小说。《维克斐牧师传》，英国文人戈尔德斯密士(Oliver Goldsmith，1728—1774)的小说。《堂吉诃德》，西班牙小说家塞万提斯(Cervantes，1547—1616)的小说。《吉尔·布拉斯》，法国小说家勒·萨日(Le Sage，1668—1747)的小说。《鲁滨孙漂流记》，英国文人狄福(Daniel Defoe，1659—1731)的小说。这一段是狄更斯根据他个人的经验写的。这些书都对狄更斯有很大影响。

②《神仙故事》(Tales of the Genii)：英国的一本故事集，据说由波斯文译出，1764年出版。内容为各仙向仙王述职的报告。

③ 鞋楦头前后两截，中间加楔子，有螺丝口，可伸缩，铁制，故大卫用它作武器。

书，不论是死的语言，还是活的语言。

这是我唯一无二的安慰，我经常不变的安慰。现在我只要一想，当时的情况就总是如在目前；时间是夏天晚上，别的孩子都在教堂墓地里玩儿，我就坐在床上，拼命地看书。附近一带每一个仓房，教堂墙上每一块石头，教堂墓地里每一英寸地方，在我的脑子里，都各自有它和这些书的联系，都代表过书里某些有名的地点。我曾看见托姆·派浦斯①往教堂的尖阁上爬；我曾瞅见司特莱浦②，背上背着包裹，靠在小栅栏门上休息；我确实知道舰队司令特伦尼恩③在我们村那个酒店的谈话室里和皮克尔先生聚会。

读者读了这几段以后，可以知道，和我一样地知道，我现在重新回忆起来的那段童年，是什么样子。

有一天早晨，我拿着书进了起坐间，我看见我母亲脸上是焦灼的样子，枚得孙小姐脸上是坚定的样子，枚得孙先生呢，就在那儿往一根细手杖——一根柔软的细手杖的梢儿上绑什么东西。我进了屋子，他就不绑了，把手杖理了又理，抽了又抽。

“我跟你说吧，珂莱萝，”枚得孙先生说，“我自己从前就常叫鞭子抽过。”

“那还用说！那是当然的，”枚得孙小姐说。

“你说的是，我的亲爱的捷恩，”我母亲低声下气、结结巴巴地说。“不过——不过你想，那对于爱德华有过好处吗？”

“你认为那对于爱德华有过坏处吗，珂莱萝？”枚得孙先生阴沉地说。

“这就说到点子上了，”他姐姐说。

对于这句话，我母亲只说，“一点也不错，我的亲爱的捷恩，”说完了就不再言语了。

---

① 《派里格伦·皮克尔》里的一个角色。他是一个副水手长，所以会爬高儿。
② 《拉得立克·兰登》里的一个角色，为兰登的忠实拥护者。
③ 也是《派里格伦·皮克尔》里的角色。后面的皮克尔则为该书主人公。

我当时就觉得不妙，就知道这番话是于我有关系的，所以我就往枚得孙先生那儿瞧，只见他的眼光也正和我的眼光对上了。

“现在，大卫，”他说——说的时候，我又看到他那种对眼儿的情况——“今天可不比往常，你可要给我特别小心。”他又把手杖理了一下，抽了一下；一切都弄停当了，他把手杖放在身边，脸上带着郑重其事的样子，拿起书来。

那天一开始，就遇到这种情况，那对于我可真得说是一服使我的镇定更新的灵丹。我觉得我的功课里面的字，全溜走了——不是一个一个、也不是一行一行溜走了，而是整个一页一页溜走了；我倒是想要抓住了它们，叫它们不要溜走；但是(如果我可以这样比方的话)它们却都好像是穿上了冰鞋那样，一下就溜走了，那么呲溜呲溜地，要拦也拦不住。

我们从一开头就糟起，越往后越糟。我原先进这个屋子的时候，本来以为预备得很好，还想露一手儿；谁知道那却是大错而特错呢。一本一本的书，越摞越厚，都摞到背不出的那一部分里去了。枚得孙小姐自始至终，都目不转睛地一直瞅着我们母子两个。最后，到了算那五千干酪的时候(我记得，那一天出的题目是五千个手杖)，我母亲一下哭了起来。

“珂莱萝！”枚得孙小姐用她那警告的声音说。

“我觉得，身上有点不舒服，我的亲爱的捷恩，”我母亲说。

我看见枚得孙先生一面横眉立目地对他姐姐使了个眼色，一面把手杖拿在手里，站起来说：

“我说，捷恩，叫珂莱萝用完全坚定的态度，来应付今天大卫给她的这些麻烦和苦恼，几乎是不可能的。那非真正有克己的功夫不可。珂莱萝大大地坚强啦，大大地进步啦，不过我们可不能期望她完全坚定。大卫，咱们两个到楼上去好啦。”

他把我掩出门外的时候，我母亲朝着我们跑过来。枚得孙小姐就一面说，“珂莱萝，难道你真成了糊涂虫了吗？”一面拦着她。我于是看见我母亲把耳朵捂起来，听见她放声哭起来。

枚得孙先生把我慢慢地、严肃地押到楼上我的屋子里——我敢肯定说，他对于司刑执法，能那样严肃地表演一番，很感到快乐——我们到了那儿，他突然把我的头一扭，夹在他的膈肢窝里。

“枚得孙先生，先生！”我对他喊：“别价！饶了我吧！别打我！我真想要乖乖儿地学来着，先生，不过你和枚得孙小姐在一旁的时候，我就学不进去，实在学不进去！”

“你学不进去，实在学不进去，是吗，大卫？”他说。“那咱们试试看吧。”

他把我的头使劲夹住了，好像夹在老虎钳子里一样。但是我还是不知怎么缠在他身上，叫他停了一会儿工夫，同时哀告他，叫他不要打我。不过我只叫他停了一会儿的工夫；因为跟着他就使劲用手杖作鞭子抽起我来，同时我就把他把着我的那只手抓住了，放在嘴上，使劲一咬，把它咬破了。我现在想起来，我的牙根还痒痒呢。

他跟着就下毒手死命地打起我来，那股子狠劲，好像他不把我打死就不肯罢休。在我们这样的闹腾中，我听见有人往楼上跑，我听见有人哭喊——我听见我母亲哭喊——还有坡勾提也哭喊。跟着枚得孙先生走了；我屋子的门就从外面锁上了。我就躺在那儿，浑身又烧又热；受伤的地方都破了，一碰就非常地疼；同时，像小鳅生大浪一样，在地上大闹脾气。

我现在记得很清楚，我当时慢慢地安静下来以后，只听全家各处，一片沉静，真使人起奇异之感。我现在记得很清楚，我当时鞭伤不像以前那么疼了，我就开始觉得，我这个孩子真太坏了。

我坐在那儿，听了老半天，但是却一点声音都听不见。我从地上爬起来，蹭到镜子前面。只见我的脸肿得那样，红得那样，丑得那样，连我自己看着都几乎怕起来。那时候，我身上的鞭伤，仍旧一动就疼，一碰就疼；所以我往镜子前面去这一下，身上又疼起来，一疼我就又哭起来。但是鞭伤之疼和我的罪恶之感一比，就算不了什么了。我敢说，我这种罪恶之感，重重地压在我的心头，即便我真是一个十恶不赦的罪人，感觉都不会有那样强烈。

这时候天慢慢地黑了，我把窗关上了（我大部分的时间都是头枕着窗台躺着的，哭一会儿，迷瞪一会儿，再无精打采地往外瞧一会儿），于是门开开了，枚得孙小姐进来了，手里拿着一些面包、肉和牛奶。她一言未发，把这些东西放在桌子上，同时带着堪称模范的坚定态度，恶狠狠地瞅了我一眼，跟着回身走出去，随手又把门锁上了。

天黑了好久，我还是坐在那儿，心里纳闷儿，不知道会不会还有别人来。我一想，那天晚上，大概不会再有别人来了，我就把衣服脱了，上床躺下了；我在床上直纳闷儿，直害怕，不知道他们要怎样处治我。我这是不是构成了刑事的罪名呢？我这是不是得交给警察看管起来，得送到狱里监禁起来呢？我这是不是有受绞刑的危险呢？

第二天早晨醒来的情况，是我永远忘不了的：刚一醒来那一刹那，还觉得有一股清新劲儿，叫人高兴；跟着想起昨天来，就又旧事陈迹，阴郁凄怆，重重地压在心头，使人意气一下消沉。我还没下床，枚得孙小姐就又露面了。她告诉我，说我可以有半小时的工夫，在园庭里散步，不许超过半小时。她就说了这几个字，说完了就走了；走的时候把门敞着，以便我可以享受那种恩典。

我到园庭里溜达了半小时。在我监禁的时期里，每天都是这样。他们一共监禁了我五天。如果我能单独见到我母亲，我一定要双膝跪下，求她饶恕我。但是在所有那个时间里，除了枚得孙小姐，我就看不见任何别的人。只有在作晚祷的时候，枚得孙小姐，在别人都各就其位以后，把我解递到起坐间里，和一个小小的法外之人一样，把我单独安插在靠门的地方，还没等到任何别人从那种虔敬的姿势里站起来，我那个解子，就又庄严地把我解回了寝室。我只看到，我母亲跪在离我要多远就多远的地方，老把脸背着我，因此我老没瞧见她的脸。我又看到，枚得孙先生的手，用一大块纱布裹着。

这五天，迟迟的长日，漫漫的长夜，我没有法子使任何人了解。它们在我的记忆里所占据的时间，不只是几天，而是好几年。我怎样细听家里一切能听得见的琐细动作，像铃儿响，门开了又关上了，人喃喃地说话，人上楼；细听外面的人又笑，又吹口哨儿，又唱歌儿，在我那样的寂静和耻辱中，只显得比任何事物都更惨淡——时光怎样过得毫无定准，特别是夜里我醒来的时候，本来以为是早晨，不料实在却是晚上，家里的人还没就寝，长夜还没熬过——我怎样夜里做噩梦，受魇魔，弄得心意沮丧——清晨、午间、下午和黄昏怎样来临，别的孩子怎样都在教堂墓地里玩儿，而我却只能在屋子里老远地瞧着，满心惭愧，不敢在窗户那儿露面儿，唯恐他们知道我是个囚犯——我怎样老听不见自己说话的声音觉得有奇异之感——我怎样有时见了有吃的、喝的，一瞬之间仿佛觉得高兴起来，而吃完了、喝完了，却又懊丧起来——有一天晚上，怎样下起雨来，带来了清爽的气息，怎样雨越下越急，把我和教堂隔断，又怎样到后来，雨和越来越昏暗的夜色，好像把我淹没在阴惨、恐惧和悔恨之中——所有这种种情况，都好像不是一天一天地来而复去；而是一年一年地来而复去，因为它们在我的脑子里，留下了那样强烈、那样鲜明的印象。

在我被监禁的最后那天夜里，我听到有人打着喳喳儿叫我的名字，把我叫醒了。我从床上一下跳了起来，在暗中把两只胳膊伸出去说：

“是你吗，坡勾提？”

没人马上回答，但是跟着我就又听见有人叫我的名字，叫的声音，非常神秘，非常吓人，如果不是我当时想到，那一定是从钥匙孔儿那儿来的，那我认为，我非吓晕了不可。

我摸索到门那儿，把嘴放到钥匙孔儿上，打着喳喳儿说：

“是你吗，亲爱的坡勾提？”

“是我，我的宝贝儿，我的卫，”她回答说。“你要轻轻儿的，像耗子那样才好——要不，猫就要听见咱们了。”

我明白，她这指的是枚得孙小姐，我也很了解情势的严重，因为枚得孙小姐的屋子就紧挨着我的屋子。

“我妈现在什么样儿，亲爱的坡勾提？她是不是很生我的气？”

我能听到，坡勾提回答我的话以前，在钥匙孔儿那一面不敢出声地哭泣，也和我在钥匙孔儿这一面不敢出声地哭泣一样。

“她没生气，没怎么生气。”

“他们要把我怎么办哪，亲爱的坡勾提？你知道不知道？”

“送你到学校，离伦敦不远，”坡勾提回答说。她头一次说这个话的时候，因为我忘了把嘴从钥匙孔儿那儿挪开，而把耳朵贴到那儿，所以她那几个字都钻到我的嗓子眼儿里去了；因此她的话虽然叫我大大地刺痒难熬，却并没能送到我的耳朵里。我只得请她又说了一遍。

“多会儿，坡勾提？”

“明儿。”

“枚得孙小姐把我的衣服从我的五斗柜里拿出来，就是为了这个了？”她曾把我的衣服拿出来了，不过我却忘了说。

“不错，”坡勾提说，“还有箱子。”

“我能不能见我妈一面哪？”

“能，”坡勾提说。“明儿早晨。”

跟着坡勾提就把她的嘴紧贴在钥匙孔儿上，从那儿把后面的话，那样热烈、那样诚恳地说了出来。我可以冒昧地说，自从钥匙孔儿充作传话的媒介以来，从来没传过那样热烈、那样诚恳的词句。每一句短短的话，都是以它那种独有的呜咽颤抖、从那个钥匙孔儿那儿断断续续地迸进来的。

“卫，乖乖——前几天，我跟你不能像从前那样亲热——那可不是因为我不疼你——我还是和从前一样地疼你——比从前还更疼你——我的宝宝。我不和你亲近——是因为我觉得——不亲近对于你比较好。对于另一个人也比较好。卫，我的乖乖，你听着吗？你听得见吗？”

“听—听—听得见，坡勾提！”我呜咽着说。

“我的心肝！”坡勾提说，说的时候，带出无限的痛惜来。“我要说的话，就是——你要永远想着我——因为我也要永远想着你。我看护你妈，卫——也要和我从前看护你一样——我决不能把她撂了。以后准有一天，她会觉得高兴——能把她那可怜的头枕在她这个心眼又笨、性子又不好的老坡勾提的胳膊上。我一定写信给你，我的亲爱的。

尽管我不是什么文墨人儿，我要——我要——”说到这儿，坡勾提因为亲不着我，就开始亲起钥匙孔来。

“我谢谢你，坡勾提！”我说。“哦，我谢谢你，谢谢你！你能不能答应我一样事，坡勾提？你能不能写信告诉坡勾提先生和小爱弥丽，还有格米治太太和汉，告诉他们，说我并不像别人说的那样坏，说我问候他们——特别问候小爱弥丽，我求你替我办这件事，成不成，坡勾提？”

这位仁厚的人答应了我，说一定成；跟着我们两个都最疼爱地亲那个钥匙孔儿——我记得，我还用手拍那个钥匙孔儿，好像那就是忠诚的坡勾提的脸一样——我们就这样分别了。从那天夜里起，我心里对坡勾提，就生出了一种我不大能说得清楚到底是什么的感情。她当然没有把我母亲的地位挤掉了，没有人能那样，但是，我当时却好像，心头挖掉了一块肉，她就补在那块地方，我的心又长好了，把她包在里面；我就这样对于她有了一种对任何人都没有的感情。同时，这种感情，又是掺杂着一种使人可笑的成分在内的疼爱。然而，如果她当时死了，我现在却想不出来，我没有她，要怎么办；也想不出来，她那一死给我必然造成的悲剧，我都要怎样表演。

早晨的时候，枚得孙小姐又像前几天那样露面了。她告诉我，说要把我送到学校里去。她本来想，我听到这个消息，一定觉得很突然，谁知并不然。她还告诉我，叫我穿好了衣服以后，到楼下的起坐间里去吃早饭。我到了起坐间的时候，只见我母亲面色苍白，两眼发红，我一下就扑到她怀里，满怀悔恨之情，请求她宽恕。

“哦，卫！”她说，“没想到你会把我爱的人都咬伤了！你要往好里学，你要祷告上帝往好里学。我宽恕了你了；不过我可真难过，没想到你的心肠会那样坏。”

这是他们把她说服了，叫她相信我是一个坏孩子了；她因为这个而难过，比因为我要离开家而难过还要厉害。我却因为要离开家，难过到极点。我尽力想吃下我那一顿临别的早饭，但是我的泪却滴到我的黄油面包上，流到我的茶杯里。我看到我母亲有的时候也往我这儿瞧，但是，瞧了一眼，跟着就又往严密注视着的枚得孙小姐那儿瞧，于是又把眼光垂下，或者把眼光转到别的地方去了。

“考坡菲少爷的箱子在这儿哪！”栅栏门外传来车声的时候，枚得孙小姐说。

我起先还找坡勾提呢，但是却没看见她。她和枚得孙先生都没露面儿。在门口儿的是我那个老朋友，上一次那个赶车的；他把箱子搬出去，放在车上。

“珂莱萝！”枚得孙小姐用她那种警告的口气说。

“我知道，亲爱的捷恩，”我母亲回答说，“再见吧，卫。你这一去，是为了你自己好。再见吧，我的孩子。放假的时候再回来，我希望那时候你就是个好孩子了。”

“珂莱萝！”枚得孙小姐又叫了一声。

“没有错儿，亲爱的捷恩，”我母亲一面抱着我，一面回答说。“我宽恕了你了，我的亲爱的孩子，上帝加福给你。”

“珂莱萝！”枚得孙小姐又叫了一声。

枚得孙小姐心肠很好，把我送到车上，还一边劝告我说：她希望，我不要走到不可救药的地步就改好了才好。跟着我就上了车，那匹懒惰的马也拉着车走起来了。

第五章
被遣离家

我们走了大概有半英里地，我的小手绢儿完全湿透了。那时候，车夫突然把车停住了。

我往外看车为什么停住了的时候，真没想到，坡勾提从一个树篱那儿突然冲了出来，爬上了车。她用双手搂住了我，把我使劲往她的紧身衣上一挤，挤得我的鼻子都非常地疼起来；不过我当时并没顾到这一点，事后发现，鼻子都有点蔫糊儿了，才想起来的。坡勾提一句话都没说。她只撒开一只手，把它伸到她自己的口袋儿里，一直伸到胳膊肘那儿，掏出几包点心来，塞在我的口袋里；又掏出一个钱包儿来，放在我的手里。但是她还是一句话都没说，只用两只胳膊，把我使劲又挤了一下，也就是最后挤了一下，才下了车，跑着去了。我现在相信，也永远相信，她那时袍子上的纽子，连半个都没剩下。有好几个纽子四处乱滚，我捡起一个来，珍重地保藏了好久，作为纪念。

车夫直瞧我，神气好像是问我，坡勾提还回来不回来。我摇了摇头，说，我想不会回来了。“那么，哦呵，走哇，”车夫对懒洋洋的马说。马跟着就走起来。

顶到那时候，我已经哭得很够劲儿了，就开始想，再哭也没用处，特别是，不论拉得立克·蓝登还是不列颠皇家海军里的舰长，遇到急难的时候，从来没有哭过，这是我记得的。车夫看出来我下了这样的决心以后，就给我出了个主意，说我顶好把手绢儿放在马背上晾一晾。我对他道了谢，照着他的话办了。只见手绢儿在当时那种情况下，显得特别地渺小。

我现在有闲工夫看一看那个钱包儿了。只见它是硬皮子做的，带有暗扣儿，里面装着三枚发亮的先令；那显然是坡勾提用白粉子擦亮了，为的好叫我看着更喜欢的了。但是那里面最可宝贵的东西，是一块纸包着的两枚半克朗，纸上是我母亲亲笔写的几个字：“吾爱与此，同付卫。”我一见这个，又悲从中来，哭了起来。我对车夫说，劳他的驾，把手绢儿递给我。不过他说，他认为顶好不必用手绢儿。我一想也不错，因此就用袖子擦了擦眼泪，不再哭了。

并且还是永远不再哭了。不过，我先前既然那样激动过，悲痛的余势，仍旧有时使我剧烈地抽搭一阵。我们这样颠簸着前进了不大一会儿的工夫，我问车夫，他是不是要送我一路。

“一路到哪儿？”车夫问。

“那儿呀，”我说。

“那儿到底是哪儿哪？”车夫问。

“离伦敦不远的地方，”我说。

“哟，那么远！那这匹马，”他把缰绳一抖，指示那匹马，“不用走到一半，就该成了死肉了。”

“那么你只到亚摩斯就不走了，是不是？”我问。

“那还差不多，”车夫说。“到了亚摩斯，我把你送到驿车那儿，驿车再把你送到——不管什么地方。”

这几句话，在车夫方面，就算是说得最多的了（他的名字叫巴奇斯），因为他这个人，像我前面说过的那样，脾气很冷静，一点也不爱多说话。我因为他说了那么些话，要对他表示表示客气，就给了他一块点心。他接了点心，一口就把它咽下去了，和大象吃东西完全一样；吃的时候，他那个大脸，又没露出一丁点吃东西的样子来，也完全和大象一样。

“这个点心是她做的吗？”巴奇斯先生说，他老是把两只脚蹬在车的踏板上，把两只胳膊放在膝盖上，弯着腰往前趴着。

“你说的是坡勾提吗，先生？”

“啊！”巴奇斯先生说，“是啊！”

“是她做的。我们的点心，都是她做的；我们的饭，也都是她做的。”

“是吗？”巴奇斯先生说。

他把嘴闭拢，做出要吹口哨儿的样子来，但是他却并没吹口哨儿。只坐在那儿，直看马的耳朵，好像在那儿发现了什么新鲜东西似的；他这样在那儿坐了好久，后来才说：

“她没有甜蜜的情人儿吧，我想？”

“甜蜜饯杏仁儿？你刚才说甜蜜饯杏仁儿来着吗，巴奇斯先生？”因为我只当他又想吃点儿糖果、点心什么的，指着名儿叫出来啦。

“情人儿，”巴奇斯先生说。“甜蜜的情人儿。没有人和她相好吧？”

“和坡勾提相好？”

“啊！”巴奇斯先生说，“是啊。”

“哦，没有。她从来没有过情人儿。”

“是吗？”巴奇斯先生说。

他又把嘴闭拢，做出要吹口哨儿的样子来，但是却又并没吹口哨儿，只坐在那儿，看着马的耳朵。

“你才说，你们的苹果点心，”巴奇斯先生琢磨了很大的一会儿才说，“都是她做的，饭也都是她做的。是不是？”

我回答说不错，是。

“呃，我这阵儿有一句话告诉你，”巴奇斯先生说。“你是不是要写信给她？”

“要写信给她，”我回答说。

“啊！”他说，一面慢慢地把眼光转到我身上。“呃！你要是写信给她，那你想着点儿，写上这么一句，就说，巴奇斯愿意，行不行哪？”

“巴奇斯愿意，”我天真地重复了一遍。“你的话就是这个吗？”

“不—不错，”他一面琢磨，一面说。“不—不错。就是：巴奇斯愿意。”

“不过，巴奇斯先生，你明天就又回了布伦得屯了，”我说，说的时候，因为想到我自己那时候要离那儿很远了，所以声音有些颤抖。“那你自己亲自对她说，不更好吗？”

但是他把头一甩，表示不同意我这种说法，同时带出非常庄严的态度来说，“巴奇斯愿意”，要传的就是这句话。他这样把前面的要求又肯定了一遍之后，我马上就答应了替他传。就是那天下午，我在亚摩斯的旅馆里等驿车的时候，我弄到了一张纸和一瓶墨水，给坡勾提写了一封短信，信上是这样写的：“我的亲爱的坡勾提。我平安到了这儿。巴奇斯愿意。问我妈好。你的亲爱的。巴奇斯先生说，他特别要我告诉你，说，巴奇斯愿意。又及。”

我当时答应了巴奇斯先生，在我就要写的信里，给他传这句话，跟着巴奇斯先生就又静默起来。我呢，经过近来发生过的情况，觉得非常疲乏，就在车里一个口袋上躺下，一会儿睡着了。睡得很熟，一直睡到我们到了亚摩斯的时候。到了那儿，他们把车赶到客店的院子里；那儿的一切，在我眼里，都完全是生疏的，新奇的；我原先本来还暗中希望在那儿会看见坡勾提先生家里的人，甚至于还会看到小爱弥丽，但是这地方这样生疏、新奇，把我那种想法完全打消了。

驿车已经放在院子里了，车的全身都非常地亮，但是马却还没套上。以它当时的情况而论，没有比它更不像是要往伦敦去的了。我就一面琢磨这种情况，一面纳闷儿，不知道我的箱子，闹到究竟，会弄到哪儿去（巴奇斯先生因为磨车，把车赶到院子里，所以把我的箱子放在客店院子里有砖石铺着的地方，靠驿车车辕旁边），也不知道，我自己闹到究竟，会弄到哪儿去；正在疑惑不定的时候，只见一个妇人，从一个凸形窗户里面（窗户上面挂着好些只鸡鸭和好几片猪肉）探出头来，问道：

“那位少爷就是从布伦得屯来的吗？”

“不错，太太，”我说。

“你姓什么？”那个妇人问。

“我姓考坡菲，太太，”我说。

“那可不成。”那个妇人说。“这儿可没有人给姓考坡菲的开付饭钱的。”

“那么，有人给姓枚得孙的开付的吗，太太？”我说。

“你就是枚得孙少爷吗？”那个妇人说。“那你为什么刚才可说你姓考坡菲哪？”

我把缘故对这个妇人说明白了以后，她跟着就拉铃儿，同时喊道，“维廉，把这位少爷带到咖啡室里去。”她这一喊，就从院子那面的厨房里，跑出一个堂倌儿来，带我到咖啡室里去。他一见我，好像很诧异，因为让他往咖啡室里带的，原来只是我。

咖啡室是一个很长的大屋子，里面挂着几张大地图。假使这些地图是真正的外国地方，而我一个人流落到它们中间，我不知道，我那种人地两生的感觉是不是还会更厉害。我手里拿着帽子，在靠门最近的一把椅子的边儿上落了座，那时候，我觉得我简直地是大胆莽撞。堂倌儿特意为我铺了桌布，铺好了桌布，又在那上面放了盐醋瓶子，我现在想，我当时看到那样，一定因为害羞，全身都红了。

他给我端了些排骨和蔬菜来。他揭盘子盖儿的时候，那样冒冒失失地，当时我直害怕，只当我不知怎么把他给得罪了。不过他在桌子前面给我放了一把椅子，很和气地跟我说，“喂，六英尺高的大个儿[①]，来吧！”那时候，我才把一颗心放下了。

我谢了谢他，在桌前坐下；但是因为他正站在我的对面，死气白赖地盯着我，同时，我每次看到他的时候，都要脸上大红一阵：所以刀和叉子，在我手里，想要用得灵活一点儿，实在很难；汤想要不洒出来，也不容易。他看着我吃第二块排骨的时候，说：

“还给你定了半品脱麦酒哪。[②]你是不是就要喝？”

我谢了谢他，说“就要喝”。跟着他就把麦酒从一个罂子里倒在一个大玻璃杯里，把杯迎着亮儿端起来，叫酒显得很好看的。

“哎呀，”他说。“酒看来还真多，是不是？”

“不错，看来确实很多，”我微笑着说。因为我看到他那样好玩儿，很喜欢他。他这个人，两只眼直眨巴，满脸都是粉刺儿，满头的头发都直挺挺地扎撒着；他站在那儿，一只手叉着腰，另一只手把玻璃杯迎着亮儿端着，看着再没有那么和气的了。

“昨儿我们这儿来了一位绅士，”他说——“一位又壮又胖的绅士，他姓塔浦扫——你也许认识他吧？”

“不认识，”我说，“我想我没——”

“他穿着短裤子，扎着腿套儿，戴着宽边帽子，穿着灰褂子，系着花点子高领巾，”堂倌说。

“不认识，”我羞涩地说，“我没有那种荣幸——”

“他上我们这儿来，”堂倌儿迎着亮儿看着玻璃杯说，“要了一杯跟这个一样的麦酒——我劝他别要，他可非要不可——要来了就喝

---

① 英国人六英尺，当然是高个儿，这儿是说他小，反话。

② 狄更斯的时代，喝酒的风气，颇为盛行，影响到小孩子、小学生也都要喝点酒。

特别殷勤的侍者

了，喝了可就倒在地上死了。那个酒他喝起来太陈了，本来就不该要来着。那是一点不错的。”

我听到这段悲惨的故事，吓了一大跳，跟着说，那我想，我还是喝点水吧。

“哟，你不知道，”堂倌说，一面仍旧迎着亮儿，看着玻璃杯，一面把一只眼睛闭着，“我们这儿可不许有人要了东西又都给剩下了。这样我们可就要生气了。要是你不敢喝，我替你喝了吧。我是喝惯了的，决没有碍处。什么事儿，一做惯了，就一点碍处都没有了。我要是一仰脖儿，一口就喝下去，那我想决不会出毛病的。你是不是要我替你喝哪？”

我说，他要是认为他喝了不会出毛病，那他替我喝了，我只有感激的；不过，如果有妨碍的话，那他千万可不要喝。他把脖子一仰，一口把酒喝下去了以后，我得承认，我吓得什么似的，唯恐他和那位可怜的塔浦扫先生遭到同样的命运，一下倒在地毯上玩儿完了。但是他却什么事儿都没有，不但什么事儿都没有，我还觉得，他喝了酒以后，反倒好像更有精神了。

“你这儿是什么东西？”他把叉子放到我那盘排骨里，问道。“不是排骨吧？”

“是排骨，”我说。

“哎呀，太好啦！”他喊道，“我还只当那不是排骨哪。你不知道，喝了麦酒，想要不出毛病，最好是吃点排骨！你说运气有多好！”

他用一只手揪着排骨有骨头的那一块儿，用另一只手拿着土豆儿，大嚼起来，吃得香极了，我看着觉得非常地好玩儿。他吃完了那一块排骨和土豆儿，又拿起一块排骨和土豆儿来。他把排骨和土豆儿都吃完了，给我端了一个布丁来。他把布丁放在我面前，跟着好像琢磨起来，有一会儿的工夫直出神儿。

“这个饼怎么样？”他如梦初醒的样子说。

“这不是饼，这是布丁啊，”我回答说。

“布丁！”他喊道。“哟，我的妈，还真是布丁，啊！”他又往前凑了凑，看着布丁说，“你说，这不是奶蛋布丁吧？”

“是，是奶蛋布丁。”

“哟，还真是奶蛋布丁，”他说，一面拿起一把汤匙来。“我就是爱吃奶蛋布丁！你说运气有多好！来，小家伙，咱们俩赛一赛，看谁吃得多。”

堂倌当然吃得多。他有好几次，叫我加劲儿比赛，好取得胜利。但是他用的是汤匙，我用的是茶匙，他吃的是大口，我吃的是小口，他的胃口那样大，我的胃口那样小：所以，我们吃头一口的时候，我就远远地叫他拉到后面去了，根本就没法儿跟他赛。我想，我从来没看见过有人吃布丁吃得像他那样香甜的。他把布丁都吃完了，还大笑起来，好像布丁虽然完了，布丁的滋味，在他嘴里却还没完似的。

我看到他那样和气，那样友好，就趁着机会，跟他要纸、笔和墨水，写信给坡勾提。他不但马上就把这些东西都给我拿来了，还在我写的时候，不怕腻烦，站在我后面，看着我写。我写完了，他问我，到哪儿上学。

我说“到伦敦附近”，因为我说得上来的，只有那句话。

“哦！哟！”他显出沮丧的样子来说，“我听你这一说，我很难过。”

“为什么？”我问他。

“哦，哎呀！”他说，一面摇头。“就在那个学校里，他们把一个小学生的肋骨给弄折了，折了两根。一个小学生，我得说一个——我想想看——你多大啦？——你大约几岁啦？”

我告诉他，说我八岁多点，九岁不到。

“那个小学生正和你一样大，”他说。“他们把他的头一根肋骨给弄折了的时候，他八岁零六个月。他们把他的第二根肋骨给弄折了的时候，他八岁零八个月：这样一来，那孩子可就玩儿完了。”

这件事这样巧，使我觉得很不安。这是我没法儿对我自己或者对那个堂倌儿掩饰的。我问他怎么弄折了的。他的答复，更叫我没法儿能振作起精神来，因为他的答复是两个阴森可怕的字：“揍的。”

驿车的号角在院子里响起来了，恰当其时把我的话岔开了，我跟着就站起身来，因为有个钱包儿，一方面觉得得意，一方面又怪不好意思，结结巴巴地问（我从口袋儿里把钱包掏了出来），“有没有什么得给钱的。”

“有，你用了一张信纸，”他说。“你从前买过信纸没有？”

我不记得我买过。

“信纸很贵，”他说，“因为要纳税。三便士。在我们这个国家里，就是这样捐税重重。再没有别的了，就剩了堂倌儿了。墨水你就不用管啦。我给贴上好啦。”

“请问你，你要——我得——我应该——我必须——给堂倌儿多少钱？”我脸上一红，结结巴巴地说。

“要不是因为我有一大家孩子，而那些孩子又生牛痘，那我连六便士都不要。要不是因为我得养活一个老娘，和一个招人疼的妹妹”——堂倌说到这儿，非常地激动——“那我连一个法丁都不要。要是我有个好地方，要是我在这儿待遇好，那我不但不要别人给我钱，我还要对别人表示点小意思哪。但是我吃的可是剩饭，睡的可是煤堆”——堂倌说到这儿，一下哭了起来。

我听他说得这样可怜，极为感动，觉得给他的钱如果少于九便士，就是残忍、心狠了。因此我就把我那三个亮晶晶的先令给了他一个。他接这个先令的时候，非常地谦卑恭敬。他把钱接到手，跟着就用大拇指把钱捻得一转，试钱的真假。

他们帮着我，把我弄上驿车的后部以后，我就发现，他们都认为，那些东西，并没有人帮着，都是我自己一个人吃了的；这种发现，叫我心里有些慌乱起来。我所以发现这一点，因为我听见凸形窗户里那个妇人对车上的守卫说，“乔治，这个孩子你可要好好地看着点儿，要不，他的肚子恐怕要爆，”同时又看到客店里里外外的女仆，都跑过来，一面看我，一面龇着牙笑，说我是个小怪物儿。我那位身世不幸的朋友——堂倌，现在精神饱满，一点也没有原先那种伤心的样子了，好像对于这种情况，不但不觉得难为情，反倒一点都不在乎地和别人一块儿说我、笑我。我当时如果对他生出疑心的话，那我这种疑心，就有一半是他这种情况引起来的。不过直到现在，我还是有些相信，尽管那个堂倌，有些引起了我的疑心，而我对于他，总的说来，还是没有什么不太信任的地方；因为一个小孩，总是心地单纯地轻信别人，总是自然而然地认为比他年长的人可靠（我看到小孩过早地就把这些品质消失了，而学会了一套世故人情，老觉得难过）。

车夫和车上的守卫，也把我当作笑谈，说这辆车，因为我坐在后面，后重前轻；又说，我要是坐篷车[①]，倒是更好的办法。我得承认，这种情况，未免叫我觉得不受用，因为他们这样拿我当笑谈，在我实在是无妄之灾。我的饭量大这个笑话，在驿车外面的客人中间，也风声传扬，他们也同样都拿我开心；他们问我，在学校里是不是一个人顶哥儿俩或者哥儿仨交饭费；是不是要特别订合同，还是只按照常规办理；还问了我一些同样好笑的话。但是还有更坏的呢：原来我先就想到了，再吃饭的时候，我决不好意思吃什么东西的，而吃正餐的时候，我吃的并不多，我的点心又因为匆忙，撂在旅馆里了，这样，我就非饿一整夜不可。我担心的事儿，果然出现了。我们的车站住了，大家吃起晚饭来，那时候，我怎么也鼓不起勇气来吃任何东西，虽然我很想吃；我只坐在炉旁，说我什么都不要吃。但是我虽然这样忍饥挨饿，却仍旧并没能免于受人讥笑。因为有一位哑嗓子的绅士，脸上皮糙肉厚，虽然自己一路之上，除了拿瓶子就嘴儿喝酒而外，再就几乎不断地从饭盒里拿三明治吃；但是他却偏拿我开玩笑，说我和蟒蛇一样，吃一顿，饱半年；他说完了，跟着就又吃了好些煮牛肉，弄得打嘴现世，起了一身鬼风疙瘩[②]。

我们是下午三点钟从亚摩斯开的车，要在第二天早晨八点钟左右到

① 指专拉重货的笨重大车。

② 医学上叫“荨麻疹”，消化系统出了毛病，或者吃了某些食物（特别是含有蛋白质的食物，像肉、鱼、蛤蛎等），有的人身上会由于过敏而引起这种反应。

伦敦。那时正是仲夏，晚上非常凉爽。我们从一个村庄经过的时候，我就想象村庄的人家里都是什么样子，人们都在那儿做什么；有时有的小孩子跟着车跑，攀到车后面，在车上打一会儿秋千；那时候我就纳闷儿，不知道他们的父亲还是死了，还是活着，他们在家里，还是快乐，还是苦恼。这样，我的脑子里，老有的是事儿琢磨。除此而外，我还时时琢磨我就要去的那个地方——那叫人想起来，当然是悚然可怕的了。有的时候，我记得，我不想别的，一个劲地琢磨家里和坡勾提；再不就茫无头绪、胡思乱想，琢磨我咬枚得孙先生以前是怎么样的心情，是什么样的孩子，但是老琢磨不出个所以然来，因为我咬他那一口好像是远古前代的事儿了。

到了深夜，不像刚黑的时候那样可心了，因为冷起来了；他们怕我从车上栽下去，就把我夹在两个绅士中间（夹在那个脸上皮糙肉厚的绅士和另一个绅士中间）。现在这两个绅士都睡着了，把我完全夹住了，挤得我简直都喘不上气儿来。有时他们挤得太厉害了，我就不由得要喊，“哦，劳驾，别挤啦！”那时候，他们就非常地讨厌我，因为我一喊就把他们喊醒了。跟我对面坐的是一位快要上了年纪的妇人，披着件皮斗篷，在暗中看来，不像一个女人，却像一个草垛，因为她蒙头盖脑地身上围了那么些衣服。这个妇人，带了一个篮子，有好久的工夫，不知道往哪儿放才好。后来她看到我的腿短，就把篮子塞到我的腿底下了。这样一来，篮子把我的腿又挤得伸不开，又硌得非常地疼，把我弄得苦极了。但是只要我稍微一动，把她那个篮子里盛的一个玻璃杯往别的东西上碰得嘎啦一响（杯碰到别的东西上，当然非响不可），她就用她的脚往死里踹我，同时嘴里还说，“你这个小东西子，你老老实实地给我待着好多着哪。你这把子骨头还嫩着哪。不怕疼你就动！”

后来太阳到底出来了，同车的客人也都睡得不像先前那样糊里糊涂地了。他们夜里，都几乎是活不下去的样子，又捯气，又打呼噜，那样可怕，真叫人难以想象。太阳升得越高，他们的觉也睡得越比较安稳：这样他们就慢慢地一个一个醒来。我记得，那个时候，人人都推托说，他们根本就没睡，有人说他们睡了，他们就非常地愤怒，说是诬赖他们，死不承认。这种情况，我当时听了，觉得十分诧异。我一直到现在，对于这种情况，还是惶惑不解，因为我曾一贯地注意到，在人类所有的弱点里，人们最不愿意承认的，就是在车里睡着了这件事（我想不出来为什么）。

我从远处望着伦敦，觉得它真是一个令人惊异的地方；我相信，我喜欢的那些主角，全都一遍又一遍在那儿表演他们的奇遇；我模模糊糊，不知道怎么想出来的，认为全世界所有的城市，都没有像伦敦那样多的奇观，都没有像伦敦那样多的坏事：所有这一切我都不必在这儿费工夫一一叙说。我们慢慢地走近了这个城市，在相当的时间内，到了白圣堂区[①]的客店，我们原先就是朝着那儿奔的。我不记得这个店是叫蓝牛，还是叫蓝猪；不过我却记得叫蓝什么东西，那个东西的图样，还画在车的后背上。

车上的守卫，在下车的时候，看了我一眼，然后站在账房的门口喊道：

“这儿有一个小孩儿，登记的名字是枚得孙，从素弗克的布露得屯[②]来的，原说是先搁在店里，等人来领。有人来领没有？”

没人回答。

“你再用考坡菲的名字问一问看，”我从车上不知所措地往下看着说。

“有一个小孩儿，登记的名字是枚得孙，从素弗克的布露得屯来的；他也叫考坡菲，原说是先搁在店里，等人来领。有人来领没有？”守卫说。“我说，到底有人来领没有？”

没有。没有人来领。我很焦灼地往四外看去；只见守卫问的这句话，没引起任何人丝毫的注意；只有一个扎着套腿、还瞎了一只眼的人，出了一个主意：说他们顶好给我在脖子上套上一个铜脖圈儿，把我

---

①在伦敦东部，为贫民区。

②这是车上的守卫用土音说的那两个地名。

拴在马棚里。

他们把梯子放在车门那儿，我跟在那个妇人后面，就是那个像草垛的妇人后面，下了车；我是一直等到她把篮子拿开了的时候，才敢动弹的。这时候，车上的客人都下来了，车上的行李也很快地都搬下来了；拉车的马，在搬行李以前，早就卸下来，拉走了；现在有几个马夫，把那辆空车，横拖竖拉，前推后拽，弄到不碍事的地方去了。但是即便那时候，这个满身尘土、从色弗克的布伦得屯来的小家伙，也仍旧没有人来认领。

我当时在比鲁滨孙·克鲁叟还要孤单(因为他虽然也孤单，却没有人看着他，没有人看到他的孤单)的情况下，进了账房，值班的账房先生招呼了我一下，我就转到柜台里面，在他们给行李过磅的磅秤上坐下，看着那些大大小小的包裹和一本一本的账簿，闻着马棚的气味(从那时以后，我一想到那天早晨，就仿佛又闻到马棚的气味)，于是焦灼忧虑蜂拥而至：假设始终没有人来领我，那店里的人可以让我在那儿待多久呢？他们是不是肯叫我一直待到我把我那七个先令都花完了的时候呢？还是我可以晚上躺在那些木头槽子的一个里面，杂在行李中间睡觉，早晨在院子里的水龙头那儿洗脸呢？还是他们夜里得把我赶出去，第二天账房开开门，再叫我回来，等人来认领呢？假设现在这件事，并不是什么人弄错了，而是枚得孙先生存心想出来的坏招儿，好把我出脱了，那我怎么办呢？他们即便让我待在他们那儿，等到我那七个先令都花完了的时候，但是一旦我挨起饿来，那我就不能再希望他们还收容我啦吧？因为那对于他们的顾客，一定是很不方便，很不愉快的。这还不算：如果我饿死了，那个蓝什么的店家还得受我的连累，负担丧葬费呢。如果我马上就起身往家里走，那我怎么能找到路，怎么能走那么远呢？即便我到得了家，那除了坡勾提，我怎么敢保别人一定能收容我呢？如果我能找到离那儿最近的监管当局①，投军去当大兵或者水兵，那我那样小，他们十有八九是不会要我的。这种种想法，还有无数其他

① 指募兵站而言。英国从前募兵。

一类的想法，使我又担心，又惊恐，弄得我火烧火燎、头晕眼花。我正在这样发着高烧的时候，只见一个人走了进来，在账房先生耳边低声说了几句话，跟着账房先生就把磅秤一掀，把我从那上面掀下来，推到那个人前面，好像我是一件货，已经买妥了，称完了，付过钱，交出去了一样。

那个人拉着我的手，把我领出账房的时候，我偷偷地瞧了他一眼。只见他是一个面黄肌瘦的高个儿青年，两颊下陷，下颏上的胡子碴儿几乎和枚得孙先生的一样地黑乎乎的，不过他们相似的地方，就到这儿为止，因为他没留连鬓胡子，他的头发也不是光滑润泽的，而是锈卜儿、干巴查的。他穿着一套黑衣服，看着也有些锈卜儿、干巴查的；袖子和裤腿，还都未免不够长的。他系着一条白领巾，也不太干净。我当时并没有(现在也没有)认为这条领巾，是他的服装中惟一的麻制品①；但是他露在外面的麻制品，或者说，让人能想得到的麻制品，却就是那一条领巾。

“你就是那个新生吧?”他说。

“是，先生，”我说。

我当时只是想当然，其实我并不知道我是不是。

“我是撒伦学舍的教师，”他说。

我听了这个话，不禁肃然起敬，对他鞠了一躬。我觉得，像我的箱子那样平常的东西，不能在撒伦学舍的学者和教师面前提起，因此我们出了客店的院子，走了一会儿，我才敢斗胆说我还有个箱子。我并没敢照直地说我这个箱子怎么样，只带着很谦虚的样子，拐弯抹角地透露了一点，说那个箱子，以后对我，也许有用处；因此我们就又回到了账房。到了那儿的时候，撒伦学舍的教师对账房先生说，那个箱子，先搁在那儿，他告诉脚行午间来取。

“请问老师，”我说，这时我们又走到原先走到了的那个地方了，“学校远不远?”

---

①衬衫一般为麻制品所做。这里暗示麦尔先生穷得连衬衫都穿不起。

“在布莱克奚斯[1]那儿，”他说。

“到那儿远吗？”我低声下气地问。

“不近，”他说，“有六英里哪。咱们得坐驿车去。”

我那时候累极了，心里直发慌，所以一想到还得咬着牙再钉六英里地的路，实在觉得受不了。我斗着胆子告诉他说，我一整夜连一口东西都没沾牙，他要是能允许我买点什么吃，那我可就太感激他了。他一听我这个话，好像吃了一惊——我现在还好像看见他站住了来瞧我的样子——跟着想了一想，对我说，他要去看一个老太太，那个老太太住得离我们现在到的那个地方不远。我顶好买一块面包，或者不管什么有益健康而我又顶喜欢吃的东西，拿到那个老太太家里，在她家里吃。在那儿还可以弄到一些牛奶。

因此我们就往面包房的窗户里瞧。我先说要买这个，买那个，但是因为那都是叫人吃了害肝病的东西，他一样一样地都说不好；最后我们决定买了一小块挺不错的黑面包，只花了三便士。跟着又在一个食品杂货店里，买了一个鸡子儿和一片五花儿咸肉。买了这些东西之后，我还是认为，我那第二个发亮的先令剩了好多，因此我觉得伦敦这个地方，东西很便宜。我们把这几样吃的东西都带好了以后，就往前走去。只听得车马喧阗，声音嘈杂；我本来就身困神疲，现在更闹得头昏脑涨，不可言喻了。我们往前，过了一座桥，那毫无疑问是伦敦桥[2]（一点不错，我记得他告诉过我，说那是伦敦桥，不过我当时半睡半醒，并没很注意），最后我们到了一个穷苦人家的房前。那是一所布施庵堂的一部分；因为看房子的样式和栅栏门上面一块方石上刻的字（说这个庵堂是为收容二十五个贫苦妇女而修盖的），我知道那是一个布施庵堂。

只见这所房子，有一溜一模一样的小黑门，门的一边有一个菱形方块玻璃格子窗户，门上面，也有一个菱形方块玻璃格子窗户。撒伦学舍的教师，把这样一个门的门栓儿拉开了以后，我们就进了这几个贫苦的

---

① 在伦敦东南数英里，当时为一村庄。英国历史上两次农民起义，都在这儿集合而攻入伦敦。

② 这是旧伦敦桥。1831 年新伦敦桥（在旧桥西面）通行后，旧桥即于次年拆毁。

老妇人之中的一个住的小屋子。只见这个老妇人，正在那儿吹火，要把一口小小的深锅烧开。她本来拿着吹火管跪在那儿吹，看见了教师，就不吹了，嘴里叫了一声，我听起来好像是“我的查理”似的。但是她看见我也进来了，就站了起来，搓着手，略带举止错乱的样子，行了个半屈膝礼。

“请你给这位少爷热一热早饭，成不成？”撒伦学舍的教师说。

“成不成？”那个老太婆说。“当然成，那有什么不成的？”

“夫毕孙太太今儿怎么样？”教师问，一面往坐在壁炉前面一把大椅子上另一个老太婆那儿看去。只见那个老太婆身上一层一层地摞了那么些衣服，我当时没把她错当作一捆东西而坐在她身上，直到现在，我还觉得要谢天谢地。

“啊，不好哪，”头一个老太婆说。“今儿她的病又重了。壁炉里的火，要是玩儿完了，不管是怎么玩儿完的，反正只要玩儿完了，那她也非跟着一块儿玩儿完了不可①，决没有再活下去的希望。这是我毫不含糊的看法。”

因为他们两个都往那个老太婆那儿瞧，我也就跟着往她那儿瞧。只见那天虽然很暖和，她却也好像一心不想别的，只想烤火。我当时有一种想法，觉得她连对于火上的深锅，都有些嫉妒。我现在想来，深信不疑：她看到我硬逼着炉火为我服务，叫它给我煮鸡子、烤咸肉，都觉得怒不可遏。因为，在这种烹饪正在进行而没有别人看着的时候，我那双勉强睁着的眼睛确实看见，她有一次，用拳头对着我比划来着。阳光从小窗户那儿透到屋子里；她把她的背脊和大椅子背儿冲着阳光坐在那儿，把火挡得风也不透，好像她死气白赖地要使炉火发暖，而不是炉火使她发暖似的，并且以极端不信赖的态度看着炉火。我的早饭做完了以后，她看见火空出来了，大为高兴，因而大笑了一声——我得说，她那一声笑，非常地难听。

---

①英国民间的一种观念，人之将死，先有预兆。在海边上住的人，以为人随着潮落而死，这儿这个老太太却认为人随着火灭而死。

我坐下吃起那块黑面包、那个鸡子和那片咸肉来，外带着一大碗牛奶，吃得非常地津津有味。我正大嚼而特嚼的时候，这一家那个老太婆对那个教师说：

“你的笛子带来了没有？”

“带来啦，”他说。

“你吹一吹我听听吧，”那个老太婆哄着说。“吹一吹吧！”

教师听了这话，把褂子襟儿撩起来，从褂子里面把笛子掏了出来。笛子一共三截儿；他把这三截儿拧到一块儿，跟着就吹起来。经过了多年的考虑，我的印象仍旧是：世界之上，决不能有人比他吹得再坏的了。他吹的声音，凄惨极了，我向来听见过的声音里，不论是天籁，也不论是人籁，都没有它那样凄惨。我不知道他吹的是什么谱子——其实他吹的是不是有谱子，我很怀疑——但是他吹的声音，却那样凄婉，我听来的时候，起初是想到我所有的悲愁，忍不住掉下泪来；跟着是胃口全倒了；一点也不想再吃东西了，最后是困得要命，眼睛都睁不开了。我现在回忆起那种光景来的时候，我的眼睛就又闭上了，我的脑袋就又乱晃起来了。现在，那个小屋子和屋里那个敞着的小三角柜，那一把方背的椅子，那一个通到楼上的小小方形楼梯，和那三支摆在壁炉搁板上的孔雀翎儿（我现在记得，我刚一进屋子的时候，就心里纳闷儿，不知道孔雀要有什么感想，如果它知道它那华丽的羽毛，会命中注定，要落到现在这步田地）又在我面前消失了，我的脑袋又乱晃起来了，我又睡着了。笛子的声音听不见了，我耳边却听见了车轮子的声音，我又上了路了。车一颠，把我从睡梦中一下颠醒了，笛子的声音又送到我的耳朵里了。撒伦学舍的教师搭着腿坐在那儿，吹的笛声呜咽凄凉，那个老太婆就脸上带着笑容，在一旁听着。跟着这个老太婆也消失了，教师也消失了，一切都消失了，听不见笛子的声音了，看不见教师的样子了，撒伦学舍也没有了，连大卫·考坡菲都没有了，什么都没有了，只剩下了沉沉的酣睡。

我当时觉得，他凄凉地吹着笛子的时候，我好像梦见那个老太婆有一次越听越乐，越乐越往他身边凑，后来靠在他坐的椅子背儿上，抱着

睡思朦胧闻笛声

他的脖子，使劲亲热地搂了他一下，使他的笛声也停了一下。我在那时候，或者那时候以后，正处在似睡非睡的状态；因为，他又吹起来的时候——他这回停了一下，确是事实——我看见并且听见那个老太婆，问夫毕孙太太，妙不妙（她说的是笛子）；夫毕孙太太就说，“唉，唉，妙！”同时朝着火直点头；我现在还以为，她是把演奏的妙处，完全归功于炉火的。

我好像打盹儿打了很长的时间，撒伦学舍的教师才把笛子拆成三截儿，又和先前一样收好，带着我走了。我们一看，驿车停的地方，原来离我们很近。我们上了车顶。因为我困极了，所以车在路上停住、又上客人的时候，他们就把我弄到车里面；那儿没有别的客人，所以我就在那儿大睡而特睡起来。等到我醒来的时候，只见驿车已经慢下来，正用步行的快慢，在绿树扶疏中上一个很陡的山坡。一会儿车停住了，原来已经到了目的地了。

我们——我这是说，我和教师——走了几步，就到了撒伦学舍了。只见校舍四面有高高的砖墙围着，样子极为沉闷。墙上开了一个门，门上有一个牌子，牌子上写着撒伦学舍的字样。门上还有一个带栅栏的小窗户；我们一拉门铃儿，就从那个小窗户里露出一个脸来，粗暴凶狠的样子，打量我们。门开开了以后，只见露出脸来的那个人，身子粗而壮，脖子粗而短，脑门子横突而旁出，留着一个光头，安着一只木头假腿。

“这就是那个新生，”教师说。

那个安木头假腿的人，把我上上下下地打量了一番——那并没费多大的工夫，因为我本来就那么一丁点儿么——在我们进了门以后，把门又锁上了，把钥匙收了起来。我们正往屋子里去的时候（屋子外面都是枝叶浓密、郁郁苍苍的树），他对带我来的那个教师喊：

“喂！”

我们回头看去。只见他手里拿着一双靴子，站在门房的门外面（他就住在那个门房里）。

“呃，”他说，“麦尔先生，你出去了的时候，修理鞋的来过。他说，这双靴子，没法再修理啦。他说，这双靴子上原来的皮子连一丁点都没有了。他还说，他真不明白，你怎么会认为还有？”

他说完了，把靴子老远扔给了麦尔先生，麦尔先生往回走了几步，把靴子捡起来，一面和我往前走，一面看靴子（我当时觉得，看的时候，神气怪可怜的）。我那时候，才头一次注意到：他脚上那双靴子，也穿得太破了；他的袜子，也有一个地方绽了，像要开的花咕朵一样。

撒伦学舍是一座用砖盖的方形房子，两边有厢房，看样子好像空洞洞的，里面没有什么家具。到处都是静悄悄的，所以我就问麦尔先生，怎么看不见学生？他们都出去了吧？麦尔先生听我这一问，觉得很诧异。因为那时候本来正是假期，学生都回各自的家去了。校长克里克先生和他的太太、小姐也到海滨休养去了。他们在假期里就把我送到学校里来，因为我做了坏事，用这种办法来罚我。这种种情况，我都不了解，所以我们一面走着，教师就一面都告诉了我。

他把我领到教室里。我到那儿抬头一瞧，只见那儿那样空落落、那样冷清清的，是我从来没见过的。那个地方，现在又在我面前出现了。只见一个长条的屋子，安着三长溜书桌，六长溜凳子，墙上到处都是挂帽子和挂石板的钉子，像兽毛扎撒着似的。撕碎了的笔记本和练习本，散布在满是尘土的地上。有几个养蚕的小盒子，也是用笔记本、练习本做的，都乱放在桌子上。两个可怜的小白耗子，因为养耗子的人走了，没人管，正在一个用纸壳（纸壳都发出霉味来了）和铁丝做的笼子里来回地跑，用它们那红眼睛往每一个角落里瞧，想找点吃的东西。一只鸟儿，在一个比它自己大不多的笼子里，往二英寸高的架儿上跳，站不住又跳下来，时时发出凄凉的哗啦声；但是它不用说不会清晰嘹亮地哨，就连唧唧啾啾地叫都不会。屋子里有一种有碍卫生的怪味儿，像长了毛的灯芯呢、放在不透空气的地方上的甜苹果、发了霉的书一样。屋里到处都是墨水的污痕。如果这所房子，从盖起来那一天起，压根儿就没盖房顶，而在一年四季里，下雨也是下墨水，下雪也是下墨水，下雹子也是下墨水，刮风也是刮墨水，即便那样，也不会像现在这样，墨水洒得到处都是。

麦尔先生把他那双没法修理的靴子拿到楼上去的时候，把我一个人撂在屋子里，我就轻轻悄悄往屋子远处那一头慢慢走去，一面瞧着这种种光景。我忽然一下看到一个厚纸做的广告牌，正放在桌子上，上面整整齐齐地写着几个字，写的是："留神。他咬人。"

我马上爬到桌子上面，一心只怕桌子底下至少会有一条大狗趴在那儿。但是我虽然焦灼地到处都瞧遍了，却哪儿也瞧不见有狗。我仍旧还在那儿用眼到处寻觅的时候，麦尔先生进来了，问我为什么爬到桌子上。

"对不起，老师，"我说，"对不起，我正找狗哪。"

"狗？"他说，"什么狗？"

"难道不是狗吗，老师？"

"难道什么不是狗？"

"要留神的、咬人的，难道不是狗吗，老师？"

"不是，考坡菲，"他严肃地说。"不是狗。是一个学生。我得把这个牌子挂在你的背脊上，考坡菲；这是他们给我的指示。我很难过，和你刚一见面儿就跟你来这一手儿，可是我没有法子，不能不照着办。"

他这样说了，就把我从桌子上抱下来，把牌子像一个背包那样，绑在我的两个肩膀上（那个牌子是特意为我做的，做得还真方整平贴）。从那时候以后，我无论走到哪儿，我的背上都背着这个牌子，就别提够多么称心惬意了。

我因为这个牌子，都受了些什么样的罪，没有人能想象出来。不管有人瞧见我，也不管没有人瞧见我，反正我心里老嘀咕，老觉得有人在那儿瞧那个牌子上面的字。即便我转过身去，瞧不见身后面有人，也都不能叫我把心放下，因为，不管我的背脊朝着哪儿，我老认为那儿有人。那个安假腿的狠家伙，更增加了我的苦恼。因为他是大权在握的。他只要一瞧见我把背脊靠在树上，或者靠在墙上，或者靠在房上，他就从他那个门房的门口那儿，用洪亮的嗓门大声吆喝着说："喂，你这个小家伙儿！你这个考坡菲！把你的牌子露在明面上，要不，我可要给你报告去啦！”游戏场是一个石头子儿铺的光院子，房子的背后和厨房、伙房什么的，都冲着这个院子。我每天早晨，都得按照吩咐，到那儿散步。那时候我知道，工友看见我这个牌子，送肉的看见我这个牌子，送面包的看见我这个牌子：总而言之，所有在这个学校里来来往往的人，都看见我这个牌子，都知道得留我的神，因为我咬人。我记得，我当时确乎自己都怕起自己来，认为我是一个真会咬人的野孩子。

这个游戏场，有一个旧门通着。原来学生中间，有一种风气：他们老把他们的名字划在这个门上面，所以这个门上划满了学生的名字。我心里老害怕，惟恐假期完了，学生都回来了，他们瞧见了我这个牌子。我看到每一个名字，我都不由得要问，这个学生念到我背的牌子上“留神。他咬人。”的时候，会是什么态度？会是什么口气？有一个学生，叫什么捷·史朵夫，他的名字划得很深，划得很多。我当时想，他看到我的牌子，一定要用沉重的声音念它上面的字，念完了，还要用手薅我的头发。另一个学生，叫托米·特莱得。我看到了他的名字，我就害怕他会用那个牌子跟我开玩笑，假装作非常地怕我。第三个叫乔治·顿浦尔。我看到这个名字就想，他要拿我的牌子唱着玩儿。我这个畏畏缩缩的小家伙，老琢磨这个门上的名字，到后来，我只觉得，所有那些名字的本人——麦尔先生说，那时学校里有四十五个学生——都异口同声一齐叫，不要理我，每个人都用他自己特有的说法一齐喊：“留他的神，他可咬人！”

我在书桌和凳子中间，心里想的也是这种情况。我上床的时候，我躺在床上的时候，眼里窥着那些林立成行[①]的空床，心里想的也都是同样的情况。我记得，我天天晚上做梦：梦见我母亲，还是和往常一样，和我在一块儿；梦见我往坡勾提先生家里去赴会；梦见我坐在驿车顶上旅行；梦见我跟我那个身世不幸的朋友，那个堂倌儿，一块儿吃饭；在所有这些梦里，别人都又直眉瞪眼地瞧我，又鸡猫子喊叫地哄我，因为我不幸被人发现，身上没有别的东西，只有我的小睡衫和那个大牌子。

---

① “林立”指挂帐子的床柱而言。

我一方面觉得生活非常单调，另一方面却又老害怕学校开学：在这两种苦恼的夹攻之下，我那份苦恼，可就真叫人没法受了。我每天跟着麦尔先生做很多的功课，不过我却都做了，而且做得还不至于丢脸，因为没有枚得孙先生和枚得孙小姐在跟前看着。没做功课以前，和做完了功课以后，我就散步——散步的时候，像我前面说过的那样，有那个安木头假腿的家伙监视。我直到现在，还清清楚楚地能想起来，当时那所房子怎样潮湿，铺院子的石板怎样裂了缝儿，长着青苔，一只旧水桶怎样漏水，几棵阴惨惨的老树怎样树干都失去了本色，好像在下雨的时候，滴水比别的树更多，而在艳阳的天气里，开花却比别的树更少。我和麦尔先生，一点钟的时候，在一个空落落的长饭厅尽里面那一头上吃正餐；那儿满屋子安的都是松木桌子，满屋里闻着都是油膻气味。吃完了正餐，接着做功课，一直做到吃茶点的时候；吃茶点，麦尔先生用的是一个蓝茶杯，我用的是一个锡盂子。整天价，从早晨一直到晚上七八点钟，麦尔先生都坐在教室里他自己的桌子那儿，一刻不停地和笔、墨、尺、簿子、纸打交道，把上半年的账目一项一项地结算出来(这是我当时看出来的)。他晚上工作都做完了，东西都归置好了，就把笛子拿出来呜呜地吹；吹到后来，我只觉得，他简直地把他整个的人，都慢慢地从笛子上手的大孔那儿吹了进去，然后又从笛子的几个小孔那儿冒了出来。

我现在看到这样一幅图景：我是那样一个不大点的小家伙，用手扶着脑袋，坐在灯光暗淡的屋子里，一面听麦尔先生凄凉的笛声，一面啃第二天的功课。我现在看到这样一幅图景：我啃完了功课，把书合上以后，听了麦尔先生凄凉的笛声，就想到家里过去的情况，想到亚摩斯海滩上刮的海风，感到非常凄凉，非常孤寂。我现在看到这样一幅图景：我一个人孤孤单单地到楼上冷清清的屋子里去睡觉，我坐在床沿儿上，一边哭着一边想象坡勾提来安慰我。我现在看到这样一幅图景：我早晨下楼的时候，一面由楼梯的窗户上一个使人悚然的大豁子那儿，看着那口校钟，上面带着信风旗，悬在一个外屋的顶上，一面心里嘀咕，害怕钟声一响，把史朵夫和别的学生都叫到教室里来。我心里最怕的，是那个安假腿的人把长了锈的栅栏门上的锁开开，把可怕的克里克先生放进来。其次就是怕那些学生都回来。在这种种情况中的任何一种里，我都不能想象我这个人有任何危险的地方，但是在所有这种种情况里，我却都老得在背上背着那个警告人的牌子。

麦尔先生一直地没跟我说过很多的话，但是也一直地没对我露过严厉的声色。我认为，我们两个是相对无言的伴侣。有一件事，我忘了说：那就是，他有的时候，自言自语地嘟囔，一个人咧着嘴笑，还又攥拳头，又咬牙，又自己薅自己的头发，叫人莫名其妙是怎么回事。不过他的确有时候做出这种种怪样子来。一开始的时候，我看了很害怕，不过过了不久，也就看惯了。

第六章
识人更多

我这样过了大概有一个月，跟着看见那个安假腿的家伙，开始拿着一个拖把，提着一桶水，拖着那条木腿到处咯噔，因此我就知道，克里克先生和那些学生，都快回来了，这是迎接他们的准备。我这种想法还真对了，因为拖把不久就光顾到教室来了，把我和麦尔先生都赶到外面，有好几天的工夫，我们两个都是碰到哪儿就在那儿存身，都是能怎么凑合着过就怎么凑合着过。在这个时期里，有两三个年轻的女人，从前很少露面儿的时候，现在却和我们老碰到一块儿，老嫌我们碍手碍脚的。同时，我们经常在尘土飞扬中讨生活，把我弄得老打喷嚏，好像撒伦学舍是一个大鼻烟壶一样。

有一天麦尔先生告诉我，说晚上克里克先生就要回来了。晚上，吃过茶点以后，我又听说，他已经回来了。在睡觉以前，那个安假腿的人，来领我去见他。

克里克先生住的那一部分房子，比我们住的那一部分舒适得多。他房外还有一个幽静的小花园儿。看惯了那个尘土飞扬的游戏场以后，再看到这个花园儿，真令人心旷神怡。那个游戏场，可以说是一片具体而微的沙漠，它老使我觉得，除了双峰骆驼或者单峰骆驼而外，其他一切，到了那儿，都没有能觉得安适自在的。我一路哆嗦着去见克里克先生，但是却还注意到，过道那儿都叫人看着舒适，这在我都得说是够大胆的了；等到我来到了克里克先生面前的时候，我又羞又怕，手足无措，连克里克太太和克里克小姐(分明都在起坐间里)，我都几乎没看见，更不说别的了。我只看到了克里克先生本人。只见他身躯粗壮，身上戴着一大串表链子和链子坠儿，坐在一把带扶手的椅子上，身旁放着一个酒瓶和一个玻璃杯。

“啊！”克里克先生说，“这就是应该把牙锉掉了的那个小家伙啊！叫他把背脊转过来。”

安假腿的那个人把我转了一个过儿，把牌子转到克里克先生面前，让克里克先生仔细看了半天以后，又把我转回来，叫我面对着克里克先生，他自己就站在克里克先生身边。克里克先生赤红脸膛，两只小眼睛深深地眍䁖着，脑门子上青筋很粗，鼻子很小，下巴可又很大。他的脑袋瓜子都谢了顶了，只剩了几根稀疏疏、潮糊糊的头发，刚刚苍白，从两鬓往前拢着，在脑门子那儿抿在一块儿。但是他身上的情况，使我感到印象最深的，就是他这个人原来是个哑嗓子，说起话来，只听见他打喳喳儿。这样，他一说话，就得费劲：就是因为他说话很费劲，再不就是因为他自己感觉到他说话没有劲，所以他只要一说话，他那副本来就凶的脸膛显得更凶，他那几条本来就粗的青筋显得更粗；既然他的脸膛那样凶法，青筋那样粗法，那就无怪我回想起来，认为那就是他最突出的奇特之点了。

“我说，”克里克先生说，“这个小家伙，有什么可以报告的情况没有？”

“顶到这阵儿，他还没犯什么错儿，”安假腿的那个人回答说。“因为他还没得到机会哪。”

我觉得，克里克先生听了这个话，露出失望的样子来。我觉得，克里克太太和克里克小姐(我这会儿刚刚瞥见了她们两个，只见她们都又细瘦，又安静）听了这个话，露出高兴的样子来。

“往前站！老先生！”克里克先生一面说，一面打手势。

“往前站！”安假腿的那个人说，同时把手势重复了一遍。

“我很有幸，和你继父认识，”克里克先生用手揪着我的耳朵，用打喳喳儿的嗓子说，“他是个好样儿的，意志很坚强。他了解我，我也了解他。你了解我不了解？嘿？”克里克先生一面说，一面带着穷凶极恶、拿别人开玩笑的样子，使劲掐我的耳朵。

“还不了解，校长，”我说，一面疼得把身子往后直拽。

“还不了解？嘿？”克里克先生把我的话重复了一遍。“不过不用多久就了解了。嘿？”

“不用多久就了解了。嘿？”安假腿的人重复说。我后来才明白，因为安假腿的人嗓门儿很大，所以克里克先生对学生讲话的时候，老是他当通事。

我当时吓坏了，只说，我希望，校长，我不用过多久就了解了。在这一段时间里，我的耳朵一直地像火烧的一样，因为他老那样使劲掐它。

“我跟你说一说我是怎么样的一个人好啦，”克里克先生用打喳喳儿的嗓子说。他这阵儿好容易才算饶了我的耳朵，把手撒开了，但是在撒开以前，却揪着它使劲拧了一下，拧得我满眼是泪。“我就是一个鞑靼[①]。”

“鞑靼，”安假腿的人说。

“一件事，我说要做，我就非做不可，”克里克先生说，“我说怎么做，就得给我怎么做——”

“——我说怎么做，就得给我怎么做，”安假腿的人重复说。

“我这个人是铁石心肠，”克里克先生说。“不错，我就是铁石心肠。我就知道做我分内应做的事。不错，我也就做我分内应做的事。即便我自己的亲骨肉——”他说到这儿，往克里克太太那儿看去，“如果

---

①过去为中亚北部人的通称，后转为野蛮、凶恶的人之意。

不听我的话，那他就不是我的亲骨肉。那我就把他赶出去。那个浑蛋，”他说到这儿，问那个安假腿的人，“又来啦没有？”

“没有，”安假腿的人回答说。

“没有？好，”克里克先生说。“那他还得说不糊涂。那他还得说了解我。叫他别再撞到我手里。我说，叫他别再撞到我手里，”他说，说的时候，把手往桌子上使劲一拍，一面看着克里克太太。“他还得算了解我。你这阵儿大概也有点了解我啦吧，你这个年轻的朋友？好啦，你可以走啦。把他带出去。”

他吩咐把我带出去，我真如释重负。因为克里克太太和克里克小姐都在那儿擦眼泪；我为自己，固然觉得难过，我为她们，也同样觉得难过。不过我心上压着一件事，因为对于我的关系太大了，所以我忍不住不向他开口，虽然我很纳闷儿，不知道我当时怎么会有那么大的胆量。

“校长，我求你——”

克里克先生用打喳喳的嗓子说，“啊！要干什么？”说完了，把眼一直瞅着我，眼里冒出火来，好像要把我烧化了似的。

“校长，我求你，”我结结巴巴地说，“是不是可以把我这个牌子（我做了那件事，我真后悔，校长），我求你，在同学还没回来的时候，是不是可以把这个牌子给我摘了——”

克里克先生一下从椅子上跳了起来：至于他还是只想吓唬我一下就完了呢，还是真要把我怎么样呢？我不得而知。我只知道，我一见他那样，吓得撒腿就跑，也顾不得等那个安假腿的人带我了。我一点都没敢停，一直跑到了寝室；回头一看，幸喜没人追我，我才上了床；因为已经是睡觉的时候了。我在床上还一直哆嗦了两个多钟头。

第二天早晨，夏浦先生回来了。他是一等助理教师，比麦尔先生高一级。麦尔先生和学生一块儿吃饭，夏浦先生却和克里克先生一块儿吃正餐和晚饭。我觉得，他这个人，软里古几，挺娇气的；鼻子特别大；脑袋老有些往一边儿歪着的样子，好像脑袋太重了，挺不起来似的。他的头发却光滑鬈曲；不过，头一个回来的学生告诉我，说他的头发是假的，他那是戴的假发（他说，他的假发，还是转手货呢）。夏浦先生每礼拜六下午出去，把假发烫一次，把它烫鬈了。

告诉我这段新闻的，不是别人，正是托米·特莱得。学生里，他是头一个回来的。他对我介绍他自己的时候说，我可以在栅栏门的右角顶上面那一道门栓那儿，找到他的名字；我听他这样一说，就问他是不是“特莱得？”他说“不错，正是”，跟着就详尽地问起我自己和我家里的情况来。

特莱得是头一个回来的这件事，对我说来，真得算是幸事。他看到我那个牌子，喜欢极了，每一个学生，不论大小，刚一回来，他就马上用下面的方式把我介绍给他：“你瞧！这儿有个玩意儿，好玩儿极啦！”本来，这个牌子，我露出来也得受窘，我掩藏着也得受窘，他这样一来，我这两方面的窘，就都无形消失了。还有一种情况，也是我的幸事：原来那些学生回来的时候，绝大多数都是垂头丧气的，对于开我的玩笑，并不像我原先想的那样厉害。其中固然有几个，看见我的时候，乐得像野蛮的印第安人一样，在我身旁，又蹦又跳；其中的大多数，还都忍不住要假装着认为我是一条狗，轻轻地拍我，慢慢地摩弄我，叫我不要咬人，还说，“老兄，躺下吧！”又管我叫“大虎子①”。在那么些生人中间，这种情况，当然要使我觉得手足无措，惹得我哭了几场。不过总的说来，比我原先想的却好得多了。

但是史朵夫还没回来的时候；我还不能算是正式进了这个学校。同学中间，都说他有学问，他生得很秀美，比我至少大六岁。他们带我去见他的时候，好像去见治安法官一样。他站在游戏场上一个棚子底下，盘问我受罚的详细情况；我都对他说了以后，蒙他表示意见说，“这样罚法真丢脸，能让人笑掉大牙。”我从那时候以后，就永远把他看作是我的恩人。

“你带了多少钱来，考坡菲？”他对我的情况下了这样的考语以后，带着我到一边，问我。

我告诉他，说我带了七个先令来。

---

① 原文 Towzer，为常用的狗名，意为乱撕乱咬的狗。

“你顶好把钱交给我，我替你收着，”他说。“至少是，你愿意的话，你就交给我。你要是不愿意，就不必。”

他这番好心，我岂有辜负的道理，所以我当时就急忙把坡勾提给我的那个钱包打开了，把里面的钱，揪着钱包底儿，都抖搂在他手里。

“你这阵儿想不想买什么东西？”他问我。

“谢谢你，这阵儿不想买，”我回答他说。

“你要是想买什么，你就买好啦，”史朵夫说。“你想买，尽管说。”

“谢谢你，不想买，学长哥，”我把前面的话重复了一遍。

“也许你一会儿就愿意花一两个先令，买一瓶红醋栗酒[1]，放在宿舍里？”史朵夫说。“你和我住在一个屋子里，你知道吧？”

我以前毫无疑问，并没想到买酒，不过我却说，“不错，我愿意买。”

“很好，”史朵夫说。“我想，你也许愿意再花一个先令什么的，买杏仁糕吧？”

我说：“不错，那我也愿意买。”

“再花一个先令什么的买饼干，再花一个先令什么的买水果，好不好？”史朵夫说。“我说，我的小朋友，要真这样，可得说是不会过日子了！”

我看见他笑，也跟着一笑，其实我心里头却正有点七上八下的呢。

“好吧！”史朵夫说，“咱们得尽力地叫这个钱多买点东西；要紧的就是这个。我一定尽我的力量照顾你。我能随便到学校外面去。我可以把啃的东西偷偷地运进来。”他说完了，就把钱放在他的口袋里，同时好心好意地告诉我，叫我放心，说他要小心在意，使我的钱在他手里不出错儿。

如果那样就算得是“不出错儿”，那就得说他说到做到，但是我心里却正嘀咕，惟恐他那种做法差不多是大错而特错呢。因为我害怕他把

---

①这是英国本地造的葡萄酒一类的酒。

我母亲给的那两枚半个克朗统统都给糟蹋了——虽然我保留了包钱的那张纸，那是我保存下来的无价之宝。

我们上楼睡觉的时候，他把那七先令买的东西，全拿出来了，摆在我那个有月亮照着的床上，嘴里说：

“你来瞧，小考坡菲，都买来了，简直地赛过了皇家的筵席！”

像我那样年纪，又有他在旁边，让我亲自作主人张罗客人，那在我简直地是不可思议的。我一想到这种情况，我的手就都哆嗦起来。我请他帮我的忙，替我作主人：我这种请求，经过在那个寝室里的人一致地附议之后，他接受了，跟着就坐在我的枕头上，把啃的东西分给大家吃——我得说，分得非常公平——又用一个不带腿儿的杯子(那是他自己的东西)，把红醋栗酒分给大家喝。我呢，就坐在他左边，其余的人就围着我们，有的坐在最近的床上，有的坐在最近的地上。

我记得很清楚，我们当时坐在那儿，嘁嘁喳喳地说话：我应该说，他们嘁嘁喳喳地说，我恭恭敬敬地听。月光从窗户那儿射到屋子靠边儿的地方，在地上映出另一个朦胧幽淡的窗户来。我们大家绝大部分都隐在暗处，只有史朵夫要在桌子上找东西、把火柴蘸到磷匣里①的时候，才有一道青光，忽然一亮，但是一亮之后，马上就又灭了。我们既然都在暗中，宴会又是秘密进行的，我们不论说什么又都老是嘁嘁喳喳的，所以我现在想来，当时那种神秘的感觉，又不知不觉地向我袭来，因此，我又带着庄严、敬畏的心情，听他们告诉我这个那个：这种种情况，现在想起来，还如在目前，使我很高兴；特莱得假装着说，在旮旯那儿看见有鬼，又使我害起怕来(虽然我假装着笑)。

我听到关于学校本身和学校各方面的种种情况。我听他们说，克里克先生并不是无缘无故就自命为鞑靼的；做教师的没有比他再严厉、再苛刻的了；他活了这么大，天天就会横三竖四、乱抽乱打，在学生中

---

① 在19世纪前半叶，火柴尖儿上蘸有硫磺或者别的容易着的东西，另外有磷，盛在小匣或者小瓶里，要点火柴的时候，把火柴头往磷匣里一蘸，火柴就着了。

间，和一个骑兵一样，横冲竖撞，毫无顾惜地挥鞭舞杖；他除了打人，别的一概不懂，连学校里成绩最坏的学生都比他的知识多一些(这是史朵夫说的)。多年以前，他本来是在南镇[①]上贩卖啤酒花的小买卖人，后来大赔特赔，把他太太的钱也都折腾光了，才干起教书这一行来。他们告诉了我这些话，还告诉了我许多别的话。我真纳闷儿，不知道他们都是怎么知道的。

我又听他们说，那个安假腿的人叫屯盖。他是一个脾气倔强的蛮家伙，从前帮着克里克先生做啤酒花生意；据学生们揣测，因为他是给克里克先生做事把腿弄断了的，他又替克里克先生干了不少肮脏事儿，知道他的底细，所以克里克先生才把他带到学校里来。我又听他们说，全校除了克里克先生以外，连教师带学生，他都认为是生来就和他作对的仇人。他整天价不会别的，就是爱尖酸刻薄、使坏害人。我又听他们说，克里克先生有一个儿子，和屯盖不投缘。他本来在学校里帮着教学。有一次，因为克里克先生责罚学生，太残酷了，他曾劝过他父亲；大家还揣测，他父亲待他母亲不好，他也反对过。由于这种种原因，克里克先生就把他赶出家门去了。从那时候以后，克里克太太和克里克小姐，就老郁郁不乐。

但是克里克先生的故事，我听到了觉得顶惊奇的是：学校里，有一个学生，他从来不敢碰一碰，而那个学生就是史朵夫。别人这样说的时候，史朵夫自己也承认了；他还说，他倒是想看一看克里克先生到底敢不敢碰他。一个脾气柔顺的学生(不是我)问他，要是克里克先生真敢的话，他怎么办？他听了这个话，先特意把火柴在磷匣里蘸了一支照着，然后才回答。他说，壁炉搁板上老放着一个七先令六便士买的墨水瓶，克里克先生要是敢碰他一碰，那他就用那个墨水瓶，朝着他的脑袋砍；先把他一下打趴下，再说别的。我们听了这话，都摸着黑儿坐在那儿，有很大一会的工夫，连大气都不敢出。

我又听说，夏浦先生和麦尔先生的薪水都少得可怜。吃正餐的时

---

①原文 The Borough，即伦敦泰晤士河南岸的色则克地区，为工厂等所在地。

候，克里克先生的饭桌上如果又有热菜，又有冷菜，夏浦先生老得自己识相，说他喜欢吃冷菜[①]。这个话，史朵夫也说不假，因为学生里，只有他一个人是起坐间寄宿生[②]。我又听他们说，夏浦先生的假发，戴起来并不合适；他对于假发，很可以不必那样“臭美”，另有人就说，很不必那样“觉得怪不错的”——因为他自己的红头发，清清楚楚地在脑袋后面露着。

我又听说，有一个学生，他爸爸是开煤铺的。他上学就为的是折煤账；因此同学都管他叫“货物交易”或者“实物交易”;这是从算术书里挑出来的字眼儿，用来说明这种安排。我又听说，克里克先生喝的啤酒，是从学生的家长那儿硬抢来的，吃的布丁，也是向家长强摊派的。我又听说，全校的学生，都认为克里克小姐爱上了史朵夫了。我现在觉得，我当时坐在暗中，想到史朵夫的声音那样好听，面孔那样好看，态度那样大方，头发那样鬈曲，那我当然认为，克里克小姐爱上了他是很在情理之中的。我又听说，麦尔先生这个人并不坏，只是名下连六个便士都不剩；他母亲，老麦尔太太，毫无疑问，穷得和约伯[③]一样。我当时曾想到我那一次在那个老太太家里吃早饭的情况，听见她好像说“我的查理”的情况，不过我对于那种情况，却一个字没提，这是我现在想起来引以为慰的。

他们说了这些故事，还说了许多别的故事，因此故事还没说完，东西却早已经吃完了。客人中的大多数都在吃喝完了以后就上床睡去了；只有我们这几个，已经脱去一半衣服，还坐在那儿，有的人说，有的人听，不过到后来也上床睡觉去了。

“夜安，小考坡菲，”史朵夫说。“我一定要好好地照顾你。”

“你太好了，”我很感激地回答说。“我先谢谢你啦。”

“你没有姐姐妹妹什么的吧？”史朵夫打着呵欠说。

---

① 冷菜多半是上一顿饭剩的。

② 这种寄宿生，享有跟校长用饭及其他别的学生没有的权利。

③ 《旧约·约伯记》里说约伯本为富人，笃信上帝，上帝欲试其真诚与否，故降灾难，使他一无所有。

“没有，”我回答说。

“那真可惜了儿的了，”史朵夫说。“你要是有个姐姐妹妹什么的，那我想，那她一定是个又漂亮、又羞怯怯、眼睛像两湾子水儿似的小姑娘。我一定非跟她认识认识不可。夜安吧，小考坡菲。”

“夜安，学长哥，”我回答说。

我上了床以后，还老琢磨他；我记得，我还支起身子来，看他躺在月光映射着的床上，把清秀的脸儿仰着，把头从容舒适地枕在胳膊上。在我眼里，他是一个极有力量的大人物，我心里所以老想着他，那就是惟一的原因。在月光下，尚未揭露的未来，还没在他身上模模糊糊地透露；在我那天夜里梦中游逛的花园里，他前进的脚踪，也还没影影绰绰地出现。

第七章
在校的第一学期

第二天，学校才正式开学。教室里，本来又喊又叫，又吵又嚷，但是克里克先生，吃过了早饭却进了教室，站在门口那儿，像故事书里的巨人端量他们抓到的倒霉鬼那样，往我们大家身上看，那时候，屋里就一下和死了的一样沉静起来。我记得，这种情况，给了我很深的印象。

屯盖紧紧跟随着克里克先生，不离左右。他凶猛地高喊了一声，“不要嚷嚷！”其实我觉得，那完全没有必要，因为那些孩子，看见他们进来了，就一下哑然无声，木然不动了。

看见的是克里克先生的嘴唇儿动弹，听见的却是屯盖的声音在说话，说的是：

“现在，孩子们，新学期又开头儿啦。在这个新学期里，你们可都要给我小心，给我仔细。我得告诉你们，你们顶好趁着这股新鲜劲头好好地念书，因为要是你们不好好地，我也要趁着这股新鲜劲头好好地揍你们。我决不会含糊。你们摩拳擦掌，没有用处，我揍你们留下的疤痕，你们擦也好，磨也好，都是去不掉的。现在，你们个个都好好地做功课去！”

这一篇可怕的开幕词说完了，屯盖也咯噔咯噔地拐出教室去了，克里克先生就来到我坐的那儿，对我说，我不是出名地会咬人吗？他也是出名地会咬人。跟着他把手杖一亮，问我，手杖比起牙来怎么样？手杖比起牙来，是不是也挺尖的？嘿？它顶得上顶不上双层的牙？嘿？它有没有尖儿？嘿？它会咬人不会咬人？嘿？它会咬人不会咬人？他每逢问一句，都用手杖往我身上的肉里抽一下，抽得我直打拘挛，因此我一下就享受了撒伦学舍的全部“公民权”了（像史朵夫说的那样），并且还一下就泪痕满面。

我这个话并不是说，我与众不同，受到特殊的恩典。完全不是那么一回事。因为克里克先生在学生中间巡逻了一遍以后，绝大多数的学生（特别是年纪小的学生）就都受到同样的照顾了。一天的功课还没开始，全校的学生里，就有一半在那儿打拘挛，抹眼泪了。至于那天的功课完了的时候，有多少人打过拘挛，抹过眼泪呢？那我实在连回想都不敢回想，因为恐怕说出来，有人会怀疑我过甚其词。

我得说，从来没有人像克里克先生那样对于本行乐而不倦的。他抽打起孩子们来那股子得意劲儿，就像老饕酒醉饭饱的样子。我绝对地相信，他看到胖乎乎的孩子，他的手就要发痒。这样的孩子，对于他有一种魔力，他要是一天里不给这样的孩子几下子，那他就老坐又不安，立又不稳。我自己就是一个胖乎乎的孩子，对于这一点自然深有体会了。我敢说，我现在想起这个家伙来，还不禁怒火上升，愤不可遏；即使我个人并没受到他的摧残，我知道了他这一切所作所为，我也要这样的；但是我现在的怒火和义愤却要有万丈之高，因为我知道他这个家伙，除了会动蛮行凶而外，其他一无所能；他不配为人师表，也就像他不配当海军提督或者陆军司令一样——其实，他在那两方面，如果真掌握了大权，那他给人的害处，也许还远远地不及他作校长的害处大呢。

他就是一个全无心肝的煞神，我们就是一些小小的可怜虫，尽力想法子讨他的好，叫他别作威作福。我们在他面前，连头都不敢抬！我现在回忆起来，我就觉得，真想不到，我刚踏上了人生的道路，竟会是那种光景，对于那样一个毫无才能、完全骗人的家伙，那样低声下气，卑躬屈节！

我现在好像又坐在书桌后面，偷偷地拿眼盯着他，看他的眼色，战战兢兢地盯着他，看他在那儿给一个学生用英尺在演算本上打格儿；那个学生刚刚挨过那个英尺的打，两手打得和针扎的那样疼，正在那儿用手绢儿擦，想把疼劲擦掉。我本来有许多功课要做；我拿眼盯着他，并非由于闲得没事做，而是由于他对我，有一种病态的吸引力，使我心里扑腾扑腾地想要知道，下一步他要做什么，下一个遭殃的还是轮到我自己，还是轮到别人？在我那一面儿，有两溜小学生，也和我一样，心里扑腾扑腾地在那儿瞅着他，看他的眼色。我想这种情况他是知道的，不过他却假装作不知道。他在演算本上打着格儿的时候，又歪嘴，又挤眼，狰狞可畏；他现在斜着眼往我们这两溜学生这儿看来了，我们一见，都急忙把眼光垂下，打起哆嗦来。过了一会儿，我们又偷偷地抬起头来瞧他。一个倒霉的学生，习题做得不完善，叫他查出来了，他就把那个学生叫了上去。这个小罪犯结结巴巴地求情告饶，并且说，明天一定做好。克里克先生动手打他以前，先说了一句笑话，我们大家只得勉强发笑，其实——我们这群可怜的小狗儿，脸上虽然作出笑容，面色却像死灰一样的惨淡，心却都提溜到嗓子眼儿那儿去了。

我现在好像又回到夏天一个使人昏昏欲睡的午后，坐在书桌那儿。我四周是一片嗡嗡、营营的声音，好像那些孩子都是绿豆蝇似的。我们刚吃过饭一两个钟头，让半温不热的肥肉弄得心里仍旧油腻腻的；我的脑袋就好像跟它一样大的一块铅那么重。那时候，只要能叫我睡上一觉，我情愿豁出去什么都不要了。我坐在那儿看着克里克先生，好像一个小夜猫子一样，冲着他直眨巴眼儿。我困极了，有一分钟的工夫，打起盹儿来，但是即便我打盹儿的时候，他仍旧在我的睡梦中，庞然地朦胧出现，在那儿往演算本上打格儿。后来他轻轻悄悄地走到我身后面，在我背上抽出发红的鞭痕来，把我抽醒了，免得我看他再朦朦胧胧的。

我现在又回到旧日的游戏场了，在那儿，我虽然看不见他，我的眼睛却仍旧摆脱不开他对我的那种魔力。那时候，我知道他正在离窗户不远的地方吃正餐，所以我看不见他；我就把窗户当作是他，往窗户那儿瞧。要是他在窗户附近把他的脸露一下，那我的脸马上就表现出一副恳求哀告、低声下气的神气。如果他隔着玻璃往外看，那最胆大的孩子（史朵夫不算在内）即便正在大喊大叫，也要一下就静默下来，连忙做出出神儿沉思的样子来。有一天，特莱得（世界上没有比这孩子再倒霉的了）偶尔一不小心，把球打到那个窗户上，把玻璃打碎了。我当时看见球打在窗户上，觉得这个球蹦到克里克先生神圣不可侵犯的头上了，真是心惊肉跳，现在回想起来，还直打哆嗦。

可怜的特莱得！他穿的那一身天蓝色衣服，把他的胳膊和腿都箍得成了德国腊肠或者果酱布丁①了。他是所有的学童里顶欢笑、同时又是顶叫人可怜的孩子。他就没有不挨手杖的时候：我觉得，那半年里，他没有一天不挨手杖的；只有一个星期一，碰上放假，算是没挨手杖，而只两只手挨了尺子。他老说要写信告诉他叔叔他挨打的情况，却压根儿连一次都没写过。他每次挨了打，都是只要把头靠在桌子上待一会儿，就不定怎么又高起兴来，又发起笑来；每次都是还没等到眼泪干了，就在石板上画满了骷髅。起初的时候，我还纳过闷儿，不懂得他画骷髅可以得到什么安慰；有些时候，我还认为，他大概是一个隐士，用那种死亡的象征来提醒自己，说杖责也和人世别的事物一样，不能永远没有完的时候。不过我现在却相信，他所以老画那个东西，只是因为它没有眉目口鼻，最容易画罢了。

他这个人，又耿直，又义气，一点儿不错，特莱得就是这样。他认为，同学之间，互相帮助，互相支持，是神圣的义务。他有好几次，都是为了这个，吃了苦头，其中特别有一次，他吃的苦头更大。那是因为在教堂里做礼拜的时候，史朵夫笑了一声，区管理员②以为是他笑，把

---

①果酱布丁：用面擀成片儿，夹上果酱，再卷成圆形。外面用布包起，然后下水煮。形圆而长，布裹极紧。

②英国区上的小职员，管维持教堂秩序，惩罚犯轻罪的人，伺候牧师，伺候区会等。

他轰出了教堂。他当时叫人押解到教堂外面，被整个会众都看不起，那种情况，我现在想起来，还如在目前。他第二天，因为这个，挨了一顿好打，并且被禁闭了好长的时间，等到他们把他放出来的时候，教堂墓地里所有的骷髅，全都麇聚在他那本拉丁字典上了。但是他却从来也没说过，笑的人到底是谁。不过他的苦头也并没白吃，他也得到了报酬。因为史朵夫说，特莱得一点也没有鬼鬼祟祟的小人那样品质。我们大家都认为，夸奖的话，没有比这个再高的了。在我这一方面，虽然我远不如特莱得勇敢，年纪也没有他大，我却能为了换取这样一份光荣，甘愿忍受一切痛苦。

看着史朵夫和克里克小姐手挽着手，在我们前面一同往教堂里去，是我平生所看到的伟观之一。在美丽一方面，我认为，克里克小姐赶不上小爱弥丽，我也不爱克里克小姐(我不敢爱她)；但是我却认为，她是一个特别有动人之处的青年小姐，在风度方面，别人很难胜过她。史朵夫穿着白裤子，替克里克小姐拿着阳伞，我看着的时候，想到和他是朋友，真得意之极。我还相信，她除了五体投地崇拜他而外，还能怎么样呢。在我当时的眼里，夏浦先生和麦尔先生，也都是了不起的人物，但是他们和史朵夫比起来，却像两颗星星和太阳一样。

史朵夫继续保护我，是对我帮助极大的朋友。因为凡是他所宠爱的人，没有人敢去啰唆。他却并没能——至少他并没有——保护我，叫我不吃克里克先生的苦头，虽然克里克先生对我非常严厉。不过每逢遇到我受的待遇坏得出乎寻常的时候，他老跟我说，我应该有点和他一样的骨头，要是他是我，他就决不能受那一套。我认为，他这个话，就是为的鼓励我，于是就认为那就是对我非常好。克里克先生对我那样严厉，却也有一样好处——不过也只有这一样好处。原来他在我坐的凳子后面往来巡逻，要找我的时候，老讨厌我背的那个牌子碍他的事。因此不久他就把那个牌子给我摘了，那个牌子就从那时再不见了。

有一天，发生了一件偶然的事，使我和史朵夫的友谊更加牢固起来。这件事的发生，引起了我很大的骄傲，给了我很大的满足，虽然有的时候，也引起了一些不便。原来有一次，他在操场上，不惜屈尊就教跟我谈话，那时候，我冒昧地说，某个人，也许是某件事——我现在记不得还是人，还是事来了——和《派里格伦·皮克尔》里的某个人或某件事一样。他当时也没说什么，但是晚上我要上床睡觉的时候，他却问，我是不是把那本书带到学校里来了。

我说我没带那本书到学校里来，跟着告诉他，说我怎样看过那本书，还看过我前面说过的那些书。

“你看了这些书，还记得不记得？”史朵夫说。

“哦，记得，”我回答说，“我的记性很好。这些书，我相信，我记得很清楚。”

“那么，咱们这么办吧，小考坡菲，”史朵夫说。“你给我讲一讲那些书里的故事好啦。我晚上，睡得早了，老睡不着，早晨又经常醒得早。咱们一本一本地来好啦。咱们就把这些书照着说《天方夜谭》那样说[①]好啦。”

我听到他这种安排，真是受宠若惊。我们当天晚上就把这种办法实行了。在我讲这些故事的时候，我都把我爱好的那些作家糟蹋到什么田地，我当然说不出来，我也不愿意知道。不过，我对于他们，都抱有深深的信心；我还完全相信，只要我讲，我会用朴素、真诚的态度讲；这种种情况，也发生了很好的效果。

这件事的坏处是：我到了晚上，往往想睡，再不，提不起精神来，不愿意再说下去；这样一来，讲故事就成了一件苦差使了；不过却又非说不可，因为惹史朵夫不喜欢，使他失望，当然是绝对做不得的。早晨也是这样，我本来就没睡好，很想再睡一个钟头，却被叫醒，在起床铃响以前，非要像什希拉查得王后一样不可，说一段很长的故事，这也是使人无可奈何的事。不过史朵夫却很坚决，他对我的报答就是在算术习题和别的练习以及任何对我太难的功课方面帮助我；所以，像他说的那样，我在这件事里，并不吃亏。不过我也要给自己说句公道话。我给他

① 《天方夜谭》里的女主人公什希拉查得，每天晚上给波斯王说一段故事，后来波斯王才不杀她，永远为后。

说故事，并非出于私心，并不是为了个人利害，也不是因为我怕他。我敬他、爱他，是出于至诚的，而他肯让我敬他、爱他，那在我就是求之不得的了。我把他让我敬他、爱他这种情况，看得非常宝贵，所以我现在回忆起这些琐细来，还觉得心疼难过呢。

史朵夫待我也很周到、很体贴；他这种周到、体贴，有一次表现得特别突出，使我疑心，可能在特莱得和其余的同学心里，都起了一种闻香不到口的感觉。原来坡勾提答应写给我的信，在这学期刚过了几个星期就寄来了——我收到那封信，真如获至宝——不但信寄来了，跟着信一块儿来的，还有好些橘子，围成一圈，中间放着一大块点心，另外还有两瓶樱草酒。这几桩宝贝，我理所当然地，都交给了史朵夫，求他随便处理。

"现在，小考坡菲，你听我说好啦，"他说，"这个酒留着你说故事的时候给你润嗓子吧。"

我听他这样一说，羞得脸都红了。我要表示我的谦虚，就求他不要往那方面想；不过他却说，他注意到，我的嗓子有的时候哑——破不拉的，这是他用的字眼——所以这个酒，一点一滴，都得用来给我润嗓子。因此，这两瓶酒，就锁到他的箱子里，由他亲自倒在一个小瓶里；他认为我需要这种东西来恢复气力的时候，就让我用一根插到软木塞里的细管儿往外吸。有的时候，为了使这个酒发挥最大的特效，他还亲自动手，把橘子汁挤到酒里，再不就把姜末搅在里面，再不就把薄荷精滴进去几滴。我虽然不敢说，这样一来，酒的味道更好了，也不敢说，一天里面，在睡觉以前最后喝一点这个，在起床以后最先喝一点这个，是最能开胃的东西，但是我还是怀着非常感激他的心情把这种掺兑的东西喝了，而且对于他的关照十分知情。

我只觉得，我说《派里格伦》好像说了好几个月，说别的故事，又说了好几个月。我敢说，我们这个组织，决没有因为故事接不上而松了劲的时候；那两瓶酒，也差不多和故事一样地延续了很久。可怜的特莱得——我多会儿想起这个孩子来，我就多会儿很奇怪地忍不住又要发笑，又要落泪——一般说来，有些像我的帮腔的：遇到故事里有使人可乐的地方，就假装着笑得前仰后合；遇到故事里有使人震惊的地方，就假装吓得不知怎么样才好。他这种情况，往往使我的叙说中断，不能继续。我记得，我说到吉尔·布拉斯的经历的时候，一提到西班牙的衙役头子①他就假装着吓得什么似的，怎么也不能叫他的牙齿不着对儿厮打；这就是他最开心的玩笑。我记得，我说到吉尔·布拉斯在马德里遇到了强盗的大头目②的时候，这位好开玩笑的孩子，就假装着吓得全身哆嗦，因而不幸叫克里克先生听见了（因为那时候，克里克先生正在穿堂那儿巡逻），说他扰乱宿舍秩序，给了他一顿好抽。

如果我的性格里，本来就有一些耽于空幻、富于梦想的成分在内，那这种成分，因为摸着黑儿说了那么些故事，更得到了发展；所以，从这一方面说来，这件事对于我，可以说没有什么大好处。但是我在我那个寝室里，成了一个大家喜欢的爱宠；我的年纪虽然最小，而却有这种本领，在学生中间宣扬开来，引得大家对我注意；这种种情况刺激了我，使我努力前进。在一个完全用暴虐残酷的办法办的学校里，不管主持的人是不是大笨蛋，反正学生都不会学到多少东西。我相信，我这群同学，和现在任何学校里的学生一样，都学不到知识。他们整天价挨打受罚，哭还哭不过来，疼还疼不过来，哪里还顾得学习。他们什么也学不好，这也就像一个人，整天价受折磨、受苦难，愁烦忧虑，什么事也做不好，正是一样。但是我自己那一点点的虚荣心和史朵夫给我的帮助，却不知怎么，鞭策了我，使我向前；并且，他虽然在挨打受责那一方面，没给我多大帮助，但是却在我在那儿待的那个时期里，使我成了那一群孩子中间的一个例外，因为我还是持续不断地拾得了一点学问的余沥。

在这一方面，麦尔先生给了我很大的帮助。他一直地喜欢我，使我一想起来就觉得感激。我看到，史朵夫经常存心糟蹋他，一有可以使他

---

① 西班牙的衙役头子，是《吉尔·布拉斯》中常出现的人物。他可以随便抓人，随便加刑，作福作威，为人所畏。

② 《吉尔·布拉斯》第1卷第3章里说，主人公误遇盗匪，被胁为盗，后乘机脱逃，过了几年，又于马德里遇到该盗帮的大头目，发现他已做了官。

伤心的机会，就决不放过，还嗾使别人招他伤心：这种情况，使我觉得很难过。这种情况，还有一个很长的时期，使我越来越不安：因为我对史朵夫，既然什么话都不隐瞒，也就像我有了点心或者任何好吃、好用的东西，不肯隐瞒一样，所以我不久就把麦尔先生带着我去看那两个老太婆那件事对他说了，我心里老嘀咕，惟恐史朵夫把这件事翻腾出来，用它作话把，来揭麦尔先生的短。

我刚到伦敦那一天，麦尔先生把我这个微不足道的小家伙领到了布施庵堂；在笛声的呜咽中吃早饭，在孔雀翎下睡着了；这件事儿会有什么后果，我敢说，我们中间，不论是谁，都没想到。但是我到布施庵堂去那一趟，却真有预料不到的后果，而且，以这件后果的本身而论，还是严重的后果。

有一天，克里克先生因为不舒服，没到教室里去，欢乐的气氛当然在全校里到处洋溢。因此，那天早晨做功课的时候，闹嚷的声音很大。那些孩子们，一旦脱出樊笼，可以随心所欲，就很难加以约束；虽然大家都怕的那个屯盖，拖着他那条木头腿，到教室里来过两三次，把闹得最厉害的那几个学生的名字都记下来了，也并没能把闹嚷的声音压下去，因为学生都知道，不管他们闹不闹，反正明天那一顿揍是挨定了的，所以毫无疑问，他们都认为，现在得乐且乐，是最好的办法。

那天本来应该只有半天课，因为是星期六。但是如果大家都到游戏场上去玩，那他们的声音就要把克里克先生吵得不得安静了；同时，天气又不好，出去散步也不适宜；因此他们下午把我们都拘在教室里，给了我们一些专为那一天做而却比平素轻省的功课。那天是夏浦先生出去烫假发的日子，所以只有麦尔先生一个人在教室里看着学生，因为凡是苦差，不论什么，都是他做。

麦尔先生，本来脾气柔和之极，决不能有人把他和牛或熊联起来想；但是，那天下午，那些学生闹嚷得最凶的时候，却令人想到牛或熊让一千条狗又咬又逗的情况①。我现在还能想起来，麦尔先生把他那发

---

①这是指逗牛或逗熊而言，18 世纪盛行于英国。

疼的头用两只瘦骨嶙峋的手支着，低低伏在桌子上，看着书本，令人可怜地尽力想进行他那腻烦的工作；他周围就是一片喧嚷，那种乱法，足以把下议院的议长弄得头昏目眩①。那些孩子们都从他们的座位上冲来冲去，和别的孩子们玩“抢位子”的游戏。他们中间，有的大笑，有的高唱，有的高谈，有的乱跳，有的嗥叫；又有的就把脚在地上乱蹭，把身子在麦尔先生身旁乱转；咧嘴吐舌，挤眉弄眼；在他身后，在他面前，学他的怪样子，学他的穷样子，学他穿的靴子，学他穿的褂子，学他母亲：总而言之，学他的种种一切。其实他们对于他这种种一切，本来应该体贴怜悯才是。

“别嚷嚷啦！”麦尔先生突然站了起来，用书往桌子上一拍，说道。“这都是什么意思？真叫人没法受。真治得人要发疯。你们这些孩子，你们怎么能这样对待我？”

他往桌子上拍的是我的书。我那时正站在他身旁，所以我顺着他的眼光，往教室里四面看去：只见所有的学生，都不闹嚷了，有几个大吃一惊，另有几个好像有些害怕，还有几个就好像有些惭愧。

史朵夫的座位，安在那个长屋子里对面最远的那一头儿。麦尔先生对着他的时候，他正在那儿背靠着墙，手插在口袋里，逍遥闲立，同时把嘴唇撮着，好像要吹口哨儿那样，看着麦尔先生。

“史朵夫少爷，别嚷嚷！”麦尔先生说。

“你自己先别嚷嚷！”史朵夫说，同时脸上一红。“你这是跟谁说话哪？”

“坐下，”麦尔先生说。

“你自己先坐下，”史朵夫说，“不要乱管别人。”

有的学生哧地一笑，还有的拍手叫好；但是大家一看麦尔先生的脸那样苍白，一下都静下来；有一个孩子，本来从麦尔先生身后面突然闯

---

① 英国下议院开会时，虽有人发言，却没人听，大家随便谈笑、呼喊，且作鸡鸣犬吠的怪声。狄更斯在他的《博兹特写集》的《国会速写》里说，下议院那份乱劲儿，连斯米司斐尔得（伦敦地区）赶集的日子，或斗鸡盛行年代的斗鸡场，都比不过。

出，要学他母亲来着，一看这样，也中途变卦，假装着要修一修笔。①

“如果，史朵夫，你认为我不知道，你在这儿对每个人有多大影响，”他把手放在我的头上，并没想到他是在那儿做什么（我想）——“或者你认为，我没看见，在刚才这几分钟里，你都怎样嗾使比你小的学生，来做一切侮辱我的行动，那你就错了。”

“我眼里根本就没有你，心里也一点也没想到你，”史朵夫冷静地说；“所以，像实际的情况那样，根本就无所谓错不错的问题。”

“你借着你在这儿得宠的地位，少爷，”麦尔先生接着说，同时嘴唇颤抖得非常厉害，“来侮辱一个绅士——”

“一个什么？——他在哪儿？”史朵夫说。

闹到这儿，忽然听见有人大声喊道，“史朵夫，还要脸不要？太不像话啦！”那是特莱得。麦尔先生叫他不要多嘴，马上把他的话堵回去了。

“——侮辱一个运气不好的人，少爷，侮辱一个从来一丁点儿都没得罪过你的人，而凭你这样年纪，这份聪明，又完全知道，这个人不应该受侮辱，”麦尔先生的嘴唇越来越颤抖地说，“所以你这种行为，又卑鄙、又龌龊。你要坐就坐，不要坐就站着，随你的便儿好啦，少爷。考坡菲，你往下背你的功课吧。”

“小考坡菲，”史朵夫从教室那一头往前走来说，“你先等一等。我要把话跟你一下都说明白了，麦尔先生。要是你竟敢说我卑鄙、龌龊这一类的话，那你就是一个大胆无耻的叫花子。你本来一直地就是一个叫花子，这是你知道的；不过你现在说了这种话，那你就是个大胆无耻的叫花子。”

我弄不清楚，当时史朵夫是不是想动手打麦尔先生，也弄不清楚，当时麦尔先生是不是想动手打史朵夫，也弄不清楚，当时是不是两方面都有动手的意思。我只看到，全校的学生，都呆若木鸡地定在那儿了。原来克里克先生在学生中间出现了，身旁站着屯盖；同时克里克太太和

---

①从前用的墨水笔是鹅翎儿做的，极易磨损，时时需用小刀修理。

史朵夫与麦尔先生

克里克小姐，就好像吓坏了的样子，从门口那儿往里瞧。麦尔先生这时候，把胳膊肘支在桌子上，用手捂着脸，有一会儿的工夫，坐在那儿一动不动。

“麦尔先生，”克里克先生说，一面用手摇晃麦尔先生的肩膀：克里克先生本来是哑嗓子，但是这一次说的话，却清清楚楚地能听得见了。因此屯盖认为，没有把他的话重复的必要。“我想，你知道你自己是什么身份地位吧？”

“知道，校长，我知道我是什么身份地位，”那位助理教师回答说，同时把脸仰起，把头摇晃，很激动地把手直搓。“知道，校长，知道，我—我—知道我自己的身份地位，校长。我—我—倒希望校长早一点就想到了我，那—那—就是更大的恩德了，校长，那就是更大的公道了，校长；那就可以使我免去许多麻烦了，校长。”

克里克先生一面拿眼瞪着麦尔先生，一面扶着屯盖的肩膀，用脚踏着靠他顶近的一条凳子，在桌子上坐下。麦尔先生仍旧摇头，搓手，仍旧非常地激动。克里克先生从他现在这个宝座上又瞪了麦尔先生一会儿，才把眼光转到史朵夫那儿，问道：

“好啦，既然麦尔先生不肯屈尊，告诉我是怎么回事，那么你，老弟，告诉告诉我到底是怎么回事吧。”

史朵夫有一会儿的工夫，对于这个问题避而不答。他只带着鄙夷和愤怒的样子看着他的对手，却一言不发。我记得，即便在那一刹那的工夫里，我都不由要觉得，他在仪表方面，真秀雅之极，而麦尔先生和他相形之下，真形秽貌寝。

“我只问，他说我得宠，是什么意思？”史朵夫后来到底开了口说。

“得宠？”克里克先生重复说，那时候，他脑门子上的青筋一下暴了起来。“这个话是谁说的？”

“他说的，”史朵夫说。

“那么，老先生，我跟你请教，你这个话是什么意思？”克里克先生看着他的助理教师，怒气冲冲地问。

“我的意思，校长，也就是我说的那样，”麦尔先生低声回答说，“学生里面，不论是谁，都不应该利用他得宠的地位来寒碜我。”

“寒碜你？”克里克先生说。“我的天！我请问你，你这位叫什么来着的先生，”说到这儿，克里克先生把两手连手杖一齐往胸前一抱，把眉头一皱，皱得他那两只小眼睛几乎都眯成两条缝儿了，“你说‘得宠’这个话的时候，你是不是对我还尊重，对我，老先生，”他说到这儿，把脑袋冲着对方往前使劲一探，跟着又往后一缩，“对一校之长，对你的东家，是不是还尊重？”

“我应该承认，我那句话是说得不大好，”麦尔先生说。“我刚才要是头脑冷静，我就不会说出那样的话来了。”

说到这儿，史朵夫插嘴说：

“他还说我卑鄙，说我龌龊，跟着我也就叫起他叫花子来。如果我的头脑冷静，我也许也不会叫他是叫花子的。不过我叫啦，有什么罪名，我都认着。”

我当时大概并没想到有什么罪名要认；我只觉得，史朵夫这番话说得很漂亮，很大方，使我兴奋得脸上又红又热。这番话对于别的学生，也发生了影响，因为他们中间，哧哧嚓嚓地骚动了一下，虽然他们都没有大声说话的。

“我真没想到，史朵夫——不过你这样直话直说，倒也给你作脸，”克里克先生说，“一点不错，倒也给你作脸——但是我可得说，我真没想到，少爷，你会把这种字眼儿，用在撒伦学舍费钱用来的人员身上。”

史朵夫笑了一笑。

“那不能算是回答了我问你的话呀，少爷，”克里克先生说。“我对你期望的，史朵夫，比那个要多得多。”

如果麦尔先生和这个清秀的少年相形之下，在我眼里，显得形秽貌寝，那么克里克先生和他比起来，丑陋到什么程度，就更难说了。

“你问问他，是不是敢不承认我那个话，”史朵夫说。

“不承认他是个叫花子，史朵夫？”克里克先生喊道。“那么，他都在哪儿乞讨过？”

“即便他自己不是个叫花子，他最近的亲人可的的确确地是个叫花子，”史朵夫说，“那和他自己是叫花子有什么分别？”

史朵夫对我瞅了一眼，同时麦尔先生的手，轻轻地在我的肩头上拍打。我满脸羞晕，满心惭愧，抬头看去。但是麦尔先生却把眼盯在史朵夫身上。他仍旧很温柔地用手拍着我的肩膀，但是他的眼却看的是史朵夫。

“校长，既然你期望我得把替自己辩护的理由说出来，得表明我到底是什么意思，”史朵夫说，“那我就说啦：他妈住在布施庵堂里，靠施舍过日子。”

麦尔先生仍旧拿眼看着史朵夫，用手轻柔地拍着我的肩膀，自己对自己打着喳喳儿说（如果我没听错了）：“这个话不错，我也那样说。”

克里克先生恶狠狠地紧皱眉头，好不容易地做出一副讲礼貌的样子来，对着他的助理教师说：

“现在，麦尔先生，这位少爷说的话，你都听见啦吧？劳你的驾，请你在全校的学生面前，宣布一下，他说的话，究竟是、还是不是。”

“他说的是，校长，他那个话没有什么可以纠正的地方，”麦尔先生在鸦雀无声的静默中回答说。“他说的是事实。”

“那么，劳你的驾，请你当众宣布一下，”克里克先生把脑袋往一边歪着，把眼睛盯在全体学生身上乱转，说，“我对于这种情况，在这以前，是否知道。”

“我的看法是，你没有直接地知道，”他回答说。

“那么，你这是说，我不知道了？”克里克先生说，“是不是，老先生？”

“我的了解是：你一向就老没认为我的境遇好过，”那位助理教师说。“我在这儿是什么情况，一直是什么情况，你都了然。”

“你要是这样说的话，那我的了解是，”克里克先生说，这时他的脑门子上的青筋又暴得比先更粗了，“你一向都完全看错了，你把这个学校当作了救济贫民的地方了。麦尔先生，请你另作打算吧，还是越快越好。”

“没有比现在更好的了[①]，”麦尔先生站起来说。

“好，老先生，我这儿给您送驾啦！”克里克先生说。

“那么，我跟你告假啦，克里克先生，我也跟全体的同学告假啦，”麦尔先生说，一面向教室里全体的学生瞥了一眼，一面又轻柔地在我的肩上一拍。“捷姆·史朵夫，我对你，不希望别的，只希望将来有一天，你对于今天所做的事，会觉得可耻。眼下说来，我决不能拿你当朋友看待，不论对于我自己，也不论对于任何我关切的人，你都绝对不够朋友。”

他又把手往我的肩上一拍，跟着把钥匙撂在那儿，给接后任的人，拿起他的笛子和书桌里他那几本书：他把他那一丁点儿财产夹在膈肢窝里，走出学校去了。于是克里克先生通过屯盖，对学生发表了一篇谈话，对史朵夫表示感谢，因为他给撒伦学舍争了面子，保存了体面（虽然手段也许得说激烈了一些）；到末了，还和史朵夫握了握手。同时，我们大家就欢呼了三声——至于为什么欢呼，我不十分清楚；不过我当时想，一定是为史朵夫欢呼的，所以也跟着他们热烈地喊了三声；其实我心里头却觉得很凄惨。克里克先生于是用手杖揍了特莱得一顿，因为他发现，特莱得不但没欢呼，反倒因为麦尔先生走了，在那儿擦眼泪。他揍完了特莱得，就又回到了他的沙发那儿，再不就是床铺那儿，再不就不定是哪儿，反正是他来的那儿吧。

现在只有我们学生在教室里了。我记得，我们大家当时都愣愣瞌瞌、呆呆傻傻地，你看我，我看你。我自己呢，因为在那天发生的事情里我是个祸首，所以，心里非常后悔难过，老自己埋怨自己，本来不论怎么样，都要忍不住哭出来的；但是我想，如果我把使我难过的这种感情表现出来，那史朵夫（那时候，他不时地往我这儿瞧），会认为我对他不友好，或者说，对他不尊敬（因为从我们两个年龄的差别，和我对他所抱的态度上看，这样说更恰当），因此我才勉强把泪忍住。史朵夫很生特莱得的气，说特莱得挨了两下子，他很趁愿。

---

① 英语谚语。

可怜的特莱得，那时候已经经过了把脑袋趴在桌子上那一个阶段了，正像平素那样，大画特画起骷髅来，排遣悲愁；他现在听见史朵夫说他，他就说，他挨了打，他才不在乎哪！反正麦尔先生受了欺负了。

“谁欺负他啦，你这个心软的小妞儿？”史朵夫说。

“还有谁？就是你。”特莱得回答说。

“我怎么欺负他啦？”史朵夫说。

“你怎么欺负他啦？”特莱得反驳他说。“你叫他伤心，还把他的事由儿给他弄掉了。”

“叫他伤心？”史朵夫鄙夷地重念道。“我敢保，他伤心决不会伤到哪儿去。他的心，不像你的心那样软，我的特莱得小妞儿。至于他的事由儿——他这个事由儿可就太值钱了，是不是？——那你想，我能不写信回家，能不设法给他点钱吗，我的小妞儿？”

我们大家都认为，史朵夫这种打算，非常慷慨大方。他母亲是个寡妇，很有钱，据人说，她儿子不论要她做什么，她差不多都能听。我们大家看到特莱得弄得这样无言答对，都非常高兴。我们看到史朵夫这样高尚侠义，都把他捧到天上；特别是他很看得起我们，说他只是为了我们大家好，只是为了我们大家起见，才特意做了这件事；他这是丝毫不顾自己的利害，见义勇为，给我们做了一件大大的好事呢。

不过，我得说，那天晚上，我摸着黑说故事的时候，麦尔先生的笛声，不止一次，呜呜地送到我的耳朵里；到后来，史朵夫到底倦了，我也上床睡下了；那时候，我只听得，他的笛子又不知在什么地方凄婉地吹起来，把我弄得十分苦恼。

但是，我得说，我看到史朵夫那样随随便便，完全玩儿票的样子，连书本都不用（我当时觉得，他好像什么都会背），把麦尔先生教的学生接过几个班来先教着，等新助理教师到来，我看到这种情况，就把麦尔先生忘了。后来找着了新教师了，他是一个文法学校[1]毕业的，他接手

---

① 文法学校，即中等学校，因在这种学校里要学拉丁文（及希腊文），以文法为重，所以叫文法学校。

以前，先在校长的起坐间用了一餐，为的是好和史朵夫见见面儿。见了以后，史朵夫非常赞成这个新教师，告诉我们，说他有两下子。这两下子究竟表示多少了不起的学问，我也弄不清楚，不过既然史朵夫这样说了，我也就跟着非常尊敬起这位新教师来，认为他一定学业优良，决不会有错儿。不过他对我——我并不是说，我有什么了不起，有应该叫人尽心的地方——却永远没有像麦尔先生那样尽心竭力。

在这半年的日常学校生活中，另外只有一件事，给了我深刻的印象，一直保留到现在。它的印象，所以保留到现在，是由于好几方面的原因。

有一天下午，我们大家都正受了许多磨难，弄得一团乱糟，不可开交，克里克先生正在那儿乱抽乱打，只见屯盖来到教室，用他平常那种洪亮的嗓门叫道，“考坡菲，有人找。”

跟着他就和克里克先生交谈了几句，像关于来找我的人是谁，在哪个屋子里接见之类；我在他叫我的时候，早就已经按照规矩，站起来了，心里不胜惊讶，只觉得要晕倒。他们交换完了意见以后，告诉我，叫我从后楼梯出去，戴上一件干净花边儿①，然后到饭厅里去。我照着这些话办了。我当时心里乱扑腾，脚下直忙乱，那个激动劲儿，还是我那小小的年纪里向来没有过的。我走到这个会客室门外的时候，我忽然想到，来的人也许是我母亲吧(在这以前，我只想到枚得孙先生和枚得孙小姐)，因此我放到门钮上的手就又缩回来了，我站在门外，先呜咽了一阵，才进了屋子。

起初，我看不见屋里有人。不过我觉得门后面好像有人在那儿推似的，我就往门后看去，一看，真没想到，原来是坡勾提先生和汉，手里拿着帽子，一面对我直弯腰鞠躬，一面又你挤我，我挤你，互相直往墙上挤。我见了他们，不觉笑起来；不过只是因为我见了他们，心里喜欢，才笑起来，并不是因为看见他们那种可笑的样子而笑。我们互相亲热地握手，我就笑了又笑，一直笑得我从口袋里掏出手绢儿来擦眼泪

---

① 指衬衫花边而言，镶在衬衫胸前露在外面的部分，流行于 19 世纪初期。

才罢。

坡勾提先生(我记得，他这次来看我，自始至终，嘴就老没闭上)，看见我擦眼睛，觉得很不放心，就用胳膊肘拐了汉一下，叫他说几句话。

“快别这样，快别不高兴，我的好卫少爷！”汉带着他个人独有的那种憨笑说，“你瞧，你又长了！”

“我长啦？”我一面说，一面擦眼泪。我说不上来我到底为什么哭，不过我见了老朋友，不知怎么，就不由自主，哭起来了。

“可不长了，我的好卫少爷。你看他是不是长了！”汉说。

“可不长了！”坡勾提先生说。

他们两个对笑起来，因此我也笑了，于是我们三个一块儿笑起来，笑得我又有要哭的危险。

“你知道我妈好吗，坡勾提先生？”我说，“还有我那个亲爱的、亲爱的老坡勾提好吗？”

“非常之好，”坡勾提先生说。

“小爱弥丽好吗？格米治太太好吗？”

“都非常之——好，”坡勾提先生说。

大家一时都想不起什么话来说。坡勾提先生为了打破这一阵的静默，就从口袋里掏出两个其大无比的龙虾，一个其大无比的螃蟹，还有一大帆布袋子小虾，把它们都摞在汉的胳膊上。

“你瞧，你在我们那儿住了那几天，我们就知道你吃饭的时候，喜欢点提味的东西，所以这阵儿，不怕你见笑，给你带了一点儿来。这是我那个老嫂子亲手煮的，是她亲手煮的。这是格米治太太亲手煮的。不错，”坡勾提先生慢慢地说。他抓住了这句话老说个不完，我想，那是因为他一时想不起别的话来说的缘故吧。“我对你说，这一点不错，是格米治太太亲手煮的。”

我跟他道谢。汉两只胳膊端着那些海味，腼腆羞涩，满脸含笑地站在那儿；坡勾提先生并没想法子把他端的东西找个地方放下，只看了看他，嘴里说：

“我们因为风也顺，潮水也合适，所以就坐着一条双桅方帆小船儿，从亚摩斯到格雷夫孙①来了。我妹妹写信告诉过我们你这儿的地点。她信上还说，要是我们到格雷夫孙，一定要上这儿来一趟，找一找卫少爷，替她请安、问好；再告诉他，家里的人都非常平安。你知道，我们这次回去以后，马上就要叫小爱弥丽写信给我妹妹，告诉她，说我们见着你啦，你也和我们一样，非常地平安。这样，我们就叫这个平安整整转了一个圈儿了。”

坡勾提先生这句比方的话，我还是想了一下才明白了的。他的意思是说，他们把两方面的消息都传到了，消息转了一个圈儿。跟着我热诚地对他表示感谢，同时问道，我恐怕小爱弥丽也长了吧，跟我们一块儿在海滩上捡蛤蛎壳儿和石头子儿的时候，也不一样啦吧？我问这句话的时候，脸上一红；我自己觉到了我脸上一红。

“她越长越像个大姑娘了，一点不错，越长越像个大姑娘了。不信你问他。”

坡勾提先生的意思是叫我问汉，只见汉也满脸笑容，喜气洋洋，胳膊上端着那些海味，直点脑袋，表示那个话完全不错。

“她那个漂亮的小脸蛋儿就别提了！”坡勾提先生说，说的时候，他自己的脸蛋儿也放出光来，发起亮来。

“她的学问就别提了！”汉说。

“她写的字就别提了！”坡勾提先生说。“黑乌乌的，和乌金墨玉一样。再说，一个一个地那样大，你不论在哪儿，都能清清楚楚地认得。”

坡勾提先生一想起他这个小宝贝儿来，那种心花怒放的劲儿，叫人看着，真可喜可爱。他现在好像又站在我面前了，他那毛烘烘的脸上，一片热诚坦率，放出了得意、热爱的快活光彩来，叫我都无法形容。他那双老实诚恳的眼睛，也闪烁有光，火花四射，好像眼睛的深处，有光明的东西翻腾搅动似的。他那宽阔的胸膛，由于满腔欢乐，所以起伏不

---

①格雷夫孙在伦敦东南20英里泰晤士河岸上，为河滨港口。

止。他那双有劲的大手，本来随便松松地伸着，现在叫恳切热诚的劲一激动，他就把双手紧紧握起来。他说话要是遇到得表示强调的时候，他就把右臂一挥，让我那样一个小小的孩子看来，只觉得和一个特号的大铁锤一样。

汉也和坡勾提先生一样地热诚恳切。我敢说，他们如果不是因为史朵夫出人意料地进了餐厅而害起羞来，那他们一定还要讲好些关于小爱弥丽的话的。原来那时候，史朵夫嘴里哼着一个歌儿进了屋里，看见我站在旮旯那儿和两个生人谈话，就打住了歌声，说，“我不知道你在这儿，小考坡菲！”（因为平常接待客人，不在那儿）说完了，就从我们前面穿过了屋子，走出去了。

我现在说不出来，还是因为我有史朵夫这样一个朋友觉得骄傲，才把他叫回来的呢？还是因为我想对他讲一讲我怎么认识了坡勾提先生这样一个朋友，才把他叫回来了的呢？不过，不管因为什么，反正我当时却很谦恭地说——天哪，虽然过了这么些年，但是当时的情况，却又重新在我面前全部出现——“请你别走，史朵夫。这是亚摩斯的两个渔人——都是又和气又实心眼儿的好人——他们是我那个看妈的亲戚，现在从格雷夫孙特为到这儿来看我。”

“是吗，是吗？”史朵夫回过身来说。“能看见他们，我很高兴。你们两位好哇？”

他的态度从容大方——那是一种轻松、愉快的态度，里面丝毫没有大模大样、盛气凌人的成分——我一直到现在还是相信，他这种态度里，含有一种使人着迷的力量。我一直到现在还是相信，由于他有从容大方的仪态，轻松快活的性格，好听的嗓音，清秀的面貌，优雅的身材，再加上（这是我的的确确知道的）天生一种吸引人的力量，所以他无论走到哪儿，身上老带着一种魔力（有这种魔力的人并不多）；对他倾倒，只能算是人类天生的弱点；对他抗拒，就得说是难上加难，没有多少人能做到。我当时一看就知道，他们两个多么喜欢他，怎样一刹那间就对他推心置腹。

“劳你的驾，坡勾提先生，”我说，“你们要写信的时候，请你们告诉我家里的人，就说史朵夫少爷对我非常地照顾；要是没有他，我真不知道我在这儿该怎么样才好。”

“瞎说！”史朵夫说，一面大笑，“不许你对他们说这种话。”

“坡勾提先生，”我说，“如果史朵夫少爷到诺福克郡[①]或者萨福克郡去的话，碰上我也在那儿，那你放心吧，我一定把他带到亚摩斯去看一看你的房子，只要他肯赏光，我一定带他去。史朵夫，你决不会看见过那样好玩儿的房子。那是一条船改造的。”

“一条船改造的？真的吗？”史朵夫说。“像他这样坚实的使船的人，住船改造的房子，可就再合适也没有了。”

“一点不错，一点不错，少爷，”汉说，一面咧着嘴笑。“你这话一点也不错，少爷。我的好卫少爷，这位少爷说的一点不错。坚实的使船的！哈，哈！他一点不错是个坚实的使船的！”

坡勾提先生也和他侄子一样地满心欢喜，不过他很谦虚，不像他侄子那样闹吵吵地接受这句对他个人奉承的话。

“呃，少爷，”他说，一面又鞠躬，又咯咯地笑，又把领巾头儿往胸前的衣服里掖，“我谢谢你啦，少爷，我谢谢你啦。我在这一行里，不敢有半点松懈，少爷。”

“凭他怎么有本事，也都只能那样吧，坡勾提先生，”史朵夫说。他已经知道坡勾提先生的名字了。

“我敢出几镑钱跟你打赌，你在你那一行里也是这样，少爷，”坡勾提先生说，一面把脑袋摇晃。“你一定也做得很好，一定也做得很好！我谢谢你啦，少爷。你这样跟我一见面儿就不拿我当外人，我真感谢你。我这个人，看样子粗粗剌剌，少爷；不过，你要明白，干事儿可稳稳当当，至少我希望，干事儿稳稳当当。我那个房子，并没有什么瞧头儿，少爷；不过，你要是和卫少爷一块儿到那儿去的话，那我们一定尽情地招待。我简直地成了水牛儿了，一点不错，成了水牛儿了，”坡勾提先生说。他这是说，他走得太慢，像蜗牛一样。因为他每逢说完了

---

① 和萨福克郡是邻郡，为亚摩斯所在地。

一句话，都说要走，却又不知怎么又回来了。“我祝你们两位健康，祝你们两位快乐！”

汉的感情，也表示了共鸣，于是我们和他们在最热烈的气氛下分别了。我那天晚上，几乎忍不住，要对史朵夫把美丽的小爱弥丽说出来。但是我却又太害羞了，不好意思提她的名字，又非常怕史朵夫会笑话我，所以还是没说。我记得，我把坡勾提先生说她长成了大姑娘那句话琢磨了又琢磨，还是带着不安的心情琢磨的。不过我后来还是决定把那句话看作了瞎话儿。

我们没叫别人看见，把海味，或者像坡勾提先生谦虚地说的那样，把“提味的东西”，运到宿舍里，那天晚上大吃了一顿。但是特莱得却没能得到个快活的结果；他这个人太倒霉了，连和别人一样吃完了东西不出毛病那一丁点福气都没有。原来他在夜里，因为吃螃蟹闹起病来——病得趴在床上都起不来了——他不但灌了大量的黑药水，还咽了大量的蓝药丸。据顿浦尔（他父亲是当大夫的）说，特莱得吃的那些药，都能把一匹马的身体吃坏了；他还挨了一顿棍子，被罚念六章希腊文《新约》，因为他不肯招认为什么忽然得了病。

这半年里，其余的日子，在我的记忆里，只是一片混乱：里面有我们每天生活里的挣扎和奋斗；有渐渐逝去的夏天，渐渐改变的季候；有我们闻铃起床的霜晨，闻铃就寝的寒夜；有晚课的教室，烛光暗淡，炉火将灭；有晨间的教室，像专使人哆嗦的大机器一样；有煮牛肉和烤牛肉、煮羊肉和烤羊肉，轮流在饭桌上出现，有一块块的黄油面包，折角的教科书，裂了口子的石板，泪痕斑斑的练习簿；有鞭笞和用尺打；有剪发的时候；有下雨的星期天；有猪油布丁；还有到处都泼了墨水的肮脏气氛。

但是我记得：假期怎样最初好像遥遥无期，过了很久还老像站住不动的小黑点那样，后来才慢慢地朝着我们移动，才慢慢地一点一点地大起来；我们怎样先是一个月、一个月地数，后来又一个星期、一个星期地数，后来又一天、一天地数。那时候，我怎样害起怕来，惟恐我家里的人不叫我，不让我回家；史朵夫怎样告诉我，说我家里的人叫过我，我一定能回家，我听了以后，又怎样模模糊糊害起怕来，惟恐还没回家，先把腿摔折了。放假的日子到底很快地改变了地位，由下下星期变为下星期，由下星期又变为这个星期，由后天变为明天，又由明天变为今天，又由今天白天变为今天晚上——于是我上了往亚摩斯的邮车，往家里进发。

我在车里，睡了又醒，醒了又睡，睡的时候，还是续续断断地梦见学校里所有这一切情况。但是，在我每次醒来的时候，我眼睛里看到的，不是撒伦学舍的游戏场，而是邮车窗外邮车所到的地方；我耳朵里听见的，不是克里克先生狠毒地责打特莱得的杖声，而是车夫轻快地打马前进的鞭声。

第八章
偷得假期半日欢

天还没亮，我们就到了邮车停车的客店了(这个客店不是我那个茶房朋友待的那一个)；到了那儿，店家把我带到一个舒适的小卧室里；只见卧室的门上涂着“海豚”的字样①。那家店家，让我坐在楼下着得很旺的炉前，给我喝过热茶，但是，我记得，我当时还是觉得很冷；所以我在“海豚”的床上躺下，把“海豚”的毯子蒙头裹脑地盖着，大睡其觉，觉得非常高兴。

雇脚的马车车夫巴奇斯先生和我约好了，早晨九点钟来接我。我八点钟就起来了(因为夜里没睡多少觉，有些头晕)，还没到约好了的时间，就预备停当了。他见了我的时候，他的态度，恰恰像我们上次分手

---

①过去，英国客店的房间，没有号数，而是各有名字。如莎士比亚《亨利第四》下部第2幕第4场里，说到有叫“石榴”和“半月”的客店房间。哥尔斯密斯的剧本里，客店房间有叫“天使”，“羊羔”，“海豚”的。狄更斯的《双城记》里说到一个叫“和谐”的房间。但狄更斯的时代，客店房间已有用号数的了。

以后，过了还不到五分钟那样；我到店里，也只是要去兑换六便士的零钱，或者做那一类的事儿似的。

我的箱子搬上车了，我自己也攀上车了，车夫也坐好了，那匹懒马，就用它向来的快慢，连人带行李，一齐拉着走起来。

“巴奇斯先生，你的气色真好，”我说，满以为他听到这个话一定喜欢。

巴奇斯先生只用袖头儿把脸擦了一下，跟着往袖头儿上瞧，好像他脸上的红润气色已经擦下来一块，他想在袖头儿上面找一找似的；但是他对于我应酬他的那句话，却没作别的答复。

“我把你的话给你传过去了，巴奇斯先生，”我说；“我给坡勾提写信来着。”

“哼！”巴奇斯先生说。

巴奇斯先生的样子好像有气似的，回答的口气也很冷淡。

“难道有什么不对的地方吗，巴奇斯先生？”我稍微迟疑了一下问。

“怎么没有？”巴奇斯先生说。

“不会是话传得不对吧？”

“话倒传得不错，也许传得不错，”巴奇斯先生说，“但是话传完了，可没有下文。”

我不懂他这个话是什么意思，所以我就用探问的口气把他的话重了一遍：“没有下文，巴奇斯先生？”

“一去就再没有消息，”他解释说，同时斜着眼瞧我。“一去就再没有回话儿。”

“原来还要回话儿呀？是吗，巴奇斯先生？”我吃了一惊，瞪大着眼说。因为这是我从前没想到的情况。

“一个人要是说他愿意，”巴奇斯先生一面把眼光慢慢地又转到我身上，一面说，“那就等于说，那个人等回话儿哪。”

“是吗，巴奇斯先生？”

“可不，”巴奇斯先生说，同时把他的眼光又转到马耳朵上。“那个人，自从传了那个话以后，就一直地在那儿等回话儿哪。”

“这个话你对她说来着没有，巴奇斯先生？”

“没一有，”巴奇斯先生哼的一声说，跟着琢磨起来。“我哪儿有机会跑去告诉她这个话？我从来就没跟她亲口说上六个字。我是不能跟她说这个话的。”

“那么你是不是要我替你说哪，巴奇斯先生？”我疑虑不定地问。

“你要是肯替我说，那你就说巴奇斯正在那儿等回话儿哪，”巴奇斯先生说，同时又慢慢地瞧了我一眼。“你就说——哦，叫什么来着？”

“你是说她叫什么吗？”

“啊！”巴奇斯先生说，同时把脑袋一点。

“她叫坡勾提。”

“那是她的名儿？还是她的姓儿？”巴奇斯先生说。

“哦，那不是她的名儿。她的名儿叫珂莱萝。”

“是吗？”巴奇斯先生说。

他听了这个话，好像找到了一大堆供他深思的材料似的，因此坐在那儿，有一会儿的工夫，又琢磨，又出神儿，做出要吹口哨儿的样子。

“好吧！”他琢磨了半天，到底开了口了。“你就说，‘坡勾提！巴奇斯正在那儿等回话儿哪。’她也许要说啦，‘什么回话呀？’那你就说，‘我传的那句话的回话儿呀。’她也许要说啦，‘传的什么话呀？’那你就说，‘巴奇斯愿意’呀！”

巴奇斯先生一面教我那番用尽心计的话，一面还用胳膊肘儿拐了我一下，把我的腰都拐得怪疼的。他说完了那番话以后，又按着他的老规矩，把身子往前趴着，对于这个题目再没提起；只过了半小时以后，从口袋里掏出一段粉笔来，在车篷里面，写了“珂莱萝·坡勾提”六个字——那显然是把它当作一种私人备忘录的了。

啊，我现在要回家了，而其实那个家却又并不是家；我现在一路上所看到的光景，都使我想起从前那个使我快乐的家，而那种光景，却又只像一个梦，而且是我永远也不能再做的梦：这种种想法都使我心里生出了一种异样滋味，不知是苦是甜。从前我母亲、我和坡勾提，我们三个人，在所有的各方面，都和一个人一样，没有任何人横插在我们中间，我在路上，想起这种美景来的时候，觉得非常难过；因此，我当时是否愿意回那个家，我现在不敢说；我当时是否宁愿仍旧身留异地，和史朵夫厮守，而把那个家忘了，我现在也不敢说。话虽如此，我还是到了家了，并且一会儿就到了房前了。只见绿叶尽脱的老榆树，都在凄凉的冬日寒风中把手臂乱扭，乌鸦旧居的残窠剩巢，也随着寒风片片零落。

车夫把我的箱子放在栅栏门那儿就走了。我顺着园径，往屋门走去，一面走，一面偷偷地瞧那些窗户，每走一步，都害怕瞧见枚得孙先生或者枚得孙小姐，满脸阴沉的样子从这扇或那扇窗户里面出现。不过总算没有人从窗户那儿出现。我现在来到门前了，我知道天还没黑以前，怎样不用等敲门就可以把门开开的办法①；所以，我就轻轻悄悄、战战兢兢地进了门里。

我的脚踏进了过道的时候，我听见我母亲的声音从那个老起坐间里发出，那时候，我的脑子里想起来的光景，如何又回到了我的婴孩时期，只有上帝知道。她正在那儿低声唱歌儿。我现在想，她所唱的，我还是婴孩躺在她怀里的时候，一定听见过。歌儿的调子，对我说来，是生疏的，然而当时听着，却又那样熟悉，使我心里感情洋溢，好像和一个分别了多年的老朋友又见了面儿那样。

我一听我母亲在那儿哼哼着唱，那样寂寞，那样若有所思，我就知道，一定只有她一个人在屋里。于是我就轻轻地走了进去。只见她正坐在炉前，给一个小婴孩吃奶，她还把那个小婴孩的手举到她的脖子那儿。她正低着头瞧他，低声对他唱歌儿。我原先想的果然不错，因为就是她在屋里，没有另外的人和她在一起。

我和她搭话，她吓了一跳，喊了一声。但是她一瞧是我，就叫起她的亲爱的卫，她的好乖乖来！她走到屋子中间，迎着了我，就跪在地上

---

①指拉门栓儿一类的办法而言。

亲我，又把我的头搂在她怀里靠那个小婴孩蜷伏着的地方，把他的手举到我的唇边。

我巴不得我死了。我巴不得我心里带着当时那种感情就在那时候死了。那时候我进天堂，比我以后任何时候都更有份儿。

“这是你的小弟弟，”我母亲说，一面拥抱抚摩我。“卫，我的好乖乖！我的可怜的孩子！”跟着她把我亲了又亲，又搂我的脖子。她正这样的时候，坡勾提跑进来了，一蹦蹦到我们两个身旁的地上，前后左右地在我们两个身边打转，疯了有一刻钟的工夫。

好像她们没想到我会来得这样快，车夫到的时间，比平常早得多。好像枚得孙先生姐弟并不在家，往邻居家串门子去了，晚上才回来。我从来没盼望过，我还会有这样的运气。我从来没想到，我们三个，还能有一天，没有旁人打扰，待在一块儿。我只觉得，好像旧日的光景又回来了。

我们一块儿在炉旁用正餐。坡勾提本来要按照规矩，伺候我们，不过我母亲却不让她那样，叫她和我们一块儿用饭。我用的是我自己的老盘子，上面画的花样是一条张着满帆的棕色兵船。我不在家的时候，坡勾提把这个盘子一直不知道藏在什么地方。她说，就是给她一百镑钱，叫她把这个盘子砸了，她也不肯。我还用我自己那个刻着我的名字“大卫”的旧盂子，还有钝得都切不下东西来的那把旧日的小刀子和那把旧日的小叉子。

我们吃着饭的时候，我认为那是对坡勾提谈一谈巴奇斯先生的好机会，所以我就谈起来。但是还没等到我把话都说完了，她就大笑起来，用围裙蒙在脸上。

“坡勾提！”我母亲说，“你这是怎么啦？”

我母亲想去把坡勾提的围裙撩开，谁知道坡勾提笑得更厉害了，把围裙往脸上蒙得更紧了；她像把脑袋装在一条口袋里一样，坐在那儿。

“你这是干什么哪，你这个笨东西？”我母亲大笑着说。

“哦，那个该死的家伙！”坡勾提喊着说。“他想要跟我结婚哪。”

“他配你真再好也没有的了。难道不好吗？”我母亲说。

家中起变化

“哦！我可不知道，”坡勾提说。“问我也是白问。就是他是个金子打的人，我也不要他。不论什么人，我都不要。”

“要是那样的话，那你为什么不对他说明白啦哪，你这个可笑的东西？”我母亲说。

“对他说明白啦？”坡勾提从围裙缝儿往外瞧着说。“他对这件事，从来就没跟我提过一个字。他这还得算知道好歹。他要是敢大胆对我提一个字，我不抽他的脸才怪哪。”

她自己的脸，就红得很厉害，我还没看见过她的脸、或是任何人的脸，有比她这回更红的，我想，不过她每次一遇到不能自禁要发狂大笑的时候，她就又把脸蒙上一会。她这样笑了两三回以后，才接着吃起饭来。

我注意到，我母亲虽然在坡勾提瞧她的时候，面含微笑，却比以前更沉默寡言，心事重重的了。我一开始就瞧出来，她改了样儿了。她的面容仍旧很美，但是却带出受了熬煎、过于娇嫩的样子来。她的手也过于纤细，过于白嫩了，我觉得简直像透明似的。但是现在我说的这种改变，还不是指这些方面，而是这些方面以外的。这种改变表现在她的态度方面。她的态度变得焦灼多虑，忐忑不宁。到后来，她把手伸出来，把它亲热地放在她那个老仆人的手上，说：

“亲爱的坡勾提，你一时还不会去嫁人吧？”

“我去嫁人，太太？”坡勾提直眉瞪眼地瞧着我母亲说。“哎呀我的老天爷，谁说我要去嫁人来着？”

“现在还不吧，是不是？”我母亲温柔地说。

“永远也不！”坡勾提喊着说。

我母亲握着坡勾提的手说：

“你可别把我撂了，坡勾提，成不成哪？你先和我一块待些时候吧，也许不会待得太长了。你要是把我撂了，你可叫我怎么办哪！”

“我把你撂了，我的宝贝儿！”坡勾提喊着说。“你就是打死我，我也不能把你撂了哇。你瞧，你脑子里怎么会想起这个话来了哪，你这个小傻子？”因为坡勾提当年对我母亲说话的时候，有时把我母亲当作小孩子看待。

我母亲除了对她表示感谢而外，没说别的话。坡勾提就以她自己独有的那种说法，接着说起来。

“我把你撂了？我想我还知道我自己吧。坡勾提把你撂了？我倒是想要看看她做得出做不出那种事来！她做不出那种事来，决做不出那种事来，”坡勾提说，一面摇头，一面把两手一抱。“我的亲爱的，她决做不出那种事来。这倒不是说，这儿没有猫什么的，希望她那样，好自己称愿。但是我可不能叫那些猫称愿。我且跟那些家伙斗气儿哪。我要和你待在一块儿，一直待到我成了一个脾气很坏、老讨人厌的老婆子。要是等到我老了，耳朵也聋了，腿也瘸了，眼睛也瞎了，牙也都掉了，吃东西都费劲儿了，等到我一点用处都没有了，连挑毛病都不值得挑了，等到我到了那步田地，那我就去找我的卫乖乖去，叫他收留我。”

“那时候，坡勾提，”我说，“我一定非常高兴地见你，我一定拿你当王后一样欢迎你。”

“我的心肝！”坡勾提喊道。“我知道你一定会那样！”跟着她就预先对我的招待表示感谢，亲起我来。她亲完了我，又用围裙把头蒙起来，把巴奇斯先生笑了一顿。笑完了，把小婴孩从小摇篮里抱起来，逗了一会儿。逗完了，把杯盘收拾了。收拾完了，换了一顶帽子，带着她那个针线匣子、那个码尺、那块蜡头儿，完全和从前一样，进了起坐间。

我们围炉而坐，谈得非常欢畅。我对她们说，克里克先生怎样凶暴，她们听了，都非常替我难过。我对她们说，史朵夫这个人多么好，待我有多大恩惠，坡勾提听了就说，她走几十英里地去看他都愿意。小婴孩醒了的时候，我把他抱起来，亲热地逗他玩儿。他又睡了的时候，我就轻轻悄悄地溜到我母亲身边，紧挨着她，像从前的老规矩那样（现在久已中断了）用手搂着她的腰，把我的小红脸蛋儿搁在她的肩头上，坐在她身旁，同时又一次觉到她那美秀的头发垂在我上面，像一个天使的翅膀那样（我记得，我当时老这样想），觉得真正快活之极。

我这样坐在那儿，一面看着炉火，觉得又红又热的煤火，现出种种的形状；那时候，我几乎相信，我从来就没离开过家；几乎相信，枚得孙先生姐弟不过是煤火的一些形状，煤火灭了，他们也就消失了；我几乎相信，我所记得的一切，除了我母亲、我自己和坡勾提以外，没有一样是真的。

在火光够亮的时候，坡勾提一直补一只长统袜子，火光一暗下去，她就把袜子像只手套那样抻在左手上，右手拿着针坐在那儿等，等到火又呼地一下猛着起来的时候，就又缝一针。我想不出来，坡勾提老补的这些袜子都是谁的，这些源源不断、需要织补的袜子都是从哪儿来的。从我是顶小的婴孩那时候起，她就好像永远做这种针线活儿了，从来没有一次做过别的活儿。

“我真纳闷儿，”坡勾提说（她有的时候，对于令人最想不到的题目，会突然纳起闷儿来），“不知道卫的姨婆这阵儿怎么样了。”

“哟，坡勾提！”我母亲正出神儿，一听这个话，突然醒来，说，“你这都胡说的是什么！”

“呃，不管是不是胡说，太太，反正我可在这儿纳闷儿哪，”坡勾提说。

“你怎么脑子里想起这个人来了哪？”我母亲问。“世界上这么些人，你脑子里怎么偏偏想起她来了哪？”

“我也不知道我脑子里怎么想起来的，”坡勾提说。“大概是因为我的脑子笨的缘故吧。我的脑子要想什么人，从来不会挑哇捡哪的。他们要来就来，要走就走，要不来就不来，要不走就不走，完全看他们自己高兴不高兴。我这阵儿正纳闷儿，不知道她怎么样啦。”

“你这个人真荒谬，坡勾提！”我母亲回答说。“听了你这个话，叫人觉得，你好像很想要叫她再来一趟似的。”

“老天爷可别叫她再来！”坡勾提喊着说。

“呃，那么，快别再提这种叫人不痛快的话啦，那你就算疼我，做了好事啦，我的好人，”我母亲说。“贝萃小姐，毫无疑问，在海边上她那所房子里关着门儿过日子哪，而且要老在那儿关着门儿过日子的。

反正，不管怎么样，她是不大会再来打搅我们的。”

“当然不会！”坡勾提带着琢磨的神气说。“她决不会再来打搅我们——不过，我在这儿纳闷儿，不知道她要死的时候，是不是会留点什么给卫？”

“哎呀，坡勾提，”我母亲回答说，“你这个人怎么净说糊涂话！难道你不知道，这个可怜的孩子，因为是个小子，一生下来就把她给得罪了吗？”

“我想，到了这阵儿，难道她还不回心转意，还会跟这孩子计较吗？”坡勾提提着头儿说。

“为什么她这阵儿应该回心转意哪？”我母亲说，说的时候，口气未免有些严厉。

“我的意思是说，这孩子这阵儿有了弟弟了，”坡勾提说。

我母亲跟着哭起来，说她不明白，为什么坡勾提敢说这种话。

“听你这一说，好像这个可怜的吃屎的孩子，在摇篮里就会害你，就会害什么人似的了，你这个好多心的东西！”她说。“你顶好还是去嫁那个赶雇脚马车的巴奇斯去吧，你还是嫁他去吧。”

“我要是嫁了他，枚得孙小姐不就该高兴了吗？那不干，”坡勾提说。

“你这个人的脾气可真坏，坡勾提！”我母亲回答说。“你连枚得孙小姐的醋都吃起来了；就凭你这么个可笑的东西，还是醋劲儿能怎么大就怎么大。我想，你要把钥匙自己把着，把东西由你分派，是不是？你要是有这种想法，我一点儿也不觉得奇怪。你分明知道，她替我管家，都是出于好心好意呀！你分明知道是那样啊，坡勾提——你清清楚楚地知道是那样。”

坡勾提只嘟囔了一句，好像是说，“我才不要她那份儿好心好意哪！”又嘟囔了另一句，意思是说，“在这儿好心好意可未免太多了点吧。”

“我知道你是什么意思，你这个讨人厌的东西。”我母亲说，“我懂得你，坡勾提，完全懂得你。你也分明知道我懂得你。我真纳闷儿，不知道怎么你的脸居然能不红得像火一样。不过咱们一样一样地来好啦。咱们这阵儿的题目是枚得孙小姐，你不想谈也不成。你不是老听见她说了又说，说她认为，我这个人，太不会思前虑后，太—呃—呃—”

“漂亮了，”坡勾提提了一句。

“好啦，”我母亲半笑着说，“要是她那么傻，非要说那种话不可，那你能埋怨我吗？”

“没有人说能埋怨你，”坡勾提说。

“没有，我倒也希望当真没有！”我母亲回答说，“你不是听见她说了又说，说她因为我刚才说的那种原故，因为她觉得我这个人，经不起麻烦（我自己也知道我经不起麻烦）才来替我，给我省点麻烦吗？她不是起早睡晚，整天价跑来跑去吗？她不是什么事都做，什么地方都去，连盛煤的地窨子，盛食物的小屋子，还有别的连我都说不上来的地方，都搜索到了吗？这种地方，本来不是什么好玩儿的地方啊——她既是这样，难道你还能拐弯儿抹角儿地说她这不算是赤胆忠心吗？”

“我说话从来不会拐弯抹角的，”坡勾提说。

“你不会？”我母亲回答说。“我偏说你会。你除了做活儿，再就没有别的事儿，就净拐弯抹角地瞎说。你好那个，就跟蜜蜂儿吃蜜似的。再说，你谈到枚得孙先生的好心好意的时候——”

“我从来没谈过枚得孙先生的好心好意，”坡勾提说。

“你倒是没出口谈过，坡勾提，”我母亲说，“你可拐弯抹角地谈过。我不是刚跟你说了吗？那就是你这个人最不好的地方。你老拐弯抹角地瞎说。我刚才说，我懂得你。你也明白我懂得你。你说到枚得孙先生的好心好意，并且假装着看不起这种好心好意（因为我不信你会打心里真看不起，坡勾提），其实你谈到那种好心好意的时候，你一定也和我一样，完全相信，那种好心好意怎么好，那种好心好意怎么是他一切行动的动机。如果他对于某一个人，好像非常严厉，坡勾提——你是知道的，我敢保卫也是同样知道的，我这并没指任何在这儿的人——他要是对某一个人，好像太严厉了，那完全是因为他觉得，严厉对于那个人有好处。他对于那某一个人，因为我的缘故，自然也爱，他对那个人的举动，也是完全为了那个人的好处。他对于这件事，比我更有判断力。因为我很明白，我这个人，软弱无能，不会思前虑后，像个小孩子一样；他哪，可又坚定、又深沉、又刚毅。他对我，”我母亲说到这儿，因为生来心软，不觉流起泪来，“他对我，不怕麻烦，用尽了心，所以我应该十二分地感激他才对，连在思想方面，都应该完全服从他；我要是不那样，我就烦恼，就自己责问自己，就连对我这个人的心肠都怀疑起来，不知道怎么办才好。”

坡勾提坐在那儿，把下巴支在袜子跟儿上，一言不发，瞧着炉火。

“我说，坡勾提，”我母亲又说，这回口气跟先前不一样了，“咱们可别闹别扭啦，因为我受不了。如果我在世界上有真正的朋友的话，那就是你，这是我知道的。我叫你可笑的家伙，叫你讨人厌的东西，再不，叫你别的这一类的词儿，坡勾提；我尽管那样叫你，我实在的意思可只是要说，你一向是我真正的朋友，自从那天晚上，考坡菲先生头一次把我带回家来，你到栅栏门外去接我——自从那一天起，你就是我真正的朋友。”

坡勾提那方面的反应也并不慢。她把我抱起来，使出浑身的劲儿，搂了我一下，表示她批准了这个友好条约。我现在想，我当时对于这番谈话的真正性质，只稍微有所领悟罢了；但是我现在却确实相信，这番谈话，是那个好心眼儿的人引的头，她又是参与的。她所以这样，只是因为，我母亲喜爱说些前言不搭后语的话，坡勾提给她这种机会，就为的是好叫我母亲能随心所欲，瞎说一气，从中得到安慰。坡勾提这个主意，很有效果，因为我记得，我母亲那天一整晚上，都比较心神舒畅，不那么忧烦焦虑了；坡勾提也不像先前那样，对她察言观色了。

我们吃完了茶点以后，把炉火的灰扒了，把蜡花儿也打了，我给坡勾提把讲鳄鱼的书念了一章，来纪念旧日的光景——这本书是她从她的口袋儿里掏出来的。我不知道，她从那回以后，是不是一直地老把这本书带在口袋儿里——念完了，我们又谈起撒伦学舍来，于是我的话题自然又转到史朵夫身上去了，因为他是我最得意的话题。我们非常快活，那一晚，是我度过的那一类晚上最后的一晚；既然我的生命中那一章，度过那一晚就最后结束了，所以那一晚，永远也不会在我的记忆里消逝。

差不多快十点钟的时候，我们听到有车轮子的声音。于是我们都站起身来；我母亲就急急忙忙地说，天已经很晚了，枚得孙姐弟又主张小孩子应该早睡，所以我也许顶好睡觉去吧。我吻了她一下，马上拿着蜡烛上楼去了，跟着他们就进来了。我往楼上他们监禁我的那个卧室走去的时候，我当时那种幼小的心灵里只觉得，他们一进家，就带来了一股冷风，把旧日的温暖，像一根羽毛那样，一下吹走了。

第二天早晨，我要下楼吃早饭的时候，觉得很不得劲儿，因为自从我犯了那次令人难忘的过错以后，就一直没再跟枚得孙先生照过面儿。但是事情既然拖不过去，我还是下了楼；不过下了三次，都是走到半路，又踮着脚尖折回了卧室的；三次之后，才到底硬着头皮，来到了起坐间。

枚得孙先生正背着壁炉，站在炉前，枚得孙小姐就在那儿沏茶。我进屋子的时候，枚得孙先生目不转睛地拿眼盯着我直瞧，但是却一点要跟我打招呼的表示都没有。

我当时有一阵的工夫，不知所措，过了那一阵，才走到他前面，嘴里说，“请你饶了我吧，先生。我很后悔，不该做那样事；希望你能大人不见小人的怪。”

“我听到你说后悔，倒也高兴，大卫，”他回答说。

他伸给我的那只手，就是我咬的那一只。我的眼光，不由得不往他手上那一块红疤上瞥去。但是我看到他脸上那种阴沉可怕的表情，我的脸就变得比他手上的疤还红了。

“你好哇，小姐，”我对枚得孙小姐说。

“啊，唉！”枚得孙小姐只叹了一口气，把挖茶叶的小匙子伸给了我，就算是她的手。“你放多少天假？”

“一个月，小姐。”

“从哪一天算起？”

“从今天算起，小姐。”

“哦！”枚得孙小姐说。“那么已经过了一天了。”

她就这样，在日历上计算放假的日子，每天早晨，都在一点不差的情况下，在日历上划去一天。起初计算的时候，她总是郁郁不乐的，一直到十天，都是如此；但是到了两位数字的时候，她就带出前途有望的神气来；时光更往前进展了，她还露出嬉笑欢乐的样子来。

就在我回家的头一天，我不幸把她给吓了一大跳，虽然在一般情况下，她是不大容易犯这种毛病的。原来，我进了她和我母亲正坐着的那个屋子，看见小婴孩在我母亲膝上(他只有几个星期那么大)，我就很小心地把他抱了起来。枚得孙小姐突然尖声叫起来，把我吓得差一点没把小婴孩掉到地上。

“我的亲爱的捷恩！”我母亲喊道。

“可了不得啦，珂莱萝，你看见啦没有？”枚得孙小姐大声喊道。

“什么看见啦没有，我的亲爱的捷恩？”我母亲说。“你说的是什么？”

“他把小娃娃抄起来啦！”枚得孙小姐喊道，“这小子把小娃挂抄起来啦！”

枚得孙小姐吓得腿都软了；但是她却使劲把腿一挺，一个箭步，蹿到我跟前，把小娃娃抢到手里。跟着她就发起晕来，晕得很厉害，大家没法子，只好把樱桃白兰地给她喝下去。她的精神恢复了以后，对我庄严地下了一道命令，说不许我再碰小娃娃，在任何情况下都不许。我那可怜的母亲，我能看出来，虽然不同意她这种看法，却不能不服服帖帖地对这个命令表示同意，她说：“毫无疑问，你对，我的亲爱的捷恩。”

又有一次，我们三个人在一块儿，这个可爱的小娃娃——因为我们是一母所生，我还是真爱这个小娃娃——又不知不觉地惹得枚得孙小姐大发了一顿脾气。原来我母亲正把小娃娃抱在膝上，瞧他的眼睛，一面瞧，一面说：

“卫！你过来！”我过去了，她又瞧我的眼睛。

这时候，只见枚得孙小姐把她穿的珠子放下来了。

“我说，”我母亲温柔地说，“他们两个的眼睛完全一样。我想，他们两个都像我。他们两个的眼睛，和我的一样的颜色。他们两个像得太出奇了。”

“你这都说的是什么话，珂莱萝？”枚得孙小姐说。

“我的亲爱的捷恩，”我母亲一听她那句话的口气那样严厉，就有些怕起来，结结巴巴地说，“我看出来，小娃娃的眼睛和卫的眼睛完全一样。”

“珂莱萝！”枚得孙小姐说，同时怒气冲冲地站了起来。“你有的时候，真糊涂到家啦！”

“哟，我的亲爱的捷恩，”我母亲不以为然地说。

“糊涂到家啦！”枚得孙小姐说。“除了你，别人谁还能把我兄弟的孩子和你的孩子比？他们一点也不像，他们绝没有一点像的地方。不论从哪一方面看，都完全不一样。我还是希望，永远也别一样才好。我不能坐在这儿，听你胡这么一比。”她说完了，大踏步出了屋子，砰的一声把门关上了。

简单言之，我是不入枚得孙小姐的眼的。简单言之，我在那儿，是不入任何人的眼的，甚至于都不入自己的眼：因为，喜欢我的人，不敢表示出来喜欢我，而不喜欢我的人，却明明白白地表示出来不喜欢我；所以我深切地感觉到自己束手束脚，笨手笨脚，呆呆板板，怔怔傻傻。

我感觉到，我叫他们不舒服也就和他们叫我不舒服一样。如果他们在屋子里一块儿谈话，而我母亲本来好像很高兴的样子，我一进去，我母亲脸上就要不知不觉地笼罩上一层焦虑的乌云。如果枚得孙先生正在那儿顶高兴的，我一进去，他马上就不高兴了。如果枚得孙小姐正在那儿大不高兴，我一进去，她就越发不高兴了。我当时很能了解到，我母亲永远是那个受气的，她不敢和我说话，不敢对我表示慈爱，怕的是那样一来，不但要把枚得孙姐弟得罪了，事后还要挨一顿训。她不但永远害怕她自己触犯了枚得孙姐弟二人，她还永远害怕我触犯了他们，所以只要我一动，她就惴惴不安地看他们的眼色。这样一来，我就决定尽量地躲着他们，免得招惹他们；因此，在那些冬天里，我往往身上裹着我那件小大衣，坐在我那个惨然无欢的卧室里，数教堂的钟一点一点地敲，死气白赖地看书。

晚上，有的时候，我到厨房里，和坡勾提坐一会儿。我在那儿，就觉得轻松舒坦，爱怎么样就怎么样，但是我这两种没有办法的办法，他们起坐间里的人，对哪一种也不赞成。在那儿那种统治一切、以折磨人为乐的大人先生，迫使我放弃了我能想出来的这两种办法。他们仍旧认为，要磨炼我母亲，决不能没有我，既然他们要拿我来磨炼我母亲，就不能让我躲开起坐间。

"大卫，"有一天，吃完了正餐，我正要像平常那样，离开起坐间，那时候，枚得孙先生说，"我看到你的脾气那么拧，很不高兴。"

"比牛还拧！"枚得孙小姐说。

我站在那儿，一动也不敢动，只把头低着。

"我说，大卫，在各式各样的脾气里，没有比别扭、倔强再坏的了。"

"像这孩子这样的脾气，我也看见别的人有过，"他姐姐说，"但是我可从来没见过有比他更顽劣倔强，更根深蒂固的。我想我的亲爱的珂莱萝，即便你，也都能看出这一点来吧？"

"我先得说很对不起，我的亲爱的捷恩，"我母亲说，"你敢保——我知道我这样问，你一定不会见怪的，我的亲爱的捷恩——你敢保，你了解卫吗？"

"我要是连这孩子，或者任何别的孩子，都不了解，珂莱萝，"枚得孙小姐回答说，"那我真没有脸活着了。我当然不能说我看人怎么深刻，但是普通的情理，我总可以说还懂得吧。"

"毫无疑问，我的亲爱的捷恩，"我母亲回答说，"你的理解力非常强——"

"哦，哟，快别那么说！快别说那种话，珂莱萝！"枚得孙小姐怒气冲冲地打断了我母亲的话头说。

"不过我可敢保，一点不错是那样，"我母亲接着说。"别的人也都没有说不是那样的。我自己，在许多方面，就受到你这种理解力很大的好处——至少我应该从那方面受到好处，因此别的人都没有比我能对这种性格更深切地相信的，所以我这样说，还是非常虚心哪，这是我可以对你保证的，我的亲爱的捷恩。”

“咱们姑且说，我不了解这孩子，珂莱萝，”枚得孙小姐回答说，一面把她那小手铐往手腕子上套。“咱们姑且同意，说我一点也不了解他。他这个人对我说来，太难了解了。但是我兄弟那样能看到肉里的眼力，也许能叫他对于这孩子的性格有些了解吧。我想一点不错，刚才我兄弟正说他来着，可让咱们把他的话头给他打断了——这当然不太规矩。”

“我想，珂莱萝，”枚得孙先生用低沉严重的声音说，“对于这个问题，有的人，能比你看得更对，能比你头脑更冷静。”

“爱德华，”我母亲战战兢兢地回答说。“你对于任何问题的看法，都比我瞎想的高明。你和捷恩，都比我高明。我刚才不过是说——”

“你不过只说了一些没有火性、着三不着两的话就是了，”他回答说，“以后千万可不要再这样啦，我的亲爱的珂莱萝。你要时时刻刻地留你自己的神。”

我母亲只把嘴唇一动，好像是回答说，“是啦，我的亲爱的爱德华，”但是她却没出声说什么。

“我刚才说，我看到你的脾气这样拧，大卫，”枚得孙先生把脑袋和眼光死板板地转到我身上说，“我很不高兴。我不能眼睁睁地看着这种脾气在我跟前越来越发展，可不想法子纠正。你自己，老先生，得努力把这种脾气改了才成。我们也得尽力叫你改。”

“我很对不起，先生，”我结结巴巴地说。“自从我回来那一天起，就从来没打算拧。”

“老先生，不要撒谎遮盖啦！”他回答说，说的态度，凶猛之极，因此我看到，我母亲不由自主地哆嗦着把手一伸，好像要把我和枚得孙先生隔开似的。“就是因为你的脾气拧，你才躲到自己的屋子里去。你本来应该在这儿待着的时候，你可死守在你自己的屋子里不出来。我现在告诉你，我还是不跟你再废话，就说这一回。我告诉你，我要你在这儿待着，不要你在那儿待着。还有，我要你在这儿服服帖帖地听我的话。你是了解我的，大卫。我说到哪儿就要办到哪儿。”

枚得孙小姐哑着嗓子咯咯地一笑。

“我要你对我尊敬；我叫你做什么，你就得马上做什么；我怎么说，你就得怎么听，”他继续说。“你对捷恩·枚得孙也要这样，对你母亲也要这样。我不许一个小孩子任凭自己的好恶，把这个屋子看作像是降了瘟神那样，老远地躲着。你坐下。”

他把我像一条狗那样呵叱，我呢，就像一条狗那样听他呵叱。

“还有一件事，”他说。“我注意到：你专爱和不三不四的人在一块儿。我告诉你，我不许你和底下人打交道。你在厨房里学不出什么好来；你要好好学的那许多东西，你在厨房里都学不到。关于往坏里教你的那个女人，我先不说什么——因为你，珂莱萝，”他说到这儿，低声转向我母亲，“由于多年和她相处，长久对她偏爱，竟一点也看不出她的毛病来，直到现在，还舍不得她。”

“从来没见过有迷糊到这种地步的，真叫人莫名其妙！”枚得孙小姐喊道。

“我现在只这样说，”枚得孙先生接着说，这回是对我：“我不赞成你老喜欢和坡勾提那个女人在一块儿，以后不许你那样。你听着，大卫，你是了解我的。你要是不老老实实、规规矩矩地听我的话，到底有没有便宜，你是明白的。”

我很明白——至少关于我母亲那一方面，我明白得比他想的还要多。我老老实实、规规矩矩地听他的话。我不敢再在我自己的屋子里待着了，我不敢再躲到坡勾提那儿去了；我只能一天一天呆呆地坐在起坐间里，腻烦无聊地只盼着天快黑，只盼着睡觉的时候快来。

我一点钟又一点钟地老一个姿式坐在那儿，不论腿，也不论胳膊，都不敢动一动，因为一动，枚得孙小姐就要说我不老实了（她只要有一丁点儿的借口，就这样说），连眼皮也不敢抬一抬，因为一抬，她就又要说，她看到我不高兴了，再不就说，她看到我贼眉鼠眼地乱瞧了，这样，她就又有了骂我的借口了。在这种情况下，我受的都是什么样令人难耐的拘束啊！我坐在那儿，听钟声嘎哒嘎哒地响，瞧枚得孙小姐穿她那些发亮的小钢珠儿；琢磨她是不是有嫁人的那一天，如果嫁人，是什么样倒霉的人做她的丈夫；数壁炉搁板上面刻的牙子一共有几槽；于是又把心思和眼光一齐转到天花板上面，一齐转到糊墙纸上螺旋和盘曲的花纹中间：在这种情况下，我受的都是什么样令人难耐的寂寞无聊啊！

我在那种天气恶劣的冬日里，一个人在泥泞的篱路上散步；即便那时候，起坐间的气氛，枚得孙姐弟在起坐间的神色，都没有一时一刻放松了我，也都是我走到哪儿，就跟到哪儿，成了一种我得挑着的重担，一种我白天也无法逃脱的魇魔，一种压得我头脑昏沉、神志迟钝的重东西：所以我这种散步，是什么样的散步啊！

我吃饭的时候，永远默不作声，拘束局促：永远觉得多了一把刀子和一把叉子，而那把刀子和那把叉子是我的；永远觉得多了一张嘴，而那张嘴是我的；永远觉得多了一个盘子和一把椅子，而那个盘子和那把椅子是我的；永远觉得多了一个人，而那个人是我自己！所以我吃的这种饭，是什么样的饭啊！

晚上，点起蜡来的时候，我得识相，找点事儿做，但是却又不敢看消遣的书，只好硬着头皮啃一些艰深、枯燥的算术书。于是度量衡表就按着《统治吧，不列颠》①或者《免忧伤》②的谱子，自动地变成了歌词，老不能老老实实地站稳了让我学，却非要穿过我那不听支使的脑袋，给我祖母纫针③不可，从左耳穿进，从右耳穿出：所以我过的这种

---

①《统治吧，不列颠》：英国所谓爱国歌（其实颂扬帝国主义思想）。歌词为苏格兰18世纪两个诗人汤姆孙（J. Thomson，1700—1748）与玛莱特（D. Mallet，1700—1765）合作，为英国音乐家阿恩（M. Arne，1745—1786）所谱。始见于玛莱特的假面剧《阿尔夫锐得》。

②《免忧伤》：莫扎特歌剧《魔笛》中的一曲，歌词首行为“免悲伤，莫愁烦”。

③给我祖母纫针：是英国儿童在复活节等节日做的一种游戏：众儿童相互携手，围成一圈，由其中两个，携手高举，作拱门形，其余各童，撒开手逐一从底下穿过，此之谓“穿针”。穿过的时候，嘴里还高喊：“把大门大大地敞开，让乔治王（或维多利亚）的马队过来！”等语。

晚上，是什么样的晚上啊！

在那种晚上，我虽然尽力振作起精神来，时刻留神，但是却仍旧要打盹儿，要打呵欠：唉，我都打了些什么样的盹儿，什么样的呵欠啊！打了盹儿以后，又一惊醒来：唉，我都怎样惊醒的啊！我很少说话的时候，但是即便我那些很少的话，也没人理，没人睬，他们多么“干”我啊！我这个人，人人都不理，却又碍人人的事，唉，我是怎样一个空若无物，不占地位的家伙啊！听到了枚得孙小姐在九点钟打头一下的时候，吩咐我去睡觉，我怎样觉得如释重负，如脱樊笼啊！

我的假期，就是这样一天一天迟迟而去的，于是终于有一天早晨来到，能让枚得孙小姐说，“今天可到了最后一天了！”能让她给我假期中最后的一杯茶了。

我又要离家了，但是我并不觉得难过，我早已变得头脑昏沉，蠢然无知了。不过我也正开始恢复了一点精神，盼望和史朵夫见面，虽然还有个克里克先生，在他后面，庞然可怖地模糊出现。巴奇斯先生又一次来到栅栏门那儿，我母亲俯下身子，和我告别的时候，枚得孙小姐又一次用她那警告的声音说：“珂莱萝！”

我吻我母亲和我弟弟——小娃娃，那时候我非常难过。但是我这个难过，却并不是由于要离家远去，因为每天每天，我们中间都存在着一条鸿沟，每天每天，我们两个都被分隔在两下。我母亲抱我的时候，虽然也是能怎么热烈就怎么热烈，但是，在我的脑子里，永远栩栩欲生的光景，却不是她的拥抱本身，而是她拥抱我以后的情况。

我已经坐在雇脚马车里面了，听见她叫我。我从车里往外瞧，只见她一个人站在栅栏门那儿，双手举着小娃娃叫我瞧。那时天气寒冷、大气沉静，她高举着小娃娃，使劲瞧着我，她的头发，连一根都没有飘动的，她的衣褶，连一处都没有摇摆的。

就这样，我和她一别不再见面了。后来，也就这样，我在学校里的梦中看见她——一个静静的形体——双手高举着小娃娃——还是那样使劲瞧着我。

第九章
永远难忘的生日

我回到学校以后，学校里发生的一切，我在这儿都略过不提，到了三月里，我的生日又来了的时候，我再详谈。因为在这段时期里，除了我觉得史朵夫更令人艳羡敬重而外，我不记得什么别的情况。他至晚在这一学期的末尾，就要离开学校了；他在我眼里，比以先更骏逸超脱，更不受羁勒了，因此比以先更叫人爱慕。但是除了这个以外，我不记得别的情况。在这个时期里，给我印象最深的就是这个，它好像把所有其他一切琐细情况全都淹没了，而单独存留下来。

连叫我相信，说我回到撒伦学舍那一天，到我过生日那一天，中间隔了整整两个月，都很不容易。我现在所以了解当时中间有间隔，只是因为我知道，当时的情况不会是别的样子。不然的话，那我就要深深地相信，我回学校的时候，和我过生日的时候，中间并没有间隔了，那我就要深深地相信，我的生日，是紧紧地跟着我回到学校而来的了。

那一天的光景，我记得太清楚了！我现在还能嗅到那天四处弥漫的雾气；我现在还能看到皑皑的白霜，像憧憧的鬼影[①]一样，从雾气中出现。我现在还能觉到我那沾有霜凌的头发，湿漉漉地披散到颊上，我现在还能看到，那个狭长的教室，呈现一片暗昏的深远景象，只有零零落落的几支蜡烛，光焰跳抖，在雾气沉沉的早晨里照着；我现在还能看到那些学童，都又往手上呵气，又在地上跺脚，他们喘的气在潮湿的寒气中，像烟一样，缭绕蜿蜒。

我们吃完了早饭了，从游戏场上被轰回教室了，那时候，夏浦先生进了教室，对我们说：

“大卫·考坡菲到起坐间里去。”

我一想，一定是坡勾提给我捎了一篮子东西来了，所以听见了夏浦先生的吩咐，非常地高兴。我从座位上轻快匆忙地站起来，往外面走，

---

① 英国人的概念，认为人的鬼魂是白色的。

那时候，离我近的那几个同学，还都嘱咐我，说有什么好吃的东西，回头分的时候，可别忘了他们。

“不要忙，大卫，”夏浦先生说。“有的是工夫，我的孩子，不要忙。”

他说这几句话的时候，口气里那样一片怜惜，我当时如果注意到，那我一定非觉得惊讶不可。不过我当时对于这一点却并没注意到，而只是后来才想起来的。我急忙来到了起坐间；只见克里克先生面前放着手杖和报纸，在那儿吃早饭，他旁边是克里克太太，手里拿着一封拆开了的信。但是却并没有什么篮子。

“大卫，考坡菲，”克里克太太把我领到一个沙发那儿，和我并排儿坐下，说，“我特意叫你来，想要和你谈几句话。我有一件事要告诉你，我的孩子。”

克里克先生（我当然要瞧他的）并没瞧我，只把脑袋摇晃，同时本来要叹气的，却叫一大块黄油烤面包给噎住了。

“你还太年轻，不懂得什么是人事无常，”克里克太太说，“也不知道怎么叫人有旦夕祸福。不过这种事，是我们都得经历的，大卫，有的人年轻的时候就经历到这种事了，又有的人年老的时候才经历到，也有的人就一辈子里老经历这类事儿。”

我只把眼盯在她身上瞧。

“假期完了，你回来的时候，”克里克太太停了一会儿接着说，“你家里的人都好吗？”她说到这儿又停一会儿，才接着说，“那时候，你妈好吗？”

我一听这话，也不知道为什么，全身都哆嗦起来，只仍旧把眼盯在她身上瞧，却不懂得该回答她什么话。

“因为，”她说，“说起来很难过，我得告诉你，我今儿早晨听说你妈病得很厉害。”

一片迷雾，突然在我和克里克太太之间升起，她的形体，好像在这片迷雾中摇晃了一瞬的工夫。于是我觉到一颗烫人的热泪，流到了我的脸上，她的形体也跟着稳定了。

“她的病很危险，”她又添了一句。

我那阵儿早已完全明白了。

“她不在了。”

克里克太太并没有告诉我那句话的必要。因为我早已经感到茕独而痛哭起来了，早已经觉到，世界虽大，我却成了连一个亲人都没有的孤儿了。

克里克太太对我非常慈爱。她叫我在那儿待了一整天，有的时候，还把我一个人撂在那儿。我呢，先哭一阵，哭累了又睡一回，睡醒了又哭。我哭够了的时候，就琢磨起来。那时候我才感到，我的悲哀，压在我的心头，沉重到极点，我的伤悼，是一种使人木然、无法解脱的痛苦。

但是我的思路，却又杂乱无章，漫无边际，并不是贯注在这番重压心头的大故本身上面，却是围绕着这番大故的边儿徘徊。我想到我家里，一定是窗户都关着、遮着的，一定是到处都静悄悄的[1]。我想到小娃娃，据克里克太太说，他有好些天就已经瘦下去了；他们相信，他也活不了啦。我想到我父亲在我们家旁边的教堂墓地里的坟；我想到我母亲要躺到我很熟悉的那棵树的下面。只我一个人待在屋里的时候，我就站到椅子上，往镜子里瞧，瞧我的眼睛有多红，脸上有多凄惨。过了几个钟头以后，我就琢磨，我的眼泪，是不是真像我感觉的那样，不那么容易流了呢？如果真是那样的话，那么，我快到家的时候——因为我要回去送殡——我得想到什么有关这番丧亲之痛的情况，才能感到最悲痛呢？我现在还深深地意识到，我当时觉得，在所有的那些学童中，独我一个人，庄重威严，我在哀伤中，成了显要人物。

如果有哪个小孩子曾真正感到丧亲之痛的，那就是我了。但是我却记得，那天下午，别的学生都上了课，而我自己在游戏场里散步，那时候我觉到，我现在变得这样显要，很有得意之感。他们去上课的时候，有的从窗户那儿瞧我，我瞧见他们这样，就觉得与众不同，作出更悲伤

---

①英美习惯，家有丧事，要把窗户全都关上遮起，一直到出殡的时候为止。

的样子来，走得更慢起来。他们上完了课，出了教室，和我搭话，那时候，我对他们任何人，全不骄傲，完全和从前一样地回答，还觉得自己挺不错的。

我要在第二天夜里起身回家，不是坐驿车，而是坐笨重的夜行车，车名叫“农人号”；这种车多半是乡下人在中途上下，作短程旅行坐的。那天晚上，我们没说故事，特莱得死气白赖地，非要把他的枕头借给我不可。我现在还不明白，他到底认为他把枕头借给我，会于我有什么好处，因为我自己有枕头；不过，他这个可怜的人能借给我的东西，只有那一件，另外就只有一张画满了骷髅的信纸。我们分别的时候，他就把那张纸送给了我，让它来作我悲哀中的慰藉，帮助我心神得到宁静。

我第二天下午离开了撒伦学舍。那时候，我再也没想到，我一离开它，就永远不再回来了。车走得很慢，整走了一夜，第二天早晨九点钟或者十点钟的时候，才到了亚摩斯。我往车外看，想找巴奇斯先生，但是没找到他；却另有一个小老头儿，胖胖的身子，走起路来直喘，兴致很好的样子，身上穿着一套黑衣服，短裤的膝盖那儿系着一条发锈的带子，脚上穿着一双黑长统袜子，头上戴着一顶宽边礼帽。他喘着走到车的窗户那儿，说：

“你是考坡菲少爷吧？”

“不错，是，先生。”

“请你跟我来，少爷，”他说，同时把车门儿开开了，“我带你家去，好吗？”

我把我的手放在他的手里，一面纳闷儿，不知道他是个什么人，一面跟着他走，走到了坐落在一条很窄的街上的一个铺子。只见这个铺子的门脸儿上写着“欧摩，发买布匹、衣服零件，承作衣服、孝服”等字样。那个铺子很小，屋子里很闷，里面满是各种衣服，有的做好了，有的还没做好。还有一个窗户，里面满放着海狸帽和女帽。我们进了铺子后面一个小小的起坐间，那儿有三个年轻的女人，正用一堆黑色的料子做活儿，料子放在桌子上，地上就满是布尖儿，布角儿。起坐间里炉火很暖，同时满屋子闻着都是黑纱布发暖的气味。我当时并不知道那是什么气味，不过现在却知道了。

那三个年轻的女人，好像挺轻快、挺轻松地干着活儿。她们只抬起头来，瞧了我一眼，跟着就又低下头去，做起活儿来。只听见她们嗖儿嗖儿地，一针一针地缝。同时窗户外面，有个小院子，小院子那一面儿，有个作坊，从那个作坊里，发出一种锤子钉东西的声音来，老是奏着一个调子——梆—搭梆，梆—搭梆，梆—搭梆，毫无变化。

“我说，”带我来的那个老头儿对那三个年轻的女人里面的一个说，“敏妮，你们的活儿做得怎么样啦？”

“试样子的时候，一准能做好，”她并没抬头，只高高兴兴地回答道：“你放心吧，爸爸。”

欧摩先生把他的宽边帽子摘下来，坐下直喘。他太胖了，所以喘了一会儿才能开口说：

“很好。”

“爸爸！”敏妮带着开玩笑的样子说。“你真成了肥猪了！”

“啊，我也不知道我怎么弄的，我的亲爱的，”他回答说，一面琢磨他胖的道理。“我倒是不错，有点儿越来越胖了。”

“那都是因为你这个人得过且过，”敏妮说。“你什么事儿都模模糊糊的。”

“不模糊又有什么好处哇，我的亲爱的？”欧摩先生说。

“倒也是，没有好处，”他女儿回答他说。“谢天谢地，咱们这儿没有人不是欢天喜地的！是不是，爸爸？”

“但愿如此，我的亲爱的，”欧摩先生说。“我这阵儿喘过来了，我想给这位大学生量一量尺码儿。考坡菲少爷，请到前柜吧。”

我听了欧摩先生的话，抢在他前面，来到了前柜。他先把一卷呢子指给我瞧，同时告诉我，说那是特等的，除了给父母穿孝，给别的人就可惜了儿的了；说完了，他给我量尺码，一边量，一边在一个本子上记。他一面记，一面告诉我他铺子里的各种存货，又告诉我：什么样式是“刚兴的”，什么样式是“刚过时的”。

“样式有时兴，又有时不兴，我们因为那个，往往赔钱，赔不少的钱，”欧摩先生说。“不过样式也和人一样，没有人知道它什么时候兴，为什么兴，怎么兴；也没有人知道它什么时候又不兴了，为什么又不兴了怎么又不兴了。我总觉得，要是你对于事情，都这样看法，那你就可以看出来，什么事儿都和人生一样。”

我当时正满怀悲哀，不顾得和他讨论这个问题，其实即便不是那个时候，可能在任何别的时候，那个问题，也都不是我所能了解的。欧摩先生给我量完了尺码以后，又把我带回了起坐间；只见他从前柜走到起坐间，一路都喘做一团。

一个门后面，有几磴台阶，陡得要把人的腿都摔折了，他现在对着那几磴台阶喊道：“把茶和黄油面包拿来。”他喊了这一声以后，我还是坐在那儿，眼睛瞧着四外，心里琢磨着心事，耳朵听着屋里缝衣服嗖嗖的针线声和小院子那面儿梆搭梆的锤子声；这样过了一会儿，茶和黄油面包用一个盘子盛着端来了，原来是为我预备的。

“我早就跟你认识了，”欧摩先生说，说的时候，先看了我一会儿，在那一会儿的工夫里，我对于早饭，并没怎么动，因为我看到那些黑色的东西，胃口早就没了。“我的小朋友，我很早就跟你认识了。”

“是吗，先生？”

“不错。你生下来以后，我一直地就跟你认识，”欧摩先生说，“我也可以说，你还没生下来，就跟你认识了哪。我没认识你以前，就认识你父亲了。他的个儿是五英尺九英寸半高。他葬的那块坟地是二十英尺长、五英尺宽。”

“梆—搭梆，梆—搭梆，梆—搭梆”，从院子那面儿传来。

“他葬的那块地，是二十英尺长、五英尺宽，那是一点也不含糊的，”欧摩先生兴致很好的样子说。“那大概是你父亲的遗嘱，再不就是你母亲的安排，我忘了是哪一样了。”

“你知道我那个小弟弟现在怎么样了吗，先生？”我问他。

欧摩先生直摇头。

“梆—搭梆，梆—搭梆，梆—搭梆，梆—搭梆。”

“他这阵儿躺在你母亲怀里了，”他说。

“哎呀，可怜的小宝宝！他也死了吗？”

“没有办法的事，顶好不要瞎操心，”欧摩先生说。“不错，那个娃娃也死了。”

我一听这个消息，又悲从中来。我把几乎一点儿都没动的早饭撂在那儿，跑到屋子的角落那儿另一张桌子前面，把头趴在桌子上，敏妮一见，急忙把那个桌子上的东西统统拿开了，怕的是我的眼泪会把放在那上面的孝褂子弄脏了。敏妮是一个模样很好看、脾气很柔和的姑娘，她很疼我的样子，轻轻地用手把我的头发替我从眼睛那儿撩开了；但是，她因为她的活儿能在预定的时候就做完了，觉得非常高兴，所以她的心情和我的完全不一样。

一会儿，梆搭梆的声音停止了，一个长得很清秀的青年，穿过院子，进了起坐间。他手里拿着一个锤子，嘴里叼着好些小钉子。他得先把钉子从嘴里掏出来，才能说话。

“啊，周阑！”欧摩先生说，“你的活儿做得怎么样啦？”

“很顺手，”周阑说。“都完了，老板。”

敏妮脸上微微一红；另外那两个女孩子，就互相看着，微微一笑。

“怎么！那么，那是昨儿晚上，我上俱乐部的时候，你点着蜡烛打夜作来着了？是不是？”欧摩先生说，同时把一只眼睛一闭。

“不错，”周阑说。“因为，你不是说，做完了，我们一块儿走一趟吗，敏妮和我——还有你，一块儿走一趟吗？”

“哦！我还只当是你们要把我完全甩开了哪，”欧摩先生说，同时大笑，一直笑得都咳嗽起来了。

“你既是那样好，答应了我们那样办，”那个青年接着说，“所以我就拼命地干起来。你去瞧一下，瞧我做得怎么样，好不好？”

“好，”欧摩先生说，一面站起身来。他刚要走，又站住了，转身对我说，“我的亲爱的，你要不要跟我去看一看你——”

“别价，爸爸，”敏妮拦挡他说。

“我本来想，看一看好玩儿，我的亲爱的，”欧摩先生说。“不过我想也许还是你见的对。”

我现在说不上来，我当时怎么知道，他们去看的是我那亲爱的、亲爱的母亲的棺材。我从来没听见过做棺材的声音，也不记得看见过棺材是什么样子，但是我听到那个梆搭梆的声音，我却知道那是干什么的。那个青年进了起坐间的时候，我现在还记得，我当时也知道他都干什么来着。

现在活儿做完了，那两个女孩子（她们叫什么，我还没听见）把她们的衣服上沾的线头儿、布尖儿都刷掉了，然后去到前柜，把前柜收拾整齐了，等着有主顾来。敏妮没和她们一块儿到前柜去。她留在后面，把她们做的活儿先叠起来，然后又把活儿装在两个篮子里。她装的时候是跪着的[①]，一面嘴里哼着轻快、生动的小曲儿。周阑（我当时就知道，他毫无疑问是敏妮的情人）又进了屋里，趁着敏妮正忙乱的时候，冷不防吻了她一下（他对我毫不在意），跟着说，她父亲套马车去了，他得快点儿去做准备，说完了就出去了。她跟着就把顶针儿和剪子放在口袋里，把穿着一根黑线的针仔细地绾在袍子的前襟上，照着门后面的一面小镜子，把外面穿的衣服很俏利地穿上。我从镜子里，看到她满面春风的样子。

我看这些光景的时候，都一直坐在角落上那张桌子旁边，用手扶着脑袋，心里想这个，想那个。马车一会儿开到铺子的门前了。他们先把篮子放到车上，跟着又把我扶到车上，然后他们三个也上了车。我记得，这辆车，一半像轻便的马车，一半像运钢琴的笨车，涂的是惨淡的黑色，用一匹尾巴挺长的黑马拉着。我们都坐在车上，地方还很宽绰。

我现在觉得，我和他们一块儿坐在车上的时候，我有一种奇异的感觉，那是我从来没有过的（我现在对于人生也许更了解一些，不至于再觉得那样奇异了），因为，我记得他们刚刚做的是什么活儿，而他们那阵儿坐在车上，却会那样兴致勃勃。我当时并没生他们的气，我只是怕他们，好像他们这群人，在天性方面，和我绝无共同之处，而我却误落

---

①英、美人习惯于跪，为的免得弯腰。

到他们中间。他们都很高兴。那个老头儿坐在前面赶车，那一对青年男女就坐在他后面；每逢他跟他们说话的时候，他们就往前探着身子，一个探到他那副面团团的大脸的左面，一个探到他那副大脸的右面，使劲儿地捧他。他们本来也想跟我谈话来着，不过我却不招揽他们，只愁眉苦脸地坐在一个角落那儿，看着他们两个那样打情骂俏，欢畅快乐（虽然不到吵吵闹闹的程度），暗暗吃惊，心里还几乎纳闷儿，不明白，他们的心那样狠，为什么却没遭到报应。

这样，他们停车喂马，吃他们的，喝他们的，乐他们的。我对于吃的喝的，却一点儿也没碰，而一直地持斋守戒。这样，车刚到了我们家，我就从车后面急忙溜下去了，为的是，在那几个肃静的窗户前面（这几个窗户，从前像亮晶晶的眸子，现在却像瞎了的眼睛，瞧着我），我不要和他们在一块儿。唉，看见了我母亲那个卧室的窗户，看见了她隔壁那个卧室的窗户（当年过得美好的时候，那就是我的卧室），哪里还用再想什么别的叫我难过的情况，才能掉下泪来呢？

我还没走到屋门，就倒在坡勾提怀里了。她把我领到了屋里。她刚一见我的时候，忍不住一下哭起来了，不过一会儿就止住了悲痛。她说话老是打着喳喳儿说，走路也老是轻轻地走，仿佛怕把死者搅扰了似的。我看出来，她好久没睡。她现在夜里仍旧不睡，守在死者的旁边。她说，只要她这个可怜的、亲爱的乖乖还没下葬，那她就永远也不能离开她。

枚得孙先生在起坐间里。我进了起坐间，他一点也没理我。他只坐在壁炉前面不出声儿地掉眼泪，在带扶手的椅子上想心事。枚得孙小姐就坐在写字台那儿，忙着写这个，写那个。写字台上满是信件和单据。她见了我，只把她那冰冷冷的手指甲伸给了我，同时，用铁石一般的坚定语音，打着喳喳儿问我，孝褂子量好了尺码没有。

我说，“量好啦。”

“还有你的衬衣什么的，”枚得孙小姐说，“你都带回来啦没有？”

“带回来啦，小姐。我把我的衣服都带回来啦。”

我从她的坚定里所得到的安慰，就尽于此。我现在毫不怀疑，有那样一个机会，能让她把她所谓的自制坚定，所谓的心性顽强、洞达情理，把她所有那一套讨人嫌憎、可恶可恨的品质，显露一番，她真觉得是她的赏心乐事呢。她对于自己办事的才干特别得意。她现在把一切都化为笔和墨的勾当，对任何事都无动于衷，来显露她的才干。在那天剩下的工夫里，以及以后的每一天，从早晨到晚上，她始终没离开那个写字台，心神泰然，用一支硬笔沙沙地写字，不动声色地对所有的人低声说话，脸上的筋肉从来没松过一下，说话的口气从来没柔和过一次，身上的衣服从来没乱过一丁点儿。

她的令弟有的时候，手里拿起一本书来，好像要看，但是我却没看见他真看过。他也把书打开，往书上看，好像在那儿读；但是却整整一点钟，都从不翻一页，于是又把书放下，在屋子里来回地走。我老把两只胳膊叉在一块儿，坐在那儿，一点钟一点钟地瞧着他，一点钟一点钟地数他走的脚步。他很少有和他令姐说话的时候，更没和我说过话。在那一所静悄悄、死沉沉的房子里，除了钟以外，他好像是唯一不得安静的东西了。

还没出殡的那几天里，我很少看到坡勾提，只有我上楼下楼的时候，老看到她不离我母亲和她的婴孩停放的那个屋子的周围；同时，她每天晚上，总要到我屋里，在我要睡的时候，坐在我的床头上陪着我。在出殡前的一两天——我现在想，可能是出殡前的一两天；不过我却感觉到，在那段沉痛的时日，我脑子里只是一片混乱，没有什么东西来标志事情的进展——她把我带到了我母亲停放的那个屋子。我现在只记得，在一个白布盖着的床上，我觉得好像就躺着这所房子里那种庄严肃静的化身，床外就是一片清白之色，一团新鲜之气，上下左右，四面八方，围绕萦回。坡勾提本来要把床上的白殓单轻轻地揭开，但是我急忙说，“别价！别价，”同时拦住了她的手。

即便我母亲是昨天刚殡葬的，我也不能记得更清楚。我往我们家那个最好的起坐间里去的时候，刚一进门儿，就觉到那个屋子里的气氛，就看到炉子里熊熊的火，滤酒瓶里闪闪发光的葡萄酒和杯盘上面的花样，就闻到点心微微发出的香味和枚得孙小姐衣服上的气息，就看到我们穿的黑衣服。齐利浦先生也在屋里，他看见我，走过来和我搭话。

“你怎么样啊，大卫少爷？”他和蔼可亲地说。

我当然不能说我怎么好。我把手伸给他，他就攥住了我的手。

“哎呀！”齐利浦先生说，一面很老实的样子微笑着，同时，眼里好像有什么东西闪闪发亮。“年轻的人都长大了。他们长得我们都不认得了，是不是，小姐？”

这是对枚得孙小姐说的，但是枚得孙小姐却并没回答。

“这儿比先前更好了，是不是，小姐？”齐利浦先生说。

枚得孙小姐只把眉头一皱，把头板板地一弯，算是回答。齐利浦先生碰了这两个钉子，就跑到了一个角落那儿，把我也领到那儿，不再开口了。

我提到这些情况，无非有见必录，有闻必记罢了，并非由于关心自己，而要提到自己，因为我回到家来，一直就没对自己关心过。现在铃儿响了，欧摩先生和另一个人进来了，叫我们作好准备。像坡勾提老告诉我的那样，多年以前，给我父亲送殡的那些人，也是在这同一个屋子里打扮起来的。

送殡的有枚得孙先生，有我们的邻居格雷浦先生，有齐利浦先生，还有我自己。我们到了门口的时候，抬棺材的已经抬着棺材走到庭园里了，他们在我们前面，走上了园径，经过榆树下面，出了栅栏门，进了教堂墓地，就在那儿，我在夏天早晨，时常听见鸟儿吱喳。

我们站在坟的四围。那一天，在我眼里，好像跟无论哪一天都不一样，那天的日色也和任何一天的日色不同，显得特别惨淡。现在大家都肃然静默起来，这种静默，是我们同安息在土丘下的死者一块儿从家里带来的。我们都光着头站在那儿，那时候，我听见牧师的声音，在露天之下，显得仿佛从远处传来，但是却琅琅清晰。只听他读道：“主耶稣说，复活是在我，生命也是在我。”①于是我听见有人呜咽起来。那时我和旁观的人，一块儿站在旁边，我看见呜咽的原来是那位善良而忠诚

---

①葬礼文里的一句话，见《公祷书》。

的仆人，在世界上所有的人里面，她是我所最爱的，对于她，我那颗孩提的心完全相信，主有一天会说，“好！”[①]

在这一小簇人里面，有好些位的面目我很熟悉：其中有的是我在教堂里见过的，在我老觉得事事奇异的那个教堂里见过的；其中又有的看见过我母亲年纪轻轻，美艳焕发，头一次来到这个村庄，安家定居。我对于这些人都不在意，我所在意的只有我自己的悲伤——然而我却又对于他们，全都看见，全都了然。我连远在人群后面的敏妮都看见了，只见她老远在那儿瞧着，眼光却盯在她的情人身上，她的情人正站在离我很近的地方。

葬仪结束了，土也往坟圹里填起来了，我们都转身往家里走去。那时候，在我们面前的，就是我们家的那所房子，仍旧那样美丽，毫无改变，使我那幼小的心灵，联想到过去发生的事情，因而引起我更大的悲哀，使我原来的悲哀，和它比起来，显得毫不足道。他们带着我往前走。齐利浦先生还跟我说话；我们到了家里，还把水送到我的唇边[②]。我跟他告辞，说我要上楼回我自己的屋里，那时候，他是带着和妇人一样的温柔，把我放走了的。

我刚说过，所有这种种情况，都和昨天发生的一样。后来发生的事，都离开我而漂到一切被人遗忘的事物都将重现的那个彼岸了；但是这一天的事，却像一个高大的礁石一样，屹然耸立在大洋里。[③]

我知道坡勾提一定会到我屋子里来的。那时候，那种和安息日一样的肃静(那一天非常像礼拜天！我先把它忘了)，对于我们两个都极适宜。她在我那张小床上，和我并排坐下。她握住了我的手，有时把它放到她的唇边，有时把它用自己的手抚摩，好像她正哄我的小弟弟那样。

---

①《新约 · 马太福音》第 25 章第 21 节及第 23 节，“主人说好，你这又良善又忠心的仆人。”“主”在《圣经》里是“主人”，在这里借指耶稣。

②因他刚哭过，喉干舌燥，喝点水可以润一下。比较《董贝父子》第 12 章：“约翰……晕去，邻人给他捶背，另一人就把水杯举到他的唇边。”

③狄更斯以大海喻死后世界；参阅《董贝父子》第 1 章：“离开我而漂到……彼岸”，应为死亡之海的彼岸。“一切被人遗忘的事物都将重现”，应为末日大审判之时。

她就这样，用她自己独有的方式，把所有发生的情况，都对我说了。

“有好长的时候，”坡勾提说，“你妈一直地就没好过。她心里老恍惚不定，老闷闷不乐。小娃娃生了以后，我本来想，她能好一些，谁知道，她反倒更虚弱了，一天一天地更坏了。小娃娃还没生以前，她往往喜欢一个人坐在那儿，无缘无故地就哭起来。小娃娃生了以后，她就喜欢唱歌儿给他听——唱得那么轻柔，有一次，我听见她唱，我就觉得，她的声音好像在空气里飘的一样，越飘越远。

“到了最近，我觉得，她越发怕前怕后，越发一来就惊吓不定了；对她说一句严厉的话，就像打了她一下似的。但是她对我，可老前后一样。她对她这个又笨又傻的坡勾提，可老没改样儿。我那个甜美的女孩儿对我永远没改样儿。”

坡勾提说到这儿，把话头打住，温柔地用手拍我的手，拍了有一会儿的工夫。

“我最后看见她和从前一个样儿的时候，就是你从学校里回来的那一天晚上，我的亲爱的。你回学校去那一天，她对我说，‘我永远也不会再看见我的小乖乖了。我知道要看不见他了，因为不知怎么，我感觉到了是那样，还一点儿不错，一定是那样。’

“从那时以后，她尽力挣扎了一个时期。有好几次，他们又说，她这个人，不会用脑子，不知道思虑，那时候，她就假装着真不会用脑子，真不知道思虑，其实那时候，她早就不是他们说的那样了。她告诉我的话，她从来没对她丈夫说过。她在别的人面前，不论是谁，都不敢说这一种话——只有一天晚上，那是她闭眼以前一个星期多一点儿的时候，她才对丈夫说：‘我的亲爱的，我恐怕我要死了。’

“‘我现在把话说了，就去了一桩心事了，坡勾提，’那天晚上，我服侍她睡的时候，她对我说。‘没有几天了，他在这几天里，可怜的人，会越来越信我说的话是真的。这几天过了，也就到了完的时候了。我乏极了。如果这算得是睡眠，那你在我睡的时候坐在我旁边别走开。但愿上帝加福给我这两个孩子！但愿上帝保护我那个没有爸爸的

孩子！’

“从那个时候以后，我就一直地没再离开她，”坡勾提说。“她也常和楼下那两个人说话儿——因为她爱他们；她这个人，对于在她跟前的人，就不能不爱——可是他们从她床前走开了的时候，她老是转到我这儿来，仿佛坡勾提在哪儿，哪儿就有安静似的，她要是没有我看着她，就老睡不着。

“她闭眼的那一天夜里，天黑了以后，她一面吻我，一面对我说：‘要是我的小娃娃也活不成的话，坡勾提，请你告诉他们，叫他们把我的小宝宝放在我怀里，把我们两个埋在一块儿。’（他们就这样办的，因为那个可怜的小娃娃只比我母亲多活了一天），‘让我那最招人疼的大宝宝送我们到我们安息的地方去，’她说，‘你告诉他，就说，他母亲躺在这儿的时候，给他祝福过，不是一次，而是一千次。’”

坡勾提说到这儿，又停了一下，同时又用她的手轻轻地拍我的手。

“一直到深夜的时候，”坡勾提说，“她跟我要水喝。她喝了以后，对我微微一笑，哎呀，笑得那样好看！

“后来天亮了，太阳也出来了，那时候，她对我说，考坡菲先生一直地待她怎样体贴，怎样温存，对她怎样容忍，她怎样一遇到信不起自己的时候，他就对她说，一颗仁爱的心，比智慧还好、还有力量，他怎样就是由于她有颗仁爱的心，觉得幸福快活。跟着她说，‘坡勾提，亲爱的，你再靠我紧一点儿。’因为她那时非常地弱。‘把你的胳膊放在我的脖子底下，’她说，‘把我转到你那一面儿，因为你的脸离我好像越来越远，我可要它离我近些。’我照着她的话，把我的胳膊放在她的脖子底下：那时候，哦，卫啊！我头一次和你分别的时候对你说的话，到底证实了——她把她的头放在她这个心眼儿又笨、脾气又坏的坡勾提的胳膊上的时候来到了——她就在我的胳膊上，像一个小孩儿睡着了一样，把眼闭了。”

这样，坡勾提的叙述完结了。从我知道了我母亲死的情况那个时候起，她一生最后的那一段生活，在我心里一下消灭了。从那时候起，我的记忆里的她，只是我最初记得的那个年轻的母亲，那个老把光泽的发卷在指头上绕了又绕的母亲，那个在起坐间的苍茫暮色里带着我跳舞的母亲。坡勾提对我说的这番话，并没有使我重新回到她后半生那段时期，绝对没有；它反倒把她前半生的形象，更深地印在我的脑子里。这种情况，也许得说是稀奇的，但是却又是真实的。她这一死，她就又回到了她平安宁静、无忧无虑的青年时期了，其余一切的时光，都完全消灭了。

现在我这个躺在坟里的母亲，就是我还在襁褓之中的那个母亲；在她怀里的那个小婴孩，就是我自己，像当年在她怀里睡着了那样，不过不是暂眠，而却是长眠。

第十章
名为赡养，实属遗弃

我母亲的葬仪已经举行过了，阳光也自由地射进全家各个屋子了，那时候，枚得孙小姐所做的头一件事，就是通知坡勾提，叫她一个月以后，另作打算[①]。坡勾提当然非常不愿意伺候枚得孙姐弟，但是，我相信，她为我起见，宁肯把世界上最好的地位牺牲了，而仍旧留在我家。现在她对我说，我们不得不分离了，还告诉了我不得不分离的原故。跟着我们俩尽心地互相安慰。

关于我自己，关于我的将来，他们任何话也没说，任何行动也没采取。我敢说，如果他们也能给我一个月期限，叫我另作打算，那他们一定非常地高兴。我有一次，鼓起勇气，斗胆问枚得孙小姐，我什么时候再回学校；她只很冷淡地回答说，她认为，我不会再回去了。她没再说任何别的话。我很焦灼地想要知道，他们究竟要怎样安置我；坡勾提也同样想要知道。但是不论是我，也不论是她，关于这个问题，都一丁点

---

① 英国习惯，解雇仆人，须在 1 个月以前通知。

儿消息也摸不着。

我的情况，有一种改变，这种改变，虽然使我当时免去许多苦恼，但是，如果我那时能仔细把这种改变考虑一下，那就会使我对于我的将来慌惶不安的。原来是这么回事：他们原先对我的种种拘管辖制，全取消了。他们不但不再要我呆板沉滞地死钉在起坐间里，并且有好几次，我坐在那儿的时候，枚得孙小姐反倒对我皱眉头，叫我走开；他们不但不再禁止我，不让我和坡勾提在一块儿，并且如果我不在枚得孙先生面前的时候，他们决不问我，决不找我。起初的时候，我老天天害怕，惟恐枚得孙先生会亲自来教我念书，或者枚得孙小姐亲自来教我；但是不久我就觉到，我这种疑惧，完全没有根据。我在他们那方面所要受到的，没有别的，只是一味的不理不睬。

我现在想不起来，我当时发现他们这样对待我，觉得怎么难过。我母亲突然长谢人世，仍旧使我心神恍惚，对于一切琐事，都像傻了、愣了的一样，一概不能理会。我现在能想起来，我当时待着没事儿的时候，固然也琢磨到，我说不定，再也没有书读，再也没有人管了，只能长成一个衣履褴褛、性情阴郁的家伙，在村子里，一无所成，空度岁月。同时也琢磨到，我也有可能，摆脱这种际遇，而远走高飞，像故事书里的人物那样，创出一番事业来。不过那都只是一瞬即逝的空想，都是睁着大眼做的梦，这种梦，我有的时候坐在那儿看着，好像隐隐约约地画在或者写在我那个屋子的墙上一样，一会儿又消失了，墙上仍旧又是一片空白。

有一天晚上，我在厨房的炉子旁边烤手的时候，我对坡勾提满腹心事地打着喳喳儿说："坡勾提，枚得孙先生现在比以前更讨厌我了。他本来就一直地没喜欢过我，坡勾提；不过现在，如果他办得到，就连见都不要见我了。"

"那也许是因为他正在那儿伤心吧，"坡勾提说，一面抚摩我的头发。

"我敢说，坡勾提，我也伤心。要是他真是因为伤心才不顾得理我，那我决不会理会的。不过他并不是因为伤心才不理我。哦，决不是，决不是因为伤心。”

“你怎么知道不是哪？”坡勾提沉默了一会儿说。

“哦，他伤心的情况完全是另一回事，和他对我的态度完全不相干。他这会儿正和枚得孙小姐坐在炉前伤心哪。但是只要我一进去，坡勾提，他可就换了另一副样子了。”

“什么样子哪？”坡勾提说。

“他就动起气来，”我回答说，说的时候，不知不觉地把他那种阴郁地一皱眉头的样子学了一下。“如果他只是因为伤心，那他不会像他那样看我的。我只是伤心，而我的伤心可叫我更心软了。”

坡勾提停了一晌，不作一声；我也不作一声，只在炉前烤手。

“卫，”她后来到底说。

“什么，坡勾提？”

“我曾想办法来着，我的亲爱的，曾想尽了所有的办法来着——简单地说，办得到的也好，办不到的也好，我都想了，要在这儿，要在布伦得屯，找个合适的事儿，但是可没有那样的事儿，我爱。”

“那么你打算着怎么办哪，坡勾提？”我带着有所希冀的样子问。“你是不是想到别的地方去碰运气哪？”

“我想，我没有别的法子，只好先回亚摩斯，”坡勾提回答说，“在那儿先待些时候再说。”

“你要是只到那儿，那就是万幸了，”我一听这话，心里稍微一亮，说。“你本来也可能到更远的地方去，从此和我再见不着面儿了啊。你要是只到亚摩斯，那我有的时候还可以看到你，我的亲爱的老坡勾提。你不会跑到天涯海角去吧，会吗？”

“决不会，谢谢上帝！”坡勾提很激动地喊着说。“只要你在这儿，我的乖乖，那我每星期都要跑来看你一趟的。只要我活着，那我一星期都要来一趟。”

我听了她这番诺言，觉得如释重负一样，但是这还不算，因为坡勾提接着说：

“卫，我告诉你，我要先到我哥哥家里，去住俩礼拜——住到我的心安定下来的时候，住到我恢复了差不多是原来的样子的时候。我正在这儿琢磨哪：他们既然这阵儿不愿意你在这儿，那他们也许会叫你和我一块儿去住几天的。”

我当时最大的愿望，就是我和周围的人，完全改变了关系（坡勾提当然不算在内），除了那个以外，如果还有别的事情能使我高兴，那就是坡勾提这个提议了。我一想到，重新和那些忠厚老实人在一块儿，看到他们喜笑颜开地来欢迎我；重新领略甜美的礼拜天早晨的安静，听着钟声当当地响，看着石头子儿扔到水里，看着朦胧的船影从雾中透出；重新和小爱弥丽一块儿东游西荡，把我的烦恼都告诉她，在海滩上找蛤蜊壳儿和石头子儿，来解除烦恼：这种种情况，都使我心神安静。不过，再一想，枚得孙小姐也许会不让我去，这样，心里就又烦起来了。不过这种烦恼，不久也消除了，因为，那天晚上，我和坡勾提正说着话，枚得孙小姐出来了，到藏物室里，不知道搜寻什么东西，那时候，我万没想到，坡勾提竟鼓起勇气，当场把这个问题提出来了。

“这孩子要是到那儿去，只是闲待着，”枚得孙小姐说，一面往泡菜坛子里瞧。“闲待着是万恶的根源。不过，话又说回来啦，我看，他在这儿，或者不管在任何别的地方，也只有闲待着。”

我可以看出来，坡勾提本来要反唇相讥。她的话就在嘴边上；不过她为了我起见，极力忍住了，不作一声。

“哼！”枚得孙小姐说，说的时候，眼睛仍旧没离开泡菜。“这阵儿，得别叫我兄弟受到搅扰，得别叫他感到不舒适，这比什么都重要，这是第一等重要。所以我想，我还是叫他跟着你去吧。”

我对她说了一声谢谢，但是却没敢透露出喜欢的样子来，因为我怕她一见我喜欢，就又要收回成命了。她从泡菜坛子那儿瞅着我的时候，她眼里那种辣气和酸气一齐冲出，好像她刚才把坛子里的东西一下都摄进她那双黑眼睛里去了一样。我看到这种情况，就不禁认为，我不露喜容，是明智谨慎的办法。这句出了口的诺言，总算一直并没收回。一个月的期限完了的时候，坡勾提和我准备动身了。

巴奇斯先生来到我们家，搬坡勾提的箱子。我以前从来没见过他进大栅栏门，但是这一回，他却到了屋子里面了。他扛着那个顶大的箱子往外走的时候，看了我一眼，他看这一眼很有意义，如果可以说意义会在巴奇斯先生的脸上出现的话。

坡勾提多年以来就把我们的家当作她自己的家了，她对于她顶疼的那两个人——我母亲和我——的感情，也是在那儿生长起来的，现在她要离开那儿了，心里自然很难过。她还一大早在教堂墓地里溜达来着。她上了车的时候，用手绢捂着眼坐在车上。

她还余悲未煞的时候，巴奇斯先生任何一点活动都没有。他像一个草楦的人一样，用他平常那种姿势，坐在平常那个地方上。但是待了一会儿，坡勾提抬头往四外看了，和我说话儿了，那时候，他却有好几次，又点头，又咧嘴。我当时丝毫也不了解，他这是朝着谁点头，朝着谁咧嘴，为什么点头，为什么咧嘴。

"今儿的天气真好，是不是，巴奇斯先生？"我用这句话周旋巴奇斯先生。

"不能算不好吧，"巴奇斯先生说；他说话老是拿着尺寸，所以很少有连累自己的时候。

"这阵儿坡勾提非常地舒服了，巴奇斯先生。"这句话为的是叫他放心。

"是吗？"巴奇斯先生说。

巴奇斯先生把这句话带着明智的样子琢磨了一下，然后眼睛瞧着坡勾提，嘴里说：

"你当真很舒服吗？"

坡勾提笑了一声，说不错，很舒服。

"不过，你要知道，我问的是，当真、果然舒服吗？"巴奇斯哼了一声，往坡勾提坐的地方直凑，同时用胳膊肘儿拐坡勾提。"舒服吗？当真果然舒服吗？舒服吗？嘿？"巴奇斯先生每逢问一句，就往坡勾提那儿凑一下，同时用胳膊肘儿把她拐一下；因此，弄到后来，我们三个，都挤到车左边那个角落上去了，把我挤得简直都没法儿再受了。

坡勾提提醒他，说我叫他挤得受不了啦，他听了，就马上给我让出一点地方来，一点一点地离开了我们。但是我却不能不觉到，他好像认为，他这是碰巧想出来了一条绝妙的办法，用不着麻麻烦烦地想话来说，就能表达自己的意思，而且，还表达得干净，俏利，叫人喜欢，惹人注意。他分明对于这个办法暗中乐了好久。待了一会儿，他又凑到坡勾提身边，把前面的话重复，“你真舒服吗?”向我们这边儿使劲地挤，挤得我几乎连气都喘不上来。又待了一会儿，他又来了劲儿了，又重复了那句话，又把我挤得喘不上气儿来。到后来，只要我一看见他要来劲儿，我就急忙站起来，站在踏板上，假装着看远处的风景：这样一来，我就免于被挤之苦了。

他非常殷勤，专诚为了我们，在一家客店那儿，把车停住了，请我们吃烤羊肉，喝啤酒。连坡勾提正喝着啤酒的时候，他都又像前面说的那样，忽然又来了劲儿，几乎把她挤死。不过我们快到旅程终点的时候，他有许多事儿要做，可就没有工夫献殷勤了；等到我们到了亚摩斯石头铺的街上，我认为，我们颠簸、折腾，就很够受的了，不顾得别的事儿了。

坡勾提先生和汉在那个老地方等我们。他们很亲热地迎接了我和坡勾提，和巴奇斯先生握手；不过巴奇斯先生，据我看来，却好像一片茫然，惚惚悠悠，只见他把个帽子戴在后脑勺子上，不但脸上一片腼腆忸怩，斜目而视，连两条腿也都腼腆忸怩，斜步而行。他们两个，坡勾提先生和汉，一个人提起坡勾提的一只大箱子来；我们正要往前走的时候，只见巴奇斯先生用他的食指，跟我郑重地打招呼，把我叫到一个门廊下面。

“我说，”巴奇斯先生哼的一声说，“事儿很顺利。”

我抬头往他脸上看去，带出强作深沉的样子来说了一声“哦!”

“事儿并不是糊里糊涂地就完啦，”巴奇斯先生说，一面对我说体己话的样子点脑袋。“事儿很顺利。”

我又说了一声“哦!”

“愿意的是谁，你知道吧?”我那位朋友说，“愿意的是巴奇斯啊，就是巴奇斯啊。”

我点了点头，表示他的话不错。

“事儿很顺利，”巴奇斯先生说，同时和我握手。“咱们俩真称得起是朋友。事儿顺利，是你一开头就闹对了。事儿很顺利。”

巴奇斯先生本来想把事情往特别明白里表示，但是他越想表示得明白，事情却越显得神秘。我本来可以站在他面前，看他一个钟头，而却像面对着一架停了的钟一样，得不到任何启发；幸亏后来坡勾提叫我，我才离开了他。我们大家又一块儿往前走着的时候，坡勾提就问我，巴奇斯都对我说什么来着。我就告诉坡勾提，说他说事情很顺利。

“他就是这样不要脸，”坡勾提说。“不过我不在乎那个！亲爱的卫，我要是打算结婚，你看怎么样？”

“哦——我想，你结了婚，还是要像现在这样一样地疼我吧，坡勾提，”我稍微想了一下，回答她说。

这位好心眼儿的人，听我这样一说，马上在路上站住了，把我搂在怀里，做出许多许多表示她对我疼爱不变的表示，惹得街上走路的人，和走在前面她家里的人，都瞠目而视。

“你说一说你的意见吧，亲爱的，”她搂完了我，我们又往前走的时候，她又问。

“关于你想要结婚——和巴奇斯先生结婚的意见？”

“不错，”坡勾提说。

“我认为那是一桩很好的事。因为你嫁了他，你可以看出来，坡勾提，你就老有车有马，可以坐着车来看我了，还不用花车钱，还能多会儿想要来就多会儿来。”

“你听听我这个小乖乖多懂事儿！”坡勾提喊着说。“这也正是我过去这一个月里老琢磨的。一点不错，我的宝宝，是我老琢磨的。再说，我嫁了人，我想，我就可以更自主了。你说是不是，乖乖？至于在自己家里做活，自然比给人家做活更踏实，那就不用说了。我现在到一个生人家去伺候人，还真怕干不来。我嫁在那儿，还可以老不离我那个好看的女孩儿的坟地，”坡勾提沉吟着说，“我多会儿想起来要到她的坟上去，就多会儿可以去。到我也闭了眼那一天，那我躺的地方，也可以不至于离我那个着人疼的女孩儿躺的地方太远了！”

我们两个，待了一会儿，都没再说什么。

“不过，要是我的卫乖乖不赞成这件事，那我对这件事连想一想都不会的，”坡勾提高兴地说。“要是你反对，那就是他在教堂里问我三个三十遍，我把戒指在口袋里都磨光了[①]，我也不去想这件事。”

“你看一看我，坡勾提，”我回答说；“你看我是不是真心高兴，是不是真心愿意你结婚！”我实在是全心全意赞成这件事。

“好吧，我的命根子，”坡勾提说，同时又使劲搂了我一下。“我白天晚上，没有不想这件事的时候，这么琢磨，那么琢磨，凡是能琢磨的都琢磨到了，我只希望我琢磨的不错。不过我还是要再琢磨一下，还得跟我哥哥商议商议。这会儿咱们先不要对别人说，卫，只你和我知道就行啦。巴奇斯是个忠厚老实人，”坡勾提说，“只要我对他尽我的职分，我一定会很舒服的；要是有什么——有什么不舒服的，那一定是我自己不好，”坡勾提说，一面哈哈大笑。

巴奇斯先生这句话，当时用来，非常合适，把我们两个都逗乐了，因此我们两个笑了又笑，非常开心，一直笑到我们看见了坡勾提先生的住处为止。

这所船屋，仍旧和从前一样，只有一点不同，那就是：它在我眼里，也许有些缩小了。格米治太太也像上次那样，在门口迎接我们，好像她从上次以来，就一直站在那儿，永远没动似的。屋子里的一切，都和从前一样，连我那个寝室的蓝盂子里生的海藻，都一点也没改样。我到外面那个木头棚子里去看了看，只见那儿龙虾、螃蟹和大虾，仍旧是碰到什么就夹什么，好像仍旧在从前那个角落上，和从前同样地乱搅在一起。

但是却看不见小爱弥丽，所以我就问坡勾提先生，她哪儿去了。

---

① “三”和“七”，都是神秘的数字，“三个三十遍”，极言其多之意。“戒指”是订婚戒指，教堂是乡下未婚夫妇常见面的地方，“问”指问结婚的日期，例由女方指定。

“她上学哪，少爷，”坡勾提先生一面说，一面擦头上的汗，那是他叫坡勾提的箱子压出来的：“她再有二十分钟或者半点钟的工夫，就回来了。”他一面说，一面看了看那架荷兰钟。“唉，我们这儿，因为她上学，不在家，没有不想她的。”

格米治太太呻吟了一声。

“鼓起兴致来，老嫂子！”坡勾提先生喊着说。

“我比别人想她想得更厉害，”格米治太太说，“我是个孤孤单单的苦命人，不跟我闹别扭的，差不多也只有她一个。”

格米治太太又带着哭声儿嘟囔，又摇晃脑袋，跟着吹火去了。她去干这种活儿的时候，坡勾提先生就转身对我们，用手遮着嘴说：“又想起她那个旧人儿来啦！”从这种情况里，我正确地猜出来，我上次来过以后，格米治太太的心情并没好转。

现在，这个地方，没有一处不和从前同样地可爱，或者说，没有一处不应当和从前同样地可爱。然而它给我的印象，却又和从前不一样。我看到它，总觉得不免有些扫兴。这也许是因为小爱弥丽没在家的原故吧？我知道她回来的时候要走哪一条路，因此，刚待了一会儿工夫，我就顺着那条路溜达着走去，想要去迎她。

待了不大的工夫，一个人的形影儿在远处出现了。我一会儿就认出来，那正是爱弥丽。她虽然年岁长了，她的身量却仍旧不高。但是，她越走越近了，我能看见她的蓝眼睛比先前更蓝，她的酒窝儿比先前更美，她整个的人都比先前更漂亮，更轻盈。那时候，我的脑子里忽然起了一种很稀奇的想法，因而我就假装着并不认识她，只像正在那儿看远处的什么东西似的，从她身旁走过。我后来长大了的时候，也有一次那样做过，一点不错，有一次那样做过。

小爱弥丽对于我这一手儿，一点也没在乎。她分明看见了我，但是她不但没转过身来招呼我，而反倒大笑着跑了。这样一来，我只得跟在她后面，连忙追去；但是她跑得很快，快到船屋跟前的时候，我才追上了她。

“哟，原来是你呀？”小爱弥丽说。

“哟，难道你不知道是谁吗，爱弥丽？”我说。

“那么你哪？难道你不知道是谁吗？”小爱弥丽说。我要吻她，但是她却把她那红嘴唇儿用手捂着，说她这阵儿不是娃娃了，跟着笑得比以前更厉害，跑进家里去了。

她好像存心逗我，给自己开心。那是她使我很惊奇的改变。茶点摆好了，我们那个小矮柜也在原来的地方上放好了；但是她不但没过去，和我并排在那上面落座，而反倒跑到那个爱嘟囔的格米治太太那儿，和她作伴儿去了。坡勾提先生问她为什么那样的时候，她不作声，只把头发全弄乱了，披散在面前，把脸遮住了，同时一句话也不说，只顾大笑。

“跟个小猫儿似的！”坡勾提先生说，同时用他的大手拍她。

“一点也不错，一点也不错，跟个小猫儿似的！”汉喊着说，“我的好卫少爷，一点也不错，跟个小猫儿似的！”他一面这样说，一面坐在那儿瞧着她，自己暗中乐了一阵，完全是又喜又爱的样子，弄得脸上火一般的红。

实在说起来，小爱弥丽叫大家宠坏了；坡勾提先生把她宠得比任何人都厉害。只要她跑到他跟前，把她的小脸蛋儿放到他那毛茸茸的连鬓胡子上，那她叫他干什么，他就会干什么。至少我看着她把脸蛋儿贴在他的连鬓胡子上的时候，我认为是那样。我认为，坡勾提先生这样，还只能说，做得绝对不算过分。爱弥丽这个小女孩子，感情那样笃厚真挚，天性那样温蔼柔和，态度那样羞涩之中含有慧黠，慧黠之中含有羞涩，因此弄得我对她比以前更加倾倒。

她这个孩子，心肠又非常地软。有一次，我们吃过茶点，坐在炉前，坡勾提先生就含着烟袋，提到我母亲故去的话来；她听了，满眼是泪，隔着桌子，那样温柔地看着我，使我不由得满怀感激。

“啊！”坡勾提先生说，一面把她的鬈发拿在手里，让它在手上像水一般地滑过，“你瞧，少爷，这也是一个孤儿。这儿，”坡勾提先生说，一面用手背在汉的胸上一拍，“又是一个孤儿，不过看样子可不大像就是了。”

“要是我有你做我的保护人，坡勾提先生，”我说，一面摇头，“那我想我也不大会觉得出来我是孤儿的。”

“说得好，我的好卫少爷！”汉欣喜若狂的样子喊着说。“说得好！着哇！不错，不会觉出来。哈！哈！”他说到这儿，也用手背往坡勾提先生的胸上一拍，小爱弥丽就站起身来，吻了坡勾提先生一下。

“你那位朋友怎么样啦，少爷？”坡勾提先生对我说。

“你说的是史朵夫吧？”

“不错，正是那样叫法，”坡勾提先生喊着说，同时转到汉那儿。“我本来就知道，和咱们这一行有交道嘛。”

“你可叫人家是姚鲁夫，”汉说，一面大笑。

“啊！”坡勾提先生回答说。“使舵、摇橹，还不都是使船的事儿？①对不对？这两样事是紧紧连着的，是不是？他这阵儿怎么样啦，少爷？”

“我离开学校的时候，他非常的好，坡勾提先生。”

“那真够个朋友！”坡勾提先生说，同时把他的烟袋往外一伸。“要是说起朋友来，那可真够个朋友！哎呀，我的老天爷，谁看到他，要是不觉得是一桩美事才怪哪！”

“他很漂亮，是不是？”我说到这句夸他的话，心花都开了。

“漂亮！”坡勾提先生说。“他站在你面前，简直地——简直地是——哦，他站在你面前，你说他像什么都可以。他那样有胆量！”

“不错，他正是那样的人，”我说。“他和狮子一样地勇敢；再说，坡勾提先生，你真想不到，他有多坦率。”

“我这阵儿想，”坡勾提先生隔着他的烟袋里冒出来的烟对我说，“说到书本上的学问，不论什么风向都难不倒他吧？”

“不错，”我心里大喜，嘴里大叫，“他什么都知道。他真聪明得惊人。”

---

① 史朵夫，原文 Steerforth，steer 为“掌舵定船行方向”。姚鲁夫，原文为 Rudderlorth，rudder 即“舵”。

“那才够个朋友啦！”坡勾提先生说，同时庄严地把头一甩。

“不论什么东西，他学起来，都一点也不费劲，”我说。“有什么功课，他只要瞟一眼，就会了。他还是个打板球最好的能手哪。他下棋的时候，他让你多少子儿都成，结果还是不费气力就把你赢了。”

坡勾提先生又把头一甩，意思就等于说，“不错，那个自然！”

“他的口才真了不起，”我接着说。“无论谁，听他一说，都得心服口服。还有，你要是听见他唱歌，我真不知道你要说什么好，坡勾提先生。”

坡勾提先生又把头一甩，意思是说，“我完全相信。”

“还有哪，他那个人那样义气，那样大方，那样高尚，”我说，我这时候，叫我这个最喜欢的题目弄得完全不由自主了，“不管怎么夸他，也说不尽他的好处。我自己就敢保，我对于他在学校里那样讲义气地保护我，不论怎么，也感激不过来。那时候，我的年纪比他小得多，班级比他低得多。”

我正这样口若悬河，滔滔不绝地往下说，我的眼光无意中落到了小爱弥丽身上。只见她正把身子往前趴在桌子上，屏声静气、聚精会神地在那儿听，两眼闪烁，和蓝宝石一样，两颊布满了红晕。她的样子那样诚恳，那样美丽，竟使我惊讶得呆了，把话头打住。别的人也同时都看到她这种情况，因为我把话头打住了的时候，他们都又笑她，又瞧她。

“爱弥丽也和我一样，”坡勾提先生说，“很想见他一面。”

我们大家都往她那儿这一瞧，把她弄得不知所措，只把头低着，脸上满是羞晕。她跟着从披散在面前那儿绺鬈发后面往外瞧了一眼，瞧到我们大家仍旧还在那儿瞧她（我敢说，我个人就能一点钟一点钟地瞧她还瞧不够），她就拔起腿来跑了，一直到快睡觉的时候，没再露面儿。

我仍旧在船尾上，上次睡过的那个小屋子里就寝，外面的风，仍旧像从前那样，呜呜地吹过那一片荒滩。但是现在，我却不由要设想，这个风是在那儿为那些死者呜咽；我现在想的，不是潮水夜里要大涨，会把船屋漂起来，而是自从上次我听见了它的声音以后，大潮已经涨起来了，把我的快乐家庭淹没了。我记得，风声和涛声在我的耳边上开始微弱了的时候，我在我的祷告中，添了一句话，说求上帝保佑我，叫我长大了以后，娶小爱弥丽为妻。我就这样，满怀爱情，入了睡乡。

日子过得和从前几乎一样，只有一点不同——而这个不同，却是很大的不同——那就是，小爱弥丽和我，现在很少一块儿在海滩上游荡的时候了。她得学功课，还得做针线活儿，每天绝大部分的时间都不在家。不过我觉得，即便她常在家，我们也不会像从前那样瞎逛了。因为，爱弥丽虽然性情轻狂放纵，满脑子小孩子的古怪想法，但是她却早已经不是我所想象的那个小姑娘，而长成了一个大姑娘了。在这刚刚一年多的时间里，她好像和我距离很远了。她仍旧喜欢我，但是她却又笑我，又逗我，又故意呕我；我去迎她的时候，她老是从另一条路偷偷地回来，看见我没迎到她而失望，就站在门口大笑。我们两个最快活的时光，就是她安安静静地坐在门口做活儿，我就坐在她脚下的木头台阶儿上，念书给她听。一直到现在，我老觉得，我从来见过的阳光，都没有那些四月的午后那样晶明辉煌；我从来见过的小女孩子，都没有她坐在那个老船的门前那样，使人觉得暖意洋洋；我从来见过的天，见过的海，都没有那样寥廓清澈；我从来见过的船，都没有那样壮丽威武地扬帆驶进了金黄色的海天寥廓之中。

我们到亚摩斯的当天晚上，巴奇斯就出现了，他那怔怔傻傻，笨手笨脚的样子，可真到了家。他带了一些橘子来，用一条手绢儿包着。因为他对于这种东西，一个字都没提到，所以他走了以后，大家都认为他那是偶然忘了，把橘子撂在那儿了，所以就打发汉去追他，要把橘子还他。但是汉回来了以后，却说，橘子原来是送坡勾提的。从那一次以后，他每天晚上，恰恰在同样的时间出现，出现的时候，还老带着一个包儿，还老不提，老把它撂在门后面。这些表示情爱的礼物，是花样儿顶繁多、货色顶古怪的。我记得，其中有两副猪蹄子，一个硕大无朋的针插儿，半升左右苹果，一对黑玉耳环儿，一些西班牙葱，一匣骨牌，一只金丝鸟，外带着笼子，还有一只腌猪腿。

巴奇斯先生求婚的方式，据我所记得的，是很奇特的。他很少开口的时候，只坐在火旁，像他坐在车上的姿式一样，呆呆板板地瞧着坐在他对面儿的坡勾提。有一天晚上，我想是由于爱劲儿忽然上来了，他一下把她打线用的蜡头儿抢到手里，装在他的背心口袋里带走了。从那一天以后，每次坡勾提要用那块蜡头的时候，他就把它从口袋里掏出来（只见蜡头已经化了一半的样子，粘在口袋的里子上了），等用过了，再把它装回口袋里，这就是他最乐的事。他好像自得其乐，非常惬意，绝不觉得有谈话的必要。我相信，即便他带着坡勾提到海滩上去溜达的时候，他也坦然自若，不觉得有谈话的必要。他只有的时候，问一声她是不是非常舒服，就心满意足了。我还记得，有的时候，他走了以后，坡勾提就把围裙蒙在脸上，大笑一气，一笑笑半个钟头才罢。实在说起来，我们大家，没有不觉得好玩儿的，只有那个永远伤心的格米治太太不然，因为她丈夫当年跟她求婚的时候，大概就完全用的是同样方式，她那个老伴儿当年对她的举动，现在不断地在她面前出现。

到后来，我在他们家住的日子快完了，那时候，他们才说，巴奇斯先生和坡勾提，要一块儿去玩一天，叫我和爱弥丽跟他们一块儿去。头天夜里，我净想我第二天和小爱弥丽整天在一块儿的快乐了，所以睡着以后，时常地醒。第二天，我们都很早就起来了。我们还都吃着早饭的时候，巴奇斯先生就老远出现了，赶着一辆轻便马车，朝着他爱的对象走来。

坡勾提穿的还是她平素那种整洁、素净的孝服。但是巴奇斯先生却穿得花里胡哨的，上身是一件新做的蓝褂子，成衣匠给他做的时候，尺码尽量往宽里放，连天气顶冷的时候，袖子都可以代替手套，领子就非常地高，连头上的头发都叫它顶起来了，直竖在头上。他那些发亮的纽子，也是个儿顶大的。这一身服装，再加上浅棕色的马裤和暗黄色的背心，把他装扮得整整齐齐，我认为巴奇斯先生真是了不起的体面人物。

我们大家正在门外忙成一团的时候，我看见坡勾提先生手里拿着一只旧鞋[1]，要在我们走的时候，朝着我们扔来，为的是取吉利。他正要把那只鞋递给格米治太太，让她来扔。

---

① 英俗，向正要结婚或刚结过婚的夫妇扔旧鞋，以取吉利。

“我不扔，顶好叫别人扔吧，但尔，”格米治太太说。“我是一个孤孤单单的苦命人，不论什么，凡是叫我想到那种不孤单的人的，我瞧着都觉得别扭得慌。”

“你就来吧，老嫂子！”坡勾提先生喊着说。“你就拿起来扔吧。”

“不成，但尔，”格米治太太回答说，一面又嘟囔，又摇头。“要是事情往我心里去得少一点儿，那我就可以做得多一点儿了。你不像我这样什么事儿都爱往心里去，但尔。事儿都没有跟你犯别扭的，你也不跟它们犯别扭。顶好你自己扔吧。”

顶到这阵儿，坡勾提已经匆匆忙忙地和这个周旋一气，和那个应酬两句，和每个人接过了吻，坐在车上了(这时候我们都在车上坐好了，小爱弥丽和我并排儿坐在两把小椅子上)，她喊着，叫格米治太太扔。格米治太太倒是扔了，但是，我很难过地说，对于我们这种欢天喜地地出这一趟门儿却泼了一桶冷水，因为她扔了以后，跟着一下哭了起来，正要晕倒，亏得汉把她抱住了；她同时嘴里还说，她知道她是别人的包袱，顶好马上就把她送到“院”里去。我当时想，把她送到“院”里去，倒是合情合理的办法，汉应该照着那个话办。

虽然如此，我们还是扬鞭登程，作一天的游玩去了。在路上我们做的头一件事，就是把车停在一个教堂前面，巴奇斯先生把马拴在一个栏杆上，把小爱弥丽和我撂在车上，他和坡勾提两个人进了教堂。我趁着这个机会，用手搂着爱弥丽的腰，一面对她说，我不久就要走了，我们应该一点也不含糊地，在这一整天里，相亲相爱，快快活活的。小爱弥丽也答应了，还让我吻了她。我在这种情况下，变得不顾一切，我现在记得，我对她说，我是永远也不会再爱另一个人的，如果有什么人，妄想得到她的爱，那我就跟他白刀子进去，红刀子出来。

小爱弥丽听我这样一说，乐得不可开交。这个精灵一般的小女孩子，显出比我无限老成、非常懂事的严肃神气来，说我是个“傻孩子”；说完了，大笑起来，笑得那么迷人，我只顾看她了，竟忘了她那样称呼我，很不受听，令人痛苦了。

巴奇斯先生和坡勾提在教堂里待了很大的工夫，不过后来到底还是

格米治太太使人败兴

出来了，跟着我们就赶着车往乡下走去。我们走着的时候，巴奇斯先生转身对我挤了一挤眼，说——（我附带地说一句，我以前真没想到，巴奇斯先生还会挤眼儿）：

“你记得我在车篷上写的那个名字吧？”

“珂莱萝·坡勾提呀，”我说。

“要是这阵儿也有个车篷儿，那我再写的时候，该是什么名字哪？”

“还是珂莱萝·坡勾提吧？”我试着说。

“不是，这回该是珂莱萝·坡勾提·巴奇斯了！”他回答说，同时哄然大笑，笑得车都跟着震动起来。

一句话，他们已经结了婚了，他们到教堂里去，就为的是去办这件事的。坡勾提一心要把事儿安安静静地办了，所以请牧师助理员给她主婚，[①]连观礼的人都没有。巴奇斯先生这样突然发表了他们结合的消息以后，她一时现出不知所措的样子来。她搂住了我，老没个完，来表示她对我的爱并没因为结婚而有所减损。不过她一会儿就又安然自若了，同时说，事情办过去了，她很高兴。

我们把车赶到了支路旁边一家客店，那儿是先打过招呼的，我们在那儿很舒服地吃了一餐，心满意足地过了一天。如果在最近这十年以内，坡勾提天天结婚，那她也不能比她现在这样更行无所事的样子对待结婚这回事，结婚并没使她发生任何变化；她仍旧和从前一模一样。吃茶点以前，她带着我和小爱弥丽出去溜达了一会儿，巴奇斯先生就在店里沉默冷静地抽烟，我想，同时他还在自得其乐地琢磨他的幸福。如果真是我想的那样的话，那他那番琢磨，大大地开了他的胃口；因为我清清楚楚地想得起来，他在吃正餐的时候，虽然已经吃了好些猪肉和青菜，末了还找补了一两只鸡，但是在吃茶点的时候，他还是得吃煮咸肉，并且不动声色地吃了好些，才算解了饱。

---

① 英国举行婚礼，女方须由家长（父兄或长辈）主婚。坡勾提本应由坡勾提先生为之主婚。

从那时以后，我时常想，他们这次的婚礼，真得算是古怪、天真、不同寻常！天黑了不久，我们就又上了车，舒舒服服地回来了。在路上，看天上的星星，讲天上的星星。我是主要讲话的人，我把巴奇斯先生的智力领域，一下开扩到令人可惊的程度。我把我所有的那点学问，全都对他讲了。不过，当时我脑子里想到要对他说什么，他就会信什么；因为他对我的本领深深地钦佩，并且就在那一次，当着我的面儿，对他太太说，我是个“小娄歇斯”①——我想，他的意思是说神童吧。

我们把关于星星的话都说得无可再说了，或者不如说，我把巴奇斯先生的了解力都称量得无可再称量了，我和小爱弥丽就把一个旧披肩，做成了一件斗篷，把我们两个围在里面，我们一路都是这样围着的。哎呀，我多么爱她呀！如果我能和她结婚，跑到不管什么地方，在树林子里，在野地上，一块儿过，永远也不要再长大了，永远也不要更懂事儿，永远是小孩子，手儿拉着手儿，在太阳地里闲游，在长着花的草原上瞎逛，晚上就在长着青苔的地上，放头大睡，睡得又纯洁，又平静，死了的时候，就由鸟儿把我们埋起来②——这样的话(当时我想)，可就太幸福了！我一路之上，心里老想这种光景，它完全脱离真实世界，像天上的星星一样地渺茫，只有我们的天真烂漫使它发出光辉。在坡勾提结婚的时候，有我和爱弥丽这样两颗天真无邪的心灵陪伴，我现在想起来，都觉得高兴。“爱”和“美”以这样缥缈虚无的形体，参加他们朴素无华的婚礼行列，我现在想起来，还觉得喜欢。

我们并不很晚，就又回到了那个老船那儿了；在那儿，巴奇斯先生同他的太太，向我们告了别，舒适地赶着车往他们自己的家里去了。那时候，我才头一次觉到，坡勾提真舍我而去了。要不是我睡觉的那个房

---

① 原文“Roeshus”可能为“Roscious”的音读拼法。英国有小演员贝提(W. Betty)，曾得“小娄歇斯”的称号，1803 年初次演出，仅 12 岁。巴奇斯所指，或即此人。娄歇斯为罗马最伟大的演员，死于公元前 62 年。

② 英国儿童故事《林中婴儿》讲到，两个婴儿，死在林中，众鸟用树叶把他们掩盖埋葬。狄更斯这儿可能联想到这个故事。

子，有个小爱弥丽在里面，那我去睡的时候，心里真要痛苦不堪了。

坡勾提先生和汉，也和我一样地知道我心里的想法，所以预备了晚饭，殷勤地招待我，替我解愁。小爱弥丽和我一块儿坐在小矮柜上，我这次到她家来的时间里，这是惟一的一次。总而言之，那一天真了不起，那一天那样结束，也真了不起。

那天夜里涨潮，所以我们上床不久，坡勾提先生和汉就出海去了。他们把我一个人撂在这所孤零零的房子里，做爱弥丽和格米治太太的保护人，我觉得勇武之极，一心只想，顶好有狮子、大蟒，或者任何凶猛的怪物，要来吃我们，而我把它杀死了，好显身扬名。但是那天夜里，却并不见这一类东西在亚摩斯的荒滩上游荡觅食，我就用我力所能及的办法来补救：整夜里做看见龙的梦，一直做到天亮。

天刚一亮，坡勾提就来了。她仍旧像平素一样，在我的窗下叫我起来，仿佛雇脚的车夫巴奇斯先生自始至终也只是一场梦似的。我们吃完了早饭，她把我带到她自己的家里。那个家，虽然小，却真美。家里所有的家具之中，使我最感兴趣的，是小客厅里一个相当旧的硬木书桌（砖铺地的厨房是家常用的起坐间），上面有一个可以活动的顶儿，能把它打开，放下，叫它变成一个写字台。那里面有一本法克斯的《殉道者传记》①，四开大本。这本可宝贵的书（我现在却一个字都记不得了）我一下就看到了，并且还马上就读起来。以后，我每次到坡勾提家里去，我都跪在椅子上，把这个宝物从这个宝椟里拿出来，把两只胳膊放到桌子上，然后重新像长鲸吸海一般地读起来。我现在想，这部书给我最大的益处，还是书里的画儿，因为那里面的画儿很多，画着各式各样令人毛骨悚然的光景。从那时以后，这本殉道书和坡勾提的家，永远不能分开，一直到现在还是那样。

我那一天和坡勾提先生、汉、格米治太太，还有小爱弥丽，暂时告别，跟着坡勾提，到了她家，在她家阁楼上一个小小的屋子里睡了一夜

---

①法克斯（John Foxe，1516—1587）作的一本教徒故事集，写殉教者的事迹。殉教者多受酷刑，故后有“毛骨悚然”之语。

（那儿靠床头儿安着一个搁板，搁板上面放着那本讲鳄鱼的书）。坡勾提说，那个屋子，永远是给我留着的，并且永远要完全和那个时候一样地拾掇得整整齐齐，预备我随时来住。

“亲爱的卫，不管我年轻，也不管我年老，反正只要我活一天，只要这个家是我的，”坡勾提说，“那你就永远可以看到，我无时无刻不盼着你来的。我要把它拾掇得整整齐齐，和我拾掇你从前那个小屋子一样，我的亲爱的；即便你到中国去，你也可以想着，你走了以后我总把它拾掇得永远和现在一样。”

我完全感觉到我这位亲爱的老看妈的忠心、实笃，尽我所能感谢她。但是我却没能真尽我所能。因为她用手搂着我的脖子和我说这番话的时候，是早晨，而我在早晨就要回家了，而我在早晨也就回了家了。她和巴奇斯先生一块儿坐着车送我去的，送到栅栏门儿，他们和我意重情长、难舍难离地告别了。我眼看着车载着坡勾提走了，把我撂在老榆树下面，看着那所房子，再没有人用爱我或喜欢我的眼光来看我了：这种光景，使我感到，苦辣酸甜，齐上心头。

我那时候成了没有人理的孩子了：那种情况，连我现在回忆起来，都不禁为之怆然。我那时候马上变得孤独、寂寥了——没有任何人对我问寒送暖，没有任何跟我年龄相仿的孩子同我耳鬓厮接，没有任何伴侣，只有我自己凄惶、孤独的心思和我厮守：那种情况，现在写来，都好像使笔墨为之惨淡。

如果他们肯把我送到有史以来最严厉的学校里去——如果我能学到一丁点儿东西，不管怎么学，也不管在哪儿学——反正只要能学到一丁点儿，那叫我干什么都成！但是这方面却连一线的希望都看不到。他们一个劲地嫌我，他们只板着冷酷的面孔，摆着严厉的态度，一个劲地不理我。我现在想，大概枚得孙先生的收入，在那个时期，有些紧起来。但是问题并不在于他的收入紧不紧。他就是容不下我这个人。我觉得他只要有法子把我甩开了就成，他硬想把我甩开，同时硬认定了他对我不负任何责任——而且他如愿以偿了。

他们并没实际虐待我。他们并没打我，也并没饿我；但是他们对我那种一个劲地不理不睬的情况，却没有一时半刻稍微松一下的时候，那种不理不睬的情况，是按部就班、不动声色地进行的。过了一天又一天，过了一星期又一星期，过了一月又一月，他们老是一个劲地对我冷落无情，不理不睬。我有的时候想，假使我病了，我不知道他们要怎么对待我；我得躺在我那个孤寂的小屋子里，像我平素那样孤寂，慢慢地耗到病死为止呢，还是会有人来帮帮我，叫我的病好起来呢，我一直也想象不出来。

枚得孙姐弟二人在家的时候，我和他们一块儿用饭，他们不在家的时候，我一个人吃、一个人喝。不论什么时候，我老是在家里家外，到处瞎逛，完全没人理会；只有一点，他们却非常注意：那就是，他们决不许我结交任何朋友。那大概是因为他们怕我有了朋友，就要对朋友诉苦了。因为这个原故，所以齐利浦先生，虽然时常叫我到他家去看他（他是一个鳏夫，多年以前身躯瘦小、头发淡色的太太就死了。我对于他太太记不清楚了，只在印象中和一个淡色的玳瑁猫联在一块儿），我却很少去的时候：我非常愿意在他那个动外科手术的小屋子里，过一个快活的下午，鼻子里闻着所有的药的味儿，念一本我从前没念过的书，再不就在他那温和的指导下，在药钵子里捣一种药；但是我却很难得到那样的机会。

由于同样的原因，再加上他们一直地就讨厌坡勾提，所以他们很少允许我去看坡勾提的时候。她呢，说话当话，每星期或者到家里来看我一次，或者在我家附近不定什么地方，跟我碰一次头，每一次都没有空着手的时候。但是我要到她家里去看她，他们却不许，这种失望，次数很多，味道很苦。不过，日久天长，也有的时候，他们偶尔许我到她家里去看她一次。那时候，我才发现，巴奇斯先生原来有些财迷，或者像坡勾提那种不失妇道的说法：“有点儿手紧。”他把钱都放在他的床底下一个箱子里，但是却对人说，那个箱子里放的不是钱，只满是褂子和裤子。就在那个箱子里，他的财富，深藏若愚，永不露面，即便要使他从那里拿出一丁点儿来，都得用尽了心机才成。因此，每逢星期六算花费的时候，坡勾提都得设奇定谋，想出像火药阴谋案[1]那样的计策来，才能得到。

在这段时间里，没有一时一刻，我不深深地感觉到，即使我将来有任何出息，现在也都完全白白糟蹋了；我深深地感觉到，完全没有人理我睬我；如果不是有几本旧书跟我作伴，那我的苦恼就真没法忍受了。我那些旧书是我惟一的安慰者，我也对它们忠心，就像它们对我忠心一样，我把它们读了又读，不知道读了多少遍。

我现在就要写到的我生平这段时期，是我只要还能记事就永远忘不了的；这个时期里的光景，我回忆起来，往往像一个鬼一样，不用我画符念咒去召唤，就在我面前出现，把我的快活岁月，搅得不得安静。

有一天，我在外面悠悠荡荡、无精打采、沉思冥想地（这是我这种生活必有的结果）瞎逛，正逛到我们家附近一条篱路那儿，要拐弯儿，忽然碰见枚得孙先生和另一个绅士，一块儿走来。我当时手足无措，正要从他们身旁走过，只听那位绅士喊道：

“怎么！布路克在这儿哪！”

“我不是布路克，先生，我是大卫·考坡菲，”我说。

“我不听你这一套，我就认定啦你是布路克，”那位绅士说。“你就是雪菲尔德的布路克。这就是你的名字。”

我听他这样一说，我就更仔细地把那位绅士看了一下。同时他又一笑，更帮助我想起来，原来他就是昆宁先生，原先我曾和枚得孙先生一块儿到洛斯托夫去看过他。那是从前——不过这没有关系——用不着想是什么时候了。

“你怎么样啊，都在哪儿上学呀，布路克？”昆宁先生问。

他把手放在我的肩膀上，叫我转到他们那一面儿，好和他们谈话。我当时不知道回答什么好，只不得主意的样子往枚得孙先生那

---

① 英国历史上一件著名的阴谋案，天主教徒预埋火药于国会地下室，要在国会开会时把国会炸掉，未及实现，即被破获。事情发生于 1605 年。

儿瞧。

“他现在在家里闲待着，”枚得孙先生说。“他没上学。我不知道该对他怎么办。他是一个难题。”

他从前那种对眼的样子，又在看我的那一会儿出现了；跟着他把眉头一皱，眼里露出一股阴沉之气，因为讨厌我，把眼光转到别的地方去了。

“哼！”昆宁先生说，我觉得他同时往我们两个人身上一齐看了一下。“天气真好！”

跟着大家都静默起来。我就心里琢磨，最好用什么法子，能把我的肩膀从昆宁先生手里脱开，能叫我自己走开，正在不得主意的时候，只听他说：

“我想，你仍旧和从前一样地尖吧？是不是，布路克？”

“唉，他倒是够尖的，”枚得孙先生不耐烦地说。“你顶好放他去吧。你这样留难他，他不会感激你的。”

昆宁先生听了这个话，把手放开，我就尽速地往家里走。我走到前园的时候，回头看去，只见枚得孙先生靠在教堂墓地的小栅栏门上，昆宁先生正跟他谈话。他们两个都往我这儿瞧，我就知道，他们一定是在那儿谈我了。

昆宁先生那天晚上就住在我们家里。第二天吃完了早饭，我把我的椅子放到一边儿，正要出屋子，枚得孙先生又把我叫回来了。跟着他严肃地走到另一张桌子前面，他姐姐就在那张桌子上写什么。昆宁先生双手插在口袋里，从窗户往外瞧，我就站在那儿，瞧着他们几个。

“大卫，”枚得孙先生说，“对于年轻的人，这个世界是立身创业的地方，而不是闲游散逛、无所事事的地方。”

“像你那样，”他姐姐插了一句说。

“捷恩·枚得孙，不用你管，成不成？我说，大卫，对于年轻的人，这个世界是立身创业的地方，而不是闲游散逛、无所事事的地方。对于像你这样脾气的孩子，更是这样，因为你的脾气，需要大改而特改，而要改你的脾气莫过于硬叫它在这个立身创业的世界上合乎一般的规范，硬叫它不但夭折，而且摧毁。”

“性子倔强，在这儿是不成的，”他姐姐说。“性子倔强，没有别的办法，只有完全把它压服消灭了。一定得完全把它压服消灭了。现在就要完全把它压服消灭了！”

枚得孙先生瞧了她一眼，一半是叫她不要再说，一半是赞成她说得对，跟着他接下去说：

“我想，大卫，你知道，我并没有钱。至少你这阵儿知道我没有钱。你已经受了不少的教育了。教育是很费钱的；即使不费钱，我供得起你，那我也认为，你上学也决得不到什么好处。你的前途就是到社会上自己去奋斗，而且还是开始得越早越好。”

我现在想，我当时觉得我本来就已经开始奋斗了，虽然我只有那么一丁点儿力量。反正不论怎么说吧，我现在觉得我早就开始了。

“你有的时候，也听说过‘货栈’的话吧？”枚得孙先生说。

“货栈，先生？”我重了一遍。

“枚·格货栈，也就是枚得孙与格伦华买酒卖酒的货栈，”他回答说。我现在想，我当时一定露出疑惑的样子来，因为他连忙接着说：

“你一定听说过这个‘货栈’，再不就听说过买卖、酒窖、码头，或者别的和它有关的话。”

“我想我听人说过这个买卖，先生，”我说，那时我想起来，我恍恍惚惚地听说过他们姐弟收入的来源。“不过不记得是什么时候了。”

“不用管什么时候啦，那没有关系，”他回答说。“那个买卖的经理，就是昆宁先生。”

昆宁先生正站在那儿往窗户外面儿瞧，我对他恭恭敬敬地看了一眼。

“昆宁先生提过，他说，那个买卖用了好几个孩子。他认为，既然能把事儿给别人家的孩子做，为什么不能在同样的条件下，给自己家里的孩子做哪？”

“枚得孙，”昆宁先生把身子转过一半儿来，低声说，“这只是说，因为他没有别的前途。”

枚得孙先生只烦躁不耐地，甚至于怒气冲冲地动了一下，没理他那个岔儿，只接着说：

“这些条件是这样：你挣的钱够你自己的吃、喝和零用的。你住的地方（我已经安排好了）由我花钱。还有你洗衣服的费用，也归我负担。”

“那可不能超过了我的估计，”他姐姐说。

“你的衣服也归我管，”枚得孙先生说，“因为你现在，自己还不能挣衣服穿。这样，大卫，你要跟着昆宁先生到伦敦去，自己创立一番事业。”

“简单说来，我们就这样什么都给你安排得齐齐全全的了，”他姐姐说；“以后就全看你自己的了。”

我当时听了这番声明，也分明知道，他们的目的只是要把我一下推出门去完事。但是我现在却不记得，我当时听了这番话，还是喜欢，还是害怕。我现在的印象是，我听了这番话，心里非常乱，在喜欢和害怕二者之间转绕，却又两面都不沾边儿。再说，我当时也没有多大工夫把我的思想理清楚了，因为昆宁先生第二天就要走。

你们瞧啊，第二天，我头上戴的是一顶很破的小白帽子（上面箍了一道黑纱，算是给我母亲戴的孝），上身穿的是一件黑夹克，下身穿的是一条又硬又厚的灯芯呢裤子——枚得孙小姐认为，我现在就要到社会上去奋斗了，在我就要上阵的时候，穿着这条裤子就得算是配备了最好的武装——你们瞧啊，我就这样穿戴打扮着，我全部的财产装在一个小小的箱子里放在我的面前，我自己就坐在把昆宁先生送到亚摩斯的轻便马车上，去坐往伦敦去的驿车，正像格米治太太说的那样，“一个孤孤单单的”小家伙。你们瞧啊，我们家的房子和村里的教堂，越去越远，越远越小了！教堂墓地里树下面的墓，叫别的东西挡住了看不见了！教堂的尖塔再看不见从我游戏的地方上耸起，天空只是一片空虚了！

第十一章
含辛茹苦，自食其力

我现在对于世事人情，既然经多见广，所以对于任何事物，都很少有感到惊奇的时候；但是，在我那样小的年纪里，他们竟能那么容易地就把我推出门去，这种情况，即便现在，还是使我觉得有些惊奇。我这个孩子，既然生来有些才分，观察力强，学习心盛，心眼灵快，心地细腻，精神和身体方面，一受委屈，很容易就难过起来，我既是这样，而当时却会没有任何人，出来替我说一句话，那真得算是怪事。然而实在却又没有人出来说一句话。于是，我刚刚十岁那一年，就进了枚·格货栈，给它当上童工了。[①]

枚·格货栈坐落在黑衣僧区[②]，紧靠着河边儿。这个地方，经过后来的翻修，已经改了样儿了。原先的时候，那儿是一条很窄的街道，街道往下去尽头上的一所房子，就是这家货栈，曲里歪斜，一直下坡儿，到河边儿为止。在房子的尽头，有几磴木阶，供人们上船下船之用。那是一所又老又破的房子，有个自用的小码头。码头所伸到的地方，涨潮的时候是一片水，落潮的时候是一片泥。那所房子，真正是耗子横行无忌的地方。它那几个安着墙板的屋子，我敢说，都经过了一百年的尘涴烟熏，辨不出本来是什么颜色了；它的地板和楼梯都朽烂了；它的地窖子里，大个的灰耗子成群打伙，吱吱地乱叫，哄哄地乱跑；整个地方是一片肮脏，一片腐朽：这种种光景，在我心里，并非像多年以前的事物那样，模糊渺茫，而是像就在目前一样，清晰分明；这种种情况，现在又在我面前出现了，我在那倒霉的时候，手哆嗦着握在昆宁先生的手里，头一次到那儿去，那时候我所看见的光景，又完全重新出现了。

枚·格货栈的买卖，是和各色人等都有交道的，不过其中的一个主

---

①这一章里所写的，是狄更斯亲身的经历。他有《自传》未完成稿，叙说这段经历，除人名外，连字句都和小说里相同。

②在伦敦老城西南角。

要部门，是往邮船上装葡萄酒和烈酒。我现在不记得了，这些酒都是运到哪儿去的，不过我想，其中有些是远涉大洋，运往东印度群岛和西印度群岛的。我现在还记得，这种交易的产物，就是无数的空瓶子，有大人和孩子，迎着亮儿检查这些瓶子，有毛病的就扔了，没有毛病的就把它们洗刷干净了。空瓶子都弄完了的时候，就在装好了酒的瓶子上贴标签儿，塞软木塞儿，在软木塞上打烙印①；这些手续都弄好了，还得把酒瓶装到桶里去。这都是我的活儿，在那些雇来做这种活儿的孩子里，有一个就是我。

在那儿工作的孩子，连我也算在里面，一共有三四个。他们安置我做活儿的地方，是货栈的一个角落。昆宁先生如果站在账房里他坐的那个凳子的下层凳子撑儿上，从账桌上面一个窗户那儿往我这儿看，就能够看见我。在我大吉大利开始自食其力的头一天早晨，他们把那几个儿童长工里岁数顶大的那个孩子，传到那儿，教给我这种活儿的操作方法。那个孩子叫米克·洼克。他系着一条破围裙，戴着一顶纸帽子。他告诉我，说他父亲是个船夫，在市长就任的仪仗队里，戴着黑天鹅绒帽子游行。②他又告诉我，说我们的主要伙伴，是另一个孩子。他给我介绍这个孩子的时候，我只觉得，这个孩子的名字很古怪，原来他叫“面胡土豆儿”。我后来发现，这个孩子并不是受洗的时候，起了这样一个名字的；那是在货栈里，大家送他的徽号，因为他的脸发白，和面胡土豆儿一样。面胡土豆儿的父亲是个水夫③，不过除了当水夫而外，还有兼职，还当伙夫，在一个大戏园里干救火的事儿，因为面胡土豆儿有个同辈的亲人——我想是他妹妹吧——在那儿扮哑剧里的小鬼。

我落到和这一班人为伍的地步，我把从此以后天天在一块儿的伙伴和我幸福的孩提时代那些伴侣比较——更不用说和史朵夫、特莱得那

---

①在瓶塞上用细绳系好，在细绳结扣儿处，用火漆封好，再在火漆上打印。

②市长：伦敦老城（或旧城，伦敦一小部分，为中古时旧址，保持它固有的习惯），每年选市长一次，市长就职时，由城圈前往法院宣誓。市长坐特备之马车，前有仪仗，仪仗行列中的一部分为各行各业之展览或表演。船夫也是一个行业，故仪仗队中有代表参加。此风从中古继承而来，日期为 11 月 9 日。

③这种水夫是专在马车停车场上提水饮马的，并管安排车行的先后。

一班人比较了——我就觉到，我对于盼望长大成为学问家，成为超群轶众的人物，是不能再抱丝毫希望的了。这种种情况使我心里暗中那份难过，语言是不能表达的。我现在回忆的时候，我记得，当时我意识到我的前途，没有一丁点儿希望。我感觉到我的地位十分可耻，我那颗小小的心里痛苦地相信，我过去所学的、所想的、所喜欢的、使我有雄心大志的、使我能争胜斗强的，都要一天一天渐渐离我而去，永远不再回来了：这种种感觉，都深深地印在我的脑子里，绝非笔墨所能形容。那天上午，米克·洼克离开了我好几回，他每次离开我的时候，我的眼泪，都直往下掉，混到我洗瓶子的水里，我的呜咽，都哽噎难忍，好像我的心，和瓶子一样，也有了口子，就要爆裂似的。

账房的钟指向十二点半了，大家都准备去吃正餐了，那时候，昆宁先生敲了敲账房的窗户，对我打手势，叫我到他那儿去。我到了他那儿，只见那儿有个身躯有些粗壮的中年男子，穿着一件棕色外衣，一条黑马裤，一双黑皮鞋，脑壳又大又亮，上面跟鸡蛋一样，一根头发都没有，一个大脸盘儿，完全冲着我这面。他的衣服又旧又破，但是他那衬衫的领子却非常神气。他手里拿着一根很时髦的手杖，上面还带着一对像锈了似的大穗子；他那衣服的前襟上挂着一副单光眼镜。我后来发现，那只是作装饰用的，因为他很少有用它看东西的时候，而且即便用它看东西，也看不见。

“这就是那个孩子，”昆宁先生指着我说。

“哦，原来这就是考坡菲少爷，”那位我不认识的人说，说的时候，口气里含着一种屈尊就教的味儿，同时，神气里含着一种无从形容的文雅样子，给了我极深刻的印象。“我希望你身体好，少爷。”

我说我很好，希望他也很好。其实上天知道，我当时很不得劲儿；但是我在那个时期里，并不想一来就抱怨，因此我就说我很好，希望他也好。

“我吗，”那位客人说，“谢谢老天爷，好极了。我接到了枚得孙先生一封信，说到我住的那所房子后部一个屋子，那儿现在还没有人住，本来想出租，作为——简单地说吧，出租作为卧室，”说到这儿，他微微一笑，突然带出对自己人说体已话那种亲密神气——“简单地说，他希望我把这个屋子让给一位刚出来做事的人。我现在有幸，能跟这位刚出来做事的人领教，”说到这儿，这位先生把手一摆，把下颏放在领子中间[①]。

“这是米考伯先生，”昆宁先生对我说。

“啊，啊！”客人说，“不错，那就是在下。”

“米考伯先生，”昆宁先生说，“和枚得孙先生认识。他遇到有主顾的时候，就替我们招揽生意，他赚点儿佣钱。枚得孙先生已经写信给他，谈过你住的问题，他现在可以收容你作房客。”

“我的住址是，”米考伯先生说，“城路温泽台[②]。我——简单地说吧，”——说到这儿，又带出和前面一样的文雅神气，同时又突然露出一阵像对自己人说体已话的样子来——“我就住在那儿。”

我对他一鞠躬。

“我有一种印象，觉得你在这个首善之区，行踪所至，还不会很远，并且你在这座现代的巴比伦[③]里，往城路那方面去，想要深入其中，得其诀窍，恐怕还有困难。简单地说吧，”米考伯先生说，说到这儿，又突然露出说体已话的样子来，“你也许迷了路，故此我如果今天晚上，前来造访，让你有机会得以获知一条最便捷之路，那我就荣幸之极了。”

我全心全意地感谢了他，因为他肯这样不怕麻烦，自愿前来领我，实在得说对我很友好。

“什么时候，”米考伯先生说，“我——”

“八点钟左右，”昆宁先生说。

“好吧，就是八点钟左右，”米考伯先生说。“那么我现在跟你告假了，昆宁先生。我不再打搅你了。”

---

① 当时领子上竖。前面说到巴奇斯的领子也是这样。

② 城路在伦敦旧城北端；温泽台在它右边。

③ 巴比伦比作靡丽侈华之都市，见《新约 · 启示录》第 17 章及第 18 章。把伦敦比作“现代的巴比伦”，似始见于狄兹锐利的《坦克利得》第 5 卷第 5 章。

于是他把帽子戴在头上，把手杖夹在腋下，腰板挺直地走出屋子去了，他完全出了账房的时候，嘴里还哼起小调儿来。

昆宁先生于是正式雇了我，给枚·格货栈尽力做活儿，工资每星期，我想，是六先令。至于究竟是六先令，还是七先令，我记不清楚了。因为我对于这一点，模棱两可，所以我总觉得，大概一起头是六先令，后来是七先令。他预支了一星期的工资给我(我相信钱是从他自己的钱包里掏出来的)，我从那份工资里，拿出六便士来，给了面胡土豆儿，叫他那天晚上把我的箱子给我扛到温泽台，因为那个箱子虽然小，我自己却还是扛不动。我又花了六便士，吃了一顿正餐，吃的是一个肉饼，喝的是附近的水龙头那儿的一顿凉水。吃饭有一个钟头的时间，我吃完了饭，就在街上瞎逛了一气。

到了晚上约好了的时间，米考伯先生又出现了。我把脸和手都洗了，好别连累了他那副文雅劲儿，跟着我们一块儿走回了我们的家(我想我现在得这样说)。我们走着的时候，米考伯先生一路把街名和拐角的房子的形状，往我脑子里印，为的是我第二天早晨往回走的时候，能不用费事就找得着路。

我们到了温泽台他的寓所了(我注意到，这个寓所，也和他那个人一样，又旧又破，但是，也和他一样，尽力装出体面的样子)，他把我介绍给米考伯太太。只见她是一个身材瘦削，面目憔悴的女人，一点都不年轻了。她正坐在起坐间里(楼上的房子完全空着，连半件家具都没有，老遮着窗帘子，挡外人的耳目)，怀里抱着一个娃娃正吃奶。这个娃娃是个双生儿。我可以在这儿说一下，在我和米考伯一家人打交道的整个时期里，我几乎没有一次，曾看见过这一对双生儿有同时都离开米考伯太太的奶头子的。他们两个之中，总有一个，在那儿吃奶。

除了这一对双生儿而外，还有两个孩子，一个是米考伯大少爷，大约四岁，另一个是米考伯大小姐，大约三岁。这一家里，全班人马，就是这些，另外只有一个面皮深色的姑娘，那是他们的女仆。她的鼻子有一种毛病，老哼儿哼儿的。我到那儿不到半个钟头，她就告诉我，说她是个“舍哥儿”，从附近的圣路加贫民院[1]里来的。我的屋子在房子的顶层，靠着后部。那是一个闷气的小屋子，墙上满画着一种花样，据我那幼小的想象看来，和蓝色的小圆糕一样。屋里几乎没有家具。[2]

米考伯太太带着一个双生儿，上楼把这个屋子指给我，她一面坐下喘，一面说：“我从来没想到——我结婚以前，跟着爸爸和妈妈过日子的时候——从来没想到，我还得有一天，因为没有办法，弄个房客来家。不过米考伯先生既然日子过得困难，那么，个人的好恶，就都不在话下了。”

我说：“你说的是，大妈。”

“现在，就这阵儿，米考伯先生的困难，就差不多要把他压趴下了，”米考伯太太说，“到底有没有办法叫他渡过这个难关，我不知道。我在家里和爸爸妈妈一块儿过日子的时候，我真不懂得，我现在用的这几个字眼儿，究竟是什么意思；不过，像爸爸说的那样，你有了‘爱克斯柏伦夏’[3]就懂得了。”

米考伯先生曾在海军陆战队里当过差。这还是米考伯太太告诉我的呢，还是出于我自己的想象呢，我现在不能确实说出。我只知道，我一直到现在还相信，他曾有一度，在海军陆战队里有过差使，却说不上来怎么知道的。他现在给几家五行八作的买卖在城里当“跑合儿的”，不过据我所知道的，却赚不到什么钱，或者说，赚不到半个钱。

“如果米考伯先生的债权人，不肯给米考伯先生宽放期限，”米考伯太太说，“那有什么后果，只好他们承担了。他们还是把事情早早地弄一个水落石出的好，越早越好。石头上挤不出血来，也就像米考伯先生身上挤不出还债的钱来一样，更不用说叫他出讼费了。”

还是由于我过早地就自食其力，米考伯太太因而弄不清楚我的年龄呢，还是由于这件事老存在她心里，她总得找个人谈一谈，发泄发泄，

---

①圣路加贫民院在城路和牧女路拐角处。

②英国出租房子，一般都带家具。

③拉丁文 experientia，“经验”的意思。

如果实在没有别的人，哪怕对那一对双生儿谈一谈呢，关于这一点我永远也说不清楚。不过她刚一见我的时候，就是这样谈法，在我和她交往的期间，她一直是这样谈法。

米考伯太太真可怜！她说她曾尽过最大的努力，想过办法；我也毫不怀疑，她尽过最大的努力，想过办法。因为，在街门的正中间，钉着一个大大的铜牌子，把那块门都盖满了，牌子上刻着“女子寄宿学舍，校长米考伯太太”的字样。但是我却从来没看见过有“女子”到这儿上学，也从来没看见过有“女子”到这儿来，或者打算到这儿来。也没看见过米考伯太太作任何准备，接受任何“女子”。我所看见的或者听见的到米考伯先生家来的人，只是债主。他们一大里面，不管什么时候，都要光临。其中有的还真横。有一个满脸污垢的人（我想他是个鞋匠），老是七点钟那么早的时候就挤进了过道，朝着楼上的米考伯先生喊：“你下来！你还没出门儿哪！你别装着玩儿啦。还钱，听见啦没有？你躲着也没有用，那太孙子了。我要是你，我决不能像你这样装孙子。还我钱好啦。听见啦没有？你干脆还我们钱。听见了没有？你下来！”他这样骂了以后，仍旧没有反应，他的火儿可就更大了，他就骂起“骗子”，“强盗”来。连这样骂，也没有用，于是他就想出绝招儿来，跑到街的对面，朝着第二层楼的窗户（他知道米考伯先生就在那儿）大声吆喝。在这种时候，米考伯先生就又伤心，又惭愧，有时竟悲惭不能自胜，拿起刮脸刀来就要往自己的脖子上抹（这是从米考伯太太尖声的喊叫里可以听出来的）。但是事情过了以后，还不到半个钟头，就看见他特别的精心细意，把鞋擦得亮亮的，穿起来，哼着小调儿，比以先更文明味儿十足地走出门去。米考伯太太也同样地能屈能伸。我曾见过她在三点钟的时候，因为纳不起国家的税款，急得都晕过去了，而在四点钟的时候，却又吃起带面包渣儿的羊羔排骨，喝起温热了的麦酒来（那是把两把茶匙当了买来的）。有一次，按照判决，强制执行，刚把家具抬走，我碰巧活儿完得比平常早一些，六点钟就回家了，那时候，我看见米考伯太太躺在壁炉前面（当然怀里抱着一个双生儿），晕在那儿，头发都散了，乱披在面前；但是当天晚上，她却在厨房的炉火前面，又吃带面包渣的烤小牛肉排，又谈她爸爸和她妈妈的故事，又谈当年和她来往的人。我从来没看见过她的兴致有比那个时候更高的。

我的空闲时间，就在这所房子里和这一家人一块儿过的。我的早餐——一便士的面包和一便士的牛奶——是我自己预备好了，闭门独享的，没人和我争嘴。我还老在一个橱子里，单找了一个搁子，另放一块面包和一小块干酪，等我晚上回来的时候用作晚饭。只这两顿饭，就在那六个或者七个先令里，“破费”了不少了，这我很知道。整个白天，我都不在家，都在货栈里做活儿，而我一个星期，就靠那一丁点儿钱维持生活。从星期一早晨起，一直到星期六晚上，我不记得有任何人给我出过任何主意，对我作过任何建议，给过我任何鼓励，给过我任何安慰，给过我任何帮助，给过我任何支持：这是正像我一心想上天堂一样能够清清楚楚地回忆起来的。

我太年轻了，太孩子气了，太没有能力了——我有什么办法能不那样呢？——来维持我自己的全部生活。因此，在早晨往枚·格货栈去的时候，我看到点心铺外面摆的陈点心，半价出售，我就往往忍不住嘴馋，因而把我留着买正餐吃的钱买了点心吃了。这样一来，在吃正餐的时候，我只好饿着肚子，什么都不吃，再不就只买一个小面包卷儿，或者一片布丁吃了完事。我记得，当时有两家卖布丁的铺子，看我的财政状况，有时照顾这一家，有时照顾那一家。其中的一家，离圣马丁教堂①不远，在教堂后身儿一个大院儿里，现在都拆了。那家铺子卖的布丁，里面有小葡萄干，很有些特别，但是却贵，它那儿两便士一个的布丁，也不过像普通一便士一个的布丁那么大。卖普通布丁的铺子，最好的是河滨街②上那一家，就坐落在后来拆了又重新修盖的那一块儿。它家卖的布丁，个头壮实，色气发灰，面发死，③样子脬脬囊囊的，有大

① 圣马丁教堂：伦敦叫这个名字的教堂有好几个，这儿所指，是田野中的圣马丁，离河滨街西头不远。

② 河滨街是伦敦老城和西头之间的通衢。

③ 布丁或蒸，或煮，或烤。“色气发灰”是蒸或煮的（烤的则现黄色）。“面发死”，因布丁须用酵母粉发，发得不好，面就发死。色气发灰，也和面没发好有关，面发好了应为白色。

个的扁葡萄干儿，整个儿地插在上面，一个一个地离得很远。这家的布丁，每天恰好在我吃正餐的时候，热腾腾地刚做得，所以我往往就吃那个当正餐。我平素日子经常丰富一点儿的正餐，是一条搁香料的干灌肠和一便士的面包，再不就是饭铺里四便士一盘儿带血的牛肉，再不就从我们干活儿那个货栈对过儿一家叫“狮子”或者“狮子”再加什么的破烂老客店里（我忘了到底叫什么了）买一盘子面包带干酪和一杯啤酒。我记得，有一次，我早晨从家里带出一块面包来，用纸包着，夹在胳膊底下，像一本书似的。德鲁锐巷①附近，有一家铺子，专卖“时髦牛肉”②，很出名，我把那块面包，带到那家铺子里，叫了一“小盘”那种美味，就着吃了。我当时那样一个小鬼，一个人跑到了那儿去，堂倌怎么个想法，我不知道；不过直到现在，他当时的样子，还像在我眼前一样：只见他直眉瞪眼地瞧我，还叫另一个堂倌也出来瞧我。我单独地给了他半便士作小费，不过我心里却希望他顶好不要那个钱才好。

我记得，我们有半点钟的工夫吃茶点。我要是口袋里还有钱，我就买半品脱煮好了的咖啡和一片黄油面包，我的钱要是都花没了，我老是往夫利特街③的鹿肉铺子里瞧；再不就在那种时候，溜达到考芬园④市场那么远的地方，瞪着眼瞧那儿的菠萝。我很喜欢在阿戴尔飞⑤一带溜达，因为那是一个神秘的地方，到处都是阴暗的拱顶。我还记得，就像现在见到的一样，有一天晚上，我从这样一个拱顶底下出来，一下来到了靠河边的一家客店，店前有一块空地，几个卸煤的工人正在那儿跳舞。我当时就在一个凳子上坐下，瞧他们跳舞。我一直地纳闷儿，不知道他们心里对我怎么个想法！

我太小了，太不像个大人了，所以我往生客店的酒吧间里去叫一杯麦酒或者黑啤酒来顺一顺吃下去的正餐，他们往往不敢卖给我。我记

---

① 德鲁锐巷在河滨街西北。

②“时髦牛肉”：这是把碎牛肉炖成浓汤的食物。

③ 夫利特街在河滨街东。以夫利特溪得名。

④ 考芬园在河滨街西北，是伦敦的菜市、花市、水果市。

⑤ 阿戴尔飞为伦敦一个地区，在河滨街南，临泰晤士河，房屋就河滨地势，都有地下穹隆，覆以拱顶，有“地下城”之称。

酒吧间里的豪举

得，有一天晚上，天气很热，我到一个客店的酒吧间对老板说：

“你这儿顶好的——真正顶好的——麦酒，多少钱一杯？”因为那是一个特别的日子，我不记得是什么日子了，也许是我的生日吧。

“两个便士半，”老板说，“可以买一杯货真价实的斯屯宁牌麦酒。”

“那么，”我说，一面把钱掏了出来，“请你给我来一杯货真价实的斯屯宁，浮头上要多起点沫子才好。”

老板脸上带着一种奇怪的笑容，隔着柜台，从头到脚，把我直打量；同时，先不放酒，回过头去，朝着屏风后面，对他太太嘀咕了几句。他太太跟着从屏风后面出来了，手里还拿着活儿，和她丈夫一块儿端量我。我们三个当时的光景，现在又在我面前出现了。老板只穿着背心和衬衫，靠在酒吧间的柜台“墩儿”上；他太太就从挡板(或者半拉小门儿)上面往下瞧我，我呢，就有些手足无措的样子，站在柜台外面，仰着脸瞧他们。他们问了我好多话：像我叫什么名字，多大年纪，在哪儿住，做什么事儿，怎么到了这儿之类。我记得，我对于这些问题，都捏造了一些合适的回答，为的是不要带累了任何人。他们把麦酒给了我，不过我疑心并不是货真价实的斯屯宁酒；老板娘还把柜台上那个小半拉门儿开开了，俯下身子，把酒钱还了我，还亲了我一下，亲的意思，一半出于赞赏，一半出于怜悯，但是反正却极尽妇女的温柔、慈爱，那是一点儿也不错的。

我相信，我把我的日用说得这样紧，把我的生活说得这样困难，决没有不知不觉、并出于无心而夸大其词。我相信，不管什么时候，昆宁先生给了我一个先令，我都把它用在买饭吃或者买茶点吃上面。我记得，我是一个衣服褴褛的孩子，和平常的大人和孩子，一块儿从早晨工作到晚上。我记得，我在街上瞎游荡，吃不饱，喝不足。我记得，如果不是由于上帝的仁慈，我会很容易变成了一个小流氓，一个小盗匪，因为没有任何人管我。

但是我在枚·格货栈里，也有我的地位。昆宁先生本来马马糊糊，又有公事在身，并且又是对付我这样一个不伦不类的小家伙，但是却也难为他，他并没把我和别的孩子一律看待。除了他这种情况以外，我自己对于任何人，不论是大人还是孩子，都从来没说过，我怎样来到这儿的，都从来一丁点儿没透露过，我到这儿来心里怎样难过。我只在暗中默默忍受痛苦，只在暗中默默忍受切肤沦饥的痛苦。我受的痛苦多大，除了我自己，任何人都不知道。我受的罪多大，像我已经提过的那样，我想说也完全没法儿说得出来。不过我有什么话，都存在自己心里，只埋头做活儿。我来到这儿的头一天就知道，我干活儿要是不及别人好，那就难免让人看不起，就难免叫人笑话。在做活儿一方面，我不久就至少跟不论哪个孩子比，都一样地快当，一样地灵巧了。我虽然和他们完全熟悉，但是我的举动和态度，却和他们有所不同，足以使我和他们中间隔一段距离。他们那几个孩子和那几个大人，提到我的时候，总是管我叫“小绅士”或“小萨福克人”。有一个叫格莱高利的大人，是他们装箱工人的头儿，另外还有一个大人叫提浦，是“车把式”，老穿着一件红夹克，他们有的时候叫我“大卫”；不过，我想，那总是我们说体己话的时候，或者我们干着活儿，我想法给他们消遣，说故事给他们听的时候，他们才那样叫我(那些故事，都是我从前念的，现在越来忘得越多了)。面胡土豆儿有一次起而反对，对于我受这样与众不同的待遇表示不服，不过米克·洼克当时就把他制伏了。

我当时认为，我落到这步田地，想要从那里面挣脱出来，是没有希望的，因此也就死心塌地地不往那方面想。我现在坚决相信，我当时没有一时一刻安于那种生活的，也没有一时一刻不感到万分苦恼、不觉得万分不幸的。但是我却咬着牙忍受着；连对坡勾提，一来因为疼她，怕她难过，二来因为可耻，不好意思说，所以都从来没在写给她的信里透露过我的真实情况，虽然我们时常通信。

米考伯先生的困难，在我本来的难过之外，更给我添了难过。我既然伶仃孤苦，举目无亲，就对这一家人，产生深厚的感情来。我闲溜达的时候，心里老琢磨米考伯太太想的那些解决困难的办法，再不就心里老压着米考伯先生的债务问题。礼拜六晚上，一来因为我口袋里有了六个或者七个先令，回家的时候在路上可以瞧瞧这个铺子，看看那个铺子，同时琢磨这笔钱都可以买些什么，这是一件了不起的事情；二来因为我那天回来得比平常日子早一些；所以那一天本是我最称心的日子。但是到了那一天，米考伯太太却要对我说一大套最使人揪心、最使人难过的体己话。我星期天早晨，从头天晚上买来的茶或者咖啡里，拿出够一顿喝的来，放在一个刮脸用的小盂子里冲上水，然后就坐在那儿吃起那顿为时不早的早饭，那时候，她也是对我同样地诉苦。米考伯先生，在星期六晚上这种谈话一开头的时候，只哭得呜咽哽噎，搜肠抖肺，但是到了谈话快要结束的时候，却又唱起“捷克爱的是可爱的囡”①来，这种情况，并非少见。我曾见过他回来吃晚饭的时候，眼里泪如泉涌，嘴里口口声声说，除了地狱，没有别的办法；但是到了睡觉的时候，却又计算，有朝一日，时来运转(这是他老挂在嘴边上的一句口头禅)，如何在房子前面开一个凸形窗户，得花多少钱。米考伯太太和她丈夫完全一样。

我和米考伯夫妇，因为处于同样的境遇，我想，所以我们之间就生出了一种稀奇古怪、双方平等的友谊来，虽然我们年龄方面，相差之远，令人失笑。他们虽然请过我，要我到他们家吃饭，我却从来没肯扰他们，因为我知道，他们在肉铺和面包铺里，都很吃不开，他们那点儿东西，往往连自己都不够吃的。一直到后来，米考伯太太把我完全当作了心腹人，我才破例。她完全把我当作了她的心腹人是有一天晚上的事。现在就说一说那天晚上的情况：

“考坡菲少爷，”米考伯太太说，“我完全没拿你当外人看待，所以我才毫不犹疑地对你说，米考伯先生的困难现在正到了最危急的关头了。”

我听了这个话，心里非常难过，带着极端同情的样子瞧着米考伯太太哭得发红的眼睛。

“食物间里，除了一块荷兰干酪的皮儿以外，”米考伯太太说，“再就一点不错，不论什么，都一丁点渣子都没有了，干酪皮儿，又不

---

①这是英国歌曲家狄布丁(1745—1814)的歌曲《可爱的囡》的第一行。

是好给孩子们吃的东西。我跟着我爸爸和妈妈一块儿过的时候，用惯了‘食物间’这种字眼儿了，所以这阵儿不知不觉地又用起这种字眼儿来了。其实我的意思只是要说，我们家一丁点吃的东西都没有了。”

“哎呀！这可怎么好哪？”我非常关切地说。

我口袋里这一个礼拜的工资，还剩了两个或者三个先令，因此我认为，这番话一定是在星期三晚上说的——我急忙把那两三个先令掏了出来，真心诚意地请米考伯太太收下，作为是我借给她的。但是那位太太，一面亲了我一下，一面叫我把钱收回去，说，那样的事是她连想都不能想的。

“我的亲爱的考坡菲少爷，千万可别那样，”她说，“我决不能用你的钱！不过你这个人，年纪虽然很小，心眼可很机灵；你要是肯的话，你可以在另一方面帮我点忙，这个忙是我知情知义，情愿接受的。”

我跟着就求她把我能帮的忙说出来。

“我们那几件银器，我都亲自出脱了，”米考伯太太说。“有六把茶匙，两把盐匙，和一对糖匙，都由我自己亲手偷偷地拿出去押了钱了。不过这一对双生儿真是我的累赘。我一想到和爸爸妈妈一块儿过日子的情况，现在叫我亲手把东西都出脱了，心里又非常难过。我们还剩了几件小小的东西，可以出脱。米考伯先生那个人的脾气，是永远也不肯亲自去出脱这些东西的。克里克特，”——这是从贫民院来的那个女仆——“那个人心地粗俗，要是我们把这种背人的事儿都交给她办，她就要和我们随便起来，弄得我们不好受了。所以，考坡菲少爷，要是你肯——”

我明白米考伯太太的意思了，所以我就求她要怎样使用我，就怎样使用我。我那天晚上就替她把容易带的小物件先处理了，以后几乎每天早晨，在我上货栈以前，都要替他们同样地跑一趟。

米考伯先生在一个小矮橱子里，有几本书，他管那叫作是他的图书馆；这几本书是我替他们最先出脱的东西。我一本跟着一本地，把它们拿到城路一家书摊儿上——那时候，那条街上，我们的寓所附近那一部分，差不多都是书摊儿和鸟儿房子——不管书摊儿给多少钱，一律把它们出脱了。这个摆书摊儿的，就住在书摊儿后面一所小房子里，每天晚上总要喝得大醉一场，每天早晨总要惹得他太太大骂一顿。我早晨到他那儿去的时候，不止一次，他都是在一个折床上接见我的，不是脑袋破了一块，就是眼睛青了半拉，这都证明，他头天晚上又喝多了（我恐怕，他一喝酒，就爱吵架）。那时候，他用他那战颤哆嗦的手，摸他放在地上的那个褂子的口袋，东摸一下，西摸一下，去掏那迫切需要的先令。这时候，他太太怀里抱着娃娃，鞋都塌拉到脚后跟，就不断地骂他，一直地没有住口的时候。有的时候，他的钱都丢了，他就叫我下次再去。不过他太太身上却老有钱——我想，那一定是她趁着他醉了的时候，把他的钱拿去了的——我们俩一块往外走的时候，她就偷偷地在楼梯那儿，把买书的钱给我。

我在当铺里，也成了大家熟悉的人物。那位坐在柜台后面管事的绅士，对我非常注意；我记得，他一面和我办着交易，一面常常叫我打着喳喳儿在他的耳边上背拉丁文名词或者形容词的变格格式，或者背拉丁文动词的变化样式。①每次我替米考伯太太跑一趟，米考伯太太就小小地请我一次，一般是吃一顿晚饭；我记得很清楚，这种饭，吃起来总是令人感到有特别的滋味的。

后来米考伯先生到底到了山穷水尽的时候了。有一天早晨他被捕了，关到南镇上的皇家法席监狱②里去了。他从寓所往外走的时候，对我说，太阳对于他算是已经落了。我当时真正觉得，他的心碎了，我的心也碎了。不过我后来听说，不到中午的时候，就有人看见他在狱里，活泼高兴地玩九柱戏。

他被捕以后，安排好了，要我在他入狱的第一个星期天去看他，同

---

① 拉丁文名词有五格（不算称呼格），尾语各不同。形容词和它形容的名词要一同变。动词有四种变化。

② 皇家法席监狱，在伦敦南镇镇市大街，黑衣僧路东面。在狄更斯时，专为监禁负债人之用。当时英国的法律，负债无力偿还者须入狱。狄更斯的父亲，曾因负债而入狱，他自己也曾一度陪他父亲，同居狱中。所以这一部分叙述，也是带有自传性的。

时跟他一块儿吃正餐。我往那儿去的时候，跟人打听：我得先到某种地方；刚刚差一点就到了那种地方的时候，我能看到另一个和它一样的地方；刚刚差一点就到了那个地方的时候，我能看见一个场院，我得穿过这个场院，再一直地往前走，就可以看见狱吏了。所有这一切我都做了。到后来，我到底看见狱吏了（虽然我是那样一个可怜的小家伙），我心里就想到，拉得立克·蓝登在债务人狱里的时候，那儿有一个人，身上一无所有，只有一条旧地毯①，那时候，我就眼里泪模糊，心里直扑腾，那个狱吏就在我面前直晃摇。

米考伯先生在栅栏门里面等我，我们一块到了他的屋子（屋子在顶层下面的一层），他一路大哭。我记得，他郑重地劝诫我，不要学他那样；叫我记住了，如果一个人，一年收入二十镑，而他花了十九镑十九先令六便士，那他这个人就快活；但是他要是花了二十镑一先令，那他这个人就苦恼。他说了这个话，跟着就问我借了一个先令买黑麦酒喝，他写了一个要米考伯太太承还的借据交给了我，把手绢放回了口袋，又高兴起来。

我们在微火前面坐下，长了锈的炉支上，一面放了一块砖头，免得多烧煤。坐了一会儿，另一个债户进来了。他和米考伯先生同屋，刚从厨房里来，手里拿着一盘羊腰窝儿，这就是我们三个共有的饭菜。跟着米考伯先生打发我到楼上，到“霍浦钦上尉②”的屋子里去，对他说：米考伯先生问他安好，我就是他的小朋友，请问他，可以不可以把他的叉子和刀子借用一下。

霍浦钦上尉把叉子和刀子交给了我，叫我问米考伯先生安好。他屋子里有一个很脏的女人，还有两个面色苍白的女孩子，满头蓬蓬的头发，那是他的女儿。我当时想，借霍浦钦上尉的刀叉倒不要紧，但是可别借他的梳子。上尉自己，衣服褴褛得不能再褴褛了，留着满腮的连鬓

---

① 拉得立克·蓝登，因负债入马尔什西狱，同狱有一个人，身上一无所有，只腰里圈了一块破地毯。见《兰登传》第61章。

② 此处之“上尉”，只用以作称呼，并非真有军职，犹美国南方之称人“上校”；所以原文加有引号。

胡子，只穿着一件棕色的旧大衣，里面并没穿褂子。我当时看到，他的床都折起来了，放在一个旮旯那儿，他所有的那点碟、盘、壶、锅，都放在一个搁子上。我当时猜想(至于怎么会那样猜想，只有上帝知道)，那两个头发蓬蓬的女孩子虽然是上尉的女儿，但是那个妇人，却不是他正式娶来的。我当时小心翼翼地站在他的门槛那儿顶多不过两分钟的工夫，但是我从他那儿往下面走的时候，我心里头却毫不含糊地知道了这一切，也就像我毫不含糊地手里拿着刀叉一样。

这一顿正餐，说到究竟，颇有些吉卜赛人的风味，使人可意。我下午过了不大的工夫就把霍浦钦上尉的刀子和叉子送回去了，跟着回到寓所，给米考伯太太说了一说我到狱里去这一趟的情形，好叫她放心。她刚一见我回来了的时候，晕过去了，后来又和了一小盂子蛋糊[1]，作我们谈话时的慰藉。

我现在不记得，米考伯先生为添补家用，怎样把家具卖的，也不记得是谁给他卖的，我只记得，反正不是我。但是不管怎么卖的，也不管是谁卖的，反正家具都卖了，并且用大货车拉走了，剩下的只有一张床，几把椅子和厨房里用的一张桌子。我们，米考伯太太、她那几个孩子、那个“舍哥儿”和我自己，就用这几件家具，占了温泽台那所空房子里那两个起坐间，像露营下寨一般，在那儿一天天、一夜夜地过活。我现在说不准，我们这样住了多久，不过好像很久。到后来，米考伯太太决定也搬到狱里去住了，因为米考伯先生弄到了一个自己独占的屋子了。这样一来，我就把这所房子的钥匙交还了房东，房东收到了钥匙很高兴；床铺也都送到皇家法席监狱里去了；我自己那张小床，就送到另租的一个小屋子里，就在那个机关墙外不远的地方；这是我心满意足的，因为我和米考伯这一家人，患难相共，那样熟悉，一旦分离，实在不忍。他们也同样在附近的地方，给那个“舍哥儿”租了一个很便宜的寓所。我那间寓所是一个安静的阁楼，在房的后部，房顶是坡着的，下面能看到一个木厂子令人愉快的全景。我到那儿住下的时候，想到米考

---

① 这是麦酒里加上鸡子和糖的饮料。

伯先生到底到了山穷水尽的情况，就把那个屋子认为是乐园一样。

在这一段时期里，我始终都在货栈里，仍旧和从前一样，做着普通的活儿，仍旧和从前一样，跟那几个普通的人作伙伴，心里和刚一开始的时候，同样委屈，感到不应当受这样耻辱。但是我虽然天天往货栈里去，天天从货栈里出来，天天趁着吃饭的时候，在街上溜达，碰见过许多孩子，而我却从来没在这些孩子里结识过一个人，从来没对其中任何的一个搭过话，这是我侥幸的地方。我仍旧过着和从前一样苦恼自知的生活，但是我却仍旧像从前一样地永远无所依傍，一切全靠自己。我当时所意识到的改变，只有两点：第一点是，我的衣服比以前更褴褛了；第二点是，米考伯先生和米考伯太太的困难，不像以前那样重重地压在我的心头了，因为他们有的亲戚，再不就是朋友，在他们现在这种窘迫之中，挺身而出，帮起他们的忙来了；所以他们住在狱里，反倒比多年以来住在狱外更舒服一些。我现在和他们安排好了，老和他们一块儿吃早饭，至于这种安排的详情，我现在已经不记得了。我也不记得，监狱早晨都是什么时候开门，放我进去。不过我却记得，我在那个时期里，往往早晨六点钟就起来了，起来以后，到狱里去以前那一段时间，我在街上溜达。我最喜欢溜达的地方，就是伦敦旧桥，那个桥有好些石砌外凸的地方；我老坐在这种地方，看着人们来来往往，再不就趴在桥栏上，看太阳射到水面上，映出万点金光，射到柱碑顶端的金火焰[①]上，映出一片灿烂。那个“舍哥儿”，也有时在那儿和我见面儿，我就拿码头和塔宫[②]作题目，编了些惊人的瞎话儿，说给她听；关于这些瞎话儿，我只能说，我希望我自己能相信它们才好。晚上，我又回到狱里，有时和米考伯先生在散步场上来回地溜达，有时和米考伯太太玩卡辛诺纸牌，同时听她回忆她爸爸和她妈妈当年的故事。枚得孙先生知道我在哪儿不知道，我说不上来。因为我从来没对枚·格货栈的人提过我的

---

① 柱碑在伦敦泰晤士河北岸伦敦桥附近，纪念伦敦 1666 年之大火（火即起于离柱碑不远的地方）。碑为空柱，高 202 英尺，顶上刻作盆形，从中发出火焰的样子。

② 塔宫为伦敦巨观之一，为中古历代留下来的宫、垒。

行踪。

米考伯先生的事情，虽然渡过了最危急的关头，但是因为过去曾订过一种“契据”的关系，仍旧有纠葛。我当时常常听他们说起这种契据；我现在想，那一定是他以前和他的债权人订立的部分债务承还契约；有一种和魔鬼有关的羊皮纸，据说从前在德国，有一个时期，着实兴了一气；[①]当时我对于那种契据竟模糊到把它认作就是这种和魔鬼有关的羊皮纸了。这种文件的清理，后来到底有了一些眉目了，反正不管怎么样吧，它不再像从前那样，是横拦去路的礁石了。米考伯太太告诉我，“她娘家的人”，决定叫米考伯先生援引破产债务人法，请求释放。那样一来，她说，大概有六星期的工夫，他就可以出狱。

“那时候，”米考伯先生说，因为他当时也在场，“我毫无疑问，谢天谢地，就该手头不至于拮据了，完全重新做人了，如果——简单言之，有朝一日，时来运转的话。”

为的要把所有的事都交代一下，我现在回忆起来，想到米考伯先生，在这个时期前后，写了一份请愿书，要呈到平民院，请求改变因负债而入狱的法律。我把这段回忆写在这儿，因为它可作一例证，来说明我的创作方法：那就是说，说明我如何把我从前读过的故事书里面的形象和情节，糅和到我现在不同早年的生活经历里，从而利用市井上的见闻和普通的男女，编成新的故事；同时它又是一种例证，说明我写这部自传的时候，在创作的风格中不知不觉发展起来的某些主要特点，如何在这个全部时间里逐渐形成。

狱里有一个俱乐部。因为米考伯先生是一位绅士，所以在这个俱乐部里就成了很高的权威人士。米考伯先生曾把他要写这样一份请愿书的意思，在俱乐部里说过，俱乐部的成员都赞成他这样做，再没有第二句话。这样一来，米考伯先生（他这个人，脾气再好也没有了，对于任何事，只要不是自己的，从来没有像他那样热心的，对于跟自己一无好

---

① 指浮士德把灵魂卖给魔鬼订的契约而言。这个故事起源于德国。流传很广，所以说“着实兴了一气”。

处的事，从来没有像他那样高兴做去的）就动手写起这份请愿书来，他独出心裁，运用巧思，把它写成；又用大个的字，在一张大纸上，把它誊清；跟着把它铺在桌子上，选定了一个时间，叫俱乐部所有的成员，甚至于连狱里所有的人，只要愿意，都到他屋里，在那上面签名。

我对于这些人，大部分都早认识了，他们大部分也都早就认识了我了，但是我听说这个举动快要来到，我还是非常地想要看一看他们大家一个一个都进屋子来的情况，因此我就在枚·格货栈告了一个钟头的假，特为这件事，站在屋子的一个角落上，准备看他们进来。米考伯先生站在请愿书前面；俱乐部的主要成员，在不至于把屋子塞满了的情况下，尽量往屋子里站，围着米考伯先生，给他助威。同时，我的老朋友霍浦钦上尉（他因为这一次的举动非常庄严，特别梳洗了一番）就紧挨着请愿书站着，预备好了，要给凡是不熟悉请愿书内容的人，把请愿书都念一遍。这样安排好了，屋门开开了，大家排成一行，鱼贯而入，进门的时候，有几个人在屋外等候，只一个人先进去，把名字签上，然后出去。霍浦钦上尉对于进来的人总要挨个地问："你看到这份请愿书没有？""没有。""你是不是要我念一遍你听？"如果被问的人，稍微透露出一丁点愿意听一听的意思来，霍浦钦上尉就用一种悠扬的音调，一字不落，高声念起来，如果有两万人，一个一个地都愿意听，那霍浦钦上尉就可以念两万遍。我现在还记得，他念到下面这一类的字句，像"聚于国会中之人民代表"，"因此请愿人不胜惶恐，敬向钧院呈递此书"，"仁慈国王陛下不幸子民"，念得特别悠扬婉转，好像那些字眼儿本是吃在嘴里的东西，味道很美似的。米考伯先生就稍微带着一个作家的得意样子，一面在一旁听着，一面用眼瞧着（但是却并非皱眉怒目的样子）对面墙头上的铁叉子[①]。

我当年每天在色则克和黑衣僧区之间来来往往，吃饭空下来的时间在偏僻的街上闲转悠（那儿的石头，现在看来，想必早已叫我那双孩子的脚踏坏磨损了），那时候，我就好像又看见了那一群听霍浦钦上尉朗

① 铁叉子或铁蒺藜，安在墙头，以防囚徒越墙逃跑。

读呈文的人，一个一个在我面前鱼贯走过；而那一群人里，有多少是不见了的呢！这是我纳闷儿的。我现在回忆起我当年一点一点挨过来的痛苦岁月，就想到给这些人编造的一些故事，而那些故事，有多少只是我脑子里的一片迷雾，朦胧地笼罩在记得还清楚的真事上呢！这也是我纳闷儿的。但是，我现在重踏旧地的时候，一个天真未凿、富于想象的孩子，从那样奇异的经验和肮脏的事物里，创造出自己的幻想世界来，好像在我前面走过，引起我的怜悯：那却不是我纳闷儿的。

第十二章
决计逃走

过了一段相当的时期，米考伯先生的诉状得到审理了；法庭根据无力偿债法，宣判那位绅士可以得到释放。这真叫我大为欢喜。他的债权人，并非心如铁石，毫不通融。米考伯太太对我说，连那个凶狠的鞋匠都在法庭里当众说过，说他和米考伯先生并没有仇，不过，人家欠他的钱，他还是愿意人家还他。他说，他认为那是人之常情。

米考伯先生的官司虽然完了，他却得再回皇家法席监狱一次，因为在他正式被释以前，还有些费用得付清，有些手续得履行。俱乐部的成员，看见他回来了，都欢腾若狂地欢迎他，当天晚上，还为他特别开了一个音乐会。米考伯太太和我，就在他们自己的屋子里，一块儿吃了一盘炸羊羔子肾[1]，那时候，那些孩子，都在我们四围睡着了。

“在这样一个日子，考坡菲少爷，”米考伯太太说，“咱们再喝一点啤精糖酒（因为我们已经喝了一点了），来纪念一下我爸爸和我妈妈吧。”

“他们都不在啦吗，大妈？”我把纪念酒用一个葡萄酒杯喝了下去

①这是羊羔骟下来的外肾，在美国也叫作“山蛎”（mountain oyster），被认为美味，在英国则为贫苦人所食。

以后，问。

“我妈在米考伯先生还没受困难以前，”米考伯太太说，“或者说，至少在困难还没压到他头上来以前，就去世了。我爸爸是把米考伯先生从狱里保释出来好多次之后，才去世的，他去世的时候，许许多多亲戚朋友，没有不惋惜的。”

米考伯太太说到这儿，一面摇头，一面不禁动了孝心，掉下泪来，恰好滴到当时她怀里抱着的那个双生儿身上。

当时我觉得，想要问我最关心的那个问题，不会有比那个时候更合适的了，因此我就对米考伯太太说：

“大妈，现在米考伯先生的困难已经过去了。他得到自由了。我可以不可以问一问，你和他下一步打算着怎么办哪？你们商议好了吗？”

“我娘家，”米考伯太太说（她说“我娘家”这几个字的时候，老是很神气的，不过我却从来没能发现，她娘家到底都是什么人），“我娘家的人认为，米考伯先生不应该在伦敦死待着，他应当到外郡去发挥他的才干。考坡菲少爷，米考伯先生这个人，可有才干啦！”

我说，我对于这一点完全相信。

“可有才干啦，”米考伯太太又重了一遍。“我娘家的人认为，多少有点关照，就可以给像米考伯先生那样一个有才干的人，在海关上找点事儿做。我娘家只在普利茅斯当地有点势力，所以他们想叫米考伯先生到普利茅斯那儿去。他们认为，要找事儿，非得人在那儿钉着不可。”

“一遇到有了事儿，可以马上就去做，是不是？”我接着茬儿说。

“一点不错，是那样，”米考伯太太回答说。“如果一旦有了事儿，马上就可以去做。”

“大妈，你也去吗？”

那天发生的事情，再加上那一对双生儿，她又喝了啤精糖酒，把米考伯太太弄得犯起歇斯底里来了，所以她回答的时候，直流眼泪。

“我不论多会儿，都不能把米考伯先生甩了。米考伯先生刚一开始的时候，也许瞒过我，没把他的困难对我说。不过他的脾气既是那样乐观，那他也许会盼着，他能克服困难。我妈留给我的珠子项圈和镯子，连一半的价钱都没卖得上，就都出脱了。我爸爸给我的结婚礼物，一套珊瑚首饰，简直等于白扔掉了一样。但是我可不论多会儿，都决不能把米考伯先生甩了。决不能！”米考伯太太比以先更激动的样子喊着说，“我不论多会儿，都决做不出那种事来！你就是硬逼我，叫我那样做，也办不到！”

米考伯太太直冲着我使劲儿，好像她以为我劝她那样做似的，因此把我弄得非常地不得劲儿，只坐在那儿，很惊讶地瞧着她。

“米考伯先生这个人当然有毛病。他不知道怎么打算着过日子，这一点我决不否认。他到底有多少收入，有多少债务，他都瞒着我，不让我知道，这一点我也不否认，”她嘴里接着说，同时把眼睛瞧着墙。“但是我可不论多会儿，都不能把他甩了。”

米考伯太太说这句话的时候，把嗓门儿提高了，完全尖声喊起来了。我一听，害起怕来，就急忙跑到俱乐部。只见米考伯先生正在那儿，坐在一张长桌子的首席上，带着大家合唱：

“哦呵，道宾，
哦哈，道宾，
哦哈，道宾，
哦哈，哦呵—呵—呵！”①

我把米考伯太太情况危急的消息报告了他，他一听，跟着哭起来，急忙和我一块儿出了俱乐部，背心上满是他刚才吃的小虾的虾头和虾尾。

“爱玛，我的安琪儿！”米考伯先生一面跑到屋里，一面喊。“你怎么啦？”

“我不论多会儿都不会把你甩了，米考伯！”她喊着说。

“我的命根子！”米考伯先生把他太太搂在怀里说。“那我完全知道。”

---

①这是戏剧《村人之爱》里的一支歌曲的一部分。“道宾”是马的名字。这个歌的头一行是“有一天我正赶着车走”。

“他是我这些孩子们的爸爸！他是我这一对双生儿的爸爸！他是我心疼的，我心爱的丈夫！”米考伯太太一面挣扎，一面喊，“我不——不——论多会儿，都不能把米考伯先生甩了。”

米考伯先生让她这样的忠贞感动得不可言喻（至于我，那时简直地成了泪人了），他热烈地偎依着她，求她抬起头来瞧他，求她安静。但是他越求她抬起头来瞧他，她越把一双眼傻了似地瞪着，他越求她安静，她越不肯安静。结果是，一会儿米考伯先生也受不住了，和她和我，眼泪对流起来了。后来，他恳请我，叫我找一把椅子，在楼梯那儿先坐下，等到他把米考伯太太弄到床上。我本来想，天已经黑了，要跟他告辞，但是他非等到送客的铃儿响了，就不肯让我走。因此我只好在楼梯的窗户那儿坐着，等到他带着另一把椅子，前来就我。

“先生，这阵儿米考伯太太怎么样啦？”我说。

“精神非常地萎靡，”米考伯先生一面摇头，一面说。“这都是今天的事儿把她闹的。今儿这个日子太可怕了！我们这阵儿成了光杆儿了——我们什么东西都没有了！”

米考伯先生使劲握着我的手，直哼哼，跟着哭起来。我非常地感动，同时也非常地失望，因为我本来想，在今天这个盼了好久的幸福日子，他们应该快活才是。不过，我想，米考伯先生和米考伯太太，对于他们的困难，太习惯成自然了，他们一旦脱离了困难，反倒好像有船沉大海，一无依傍之感。他们所有的那种能伸能屈的情况，完全消失了。我从来没看见过那天晚上，他们那样苦恼，比平常加倍还不止。因此，送客铃儿响起来，米考伯先生陪着我走到门房，在那儿给我祝福，和我分手，那时候，我真觉得不敢把他一个人撂在那儿，因为他是那样伤心，那样愁苦。

但是虽然我们大家都心烦意乱，情绪低沉（在我这是事先没想到的），我却清清楚楚地看了出来，米考伯夫妇和他们的一家大小就要离开伦敦了，我和他们的分别就在眼前了。那天晚上，我回寓所，在路上走着的时候，还有后来我躺在床上睡不着的时候，我才头一次脑子里有了一种想法——虽然我不知道我怎么会想起来的——这种想法后来变成了确实不移的决心。

我和米考伯一家人，简直地是相依为命，我和他们简直地是有罪同遭，我除了他们，连半个朋友都没有；现在，我却又得想法另找寓所，又得和陌生的人打交道，这种光景，使我马上感到，我现在的生活，就同浮萍断梗，随风逐浪一样了；同时，过去的经验，又完全使我料到，这种生活，将要是什么样子。我想起这一点来，我那本来就已经给狠狠刺伤了的心，就更难过起来，我那本来老忘不了的耻辱、苦恼，就更叫我觉得强烈了。因此，我就决然断然，认为我的生活是不能再忍受的了。

我当时十分明了，如果我不自己想法逃开这种生活，我就永远没有逃开的希望。枚得孙小姐很少跟我通音信的时候，枚得孙先生更一次都没有。只有两三个小包儿，里面包着做的和补的衣服，由昆宁先生转交给我，在那两三个小包儿里，都有一个字条，上面写着：捷·枚相信大·考在那儿专心工作，一意尽职——从这个话里，可以看出来，他们分明认定，我再没有什么出息，只配做一名小苦力，而我也的确很快就成了一名永远翻不得身的小苦力了。

第二天，我虽然心里正因为想到这种情况而心神不定，但是却也能看出来，米考伯太太说他们要走的话，确有实据。他们在我住的那一家里，先暂住一个星期，期满以后，就全家动身往普利茅斯去。米考伯先生下午亲自到货栈的账房，告诉昆宁先生，说他们动身那一天，只好叫我一个人待在那儿，同时把我的品格大大地夸奖了一番，这种夸奖，我相信，是我当之无愧的。昆宁先生把“车把式”提浦叫来，他是结了婚的，有一个屋子要出租；昆宁先生就给我把这个屋子订下了，叫我在提浦家里寄寓——他当然认为我完全同意；因为我什么话也没说，虽然心里早已经打好了主意了。

在我和米考伯夫妇一块儿住在那一家的那几天里，我晚上都是和他们在一块儿待着的；在这几天里，我觉得，我们更加互相亲爱起来，那种亲爱，真是与日俱增。在他们最后住在那儿的那个星期天，他们请我吃正餐；我们吃的有猪腰窝儿蘸苹果酱，还有一个布丁。我头天晚上买了一个花点子木马，送给维尔钦·米考伯——他是个男孩子——还买了一个布娃娃，送给了小爱玛，作为临别的礼物。我又给了那个“舍哥儿”一个先令，我们就要散伙了。

我们那天很快活，不过因为就要分离了，心里都怀着一种黯然销魂之感。

“考坡菲少爷，”米考伯太太说，“以后我想起米考伯先生受困难的时候，永远忘不了你。你替我们做了那么些事，永远是心思顶细，心肠顶热的。你决不是我们的房客。你是我们的朋友。”

“我的亲爱的，”米考伯先生说，“考坡菲”，因为他近来老这样称呼我，“这孩子，心眼儿真好，遇到他的同胞云埋雾罩的时候，他能同情；他有一副头脑，会出主意，又有一双手，会——总而言之，有一般能力，会把可以出脱的家当处理了。”

我对于他这样称赞我，表示领受，同时说，我们要彼此分别了，觉得很难过。

“我的亲爱的小朋友，”米考伯先生说，“我比你大几岁，在世路上也有过些经验——并且，简单地说吧，还受过些困难；概括地说来是这样。我可以说，我每一点钟，都在这儿等着时来运转；但是在我现在这种情况下，在我还没时来运转以前，我拿不出什么来，可以奉送，只有几句话。不过这几句话，倒还值得听一听。简单地说吧，就是因为我自己老没听这几句话，才落到”——米考伯先生本来顶到现在，都是满面红光，满脸笑容，但是说到这儿，却一下停住了，把眉头一皱——“你看见的这种苦恼田地。”

“算了吧，我的亲爱的米考伯！”他太太劝他说。

“我说，”米考伯先生回答说，这时候他又完全忘了刚才的情况，满面笑容了，“落到了现在你看见的这种苦恼田地。我要对你说的那几句话是：今天应该做的事，千万别等到明天。因循蹉跎乃光阴之窃贼。快把他一把抓住！”①

---

①原文见于英国18世纪诗人扬(1681—1765)的《不寐杂感》第1卷第393行：“迁延是时光的贼；年复一年来偷盗，直到一无所留才罢手。”

“这是我那可怜的爸爸所奉的座右铭，”米考伯太太说。

“我的亲爱的，”米考伯先生说，“你爸爸，就凭他那样一个人，得算是很好的了。我指着上天起誓，我决不能说糟蹋他的话。我们把他那个人，全面地看一下，我们就能看出来，我们永远也不能——简单地说吧，永远也不能再遇见任何像他那样的人。那么大的年纪，还打那样的裹腿，还能不戴眼镜就看他看的那种字。不过他可叫咱们对于婚事，也照那句座右铭办；因此，我的亲爱的，咱们的婚事，实在办得太早了，弄得花了那笔费用之后，一直到现在，我还没能缓过这口气来。”

米考伯先生说到这儿，斜着眼看米考伯太太，跟着添了一句说：“你可不要认为，我这是后悔咱们不该结婚，不但不后悔，我反倒很高兴哪，我爱。”他说完了这个话，有一两分钟的工夫，把脸绷着。

“我另外那句话，考坡菲，”米考伯先生说，“你是知道的。那就是：一年收入二十镑，一年支出十九镑十九先令六便士，结果是快乐。一年收入二十镑，一年支出二十镑零六便士，结果是苦恼。那样，花儿就要凋残了，叶儿就要零落了，太阳就要西沉了，只有一片凄凉的景象留下了—而—而，简单言之，你就永远让人打趴下了——像我这样！”

米考伯先生要使他的榜样更深入人心，就带出极其快乐，极其满意的神气，喝了一杯“盆吃酒”，跟着嘴里吹起学院角管舞①的调子来。

我对米考伯先生保证，说要把他告诉我的训诫，牢牢记在心里，其实我并不需要对他保证什么，因为我当时受了他那番话的感动，是显而易见的。第二天早晨，我在驿车账房那儿，看见了他们一家人，满怀凄怆地瞧着他们在车外的后部落座。

“考坡菲少爷，”米考伯太太说，“上帝祝福你！我永远也不能忘了所有你那些——你明白吧；即便我能忘得了，我也决不肯。”

“考坡菲，”米考伯先生说，“再见吧！我祝你幸福无疆，诸事如

---

①这是一个很老的流行舞曲，生动而活泼，可能始于18世纪初年。

意！如果，将来岁月流转之中，我能使我自己相信，我这受了摧残的命运，可以给你作个榜样，那我就会觉到，我活在世上，还不算白白地占了别人的地位。如果有朝一日，时来运转（我对于时来运转，觉得还有些把握），如果时来运转，我有了好事儿，那我一定非常高兴地尽我的力量来改善你的前途。”

我现在想，当时米考伯太太和那几个孩子一块儿坐在车的后部，我就站在路上，如有所求的样子看着他们，那时候，米考伯太太眼前好像一下云开雾散，看到了我是多么小的一个小家伙。我现在这样想，因为她当时，脸上带着一种新的慈母之爱，跟我打手势，叫我爬上了车，用两手搂住了我的脖子，亲了我一下，那样亲法，完全和亲她自己的孩子一样。车走动起来的时候，我差一点儿都没来得及下车。他们直摆手绢，弄得我几乎看不见他们了。一会儿他们就不见了。那个“舍哥儿”和我，站在马路中间，茫然地互相看着，跟着互相握了握手，互相告了别。我想，她又回了圣路加贫民院去了，我呢，就到枚·格货栈去开始我一天的苦工。

不过我却不打算再在那儿一天又一天地强挨下去了，决不打算那样。我已经拿定主意要逃走了。决定不管用什么办法，去到乡下，去到我世界上唯一的亲戚那儿，去到我姨婆贝萃小姐那儿，把我的遭遇，都对她说一说。

我已经说过，我不知道我的脑子里怎么想起这种孤注一掷的办法来的。不过，我的脑子里一旦有了这样想法，它可就在那儿盘踞不去了，并且发展成了一种坚定的目的。我从来没有过比那个更坚定的目的，我现在不敢说，我当时是否真正相信，我有一线达到这种目的的希望，不过我的主意却完全拿定了，非付之实行不可。

我头一次想到这个主意的时候是一天晚上，那天晚上我连觉都没睡着，自从那一夜起，我一次一次又一次，老琢磨我那可怜的母亲对我说的我下生的故事，前后琢磨了不下一百次。那个故事，我从前听来，永远觉得好听，那个故事，我在心里，记得烂熟。在那个故事里，我姨婆来了又去了，而不论来去，她这个人都是凛然令人生畏的。但是，在她的行动里，却有一个小小的特点，我老喜欢琢磨，并且隐隐约约地给了我一点小小的鼓励。我永远不能忘记，我母亲觉到我姨婆摸她那秀美的头发，并且还是轻柔地摸的。这种情况，虽然也许可能完全只是我母亲的一种幻想，毫无事实的根据，但是我却根据这段情节，想象出一幅小小的画面来；认为我母亲那种少女之美，我记得那么清楚、爱得那么厉害的少女之美，感动了我姨婆，使她由凛然可畏而变为蔼然可亲。这样一来，那整个故事都因之而笼罩上了一层祥光温霭。这种想法，很有可能在我心里存了好久，而慢慢发展，使我生出了决心。

但是我连贝萃小姐住在哪儿都不知道。因此我就写了一封很长的信给坡勾提，假装作随随便便地问一问她记不记得贝萃小姐的住处。我在那封信上撒了一个谎，说我听人谈起，有一位老太太，住在什么什么地方(地名是我随便诌的)，我很好奇，想要知道知道，那位老太太是不是就是贝萃小姐。在那封信里，我还对坡勾提说，我有点特别用项，需要半个几尼，如果她肯借给我，借到我能还她的时候，那我就感激不尽，至于我为什么需要这笔钱，日后再告诉她。

坡勾提的回信很快地就来了。信里和往常一样，满是疼我、爱我、忠心于我的话。她在信里附了半个几尼(我恐怕她那一定是费了九牛二虎之力，才把这半几尼从巴奇斯先生的箱子里弄出来的)。她信上告诉我，说贝萃小姐住的地方离多佛[①]不远。但是她还是住在多佛本地呢，还是住在亥斯、散盖特，或者弗克司屯呢，她说不上来。不过，我跟我们货栈里的一个人打听过，据他说，这几个地方都离得很近，因此我认为，对于实现我的打算，知道这个也就够了。这样，我就决定，在这个星期的末尾，起身往那儿去。

我这个人虽然小，我的心却很实，我不愿意在离开枚·格货栈的时候，留下一个坏名儿，所以我就认为，我一定得待到星期六晚上才能走；同时，因为我刚一来的时候，就预支了一个星期的工资，所以我决定，到了平常领工资的时候，我不到账房去。我所以跟坡勾提借那半

---

① 多佛在英国东南海岸上。后面那三个地方，都在它西面不远的海岸上。

几尼，就是由于这种特殊的原因，免得我在路上缺少旅费。这样一来，到了星期六晚上，大家都在货栈里等着领工资了，我看见“车把式”提浦头一个进了账房了（因为他老是头一个），那时候，我就拉着米克·洼克的手，对他说，到他领工资的时候，请他替我告诉昆宁先生，就说我往提浦家搬箱子去了，跟着和面胡土豆儿说了最后一声夜安，就跑开了。

我的箱子，还在河那一面儿我的旧寓所里，我弄了一张我们往酒桶上贴的店址卡片，在它的背面写了一个行李签儿：“大卫的箱子，先存多佛的驿车账房里，待领。”我把这个签儿写好了，装在口袋里，预备把箱子从那个人家搬出来的时候，把它拴上。我往寓所走的时候，往四面瞧，瞧一瞧有没有什么人能帮着我把箱子弄到驿车票房。

我看见，有一个两条腿很长的青年，赶着一辆小小的驴车，车上什么也没有，在黑衣僧路，靠着尖顶方柱①站着。我从他身旁走过的时候，彼此的眼光一对，他就骂起我来，说我只值六便士，还都是半便士的假钱，说我寻觅什么，是不是找坟地哪。我现在想，毫无疑问，他那是因为我瞪了他一眼。我站住了脚，对他说，我瞧他，并不是有意冒犯，而是不知道他是否想“揽一当子活儿”。

“什么活儿？”那个长腿的青年说。

“搬一个箱子，”我回答他说。

“什么箱子？”那个长腿的青年说。

我告诉他，我有个箱子，在街那一面儿，他要是能给我把它运到往多佛去的驿车票房那儿，我给他六便士。

“六便士咱们就六便士，”那个长腿的青年说，说完了，就跨上了他的车（他那辆车，只是一个大盘子，安在轮子上），轱辘轱辘地跑得快极了，我尽力地追，好容易才算跟上了。

---

① 伦敦最著名的尖顶方柱叫作“克利欧帕特拉的针”，于1878年从埃及劫运伦敦，竖立在泰晤士河滨河堤路。但这里所指的，是另一个尖顶方柱，于1771年为伦敦市长克拉斯毕而立，地点在圣乔治圆场，即黑衣僧路之南端。

这个青年态度很横，我看着真不喜欢；他和我说话的时候，嘴里叼着一根草棍儿①，那种态度，更叫我不喜欢。不过既然交易已经讲好了，我就把他带到我就要离开的那一家的楼上，和他一块儿把箱子搬了下来，放在车上。那时候，我不能拴行李签儿，因为我恐怕我寄寓的那个人家有人看见，会猜出来我的意图，因而拦阻我。因此，我对那个青年说，走到皇家法席监狱那堵大墙背后的时候，我愿意他停一会儿。我这个话刚一出口，那个青年，就叽里咕噜使劲打着驴跑起来，好像他自己、我的箱子、他的车和他的驴，都同样地疯了似的。我跟在后面，一面跑，一面吆喝，累得气都喘不上来了，一直跑到了约定的地点儿，才追上了他。

我跑得脸又红，心又跳，因此掏行李签儿的时候，把那半个几尼也从口袋里带出来了。我马上把它放到嘴里衔着，为的是这样保险。我的手虽然哆嗦得很厉害，我还是把行李签儿在箱子上拴好了，这时候，我忽然觉得，我的脖子，叫那个青年使劲一掐，跟着就看见我那半个几尼从我嘴里飞了出来，落到他手里。

“好哇！”那个青年说，同时一面令人可怕地咧着嘴笑，一面抓住了我的夹克的领子，“我得把你送到局子里去，你这是要颠儿呀，是不是？跟我滚局子去好啦，你这个小杂种！跟我滚局子去好啦！”

“请你把钱给我，”我说，同时吓得什么似的，“放我去吧！”

“跟我滚局子去好啦！”那个青年说。“你到局子去证明钱是你的好啦。”

“你给不给我的箱子和我的钱？”我喊着说，同时一下哭起来。

那个青年仍旧说，“跟我滚局子去好啦！”同时抓住了我，硬往他的驴那儿拽，好像那个动物和警察局有亲密的关系似的。于是他忽然把主意一变，跳上了车，坐在我的箱子上，大叫他要马上到警察局去，比前轱辘得更厉害，往前跑去。

---

①嘴里叼草棍儿，是英、美人的习惯。狄更斯在他的《博兹特写集随笔》里，写到一个马车夫，说他夏天在嘴里叼着一枝花儿，冬天叼着一根草。

我尽力在他后面追，不过我这阵儿连气都喘不上来了，没有劲儿大声喊，并且即便喘得上气来，也不敢大声喊。我追了他半英里地，路上有二十次，都差一点儿没让车给压了。我一会儿看见他；又一会儿就看不见他，一会儿有人拿鞭子抽我，又一会儿就有人对我吆喝；一会儿我倒在烂泥里，又一会儿又爬起来了；有一会儿撞到人的怀里，又一会儿就一头撞到杆子上。到后来，心里又怕，身上又热，慌里慌张，不知所措，同时心里疑惑，不知道这时候，伦敦市里的人，是否有一半都跑出来了，要来逮我。因此我就眼睁睁地由着那个青年带着我的箱子和钱跑掉了。我一面喘，一面哭，但是却老没住脚，一直朝着格林威治奔去；因为我知道，往多佛去，就从那儿过。我现在这样朝着我姨婆贝萃小姐隐居的地方走去，身上所有的东西，比起我当初冒昧下生，叫她觉得大受委屈的那个晚上，并多不了多少。

第十三章
决心之后

我终于不再追那个赶驴车的青年，而取道往格林尼治走去；那时候（我现在想来），我说不定曾有一种荒唐的想法，要一路跑到多佛。不过关于这一点，我那种凌乱散漫、茫无头绪的思路，却不久就有了头绪了（这是说，如果我当真那么想过的话），因为我在肯特路上停下来了，站在一排高台房子前面，那儿有一湾水，水湾中央有一个拙笨可笑的塑像，用嘴吹着一个干涸无水的法螺。①我在那儿一家门前的台阶上坐下，因为拼命地追那个青年，累得筋疲力尽，几乎连为我那丢了的箱子和半几尼而哭的劲儿都没有了。

---

① 指希腊神话中海神之子特莱屯而言，他通常吹一法螺，犹如号角。所谓“一湾水”，原是那儿有一个喷水池，由法螺嘴儿喷水，现池废水涸，故云“干涸无水”。

那时候天已经黑了，我坐在那儿休息的时候，听见钟正敲十下。不过总算侥幸，那时正是夏天，天气又好。我喘息已定，喉头那种堵得慌的感觉也消失了，我就站起身来，往前走去。我那时虽然穷苦无告，却一点想要折回去的意思都没有。我直到现在还不敢说，如果当时我前面的肯特路上，有像瑞士那样的积雪挡住去路，我会不会想要折回去。

我现在通统算来只有三枚半便士（我现在十分纳闷儿，不知道星期六晚上，我的口袋里，怎么还能剩那么些钱！），我虽然直往前走，这种情况仍旧使我非常焦心。我开始想象，在一两天以内，我怎样在树篱下面被人发现，成了"倒卧"，当作一条新闻登在报上。这样一幅景象，虽然并没使我放慢脚步，我还是尽力往前快走，但是在我前奔的时候，却使我觉得十分苦恼。我就这样走去，一直到碰巧从一个小铺子旁边经过；只见那儿写着，收买男女旧衣，高价收买破布、骨头和厨房废物。铺子的老板只穿着背心和衬衫，坐在铺子的门口那儿抽烟。屋子里低矮的天花板下面，摇摆着许多褂子和裤子，屋里又只点着两支暗淡的蜡烛，影影绰绰地照在褂子和裤子上，因此我觉得，那个老板好像是一个专事报复的人，把他所有的仇人全吊了起来，因此怨气已伸，踌躇满志。

我新近和米考伯夫妇住在一块儿的经验告诉我，这儿也许可以找到办法，使我暂时免于饥饿。我走到前面一条背静的街道，把背心脱了下来，把它服帖整齐地卷了起来，夹在胳膊底下，然后又回到了那个铺子的门前。"你要是给个公道价儿，掌柜的，"我说，"我就把这件背心卖给你。"

道勒毕先生——至少道勒毕是写在铺门上面的名字——接过那件背心，把他的烟袋，锅儿朝下，倚在门框上，进了铺子里面（我跟在他后面），把那两支蜡用手指头打了打蜡花儿，把背心放在柜台上，在那儿看了一遍，又把背心提起来，迎着亮儿，又看了一遍，最后说：

"这个小小的坎肩儿，要卖多少钱？"

"哦，你说多少就是多少好啦，掌柜的，"我谦虚地回答说。

"我不能又去那个买的，又去那个卖的，"道勒毕先生说。"这样一件小小的坎肩儿！你说个价儿好啦。”

“十八便士值不——？”我迟疑了一会儿试着说。

道勒毕先生把背心又卷了起来，把它还给了我。“我要是给你九便士，”他说，“那就等于我打劫了我家里的人一样了。”

这样做交易，真叫人不愉快，因为强叫我这样一个和道勒毕先生素不相识的人，为了救自己的急，逼着他去打劫他家里的人，当然不是好事。但是我的处境却非常窘迫，所以我就说，他肯给九便士，我就卖。道勒毕先生，很不乐意地嘴里咕噜着，给了我九便士。我对他说了一声夜安，走出了他的铺子，手里多了九便士，身上却少了一件背心。不过我把夹克的纽子扣上了以后，少了什么也并不大显得出来。

实在说起来，我早就看得明明白白的了，我的夹克也非跟着背心一道而去不可，我得只穿着一件衬衣和一条裤子，尽力地快快往多佛奔，并且如果能那样到得了多佛，还得算是非常侥幸呢。照理说，我对于这一点，也许会死气白赖地琢磨，但是我却并没那样。我只知道，我前面有远路要走；我只知道，我觉得那个赶驴的青年对我太狠了。我现在想，除了这两点而外，我当时口袋里装着那九便士又上了路以后，并没怎么觉到我的困难有多迫切。

我脑子里想到一个晚上过夜的办法，我就要按着这个想法实行。原来我母校后身儿的一堵墙后面有一个旮旯，平常老有一个草垛堆在那儿，我想就在那儿睡一夜。我认为，我能离那些学生和我从前说故事的那个宿舍很近，就等于是有人做伴了，虽然那些学生完全不知道我在那儿，那个宿舍也一点没给我遮风挡雨。

我累了一整天了，我后来攀上了布莱克·奚斯的平坦地方的时候，已经累极了。我去找撒伦学舍，很费了点儿事，不过我还是找着了，并且也找着了旮旯那儿的草垛了。我就在草垛旁边躺下，未躺之前，先在学舍四围走了一周，把宿舍的窗户都看了一下，只见里面黑洞洞、静悄悄的。那是我平生第一次在头上没有遮挡的地方躺着过夜，所以那种孤寂的感觉，是我永远也忘不了的！

那天晚上，睡魔光临到我身上，也和光临到许多无家可归的漂流者身上一样；对这种人，都是家家的门严扃，所有的犬乱吠。我睡着了的时候，梦见我在学校里旧日的床上躺着，和我同屋的人说话，跟着又只见我直身坐起，嘴里还嘟念着史朵夫的名字，但是眼睛却像疯癫呆傻了一样，看着空里的星星，在我上面闪烁、眨眼。我当时忽然想到，我原来在异乎寻常的时光里，躺在露天之下，那时候，一种无以名之的恐惧袭我而来，叫我爬起来，到处走了一遍。不过我看到星光比以前微茫稀淡了，曙色来临那一面的天上，又呈现了灰白之色，我的心就放下了；那时我的眼皮发涩，我就又躺下睡了——在睡眠中只觉得冷——一直睡到太阳暖和的光线射到我身上，撒伦学舍的起床钟送到我耳边，我才醒来。如果我当时认为史朵夫可能还在学校，那我就会先躲在一边儿，等他一个人出来的机会，见他一面，不过我知道他早已离开学校了。特莱得也许还在学校，不过那也很靠不住；而且，我对他的好心肠，固然深信不疑，但是对于他这个人的谨慎和运气，并没有足够的信心，所以不打算让他知道我当时的情况。这样一来，在克里克先生的学生起床的时候，我就从墙后的旮旯那儿走开了，跟着上了那条尘土飞扬的长路。我还是撒伦学舍的学生那时候，就知道那是往多佛去的路，不过那时候却万没想到，我自己会在那条路上，作了现在这样的行人。

那是一个星期天早晨，但是那个星期天早晨，和我在亚摩斯的星期天早晨多不一样啊！我当时努力往前奔，到了相当的时候，我听见教堂鸣钟，遇到人们上教堂；我走过一两个教堂，听见人们在里面做礼拜；唱诗的声音传到外面的阳光里，事务员就在门廊下面阴凉的地方乘凉，再不就站在水松树下面，用手打着眼罩儿，皱眉蹙额地看着我走过[①]。星期日的安静和和平，表现在一切东西上，只有我自己是例外。那就是我和别人不同的地方。我满身尘土，头发凌乱，连自己都觉得是个坏人。如果没有我心里想的那幅恬静的画图——我母亲年轻貌美，坐在炉前垂泣，我姨婆对她怜惜——如果没有这幅画图，我想，我当天几

① 这种人是专管维持教堂秩序的，对于小孩，特别严厉。现看到大卫不在教堂做礼拜，而却像个小流氓走过，所以皱眉蹙额。

乎没有勇气前进了。但是我却老看见这幅画图在我眼前，我老跟着这幅画图往前走。

那个星期天，我在那条很直的大道上，走了二十三英里，不过却很费了些劲儿，因为走远路我还不习惯。天黑下来的时候，只见我走到罗彻斯特的大桥①，两脚疼痛，全身疲乏，吃我买来做晚饭的面包。有两家小客店，挂着安寓行客的招牌，使我跃跃欲试；但是我却害怕把我所有的那几个便士都花了，更害怕我碰到或者赶上的那些无业游民对我心怀不良的那种样子。因此，除了青天，我没去找别的荫庇。我当时费劲地走到查塔姆②——那地方，在那天的夜色里看来，只是朦胧迷离、如在梦中的一片白垩，几座吊桥和一些船只，船只都停在泥水成浆的河里，没有桅杆，却有顶子，像诺亚的方舟③那样。我在那儿，爬到一个俯视小巷、满长青草的炮台跟前，小巷那儿有一个卫兵正在来回地走。我就在那儿，靠着一尊大炮，躺了下去；有卫兵的脚步声和我做伴（虽然他并不知道我在他上面，也就像撒伦学舍的学生不知道我就睡在墙下一样），就觉得够好的了，因而熟熟地睡了一觉，一直睡到天亮。

我早晨起来的时候，满身发僵，两脚作疼。我往那条窄而长的街上走去的时候，只听击鼓声和演操声，好像四面八方地把我包围起来了，把我弄得头昏脑涨。我觉得，如果我要留有余力，把这条路走到头，那在那一天，我就不能走得太多了。因此我决定把卖我的夹克作为我那一天的主要工作。我就把夹克脱了，为的是好先试一试，不穿夹克是不是也过得。我把夹克夹在胳膊下面，开始对各估衣铺巡行考查。

在那个地方，要卖夹克，似乎很合适，因为那儿买卖旧衣服的铺子很多，并且，一般说来，铺子的老板都站在门口瞭望，看是否有主顾来。但是，他们多数之中，都在货物里面挂着一两件军官的制服，全部原样不变，连肩章都带在上面，我就认为他们的买卖一定很阔气，因此

---

①罗彻斯特为英国迈德维河边的城市，有桥横跨该河。

②查塔姆为英国海军造船厂所在地。附近的小山为白垩质。

③诺亚的方舟：见《旧约·创世记》第6章，这里指模仿方船形状的儿童玩具。

就胆怯，不敢过去，来回走了半天，竟没敢把我的货物对任何人兜揽出售。

我这种虚心，使我注意到卖旧船具的铺子和道勒毕开的那类铺子，而不和正式的铺子打交道。最后我看到一家，看样子可以去问一问。那个铺子，坐落在一个脏胡同的犄角上。铺子的一头是一个空场，里面长满了扎人的荨麻，前面有栏杆；旧的水手衣服好像铺子里满处都是，有的靠着栏杆挂着，在风里飘摆；四面还有小孩子的床，锈了的枪，油布帽子；还有一些盘子，盘子里满是锈了的钥匙，大大小小，各色俱备，好像世界上所有的门，都可以用它们开开似的。

这个铺子又小又矮，只有一个小窗户，不但不能叫屋子发亮，反倒叫屋子更暗，因为那儿挂着衣服。进这个铺子得下好几层台阶。我心里扑腾扑腾地进了这个铺子，进去了以后，心里的扑腾并没减轻，因为一个很丑的老头子，他那脸的下半截，全是毛烘烘的花白胡子碴儿，从铺子后面一个又脏、又像个窝的小屋子里冲了出来，一下抓住了我的头发。这个老头子，面目凶恶，看着令人可怕，穿了一件很脏的法兰绒背心，红酒的味儿大极了。他的床铺，上面乱堆着一块碎块缀成的破烂被头，就安在他刚出来的那个像窝一般的小屋子里。那儿也有一个小窗户，从那儿往外看，能看到另一片扎人的荨麻和一头瘸驴。

"哦，你要干什么？"那个老头子，龇着牙、咧着嘴说；他的声音像乞怜呼痛、哀鸣长呻，态度却凶狠，语调却单一："哦，我的胳膊腿儿，你要干什么？哦，我的心肝肺，你要干什么？哦，啯噜，啯噜！"①

我听了他这种话，害怕极了，特别是他最后那句连声发出、让人不懂的话，那是他嗓子眼儿里像咯啦咯啦上痰的声音；我吓得说不出话来了，因此那个老家伙，一面仍旧抓着我的头发，一面重复说：

"哦，你要干什么？哦，我的胳膊腿儿，你要干什么？哦，我的心肝肺，你要干什么？哦，啯噜！"这一声啯噜，是他使劲儿憋出来的，

① 这里写的这个家伙，表现了患慢性酒精中毒的症状。

使劲的时候，他的眼珠子都差一点儿没从眼眶子里迸出来。

“我想要问一问，”我浑身哆嗦着说，“你要不要买一件夹克。”

“哦，我瞧瞧你的夹克！”那个老家伙喊道。“哦，我的火烧的一般的心，把你的夹克给我瞧瞧！哦，我的胳膊腿儿，把你的夹克拿出来！”

他一面这样说，一面把他那两只哆嗦的手（那两只手和大鸟儿的两只爪子一样）从我的头发里拿出来，戴上了一副眼镜。他那发红的眼睛，戴上眼镜，一点也不更好看些。

“哦，这件夹克要多少钱？”那个老家伙把夹克仔细看了一遍问。“哦—啯噜！——这件夹克要多少钱？”

“给半克朗吧，”我说，这时候我刚定住了神儿。

“哦，我的心肝肺，不值，”那个老家伙喊道。“不值！哦，我的眼睛，不值！哦，我的胳膊腿儿，不值！十八便士好啦。啯噜！”

他每次发这个声音的时候，他的眼珠子都好像有从眼眶子里迸出来的危险。他每说一句话，都老用一种腔调，前后永远完全一样，起先低，然后高起来，最后又低下去，除了用刮的一阵风来比方，我再就想不出别的比方来了。

“好吧，”我说，我那时认为交易成功了，觉得很高兴。“就是十八便士吧。”

“哦，我的心肝肺！”那个老家伙喊道，同时把夹克扔在架子上。“你到铺子外面去！哦，我的肺！你到铺子外面去！哦，我的胳膊腿儿，啯噜！——别跟我要钱；换东西好啦。”

我从来没像那一次那样害过怕，不论以前，也不论以后。不过我还是很谦虚地对他说，我需要钱，别的东西都于我没有任何用处。我可以等，在外面等，像他愿意的那样。我绝不催他。因此我就出了铺子，在一个有阴凉的旮旯那儿坐下。我坐在那儿，等了又等，原先那个旮旯有阴凉，后来变成有太阳，后来又变成有阴凉了，但是我仍旧在那儿等他给我钱。

我希望，做买卖的，可别再有像他那样疯了一般的醉鬼才好。原来附近那一带，无人不知，他把自己卖给魔鬼了，他还特别因为这件事而美名远扬，这是我一会儿就知道了的。因为有些孩子，时来时去，在他的铺子那儿，跟他作散兵战，嘴里喊着那个传说，叫他把金子拿出来。“你别装穷，查理，你并不穷。你把自己卖给魔鬼了，你把买来的金子拿出点儿来好啦。快点！你的金子藏在你的褥子里面哪，查理。你把褥子拆开，拿出点儿来给我们好啦！”他们说了这一类话，同时还屡次要借剪子给他，好拆褥子。这些话和这类情况把他惹得大怒，因此整天价没有别的，在他那方面就老不断地冲出去追，在那些孩子那方面就老不断地撒开腿逃。有的时候，他怒不可遏，就把我当作了那些孩子里面的一个，朝着我冲来，还满嘴乱动，好像要用牙把我撕成一块一块似的；但是，幸而还没来得及下口，他就又想起来，原来是我，跟着就猛一下又钻回了铺子里，在床上躺下(这是我从他的声音上听出来的)，像疯子似的，用他那个破嗓子，大唱《纳尔逊之死》[①]；歌儿每一句的起头，都加上一个“哦！”歌儿的中间，还掺杂上许多“咽噜”。好像这样还不够我受的，那些孩子，因为我身上半遮半露，那样老实、那样有耐性、有恒心，坐在铺子外面，认为我和这个铺子有关系，就整天价老用泥块老远砸我，再不就用别的方法凌辱我。

那个老头子，试了好多次，想法引诱我，要我跟他换东西。有一次，他拿出一根钓鱼竿儿来；另一次，拿出一个提琴来；又一次，拿出一个三角帽来；又一次拿出一个笛子来。不过我对于他所有的诱惑，一概拒绝，咬紧牙关坐在那儿，每次他出来的时候，我都满眼含泪，跟他要钱，再不就要我的夹克。后来，他开始给起钱来，一回给半便士，一点儿一点儿地给，给了整整两个钟头的工夫，才从容不迫地给到了一先令。

过了很大的工夫，他把他那副可怕的嘴脸，扒在铺子外面瞧，同时嘴里喊，“哦，我的胳膊腿儿！再给你两便士，你走不走？”

---

①《纳尔逊之死》：为当时流行歌曲之一，也见于狄更斯的另一部小说《我们共同的朋友》第 4 部第 3 章。

“不成，”我说，“那样我就要饿死了。”

“哦，我的心肝肺，再给你三便士，你走不走？”

“我要是不等钱用，那你一个不给都可以，”我说，“但是我可急着等钱用！”

“哦，咽—噜！”他扒着门框，往外瞧我，只露着他那奸猾的脑袋，别的部分都瞧不见，所以他把这个声音憋出来的时候，他的身子都怎样又歪又扭，我没法儿说。“再给你四个便士，你走不走？”

我当时又疲乏，又发晕，所以我听他说再给四便士，就答应了他了。我两手有些哆嗦，从他那像爪子的手里接过了钱，转身走去，又饥又渴，比以前更厉害。那时太阳已经快要西下了。不过我花了三便士以后，就又不饿、又不渴了。我那时候精神又恢复了，我就趁着机会，往前一瘸一颠地又挨了七英里路。

我先把磨得起了泡的脚在河沟里洗了一洗，用一些凉爽的叶子尽可能地包扎起来，然后在另一个草垛下面躺下，舒舒服服地睡了一夜。我第二天早晨又上了路以后，只见路两旁，一块跟着一块，都是啤酒花地和果园[①]。那时已经快到秋末，所以果园里红润的熟苹果，累累皆是。有一些地方，摘啤酒花的工人已经工作起来了。我认为，这都是很美的，打算那天晚上，在啤酒花地里睡一夜，因为我想，那一溜一溜的杆子[②]，上面缠绕着啤酒花美丽的梗儿和叶儿，是使我高兴的伴侣。

那天路上的无业游民，比以前更坏，他们在我心里，引起了一种恐惧，直到现在，还是记忆犹新。其中有一些，是形貌最凶、恶霸一般的匪徒，我从路上走过的时候，直拿眼盯我，有时还站住了脚，叫我回来和他们搭话，我撒腿跑去的时候，他们就用石头砸我。我现在还记得，有一个年轻的家伙——从他背的袋子和带的火炭炉子看来，我知道他

---

① 大卫经过的地方，都属于肯特郡；肯特郡是英国专产啤酒花和水果的地方，水果主要为樱桃和苹果。

② 啤酒花蔓生，杆子上绑以细绳，供酒花缠附之用，高丈余，成行林立。

是个补锅匠。跟他在一块儿的还有一个女人。他就像我前面说的那样，转身朝着我，直瞪我。跟着就叫我回来，叫的声音大极了，因此我站住了脚，回头看去。

“叫你回来，你就回来，听见了没有？”那个补锅匠说，“不价，我就把你那小嫩肚子给你豁了。”

我一想，还是回去的好。我在脸上带着安抚那个补锅匠的样子，往他们那儿去，那时候，只见那个女人鼻青脸肿的。

“你要往哪儿去？”补锅匠说，同时用他那只熏黑了的手，抓住了我的衬衫胸前那一块儿。

“往多佛去，”我说。

“你是从哪儿来的？”补锅匠说，同时把我的衬衫又扭了一个轸儿，为的是好抓得更牢。

“从伦敦来，”我说。

“你是哪一条路儿上的？”补锅匠说。“你是不是合字儿①？”

“不—不是，”我说。

“不是？妈的。你要是在我跟前，吹你老实，我就把你的脑浆子给你砸出来。”

他说到这儿，就把他空着的那只手举起来，威吓我，做出要打我的样子来，跟着把我上上下下地端量。

“你身上带的钱够买一品脱啤酒的吧？”补锅匠说。“要是够的话，快拿出来。别等你老爷费事！”

我本来很想把钱拿出来，但是我的眼光却和那个女人的眼光碰巧一对。我就看见她轻轻把头一摇，同时用嘴唇作出“别！”字的样式。

“我很穷，”我说，一面想装出一副笑脸却又装不出来，“我没有钱。”

“什么，你这话怎讲？”补锅匠说，同时狠狠地往我身上直瞧，把

①“贼”黑话的叫法，也叫“老合”。原文“prig”也是黑话。

我吓得只当他已经看见我口袋里的钱了。

“先生！”我结结巴巴地说。

“我兄弟的绸子手绢怎么围在你的脖子上啦？那是怎么回事？快快还我好啦！”跟着他一下就从我的脖子上把我的绸手绢儿揪了下来，扔给了那个女人。

那个女人一下笑起来，好像认为那个补锅匠只是跟我开玩笑似的，把那块手绢又扔给我了，同时和先前摇头的时候一样，轻轻地点了点头，又用嘴唇作出“跑！”字的样式来。但是，还没等到我照着她的启发办的时候，那个补锅匠又从我手里把手绢拽走了，拽的时候，非常粗猛，把我一下甩得老远，好像我只是一片羽毛一样。跟着他把手绢儿松松地围在自己脖子上，转身朝着那个女人骂了一句，把她打得趴在地上。我看到她来了个仰趴，倒在挺硬的路上，把帽子都跌掉了，她的头发沾满了尘土，都成了白的了[①]：那种情况，我永远也忘不了。我当时撒腿就跑，跑了一会儿，回头看去，那时候，只见她坐在步行路上(那是大路旁边的一个坡儿)用她那披巾的角儿擦她脸上的血，补锅匠就自己往前走去：那种情况，也是我永远忘不了的。

这一场险局，把我吓得很厉害，因此，从那时候以后，我老远看见这种人来了，我就回身转到一旁，先找个地方躲藏起来，等到他们走得看不见了，我才再上路。这种情况，发生的次数太多了，因此我在路上，耽搁了许多工夫。但是我遇到这种困难的时候，也和我在路上遇到别的困难一样，我想象中我母亲在我还没出生的时候那种少女之美的形象，好像老使我坚持下去，好像老领我往前进行。这幅形象，永远和我做伴。我在啤酒花藤蔓之中躺下睡觉的时候，这幅形象也就在藤蔓之中。我早晨醒来的时候，它也和我一块儿醒来。我白天走路的时候，它也整天在我前面走。我从那时以后，永远把这幅形象和坎特伯雷阳光辉煌的街道联系在一起：和它那好像在暖洋洋的太阳地里打盹儿的街道，它那古老的屋舍和城门，它那古老、庄严的大教堂，和它那围着高阁飞

---

①因当地的土为白垩质。

绕的乌鸦，联系在一起①。后来我走到了多佛附近那些空旷显敞的丘陵上面了，那时候，那幅图画里使我感到的希望，把丘陵的荒凉面目，也变得不荒凉了。一直到我走到了这番旅程的第一个大目标，当真踏上了那个市镇的时候(那是我逃出伦敦的第六天)，那幅景象才离我而去。说也奇怪，那时候，我脚上穿着破鞋，身上半遮半露，满是尘土，晒得黧黑，站在我那样渴想已久的地方，那幅形象忽然像一个梦一样，一去无踪，把我撂在那儿，使我觉得毫无办法，精神萎靡。

我先在渔夫中间，打听我姨婆的消息。他们回答我的话，真是形形色色。有一个说，她住在南崖头②灯塔上，因而把胡子燎了。另一个就说，她牢牢地绑在港外的大浮标上，只有潮水半落的时候才能去看她。第三个就说，她因为拐小孩儿，关在梅得斯屯③的监狱里了。第四个就说，上一次刮大风的时候，有人看见她驾着扫帚一直往加莱④去了。我跟着又在马车夫中间打听她，那些马车夫也同样地诙谐，同样地对她毫无敬意。我又想往开铺子的人中间去打听她，但是那般人，一看我那种样子，就厌恶起来，还没等我开口，就说，他们没有什么可以卖给我的东西。我这次逃亡，一路之上，不论哪一会儿，都没有这阵儿那样苦恼，那样孤独。我的钱都花光了，我又没有别的东西可以卖得、可以当得；我又饥、又渴、又疲乏；我离我的目的地，好像和我还在伦敦那时候一样地遥远。

我这样一打听，可就把一个上午的时光都消磨了。于是我看到，在靠近市场那条街的犄角上，有一家空无一人的铺子，我就在那个铺子的台阶上坐下，琢磨是否瞎走到前面说过的那些地方再去打听，正在不得主意的时候，碰巧来了一个赶马车的，他赶着车走过去的时候，把马衣掉了。我把马衣递给他的时候，我看他脸上的样子，觉得他这个人大概

---

①坎特伯雷为英国古城，以大教堂著称。城门是中古遗迹。它是从伦敦往多佛必经之路。

②在多佛东北四英里。那里的灯塔上的灯光，30 英里外可见。

③梅得斯屯为肯特郡郡城。

④加莱：法国海口，和多佛隔水相对。英国迷信的说法，女巫驾扫帚飞行。

心眼儿不坏，就大胆地问他，是否知道特洛乌小姐住在哪儿；虽然我这句话问得次数太多了，它几乎没说出口来就又噎回去了。

“特洛乌？”他说。“我想想看。我脑子里有这么个人。她是不是个老太太？”

“不错，是，”我说，“有点儿老。”

“腰板儿挺直的，是不是？”他说，同时把自己的腰伸直了。

“不错，”我说，“我想是那样。”

“老拿着个手提包，是不是？”他说，“一个大提包，里面能装好些东西，是不是？脾气挺倔的，对你说话的时候，老斩钉截铁似的，是不是？”

我嘴里承认这番形容非常正确，心里却不由得凉了半截儿。

“这样的话，你听我说好啦，”他说。“你要是从这儿上那个坡儿，”一面用鞭子指着高地，“一直往前走，走到有冲着海的几所房子那儿，你再打听，准打听得着。我觉得，她这个人，你求她，她也不会给你什么的，所以我这儿给你一个便士好啦。”

我很感激地接了他这份礼物，用它买了一块面包。我一面走，一面把这块面包吃了。我照我那位朋友指给我的方向往前走了老远，还没看见他说的那种房子。后来又走了一气，才看见前面果然不错，有些房子。我又往前走到那片房子那儿，进了一个小铺子(那就是我的家乡一带叫作杂货铺的)，跟铺子里的人道了劳驾，打听他们知道不知道特洛乌小姐住在哪儿。我本来是跟柜台后面的一个人打听的；他正在那儿给一个年轻的女人称米。那个年轻的女人，听见我这样一问，却把话接了过去，一下子转身朝着我。

“你问的是我们的小姐吗？”她说，“你找她有什么事儿，你这孩子？”

“劳你的驾，我找她，有几句话跟她说，”我回答说。

“你是说，跟她告帮吧？”那个大姐驳正我的话说。

“不是，”我说。“完全不是。”但是我忽然想起来，我到这儿来，实在不为别的，实在就是为了告帮，这样一来，我就无话可答了，一时觉得不知怎么样才好，同时觉得脸上都烧起来了。

我姨婆的大姐(因为我从她说的话里，知道她是我姨婆的大姐)，把米放在一个小篮子里，出了铺子，告诉我，说我要是想知道特洛乌小姐住在哪儿，那我跟着她走好啦。我当然奉命惟谨。不过我那时候，心里又害怕，又慌乱，所以我的腿不觉得都哆嗦起来了。我跟着那个大姐，一会儿就走近一所整齐干净的小房儿，带着使人心清神爽的凸形窗户；房子前面，有一个夹杂着石头子儿的沙子铺的小方院子或者园子，里面满种着花儿，修剪得很整齐，到处都是清香之气。

“特洛乌小姐就住在这儿，”那个大姐说。“你这阵儿知道了吧。我没有别的可说的了。”说完了，就急忙进了屋里，好像怕人说是她把我带到那儿似的。她把我撂在庭园的栅栏门那儿站着，孤独凄凉地隔着栅栏门，看着起坐间的窗户。只见那儿纱布窗帘子半遮半掩，窗台上钉着一个绿色的小圆屏风或者扇子，窗里有一张小桌子和一把大椅子；这都对我表示，我姨婆那时候也许正在那儿凛然端坐呢。

我的鞋这时候惨极了，底子早已一块一块地脱离而去了，帮儿上的皮子也都裂了，绽了，弄得早就不成个鞋样了。我白天戴的帽子(同时也就是我夜里戴的睡帽)都压扁了，弄歪了，早就不成其为帽子了，就是垃圾堆上没把儿的破汤锅①都可以和它比一比而毫无逊色。我的衬衣和裤子，让汗渍、露湿、草染、土沾(沾的是肯特郡的土，我就在这样的土地上睡)，同时还撕破了。所以我这样站在栅栏门外的时候，我姨婆园里的鸟儿都要叫我吓飞了②。我的头发，自从我离开伦敦那一天起，再就没见过梳子，也没见过刷子。我的脸、我的脖子和我的手，因为风吹日晒，从来不惯，都成了浆果一样的紫色了。我从头到脚，全叫尘土和粉末弄得一身白，好像刚从石灰窑里出来似的。我就落到了——并且还强烈地意识到自己落到了——这种地步，站在门外，等着把我自己介绍给我那位凛然不可犯的姨婆，等着给我那位凛然不可犯

① 深而有长柄之锅。
② 指自己像一个扎在地里用来吓鸟的草人而言。

姨婆大吃一惊

的姨婆初次见面的印象。

我待了一会儿，只见起坐间的窗户那儿，仍旧静悄悄的，我就断定，我姨婆并没在那儿。我于是就抬起头来，往起坐间上面的窗户那儿看去，只见那儿有一个蔼然可亲的绅士，满面红光，满头苍白的头发，先很古怪地对着我把一只眼睛一闭，跟着对着我把头点了好几下，又摇了好几下，最后笑了一笑，走开了。

在这以前，我心里本来就够乱的了，但是我看了这位绅士这种意外的举动以后，我的心更乱了；所以我当时很想偷偷地溜到外面，好仔细琢磨琢磨，我得怎样办，才是上策；正在要溜还没溜的时候，只见屋里走出一位女士来，帽子上系着一条条手绢，手上戴着一副园丁用的手套，身上挂着一个园丁用的布口袋，和收路税的人戴的围襟一样，手里拿着一把大刀子。我一见她，就知道她一定是贝萃小姐，因为她从屋子里大踏步地走了出来，和我母亲常常说的那种大踏步地走上布伦得屯栖鸦庐的庭园那一次，完全一模一样。

“去！”贝萃小姐说，一面摇头，一面把刀子在空里一比划，在远处作出要砍我的样子来。“去！这儿不许小孩子来！”

我提心吊胆，老远瞧着她，只见她往园子的一个角落走去，在那儿弯下腰，要刨什么小东西的根子。于是，我虽然半点勇气都没有了，却完全豁出去了的样子，轻轻悄悄地进了园子，站在她身边，用手指头去碰她。

“对不起，小姐，”我开口说。

她惊了一下，把头抬起。

“对不起，姨婆！”

“嗯？”贝萃小姐喊道，那种惊讶的口气，我还从来没听见过有和它相近的。

“对不起，姨婆，我就是你的侄孙儿。”

“哎呀，我的天！”我姨婆说，同时啪的一下坐在园子的路径上。

“我就是大卫·考坡菲，住在色弗克的布伦得屯——你不是在我出生的那一天到那儿去过，见过我的亲爱的妈妈吗？我妈故去了以后，我的生活非常苦恼。没有人理我，没有人教给我任何东西。他们叫我自己维持生活，叫我干不该是我干的活儿。所以我就逃了，逃到你这儿来了。我到这儿来的时候，刚一上路，就叫人抢了，一路都是走着的，从我上路那一天起，再就没在床上睡过一夜觉。”我说到这儿，完全忍不住了，用手指了一指我身上褴褛的样子，叫我姨婆看一看，我的确受了些苦，跟着就一下痛哭起来。我想，这是我这一个星期以来，一直憋到现在的。

我说这番话的时候，我姨婆脸上，一切表情全都离她而去，只剩下了惊讶，一直坐在石子甬路上，拿眼盯着我。但是等到我一哭，她却急忙站起来，揪着我的领子，把我拽到起坐间。她到了那儿以后，头一着儿，是把一个锁着的大橱子开开，拿出好几个瓶子来，把每一个瓶子里的东西，都往我嘴里倒了一点儿。我现在回想起来，那些瓶子，一定是随便乱拿的，因为毫无疑问，我当时喝的那些东西里面，有茴香水，有凤尾鱼酱，有色拉子油。她把这些补精益神的东西都给我服下去了以后，我还是犯歇斯底里，忍不住抽打抽打地哭，她就叫我躺在沙发上，用披肩给我垫着头，用她头上的手绢儿给我垫着脚，免得我把沙发套儿弄脏了；这样安置好了，她就在我刚说过的那个绿扇子或者小屏风后面坐下(因此我看不见她的脸)，过一会儿，就喊一声“我的天！”好像放“分炮”①似的。

待了一会儿，她拉铃儿。“捷妮，”她的大姐进来了的时候，她说，“你到楼上，就说我问狄克先生安好，再告诉他，说我有话跟他说。”

捷妮看见我直挺挺地躺在沙发上(我一点也不敢动，怕的是会招我姨婆不高兴)，觉得很惊讶，不过她还是上楼传话去了。我姨婆就背着手，在屋里来回地走，一直到在楼上冲着我挤眼的那位绅士笑着进了起坐间的时候。

“狄克先生，”我姨婆说，“你不要犯傻，因为只要你想不犯傻，

①“分炮”每过一分钟，连续放一次，多半作求救的信号，或丧礼的仪式。

就没有比你再明白的了。这是咱们都知道的。所以，你怎么都成，可就是别犯傻。”

那位绅士一听这话，马上作出正颜厉色的样子来，往我这儿瞧，瞧的神气，我只觉得，好像是求我千万不要把他刚才在楼上对我做的那种样子说出来似的。

“狄克先生，”我姨婆说，“你记得我对你提过大卫·考坡菲吧？你可不要假装着记性不好，因为你和我都知道，你不是那样。”

“大卫·考坡菲？”狄克先生说，他的样子，据我看来，好像并不大记得似的。“大卫·考坡菲？哦，是啦，不错。有个大卫。一点不错，有个大卫。”

“好啦，”我姨婆说，“这就是他的小子，这就是他的儿子。这孩子要不是因为也像他妈一点儿，那他就完完全全，丝毫不差，和他爸爸一样了。”

“他的儿子？”狄克先生说。“大卫的儿子？真个的！”

“不错，是真个的，”我姨婆接着说，“不但是大卫的儿子，他还干了一件真有出息的事儿哪。他是逃到这儿来的。啊！他的姐姐，贝萃·特洛乌，可绝干不出这样事来。”我姨婆坚决地摇头，对于那位并没出生的女孩子满怀信心，认为她的品质和行动，绝不会有错儿。

“哦！你认为，她不会逃跑？”狄克先生说。

“哎呀，这个人真可以的，”我姨婆峻厉地说，“你都瞎说了些什么！难道我还不知道她不会逃跑吗？她一定要跟着她教母一块儿过的；我们一定要你亲我爱的。我真想知道知道，她姐姐贝萃·特洛乌要是逃跑的话，她从哪儿逃，逃到哪儿去？”

“没有地方啊，”狄克先生说。

“既是这样，那么，”我姨婆回答说，这时她听了狄克先生的回答，柔和一点了，“你本来又尖又快，像外科大夫的刀子似的，怎么可又假装着定不住神儿，发起傻来了哪？现在，你瞧，这儿就是小大卫·考坡菲。我现在要问你的问题是：我对他该怎么办才好？”

“你对他该怎么办才好？”狄克先生有气无力地说，同时直挠脑袋。“哦！对他怎么办才好？”

“不错，”我姨婆说，同时样子很严厉地把食指举着。“说！我要你给我出个妥当的主意。”

“啊，我要是你的话，”狄克先生一面琢磨，一面说，同时，茫然地看着我，“我就——”他这一琢磨我，好像灵机一动，忽然想起一个主意来，所以跟着就急忙地说，“我就给他洗一个澡！”

“捷妮，”我姨婆满心得意，而却不动声色（这种情况是我当时还不了解的），转过身去说，“狄克先生给我们大家指出明路来了。烧洗澡水去。”

这番对话，虽然对我关系重大，使我用心细听，但是在对话进行的时候，我还是忍不住要对我姨婆、对狄克先生、对捷妮，观察一番，同时把我在屋里还没看到的情况，补看一下。

我姨婆是一个身材高大，面目峻厉的老小姐，但是却绝不难看。她的面容、她的声音、她的举止和体态，都带一种绝不通融、毫不苟且的意味；因此我母亲那样一个柔顺的人，那样怕她，完全可以从这种意味里看出道理来。但是她脸上虽然表示百折不挠，显得凛然森然，她的眉目却生得很齐整。我特别注意到，她的眼睛奕奕有神，犀利明快。她的头发已经苍白了，朴朴实实地分成两半，上面戴着我认为是叫“懒妆头巾”的帽子[①]。我的意思是说，这种帽子，那时很普通，现在却少见了，它的两边，一直搭拉到下巴那儿，有带儿在那儿系着。她的长袍是浅紫色的，非常整洁，但是做得却非常简净，好像她愿意能多轻便就多轻便才好[②]。我记得，我当时觉得，她的袍子，样子不像别的，只好像是一身骑马的服装，而把多余的下摆铰掉了。她在腰上戴了一个男人用的金表（我这是根据它的大小和样式作的判断），还带着和它相称的链子和坠子。她脖子上系着一件纱东西，说它像一个衬衫领子，倒还差不离；她在手腕子上戴着像衬衫小袖头的东西。

---

①懒妆头巾通用于18世纪及19世纪初年，为妇女家常日间所戴。

②这是因维多利亚时代，英国妇女服装，多繁重不便而言。

狄克先生呢，像我已经说过的那样，头发苍白，满面红光。我这样说，本来是可以概括他的全貌的，不过他的头老是很稀奇地有些搭拉着的样子——那并不是由于年纪大的关系。那种情况让我想到撒伦学舍的学童挨了打以后的样子。同时，他那一双灰色的眼睛，大而凸出，里面奇怪地含有一种水汪汪的亮光；这种情况，再加上他那样恍恍惚惚、愣愣傻傻，他对于我姨婆那样驯服，她夸他的时候他那样和小孩子一样地快乐，这都使我疑心，他这个人，精神可能有些不太正常。不过，如果他真是神经不太正常的话，那他怎么会到我姨婆这儿来了呢，这真叫我非常地纳闷儿。他的穿戴打扮，和一般的绅士一样，上身是平常白天穿的那种又肥又大的灰褂子和背心，下身是白色的长裤子，表放在裤子上的表袋里，钱放在褂子上的口袋里；他老把钱弄得噶啦噶啦地直响，好像他对于钱很得意似的。

捷妮是一个好看的女孩子，正在容光焕发之际，年纪大约有十九岁或者二十岁，十分干净俏利。我当时虽然没再对她作更进一步的观察，但是有一种情况，我可以在这儿说一下，那是我后来才发现的。原来我姨婆曾把一些女孩子，一个接着一个，放在她的保护之下，雇她们做仆人，她的用意分明是要把她们教育得和男人永断纠葛，结果她们总是嫁给面包师，以了却她们和男人永断纠葛的心愿。捷妮就是这种女孩子中间的一个。

屋子里也和捷妮或者我姨婆同样地干净整齐。我刚才不大的工夫曾把笔放下，想回忆一下当时的情况：那时候，从海上来的微风，还带着花香，又吹进了屋子。我又看见了擦得晶光耀眼的旧式家具，又看见了凸形窗里绿团扇旁我姨婆那把神圣不可侵犯的椅子和那张神圣不可侵犯的桌子，又看见了那个上盖覆毯[1]的地毯，又看见了那个猫，那个水壶手垫[2]，那两个金丝鸟儿，那些老瓷器，那个满装着干玫

① 覆毯：一种粗毛毯，平日用覆地毯，以防地毯磨损。
② 水壶手垫：用呢、石棉等不传热的材料所做，六英寸见方，至少三层厚。一角有眼儿，可以挂在炉旁，拿水壶时，用它垫手，以免壶把儿烫手。

瑰花瓣的盆吃酒钵[1]，那个满装着各式各样的瓶子和罐子的大橱；同时，我又看见了我自己，满身尘土，和所有这些东西，都特别不调和，躺在沙发上，仔细观看这一切一切。

捷妮给我作洗澡的准备去了，她还没回来的时候，我姨婆忽然使我大吃一惊：她有一会儿的工夫，气得全身发直，几乎都喊不出声来的样子叫道："捷妮！驴！"

捷妮听见这一喊，就好像房子着了火似的，急忙从台阶[2]那儿跑上来，往外冲到房前一块青草地上，那儿有两头驴驮着两个妇人，竟大胆要往那上面过，现在她把这两头驴从那儿赶走了。同时我姨婆也冲出屋外，把另外驮着一个小孩子那头驴的缰绳抓住了，叫驴转过去，拽着它离开了那块神圣的地方；同时把那个倒霉的赶驴顽童打了一顿耳光，因为他竟敢亵渎了这片神圣的地方。

一直到现在，我都不知道，我姨婆对于那一片青绿的草地，在法律上是否有任何权利把它算作是自己的。不过她自己心里却认定了她有那种权利。这样一来，真有假有，对她说来，完全没有关系。她认为她一生里对她最大的凌辱，经常需要报复的，就是驴在那块纯洁神圣的草地上践踏这件事。不管她正做着什么事，也不管她正和别人谈得多么兴高采烈，只要一有驴出现，那她的思路就马上转变了，那她这个人就马上跑了出去，亲自去对付那种畜生。她把盛满了水的罐子和喷壶，放在人看不见的地方，预备好了，往触犯了她的孩子们身上浇，把棍子放在门后面埋伏着，预备往那种孩子身上打；突然的出击，无时无刻停止；不断的冲突，成为家常便饭。在那些赶驴的孩子看来，也许这种情况又兴奋、又好玩儿；对那些更懂事的畜生说来，大概它们了解当时的情势，所以就随着它们生来就倔强的天性，偏偏爱往这块青草地上走。我

---

① 盆吃酒钵：普通为烈酒加水、柠檬、糖和香料制成，临时以盆吃酒钵酿之。一度为日常饮料，现只于新年等时，偶一饮之。盆吃酒钵，亦一度为英国家庭必备之物，木制银饰，或银制，17 世纪所作，样式精工，故亦为装饰品。贝萃小姐用它盛玫瑰花瓣，表示她不常喝这种酒。

② 这里的台阶，是地下室通到地面上的台阶。前面第 9 章里提到"门后面，有几磴台阶"，也是通到地下室的。地下室为厨房所在。

只知道，洗澡的准备作好以前，就发生了三场冲突。在最后那一场，也就是最激烈的一场，我看见我姨婆，和一个十五岁的黄发少年，单人独马交起手来，她把那孩子的头往她的栅栏门上直磕的时候，那孩子好像还没明白是为的什么。我姨婆那时正在那儿用大匙子喂我汤喝（她坚决地相信，我真正地挨了好几天的饿，肠胃很弱，所以不能一开始就吃得太多），我刚张开嘴要接她喂我的东西，还没到口，她就把匙子放回汤碗里，大喊，“捷妮！驴！”同时自己冲出去，和人打闹。所以这种搅扰、停顿，在我看来，更觉可笑。

我洗了那个澡，觉得很舒服。因为我曾在田野里睡过觉，身上已经开始觉到，现在剧烈地痛起来；我那阵儿非常疲乏，非常没有精神，所以叫我的眼睛一连睁五分钟的工夫，都办不到。我洗完了澡以后，她们（我是说我姨婆和捷妮）把狄克先生的一件衬衣和一条裤子给我穿在身上，又用两三个大披肩把我捆扎起来。我当时让她们这样一捆扎，看着像个什么，我现在说不上来；我只觉得，我这样一捆扎，身上非常地热。同时觉得又晕、又困，所以我就又在沙发上躺下，一下睡着了。

我醒来以后，我有一种印象，觉得仿佛我姨婆，曾来到我跟前，弯着身子，俯在我上面，把我的头发给我从脸上撩开了，把我的头放得更舒服一些，然后站在那儿瞧我。我这种印象，也许只是一场梦，由于我长期的想象而来。我还好像耳边上听见她说“漂亮的孩子”、“可怜的孩子”这一类话来着。但是我醒来以后，却绝没有任何情况，使我相信，我姨婆说过那些话，因为我只看见她坐在凸形窗前，从绿团扇后面，看着外面的海。那把绿扇是安在一种转轴上的，能朝着任何方向转动。

我醒了以后不久，我们就吃正餐，吃的是一只烤鸡和一个布丁。其实我那时坐在桌子前面，也和一个串扎紧了的鸡[①]并不两样，两手要动，很费劲儿。但是这既然是我姨婆把我扎裹成这种样子，那即便我觉

---

① 英国烹调，煮的、烤的或其他做法的鸡等禽类，去毛、去内脏以后，把翅膀和腿，紧扎在身上，从前用铁钎或木扦串，现在用粗线缝。

得有什么不方便，我也绝不敢说出来。我坐在桌旁，心里一直都焦灼地想要知道，她要把我怎么办。但是她吃饭的时候，却不作一声，只有偶尔的时候，一面把眼睛盯着我（我坐在她对面），一面说一声“我的天！”但是这句话丝毫也不能减少我的焦虑。

桌布撤走了，雪里酒放在桌子上了（我也有一杯），那时候，我姨婆又打发人到楼上去请狄克先生。狄克先生来到楼下，我姨婆告诉他，说她问我话的时候，他可得仔细听；跟着她就问了我一连串问题，慢慢地把我的情况都套问出来了。狄克先生听的时候，尽力作出明白晓事的样子来。我说我那番遭遇的时候，我姨婆就拿眼盯着狄克先生，要不是那样，我想他早就睡着了；同时，不论多会儿，只要他稍微露出一丁点儿要笑的样子来，我姨婆就把眉头一皱，这样他就急忙收敛了笑容。

“我真不明白，那个可怜的倒霉的娃娃，到底受了什么神差鬼使，偏偏想起来去再嫁一次人！”我说完了我的身世以后，我姨婆说。

“那也许是因为她爱上了她第二个丈夫了吧，”狄克先生接着说。

“爱上了！”我姨婆重复说。“你这个话是什么意思？爱上了！那是她应当应分的吗？”

“也许，”狄克先生想了一想，强作笑容说，“她那是要寻开心吧？”

“寻开心！不错，可就开心啦！”我姨婆回答说。“那个可怜的娃娃，对那样一个狗一般的家伙，对那样一个谁都能看出来非这么那么虐待她不可的家伙，发起痴情来，可就太开心啦。她对自己到底打的什么主意，我真不明白！她已经嫁过一个丈夫了。她已经眼看着大卫·考坡菲伸了腿了（他从在摇篮里的时候起，就老追蜡油冻的娃娃[①]了）。她也有了孩子了——哦，那个星期五晚上，她生下了坐在这儿这个孩子的时候，真可以说是一对娃娃！——她还有什么不满足的哪？”

狄克先生偷偷地对我摇了摇头，好像他认为，要叫我姨婆别这样没完没结，是办不到的。

---

①蜡油冻的娃娃：在英语中为美丽而无头脑的女孩子之意。

"她连养孩子都和别人不一样，"我姨婆说。"这个孩子的姐姐，贝萃·特洛乌，在哪儿哪？永远没出世。真是哪儿的事！"

狄克先生好像十分惊吓的样子。

"那个又瘦又小的家伙，那个把脑袋歪在一边儿的大夫，那个齐利浦，反正不管他叫什么吧，他会什么？什么也不会，就会跟我说，像个红胸鸟[1]一样（一点儿不错，像个红胸鸟），跟我说'是个小子'。小子！呀！那一群东西，没有一个不是白痴！"

这一声突然的猛叫，把狄克先生吓了一大跳，把我也吓了一大跳，如果我得把实话都说出来的话。

"这还不算，仿佛这样还不够糟的，仿佛她把这孩子的姐姐，贝萃·特洛乌，还害得不够厉害的，"我姨婆说，"她还要嫁第二次——她还要嫁一个'没德损'，真是又没德行，又损——把这个孩子也害了！这样一来，自然而然的结果是，这孩子只好到处自己觅食，到处自己流浪了。其实这种情况，除了一个娃娃，谁都能看出来。现在这孩子还没长大，就和该隐[2]一模一样了。"

狄克先生使劲瞧我，好像要仔细认一认，原来我就是这样一个角色。

"还有那个名字像异教徒的妇人，"我姨婆说，"那个坡勾提，她也跟着嫁人去了。据这孩子说，因为她没看得够嫁人带来的苦头，她也跟着嫁人去了。我只希望，"我姨婆说，一面摇晃脑袋，"她丈夫是报上老登的那种通条丈夫，老拿通条狠狠地揍她才好。"

我听了我那个老看妈叫我姨婆这样咒骂，这样糟蹋，就忍不住了。我对我姨婆说，她实在错怪了坡勾提了。我说，坡勾提是世界上最好、最可靠、最实心、最忠心、最能自我牺牲的朋友和仆人。她一直地老顶疼我，她一直地老顶疼我母亲；我母亲死的时候，是她抱着我母亲的头

---

①红胸鸟性最驯服，不畏人，喜与人亲近。

②该隐杀死他兄弟亚伯，因而受耶和华的诅咒，永远流离飘荡。见《旧约·创世记》第4章第1—15节。

的，我母亲最后感激的吻，是留在她脸上的。我说到这儿，想起我母亲和坡勾提来，就忍不住哽咽，哭起来了；我哽咽难言、勉勉强强地哭着说，她的家也就是我的家，她所有的也就是我所有的，我本来想到她那儿去安身，只是因为她家道寒微，我去了，恐怕要给她添麻烦，所以才没去。刚才说过，我说那些话的时候，忍不住哭起来；我把头趴在桌子上，用手捂着脸哭。

“好啦，好啦，”我姨婆说。“这孩子知道对他忠心的人忠心，很不错。——捷妮！驴！”

我绝对相信，如果不是因为不幸有那头驴闯来把我们搅了，那我和我姨婆，一定会非常融洽，言和语顺的；因为我姨婆曾把手放在我的肩头上来着，而我受到这样鼓励，胆子大起来，也很想把她抱住，求她保护来着。但是驴来这一打扰，同时她又去到外面和赶驴的争吵起来，可就一时把我姨婆所有的那副软心肠一齐压下去了；那只把她招得老愤怒地对狄克先生嚷嚷，说她决定要诉之法律，把多佛所有养驴的人都告下来，告他们侵犯别人的主权。她就这样一直嚷嚷到吃茶点的时候。

吃完了茶点，我们坐在窗前——我看我姨婆脸上那种严厉样子，我就猜想，她守在那儿，为的是好瞧着是不是再有驴来冒犯——一直坐到暮色苍茫，那时候，捷妮把蜡烛点起来放好，拿出一副双陆来，放在桌子上，把窗帘子都放下来。

“现在，狄克先生，”我姨婆说，同时像上一次一样，脸上带着郑重的样子，食指往上伸着。“我要问你另一个问题。你瞧着这个孩子。”

“大卫的孩子？”狄克先生说，同时脸上显出又专精注意，又莫名其妙的样子来。

“一点不错，”我姨婆说。“你现在要把他怎么办？”

“把大卫的孩子怎么办？”狄克先生说。

“不错，”我姨婆回答说，“把大卫的孩子怎么办？”

“哦！”狄克先生说。“是啦。把他怎么——我要叫他去睡觉。”

“捷妮！”我姨婆喊道，喊的时候，带着我前面说的那种同样志得意满而却不动声色的样子。“狄克先生给我们大家指出明路来了。床铺好了没有？铺好了，我们就带他睡觉去。”

捷妮回她主人话，说床早已铺好了；跟着她们就带我上楼。她们带我的时候，态度很温柔，但是方式却有些像押解犯人一样：我姨婆在前面带着，捷妮就在后面押着。只有一种情况，使我生出一种新的希望来：原来我姨婆走到楼梯上面，停了一下，问捷妮为什么到处都是烟味儿；捷妮就说，她把我的衬衫，在下面厨房里，燎成引火的东西[①]了。但是在我的寝室里，却除了我穿的那一堆怪东西而外，再没有别的衣服。她们给我留了一支小蜡，我姨婆还预先警告我，说那支小蜡，只能点五分钟的工夫；说完了她们就走了，把我一个人撂在那儿。我听见他们在外面把门锁上了。她们为什么锁门呢？我把这种情况在心里面琢磨了一阵，我认为，可能是由于我姨婆，对于我还什么都不知道，疑心我有喜欢逃跑的习惯，所以现在为了预防，把我锁在屋里，免得我出娄子。

我那个屋子很叫人可心，它坐落在这所房子最高的一层，俯临大海，那时月光正澄澈晶明地照在海面上。我记得，当时祈祷做完了，蜡烛也着完了，我怎样仍旧坐在那儿，瞧着海上的月光，有的时候觉得，好像那就是一本发亮的书，我能从那上面看到我的命运似的，又有的时候就觉得，好像我看到我母亲，怀里抱着婴儿，沿着那条晶明澄澈的路从天上来到，像我最后一次看见她那慈爱的面容那样，往下瞧我。我记得，我带着肃穆的心情，把眼光从海上转到挂着白帐子的床那儿的时候，我那种庄严之心，怎样一变而为感激之情，安乐之感——至于躺在轻软暖和的床上，盖着雪白的单子，那我的感激之心，安乐之感，就更大了——我记得，我怎样想到所有我夜里睡过的那些寂寞偏僻、一无屏蔽的地方，跟着就祷告，永远可别再受到无家可归之苦，同时祷告，永远也别忘了那些无家可归的人。我记得，我祷告完了以后，好像飘飘然沿着海上那道使我黯然的辉光入了睡乡。

---

① 英国从前的家庭里，把旧布破布，用火燎得要焦而没焦，作为引火物。

第十四章
侠肝义胆

第二天我下了楼的时候，只见我姨婆正坐在早饭桌子前面，把胳膊肘儿放在茶盘儿上，那样沉思深念，因而水罐[①]里的水都从茶壶里溢出来了，叫整个的桌布都遭到了淹没之祸。我进了屋子，才把她的思路给她打断了。我觉得一点不错，我自己就是她琢磨的主题，因此比以先更加焦灼，想要知道她究竟要把我怎么办。然而我却又不敢露出焦灼的样子来，怕的是那会惹得她不高兴。

但是我的眼睛，却不能像我的舌头那样能受我管束，所以在吃早饭的时候，不由得不时地往我姨婆那儿瞧。我瞧她，不用瞧多大的工夫，就一准能瞧见她也瞧我——瞧的时候，是奇怪的样子，有心事的样子，好像我并不是坐在小圆桌旁她的对面儿，而是离她非常地远似的。她吃完了早饭，就坐在椅子上，满腹心事地把身子往后靠着，把眉头紧紧皱着，把两手交叉着，两眼悠悠闲闲地瞧着我，瞧得那样目不转睛，因而使我觉得完全不知所措。那时候我自己的早饭还没吃完，所以我就想借着吃饭的动作，来掩饰心里的慌乱。但是我的刀子却在叉子上摔跤，我的叉子就在刀子上跌斤斗。我切咸肉的时候，本来想把肉送到自己嘴里，不料它却蹦到空里去了，还蹦得惊人地高。连茶都呛我，它本来应去的地方不去，却死气白赖地往不应去的地方去。后来，我干脆不吃了，只满脸通红坐在那儿，让我姨婆细细地观察。

“喂！”我姨婆过了很大的工夫忽然说。

我抬头瞧去，只见她那双犀利、有神的眼睛正对着我瞧，我也恭恭敬敬地对着她瞧。

“我给他写了一封信，”我姨婆说。

“给——？”

---

① 水罐：圆筒形，用盛热水，有酒精炉，可以保暖，有龙头。这儿是说，把水罐里的水，注入茶壶时，开开龙头，忘记关上了，所以茶壶的水溢出。

“给你后爸爸，”我姨婆说。“我给他写了一封信，叫他别嫌麻烦，要拿着当回事办，不然的话，我和他可就要闹翻了。这是我敢对他担保的！”

“他知道我在哪儿吗，姨婆？”我大吃一惊问。

“我告诉他啦，”我姨婆把头点了一点说。

“你是不是——要把我——交给他哪？”我结结巴巴地说。

“我还说不上来，”我姨婆说。“咱们还得等一等看。”

“哦，要是我非回枚得孙先生那儿去不可，”我喊着说，“那我可真不知道我会成什么样子了！”

“我这阵儿对于这件事还一点都没有把握，”我姨婆摇着脑袋说，“我只知道，我还说不出该怎么样来。咱们得等等看。”

我一听这个话，登时心凉了，精神也提不起来了，满怀愁绪。我姨婆好像对于我不很理会的样子，带上了一个围到嘴下的粗布围裙（那是她从橱子里取出来的），亲自动手把茶碗洗了；她把所有的东西都洗干净了，放在茶盘里面，把桌布叠好了，放在这些东西上面，然后拉铃，叫捷妮来把它们都拿走了。她跟着先戴上手套，再用一个小扫帚，把面包渣都扫干净了，一直扫到好像地毯上连只能在显微镜下看见的渣儿[①]都没有了才罢；跟着她又把屋子里的东西都撣了一遍，都重安置了一下，其实那早就弄得几无发毫之遗憾了。这些工作都做得自己称心如意之后，她把手套脱下，把围裙解下，把它们都叠起来，放在原先那个橱子里一个特别的角落那儿，跟着把她的针线匣子拿出来，放到安在开着的窗前面那张桌子上，然后在绿团扇后面，遮着亮儿坐下，做起活儿来。

“我要你到楼上去一趟，”我姨婆一面把针纫到线上，一面说，“你对狄克先生说，我问他好，同时想要知道一下，他的呈文作得怎么样了。”

我风快麻利地站了起来，去执行这番使命。

---

①这里当然只是一种夸张性的说法。

“我想，”我姨婆说，说的时候，往我脸上细瞧，就像她纫针的时候瞧针鼻儿那样，“你觉得叫他狄克这个名字，不够尊重[1]，是不是？”

“我昨儿是觉得叫那个名字有些不够尊重，”我说了实话。

“你不要认为，他要是想要个尊重一点的名字，办不到，”我姨婆带出一些高傲的样子来说。“巴布利——理查德·巴布利先生——那是这位绅士的真名字。”

我觉得，年纪太小，本来不应该那样随便，那样不恭敬，所以刚要说，我顶好用他的全名称呼他，但是还没等到说出口来，我姨婆就接着说：

“但是，不管怎么样，你可别叫他这个名字，他听了人家这样叫他，他就受不了。这是他这个人古怪的地方。其实，我觉得，那也算不得古怪；因为有些也叫这个名字的人，曾待他非常地坏，因此他对于这个名字死不喜欢，这是老天爷都知道的。现在，他在这儿叫狄克，在任何别的地方，也就叫狄克，其实他就不到任何别的地方去。所以，我的孩子，你可要小心，除了叫他狄克，可别叫他别的名字。”

我答应了我姨婆，一定听话，就到楼上去办这一趟差事去了；我一面走，一面想，如果狄克先生，像我下楼的时候从他敞着的门看见的那样，在那儿那样一时不停地作他的呈文，那他大概一定进行得很顺利。我到了他屋里的时候，只见他仍旧拿着一支很长的笔，在那儿死气白赖地写，他的头几乎都贴到纸上了。他太聚精会神了，所以我进去了以后，从从容容地看见了放在角落里一个纸做的大风筝，看见了一捆一捆乱七八糟的手稿，看见了那么些笔，特别是，看见了那么些墨水（他那些墨水瓶子，都成打的放在那儿，每一瓶装的都是半加仑的容量），一直到我把这些东西都看了一遍以后，他才觉到我进了他的屋子。

“哈！斐伯斯[2]！”狄克先生把笔放下说。“大家都怎么样啊？我跟

---

① 狄克为理查德的亲昵或随便的称呼。

② 斐伯斯：古希腊的太阳神。此处狄克先生用它来称呼大卫，大概因为他早晨就来拜访的原故。

你说吧，”他说到这儿，把声音放低了，“我本来不想说，不过大家没有一个，没有一个——”他说到这儿，对我一打招呼，同时把嘴贴到我的耳朵上，“——不是疯子的。都跟白得勒姆[1]一样地疯，我的孩子！”狄克先生说。说完了，一面从桌子上拿起一个圆盒来，从那里面取出一些鼻烟，一面哈哈大笑。

对于他提出来的问题，我不敢冒昧表示什么意见，我只把我的使命传达了。

“啊，”狄克先生回答我的话说，“你也替我问她好。我—我想我已经起了个头儿了。我认为我已经起好了头儿了，”他说到这儿，用手摸他那苍白的头发，同时对他的手稿看了一眼，这一眼，你说表示了什么感情都可以，可就是别说它表示了信心。“你上过学吧？”

“上过，先生，”我回答说，“只上过几天。”

“你记得查理第一是哪一年把脑袋叫人给砍下来的吧？”狄克先生说，同时很诚恳地看着我，并且拿起笔来，准备把我要说的年份记下来。

我说，我记得是一六四九年那一年。

“呃，”狄克先生回答说，一面用笔挠耳朵，一面带着不相信我的样子瞧着我。“书上是那样说的；不过我弄不通怎么会是那样。因为，既然那是那么久以前的事了，那他身旁的人，怎么会弄错了，把他那个脑袋里——把他砍掉了的那个脑袋里的麻烦，放在我这个脑袋里哪？”

我听了这个问题，觉得非常诧异，但是对于这个问题，却无话可答。

“我对于这一点，永远也弄不清楚，”狄克先生说，一面带着失望的样子瞧着他的稿子，一面把手插到头发里，“这真奇怪，我永远也不能把这一点弄明白了。不过这不要紧，不要紧！”他又变作高兴的样子说，同时精神也振作起来。“有的是工夫。你替我问特洛乌小姐好，再告诉她，就说我的呈文进行得很顺利。”

---

① 指伦敦白得勒姆疯人医院。

我正要走的时候，他把那个风筝指给我瞧。

“你瞧这个风筝怎么样？”他说。

我说，那个风筝很好看。我当时想，那个玩意儿，至少有七英尺高。

“那是我自己扎的。赶明儿我和你，咱们一块儿，去放好啦。”狄克先生说。“你瞧这儿。”

他指给我瞧，风筝上面糊的都是手稿，写得密密匝匝的，很费了些劲儿的样子，所以虽然密，却非常清楚；我看了几行以后，就觉得，我看到有一两个地方又提到了查理第一的脑袋。

“有的是线，”狄克先生说。“把它放起来的时候，历史上的事迹也跟着飞上天去了。我就这样传播历史上的事迹。我不知道风筝会落到什么地方去。那得看情况，像风向等等；不过我对于那一点，完全听其自然。它爱落到哪儿就落到哪儿好啦。”

他脸上那样温良和蔼，令人可亲；虽然从他的身子骨儿上看，硬朗坚实，不像老人，但是他却又那样苍颜白发，令人起敬，所以我不敢说他不是在那儿和我闹着玩儿说笑话。因此我大笑起来，他也大笑起来，我们分手的时候，成了不能再好的好朋友了。

“我说，孩子，”我下了楼的时候，我姨婆说。“狄克先生今儿早晨怎么样？”

我对她说，狄克先生叫我替他问好儿，他的情况实在非常顺利。

“你觉得狄克先生这个人怎么样？”我姨婆说。

我当时模模糊糊地想到要躲开这个问题，所以我就用了这样一句话回答她，“我认为他是一个很叫人喜欢的绅士”。但是我姨婆却绝不是这样容易就可以敷衍过去了的，因为她当时把手里的活儿放在膝上，把手交叉在活儿上，说：

“你这孩子！你姐姐贝萃·特洛乌，可不论对什么人，心里怎么想，就一定会直截了当地嘴里怎么告诉我。你要尽力跟着她学，有什么就说什么。”

“他是不是——狄克先生是不是——姨婆，我因为不知道，所以我才这样问，他是不是，有点儿精神不太正常？”我结结巴巴地说，因为我感觉到，我这个话也许很不对岔儿。

“连一丁点儿不正常的地方都没有，”我姨婆说。

“哦，真个的！”我有气无力地说。

“你不论说他什么都成，”我姨婆斩钉截铁、丝毫不苟地说，“可就是不能说他精神不正常。”

我对于这个话没有什么可以回答的，只又战战兢兢地重了一声“哦！真个的！”

“别人都说他是个疯子，”我姨婆说。“我对于这种说法，为我自己起见，实在还暗中喜欢哪。因为，要不是他们说他是个疯子，那我这十来多年——实在说起来，自从你姐姐贝萃·特洛乌使我失望以后——怎么能天天和他相处，时时向他请教哪？”

“有那么久啦？”我说。

“那些不要脸、说他疯了的人可就真好啦，”我姨婆接着说。“狄克先生和我有点瓜葛之亲；这一点究竟是怎么回事，不必管，那用不着细说。我只想说，如果不是我出头干涉，那他哥哥就要把他关一辈子的。简单地说，就是那样。”

我看到我姨婆说到这儿，现出义愤填膺的样子来，我也跟着作出义愤填膺的样子来，不过我恐怕我那是有些虚伪。

“他哥哥这个人，真是个妄自尊大的糊涂家伙！”我姨婆说。“因为他弟弟的脾气多少有点古怪——其实他比起许多许多人来，古怪的程度还不到他们一半那么厉害哪——他就认为，别人在他家里看见这样一个人，显得寒碜，因此他就把他送到私人办的疯人院里去：其实他父亲死的时候，还把他这个小儿子，托付给他大儿子，叫他特别加以照顾哪，因为那老头儿也认为他这个小儿子是个半拉疯子。他那是明白得过头啦，才那样想。毫无疑问，那一定是他也疯了。”

我姨婆说到这儿，表示出对这种看法坚决地信以为然的样子，我也跟着表示出坚决地信以为然的样子来。

“因此我才插上手去，”我姨婆说，“说要帮他个忙。我说，‘令弟是神志清醒的，这阵儿比你清醒得多，将来还是要比你清醒得多，这是可以预先料到的。你把他那点进款给他，叫他跟着我来过好啦。我不怕他疯，我不怕他寒碜，我很愿意照顾他，我绝不会像别人那样虐待他。我这样说，是指着疯人院里管事的那些人以外的人说的。’我和他哥哥吵过多少次，”我姨婆说，“他哥哥到底让他跟着我来了。从那时以后，他就一直跟着我过。世界上所有的人里面，就找不出有比他的性子再柔和，脾气再好的来！至于出个主意什么的，那就更不用提了！不过话又说回来啦，除了我，别人谁也摸不着他的脾气。”

我姨婆一面理衣服，一面甩脑袋，好像要把全世界对她的挑战，用手一理而清，用脑袋一甩而去似的。

“他有一个姐姐，他很疼他这个姐姐，他姐姐那个人也不错，也很疼他。但是有一件事，可闹得不好——原来她也和别的女人一样，嫁了个丈夫。那个丈夫，也和所有的丈夫一样——老叫她苦恼。这种情况，对于狄克先生发生了极大的影响(我想，那不能说他是疯了！)，再加上他怕他哥哥，觉得他哥哥待他残酷。这种种情况，一齐都来了，可就叫他得了热病了。那是他还没跟着我过以前的事儿了，不过即便这阵儿，他一想起那种情况来，都受不住。他对你提过查理第一的话来着吧，孩子？”

“提过，姨婆。”

“啊！”我姨婆说，一面用手揉了揉鼻子，好像她有些烦躁的样子。“那是他一种打比方的表达方式。他把他自己的病和那档子巨大的骚乱连在一起了；这本是很自然的。那种说法，就是他想表示那种情况的时候喜欢用的词藻，或者说暗喻什么的，反正不管你怎么叫吧，就是这么回事。如果他想得对，那他为什么就不可以那样说哪？”

我说，“一点不错，完全可以那样说，姨婆。”

“那种说法，当然不合乎条理，也不合于世俗。那是我知道的；就是因为那样，我才坚决地反对他把那个话写在他的呈文里。”

“他写的那个呈文，是说他自己的历史的吗，姨婆？”

“不错，孩子，”我姨婆说，同时又把鼻子揉了一下，“他那是给司法大臣写的，或者给别的大臣写的，总而言之，给那种花钱雇来、接受呈文的人写的，写的是他自己的身世。我想，以后不定什么时候，总有递进去的那一天。他要是把他那种比喻式的表达方法撇开不用，他就还不能把呈文写成；不过那无关轻重；反正这样一来，他就有个事儿占着身子了。”

实在说起来，我后来发现，狄克先生有十年以上的工夫，老在那儿尽力要把查理第一撇开，不把他写到呈文里面去，但是查理第一却又一直地老和他纠缠不清；他一直到现在，还是没能把查理第一撇开，还是没能不把他写在呈文里。

“我再说一遍，”我姨婆说，“除了我，别人没有摸得着他的脾气的，世界上的人，没有比他再柔和，再仁慈的了。他有的时候，倒是喜欢放放风筝什么的，不过那有什么关系！连富兰克林不是也常放风筝吗？富兰克林还是个奎克派①，或者那一类的人哪，如果我没弄错的话。一个奎克派放风筝，比任何别的人，都更可笑。”

如果我能设想，我姨婆是特别为我个人起见，把我当作听体己话的人，才把这些细节又说了一遍，那我自然要觉得我姨婆对我是另眼相看的了；从她现在这样对我垂青的情况里看来，可以预料她以后待我也不会怎么不好的。但是我却不能不注意到，她之所以说这一类话，主要的还是因为这番话早就存在她心里，于我并没有什么关联，不过因为没有别的人在她跟前，所以才对我说罢了。

同时，我得说，她那样挺身而出，保护那位于人无害而令人可怜的狄克先生，这种义气在我那幼小的心里，不但出于自私，生出自己前途有望的想法，同时也出于不自私，充满爱她的热情。我现在相信，对于我姨婆，当时开始认识到，她虽然有许多古怪脾气、乖僻性格，但是她却有一种品格，值得尊敬，可以信赖。那一天，她虽然也和头一天同样地严厉，也和头一天同样地时时因为驴而跑出去、跑进来，特别因为一

---

①美国政治家、作家兼科学家富兰克林为试验电而放风筝。奎克派为基督教派之一，以生活态度严肃为标榜，故与放风筝不协调。

个青年，从窗户那儿，和捷妮飞眼儿，惹得她大生其气（种种恶行之中，最严重地触犯我姨婆的威严的，这就是一种），但是如果说这种情况并没使我减少我对她的畏惧，它却好像使我增加了我对她的尊敬。

我姨婆给枚得孙先生去了一封信，在收到回信之前，自然得经过相当的时间。在这段时间里，我的焦虑达到极点。但是我却尽力把这种焦虑压服下去，对我姨婆和狄克先生，都安安静静、老老实实，尽力使他们喜欢我。我本来想和狄克先生一块儿到外面去放那个大风筝。但是我除了头一天来的时候，我姨婆给我裹在身上那一套什么都可以说、就是不能说是好看的衣服而外，我就没有别的衣服，因此我只能死待在家里。只有天黑了以后，我姨婆为我的健康起见，押着我去到外面的悬崖上，往来走一个钟头，再去睡觉。后来枚得孙先生的回信到底来了，我姨婆告诉我，说他要在第二天，亲自来和我姨婆谈我的问题，我听了这个话，吃惊不小。到了第二天，我仍旧跟以前一样，装束得古里古怪地，坐在那儿一分钟一分钟地数时辰，心里有时希望低落，又有时畏惧增长，因此脸上就一阵红，一阵热。我就这样待在那儿，等着那个使我心惊的阴沉面目出现，其实他还没出现，我早就已经每一分钟都心惊一次了。

我姨婆比平常稍微肃竦、严厉一些，不过除了这种情况而外——我看不出别的表现，足以说她在那儿准备接见我怕得那样厉害的那个人。她坐在窗前做活儿，我就坐在她旁边，心里想这个，想那个，把枚得孙先生来拜访的一切结果，可能和不可能的，全都想到了。我就这样一直待到下午很晚的时候。我们的正餐早已无定时地往后推延了，但是因为天已经很晚了，所以我姨婆就叫预备饭，她刚这样吩咐了之后，就嚷起来，说又有驴来了。我抬头一看，大吃一惊，原来来的不是别人，正是枚得孙小姐，用偏鞍骑在驴身上，像存心故意的样子，从那片神圣的青草地上走过，跟着在门前站住，往四下里张望。

“滚开！”我姨婆说，同时在窗户里又把脑袋摇晃，又用拳头比划。“这儿不许你来！你敢来侵犯我！滚开！呀！你这个大胆的东西！”

枚得孙小姐只冷静地往左右瞧，她那种不理不睬的样子，一定把我姨婆惹得火儿极了，所以我相信，她当时竟呆住了，不能按照平常那样，立即冲到门外面去。我趁着这个机会，告诉了她，说来的这个人是谁，又告诉她，现在走到冒撞她的那个妇人跟前的绅士(因为往上去的路很陡，他落在后面)就是枚得孙先生本人。

“我不管他是谁！”我姨婆喊道，一面在窗户里，仍旧摇头，同时做出种种弯身屈膝的姿势，可就是没有表示欢迎的那一种“我不能让别人侵犯我，我不许那样。叫他滚！捷妮，把这个驴扭过去，把它拉走。”跟着我躲在我姨婆身后，看到了一种说打就打的小小全武行场面：那个驴就定在那儿，谁也不听，它那四个蹄子直挺挺地竖在四下，捷妮就抓住了它的缰绳，要把它扭转过去，枚得孙先生就死气白赖地要拉它往前，枚得孙小姐就用一把阳伞打捷妮，好几个孩子，都跑来看这场武戏，就使劲儿喊叫。我姨婆一下看见了这群孩子里面，有赶驴的那个坏小子(他虽然还不到十几岁，却是触犯她最凶的老对头)，就冲到闹事的地点，朝着他扑去，抓住了他，把他拽到了园子里，这时，他的夹克都扯到头上，两脚在地上直擦。我姨婆把他拽到园里以后，叫捷妮去找警察和治安法官，好来逮他，审他，当场罚他。她就这样把那孩子逼在那儿，一时不能逃脱。不过这出武戏里这一场，并没拉得很长，因为这个小恶棍是闪转腾挪的能手，而这些手法，我姨婆却一窍不通。因此不到一会儿的工夫，他就嘴里呼啸着脱身而去，只有他那钉着钉子的靴子，在花坛里践踏蹂躏，留下了很深的印儿，他去的时候，还耀武扬威地把驴拉走了。

枚得孙小姐在这出武戏的后段，已经下了驴了，现在和她兄弟在台阶下面等候，等我姨婆从容接见他们。我姨婆由于刚才这一场战斗，心里稍微有点儿乱，但是却威仪俨然地从他们前面走过，进了屋里，根本不去理会有两个人在那儿，后来还是捷妮进去给他们通报了。

“我是不是要躲开，姨婆？”我哆嗦着问。

“不用躲开，老先生，”我姨婆说。“当然不用躲开！”她这样说了，跟着就把我推到靠近她的一个角落里面，搬了一把椅子，挡在我前面，好像那就是监狱里或者法庭里的审判栏。在他们整个的会谈时间里，我都一直地站在那儿，我也就从那儿看着枚得孙先生和枚得孙小姐进了屋里。

“哦！”我姨婆说。“刚才开头儿的时候，我还不知道我那是有幸和什么人闹冲突哪。不过我不许任何人骑着驴在那片草地上走。不论什么人，毫无例外，我一概不许。任何人我都不许。”

“你这种规章，对于第一次来到这儿的人，未免有些不方便吧，”枚得孙小姐说。

“是吗！”我姨婆说。

枚得孙先生好像害怕武戏会重演起来，插上嘴去说：

“特洛乌小姐！”

“不敢，”我姨婆用犀利的眼光看着他说。“我故去的外甥大卫·考坡菲，就是当年住在布伦得屯的栖鸦庐的——不过为什么叫栖鸦庐，我是不懂的！他留下了个孀妇，娶这个孀妇的枚得孙先生，就是你吧？”

“不错，就是我，”枚得孙先生说。

“我鲁莽地说一句：我觉得，你要是压根儿不去招惹那个可怜的娃娃，”我姨婆回答说，“那也许得算是一件好事，一种福气吧？是不是？”

“在这一点上，我很同意特洛乌小姐的说法，”枚得孙小姐把头一梗，把下巴一缩，大模大样地说，“我也认为，我们那位令人惋惜的珂莱萝，在主要的各方面，只是一个娃娃。”

“像你和我这样的人，小姐，”我姨婆说，“都已经快上了年纪了，再也不能因为生得漂亮而受别人的折磨了，所以没有人能说咱们是娃娃，这是咱们可以宽慰的地方。”

“你说得不错！”枚得孙小姐回答说，不过，我却觉得，她那种同意，并非出于情愿，她那种说法，也并非优雅得体。“并且，像你说的那样，我兄弟要是压根儿就没结这份儿亲，那于他一定得算是一件好事，一种福气。那是我一向的看法。”

“我也认为，那毫无疑问，是你的看法，”我姨婆说。“捷妮，”她拉了拉铃儿，叫道，“你对狄克先生说，我问他安好，同时请他下来一趟。”

他还没下来的时候，我姨婆把腰板挺得又直又硬，坐在那儿，对着墙直皱眉头。他下来了，我姨婆先照规矩给他介绍了一番。

“这是狄克先生，我一个极熟的老朋友。他的判断力，”我的姨婆强调说，作为给狄克先生的一种警告，因为他那时正咬自己的食指，看样子未免有些愣愣瞌瞌的，“是我一向倚重的。”

狄克先生听我姨婆这样一说，就把食指从嘴里拿出来，脸上带着认真、注意的样子，站在那几个人中间。我姨婆把头微微朝枚得孙先生那面儿歪着，只听他接着说：

“特洛乌小姐，我接到你的信以后，我觉得，如果我想要别太委屈了我自己，并且别太简慢了小姐你——”

“谢谢你啦，”我姨婆说，仍旧用犀利的眼光，使劲儿盯着他，“你不必管我。”

“那我应该不管路上方便不方便，都亲自来一趟才对，”枚得孙先生接着说。“这样比用信答复好得多。这个专爱捣乱的糟孩子，把朋友和事由儿都撂了——”

“你瞧这孩子这个样子，”他姐姐插嘴说，她是指着我那种无以名之的服装说的，“看着多扎眼，多不体面！”

“捷恩·枚得孙，”她兄弟说，“请你别打搅我，成不成。这个专爱捣乱的糟孩子，特洛乌小姐，曾闹得我一家不和，全家不安。我新近故去的那个亲爱的太太活着的时候是那样，她故去以后也是那样。这个孩子，阴沉、忤逆、凶暴、乖戾、执拗、倔强。我和我姐姐，都曾尽力想过法子，要把他这些毛病给他改过来，但是可一点成效都没有。我认为——我可以说，我们两个都认为，因为我凡事都没有背着我姐姐的——所以我们两个都认为，你应该听一听我们把这孩子的真情实况，毫不意气用事、郑重严肃地亲口说一说。”

“我兄弟这些话，句句属实，几乎用不着我再加以证明，”枚得孙

重大的会谈

小姐说，“请让我只说这么一句好啦：世界上所有的孩子里面，我相信，再也找不出比他还坏的来了。”

“言重了！”我姨婆简洁地说。

“按照事实，可一点也不算言重，”枚得孙小姐说。

“哈！”我姨婆说。“呃，还有什么啊，先生？”

“什么是教养这孩子最好的办法，”枚得孙先生说，这时候，他和我姨婆越你瞅我，我瞅你(而且还是眯缝着眼瞅的)，他脸上就越阴沉，“我有我自己的看法。这种看法，一部分是根据我对这孩子的了解而来的，另一部分是根据我自己的财力和收入而来的。这种看法的好坏，都有我自己负责，我就照着这种看法办，所以关于这一点，不必多谈。我只这样说就够了：我把这孩子托给我自己的一个朋友，叫他亲眼看着他，就了一种体面的行业。这孩子不喜欢这种行业，从这种行业里逃跑了，变成了一个乡下的无业游民了，衣服褴褛，跑到你这儿，特洛乌小姐，对你诉冤来了。你要是听他一面之词，袒护他，那确实会有什么后果，我愿意就我知道的，直爽地说一说。”

“你先不要说那个，你先说一说那个体面的行业好啦，”我姨婆说。“如果这孩子是你亲生的，那你也要同样地叫他干这个行业吧，我想？”

“如果他是我兄弟亲生的，”枚得孙小姐从中插嘴说，“那他的性格，我相信，就要完全是另一种样子了。”

“再说，如果那个可怜的娃娃——他母亲——还活着，那他也照样要干这一种体面的行业的，是不是？”我姨婆说。

“我相信，”枚得孙先生说，说的时候把头稍微一低，“珂莱萝对于我和我姐姐捷恩·枚得孙认为最好的办法，不会有异议的。”

枚得孙小姐咕念了一声，对于她兄弟这种说法表示赞同。

“哼！”我姨婆说。“不幸的娃娃！”

狄克先生在所有这段时间里，都老在那儿把钱弄得噶啦噶啦地直响，这一会儿把钱弄得响得更厉害了，我姨婆觉得有阻止他的必要，所以先瞪了他一眼，然后才接着说：

“那个可怜的娃娃一死，她的年金也跟着完了？”

“不错，跟着完了，”枚得孙先生回答说。

“那点小小的财产，那所房子和园子——那所没有乌鸦的栖鸦庐——也没订结婚契约[①]，对她的小子有什么安排？”

“那是她头一个丈夫无条件留给她的——”枚得孙先生开口说，但是我姨婆却把他拦住了，拦的时候，露出极端不耐和烦躁的样子来。

“唉哟，你这个人，真是的！跟我说这个干什么？可不无条件地留给了她！大卫·考坡菲那个人，就是条件紧在他眼皮子底下，也不会想到什么条件的，也不会想到任何条件的；他那个人，我早就看透了。他当然是无条件留给他太太的。不过，他太太第二次结婚的时候，说得更明白一些，更直截了当一些，那个娃娃走了错尽错绝的那一步，和你结婚的时候，没有人出来替这个孩子说句话吗？”

“我新近故去的这位太太，很爱她第二个丈夫，小姐，”枚得孙先生说，“因此她不论什么事，都完全信赖她第二个丈夫。”

“你新近故去的那个太太，先生，是个最不通世事、最倒霉、最不幸的娃娃，”我姨婆说，一面对他摇头。“一点不错，她正是那样。现在，你还有什么要说的？”

“我要说的只是，特洛乌小姐，”他回答说，“我到这儿来，要把大卫领回去，无条件地把他领回去，按照我以为是的办法安置他，按照我以为对的办法对待他。我不是到这儿来对什么人应许这个，担保那个的。你，特洛乌小姐，对于他的逃跑，对于他的诉冤，都有可能想袒护他。这是从你的态度上可以看出来的，因为你的态度，可以说，绝不是想要息事宁人的。现在我得警告你，你要是袒护他一次，那你可就得永远袒护他，你要是插手管这一回，那你可就得管到底儿。特洛乌小姐，我这个人，绝不跟别人无理取闹，我也绝不许别人跟我无理取闹。我到这儿来，就是要来领这个孩子的，我还是就来一次，绝不来第二次。他能跟我走不能？只要你说他不能跟我走——只要你说一句他不能走，

① 结婚契约：指准备结婚时，规定女方及子女财产权之契约。

不管你用的是什么借口——我不管是什么借口——只要你那样一说，那我的门，可就从此以后，永远不再给他开了，而你的门，我认定，可就永远要为他开着了。”

他这一番话，我姨婆是用最大的注意力听的。她坐在那儿，腰板笔直，两手交叉放在一个膝盖上，阴沉地看着那个说话的人。他说完了，她把眼光一转，只用眼光慑着枚得孙小姐，身子却完全没动，说：

“啊，现在，小姐，你有什么说的哪？”

“啊，特洛乌小姐，”枚得孙小姐说，“我要说的，我兄弟已经都完完全全地说了，我所知道的一切事实，他也都明明白白地讲了，所以我没别的可以再添的了，只有一点；我要谢谢你，因为你太有礼貌了，非常地有礼貌。这是我敢保的。”枚得孙小姐说；说的时候，带着一股讽刺；但是那股讽刺，对于我姨婆，丝毫没发生影响，也就像它对我在查塔姆靠着睡觉的那尊大炮丝毫不发生影响一样。

“这孩子怎么说哪？”我姨婆说。“你能跟着走么，大卫？”

我回答说，我不能跟着走，同时求她，不要放我走。我说，枚得孙先生和枚得孙小姐，都从来没喜欢过我，都从来没好好待过我。我妈老是非常地疼我的，他们可老叫我妈为了我感到苦恼。这是我深深地知道的，也是坡勾提知道的。我说，凡是知道我年纪多么小的人，都不会相信，我会受那样罪，遭到那样苦恼。我请我姨婆，我求我姨婆，我哀告我姨婆——我不记得我当时用的是什么字眼了，不过我记得，那种字眼当时使我很感动——看在我父亲的面上，千万照顾我，千万保护我。

“狄克先生，你说我应该把这孩子怎么办？”

狄克先生琢磨了一下，犹豫了一下，忽然心里一亮堂，嘴里回答说，“马上给他量尺码儿，做一套衣服。”

“狄克先生，”我姨婆带着得意的样子说，“把你的手给我，因为你这份儿通情达理，真是无价之宝。”她和狄克先生亲热地握了手以后，跟着把我拽到她跟前，对枚得孙先生说：

“尊驾愿意多会儿请便，就多会儿请便好啦。这孩子归我啦。好坏我都凭天啦。如果他完全像你说的那样，那我替他做的事至少也可以跟得上你替他做的。不过你的话，我是一句也不信的。”

“特洛乌小姐，”枚得孙先生反驳说，同时站起来，耸了耸肩膀：“要是你是个男子汉——”

“什么！胡说八道！”我姨婆说。“你快给我住口！”

“多么礼貌周全！！”枚得孙小姐站起来说。“太礼貌周全了！都周全得叫人没法儿受了！”

“那个又倒霉、又可怜、一步走错了的娃娃，”我姨婆对枚得孙小姐的话完全不理，只对她兄弟发话，同时对他摇头，好像要把满腔愤怒，一齐摇出似的，“在你手里都过的是什么日子，你只当我不知道哪？你头一回和那个柔顺的小东西儿见面儿的时候，你一定对她又大献媚笑，又大飞媚眼儿，好像你连吓唬鹅都不会[1]一样，这是我敢断言的；那一天，是她多么倒霉的日子，你只当我不知道哪？”

“我从来没听见过这样的文明词儿！”枚得孙小姐说。

“你只当我不能像亲眼看见你那样了解你哪，”我姨婆接着说。“我现在倒真看见你了，真听见你了。我的耳闻目见给我的是什么哪？我坦白地对你说吧，什么都可以说，可就是不能说是愉快。哦，一点不错。哎哟天哪，刚一开始的时候，还有谁能赶得上枚得孙先生那么柔和，那么温存！那个又可怜、又无知、又天真的家伙，从来没见过他那样的人。他简直地是个糖人儿。他崇拜她。他疼她的孩子——像心尖儿一样地疼她的孩子！他要给他当第二个爸爸，他们三个要一块儿住在玫瑰花园里，是不是？呸！你快给我滚，快给我滚！”我姨婆说。

“我这一辈子，从来没听见过有像这个人这样说话的，”枚得孙小姐喊着说。

“你把那个可怜的小傻子弄到了手，不怕她再跑掉了以后，”我姨婆说，——“我这样叫她，很不对，再说，她又已经到你一时还不忙着想到的地方去了——不过我还是要这样说，你把那个可怜的小傻子弄

---

①吓唬鹅都不会：英文成语，言人胆小怯懦。

到了手以后，仿佛你对于她自己，对于她的亲人，还欺负得不够似的，你还得训练她，是不是？你还得排练她，好像她是一只养在笼子里可怜的鸟儿一样，你还得教她唱你的曲儿，一直到她那上了当的一生折磨消耗完了才算，是不是？”

“这个人不是疯了，就是醉了，”枚得孙小姐痛苦之极，因为她不能把我姨婆的谈锋转到她那一方面。“我疑心她一定是醉了。”

贝萃小姐，对于她这种打岔的话丝毫也没理睬，仍旧好像没有那么回事似的，接着对枚得孙先生发话。

“枚得孙先生，”我姨婆一面说，一面用手指头指着他，“你对于那个单纯的娃娃就是一个暴君，你把她的心弄碎了。她是个心地再没有那么好的娃娃——那是我知道的；你还没碰见她，我就认识她好多年了；你尽量利用她这种弱点，伤了她的心，要了她的命。我不管你爱听不爱听，反正这是真情实况，说给你听了，好叫你舒服舒服。你和你的狗腿子，尽量去受用受用吧。”

“我请问，特洛乌小姐，”枚得孙小姐插嘴说，“你管谁叫作是我兄弟的狗腿子？这可真是我听来耳生的字眼！”

我姨婆仍旧跟一点也没听见枚得孙小姐的话一样，一点也不为她所动，只接着说：

“我已经对你说过，在你遇见她以前好几年——至于神秘的上帝怎么作那样的安排，会叫你碰见她，那是人类不能了解的——在你遇见她以前好多年，就很清楚，那个又可怜、又柔顺的小东西儿，早早晚晚，不定什么时候，非要再嫁人不可；不过我当时万没想到，她再嫁人，会糟到这步田地！我当时还往好的地方想哪！那还是她刚生这个孩子的时候——就是这儿这个孩子。谁知道，后来就因为这个可怜的孩子，他的妈成了你枚得孙先生作践折磨的可怜虫了哪！这件事，叫人一想起来就要痛心；这个孩子在这儿，叫人一见，就要想起从前而犯恶心。唉，唉，你用不着退缩畏避！”我姨婆说。“你不退缩畏避，我也知道那都是事实。”

在所有这段时间里，枚得孙先生一直站在门旁，一面瞧着我姨婆，一面脸上带着微笑，但是他那两道黑眉毛，却紧紧地皱在一起。到了我姨婆说他不用退缩畏避的时候，我瞧见，虽然他脸上仍旧还带着笑容，但是他脸上的颜色却有一会儿的工夫变白了，他喘的气也好像他刚跑过似的。

“再见吧，先生，”我姨婆说，“再见！你也再见吧，小姐，”我姨婆突然转到枚得孙小姐那面说。“我要是看见你再在我那片青草地上骑着驴走过，那我非把你的帽子给你掉了，拿脚踩不可！”

我姨婆突然说出这几句令人想不到的话的时候，要把她脸上那种样子表现出来，总得有一个画家才成，并且还得是一个出色的画家；要把枚得孙小姐听了这几句话，脸上的样子表现出来，也是一样。姨婆说话的态度，说话的内容，都像烈火一样，所以枚得孙小姐，不发一言，只见机而作的样子，把胳膊挽着她兄弟的胳膊，高傲地走出了这所房子。我姨婆仍旧留在窗户那儿瞧着他们，我觉得，毫无疑问，准备好了，一旦驴又出现，好把她的话马上付之实行。

不过，枚得孙姐弟那方面，没作任何挑战的表现，我姨婆绷紧了的脸就慢慢松弛下来了，同时那样和颜悦色，我见了不由得胆子大起来，又吻她，又谢她，我吻她、谢她的时候，非常热烈，是用两只手紧紧地抱着她的脖子的。跟着我和狄克先生握手，他也和我握手，并且握了好多次，同时笑了又笑，庆祝我姨婆，在这场唇枪舌剑中，取得最后胜利。

“狄克先生，你要把你自己当作是这个孩子的保护人，和我一块儿来保护他，”我姨婆说。

“我能给大卫的儿子当保护人，那我高兴极了，”狄克先生说。

“很好，”我姨婆说，“这可一言为定啦。你不知道，狄克先生，我正这儿琢磨哪，要他跟着我叫，叫特洛乌。”

“那敢情好，那敢情好。叫他特洛乌，那敢情好，”狄克先生说。“大卫的儿子也就是特洛乌。”

“你的意思是说，叫他特洛乌·考坡菲，是不是？”我姨婆回答说。

“不错！对，对，一点不错，叫他特洛乌·考坡菲，”狄克先生有些害臊的样子说。

我姨婆对于这个提议，觉得可心极了，因此，那天下午，她给我买了几件现成的衣服，我还没穿，她就用永不褪色的墨水，在那上面亲手写上“特洛乌·考坡菲”的字样了；同时，定好了，以后给我定做的衣服（那天下午就定做了一套）也都要标上同样的字样。

这样，我就在名字新、衣服新，无一不新的情况下，开始了我的新生命。现在疑虑不决的心情已经告终了，我有好几天的工夫，老觉得惚惚悠悠、像在梦中一样。我永远没想到，我会有这样一对稀奇的保护人——我姨婆和狄克先生。我从来没有清清楚楚地想到我自己的事儿。只有两种情况，我觉得最清楚，一种是：旧日布伦得屯的时光，离我远去了——好像非常遥远的一片迷蒙一样；另一种是：我在枚·格货栈那一段生活，永远有一重帐幕遮住。从那时候以后，没有人曾把它揭开过[1]。即便在这本书里，我也只是出于无奈，勉强把这一幕揭开了一会儿的工夫，跟着又急忙把这一幕闭上了。那一段生活，回忆起来，给我的痛苦太大了，使我觉得非常难过，使我感到非常绝望，因此，我连想一想，那种日子，到底熬了多久，都没有勇气。它还是一年，还是比一年多，还是比一年少，我现在并不知道。我只知道，那段生活，有而复无，来而复去；我只知道，那段生活，曾经写过，写完了以后，就随它留在那儿，不再提起。

第十五章
再世为人

我和狄克先生不久就成了最要好的朋友，并且，在他一天的工作做

---

① 这段生活，是狄更斯亲身的经历，但除了对他的朋友伐斯特之外，他从来没对别人提过，连对他太太都没提过。

完了的时候，时常一块儿去到外面，放那个大风筝。他一生之中，每天每日，都要费很长的时间伏案写他那个呈文，但是，尽管他对那个呈文，那样耗时费力，而那个呈文却永无进展，因为，早早晚晚，国王查理第一总要乘机混了进去，那样一来，这个呈文只好扔到一边，再从头另来一个。他对于这种不断出现的挫折，老那样毫不烦躁，永不灰心，忍受下来；他对查理第一，老觉得有不对头的地方，但是却又老那样以温和、文静的态度出之；他永远想要把查理第一摆脱掉，而却又永远力不从心，查理第一永远要死气白赖非乱搀到他的呈文里不可，因而把呈文搅得一塌糊涂，面目全非：所有这种种，都给了我深刻的印象。如果呈文有写好了的那一天，那狄克先生认为那个呈文会给他带来什么结果呢？他认为那个呈文应该往哪儿递呢？或者他认为那个呈文要做什么呢？我相信，关于这些方面，他一无所知，也跟任何别人对这些方面一无所知一样。其实，他对这些问题，绝不必自找麻烦，加以考虑，因为，如果普天之下，日月所临，有一件事确定不移，那件事就是：这个呈文永远没有完成的一天。

我那时经常想，看到他把风筝放到高高的太空，是一桩使人十分感动的光景。他在他屋里，曾告诉过我，说他相信，风筝会把糊在它上面那些铺陈叙说，散布传播（其实那不是别的，只是一篇一篇未完成而流产的呈文），他那种想法，也许只能算是他有的时候心里所起的渺茫空想，但是他到了外面，眼里看着天空里的风筝，手里感到风筝往上又抻又扯的劲头儿，那可就不是渺茫的空想了。他从来没有像在那种时候看起来那样宁静恬适。有的时候天色傍晚，我坐在青绿山坡上他的身旁，看着他用眼盯着恬静的空中高高飘起的风筝，我就经常地想，风筝把他那颗心，从烦扰混乱之中带到天空里去了（这是我小孩子家的想法）。后来他把风筝的线一点一点地收进，风筝从晚霞明灭的天空一点一点地落下，一直到它飘飘摇摇地落到地上，像一个死物一样卧在那儿，那时候，他就好像一点一点地从睡梦中醒来。我还记得，那时我看到他把风筝拿在手里，仿佛流离失所，茫然四顾，好像他自己和风筝一齐沉沦落泊，我就满心对他愍怜。

一方面，我和狄克先生的友谊和亲密日日有所进展，另一方面，我对他那位坚贞不渝的朋友——我那姨婆——所取得的欢心，也并非有所退缩。她对我喜欢得无以复加，因此，在几个星期的时间以内，她就把因抚养而给我起的名字特洛乌，缩为“特洛”，并且鼓励我，使我希望，如果我以后也像我开头那样好，那我就可以和我的姐姐贝萃·特洛乌，在她那慈爱的心肠里，占有同样的地位。

“特洛，”有一天晚上，双陆棋盘像平常那样，给她和狄克先生摆好了的时候，我姨婆说，“咱们可不要把你的教育问题扔到脖子后头。”

这本来是我惟一焦虑的一件心事，所以她现在一提这个话，我就不禁大喜。

“把你送到坎特伯雷去上学，好不好？”我姨婆说。

我回答说，到那儿去上学可就太称心了，因为那地方离她那样近。

“好，”我姨婆说，“那咱们明儿就去。好吧？”

我姨婆的脾气是：一有行动，就轻车快马，电掣风驰，这种脾气对我已经不生疏了，所以我对于她这样说风就是雨的提议，一点也没觉得惊讶，而只回答说，“好！”

我姨婆也说了一个“好”字，跟着吩咐，“捷妮，明儿早晨十点钟，把那匹灰矬马①和那辆四轮敞车雇下来，今儿晚上就把特洛乌少爷的衣服都打叠好啦。”

我听到我姨婆这样一吩咐，心花大放。但是我一看这句话对狄克先生产生的影响，却又因为自己自私而良心受到了责备。因为狄克先生，看到我们分离在即，心情沮丧，结果双陆打得坏极了，我姨婆几番用骰子盒儿敲他的指节骨警告他，还是没有用处，我姨婆就索性把双陆棋盘叠了起来，不再跟他玩儿了。但是他一听我姨婆说，碰到星期六，我有时还可以回来，碰到星期三②，他有时也可以到坎特伯雷去看我，他的

---

① 在英国，身高4英尺4英寸或4英尺8英寸以下的马叫作矮种马或矬马。
② 星期三和星期六都是半日上课，半日休假。

精神又振作起来，并且赌咒发誓，说要另扎一个风筝，比现在这一个要大得多多，预备到了那种时候我们俩一块儿放。第二天早晨，他的心情又低落下去，为了使自己撑持得住，他非要把他身边所有的钱，不论金的，也不论银的[①]，全都给我不可。后来还是我姨婆出面调停，说顶多送我五先令就够了。但是他还是不肯，死气白赖地非要送我十先令不可，最后到底依了他才罢。我们两个在庭园的栅栏门那儿，极尽亲热，才含恨而别，狄克先生站在那儿，看着我姨婆赶着车去得看不见了，才进了屋里。

我姨婆这个人是不管大家对她有什么意见的，她以精于此道的样子，亲自赶着那匹灰矬马，走过多佛。她挺着腰板儿，高踞车上，像盛会大典中华轮绣毂上的御人一样，不论马走到哪儿，老把眼盯在马身上，还无论如何，都坚决不让马由着自己的性儿乱走。不过，我们走到乡间的大路，她对那匹马就放松了一些了；并且回过头来，看着陷在车垫里像陷在低谷里的我问，是否感到快活。

“真快活极了，谢谢你，姨婆。”

她听了这话，非常满意，但是她那两只手都占着了，她就用马鞭子拍我的脑袋。

“我要上的这个学校大吗，姨婆？”我问。

“哟，这我还说不上来哪，”我姨婆说。“咱们得先往维克菲先生家里去一下。”

“他是办学校的吗？”我问。

“不是，特洛，”我姨婆说，“他是办事务所的。”

我当时没再问关于维克菲先生的话，因为我姨婆不想多说，所以我们就谈别的题目，谈着谈着，可就来到坎特伯雷了。那天坎特伯雷正碰上是赶集的日子，因此这是我姨婆一个很好的机会，可以在许多大车、篮子、蔬菜和小贩子的货物中间，曲里歪斜地赶着那匹矬马一显身手。我们拐弯抹角的时候，都是差一丝一毫就会碰到人身上的，这种情况，

---

① 金的是金镑，银的是先令。

引得站在集上的人对我们发了各式各样的话，而这些话并非老是奉承我们的。但是我姨婆一点也没理会他们，只照旧赶着车走她的路。我敢说，她就是在敌人的国土上，也要以同样的冷静态度，自行其是地趱路前进。

我们走到后来，到底在一所很古老的房子前面把车停下来了。只见那所房子的上部都伸展到街道的上方。那长而低的方格窗户，伸展得更往外去，房上的椽子(椽子头儿都刻着头像)，也都往外伸展①。因此我当时想，房子是在那儿往外探身，想看一看下面那条窄窄的便道上，都是什么人往来呢。房子非常清洁干净，可以说净无点尘。低矮的拱门上老式的门环，刻着花果交缠的花样，像一个星儿那样直眨巴眼。那两磴往下通到房门的石头台阶②，白净得好像蒙着光洁的纱布。所有的畸角、旮旯、雕刻、牙子、稀奇古怪的小方块玻璃，还有更稀奇古怪的小窗户，虽然都像山一样地老③，却都像落到山上的雪一样地白。

矬马拉的四轮车在门前停了下来，我就聚精会神地直端量这所房子，那时候，我一眼看见，楼下一个小窗户那儿(那是做成房子一个方面的一个小圆塔)有一个死人一样的脸，露了一下就不见了。跟着那个低矮的拱门开开了，那个脸来到门外。那个脸，在门外看来，和原先在窗户里看来，完全一样，都像一个死人的脸，不过脸上的肉皮里，却有一点发红的意思，这是有时见于有红头发那种人的皮肤上的。现在这个脸，就是一个有红头发的人的——只见他是一个十五岁的小伙子(这是我现在这样估计，但是看样子却还大几岁)，头发剪得短短的，和贴地割剩下的庄稼碴儿那样。这个孩子，连一根眼毛都没有，也几乎连一根眉毛都没有，因此一双棕中带红的眼睛，都一无遮掩，毫无覆蔽，使我

---

①这类房子，都是由中古传下来的，房子上层往外伸延，据说，中古时世，变乱甚多，人们为求安全，聚居城内，人多地狭，为使居室更宽绰，故作此设计。

②比较狄更斯的短篇小说《一个行贩的故事》：“通到房里的，不是近代兴的那种往上去的六层浅磴台阶，而是那种往下去的两层陡斜台阶。”这是街道越来越填高，故房子反比街道低。

③像山一样地老：英语古谚。

当时纳过闷儿，不明白他睡觉的时候，用什么法子，才能把眼睛闭起来。他两肩高耸，全身瘦骨嶙峋，穿着一套素净的黑衣服，只系着一窄溜白领巾，扣子一直扣到脖子底下，手又长又瘦，净是骨头。他站在矬马的脑袋那儿，用手摸着下巴，仰起头来看着我们坐在车里，那时候他的手特别引起我的注意。

“维克菲先生在家吗，乌利亚·希坡？”我姨婆说。

“维克菲先生在家，太太，”乌利亚·希坡说，“请你到那儿去吧，”他用他那只又瘦又长的手往他说的那个屋子那儿一指。

我们下了车，把马撂给希坡拢着，进了一个临着街道、有长无高的起坐间。我进这个起坐间的时候，从临街的窗户那儿，一眼看见乌利亚·希坡对着马鼻子，往鼻孔里吹气儿，吹完了，又马上用手把鼻孔捂住了，好像他正在那儿对马作法行魔似的。起坐间里，正对着高高的老式壁炉搁板，挂着两个画像：一个画的是一位绅士，头发都苍白了（其实决不是个老人），但是眉毛还黑，正在那儿瞧一些用红带子捆在一块儿的文件；另外那一个，画的是一位女士，脸上的表情又恬静、又甜美，她就正在那儿瞧我。

我现在相信，我当时正各处瞧，想找一找是不是有乌利亚的画像，正在那样张望的时候，屋子远处那一头的门开开了，进来了一位绅士；我一见这位绅士，马上就回头瞧我刚说的那头一张画像，想看一下，是不是那个画像确实并没从镜框里动身走下。但是那个画像却一动也没动；而在那位绅士走到光线亮的地方，我就看出来，他现在比他画画像那时候，又长了几岁了。

“贝萃·特洛乌小姐，”那位绅士说，“请进，请进。我刚才有点小事，占住了身子，有失迎迓，不过你看在我忙的分儿上，总会原谅我的。你是知道我的动机的。我这一生只有一个动机。”

贝萃小姐对他表示了谢意，我们一块儿来到他的屋里。只见那个屋子是按照事务所的样子陈设的，里面有书、有文件、有铅铁包皮的铁箱子，等等。这个屋子外面就是一个园庭，屋里有一个砌在墙里的铁保险柜，恰恰占在壁炉框架上面，因此，我坐下的时候，心里老纳闷，不知道打扫烟囱的要打扫烟囱的时候，怎么才能绕过这个保险柜。

“我说，特洛乌小姐，”维克菲先生说，因为我不久就发现，他就是维克菲先生，同时还发现，他是个律师，给郡里一个有钱的绅士经管产业。“是什么风儿把你吹到这儿来的？我只希望不是什么歪风吧？”

“不是，”我姨婆说，“不是歪风，也不是霉气，因为我不是为了打官司才来的。”

“这才是啦，小姐，”维克菲先生说。“你上这儿来干什么都好，可就是别为了打官司。”

那时候他的头发完全白了，不过他的眉毛仍旧还黑。他的面貌叫人看着不但很不讨厌，而且，我还认为，非常齐整清秀。他的面色里，有一股红润的意味，这我在坡勾提的指教下，久已熟习了，知道那和喝坡特葡萄酒是分不开的。我当时还觉得，他的嗓音里也含有同样的意味[①]，同时，我还把他越来越发胖的情况，也归到同样的根源上。他的衣服非常洁净，他穿着一件蓝色上衣、一件条纹背心和一条南京布长裤；他那带花边儿的衬衫和白细纱的领巾，看着白得出乎寻常，软得出乎寻常，使我异想天开(这是我现在还记得的)，一见就想到天鹅胸脯上的鹬毛。

“这是我外甥，”我姨婆说。

“压根儿不晓得你有个外甥，特洛乌小姐，”维克菲先生说。

“严格地说，得说是我的外孙，”我姨婆说。

“压根儿不晓得你有个外孙，我这还真不是跟你瞎说，”维克菲先生说。

“我把他抱养过来了，”我姨婆说，同时把手一摆，意思是说，你晓得也罢，不晓得也罢，反正她是同样都不在乎的。“我现在把他带到这儿来，为的是要给他找一个学校上，好叫他受到真正良好的教育和真正良好的待遇。你现在告诉我，可有这样的学校没有，要是有，在哪

---

① 比较狄更斯在《博兹特写集》中《博士公堂》里说的：“那位面色赤红的绅士……说话的嗓音，有些浊声浊气的，不过那是由于饮食讲究而起的。”

儿，是什么样儿，诸如此类，都告诉告诉我好啦。”

“在我好好地给你出主意以前，”维克菲先生说，“我还是那句老话，这是你知道的。你这番行动的动机是什么？”

“这个人可真该遭瘟，”我姨婆喊道。“动机就在表面上啦，他可老非往深里挖不可！你瞧，无非是叫这孩子幸福快活，成个有用的人罢了。”

“那我认为，这一定得说是一个并不单纯的动机，”维克菲先生说，同时又摇头，又表示怀疑地微微一笑。

“单纯个屁！”我姨婆回答说。“你自称你所作所为，都只有一个直截了当的动机。我只希望你不会认为，全世界只有你一个人，待人接物，直截了当吧？”

“当然不会，不过话又说回来啦，我一生可又只有一个动机，特洛乌小姐，”他微笑着反驳说。“别的人有成打成打的动机，几十几十的动机，几百几百的动机。我可只有一个。这就是我与众不同的地方。不过，这都是题外的话。你刚才说，要找一个顶好的学校？不管动机是什么，反正要一个顶好的学校，是不是？”

我姨婆把头一点，表示“正是”。

“有顶好的，”维克菲先生一面琢磨，一面说，“但是目下你外甥可不能在里面寄宿。”

“不过他在学校外面可以找到寄宿的地方吧，我想，”我姨婆给他提了个头儿说。

维克菲先生认为可以。跟着他们稍为讨论了一下，他于是建议，说要带着我姨婆到学校去一趟，以便她亲眼看一看这个学校，然后再自己下判断。同时，为了同样的目的，再带着她到两三个他认为我可以寄宿的地方也转一下。我姨婆欣然接受了他这个建议，我们三个就要一块儿往外去，但是刚一动身，他却停了下来，说：

“咱们这儿这位小朋友，也许会有什么动机，不赞成咱们这种安排吧。所以我认为，咱们顶好先不要带着他一块儿去。”

我姨婆对于这一点，好像露出想要有所争论的意思来，但是我想要让事情顺利进行，所以就自动地说，我很愿意留在家里，要是他们认为那样合适的话。于是我回到维克菲先生的事务所，在所里我原先坐的那把椅子上，重新坐下，等他们回来。

事有凑巧，我坐的这把椅子，恰好和一条狭窄的过道相对，这条过道的一头儿，是一个圆形的小屋子，先前乌利亚·希坡那副灰白的脸，就是从这个屋子的窗户往外瞧，才让我看见的。乌利亚把马拉到附近的马棚以后，回到这个屋子，趴在桌子上干活儿。桌子上部有一个铜架子，专为挂文件之用，他那时候正抄录的一份文件，就挂在那上面。他的脸虽然正冲着我，但是，因为有那份文件挡在我们中间，所以，有一会儿的工夫，我却认为，他不会看见我。但是我往那方面更留神看去的时候，我却发现，他那双无法闭上的眼睛，每过一会儿，就像两个红太阳一样，从文件下面露出，偷偷地盯着我直瞧，每瞧一回，我敢说，都足有一分钟之久，而同时他那支笔，却还是跟以前一样很巧妙地往下写个不停，或者说，假装着往下写个不停：这种发现，使我很感不安。我试了好几种办法——比如说，站在屋子那一头儿的椅子上看地图，或者专心细读肯特郡发行的一份报纸——想要躲开他那两只眼睛，但是那两只眼睛却永远有一种吸引力，使我不由得不往它们那儿看，而我不论多会儿，只要往那两个红太阳那儿看，就一定能看到，那两个红太阳，不是恰好正在升起，就是恰好正在落下。

到后来，我姨婆和维克菲先生，去了相当长的时间，到底回来了，这才使我觉得如释重负。他们走这一趟，并没像我希冀的那样得到成功，因为，学校的种种优越之点，固然无可否认，但是维克菲先生给我姨婆介绍的那几个供我寄宿的公寓，却没有一家是我姨婆赞同的。

“这很不幸，”我姨婆说。“我不知道怎么办好，特洛。”

“一点不错很不幸，”维克菲先生说。“不过，特洛乌小姐，我想，我还是可以替你想出办法来的。”

“什么办法哪？”我姨婆问。

“就叫他在我这儿，先待一个时期好啦。我看这孩子挺老实，绝不会打搅我。我这所房子，作读书的地方，又是再好不过的，不但像一座寺院一样地安静，而且也差不多像一座寺院一样地宽敞。就叫他在这儿住下去好啦。”

我姨婆对于维克菲先生这种自行提出的办法，显而易见是非常可心如意的，但是却不好意思径行接受。我自己也和我姨婆一样，可心而不好意思。

“就这么办吧，特洛乌小姐，”维克菲先生说。“解决困难只有这个办法。你当然晓得，这不过是一种权宜之计，如果这样办，出现了什么问题，或者对双方有什么不方便，那他可以来一个向后转哪。他先在这儿住下，然后再慢慢地给他寻觅更好的地方好啦。你顶好不要犹豫啦，叫他先在这儿住着好啦。”

“你这番好意我自然非常地感激，”我姨婆说，“我看他也非常地感激，不过——”

“得了吧，我明白你的意思啦，”维克菲先生喊着说。“特洛乌小姐，我绝不叫你因为白白受人之惠，心里老惦着是个事儿。你要是过意不去，那你就替他出一笔费用好啦。咱们的条件还绝不会苛刻了。你要是不过意，那你就出一笔费用好啦。”

“既然这样讲明了，”我姨婆说，“那我可就很高兴地叫他先在这儿住下啦；不过我感激你这番厚意，可并不因此就减少了。”

“那么，你们来见一见我这个小管家吧，”维克菲先生说。

于是我们一块儿上了一层特别出奇的古老楼梯，楼梯栏杆非常地宽，都宽得你从栏杆上面上去也几乎和从楼梯上去一样地容易；上了楼我们来到了一个满室阴荫的古老客厅，只有三四个老式稀奇的窗户(就是刚才我在街上往上看到的)供透阳光之用；窗台下面都有古老橡木座位，这些座位，也和发亮的橡木地板，还有天花板上的房梁，好像都是取材于同样的树木。客厅里的陈设装修都很华美，那儿放着一架钢琴，安着一些红红绿绿颜色鲜亮的家具，还摆了一些花儿。这个屋子好像到处都是古老的角落，古老的旮旯。每一个角落、每一个旮旯，都有一个古怪的小桌子，或者古怪的橱子，或者古怪的书柜，或者古怪的座位，或者古怪的这个，古怪的那个，让我看来，我就觉得，屋里再没有那么好玩儿的旮旯了，一直到我又看到第二个，就又觉得这第二个和头一个一样地好玩儿，如果不比它更好玩儿的话。每一件东西上面，都有一种幽隐恬静、洁净无尘的气氛，像这所房子整个在外面看来那样。

维克菲先生，在安着护墙板的墙角落那儿一个小门上敲了敲，于是一个和我差不多一样大的女孩子，从门里很快地走了出来吻他。我从这个女孩子的脸上，一下就看到一种恬静、甜美的表情，和楼下曾冲着我瞧的那个女画像脸上所有的一样。在我当时的想象中，我只觉得好像是画像已经与年俱增，长成妇人了，而本人却依然故我，还在童年。她那副脸虽然非常生动活泼、欢悦愉快，而在她脸上，在她全身上，依依暖暖地，却有一股宁静恬适—— 一种安详、幽娴、雅静的神态——这是我从来未曾忘记的，也是我永远不会忘记的。

这就是维克菲先生那个小小的管家，他的女儿爱格妮，维克菲先生说。我听到他都怎样说这句话，再看到他都怎样握她的手，我就猜了出来，什么是他一生之中唯一无二的动机了。

她腰上挂着一个像玩意儿的小篮子①，里面放着钥匙，她的态度那样端庄稳重，那样精明仔细，正是这样一所古老住宅所需要的管家。她听她父亲对她谈我的情况的时候，脸上是一团令人愉快之气。他介绍完了，她就对我姨婆提议，说要我们到楼上去看一看我的屋子。于是我们一块儿起身往楼上去，她在前面带路。那是一个非常令人可爱的古老屋子，有更多的橡木大梁，更多的斜棱方块小窗户，还有宽阔的楼梯栏杆，一直通到那儿。

我童年时期，曾在一个教堂里，看见过一个有彩色玻璃图的窗户②，至于在什么地方，是什么年月，却想不起来了。我也想不起来，那彩色玻璃图表现的是什么故事。但是我却知道，她当时在那个古老楼梯上面的沉静光线中转身等我们的时候，我曾想起那个有彩色玻璃图的

① 狄更斯在他的《博兹特写集》（《公寓》）和《荒凉山庄》里都提到小篮子装钥匙，可见是当时通行的习惯。

② 彩色窗玻璃铺缀工艺流行于欧洲中世纪，所表现的多为《圣经》故事等宗教题材。

窗户来。从那个时候以后，我一直把那个彩色玻璃窗户上那种恬静的光线和爱格妮·维克菲联在一起。

我姨婆和我一样，对于给我作的这种安排，感到非常满意，我们看完了，回到楼下的客厅里，又高兴、又满意。我姨婆怎么也不肯留在维克菲先生那儿吃正餐，因为她恐怕天黑以前，也许会说不定出了什么岔儿，她不能赶着那匹灰马回到家里，维克菲先生非常懂得我姨婆的脾气，知道不论什么事，跟她争辩都没有用处(这是我后来了解到的)，所以就在他那儿给我姨婆预备了一份便饭，爱格妮回到了她的家庭教师身边，维克菲先生就回到了他的事务所。这样一来，就剩下我们两个，分手的时候，一点不受拘束了。

我姨婆对我说，关于我的一切，都有维克菲先生给我安排料理，我不论什么，全都不会缺少，同时对我说了最慈爱的温语，对我进了最真诚的忠言。

"特洛，"我姨婆结束这番话说，"你可要给你自己作脸，给我作脸，给狄克先生作脸！上帝加福给你！"

我不胜激动，只有一次又一次对她表示衷心的感谢，同时请她替我致意，问候狄克先生。

"不论什么事，"我姨婆说，"都绝不要小气，绝不要虚假，绝不要残酷。你要是能够戒除了这三种恶习，特洛，那我就永远能对你抱有深厚的期望。"

我只有尽我所能，对她作了诺言，说我绝不会辜负了她对我的恩义，忘记了她对我的训诫。

"车马就在门外了，"我姨婆说，"我走啦！你就在这儿好啦，不要动。"

她一面这样说，一面急忙搂抱了我一下，就出了屋子，随手把门带上了。一开始的时候，我看到她这样一下就走了，还吃了一惊，几乎害起怕来，以为是我不知怎么把她给得罪了哪，但是我从窗户往街上一看，只见她那样神气颓丧地上了车，也没有心肠抬头往上面看，就赶着车走了，那时候我才了解了她的真情，而不冤枉她，说她生了气了。

到了五点钟的时候，那也就是维克菲先生吃正餐的时候，我的精神才又重新提了起来，对于用刀用叉，颇能应付一气了。饭桌上只给我和维克菲先生两个人摆了两份食具。不过爱格妮在开饭以前，已经在客厅里等着了，和她父亲一块儿下了楼，坐在饭桌那儿她父亲的对面[①]。如果没有她在跟前，她父亲是否能吃得下饭去，这是我当时曾疑心过的。我们吃过饭，并没在饭厅里停留[②]，而又上了楼，来到客厅。在客厅的一个角落那儿，爱格妮给他父亲把酒杯和一瓶滤过的坡特葡萄酒都放好了。我认为，如果那个酒是别的人给他放在那儿的，那他喝起来，就一定要觉得酒的味道，跟平素不一样。

他就坐在那儿，有两个钟头之久，一直喝那葡萄酒，而且喝得还真多；同时，爱格妮呢，就又弹钢琴，又做活计，又对她父亲和我谈话。维克菲先生跟我们在一块儿的时候，通常大部分都是愉快、高兴的；不过有的时候，他的眼光会落到她身上，于是他就一时出神沉思起来，因而默不作声。她对于这种情况，老是一下就能发觉，我想；发觉了，马上就跟他问长问短，对他抚摸亲昵，转移他的心思，于是他就从沉思冥想中醒来，又把葡萄酒痛饮。

到了吃茶点的时候，爱格妮亲自烹茶、亲自奉茶。茶点以后的时光，过得也和正餐以后一样。这样一直到她要去就寝，那时候，她父亲把她抱在怀里，吻她一番。等她去了，他才吩咐人把事务所的蜡烛点起来。那时候我也睡觉去了。

不过那天晚间，就寝以前，我曾一度去到门外，顺着大街，溜达了短短的一程，为的是，我可以把那些古老的屋舍和那座苍老的大教堂再看一下，可以对于我在前些日子的征途中，怎样一度穿过这座古老的城市，怎样曾经走过现在一枝借栖而当时却一无所知的这所古老房子，再想一下。我溜达完了，回来的时候，我看到乌利亚·希坡正在事务所

---

① 这应该是，爱格妮和她的家庭教师一块儿用饭。

② 饭后或宴后（即吃过甜食，撤去桌布之时），妇女先退到客厅，男人仍留在饭厅，吸烟饮酒。

里，关窗闭户，归置拾掇。我当时的心情是：不论对什么人，全都有友好之感，所以我就走进去和他打招呼，临别的时候，和他握了握手。哎呀，他那只手，又冰又湿，握起来，也和看起来一样，都像一只鬼手。我事后用两手对搓，把我握他的那只手搓暖，同时把他握我的那只手给我的感觉搓掉。

那只手令人感到那样不舒服，一直到我回到我屋里，我的脑子里那种又冰又湿的感觉还没去掉。我从窗户那儿探身往外，看到椽子头儿上刻的怪脸向我斜视，我就想到，那就是乌利亚·希坡，不晓得怎么，跑到那儿去了。我于是急忙把窗关上，免得再看见那种怪脸而想起他来。

第十六章
去故更新，非止一端

第二天早晨，吃过早饭，我重新过起学校生活来。我由维克菲先生陪着，来到我即将在那儿求学的地方——一所庄严肃静的建筑，坐落在一个大院落里，笼罩着一种学术气氛，这和有些从大教堂的高阁上离群掉队而飞到这儿来的群居鸦和噪聒鸦都正相配，因为这些鸦类，都正带着学者的姿态在草坪上踱着方步——把我介绍给我的新校长斯特朗博士。

这所房子前面有一道铁栅栏，栅栏中间有两扇铁栅栏门，房外四周围有红砖墙，墙头上从栅栏门两旁开始，距离整齐，摆着大个石头盆形饰物，好像玩九柱戏的小柱子一样，高踞俯视，等待时光老人来玩耍；我刚一看到斯特朗博士，我就心里琢磨，博士的面色那样锈里巴唧的，就跟铁栅栏和铁栅栏门一样，他的身躯肢体那样又沉重、又僵硬，就跟墙头上的盆形饰物一般。他正在他的图书室里(我这是说，斯特朗博士正在他的图书室里)。只见他身上的衣服，并不是刷得特别干净，他头上的头发并不是梳得特别光滑，他膝间短裤系带儿的地方，腿带并没系上，他腿上黑色裹腿系扣子的处所，扣子并没扣好，他那两只皮鞋，鞋口大张，就像两个黑窟窿似的，放在炉前地毯上。他的眼睛，昏暗无神，使我一见就想到我先前早已忘记了的一匹老瞎马来，那匹马，从前有一个时期，曾在布伦得屯的教堂墓地里啃青草，在坟头上绊跟头。他现在就把他这样的眼睛转到我这一面，对我说，他见了我很高兴，跟着就把手伸了出来，我不知道我对这只手该怎么办，因为这只手自己，什么举动也没有。

但是，离斯特朗博士不远，有一个很好看的年轻女人，正坐在那儿做活，她替我解了围：——他叫这个女人安妮，我当时想，那一定是他女儿——因为她当时跪了下去，把斯特朗博士的鞋给他穿上，把他的护膝给他扣好，她做这些事的时候，都是又高兴、又敏捷的。她把这些事都做完了，我们就都起身往外走，要到教室里去，维克菲先生对那个女人告别，那时候，我听见他称呼她“斯特朗太太”，很吃了一惊，跟着心里就纳起闷儿来，不知道这个女人是斯特朗博士的儿媳妇呢，还是他自己的太太？正在疑虑不解的时候，斯特朗博士自己无意中给我把疑难解决了。

“我说，维克菲，”我们走到过道里，他停了一下，把手放在我的肩头上，说，“你还没给我内人的表兄，找到合适的事由儿吧？”

“没有，”维克菲先生说。“没有，还没有。”

“我只盼望，能多快就多快，给他找到了才好，维克菲，”斯特朗博士说。“因为捷克·冒勒顿这个人，既一无所有，又游手好闲。有时候，更坏的情况就是从这两种情况里生出来的。瓦峙[①]博士不是说过吗，”他接着说，一面眼睛瞧着我，一面脑袋一上一下地点着，表示他引的那句诗的抑扬顿挫。“‘对于游手好闲的家伙，魔鬼永远要弄些坏事教他们做。’”

---

①英国圣诗作家瓦峙（1674—1748）有一首《戒惰》诗里面有四行，如下：

我得尽力忙忙碌碌无休歇，
致力于需要劳力或技巧的事业，
因为对于游手好闲的家伙，
魔鬼永远要弄些坏事教他们做。

“唉，博士啊，”维克菲先生回答说，“如果瓦峙博士真正了解人类，那他还满可以说，而且这样说还同样真实——‘对于忙忙碌碌的家伙，魔鬼永远要弄些坏事教他们做’哪。你就信我这句话好啦，那些忙忙碌碌的家伙，在世界上，可就做尽了他们能做得到的一切坏事了。在这一个世纪里，或者说，在这两个世纪里，那些最忙于争权夺利的人，干的都是什么事哪？不都是坏事吗？”

“我认为，捷克·冒勒顿大概不会为了争权夺利而忙碌，”斯特朗博士含着满腹心事，摸着下巴颏，说。

“他也许不会，”维克菲先生说，“你这个话让我想到咱们得话归正传了，不过我对于我刚才旁生枝节的话得先表示一番歉意。不错，我还没能想出什么办法来安插捷克·冒勒顿先生。我相信，”他接着说，说到这儿，稍稍有点犹豫的样子，“你的动机我是一清二楚的，因此事情办起来就更加困难。”

“我的动机，”斯特朗博士说，“只是因为，捷克是安妮的表兄，又和她是从小儿踢天弄井、一块儿长大了的，所以想要给他找一个合适的安身之处，并没有别的。”

“不错，这个意思我全明白，”维克菲先生说，“不论国内，也不论国外，全都可以。”

“是啊！”博士回答说。说的时候，显然有些不明白，维克菲先生为什么说这几个字的时候，把它们这样强调。“不论国内，也不论国外，全都可以啊。”

“你可要记住了，这可是你自己说的，”维克菲先生说，“国外也可以。”

“一点也不含糊，”博士回答说，“一点也不含糊。不是国内，就是国外。”

“不是国内，就是国外。对于二者，你无所可否？”维克菲先生问。

“我无所可否，”博士回答说。

“无所可否？”维克菲先生吃了一惊，说。

“绝对无所可否。”

“你说国外也可以，不必一定在国内，”维克菲先生说，“这话没有什么动机？”

“没有，”博士回答说。

“我当然得相信你，我自然也相信你，”维克菲先生说。“我要是早就知道是这种样子，那我办这份儿差事就可以省事多了。事实上，我得坦白地承认，我原先是别有所见的。”

斯特朗博士听了这话，带着莫名其妙、疑惑不解的神气，一直地瞅着维克菲先生，但是这种神气，却几乎一下就消失而变为微笑了，使我一见，大大鼓起勇气；因为微笑里满含着和蔼和甜蜜，同时又含着一种淳朴单纯；实在说起来，在他那种埋头典籍、沉思翰藻、凛如冰霜的气息一下涣然冰释之后，那他就不但在他的笑容里，并且在他整个的态度上，都含着一种淳朴单纯，让我这样一个小小的小学生看着，对他非常乐于亲近，对己非常富于希望。斯特朗博士一面把“没有”、“绝对无所可否”以及同样表示坚决不移的片语只字重复说着，一面用一种有些一瘸一点、步履不便的奇怪样子，在前面带着我们走去，我们就跟在他后面；那时我看到，维克菲先生脸色庄重，直沉吟琢磨，直一个人在那儿摇晃脑袋，却不知道他这种种，都让我看在眼里。

教室是一个相当大的厅堂，在校舍最安静的那一边，对过儿是一溜大约五六个大个盆形饰物，庄重严肃地一直瞅着教室。从教室往外看，还可以看到博士私人所用的古老僻静花园，隐约出现；园里日光所临、面南坐北的墙上，桃子正在成熟。[①]教室窗外的草坪上，有两株大颗龙舌兰，种在木制花盆里，这种植物的叶子，宽大硬直（看着好像是由上了油漆的铅铁片儿做的），从那时以后，在我的联想中，一直地是一种肃静、幽隐的象征。我们进教室的时候，大约有二十五个小学生正在那儿埋头刻苦钻研书本，但是我们一进室内，他们就都站起身来，问博士早安，他们看到还有维克菲先生和我，就一直站着，并没立即落座。

---

① 英国天气较寒，桃子等种在面南坐北的墙边，并把枝梗附着于墙上。

“年轻的绅士们，这是一位新生，”博士说，“名叫特洛乌·考坡菲。”

有一个叫亚当斯的学生，他是班长，听了这话，就从他的座位那儿走出，前来对我欢迎。他扎着一条白色硬领巾，看着像个牧师，但是他却非常和蔼，非常热诚。他把我的位子指给我，把别的教师介绍给我。他做这些事的时候，态度都是那么文静优雅，当时如果有任何情况，能使我免于局促不安，那就是他那种态度了。

我和这样的小学生，或者说，我和我年龄相仿的孩子(除了米克·洼克和面胡土豆之外)，待在一块儿，好像不知是多少年以前的事了，因此我现在和这些学生待在一块儿，感觉到从来没有那样生疏。我从前曾有过那么些他们毫无所知的境况和光景，曾有过那么些像我这样一个孩子——一个在年龄、外表、情况都和他们一样的孩子——所绝不能有的经验和阅历，所有这种种，都是我所强烈意识的，因此，我几乎相信，我以一个普通小学生的身分那样混到他们中间去，简直就是一场骗局。我在枚·格货栈那一段时期里，不论有多长多短，反正对于孩子们做的游戏、玩的玩意儿，我一概生疏不惯，所以，我知道，现在这些学生习以为常的游戏，我做起来，一定是笨手笨脚，呆头呆脑。我从前学过的那一丁点儿东西，虽然不多，但是即便那一丁点儿，在我过的那种日以继夜、艰苦肮脏、朝不保夕的生活中，也都完全离我而去了；所以，他们考了我一下，要试一试我都知道些什么，我竟什么都不知道，因此他们只好把我安插在全校最低的一班里面。这还不算。我固然由于没有小学生做游戏的技能和书本上的知识心里很不好受，但是我所知道的，比起我所不知道的，更使我跟他们离得远。想到这一点，我那份难过，就更无法衡量了。我心里老琢磨的是：要是他们知道了我对皇家法席监狱那样熟悉，那他们该有什么想法呢？我在态度、言行方面，尽管处处留神，时时在意，但是如果我会不知不觉把我给米考伯那家人所作的勾当、和他们所有的交往——给他们当当头、卖东西，和他们一块吃晚餐等——泄露出来，那他们该有什么想法呢？比方说，这些小学生中间，有人曾看见我踵决足趼、衣服褴褛，从坎特伯雷走过，而现在却认出我来，那他们该有什么想法呢？他们都是对于钱财，丝毫不用经心在意的，他们要是知道了我当年都怎样半便士半便士地搜括积攒，好用来买每天那一点干灌肠和啤酒、那几片布丁，那他们该对我有什么看法呢？他们对于伦敦的生活和伦敦的街市都一无所知，但是如果他们发现了，我在伦敦的生活里和街市上最龌龊肮脏的各方面都那样精通烂熟（而且是我因此感到羞愧的），那他们会有什么反应呢？我头一天在斯特朗博士的学校里，所有这种种念头，都老在我的脑子里萦回缠绕，闹得我连对于自己的一举一动、一言一行，即便极轻极微，全都放心不下。不论多会儿，只要我看见我的新同学有朝着我走来的，我就缩头缩脑，蜷伏一团，刚一到放学的时候，我就急急忙忙离开学校，怕的是，如果有人出于好心，跟我搭话，向我致意，我在应答他们的时候会露出破绽来。

但是在维克菲先生那所老房子里，却有一种影响，使我腋下夹着新教科书，往那所房子的门上一敲，就立刻感觉到我的忸怩不安融化消除。我往楼上我那个高踞半天的古老屋子里去的时候，楼梯上那片沉寂肃静的阴影，好像把我的疑虑、忧惧覆蔽遮掩，使往日旧事变得蒙眬模糊。我在那儿，坚定地伏案苦读，一直读到吃正餐的时候（我们三点钟就放学回家了），我才下去，抱着满心的希望，认为自己还是能成一个还过得去的学生。

爱格妮在客厅里等她父亲，那时正有人把他在事务所里绊住了。她用她那样令人愉快的微笑跟我打招呼，问我对于这个学校喜欢不喜欢。我对她说，今儿因为刚到那儿，还觉得有一点儿生疏，不过，我想，过些时候，我一定会喜欢这个学校的。

“你从来没上过学吧，”我说，“是不是？”

“哦，上过！我每天都上学。”

“啊，你的意思是说，在这儿，在你自己家里上学吧？”

“爸爸就是舍不得叫我到任何别的地方去，”她回答我说，同时又微微含笑，又轻轻摇头。“你自然明白，他的管家当然得待在他的家里的哟。”

“他非常地疼你，这是我敢说的。”

她把头一点，表示“不错”，同时跑到门口那儿，听一听她父亲来了没有，她好到楼梯上去迎他。但是，既然还听不到有他来了的动静，她就又回到了原处。

“我刚一生下来，妈妈就去世了，”她以她自己所独有的那种安详说。“我只见过妈妈的画像，楼下那幅画像。我昨天看见你瞅那幅画像来着。你想到了那是谁的画像吧？”

我对她说，“不错，我想到了，”因为那幅画像跟她本人太像了。

“爸爸也说非常地像，”爱格妮听我那样一说，高兴起来，说，“你听，爸爸来了！”

她起身去迎维克菲先生的时候，他们父女手拉着手一同回来的时候，她那副生动而恬静的脸上，都透露出一股欢悦之色。维克菲先生很亲热地跟我打招呼，同时告诉我，说我在斯特朗博士的门墙之下，一定能幸福快活，因为斯特朗博士是所有的人里面，最温和、仁爱的。

“很可能有的人，对于他这种温和、仁爱，乘机滥用——不过我还没看见当真有人这样干过，”维克菲先生说。“不论干什么，都不要做这样人，特洛乌。斯特朗博士是人类里顶不会以小人之心揣测别人的。这究竟是一种优点呢，还是一种缺点，先不必管，反正，你跟斯特朗博士打交道的时候，不论是大事还是小事，你都得把他这种情况考虑进去。”

我觉得，他说这番话的时候，现出疲乏的样子来，再不就是，显出对于什么情况有所不满的样子来。不过我并没把这个问题在心里继续想下去，因为正在那时候，仆人报道，饭开好了，我们于是都下了楼，像前面说过的那样，各就其位落座。

我们几乎还没坐稳，乌利亚·希坡就把他那个长着红头发的脑袋探到屋里，用他那只又瘦又长的手把着门钮，说：

“老爷，冒勒顿先生说请您赏脸，要跟您说句话。”

“我不是刚刚才把冒勒顿先生打发开了吗？”乌利亚的主人说。

“不错，老爷，是，”乌利亚回答说，“不过冒勒顿先生又回来了，说求您赏脸，要跟您说句话。”

乌利亚用手把门开着的时候，我老觉得，他往我这儿瞧，往爱格妮那儿瞧，往上菜的大盘子上瞧，往吃菜的小盘子上瞧，往屋子所有的东西上瞧——然而却又看着好像什么也没瞧，他在所有这段时间里，一直把眼睛规规矩矩、老老实实地盯在他主人的身上，一直做出什么别的一概都没瞧的样子来。

“很对不起，我又想了一想以后，我只是要说，”只听乌利亚身后面一个人声插嘴说，同时乌利亚的脑袋就扒拉到一旁，那个说话的人把自己的脑袋取得它的地位而代之，“很对不起，来打搅您——我只是要说：我对于这件事，既然没有能加可否的余地，那我去外国，就越早越好。我和他们一块儿谈这件事的时候，我表妹安妮本来说，她愿意她的亲人都近在跟前，不愿意她的亲人都充军发配，老博士——”

“你说的是斯特朗博士吧？”维克菲先生严肃地打断他的话头说。

“当然我说的是斯特朗博士，”冒勒顿先生回答说；“我可管他叫老博士，难道你先生还不知道，那还不是一样？”

“我还就是不知道，”维克菲先生回答说。

“那么好啦，斯特朗博士就斯特朗博士得啦，”冒勒顿先生说。“斯特朗博士也和我表妹是一样的想法，这是我相信的。但是从你对我采取的办法看来，他那种想法好像改变了，那就没有别的可说的啦，只有说，我走得越快越好。因此，我才想到，我得回来跟您说一下，我走得越快越好。既然一定非得往水里跳不可，在岸上空流连有什么用处？”

“你放心好啦，在这件事里，连最短的流连都不容的，冒勒顿先生，”维克菲先生说。

“谢谢您啦，”那另一位说，“多谢您啦。我不能要饭吃还挑毛病。那样就不得体了。要不是我顾到这一点，那我敢说，我表妹安妮能很容易地按照她自己的心意把事办了。我觉得，安妮只要对老博士一说——”

“你的意思是要说，斯特朗太太只要对她丈夫一说——我了解得不错吧?”维克菲先生说。

“一点也不错,”那另一位回答说,“——只要说,她要某样某样事,如此这般地办,那那件事就理所当然地,如此这般地办了。”

“什么叫理所当然,冒勒顿先生?”维克菲先生问,一面丝毫不动声色地吃着正餐。

“您瞧,因为安妮是一个着人迷的年轻女人,而老博士——我是说,斯特朗博士——可不是一个着人迷的年轻男人哪,”捷克·冒勒顿先生说,同时大笑。“我这个话可没有想对任何人开罪的意思,维克菲先生。我的意思只是要说,在这一类的婚姻里,我认为,总得有占便宜的,有吃亏的,才公平,才合理。”

“你是说,老先生,女的一方,得占便宜了?”维克菲先生严肃地问。

“不错,女的一方得占便宜,我的维克菲先生,”捷克·冒勒顿先生回答说,同时大笑。但是,他好像注意到,维克菲先生仍旧跟以先一样,丝毫不动声色地吃着正餐,同时注意到,他没有办法能让维克菲先生脸上的肌肉有一丁点松弛,他就又找补了一句,说:

“好啦,我既然已经把我回来要说的话都说了,那我只再对您说一句,恕我打搅您,我就开步走啦。当然,我得按照您的吩咐,把这件事看作只是您和我——咱们两个——之间单独安排好了的,在博士家里,一概不提。”

“你还没用饭吧?”维克菲先生问,同时把手往饭桌那面儿一摆。

“谢谢您啦。我要跟我,”冒勒顿先生说,“表妹安妮一块儿用饭。再见吧!”

维克菲先生坐在那儿,并没起来,只含着满腹心事看着他走去。我认为,冒勒顿先生只是个肤浅、轻浮的年轻绅士,脸子漂亮,嘴头子轻快,有一种自信自负毫无顾忌的神气。那就是我有生以来头一次见到捷克·冒勒顿先生。本来那天早晨,我才刚刚听见博士说起他来,所以万没想到那么快就会有缘和他相会。

我们吃完了正餐,又都回到楼上,在那儿,一切一切的进行,又都跟头一天完全一样。爱格妮仍旧在头天那个角落上，放好了酒杯和滤酒瓶，维克菲先生又坐下喝起葡萄酒来，而且也是喝得非常地多。爱格妮先给他弹了会钢琴，又坐在他身旁，做活儿、谈话，又和我一块儿玩了一回多米诺牌。到了时候，她料理茶点，吃完茶点，我从楼上我的屋子里把我的书带到楼下。她往我的书里瞧，告诉我，书里面什么是她学过的(虽然她自已说，她学过的算不了什么，但是实在却是了不起的)，又告诉我用什么方法，才能学习得最好，了解得最好。我现在写到这儿，我又看见了她，态度那样雍容谦虚、安详舒徐、有条有理，我又听到了她，声音那样和美轻柔、从容安静。她到后来，对我所起的一切向善去恶的良好影响，那时候就已经在我的心里播下了种子。我爱小爱弥丽，我不爱爱格妮——这个所谓不爱，也就是说，绝不是像爱爱弥丽那样爱法——但是我却感觉到，不论爱格妮在哪里，那里就有仁爱，就有宁静，就有真实，并且我多年以前，在教堂的彩色玻璃窗户上面所看见的那种柔和光线，永远笼罩在她身上，也永远笼罩在我身上，只要我近在她的身边，也永远笼罩在一切一切上面，只要这一切一切在她四围。

现在到了她退出客厅、安息就寝的时候了，她离开了我们以后，我把手伸给维克菲先生，也准备离开那儿。但是他却把我留住了，对我说：“特洛乌，你还是愿意跟着我们在这儿住哪，还是愿意到别的地方去哪？”

“愿意在这儿，”我马上就回答他说。

“敢说一定愿意吗？”

“只要您不嫌我，只要您让我住下去，那我就敢说一定。”

“不过，我恐怕，孩子，我们这儿过的这种生活，太沉闷了吧，”他说。

“先生，对爱格妮不沉闷，对我怎么会沉闷哪？绝不沉闷！”

“对爱格妮，”他重复说，同时慢慢地走到大壁炉搁板那儿，把身子靠在搁板上。“对爱格妮么！”

他那天晚上喝的酒(也许这是我的幻想)很多，一直喝到两只眼睛都发红了。我并不是说，我那个时候，看见了他那两只眼睛，因为他那两只眼睛那时候是往下垂着的，他还用手把它们遮着，但是先前那一会儿，我却曾留过神而看见过那两只眼睛。

“我现在直纳闷儿，”他嘟囔着说，“不知道我是不是已经惹得爱格妮厌烦了。我自己是否有厌烦她的那一天！不过那跟她觉得我厌烦，可不一样，完全不一样。”

他是在那儿自思自想，自言自语，并不是在那儿对我说话，所以我也没作声。

“这所房子，古老、沉闷，这儿的生活，单调、死板；但是我可非把她留在我身边不可。我可非把她留在我跟前不可。我会不会一旦伸腿而把我的宝宝撂了，我的宝宝会不会不幸短命而把我撂了：这种想法，如果像一个鬼魅一样，在我最快活的时刻出现，使我痛苦难过，而我想要消灭这个鬼魅，就只有沉溺在——”

他没把这句话说完；只慢慢地踱到他刚才坐的地方，机械地拿起已经空空如也的滤酒瓶，往杯里倒了一下，又把瓶放下，踱了回来。

“要是她在我跟前，我还觉得苦恼，”他说，“那么，要是她不在我跟前，又该怎么样哪？不成，不成，不成。我绝不能那么办。连试一下都不成。”

他把身子靠在壁炉搁板上，沉思冥想了那么久，因此把我闹得竟不能断定，还是冒着打搅他的危险走开好呢？还是老老实实地待着不动、等他自己从冥想中醒过来呢？后来他到底瞿然若寤，用眼睛往屋里四外看去，一直到他的眼光和我的眼光一对。

“愿意跟着我们在这儿住，你刚才说，是不是，特洛乌？”他说这个话的时候，用的是他平常说话的口气，好像我刚说了什么话，他回答我似的。“我听到你这个话非常地高兴。你对于我们两个，都是很好的伴儿。有你在这儿，就身心都能健康。你能使我身心健康，使爱格妮也身心健康，也许使我们大家都身心健康。”

“在这儿，能使我身心健康，先生，那是绝无疑问的，”我说。“我能住在这儿，可就太高兴了。”

“你真是个好孩子！”维克菲先生说。“只要你高兴在这儿住，那你就在这儿住下去好啦。”他一面这样说，一面又握我的手，又拍我的后背；同时告诉我，说晚上爱格妮走了以后，我要是想做什么事，或者想自己看书玩儿，那我可以随便到他的屋子里去，和他一块儿坐着，如果他在他屋里，或者如果我想有人跟我做伴。我对他这样关照我，表示了谢意。他没待多久就下楼去了，我又不觉得疲倦，因此我就拿了一本书，也下了楼，想别辜负了他这番好意，和他一块儿待半小时。

但是，我一看那个小圆公事房里有亮光，又一下就让乌利亚·希坡引起了一种催动力，使我心不由己变了主意(他对我有一种魔力)，因此我可就没上维克菲先生的屋子里，而来到他的屋子里。我到那儿一看，乌利亚正在那儿念一本又大又厚的书，念的时候，觋鼻子觋眼地露出特别用功的样子来，他一面念，一面用他那个又长又瘦的二拇指，把每一行字比着，因此二拇指在书上留下一道又黏又湿的印儿，好像真有蜗牛爬过一样，或者说，我当时满心以为有蜗牛爬过。

“乌利亚，今儿晚上天这么晚啦，你还干事哪，”我说。

“不错，考坡菲少爷，”乌利亚说。

我往他对面那个凳子上坐下，好和他谈话谈得更方便一些，那时我注意到，他这个人脸上，不会作出笑容，而只能把嘴一咧，把两腮一抽掐，挤出两条生硬的纹道来，一面一条，算作笑容。

“我干的并不是公事，考坡菲少爷，”乌利亚说。

“那么是什么事哪？”我问。

“我这是在这儿想对于法律知识求得进益哪，考坡菲少爷，”乌利亚说。“我这儿正念提得的《审理规程》①哪。哎呀，考坡菲少爷，提得可真是个了不起的作家。”

我坐的那个凳子，高高在上，真像一个瞭望塔一样，因此，我瞅着，他那样欢喜若狂地高声赞扬了提得以后，又用二拇指比着每行念了下去，那时候，我就看出来，他那两个鼻孔——薄而尖，上面还有尖尖的小坑坑——老特别奇怪地那么一翕一张，叫人看了顶别扭的，那

① 提得(1760—1847)：英国法学著作家，著有《皇家法席审理规程》等书。

就好像是：因为他那两只眼一点也不会眨巴，所以他那两个鼻孔才来替眼睛眨巴。

“我想，你一定是一个大法律家吧？”我看了他一会以后问他。

“我是个大法律家，考坡菲少爷？”乌利亚说。“哦，不是！俺们不过是一个安贱[①]下作人罢了！”

我看出来，我对于他那两只手以前所看到的情况，绝非出于幻想，因为他屡屡把他那两个手掌对着摩擦，好像要把两个手掌搓暖搓干一样，这还不算，他还时常溜溜湫湫地用小手绢擦他那两个手掌。

“别的人能爬多高，就让他爬多高吧。我自己可很感觉到，在这个世界上，没有比我再安贱下作的了，”乌利亚·希坡谦虚地说。“我妈也是一个安贱下作人。俺们住的也是一个安贱下作的地方。考坡菲少爷，但是俺们还是照样有许多方面得谢天谢地。我爸爸从前的事由儿也是安贱下作的，他是个教堂里管杂务的。”[②]

“他现在做什么哪？”我问。

“他眼下是受福受荣的人[③]了。不过俺们还是照样有许多方面得谢天谢地。我能投在维克菲先生名下，这我应该怎么样谢天谢地！”

我问乌利亚，他是不是跟着维克菲先生已经跟了很久了？

“我一直地跟着他已经跟了整整四个年头儿了，考坡菲少爷，”乌利亚说。同时把他的书念到的地方先小心在意地做好了记号，然后才把书合上了。“我爸爸死后过了一年，我就跟着维克菲先生了。我在这件事上，多么应该谢天谢地！维克菲先生那样好心好意，收容我做学徒，我应该怎么样谢天谢地！要不是他，要换个别人，那我和我妈，我们娘儿俩这样安贱下作，就花不起这笔钱！”

“那么，你学徒满了期，你就是一个正式的律师了，我想？”我说。

---

①安贱：乌利亚嘴里的“寒贱”。

②掌管教堂法器、法衣、教堂墓地，往往还兼破土掘墓。

③指天堂上的福气和光荣而言，即上天堂，亦即死了。

“要是上天对我发恩慈，我可以是一个正式律师，”乌利亚回答说。

“那样，你就有朝一日，说不定哪一天，可以成为维克菲先生事务所里的同伙了，”我说，同时，为了要使他听着喜欢，我又找补了一句说，“那样一来，这个事务所的牌子上就会是：维克菲与希坡事务所，或者希坡即前维克菲事务所了？”

“哦，不会，”乌利亚回答说，一面摇头。“我这种人，太安贱下作了，办不到那一步！”

他卑躬下气地坐在那儿，把两眼斜起来瞅着我，把个嘴大大地咧着，两腮上的纹道陷着，那时候，他毫无疑问、的的确确，非常地、异常地，像我那个房间窗户外面房椽子头儿上刻的那种人脸。

“维克菲先生是一个再好也没有的人了，考坡菲少爷，”乌利亚说。“你要是跟他待的时间长了，那我敢说，你对于他这一方面的认识，比我告诉你的，可就能更清楚了。”

我回答他说，我也认为，毫无疑问，他这个人，是再好也没有的。不过，他跟我姨婆虽然是多年的老朋友了，我跟他认识可还只有不多的几天。

“哦，是吗，考坡菲少爷？”乌利亚说。“你姨婆可真是一位一团和气的老太太，考坡菲少爷！”

乌利亚这个人，一要表示心情热烈，就把身子又歪又扭，令人看着非常可厌，因此，我起先还听他对我的亲戚恭维，后来就顾不得听了，而只顾看他那脖子和身子，像蛇一样，又拘挛，又歪扭。

“你姨婆真是一位一团和气的老太太，考坡菲少爷！”乌利亚·希坡说。“我想，她对爱格妮小姐，一定很喜欢吧，考坡菲少爷？”

我气势挺冲地说，“不错，很喜欢。”其实我对于这一点一无所知，上帝宽恕我吧！

“我只希望，你对她也很喜欢，考坡菲少爷，”乌利亚说。“但是我可敢保，你对她就没法儿不喜欢。”

“无论谁，都没法儿不喜欢她，”我回答他说。

“哦，考坡菲少爷，”乌利亚·希坡说，“你这样一说，我谢谢你啦！你这个话一点也不错！我虽然只是一个安贱下作人，我也知道你这个话确实是一点也不错！哦，我冲着你这个话，再谢谢你啦，考坡菲少爷！”

他的感情既然那样激动，于是他的歪扭就越发厉害，因此他从他坐的凳子上面，一直歪扭到凳子下面，他既是已经下了凳子了，于是就开始作起回家的准备来。

“妈一定正盼着我回去啦，”他掏出一个颜色灰卜唧、面儿白刺咧的怀表来看了一下，说，“她一定要不放心啦。因为俺们虽说是安贱下作，考坡菲少爷，俺们可彼此你疼我爱。你要是不定哪一天下午，肯赏脸到俺们那个安贱的窝窝洞里光顾一下，跟俺们一块儿用用茶点，那妈也要跟我一样，感到非常荣幸。”

我说，我很高兴到他们那儿去。

“谢谢你啦，考坡菲少爷，”乌利亚回答我说，同时把他刚念的那本书，在书架上放好。“你还得在这儿待一个时期吧，我想，考坡菲少爷？”

我说，我受抚养，受教养，都要待在这儿。我相信，在我上学的期间，我要一直待在这儿。

“哦，真个的！”乌利亚喊着说。“那我想，归根结蒂，你是要干这一行的了，考坡菲少爷！”

我郑重地对他说，我自己决无意要干这一行，别的人也没有替我作干这一行的打算的；但是乌利亚，不管我怎么否认，却一口咬定，老极尽礼貌地说，“哦，考坡菲少爷，一准是的，我认为你一准要干这一行的！”或者说，“哦，没有错儿，考坡菲少爷，我认为你非干这一行不可，这是一定的！”还说了又说。后来，他到底都拾掇完了，要离开事务所回家过夜了，他于是问我，他要是把蜡烛熄灭了，对我碍不碍，我回答他说，不碍，他马上就把蜡烛熄灭了。跟着他和我握了握手——他那只手，在暗中握来，跟一条鱼一样——把街门开了一道缝儿，侧着身子溜了出去，随手把门带上了，把我撂在暗中，摸索着走出事务所；因在暗中，很有些麻烦，还叫他的凳子绊倒了，摔了一跤，可能就是由于这种情况，我想，所以我在夜里，才做了个和他有关的梦。这个梦，我觉得，好像做了有半夜之久；在梦中，除了别的情况以外，还梦见他把坡勾提先生那个船屋驶到海里，去作了一趟海上劫掠的航程，船桅上挂着黑旗，[①]旗上标着《提得的规程》等字样，就在这样一面标志杀人放火的旗帜下，他把我和小爱弥丽装在船上，要运到西班牙海[②]，把我们两个淹死。

我第二天上学的时候，我忸怩不安的心情已经减少了一些，第三天更减少了一些，就这样一点一点地我的忸怩不安最后完全消失，在不到两个礼拜的时间以内，我就和我的新学伴相处得自由随便，快活逍遥了。他们做的游戏，我做起来，仍旧还是笨手笨脚的，他们做的功课，我做起来，也仍旧还是呆头呆脑的。但是，我当时希望，勤学能使我改进第一点，奋勉能使我改进第二点。因此我就不但在学习方面，同时在游戏方面，都是拼命地干，从而取得了极大的赞赏。并且，在很短的时期里，枚·格货栈的生活就已经对我非常生疏，竟使我不能相信我曾过过那段生活，而我现在的生活，就对我变得非常熟悉，竟使我觉得我过这种生活已经很久了。

斯特朗博士这个学校，办得非常地好，它和克里克那个学校比起来，就是善和恶的不同。校务的安排，都是严肃整齐，文质彬彬的，并且是建立在一种健全的制度之上的，不论什么，全都诉之于每个学童的天良和尊荣心，明白承认，凡事都依赖于他们这种固有的品质，除非有人证明自己不配这样信赖。这种制度产生了奇迹。我们全都觉得，我们对于管理学校的事务，人人有份，对于维护学校的名誉和声望，人人有责。因此，我们每一个人不用多久，就赤胆忠心地把学校看作和自己是一体——我认为我自己就毫无疑问是这样一个学生，而勤奋专心地学习钻研；我在学校的时候，也从来没见过，有任何一个不是这样的学

---

① 黑旗为海盗的旗。
② 西班牙海：南美洲西北岸及其附近，旧称为西班牙海。

生——因为每个人都想要给学校争荣誉。我们正课以外，有许多生龙活虎的游戏，有许多自由活动的余暇。但是即便我们做游戏、做活动，据我所记得的，我们也都受到镇上的人交口不绝的称赞，我们也很少在态度或者仪容方面，有任何丢脸、失当的时候，使斯特朗博士本人和斯特朗博士的学校，在名誉上受到损失。

有些高年级的学生，在博士家里寄宿，因此，从他们嘴里，我辗转地听到了一些关于博士身世的细处。比如说，他怎样跟我在图书室里看见的那位年轻漂亮的女士结婚还不到一年，他怎样是为爱她而才和她结婚的；因为她连六便士都不剩，而却有满世界的穷亲戚（这是我们的同学说的），像一窝蜂一样，简直要把博士从窝巢窟穴以内，挤到窝巢窟穴以外。博士那个永远沉思冥想的样子，又怎样都是由于他永远从事于寻找希腊根儿而来，我刚一听到这个话，由于太天真、太不懂事了，还认为博士有狂好植物的癖性呢，特别是他散步闲行的时候，眼睛老瞅着地上；后来我才知道，他寻找的原来是字的根儿，因为他打算编一部新字典。我听说，我们的学长亚当斯，最长于数学，他曾按照博士的计划和博士进行的速度，对完成这部字典所需要的时间算了一下。他认为，从博士上次的寿诞算起，那也就是，从他六十二岁算起，要完成这部字典，得用一千六百四十六年的工夫。

但是博士本人，却是全校崇拜的偶像：如果不是这样，那就得说，那个学校是“群龙无首”，散漫纷乱了，因为博士是人中最仁爱的，他那份以诚待人、以信接物、惟一无二的赤子之心，能使墙上那些顽石做的盆形饰物，都为之点头。他在庭院里靠房子那一面儿来回溜达的时候，那些离群掉队的群居鸦和噪聒鸦，都心怀鄙夷、透出狡黠的样子来，梗着脖子从他身后瞅他，好像认为，它们自己，在世事人情方面，比起博士来，都练达明白得不知强多少；在那种时候，如果有不论什么样的无业游民，能够蹭到博士那双吱吱发响的皮鞋跟前，叫博士的眼光落到他身上，那他只用一言半语，把他的苦难一说，跟着他两天的落儿就不用发愁了。这种情况在学校里，臭气远闻，因此，教师们和学长们，都毫不惮烦、极端留神，一见有这样薅土匪，不等博士知道有这样人在跟前，就径从斜刺里或者跳出窗户外，把他堵截，驱逐出庭园。这种堵截和驱逐的进行，有的时候，就离博士溜达的地方不过几码侥幸成功，而他却仍旧一癞一点溜达他的，全不觉得。在他自己的家门以外，如果没有人加以保护，他就是任人宰割的猪羊。他可以把他的裹腿从腿上解下来，舍给别人。实在说起来，在我们中间，就流传着一个故事（我不知道，从来也不知道这个故事究竟有什么根据，但是多少年以来，我一直相信这个故事，因此就觉得这个故事十分可靠）说，有一年冬天，天气冷得都上冻结冰了，他就当真把两条裹腿，送给了一个丐妇，这个丐妇就用这两条裹腿裹着一个又白又胖的婴孩，挨门逐户地给大家看着玩儿。这两条裹腿，在这方近左右，无人不认得，也就跟在这方近左右，无人不认得大教堂一样，因此，这个故事，在这一带地方上，成了一个令人啼笑皆非的大笑话。这个故事还添枝添叶地说，惟一不认得这两条裹腿的，只有博士自己：因为这两条裹腿，后来挂在一家小旧货铺的门上，迎风招展。这家旧货铺，名声并不太雅，专有人拿这类东西到那儿换金酒喝；据说这位博士，不止一次，有人看见，在那家小铺子里，把他那两条裹腿拿在手里，咨嗟赞叹，好像欣赏裹腿的花样特别新颖，认为比他自己那一对是后来居上。

看到博士和他那位漂亮而年轻的太太在一块儿的时候，是很令人愉快的。他对他太太表现的爱是一个当爸爸的对他的孩子那样的慈祥宠爱。这种情况本身就好像说明他是一个好人。我常常看见他们在花园里长桃树的那一块儿一同散步，又有的时候，我就在书房里或者起坐间里，能更靠近他们而看得更仔细些。她好像对这位博士照顾得很好，好像非常喜欢他，不过我却从来没有认为，她对于博士编的字典废寝忘餐那样感到兴趣。博士老把字典稿子的零篇片简，不怕累赘地带在口袋里，或者带在帽子里，他们一块儿散步的时候，一般都讲解给她听。

我常常看到博士的太太，这一来因为，她从那天早上我第一次见博士的时候就喜欢上我了，以后一直对我很和蔼，对我很关心，二来因为，她非常喜欢爱格妮，常常往来于两家之间。我总觉得，她和维克菲先生之间，老很奇怪地有一种拘束之态（她好像有点怕维克菲先生），这种拘束，虽然经年累月，却永未见消失。她遇到晚上到维克菲先生家里来的时候，她老怕维克菲先生送她回去，而却要我陪伴她一同回去。有的时候，我们两个正一块儿轻履快步、活泼逍遥地走过大教堂前的空敞地带，本来以为遇不到什么人的，却往往碰到捷克·冒勒顿先生，他见了我们，老是说，真想不到，不期而遇。

斯特朗太太的母亲是我认为极为可乐的一位老太太。她的本名是玛克勒姆太太，但是我们这些小学生却老叫她老行伍，因为她很有用兵的将略，善于利用她那成群搭伙的亲戚，排队列阵，围攻博士。她是个身材瘦小、耳聪目明的女人，穿戴打扮起来的时候，老戴着一顶永不改样儿的便帽，帽子上钉着几朵假花儿，还有两个假蝴蝶，说是叫它们在花儿上面翩跹飞动的。在我们这些学童中间，有一种迷信的说法，说这顶便帽，来自法国，并且只有那一国人，手儿巧，才能做出那样的便帽来。不过我个人确实知道的情况是：到了晚上，不论玛克勒姆太太在哪儿出现，那顶便帽也在哪儿出现；遇到玛克勒姆太太要到亲友家赴会坐席的时候，老用一个印度篮子盛着那顶便帽，把它带到那个人家[①]；那对蝴蝶，有一种奇巧异能，会永远颤动不停，并且它们也跟蜜蜂一样，善于利用日丽风暖的天气，从博士身上吸精饮露[②]。

有一天晚上，发生了一件使我永远不忘的事，使我把老行伍(我这样叫她，并不含有不恭敬的意思)看了个相当的透。我现在就来述说这件事：那天晚上，在博士家里，有一个小小的聚会。原来维克菲先生到底给捷克·冒勒顿先生把事由安排好了，给他在东印度公司找到了当一名低级职员或者那一类的差事，那天晚上冒勒顿先生就要起身往印度去。这个聚会就是为了给冒勒顿先生送行的。同时那天又正碰上是博士的生日。我们学生放了一天假，上午，我们给博士送了礼物，学长代表我们对他致词，我们大家就对他欢呼，一直欢呼到我们把嗓子都

---

① 妇女的便帽，和男子的不同，仅戴于室内。赴人家用篮子盛着便帽，为的是到达之后，换戴便帽。

② 此处暗用瓦峙的《颂圣歌》第20首的诗句：“勤劳的小蜜蜂，多么善于利用日丽风暖的天气！”讽刺玛克勒姆太太乘机在博士身上捞取油水。

喊哑了，把博士的眼泪都喊出来了才罢。到了晚上，维克菲先生、爱格妮和我自己，就一块儿到他家里，赴他单给我们几个人体己开的茶会。

捷克·冒勒顿先生在我们之前老早就到了。我们进门的时候，斯特朗太太，穿着一身白衣服，戴着樱桃色的绸带花结儿，正在那儿弹钢琴；冒勒顿先生就靠在她身后，替她翻琴谱。她回身迎接我们的时候，我觉得，她那红白分明的容颜，没有平素那样焕发绚烂、如花似朵，但是她看着却非常地美丽，惊人地美丽。

“今天这个日子，博士，”我们落座以后，斯特朗太太的妈妈说，“我还忘了应该给你道喜了。不过，我这一方面，绝不止仅仅给你道道喜就完了，这是你可以想得出来的。现在让我祝你百年长寿好啦。”

“我谢谢您啦，夫人，”博士回答说。

“百年长寿，百年长寿，百年长寿，”老行伍说。“我这个祝你百年长寿，不但为的是你自己，还为的是安妮，为的是捷克·冒勒顿，为的是许多许多别的人。约翰[①]，你当年还是个小鬼，长得比考坡菲少爷还矮一头那时候，你都怎么在后花园里的醋栗树后面，和安妮两小无猜地装作小情人儿，那番光景，我现在想起来，就跟昨儿的事儿一样。”

“我的亲爱的妈妈，”斯特朗太太说，“您快别再提那个话啦吧！”

“安妮，你别这样不通人情啦，”她母亲回答她说。“你现在已经是一个结过婚、都老了的女人了，听了这个话还脸红，那你什么时候听了这个话才能不脸红哪？”

“老了？”捷克·冒勒顿先生喊着说，“安妮老了？你得了吧。”

“我并没说错啊，约翰，”老行伍回答他说。“因为，从实际方面讲，她的确是一个结过婚、都老了的女人么。当然喽，按着年纪说，绝不老——因为你多会儿听见我说过，或者说，不管什么人，多会儿听见我说过，一个二十岁的女孩子按年纪说就已经老了哪！我这是说，你

---

①约翰：即捷克的正式叫法，捷克为约翰的昵称。

表妹是博士的太太，既是博士的太太么，那么，按着她是博士的太太这种身分论起来，就得像我说的那样，说她老了。你表妹做了博士的太太，你可就算交了好运了，约翰。你有这样一个妹夫，你还愁找不到有势力、肯帮忙的朋友！我还是不嫌冒昧，预言在先，你要是能不辜负他帮助你这份厚意，还有更大的忙在后面等着哪。我还是不爱要虚面子，不好摆空架子。我从来就没有犹豫过的时候，一直就老实坦白地承认，说我们家有的人需要朋友帮忙。原先还没有你表妹的裙带关系、给你找到了朋友之前，你就是咱们家一个需要朋友帮忙的人。”

斯特朗博士，一心无他，只知慷慨，听了这个话，当时把手一摆，好像是说，这算不了什么，用不着把捷克·冒勒顿先生老挂在嘴上，惟恐人家忘了他曾受人之惠。但是玛克勒姆太太反倒跑到紧挨着博士放着的一把椅子上坐下了，把手里的扇子放在博士的袄袖上，说：

“别价，我的亲爱的博士，要是我对于这一层，太絮絮叨叨的了，那你可一定得原谅我，因为我对于这一层，感觉得太强烈了。我叫这个是我的一心疯，我一心迷上这个啦，叫我不说还真不行。有了你，我们大家都跟着上了天了。你真是一位恩人，这是你知道的。”

“瞎说，瞎说，”博士说。

“对不起，你别价，你别价，”老行伍回答说。“这阵儿在座的既然没有别人，只有咱们这位亲爱的知心老朋友维克菲先生，那你要是再压制我，不许我说，我可绝不答应。要是你老这样犯死凿儿，你可别说我拿出丈母娘的款儿来，骂你一通。我这个人，就是心眼儿实，嘴头儿敞。我这阵儿要说的也就是你对安妮求婚、把我闹得不胜惊讶那时候说过的——我那时多么惊讶，你还记得吧？我并不是说，求婚这件事本身，有什么出乎常情的地方，要是那样说，还不得把人笑死！我是说，你和她那可怜的爸爸是那样的老朋友，你又那样从她六个月那么大就认得她，所以我可就连半点也没有想要拿那种资格来看待你。反正，不论怎么说吧，半点也没有拿你当一个打算结婚的人看待。我没有别的，就是这个意思。”

“好啦，好啦，”博士笑嘻嘻地答道，“这些话不要再提啦。”

“我还就是要提，”老行伍把扇子竖着放在博士的嘴唇儿上①，说。“我还是提定啦。我把这些陈谷子烂芝麻翻腾出来，就为了要你们听出来有什么错了的地方好驳斥我。好啦！我那时跟着就把话对安妮说了，告诉她这般如此，如此这般。我对她说，‘我的亲爱的，斯特朗博士可是郑重其事地重礼厚聘跟你求亲来啦。’我这个话里有一丁点儿劝诱逼迫的意思吗？没有。我只说，这会儿，安妮，你可得马上就把你的真心话告诉我：你是不是对什么人已经有了心啦哪？她一面哭一面说，‘妈妈，我还太年轻，’——她这个话一点也不假——‘我还连半点儿都不懂得，什么叫有心，什么叫无心哪。’我就说啦，‘你这么一说，我的亲爱的，那我可以开保票，说你还没对什么人有心哪。’我又说啦，‘不管怎么说吧，我爱，人家斯特朗博士可正心里七上八下、坐立不安哪，咱们好歹一定得给人家个回话。咱们可不能老叫他像现在这样，把颗心永远提溜着。’安妮仍旧哭着说，‘他是不是没有我，就没有快乐啦哪？要真是那样，那我想，我为了尊崇他、敬重他，也不能不嫁他。’她这样一说，事情就算定了。那时候，只有到了那时候，我才对安妮说，‘安妮，斯特朗博士不但要做你的丈夫，他还要代表你故去的父亲，做咱们这一家的家长，教导咱们这一家处世做人的道理，维持咱们这一家的门第家风，我还可以说，帮助咱们这一家的生活家计哪；简单地说吧，做咱们这一家的恩人哪。’我那时候就用了这种字样，我今儿用的还是这种字样。要是说我这个人还有一丁点可取的地方，那就是我前前后后，永远一致。”

玛克勒姆太太说这番话的时候，她女儿一直坐在那儿，身子一动不动，嘴里一声不响，眼睛盯在地上；她表哥就站在她身旁，眼睛也盯在地上。她母亲说完了这番话，她才用颤抖着的声音，非常轻柔地说：

“妈妈，我只希望，你的话都说完了吧？”

“没有，我的亲爱的安妮，”老行伍回答说，“我还没有都说完

---

① 一般把用食指竖着放在嘴唇上，表示不要说话，此处用扇子代替食指。

哪。既然你问了我这句话，我爱，那我就得回答你说，我还没说完哪。我还得抱怨你哪，说你对你自己家里的人，实在有点儿不近人情；不过，抱怨给你听既然没有用处，那我还不如抱怨给你丈夫听哪。现在，你这位亲爱的博士，你瞧一瞧你这个傻呵呵的太太吧。”

博士把他那慈祥的脸，带着淳厚、温蔼的微笑，转到他太太那一面儿，那时候，他太太把头伏得更低。我注意到，维克非先生一直使劲拿眼盯着她。

“我前些天碰巧跟那个淘气的小东西儿说，”她母亲把前话续提，同时开玩笑的样子又把脑袋摇晃、又把扇子摇摆，“我们家里出了点事儿，她可以跟你提一提——实在说起来，我认为，一定得跟你提一提——你猜她怎么说来着？她说，跟你一提那个话，就等于是跟你告帮，而你这个人，那样慷慨，她跟你一告帮，就没有不成的，这样一来，她可就不好提了。”

“安妮，我的亲爱的，”博士说，“那你就不对了。你那样，那不就等于剥夺了我的一种乐趣了吗？”

“我当时也几乎就完全是这样说的！”她母亲喊着说。“我说，下一回，再遇到这种情况，我知道她该跟你说，可由于刚才她说的这种原因而不肯说，那我可就不管合适不合适，要亲自跟你说啦。”

“你肯亲自跟我说，那我可就高兴极了，”博士回答说。

“这么一说，那我可以亲自跟你说了？”

“当然可以。”

“那么，好啦，那到了该说的时候，我可就要说了。这可是一言为定啦。”当时她想办的事，已经如愿以偿了(这是我认为是那样)，她就用扇子把博士的手轻轻地敲了好几下(未敲之前，先吻了扇子一下)，跟着凯旋而归的样子，回到了她原先坐的地方。

这时候，有更多的人来了，其中有两位教师和亚当斯，于是谈话的内容就变为一般性的了，这样一来，自然要转到捷克·冒勒顿先生身上，于是大家就谈起他这趟旅行，谈他要去的这个国家，谈他都有什么打算，都有什么前程。他那天晚上，吃过晚饭以后，就要登上征途，先坐雇脚驿车去格雷夫孙[1]，他要坐着作这趟旅行的那条船，就停泊在那儿。他这一去——除非他请假，再不就是因健康关系，需要休养，可以回国——要再回来，我可就不知道得过多少年了。我记得，大家当时都一致认为，无可争辩的是：印度这个国家，平常都把它说得非常荒诞失实，其实它并没有让人真正嫌恶的情况，只不过偶尔有一只两只老虎什么的，再就是一天里面，气温最高的时候，有些炎热。我自己这一方面呢，就把捷克·冒勒顿先生看作是一个近代的辛巴得[2]，脑子里把他想象作是所有印度那些王公的密友，老坐在天棚底下，抽曲里拐弯的金水烟袋，如果把拐弯的烟管都伸直了，烟管都能有一英里那么长[3]。

斯特朗太太很会唱歌，这是我早就知道的，因为我时常听见她自己一个人唱着玩。但是那天晚上，却不知道是她怯场，当着许多人，不好意思唱呢？还是嗓音失润，唱不出来呢？反正不管怎么吧，她却一点不错，完全不会唱了。她有一次，本来要和她表兄冒勒顿先生来一个二重唱，但是却连开口都没办到。后来，她要一人独唱，一起头儿还唱得非常好听，但是唱着唱着，她的歌声却突然一下中断，再也接不下去了，把她闹得非常难过，把个脑袋低低地伏在钢琴键上。那位好心眼儿的博士，就说她这是沉不住气，他想要让她镇静一下，就提议教大家玩罗圈儿牌，其实他对于玩这种玩意儿的技巧，就跟他吹长号的技巧一样。不过我看到，老行伍要跟他合伙儿，一下就直截了当地，把他拿住，再不撒手了，同时教他把他口袋里所有的银币，全都交给她，这就是她给博士上这种玩意儿的课最初步的开场。

尽管老行伍那两个蝴蝶，老紧靠博士身旁蹁跹飞落，一时不离看着博士，尽管那两只蝴蝶惹了多少烦躁，发了多少恼火，但是博士闹的错儿还是数不过来，虽然如此，我们大家玩的还是很欢乐的。斯特朗太太

---

① 格雷夫孙，已见本书第 3 章和第 7 章。

② 辛巴得(Sindbad)，《天方夜谭》中人物，航海 7 次，数见奇物，数历惊险。

③ 水烟袋，为从前印度人所用之烟具，瓶状，中贮水，附以柔软长管。一般长可 32 英尺，其言一英里长，当然是夸大说法。这种烟具，多用贵重材料做成，如管为金或银，嘴为琥珀等。

谢绝参加，理由是，她有些不大舒服。她表兄冒勒顿就说，他得拾掇行李，也谢绝参加。不过他把行李拾掇完了，却回来了，他们两个于是一块儿坐在沙发上，说起话来。有的时候，斯特朗太太跑过来，在博士身后，看博士手里的牌，告诉他该打哪一张。她站在他身后的时候，脸上非常灰白，同时我觉得，她指点牌的时候，手都有些哆嗦。但是博士却觉得，他太太照料他，就很快活了，即便他太太的手真哆嗦，他也看不出来。

在吃晚饭的时候，我们大家就没有玩牌的时候那样欢乐了。每一个人好像都觉得，这样一种别离，使人不免黯然销魂，别离的时间离得越近，这种心情就越厉害。捷克·冒勒顿先生尽力作出有说有笑的样子来，但是却老那样拘拘束束，矫揉造作，因此把事态弄得更糟，而老行伍呢，据我看来，并没能改善局面，她老喋喋不休，净说当年捷克·冒勒顿先生幼小时期的一些琐事。

但是博士呢，他，我敢说一定，却正相信他是在那儿使人人快活，所以非常高兴，一点也没想到还会有别的情况，一心认为，我们大家都是在那儿快乐到极点。

“安妮，我的亲爱的，”他说，一面看了看他的表，同时把酒杯斟满，“你表哥起身的时间已经过了，咱们别再拽着他啦，因为时光与潮水——在目前的场合里，二者都有关系——都是不等人[①]的。捷克·冒勒顿先生，在你的面前，正有一个长途和一个异国等着你哪，不过许多许多人，过去都曾有过这种前程，而且许多许多人，将来一直到地老天荒，也要有这种前程。你现在正要乘风扬帆啦，这种风曾把成千成万的人顺利地吹上了幸运的路上，曾把成千成万的人欢乐地吹回了自己的国内。”

“一个好端端的小伙子，”玛克勒姆太太说，“你从他怀抱儿的时

---

① 英谚：“Time and tide wait for no man”（时光不等人），其中“tide”一字，本亦为“时光”意，是两双声同义字连用，后来二字意义始别。博士此处以后来之意解之，以配合当时情景。

候起就看着他长大了，可要离开你的眼，到天边外国去，要把他熟悉的一切，全都撂在后边，却一点也不知道，什么要来到他面前，这种情况是令人伤心落泪的，不管你从哪一方面看，都得说是令人伤心落泪的。一个年轻人，作这样的牺牲，实在应该有人不断地加以支持，给以照顾。”她说到这儿，拿眼看着博士。

“你出去了以后，日子一定会过得很快，捷克，冒勒顿先生，”博士接着说，“我们这些不出去的，日子也会过得很快。我们中间有些人，也许很难指望能活到你回来的时候欢迎你，这也是事理之常。如果不能指望，那只能退一步，希望能活到你回来，欢迎你了。我就只能希望希望。我不必絮絮叨叨地尽着对你进忠言、惹你腻烦啦。你一直永远就有个榜样在你眼前了，这个榜样就是你表妹安妮。你要尽力学她那些优良品质，学得越像越好。”

玛克勒姆太太使劲又扇扇子，又摇脑袋。

“再见吧，捷克先生，”博士说，一面站起身来。他一站起来，我们也都跟着站起来了。“我祝你，在出国的征途上一帆风顺，在国外的事业上一帆风顺，在回国的归程中，一帆风顺！”

我们都对冒勒顿先生干杯，都跟他握手，握完了手，他匆匆对在座的女客告别，就忙忙叨叨走到门外，在那儿正要上驿车，我们这些学生们，向他发出像整整一排连珠炮的欢呼声，那时我们专为这种目的，聚在草坪上。我跑到学生队里，去增加他们的声势，那时候，驿车往前开动，我站在离驿车很近的地方，在当时那种呼声喧闹和尘土飞扬之中，清清楚楚地留在我脑子里的印象是：我看到捷克·冒勒顿先生坐着车叽里咕噜走过的时候，脸上骚乱激动，手里拿着一件樱桃色的什么东西。

我们学生给了博士一排连珠炮似的欢呼，又给了博士夫人另一排，于是学生都散去，我也回到屋里，只见屋里所有的客人都围着博士站在那儿，谈论捷克·冒勒顿先生怎样离去，怎样挺过去了，又怎样感觉，以及其他等等。大家正在谈着这些话的中间，玛克勒姆太太忽然喊道：“安妮哪儿去了哪？”

哪儿也看不见安妮，大家高声叫她，也听不见她回答。跟着大家都挤成一团，抢着往外跑，要看看是怎么回事。那时候，我们看见她躺在门厅的地上。大家刚一见这种样子，都大吃一惊，后来一看，原来是她晕过去了，于是用了普通治晕的办法，她就还醒过来了。那时候，博士把她的头放在他的膝上，把她的鬈发用手给她撩在一边，往四外看着，嘴里说：

“可怜的安妮，她的心太实了，太软了！这是因为她跟她从小就一块玩儿的朋友和伴儿——她心疼的表哥——分离了，才闹到这一步。啊，真可怜！我真难过！”

她睁开眼睛了，看到了她在什么地方，看到了大家都站在她身旁，有人搀着她，她才站起身来，在站起来的时候，把脸转到一边，为的是她好把脸靠在博士的肩头上，再不就为的是好把脸遮起来，我说不上来，究竟是为了哪一种。我们大家都回了客厅，好让她和博士，还有她母亲，单独留在那儿，不过她说（当时好像是这样），她觉得，从早晨起，没有比这阵再好的了，她倒愿意他们把她带到我们中间，因此他们就把她带到客厅里，安置在沙发上坐好。我只觉得，她的面色很苍白，身子很软弱。

“安妮，我的亲爱的，”她母亲一面给她整理衣饰，一面说，“你瞧！你的花结儿哪儿去了哪？你们不论谁，麻烦一下，给我们找一找，安妮丢了一个花结儿，一个樱桃色的花结儿。”

那个花结儿就是她戴在胸前的那一个。我们大家都一齐地找，我自己就到处找，这是我现在敢说一定的；但是谁也没找到那个花结儿。

“你还想得起来，你最后在什么地方还戴着花结儿吗，安妮？”她母亲说。

她回答她母亲的时候说，她认为，就是刚才不大的一会儿，她还好好地戴着那个花结儿哪。她说这句话的时候，我也不明白为什么，我会认为她脸上灰白得很，或者说，即便不是灰白，也绝不是发红。她说了这句话，跟着说，花结儿丢了就丢了吧，那不值得麻麻烦烦地找了。

她虽然这样说，大家还是又找了一回，但是仍旧还是没找得着。她于是求告大家，别再找了，但是还是有人东一头西一头瞎找了一气，一直到她完全好起来，大家都告别的时候。

我们——维克菲先生、爱格妮和我自己，慢慢地走着，回到家里，爱格妮和我一同欣赏月色，维克菲先生就一直地老把眼睛瞅着地上，他几乎就没把头抬起过。后来，我们到底走到自己的门口儿了，那时候爱格妮才发现，她把她那个小网袋撂在后面了。我好容易得到了一个服侍她的机会，所以就跑回去，给她找网袋儿。

我先到吃晚饭的屋子里去了一下，因为爱格妮的网袋儿就撂在那儿，不过那时候那个屋子已经一片漆黑，空无一人了。但是这个屋子却有一个门，和博士的图书室通着，那个门现在正开着，隔着门从图书室那儿漏出一道亮光来，我一见这样，我就来到图书室，打算对他们说明我的来意，同时跟他们要一支蜡烛。

博士正坐在壁炉旁边他那把安乐椅上，他那年轻的太太就坐在他下手一个凳子上。博士脸上带着一副恬然自适的笑容，正在那儿把他那部不知何时能完的字典稿子里某些理论的解释或叙述高声朗诵。他太太就仰着头瞧着他，不过她仰起来的却是那样一副我从来没看见过的脸，脸形那样美丽，脸色那样灰白，神气那样心不在焉、一个劲儿地出神儿，那样满含着狂乱的恐怖之情，好像魂灵离壳、在睡梦中一样，至于究竟是什么恐怖之情，我是无以名之的。她那两只眼睛睁得大大的，她那棕色的头发，分成两大厚绺儿，披散在她的两肩上，披散在她的白色衣服上，衣服因为没有花结儿绾着了，都不整齐了。我现在虽然能清清楚楚地想起她那副面貌来，但是我却说不出来当时它表现的是什么。即便现在，虽然那副面貌，又在我这个更成熟的眼光里出现，我都说不出来，它表现的是什么。悔恨、耻辱、羞愧、骄傲、情爱、信赖，所有这种种感情我全看到了，而在所有这种种感情里，我都看到那种我无以名之的恐怖之情。

我这一进去，我这一说明来意，说明要做什么，把她从梦中唤醒。我这样一来，把博士也给搅扰了，因为，我回到这屋子，要把我从桌子上拿走了的蜡烛重新放回原处，那时候我看到，博士正像一个老爸爸那样，用手拍他太太的头，同时说，他是个毫无慈悲的老厌物，居然忍心

茶会后博士书斋所见

不顾她的情况，硬把字典稿子念给她听；又说要她去睡觉。

但是她却用快速、急切的口气请求她丈夫，允许她待在那儿，让她心里确实感到，那天晚上，她丈夫对她推心置腹（我听到她嘟囔着断断续续地说了这一类的话）。跟着，在我离开那个屋子、走出门去、她瞥了我一眼之后，我看到她把自己的手交叉着放在博士的膝上，以同样的面貌（不过稍稍有些安静下来的样子）看着博士，于是博士又念起他的稿子来。

当时这番光景，给了我很深的印象，并且事情过了以后，这番光景很久很久我还记得，关于这一点，以后到了适当时候，我还有机会详细叙说。

第十七章
古城遇故

我写到我从枚·格货栈逃走以后，还没得机会提起坡勾提来。但是，事有必然，我在多佛刚一托身有所，我就差不多马上给她写了一封信；我姨婆正式把我置于她的保护之下，我又给她写了一封更长的信，把所有一切情况，都详细地告诉了她。我在斯特朗博士的学校做了学生，我给她写了第三封信，把我的幸福生活和光明前途，也都详细地叙明。我把狄克先生给我的那些钱，用来还我借坡勾提的钱。我把那半几尼金币，装在我给坡勾提的第三封信里，随邮寄给了她，那时候我那份快乐，是我一生从来没有过的。我只是在那封信里，才说起那个赶驴车的小伙子，以前的信里都没提过他。

对于我这几封信，坡勾提回复我的时候，都是像商店交易信件那样飞快火速，虽说不及商店交易信件那样简明扼要。她把吃奶的劲儿都使出来了，想要表达一下（她用墨水的表达力绝不能说有多么大）她对我旅途跋涉所感觉的心情。她连篇累牍，写了有四页之多，都是些前后不连贯的句子，只表示嗟叹、起了个头儿又没有结尾，还净是涂抹污渍，但是即便写了那么多，她那满腹的痛惜还是没得到任何发泄。不过墨痕水迹，涂抹污渍，对我说来，所表达的，远远超过最动人的书札。因为这些墨痕水迹所表示的是：坡勾提写这四页信的时候一直都是哭着的。有了这个，我还能有何求？

我没用费多大的事，就从坡勾提的信里看了出来，她对我姨婆，仍旧没有多大好感。她对我姨婆既然长期有了那样先入为主的看法，哪能一下就改过来呢。她信上写道，我们对于不论什么人，永远也不会看得准。只要想想，贝萃小姐向来一直被人认为是那样，却原来完全不是那样，这是多么大的教训！——这就是她的话。她显然仍旧还是怕贝萃小姐，因为她向贝萃小姐道谢致意的时候，显得拘束羞怯。她也显然怕我，她认为，十有八九我不久又会逃跑；因为她不止一次，对我透露出来，说往亚摩斯去的车费，不论多会儿，只要跟她一要，她就多会儿可以给我：从这句话里，我得到前面的结论。

她告诉了我一件新闻，让我听来非常激动，那就是：我们那所老房子的家具全部出脱了，枚得孙先生和枚得孙小姐搬到别处去了，那所房子封闭起来，要出租或者出卖了。上帝知道，只要枚得孙姐弟住在那儿，那所房子丝毫与我无干；但是我想到这所亲爱的老住宅会完全让人弃之而去，庭园里会长满野草，落叶会又湿又厚、铺在甬路上，总感到伤心。我想象冬天的寒风怎样要在房子的四围怒号，冷雨怎样要往窗户的玻璃上猛打，月亮怎样要在空落落屋子里的墙上映出憧憧的鬼影，终夜和它们在凄凉寂寥中厮守。我又重新想起了教堂墓地里树下那座墓，因此，我就觉得，现在这所房子，和我的父母一样，也死去了，一切和我的父母有关的事物，全都消逝了。

在坡勾提的信里，再没有什么别的消息了。她说，巴奇斯先生是一个再好也没有的丈夫了，不过仍旧有点手紧；其实我们大家都各有各的毛病，她自己就有好些毛病（虽然我敢说一定，我不知道她都有什么毛病）。他对我请安问好，我那个小屋子，永远拾掇得好好地等我去住。坡勾提先生身体很好，汉也身体很好，格米治太太却仍旧不太好，小爱弥丽不肯问我好，不过她说，如果坡勾提要替她问我好，那就那么办吧，她也不反对。

所有这些消息，我都循规蹈矩地尽情禀报了我姨婆，可就是没提小爱弥丽，而只把她存之于自己的心里就完了，因为我本能地感觉到，我姨婆对于她，不大会有温软的情感。我在斯特朗博士的学校里还是个新生的时候，她几次驾临坎特伯雷，去探望我，而每次来到，差不多都是在不近情理的时间，这为的是，我想，好乘我不备，来查考我。但是，她看到我并没浪费时间，空添岁月，而是勤奋努力，声誉很好，并且各方面，无人不说我在学校里进步很快，她不久就不再来看我了。我每三个星期或者四个星期，在星期六那天见她一次，那时我回多佛，叙团聚之乐事。我每两个星期，在星期三那天见狄克先生一次，那总是他坐驿车，中午到坎特伯雷，一直待到第二天早晨。

遇到这种时候，狄克先生一路来此，没有一次不带着一个皮制的小写字台的，里面盛着一批笔墨纸张和那个呈文；关于这个文件，他现在有一种想法，认为时间已经紧迫起来，实在非得有出手的一天不可了。

狄克先生非常喜欢吃姜糕。为了要使他来看我这件事对他更可心，我姨婆指示我，教我在一家点心铺里，开一个户头，把他吃的姜糕，先记在账上，但是可不能随便赊欠，有一个条件，那就是，不论哪一天里，赊给他的姜糕价钱不能超过一先令。这个条件，还有他在他过夜的那个店里一切花销的账目，在清理以前，都得先交给我姨婆过目。这种情况，使我想到，他那些钱，大概只许他哗啦着玩儿，却不许他敞开了花。我更进一步作了调查之后，我发现，事情果然不错，就是这样，或者说，他和我姨婆之间，至少商议好了，他有任何开销，都得向我姨婆报账。他没有一点想欺骗我姨婆的意思，反倒老想在我姨婆跟前讨好，这样一来，他想要花钱的时候，可就得掂算掂算，不好随便了。在这一点上，也像在其他一切点上一样，狄克先生是深信不疑，我姨婆是妇女中最有智慧、最了不起的；这是他屡屡当心腹话，对我说过的，而且还永远是打着喳喳儿说的。

“特洛乌，”有一天，星期三，他说完了这句心腹话以后，又以神秘的神气对我说，“但是在咱们这所房子左近，可藏着一个人，能叫她害怕，那个人是谁？”

“能叫我姨婆害怕，狄克先生？”

狄克先生点了点头。“我本来认为，绝没有人能叫她害怕，”他说，“因为她是——”说到这儿，他轻轻地打着喳喳儿说，“这话你可不要说——她是妇女中最有智慧、最了不起的。”他说完了这番话，往后倒退了几步，看一看他形容她这番话对我有什么影响。

“那个人头一回到这儿来，”狄克先生说，“是——让我想想看——一六四九年是国王查理第一受刑的年份吧。我记得，你说过，是一六四九年，对吧？”

“不错，对，狄克先生。”

“我不明白怎么会是那样，”狄克先生说，同时完全莫名其妙的样子，直摇脑袋。“我想，我绝不会那时候就已经活着了。”

“就在那一年那个人露面儿的吗，狄克先生？”我问他。

“呃，说真个的，”狄克先生说，“我真不明白，怎么会是那一年，特洛乌。那个年份是你从历史书里查出来的吗？”

“不错，是，狄克先生。”

“我想，历史永远也不会撒谎吧，会吗？”狄克先生露出有一线希望的样子来，说。

“哦，不会，狄克先生，不会撒谎！”我斩钉截铁地对他说。我那时候，又天真、又年轻，所以我实心实意地认为历史不会撒谎。

“那我可就讲不出道理来了，”狄克先生一面摇头，一面说。“说不定哪儿，准有不对头的地方。不过不必管啦，反正就在他们把查理王头脑里的一些麻烦，错放到我的头脑里以后不久，那个人头一回露了面儿。那时天刚黑，我和特洛乌小姐吃过茶点，正一块儿出去散步，就在那时候，那个人紧靠着咱们那所房子的左近，露了面儿啦。”

“在那儿溜达吗？”我问。

“在那儿溜达？”狄克先生把我的话重复了一遍。“我想想看，这我可得好好回忆一下。不是，不是，他不是在那儿溜达。”

我想要一下就知道事情的究竟，就直截了当地问，他到底在那儿干什么哪。

“呃，我们一点也没看见有什么人的影子，”狄克先生说，“一直到他突然紧紧跟在特洛乌小姐身后，跟她打着喳喳儿说了一句什么。那时特洛乌小姐一回头，一下就晕过去了，我就站住了，看着那个人，那个人就走开了；但是从那一次以后，他就一直地藏起来啦（不知道是藏在地底下，还是藏在什么别的地方），老没露面。这不是天地间顶奇怪的事儿才怪哪！”

“从那次以后，他就一直地藏起来，再没露面儿？”我问。

“一点不错，他一直地藏起来啦，”狄克先生说，同时严肃地直点脑袋。“老也没再露面儿，一直到昨儿晚上！我们昨儿晚上又出去散步来着，他又跟在你姨婆身后面，我又认出来他就是那个人。”

“他又把我姨婆吓了一跳！”

“吓得全身都打哆嗦，”狄克先生一面说，一面装出害怕的样子来，把牙齿捉对厮打。“用手把着栅栏。喊了一声。不过，特洛乌，你靠我再近点儿，”他把我拽到他跟前，为的是他说的时候，声音可以更低、更轻，“你姨婆为什么给那个人钱哪，孩子，在月亮地里给那个人钱？”

“他也许是一个乞丐吧？”

狄克先生摇晃脑袋，表示他完全不同意我这种说法，同时说了好几次，还是带着很有把握的样子说的，“不是乞丐，不是乞丐，不是乞丐，老先生！”说完了不是乞丐，又接着说，他后来从他那个屋子的窗户那儿，还是在深夜的时候，看见我姨婆在庭园的栅栏外面月亮地里，给那个人钱，那个人拿到钱才溜溜湫湫地走了——据他想大概准是又溜到地底下去了——以后就不见了。同时，我姨婆就又急急忙忙，又偷偷摸摸地，回到了屋里，并且，即便到了第二天早晨，她的神色还是跟她平素完全迥若两人，让狄克先生看着，直揪心扒肝。

他刚一跟我说这个故事的时候，我一点也不信会真有这回事，只认为他说的这个素不相识的人，不过是狄克先生的一种幻觉，也和给他惹出那么些麻烦来的那个倒霉透了的国王是一路货色。但是我细细想了一想以后，我的脑子里就起了一种疑问，是不是有人，有两次之多，当真企图要把可怜的狄克先生，或者用这种企图相威胁，说要把可怜的狄克先生，从我姨婆的翼覆之下劫走，而我姨婆，由于对狄克先生爱护之心太强（这是我从她自己那儿知道的），舍不得狄克先生离开她的翼覆，所以被迫拿出一笔钱来，给狄克先生买清净、安静呢？我自己既然和狄克先生那么亲密，对他的福祸忧乐那么关心，所以就为他担心，替他害怕，认为我那种假设最有可能。因此过了很长的时期，每逢到了星期三，他来看我的日子，我就几乎没有一次不心中忐忑，惟恐他不能像平常那样，坐在驿车的车厢上。但是到了那一天，他却一直照常出现，白发苍苍，满面笑容，心情快活；再也没提起能使我姨婆都害怕的那个人什么话。

这一段时期中的星期三是狄克先生一生之中最快活的日子；而这种日子也绝不是我最不快活的日子。他不久就跟学校里我们这些学童无人不识了；并且，虽然除了放风筝，他没亲身参加过任何别的游戏，他对于一切游戏却都感兴趣，其兴趣之深，不下于我们这些学生中间的任何一个。有多少次，我看见他，专心一意，看弹石子或抽陀螺的比赛，看的时候脸上带着无法形容的兴趣，看到赢输只差毫发的关键时刻，连气儿都不敢喘！有多少次，在玩兔犬竞走的时候，他站在小丘的高坡上，喊着叫全部运动员加油竞赛，把帽子在他那苍白的头上挥动，完全忘记了殉道者查理王的头，以及与之有关的一切！夏天的时候，有多少次，我看见他在板球场上看板球赛，表现出来，那种时候，就是他最幸福的时候。冬天的时候，有多少次，我看见他站在雪地上和东风里，鼻子都冻紫了，看那些孩子们在冰道上滑动，乐得把他那戴着毛线手套的手直拍！

他这个人，无人不喜欢，他弄个小玩意儿什么的，手头那样灵巧，简直就跟神工鬼斧一样。他能把一个橘子，雕成各式各样的花样，那种巧法，我们连想都无法想起。他能用任何东西，最小的从煮鸡用的细签儿①起，做出小船儿来。他能用羊膝骨做棋子儿；能用旧纸牌做罗马人

---

① 煮整鸡时，要使鸡的腿脚和翅膀，都紧贴在一块儿，故须用细竹签等绾之。

的大马车；能用线轴儿做带辐条的车轮子；用旧铁丝做鸟笼子。但是他最拿手的，是用细绳和麦秆做器物。我们大家都深信不疑，只要是用手做得来的，不论是什么，他都能只用这两种东西就做了。

狄克先生的名声，只限于我们学生中间，为时并不很久。没过几个星期三，斯特朗博士本人跟我打听起狄克先生的情况来，我就把我从我姨婆那儿听来的那些话，都对博士说了；博士听了这些话，对狄克先生感到非常大的兴趣，因此他要我，在狄克先生下次来看我的时候，把狄克先生介绍给他。这个居间牵合的任务我及时做到了；那时博士对狄克先生说，不论多会儿，如果狄克先生来到坎特伯雷，在驿车车站上找不到我，那他就一直地到学校里来好啦，在学校里休息一下，等到我们上午的课上完了。有了博士这番话，过了不久，狄克先生一下驿车，就理所当然地一直来到学校，如果我们的功课完得稍晚一些（星期三上午我们往往如此），就在庭园里溜达着等我：这种做法，不久就成了惯例了。就在庭园里，他和博士那位年轻漂亮的太太认识了（她在这个时期里，比以前面色更加苍白了；同时，我觉得，我自己或者任何别的人，比以前更少见到她了；她也没有以前那样活泼欢乐了，但是她那个漂亮劲儿并不比以前差），以后慢慢地越来越熟起来，因此，到后来，他来到学校，就一直进屋子里面等我。他永远坐在屋里某一个角落那儿某一个凳子上面，因此我们把那个凳子跟着他起了个名字，叫那凳子也是"狄克"。他就坐在那个凳子上，把满是苍苍白发的头往前探着，不管正在进行的是什么课，都非常注意地听，对于他自己没有机会得到的学问，深致钦敬仰慕之意。

这种钦敬仰慕，推而广之，及于博士本人；他认为，无论在哪一个时代里，博士都是思想最精、成就最备的哲学家。有一个很长的时期，狄克先生不脱帽露顶，就不能跟博士说话；即便他们两个都已经成了很熟的朋友了，都在庭园里我们学童叫作是"博士路"的那一面儿一点钟一点钟地一块儿散步了，狄克先生还是每过一会儿就把帽子一摘，来表示他对智慧和学问的尊敬。究竟在什么情况下，博士才开始在这种散步的时候，把那部著名字典的片简断编读给狄克先生听呢，我说不上来，起初的时候，博士也许觉得，读给狄克先生听，也就和读给自己听，完全一样吧。反正，不管怎么，这种散步的时候读字典的片断，也成了一种惯例了。而狄克先生呢，面带得意之色和快乐之感，倾耳静听，从他心里的最深处，相信这部字典，是世界上最令人喜爱的书。

我看到他们两个，在教室的窗户外面，来回地走着——博士面带怡然自得之色微微含笑，有时把手稿一摆，再不就严肃地把脑袋一点，狄克先生就兴味盎然，他那可怜的头脑，实际是不知不觉地附在难字之翼上面，作了逍遥之游，连上帝都不知道飞到哪儿去了——在那种时候，我就觉得，那种光景，从静的方面看，是我从来所见过的赏心乐事之中，最令人赏心的乐事了。我只觉得好像是：他们可以这样走来走去，永远没有走完的时候，而世界可以因之而不定怎么变得好了起来。好像是，世界上一千样喧腾众口的功业，对于全世界，或者对于我自己，都不及这种光景一半那么好。

不久，爱格妮也成了狄克先生的好友之一，同时，又因为他常到维克菲先生家里来，因而跟乌利亚也认识起来。我自己和他，我们两人之间的友谊，更日复一日，有增无减，我们两个的友谊，是以下面这种奇特关系为支柱而维持下去的：一方面，狄克先生名义上以保护人的身份来探视照看我，另一方面，却一遇到有什么琐事细故发生，他对之疑难不决，他永远跟我商量，并且还始终一贯地老照着我给他出的主意行动。因为他不但对于我本人天生的机灵劲儿感到佩服，他还认为，我这种机灵劲儿绝大部分都是从我姨婆那方面遗传而来。

有一个星期四早晨，在上课之前(因为我们早饭以前有一个钟头的课)我要陪着狄克先生步行着从客店往驿车车站那儿去，我在街上碰到乌利亚。他提醒我，说我曾答应过他，要跟他和他母亲一块吃茶点，请我不要忘了。说完了，又找补了一句(同时把身子歪扭了一下)说，“我本来就没承望你会不失约的，考坡菲少爷，因为俺们太安贱了。”

我对于乌利亚，究竟是喜欢还是厌恶，我还是真没拿好主意。我当时站在街上，面对着他，关于这一点，仍旧还是非常疑惑不定。但是我却觉得，让人认为骄傲，是极大的难堪，因此我就说，只要他一邀我，我就没有不奉扰的。

“哦，要真正是这样，考坡菲少爷，”乌利亚说，“要是你果真并没有因为俺们安贱就不肯来，那你今儿晚上就来，可以不可以？不过要是你因为俺们安贱，不肯赏脸，那我希望，你也不必不好意思，干脆就承认好啦。因为俺们的境遇，是咱们谁都知道的。”

我说，我得跟维克菲先生说一下，如果他没有什么说的——我认为，没有疑问，他不会有什么说的——那我一定很高兴地奉扰。这样一来，那天傍晚六点钟（那天是事务所下班儿早的一天），我就跟乌利亚说，我停当了，可以到他家里去了。

“妈一见你来，一定会觉得骄傲，”我们一块离开事务所的时候，乌利亚说。“或者说，妈一定会觉得骄傲，要是骄傲不算是罪恶[①]的话，考坡菲少爷。”

“然而今天早晨，你可并不在乎地认为我骄傲，”我回答他说。

“哦，哦，没有的话，考坡菲少爷！”乌利亚回答说。“哦，哦，当真没有的话！我这个脑子里，就从来没有过那种想法！要是你认为俺们太安贱，高攀不上你，那我一点也不会认为那是骄傲。因为俺们实在安贱么。”

“你近来时常钻研法律吧？”我要把话题转变一下，所以问。

“哦，考坡菲少爷，”他带出自我贬抑的样子来说，“我就是念一念就是了，谈不上什么钻研。我只是有的时候，晚上跟提得先生在一块儿混一两个钟头就是了。”

“提得不大容易懂吧？”

“提得对我说来，有的时候很难懂，”乌利亚说，“但是他对一个有才气的人，难懂不难懂，我可就不知道了。”

他一面走着，一面用他那瘦骨如柴的右手食指和中指在下颏上弹了

---

① 天主教的说法：严重罪恶有七种，头一种就是骄傲。

一个小小的小调①，然后又找补了一句，说：

“提得的书里，你知道，有些东西，考坡菲少爷——像拉丁字和拉丁词儿——对于像我这样造诣安贱的读者是要命地难懂。”

“有人教你拉丁文，你喜欢吗？”我轻快地说，“我就可以一面学，一面很高兴地教你拉丁文。”

“哦，谢谢你啦，考坡菲少爷，”他回答我说，同时把脑袋摇晃。“你自告奋勇要教我，那太好了，但是我可太安贱了，不敢接受你这份好意。”

“你这可净是瞎说，乌利亚！”

“哦，我真得请你原谅我，考坡菲少爷！我真感激你。我可以对你实说，我没有比那个再喜欢的了；但是我可太—太安贱了。像我现在这样，即使免得因为有了学问，把人们惹恼了，就已经有够多的人，因为我安贱，老拿脚踩我了。学问不是我这样人应该有的。像我这样人，最好别想巴高望上。像我这样人，即便能往上进，那他也只能安分守己、甘于安贱，考坡菲少爷！”

我从来没见过，他的嘴，有像他表达他这番思想感情的时候咧得那么大，他颊上的沟，有像那时候显得那么深。他表达这番感情的时候，还一直地把脑袋摇晃，把身子有节制地歪扭。

“我认为，乌利亚，你这样说就不对了，”我说，“我敢说，如果你真想学，就有一些东西我可以教给你。”

“哦，你这个话我相信，考坡菲少爷，”他回答我说，“完完全全地相信。不过，因为你自己不是一个安贱人，所以，你对于那班安贱的人估量起来，也许就不能恰当了。我绝不拿求学问去冲撞冒犯比我高的人，所以我谢谢你啦。我这个人太安贱了。这儿咱们来到俺们这个安贱的小窝窝儿了，考坡菲少爷！”

我们进了一个低矮的老式房间，一直从街上就通到屋里，在那儿我

① 比较《博兹特写集》里说的：“他会唱滑稽歌，学马车夫和鸡鸭的声音，在下颏上弹小调……”“罗多夫在手杖上弹了小调……”

看到希坡太太，长得跟她儿子活脱儿一样，只是身材矮点儿。她接待我的时候，卑躬屈膝到极点，还因为给了她儿子一吻，对我说一番抱歉的话。她说，他们尽管地位卑下，他们娘儿两个却仍旧有你疼我爱那种天性；他们希望，这种情况，不会让任何人看着不顺眼。那个房间，拾掇得洁净整齐，半作起坐间，半作厨房，但是却绝不严密幽静。茶具都正在桌子上摆着，水壶也正在炉侧铁支炉台上开着。屋里还有一个五屉柜，柜的上面是个小写字台，供乌利亚晚上读书或写字之用。那儿还放着乌利亚的蓝色提包，里面的纸张文件都往外冒，放着乌利亚的几本书，其中提得占最显著的地位，那儿还有一个三角橱，还有通常应有的家具。我不记得，单件东西，有瘦削、抽掐、寥落清冷的神情，但是我却的确记得，整个房间，有这种神情。

希坡太太仍旧还穿着素服，这大概是她那份卑鄙下贱的一部分吧。希坡先生已经死了多年了，虽然如此，而希坡太太却仍旧穿着素服。我认为，她的服装，只在便帽方面稍稍有些通融，在别的方面，她仍旧完全和她开始居丧的时候一样，穿着一身素服。

"考坡菲少爷到咱们家来，"希坡太太一面预备茶，一面说，"我的乌利亚，可真不容易。今儿这个日子，我敢说，可得永远不要忘了。"

"我早就说过啦，说您一定要这么想的，妈，"乌利亚说。

"要是我能找出理由来，说我后悔你爸爸不该把我们那么早就撂了，那个理由就是，他应该活到现在，认识认识今儿下午到咱们家来的是谁。"

我听到这番奉承，觉得很窘；但是同时我感觉得到他们是把我当贵宾招待的，因此我认为，希坡太太是一位叫人很不讨厌的妇人。

"俺这个乌利亚，"希坡太太说，"有好长好长的时间，就一直盼望今儿这个日子了，少爷。他直犯嘀咕，惟恐你嫌疵俺们太安贱了，不肯赏脸；我也跟他一样，直犯嘀咕。俺们这阵儿安贱，俺们从前安贱，俺们以后还得老安贱，"希坡太太说。

"我敢保，并没有道理教你非那样不可，希坡太太，"我说。"除非你甘心情愿那样。”

“谢谢你啦，少爷，”希坡太太回答我说。“俺们知道俺们的身份，俺们能有这样身份，俺们感谢天地还感谢不尽哪。”

我发现，希坡太太慢慢地离我越来越近，乌利亚就慢慢地凑到我的对面儿，他们从桌子上的食物里，挑选最美最精的，毕恭毕敬地布给我吃。说实在的，桌子上并没有什么特别精美的东西，但是我却觉得物轻人意重，[①]认为他们极尽张罗之能事。他们一下就谈起一般的姨母、姨婆来，于是我也就把我姨婆对他们谈了；他们又谈起一般的爸爸、妈妈来，于是我就把我爸爸和妈妈对他们谈了。跟着希坡太太又开始谈起一般的后爸爸来，于是我就又开始要把我的后爸爸对他们谈，但是却没谈就打住了，因为我姨婆告诉过我，叫我对于那一方面，要缄口不言。当时我一个人，对付乌利亚和希坡太太两个人，我所能有的机会，也就和一个又软又嫩的软木塞儿，对付一对罗丝钻；一个初生、幼嫩的牙齿，对付两个牙医生；一个小小的羽毛球，对付两个球拍子一样。他们愿意怎么摶弄我，他们就可以怎么摶弄我。他们拿话套我，把我不想说的话都套出来，还准能套出来，我现在想起来脸都发红；特别是我当时年幼、天真，还以为我把心里的话都对他们说了，是我心直口快，对那样毕恭毕敬招待我的那两个人，是大人物对小人物优渥眷顾呢。

他们母子，你疼我爱，那是毫无问题的。我认为，那种情况，对于我发生了影响，因为人同此心，属于天性之力；但是他们两个，一个人说了什么，第二个紧接着就呼应什么，一呼一应，有伏有起，这却是一种人工之巧，远非我当时所能抵抗。他们关于我自己这一方面，已经都听到了，无可再套问了（因为我在枚·格货栈那段生活和步入多佛那次跋涉，我讳莫如深），他们又开始谈起维克菲先生和爱格妮来。乌利亚先把球扔给希坡太太，希坡太太把球接住了，又往回扔给乌利亚，乌利亚把球捧住了一会儿，又把球扔给希坡太太，他们就这样你扔我接，反

---

① 物轻人意重：意译，原文 take the will for the deed（以意愿为事实），似始见于罗马诗人朱芬奈勒的讽刺诗第 6 首第 223 行。见于英人诗文中者，不具引。

复往来，把我闹得眼花缭乱，不知谁扔谁接，因而心花迷乱，完全不知所措。这个球本身还老变化无端。一会儿它是维克菲先生，一会儿它是爱格妮，一会儿它是维克菲先生怎样为人再好也没有，一会儿它是爱格妮怎样令我爱慕喜欢，一会儿它是维克菲先生的事务和收入，一会儿它是我们正餐后的家常生活，一会儿它是维克菲先生喝的葡萄酒、他喝葡萄酒的原因，以及他喝那么多是一件不大好的事儿；一会儿是这个，一会儿又是那个，一会儿又是这个那个，无所不是；而在所有那个时间里，我好像并没怎么开口，而且好像什么别的也没做，只是有的时候稍微鼓励鼓励他们，免得他们由于自己的卑贱而不胜羞愧，或者由于我的光临而不胜荣耀；但是我却看出来，我自己一直不断地在那儿泄露这样或者那样我绝不应泄露的情况，并且在乌利亚那两个有尖豁子的鼻孔一翕一张中，看到泄露之后产生的影响。

我开始感觉得有些很不得劲儿，恨不得从这次的拜访中，完全摆脱开才好，正在脱身无计的时候，只见街上一个人的形影从门外走过——为了透透空气，那时门正敞着，因为屋里很暖，按照那时的时令而言，天气有些闷——又回来了，从门外往里瞧，一直走进屋里，一面嘴里高声喊，"原来是考坡菲！有这么巧的事吗！"

那个人是米考伯先生！正是米考伯先生，身上带着他那副单光眼镜，手里拿着他那个手杖，脖子上挺着他那副硬领，脸上显着他那副文明优雅的神气，话里含着他那副屈尊就教的口气，所有一切，全副形象，无一不备！

"我的亲爱的考坡菲，"米考伯先生说，同时把手伸了出来，"这次的邂逅，实在得说是可以使人深深感到，一切人事的白云苍狗，所有世事的变幻无常——简单言之，这次遇故，真是迥异寻常。我刚才正在街上溜达，心里琢磨，也许有什么可能的情况出现，我对于这种情况，近来深抱欢乐，却没想到，一下遇见了一位情谊高厚的小友，在我一生中最多事之秋交的一位小友——在我面前出现。我可以说，在我一生时来运转的时候结交的小友。考坡菲，我的亲爱的小友，你可好啊？"

古城遇故人

我现在不能说——实在不能说——我在那一个人家里看到米考伯先生，觉得高兴；不过我还是对他说了，我见了他也很高兴，跟他很亲热地握手，同时问米考伯太太的身体怎么样。

“谢谢你惦着她，”米考伯先生说，同时像从前那样，把手一挥，把下颏在衬衫领子里一挺。“她的身体，还算差不多就复原了。那对孪生儿已经不必从天然源泉里吸取养分了——简单地说吧，”米考伯先生又露出了一阵说体己话的样子来，说，“那两个双生儿断了奶了——米考伯太太现在正作我旅途中的伴侣。她要是能和她这位不论哪一方面都得说是朋友，这位在神圣人伦中最忠诚不渝的挚友，重叙旧好，那她可该乐坏了。”

我说，我能见到她，我也要非常高兴。

“那你太好了，”米考伯先生说。

跟着米考伯先生微笑起来，把下颏在领子中间一挺，朝四外看去。

“我可以看出来，我的朋友考坡菲，”米考伯先生文质彬彬地说，说的时候，并非冲着某一个人，“并非一人独处，而是在这儿交游宴集，共宴的是一位居孀的夫人，还有一位显然是她膝前的人——简单地说吧，”米考伯先生又来了一阵说体己话的样子，说，“她的令郎。你能给我介绍一下，那我就引为无上光荣。”

在当时的情况下，我当然没有法子，不能不把米考伯先生介绍给乌利亚·希坡和他母亲，因此我就把他介绍给他们了。他们在他面前，极尽卑躬屈膝之能事，所以米考伯先生就移椅落座，以最优游雅致的姿势把手一挥。

“凡是我这位朋友考坡菲的朋友，”米考伯先生说，“都有权来要求我也拿朋友看待他们。”

“俺们太安贱了，先生，”希坡太太说，“我和我儿子，俺们俩都太安贱了，不配跟考坡菲少爷做朋友。他太好了，肯赏脸来到俺们这儿，跟俺们一块儿吃吃茶点，他肯光顾，俺们太感激了。俺们对你也太感激了，因为你眼里还有俺们。”

“太太，”米考伯先生鞠了一躬说，“你太客气了。不过，考坡菲，你现在干的是什么事由儿哪？还是葡萄酒那一行吗？”

我一心不想别的，只想能一下把米考伯先生支开那个地方才好，所以，我就把帽子拿在手里，脸上烧得火红，回答他说，我可以千真万确地告诉他，我是斯特朗博士学校的一名学员。

“一名学员？”米考伯先生把眉毛一扬说。“我听到这个话，太高兴了。其实，有我这位朋友考坡菲这样的头脑，”他对乌利亚和希坡太太说，“并不需要这样培育陶冶，当然，他要是对于人情世故，没有那样丰富的知识，他也许就需要了——尽管如此，那副头脑，却仍旧是一块肥沃的土壤，潜伏着无限繁殖稼禾的地力——简单地说吧，那副头脑，能从古典图书里得到学问，要多渊博就多渊博。”

乌利亚把他那两只瘦长的手，扭在一块儿，从腰部以上，令人可怕地歪扭了一下，来表示他同意米考伯先生对我的奉承。

“咱们一块儿去看一看米考伯太太好不好，米考伯先生？”我想把米考伯先生支走，所以说。

“如果你肯赏脸，对她下顾，当然好，考坡菲，”米考伯先生站起身来说，“我于心无愧，要在我们的朋友面前说一说：我这个人，数年以来，一直就跟经济困厄作搏斗。”我知道他一定非把这一类话说出口来不可，因为他一向就永远以他的经济困难为自夸的话料。“有的时候，我战困难而胜之。又有的时候，困难就把我——简单地说吧，打得趴在地下。也有过某些时候，我向困难连续不断地直打耳光，另外也有过某些时候，困难太多了，那时我就不得不认输，就得引《凯陶》里的话跟米考伯太太说，‘柏拉图呵，汝固最善推论。现在一切皆终。我不能再挺身而斗了。’①但是在我一生之中，”米考伯先生说，“我最感满意的时候，没有过于我把胸中的悲哀，向考坡菲的胸中，倾囊倒箧而出之的时候，我这是说，如果我可以把一些主要是由于代理书和以两月

① 凯陶，罗马名人，曾反对恺撒，战败被围，宁死不降。据说其自杀之夜，读柏拉图之《费道》，其书言灵魂不灭之理。英国18世纪文人爱狄生据之作悲剧《凯陶》，其第5幕第1场第1行，即此处所引。

或四月为期的定期借券引起的困难，说成是胸中的悲哀的话。”

米考伯先生用后面的话结束了他这篇富丽堂皇的谀词：“希坡先生！再见！希坡太太，在下跟您告假啦！”跟着他以他那最文雅的仪容和我一同走出门去，在便道上他那双皮鞋一路高响不绝，他还一面走，一面哼着小调儿。

米考伯先生住的是一个小店儿，他在这个小店里又住的是一个小房间，仅有一扇隔断，和商店跑外的店伙们住的房间隔断，因此很浓的烟草气味弥漫室内。我认为这个房间下面一定是厨房，因为有一股热烘烘的油膻味儿从地板缝儿冒了出来，墙上就挂着淋漓欲滴的水珠儿。我的确知道那个房间和酒吧间离得很近，因为那儿闻到烈酒的气味，听到玻璃杯噶啦噶啦的声音。就在这样一个房间里，我们看到米考伯太太，倚在一个小沙发上（沙发上面挂着一张赛马的画儿），脑袋紧靠着壁炉，两只脚就跐在房间另一头儿上放着的一个食物搁子上，把搁子上的芥末都跐到搁子外面去了。米考伯先生是头一个进这个房间的，进去了，就对米考伯太太说，“我的亲爱的，让我来给你介绍一位斯特朗博士的大学生。”

我附带地说一下，我当时注意到，米考伯先生虽然对于我的年龄和身份还是和从前一样，弄不清楚，但是他却永远记得，我是斯特朗博士的学生，因为这是一桩文雅事儿。

米考伯太太起初大吃一惊，跟着说，她见到我非常高兴。我见到她，也非常高兴，于是，我们双方都很亲热地互相问候了之后，我靠着米考伯太太，坐在那个小沙发上。

“我的亲爱的，”米考伯先生说，“你把咱们目下的情况，对考坡菲说一说吧，我认为毫无疑问，他很想知道知道，有你对他说；那我就去看报啦，看一看报上的广告栏里，有没有什么事由儿好做的。”

“我本来还以为你在普利茅斯哪，大妈，”米考伯先生出去了以后，我对米考伯太太说。

“我的亲爱的考坡菲少爷，”她回答我说，“我们是去普利茅斯来着。”

“为的是好沾近水楼台的光？”我提着头儿说。

“正是那样，”米考伯太太说，“为的是好沾近水楼台的光。但是，我把实话对你说吧，他们税关上，不用有才能的人，想要给米考伯先生那样有才能的人在哪一个部门找个位置，我娘家的人在当地的势力使不上劲儿。他们反倒不肯用米考伯先生那样有才能的人。因为他要是一见用，那只能把别人比得都不行了。除了这个以外，”米考伯太太说，“我还不瞒你说，我的亲爱的考坡菲少爷，我娘家在普利茅斯住的那一房，知道了米考伯先生来到那儿，还带着我自己、带着小维尔钦、他妹妹、还有那一对双生儿，他们可就没拿出他们应该拿出来的那种热诚来欢迎米考伯先生，本来他们应该热诚地欢迎他，因为他刚从羁绊之中解脱出来呀。我实话实说吧，”米考伯太太说，说到这儿，把声音放低了——“这个话我可就是跟你说——他们接待我们，态度极其冷淡。”

“有这等事！”我说。

“不错，”米考伯太太说。“看到人类这一方面，真令人感到难过，考坡菲少爷，但是他们接待我们，可实实在在地冷淡。那是不容置疑的。我说实话吧，我娘家住在普利茅斯那一房，在我们到那儿还不到一个星期，就对米考伯先生抓破了脸，破口骂起来。”

我嘴里说，同时心里也认为，他们应该自觉羞愧难当才对。

“但是，事情可又一点不错是那样，”米考伯太太接着说。“在这种情况下，你说像米考伯先生那样有骨气的人，该怎么办？明摆着的道路只剩下一条。跟我娘家那一房借路费，再回伦敦；什么都豁出去了，也得再回伦敦。”

“那么你们一家又都回了伦敦啦，大妈？”我说。

“我们又都回了伦敦啦，”米考伯太太回答说。“从那时以后，我就跟我娘家别的房份商议，米考伯先生究竟应该采取什么路子，才最合适——因为，我一心认为，他一定得采取一条路子，考坡菲少爷，”米考伯太太用辩论的口气说。“一家六口，还不算佣人在内，不能喝西北风活着啊。”

“当然不能，大妈，”我说。

“我娘家另外那几房，”米考伯太太接着说，“都认为，米考伯先生应该马上就把眼光盯在煤炭上。”

“盯在什么上，大妈？”

“盯在煤炭上，”米考伯太太说。“盯在买卖煤炭上。米考伯先生打听了一下之后，一心相信，认为在麦得维河[①]上做煤炭的买卖，可以给像他那样有才能的人打开一条路子。既然是这样，那么，正像米考伯先生一点不错说的那样，第一步得做的事就是到这儿来，亲眼看一看这条麦得维河。所以我们就来到这儿，看过了麦得维河。我刚才说‘我们’，考坡菲少爷，”米考伯太太感情激动地说，“因为我永远也不能不跟米考伯先生。”

我嘟囔了一句，表示我对她的敬慕和赞许。

“我们到这儿来啦，看过了麦得维河啦，”米考伯太太重复了一遍说。“我对于在麦得维河上做煤炭买卖的意见是：这个买卖也许需要才能，但是它更需要资本。才能，米考伯先生有，资本，米考伯先生没有。我认为，我们把这条河的大部分都看过了，而这就是我个人的结论。我们既然已经来到这儿，离坎特伯雷很近了，米考伯先生认为，如果不稍微再往前走一走，不到这儿来看一看这儿这个大教堂，那就未免有虚此行了。第一，因为那个大教堂真值得一看，而我们可从来没看见过它，第二，在一个有大教堂的城市里，也许有可能会有什么机会出现。我们来到这儿已经有三天了，”米考伯太太说。“一直顶到现在，可还没有什么机会出现；我们现在正等伦敦的汇款，好发付我们住客店的一切财务负担；这话你听起来，考坡菲少爷，不会像一个生人听起来那样诧异的。那笔款要是汇不来，”米考伯太太说到这儿，感情极为激动，“那我跟我的家（我是指着我们喷屯维尔[②]的寓所说的）就隔绝了，跟我的小子和闺女，跟我那两个双生儿，就都见不着面儿了。”

---

①麦得维河：英国东南部一条河，在泰晤士河下游与之合流。
②喷屯维尔：当时为伦敦西郊区，是住宅区，为小康人家等所居。

我看到米考伯先生和太太在这样山穷水尽的困难焦虑中，感到无以复加的同情，我就把这份意思对米考伯先生说了(这时他已经回来了)，同时又说，我只想，我能够有钱，能借给他们所需要的那么多才好。米考伯先生回答我这句话的时候，很足以表示他心里有多乱。他一面跟我握手，一面说，“考坡菲，你真够个朋友，不过到了坏到不能再坏的时候，无论谁，总会找到一个有刮脸用具的朋友的。”米考伯太太一听这句含意可怕的话，就用两手搂住米考伯先生的脖子，求他把心安定下来。米考伯先生于是哭了起来；但是一会儿的工夫，却又完全恢复常态，按铃叫茶房，定了一份热猪腰子布丁和一盘小虾，预备明晨吃早饭用。

我跟他们告别以前，他们两位，都那样死气白赖地非要在他们离开这个城市以前，请我到他们那儿吃饭不可，因此我无法谢绝，就答应了他们。但是，第二天晚上，我有好多功课要预备，那天不能去他们那儿，所以米考伯先生安排了一下，说他第二天上午到斯特朗博士的学校里去(他觉得有一种预兆，汇款在那一次邮递的时候就可以送到)，第三天晚上我再到他们那儿去，如果那样对我更方便的话。因此，第二天上午，他们从教室里把我叫出去，我在起坐间看到米考伯先生。他来的目的，是要告诉我，饭局还是按照原先商议的日子举行。我问他，汇款来了没有，他只把我的手使劲握了一下，然后起身走去。

那天晚上，我从窗户里往外看的时候，我看见米考伯先生和乌利亚两个人，胳膊挽着胳膊，从街上走过。这件事使我吃了一惊，闹得我心里不得坦然。他们两个是：乌利亚身居卑贱，很感觉到米考伯先生对他那番眷顾之情，米考伯先生就恬然自适，认为自己对乌利亚垂青下顾，很觉得意。但是第二天在约定的时候——下午四点钟——我到小客店去赴他的饭局，我从米考伯先生嘴里听到，米考伯先生曾和乌利亚一块儿到乌利亚家去过，而且在他们家喝过掺水白兰地。我听到这个话，更加惊异。

“这阵儿我可以跟你说，我的亲爱的考坡菲少爷，”米考伯先生说，“你这位朋友希坡是一个将来有做大法官之份的青年。假使当年我的困难达到紧要关头的时节，我就跟这位青年认识，那我现在敢说，我相信，我对付我那些债主的时候，就不至于那么糟糕了。”

我很难说我能看出他这句话的所以然来。因为，事实上，米考伯先生对他那些债主，半个便士都没还过。不过我不好意思追问。同时，我也不好意思对他说，我希望他跟希坡并没任什么都说出来；我也不好意思查问，他们是否谈到我很多话。我不肯惹米考伯先生伤心；或者说，不论怎么样，我不肯惹米考伯太太伤心，因为她很敏感，但是我对于这件事却心里不能坦然平静，并且以后时常想到这件事。

我们那顿正餐吃得很够可口称心的：有一道很美的鱼、有烤小牛里脊、有煎肉末灌肠、有鹌鹑，还有布丁。我们喝的是葡萄酒和有劲头的麦酒。吃完了饭，米考伯太太还亲手给我们兑了一钵滚热的盆吃酒。

米考伯先生异乎寻常地嬉笑欢乐。我从来没看见他曾那样有说有笑。他喝盆吃酒都喝得脸上放光，好像满脸上了一层油彩一样。他对于这座城市，由高兴而爱好起来，直干杯祝它繁荣。他说，他和米考伯太太住在那儿那几天，日子过得再也没有那么安闲、舒适的了。他们一辈子也忘不了他们在坎特伯雷过的那几天可心的日子。他以后又为我干杯，跟着他自己，还有米考伯太太，还有我自己，我们三个人一块儿把我们旧日相交的岁月，重新回忆了一遍，在这番重温旧交的经历中，又把家具等等卖了一次。于是我为米考伯太太干杯，或者，至少，我很谦虚地说，“如果您允许我，米考伯太太，那我现在就要荣幸地给您祝寿啦，大妈。”这样一来，米考伯先生就大做其文章，把米考伯太太的人品，大大地称赞了一番，说她永远一直是他的导师、军师、朋友，而且奉劝我，到了结婚的年龄，就娶这样一位贤妻，如果能找到这样贤妻的话。

盆吃酒都入肚以后，米考伯先生更加亲热、更加欢乐。米考伯太太的心情也飘扬高举，于是我们大家唱起《昔时往日》[①]来。我们唱到

---

①《昔时往日》：苏格兰诗人彭斯所作的一首诗，曾谱为歌曲。原诗用苏格兰方言写成。此处所引为第 17 行、第 19 行，意谓“忠实老友，我把我的手伸给你”，“咱们定要尽情快意痛饮一气”。方言译出。

"呢处系我慨手，忠实慨老友，"我们围着桌子，手和手紧握，我们唱到"我哋必定要把醪糟厂开哈一气"，我们都真正受到感动，虽然我们并不懂那句话的意思。

总而言之，我从来没看见任何人，有像米考伯先生那样欢畅淋漓的，一直到那天晚上最后一分钟——到我跟他自己，还有他那脾气柔驯的太太，亲热地告别的时候。因此，我第二天早晨七点钟，想不到会接到下面这样一封信，(那封信是那天晚上九点半钟——我和他们告别后一刻钟写的)当然远非我所逆料。只见信上写道：——

我之亲爱小友，

棋局已定，一切皆完。今夜此夕，我把遭受烦难苦恼蹂躏的面目掩饰于故作欢乐的面具下，所以没肯把汇款无望的消息，陈叙于君前。此种情况，受之令人可耻，思之令人可耻，言之令人可耻；我只得把寓居此店所负之财务责任，以预还券方式，暂时应付，此券须十四日内，于伦敦喷屯维尔我之宅内付款。此券到期，我并无钱可还。届时惟有毁灭而已。霹雳已临头上，大树势必摧折。

让写这封信给你的可怜虫，吾亲爱之考坡菲，作你终身之灯塔可也。他所以写此信，其目的即为此，其希望亦在此。如此人尚可自认有此作用，则一线光明，或尚可射入此人残生中所处暗无天日之地下狱室内。但此人目下，就其最轻微一方面言之，是否尚能长寿，实属极成问题。

此为最后一信，亲爱的考坡菲，你受之

于此

不齿于

人类之乞儿，

维尔钦·米考伯。

这一封信的内容使人神伤心摧，我看了以后非常吃惊，因此我就一直往那个小客店奔去，打算在去斯特朗博士的学校时，顺路到那儿去一下，想法子说几句劝解的话，来宽慰宽慰米考伯先生。但是在我往那儿去的半路上，我迎头看见往伦敦去的驿车，车后部高高坐着米考伯先生和米考伯太太，米考伯先生一副坦然自乐的活标本，微笑着听米考伯太太的谈话，还从一个纸袋子里往外掏核桃吃，同时胸前口袋里，就伸出一个酒瓶来。既然他们并没看见我，我就认为，从各方面来看，我顶好就也装作没看见他们。于是，我心上像一块石头落了地似的，取道于一条去学校最近的胡同，同时感到，总的看起来，他们去了，我心上松通了；虽然如此，我还是非常地喜欢他们。

第十八章
一度回顾

我的学童时期啊！我的生命里那一段时期，从童年到青年——不声不响、似水一般就流去了——无影无踪、不知不觉就度过了！那一股水流，从前汩汩前去，现在却只是一条干涸的水道，长满了青草了，让我来看一看那股水道，想一想在那股水道还有水流着的时候，都留下了些什么踪迹，可以使我想起那股逝水，都怎样流的。

一瞬之间，我就又坐在大教堂里我的座位上了；我们每星期天早晨，为了上教堂，特意先在学校聚齐，然后一块儿到那儿去。土地的气息、阴阴沉沉的空气、外面世界完全绝隔的感觉、蔓延萦回在黑黑白白拱形楼厢和内廊里的风琴声音，就像翅膀一样，把我又带回旧日，使我半睡半醒，如在梦中，在那些日子上款款翩跹。

我在学校里，已经不是最末了一名学生了！在几个月的时间里，我就已经跨过好几个学生的前面了。但是那个考第一名的学童，在我眼里，仍旧是一个三头六臂的人物，超群轶众，高不可攀，使我仰视，目为之眩。爱格妮说，“不是那样”，我就说“是那样”，同时告诉她，她想不出来，那位了不起的大人物，都掌握多少累累满腹的学问；但是她却认为，到了相当的时候，他那个地位，即便我，即便我这样微弱无力、想要巴高望上的家伙，也可以达到。这个大学生，并不像史朵夫那样私下是我的密友，公开是我的保镖，但是我对他却是恭而敬之的。我所想的主要是：他离开斯特朗博士的学校那时候，他会是什么样子，人们得怎么样，才能取得能和他抗衡的地位。

但是这儿一下来到我眼前的是什么人呢？原来是我所爱的谢波得小姐。

谢波得小姐是奈廷格女学舍里的寄宿生。我崇拜谢波得小姐。她是个身材细小的女孩子，穿着件紧箍在身上的上衣，一副圆圆的脸蛋儿，满头鬈曲的麻色[①]头发。奈廷格女学舍的学生，也到大教堂里去做礼拜。我不能看我的公祷书，因为我要看谢波得小姐。唱诗队歌唱的时候，我只听到谢波得小姐。我在心里暗中把谢波得小姐的名字插在公祷文里。我把她插在王室人员之中[②]。回到家里我待在我自己的屋子里的时候，我有时发一阵爱情的狂欢，不知不觉地叫起来："哦，谢波得小姐！"

有一阵儿，我对于谢波得小姐的心意琢磨不透，不过到后来，天意保佑，我们在一个跳舞学校里见了面儿了。谢波得小姐作了我的舞伴。我的手碰到谢波得小姐的手套，于是感到一股酥麻，像过电一样，由我的夹克右臂一直往上，通到我的头发梢儿才出来了。我并没对谢波得小姐说什么甜蜜的话，不过我们却两心相照，灵犀已通。我和谢波得小姐生来就是为了要结合为一的。

我真不明白，我当时为什么偷偷地给了谢波得小姐十二个巴西核桃[③]，作为礼物。巴西核桃并不能表示爱情，巴西核桃，你包它们的时候，很难包得方方正正、熨熨帖帖的，巴西核桃很难弄得开，你就是把它们放在屋门上挤轧，都不容易弄开，而且弄开了，又油腻腻的；然而

---

① 淡黄棕色。

② 在英国教堂做礼拜，读过《主祷文》，再读短祷文，唱圣歌，于是首先为现任国王祈祷，次为王室人员（王后、太子等）祈祷。

③ 巴西核桃：产于巴西等地的一种坚果，可作饭后甜食。其果须以斧劈之始开。

我却认为，送谢波得小姐这种东西极为合适。果仁软饼干，我也给谢波得小姐送过，我还送过她数不过来的橘子。我有一次，在存衣室里吻了谢波得小姐一下，哎呀，那就是登上了九天了！第二天，流言蜚语传到我的耳朵里，说奈廷格小姐，因为要矫正谢波得小姐的里八字脚，给谢波得小姐穿上了矫脚架，我听了这个话，我那份痛苦难过、愤怒怨恨，就不用提了！

谢波得小姐既然是我当时心里惟一想的，嘴里惟一说的，那我怎么会变得跟她掰了交情了哪？我简直地无从想象起。然而我和谢波得小姐之间，却慢慢冷淡起来。人们嘁嘁喳喳的谣言，传到我的耳朵里，说谢波得小姐曾说过，她不喜欢我那样直眉瞪眼地瞧她，同时公开承认，说她喜欢昭恩斯少爷，昭恩斯！一个绝对一无所长的学童！我和谢波得小姐之间的裂痕越来越大。后来，有一天，我在路上碰见奈廷格小姐学舍的女学生出来散步。谢波得小姐走过去的时候，把嘴一撇，对她的同学大笑。这一下什么都完了。一生的忠诚——那好像是一生，反正"真是""好像"，还不是一样—— 一下完蛋了。在朝祷的礼拜里，谢波得小姐的名字勾掉了，王室一家从此一下和她脱离关系了。

我在学校里又提升了，同时没有人搅我，使我不得安静。我现在对奈廷格小姐学舍里那些年轻的姑娘不再客气了，并且即便她们人数增加到两倍，美丽增加到二十倍，我也不会对她们里面任何一个眼花心迷了。跳舞学校在我心里变成了使人厌烦的玩意儿了；我纳闷儿，不明白那些女孩子不会自个儿跳，却非来招惹我们男孩子不可。我现在成了写拉丁韵文的名家了，连靴子带儿都不顾得系了。斯特朗博士公开对人说，我是一个前途无限的年轻学子。狄克先生一听这话，简直都乐疯了，我姨婆就在下次邮寄的时候，给我寄了一几尼。

一个年轻屠夫的影子现在出现了，就像《麦克白》里那个戴盔的头①一样。这个年轻的屠夫是什么人呢？他是坎特伯雷那些小伙子里的

---

① 《麦克白》第4幕第1场，麦克白谒三女巫于妖洞，问以未来之事，三女巫乃召鬼显魂以示之。第68行后，第一个显出之魂是一个戴盔的头。

一霸。大家都模模糊糊地相信，他用牛油擦头发，因此给了他超人的力气，成年的大人都只能跟他打个平手。他是个脸盘大、脖子粗的年轻屠夫，两片红脸腮，上面长的疙疙瘩瘩地，一肚子的坏水，一张掏不出象牙来的狗嘴。他那张臭嘴；专门用来糟蹋斯特朗博士学校里那些年轻的绅士。他公开地说，要是他们想挨两下子，那他就给他们两下子。他在他们中间（连我也在内）指着名儿叫阵，报字号，说他只用一只手，把另外那一只绑在身后面，就可以把那几个孩子打趴下。他在路上，截住了那些小一些的孩子，往他们的光头上用拳头凿，在大街上，公开给我递战表。这种种情况，就构成很充足的理由了，我下决心非和这个屠夫打一下不可。

时间是一个夏天的傍晚，地点是一个长绿草的洼地，在一堵墙的角落里。我按着约好了的时刻，和这个屠夫见了面。我在我的同学中间，选了几个给我作助斗，给那个屠夫作助斗的有另外两个屠夫，还有一个年轻的开店的和一个打扫烟囱的。初步的安排都办妥了，我和那个屠夫相对而立。一眨眼的工夫，那个屠夫，在我的左眼上，点起一千支蜡烛来。另一眨眼的工夫，我就不知道，哪儿是墙，哪儿是我自己，哪儿是任何别的人。我分不出来谁是我自己，谁是那个屠夫，我们两个永远纠缠在一起，揪扭在一起，在那片践踏蹂躏的草地上攞来滚去。有的时候，我看见那个屠夫，虽然血流被面，却仍沉着不乱。有的时候，我就什么也看不见，只坐在我的助斗人膝上，张着嘴喘息。有的时候，我向那个屠夫疯了一样地猛击，用拳往他脸上捶，把我自己的手骨节都捶破了，却不见他有一丁点儿慌乱的意思。后来我从昏迷中醒来，脑袋晕得很厉害，好像睡眠中发晕，眼看着那个屠夫扬长走去，另外那两个屠夫、那个年轻店东和打扫烟囱的就对他祝贺。他一面走，一面穿袄，从这种光景里，我就猜想（还真猜着了），胜利是属于他的了。

他们把我弄回家去，样子可就惨啦，他们给我在眼上糊上牛肉[1]，

---

① 眼打青了，用生牛肉糊在眼上是英国很老的医疗法，取其凉而有水分。白兰地和醋可使血不凝聚而疏散。

擦上醋和白兰地，同时看到我的上嘴唇鼓起一块来，老高、发白，肿得不可开交。我有三四天的工夫，不能出门儿，弄成难看至极的家伙，用一个眼罩儿罩在眼上，要是没有爱格妮像个姐妹那样，安慰我，念书给我听，使时光过得短，过得松快，那我就该闷死了。我对爱格妮把心里的话都说了，我永远对她说心里的话。我把那个屠夫的一切，都告诉了她，我告诉她，那个屠夫都怎么一直不断地来欺负我。她以为，我除了跟那个屠夫见个高低就没有别的办法，但是同时因为我真跟他见了高低，就又畏缩、又哆嗦。

时光悄悄静静，人不知鬼不觉地过去了。在现在来到的岁月里，亚当斯已经不是学长了，不止是现在不是，而且不止一天两天就不是了。他很久以前就离开学校了，因此，他回到学校来看斯特朗博士的时候，除了我以外，没有几个人还认得他了。亚当斯几乎马上就要当上律师了：他要给人家当辩护士，还要戴假发。我现在看到他，觉得他比在学校的时候，更谦虚老实了，看着也不像从前那么威武了，这是我没想得到的。他还并没使全世界为之震惊倾倒呢，因为，据我所能见到的说来，世界一切好像都跟从前几乎完全一样，并看不出来，多了他这样一个人。

现在来了一段空白时期，在这个时期里，诗歌中和历史上的勇夫武士，威武地成行成列，好像没完没结，大踏步走了过去。在这些人物后面跟着来的是什么呢？是我自己已经成了学长了！我居高临下，看着在我下面那一列学童，对于其中那些令我想起我刚来此地那时候的情况的，我以屈尊俯就的态度给以照顾。我刚来此地那时候，那个小家伙好像和我并无关联，我所记得的他，好像只是一件遗落在人生之路上的什么——好像只是一件我从旁经过的什么，而不是过去的我本人——我想到他，差不多好像只是想到另外一个人似的。

还有我头一天在维克菲先生家里看到的那个小女孩子呢，她在哪儿哪？她也一去不回了。在她身上，看不见那幅画像的童年了，而完全是画像本人，在这所房子里出入活动了；现在的爱格妮，我的亲妹妹(我在心里这样称呼她)，我的良师和密友，一切受到她那样恬静、安详、克己自制的影响的那些人的福星——完全是一个长大成人的姑娘了。

在这个时期里，我的身量发生变化了，模样发生变化了，知识方面因积累也发生变化了；除了这几方面，还有什么变化没有呢？有。我现在戴上带链子的怀表了，小指上戴上戒指了，穿起燕尾服了，我还在头发上擦了好多的熊油。头发上的熊油，再加上手指上的戒指，可就把我装扮得并不太好看了。是不是我又发生了恋爱了呢？不错，是。我崇拜起拉钦大小姐来。

拉钦大小姐已经不是一个小姑娘了。她是一个高个儿、深肤色、黑眼睛、身材苗条的美人；拉钦大小姐已经不是个雏儿了，因为最小的拉钦小姐都已经不是雏儿了，而拉钦大小姐比她最小的妹妹至少大三四岁。拉钦大小姐也许都快三十了。我对于这位小姐的热爱是无边无际的。

拉钦大小姐认识好几个军官。这简直是令人无法忍受的事。我看见他们在大街上跟她说话儿。我看见，他们只要一看到她那顶软帽（她对于软帽趣味高超），还有她妹妹那顶软帽陪着，从便道上走过来，他们就穿过大街，和她相就。她又说又笑，好像以此为乐。我花了好多空闲的时间，在街上往来溜达，期望和她一遇。我一天之内，只要能对她鞠上一躬（我认识她父亲，所以有对她鞠躬的资格），那我那一天就快活。有的时候，我也应该得到鞠一躬的快活。在赛马舞会①那天晚上，我知道拉钦大小姐一定要跟那些军人跳舞，那时候，我受的那份如疯似狂的深痛巨创，应该受到一些补偿，如果世界上还有任何不偏不倚的公道可言。

我对拉钦大小姐的热爱，使我饮食无味，使我一直不断老戴最新的绸领巾。我不把我最好的衣服穿出来，不把我的靴子擦了又擦，我就没有心情松快的时候。我总得那样一打扮，才觉得能和拉钦大小姐配得过。凡是她的东西，凡是和她有关的东西，我都看作如同至宝。拉钦先生（他是一个粗鲁的老绅士，双下巴，天灵盖下有一只不会活动的眼

---

① 与赛马有联系的舞会。

睛)，在我看来，全身各部，无一处不引起我的兴趣。我碰不见拉钦大小姐的时候，我就往可能碰到拉钦先生的地方去。我对他说，“你好哇，拉钦先生？小姐们和合府上的人都好哇？”太显鼻子显眼的了，我一说就脸红。

我老琢磨我自己的年龄。你说，我刚刚十七岁，你说，十七岁的孩子，对拉钦大小姐说来太年轻了；那有什么关系？再说，不是几乎一眨眼的工夫，我就二十一岁啦么？我晚上一天也不漏，到拉钦先生的宅外散步。虽然我看到那些军官进了宅里，听到他们在楼上的客厅里谈话，而拉钦大小姐就在那儿弹竖琴，我的心就跟扎了一刀似的，但是我还是有两三次，在人家全家都上床安歇了以后，作出体弱不支、心疼难挠的样子来，在那所宅子周围转圈儿。一面心里纳闷儿，不知道哪个房间是拉钦大小姐的绣阁(我现在敢说，我当时一定把拉钦先生的卧室猜作是拉钦大小姐的绣阁了)，心里想，最好这所房一下着起火来，站在那儿看的一群人都吓傻了，我扛着梯子，从人群中冲过去，把梯子竖在她那绣阁的窗户那儿，两手抱着她把她救出来，又因为她有东西撂在后面，我又回到火里去给她找那东西，因而死在火里。因为一般说来，我的爱是不掺杂个人的私心的，认为我能在拉钦大小姐面前一显身手，然后死去，也就心满意足了。一般是这样，但是并不永远是这样。有的时候，更光明的妙想美景，在我面前出现。要是拉钦先生府上要开跳舞盛会，我为去赴会(这是要在三个星期以前就开始盼望的)而梳妆打扮(这是要费两个钟头的工夫的)，那时候，我就敞开了把美好的光景想象。我想象，我斗着胆子，对拉钦大小姐把我爱慕她的热情和盘托出。我想象，拉钦大小姐把她的头伏在我的肩头上，嘴里说，“哦，考坡菲先生，我的耳朵没听错了吗？”我想象，拉钦先生第二天早晨大驾亲临，来拜访我，对我说，“我的亲爱的考坡菲先生，我女儿把话都对我说了。年轻并没什么可反对的。这是两万镑。你们过快活日子吧！”我想象，我姨婆始而反对，终而悔悟，给我们祝福；狄克先生和斯特朗博士都参加了婚礼。我相信——我的意思是说，我现在回忆起来，我相信——我并不是不通情达理的人，我还敢保，我并不是不谦逊退让；但是尽管如此，而所有这一切，却仍然照旧不断发生。

我现在朝着那家仙宫神宇走去，那儿灯光辉煌、人语嘈杂、乐音悠扬、花草缤纷，军官纷来（这是我看着极为痛心的），还有拉钦大小姐，简直地是仪态万方，风姿千状。她身上穿着一身蓝衣服，头上戴着几朵蓝花儿——几朵相思花。其实她哪儿还用戴什么相思花呢？一点儿不错，这是我第一次被请赴一个成年人的跳舞会的，我在这个会上，只觉得很不得劲儿；因为我好像跟谁都没有关系，也没有任何人对我有任何话可说，只有拉钦先生是例外。他问我，我的同学都好哇。其实他很没有问那个话的必要，因为我不是到那儿去让人揭短的。

但是我站在门口那儿待了一会儿，把我心头供养的那位女神的神光秀色饱餐了一顿，她——她呀，拉钦大小姐呀！——来到我跟前，令人愉快地问我跳舞不跳舞？

我鞠了一躬，结结巴巴地说，“只跟你跳，拉钦大小姐。”

“不跟别人跳？”拉钦大小姐问。

“跟别人无论谁，我都不感到快乐。”

拉钦大小姐大笑，脸上一红（或者说，我认为她脸上一红），嘴里说，“往后数第二场，我跟你跳。”

我挨到时候了。我迎上前去的时候，拉钦大小姐带着疑虑不定的样子说，“这一场是圆舞，我想，你会跳圆舞吗？要是不会，贝雷上尉——”

但是我会跳圆舞（而且活该作脸，还跳得很好），因此我就带着拉钦大小姐上场。我把她从贝雷上尉身旁硬拽过来。贝雷上尉一定觉得很难过，这是我敢断言的。但是他在我眼里却不值一顾。我不也曾难过吗？我现在和拉钦大小姐一块儿跳圆舞啦。至于在什么地方跳，都在什么人中间跳，跳了多大的工夫，我是一概不知道的。我只知道我同一个一身翠蓝的天使，像凌空御风一样，飘飘然浮在一种迷惘蒙腾的福海乐洋之中。到后来，我只见我和她单独来到一个小小的屋子里，一同坐在沙发上。在我的扣眼上戴着一朵花（一朵红山茶，花了半克朗买的）。她说这朵花儿好。我把这朵花给了她，同时说：

“我可得跟你要个大价儿，要一个无法计算的价儿。”

“真个的！那是什么哪？”

“你戴的一朵花儿，你给了我那朵花儿，我就要像守财奴护守金子那样护守那朵花儿。”

“你这孩子可真有胆量，”拉钦大小姐说。“拿去吧！”

她并非不高兴的样子，把她戴的花儿给了我；我把那朵花儿接到手里，先吻了它一下，然后把它放在心窝里。拉钦大小姐大笑，把手插在我的胳膊弯儿里，说，“现在你把我送到贝雷上尉跟前吧。”

我正琢磨这番见面的美妙光景和这次圆舞，琢磨得出神入迷的时候，她又来到我跟前，还搀着一个平平常常，年事渐长的绅士(那个绅士一直不断地打了一晚上的默牌)，对我说：

“哦，这位就是我那位有胆量的朋友！考坡菲先生，齐斯勒先生想要认识认识你。”

我立刻认为，他一定是拉钦先生府上的世交，所以觉得非常高兴。

“我很佩服你的眼力，考坡菲先生，”齐斯勒先生说，“这就说明你的眼力很高。我想，你不会对于种啤酒花感到太大的兴趣吧。我就是个大量种啤酒花的园主，要是哪一天你高兴到我们那一块儿——艾什弗得[1]那一块儿——去那儿转一转，那我们欢迎你在那儿要待多久就待多久。”

我热烈地对齐斯勒先生表示了谢意，和他握了手。我认为我正做着一个美梦。我又跟拉钦大小姐跳了一场圆舞。她说我跳圆舞跳得好极了！我回家的时候，简直地说不出来的幸福，一整个夜晚想象圆舞的滋味，把胳膊围在我那个亲爱的天神翠蓝的腰上。那一天以后，过了好些日子，我还老琢磨那次的幸福时光，琢磨得出神入迷。不过我却在大街上见不着她了，到她家去也见不着她了。在这种失望中，那件神圣的盟物，枯萎了的花儿，绝不能使我得到多少安慰。

“特洛乌，”有一天，吃完了正餐，爱格妮对我说。“你猜一猜，

---

① 艾什弗得：镇，在肯特郡中部偏东南。

明儿什么人要结婚？一位你爱慕的人。”

“我想不会是你吧，爱格妮？”

“怎么会是我！”她把她那表现一团高兴的脸从她正抄着的乐谱上抬起来说。“你听见他说什么来着吗，爸爸？——要结婚的是拉钦大小姐哟。”

“跟—跟贝雷上尉结婚？”我只有问这句话的气力。

“不是，不是什么上尉。跟齐斯勒先生，一个种啤酒花园子的。”

我心情沮丧，有一两个星期之久。我把戒指摘掉了，我把我最坏的衣服穿出来了，我不擦熊油了，我时常对拉钦大小姐那朵枯萎的花哀悼悲伤。那时候，我对于这种生活已经有些厌倦了，同时那个屠夫又来招惹我，我把花儿扔掉，和那个屠夫打了一场，光荣地把他打败了。

这件事，还有，我重新戴起戒指来，重新擦起熊油来，不过擦得没有从前那样多，这种种情况，就是我现在在我长到十七岁那年能最后辨认出来的标志。

第十九章

冷眼旁观

我上学的岁月快要告终了，我离开斯特朗博士学校的日子就要来到了，那时候，我心里还是喜，还是悲呢，我不知道该怎样说才好。我在那儿，一直是快活的，我对于博士非常依恋，我在那个小小的天地里，地位显著，名气显耀。由于这些原因，我要离开那儿，当然要觉得惆怅；但是除了这些原因，还有别的原因，这种原因，虽然虚而不实，却仍然使我觉得喜欢。一个青年，一旦能够独立自主，一个能够独立自主的青年觉得自命不凡，那样一个青春焕发、年富力强的两足动物可以见到、可以做到的形形色色了不起的事物，他对于社会所绝不能不引起的重大影响——这种种朦胧迷腾的想法，都向我招手，诱我脱离此地而它去。在我那孩童的心里这种渺茫空幻的思索，力量强大，竟使我离开学校的时候(按照我现在的想法)全无人情所应有的离绪别恨，那番分离所留给我的印象，不同于别的分离所给我的。我曾尽力想要回忆一下，我自己在那番别离中，都有什么感触，那番别离本身都有什么细节，但是却想不起来；那番别离在我的回忆中，不占重要地位。我想，这是因为我的前景把我给迷惑了。我现在知道，我当时那点童年的经验，于我并无帮助，全无帮助。人生当时对我，不是任何别的什么，而只是一个我还没开始读的瑰丽神话故事。

我姨婆和我，曾对我应该投身于什么职业这个问题，郑重其事地商量了不知多少次。一年以来或者一年多以来，我很想对于她时常重复提出的问题找出一个满意的答案——“我想要做什么?”但是，据我自己所能看得出来的，我对于任何一样事都没有专好。假使说，我一下学了一点航海的科学知识，因而有志于航海，于是率领一队乘风破浪的探险船队威武地周游世界，作发现新地的航行，那我认为，我当时也会觉得我做起来完全合适。不过，既然任何这种奇迹一般的装置配备并没出现，那我的欲望只是：不必费她太多的钱就能投身于一种职业，同时，不管什么职业，我都要尽力奋勉从事。

我们两个商讨这个问题的时候，狄克先生带着沉思、明哲的态度，一次不漏，全都参加。他从来没作任何提示，只有一次。那一次他突然提出，说我该做一个铜匠(我不知道他怎么会想起这个来的)。我姨婆听到他这个提议，丝毫没假以辞色，因此那次以后，他永远没敢冒昧再作提议，而只坐在那儿，两目注视，听着我姨婆说，同时把他的钱弄得哗啦哗啦地响。

“特洛，我现在跟你说，我的亲爱的，”我离开学校以后，在圣诞节期间，有一天早晨，我姨婆对我说，“既然这个盘根错节的问题，仍旧还没得到解决，咱们作决定的时候，又应当尽可能避免错误，所以我认为，咱们顶好先停一停，喘一喘气再说。同时，你对于这个问题，得用一种新的观点来看，不要用一个学生的观点来看。”

“是，姨婆。”

“我想到了，”我姨婆接着说，“换换环境，看一看家门以外的世界，也许对你有用处，可以帮助你了解你自己的心情，作比较冷静的判断。比方说，你现在出去作一趟短途旅行怎么样？比方说，你再到乡下那块老地方去一趟，去看一看——那个，那个古里古怪、叫那么个野蛮名字的女人，怎么样？”我姨婆说，一面把鼻子一摸，因为我姨婆讨厌透了坡勾提姓那么个姓，所以永远也没能完全饶恕了她。

“在世界上所有的事情之中，姨婆，我没有比那个更喜欢的了！”

“呃，”我姨婆说，“这可巧啦，因为我也会顶欢喜这个的。不过，你欢喜这个，是合情合理的。我还是深信不疑，特洛，你将来不论干什么，都会合情合理。”

“我希望我能那样，姨婆，”我说。

“你姐姐，贝萃·特洛乌，”我姨婆说，“一定会是一切女孩子里面，顶能合情合理的。你一定不要辜负了这样一个姐姐，行吧？”

“我只希望，我能不辜负您，姨婆。我能这样就很可以了。”

“你那个可怜可疼、娃娃一般的妈妈，可惜没活到现在，”我姨婆说，同时带着赞赏的样子看着我，“她要是能活到现在，那她这阵儿看到她这个儿子，一定要得意得晕头转向的，要是她那个傻呵呵的小脑袋瓜儿还剩下什么可转的。”（我姨婆一遇到她对我溺爱，不能解脱，就永远用这种说法，把毛病都推到我那可怜的妈妈身上。）“唉，特洛乌啊！我看见你，就完全想起她来！”

“我希望，你想起她来，觉得愉快吧，姨婆？”我问。

“狄克，他真像他妈，”我姨婆强调说。“他就像他妈那天下午那样，那天下午还没觉出来难受的时候那样。唉，他用他那两只眼睛往我这儿一瞧，完全像他妈！”

“真的吗？”狄克先生问。

“他也像他爸爸大卫，”我姨婆斩钉截铁地说。

“他非常像大卫！”狄克先生说。

“不过我愿意你长成一个，特洛，”我姨婆接着说，“——我不是说，在体格方面，我是说，在性格方面，因为在体格方面，你已经很壮实坚强了——我是说，我要你长成一个壮实坚强的人。一个高尚、坚强的人，自己有自己的意志，能坚定不移，”我姨婆说，同时把头上的便帽冲着我摇晃，把拳头紧紧握着；“能富贵不移、威武不屈，能见义勇为、不惧强暴，特洛，能勇往直前，除了真理，不受任何人、任何事的驱使——我要你长成的就是这样一个人。那也是你爸爸和你妈妈两个本来都可以做到的，这是上帝都知道的，同时还能因为做到了而活得更好些。”

我表示我希望我能成为她说的那样一个人。

“为了要让你先小试一下，学一学凡事都全靠自己，凡事都独行其是，”我姨婆说，“我打算叫你作一趟旅行，还只叫你一个人去。我本来一度想要叫狄克先生跟你一块儿去来着。但是我又想了一下，我就决定，还是把他留下，让他专门照顾我好啦。”

狄克先生刚一听这番话，有一阵儿露出失望的样子来，但是他又一听，我姨婆叫他照顾她这样一位了不起的女人，他的身份于是显耀光荣起来，他脸上那片光辉明朗马上就恢复了。

“除此而外，”我姨婆说，“他还有他那个呈文哪！”

“哦，一点也不错，”狄克先生急忙跟着说，“我打算，特洛乌，把那个呈文马上就写好——那个呈文一定非马上就写好不可！写好了，就可以递进去，这是你知道——递进去么——递进去么——”狄克先生说到这儿，打住不说了，停了老半天，才接着说，“可就该是一团乱糟了！”

过了不久，我姨婆这份尽心尽意的计划就付诸实行，她给我预备了一个装得满满的钱袋和一个大提包，依依不舍地打发我上路长行。在分别的时候，我姨婆嘱咐了我好些话，吻了我好多次，同时说，既然她的目的，是想要我开开眼界、动动脑筋，所以她想，不论在往色弗克去的路上，或是在从色弗克回来的路上，我顶好能在伦敦待上几天。简单地说吧，在三个星期或者一个月以内，我爱干什么就干什么；除了前面说过的，要我开开眼界，动动脑筋而外，再就是我得守信不移，每一星期都给她写三封信，如实把我的行动报告她。除了这两点，再就没有任何条件来约束我的行动了。

我先到坎特伯雷去了一趟，为的是向爱格妮和维克菲先生告别（我在他们家那个老屋子，我仍旧保留），同时也要向那位好心眼儿的博士告别。爱格妮看到我很高兴，同时告诉我，说她们那个家，自从我不在那儿，已经变得跟从前不一样了。

“我敢说，我离开这儿，我也跟从前不一样了，”我说。“我不跟你在一块儿，我就像失去了左右手一样。不过这样说还远远不足以表达什么意义，因为我手上一无头脑，二无情感啊。凡是认识你的人，就没有不是遇事就跟你商议，就听你指导的。”

“我相信，凡是我认识的人，就没有不宠着我，没有不惯着我的，”她微笑着回答我说。

“不对。那是因为你和任何别人都不一样。你这个人太好了，脾气太善了。你的性情那样温柔，你的见解又老那样正确。”

“你这样一说，”爱格妮一面做着活儿，一面使人愉快地笑起来，说，“好像我就是新近那位拉钦大小姐了。”

“得了吧！你这样拿我对你的肺腑之言开玩笑，可不对吧，”我回答她说，同时想到我都怎样做了那位蓝衣女神的奴隶，脸上一红。“但是，虽然如此，我仍旧还是要把肺腑之言都对你说出来的，爱格妮。我不论多会儿，都不会变得不肯对你说肺腑之言。不论多会儿，只要我有了难题，我发生了恋爱，我都要对你说的，只要你让我对你说，我就要说——即便我一旦切实认真坠入情网，我也要对你说。”

“哦，你从来就永远没有过不切实认真的时候！”爱格妮说，同时一笑。

“哦，那都是小孩子家，再不就是学童，闹的玩意儿，”我说，一面我也笑起来，同时还觉得有些羞愧。“现在时光已经改变了，我认为我说不定哪一天，有朝一日，会切实认真得都到了令人可怕的程度。现在叫我纳闷儿的是，怎么你一直到现在，还是老没有切实认真的时候哪，爱格妮？”

爱格妮又笑了一声，同时摇头。

“哦，我知道你还没有！”我说，“因为要是你切实认真起来，你一定会告诉我的。或者说，至少，”我说到这儿，看到她脸上微微一红，“你一定会让我自己发现的。但是爱格妮，我所认识的人里面，没有一个配跟你谈爱的。总得出来一个比我认识的任何人，品格都更高尚，一切都更相配，我才能答应他和你谈爱。从此以后，我要睁大了眼睛，小心在意地看着所有那些爱慕你的人，对于那个跟你终成眷属的有福之人，我要刻意苛求，要他的好看哪，这是我敢对你保证的。”

我们两个，顶到这会儿，就这样又认真、又开玩笑地互相掏出肺腑之言，我们两个从还是小孩子的时候就耳鬓厮磨了，所以自然而然会有这样的情况。但是现在，爱格妮突然把她的眼睛抬起来盯着我的眼睛，用另一种态度对我说：

“特洛乌，有一样事，我想要问你一下，要是现在不问，那我也许得过很久，才能有机会再问。这件事，我认为，我不能问任何别的人。你在爸爸身上，是否看出来有什么渐渐改样儿的情况？”

我曾留心过，看出来有改样的情况，并且曾纳过闷儿，不知道爱格妮是否也留心过而看出来。我现在可能把我这种心情在脸上完全表现出来了，因为她的眼睛一时下垂，并且我看到，两眼里面含着眼泪。

“你得告诉我是怎么回事，”她低声说。

“我认为——我既是那样敬爱他，那我可以一直地实话实说吧？”

“可以，”她说。

“我认为，自从我刚到这儿来的时候就开始，他那种越来越深的癖好，对于他没有好处。他时时非常地沉不住气，再不那也许是我自己的幻想。”

“那不是幻想，”爱格妮摇着头说。

“他的手老哆嗦，他的话老含糊不清，他的眼神里老含着一种野性。我曾注意过，每逢遇到他是我刚说的那种样子的时候，那就是，每逢遇到他不是他本来那种正常样子的时候，准有人叫他，说有事要他办。”

“乌利亚叫他，”爱格妮说。

“不错，正是他。而你爸爸感觉到自己对于事情力不胜任，或者对于事情不能了解，或者虽然自己尽力克制，还是力不从心，不能不露出真相，这种感觉把你爸爸弄得非常不得劲儿，因此第二天，他的情况更糟，再第二天，他的情况又更糟，这样一来，他这个人可就憔悴消瘦、愁烦疲倦了。爱格妮，我就要跟你说一种情况，你听了可不要吃惊。就是前几天，有一天晚上，我看见他在刚说的那种情况下，把头趴在桌子上，像个小孩子一样，哭了起来。”

我正说着，她把她的手轻轻地往我嘴上一捂，跟着一眨眼的工夫，她就在屋门那儿接着了她父亲，把身子靠在他的膀子上。他们父女都往我这儿看的时候，我看到她脸上的表情，十分凄惨动人。在她那美丽的面庞上，可以看到她对她父亲的深情厚爱，她为父亲对她的爱护而表示的感激之情；同时她还露出诚恳地对我呼吁的脸色，叫我对他，即便在我内心的极深处，也要以软心肠相待，绝不能有一丁点儿的狠心肠。她一方面对她父亲那样感到自豪，那样忠诚，另一方面却又那样对他怜悯，为他惆怅，同时又那样信赖我，认为我对他也能同样怜悯，同样惆怅。即使她用嘴说出来，也不能对我表达得更清楚，叫我感动得更厉害。

那天斯特朗博士请我们到他家吃茶点。我们在照例举行茶会的时间到了他家，在书房里的炉旁见到了博士、博士年轻的太太，和他太太的母亲。博士把我的离别看作我要远涉重洋、去到中国那样隆重，以贵宾之礼相待，特为让人在炉里放了一大轱辘烧材，为的是他可以在熊熊火焰的红光中，看到他这个老学生的脸显出红色。

“维克菲，我将来在我的新学生中间，看不到很多能和特洛乌一样的了，”博士一面烤着手，一面说，“我近来越来越懒了，老想舒服。我再过六个月，就要同我这些年轻的朋友告辞了，就要过一种安静的生活了。”

“你这十年以来，博士，不论多会儿，就没有不说这种话的时候，”维克菲先生说。

“不过这回我可当真要不干了，”博士回答他说。“我的首席教师要接我的班儿——我到底当真要这么办了——因此，过不了多少天，你就得给我们立一个合同，把我们两个牢牢地绑在那上面，跟两个流氓一样[1]。”

“还得注意，”维克菲先生说，“别教你受骗上当，是不是？要是你自己跟人订合同，那你就毫无疑问，非上当不可。好啦，让我给你们订合同，我就给你们订合同。干我这一行，比订合同还糟的事可就多着哪。”

“那么一来，我就没有别的心事了，”博士微微含笑说，“就剩下那部字典了；还有另外这一位需要订合同的人——安妮。”

那时斯特朗太太正坐在茶点桌前面爱格妮身旁，维克菲先生把眼光转到她身上的时候，我看她好像带出迥异平素的迟疑和畏怯，想要躲开他的视线，因此他反倒更把注意力盯在她身上，好像他心里一时想起什么心思来似的。

“我看到，那儿有一批从印度来的信件，”他过了不大的一会儿说。

“可不是！我还忘了哪；还有捷克·冒勒顿先生寄来的信哪！”博士说。

“真个的！”

“可怜的亲爱的捷克！”玛克勒姆太太说，一面摇头。“那儿那种要人命的天气！他们说，就跟住在聚光镜底下的沙山上一样！他这个人，看样子好像很壮实，其实他一点也不壮实。我的亲爱的博士，叫他毫不畏缩、冒这样的险跑到那儿去的，并不是他那个身体，而只是他那种精神。安妮，我的亲爱的，我敢保，你一定完全记得，你表哥的身体，从来就没壮实过。绝不是你可以叫作是壮实的身子骨儿。你要知道，”玛克勒姆太太强调说，同时用眼把我们大家都看了一下。“从我这个闺女和他两个都还是小孩子的时候，一块儿手拉着手，整天价到处瞎跑的时候，一直就没壮实过。”

---

[1] 这是说，不像通常那样，订一个“绅士合同”，而订一个“流氓合同”。这当然只是笑谈。君子不须有合同，只有流氓，才须有合同。

安妮听了她母亲这样跟她说了以后，并没回答。

“我听你这样一说，太太，那我可以这样了解，说冒勒顿先生得了病啦吗？”维克菲先生问。

“病啦！”老行伍回答说，“我亲爱的维克菲先生，他是一百样儿都占全了。”

“可就是不能说身体健康，对吧？”维克菲先生说。

“一点不错，就是不能说健康！”老行伍说。“他毫无疑问，很重地中过暑，得过森林热、森林瘴，只要你叫得出名儿来的病，他都得过。至于他的肝脏，”老行伍听天由命的样子说，“那当然是他刚一出国的时候，老早就把它看作完全不中用了！”

“这都是他自己说的吗？”维克菲先生问。

“他自己说的？我的亲爱的维克菲先生，”玛克勒姆太太又摇头，又摇扇子，说，“听你问我这个话，我就知道你对我们这个可怜的捷克·冒勒顿不怎么了解。他自己说？他才不说哪。你要他说，你先得用四匹野马拖他、拽他。”

“妈妈！”斯特朗太太说。

“安妮，我的亲爱的，”斯特朗太太的母亲说，“我得不用再费话，求你一下，凡是我说话，不要打岔，除非你要证明我说的不错的时候。你跟我一样，完全知道，你表哥得用不论多少匹野马拉着、拽着——我刚才说四匹来着，干吗只限制在四匹上哪？我应该说八匹、十六匹、三十二匹——拉着、拽着他，他都绝不肯说一句任何可能把博士的安排打乱了的话。”

“不是我的安排，是维克菲先生的安排哟，”博士说，一面用手摸着脸，一面朝着给他出主意的那个人，后悔的样子看去。“我的意思只是要说，我们两个给他共同商议出来的安排。我自己只说过，国外也可，国内也可。”

“我只说，国外，”维克菲先生找补了一句说。“国外。我就是把他打发到国外的主持人，这个责任该由我来负。”

“哦，快别提什么责任不责任的话啦吧！”老行伍说。“我的亲爱的维克菲先生，不论什么，哪有不是不出于好心好意的？不论什么，还不都是出于好心好意、善心善意？这个难道我们还不知道？不过，我这个亲爱的孩子如果在那儿活不下去，那他在那儿就是活不下去。他要是在那儿活不下去，那他就要死在那儿。他豁着死在那儿，也不肯把博士的安排推翻。我是了解他的，”老行伍带出一种事已如此、无可奈何、只好默默忍受的样子，扇着扇子，说。“我是了解他的，他豁出去死在那儿，也绝不肯把博士的安排推翻了。”

“唉，唉，夫人，”博士高高兴兴地说。“我对于我的安排并不是非这样不可。我可以把我的自己的安排推翻了。我可以再替他想别的办法。要是捷克·冒勒顿先生因为身体不好再回故国，那咱们一定不能让他再回去，咱们一定得尽力想法在国内给他弄一个合适、顺利的事由儿。”

玛克勒姆太太，一听博士这番慷慨之词，乐得不知所以(这番话是她并没想到的，或者说，这张牌是她并没想到她会引出来的)，只有说，这样正是博士的为人，同时，把她先吻扇骨子，然后用扇子轻轻敲博士的手这种行军妙术，重复了一次又一次。这种战术行动结束之后，她又轻描淡写地骂她女儿安妮，责备她，说博士为了她的缘故，对她童年一块儿玩儿的伴侣，降这样像霖雨一般的恩泽，而她却没感恩知德的明显表示。同时，为供我们消遣，对我们把她家里有些其他应受扶持的人一些细情讲了一气，说这些人，都应该受到扶持，使他们站得起来，立足于社会。

在所有这段时间里，她女儿安妮连一次口也没开，连一回眼也没抬。在所有这段时间里，维克菲先生一直拿眼盯着她，看着她坐在他自己的女儿身旁。据我看来，他好像一点也没想到，会有任何别人注意他，而只把注意力完全集中在她身上，集中在与她有关的思想上，因此如痴如呆地出起神来。他现在开口了；他问，捷克·冒勒顿先生到底在信上真正写了些什么关于自己的话，那封信是写给谁的。

“你瞧，这不是吗？”玛克勒姆太太说，一面从博士头上面壁炉搁板上拿下一封信来，“那个亲爱的孩子，对博士本人说，——在哪儿哪？哦！在这儿啦——‘我很对不起，得对你说，我的健康受了严重的损害。我恐怕，我没有别的办法，只得采取暂时回国这一条道路，算是惟一可以希望恢复健康的办法。’这还不明白、不清楚吗？可怜的孩子！算是惟一可以希望恢复健康的办法！但是他给安妮的信上，说得更清楚明白。安妮，你把那封信再给我看一看。”

“这阵儿别看了吧，妈妈，”她低声要求说。

“我的亲爱的，你这个人，在某些事情方面，完全是世界上再没有那么荒谬的了，”她母亲回答她说，“你对于你自己家里有些人该受照顾那一方面，也许得说是顶不近人情的了。我相信，要不是我自己亲自跟你要这封信看，那我们大家就根本不会知道有这封信的，是不是？你认为，我爱，你这样就是你对斯特朗博士推心置腹，是不是？我真没想到你会这样，你应该更懂得点情理呀。”

她女儿迫不得已，才把信拿了出来，我从斯特朗太太手里把信接过来递给那位老太太的时候，我看到，出于无奈把信递给我的那只手直打哆嗦。

“现在，咱们看一看，”玛克勒姆太太一面戴上眼镜，一面说，“那一段在哪儿？‘我想起旧时往日，我的最亲爱的安妮’——等等——不是这一段。‘那位蔼然可亲的老传士’——是传教士吧，这是谁？哎呀，你说，安妮，你表哥冒勒顿这笔字多难认，我也真叫笨！当然是博士，哪儿会跑出个传士来了哪！蔼然可亲么，这倒一点也不错！”她说到这儿，又打住了，吻她那把扇子，然后老远用扇子冲着博士摇晃。博士呢，就满怀恬然、自适其适地看着我们。“这儿哪，到底叫我找着了。‘这不会出乎你的意料，安妮，如果我说，’出乎意料？不会，因为她知道他一直的身体就没真正壮实过么，我刚才念到哪儿来着？——哦，是啦——‘我在这个远离故国的地方受了这么些罪，因此我不得不决定豁出去一切，也得回国；如果办得到，先请病假，如果请假办不到，那我就干脆辞职不干啦。我在这儿，已经受过的罪和正受着的罪，都没法再受了。’要不是有这位世人里最善良的人这样快就采取行动，那让我想起来都没法再受，”玛克勒姆太太说，同时一面又对博士，像刚才那样吻扇子，表示感激，一面把信叠了起来。

维克菲先生一句话也没说，尽管那位老太太直往他那儿瞧，好像要求他对这个消息表示表示意见。他只一本正经地默默无言坐在那儿，把眼睛盯在地上。这个问题撇下许久，大家都谈起别的话来，他还是没开口，并且连眼也很少抬起，除非是沉思地皱着眉头，把眼睛往博士身上、或者往他太太身上、或者往他们两人身上瞧的时候。

博士很喜欢听音乐。爱格妮唱得嗓子又甜，腔调又生动，斯特朗太太也是一样。她们两个有时单人独唱，有时二人合唱，我们很可以算得开了一个小小的音乐会。但是我却注意到两种情况：第一，虽然安妮不久就恢复了平静，跟平素一样，而她和维克菲先生之间，却总有一种冷漠，把他们两个完全分开；第二，维克菲先生对于爱格妮和斯特朗太太那样亲密，好像不喜欢，以不安的心情看待。现在，我应该坦白地承认，在冒勒顿先生临别的那天晚上我所看到的情况，现在第一次带着一种我从来没感觉到的新意义，在我的脑子里重新出现，使我心里感到不安。她脸上那种天真无邪的美丽，使我感到，并不像以前那样天真无邪；我错信了她那天然的雅优和美丽的姿态；我看到她身旁的爱格妮，想到爱格妮的真诚、善良，我心里起了一种疑问：她们两个的友谊，能说是同声相应、同气相求吗?

但是这番友谊却叫爱格妮感到非常快活，而另外那一位，也感到同样快活，因此那一个晚上的时光，去得跟一小时一样地快。这个晚上，最后发生了一件小事，使我记得很清楚。她们两个互相告别，爱格妮正要抱而且吻斯特朗太太，那时候，维克菲先生走到她们二人之间，好像无意似的，很快地把爱格妮拽开了。于是，冒勒顿先生去印度那天晚上到现在、中间那一段时光，就好像完全消失了一样，我仍旧又站在门口那儿，看到那天晚上斯特朗太太在她仰脸看博士的时候，脸上那种表情。

我现在说不出来，这副表情给了我什么印象，我也说不上来，为什么从此以后，我想起她来，老不能把这种表情和她那个人分开，也不能再想起她那副面容上原先那样天真无邪的可爱之处。我回到家里，这副面貌仍旧在我的脑子里缠绕不去。我离开博士住的那所房子的时候，好像那所房子上面有一片乌云，阴惨惨地笼罩。我除了对他那苍苍白发起尊敬之心，我还由于他对那些不忠于他的人推心置腹，生怜悯之情，还由于我看到那些对他欺侮的人起憎恨之感。一场乌云一般、已临头上的大灾，一种还未分明成形的大辱，作成两块大污点，涂抹在我童年学习、游戏的那块安静地方上，使那块地方变为秽土，令人看着惨目伤心。那条博士散步的路，那些石头盆形饰物，那些有宽阔硬叶的龙舌兰，古老庄严(这些龙舌兰好像在它们的根下叶底，深深地掩藏了一百年的岁月)，还有大教堂在这一切上面萦回荡漾的钟声，沁脾濡肤：所有这些东西，我现在想起来，都不再感到快乐了。当时的情况好像是：我童年时期那座肃穆的神龛，在我眼前被人洗劫一空了，它那儿那种宁静和光辉，随风四散，去得无影无踪了。

但是早晨来了的时候，我就得跟我旧日住过、满是爱格妮的影响弥漫着的那所老房子告别了，这番离别就够把我的全部心思都占去的了。毫无疑问，我不久还会再回到那儿的；我也许还可以睡在我那个老卧室里的，而且常常睡在那个老卧室里的；但是从前我住在那儿的日子却已经去了，旧日的时光也一去不返了。我把我还留在那儿的那些书和衣服收拾打叠起来，预备运到多佛，那时候，我心里那份难过，我不愿意都露在脸上，免得让乌利亚·希坡看见，因为他那时正过分殷勤地帮助我收拾，因此我以小人之心忖度他，认为他见我要走，正心花大放呢。

我同爱格妮，还有维克菲先生，也不知道是怎么分别的，反正没顾到什么丈夫有泪不轻弹吧；分别了，我就在往伦敦去的驿车车厢上坐下。我坐在车上，从城里走过的时候，我的心肠软起来，我的恕人之念大起来，因此我曾一度想到，要对我那个旧日的敌人、那个屠夫，点一点头，表示好意，同时扔五先令钱给他，叫他打酒喝。但是那个家伙站在肉铺里刮着大剁墩的时候，显得还是一个毫无悔改的屠夫，并且，因为叫我把他一个门牙打掉了，他的样子比原先一点也没见佳，所以，我一想，还是不要跟他打招呼好。

我记得，我们正式上路之后，我心里惟一想要做的就是，对车夫在年岁方面尽量作出长成的样子，说话的时候，尽量发粗壮的嗓音。对于后面这一点，我做起来，感到特别别扭，但是我还是坚持下去，因为我认为，那不失为一种长大成人的标志。

“你要坐到头儿吧，先生？”车夫问我。

“不错，维廉，”我屈尊就教的样子说（我认识他）；“我要去伦敦。从伦敦还要往萨福克去一下。”

“去打鸟儿吗[①]，先生？”车夫说。

他也跟我一样地知道，在那个时季里，到那儿去打鸟儿，也跟到那儿去捕鲸鱼一样。虽然如此，我还是觉得我受到了恭维。

“我不知道，”我装出还没拿定主意的样子来，说，“是不是我还要打它一回两回哪。”

“我听说，现在鸟儿都变得见人就躲了，”维廉说。

“我也听说来着，”我说。

“萨福克是你的老家吗，先生？”

“不错，”我大模大样地说，“萨福克是我的故乡。”

“有人告诉我，说萨福克那儿的果子布丁可好吃啦，”维廉说。

其实我并不知道萨福克的果子布丁好吃不好吃。不过我觉得，维护自己本乡的名产，表示自己对那种东西很熟悉，实有必要。因此我把脑袋一点，那就等于说，“你这个话一点也不错！”

“还有盆齐[②]哪，”维廉说，“那才称得起是好牲口哪！一匹萨福克的盆齐马，要是好的话，分量有多重，就值多么重的金子。你自己养过萨福克盆齐马吗？”

“没—没养过，”我说，“那并不算是真养过。”

“咱们这儿，坐在我身后面，有一位先生，我敢跟你打一镑钱的

---

①诺福克和萨福克两郡接壤处，有许多浅而阔的湖泊，叫作阔湖，多鸟类，特别是水鸟。为英国人打鸟区之一。各种鸟打时均有法定季节，以时许可及禁止。

②盆齐：也叫萨福克盆齐，为一种腿短、身壮的马。

赌，就成批成批地养萨福克盆齐马。”

他说的这位绅士，是个斜眼儿，眼斜得很厉害，没法治的样子，长了个大下巴，戴了顶很高的白帽子，帽边儿却又窄又平，穿了一条暗淡浅褐色的长裤，紧箍在腿上，好像在腿朝外那一面儿，从靴子那儿起，一直到大腿，都一路扣着的。他把他那个下巴颏直耸在车夫的肩头上，离我特别近，因而他喘的气，都使我的后脑勺子发起痒来，我回头看他的时候，他用他那眼斜着瞧拉套的马，因而斜眼就显得不斜了，看的样子，就像个万事通。

“你是不是？”维廉说。

“我是不是啥？”他身后那位绅士说。

“成批成批地养萨福克盆齐马？”

“我得说是，”那位绅士说。“凡是马，不管啥马，咱就没有不养的；凡是狗，不管啥狗，咱也没有不养的。有的人就是喜爱马和狗。对咱说来，马和狗就和穿衣吃饭一样，就是咱的家、咱的老婆、咱的孩子——就是咱的读、写、算——就是咱的鼻烟儿、咱的烟袋、咱的睡眠。”

“那样一个人，你眼看着他坐在车厢后面，合适不合适？”维廉一面理着缰绳，一面跟我咬着耳朵说。

我听他这个话，了解为他这是表示希望我把座位让给那个绅士，因此我就红着脸，自动地说我情愿让给他。

“好啦，要是你不在乎，先生，”维廉说，“我认为，那样更合理。”

我永远认为，这是我一生之中头一次遭到的失败。原先我到驿车办事处去定座儿的时候，我在我的名字旁边，特别注明“车厢座位”的字样，还给了那个管账的先生半克朗。我穿上特别的大衣和披肩，坐到车上，一心无二，想要别辱没了这个显著的高位。我坐在那上面，一路神气活现地很显摆了一气，自以为给这辆车增加了不小的荣誉。而现在呢，头一站还没走完，我却让另一个人给挤到后面去了，而那个人，还是斜眼儿，又衣帽不整，没有半点长处，只满身闻着一股雇脚马马棚的

初一交锋即败阵

气味；同时，还有一种本领，能在马一路小步快跑的中间，从我身上爬过，好像他不是个人，而更像个苍蝇一样。

我一生之中，在并不重要的场合中，往往为自馁所困，其实在那种时候，顶好不必自馁；现在在出了坎特伯雷的路上，发生了前面说的那件小事，毫无疑问，这种自馁并没因而停止增长。我想用说话粗横的办法掩饰自馁，但是没有用处。我在剩下的路上，全路都用丹田之气说话，但是我仍旧觉得，我这个人完全形销迹息，并且令人可怕地年轻齿稚。

尽管如此，在四匹大马身后高坐，受过良好教育，穿戴得整整齐齐，口袋里装着满满的钱，往外看着我曾经在足茧身疲的旅途中卧地而眠的地方，仍旧是异乎寻常、令人起兴的。我从车上往下看着我们交臂而过的那些无业游民，看到他们那种令人难忘的脸仰起来看我们，我就觉得，好像那个补锅匠那只熏黑了的手又抓住了我的衬衫胸部一样。我们的车咯哒咯哒地从齐特姆窄狭的街道走过，我在路上瞥见了买我的夹克那个老怪物住的那个小胡同，那时候，我急切切地伸着脖子，想找一找我等着拿我的钱，从有太阳坐到有阴凉的地方。后来我们到底走到离伦敦只有一站的路了，从那个毫不含糊的撒伦学舍——从那个克里克先生抖擞威风，胡抽乱打的撒伦学舍旁边走过去了，那时候，我真想要尽我所有来取得合法的权利，能够下车打他抽他一顿，像开笼放小麻雀一样，把所有的学童都释放了。

我们来到查令十字架①的“金十字”旅馆②，那时候是一个都发了霉的地方，坐落在人烟稠密的一块地区。一个茶房把我带到咖啡室；一个房间女茶房把我带到一个小小的寝室，那儿闻着和一个雇脚马车的气味一样，闷得和一个大姓的拱形墓穴一般。我仍旧很痛苦地感觉到自己年纪太轻，不能使人对我望而生畏；不论什么事儿，房间女茶房完全不

---

① 查令十字架：伦敦一个不规则的广场，在河滨街之西端，特拉法加广场之南。1291 年爱德华第一曾于此地立十字架，以纪念其王后灵柩停留之所。

② “金十字”旅馆：在河滨街 452 号，对齐令十字架车站。

管我的意见如何，茶房就跟我闹自来熟，因为我缺乏经验，净替我出主意。

“我说，喂，”茶房说，用的是说体己话的口气，“正餐你要吃什么？年轻的绅士们一般都喜欢鸡鸭什么的。你来只鸡，好吧？”

我能怎么堂而皇之就怎么堂而皇之对他说，我不高兴吃鸡。

“不高兴？”茶房说。“年轻的绅士们，一般都吃腻了牛肉和羊肉了。你来一客煎小牛肉吧！”

我既然一时说不出别的菜名来，我只好同意他这个提议。

“你爱吃山药蛋吗？”茶房说，说的时候，做出微有所讽的微笑，还把个脑袋歪在一边。“年轻的绅士们，一般都是让山药蛋把胃口都撑没了。”

我用我最沉着的嗓音，吩咐他，叫他给我来一客煎小牛肉带土豆，外带所有应该搭配的东西。同时告诉他，要他到酒吧间那儿去问一问，有没有给特洛乌·考坡菲老爷来的信——其实我分明知道没有给我来的信，事实上也不可能有给我来的信，但是我觉得，装作期待有信来的样子是让人看着有丈夫气概的。

他一会儿就回来了，说没有我的信（我一听大吃一惊），同时开始给我在一个靠着壁炉的雅座铺桌布，预备给我开饭。他一面铺着桌布，一面问我，吃饭的时候，喝点什么。我回答他，说要半品脱雪里酒。他一听这话，我现在认为，就有了主意了，认为良好机会来到，他可以把好几个小过滤瓶里剩的陈酒底儿，都倒在一块儿，凑够了半品脱。我所以有这种看法，因为，我一面看着报纸，一面留神看，看到他在一个矮隔断后面——那是那个人的私室——忙忙叨叨地把几个瓶子里的剩酒，都倒在一个瓶子里，好像药剂师按方配药那样。酒拿来了以后，我也认为，不起沫子，而且毫无疑问，里面有好些英国面包渣儿，这是真正外国葡萄酒，质量如果清醇，绝不会有的，但是我却面嫩，不好意思说，所以就什么也没说，将就着把酒喝了。

我的心情既然是愉快欢畅（从这种心情里，我得到一种结论，认为中毒，在它发生作用的过程中，有的阶段，也并不永远令人不好受），我就决定去看一回戏。我挑的那家戏园子是考芬园舞台①，在那儿一个占着中部的包厢后面，我看到《朱利厄·恺撒》②和一出新哑剧。现在，所有这些高贵的罗马人，不像他们在学校的时候那样，是严厉监督我的监工了，而却在我面前成了活人，进进出出，给我作消遣娱乐，这种情况，是最令人觉得新鲜、可喜的。但是整个表演里那种真实的和神秘的混合出现的情况，诗意、灯光、音乐、观众，还有耀眼炫目的布景一幕一幕地沉重而顺利的变换，对我产生的影响——所有这一切，都令我眼花缭乱，都给我开辟了无法限量、赏心乐事的新眼界，因此，半夜十二点钟，我从戏园子里来到雨淋淋的大街上，我只觉得，我好像在九霄云外，曾过了几辈子的神奇生活，现在忽然一下落到人间尘世，只觉人声嘈杂，泥水飞溅，火把乱明，雨伞互碰，雇脚马车颠簸乱撞，木制套鞋噶哒乱响，一片污泥，满是苦恼。

我从另一个门儿出来，在大街上站了一会儿，好像我当真是来到尘世的一个生客。但是，人们对我毫不客气地肩撞脚踩、你推我搡，把我从梦幻中唤回，使我走上了回到旅馆去的街道。我朝着旅馆走去，一路还净琢磨刚才那种辉煌的光景。我到了旅馆，喝了点黑啤酒，吃了些蛎黄，已经都过了一点钟了，我仍旧坐在咖啡室里，把眼盯在炉火上，把那番光景在心里反复琢磨。

我那时满脑子都是戏里的光景，都是往日的事物，——因为当时的情况好像有些是一种幕后射光的透明影戏，在那上面，我看到我童年的岁月，物换星移，一一永逝——因此，我并没意识到什么时候有一个人——一位面目漂亮、体格匀称的青年，穿戴风流潇洒，不修边幅，——这个人本来我应该记得很清楚——毫不含糊在我面前出现。不过我却记得，我当时感觉到他在我面前，却没注意到他什么时候进了室内——同时我还记得，我仍旧在咖啡室炉前，坐着琢磨。

---

① 考芬园舞台：在考芬园区鲍街。始建于 1731 年，经毁重建。1847 年改为皇家意大利歌剧舞台。1856 年又毁于火，1858 年重建。

②《朱利厄·恺撒》：应为莎士比亚的剧本。

后来，我到底站起身来，要去睡觉了，这使那个倦眼难开的茶房松了一口气，因为他正在他那个小小的食具贮存室里，把他那两条累得又僵又直的腿，屈伸、捶打，叫他那腿作各式各样的窝腿踢腿的活动。我往门那儿去的时候，我和那个早已进来了的人交臂而过，清清楚楚地看到了他。我马上转过身来，走了回去，又看了他一下。那个人没认出我来，但是我却一下就认出他来。

要是在别的时候，我也许恐怕唐突、或者拿不定主意，不敢马上就和那个人搭话，因而也许会迟延到第二天，也许因此和他失之交臂。但是，那个时候剧情仍旧在我心里汹涌澎湃；我在那种心情下，那个人旧日对我的照顾，格外显得应该得到感激，我旧日对他的爱慕重新在我胸中涌现流溢，一发而不能已，因此我就马上一直走到他面前，心里怦怦地跳着，说：

“史朵夫！你怎么不跟我搭话啊？”

他只看着我——恰恰跟他过去有时候那样看法——但是我看他脸上却没有认出我来的表现。

“我恐怕，你不记得我了吧？”我说。

“哟！”他突然喊道。“你是小考坡菲啊！”

我用两只手握住了他的手，一直握着不放。如果不是因为害臊，如果不是因为害怕他不喜欢这个调调儿，那我很可能抱着他的脖子大哭一场。

“我从来—从来—从来没有过像这样高兴的时候！我的亲爱的史朵夫啊，我看到你，简直都要乐坏了！”

“我看到你，也太高兴了，”他说，一面热烈地和我握手。“我说，考坡菲，我的小兄弟，别这样乐得都沉不住气啦！”话虽如此，我以为，他看到我见了他那样快活，也不由得要高兴。

我虽然咬着牙、横了心，想不流眼泪，但还是没忍得住；我现在把眼泪擦干，觉得难为情地笑了一笑，于是我们两个平排儿靠着落了座。

“我说，你怎么上这儿来啦？”史朵夫说，一面用手拍我的肩膀。

“我今儿从坎特伯雷坐驿车到这儿来的，我姨婆就住在那一块儿。

她抚养了我。我刚在那儿上完了学。你怎么到这儿来的，史朵夫？”

“我这阵儿是他们叫作是‘牛津人’的了，”他回答我说；“换一句话说，我在那儿，有周期性地闷得要死——我现在正要回家看我母亲。你真是一个非常、非常令人乐于亲近的小伙子，考坡菲。我现在再一细看，我觉得你还是跟从前一样，一丁点儿也没改样儿！”

“我看见你，一下就认出是你来了，”我说，“不过，你这个人当然很不容易让人忘记。”

他一面把手往他那很厚的发鬈里一摸，一面兴高采烈地说：

“不错。我走这一趟，正是尽儿子的职分回家省亲哪。我母亲就住在城外不远的地方。我本来应该往家里去，但是路既然坏得该死，我们家里又死气沉沉的，所以我可就没再往前走，今儿晚上就在这儿待下了。我刚到伦敦几乎还不到六个钟头哪。这六个钟头我差不多都在戏园子里，又迷里迷腾地打盹儿，又叽里咕噜地抱怨，就糊里糊涂地过去了。”

“我也去看戏来着，”我说，“在考芬园戏园。那儿的玩意儿，真叫人可爱，真富丽堂皇，史朵夫！”

史朵夫痛快淋漓地大笑。

“我的亲爱的年轻的大卫，”他说，同时又向我肩上拍了一下；“你真一点不错，是一棵雏菊。太阳刚出来那时候地里的雏菊都没有你这样鲜嫩。我也上考芬园去来着，我可觉得没有比那儿的戏再叫人感到可怜可叹的了。喂，我说，老先生！”

这是招呼茶房，他原先老远看到我们两个认识，就很注意留神我们了，现在一听见招呼他，他就毕恭毕敬地走向前来。

“你把我这儿这位朋友，考坡菲先生，安插在哪个房间里？”史朵夫说。

“对不起，先生，您说什么？”

“他在哪个房间里住？他那个房间是几号？别装着玩儿啦，你还不是早就明白我的意思了！”史朵夫说。

“呃，先生，”茶房用抱歉的态度说，“考坡菲先生住的是四十四号房间，先生。”

“你把考坡菲先生弄在一个马棚上面的阁楼里，”史朵夫回答说，“到底是什么意思？”

“呃，对不起，先生，”茶房仍旧用抱歉的口气回答说，“我们原先只当是考坡菲先生对于房间满不在乎哪。我们给考坡菲先生搬到七十二号好啦，先生。要是你认为那样好，先生，我们就给他搬一下，七十二号跟您那个房间是隔壁，先生。”

“当然认为那样好，”史朵夫说，“马上就给他搬过来。”

茶房立刻退去，给我换房间去了。史朵夫觉得原先把我安插在四十四号房间里，很可乐，所以又大笑起来，又在我的肩膀上拍了一下，同时请我明天早晨十点钟跟他一块儿吃早饭——这番邀请，我当然求之不得，所以就又骄傲，又高兴地接受了。这时已经很晚了，我们拿着蜡烛上了楼，在他的门口那儿亲热地道了别，我进了我新搬的房间，只见那儿比我原先那个房间好得多了，一点也没有潮湿发霉的气味。屋里有一个很大的四柱床，简直就是一座庄园。我把头放在一个足够六个人睡的枕头上，怀着如在九天的心情，一会儿就入了睡乡了。我在睡眠中，还梦见古代的罗马、史朵夫和友谊，一直到第二天早晨，早班驿车辚辚从楼下的拱门门洞里走过，于是我又做起听见打雷和看见天神的梦来。

第二十章
史朵夫宅里

早晨八点钟，旅馆的房间女茶房敲我的门，告诉我，说我刮脸用的热水就在外面，那时候，我因为我无缘可以使用这桩东西，心里非常难过①，躺在床上，脸都红了。我还疑心，她告诉我那句话的时候，一定

① 比较狄更斯《博兹特写集》里《阿斯雷》：“一个 14 岁的孩子，手拿细手杖，留着连鬓胡子，不愿意人家在公共场所高声叫他的名字，一味用手摸连鬓胡子所应在的地方。”

还发笑来着，这种想法，在我梳洗穿戴的时候，一直使我心里烦乱；并且，我要下楼去吃早饭，在楼梯上从她身旁过的时候，我都意识到，我是溜溜湫湫、鬼鬼祟祟的神气。我本想要看着再老成成熟一些，但是却又做不到，我对于这一点太敏感了，因此，有一会儿的工夫，在这样不光彩的境况下，我一丁点勇气都没有了，不好意思从她身边走过，而只听着她拿着扫帚在楼梯上活动，只站在楼梯上从窗户往外看，看到外面查理王骑在马上的雕像①围在无数乱糟糟的雇脚马车中间，隐在一片蒙蒙的细雨和深黄色的浓雾里，看着一点也不威武，一点也没有王者的气象。我在那儿看，一直看到茶房来催请我，说那位绅士已经在下面等着我了。

我下去一看，只见史朵夫并没在咖啡室等我，而是在一个舒适安静的单间雅座里，那儿挂着红窗帘子，铺着土耳其地毯，炉火烧得明晃晃的，热气腾腾的精美早饭摆在桌布洁白的饭桌上；在条案上面有一面小圆镜子，具体而微地把屋子、壁炉、早饭、史朵夫，以及种种一切，都活跃欢腾地映了出来。一开始的时候，我还有些羞涩，因为史朵夫跟我比起来，他举止那样从容大方，仪容那样秀美雅致，一切一切（连年龄都包括在内），都比我高超俊逸；但是他对我的照顾，那样无拘无束，因此不到一会儿，我的拘谨束缚，就都消失不见了，我也觉得哂然自得起来。因为有他在那儿，金十字起了那么大变化，使我欣羡赞美，无以复加。昨天我那样无聊、孤单，而今天早晨就享到这样舒服、受到这样款待，这两种情况真是无从比起。至于茶房昨天对我那种自来熟的态度，一下去得无影无踪，好像是从来就没有过那回事一样。我可以打比喻说，他伺候我们的时候，是身穿粗麻布衣、头顶残灰烬②的。

“现在，考坡菲，”只剩下我们两个人的时候，史朵夫说，“我很想知道知道，你现在都正做着什么，正要往哪儿去，以及其他一切一切

① 查理王雕像：占爱德华第一所树爱琳娜王后十字架旧址，立于1675年。齐令十字架广场为马车总汇处和主要中心，车马喧阗、人物杂沓。

② 身穿粗麻布衣、头上撒灰，表示哀悼或忏悔。屡见《圣经》。

的情况。我把你看作好像是我的体己家当一样。”

我一听他对我还是这样关心，就欢情洋溢，把我姨婆怎样叫我出来作一次短途旅行，我打算往哪儿去，都告诉了他。

“你既然并不着忙，那么，”史朵夫说，“你同我一块儿，到亥盖特①我们家去一趟，在那儿待上一两天好啦。你见了我母亲，一定会喜欢，她见了你，也一定会喜欢，她对她这个儿子，看来有些得意，说起有些絮叨，不过在那一点上，你可以不必跟她计较。”

“你既然好心好意，说你敢保我们准能彼此互相喜欢，那我也希望我能敢保彼此准能互相喜欢，”我微笑着说。

“哦！”史朵夫说，“无论谁，只要是对我好的，就都有权利要求她对他好，这种要求她还是没有不答应的。”

“那么一说，那我就准保无疑能够得到她的眷宠了，”我说。

“正是！”史朵夫说。“跟我来，把这句话证实一下好啦。咱们先在城里把那些值得看的光景看一两个钟头，带着你这样一个鲜嫩的小朋友去看一看这些光景，还是很有意义的，考坡菲——看完了，再坐四轮马车出城到亥盖特。”

我在当时，几乎不能相信，我这并不是正在梦中，一下醒来，也许仍旧住在四十四号吧，仍旧孤孤单单地坐在咖啡室的座儿上，仍旧是那个自来熟的茶房吧。我先写了一封信给我姨婆，报告她我怎样运气好，碰到我旧日爱慕的老同学，我怎样接受了他的邀请，写完了，我们就一块儿坐着雇脚四轮马车出去，看了一幅《伦敦全景图》②和别的光景，在博物馆③里转了一下。在那儿，我不能不注意到，史朵夫对于无数项

---

① 亥盖特，为伦敦北部郊区，位于一小山上。狄更斯的父母以及他一个夭折的女婴，都埋葬在亥盖特的公墓里。

②《伦敦全景图》：1824 年，霍纳在伦敦摄政公园东南角上，盖了一座游艺场，场内有一副他自绘的《伦敦全景图》，景为由圣保罗大教堂屋顶上所见，包括四万六千方英尺的地区在内。此景从 1829 年展出到 1854 年。1855 年起，游艺场停办，1875 年建筑拆毁。在这个全景展览期间，有时也有另外的全景图展览。故原文说看了“一幅全景图”。

③ 博物馆：在伦敦布鲁姆兹菲尔德区西南角，成立于 1754 年。

目所有的知识多么丰富，而他却好像对于他这些知识看得如同无物。

“你在大学里，史朵夫，要取得很高的学位吧，”我说，“如果这阵儿还没早已取得，将来一定要取得的；他们有你这样一个学员，一定要满有情理地引以为荣。”

“我取得学位！”史朵夫喊着说。“我才不干哪！我的亲爱的雏菊——我管你叫雏菊，你不反对吧？”

“一点也不！”我说。

“这才是好人啦！我的亲爱的雏菊，”史朵夫说，一面大笑。“我绝对没有想要在那方面、或者打算在那方面出风头的意思。只为了满足我自己，我已经做得够数儿了。像我现在这样，我感觉到，我这个迟钝劲儿，已经够我对付的了。”

“但是名誉——”我正开始说。

“你这个富于想象的雏菊！”史朵夫说，说的时候，笑得比先前更厉害。“我为什么为了要让一群呆头呆脑的家伙能够瞠目而视，举手而喜，而自找麻烦哪？让他们对别的人瞠目而视，举手而喜吧。别的人有爱那个调调儿的，让他们去博得声誉吧！”

原来我把话说得大错而特错，觉得很不好意思，因此非常想把话题换一换。幸而这并不是什么难事，因为史朵夫这个人，很有他的独到之处，能毫不在乎、非常随便，就从一个话题转到另一个话题。

我们游览完了，跟着吃午点。夜长昼短的冬日过得很快，驿车载着我们，在亥盖特小山顶上一所古老砖房前面停下来，已然暮色苍茫了。一位快上年纪的老太太，虽然还远未衰老高迈，举止倨傲，面目秀美，我们下车的时候，在门道那儿迎接我们。她一面叫史朵夫我的最亲爱的捷姆斯，一面把他抱在怀里。史朵夫把我介绍给这位老太太，说这就是他母亲，她就威仪俨然地表示欢迎。

这所房子式样古老，气象幽雅，处处寂然无声，样样井然有序。从我住的那个屋子的窗户那儿，我看到伦敦全城，在远处朦胧出现，像一大片烟雾，烟雾之中偶尔稀稀疏疏有几点亮光闪烁明灭。我只趁着换衣服预备吃正餐那一会儿的工夫，看了一眼屋里沉重坚实的家具，镶着镜框的刺绣[①]（我想，那一定是史朵夫的母亲还是个小女孩儿的时候绣的），还有粉笔画画的女士像，头发上撒着香粉，身上穿着细腰紧身，因为刚生的火，劈柴毕剥、火光闪烁，照得这些画像在墙上挪移活动似的。我刚换完了衣服，仆人就请我下去用正餐。

饭厅里还有一位女士，身材细矮，皮肤深色，看起来并不令人可心。但是形貌上却另有一种可以算得是好看的地方，引起我的注意；这个注意，也许是由于我看到她完全是出乎意料，也许是由于她恰好坐在我的对面儿，再不就也许是由于她这个人真正有不同寻常的地方。她的头发漆黑，双目也漆黑而透出急有所欲的神气，身材瘦削、嘴唇上有一块疤痕。那是一块老疤痕——我应该说是一道缝子——因为原来的伤并没使伤痕的颜色变得和四外不同，而且原伤多年以前早就长好了。这块伤痕当初一定是从嘴上一直延续到下巴的，现在隔着饭桌看来，几乎不显，只有上嘴唇的上面和上嘴唇本身，能看出来还有痕迹，因为嘴唇让那个伤给弄得变了形状了。我自己心里暗中认定，她有三十岁左右，一心只想能够结婚才好。她有一点陈旧失修的样子——像一所房子，长久出租而租不出去——但是同时，像我说过的那样，有一种看起来可以算得好看的地方。她所以那样瘦，好像是由于她心里有一种消耗她的烈火而起，这种烈火，从她那眍瞜着的双目里得到发泄的出路。

史朵夫给我介绍的时候，说这位女士是达特小姐，但是史朵夫本人和他母亲都叫她萝莎。我看到，她就住在史朵夫家里，多年来是史朵夫老太太的伴侣。我只觉得，她想说什么话，从来没有直截了当就说出来的时候，而是委曲婉转地先提一个头儿，她从她这种说话的习惯中得到非常大的好处。举例来说吧：要是史朵夫太太，谐多于庄地说，她恐怕她儿子在大学里过的是一种放荡不羁的生活吧，达特小姐就插嘴说：

“哦，是吗？我多么无知，你是知道的，我这只是想要增多点知识，我才发问。这种生活，难道不是向来如此吗？我认为，那一类生

---

①刺绣：指一种女孩子扎的绣活，表示她的刺绣本领，除了绣图案外，往往还绣几行表示感情的诗句，挂在墙上，作为装饰。

活，各方面的人都认为是——呃？”

“那是一种对于得郑重其事才做得来的职业而给的教育，要是你的意思是那样的话，萝莎，”史朵夫太太用一种冷淡的态度说。

“哦！不错！那是一点也不错的，”达特小姐回答说。“不过，话又说回来啦，不是那样吗？——要是我错了，我希望能得到纠正——真个的不是那样么？”

“什么真个的？”史朵夫太太说。

“哦！你的意思是说不是那样啊！”达特小姐回答说。“呃，我听到这个话高兴极了！现在，我知道该怎么办了！这就是发问的好处。我永远也不会让别人再在我面前谈到有关那种生活的时候，说什么浪费、放荡一类的话了。”

“那样说，就不会说错了；”史朵夫老太太说。“我儿子的导师是个正人君子。我如果不能完全不假思索就信我儿子的话，那我可得信他的话啊！”

“你可得信他？”达特小姐说。“哎呀，正人君子，是吗？真是正人君子吗？”

“不错，真是，我绝对相信他是个正人君子，”史朵夫老太太说。

“这真妙啦！”达特小姐喊着说。“这可真能叫人不用再操心啦！真是个正人君子？那么他就不会是——当然他也不能是，要是他真是个正人君子的话。呃，从今以后，我一想提到他，就要感到高兴。你想不到，在我确实知道他是个正人君子以后，这个话把我对他的看法提得有多高。”

她对于每一个问题所有的个人意见，她对于每一句对她说的话、她不同意而想驳正的话，她都用同样的方式拐弯抹角、旁敲侧击地表达。有的时候，这种说法还有很大的力量，即便对史朵夫反对的时候，都是那样，这是我不能自欺自来替她掩饰的。在正餐还没吃完的时候，就发生一件事，可以作为例证。史朵夫老太太谈到我打算到萨福克去的时候，我随便一提，说如果史朵夫能和我一块儿去，那我就太高兴了；同时，我告诉他，说我要去看我那个老看妈，还有坡勾提先生一家人；我提醒他，坡勾提先生就是他在学校里那一回看见的那个船夫。

“哦！就是那个粗率直爽的家伙呀！”史朵夫说。“那回还有他儿子，跟他一块儿到学校去的，是不是？”

“不是。那是他侄子，”我回答说，“不过，那个侄子他可抱养了，当作儿子了。他还有个很好看的小外甥女儿，他把她就当女儿抱养了。简单地说吧，他那个家里（或者毋宁说，他那条船上，因为他就住在一条船上，一条搁在陆地上的船），他那个家里，满是他那副慈爱、义侠的心肠收养起来的子女。你要是看到那一家人，你一定会喜欢的。”

“是吗？”史朵夫说。“呃，我想我也许会喜欢的。我得去看一看，有什么可以替他们做的没有。我和你一块儿去看一看那样的人，和他们混一混，是很值得走一趟的，这当然没把跟你同行这种快乐算在里面，雏菊。”

我听了这话，新的希望使我乐得心都跳起来了。但是达特小姐却是因为史朵夫说到“那样的人”用了那样口气（她那双目光闪烁的眼睛一直就很注意地瞅着我们），现在才插上嘴去说：

“哦，可是，真的吗？你可一定得告诉告诉我。他们真是吗？”她说。

“他们真是什么？他们又是谁？”史朵夫说。

“那样的人哪。他们真和动物一样、和木石一样、和土块泥巴一样，是另一种人吗？我真真想要知道知道。”

“喔，他们和咱们中间有很大的距离，”史朵夫满不在意的样子说。“我们不能认为他们能像咱们这样敏感。他们的心思，不会很细腻，不会一来就触动，一来就失惊。他们一定都了不起的正派，这是我敢保的。关于这一点，至少有人替他们争辩；我呢，我敢说，绝不持和这些人相反的意见。但是他们可不会有细腻的感觉，他们那些人，也像他们那种粗糙厚实的皮肤，不是很容易地就伤心、就有感触，这是他们应该谢天谢地的。”

“真个的！”达特小姐说。“好啦，现在，我没有比听到这个话更感到快活的了。这个话叫我听来真感到舒服！听你说，他们受罪的时候，感觉不到苦，长了这个知识真是一桩乐事。有的时候，我非常地替那样的人担心。但是现在，我可以完全不必再把这样的人挂在心上了。活到老，学到老。我承认我原先有疑问，但是现在疑问可都化除了。原先我不懂，现在可懂了，这正可以表示爱发问的好处——对不对吧？”

我本来相信，史朵夫刚才说那一番话，只是以玩笑的态度出之的，再不就是想要借此把达特小姐的话引出来的；所以达特小姐走了以后，我们两个一块儿坐在炉前的时候，我本来以为他会这样说的。但是他却只问我，我对达特小姐怎么个看法。

“她很聪明，是不是？”我问他。

“聪明！不论什么，她都要拿到磨刀石上去磨，”史朵夫说，“就跟她这些年以来，老磨自己的脸和身躯一样。她那样瘦，就是因为她老自己磨自己。她浑身都是棱儿。”

“她嘴唇上那块疤瘌可真特别引人注目！”我说。

史朵夫把脸一沉，停了半晌，不作一声。

“呃，实在的情况是，”他回答说，“那是我给她弄的。”

“那是不幸，无意中偶然给她弄的吧？”

“不是。我那时还是个小孩子哪，有一回她把我招火儿啦，我就把一个锤子冲着她扔去。那时候我一定是一个很有出息的小活宝贝儿。”

我一看，我这正是揭了史朵夫的秃疮疙瘩儿了，深以为憾，但是话已说出口来了，后悔也无用了。

“就像你看到的那样，她从那个时候起，一直嘴唇上带着那块疤瘌，”史朵夫说，“她还得把那块疤瘌带到坟里去哪，如果她有老老实实地躺在坟里的那一天；不过我很难相信，她这个人会有在任何地方老老实实地躺着的时候。她是我父亲一个表兄弟一类亲戚的女儿，从小儿就没她母亲啦。她父亲有一天也一下就死了。我母亲那时候已经居孀了，把她弄到这儿，和她做伴儿。她自己有两千镑的体己，每年的利息都攒起来，加到本钱上。这就是达特小姐的全部历史，我可以告诉你的。”

“我认为，毫无疑问，她把你看作一个亲弟弟那样爱你的吧？”我说。

“哼！”史朵夫回答我说，一面把眼睛盯着炉火。“有些当弟弟的，并没受到过分的友爱；又有的友爱——不过你还是请喝酒吧，考坡菲！咱们为了对你致敬，给地里的雏菊祝酒，为对我自己致敬，咱们给那既不要做工，又不要纺织的百合花①祝酒——我这当然不害羞，受这个致敬。”他说到这儿的时候，原先满脸的苦笑，一下消失，他又乐嘻嘻地笑起来，恢复了他那种坦白直率、得人好感的本色了。

我们到了一块儿吃茶点的时候，我不由得带着又难过又感兴趣的心情，斜着眼瞧那块疤痕。我不久就发现，她脸上最敏感的部分，就是那块疤痕，她的脸要变白了的时候，那块疤痕最先变，那时疤痕就成了一条暗淡的铅灰色，伸延到疤痕的全长，像用隐现墨水划的一个道子，让火一烤那样。在打双陆的时候，因为掷骰子，她和史朵夫发生了小小的争执，那时候，我觉得，她有一阵儿的工夫，大怒起来，于是我就看到这块疤痕显出来，像墙上写的字②一样。

史朵夫老太太，对她儿子那样疼爱，在我看来，本是事理之常，毫不足怪。她好像就没有任何别的什么可谈，没有任何别的什么可想。她把一个小小的项链盒拿给我瞧，盒里装着史朵夫还是个娃娃那时候的小像和头发。她又把他长大和我初次认识那时候的小像拿给我瞧。她这阵儿就把他现在的小像带在胸前。她把所有他写给她的信，都放在紧靠炉前她坐的那把椅子旁边的一个柜子里。她本来想要把那些信挑出几封来，念给我听，我当然也非常高兴听一听，不过史朵夫拦住了，哄着她把原意打消。

“我儿子告诉我，你们是在克里克先生的学舍里初次认识的。”史朵夫老太太和我在一个桌子旁边，跟我谈话的时候对我说，那时史朵夫

---

① 见《新约 · 马太福音》第 6 章第 28 节，“你看，野地里的百合花怎样长起来的呢？它也不劳苦，也不纺线。”也见《路加福音》第 12 章第 27 节。

② 《旧约 · 但以理书》第 5 章第 5 节以下，巴比伦国王伯沙撒设盛宴，忽见一个人指头出现，在王宫……的粉墙上写字。

正和达特小姐在另外一张桌子那儿打双陆。“不错，我记得，他那时候对我说过，说有一个比他年轻的小同学，和他很投缘，但是你的名字在我的脑子里可没记得住，这本是你可想而知的。”

“那时候，我不怕您见外，老太太，他对我非常大方，真讲义气，”我说，“我正需要那样一个朋友。要是没有他，我早就让人给欺负死了。”

“他永远是又大方、又讲义气的，”史朵夫老太太很骄傲地说。

我当然全心全意地拥护这种意见，这是连上帝都可以鉴临的。她也知道这一点；因为她那威仪俨然的态度，对我渐渐变得柔和，但是她只要一夸起史朵夫来，她就又仍旧和以前一样，那时候，她的态度就又变得高傲起来。

“总的说来，那个学校对于我儿子，并不适宜，”她说，“远远地不适宜；不过，那时候，有一些特殊的情况需要考虑，这些情况比选择学校还更重要。我儿子有一种高迈不羁的精神，这种精神，使人感到，得有一个人，觉出那种精神的优越，肯在那种精神前面低头，再教我儿子置身那种人面前：总得这样才叫人可心。我们在那个学校里就找到了这样一个人。”

我既然是了解那个家伙的，因此我也了解这种情况。然而我却并没因此而更鄙视他，而反倒认为，他有了这一点，还可以替他补一补过，因为他对于像史朵夫那样一个令人没法不佩服的人还知道佩服，这还得算他这个人有勉强值得优礼加惠的地方。

“我儿子那样桀桀大才所以能在那个学校里得到发挥，只是由于他自动的好胜之心和自发的优越之感，”这位溺爱的母亲接着说。“任何拘束强制，他都要起而抗拒的。但是在那个学校里，他就可以为首称王，他也就高视阔步，决心做到不辜负那种身分的地步。这就是他的为人。”

我全心全意地同声附和说，这就是他的为人。

“因此，我儿子，完全出于自愿，丝毫没经强制，多少年以来只要他高兴，就永远能把任何跟他竞争的人都打败了，”她接着说。“我儿子告诉我，考坡菲先生，说你对他多么爱戴，你昨天和他碰见的时候，都喜极落泪。如果我装模作样，说我儿子能这样使人激动感情，觉得出乎意料，那就是我这个人矫揉造作了。但是我对于任何像你这样的人，能认识到他的长处的，都不会冷落淡漠的。所以我看到你到我们这儿来，非常地高兴，我敢一定对你担保，说他对你感到的情谊，不比一般，你可以放心，你准能得到他的保护。”

达特小姐打起双陆来，也跟她做起任何别的事情来一样，认真死抠。如果我头一回见她的时候，她正坐在双陆盘前，那我一定会认为，她的身材所以那样瘦，她的眼睛所以那样大，都是由于她认真死抠双陆而起，而不是由于天地间任何别的事物。但是，如果我说，她对于刚才史朵夫老太太这番谈话，即便有一个字没听见，或者说，我听这番话的时候，她的眼光有一刻离开了我，那我就大错而特错了。我听这番话的时候，感到狂欢极乐，同时又由于史朵夫老太太这样屈尊俯就、推心置腹，因此自从我离开坎特伯雷，从来没有像现在这样，自觉老成。

时间已经快到深夜了，一盘子酒杯和滤过酒瓶也端上来了，史朵夫在炉前对我说，他要把和我一同到乡下去走一趟这个问题，好好考虑一下。他说，不要忙；要去，一个星期以后就可以啦；他母亲也极尽东道之谊，有同样的表示。我们谈话的时候，他有好几次，都叫我是雏菊，这又把达特小姐的话引出来了。

“不过，说真个的，考坡菲先生，”她问，“那是个诨名吗？他怎么叫起你那个名字来的？是不是——呃？——是不是由于他认为你又年轻、又天真？我这个人，对于这些方面，太愚笨无知了。”

我红着脸回答她说，我认为，不错，是那样。

“哦！”达特小姐说。“现在我知道了是这样，我可就太高兴了！我问你这个话，只是为了要长长见识，我现在知道了，我很高兴。他认为你又年轻、又天真；这样一来你可就成了他的朋友了。呃，这太令人可乐了！”

她说了这个话不久，就寝去了，跟着史朵夫老太太也安息去了，史朵夫和我，在炉旁又流连了半个钟头，谈特莱得和撒伦学舍其余那些人，谈完了，一块儿上了楼。史朵夫的卧室和我的卧室是隔壁，我到他那个卧室里去看了一下。只见那个卧室，就是一副安逸舒适的标本，到处都是安乐椅、垫子和脚踏子，上面的绣活都是由他母亲一手做的，应有尽有，无一短缺。最后，她那副秀气的面目，从挂在墙上的一副画像里，往下瞅着她的爱子，好像即便史朵夫在睡眠中，她的画像也得看着他，这种情况，对于她是很重要的。

这时候，我那卧室里的火，已经着旺了，窗上的帘子和床上的帐子也都拉好了，因此满室里都显得有一股幽静舒适的气氛。我坐在炉前一把大椅子上，琢磨我的幸福，我在这样沉思中悠然自得地过了一些时候，我才看到，壁炉搁板上面，达特小姐的画像，正焦灼急切地看着我。

那是一副令人惊异的画像，因此事有必然，有一副令人惊异的面目。画像的人并没把她那个疤痕给她画出来，但是我却给她画出来了，因此疤痕宛在，时来时去；有时只在上唇上出现，像我在吃正餐的时候看到的那样，有时锤子打伤的旧迹，全部出现，像我看到她感情激烈的时候那样。

我心里烦恼，不明白为什么他们不把这副画像挂在别处，偏偏要使它在我的卧室里寄寓。我想要把她赶走，所以就快快把衣服脱了，把蜡弄灭，上床睡下。但是，即便我睡着了以后，我也都忘不了她仍旧在那儿瞅着我，“不过，真是这样吗？我要知道知道”，我在夜里醒来的时候，我发现，我在梦中，一直老不得安静地问各式各样的人，那是真的，还是不是真的——同时却不明白，我到底是什么意思。

第二十一章

小爱弥丽

史朵夫宅里有一个男仆，据我的了解，通常总是伺候史朵夫的，史朵夫上大学的时候，就投靠在他名下。这个男仆，在外貌方面，就是体面的样板。我相信，在像他这样身份的人中间，从来就没有过看起来像他那样体面的。他沉默寡言，脚步轻悄，举止安详，一味毕恭毕敬，善于察颜观色，用他的时候，他老在眼面前儿，不用他的时候，他从不碍手碍脚。但是他最值得注意的地方，就是他那份体面。他脸上并不是凡事随和的样子，他的脖子有些直挺挺的，他头上相当的熨帖、光滑，两边留着短发，紧箍在鬓角上，说话轻声柔气的，有一种很特别的习惯，就是，把 S 这个音，澌澌地发得特别清楚，因此给人一种印象，觉得他用这个音的时候，比任何别的人都多。不过他不论有什么特别的地方，他都能使它变为体面。假使他的鼻子是倒着长的，他能使那个倒着长的鼻子也变得体面起来。他把他的周身，都用体面的气氛包围；他活动的时候，一团体面也永不离身，跟着他活动。担心他会做任何错事，几乎是不可能的，因为他那样无一处不体面，没有人会想到叫他穿上号衣，因为他那份体面，绝不容人拿他当下人看待。非要让他做什么有失身分的活儿不可，就等于对一个顶体面的人，不顾他的感情，胡乱加以侮辱一样。我曾注意而看到，这个人家的女仆，都出于本能深深感觉到这一点，因此，遇到有这种活儿，都是她们自己来做，而且她们做这种活儿，一般还都是他在食器贮存室的炉旁坐着看报的时候。

我从来没见过有像他那样守口如瓶的人。但是他有了这种品性，也和他有了其他的品性一样，只使他显得更加体面。连没有人知道他的名儿叫什么这件事，也都好像作成了他那份体面的一部分。人人都知道他姓利提摩，而这个姓却丝毫无可非议之处。有的人也许因为姓皮特曾犯过绞罪而丧命，又有的人也许因为姓托姆曾犯过流刑而远窜，但是利提摩这个姓，却十二分地体面。

我在这个人面前，只觉得特别年轻，我想，这也许是因为体面一事，依理而论，有一种应受尊敬的性质而起。至于他有多大年纪，我是猜不出来的。这一点，也由于同样的原因，给他增长了身价，因为，从他举止安详那种体面神气上看，你说他五十也可，说他三十也成。

早晨的时候，我还没起来，利提摩就到我屋里来了，给我送那种令人难堪的刮脸水，同时把我的衣服给我摆出来[①]。我把床帷拉开，从床上往外看去，我看到他那份沉静平稳的体面派头，像沉静平稳的气温一样，举止作息，一点不受一月里那种东风[②]的影响，连嘘翕呼吸都丝毫不含冰霜的凛冽，他就带着这种体面派头，把我的鞋，像跳舞起步那样，左右平排分放，同时像放一个婴儿那样，放我的上衣，用嘴吹上衣上的微尘。

我对他说了一声早安，同时问他几点钟。他从口袋里掏出一个我从未见过那样体面的猎人怀表[③]来，用大拇指逼着表壳，免得表壳的弹簧开得太大，好像向一个会说谶言的牡蛎讨谶言一样[④]，往里看着表面，看完了把表壳合上，对我说，"回您话，八点半钟。"

"史朵夫先生很想知道，您夜里睡得好不好，先生。"

"谢谢你，"我说，"睡得好极了。史朵夫先生也睡得很好吧？"

"谢谢您，先生，史朵夫先生睡得还算好。"这是这个人所有的另一种特点。说话绝不用"最怎么"、"顶怎么"的字样。永远是冷静、平稳地执其中而用之。

"还有什么您赏脸要小的做的没有，先生？我们宅里九点半钟开早饭，九点钟响预备铃。"

"没有什么啦，谢谢你。"

"我谢谢您才对哪，先生，"他说了这句话以后，从我床前走过，那时候他把脑袋轻轻一低，算是对他刚才校正我那句话表示歉意，跟着

---

①把衣服摆出来：英美习惯，到亲友家作客，在提箱里带几套衣服，到亲友家，仆人把提箱拿到客人所住的寝室，放在五斗橱里，每天早晨由仆人拿出摆好，供客人选择所要穿的。

②英国的东风，像中国的西北风，寒冷凛冽。

③猎人怀表：怀表之有外壳者，其壳有弹簧司开关，所以保护玻璃表蒙子。最初为猎人所用，故名。

④谶言为古希腊于神庙中所求，以卜未来吉凶。牡蛎壳闭得很紧，求谶言卜吉凶，求者当然注意听，而向闭得很紧、不易开开的牡蛎求谶，则注意之情当更加甚。

走了出去，关门的时候，那样轻巧仔细，好像我刚刚身入甜美的睡乡，而这种身入睡乡是我生死所关一样。

我们两个，每天早晨，都要一字不差地把这一套话说一遍，从来没多过一个字，也从来没少过一个字。但是，尽管我经过一夜，从故我中有所提高，尽管史朵夫和我同游同息，史朵夫老太太对我推心置腹，达特小姐对我谈论究问，都使我向成熟之年迈进了，而在这位最体面的人面前，我却“又成了一个孩子”，像我们那些诗歌小名家所吟咏的[①]那样。

他替我们备马；史朵夫既是无所不知，无所不能，就教我骑马的技术；他给我们备剑，史朵夫就教我击剑的技巧；他给我们预备护手套，我于是就在同一老师的教导下，开始在斗拳方面有了进步。史朵夫看到我对这些技艺全不在行，那我丝毫都不在乎，但是在这位体面的利提摩面前，我这些方面露怯出丑，却永远是我觉得受不了的。我没有道理相信利提摩自己懂得这些技艺；他从来连他那体面的眼毛都没颤动一下，可以使我认为他在这些方面也有所体会。然而不论多会，我们练这类玩意儿的时候，只要他在跟前，我就觉得我是一切活人中间再没有那样稚嫩、那样不老练的了。

我对于这个人特别不惮其烦地叙述，一来因为他那时候对我发生了特别的影响，二来因为后来发生的事儿。

这一个星期过得非常令人可心惬意。对于我这样一个如在云端过日子的人，这一个星期很快就过去了，本是可以想象得出来的。但是在这一个很快就过去了的星期里，我却有许多机会对史朵夫了解得更多，在一千个方面对他爱慕更甚，因此，在这一个星期结束的时候，我只觉得，我和他相处，好像不止一个星期，好像比一个星期多得多。他把我胡打海摔地当一件玩具那样看待，这种看待对于我，比他所能采取的任何别的行动都更可心。这种看待使我想起我们旧日的交情来；这种看待

---

①这儿“诗人”原文是多数，应为当时一般无甚名气的诗人们所常说的。这样诗人的诗，当然不会流传后世，所以此处究指何人，无从考证。

好像是旧日的交情自然必有的结果；这种看待表示他还是跟从前一样，并无改变；我把我的所能拿来跟他的所能作比较，我当然要发生不足之感，我把我仗着友谊沾他的光和他沾我的光用同样尺度来衡量，我当然要产生忸怩之情；他这种看待化除了我那种不足之感，减少了我那种忸怩之情。比一切都更重要的是：这种看待，是他对任何别人所没有的一种亲昵、诚挚、不拘形迹的态度。他在学校的时候，既然对待我跟对待任何别的同学不一样，我快活地相信，他现在出了学校在人世中对待我，也跟他对待他任何别的朋友不一样。我相信，我在他心里，比他任何别的朋友都更贴近，我自己这颗心，也由于对他爱慕而感动。

他决定跟我一块到乡下去走一趟，我们动身到那儿去的日子来到了。起初的时候，他还犹豫过，不知道是不是把利提摩也带去，后来才决定把他留在家里。这位体面的人，永远是随遇而安，所以就把我们的提箱，往那辆要把我们送到伦敦去的小马车上拴，拴的时候，那样仔细，那样力求牢固，好像提箱要受多少辈子的颠簸折腾那样。他接我给他那点并不太多的赏钱，态度十分沉静。

我们跟史朵夫老太太和达特小姐告别的时候，在我这方面说了许多感激的话，在那位慈母方面，表现了许多温蔼之情。我最后看到的是利提摩那双丝毫不受骚动的眼睛，我只觉得，他那双眼睛里满含着一种神气，说他心里深深相信，我实在非常的年轻。

在这样吉祥顺利的情况下，重回旧日熟游的地方，我都有什么感觉呢，我不打算描写。我们是坐驿车到那儿去的。我记得，即便对于亚摩斯的名声我都非常爱护，所以，在我们坐着车穿过它那昏暗的街道要往客店去的时候，我听到史朵夫说，这个地方，据他所了解到的看来，是一个奇特好玩、偏僻、窎远的窝窝洞儿，我都觉得大为欢喜。我们一到客店就上床就寝（我们从我有过交道、叫作海豚的房间门外过，我看到那儿有一双泥污黏濡的皮鞋和裹腿[1]），我们第二天早餐吃得很晚。史朵夫既是满怀高兴，所以在我还没起床的时候，就已经在海滩上到处溜达了，而且，据他说，就已经和那地方上的渔人，有半数认识了。不但如此，他还老远看见一个房子，他认为毫无疑问，那就是坡勾提先生那个房子，房上的烟囱还冒着烟。他还告诉我，说他当真曾经想要去到那儿，开门进去，对他们赌咒发誓，说他就是我，长得他们都不认识了。

"你都打算什么时候把我介绍给他们哪，雏菊？"他说。"我可是完全听你的。你说怎么办就怎么好了。"

"呃，我早就想过了，我认为今天晚上最合适，史朵夫，因为那时候，他们都要回到家里，围炉而坐。我愿意让你看一看，他们那儿有多严密舒适。那真是一个稀奇好玩的地方。"

"就依着你！"史朵夫说。"今儿晚上去。"

"我告诉你，我要事先一点也不透露给他们，说咱们到这儿来啦，"我高兴起来，说。"咱们得给他们个冷不防。"

"哦，当然要给他们个冷不防，"史朵夫说，"要不是冷不防，那就没有趣儿了。咱们要看一看这些土人的原形本色。"

"虽然他们不过是你说的那一种人，也都要看一看，"我说。

"哦呵！哦！你这是还没忘我跟萝莎拌的那一次嘴架呀，是不是？"他很快地看了我一眼，喊着说。"那个该死的丫头，我真有点怕她。她就像个专好捉弄人的精灵一样，老在我心里作怪。不过，好啦，

---

① 英美习惯，客人住在旅馆里，夜间就寝前，把靴、鞋等换下，放在房间门外，旅馆仆役，擦净上油，第二天早晨再穿。狄更斯对于放在房间外的脏靴、鞋，似乎非常感到好玩儿。他给友人一封信里，说到他游美时，住于旅馆，夜间欢迎他的人，在房间外给他唱夜曲，他非常感动。但在感动时，"忽然一种念头起于心中，使我大笑难禁，因此只好以被毯蒙首。我对凯特(他太太)说，'天哪，门外我那双靴子，看着有多极情尽致地可笑，有多极情尽致地庸俗啊！'我一生之中，从来没有像那一次那样，让靴子引得起那样荒谬可笑的感觉。"同时，他有时把他突然想到的事物，插到与前后上下文都无关系的中间。他在《游美札记》里，写到在蛎黄食堂里吃蛎黄，突然插了一句说，"也并非为的你，希腊文教授啊！"是他突然想起那位教授来而写入该文中，和这儿正是一类情况。

咱们不要管她啦。你现在马上就要做的是什么哪？我想，你要去看你那个老看妈吧，是不是？”

“哦，不错，正是，”我说；“我什么别的都得撂开，要先看一看她去。”

“好吧，”史朵夫说，一面看了看他的表。“比方说，我把你交到她手里，叫她抱着你哭上两个钟头的工夫。这总可以够了吧？”

我大笑着回答他说，我想，我们有两个钟头的工夫，很可以哭够了，可是有一样，他也一定得去才成；因为，他的声望早已不胫而走，先行到此了。他在那儿，也几乎和我一样，成了一个大人物了。

“你想要叫我到哪儿，我就可以到哪儿，”史朵夫说，“你想要叫我做什么，我就可以做什么。你只告诉我都到什么地方去找你们就成了；两个钟点以后，我一准出场，还是你想要叫我怎么出场，要我淌眼抹泪，还是要我逗乐打诨，都没有不成的。”

我把怎么就能找到往来布伦得屯等地的雇脚马车夫巴奇斯先生住的处所详细地告诉了他；跟他这么讲定之后就和他分了手，一个人出了门。那时微风尖峭、清爽，大地干爽；大海清澈晶莹，縠纹微生；太阳虽然没有暖气洋溢，却有晖光四照，一切都新意盎盎、生气勃勃。我自己因为能来此地，感到快乐，也新意盎盎、生气勃勃，因此我只觉得，我都能把街上遇到的人拦住，和他们握手寒暄。

街道看起来都很窄小，这是很自然的。我相信，我们只在孩童时期所看见的街道，以后再回到那儿，都要显得窄小。但是我在这条街上，却没有一样东西忘记了的，却没看见有一样什么改了样的，一直到我来到欧摩先生的铺子那儿。只见那儿从前只写着“欧摩”的字样，现在却变而为“欧摩与周阑”了，但是承做衣服、发卖呢绒纱布、服装零件、承办殡葬衣物等等字样，还是照旧没改。

我在街道对面，看了这些字样以后，我的脚步就很自然地想要往欧摩先生的铺子那儿去，所以我就穿过大街，来到铺子门口，探头往铺子里面瞧。铺子后部，有一个挺好看的女人，正抱着一个婴孩逗弄；另一个稍大一点的小孩就紧揪着她的围裙不放。我一点没费事，就认出来那是敏妮自己和她的孩子。通到起坐间的那个玻璃门并没开着，但是隔着院子，从工作棚里却隐隐约约地传来我旧日听到的声音，好像那种声音一直永远就没停止过似的。

“欧摩先生在家吗？”我进了铺子里面，问。“他要是在家，我很想见一见他。”

“哦，先生，在家，他在家，”敏妮说，“这样天气，他那个哮喘病，出门儿不相宜。周，叫你老爷！”

那个小家伙，正揪着他妈的围裙不放，一听这话，喊了一声，喊得猛极了，把他自己都闹得害起臊来，因而把个脸钻到他妈的裙子里，把他妈逗得又乐又爱。我于是听到一种气喘吁吁的声音，冲着我们而来，一眨眼的工夫，欧摩先生就站在我面前了，他比当年喘得更厉害了，不过却没怎么显老。

“先生，小老儿这儿有礼啦，”欧摩先生说。“你有什么贵干，先生？”

“我要你跟我握手，欧摩先生，要是你高兴的话，”我说，同时把手伸出。“你有一次，曾对我非常温存体贴，不过我可恐怕，我当时并没表示出来，说我知道你对我那份温存体贴。”

“真有那么回事吗？”那位老人回答我说。“我听到这个话，当然很高兴，不过我可不记得那是几儿的事了。你敢保那一定是我吗？”

“十二分敢保。”

“我认为，我这个记性，也跟我这个气嗓一样，越来越不中用了，”欧摩先生说，同时一面看着我，一面摇脑袋，“因为我记不得你是谁了。”

“那一回，你亲自到驿车站上去接我，我在你这儿吃的早饭，以后咱们——你、我、周阑太太和周阑先生——又一块儿坐着车到了布伦得屯，你都不记得啦？那时候周阑太太还没和周阑先生结婚哪。”

“哟，你可说说！”欧摩先生先听了我那番话，吃了一惊，让那一惊闹得大大地咳嗽了一阵，然后喊着说，“你说的都是真个的吗？敏妮，我的亲爱的，你还记得不记得？哦呵，不错，我想起来啦；那回的当事人是一位堂客，是不是？”

“那是我妈，”我回答他说。

“是—啦，—不—错，”欧摩先生说，同时用他那二拇指把我的背心一触，“还有个小娃娃哪！一共有两个当事人。那个小小的当事人和那另一个当事人躺在一块儿。是往布伦得屯那边儿去的，不错。唉！从那一回以后一直到这会儿，你都不错吧？”

我很好，我说；我对他表示了谢意，同时说，我希望他也很好。

“哦，我可以告诉你，我没有什么可以嘟囔的，”欧摩先生说。“我觉得我这口气儿越来越喘得费劲了，不过一个人老了，就很少越来越喘得省劲儿的。我是费劲也好，省劲也好，怎么都好。这是顶好的办法，对不对？”

欧摩先生因为大笑了一声，又咳嗽起来，他女儿帮了他一下[①]，才把那一阵咳嗽劲儿过了；那时他女儿正站在我们跟前，在柜台上逗弄她的小婴孩。

“唉！”欧摩先生说，“是的，不错。是两个当事人！呃，就是坐那一趟车，要是我记得不错，敏妮才把她和周阑结婚的喜期定了的。‘您把日子定了吧，老爷子，’周阑说。‘不错，您把日子定了吧，爸爸，’敏妮说。你瞧这阵儿哪，他也成了这个铺子的东家啦。你再瞧这儿，这是他们那个顶小的！”

敏妮大笑，同时用手把她那带着束发带的头发，往鬓角上拢，她父亲就把他那个粗胖的手指头，插在她正在柜台上逗弄的那个小婴孩的小拳头里。

“不错，是两个当事人！”欧摩先生说，同时带着回忆旧事的样子直点脑袋。“的的确确不错！这阵儿哪，就是这一会儿哪，周阑就做着一口灰色的材，钉着银钉子[②]，比这个的身量”——在柜台上逗弄的那

---

①帮了他一下：这是说，他女儿给他捶背。

②“材”为汉语中“棺材”的简称。原文以 one 代 coffin，汉语中不提“棺材”，皆所以避免不吉字样。西人棺材，或用木作，或用铅作。此处灰色，似为铅的颜色。钉银钉，即在棺材上四围等处，钉上银头的钉子，罗列成行，以为装饰。

个小婴孩的身量——“大着二英寸还多。您在这儿用点什么，好吧？”

我对他表示了我的感激之情，但是却谢绝了他的殷勤之意。

“我想想看，”欧摩先生说。“那个雇脚马车夫的太太——坡勾提——那个船夫的妹妹——她跟你们府上有瓜葛，是不是？她那时在你们府上当佣人，是吧？”

我答应他说是，他听了好像感到很满意。

“我相信我这个喘病下一回就会好起来了，”欧摩先生说，“因为我这个记性好起来了么。呃，先生，我们这儿有她一个年轻的亲戚，在我们这儿当学徒，她干成衣那一行，心思手头，再没有那么精巧雅致的了。我敢跟你担保，我相信全英国没有一个公爵夫人能跟她比的。”

“你说的不是小爱弥丽吧？”我不由自主地喊道。

“她正叫爱弥丽，”欧摩先生说，“她还是真叫小。不过你要是相信我这个话，你就要说，她长了一副只是她自个儿有的脸盘儿，才把这个镇上的女人，闹得有一半儿都疯了一般地跟她作对头。”

“你这可是瞎说，爸爸！”敏妮喊着说。

“我的亲爱的，”欧摩先生说，“我并没说，你也跟她作对头啊。”一面冲着我挤咕眼儿，“不过我可得说，亚摩斯的女人有一半儿——唉！在方圆五英里地以内的，就没有不像疯了似的跟那个女孩子作对头的。”

“她要是安分守己、不巴高望上，爸爸，”敏妮说，“别让别人抓住了小辫儿，那她们就会那样对她呀？”

“不会那样对她，我的亲爱的？”欧摩先生回答说。“不会那样对她？你对人情世故就这么个了解法儿呀？凡是女人家，都是该做的才做，不该做的，她们就不会做啊？有这样事吗？特别是关于另一个女人的丑俊问题？”

欧摩先生发了这一通糟蹋女人的戏谈以后，我真觉得他要一下完蛋。他咳嗽得那么厉害，他一个劲儿地想喘气，而他的气却那样顽梗倔强，就是不让他喘，因此我一心只想，我会一下看到他那个脑袋在柜台后面倒了下去，而他那两副黑裹腿、连带膝上扎的那两小嘟噜锈色的带子却翘了起来，在空里战抖着作微弱无力的挣扎。不过后来他到底好一些了，但是仍旧喘得很厉害，一点气力都没有了，只得在一个写字桌前的凳子上坐了下去。

“你要明白，”他说，一面擦脑袋，一面使劲喘，“她在这儿，还没交结什么人，也没有什么特别要好的熟人和朋友，更不用提有什么甜哥哥、蜜姐姐了。这样一来，有的人可就编出一套不受听的瞎话，流传起来了，说爱弥丽想当阔太太。据我自己的看法，我认为，这个瞎话所以流传起来，主要地是因为她在学校里有的时候，说她要是做了阔太太，她就要给她舅舅做什么什么事——你看出来了吧？——买什么什么好东西。”

“我对你实说，欧摩先生，”我急不能待地说，“我们两个还都是小孩子的时候，她就对我说过这种话。”

欧摩先生又点脑袋，又摸下巴。“一点不错，正是这个话。还有哪，她只用一点点材料，就能比别人用好多材料，打扮得还好看，这也惹得人家不痛快、犯醋劲。再说，她这个人，未免有些任性，你可以说那是任性。我自己就可以不客气地说那是任性，”欧摩先生说：“对自己的心意摸不十分透；有一点惯坏了的意味；开头儿的时候，不能约束自己。他们说她的坏话，再没有什么别的啦吧，敏妮？”

“没有啦，爸爸，”周阑太太说。“这就是顶不受听的了，我认为。”

“所以，有一回，她找了个事由儿，”欧摩先生说，“给一个老太太做伴儿，那个老太太爱闹个小脾气什么的，所以她们两个就不大能合得来，她就把事儿辞了，不干了。后来她才到我们这儿来的，要学三年徒。这阵儿差不多已经学完了两年了。她是个再好也没有的女孩子了。一个人能顶六个人。敏妮，她一个人能顶六个人，是不是？”

“是，爸爸，”敏妮回答说。“是就是是。你永远可别说我糟蹋过她。”

“很好，”欧摩先生说，“这样才对，”跟着他把下颏又摸了一会儿之后，找补了一句，说，“好啦，你这位年轻的绅士，为的不要让你说，我这个人喘的气短，说的话可长，所以我就把我要说的话就此打住吧。”

他们谈这番话的时候，既然只要一说到爱弥丽，就把声音放低了，因此我知道，毫无疑问，爱弥丽就在近前。我现在问他们，是不是这样，欧摩先生点了点头，还是冲着起坐间的门那儿点了点头。我跟着急忙地问他们，我可以不可以往那儿瞧一瞧，他们回答说，可以随便瞧；我于是就隔着玻璃门往屋里瞧，就瞧见了她坐在那儿做活儿。我瞧见她，腰肢袅娜，出落得极其漂亮，正用她那湛湛蔚蓝的两弯秋波——曾在我童年看到我内心的那两弯秋波——带着笑容，往敏妮另一个孩子那儿瞧，那孩子那时正在她近旁玩耍；她那娇艳焕发的脸上，正含着一团任性之气，足以证明我所听到的话并非不实；正隐藏着旧日那种喜怒无端、爱憎不时的羞怯之态；但是在她那漂亮的面容上，我却敢说，并看不出别的样子来，只见一片生来就为的是要叫她向善，为的是要叫她快活的样子，而且也正走上了向善、快活道路的样子。

隔院传来的那种永不休歇的音调——唉！那本来就是一种永远也不会休歇的音调——直就在这段时间里轻轻地㖔当㖔当，永不停止。

“你不想进去，”欧摩先生说，“跟她打打招呼吗？进去跟她打打招呼吧，先生！不要客气！”

那时候，我很害羞，不好意思进去跟她打招呼。我害怕，我一进去，就要把她闹得手足无措，也就和我害怕我一进去会把我自己闹得手足无措一样。不过我却问明白了，她每天晚上都是什么时候下班儿回家，为的是我们可以按照那个时刻去到她家。跟着我向欧摩先生自己、欧摩先生那个漂亮的女儿、还有那个女儿的小孩子，都一一告别，起身往我那个亲爱的老看妈坡勾提家里走去。

坡勾提正在她那个方砖铺地的厨房里做饭。我一敲门，她就把门开开了，问我有什么事儿。我面带笑容看着她，但是她却面无笑容回看我。我虽然并没间断，老给她写信，但是我们没见面却不多不少有整整七个年头了。

“巴奇斯先生在家吗，太太？”我故意粗声粗气地对她说。

“他在家，先生，”坡勾提回答我说，“不过可因为害风湿痛，躺在床上，不能起来了。”

“他这阵儿还常往布伦得屯去吗？”我问。

“他没有病的时候，还是常去。”她回答我说。

“你自己也曾到那儿去过吗，巴奇斯太太？”

她更留神往我这儿瞧，同时我注意到，她还把两只手很快地往一块儿一凑。

“因为我想打听一下那儿的一所房子，他们叫作是——他们叫它什么来着？——喔，是啦，他们叫作是‘栖鸦庐’的一所房子，”我说。

她往后退了一步，吃了一惊，把手犹犹豫豫地往外一伸，仿佛要把我推开那样。

“坡勾提！”我对她喊道。

她叫道，“我的宝贝儿乖乖！”于是我们两个一齐哭起来，一齐紧紧抱起来。

她都说了些什么尽情放意的话，做了些什么尽情放意的事；她都怎样抱着我又哭又笑；她都怎样骄傲得意，怎样狂喜大乐，她都怎样因为那个人——那个本来看到我要得意、要觉得光荣的那个人，却永远也不能把我疼爱亲热地搂抱在怀里，而难过悲哀；所有这种种，我都没有心肠去叙述。我对她这种种感情，都是同气同德、感应和合；我一点也没顾虑，说我那是孩子气。我一生之中，我敢说，即便对坡勾提，也从来没有像那天早晨那样尽情地又哭又笑。

“巴奇斯见了你，一定要觉得有说不出来的高兴，”坡勾提用围裙擦着眼泪说，“他见了你，对于他的病，比他用多少品脱擦剂都要有效得多。我先去告诉他一声，说你来了，跟着你再上楼去看看他，亲爱的，好不好？”

当然好。但是坡勾提要离开这个屋子，却不能像她想的那么容易，因为她每回一走到门口，每回一回头看我，她就又得跑回来，趴在我的肩头上，另哭一会，另笑一回。这样闹了多少次以后，于是，我为了要使事情更顺利，干脆跟她一块儿上了楼，我在门外先等了一会儿，等着坡勾提进去对巴奇斯先生说我来了，有个准备，然后我在病人床前出现。

他极尽热情地表示欢迎。他因为风湿痛太厉害了，不能跟我握手，他就请我握他那睡帽上的穗子，我也就把那穗子亲热地握了一气。我在他的床边上坐下以后，他对我说，他现在觉得他好像又在去布伦得屯的路上赶着车送我回家去了；这种想法，使他感到的舒服，真没法衡量。他仰着身子躺在被毯里，全身都叫被毯遮盖，只露着个脸，因此他看起来，别的什么都没有，好像就有一个脸——跟一个习俗相沿的小天使①一样——他在这样情况下，看着就是我从来所见的奇物中最奇的了。

"先生，我那回在车里写了个名字，那个名字是什么？"巴奇斯先生带着患风湿痛那种病人的微笑②，说。

"啊！巴奇斯先生，我们对于那件事，可真郑重其事地谈过，是不是？"

"我那个愿意，耗了很长的时间吧，先生？"巴奇斯先生说。

"是耗了很长的时间，"我说。

"那我一点也不后悔，"巴奇斯先生说。"你那一回跟我说她怎么样怎么样，说她给你们做苹果排，给你们做饭，你还记得吧？"

"记得，记得清清楚楚的，"我回答他说。

"那是真的，"巴奇斯先生说，"跟针一样真。那是真的，"巴奇斯先生说，一面把他的睡帽直点，因为那是他惟一可以表示强调的办法，"像折本一样真。没有什么别的能比它们更真的了。"③

巴奇斯先生把眼睛盯在我身上，好像想要叫我对他在病床上琢磨出

---

①画小天使，习惯上多只画一个脸，英国18世纪名画家伦那勒兹画的《小天使》，即是一例。

②患这种病的人，连笑一笑都会发疼。这儿是说，要笑又不敢笑的样子。

③英语里有一种表达比喻的方式，只取其为双声字，并不问其有多少意义：如"as weak as water"（如水之弱），"dead as door-nail"（如门钉之无生气）之类，巴奇斯这儿的比喻（原为"像税一样地真"）也属这一类。译文亦用双声字，而不顾其有意义与否。

来的想法表示同意；我也就表示了同意。

“没有什么别的能比它们更真的了，”巴奇斯先生又重复了一遍，说，“像我这样一个穷人，病着躺在床上，就要想到这类的道理。先生，我是一个很穷的人。”

“我听了这个话，很替你难过，巴奇斯先生。”

“一点不错，真正是一个穷人，”巴奇斯先生说。

他说到这儿，把右手软弱无力地慢慢从被毯底下伸了出来，胡乱抓挠了一气，才抓到了床旁边松松地绑着的一根手杖。他用这根手杖乱捅了一气，捅的时候，脸上露出千变万化的惶惑神色，最后终于捅到了一个箱子，箱子的一头一直露着，可以看见。他捅到了这个箱子，他脸上的神色才平静了。

“净是些旧衣裳，”巴奇斯先生说。

“哦！”我说。

“我恨不得那都是钱才好，先生，”巴奇斯先生说。

“我也恨不得那都是钱，是真个的，”我说。

“可是那并不是钱，”巴奇斯先生把两只眼睛能睁得多大就睁多大，说。

我表示了我绝对相信他那个话以后，巴奇斯先生把眼光更温柔地转到他太太那面儿，说：

“她，克·坡·巴奇斯，是女人里面顶会干活儿、顶好心眼儿的啦。一个人，对她，对克·坡·巴奇斯，不管说什么夸她的话，都没有她不配的，不但没有不配的，还都没有说得尽的哪。我的亲爱的，你得预备顿正餐，请一回客。你得预备点好吃的、好喝的，听见了没有？”

我本来要拦阻他这番为尊敬我而表现的好意，认为那不必要，但是我看到坡勾提从床对面冲着我直使眼色，不教我拦阻，我就没吱声儿。

“我身边不知哪儿放了一点儿钱，我的亲爱的，”巴奇斯先生说，“不过我这阵儿有点儿困，想打个盹儿。你和考坡菲先生要是先出去一会儿，让我打个盹儿，那等我醒过来，我就想法找一找那些钱在哪儿。”

我们听从了他这种要求，就离开了那个屋子。我们到了屋外，坡勾提对我说，巴奇斯先生，比以前更“有些手紧了”，他想要从他攒的那些钱里拿出一个来，总是要使这个妙计。他忍着从来都没听人说过的痛苦，自己从床上爬下来，从那个枉负恶名的箱子里把钱取出来。因为这样，所以我们马上就听到他发出最凄惨可怜的呻吟，因为这种喜鹊一般的行为[①]，使他全身的骨节，没有一处不像上了押床一样地痛楚。不过坡勾提一方面满眼含着可怜他的样子，一方面又说，他这样忍痛慷慨，对他很有好处，所以不要阻拦他。因此他就呻吟下去，一直到他重新回到床上的时候，我觉得，毫无疑问，一定是受了一番殉道者的酷虐刑罚。于是他把我们招呼进去，假装着刚从一场神清梦稳的盹睡中醒来，从枕头底下掏出一个几尼。他自己以为，这样一来，既可以把我们骗哄过去，又可以把箱子无法渗透的秘密保持，那份满意劲儿，好像足足可以补偿得过所有他吃的那些苦。

我把史朵夫要来的话，先跟坡勾提说了，以便她心里有底；待了不久，他就来了。史朵夫实际只是我个人要好的朋友，而不是她自己亲身受惠的恩人；但是我深深相信，她接待他，却跟她亲身受惠的恩人完全一样；她是不管他是什么样儿，都以最大的感激和忠诚来接待他的。不过他的态度那样从容、精神那样充畅、性情那样温蔼、举止那样和善、仪容那样秀美，他的天性那样善于对他所要讨好的人应合顺适，那样善于随其意之所欲，对人投其所好，深入人心：所有这种种特点在五分钟的工夫里，就使坡勾提对他完全倾倒。仅仅看他对待我的态度那一端，就能赢得她的忠心；但是，由于这种种情况合而为一，我真心诚意地相信，在他那天晚上离开这所房子以前，她就已经五体投地地崇拜他了。

他待在那儿，和我们一同进正餐——他接受这番邀请的时候，如果我只说他很愿意，那他那份欣喜和高兴，我连一半儿都没表达出来。他像阳光，空气一样，来到巴奇斯先生的卧室里，仿佛他就是使人神爽身健的清风朗日，使屋里光明起来，新鲜起来。他不论做什么，都是不

---

① 喜鹊有一种奇特的习惯，喜欢把叼来的东西藏在最令人想不到的地方。

声不响、无形无迹、不知不觉、毫不费力地就做了。他做一切，都是轻快灵敏，使人无法形容；看来好像只此一事，即已尽之，不必它求；或者说，只尽于此，已到极处，无可增益；而这种轻快松泛等等，都是那样雍容尔雅，那样出乎天成，那样使人可心，直到现在，在我的记忆中，都使我不胜感动，不胜钦佩。

我们在他们那个小小的起坐间里欢乐嬉笑，那儿那本殉教者的传记，从我离开那儿以后再没翻过篇儿，现在又像旧日一样，摊在桌子上面，我翻着那里面那些吓人的插图，当年看到它们那时候所引起的那番恐惧，现在只还记得，而却不再当真感到了。坡勾提说到她叫作是我的那个屋子，说那个屋子都拾掇好了，预备我晚上在那儿住，说她希望我能在那儿住；她说的时候，我犹犹疑疑地，还没等到我往史朵夫那儿看，他就抓住了这件事的全部关键。

“咱们待在这个地方的时候，”他说，“你当然得在这儿过夜，我哪，在旅馆里过夜好啦。”

“不过把你带到这么远的地方来，”我回答他说，“可把你撂开了，那好像不够朋友吧，史朵夫。”

“咱们把上帝请出来评一评，你说按道理讲，你应该在哪儿住！”他说。“‘好像’的事跟这个比起来，算得了什么！”于是这个问题马上就解决了。

他把他这种种使人欢乐的能事，一直继续到最后一刻，八点钟，那也就是我们要往坡勾提先生的船屋那儿去的时候。实在说起来，他这种种能事，都随着时光的进展而更辉煌地显露；因为连我当时就确实认为，我现在更毫无疑问确实认为：他决心想要讨人喜欢而轻易成功的感觉，引他入胜，使他揣情夺理，更加体贴入微，因此，虽然更加细致，而更加容易成功，既是这样，那么，如果有人跟我说，所有他这一切，都只是一种辉煌的玩意儿，为一时的兴奋而作，要使自己高兴的心情有所发泄，只为快乐一时而出，并无意识地来显耀一下自己的优越，只是毫不在意浪费精力的行径，只为取得于自己毫无价值的东西，不到一分钟就扔掉了；我说，如果有任何人，那天晚上对我说这样一类谎话，那我不知道我听了这番谎话以后，要用什么态度来接受，才能把我的激愤发泄出来！

也许反倒要用一种更加强烈，想入非非的忠诚、友爱之情（如果那可能更加强烈的话）来接受这番谎话；因为那时我正以一种想入非非的忠诚、友爱之情，傍他同行，穿过一片冬天昏夜的沙滩，往那个老船屋那儿走去。那时候，凄凉的风，在我们身旁像叹息一样吹过，它那呻吟呜咽，比我头一次迈入坡勾提先生家的门槛那天晚上，更哀婉悲惨。

“这真是一个荒凉的野地，是不是，史朵夫？”

“在昏夜里看来，很够凄凉惨淡的，”他说，“大海就猛吼狂号，好像要把咱们饱它的馋吻一样。那面儿有一点亮光，那就是那条船吧？”

“不错，那就是那条船，”我说。

“我今儿早晨看到的，也就是那条船，”他回答我说，“我一下就认定了那就是那条船，我想也许是由于本能，就认出来的吧。”

我们走近亮光的时候，不再吱声儿，只轻轻悄悄地朝着船屋的门走去。我用手去拉门闩，同时低声对史朵夫说，要他紧跟在我后面，跟着我们进了屋里。

我们还没进门的时候，就听到一片嗡嗡之声，由屋里发出，现在我们进门那一会儿，又听到拍手的声音；这种拍手的声音，我却没想到，是从平常老抱怨孤单凄苦的格米治太太那儿发出来的。但是在那儿感情出乎寻常地兴奋激动的，并不是只有格米治太太一个人。坡勾提先生脸上神采四射、得意洋洋，全身的劲儿都使出来，在那儿大笑，正把两臂大张，好像正等小爱弥丽投入怀中；汉脸上就又是爱慕、又是狂喜、又带着一种笨滞的羞涩神气（这种神气，表现在他脸上，极为合适），用手握着小爱弥丽的手，好像正要把小爱弥丽介绍给坡勾提先生；小爱弥丽自己羞得满脸通红，但是却和坡勾提先生同乐其乐（这是从她眼神里的喜悦神情可以看出来的），正要从汉的身边往坡勾提先生的怀里投，却因我们这一进门而打住了。我们头一眼看到他们所有这些人的时候，我们从外面昏暗凛冽的夜色中，一下进到温暖光明的屋里那一会儿的时

候，他们就正是这样的光景；格米治太太就站在后面，像个疯婆娘似的两手直拍。

我们一进门儿，这幅小小的图画就立刻消失得无影无踪，因此我们很可以怀疑一下，说这幅图画是否曾经真正有过。我站在那一群惊异失措的人们中间，和坡勾提先生对面而立，把手伸给坡勾提先生，这时只听汉嚷道：

"卫少爷！卫少爷来啦！"

在一瞬的工夫里，我们大家都互相握起手来，互相问起好来，互相道起高兴相会来，都一齐地七嘴八舌说起话来。坡勾提先生见了我们，那样得意，那样欢乐，都不知道干什么好，也不知道说什么好，只跟我一次又一次地握手又握手，跟我握完了，又一次又一次跟史朵夫握手又握手，跟他握完了，又一次又一次，又跟我握手又握手，然后又把他那粗糙蒙茸的头发，抓挠得满头乱七八糟。他那样欢乐得意、狂笑不止，令人看来，真是一桩赏心的乐事。

"哦，你们二位绅士——长成了大汉子的绅士，在我一辈子这么些晚上，偏偏不早不晚，在今儿个这个晚上，脚踏我们这个贱地，"坡勾提先生说，"真是天上掉下来的事儿，这是我敢说一点不错的！爱弥丽，我的乖乖，你上这儿来，你上这儿来，我的小金豆儿！这是卫少爷的朋友，我的亲爱的！这就是你常常听说的那位绅士，爱弥丽。他同着卫少爷一块儿瞧你来啦，你舅舅这一辈子里，不论这阵儿，也不论后手儿，像今儿个晚上，都得说是顶高兴、顶快活的啦。别的日子叫他去他妈的吧，就给今儿个这个晚上叫好儿得啦！"

坡勾提先生把这番话，用异乎寻常的生动活泼、快乐欢欣的劲儿，一口气说完了，他就乐得魂飞魄扬的样子，把他那两只大手，放在爱弥丽的脸上，一面一只，捧着爱弥丽的脸吻了不止十二次，然后带着温和的得意和痛爱，轻轻把她那脸放在他那宽阔的怀里用手拍它，好像他那两只手是贵夫人的手一样。然后才放她起来；在她脱身跑到我从前睡觉的那个小屋子里去的时候，他那样迥异寻常地满心喜欢，把他闹得脸上红彤彤，嘴里喘吁吁。

“要是你们这两位绅士——这阵儿长成大汉子的绅士，这样的绅士——”坡勾提先生说。

“一点也不错，他们是这样儿，他们是长成了大汉子的绅士！”汉喊道。“说得对！他们是这样儿，卫少爷，我的哥儿们——是长成了大汉子的绅士——他们是长成了大汉子了！”

“要是你们两位绅士，两位长成了大汉子的绅士，”坡勾提先生说，“看到我由不得自己、这样疯了似地高兴起来，那我只好等你们明白了情况，再求你们别见怪。爱弥丽，我的心肝——她知道了我都要唠叨什么，故此跑掉了。”他说到这儿，他的快乐又大发了一阵，“劳你的驾，老嫂子，你这会儿去照看照看她，成不成？”

格米治太太点了点头，进了屋子里面去了。

“要是说今儿个这个晚上，”坡勾提在炉前我们两个中间坐下去说，“不是我这一辈子里顶高兴、顶快活的晚上，那我就是个螃蟹，还是个煮熟了的螃蟹——让我说什么别的，我就说不上来了。这儿这个小爱弥丽，先生，”说到这儿，低声对史朵夫说，“——你刚才看见，在这儿脸都红了的——”

史朵夫只把脑袋一点；但是他这一点脑袋里，却表现了那样满心喜悦的兴趣，却含有与坡勾提先生那样同其欢乐的感情，因此坡勾提先生回答他的口气，就好像是他已经开口说了话一样。

“一点不错，”坡勾提先生说。“这就是她的为人，她就是这样。谢谢你啦，先生。”

汉对我把脑袋点了好几次，好像表示，这个话也正是他想要说的。

“我们这儿这个小爱弥丽，”坡勾提先生说，“在我们这个家里那份意思，我认为，就只有一个眼睛明亮的小东西儿才能那样。我是个什么都不懂的粗人，不过我可相信这个不假。她并不是我亲生的；我自己从来没有过儿女；但是我疼她那个劲儿可到了头儿了。你明白我的意思吧。我疼她可到了头儿了，没法儿再疼了。”

“我十二分地明白，”史朵夫说。

“我知道你明白，先生，”坡勾提先生回答说，“我再谢谢你啦。

卫少爷，她从前是什么样子，卫少爷还记得；这阵儿是什么样子，你可以凭你自己的眼光说好坏；但是不论是卫少爷，也不论是你自己，都完完全全不知道，她在我疼她这个心里，从前是什么样儿，这阵儿是什么样儿，后手是什么样儿。我是个粗人，先生，”坡勾提先生说，“我就跟海刺猬一样地粗。但是，也许没有人，我想，能知道小爱弥丽在我心里是什么样儿，除非她是个女人。这个话我还就是跟你们二位说，”他说到这儿，把声音放低了，“那个女人可不叫格米治太太，尽管她有数不过来的好处。”

坡勾提先生又用两只手把头发抓了个乱七八糟，给他下一步要说的话作准备，跟着把两只手放在两个膝盖上，接着说：

“有那么一个人，跟我们这个爱弥丽熟，从她爸爸在海里淹死那一天就跟她熟，一直就老不断地见她的面儿；从她还是个小娃娃的时候，一直到她长成了个小妞儿，一直到她长成了个大姑娘，都跟她熟。这个人，你看他的样子可没有什么看头儿；他没有什么可看的，”坡勾提先生说，“身量儿跟我差不多——粗人一个——浑身叫风吹浪打得腥不拉唧的——满身叫海水溅得咸卤卤的——但是，归里包堆地说起来，可是个忠厚老实人——心眼儿长得周正。”

我认为，我从来没看见过，汉那个嘴，有像他现在坐在那儿冲着我们咧得那么大的时候。

“这儿这个活宝贝儿海户子，你猜怎么着，”坡勾提先生说，脸上的喜气，如同正午的太阳那样，光辉明朗，“他闹了什么故故由儿拉哪？你千想不到、万想不到，他为我们这儿这个小爱弥丽害起单相思来。他到处跟着她的屁股后头转，他给她干这个、干那个，当她的使唤小子，他差一点儿连饭都吃不下，连觉都睡不好啦；闹到后来，他到底把憋在心里的心事对我捅明了。你可以看出来，我自个儿当然顶愿意能亲眼看到我们这儿这个小爱弥丽顺顺当当地成了家，过起日子来；我不管怎么着，只愿意能亲眼看到我们这儿这个小爱弥丽嫁给一个忠厚老实人，凡事能给她顶得起来。我不知道我还能有几年的活头，也不知道什么时候一口气不来就完蛋了；但是我可知道，要是有朝一日，不定什么时候，我夜里在这儿的亚摩斯近海上，狂风把我的船刮翻了，我从我顶不住的浪头上最后瞧见镇上的亮光，那时候，我只要能想到，岸上那儿有一个人，像钢铁一样地对爱弥丽忠心到底(上帝加福给她)，只要那个人活着，就没有人敢欺负她，那时候，我只要能这么想，那我就是沉到海底下，心里也很坦然。”

坡勾提先生说到这儿，带着一片恳切真诚之心，把右胳膊一摆，好像他对镇上的亮光最后摆手一样，于是和汉互相点了一下脑袋(那时他的眼光和汉的眼光一对)，又跟刚才一样，接着说下去：

“他对我把憋在心里的话说了以后，好啦，我就给他出了个主意，叫他亲自把话对爱弥丽表一表。你猜怎么着，你别看他的个子那么大，他可比一个小孩子还害臊，他绝不好意思亲自对爱弥丽说。这样一来，我就替他说了。‘什么！他呀！’爱弥丽就说啦。‘我多少年就很亲密、就很喜欢的他呀。哦，舅舅啊！我可怎么也配不过他，他那个人太好了！’我听了她这个话，没说别的，只吻了她一下，说，‘我的亲爱的，你把实话明明白白地说出来，很对，你得遂自个儿的心意挑选；你和小鸟一样，要自个儿遂心才成。’跟着我就对汉把实情说了。我跟他说，‘我倒很愿意事儿成功，但是那可不成功。故此，我只盼望你们俩还是要跟从前一样；我这阵儿要跟你说的只是，你要做一个男子汉，待她还是要跟从前一样。’他一面跟我握手，一面说，‘我一定听你的话，’他说。他果然就听了我的话——光明正大，真够个男子汉——这样一连有两年的工夫，我们这儿这个家里，一直和从前一样。”

坡勾提先生的脸，原先随着这番不同阶段的叙说而出现不同的表情，现在又恢复了最初那种一片凯旋得意的欢乐，把一只手放在我的膝上，把另一只放在史朵夫的膝上(未放以前，先在每只手上吐了一口唾沫，来表示动作更加劲儿①)，于是把下面这番话，分向我们两个人说出：

① 劳动人民，将执某物，如锄、锹之类，先吐唾沫于手掌，以使手握物时握得更牢。这种活动，成为习惯，故此处欲放手于他人膝上，亦吐唾沫于手上。

“有一天晚上，我一点也没提防——其实就是今儿个晚上——小爱弥丽下了班，回到家里，他也同她一块儿回到家里！你们要说啦，那有什么稀罕的！那算得了什么。不错，那没有什么稀罕的，因为天黑了以后，他就像个亲哥哥那样照应她，其实不但天黑了以后，就是天还没黑，就是所有别的时候，他都没有不照应她的。但是今儿个，这儿这个浑身海水咸卤卤的小伙子，可领着她的手，满脸的笑，大声对我喊着说，‘你瞧这儿！这个人就要给我做小媳妇儿啦！’爱弥丽就一半羞臊，一半大胆，一半笑着，一半哭着，说，‘不错，舅舅，有这个话，要是你不反对，’——要是我不反对！”坡勾提先生想起这一个过节儿来，乐得如登九天，把头摇晃着说：“我反对！天哪，好像我真干得出那样事来似的！‘要是你不反对，那我可以说，我的心这阵儿沉静一些啦，我的主意改变了，我要尽力往好里给他做一个小媳妇儿，因为他是个叫人心疼的好人！’跟着格米治太太，好像看到了一出好戏一样，拍起手来。就在那一会儿的工夫里，你们进来了。好啦！这个盖子可揭开啦！”坡勾提先生说——“你们进来啦。这件事就是刚才这一会儿在这儿发生的，这儿就是要娶她的那个人，一到她学徒满期的时候，就要娶她。”

坡勾提先生在这阵尽量大乐之中，打了汉一拳，作为亲密、慈爱的表示，把汉打得一趔趄，这本是可想而知的；但是汉觉得他也应该对我们说几句话才对，于是他就结结巴巴、嗫嗫嚅嚅地说：

“你头一回到这儿来的时候，她还没有你高哪——卫少爷——那时候我就纳闷儿，不知道她会长个什么样儿——我眼看着她长大了——我的先生——像一朵花儿似的。我能为她把命都豁出去——卫少爷——哦！把命都豁出去，还是顶甘心、顶高兴的哪！她对我——我的先生——对我——她对我就是所有我想要的，她对我就是——就是——比我也说不出来的还要多。我——我诚心诚意、真心真意地爱她。所有的人，不管是在陆上的——也不管是在海上的——没有一个爱起他的情人来——能超过了我这样爱她，尽管有好多好多的人——能在嘴上说得——比心里想得更好。”

汉那样一条健壮的大汉子，叫那样一个娇弱细小的人儿把颗心摘去了，他在这股子劲头下，都哆嗦起来了，这真叫人感动。我认为，坡勾提先生和汉自己，很单纯地把心肝都剖开了给我们看，这件事本身是令人感动的。全部的故事无一处不使我感动。我的感情，受了我童年回忆的情景多少影响，我说不上来。我来到这儿，是否还有任何未尽有余的幻想，说我仍旧还爱小爱弥丽呢，我也说不上来。我只知道，我听到这番话，满心欢喜，但是，一开始的时候，却有一种无法形容、易于触动的快乐，再稍增添一点，就会变为痛苦。

因为这样，所以当时，如果要靠我来把大家共有的心弦巧弹妙弄，那我只能手拙指笨。但是当时却靠史朵夫，而他用的是巧技妙弄，因此在几分钟的工夫以内，我们大家就都能怎么快活就怎么快活，能怎么随便就怎么随便了。

"坡勾提先生，"史朵夫说，"你真是一个好到十二分的好人，应该得到你今天晚上这样的快乐。我现在跟你击掌为信！汉，我祝你快活如意，老小子。我也跟你击掌为信！雏菊，把火通一通，让它着旺啦！坡勾提先生，你要是不能把你那位温柔娴静的外甥女儿叫回来（我把这个犄角儿上的座儿给她让出来啦），你要是不能把她叫回来，那我就告辞啦。你即便把两处印度群岛上的财富都给我，我也不肯今天晚上叫你炉旁空出任何位子——而且空出这样一个位子。"

因此坡勾提先生就跑到我住过那个旧屋子里，去叫小爱弥丽。起初的时候，爱弥丽不肯出来，于是汉亲自去叫她。一会儿他就把她带到炉旁来了，显得心慌意乱，极为羞羞答答——但是她一会儿就放怀畅意，不再拘束了，因为她看到史朵夫对她说话的时候，那样温柔、那样恭敬，他避免任何使她难为情的言行那样巧妙，他那样跟坡勾提先生谈大船、小船、潮汐、鱼类；他那样提起我在撒伦学舍看到坡勾提先生那一次；他那样对于舟船，以及和舟船有关的一切喜欢爱好，他那样轻松愉快、自由随便、放言高谈，一直到他一点一点地使我们都坠入他的魔力之中，跟着大家毫无拘束，随随便便，一齐大谈而特谈起来。

爱弥丽，不错，那天一整晚上，并没说多少话；但是她却看着别人，听着别人，她脸上变得生动活泼，她整个的人变得使人爱慕迷恋。史朵夫说了一个船只沉没的凄惨故事(那是从他跟坡勾提先生的谈话引起来的)，他把这个故事说得活现，好像他就在他眼前看见全部经过一样——小爱弥丽的眼睛就一直地盯在他身上，好像她也就在眼前看见全部经过一样。为的要把这个故事里的凄惨反衬一下，他就说了一段他自己可乐的经历，说的时候，那样欢乐，好像这件经历对他自己，也和对我们同样新鲜似的——小爱弥丽就乐得大笑，一直笑到全船都发出和美的回响；我们大家(包括史朵夫在内)对于这样一个轻松、好玩的故事，也都不能自制，起了共鸣，也大笑起来。他叫坡勾提先生唱，或者说吼，“狂风暴雨猛吹狠打、猛吹狠打、猛吹狠打的时候”①。史朵夫自己就唱了一个水手歌，唱得那么动人，那么甜美，竟使我几乎觉得在房外凄凉地盘旋、在我们寂静无哗的中间呜咽掠过的风，真在船外倾耳而听。

至于格米治太太，经史朵夫的鼓动，据坡勾提先生说，自从那个旧人儿死了以后，这个永远为沮丧凄苦所制伏的妇人，从来没有那天晚上那样欢势过。他丝毫不容她有感觉孤苦的余闲。第二天早晨她说，她头天晚上一定是叫鬼迷住了。

但是史朵夫却并没独占讲坛，使大家净看他一个人，净听他一个人的。小爱弥丽慢慢胆子大了一些了，隔着炉火和我(仍旧有些羞涩)，谈起我们怎样在海滩上溜达着捡贝壳和石头子儿；我就问她，是否还记得我都怎样对她表示忠诚不渝；于是我们两个一块儿又大笑、又脸红，回忆这种愉快的旧日，现在看起来，那样模模糊糊，如同隔世：在所有这些时候，史朵夫都是不作一声，静静听着我们，满腹心事地看着我们。她这时以及那天整个晚上，都坐在炉旁她那个老角落那个小躺柜上，汉就坐在她身旁我从前坐的那个老地方。她坐在那儿，老往墙那边靠，老

① 苏格兰诗人凯白勒(1777—1844)有一首诗歌，头一行为“你们英国的水兵们”，咏英国海军之勇武。共四段，每段十行，每段第8行皆为“狂风暴雨猛吹狠打的时候”，每段最末一行皆为“狂风暴雨猛吹狠打”，此处所唱应即此歌。

想躲着他。这是由于她自己喜欢逗弄别人那种天性而来的呢，还是由于在我们跟前，谨守闺女的娴静安详呢，我可找不到使我满意的答案。我只注意到，她那天一整晚上都是那样。

我记得，我们跟他们告辞的时候，已经快要半夜了。我们曾吃了些饼干和鱼干，算是晚餐，史朵夫就从口袋里掏出一个瓶子来，里面满装着荷兰酒，我们几个男人（我现在可以毫无愧色，说我们男人）把这瓶酒都喝光了。我们欢乐快活地互相告别；他们都挤在门口，拿蜡给我们照着，能照多远就照多远，那时候，我看到小爱弥丽那两弯蔚蓝澄澈的秋波，从汉身后看着我们离去，我听到她那柔和的声音，嘱咐我们，叫我们路上要小心。

“真是一个顶引人入迷的娇小美人儿！”史朵夫说，同时挽着我的胳膊。“呃，他们这个地方稀奇古怪，他们这些人也稀奇古怪。跟他们混一混，真使人觉得有新异之感。”

“咱们的运气还真好，”我回答他说，“来到这儿真巧极啦，恰好看到他们订婚的欢乐光景！我从来没看见过，有人像他们那样欢乐的。看到这种光景，分享他们这种忠厚老实的欢乐，像咱们刚才那样，真正可喜！”

“那个男的，配这么个女的，可未免有些是巧妇伴拙夫，是不是？”史朵夫说。

他刚才对汉自己，对他们所有的人，那样热诚亲近，这阵儿却下这种冷酷无情、出人意料的考语，让我刚一听，不觉一惊。但是我急忙往他那儿一看，只见他脸上满面欢乐，我就松了一口气，回答他说：

“啊，史朵夫啊！你尽管拿穷人开玩笑，你尽管和达特小姐打嘴架，你尽管想要用玩笑的态度把你对他们的同情心在我这方面掩盖起来，但是我可了解你的真心。我看到你都怎么能十二分地了解这般人，你都怎样能体贴入微，体会到这些纯朴渔人的快乐心情，都怎样能设身处地体会到像我那个老看妈那种疼我的心；我就知道，这一般人的悲喜忧乐、思想感情，你就没有一样不关心的。我因为你这样，史朵夫，我更加百倍地爱你敬你！”

他站住了脚，看着我的脸对我说：“雏菊，我相信你这个话都是出之肺腑的，你真是个好人。我只希望咱们都是这样才好！”说完了，跟着就唱起坡勾提先生刚才唱的歌儿来，同时我们步履健俏，走回亚摩斯。

第二十二章

旧地重游，新人初识

史朵夫和我，在那块乡下地方，待了有两周以上的时间。我们几乎老在一块儿，那是用不着我说的；但是有时候，我们也偶尔一连好几个钟头各自行动。他一点也不晕船，我呢，在那方面却不怎么样。因此他和坡勾提先生一同弄舟嬉水的时候，我一般都留在岸上(弄舟嬉水是他偏爱的娱乐)。我住在坡勾提家那个空闲的屋子里，这对我是一种拘束，而他却完全不受这种拘束。我既然知道坡勾提白天都是怎样整日勤劳不懈服侍巴奇斯先生的，所以晚上我可就不好意思在外面待得很晚才回来了。史朵夫呢，他住在旅馆里，来来去去都可以随自己的高兴，不必顾到别人怎样。这样一来，我就听人说，在我就寝以后，他怎样还在坡勾提先生常照顾的那家悦来酒店，作小小的东道，请渔人们吃吃喝喝。他又怎样身披渔人服装，月夜整夜在海上漂荡，一直到早潮涨了的时候才回来。但是，在这期间，我已经知道了，他有那种不甘闲散的天性和喜欢冒险的精神，所以专好从艰苦的粗活儿和恶劣的天气里寻找发泄的出路，当作快乐，这也就像他专好从任何有新鲜味儿的兴奋事物中寻找发泄的出路一样。所以，他这种种活动，一点也没引起我的惊异。

还有一种原因，使我们有的时候暂时分离，那就是，我对于到布伦得屯，重游我童年熟悉的旧地，当然很感兴趣，而史朵夫呢，去了一次之后，就不会再有兴趣去第二次了。因此，有那么三天或者四天(这是我马上就可以想得起来的)，我们都是提早吃过早饭，就分道扬镳，各干各的去了，到了吃晚正餐的时候才再碰头。在这种我们不在一块儿的时间里，他都是怎样消磨时光的，我心中无数，只笼统地知道，他在那个地方，非常地有人缘儿。他能找出二十种办法，来逍遥自乐，而换上另一个人，却连一种办法都没有。

我这一方面呢，在踽踽独行、旧地重谒中，我的活动是：沿路行走，把每一码旧境都重新回忆一番，在所有旧日常到的地方都徘徊流连一阵。这类活动从来没有叫我厌倦过。我现在亲身在这些地方徘徊的次数，就和我从前脑子里在它们这儿徘徊的次数一样地多；我在这些地方流连的时间，就和我幼年远离这些地方我心里在它们这儿流连的时间一样地久。树下面那座墓，我父亲和我母亲一同长眠的那座墓——本是我童年时期，在它还只埋着我父亲一个人的时候，曾以那样稀奇的怜悯之心远远瞭望的；本是我那样孑然伶仃，站在它的一旁，看着它破土，把我母亲和她那个小婴孩埋葬到它里面的——这座墓由于坡勾提那样忠诚不渝地经管爱护，一直修治得平整素净，像一座花园一样。在这座墓旁，我可以一点钟一点钟地流连。这座墓坐落在一个僻静的角落上，和教堂墓地的路径只稍微离开一点，所以我在路径上来回溜达的时候，都能清楚地看到碑上刻的名字。那时我一听到教堂的钟报告时刻，就吃一惊，因为那种钟声，让我听来，就好像永逝者的声音一样。在这种时候，我所琢磨的，都永远是跟我一生如何崭露头角、将来如何做伟大的事业有关联的。我的脚步发出来的回声，也不表现任何别的调子，而只和这种思想永不间断地呼应，好像我那时已经回到家中，坐在还活着的母亲膝前，建造起我的空中楼阁一样。

我从前住过的那所老房子，已经发生了很大的变化。那些零落残破的鸟巢，虽然原先乌鸦早已经舍之而去，但残巢还在，现在呢，却连残巢也不见了。那些树也都经过斩头去枝的斫伐，不是当年我还记得的那种样子了。园子也都荒芜不治了。窗户也有一半都紧紧地关起来了。这所房子现在只有一个可怜的疯绅士和照看他的人住着了。他老坐在当年我那个小窗户里，老远看着教堂的墓地。我从前在朝霞散彩的晨光中，穿着小睡衣，就从那个小窗户里往外眺望，看着绵羊在朝阳中安安静静地啃嚼青草，那时候，我的脑子里就胡乱琢磨一气。我不知道那位疯绅士胡思乱想的脑子里，是否也有时有过我从前那些想法。

我们的老街坊，格雷浦先生和他太太，都迁到南美洲去了。雨水从他们那所空房子的房顶渗到屋里，把墙的外面淋得雨痕斑驳。齐利浦先生第二次结了婚，娶了个高个子、高鼻梁、瘦骨崚嶒的太太。他们生了个干瘪枯瘦的小娃娃，却长了一个大脑袋，好像身子都擎它不起的样子。还有一双目力微弱的小眼睛，永远瞪目而视，好像老纳闷儿，不明白叫他下世为人，到底为了什么。

我在我的出生旧地流连忘返的时候，心里老是悲欢忧乐、错综复杂交织在一起的。我在那儿流连，一直到冬天的太阳越来越红，来提醒我，说到了我该重踏归路的时候了。但是，在我把那个地方已经撂在后边，特别是在我和史朵夫一同坐在熊熊之火旁边，快活地吃起正餐来，我想到我曾在那儿流连过，便觉得美快无比。我晚上到我那个整洁的屋子里去的时候，我也有同样的感觉，不过不像我吃正餐的时候感觉得那样强烈就是了。我在那个屋子里，一篇一篇地翻着那本讲鳄鱼的书（那本书永远放在那个屋子里一张小桌子上），我想起，我有史朵夫那样一个朋友，有坡勾提那样一个朋友，有我姨婆那样一个慷慨慈爱、无以复加的再生父母，我心中的感激之情就油然而生。

我徒步远游之后重回亚摩斯，最近的路是要通过一个渡口那条。过了渡口，就是市镇和大海之间那片平滩。我可以一直穿过这片平滩，往镇上去，不必拐好大的弯儿走大道。坡勾提先生的家就在那片荒滩上，离我走的那条捷径不过一百码，所以我走过那儿，老往他家里看一下，史朵夫差不多老在那儿等我，那时我们就一块儿，在一片霜气越来越重、雾气越来越浓的空滩上，朝着灯光闪烁的镇上走去。

有一天晚上，天色昏暗，我回来得比平常日子晚一些——因为那一天我到布伦得屯去，是对它告别的，我们现在快要转回家去了——我看到坡勾提先生家里，只有史朵夫一个人，满腹心事地坐在炉前。他那时正琢磨得过于聚精会神了，所以我来到他跟前，他完全没感觉到。本来即便他没那样聚精会神，他感觉不到我来了也不足怪，因为在房外的沙地上，听不见走路的脚步声。但是那回却连我进到屋里，都没能使他从沉思中醒来。我紧靠着他站着，拿眼看着他；他仍旧皱着眉头、一味聚精会神地沉思。

我把手往他的肩头上一放，他竟大吃一惊，因而把我也弄得大吃一惊。

“你跟个满腹怨恨的冤魂一样，”他说，说的时候几乎发起怒来。“悄没声地突然来临！”

“不管怎么，我总得有个办法，叫你知道我来了啊，”我回答说。“我把你从九霄云外，召回人间了吧？”

“不是，”他回答我说。“不是。”

“那么，那就得是从下边什么地方把你召回世上来了吧？”我说，一面靠着他落座。

“我正看炉火里的图画哪，”[①]他回答我说。

“不过你这样一来，可把画儿都毁了，我想要看可就看不见了，”我说；因为那时，他正用一块烧着的劈柴，很快地搅那一炉子火，把炉火搅得迸出一阵又红又热的火星来，很快地飞上了那个小小的烟囱，呼呼地冲到外面的空气里去了。

“你不会看到那些图画的，”他回答我说。“我恨死了这种不阴不阳、朦胧暧昧的时候啦。说它昼也不是，说它夜也不是。你怎么回来得这么晚哪？你都到哪儿去了哪？”

“我到我每天拜谒的地方去辞行来着，”我说。

“我就一直地坐在这儿琢磨，”史朵夫说，一面往屋子四外看了一眼，“琢磨的是：在我们来到这儿那天晚上，所有那么高兴的人，也许——从现在这儿这种冷落凄凉的气氛看起来——那些人也许会走散，会逃亡，也许会遭到我也说不上来的什么灾祸。大卫，我万分后悔，这二十年来，没有一个明白通达的父亲，管教管教我！”

---

① 比较狄更斯的短篇小说《为鬼所缠的人》里说的：“时在深冬，暮色苍茫。坐在炉旁的人，开始在炉火中看到诡奇的面目和形体，看到高山和深渊，看到打埋伏的士兵和有组织的队伍。”

“我的亲爱的史朵夫，你怎么说起这样的话来啦？这是怎么回事哪？”

“我的的确确地万分后悔，没有个人好好地管教管教我，”他喊着说。“我的的确确地万分后悔，我自己没好好地管教管教自己。”

他说这话的时候，带出一种欲哭无泪的抑郁，让我看了，十分惊讶。他那种迥非故我的情况，远远不是我认为他可能有的。

“我现在固然比这儿这个可怜的坡勾提，或者比他那个又粗又蠢的侄子，阔二十倍，伶俐二十倍，但是我可觉得，要是像我现在这样，我还不如做这儿这个坡勾提，或者做他那个又粗又蠢的侄子好哪，”他说；一面站起身来，烦闷地靠在壁炉搁板上，把脸朝着炉火。“像我刚才半点钟以内那样，在那个该死的小船上，自寻苦恼，我真不如做他们两个好哪！”

看到他这个人发生了这种变化，我呆住了，一时不知说什么好，只是瞧着他站在那儿，用手扶着脑袋，把眼睛抑郁地往下盯在炉火上。后来我才拿出最大的诚恳求他告诉我，发生了什么事儿，让他这样出乎寻常地烦躁，同时还说，即使我没有办法给他出主意，他也得让我对他表同情。但是还没等我把这番话都说完，他就开始大笑起来，一开头儿，还有些烦躁，但是一会儿就欢畅如旧了。

“得了，得了，没有什么，雏菊！没有什么！”他回答我说，“我在伦敦的旅馆里，不是跟你说过，我有时自己待着，会自寻苦恼吗？刚才简直是一场噩梦——我得说，我真做了一场噩梦。我们闲居无聊的时候，往往会想起婴儿室里的故事来，[①]不过，一般人都不认识那类故事的真义。我相信，我刚才就正想起了那类故事，把我自己当作了那个‘诸事全不在意’，结果喂了狮子的坏孩子了。他喂了狮子也就是说，即便彻底完蛋，也要来个堂而皇之的，是吧？老妈妈论儿说的‘撞客

---

① 狄更斯在《博兹特写集》中《关于一头狮子的详情》里说到拼字课本中的一个故事：有一个青年，染了一种爱起咒赌誓的毛病，因而被狮子吃掉。又，《远大前程》第22章中说到拼字课本中，有一个太懒、太贪、太爱掏小鸟窝的孩子被熊吃掉。

了'那种感觉，刚才从头到脚传遍了我的全身。我自己都怕起自己来了。"

"你别的全都没有怕的吧，我想?"我说。

"也许没有，不过也许还有，也许还有很多东西叫我怕的，"他回答我说。"好啦！这会儿没事啦！我不会来个第二回抑郁烦闷啦，大卫。不过我还是得跟你再说一遍，我的好朋友，我要是有一个稳重老成、明白通达的父亲，那对于我，对于我自身以外的，可就都好了。"

他脸上总是表情很丰富的，但是我从来没见过，在他的眼睛一直盯着炉火、嘴里说这些话的时候，他脸上表现出那样一片郁抑沉闷的恳切之态。

"算了吧，这就够了！"他说，一面把手一挥，好像把什么没有分量的东西扔到空里一样。

"'啊，彼物已去，我仍旧是汉子一条。'"

"像麦克白一样。现在咱们吃饭吧！刚才真没想到，我会像麦克白那样，以惊人的骚乱，使宴会中断。①"

"可是他们都跑到哪儿去了哪，真叫我纳闷儿，"我说。

"谁知道哪，"史朵夫说。"我刚才溜达到渡口去找你，看你还没来，我就溜达到这儿，看到这儿空落落地一个人都没有。这种情况可就让我琢磨起来了，你刚才来的时候，不是正看到我在这儿琢磨吗?"

格米治太太提着篮子回来了，才明白了这一家碰巧空无一人的缘故。原来坡勾提先生快赶着涨潮的时候回来了，格米治太太出去买东西，准备他回来用。而那天晚上，汉和小爱弥丽两个人都回来得早，她恐怕他们两个会在她出去的时候回来，所以就没锁门。史朵夫兴高采烈地跟格米治太太施礼问好，又开玩笑地拥抱了她一下。他这样使格米治太太的精神振作起来之后，就挽着我的胳膊，带着我急忙离开那儿了。

---

① 莎士比亚：《麦克白》第3幕第4场第107行以下：麦克白在宴会上看见他谋害的人显魂，跟着鬼魂又消灭。于是他说："彼物已去，我仍旧是汉子一条。"麦克白夫人埋怨他："你以惊人的骚乱，使宴会中断。"

他不但使格米治太太的精神振作起来，他自己的精神也同样振作起来了，因为他又跟平素一样，心情欢畅了，我们一路走来，他眉开眼笑、滔滔不绝地谈起话来。

“那么，”他轻松愉快地说，“咱们这种海上漂荡的生活，明天就要结束了，是不是？”

“咱们不是早就说好了吗？”我回答他说。“咱们不是连驿车上的座儿都订好了吗？你还不知道？”

“唉，不错！我想，这是没法更改的了吧，”史朵夫说。“除了在这儿到海上去漂荡以外，我几乎忘了世界上还有任何别的事得做哪。我真恨不得没有别的事儿才好。”

“只要在海上漂荡的新鲜劲儿还没完，当然想不到别的事儿，”我说，一面大笑。

“这话倒有点儿对，”他回答我说，“不过，像你这样一个年轻的朋友，只有一片令人可爱的赤子之心，可说这种话，这里面可就含有挖苦的意味了。唉，大卫呀，我敢说我是一个见异思迁、没有长性的家伙。我知道我是那样一个家伙；但是有的时候，铁要是真热，我也能打得很起劲儿。我认为，要是让我参加并不过难的考试，考这块海面上的领航员，那我敢保我能及格。”

“坡勾提先生说你是一奇，”我回答他说。

“是说海上的一奇吗？”他大笑着说。

“一点儿不错，他就这样说来着。他这话靠得住靠不住，你当然很清楚，因为你自己也知道，你这个人，不论什么事儿，只要你一上手，就没有干得不起劲的，还是只要一干，就没有得费事才能掌握的。就是因为这样，我才在你身上，史朵夫，看到叫我顶惊异不解的情况——你怎么就能把你这份才气，仅仅三天打鱼两天晒网地发挥一下，就满足了哪？”

“满足？”他笑嘻嘻地说。“我从来也没满足过，除了对你这股子新鲜劲儿，你这温克的雏菊。至于说三天打鱼两天晒网，我从来就没学得会那套玩意儿，把自己绑在车轮子上，一个劲儿地转起来没个完，像现在这些伊克什恩[1]那样。我从前应该学会这种玩意儿的时候，不知怎么没学会，现在我更不想学了。——你听说过吧，我在这儿买了一条小船？”

“你这个人可真少有罕见，史朵夫，”我一下愣住，不觉喊道，因为这是我第一次听到他买船的话。“而你又很难得还有想要再到这儿来的时候！”

“那可难说，”他回答我说。“我对于这个地方，有些偏爱起来。反正不管怎么样吧，”他一面说，一面带着我轻快地往前走去，“这儿有一条出卖的小船，我就买下了——据坡勾提先生说，那是一条快船，果然不错，是一条快船。我不在这儿的时候，坡勾提先生就是船长。”

“哦，史朵夫哇，我明白你了，”我欣喜若狂地说。“你这是假装着给自己买了这条船，实在可是买了作礼物，送给坡勾提先生的。我既然早就知道了你的为人了，那我一起头儿就应该明白是这么回事才对。你这位亲爱的史朵夫，心眼儿这样好，我看到你这份儿慷慨好施，得怎么说才能说得尽我对你的心情哪？”

“得了吧！”他回答我说，同时脸上一红。“越说得少才越好。”

“我不是早就知道了吗？”我喊着说，“我不是早就说过了吗，这些忠厚老实人，心里不论有什么忧、喜、哀、乐，不论有任何思想感情，你都没有不关心的吗？”

“不错，不错，”他回答我说。“你早就对我说过了。好啦，话说到这儿就行了。咱们关于这方面已经谈得很够了！”

他自己既然把这件事看得这样无足轻重，我嘴里虽然不敢再提这件事了，怕的是得罪了他，但是我们往前走着，我心里却不能不想这件事，这时候我们比以先走得脚步都更轻快。

“这条船得重新装备一下，”史朵夫说，“我要把利提摩留在这儿，照料装备的事项，这样，它装备得是否十分完备，我就可以明确地了解到了。利提摩上这儿来啦，我告诉过你没有？”

---

①希腊神话，伊克什恩负天帝之恩，被天帝把他的手足绑在永转不停之轮上，以为惩罚。

“没有。”

“哦，他来啦！今儿早晨来的，带来了我母亲一封信。”

我们两个那时眼光一对，我看到，他虽然眼光很稳定地看着我，他却连嘴唇都变白了。我当时一想，我就害怕，他一个人坐在坡勾提先生的炉旁，所以有那样的心情，也许就是因为他和他母亲之间有了分歧，才闹得那样。我把我这种想法委婉地透露了。

“哦，不是那样，”他说，一面摇头，同时轻率地大笑了一声。“那不相干！不错，他到这儿来啦，我那个底下人。”

“还跟往常一样？”我说。

“还跟往常一样，”史朵夫说。“像北极一样地冷冷少言、落落寡合。我要他照料着，给这条船换上个新名字。这阵儿这条船叫‘暴风燕’，不过坡勾提先生怎么会喜欢暴风燕哪！我要给它换个名字。”

“叫它什么哪？”我问。

“小爱弥丽。”

他还是跟刚才一样，一直目不转睛地盯着我，我看到这样，我就认为，他这是提醒我说，他不高兴我再对他的慷慨好施赞扬夸奖。但是我对于这件事有多喜欢，却不能不在我脸上露出来，虽然我嘴里没再说什么。他看到这样，就好像松了一口气似的，跟平常一样地微笑起来。

“你瞧，这儿，”他说，同时往我们前面看去，“小爱弥丽本人来了！那个家伙也跟着她来了，是不是？我说实在的，那家伙真正是个骑士，[①]一时一刻都不离开她！”

在那个时期里，汉是一个造船工人，他对于这种手艺，天生地就很灵巧，现在他又学了不少，成了一个熟练工人了。他正穿着工作服，所以看起来很够粗鲁的，但是却是一条好汉，对于在他身旁那个容颜焕发而轻盈纤细的少女，是很合适的保护人。一点不错，在他脸上，是一片直率坦白，一片忠诚老实，是毫无掩饰地一片为她而得意之色，一片对她尽护爱之情。这种表情，依我说来，就是秀美仪容中最秀美的仪容。

---

①欧洲中世纪，骑士都标榜有自己崇拜的贵妇。

我觉得，在他们朝着我们走来的时候，即便在仪容方面，他们也是配合得最适宜的一对儿。

我们站住了，跟他们打招呼，那时候，她羞答答地把她的手从汉的胳膊腕上缩回，和我们握手的时候，脸上一红。我们跟他们交谈了几句话以后，他们又往前走去，只见那时候，她可就不愿意再用手挽着汉的胳膊了，而只仍旧羞羞答答、拘拘束束的，自己一个人走起来。我们瞅着他们在新月的清辉下越去越远，一直到看不见了。那时候我觉得，史朵夫也觉得，所有这一切，都是美妙的，都是使人神往的。

忽然之间，从我们身旁走过去一个年轻的女人——她显然是正在追汉和小爱弥丽的。她走近我们，我们并没看见，但是她从我们身旁走过，我却看见了她的脸，还觉得模模糊糊有些认得她。她的衣着很单薄，她的样子看起来，有冲劲，好显摆，露出一股野样，一副穷相。但是在当时那一阵儿，她却好像把所有这一切，都让那时正刮着的寒风一扫而光，一心不顾别的，只想追他们两个。那时他们两个的形体，已经和远处那一片昏暗的荒滩混合为一了，只有荒滩的形体，呈现在海、云和我们之间。追他们两个的那个女人的形体，也同样和荒滩混合为一，离他们两个还是跟以前一样地远。

"那是一团黑魆魆的阴影儿，正紧跟在那个女孩子身后，"史朵夫站住了脚说，"这是怎么回事？"

他说这句话的时候，用的是低音，让我听来，几乎起怪异之感。

"她一定是打算跟他们乞讨吧，我想，"我说。

"是乞丐，那就没有什么新鲜，"史朵夫说，"不过今儿晚上这个乞丐会是这种样子，可真怪啦。"

"怎么哪？"我问他。

"实在说起来，"他停了一会儿说，"也没有别的，只是因为这个黑影儿从我们旁边过的时候，我心里正琢磨一样和它相像的东西。我真不明白，这个黑影儿到底是从哪儿跑出来的！"

"从这堵墙的影子里跑出来的吧！我想，"我说，那时候我们走到的那块地方，正有一堵墙伸到路上。

“这个黑影不见了！”他回头看了一下，说。“但愿所有的凶事都跟着它一块儿不见了才好。现在咱们回去吃饭吧！”

但是他还是回头往远处海水荡漾、月光闪烁的地方看，看了一回又一回。并且在我们剩下的那短短行程里，断断续续地说了好几回，说他不明白这个黑影是怎么回事。一直到炉火和蜡烛的亮光照到我们身上，我们暖和而欢乐地在桌旁坐好了，他才把这件事忘了。

利提摩就在那儿，并且对我发生了跟从前一样的影响。我对他说，我希望史朵夫夫人和达特小姐都好，那时候他低眉敛气(同时当然也扬眉吐气)地说，她们都还好，他对我道了谢，替她们问了我好。他所说的就尽于此，然而他却好像分明地说，一个人能怎么分明就怎么分明地说：“你还年轻，先生，非常非常地年轻。”

我们差不多把饭吃完了的时候，利提摩从他看着我们的那个角落那儿，或者宁可说，像我觉得那样，看着我的那个角落那儿，朝着桌子走了一两步，对他的小主人说：

“打搅您，回您话，少爷。冒齐小姐上这儿来啦。”

“谁？”史朵夫有些吃了一惊地喊着说。

“冒齐小姐，少爷。”

“嗯，她怎么会跑到这儿来啦？”史朵夫说。

“这块地方好像是她的老家，少爷。她告诉我，说她每年都要走方串乡，到这儿来一趟，干她那一手活儿。今儿过晌儿，我在街上碰见她来着。她说，正餐以后，她想要来伺候您，不知道您赏脸不赏脸。”

“我们现在说的这个女巨人，你认识吧？”史朵夫问我说。

我没有法子，不得不承认——我在利提摩面前，即便露了这个怯，都觉得害羞——我跟冒齐小姐，并无一面之缘。

“那样的话，你一定得认识认识她，”史朵夫说，“因为她是世界七奇[①]之中的一奇。冒齐小姐来了的时候，带她进来。”

---

① 世界七奇：古代文明世界，亦即地中海四周，有名巨迹七，其中有埃及的金字塔，巴比伦的空中(即筑于台上)花园等。

我对于这位小姐，起了一些好奇之心和兴奋之感，特别是我一提起她来，史朵夫就大发一嚎，我拿她当话题问他，他也守口如瓶，绝不回答我。这样一来，一直到桌布撤走了以后约有半个钟头之久，我都是处于一种渴望一见此人的期待中。那时我们正在炉前坐着喝过滤瓶里的葡萄酒，只见屋门开开，利提摩仍旧是他平素那样安静、稳沉，丝毫没有波动，报道：

“冒齐小姐到！”

我往门口看去，但一无所见。我还以为这位冒齐小姐一定是姗姗来迟呢，所以我仍旧一直往门口那儿看。千没料到、万没想到，从一个放在我跟门之间的沙发后面，一踙一踙地转出一个喘吁吁的小矮子来，年约四十到四十五，长了一颗很大的脑壳、一副很大的脸盘儿、一双带些流氓气的灰眼睛，而两只胳膊却又非常地短小，因此，在她跟史朵夫飞眼儿的时候，本想把手指头故弄狡黠地放到她那瘪鼻子上，但是她的手却够不到鼻子，她没有办法，只得探着鼻子，叫它和二拇指半路相迎，把它硬按到手指头上，才算两下里够着了。她那个下巴是所谓的双下巴，那上面的肉都多得把整个的帽带，连同带结，一块儿都埋起来了。脖子，她没有；腰，也没有；腿呢，不值得一提；因为，虽然从腰所应在的那部分（如果她有腰的话）以上，她长得比普通的人还要长，虽然她也跟人通常那样，有两只脚，作下肢的末端，但是她整个的人却那样矮，因此她站在普通高矮的椅子旁边，就跟一般人站在桌子旁边一样，因此她就把她带来的一个袋子，放在椅子座儿上，就像一般人把东西放在桌子面儿上那样。这位小姐，衣履穿戴得随随便便，松松散散，费了那么大的劲儿才好容易把鼻子和二拇指凑到一块儿，像我刚才说的那样，站在那儿，因为小身子支不起大脑袋来，只好把个脑袋歪在一边儿，同时，把她那双目光犀利的眼睛，睁着一只，闭着一只，做出一副迥异寻常机灵鬼头的嘴脸：这个小矮子，就是这种样子，和史朵夫挤眉弄眼地闹了一会儿，跟着滔滔不绝地打开了话匣子。

“哟，我的花花大少！”她令人愉快地开口说，同时把她那个大脑壳冲着他摇晃。“你上这儿来啦，是不是！哟，你这个淘气的孩子，你不害臊吗，跑到离家这么远的地方，干吗来啦？我敢跟你打赌，一定是跑到这儿耍鬼把戏来啦。哟，你真是个机灵家伙，史朵夫；一点不错，你是个机灵家伙，我也是个机灵家伙，难道不是吗？哈！哈！哈！你能跟我打一百镑对五镑的赌，说你决不会在这儿看到我，是不是？哟，你这家伙，我告诉你吧，我就没有不去的地方。我就跟变戏法的那个往太太小姐们的手绢儿里去的半克朗钱一样，是这儿、那儿、不管什么地方，没有不去的。我刚才提到手绢儿来着——还提到太太小姐来着——你那位有福气的妈妈，养了你这样一个好儿子，是多大的开心丸儿。不过，你可要听明白了，我这个话里可有偏袒的意思，至于是往左偏，还是往右偏，你自己琢磨去吧。”

冒齐小姐说到她这篇讲话里这一段，把帽带解开，把它撩在脖子后面，跟着喘吁吁地坐在炉子前面一个脚踏子上——这样一来，乌木饭桌遮覆在她上面，成为一个消夏凉亭了。

“哎呀，我的照命星外带着说不出口来的什么啊[1]！”她接着说，同时用两手轻轻拍着她那两个小小的膝盖，一面精乖地斜着眼往我这儿瞧。“我长得太丰满了，这是一点也不错的，史朵夫。我上了这段楼梯以后，喘起气来，就费劲极了，吸一口气，就跟汲一桶水一样。你要是看到我站在楼上的窗户那儿往外瞧，你就要认为，我是个人物齐整的女人了，是不是？”

“我不论在哪儿看见你，都要认为你是一个人物齐整的女人，”史朵夫回答她说。

“去你的，你这个小叭狗儿。去！”那个小矮子说，同时用她那擦鼻子的手绢冲着史朵夫甩了一下。“别这样没大没小的。我说，喂，我跟你说真个的吧。我上星期到米塞夫人府里去来着。那真算得起是个美妇人！她简直地是永远不显老！米塞自己也到我等米塞夫人那个屋

---

①直译。最初是“我的星星”（星为照命星），用表惊叹；后又开玩笑地以“我的星星和袜带”（“星与袜带”本为勋章组成部分）来表示。但袜带在维多利亚时代，亦如“裤子”之“说不得”，是不能出口的，故此处以“说不出口来的什么”代之。

子里来啦。他也真称得起是个美男子！他也永远不显老！还有他那个假发，也永远不显老。他戴那个假发，一直戴了这十年了。他见了我，就一味地巴结奉承起我来，那个劲头儿真不得开交。到后来我就想，我非按铃[1]不可了。哈！哈！他真是个好玩的倒霉鬼儿，不过他这个人没正经的。”

“你都给米塞夫人搞了些什么名堂啊？”

“我可不能跟你泄这个底，你这个有福气的娃娃，”她回答他说，同时又往鼻子上轻轻地拍了一下，把脸抽搐到一块儿，把两只眼睛一眨巴，好像一个聪明得都通了神的小机灵鬼儿一样。“这你就甭管啦。你想要懂得我都怎么样叫她不掉头发，都怎么样给她染头发，都怎么样给她修整面容，都怎么样叫她长眉毛，是不是？那你等着吧——等到我告诉了你，你就懂得了！你知道不知道我老爷爷叫什么？”

“不知道，”史朵夫说。

“他叫洼克，我的小哈叭狗儿，”冒齐小姐说。“他前面有一大串洼克；才传到他这一辈儿的。我就是从他们那儿继承了胡克的全份家当。”[2]

冒齐小姐那个眨巴眼的劲头，除了她自己那份不动声色、沉得住气的劲儿以外，我从来没看见过别的情况能跟它比的。她听别人说话的时候，或者她说了什么话，等别人回答她的时候，她老把脑袋狡黠地歪到一边儿，把眼睛像喜鹊那样往上翻着，那副样子真了不起。总而言之，我只顾傻了一样，惊异不止，坐在那儿，拿眼使劲盯着她，所以我恐怕，我把什么规矩礼貌，完全忘了。

她这阵儿已经把椅子拉到她身边，正忙忙叨叨地从袋子里往外掏一些小瓶子、海绵、梳、刷子、法兰绒布头、小烫发夹子和别的家伙儿。每掏一回，都把胳膊伸到袋子里，一直伸到肩头。这些东西，她都胡乱

---

①在一般情况下，主人按铃，是召唤仆人，送客出门。此处则意谓把仆人召来，主人当然不能再胡闹了。

②胡克·洼克：为维多利亚时代早期习用的一个惊叹词，意为“瞎话！”“胡说！”对于听到夸大吹嘘的话时用之。

一块儿堆在椅子上。她掏着掏着，忽然打住了，对史朵夫说(她这一说，把我闹得不知所措)：

“你这位朋友是谁？”

“考坡菲先生，”史朵夫说。“他想要跟你认识认识。”

“那么好啦，他就认识认识呗！我刚才看他的神气，就知道他想要跟我认识了，”冒齐小姐回答说；同时，手里提着袋子，一踿一踿地走到我跟前，一面走，一面冲着我大笑。“小脸蛋儿跟桃儿似的！”我坐在那儿，她跷起脚来，用手掐我的脸。“真招人爱！恨不得咬你一口，我就是爱吃桃儿。我敢说，我能跟你认识，非常地高兴，考坡菲先生。”

我说，我自庆有幸，能跟她认识，这个高兴是双方共有的。

“哦，我的老天爷，你可真是礼貌周全！”冒齐小姐喊着说，一面用她那只小不点儿的小手，胡乱往脸上一捂，想要把她那副大脸捂过来。“不过话又说回来啦，这是什么世道啊！净是猪鼻子插葱，装象！难道不是吗？”

这句话是冲着我们两个，当体己话说的。同时她把她那小不点儿的小手儿，从脸上拿开，又伸到袋子里，连胳膊什么的，整个儿都装到袋子里。

“你这话是什么意思，冒齐小姐？”史朵夫说。

“哈！哈！哈！咱们这一伙子骗人的家伙，多么能给人提神哪！一点不错，是给人提神的一伙骗子！难道不是吗，我的好乖乖？”那个小不点儿的小妇人回答说，同时把脑袋歪在一边儿，眼睛望着空里，把手伸到袋子里摸索。“你瞧这儿！”她从袋子里掏出一些东西来，说，“俄国王爷剪下来的碎指甲。我管他叫字母翻个儿的王爷，因为他的名字，把所有的字母都占全了，颠颠倒倒地乱凑在一起。”

“这位俄国王爷也是你的主顾吧，难道不是吗？”史朵夫说。

“你说的一点儿不错，我的小叭狗儿。我给他修指甲。一礼拜两次！手指甲加上脚趾甲，全修。”

“我只希望他舍得花钱？”史朵夫说。

“他花钱也跟他说话一样，他是说大话，也使大钱的。”冒齐小姐说。“这位王爷可不是一刮就刮得精光，像那般刮地皮的家伙那样。这你就是看到他的八字须，也得这样说。他的八字须，天生是红的，一加工就黑了。”

“当然是你给加工的啰，”史朵夫说。

冒齐小姐把眼挤了一下，表示同意。“不能不找我。没有办法。他染的色受气候的影响，在俄国，很好，一到这儿，就不行了。你这一辈子从来也不会看到有像这位王爷那样锈里巴儿的，真和旧废铁一样。”

“你刚才就是因为这个，才管他叫作骗子吧？”史朵夫问。

“哟，你一点不错是个货真价实的娃娃！不是才怪哪，”冒齐小姐回答说，同时把个脑袋猛一摇晃。“我是说，我们大家，通统都是些骗子。我把这位王爷的指甲拿给你瞧，就为的是证明这句话不假。这位王爷的指甲，在那些讲派头儿的宅门儿里，给我起的作用，比我所有的本事加到一块儿都要大。我无论到哪儿，都永远带着这些指甲。这些指甲对我就是最有力的保举。如果冒齐小姐给王爷修指甲，那她准保错不了。我拿这种指甲当礼物，送给年轻的小姐、少奶奶们。我相信，她们都把这些指甲藏在样册子里。哈！哈！哈！一点不错，整个社会制度这一套（像有人在国会里发表演说的时候说的那样），就是整个王爷指甲这一套！”这个小不点儿的妇人说，同时尽力想把两只短胳膊一抱，把一个大脑袋一点。

史朵夫痛快淋漓地哈哈大笑，我也大笑。冒齐小姐就在这段时间里，老摇晃脑袋（脑袋往一边歪得很厉害），老一只眼睛瞅着空里，另一只直眨巴。

“好啦，好啦！”她说，一面捶她那双小小的膝盖，跟着站起身来。“这可不是公事。来，史朵夫，咱们把两极地带探一探[1]，把事儿办完啦好啦。”

---

[1] 英国在 19 世纪时，对北极等处探险极感兴趣。狄更斯在他的作品中，常借以为喻。1845 年英国人富兰克林在北极探险失事，狄更斯曾为之编剧上演。

于是她从那一堆东西里，挑出两三件小小的工具和一个小小的瓶子来，问，（我听她这一问，吃了一惊）桌子经得住经不住她站在上面。她听史朵夫回答她说经得住，她就搬了一把椅子，把它紧靠着桌子放着，请我搭把手儿，扶了她一把，就相当轻快地一下跳到桌子上，好像桌子是一个戏台似的。

“你们两个，不论是谁，要是有看到我的脚脖子的①，”她稳稳当当地高踞桌子上的时候，说，“那你们可要把实话告诉我，我好回家去寻短见。”

“我没看见，”史朵夫说。

“我也没看见，”我说。

“那样的话，”冒齐小姐喊道，“我就答应活下去啦。现在，小鸭，小鸭，小鸭，快到滂得太太这儿来挨刀。”②

这是跟史朵夫打招呼，叫他置身她的手下，好由着她摆布。史朵夫于是落座，把背脊冲着桌子，把笑脸冲着我，把脑袋置于冒齐小姐的仔细检查之下。他的意思，显然没有别的，只是为的要给我们找个乐儿。看到冒齐小姐站在他的脑袋后面，用一个又大又圆的放大镜（这是她从她那个袋子里掏出来的），查看他那又多又厚的棕色头发，真是顶使人惊异的光景。

“你这个家伙可不得了啦！”冒齐小姐稍为检查了一下，说。“要是没有我，那你再过十二个月，你这个头顶就要秃得跟一个行乞僧的头顶一样啦。只要咱们给你鼓捣半分钟的工夫，我的小朋友，咱们就能给你把头发擦得保你十年以内发卷不走样！”

她一面这样说，一面把一个小瓶子里的东西，倒在一小块法兰绒上，又在她那些小刷子里面的一把上面，也倒上了这种成效显著的东

---

①在19世纪，英国严守闺训的妇女，长裙遮掩，脚脖子或足踝，是不能露出来让人看见的。

②引自英国一个儿歌，歌词第一段是：

滂得太太，你有什么给我们吃？
肉橱里有牛肉，池塘里有鸭子。
小鸭，小鸭，小鸭，快快来挨刀！

西，于是她就动手用那块法兰绒和那把刷子，把史朵夫的脑袋壳，又搓又擦，那种忙忙叨叨的劲儿，我从来没看见过，一面搓擦，一面嘴里老不住地叨叨。

“有一个查雷·派格锐佛，是一位公爵的少爷，”她说，“你认识吧？”一面从史朵夫身后，把脸转到史朵夫前面，瞧着他。

“有一点认识，”史朵夫说。

“这个人真有两下子！他那两片连鬓胡子，那才真叫连鬓胡子哪！查雷那两条腿，要是成对儿，也得说是找不出第二份来，可惜他那两条腿并不成对儿。他想不再用我伺候他啦——还是御林亲军马队[①]里的人哪！你信不信？”

“他那是疯啦！”史朵夫说。

“有点儿像。不过，不管是疯啦，还是没疯，他可当真想要不用我来着，”冒齐小姐说。“你猜查雷干什么来着？他什么也没干，偏偏地——喝！你开开眼吧！——跑到胭脂铺，说要买一瓶马达噶司卡水儿。”[②]

“查雷买马达噶司卡水儿来着？”史朵夫说。

“不错，他买马达噶司卡水儿来着。不过不巧，人家铺子里没有马达噶司卡水儿。”

“那是什么？是喝的吗？”史朵夫问。

“喝的？”冒齐小姐说，同时住了手，用手拍史朵夫的脸蛋儿。“你不懂啊？染他那八字须呀！那家铺子里，有一个女伙计——一个快上年纪的女伙计——长得简直地是个怪物——她从来连这个名字都没听见过。她对查雷说，‘对不起，军爷，那是不是——是不是胭脂？’‘胭脂！’查雷冲着那个怪物说，‘我不好骂出来，你怎么会想到，我能跟胭脂有什么交道？’‘别发火儿，军爷，’那个怪物说，‘有人用各式

① 御林亲军马队里的成员，须讲仪容。因为是马兵，骑在马上，故腿不成对儿，看不出来。

② 在过去兴留连鬓胡子和烫鬈发的时候，这种植物油曾被大量使用，当时伦敦哈屯园街的罗兰得商店制卖的最受欢迎。

各样的名字，跟我们要那桩东西，所以我以为你要的也许也是那个啦。’我的乖乖，”冒齐小姐接着说，一面还是跟原先一样忙忙叨叨，又搓又擦。“这又是另一件我刚说的那种给人提神的欺骗把戏。我自己就那样搞过些名堂——搞得有时多点儿，有时少点儿——反正只要机灵就成——别的甭管——只要机灵就成！”

“你的意思是，在哪一方面哪？在胭脂那一方面吗？”

“把这个和那个掺和到一块儿，你这个还不老练的小徒弟，”这个对于任何事都不轻易放过的冒齐小姐说，一面把鼻子一摸。“照着一切行业都有的家传秘方搭配起来，结果就是你所要的那桩东西。我说，我自己在那方面也搞过一些名堂。有一个阔寡妇，她叫它唇膏。另外一个叫它手套儿。又一个叫它镶领子的花边儿。又一个叫它扇子。我就跟着她们叫。她们叫它什么，我也叫它什么。我给她们办这份货。不过我们彼此都把秘方守得那么严，都做出那样一副厚颜无耻、若无其事的样子来，到后来，她们竟认为，她们可以当着满堂宾客的面儿把这桩东西使用，也和当着我的面儿使用一样。我伺候她们的时候，她们有时对我说——把这桩东西使用上——还使用得厚厚的，决不含糊的——她们对我说，‘我的气色怎么样，冒齐小姐？我的脸色苍白不苍白？’哈！哈！哈！哈！你说这是不是叫人提神，我的小朋友？”

我一生之中，从来没见过，有像冒齐小姐那样，站在饭桌上面，什么都不顾，只忙忙叨叨地搓史朵夫的脑袋，对于这种笑话，感到不亦乐乎，隔着史朵夫的脑袋，冲着我眨巴眼。

“啊！”她说，“这类玩意儿，在这块地方上，人们不大需要。这让我想起另一件事来。我到这儿来，从来还没看见过一个漂亮女人哪，捷姆。”

“没看见？”史朵夫说。

“连一个漂亮女人的影儿魂儿都没看见过，”冒齐小姐回答他说。

“我认为，我可能够给你一个漂亮女人的真人实体看，”史朵夫说，同时把眼往我这儿瞅着。“你说怎么样，雏菊？”

“不错，真能够，”我说。

初识冒齐小姐

“啊哈？”这个小不点儿小东西喊道，同时把眼光锐利地转到我脸上，跟着又把她自己的脸转到史朵夫面前，用眼窥着他。“嗯？”

她那头一声叫喊，听着好像是对我们两个发的问题，第二声好像是只对史朵夫一个人发的。她这两声好像都没得到答复，因此她只继续搓下去，把脑袋歪在一边，把眼珠儿翻着，好像要在空里找到答复，并且很有信心的样子，觉得一会儿空里就会给出答复似的。

“是你的姊妹吧，考坡菲先生？”她停了一会儿喊着说，一面仍旧像先前那样往空里瞧着。“是不是？是不是？”

“不是，”史朵夫还没等我答话，就抢先回答说。“一点儿也不是。不但不是，还跟那个正相反，这个人考坡菲先生以前还非常地爱慕过哪。要不是那样，那我就大错而特错了。”

“哟，这阵儿可又不爱慕啦？”冒齐小姐回答说。“是不是他这个人爱情不专哪？要真是那样，那多没有羞！他是不是把花儿朵朵咂，每时都有变化，一直到波丽把他的热爱酬哪？她是不是就叫波丽哪？”①

这个小小的精灵那样出我不意对我一诘问，同时那样用她那看到骨头里的眼光冲着我直瞧，有一会的工夫，把我闹得不知所措。

“不是，冒齐小姐，”我回答她说。“她不叫波丽。她叫爱弥丽。”

“啊哈？”她跟刚才完全一模一样，喊了这一声。“嗯？我真是个碎嘴子。考坡菲先生，我这张嘴贫不贫？”

她的语气和态度，对于我所谈的这个人，都含着一种意味，让我觉得不大受用，因此我就正颜厉色——这种颜色，还是那天晚上我们谁

---

①英国18世纪诗人盖伊(John Gay)在他的《乞儿歌剧》(Beggar's Opera)第1幕第13场，麦克奚斯唱：

我的心逍遥自由，
像蜜蜂到处浪游；
一直到波丽把我的热爱酬，
我的相思债才能够一笔勾。

我把花儿朵朵咂，
我每时都有变化。

都没表现过的——发话道：

“这个人不但容颜美丽，而且品行端正。她已经跟一个和她身份相等的青年订了婚约，就要结婚，这个青年是顶值得称赞、顶和她相配的。我不但因为她有姿色而敬重她，我更因为她有慧心而敬重她。”

“说得好！”史朵夫喊着说。“我得说，着哇！着哇！着哇！现在，我的亲爱的雏菊，为了化除这个小小法蒂玛[①]的好奇心，我把话都说了吧，好叫她要猜也没有什么好猜的。这个女人，现在，冒齐小姐，正跟着‘欧摩与周阑’学艺，或者说当学徒，或者不管怎么说吧，‘欧摩与周阑’是服装零件商、女帽商，等等等等，居于本镇。你听准了没有？‘欧摩与周阑’。我的朋友刚才说她订了婚啦，跟她订婚的，跟她立婚约的是她的表哥，名、汉，姓、坡勾提，职业、造船工人，也居于本镇。她跟她的一个亲戚住在一块儿，这个亲戚，名、不详，姓、坡勾提，职业、船夫，也居于本镇。她是世界上最美丽、最招人爱的一个小小仙女。我也跟我的朋友一样，对她非常爱慕。如果不是因为显得好像糟蹋她的未婚夫（我知道这是我这位朋友决不赞许的），那我就得再添上一句说，我看，她这是把自己这棵鲜花插在牛粪上，我敢保她可以攀一门更好的亲，我敢起誓，她生来就是要做夫人的。”

这几句话都是慢慢腾腾、清清楚楚地说的。冒齐小姐听这番话的时候，把脑袋歪在一边，把眼睛瞅着空里，好像仍旧要在那儿寻找她要的那个答复似的。他说完了，她当时立刻像核桃翻了车似的，以惊人的速度，满口喋喋起来。

“哦！就这么些吗？就这样吗？”她喊道，同时一时不歇地，用她那把小剪子修他的连鬓胡子。这把剪子，在他那颗脑袋上，四面八方、吱喽吱喽地乱滚乱滑。“很好！很好！一个非常长的故事。最末了的一

---

①法国童话：法蒂玛是蓝胡子的第 7 个妻子，由于好奇心，打开密室，发现室中都是她丈夫以前所娶之妇的尸体。

句应该说，‘从此以后，他们快活如意，同居偕老’①；对吧？啊！那个嵌字顺口溜②怎么说来着？我爱我的所爱，因为她长得实在招人爱。我恨我的所爱，因为她不回报我的爱。我带她到挂着浮荡子招牌的一家，和她谈情说爱。我请她看一出潜逃私奔，为的是我和她能长久你亲我爱。她的名儿叫作爱弥丽，她的家住在爱仁里。哈！哈！哈！考坡菲先生，我这张嘴贫不贫？”

她带着放纵恣肆的狡黠，只看着我，不等人回答，连再喘一口气的工夫都不容，紧接着说：

“好啦！要是从来曾有过任何惹祸精叫人捯饬修饰得半点挑剔都没有，那么，史朵夫，那个惹祸精就是你。如果说，我懂得世界上任何人的脑袋瓜子，那我就得说，我懂得你的。我跟你说这个话，你听见啦没有，我的活宝贝儿？我懂得你的脑袋瓜子。”她一面说，一面把脸转到史朵夫的脸那一面瞅他。“捷米，现在你可以挠丫子啦，像我们在宫廷里说的③那样。要是考坡菲先生肯就位落座，那咱们就给他也动一次手术。”

“你说怎么样，雏菊？”史朵夫一面大笑，一面问我。同时把他的座位让了出来。“你也来修理修理门面好啦。”

“谢谢你，冒齐小姐，今儿晚上不吧。”

“不许说不字，”那个小小的矮妇人说，同时以看古玩的神气，往我这儿端量，“把眉毛多少添出一段来，好不好？”

“谢谢你，”我回答她说，“今儿不啦，改日再来吧。”

“把眉毛往太阳穴那面再添出四分之一英寸来好啦，”冒齐小姐

---

① 最常用以结束童话的一句话。

② 嵌字顺口溜，直译为“认罚游戏”，即做不上来这种游戏，或做错了的要认罚。这种游戏盛行于狄更斯时代，一般要说六句话，每句话最后一字的头一个字母都要一样，如此处原文都是“E”。第一句要说我爱怎样怎样，第二句要说我恨怎样怎样，第五、六句要说名字和住处。汉语拼音，尚未通行，没法嵌字母，只能以嵌字（“爱”）代之。

③ 宫廷里说的英语，一般认为是最标准的，所谓“国王或女王英语”。此处 mizzle 为粗俗俚语，而反称之为宫廷中所说者，当然是反话。“挠丫子”亦作“挠鸭子”，为北京俚语。

说，“咱们能叫它俩礼拜就长出来。”

“不吧，谢谢你。这回不吧。”

“来一小撮底胡好啦，”她敦促劝驾，说。“不要？那么咱们搭起架子来，弄一对连鬓胡子好啦。你就来吧！”

我拒绝她的时候，不由得要脸红，因为我觉得，她这阵儿正揭到我的秃疮疙渣儿了。但是冒齐小姐，看到我这阵儿，不愿意尽量利用她会的玩意来修饰门面，并且当时，即便她把她那个小瓶子拿在手里，在我的眼皮子底下对我乱晃，以使她对我的引诱成为事实，我都无动于衷，她就说，下一回不拘什么时候，反正越早越好，再给我开张，同时求我搭把手儿，从那个高高的台子上，把她扶下来。她经我这样一帮忙，就非常敏捷地跳了下来，动手把她那帽带往她那个双下巴的肥肉里勒。

“理发费，”史朵夫说，“是——”

“五先令，”冒齐小姐回答他说，“真便宜，是不是，我的乖乖。我这张嘴可算得贫吧，考坡菲先生？”

我挺客气地对她说，“一点也不贫。”其实我心里却觉得她是有点儿贫，同时只见她把那两枚半克朗钱，像个卖糕点的小精灵一样，先往空里一扔，又用手接住了，①然后才顺到口袋里，跟着把口袋儿啪地一拍。

“这就是钱柜，”冒齐小姐说，一面站在椅子那儿，把她那些杂七杂八的小玩意儿，原先从袋子里掏出来的，现在又放回原处。“我的家伙儿是不是通统都收起来了哪？好像是都收起来了。可别像那个高个子奈得·华得乌②那样，他们把他弄到教堂里，要他跟一个什么女人结婚，像他说的那样；但是他可把新娘子撂在后面啦。像他那样可不成。那家伙真是个大坏蛋，奈得真是个大坏蛋，不过可真好玩儿。现在，我

---

① 下层人民拿到硬币之后，往往把钱往空里一扔，以试真假。狄更斯在他的《马丁·瞿述维特》第 13 章里说：“提格先生拿到这枚硬币，把它扔在空里，以确定其真假，如卖糕点者之所为。”可为这儿所说作注脚。又请参阅《荒凉山庄》第 26 章。

② 奈得·华得乌：此人已无考。或为狄更斯时口头流传之人及其故事。

知道，我非叫你们都心碎了不可，但是我没有法子，非跟你们分离不可，你们得咬紧牙关，尽力忍受。再见吧，考坡菲先生！你可要当心自己，诺福克的昭克[①]！我这张嘴，就老叨叨没个完！这都是你们这两个倒霉鬼给我招出来的。不过我可不见你们的怪。甭说啥啦[②]！——这是英国人刚学着说法语，道'夜安'的说法，说了还觉得怪像英国话的哪。'甭说啥啦'，我的乖乖。"

她把袋子挎在胳膊上，一面一跩一跩地跩到门口那儿，一面还絮絮叨叨不住嘴地说。她跩到门口，又站住了，问我们是不是要她把她的头发给我们留下一绺儿。"我这张嘴真贫，是不是？"她又添了一句，作为对她要留头发那句话的评语，跟着，把手指头放到鼻子上，扬长而去。

史朵夫大笑，笑得那么厉害，因而把我招得不能自制，也跟着他笑起来；其实要不是因为他把我招得那样，我真不敢说我自己会自动发笑。我们笑了相当大的一阵，才笑够了。跟着史朵夫才对我说，冒齐小姐怎样交往的人很多，又怎样以各式各样的玩意儿，伺候各式各样的人。他说，有些人，只拿她当个小怪物那样，跟她开开玩笑。但是她这个人对于看人看事那份儿机警、精明，比他所认识的人，不论哪一个，都赶得上，而且这个人，虽然胳膊腿短，却见识长。他告诉我，说她自己说，她这儿、那儿、不论什么地方，没有不去的，这话还真不假；因为她像穿梭掷标一样，跑到外郡各地，好像不论哪儿都能找到主顾，不论什么人都能拉上关系。我问史朵夫，她那个人，为人怎么样；她还是生来就好兴风作浪，惹是生非呢？还是一般说来，她都是对好人好事表示同情的呢？不过我把这个问题，问了他两三遍，都没引起他的注意，我就把这个问题置之一旁，或者置之度外，不再提起了。他没答复我的问题，反倒对我像连珠炮似的说了好多冒齐小姐手头多么巧，赚的钱多

① 诺福克的昭克：英王理查第三的死党，于理查第三失败前夕，在帐中，发现两行警告的诗句："不要这样胆大妄为，肆无忌惮，你的主人……就要完蛋！"（见莎士比亚史剧《理查第三》 V. iii. 305—6）

② 甭说啥啦：法语 bon soir（夜安）的误读。

么多，拔罐子的医疗术多么专精擅长，我如果一旦在那方面有需要，可以找她给我效劳。

那天晚上，冒齐小姐是我们谈话的主要题目。我们分手要各自去就寝，我往楼下去，那时候，史朵夫还在楼梯上口，远远跟我说，“甭说啥啦！”

我来到巴奇斯先生的门口，没想到看见汉在巴奇斯先生的房前来回溜达，更没想到，问起来，听他说，小爱弥丽在里面。我当然问他，为什么他没也到里面去，而却一个人在街上溜达。

“哟，你不知道，卫少爷，”他犹犹豫豫地回答我说，“爱弥丽在里面跟人说话儿哪。”

“我倒认为，”我对他微笑着说，“就是因为她在里面跟人说话，你才更应该也到里面去啊，汉。”

“呃，卫少爷，照着平常的情况，我该到里面去，”他回答我说；“不过你不知道，卫少爷，”他把声音放低了、郑重其事地说，“跟爱弥丽说话儿的是个年轻的女人，少爷——一个爱弥丽从前交往过、这阵儿可不应该再交往的女人。”

我听到这个话，就恍然若悟，想起几个钟头以前、跟在他们后面、我看见了的那个人影儿。

“这个女人跟个可怜的蛆一样，卫少爷，”汉说，“整个镇上所有的人，没有不拿脚踩她的。前街后巷，左邻右舍，没有不踩她的。人们厌恶教堂坟地里埋的东西都没有厌恶她那样厉害。”

“今儿晚上，咱们碰见了以后，汉，我是不是在沙滩上看见过她哪？”

“一直老远跟在我们两个后面？”汉说。“很可能你看见过她，卫少爷。我那时还不知道她跟着我们哪，是后来过了不大的一会儿，她悄没声地溜到爱弥丽那个小小的窗户外面，我才知道的；那时她看到爱弥丽的小窗户里点起蜡烛来，她就打着喳喳儿说，‘爱弥丽，爱弥丽，看在基督的面上，拿出女人的心肠来对待我吧。我从前也跟你是一样的人哪！’听到这番话，真能感动天和地，我的卫少爷！”

“不错，真能感动天和地，汉。爱弥丽是怎么对待她的哪？”

“爱弥丽就说啦，‘玛莎，是你吗？哦，玛莎，会是你吗！’因为她们两个有好多日子，在欧摩的铺子里，同起同坐，一块儿干活儿来着。”

“我这阵儿想起她来啦！”我喊着说，因为我想起来我头一回到那儿去的时候，曾看见有两个女孩子在那儿，这就是那两个女孩子之中的一个。“我清清楚楚地想起她来了！”

“那就是玛莎·恩戴尔，”汉说。“比爱弥丽大两三岁，不过可在一块儿上过学。”

“我从来没听见过她的名字，”我说。“哦，没想到打断了你的话头。请你接着说下去吧。”

“我的话，卫少爷，没有别的，差不多就是这几句，”汉回答我说。“‘爱弥丽，爱弥丽，看在基督的面上，拿出女人的心肠来对待我吧。我从前也跟你是一样的人哪！’她想要跟爱弥丽说句话，不过那阵儿爱弥丽可不能马上就跟她说，因为她那位疼她的舅舅已经回了家了，她那位舅舅，见不得，卫少爷，”汉带出十分诚恳的样子来说，“决见不得她们两个在一块儿，虽然他脾气好、心肠软，他可见不得那种事，即便你把全世界沉在海里的珍宝都给他，他都见不得那种事。”

我觉得这个话实在是千真万确。我马上一下子就完全和汉一样，看到事情的真相。

“因此爱弥丽就用铅笔在一小块纸条上写了几个字，”他接着说，“从窗户里把纸条给了她，叫她把那张纸条带到这儿来。爱弥丽说，‘你只要把这个纸条给我姨儿——巴奇斯太太——一看，她就会看在我的面上，请你在炉旁坐下，你先在那儿坐着，坐到我舅舅出去了，我就到你这儿来。’跟着她就把我告诉你的这番话都对我说了，卫少爷，叫我把她带到这儿来。你叫我怎么办？她不应该再跟这样的人有来往，但是我看到她脸上满是泪，你说我还能不依着她吗？”

他把手伸到他那毛烘烘的夹克里面，从夹克胸部小心翼翼地掏出一个很好看的小钱包儿来。

“即便说，我看到她脸上的泪，还可以不依着她，卫少爷，”汉说，一面很温柔地把那个钱包儿放在他那粗大的手心里托着，“那她给了我这件东西，让我替她拿着，我怎么还能不依着她哪？——再说，我又是已经明白了她为什么要把这个钱包儿带来，这样一个像个小玩意儿的钱包儿，”汉说，一面满腹心事地看着那个钱包儿。“里面装着那么一点点儿钱，我那叫人又疼又爱的爱弥丽！”

他把钱包又揣了起来的时候，我热烈地和他握手，因为握手比我说任何话，都更能表达出我的心情——跟着，我们两个人不作一声，来回溜达了一两分钟的工夫。于是房门开开，坡勾提出现，扬手招呼汉，教他到里面去。我本来想要躲开他们，但是她却追上了我，求我也进屋里。即便在那个时候，我都仍旧想要躲开他们待的那个屋子，如果他们待的那个屋子不是我不止一次说到的那个砖铺修整的厨房的话。因为那个屋子的门就临街开着，所以还没等到我想一想我这是要往哪儿去，我就一下来到他们中间了。

那个女孩子——就是我在沙滩上看到的那个女孩子——正靠着壁炉，坐在地上，把她的头和一只手放在一把椅子上。从这个女孩子的姿势上看来，我觉得一定是爱弥丽刚从椅子上站起来，而这个茕独可怜的女孩子原先也许正把她的头伏在爱弥丽的膝上。我不大看得见这个女孩子的脸，因为她的头发披散凌乱，盖在她脸上，好像她用她自己那两只手亲自把头发弄乱了似的。不过我却能看出来，这个女孩子年纪很轻，皮肤淡色。坡勾提刚刚哭来着。小爱弥丽也刚刚哭来着。我们刚一进屋里的时候，没人作声，因此挂在碗架旁的荷兰钟，在一片寂静中，滴答的声音好像比平素加倍地响亮。

爱弥丽是头一个开口的。

“玛莎，”她对汉说，“想要到伦敦去。”

“为什么要到伦敦去哪？”汉回答她说。

他站在爱弥丽和玛莎之间，用一种混合的感情看着那个趴在椅子上的女孩子：一面因为她处境可怜，对她生愍怜之情，一面又因为她和他那样疼爱的那个女孩子会有任何瓜葛，对她起嫉妒之感。这种情况，我一直永远记得清清楚楚。汉和爱弥丽说话的时候，都好像是把那个女孩子看作正在病中的样子：用的是不敢高声的柔和音调，虽然比打喳喳儿高不多，却能让人清清楚楚地听得见。

“因为在那儿比在这儿好，”只听第三个人——玛莎——高声说，但是她的身子却没活动。“那儿没有人认得我。在这儿可没有人不认得我。”

“她到那儿去想怎么办哪？”汉问爱弥丽。

玛莎抬起头来，回身往汉身上阴郁惨淡地看了一瞬；跟着又把头趴下，用右胳膊抱着脖子，好像一个女人害热病那样，或者中枪弹而不堪痛苦那样，把身子扭捩。

“她要尽力往好里巴结的，”小爱弥丽说。“你不知道她刚才都跟我们说什么来着。他——他们知道吗，姨儿？”

坡勾提满怀怜悯地摇了摇头。

“要是你们帮助我离开这儿，”玛莎说，“那我一定尽力往好里巴结。我在那儿决不会比在这儿搞得更糟。我可以搞得更好。哎呀！”她说，同时打了一个令人可怕的寒噤，“你们帮我离开这些大街小巷吧，这些大街小巷里的人，就没有不是从我小的时候就认得我的！”

爱弥丽朝着汉把手伸去的时候，我看见汉把一个小小的帆布袋子放在爱弥丽手里。她好像认为这个袋子是她自己那个钱包儿，所以把它接在手里，回身走了一两步。但是一看这个袋子不是她自己那个钱包儿，又回身走到汉那儿(这时汉已经退到我的身旁)，把袋子给他看。

“那都是你的，爱弥丽，”我听见汉说，“我在这个世界上，不论有什么，就没有一样不是你的，我的亲爱的。不论什么，要不是为你弄的，那它对我就没有一丁点可贵可爱的地方。”

爱弥丽眼里又满含着泪，但是她还是回身转到玛莎那儿。她给了玛莎什么，我现在不得而知。我当时只看到，她冲着玛莎伏着身子，把钱放在玛莎怀里。她跟玛莎喳喳了一句，问玛莎钱够不够。玛莎就回答说，“不但很够，而且有富裕，”同时握住她的手吻了一气。

于是玛莎站起身来，用披肩盖着上身，遮着面部，大声哭着，慢慢

马莎

往门口那儿走去。她出门之先，停了一会儿，好像要开口说话，或者要转身回来。但是话却并没说出口来，只围着披肩，跟先前那样，凄惨、悲苦地低声呻吟着，出门去了。

门刚关上以后，小爱弥丽就以迫不及待的样子，看了我们三个人一眼，跟着用两手把脸一捂，呜呜咽咽地哭了起来。

“别哭，爱弥丽！”汉说，一面轻轻地用手拍爱弥丽的肩膀。“别哭，我的亲爱的！你用不着这么伤心，我的亲亲。”

“哦，汉啊！”她一面凄凄惨惨地哭着，一面喊着说，“我这个人，并没做到我应该那样好的地步。我知道，我本来应该更知情知义；但是我有的时候，可一点也不知情知义。”

“不对，不对，我敢保，你非常知情知义，”汉说。

“绝不！绝不！绝不知情知义！”小爱弥丽喊着说，同时一面呜咽，一面摇头。“我这个人并没做到应该那样好的地步。连好的边都没沾上！”

她仍旧哭个不停，好像她那一颗心就要碎了的样子。

“你那样爱我，我可这样折磨你，太过分了。我知道太过分了，”她呜咽着说。“我老跟你闹脾气，对你忽冷忽热的。我应该对你完全翻一个个儿才对。你对我可永远没有像我对你那样的时候。我对你，本来决不应该想别的，只应该对你知情知义，只应该想法使你快活，但是我对你可永远不是那样！”

“你就没有使我不快活的时候，”汉说，“我的亲爱的！我只要一看到你，我就快活。我只要想着你，我就一天到晚没有一时一刻不快活的。”

“啊！那并不能就算够了！”她喊着说。“那是因为你好，你才那样，并不是因为我好！哦，我的亲爱的，要是你爱的是另一个女人——是一个比我更稳重、比我更贤惠的女人，和你一心无二、情投意合，不像我这样巴高望上，没准脾气，那你的运气可就好得多了。”

“你这副小小的可怜的软心肠，”汉低声说。“你这是叫玛莎闹得糊涂了，完全糊涂了。”

“姨儿，请你，”爱弥丽说，“请你到这儿来，让我把我的头放在你怀里吧！哦，姨儿啊，我今儿晚上苦恼极了。我这个人没做到我应该那样好的地步。我没做到，我知道！”

坡勾提急忙去到炉火前的椅子那儿坐了下去。爱弥丽两手搂住了坡勾提的脖子，两膝跪在她身旁，两眼极端诚恳地看着她的脸。

“哦，我求你，姨儿，想法帮助帮助我吧！汉，亲爱的，请你想法帮助帮助我吧！大卫先生，请你看在从前旧日的面上，也想法帮助帮助我吧。我想要做一个比我现在更好的人。我想要比我现在更加一百倍地知情知义，我想要更感觉到，做一个好人的妻子，过一种平静的生活，是多么有福气的事。哎呀，我这个人哪！哎呀，我这个人哪！哎呀，我这颗心哪！我这颗心哪！”

她原先这样恳求哀呼的时候，她那样疼苦和悲痛，一半是妇人样的，一半是孩子气的，这也是她在一切别的情况中的表现（她这种表现，像我想的那样，比别的表现更自然，跟她那种美丽更相配）。她现在把头一下扎在坡勾提怀里，停止了她这种哀求，不出声地哭起来，同时我那个老看妈就像对一个婴儿那样抚摩抱持她，叫她安静。

她慢慢地平静下来了，于是我们就宽慰安抚她，有时对她说一些鼓励她的话，又有时对她多少说几句开玩笑的话，这样一直到她抬起头来，和我们说起话来。我们就这样哄着她，一直到她先微笑起来，于是又大笑起来，于是坐起身来，虽然仍旧一半含着羞容，同时坡勾提就把她那弄乱了的发卷刷光，把她的眼泪擦干，把她全身的衣物都修饬整齐，要不然，她回到家里，她舅舅就要觉得奇怪，不明白他这个宝贝乖乖为什么哭来着。

那天晚上，我看到我以前从来没看见她做的事。我看到她天真烂漫地吻她所选中了的那个丈夫的脸，往他那粗壮敦实的身躯旁边贴去，好像那就是她最可依赖的倚靠。他们在越来越淡的月光下一块儿离去，我眼里看着他们离去，心里把他们离去的情况和玛莎离去的情况作比较，那时候，我看到她用两只手挽着汉的胳膊，仍旧紧紧靠在他的身旁。

第二十三章

证实所闻，选定职业

第二天早晨我醒来的时候，我心里老琢磨头天晚上玛莎走了以后，小爱弥丽的表现和心情。我只觉得，那是她像日月无私那样光明磊落、推心置腹，才使我知道了那番家室之内的隐微私事和柔情蜜意，我要是把那番隐私，对任何别人泄露了，即便对史朵夫泄露了，都得算是有渎神圣。我对任何别人的感情，都没有比对那位娇小纤巧的女孩儿更温柔的了，因为她曾经是我童年青梅竹马的游伴，我曾经深深相信，而且永远要深深相信，一直到死，我那时忠心耿耿地爱过她。那么，要是把她情不自禁、在偶然中对我披肝沥胆所泄露的，传到别人的耳朵里，即便是传到史朵夫的耳朵里，我都认为是卤莽粗暴，有负于我自己，有负于我们二人那样两小无猜的纯洁天真，这种纯洁天真，我永远看到在她头上回环笼罩。因为这样，所以我就立下宏愿，要把那番光景，藏在我自己的内心，在那儿，那番光景使她的形象生出了新的婉容逸致。

我们吃着早饭的时候，送到了一封我姨婆给我的信。因为信里所写的事儿，是我认为史朵夫也跟任何人一样能给我出主意的，是我知道我乐于跟他商议讨论的，所以我决定在我们的归途中，把它作为我们讨论的题目。在现在这一会儿的工夫里，我们顾不上讨论它，因为我们跟我们所有的朋友，辞行告别，就够我们忙的了。在这些朋友之中，为我们离去而感到惆怅的，巴奇斯先生远远不后于他人，我现在相信，他要是能叫我们在亚摩斯再留上四十八小时，那他即便再开一次箱子，再牺牲一个几尼，都在所不惜。坡勾提自己和她全家的人，因为我们要走，都伤心至极。欧摩和周阑倾室而出，给我们送别。我们的手提箱要往驿车上搬的时候，那些自告奋勇伺候史朵夫的渔民，纷至沓来，争先效劳，即便我们的服装行李有一团人的那么多，我们都几乎用不着脚夫搬运。总而言之，我们这番别去，使所有各方有关的人都惆怅惋惜，使许多许多人都追思留念。

“你要在这儿待得很久吗，利提摩？”他站在那儿，等着看驿车起身的时候，我问他。

“不会很久，先生，”他回答我说，“十有八九不会待得很久，先生。”

“这会儿，他还没法儿说，”史朵夫毫不在意地说。“他知道都要叫他办什么事儿，他自然也要都办的。”

“我也敢保他一定要都办的，”我说。

利提摩用手把帽子一碰，表示他感谢我对他的好评，跟着我就觉得，我一下成了个八岁左右的孩子了。他又用手把他的帽子碰了一下，祝我们一路平安；我们的车开了的时候，他站在边道上，体面庄严，神秘难测，和埃及的金字塔一样。

有一些时候，我们都没开口，史朵夫是异乎寻常地静默无言，我呢，就一心只顾纳闷儿，不知道我多会还能再来此地，不知道在我离去以后、再来以前，我自己或者那儿那些人，会有什么新的变化。后来，史朵夫到底一下变得轻松快活，又喋喋呶呶起来，因为他不论想要怎么样，都是一下就能怎么样；他把我的胳膊拽了一下：

“别不吱声儿，大卫。咱们吃早饭的时候，你谈到一封信，怎么回事哪？”

“哦！”我说，一面从口袋里把那封信掏了出来。“那是我姨婆写给我的。”

“她都说了些什么？有得考虑的没有？”

“哦，她提醒我，史朵夫，”我说，“说我出来这一趟，为的是要开开眼界，动动脑筋。”

“那你当然都做了？”

“要是说实话，我很难说我做了，我并没特别用心留意做。我要是别跟你撒谎，那我还得说，我恐怕我把那番话全都忘记了哪。”

“那么好啦，你现在就把眼睁开了，把以前忽略了的找补找补好啦，”史朵夫说。“你往右看，你能看见一片平野，上面有许多水汪汪的洼地，你往左看，也是一片同样的平野。你往前看，看不出有什么两样来；再往后看，仍旧还是一片平野。”

我大笑起来，跟他说，在所有我看得到的前景里，我一点也看不出来有我做起来合适的职业，这大概得归过于前景的平淡无奇吧。

“关于这个问题，你姨婆都怎么说来着？”史朵夫斜着眼看我手里拿的那封信，问我。“她有什么提议没有？”

“有，不错，有提议，”我说。“你瞧，她在这儿问我是不是我觉得我会喜欢当一个民教法学家[①]？你对于这个提议有什么看法？”

“呃，我也说不上来，”史朵夫冷冷淡淡地说。“我想，你干那个，也跟干任何别的，还不是一样？”

他这样把一切的职业、所有的工作，完全平等看待，我听了不由得又大笑起来。我就把我这种意思对他说了。

“民教法学家到底是怎么回事啊，史朵夫？”我说。

“哦，那是一种僧人式的律师；”史朵夫回答我说。“靠近圣保罗墓地[②]一个年代古老、人事懒慢的角落那儿，有一个所谓的博士公堂[③]，在那里面审理一些陈猫古老鼠的案件，民教法学家在这种法院里，就跟代讼师在不成文法法院里和公断法院里一样。这类人员，按照事理必然的道理来讲，二百年前就应该销声匿迹了。我要是把什么是博士公堂给你讲清楚了，也就把民教法学家给你讲清楚了。博士公堂是一个偏僻隐蔽的小小处所，他们在那儿审理所谓教会法[④]案件，把那些古老废朽、离奇古怪的国会法案拿来玩弄各式各样的把戏。这些法案，世界上的人有四分之三，完全不知道，其余的那四分之一就以为，它们是

---

① 民教法学家：民法及教会法为英国中古遗留下来的法律，民教法学家则民法案件、教会法案件兼办。这种法院里的律师等于公断法和不成文法法院里的代讼师或助讼师。

② 圣保罗墓地：圣保罗大教堂为伦敦最大的教堂，踞勒得盖山上，在旧城圈中心。在这个大教堂四周围的街道，叫作圣保罗墓地（本为这个教堂的墓地，故名）。

③ 博士公堂：在圣保罗大教堂南面，其建筑已于1862—67年拆毁，但其地区仍叫原名。博士公堂本为民法博士协会食堂，后为该会会址，于其中设民教、海事等法院。

④ 英国从前有教会法，专审理教会事件、人员或与之有关的案件，婚姻、遗产讼案等，亦归之审理。

从那几个爱德华时代[①]，像化石一类的样子发掘出来的。那个地方自古以来就是独揽垄断有关人们遗嘱和婚姻的案件，裁判船舶舟艇之间的争执。”

“你这可是瞎说，史朵夫！”我喊着说。“难道你当真认为，航海事件和教会事件，二者之间，有任何关联吗？”

“我当然绝没有说，我的好朋友，它们二者之间有任何关联的意思，”他回答我说，“我的意思只是要说，这两类案件，可都在那一个博士公堂里，由同一伙人来审理、来判决。你不定哪一天，亲自到那儿去一下，就可以看到他们那一伙，用那本《杨氏词典》[②]，连蒙带猜查着一半以上的航海术语，审问‘南绥号’船怎样把‘赛拉·捷恩号’给撞了，再不就审问坡勾提先生和别的亚摩斯船夫们，怎样在一场暴风里，带着船锚和船缆，去救专跑印度的船‘纳尔逊号’遇险遭难。另外有一天，你再去到那儿，你又看到他们正传一大堆证人，有反正两造，审问一个牧师怎样行为不端。你可以看到，这一次审问牧师这个案子的法官，就是审理海上事件的那一个辩护士，而原来的辩护士，又成了审这个案子的法官，或者二者正翻一个个儿，法官成了辩护士，辩护士成了法官。他们就跟演戏的一样，一会儿是法官，一会儿又不是法官，一会儿是这个，一会儿又是那个，一会儿他又是另一个人，他们就这样变来变去，令人莫测；但是那可永远是很好玩儿、有利可图的一场玩票演出的戏剧，观众都是精挑细捡为数极少的。”

“不过说来说去，民教法学家和辩护士并不是一而二、二而一吧？”我有点莫名其妙，所以才问。“是一而二、二而一吗？”

“不是，”史朵夫回答我说，“辩护士是普通法学家——他们都是在大学里取得博士学位的——他们要不是这样，我怎么会知道他们这一点哪？民教法学家雇用辩护士。他们两家都稳稳当当拿到一笔大钱，

① 英国历史上叫爱德华的国王前后有十个，这儿是指爱德华第一、第二、第三而言(1272—1377)。爱德华第一时，英国国会初有萌芽，略具规模，通过一些法案。

②《杨氏词典》：指《杨氏海事词典》而言，1846 年出版。

他们合到一起，组成了一个严密紧凑的小小团体。总的说来，大卫，我劝你对博士公堂能有好感才好。我敢跟你保证，他们那儿的人，都是讲派头儿、摆阔气、挺风光的，要是派头儿、阔气可以让人觉得不错的话。”

史朵夫对于这种职业，用开玩笑的态度讲了一番，关于这一点当然要打折扣，但是我把靠近圣保罗墓地那个年代古老、人事懒散的一角和它那种庄严、古老、稳固、沉重的气氛联系起来考虑，我对于我姨婆这种提议，并没有不愿意的意思；她给我自由，完全由我自己作决定。她毫不犹疑，径直地告诉我，说她所以想起这个职业来，是由于她新近到博士公堂去访她认识的民教法学家，商议立遗嘱，使我继承她的遗产。

“咱们的姨婆这步办法，不论怎么说，都得是受人称赞的，”我把前面的情况对史朵夫说了以后，史朵夫说。“我对于她这步办法，没有别的，只能鼓励你采取，雏菊。我给你出的主意只是，你要对博士公堂有好感。”

我就决心照着他的主意办。于是我告诉史朵夫，说我姨婆已经到了伦敦，在那儿等我哪（这是我从她信上看出来的），她在林肯法学会广场①一家公寓租了以一星期为期的寓所，那家公寓有石头铺的楼梯，屋顶上有个太平门，要逃出去很方便。因为我姨婆有一种坚定不移的信心，认为伦敦的房子，每一处每天夜里都要烧成一片瓦砾。

我们剩下那一段路，是在欢乐中走完的，有时把博士公堂的话重新提起，预先想象我在遥远的将来，当上了民教法学家的情况，史朵夫把这种情况，说成各式各样可笑可乐、离奇古怪的样子，把我们两个都逗得嬉笑不已。我们到了旅程的终点，他回家去了，跟我约好，过两天就回来找我。我就坐车来到林肯法学会广场。只见我姨婆还未就寝，正等着开晚饭。

① 林肯法学会广场：在伦敦林肯法学会（Lincoln’s Inn）西面，为伦敦最大的广场之一。四围多为律师们的事务所。林肯法学会在伦敦的四个法学会中，位居第三，在旧城圈内。

即便我和我姨婆分别以后，是周游全世界的，那我和她重新相逢，也不会更加喜欢。我姨婆把我抱在怀里，就一下哭了起来，同时，假装作大笑的样子说，要是我那可怜的妈妈还活着，那个傻呵呵的小傻子一定也要哭，这是她敢保的。

“那么你这是把狄克先生撂在家里的了，姨婆？”我说，“这让我很惆怅。啊，捷妮呀，你好啊？”

捷妮一面对我屈膝为礼，一面问我好，这时只见我姨婆把个脸老长地一括搭。

“那是叫我也惆怅的，”我姨婆摸了摸鼻子，说。“从我到这儿来那天起，特洛，我一直地就不放心。”

还没等到我问她为什么，她就把话都告诉了我了。

“我绝对地相信，”我姨婆说，同时带着坚决表示心怀抑郁的样子把手按在桌子上，“狄克的性格，决不是能把驴管住了那种人的。我很自信，他这个人没有坚定的意志。我本来应该把他带出来，把捷妮留在家里才对，那样的话，我也许就可以放心了。如果有驴曾侵犯、践踏我那片青草地，”我姨婆强调说，“那今儿下午四点钟就准有一头。我那时只觉得我从头到脚，浑身发冷。我准知道，那是驴把我闹的！”

我对于这一点，想法子说了些宽慰她的话，但是她不听我的宽慰。

“那一定是一头驴把我闹的，”我姨婆说，“还一定是‘又没德行又损’那个家伙的姐姐、那回到咱们家来骑的那头秃尾巴驴。”自从那一回以后，我姨婆一直就管枚得孙小姐叫“又没德行又损”的家伙。“假使多佛有一头驴，它那倔强劲儿，比起别的驴来，更叫我没法忍受，”我姨婆说，一面把桌子拍了一下，“那就是那头驴！”

捷妮乍着胆子对我姨婆提了一提，说我姨婆这样庸人自扰是用不着的，因为她相信，我姨婆说的那头驴，那阵儿正干着驮沙石那一行的活儿，没有工夫跑到我姨婆房前去践踏她的青草地。但是我姨婆却不听她那一套。

晚餐端来的时候，我们吃得舒舒服服的，并且饭还都热气腾腾的，虽然我姨婆住的房间，那样高高在上——她挑了这样高的房间，还是因为她既然花了钱，就得多有几层石头楼梯呢，还是因为她想离屋顶的门越近越好呢，我不得而知——那一顿晚餐，有一道烤鸡，一道煎牛里脊排，还有蔬菜，无一不美，我全都放情大嚼了一顿。但是我姨婆对于伦敦卖的食品，却有她自己个人的看法，吃得非常地少。

“我认为，这只倒霉的鸡，是在地窖子里下生的，在地窖子里养大的，”我姨婆说，“从来也没有透透空气的机会，除了在雇脚马车停车场上。我只希望，这个里脊真是牛身上的，但是我可不信是那样。据我看来，在这个地方，就没有一样东西是真的实的，只有泥土是例外。”

“您说，这个鸡不许是从乡下来的吗，姨婆？”我提醒她，说。

“决不会是从乡下来的，”我姨婆回答我说。“伦敦的买卖人，吆喝什么就卖什么，决不会感到快活。”

我不敢冒昧，对我姨婆的意见有所争辩，不过我却把那顿晚饭，饱餐了一顿，让我姨婆看着，大为满意。杯盘和桌布都归着完了以后，捷妮帮着我姨婆把头拢好，给她把睡帽戴上（这次这番动作是更讲究一些的，据我姨婆说，“为的是预备房子着火”），把长袍的下摆给她撩在膝盖上，这是她睡觉以前烤暖全身经常的准备工作。我于是按照历年永遵、一丝一毫都不许有所假借的成法，给我姨婆兑了一杯掺水的热白葡萄酒，预备了一片切得一条一条薄而长的烤面包。我们就用这些东西做伴当，二人独坐，来过那一晚上余下的时间，我姨婆坐在我的对面，喝着掺水葡萄酒，吃着烤面包，未吃之前，先把面包一条一条地在酒里蘸过，同时，从睡帽边缘的遮掩中，低眉铺眼地看着我。

“我说，特洛，你对于当民教法学家的打算怎么个看法儿？”她开口说，“还是你还没开始想这个问题？”

“我对这个问题，已经想了好多好多了，我的亲爱的姨婆。我还跟史朵夫谈过这个问题，也谈了好多好多。我很喜欢这种打算。我非常地喜欢这种打算。”

“很好，”我姨婆说，“这叫人听着很高兴。”

“我只有一个问题，姨婆。”

“什么问题，你说出来好啦，特洛，”她回答我说。

“呃，因为据我了解，这个职业好像是个很冷的冷门儿，因此我想问一下，要干这一行，是不是得先下大本钱哪？”

“你要是学徒当民教法学家，”我姨婆回答我说，“刚好要花一千镑。”

“那样，我的亲爱的姨婆，”我把椅子拉到更靠她坐的地方说，“我心里可不能坦然。那是一笔很大的钱。您为教育我，就已经花了不少的钱了，并且在所有的方面，都是能怎么大方就怎么大方。您早就已经是慷慨好施的仪表模范了。我相信一定有些门路，一开头并不用下什么本钱，只要专心立志、励精努力，就可以希望很有前途。您敢保，采取那种办法不更好一些吗？您敢说，您一定花得起那么多的钱吗？您把钱那样花了算不算浪费哪？您是我的再生父母，我只是要您考虑一下，您是不是拿得稳哪？”

我姨婆把她正吃着的一条烤面包吃完了，同时把眼一直完全正对着我的脸，跟着把酒杯放在壁炉搁板上，把两手交叉，放在撩起来的衣摆上，作了如下的回答：

“特洛，我的孩子，如果说我这一生有什么目的，那个目的就是要培养你，使你成为心地善良、通情达理、幸福快活的人。我一心一意就是为了这个——狄克也是这样。我愿意我认识的人，都听一听狄克对这件事的意见。他对这件事的看法那样明智，真了不起。但是除了我，没有任何别的人，了解他那份儿智慧才能！”

她停了一会儿，把我的一只手握在她的两只手里，接着说：

“回忆已往，特洛，是没有用处的，除非那个已往对于现在能有影响。也许我应该跟你那可怜的爸爸更友好一些。也许我跟那个可怜的娃娃，你那个妈妈，更友好一些，即便她没给我生你姐姐贝萃·特洛乌，使我失望，也许我也应该对她更友好一些。你当初来到我这儿，一个逃跑出来的小孩子，满身泥土、脚肿腿疫，那时候，我也许那么想过。从那时候到这会儿，你，特洛，就一直地老给我作脸，老使我得意，老叫我快活。我的财产，并没有什么别的人有权来争；至少，”——她说到这儿，停了一下，神色有些错乱，这使我吃了一惊，——“哦，没有，没有什么别的人有权来争——而你又是我抱养的孩子。你只要等我老了，能做一个心疼我的孩子，能担待我那喜怒无常、爱憎没准的古怪脾气，那你对于我这样一个老婆子—— 一个盛年时期没能享到幸福快乐或者说受到和谐融洽，像她应当可以享到、受到的那样——那你对她所做的，就远远地超过了她对你所做的了。”

我听到我姨婆谈到她自己的已往，这还是头一次。她先谈到她那段平生，以后又舍而不谈，那时候，她的态度安详平静，这里面就含有宽宏大量的厚道，使我提高了我对她的敬爱，如果有任何什么能使我那样的话。

“好啦，特洛，现在，咱们两个之间，就算一切都同意啦，一切都说明白啦，”我姨婆说，“所以对于这个问题，就用不着再谈啦。你吻我一下好啦，咱们明儿吃过早饭，就往博士公堂去走一趟。”

我们就寝以前，在炉前谈了好长的时间。我的寝室和我姨婆的，在一层楼上，一夜之间，我很受了几回小小的骚扰，因为我姨婆一听远处有雇脚的马车或者往市场送货的大车轱辘地响，她就躺不稳，就要敲我的门，问我是否听到救火车的声音。但是快到天亮的时候，她睡得就比较稳一些了，她就让我也睡得稳一些了。

靠近中午，我们动身往博士公堂里斯潘娄与昭钦事务所去。我姨婆对于伦敦还有一种概括的看法，认为凡是她所看到的人都是扒手，因此她把她的钱包给我替她拿着，钱包里装着十个几尼和一些银币。

我们在夫利特街[①]一个玩具店那儿停了一会儿，看圣顿斯屯的巨人打钟[②]——我们去的时候，先算计好了，要恰好十二点钟到那儿，看那两个巨人——从那儿再往前上勒得盖山[③]和圣保罗墓地。我们正穿行跨

① 夫利特街：为河滨街之继续，为伦敦新闻业、印刷业所在之地。由夫利特溪得名。该溪早已成暗沟，为地下污水道。

② 圣顿斯屯：教堂，指旧圣顿斯屯教堂而言，在夫利特街北面，踞街心，车马须绕行而过。此教堂之钟为伦敦一景。钟面大而涂金，高悬街之上空，装有木人二，按时以棒击钟，击时头亦同动。1831 年移于他处。

③ 勒得盖山：夫利特街东端为勒得盖广场，再往前就是勒得盖山（亦为街名，原为小山，故名），直通圣保罗大教堂。

到勒得盖山，我忽然看到我姨婆把脚步大大地加快了，露出害怕的样子来。同时我看到一个横眉立目、衣服褴褛的人，刚才我们过马路的时候，站住了脚直瞪我们，现在紧跟在我们后面，都碰到我姨婆身上了。

“特洛！我的亲爱的特洛！”我姨婆惊慌起来，打着喳喳儿对我说，同时把我的膀子捏了一下，“我不知道这可得怎么办才好。”

“您怕什么？”我说，“这没有什么可怕的。您先上一个铺子里去躲一躲，我一会儿就把这个家伙打发开了。”

“别价，别价，孩子！”她回答我说。“不管怎么着，千万别跟他搭话。我求你、我吩咐你，千万别跟他搭话！”

“您怎么啦，姨婆！”我说。“他没有什么，顶多不过是一个强悍蛮横的叫花子就是了。”

“你不知道他是什么人！”我姨婆回答我说，“你不知道他是谁！你不知道你这都说了些什么！”

在这段事发生的时候，我们在一个空无一人的门道里停了下来，那个人也停了下来。

“不要瞧他！”我姨婆说，那时我正愤怒地把头转到那个人那一面儿，“快给我叫辆车来，我的亲爱的，然后再到圣保罗墓地那儿等我。”

“等您？”我重复说。

“不错，”我姨婆说，“我得一个人去。我得同他一块儿去。”

“同他一块儿去，姨婆？同这个人一块儿去？”

“你别以为我失心迷性，”她回答我说，“我告诉你我必得和他一块儿去。给我叫辆车来！”

尽管我当时深为惊讶，但是我还是懂得，我绝没有权力拒绝服从这样一种严厉的吩咐。我赶紧往前走了几步，正碰上一辆空车走过，我把那辆车叫住了。还没等到我把车踏板放下来，我姨婆就跳进车里去了，我也不知道是怎么跳的，那个人就跟着也跳进去了。她冲着我摆手，叫我走开，摆得那样斩钉截铁，因此，我虽然惊讶失措，我也立刻就转身走开。我转身的时候，只听我姨婆对车夫说，“把车赶到哪儿都行！一直往前好啦！”跟着车就从我身旁跑过，往山上去了。

狄克先生告诉我的那番话，我原先以为只是狄克先生的狂妄想法，现在一下让我想起来了。我觉得，没有疑问，这就是他那样神秘地对我说的那个人，虽然我姨婆究竟会有什么把柄抓在他手里，我一点也想象不出来。我在大教堂墓地那儿，经过半小时的冷静以后，我看到那辆车回来了。它在我身旁停下来，只我姨婆一个人坐在里面。

她经过刚才那一阵骚乱兴奋，还没完全恢复常态，所以还不能作我们打算作的访问。她叫我也上了车，吩咐车夫慢慢地赶着车来回兜了几个圈子。她对我没说任何别的话，只说，“我的亲爱的孩子，永远也不要问我这都是怎么回事，也永远不要提这段事。”过了一会儿，她才完全恢复了平静，那时候，她说，她完全跟平素一样了，我们可以下车了。她把她的钱包递给我，叫我开发车钱，那时候，只见几尼完全不见了，只有零散的银币还在。

进博士公堂，得走过一个小而低的拱形门道。我们离开街道，进了门道，还没走几步，外面的市喧声，就像受到魔术的支使一样，一变而为远处听来的嗡嗡之声了。我们穿过几处死气沉沉的天井和几条窄狭的通路，来到斯潘娄与昭钦靠天窗透光的事务所。这座神庙一般的事务所有个外屋(到那儿朝山拜圣的人，不必遵守敲门打户的俗礼常规)，有三个或者四个录事，正在那儿伏案抄写。其中之一，一个干瘪瘦小的人，独占一席，戴着一个挺硬的棕色假发，看着好像由姜糕[①]做的一般，站起身来，迎接我姨婆，把我们带到斯潘娄先生的屋子里。

“斯潘娄先生出庭去啦，太太，”那个干瘪瘦小的人说，“今儿是拱门庭[②]开庭的日子。不过拱门庭就在跟前，我马上就去请他来。”

那个人去请斯潘娄先生的时候，就剩了我和我姨婆在屋里，我就趁着这个机会把这个屋子看了一下。只见屋里的家具都是古色古香，并且

---

①姜糕：一种糕点，黄而微带绿色，粗而松，一按就酥散。

②拱门庭：亦简称“拱门”，为坎特伯雷教省的上诉教会法法庭，从前设在圣玛利-勒-鲍教堂内，因该教堂高阁下之拱形门得名。

满是尘土，写字台台面上铺的粗呢台罩儿，本来的颜色完全褪去，看着就像一个老叫花子那样面目枯瘦、颜色憔悴。写字台上放着好多一大捆一大捆的文件，有的标着“原告诊咻”[1]字样（我刚一看，吃了一惊，法院不是医院，怎么，会有“诊咻”，后来仔细一看，原来是“诉状”二字），有的上面标着“答辩诉状”字样，有的标着“在主教法庭审理”字样，有的标着“在拱门法庭审理”字样，有的标着“在遗嘱案件法庭审理”字样，有的标着“在海事法庭审理”字样，有的标着“在教会上诉法庭审理”字样；让我看着，非常地纳闷儿，不知道通共算起来，到底有多少法庭，要学起来，得多长的时间才能都弄明白了。除了这些文件以外，还有各种口供的笔录，一大本一大本的，都装订得挺坚固，一大套一大套的捆在一块儿，每一个案子一套，好像每一个案子都是十巨册或者二十巨册的历史书一样。所有这种种，我认为，看起来都是相当费钱的，因此使我认为，一个民教法学家的工作，想来一定是挺阔气的。我带着越来越自以为得意的心情用眼看着这些东西以及其他同类的东西，正在东望西瞧的时候，只听外面屋里有脚步急走疾趋的声音，于是斯潘娄先生，身穿缘着白皮毛的黑色长袍，忙忙走进，一面走，一面摘帽子。

他是一个身材瘦小，头发淡色的绅士，穿着一双不容非议的皮靴子，戴着最桀骜不驯的白硬领和衬衫领子。全身的纽子，都扣得齐正、紧密；他那两片连鬓胡子，一定费了他很大的心力，丝毫不苟地鬈曲着。他那副金表链子那样粗壮沉重，使我脑子里起了一种幻想，认为他要掏表的时候，总得有一副筋骨粗壮的金胳膊，像金店门面上挂的那样，才能成功。他全身的装扮，一定是费尽心思，同时硬直挺立，因此他想要弯一弯腰，就几乎无法办到。他在椅子上落座以后，往写字台上看文件，那时候，他得从脊椎骨最下部以上把整个身子转动，像潘齐[2]

---

[1] 诊咻：原文 libel，在民法、教会法里为“诉状”，在普通法里成平常意义为“诽谤罪”。大卫以为后者，故吃惊。译者易以看着相似之字，以求双关。

[2] 潘齐，英国一种木偶戏，叫作《潘齐与朱蒂》。即以剧中角色为名。木偶的动作，当然硬直死板。

一样。

我姨婆先就把我介绍给他了，他对我也很客气地还过礼了。现在他开口说：

“那么，考坡菲先生，你这是想要干我们这一行的了？前几天我有幸跟特洛乌小姐相会，”他说到这儿，又把身子往前一俯——又表演了一回潘齐——“那时候，我无意中对她提到，说我们这儿恰好有一名缺额。蒙特洛乌小姐不见外，说她有一个侄孙，她特别疼爱，她正想给他找一种讲派头，有身份的职业。现在，我相信，我有幸跟她那位侄孙——”他说到这儿，又演了一回潘齐。

我鞠了一躬，承认他说的就是我，同时说，我姨婆对我提过，说有这么一条门路，我当时就认为，我也许会很喜欢走这条门路，我对于此道非常倾心，所以对于这个提议立即生了好感。但是我还不能说我绝对敢保喜欢，总得我对于这一行再多了解一下才成。虽然这只是一个小小的形式问题，我还是认为，我得有个机会，先试一试，我到底喜不喜欢，然后才能一无改悔，投身其中。

“哦，当然喽！当然！”斯潘娄先生说。“在我们这个事务所里，我们总是给一个月的期限——给一个月，作为试用的时期。要是只我自己，那我情愿给两个月——三个月——实在说起来，给无限的时期，都没有关系，不过我还有个同伙——昭钦先生。”

“预付金，先生，”我对他说，“是一千镑，对吧？”

“不错，预付金，包括印花税在内，是一千镑，”斯潘娄先生说。“我已经跟特洛乌小姐说过，我这个人，并不是专在钱上打主意的；我相信，很少有人能像我这样不在钱上打主意；但是昭钦先生对于这一类的事儿，可老有他个人的意见，我没法子，不能不尊重他的意见。简单地说吧，昭钦先生还认为一千镑太少了哪。”

“我想，先生，”我仍旧想替我姨婆省几个钱，所以说，“这儿没有这种规矩吧，说，要是一个学徒的，特别能干，对于这一行完全精通——”我说到这儿，不由得脸红起来，因为这个话太像是奉承自己了——“我想，这儿没有这种规矩吧，说，一个学徒，到了他后几年，可以给他点——”

斯潘娄先生，费了很大的劲，才刚能把他的脑袋从硬领里挣脱而出，摇了一下，并且预知我要说“薪金”，回答我说：

“没有这个规矩。我要是不受任何拘束，那我对于这一点要怎么考虑，我用不着说，考坡菲先生。但是昭钦先生可是一枝不动、百枝不摇的。”

这位可怕的昭钦先生，让我一想起来，就吓得不得了。但是我后来却发现，这位昭钦先生，只是一个凝重迟钝、温和柔顺的人，他在这个事务所里，永不出头露面，只老让人家打着他的旗号，说他是人类中最顽固不化、最铁面无情的。如果有一个伙计想要长一点薪金，那昭钦先生坚决不听那一套。如果一个打官司的当事人，想要把他欠的诉讼费缓交几天，那昭钦先生坚决不答应，非要那个人马上就交不可。这类事件，不管斯潘娄先生觉得多么痛苦(他永远觉得这类事件使他痛苦)，但是昭钦先生却非按照死规矩办事不可。斯潘娄先生就是一个天使，而昭钦先生却是一个魔鬼，这个天使老是手松心慈，而那个魔鬼却老是手紧心狠。我后来年纪大了，我认为我亲眼看见过，有些别的事务所，也用斯潘娄与昭钦事务所的原则办理业务！

当时就说好了，我多会儿高兴，多会儿就可以开始我的试用时期，我姨婆不用待在伦敦，也不用在一个月完了的时候再回来，因为以我为主体订的那份合同，可以很容易地就送到她家里，让她签字。我们说到这里，斯潘娄先生就自告奋勇，说马上就带我到法庭里去，他好指给我，看看那地方是什么样子。我既然很愿意了解了解都是怎么回事，我们就起身到外面去看法庭去了，叫我姨婆留在原处。她说，她不能在那种地方投身舍命，因为，我想，她认为，所有的法庭都是火药工厂，随时有爆炸的可能。

斯潘娄先生带着我走过一个砖铺的院落，院落四围都是齐整俨然的砖房，这些房子，我从门上标着博士某某的字样断定，就是史朵夫告诉我的那些学问渊博的辩护士们居住的官邸了。我们穿过这个院落，进了一个宽敞广阔而却死气沉沉的屋子，坐落在左边，据我的想法，并不异于一个圣堂。这个屋子上手那一部分，和屋子别的部分有栏杆隔断。在那一部分，有一个比平地高的马蹄铁形台子，台子的两侧，坐在饭厅里用的老式安乐椅上的，是几位身穿红长袍、头戴灰假发的绅士。在马蹄铁形台子中部弯着的那一部分上面，有一张小桌子，像教堂里的讲案那样，在这个桌子后面坐着一位直眏咕眼的老绅士，这位老绅士，如果我是在鸟槛里看到他的，那我准得把他当作一个夜猫子；但是，我一打听，原来他却是首席推事。在马蹄铁形台子凹进去的那一部分，比刚才那几部分都低的地方，那也就是说，和屋子的地差不多一样高低的地方，就是另外几位和斯潘娄先生同样级别的绅士，都和他一样，穿着白皮毛缘边的黑长袍，坐在一个绿色的条案前面。他们的领巾一般都是挺硬的，我想；他们的态度看着都是倨傲骄慢的。但是，关于后面这一点，我马上就看了出来，我原来冤屈了他们了，因为，他们之中有两三位，站起来回答那位首席推事大人的时候，我没看见还有比他们更胆小老实，像绵羊似的。旁听的人，只限于一个围着围巾的孩子，和一个硬装体面的破落户，他偷偷摸摸地从他那上衣的口袋儿里掏面包皮吃，正在法院中间一个炉子旁边烤火。打破那个地方上那种懒意洋洋的沉静板滞的，只有这个炉火发出来的吱吱之声①，还有一个辩护士发出来的说话之声，正在那儿一个像图书馆的证据之中作逍遥的漫游，只偶尔有的时候，稍停一下，提出一两点辩论之词，好像在漫游中，在道旁小客店里稍停一下那样。总而言之，我一生之中，不论在什么场合，从来没有过像那一次，在那样一个舒缓闲适、昏沉欲睡、古色古香、遗忘岁月、头晕眼倦的家人团聚之中，做过一个成员。同时我觉得，不论以什么角色，做这一个团体中的一员，都得说有一种心舒神泰、如饮醇醪、如吸鸦片之感，但是可就是别做一个打官司的当事人。

我对于这个幽隐处所那种如梦似幻的情况既然觉得非常可心，我就对斯潘娄先生说，我这一次已经看了个称心如意了，所以我们就都来到我姨婆跟前，跟着我就陪伴着她，马上离开了博士公堂。我从斯潘娄与

---

①这是说，壁炉里烧的薪材，还是青绿的枝干，故发出泡沫和吱吱之声。

昭钦事务所出来的时候，感到非常年轻，因为那些录事们，都用笔你捅我一下，我捅你一下，来指点我。

我们在路上没遇见什么别的事故，就来到林肯法学会广场，只碰到一个倒霉的驴，拉着一辆菜、果小贩的车，让我姨婆看来，起了一种痛苦的联想。我们到了公寓，安稳落座之后，我们又把这个计划，长谈了一气；因为我知道她急于要回到家里，同时，又怕房子着火，又嫌吃的东西，又怕遇见扒手，她在伦敦，连半点钟的工夫都难说能把一颗心放下，因此我就劝她说，决不必为我放心不下，让我诸事自理好啦。

“我到这儿来，顶到明天，整整一个星期了，在这几天里，我就没有一时一刻，我的亲爱的，”她回答我说，“不考虑这个问题的。在阿戴尔飞有一套带家具的房间，要出租，你住着再没有那么合适的了。”

她把这段简短的开场词说了以后，从口袋儿里掏出一份广告来，是从报上小心在意剪下来的；广告上说，在阿戴尔飞区的白金厄姆街[①]有一套带家具的房间出租，紧凑、可心，俯视大河，极适于给一位年轻的绅士，不论为各法学会[②]的成员与否——作幽雅精致的寓所。立时即可迁入。房价克己，如有必要，得以按月租赁。

“哦，这正是我所需要的，姨婆！”我说，同时想到将来住一套房间[③]可能有的阔气派头，脸都红了。

“那么好啦，”我姨婆说，同时马上把她一分钟以前刚摘下来的软帽又戴好了，“咱们一块儿瞧一瞧去。”

我们一块儿去了。广告上说，愿租房者，可找克洛浦太太，即住本宅内；于是我们就拉地窨子的铃儿，我们认为，那是可以跟克洛浦太太挂上钩的。一直到我们拉了三遍或者四遍铃，好容易铃声才传到克洛浦太太耳边，催动她跟我们挂上了钩；后来她到底露了面儿了，只见她是一个粗胖高大的妇人，穿着一件南京布长袍，袍子下面露着法兰绒衬裙

---

①白金厄姆街：在河滨街南面。

②伦敦有四个法学会，即除前面已说过的林肯法学会而外，还有内庙、中庙和格雷法学会。只它们有权可执行律师业务。

③房间：专指租给法学会成员的房间而言。

的一道百褶底边。

“劳你驾，我们要瞧一瞧你那一套房间，太太，”我姨婆说。

“是要给这位绅士住吗？”克洛浦太太说，一面把手放在口袋里，摸钥匙。

“不错，给我这个侄孙住，”我姨婆说。

“给这样绅士住，那套房间可就太好了！”克洛浦太太说。

于是我们上了楼。

这套房间在这所房子的最上层——这是我姨婆特别注意的一点，因为离太平门近——有一个半明不暗的小小门厅，你在那儿几乎看不见什么东西，有一个全暗不明的食具间，你在那儿完全看不见任何东西，一个起坐间，一个卧室。家具都未免陈旧褪色，但是让我用起来，还是很够好的；而且毫不含糊，大河就在窗外。

既是这套房间极中我的意，于是我姨婆和克洛浦太太就退到食具间，去讲条件，我就坐在起坐间的沙发上，几乎不敢涉想，说我能有住在这样一套华贵房间里的运气。她们一对一单独战斗，经过不很长的一个回合之后，她们回到了起坐间，我从克洛浦太太脸上和我姨婆脸上的表情看来，就知道事情已经办妥了，不觉大喜。

“这些家具，都是前一个房客的吗？”我姨婆问。

“不错，是前一个房客的，太太，”克洛浦太太说。

“这个人后来怎么样啦？”我姨婆问。

克洛浦太太忽然来了一阵无法控制的咳嗽，一面咳嗽，一面挺费劲儿续续断断地说：“他在这儿得了病啦，太太，他——咳！咳！咳！哎呀，我的妈！——他死啦！”

“呃！他什么病死的？”我姨婆问。

“呃，太太，他喝酒喝死的，”克洛浦太太当背人的话那样偷偷地跟我们说，“还有烟。”

“烟？你说的不是壁炉里冒的烟吧？”我姨婆说。

“不是，太太，”克洛浦太太说。“雪茄烟和旱烟。”

“不管怎么样，特洛，那个并不着人，”我姨婆转向我说。

“决不着人，”我说。

简单地说，我姨婆看到我这样喜欢这套房间，就付了一个月的房租，一个月完了，要是还想住，可以续一年。克洛浦太太管预备床单、桌布，管做饭；所有别的必需之物都已经预备好了；克洛浦太太公然宣称，她永远要拿我当自己的儿子那样疼爱。我后天就搬进去。克洛浦太太说，谢天谢地，她这回可找到了一个她能够伏侍照料的主儿了！

我们在回寓所的路上，我姨婆对我说，她衷心相信，我将要过的这种生活，一定会使我变得刚强坚定，独立自主，因为这两样品质正是我所缺乏而必需的。第二天，我们安排，怎样把我存在维克菲先生家里的衣服和书籍运到伦敦，在作这种安排的中间，她把这番话又重复了好几遍。关于运衣服和书籍，还有关于我在新近这次假期中所有发生的事儿，我给爱格妮写了一封很长的信，这封信就由我姨婆替我带去，因为她第二天就要走。关于一切细情，我不想再多费笔墨，我只须找补几句：那就是，在我这一月的试住期间，她把一切可能所需，都给我预备得齐全充足；史朵夫并没在她走以前露面儿，使我和她都大为失望；我亲眼看着她安安稳稳地坐在开往多佛的驿车上，身旁带着捷妮，心里觉得欣喜，因为将来有乱踏胡践她那草地的驴，都得受到鞭笞，不会安然逸去；驿车开走了以后，我转身向阿戴尔飞走去，一心琢磨，我旧日怎样都在它那些地下拱洞瞎逛闲游，现在又是怎样福星来临，才使我来到地上。

第二十四章

放纵生活，初试浅尝

崇堡高楼，一个人独占，把外面的门关起来，像鲁滨孙·克鲁叟进入他那堡垒、把梯子撤到堡里[①]一样，真是了不起的美事。把房间的钥

① 鲁滨孙初到荒岛，给自己弄了一个堡垒式住的地方，有墙无门，以梯出入，进入堡里则从墙上把梯子撤到里面。

匙带在身上，在城里到处遨游，同时知道，可以请任何人同来寓所，而且十分敢保，只要于自己没有什么不便，就决不会于别人有什么不便，真是了不起的美事。进进出出，完全由着自己，不论出门，也不论回来，全都不必对任何人说一声，把铃一拉，克洛浦太太就得从地下深处[1]喘息而来，如果我要她来——不过还得她高兴来——真是了不起的美事。所有这种种，我说，都是了不起的美事；但是同时，我也得说，也有的时候，我觉得非常枯寂无聊。

在早晨，都很美好，特别早晨天气美好的时候。在白天里，天色放亮以后，生活清新、活泼。太阳辉煌的时候，生活更清新、更活泼。但是太阳西沉，生意也好像随之消沉。我知道生活是怎样。生活在蜡光之下很少有美好的时候。那时候，我很想能有个人跟我谈谈话，那时候，我就非常想念爱格妮。那个微笑着接受我的肺腑之言的人不在我眼前的时候，我只觉得我眼前是一大片广漠之野。克洛浦太太好像离我有千里之遥。我想到我前面住在这里、因嗜好烟酒而丧生的房客，我恨不得他能看在我的面上活了下去，而不要死去，因而剩了我孑然一身，惹得我孤寂烦恼。

我在那儿刚刚住了两天两夜，我却觉得我好像在那儿过了整整一年；然而我却又连一时一刻都没显得增长，而仍旧和从前一样，因为自己年幼齿稚而自觉苦恼。

史朵夫仍旧没露面儿，惹得我害起怕来，以为一定是他病了，因此第三天早晨一早儿，我就离了博士公堂，徒步往亥盖特走去。史朵夫老太太见了我很高兴，她告诉我，说她儿子出了门啦，同他一位牛津同学，一块儿去看住在圣奥勒奔[2]附近的另一位牛津同学去了，不过她想，他明天就差不多准可以回来。我对他既是那样爱慕，因此我吃起他那两位牛津同学的醋来。

既然她非留我在她那儿吃正餐不可，我就遵命待下了。我相信，我

---

①指地窨子而言。

②圣奥勒奔：城市，在伦敦北面偏西二十英里。

们那一天整整一天没谈别的，净谈史朵夫。我对史朵夫老太太说，他在亚摩斯人缘儿怎么好，和他相处，又怎么使人愉快。达特小姐用尽了她那委婉含蓄、迷离难测的盘查诘问，但是对于我和史朵夫老太太二人之间所说所谈，却那样关心，把"到底是真的吗"那套话说了好多次，因此，凡是她想要知道的话，她都从我嘴里套了出来。她的样子，和我头一次见她那时候我形容的完全一样。但是有这二位女士作伴侣那样令人惬意，那样像水乳交融，因此我觉得，我有些爱起她来，我在晚间一晚上的时间里，特别是夜里我走回寓所的时候，有好几次，都不由得要想，她要是能在白金厄姆街跟我相伴，那应该有多美快。

我早晨喝着咖啡，吃着面包卷儿，预备往博士公堂去——我不妨在这儿说一下，按照当时的情况而论，克洛浦太太用的咖啡那样多，而咖啡却又那样淡，真令人吃惊——正吃着喝着的时候，史朵夫本人来到我的房间里，使我一见高兴得不知怎样才好。

"我的亲爱的史朵夫，"我喊着说，"我还只当是，我这辈子没有再见得着你的那一天哪！"

"我回到家里刚刚第二天早晨，"史朵夫说，"就叫他们带着武器把我绑架而去了。我说，雏菊，你在这儿可真是个有一无双、一身轻快的老光棍儿！"

我把那套房间极为得意地都带着他看了一遍，连那个食器贮存室都没放过，他看了以后，极为称赞。"我跟你说实话吧，小兄弟，"他找补了一句说，"我要把这个地方真正当作我在伦敦的行馆，除非你硬下逐客之令。"

这话让我听来，极感快乐。我对他说，如果他要等逐客令，那他总得等到大审判的末日。

"不过你现在就得在这儿吃顿早饭！"我一面说，一面把手放在拉铃的绳子上，"我叫克洛浦太太再另煮点咖啡，我自己在我这儿这个光棍用的荷兰烤炉①上给你烤点咸肉。"

---

①荷兰烤炉：锡作，形如帐篷，上下四面皆闭，仅朝火一面有口儿，用以烤肉。

“别价！别价！”史朵夫说，“你千万可别拉铃儿。我不能在这儿吃早饭！我正要到住在考芬园皮艾扎旅馆里那两个家伙那儿去吃早饭。”

“那么你回头上这儿来吃正餐成吧？”我说。

“不成，我决不扯谎。我能在你这儿吃正餐，当然再高兴也没有了。不过我可非得跟他们两个在一块儿不可。我们三个明儿一早就要一块儿开步上路。”

“那么，你把他们两个一块儿带来好啦，”我回答说。“你想，他们不会不来吧？”

“哦，他们跑着来还跑不及哪；”史朵夫说；“不过我们要给你添麻烦。顶好还是你跟我们来，找个饭馆吃一顿。”

我不论怎么样也不能同意他这个提议；因为，我想起来，我一定得举行一个小小的温居集会，而要举行，没有比现在这个机会再好的了。我这套房间，经过史朵夫那样一品题之后，我更引以为荣，所以五内欲焚，急欲把这套房间所有的用途尽其量地利用一下。因此我逼他以全权代表他那两位朋友，答应一定前来赴宴，我们把宴会的时间定在六点钟。

史朵夫走了以后，我拉铃把克洛浦太太叫来，把我豁出一切也要干一下子的计划对她说明。克洛浦太太说，第一件，不能指望她伺候上菜，这是当然都了解的；不过她认识一个专应杂差的年轻人，她认为，要是跟他好说歹说，他可以干这个活，他的条件大约五先令就成，别的可以随意。我说，咱们当然要用这个人。其次，克洛浦太太说，她当然不能一个人同时在两个地方（这我认为很尽情合理），用个“小妞儿”，把她安插在食器贮存室里，给她点上一枝寝室用蜡[①]，叫她永远不停地洗盘子洗碗，实有必要。我说，用这样一个年轻的女性得花多少钱，克洛浦太太说，她认为十八个便士大概不会让我富起来，也不让我穷起来。我说，我也认为不至于那样；因此，那也就算说定了。于是克洛浦

①寝室用蜡烛，蜡台座儿宽，蜡扦儿矮，也叫平蜡台，取其放着稳而不易倒。

太太说，“现在，再说都吃什么吧。”

铁匠铺那一伙子，可以说非常缺乏先见之明，要说明这一点，看他们给克洛浦太太做的那个厨用壁炉就是明显的例证。原来那个壁炉，只能做炖排骨带土豆泥，别的什么全不能做。至于煎鱼锅，克洛浦太太说，好啦，是不是我只要到厨房去看一下就成了呢？她的话不能说得比这个再尽情合理的了。是不是我到厨房里去看一下？既然我即便到厨房里去看了，我也决看不出有什么门道来，所以我干脆就不要去看，同时说，“那就不要海味啦。”但是克洛浦太太却说，“也别这么说，这阵儿蛎黄正当令，干吗不来道蛎黄哪？”这样一来，那也就说定了。于是克洛浦太太说，她要替我开的菜单就是这样：一对热气腾腾的烤鸡——从食品店里买；一道煨牛肉外带蔬菜——从食品店里买；两样摆桌角的小碟儿，像硬皮排和腰子——从食品店里买；一样果子排和一样模子刻的冻子(要是我喜欢这个的话)——从食品店里买。这样一来，克洛浦太太说，那她就可以完全随心所欲，把注意力集中到土豆上，再把注意力集中到上干酪和芹菜上，因为她很想亲眼看着这两样东西做好。

我就照着克洛浦太太的主意办，亲自到食品店把各样菜和点心定下。完了以后，我从河滨街过，看见火腿和牛肉铺窗里摆着一种有花点儿的硬东西，样子像大理石，但是上面却标着“赛甲鱼①”的字样，我就进了铺子，买了一大块，我以后才发现，我很有理由相信，那一块赛甲鱼够十五个人吃的。这块东西，费了好些话，好容易克洛浦太太才答应了，给热一热，但是一端上来，却抽缩、融化，变成了汤儿了，因此史朵夫说，四个人吃起来都“很够紧的”。

这些菜、点幸而都预备齐全了，我又在考芬园市场买了点水果，又在那儿附近一家零卖酒类的铺子里，定了未免太多的酒。我下午回到寓里，看到一瓶一瓶的酒，在食器贮存室的地上，摆成方阵的样子，那样多法(虽然丢了两瓶，把克洛浦太太闹得挺不好意思的)，简直把我都吓

---

①一种英国常见的菜，实为小牛肉，加汁和作料而成。

了一跳。

史朵夫那两位朋友，一位叫格伦捷，另一位叫玛克姆。他们两个，都是又欢势、又活泼的家伙；格伦捷看着比史朵夫大一些；玛克姆就非常年轻，据我看，不过二十。我注意到，这位玛克姆说到自己，老用的是不定式人称“一个人”，很少用单数第一人称的时候。

“一个人在这儿，可以过得很好！考坡菲先生，”玛克姆说。他的意思是说，他自己在这儿可以过得很好。

“这儿的地势还真不坏，”我说，“房间也很宽绰。”

“我只希望，你们二位今儿把胃口都带来了。”史朵夫说。

“我说实话，”玛克姆说，“伦敦这个地方，好像特别提‘一个人’的胃口。‘一个人’一天到晚，老觉得饿。‘一个人’得永远不住嘴地吃。”

一开始的时候，我觉得很不得劲儿，同时又认为，自己的确太年轻，不会作主人，所以开饭的时候，我让史朵夫坐在主位上，我坐在他的对面儿。每一样菜都很好；我们都敞开喝酒；他当主人当得真漂亮，使席上每样东西无不尽美尽善，因此我们的欢乐嬉笑，没有一时一刻的间断。但是我自己在饮宴中间，却没能尽到我想要尽到的那样东道之谊，因为我坐的地方，正对着门，我看到那位专应杂差的青年，常常地往屋子外面去，而一去到屋外，就老看到他的影子，马上映在门外的墙上，把酒瓶对在嘴上。那位“小妞儿”也同样使我颇为不安，倒不是因为她不尽职分，没洗盘子，而却是因为，她净把盘子给弄碎了。原因是：她的天性非常好奇，不能老待在食器贮存室（像绝对吩咐她的那样），所以一直不停老往屋里瞧我们，同时又一直老觉得我们发现了她偷瞧我们，这样一来，所以有好几次，都老往盘子上踩（她把盘子都一一齐整地摆在地上），因此做了许多破坏工作。

但是，这些情况，都只算是小小的不称意，桌布撤走、水果端上来以后，我们很容易地就忘了。在宴会这个阶段里，忽然发现，那位专应杂差的青年，舌根木强，口不能言。我偷偷地告诉他，叫他去找克洛浦太太，同时把那位“小妞儿”也打发到地窨子里去了，我于是就放怀畅意，敞开儿作起乐来。

我开始的时候，特殊地兴高采烈、轻松愉快。各式各样半忘半忆的可谈之事，一齐涌上了我的心头，使我的话迥异平素地滔滔泉涌。我对自己说的笑话，对每一个人说的笑话，都尽情肆意狂吼大笑；因为史朵夫没把酒传递，大喊叫他遵守秩序；说了不止一次，要和他们到牛津去；当众宣布，说我打算每星期都要来一个跟这个完全一样的宴会，如有变动，另行通知；把格伦捷鼻烟壶里的鼻烟疯了一般闻了个不亦乐乎，没有办法，只好跑到食器贮存室里，偷偷地打了十分钟之久的喷嚏。

我一直地折腾下去，把葡萄酒传得越来越快起来，一瓶酒离喝完还差得很远，就又拿着螺丝钻去开另一瓶。我为史朵夫祝寿。我说，他是我最亲密的好友，是我童年时期的保护人，壮年时期的伴侣。我说，我能为他祝寿，使我真感快乐。我说，我欠他的情谊，是我永远无法偿还的，我对他的爱慕是我永远无法表达的。我结束我的话，说："我把史朵夫提出来，作我们祝酒之人，上帝加福给他！万岁！"我们对他欢呼了三三得九次，最后又来一声洪壮大呼，作为结束。我绕过桌子，去跟他握手，把玻璃杯弄碎了。我(一口气)对他说："史朵夫，你是我一生中的指路明星。"

我折腾下去，一下发现有一个人正唱到一个歌儿的正中间。唱的人是玛克姆，唱的是，"一个人如果由于烦劳而情怀抑郁"①。他唱完了以后，他说，他要提出"女人！"来作祝酒词。我反对他这个提议，我不许他提那个。我说，那不能算是含有敬意的祝酒词，在我家里，除了"夫人""小姐"，就不许用别的作祝酒词。我跟他动起火儿来，主要是因为我看见史朵夫和格伦捷笑我——再不就是笑他——再不就是笑我们两个。他说，一个人不能听别人的指使。我就说，一个人得听别人的指使。他说，一个人不能受别人的侮辱；我说，他这话倒说对

① 这是约翰·盖伊的《乞儿歌剧》第2幕第3场第21调里的头一句。第二句是，"只要女人一露面，满天云雾都散去。"

了——在我家里，一个人永远也不能受别人的侮辱，因为在我这个家里，拉瑞士①是神圣的，地主之谊是至高无上的。他说，承认我这个人好得要命，是无损于“一个人”的尊严的。我听了这话，马上举杯为他祝寿。

有人吸烟。我们都吸烟。我就吸烟，吸着还尽力想把要打战的感觉压下去。史朵夫对我发了一通演说，演说中间，把我感动得几乎流起泪来。我对他回敬致谢，同时希望我们现在这一伙子明天还来和我一块儿吃正餐，后天也来和我一块儿吃正餐，每天都是五点钟就开始，为的是可以作长夜的谈笑，长夜的欢聚。我觉得我得对某一个人祝寿。我把我姨婆提出来，作大家祝寿的对象。贝萃·特洛乌小姐，妇女中的尖子！

有人靠着我的卧室窗户，探身往外，把前额贴在平台栏杆上取凉，同时用脸面迎风取爽，那个人就是我自己。我自呼“考坡菲”，并且问他，“你为什么不会抽烟可抽烟？你应该知道，你本来是不会抽烟的啊。”现在有一个人摇摇晃晃地在镜子里端量他的影子。那个人又是我自己。我在镜子里看来，面色煞白，两眼茫然无神，我的头发——只有我的头发，并不是任何别的——看着好像酩酊大醉。

有人跟我说，“咱们去看戏吧，考坡菲！”我眼前没有寝室了，只有桌子，上面摆满了杯子，噶啦噶啦地，有灯；有格伦捷在我右边，玛克姆在我左边，史朵夫在我对面——都同样坐在一片迷雾里，并且各各离得很远。去看戏？太对了，就是该看戏。来呀！但是他们可别客气，得让我送他们出去，我得是最后一个离开，得把灯关上——以防火灾。

由于在暗中，无所措手足，门也没有了。我跑到窗帘子那儿去摸索，想在那儿找门，史朵夫一面大笑，一面拽着我的胳膊，把我领出去了。我们一个跟在一个后面，鱼贯而下楼梯。快到楼梯底儿，有人摔倒了，滚下去了。另外有个人说，那是考坡菲。我听了这个谎报，大发火儿，后来，我发现我仰卧在过道那儿，我开始认为，那并非谎报，那个

① 拉瑞士：古罗马人的家庭守护之神。

话好像有些根据。

那是一个雾气很重的夜晚，街上的灯，都有一个一个大圆圈四围环绕。还有人模糊不清地谈到下雨的话。我只认为那是霜气。史朵夫在街灯的柱子下面给我掸身上的土，把我的帽子给我整理好，这顶帽子，不知是由什么人，也不知是从什么地方，拿出来的，变得离奇古怪地失去原形，因为我刚才并没把它戴在头上。史朵夫于是说，“你这阵儿像个样子啦，考坡菲，是不是？”我就对他说，“再没那么奥的老。”[①]

一个人，坐在一个像鸽子笼儿的门儿后面，从雾中往外看，从不知什么人手里把钱接过去，问，买的票里，是不是有我的，看着有些怀疑的样子（这是我瞥了他一眼所记得的），是不是应该把票卖给我。一眨眼的工夫，我们来到一个热气腾腾的戏园子里很高的地方，往下看到一排一排很多的池座，在我眼里那儿正冒着烟。那儿的人挤的满满地，都一点也看不清楚。还有一个大舞台，从刚才的街上走过，再看这个台，这个台就显得又干净、又光滑。台上有人，正说长道短，说东道西，但是却一点也听不出来都说的是什么。有无数辉煌的灯，有音乐，有女客，坐在下面的包厢里，还有什么别的，我就不知道了。整个的建筑，在我眼里，都好像正在学游泳一样；我想要叫它稳定一下的时候，它却做出那样不可理解的怪样子来。

有人提议，说我们得挪到下面有女客的礼服包厢[②]里去。一位身穿大礼服的绅士，长伸着腿，靠在一个沙发上，手里拿着一个双光观剧镜，在我眼前移动而过，还有我自己从头到脚的全身影子，在一个镜子里，也在我眼前移动而过[③]。于是有人把我领到一个包厢里。我落座的时候，只听我说了一句什么，跟着包厢的别人就都对不知什么人喊，“别嚷嚷！”同时女客们就对我怒目而视——同时还有——哎呀！一点

---

①醉人舌根木强，说不出“好”、“啦”等字来。此处应为“再没有那么好的了”。原文 neverbener＝never better。后面醉话，不再加注。

②礼服包厢，坐者例须穿大礼服，故名。

③这是休息室（或吸烟室），故有沙发及穿衣镜。他们原先是在最上层楼厢，现要挪到包厢，从休息室经过。

不错！——爱格妮，也在这个包厢里，坐在我前面的座儿上，身旁有一位女士和一位绅士，我都不认识。我敢说，我现在看到她那副面容，比那时看得还清楚，带着不可磨灭的悔恨和诧异冲着我瞧。

“爱格妮！”我嗓音重浊、吐字含混地叫了一声，“哎呀！爱格妮！”

“别嚷嚷！请你别嚷嚷！”她回答我说，我不明白她为什么不许我嚷嚷。“你搅扰别的看戏的人啦！往舞台上瞧好啦！”

我听了她的吩咐，尽力想把眼光盯在舞台上，想要听一听台上都在那儿做什么，但是毫无用处。我一会儿又往她那儿瞧，只见她在她那个犄角上直往后退缩，同时把戴着手套的手往额上按。

“爱格妮！”我说。“我恐怕你留点儿铺出服吧。”

“没事儿，没事。你不要管我，特洛乌，”她回答我说。“听戏好啦！你一会儿就走吗？”

“我一会儿就走？”我重复了一遍。

“不错。”

我很迟钝地有一种想法，要回答她，说我要等着，扶她下楼。我现在想，我当时也不知怎么，好歹把这个意思说了，因为，她很注意地把我瞧了一会儿之后，她好像明白了，低声对我说：

“我知道你要听我的话的，如果我跟你说，我的意思非常诚恳。看在我的面上，特洛乌，你现在就走好啦，教你的朋友把你送回去好啦。”

当时那一阵儿，她的话对我发生了很大的影响，因为我虽然一方面生她的气，另一方面却又觉得很惭愧，因此我只说了一声“再连”（我的意思是要说“再见”），站起来走开了。他们跟在我后面，我从包厢的门那儿一步就跨进了我的卧室。那时只有史朵夫一个人和我在一块儿，他帮着我脱了衣服，我就告诉他，说爱格妮就是我的妹妹，同时恳切地要求史朵夫把螺丝钻拿给我，好再开一瓶葡萄酒。

有一个人，躺在我的床上，都怎样成宿价头昏脑热，一直做梦，在梦中虽然同工异曲，而却老互相矛盾，把所有这一切，又都做了一遍，说了一遍啊！——那一张床都怎样老像海涛起伏，永无静止之时啊！那一个人，都怎样慢慢变为我自己，我都怎样开始觉得口干舌燥，觉得浑身上的包皮，都跟一块板子那样僵硬啊！我的舌头都怎样满是舌苔，跟一个用了多年、满是水碱的水壶壶底、在慢火上面都烧干了那样啊！我的手掌都怎样是金属板块，热得冰都不能使它冷却啊！

但是第二天，我恢复了知觉以后，我感到的那样痛苦、那样后悔、那样羞惭啊！我那样在醉生梦死中都忘记了而且永无忏悔得救之日的那一千种罪过啊！——爱格妮对我看那一眼，在我的记忆中永难磨灭啊！——我无法跟她通消息那份如受酷刑的难过啊！因为，我这个畜生一样的家伙，不知道她怎么到伦敦来的，不知道她住在什么地方——行乐开宴那个屋子，让我看着那份恶心啊——我的脑袋那样疼得像要裂了的一样啊——烟那样难闻啊，酒杯那样难看啊，不能出门那份别扭啊——即使起床都不可能那份别扭啊！唉，那一天哪！那是怎样的一天哪！

唉，那天晚上，我在炉旁坐下，喝那碗羊肉汤，汤里面浮着点点滴滴的油滓，自以为我要走我以前那个房客的道路，不但要承袭他这套房间，并且要承袭他那段凄惨的身世，一心想要一下跑到多佛，把所有的经过都坦白一番，那是怎样的一个晚上啊！那天晚上，克洛浦太太来到我的房间里取肉汤家伙的时候，只拿来了一个腰子，盛在一个干酪碟子里，说这就是昨天晚上宴会上惟一剩下的东西，我那时真想要趴在她那围着南京布围裙的怀里，以最悔恨的心情对她说，“唉，克洛浦太太呀，克洛浦太太呀，不要管剩的什么东西啦！我苦恼极啦！”——不过我疑心，即便在那样窘境中，克洛浦太太是不是我可以推心置腹来对待的人。

第二十五章

吉星与煞星

过了头一天那样令人追悔莫及的日子，把我闹得又头疼，又恶心，又后悔难过，又对于宴会的日期心里一片异样的混乱，好像一伙太坦[①]，用硕大无朋的杠杆，把前天这一天，往回挪动到一个月以前去了一样；第二天早晨，我要出门儿，刚走到门外，我看见一个身佩徽章的信差[②]，手里拿着一封信，往楼上走来。他正在那儿逍遥悠闲地跑这一趟差，但是他一看到我正在楼梯口上，隔着楼梯栏杆瞧他，他就开步来了一个小跑儿，大张口喘着来到楼上，好像一路跑来，跑得筋疲力尽似的。

“特·考坡菲老爷，”身佩徽章的信差说，一面用手里拿的细手杖，往帽子上一碰。

我几乎不敢承认那就是我的名字，我心里想，那封信一定是爱格妮写给我的，这种想法使我心慌意乱。不过我还是对他说了，我就是特·考坡菲老爷，他也就信了，把信递给了我，同时说，要回信。我把他关在门外，叫他在楼梯上口那儿等我的回信；跟着回到屋里，局促不安、惶惑不宁，心想顶好先把信放在早饭饭桌上，把信的外面熟悉一下，然后才敢把火漆封印打开。

我把信到底拆开了以后，只见信里只短短的几句友爱和蔼的话，一点也没提到我在戏园子里的光景。信上只说，“我的亲爱的特洛乌，我正住在我爸爸的代理人洼特布鲁先生家里，在后奔街伊里地[③]。你今儿能来看我吗？时间由你随意指定。永远亲爱地为你服役的爱格妮。”

我写回信的时候，怎么写都觉得不满意，因此费了很长的时间；我不知道佩带徽章的信差都该怎么想，除非是他认为我是正在那儿学着写字呢。我至少写了有六封回信。有一封是这样开头的，“我怎么能希望，我的亲爱的爱格妮，从你的脑子里把我那样令人作呕的印象——”我写到这儿，认为不好，把它撕得粉碎。我又从头来了一

---

① 希腊神话中的巨神。

② 身佩徽章的信差：在邮局等未通行前，这种信差常被雇用。他们身佩徽章，上印许可证号数。还系一小白围裙，作为“官服”，后面说的“小手杖”，也是他们的标志之一。

③ 后奔街：为由旧城圈通西头的通衢之一，伊里地则在后奔圆场之北。

封，“莎士比亚曾说过，我的亲爱的爱格妮，哎呀天哪，一个人怎么会在自己嘴里放进一个敌人”[①]，——这又让我想起玛克姆来，所以又写不下去了。我还要用诗的形式来着。我用七字一行[②]的韵文，开始另一封信。我写的是：“哦，千万不要忘记”——不过这念起来好像和十一月五号有联系[③]，因此令人觉得荒谬可笑。我试着写了好几次，最后才写道，“我的亲爱的爱格妮，你的信也正如你的为人，我除了这样说，还能有比这个更能表达出我对你的奖誉来的吗？我四点钟来看你。亲爱而悔恨的特·考。”身佩徽章的信差，就拿着这封信走了(我把这封信交给他以后，曾不止三心二意，而是三十心二十意，想要把那封信再要回来)。

博士公堂里不论哪一位执行法律的绅士，有像我一半那样觉得那一天凌厉可怕，因而忸怩不安的，那我相信，他们使得那个跟腐朽霉烂臭干酪一样的教会机构延续下去的罪过，稍稍可以赎免。我虽然三点半钟就离开了博士公堂，而几分钟以后就在约定见面那个地点往来溜达了，但是按照后奔街圣安坠教堂[④]的钟，指出会见的时间足足过了一刻，我才鼓起了万般无奈、豁出一切的勇气，拉洼特布鲁先生宅里左边门框上安的私人用铃[⑤]。

洼特布鲁先生事务所里职业性的事务都在楼下办，文雅的事务(这种事务还真不少)都在宅里的上一层那儿办。我被领到一个漂亮而未免

---

① 莎士比亚的《奥赛罗》第2幕第3场第291行以下：“哎呀天哪，人们怎么会在自己嘴里放进一个敌人，把他们的脑子偷去。”此处狄更斯把人们(men)引作“一个人”(a man)。玛克姆老说“一个人”，见前章。

② 原文“六个音节一行”。英诗律每行以音节计，汉诗只能以字计。故改译如此。

③ 英国有一首民歌，纪念十一月五号火药暗杀案，说：

千万千万不要忘记
十一月五号那一日，
那个火药暗杀阴谋……

④ 后奔为伦敦的一个教区，故有其自己的教堂。圣安坠教堂在后奔圆场边上。

⑤ 英国街门门铃有二，一左一右。分别供来客及别家仆人送信等之用。这家既是事务所，或另装有门铃，供有事的人而来之用。故此铃特加“私人用”字样。

憋闷的客厅里，只见爱格妮正坐在那儿打网子钱袋。

她那样安静，那样善良，那样使我强烈地想起我在坎特伯雷那种清新活泼的学生生活，想起我那天晚上那样酒气冲天、烟味熏人、昏头晕脑的可怜虫相，因此，当时既然没有别人在跟前，我就痛自责难，羞愧难当，不能自已——简单地说吧，我出了丑了。我也不必为自己隐瞒，我潸然出涕。一直到现在，我还是不能断定，总的说来，我当时那样做，是我所能做的一切之中最明智聪慧的呢，还是最荒谬可笑的。

“如果看见我那时出洋相的，是任何别人，而不是你，爱格妮，”我说，同时把脸转到另一面，“那我就决不会这么在意了。但是可偏偏不是任何别人，偏偏可又是你，看到我出洋相！一开始的时候，我恨不得死了才好！”

她把手——她那手的接触，和任何人的手都不一样——在我的胳膊上放了一会儿，这只手这一放，使我感到那样温存、那样畅快，我不由得把那只手放到我的唇边，感恩知义地吻它。

“请坐吧，”爱格妮令人鼓舞地说。“别难过啦，特洛乌。你要是连我都不能推心置腹地信赖，那你还能信赖谁哪？”

“啊，爱格妮，”我回答她说，“你就是照临我头上的吉星。”

她微微一笑，笑得未免有点惨然，我认为；同时把头摇了一摇。

“是吉星，爱格妮，是我的吉星！永远是我的吉星！”

“如果我真是你的吉星的话，特洛乌，”她回答我说，“那么，有一样事，我专心一意想要做到。”

我带着探询的神气瞧着她；但是她是什么意思，我却早已经知道了。

“那就是，我得警告你，”爱格妮说，同时把眼光稳定地瞧着我，“要提防你的煞星。”

“我的亲爱的爱格妮，”我开口说道，“如果你说的是史朵夫——”

“我说的正是他，特洛乌，”她回答我说。

“如果是那样，爱格妮，那你可就大大地冤枉了他了。他会是我的煞星！或者会是任何人的煞星！凭他，对我决不是别的，而只是我的导师，我的支柱，我的朋友！我的亲爱的爱格妮！你说，你只根据那天晚上你看到我那种样子就对他下判断，那是不是不公道，那是不是不像你的为人哪？”

“我并不是只根据那天晚上我看到你的情况就下判断的，”爱格妮安安静静地说。

“那么你根据的是什么哪？”

“根据好些方面——这些方面，就它们本身而论，都微不足道，但是加到一块儿，在我看来，可就不是微不足道了。我判断他，一部分是根据你自己说他的话，特洛乌，一部分是根据你的性格，一部分是根据他对你的影响。”

她那温文的声音，永远有一股力量，打动我的心弦，和那种声音相呼应。这种声音永远是恳切真挚的。在这种声音非常恳切真挚的时候，就像它现在这样，它里面含着一种沁人心脾之情，使我决不能不服服帖帖地惟命是从。她的眼光下垂，盯在她做的活儿上，我就坐在那儿，把眼光盯在她身上。我坐在那儿，仍旧好像静静地细听她的话，而史朵夫呢，尽管我对他那样爱慕，却在那种声音中变得暗淡无光了。

“我这实在大胆，”爱格妮又抬起头来说，“我这样离群索居，这样不接触世事人情，可对你说这样披肝沥胆的话，甚至于对人有这样斩钉截铁、毫不通融的意见。但是我可知道，我这种意见，都是根据什么而来的，特洛乌——根据了咱们自小儿一块儿长起来那样极为真诚的旧日情谊而来的，根据我对一切于你有关的事物那样真诚地关心注意而来的。就是这种情况，让我的胆子大起来。我敢说一定，我所说的都不错。我十二分敢保我说得不错。我警告你，说你交了一个危险的朋友的时候，我觉得，跟你说话的那个人，并不是我自己，而是另外一个人。”

我又往她那儿瞧，在她住口之后，我又往她那儿听，史朵夫的形象，虽然仍旧深深印在我的心里，又变得暗淡无光。

“我绝非那样不通情理，”爱格妮停了一会儿，又用她素常那种音调对我说，“指望你会，或者指望你能，一下就把你已经成了信念的那种感情改变了。更绝不能指望你把在你那种勇于信人的脾气中扎下根儿的感情，一下就改变了。你也不应该匆匆忙忙地从事改变。我只要求你，特洛乌，如果你一旦想起我来——我是说，”她说到这儿，安安静静微微一笑，因为我正要打断她的话头，而她知道我为什么要打断她的话头，“我是说，你不论多会儿，想起我来，你都要想着我都跟你说什么来着。你能听了我这番话，仍旧不见我的怪吗？”

“总得你能对史朵夫说公道话，爱格妮，”我回答她说，“跟我一样地喜欢他，我才能不见你的怪。”

“不到那时候，你就不能不见我的怪？”爱格妮说。

我这样说到史朵夫的时候，我看到她有一瞬的工夫，脸上一沉。但是她对我的微笑，却也报以微笑，我们又像以前一样，绝无拘束，互相披肝沥胆，掬诚相见了。

“那么，爱格妮，”我说，“你多会儿就能对我那天晚上那种情况，开恩赦免哪？”

“等我有再想起那种情况来的时候，”爱格妮说。

她本来想要把这件事就这样轻轻地抹过去了完事，但是我自己却有满肚子的话，非说不可，不能让她这样轻轻地就抹过去了；我硬要对她表明一下，都是怎样才弄得我出乖丢丑，都是怎样有一连串一幕一幕的偶然琐事，最后才归结到戏园子里那一场。我把这些话都说了，同时把我对史朵夫所欠的情谊，夸大了一番，说他怎样在我自己照顾不了自己的时候照顾了我，才觉得如释重负。

“你不要忘记了，”爱格妮好容易等到我把话打住了的时候，才安安静静地把话题转了，说，“不但你陷入了窘境，并且你陷入了情网，你都永远得对我说一说的。接着拉钦大小姐而来的是什么人哪，特洛乌？”

“没有什么人，爱格妮。”

“有一个吧，特洛乌，”爱格妮笑了一声说，同时举起一个手指头来。

“没有，我决不撒谎，真没有！固然不错，在史朵夫老太太府里，有一位女士，人很聪明，我很喜欢跟她谈——她叫达特小姐——但是我可并没为她倾倒。”

爱格妮由于看穿了我的心思，又笑起来，同时对我说，如果我在对她披肝沥胆那方面，能忠诚不渝，那她认为，她得把我那些强烈的热恋，记一本账，把每一次发生、延续和告终的年月，都记下来，就好像英国历史上历代国王和女王的年代表一样。跟着她问我，已经看到乌利亚没有。

“乌利亚·希坡？”我说。“还没看到。他也到伦敦来啦？”

“他每天都到楼下的事务所里来，”爱格妮回答我说。“他比我早一个星期，就到伦敦来了；我恐怕，是办令人不快的事儿来的吧，特洛乌。”

“我可以看出来，是一桩让你心里不安的事，爱格妮，”我说。“到底是什么事哪？”

爱格妮把她手里的活儿放到一边儿，把两只手交叉着握在一起，同时满腹心事地用她那双美丽、柔和的眼睛瞧着我，回答我说：

“我相信，他要和爸爸合伙办事务所了。”

“什么？乌利亚？那个卑鄙下作、挟肩谄笑的家伙，蝇营狗苟地爬得那么高！”我不胜愤怒地喊着说。“你对于这件事没对爸爸进谏吗，爱格妮？你想想看，这种联合会成什么样子。你一定得捅明了。你决不能由着你爸爸采取这样一步疯了一般的行动。趁着现在还来得及，你得把这件事打消了。”

我说这番话的时候，爱格妮只仍旧瞧着我，把头摇晃，听到我这样激愤，还微微含笑。于是她回答我说：

“咱们上次谈到爸爸的话，你还记得吧？咱们谈了那番话以后不久——还不到两天或者三天——他就把现在我要告诉你的事第一次透露给我了。他对我说这件事的时候尽力想要把这件事说成是他自己一厢情愿的，一方面却又无法掩饰这件事是硬逼到他头上的。看到他在这二者之间那样挣扎，真叫人不好受。我真替他难过。”

“硬逼到他头上的，爱格妮？谁把它硬逼到他头上？”

“乌利亚，”她犹豫了一会儿，回答我说，“已经成了爸爸离不开的人啦。他狡猾阴险、无孔不入。他抓住了爸爸的弱点，滋长爸爸的弱点，利用爸爸的弱点，弄来弄去——干脆用一句话把我的意思说出来吧，特洛乌——爸爸怕起他来啦。”

我清清楚楚地看了出来，她可以说的本来还更多，她知道的，或者她猜疑的，本来还更多。但是我要是一追问她，可就要使她痛苦了；因为我知道，她所以没对我都说出来，就为的是要给她爸爸保存体面。我非常地明白，这件事情到了这步田地，并非一朝一夕之故，老早就已经形成这种局面了。不错，我稍微一琢磨，就不能不感觉到，这件事老早老早就已经成了这种局面了。我当时没吱声儿。

“爸爸在他手里的小辫儿，”爱格妮说，“他抓得紧紧的。他说他怎样寒贱卑下，怎样感恩知德——这话也许是真的，我只希望是真的——但是他的地位，可确实是有权力的，我恐怕，他对于他那种权力，要毫不容情地使用一下。”

我骂了他一声“这个狗头”，在那一会儿，我这样骂他，觉得痛快了一些，出了出气。

“就在我告诉你这个话的时候，就在我爸爸对我说这件事的时候，”爱格妮接着说，“他对爸爸说，他要辞职；他说，他要离开这儿，当然很难过，很不愿意，但是他辞了这儿的活，可以有更好的前途。那时候爸爸的心情非常地抑郁低沉，比你或我从来所看到的，都更加让事体压得直不起腰来。但是他听到和希坡合伙这种权宜之计，好像松了一口气似的，虽然同时，他好像因为不得不和他合伙，却又伤心，又羞愧。”

“你对于这件事，怎么对待的，爱格妮？”

“我只是，特洛乌，”她回答我说，“按照我希望是对的那样办。我觉得，为爸爸的心神安定起见，就必须作这样一种牺牲，所以我劝爸爸就这样做好啦。我说，这样就可以减轻他这个人所得承担的责任——我希望能那样！——我说，这样我就可以有更多的机会和他常在一块儿。哦，特洛乌啊！”说到这儿，她哭起来，她的泪流到脸上的时候，她用手捂着脸。“我几乎觉得，我不但不是疼爱我爸爸的孩子，我反倒是他的仇人。因为我知道，他这个人，怎样由于一心无二地疼我爱我，都改了样儿了。我知道，他怎样由于把全副精神力量都集中用在我身上，连他对别人的同情，对自己的职务，都把范围缩小了。我知道，他为了我，都把多少数不过来的事物排斥不顾了，他因为把思想、生命都集中到惟一的目标上，都怎样焦思忧虑，因而在他的生命上罩上了阴影，使他的气力和精神变得衰弱了。我怎样能有一天，把所有这种情况都纠正过来就好了！我既然这样无识无知地做了使他衰老的原因，我怎样能有一天，使他恢复了原来的样子就好了！”

我以前从来没看见爱格妮哭过，我以前上学的时候，在学校里受到新的奖励而回到家里来，我看见过她满眼含泪；我们上一次谈到她父亲的时候，我也看见过她眼里含泪；我们互相告别的时候，我看见过她把头轻轻转到一边。但是我却从来没看见她像这回这样悲伤过。我看到她这样，难过到极点，没有别的办法，只能又愣愣瞌瞌、又无能为力地说，“我请你，爱格妮，别哭！别哭啦，我的好妹妹！”

但是爱格妮却不论在品格方面，也不论在意志方面，都比我超逸高迈，不需要我长久恳请求告，这种情况，我当时也许明白，也许不明白，但是我现在却十二分地明白。她那种秀雅、安详的态度（使她在我的记忆中感到那样和任何人的都不一样）又恢复了，好像一片乌云已经散去，仍旧留下蔚蓝平静的晴空。

“咱们两个单独在一块儿的时间，不会太长了，”爱格妮说，“所以现在我抓住这个机会，诚恳地要求你，特洛乌，千万可不要得罪乌利亚。千万可别不理他。他有些方面，跟你的脾气合不来，但是你可不要因为这样，就露出厌恶他的意思来；因为我认为，你一般地都是倾向于那样。你也许不应该那样看待他。因为我们抓不到真凭实据，说他怎么怎么坏。反正不管怎么样吧，凡事你都得先看在爸爸和我的面上！”

爱格妮没有工夫再说别的话，因为屋门开开了，洼特布鲁太太，好像鼓棹扬帆，进了屋里——她这个人，身材肥大——或者说，她穿的衣服尺码肥大，我不能确实说出，到底是哪一样，因为我分辨不出来哪是人，哪是衣服。我模模糊糊地记得，好像我在戏园子里看见过她，仿佛在暗淡不明的幻灯片里看到她的一样。但是她却十二分清楚地记得我，并且仍旧疑心我还是在醉态酩酊之中。

但是，她慢慢地看出来，我很清醒，并且（这是我希望的）还是个谦虚和蔼的青年，她对我的态度就大大地柔和了；起初问我是不是常到公园里去，接着又问我是不是常到社交场中去。我回答她这两个问题，用的都是“不”字，我就看出来，她刚才对我的青眼，一下又变为白眼了。但是她却很优雅地把这种态度掩饰起来，请我第二天到她家里赴宴。我接受了她的邀请，跟着对她告辞。出门的时候，到事务所里拜访了乌利亚一下，他不在那儿，我留下了一张名片。

我第二天去赴宴，街门开开了以后，我只觉投身一片蒸羊肩的蒸汽浴里，我就猜到我并不是惟一的客人，因为我一下就认出来，前天那个佩带徽章的信差，现在换了服装，帮助本宅的仆人，在楼梯下面，上楼通报我的姓名。他低声密语请教我姓名的时候，尽其力之所能，装作从来没见过我的样子。但是我却清清楚楚地认得他，其实他也清清楚楚地认得我。良心使我们都变成了胆小鬼了。

我看到洼特布鲁先生是一位中年绅士，脖子很短，衬衫领子却很大，他只欠一个黑鼻子，就可以看作是一副哈叭狗的标本。他对我说，他很高兴，有幸能和我认识，我对洼特布鲁太太寒暄致敬以后，他极尽繁文缛节之能事，把我介绍给一位令人敬而生畏的太太，穿着一身黑天鹅绒长袍，戴着一顶黑天鹅绒大帽，我记得，看着和哈姆雷特的近亲属[①]一样——比方说，就和他的姑姑一样。

这位太太，名叫亨利·斯派克太太，她丈夫也在那儿；他这个人，神情冷落，因此，他的脑袋上，不是长了满头苍苍的白发，而是洒了一层皑皑的白霜。大家对亨利·斯派克夫妇，不论老爷，也不论太太，都

---

①哈姆雷特：莎士比亚悲剧中的主要人物，父死身穿丧服。其近亲属当然亦身穿丧服。西洋丧服黑色。

是备极恭敬；爱格妮告诉我，说那是因为亨利·斯派克先生是某个机关或者某个人物（我记不清楚是机关还是人物了）的辩护士，而那个机关或者人物是和财政部有点藕断丝连的关系的。

我看到客人中也有乌利亚·希坡，穿着一身黑衣服，做出一副极为谦卑的样子来。我跟他握手的时候，他对我说，我眼里还有他，他引以为荣，我对他屈尊就教，他着实感激。我倒是宁愿他对我少感激点儿才好，因为他在整个晚上，由于感激我，老在我身旁转绕，而且不论多会儿，只要我跟爱格妮说一句话，他一准用他那双一无遮蔽的眼睛和他那副死人一样的面孔，从我们身后面狰狞可怖地看着我们。

还有别的客人——他们都使我觉得，好像为了应时对景，跟酒一样，用冰冰过。但是有一个客人，还没进来，就引起了我的注意，因为我听见仆人禀报他的名字是特莱得先生！我一听这个名字，我脑子里就想到撒伦学舍，这个人可能就是托米——老画骷髅那个学童吧？

我以异常感到兴趣的心情寻觅特莱得先生。只见他是一个稳重、沉静的青年，有些缩手缩脚的样子，长了一头令人发笑的头发，两只眼睛睁得未免有些太大了。他一进来就一下钻到一个旮旯那儿去了，因此我很费了点事才认出他来。后来到底我仔细看了他一下，我发现，要不是我的眼花了，错认了人，那他就一点不错是那个老倒霉的老同学托米。

我来到洼特布鲁先生面前，对他说，我相信我在那儿有幸碰到我一个老同学。

“真个的！”洼特布鲁先生吃了一惊，说。“你这样年轻，能和亨利·斯派克先生同过学吗？”

“哦，我说的不是他！”我回答他说。“我说的是叫作特莱得的那位先生。”

“哦！对！对！那倒对！”我的主人说，同时兴趣减少了许多。“那倒可能。”

“如果他真是我说的那位先生，”我一面斜着眼往他那儿瞧，一面说，“那是在叫作撒伦学舍的学校里我们同过学，他是一个再好也没有的人啦。”

“哦，不错，特莱得这个人不错，”我的主人说，同时带着勉强将就的神气点了点脑袋。“特莱得这个人很不错。”

“今天可真得算是很少见的巧劲儿，”我说。

“一点不错，”我的主人说，“特莱得会到这儿来，真得算是巧劲儿，因为特莱得就是那天早晨才应邀而来的，原先要请的是亨利·斯派克太太的一个兄弟，因为他有点不舒服，不能来，席上缺了一位客人，才把特莱得邀来补这个空位子的。亨利·斯派克太太的兄弟是位极有风度的绅士，考坡菲先生。”

我嘟囔了一句，表示同意，这一声同意，含有很大的感情，因为我们要想一想，我对亨利·斯派克太太的兄弟完全什么都不知道啊。我问洼特布鲁先生，特莱得做的是什么事由儿。

“特莱得，”洼特布鲁先生回答我说，“是一个青年，正学法律，准备当律师。不错。他这个人很好——除了自己，没有别人跟他作对头的。”

“他自己跟自己做对头[①]？”我听到这话，很觉惆怅，问道。

“啊，”洼特布鲁先生把嘴唇一抽缩，以一种心舒神畅、境遇顺利的态度玩弄着表链子，说，“我觉得，他这个人，就是那种自碍前途的人。不错，我得说，他永远也不会一年挣到五百镑；不过这是举例而言。特莱得是我一个同行的介绍给我的。哦，不错，不错。他小小有点才分，像作案情摘要，或者把案子用文字明白表达那一类的工作。我在一年的时间里，倒能给特莱得揽些活儿；这些活儿对他说来——就算不少了。哦，不错，不错。”

洼特布鲁先生，每过一会儿，就把这两个极普通的字样“不错”说一遍，每说一遍，他那股特别悠然自得、心舒神畅的劲儿，给了我很深刻的印象。他说这两个字，了不起地富于表情。这两个字完全表达了，

---

① 自己跟自己做对头：“每个人都是他自己的敌人或对头”，源于古希腊及古罗马，后于英语中变为成语。

一个人下生的时候，不但嘴里含着银匙[①]，而且随身带来云梯，一生之中，一磴一磴地一直往上攀，现在正攀到堡垒的尽顶上，以睿智明哲、冷落平静的眼光和提拔后进、屈尊就教的态度，看着站在壕沟里的那些人。

我脑子里正琢磨这种情况，管家说，酒宴齐备。洼特布鲁先生挽着哈姆雷特的姑姑下楼进了餐厅。爱格妮，本来我自己很想陪着的，却分派给了一个满脸老带傻笑、两腿软不丢当的家伙[②]。乌利亚、特莱得，还有我自己，都是客人中的后生之辈，就自己不管怎么，能怎么对付，就怎么对付着下了楼。我没能陪爱格妮，并没使我烦恼到我应该烦恼的地步，因为这样一来，我就有机会在楼梯上和特莱得叙旧。特莱得跟我极其热诚地打招呼，乌利亚就那样现鼻子现眼地歪扭身子，表示自快和自卑，我恨不得从楼梯上把他摔到楼下才好。

特莱得和我并没坐在一块儿，我们两个都让他们发落到两个离得极远的桌子角儿上，他坐在一位女士满身大红天鹅绒的刺目红光之下，我就坐在哈姆雷特的姑姑那片阴郁沉闷之中。坐席的时间特别长，席上谈的净是关于天潢贵胄、高门巨阀的话——还有血统。洼特布鲁太太不止一次对我们说，如果说她有什么嗜好，那就是血统。

我的脑子里曾不止一次想到，我们要是并没那样讲风雅、慕华贵，那我们这个宴会一定会进行得较好一些。因为我们讲风雅、慕华贵，太过火了，所以我们的眼界就成了坐井观天了。席上有一对夫妻，叫格勒皮治先生和格勒皮治太太，他们和英伦银行[③]的法律事务有点间接又间接的联系(这至少格勒皮治先生自己是这样说的)。于是又是银行，又是财政部，我们这些人，可就跟宫门抄[④]一样，完全身在局

---

① 下生嘴里含银匙：英语成语，等于说，生而富贵。

② 英美习惯，正式社交宴会，男女客人，特别重要客人，须搭配成对，从客厅进餐厅时，由男主人陪最尊贵的女宾首先进餐厅入席，就末席，由女主人陪最尊贵的男宾最后入席，就首席，其他女宾，亦须由男宾陪着，以尊卑依次随男主人入席。所请之人缺一席，须临时补上。

③ 英伦银行：名为私办，而实为官方机关，专管英国国家财务银钱。

④ 宫门抄：一种通报，宫廷所发，内载宫廷里接见、宴会、舞会等社交活动。与会的人当然限于贵人巨头，为数极少，拿到这种东西的人，当然也为数极少。

外了。使事态有所补救的是：哈姆雷特的姑姑有一种世代家传的毛病，喜欢独白①，不管什么题目，只要有人一提个头儿，她就自言自语，加枝添叶，老没个完。不过话又说回来了，他们谈的题目并不很多。但是既然他们不论说什么，说来说去，终究要归到血统上，那她对这个题目作起抽象思考来，真是海阔天空，也跟她那位令侄一样。

我们这一桌客人，很可以说都是嗜杀成性的巨怪欧格尔②，因为我们的谈话，呈现了那样一片血淋淋的光景。

"我承认我和洼特布鲁太太是一样的看法，"洼特布鲁先生说，同时把酒杯举到眼前，"别的事物都恰如其分、无一不佳，但是我所要的可就是血统。"

"哦！"哈姆雷特的姑姑说，"没有任何事物，能比血统再令人感到快意的了。在这类事物里，笼统地说来，没有任何别的东西，能成为一个人至高无上的理想之美的了。有些心地卑鄙的人(这种人并不多，我很高兴地相信，但是还是有)，他们更喜欢做的，是我说的崇拜偶像——绝对是偶像！——他们崇拜知识，崇拜事业，等等。但是这类东西都是不能捉摸得到的。血统则不然。我们在一个鼻子上看到血统，我们就知道那是血统。我们在一个下巴上遇到血统，我们就说，你们来瞧！那儿就是血统！那是实实在在、毫不含糊的现象，我们可以把它指出来。它是决不容人生疑的。"

那位满脸老带傻笑、两腿软不丢当的家伙，陪伴爱格妮下楼的，把这个问题说得更加斩钉截铁，我认为。

"哦，你们知道，这可是定不可移的，"那位绅士说，同时往桌面上带着呆傻的笑样子看了一转，"咱们不能不讲血统，你们知道。你们知道，咱们一定要讲血统。有些年轻人，你们知道，也许有的有点配不上他们的身份地位，比方说，在教育一方面，再不就在行为一方面，也许有点干得不大对劲儿，你们知道；因此把他们自己，有的时候带累着

① 《哈姆雷特》里独白有五处之多，其中以第 2 幕第 1 场琢磨自杀一段独白最为有名。

② 始见于法国拜娄的童话集(1697)。

别人，都弄得歪了泥了，再不糟了糕了，反正那一类事吧——但是，这可是定不可移的，他们可有血统，这可是叫人想起来，打心眼儿里都喜欢的！论起我自己来，不论多会儿，我情愿叫一个有血统的一拳打趴下，也不愿意叫一个没有血统的双手拉起来！”

这番思想感情，把关于血统的整个问题，都具体而微、一股脑儿简括地表明，使人人大为快意，使这位绅士成为众目所视、众手所指的大人物，一直到女客退席的时候。那时以后，我跟着注意到，格勒皮治先生和亨利·斯派克先生以前本来一直就不爱答理人，现在更结成防御联盟，以我们为共同敌人，向我们布下防线，二人隔着桌子，交换了一番对话，把我们打得片甲不存，全军覆没。

“那份四千五百镑借券①的初步磋商，并没像原先预料的那样顺利进展，斯派克，”格勒皮治先生说。

“你说的是阿公爵的借券吗？”斯派克先生说。

“毕伯爵的借券！”格勒皮治先生说。

斯派克先生把眉毛一扬，露出非常关切的模样来。

“这个借券，提到某爵爷跟前——我不必提名道姓，”格勒皮治先生说到这儿，打住了话头——

“我明白，”斯派克先生说，“恩爵爷跟前。”

格勒皮治先生心领神会地点了点头——“提到他跟前的时候，他的答复是，‘拿钱来，否则不让渡。’”

“哎呀，我的天！”斯派克先生喊着说。

“拿钱来，否则不让渡，”格勒皮治先生斩钉截铁地重说了一遍。

---

① 格勒皮治他们故意把话说得很神秘，今试作解释如下：这儿的借券，是按习惯，一种以不动产为抵押，到期由本人或其继承人归还的契约。毕伯爵要以不动产为抵押，借四千五百镑，但此不动产既有继承人，借券须经继承人签字同意。此处之继承人不愿此不动产现有人借钱，他自己也要钱，故有“拿钱来，否则不让渡”之语，下一个继承人也拒绝副签。因此事即不成。英国有爵位之本人及其家属，称谓较复杂，称勋爵某某，应为公、侯、伯爵之长子，此处称恩爵爷或勋爵，则前之C. 及D. 应为Count或Countess及Duke之子，故知C. 及D. 均为爵位之简称。

如蝇营营

“承还继承人——你明白我说的是谁吧？”

“凯，”斯派克先生脸色阴沉地说。

“——凯于是断然决然拒绝副签。他们为这件事特意跑到纽玛奇特[①]去找他，但是他当头一棒，来了个拒不签字。”

斯派克先生的关切到了极点，听了这话竟呆若木鸡。

“因此这件事到目前为止，就这样成了僵局了，”格勒皮治先生说，同时把身子向后往椅子一靠。“要是我不好把事体一股脑儿都说清楚了，我们的朋友洼特布鲁一定会原谅我的，因为这件事体关系到各方面，太重大了。”

据我看来，洼特布鲁先生，在他的宴会上，能听到这样重大事件和这样伟大人物，即便委婉含蓄地提起，都只有觉得无上的荣幸。他作出一副听到这个新闻而愁眉苦脸的样子来（其实，我坚信不疑，他对于这番谈话了解的程度，也跟我一样），对格勒皮治先生他们两个这样小心谨慎，不轻易泄露天机，大大地赞同。斯派克先生听到他的朋友这段体己话之后，当然也想要把他自己的体己话惠赠他的朋友，因此，在刚才说过的那番对话之后，又跟着来了另一番对话，不过在这番对话中，表示惊讶的，却轮到格勒皮治先生。这番对话之后又来了个第三番，在这第三番中，表示惊讶的，又轮到斯派克先生。他们就这样，轮流又轮流，惊讶又惊讶。在所有这段时间里，我们所有的这些局外人，都叫这番对话里所包括的重大关系弄得瞠目而视，哑口无言，而我们的主人就以满脸得意的神色看着我们，认为我们虽受惊骇震惧之灾，却得振聋发聩之益。

我真非常高兴，能上楼来到爱格妮跟前，跟她在一个角落那儿谈话，把特莱得介绍给她；特莱得呢，有些羞羞答答，但是却很令人喜欢，仍旧是不改旧日那种温柔脾气。因为他明天早晨就要离开伦敦，去

---

① 纽玛奇特镇，在伦敦北稍偏东 55 英里。镇外纽玛奇特荒原各部，为赛马之所。每年举行赛马会 8 次。英国赛马盛行，赛马期间，举国若狂，观者空巷，且为赌博之机，以马票定赢输。此处是凯某在纽玛奇特参加赛马赌博。

一个月，因此不得不早走一步，所以我几乎还没把我想对他说的话都说完了。不过我们却互相交换了住址，同时说好了，他回到伦敦，一定再图聚首。他一听说，我跟史朵夫见过面儿，非常感兴趣，并且说起史朵夫来，表现了极大的热情，因此我教他把他对史朵夫的看法，都对爱格妮说了。但是爱格妮只把眼看着我，在只有我看着她的时候，微微地摇头。

我相信，她待的那个人家，不会使她感到水乳交融，所以，我听她说过不几天她就要走了，我几乎高起兴来，虽然我一想我和她这样快就又要分离了，又感到惆怅。这样一来，我就跟她待在一块儿，一直到别的客人全都走了的时候。同她说话，听她唱歌，都使我愉快地想起从前我在那所古老庄严的房子——因为有她在那儿而变得美丽的那所老房子——里的幸福生活，所以让我在这一家里待到半夜，我都乐而为之。但是既然洼克布鲁先生宴上像明星朗月的上宾贵客都已销声匿迹而去，那我就没有托词可以久留下去，因此我就迫不得已也告辞了。就在那时候，比从前任何别的时候，我都更感到爱格妮是我的吉神福星；如果我想到了她那甜净美丽的面庞、娴雅幽静的微笑，而把她比作迢迢遥远、高高在上的神灵，就和天使一样，照临我的头上，那我希望，我并不算亵渎神明。

我已经说过，客人全都走了，但是我应该把乌利亚除外，我没把他包括在那些客人之中。他一整晚上，从来就没有不在我们跟前款款蹀躞的时候。我下楼去，他紧跟在我后面；我离开这所房子，他紧跟在我身旁，把他那又瘦又长、死人一样的手指头，往一个更长、更像盖·浮克[①]的手套里戴。

我问乌利亚，是否愿意跟我一块到我的寓所去喝杯咖啡，我所以请他，并不是因为我喜欢和他在一块儿，而是因为我想起爱格妮嘱咐我

---

① 英国历史上，1605 年，发生了所谓火药暗杀案，案中管在国会地窨子里放火药的，叫盖·浮克，故英人每年 11 月 5 日纪念这件事，扎有他的像，内装火药，外穿以褴褛杂凑、怪模怪样的衣服，先把像施以绞刑，然后炸毁之。其衣服当然宽大，不合体，手套亦然。关于此案之民歌，已见前注。

的话。

“哦，说真个的，考坡菲少爷，”他回答我说——“对不起，考坡菲先生，少爷这个称呼，在我嘴里太习惯成自然了——我不愿意你叫我这样一个安贱人到你的尊寓去，受到勉强。”

“我请你喝杯咖啡，有什么勉强可言，”我说。“你来不来呢？”

“你赏脸我还不要脸？我很愿意来，”乌利亚把身子一扭，答道。

“那么，好啦，你就跟我一道来吧！”我说。

我打心里不愿意跟他说短道长。但是他却好像并不在乎那个，我们走的是最抄近的路，一路上并没说多少话。他对于他那副褴褛破旧的手套，非常谦恭礼让，他到了我的寓所，还在那儿往手上戴，而且尽管在那方面努力不息，但却好像并无进展。

我用手携着他的手，带着他上了黑暗的楼梯，免得他把脑袋磕到什么东西上；哎呀，他那只手啊，又冰又湿，在我手里，使我觉得，真跟青蛙一样，我真想把那只手扔下，自己跑开。但是爱格妮的话犹在耳边，地主之谊也应难却，因此我就把他带到我的炉旁。我把蜡点起来以后，他看到我这个房间，就在驯顺服帖中表示大乐；我用一把极为平常、毫不出色的细锡水壶热咖啡的时候（这把锡壶是格洛浦太太老爱用作煮咖啡的，主要地是因为我相信，那本来是一个盛刮脸水的盂子，同时在食器贮存室里，有一把专利发明、价钱很大、真作咖啡壶用的，在那儿腐蚀下去），他那样现鼻子现眼地手舞足蹈，我恨不得拿开水把他烫一下，心里才痛快。

“哦，我说真个的，考坡菲少爷——我的意思是要说考坡菲先生，”乌利亚说，“我从前连想都不敢想，你会赏脸请我。不过，这样那样，有好多事，本来都是我连想都不敢想的，现在可都让我碰到了，在我这样安贱的地位上，我真正认为，福泽仿佛像大雨一样，落到我这颗脑壳上。我敢说，关于我的前程里起的变化，你已经听见一点啦吧，考坡菲少爷——哦，我应该说，考坡菲先生。”

他坐在我的沙发上，把两条长腿蜷着，把咖啡杯端在膝盖上，把帽子和手套放在身旁的地上，把匙子在咖啡杯里转着圈儿轻轻地搅了又搅；把他那两只一无遮掩的红眼睛，好像眼毛都烧得精光一样，冲着我这一面，却没看着我，把他那鼻子上我从前形容过的那种令人恶心的小豁子随着呼吸一张一翕，把他那整个身子，从下颏到靴子，都像蛇一样的歪扭屈曲：他这样坐在那儿的时候，我心里想，我对这个人绝对不容置疑，厌恶至极。我有这样一个人在我家做客，使我感到异常地不受用，因为我那时很年轻，不会装假，不会把我那样强烈的感情掩饰起来。

“我敢说你已经听说过一点啦吧，关于我的前程里起的变化，考坡菲少爷？哦，我该说，考坡菲先生，”乌利亚说。

“不错，听见了一点。”

“啊！我本来就想到了，爱格妮小姐总该知道这件事的！”他安安静静地回答我说。“我现在看出来，爱格妮小姐知道了这件事，我太高兴了。哦，我谢谢你啦，考坡菲少爷——哦，先生。”

我本来很可以用鞋楦头①狠狠地砍他一下（鞋楦头就放在炉前地毯上，随手可以拿起），因为他用圈套套我，使我把有关爱格妮的话，不管多么轻微，泄露了给他。但是我可只喝我的咖啡。

“你老早老早就表明了，你是一位预言家了，考坡菲先生！”乌利亚接着说。“唉，真个的，你老早老早就证明了你是一个非常了不起的预言家了！你有一次跟我说过，有朝一日，我也许能和维克菲先生合伙办事务所，也许这个事务所会变为维克菲与希坡事务所，你还记得吧？你也许忘了；但是如果一个人，身份安贱，那么那个人就要把这番话拿着当宝贝一样保藏起来！”

“我记得我曾说过这种话，”我说，“不过我那时候，确实没想到会有可能。”

“哦，谁想得到那有可能哪，考坡菲先生！”乌利亚兴高采烈地回答说。“我敢说，我自己就没想得到会有可能。我记得，我亲口说过，

① 鞋楦头：英、美人在家里换下皮鞋等来，即用楦头楦起，以防鞋靴走样。故这种楦头，为家庭常备之物，与鞋匠所用者不同。

我太安贱了。我当时实实在在是那样看待我自己来着。”

我看着他，他就脸上带着像刻在椽子头儿上的那种笑容，看着炉火。

“但是那些顶安贱下作的人，考坡菲少爷，”他马上接着说，“却可以是做好事的工具。我想到，我能是给维克菲先生做好事的工具，也许还可以是给他做更多好事的工具，我就很高兴。哦，他这个人多么好啊，考坡菲先生；但是他可又多么不懂得慎重啊！”

“我听了这个话很难过，”我说。我不由得不找补了一句，还是找补得很尖刻的，“不论从哪方面看，都得说很难过。”

“的的确确地不错，考坡菲先生，”乌利亚回答我说。“不论从哪方面看。尤其是从爱格妮小姐那方面看，更叫人难过！你自己滔滔不绝说的那番话，考坡菲少爷，你是不记得的啦；但是我可记得，有一次，你说过没有人不爱慕她的；我还因为那个话对你表示过感谢哪！我觉得没有疑问，那番话你早已经都忘了吧，考坡菲少爷？”

“没忘，”我干巴巴地说。

“你没忘，我听了真高兴！”乌利亚喊着说。“谁想得到，你就是头一个人，在我这个安贱下作人的心里，点起野心的头一把火来的哪！而你还记得！哦！——请你再赏我一杯咖啡，你不嫌讨厌吧？”

他说在他心里点起野心的头一把火的时候，他用的那种强调，他说这句话的时候，他瞧我的那种神情，都给了我一种警觉，好像我看到一片熊熊烈火，把他照得亮起来了一样。我听到他用另一种音调，说再要一杯咖啡，我才如梦初醒，拿起盛刮脸水的盂子来，尽了地主之谊；但是我尽这个地主之谊的时候，我拿盂子的那只手是不稳定的，我心里一下感觉到我不是他的对手；同时不知所措，胡猜乱想，急于要知道他下一步要说什么；而我这种种情况，我觉得，都是逃不出他的眼光去的。

他什么也没再说。他只把咖啡搅了又搅，他只一小口一小口地喝着咖啡；他只用他那令人毛骨悚然的鬼手，轻轻地摸他的下巴；他只往炉火那儿瞧，往屋里四外瞧；他只冲着我，不像微微含笑的样子，而像张口结舌的样子往我这儿瞧；他只全身又歪又扭，表示他毕恭毕敬的卑贱下作；他只把咖啡搅了又搅，只又一小口一小口地喝咖啡；但是他却就是不再开口，而只等我开口。

“那么，维克菲先生，”我后来终于开口说，“我本来认为都能顶得过你那样五百个——也能顶得上我这样五百个；”我想，就是要了我的命，我也不能不把这句话很不自然地一逗，把它分成两半；“可不知道慎重，是吧，希坡先生？”

“哦，确实是非常不知道慎重，考坡菲少爷，”乌利亚回答我说，同时轻轻地叹了一口气。“哦，非常地粗心大意！不过我还是愿意你叫我乌利亚，如果你赏脸。那样，那就又跟从前一样了。”

“好啦，那我就叫你乌利亚，”我迸出这个名字来，是很费了点劲儿的。

“谢谢你啦，”他装作热烈的样子回答我说。“谢谢你啦，考坡菲少爷！听你叫我乌利亚，就跟我听到从前吹的清风，或者从前响的钟声一样。对不起，我刚说什么来着？”

“说维克菲先生来着，”我给他提了个头儿。

“哦，是啦，不错，”乌利亚说。“啊，太粗心大意啦，考坡菲少爷。这个话，除了你，我不会对任何人提的。即便对你，也只是提一提就完了，不能再多说。如果这几年以来，在我的地位上换一个别人，那那个人这时候，就要把维克菲先生(哦，多么好的一个人，考坡菲少爷)，就要把维克菲先生完全按在大拇指底下。按在——大拇指底下。”乌利亚极端慢腾腾地说，同时把他那利爪魔掌，伸在我的桌子上，把他那个大拇指往桌子上使劲一按，一直按得桌子都颤动起来，甚而连屋子都颤动起来。

如果我不得不眼看着他把他那外八字的大脚丫子踩在维克菲先生的脑袋上，那我想，我也没法恨他恨得更厉害。

“唉，考坡菲少爷，”他轻声柔气地接着说，这种声音，和他用大拇指按桌子那种劲头，成了极强烈的对照，因为那个大拇指往下按的劲儿，绝没有一丁点放松的意思，“那是毫无疑问的。那一定会遭到损失，丢尽脸面，还有我也说不上来的什么哪。维克菲先生也知道这种情况。我就是安贱下作地给他做安贱下作的工具的，他就把我提拔到一种高高的地位上——我从来几乎连想都没想到我会爬上去的地位上。我应该怎样感激他才对哪！”他说完了这番话，把脸转到我这面，眼睛却没看我，他把他那弯着的大拇指，从原来按着桌子的地方挪开，满腹心事的样子，用它慢腾腾地搔他的那瘦长的腮颊，好像刮他脸上的胡子似的。

我记得非常清楚，我当时看着他那阴险狡猾的脸，有红色的火光和它恰好相配地照着它，正在准备另外的什么事，我愤怒得一颗心直跳。

“考坡菲少爷！”他又开口说——“不过我这是耽误你睡觉啦吧？”

“你没耽误我睡觉，我平常都睡得很晚。”

“谢谢你啦，考坡菲少爷！固然不错，从你头一次跟我打招呼的时候以后，我已经从我这个安贱下作的地位提升了，但是我仍旧还是安贱下作的。我希望，我永远也不要是别的样子，永远是安贱下作的。我要是对你把心腹话说了，你不会因为我安贱，更看不起我吧？会吗？”

“哦，不会，”这是我费了好大的劲才说出来的。

“谢谢你啦！”他从他的口袋里掏出手绢儿来，开始擦他那两手的手心。“爱格妮小姐，考坡菲少爷——”

“怎么啦，乌利亚？”

“哦，你这样出于自然地叫了我一声乌利亚，太叫人愉快了！”他喊道；同时把身子一打拘挛，好像一条鱼打拘挛一样。“今儿晚上，你看她是不是非常地美，考坡菲少爷？”

“她平素一直是什么样子，我看她也就是什么样子，不论从哪方面看，她比她周围的一切人都高超，”我回答他说。

“哦，我谢谢你啦！你说的一点也不错！”他喊道。“因为你这样说，我谢谢你啦！”

“不必谢，”我高傲地说，“你并没有什么可谢我的道理。”

“啊，有，考坡菲少爷，”乌利亚说，“说真个的，那正是我刚才说要冒昧地跟你掏一掏的心里话。尽管我自己安贱，”他把手擦得更使劲，同时轮换着又看他的手，又看炉火，“尽管我妈也安贱，尽管我们那个安微贫穷而可规矩老实的家下作，但是爱格妮小姐的形象（我不怕冒昧，把心窝子里的话都掏给你了，考坡菲少爷；因为自从我有幸头一回看到你坐在矮马马车上那时候起，我一直就永远有满肚子的话，要对你倾筐倒箧都说出来）。爱格妮小姐的形象，就多年以来，一直印在我的心里了。哦，考坡菲少爷啊，连我这个爱格妮走过的路，我都是用怎么样纯洁的爱爱它的呀！”

我相信，我一下发了一阵疯狂的想法，要从火炉里把烧得通红的通条抓起来，用它把这个家伙穿个透明。这种想法，像一颗子弹从火枪里放出去了一样，使我全身一震，飕地一下就由我身上飞奔而去。但是爱格妮的形象——让这样一个红毛畜类这样念头所侮辱的形象——却仍旧留在我的心里，使我头晕目眩（这时我看着他，只看见他坐在那儿，全身东歪西扭，好像他那肮脏的灵魂正捉弄他的身体一样）。他在我眼前，好像越长越大、越长越粗；屋子里好像到处都是他说话的回声；一种奇怪的感觉（对于这种感觉，也许每个人都多多少少地经验过）——觉得这种情况，以前在某一个不能确定的时间发生过，同时知道他下一步要说什么——这种感觉，控制了我。

我及时看到他脸上现出的那种大权在握的得意神气，比我自己所作的任何努力，都更能使爱格妮的谆谆叮嘱，以全部的力量出现在我心里。我做了一副心平气静的样子（这是我一分钟以前，没想到我能做得到的），问他，他是否把他这样心情对爱格妮表示过了。

“没有，没有，考坡菲少爷！”他回答我说；“哎呀，没有！我除了对你，对任何别人都没露过。我这不过是刚刚从我那样安贱的地位上冒出个头儿来，这你还不晓得？我的绝大部分希望所寄托的，就是能让她看了出来，我对他父亲多么有用处（因为我敢相信，我对他很有用处，考坡菲少爷）；能让她看了出来，我都怎样给他铺平道路，使他不走歪路。她是非常疼她父亲的，考坡菲少爷，（哦，有这样一个女儿，是多么令人羡慕的情况！）所以我想，她为她父亲的缘故，可能慢慢地会对我好起来。”

我把这个坏蛋浑球的全部诡计都看透了，我明白他为什么要把他这个诡计对我捅明了。

“要是你肯帮我的忙，把我这番心腹事替我保守秘密，考坡菲少爷，”他接着说，“在一般情况下，对我别采取反对的态度，那我要把你看作是我最大的恩人。你决不会存心弄出令人不快的事来的。你的心眼有多么好，我是知道的。但是，你既然是在我身份地位还很安贱的时候（我应该说，在我顶安贱的时候，因为即便这阵儿，我仍旧还是安贱的），你既然是在那个时候认识我的，那你也许会出于无心，在我的爱格妮那方面反对我。你可以看出来，考坡菲少爷，我叫她是我的爱格妮。有一个歌儿，里面说：‘我能把王冕都舍去，为的能叫她是我的。’[①]我希望，有朝一日，我能做到那样。”

亲爱的爱格妮，品貌那样可爱，德性那样高洁，我就想不起来有什么人能配得上你，却能是为这样一个浑账瘪三当太太而生，会有这种可能吗！

“你要知道，考坡菲少爷，这阵儿还不必忙，”乌利亚又用他那种笑里藏刀的样子接着往下说。我就心里想着前面说过的想法盯着他。“我的爱格妮仍旧还很年轻，妈和我还得再往上爬，还得有许多许多新的安排，再那么一办，才能十分合适。所以，遇到机会凑巧，我得慢慢地把我的希望透露给她。哦，你肯听一听我这番心腹话，我太感激你了。哦，你是不知道啊，我知道了你了解了我们的情况，并且敢保不会反对我（因为你是不愿意在这一家里，弄出不愉快的事来的），我有多么痛快。”

他把我不敢不伸出来的手握在手里，使劲湿漉漉地握了一下，跟着掏出他那个表面儿灰不拉唧的表来看。

“哎呀！”他说，“都过了一点啦。咱们谈起从前的心腹话来，时

---

①出自苏格兰诗人摩克奈（1746—1818）和英国风琴手及乐谱家胡克（1746—1827）合作的歌曲《锐池莽得山的妞儿》。

光过得快极了，考坡菲先生，这阵儿差不多都一点半了！”

我回答他说，我本来以为时光还要更晚呢。倒不是我当真那样想过，不过只是因为我的谈话能力，已散漫无力，有些着三不着两的。

“可了不得！”他一面琢磨，一面说。“我住的那个地方——一种私人旅馆和公寓一类性质的地方，考坡菲少爷，靠近新河[1]源头——他们两个钟头以前就该都上床睡下了。”

“我很对不起，”我回答他说道，“我这儿只有一个床铺，我——”

“快别提床铺不床铺啦，考坡菲少爷！”他欢喜如狂地回答我说，同时把一条腿蜷了回去。“不过我在你的壁炉前面躺一会儿，你不会有什么意见吧？”

“要是非闹到那一步不可，”我说，“那我请你睡在我的床上，我睡在壁炉前面好啦。”

他反对我这种提议，因为他要特别表示惊讶和谦卑，尖声喊起来，都能够钻到克洛浦太太的耳朵里；那时候，我想，克洛浦太太正睡在远处一个房间里：房间坐落在靠近低潮水准的地平上；在她的睡眠中，有那个无法可治的钟，滴答滴答地作她的催眠曲；我们每逢遇到有关时刻准不准的小问题争论起来，她老叫我看那架钟，其实那架钟从来就没慢到少于三刻钟的时候，每天早晨都要按着最准的钟对一下。由于乌利亚太谦卑了，我当时在不知所措的情况下，怎么辩论也没有用，他决不肯睡在我的卧室里，因此我没有别的法子，只好尽量往好里安排了一下，让他睡在炉前。沙发上的坐垫（对他那又瘦又长的身子，垫子太短了）、靠垫、一床毯子、一块普通桌布、一块干净的早餐桌布，还有一件大衣，就算给他作了铺的和盖的，他对于这个，还不胜感激。我借了他一个睡帽，就离开了他，让他自己睡去了。他把那个睡帽接过去，马上戴在头上，他这一戴睡帽，样子难看极了，我从那时以后，让他这一闹，

---

①新河：在伦敦东北郊，离伦敦市中心较远。

永远没再戴过睡帽。

我永远也不会忘记那一夜。我永远也不会忘记了，我都怎样辗转反侧，怎样直琢磨爱格妮和这个家伙，琢磨得都腻烦了，怎样琢磨我能够做什么，我应当做什么；怎样最后得到结论，认为要使她心里平静，最好的办法是不要做什么，而只要把我所听到的话自己存之于心。在我入睡的那几分钟里，爱格妮带着她那双温柔眼睛的形象，她父亲疼爱地看着她的样子（像我常常看到他看她那样）以求告我的神气，在我面前出现，使我心里充满了无以名之的恐惧。在我醒来的时候，我想起来乌利亚就躺在隔壁屋里，我就觉得，一场睁着眼做的噩梦，像一块铅那样重，压在我的心头，使我害起怕来，好像我弄了一个品质更为恶劣的魔鬼，来到家里作寓公一样。

在我的蒙眬睡眠中，通条也来到我的脑子里，让我摆脱不掉。我在半睡半醒中老想，通条仍旧又红又热，我从炉里把它揪出，用它把他的身子捅了个透明的窟窿。这种想法老像个鬼似的，纠缠不去，闹到后来虽然我知道这不过是一种空想，并非实际存在，但是，我却也悄悄地起来，跑到隔壁屋里去瞧他。我在那儿瞧见了他仰身而卧，把两条长腿也不知道伸到哪儿去了，喉头里直发咯咯之声，鼻子里就不通气，一张嘴张得很大，像个邮局一样[1]。他实际的样子，比我愤怒的时候在幻想中想的样子，更叫人恶心，因此到后来，我竟因为厌恶他而反倒为他所吸引，每半点钟，就不由得要跑到他那个屋里，看他一下。但是那个漫漫又漫漫的长夜，好像照旧迟滞、沉闷，在混沌迷离的天色中，没有一线曙光出现的希望。

一大清早儿，我瞧着他下了楼（因为，谢天谢地，他不肯在我这儿吃早饭），那时在我看来，就好像是，他把夜也随身带走了。我要往博士公堂去的时候，我特意指明，吩咐格洛浦太太，叫她把窗户都打开，好使我的起坐间透透空气，把他留下的气息清洗一下。

---

① 以邮局喻张大的嘴，屡见狄更斯书中。

第二十六章
坠入情网

一直到爱格妮离开伦敦那一天，我再没见到乌利亚·希坡，我到驿车车务处去跟爱格妮告别、给她送行，才见到他，因为他也在那儿，要坐同一辆车回坎特伯雷。我看到他穿着那件又瘦又窄、腰短肩高的桑椹色大衣，带着一把像小帐篷的大伞，高踞驿车车顶后部座位的边儿上，而爱格妮呢，当然坐在车里面，这还使我多少觉得有点受用；在爱格妮看着我的时候，我为了尽力对他表示友好，都受了那样的罪，我得到这点小小的受用，原也应该。在驿车的窗户那儿，也像在宴会的席上，他老在我们跟前打转，没有一时的间歇，就像一只大个的秃头雕[1]一样，把我对爱格妮说的每一个字都咽了下去，也把爱格妮对我说的每一个字都咽了下去。

他在炉旁把他那番心腹话对我泄露了以后，使我感到忐忑不安，因而我经常想到爱格妮对我说的关于合伙那番话。“我只是按照我希望是对的那样办。我感觉到，为爸爸的心神安定起见，就必须做这样一种牺牲，所以我劝爸爸就这样做好啦。”为了她父亲的缘故，她对任何牺牲，都会以同样感觉忍受，以同样感觉自持；这种使人苦恼的预感，从那时以后，一直沉重地压在我的心头。我知道她都怎样疼她父亲。我知道，她都怎样出于天性要尽孝道。我从她自己嘴里听到，她承认自己是不知不觉地使她父亲走上歧途的原因，所以她对他负有深恩，她热烈地想要报答。我看到她和那个可厌至极、身穿桑椹色大衣的赤发鬼[2]那样不同，我就觉得极度不安，因为我感觉到，就在他们二人之间那种不同里——她那一方面就是灵魂深处都是纯洁的自我牺牲，而他呢，就卑鄙龌龊，下流无耻——就在这种不同里，潜伏着最大的危险。所有这

① 这种鸟主要吃死动物的肉，且贪而无厌。

② 英国有个国王叫红威廉(1056—1110)，即威廉第二，或云以其发红，或云以其脸红，此处直以“Rofus”（拉丁文，意为“红”）呼乌利亚，应指红发而言。

种种情况，毫无疑问，他知道得十二分透彻，而且在他那狡猾阴险的心里，都仔仔细细地考虑过。

但是，我却十二分相信，这样一种还遥遥在望的牺牲前景，一定要把爱格妮的幸福完全毁灭；我还敢担保，从她的态度上看来，这种情况她那时还没看到，还没对她显示预兆。既然这样，那我要是把悬而未临的灾难老早就警告她，那就等于我马上加害于她了。因此，我和她分手的时候，我并没对她做什么解释，她从驿车的窗那儿对着我摆手，冲着我微笑，她那个凶煞一般的恶魔就坐在车顶上歪扭身子，好像他已经把她抓入魔掌：胜利凯旋而归一样。

我和他们这番告别的光景，好久好久，老盘踞在我的心头。爱格妮写信告诉我，说她平安到达坎特伯雷的时候，我那份难过，也和我跟她分离的时候一样。不论多会儿，只要我一想什么，这个题目一定要乘机而来，我的苦恼一定会跟着重添倍增。我几乎没有一夜不在梦中梦见这件事的。它变成了我这生命的一部分，它跟我这生命分不开，也跟我这脑袋和我这人分不开一样。

我有的是闲工夫，对我这种疑虑忐忑，精心细意地加以琢磨，因为史朵夫，据他给我的信上说的，回了牛津了；我不去博士公堂的时候，十之八九都是一人独处。我相信，我在这期间，对于史朵夫隐隐约约有了不信任的意思。我回复他的信，仍旧还是顶亲爱、顶热烈地，但是我认为，他恰好那个时候不能到伦敦来，总的说来，我是高兴的。我疑心，实情是，爱格妮那番话对我产生的影响仍旧存在，因为他不在面前，更不受到骚扰；这种影响就对我发生了更大的力量，因为在我所用心和关心那方面，她都占有很大的地位。

同时，一天一天、一星期一星期，悄悄冥冥地溜了过去。我正式在斯潘娄与昭钦事务所当了学徒了。我姨婆一年给我九十镑（不包括房租以及连带的杂项费用）。我的房间租期确定一年；虽然我觉得我晚上在这些房间里寂寞冷清，而且觉得晚间过得特别长，我却能在精神萎靡中求心情的平稳，把时光对付过去，同时拼命地喝咖啡；现在回想起来，在我一生中这个时期里，我好像咖啡喝得都得以加仑计算。大约在这一段时期里我还有了三种发现：第一种是，克洛浦太太是一种叫作“抽劲儿”[①]蹊跷病的患苦者，病一发，鼻子一般就跟着发炎，需要不断用薄荷医疗；第二种，我这个食器贮存室里的气温很有些特别，老让白兰地酒瓶爆炸；第三种，我在世上，孤单伶仃，这种情况，绝大部分用英文韵文，零零星星地记载下来。

在我学徒期正式开始那一天，并没有其他的庆祝活动，只我给事务所的同事们买了些三味吃和雪里酒，我晚上一个人戏园子里看了一回戏。我看的是一出也和博士公堂是同样[②]的戏，叫作《生客》[③]；我看了哭得不可开交，我回到家里，照了照镜子，我都哭得改了样儿，几乎不认得自己了。在这一天，我们把一切手续都办好了的时候，斯潘娄先生说，他本来想要借这个机会，请我光临他在诺乌德[④]的家里，庆祝他和我的师徒关系；但是由于他女儿刚在巴黎上完了学，正要回来，家里的事情还没就绪，所以那天不能请我；但是他却对我说，他女儿一回来，他希望他能有幸在家里招待我一次。我只知道他独身鳏居，只有一个女儿；我对他这份好意表示了感谢。

斯潘娄先生果不食言。过了一两个星期，他又提起了这次约会的话，并且说，如果我赏脸下星期六到他家里，待到星期一，那他可就太高兴了。我当然说我一定要叨扰他的，于是说好了，他用他的轻便四轮双马敞车把我带到诺乌德，然后再把我带回来。

那一天来到了，那时候，连我那绒毯提包都成了拿工资的录事们敬仰的对象。至于诺乌德，对于他们，则是神圣莫测的洞天府地。有一个录事告诉我，说他听人说，斯潘娄先生吃饭用的，完全是金盘银杯、名

---

①原文“spazzums”，是克洛浦太太嘴里说的“spasms”，故以“抽劲儿”译“抽筋儿”。

②这儿是说，这出戏也是古老、陈腐的。

③《生客》：德国戏剧家考才布（1761—1819）的悲剧，由苏格兰诗人汤姆森（1700—1748）译成英文，谢立丹（1751—1816）改编。柯勒律治（1772—1834）在他的《莎士比亚讲稿》里说，“如痴似狂的喜，如痴似狂的悲……感情的歪曲，是考才布等戏剧中的特点。”

④诺乌德：为伦敦泰晤士河南色则克的一部分，在该区最南面，为居民区，多别墅、园林。

窑细瓷；另一位就跟我说，他的香槟酒，随时可由桶里放，像饭桌上普通喝的啤酒那样。那位戴假发的老录事（他叫提费先生），在他当录事的工作中，有好几次因为有事到过那儿，并且每次还都深深进到早餐小厅。他把那个小厅说得挺富丽豪华，并且说，他在那儿喝过东印度黄雪里酒，那个酒的身份那样名贵，喝着都让人直眨巴眼。①

那一天在主教法庭里，我们有一个延期续审的案件——是关于一个面包师在教区税民会上反对交纳修路捐逐出教会的案件——因为，按照我自己所作的估计，证词口供之多，恰有《鲁滨孙漂流记》两倍之长，因此我们结束这个案件的时候，天色已经晚了。不过，我们判决，把他逐出教会六星期，罚了他无数的罚款；然后，那个面包师的代诉人、法官，和原、被告两造的辩护士（他们都是关系亲密的）一同出了城；斯潘娄先生和我，就一同坐着双马四轮敞车，驱车而去。

双马四轮敞车，是一桩很漂亮的玩意儿。那马都把长颈高拱、四蹄高举，好像它们知道它们是属于博士公堂的。在博士公堂里，有很多关于派头排场的方面，大家无不争胜斗强，因此那时候，很出现了一些异常精挑细选的车马、夫役；不过，我自己却向来一直认为，并且将来也要一直认为，在我那个时期，众目所视、众手所指的争胜斗强之物是衣浆的硬度。我认为，在民教法学家中间所穿戴的衣领等物，都硬到人类的天性难以忍受的程度。

我们坐车出城，一路行来，很感惬意，斯潘娄先生就把我所做的这种职业，轻描淡写地讲给我听。他说，世界上再也没有比这种职业更文静高雅的了，你绝对不要把它和代讼师的职业混为一谈，因为这种职业，完全是另一回事，它比起别的来，是个非常非常冷的冷门儿，决不容外人轻易就插进来，它不像别的那么机械刻板，可比别的更有利可图。他说，我们在博士公堂里办起案件来，比在任何别的机关里，都更

---

① 比较萨克雷的《名利场》第28章："……把一杯啤酒喝光，同时把眼一眨巴，表示她喜欢这种饮料。"狄更斯在《荒凉山庄》第53章里也说："优美的老东印度黄雪里酒，喝完了使人舔嘴咂舌。"

自由随便，因此，我们就成为一个特权阶层，自成一个世界，与众不同。他说，我们主要是受雇于代讼师这件不愉快的事实，是无法掩饰的。但是他却又告诉我，说代讼师是人类中的低能的，凡是稍微讲点体面的民教法学家，一概都是看不起他们的。

我问斯潘娄先生，他认为我们这一行里，什么是最有出息的业务。他回答我说，一份不多不少的遗产，恰恰值三万镑到四万镑，因遗嘱发生争执而进了公门，也许可以算是再有出息也没有的了。他说，在这样一件案子里，不但在审理过程中每一个阶段开庭辩论的时候，而且在质审与反质审中作如山似海的口头见证和书面见证的时候(更不必提上诉的时候，首先提到代表庭，以后提到贵族院了)，都可以有不少额外外快稳稳到手；并且，最后由于讼费差不多准可以由遗产本身扣除，所以原告、被告双方，都伸拳捋胳膊地，把官司打得很起劲儿，花费是在所不计的。于是他发表了一通关于博士公堂总的赞扬之词。他说，在博士公堂里，特别值得欣庆的，是它那儿的紧凑严密。天地之间，没有任何别的机构，能像它那样组织得方便适意的了。它是温暖幽静的具体表现。那儿就是“纳须弥于芥子”。举例而言，你把一件离婚案，再不就把一件还产案，在主教法庭里提起诉讼。很好。那你就在主教法庭里审理这个案子。你把这个案子，在你们亲如一家的自己人中间，不动声色地玩弄一套小小的把戏，不慌不忙、从从容容地把这套把戏弄完。比方你对主教法庭不满意，那你怎么办哪？那样的话，你就把案子送到拱门法庭里去。拱门法庭是什么哪？那跟主教法庭是一个法庭，就在同一个屋子里，就是同一个被告席，就是原来的律师，但却是另一个法官。因为在那儿，主教法庭里的法官可以在任何开庭的日子出庭作辩护。好啦，你在那儿又把那整套把戏玩了一番。你仍旧还是不满意。很好。但是你怎么办哪？啊，你把案子提到代表法庭里去。所谓的代表是谁哪？呃，教会代表是无所事事的辩护士，当那套把戏在那两个法庭里玩弄的时候，他们都在一旁瞧着，亲眼看到玩那番把戏怎样洗牌，怎样分牌，怎样斗牌，跟所有玩牌的人都谈过这两场牌戏，现在以法官的身分，重新出现，要把这个案子解决得使每一个人都满意！心怀不满的人尽管可以说，博士公堂如何腐败，博士公堂如何针插不进，水泼不入，博士公堂如何需要改良，斯潘娄先生最后严肃郑重地下了结论说，但是在每一斛麦子的价钱最高的时候，也就是博士公堂最忙的时候，而一个人，可以以手扪心，向全世界宣布，“你碰一碰博士公堂看，只要一碰，国家就塌台了！”

我倾耳而听所有这一番话；并且，虽然我得说，我怀疑国家是否真像斯潘娄先生所认识的那样，依靠博士公堂而存在，我却毕恭毕敬地尊重他的意见。关于每一斛小麦的价格问题，我并非过谦，实在自觉身小力薄，没有能力和它抗衡，因而问题也就完全解决了。我一生之中，一直到现在，从来就没有不屈服于这一斛小麦的时候。这一斛小麦，在我整个一生之中，不论遇到什么问题，它曾一再出现，把我打得一败涂地，全军覆没。确切说来，我不知道这一斛小麦在各式各样千变万化的场合里，跟我有什么关系，或者说，它有什么权利来压伏我，但是不论在什么事件里，只要我一看到我这位老朋友——这一斛小麦——有人把它死拖活拽地提出来(我看到，这是它永远必有的情况)，那我对于那件事体就认定非失败不可。①

这是一段题外的话。我决非敢碰博士公堂因而使国家塌台的人，我用缄默无言来服服帖帖地表示，我对于这位年长位尊、经多见广的人所有的意见，都听命惟谨。我们于是又谈到《生客》和戏剧，谈到那两匹马，谈着谈着，就来到了斯潘娄先生的大栅栏门门前了。

斯潘娄先生宅里有一个可爱的花园；那时候虽然不是一年之中玩赏花木的最好季节，但是那个花园却收拾得那么美丽，因此我感到十分着迷。那儿有一片可爱的草坪，有一丛一丛的大树，有一望不断的曲径，

---

①一斛小麦：19 世纪初，英国工商业虽已发达，但新兴资产阶级还未登上政治舞台，政权仍在大地主手里，1815 年国会通过“谷物法案”，不许粮食进口。这是增加消费者的负担，使地主们受益。1839 年，“反谷物法协会”成立，主张自由贸易。二派斗争剧烈。1846 年，爱尔兰番薯及英格兰谷类歉收，当时首相皮勒慑于民意，迫不得已，提出并通过“取消谷物法案”。在谷物法有效期间，粮价腾贵，故此问题为当时人们争辩最烈、斗争最大的问题。

我在暮色苍茫中刚能辨认出来，上面架着高杆曲栏，高杆曲栏上有丛灌和花卉攀附，在开花结果的时候，一定有花叶披覆。我心里想，“这儿一定是斯潘娄小姐一个人散步的地方。唉！”

我们来到屋子里面，只见屋子里面熙熙融融，烛光辉煌。我们先来到门厅，那儿有各式各样的礼帽、便帽、大衣、条呢衣、手套、马鞭子和手杖。“朵萝小姐在哪儿哪？”斯潘娄先生问仆人。“朵萝！”我想。“多么美的名字啊！”

我们来到一个近在跟前的屋子（我想这正是那个早餐小厅，因东印度黄雪里酒而使人永记在心），我听到一个人声说道，“考坡菲先生，这是我女儿朵萝，这是我女儿朵萝的贴身伴侣！”那个人声，毫无疑问，是斯潘娄先生的，但是我却并没听出来那是谁的，我也不顾得注意那是谁的。一眨眼的工夫什么都算交代了。我命里该遭的事一下来到了。我成了一个俘虏，一个奴隶了。我爱朵萝都爱得如痴似癫，精神错乱了！

她在我眼里，远远不是凡间女子。她是一位天仙，一个精灵[①]——她到底是什么，我也说不上来，她是一个从来没有人见过的什么，而又是人人都想得到的什么。一眨眼的工夫我就沉没在爱的无底深渊里，永无出头之日了。我还没得到工夫在深渊的边儿上停一下，没得到工夫往下看一下，没得到工夫往后看一下；还没等我想出一句跟她说的话，我就一头撞到深渊里去了。

“我，”我刚鞠了一躬，嘴里嘟囔了几个字，就听到一个我很熟悉的声音说，“以前会过考坡菲先生。”

说话的人并不是朵萝。不是朵萝，而是朵萝的贴身伴侣枚得孙小姐！

我并不认为，我当时大吃一惊。据我最大的判断力说来，我当时并

---

① 精灵：在欧洲中古瑞士炼金、星象术士派拉赛拉色斯（1493—1541）所创立之体系中，居于空气中之精灵，后以之形容娇小、轻柔、苗条、优雅之少妇及幼女。

无余力，可使我吃惊。人间尘世，除了朵萝，别无其他值得使人吃惊的什么可言了。我只说，“枚得孙小姐，你好啊？我希望你很好。”她回答我说，“很好。”我说，“枚得孙先生好吗？”她回答我说，“我弟弟很壮实，我谢谢你啦。”

斯潘娄先生，我以为，先前看见我们互相认识，觉得纳罕，现在插言说：

“我看到你，考坡菲先生，早已和枚得孙小姐认识了，很高兴。”他说。

“考坡菲先生和我，”枚得孙小姐用凛若冰霜的镇定态度说，“是亲戚。我们有一度稍微有些瓜葛。那是他还在童年的时候。后来事变境迁，我们分离了。我刚才几乎都不认得他了。”

我回答她说，我可不论在哪儿，都不会不认得她的。这话本来不假。

“承枚得孙小姐的好意，”斯潘娄先生对我说，“接受了做我女儿朵萝的贴身伴侣这份职责，如果我可以这样说的话。我女儿朵萝不幸没了她母亲了，亏得枚得孙小姐一片好心，来做她的伴侣和保护人。”

我当时脑子里忽然想起，枚得孙小姐，像携在囊中的防身武器①一样，本是用来作攻击的，而不是用来作保护的。但是当时既然是除了朵萝，任何别的事物，对我都只能像云烟过眼一般，因此，跟着我马上就往她那儿瞧。我只觉得我看到，在她那微微含嗔的美丽面庞上，她对于她这位贴身伴侣和保护人，并不怎么想要把她当作特别贴心体己人那样看待。正在这时候，铃声响了，斯潘娄先生说，这是正餐的预备铃，跟着就把我带走，去换衣服，准备用正餐。

在这样坠入情网的状态下，还会顾得到想换衣服，或者顾得到想作任何活动，都未免有些太荒谬可笑了。我只能在炉前坐下，嘴里咬着绒毯提包的钥匙，琢磨那位明眸善睐、妙龄华年、令人可爱的朵萝，她的身段多么美，她的面庞多么美，她多么举止优雅，多么仪态万方，多么

---

①一端沉重的短棒，叫作防身武器。

勾魂摄魄。

在那种情况下，我本来应该尽量细心梳洗打扮一番，但是铃声却没容我这样办就又响起来了，所以我只能在匆忙中尽力打扮了一下，来到楼下。那儿还有几位别的客人。朵萝正跟一位白发苍苍的老先生谈话。尽管他都白发苍苍了，而且都是一位老爷爷了——这是他自己说的——我还是疯了一般地吃起他的醋来。

我当时是怎样一种心情啊！我不论是谁，都吃起醋来。连有谁比我跟斯潘娄先生更熟悉一点这种想法，我都无法忍受。我听到他们谈与我无份的事项，都觉得如受酷刑。一位面貌极为和蔼谦恭的客人，头都秃得放出皓光来了，隔着餐桌问我，我这是不是头一次到这个宅子的里面来，这让我听着，简直能对他把任何野蛮报复的行动都使出来。

我不记得有什么别人在座，只记得有朵萝。我一点也不知道我们都吃了些什么，只知道有朵萝。我现在的印象是：我把朵萝的秀色当作了整桌的筵席，把半打丝毫没沾唇的盘子叫仆人撤走。我挨着她坐着。我跟她说话。她那轻清柔细的小嗓音那样受听，她那轻快活泼的小笑声那样动人，她那一颦一笑的小举动那样可爱，那样迷人，把一个丢魂失魄青年一直引到万劫不复、永无翻身之望的奴役之中。总的说来，她未免有些偏于娇小玲珑，因而使她更加可珍可贵，我想。

在她和枚得孙小姐一块儿离开了餐厅的时候（宴席上没有别的女客），我一心出神儿琢磨起来；只有一想到枚得孙小姐会对她说糟蹋我的坏话这种可怕的念头，我这种出神琢磨才受到扰乱。那位脑袋都秃得放出皓光来的和蔼老人，对我长篇大论地讲了一席话，我现在想，大概是关于养花莳草种园子的话吧。我现在想，我当时有好几次都听见他说到“我的花儿匠”。我装模作样地，作出洗耳恭听的样子来，但是实际我却在整个那段时间里，正身处伊甸园[1]中，和朵萝游逛呢。

我们来到客厅，我看到枚得孙小姐那副阴沉、疏远的神色，我的忧虑又复发了，惟恐她在使我丢魂失魄的那人面前，说我的坏话。但是万

---

① 即乐园，见《旧约 · 创世记》。

没想到，事出意外，使我心中的一块石头落了地。

“大卫·考坡菲，”枚得孙小姐说，一面打手势，叫我到一个窗户那儿去。“我跟你说句话。”

我和枚得孙小姐两个人对面而立。

“大卫·考坡菲，”枚得孙小姐说，“关于过去的家务事，我不必夸大其词。那并不是什么引人入胜的话题。”

“决不引人入胜，小姐，”我回答她说。

“决不引人入胜，”枚得孙小姐表示同意说，“过去闹的意见，过去受的侮辱，我不愿意重新提起。我说起来很难过，我过去受过一个人的侮辱——还是一个女人的；我说起来，真得说，那是给我们女人现眼丢脸——这个人，我一提起来，就不能不鄙视、不恶心。因此我还是不要提名道姓的好。”

我一听她说我姨婆，我的火儿可就大了。但是我却只说，毫无疑问，顶好枚得孙小姐还是不要提名道姓，因为我听到有人提起她来，如果不客气，那我就忍不住要把我的意见斩钉截铁地表示出来，我找补了一句说。

枚得孙小姐把眼一闭，表示蔑视的样子把脑袋一俯，跟着慢慢地把眼睁开，接着说：

“大卫·考坡菲，我不必掩饰，在你童年，我对你有一种看法，觉得你没出息，也许是我这种看法不对，再不就是你长大了、学好了，那种看法不成立了。那不是现在咱们两个所要谈的。我相信，我是生在一个以性格异常坚定著称的家庭里的。我不是那种随时改变、随遇改变的人。我对你可以有我的看法，你对我也可以有你的看法。”

这回轮到我把头一俯。

“不过，”枚得孙小姐说，“这两种看法，可没有必要在这个地方发生冲突。在现在具体的情况下，由各方面看来，不发生冲突是最好的。既然事有凑巧，咱们现在又碰到一块儿了，并且将来在别的场合里也许还有碰到一块儿的一天，那我说，咱们在这儿，就以瓜葛之亲那样相待好啦。咱们的家务情况使咱们只好以这种关系相处，咱们双方都没有必要把对方作谈话的话柄。你对我这种提法同意吧？”

“枚得孙小姐，”我回答她说，“我认为，你和枚得孙先生对我都太残酷了，对我母亲都太不仁了。我要永远这样看，一直到死为止。不过我对你的提法可完全同意。”

枚得孙小姐又把眼睛一闭，把脑袋一俯。跟着，只用她那又冰又硬的指头尖儿，在我的手背上碰了一下，就走开了，一面走，一面摆弄她那手腕子上和脖子上的小铐镣。那些铐镣，就和我最后见她那一次，好像是一副，完全老样没变。这些铐镣，和枚得孙小姐的性格联系起来看，使我想到狱门上的铐镣[①]，让所有看到这种东西的人，从外面就可想到里面能有些什么。

那天一整晚上，我什么都不知道，只听到我心头上供养的皇后，用法文唱迷人的民歌，歌里的大意总的说来是：不管天塌地陷，反正我们得不断跳舞，嗒啦啦，嗒啦啦。伴奏的是一件因人生辉的乐器，像个吉他。我什么都不知道，只记得我心痴意迷，飘飘如在云端。只知道我连点心都不顾得吃。只知道，我特别打心里厌恶起盆吃酒来。只知道枚得孙小姐把她监护起来，带她离去，那时候她对我微微一笑，把她那酥软纤柔的小手儿伸给我。只知道我在镜子里看到我自己，完全是一副痴呆、疯傻的样子。只知道，我上床睡觉的时候，只觉得逢人欲啼，早晨起床的时候，几乎要失心迷性。

那天早晨，天气清朗，晨光初曦。我当时想，我得到花栏上覆的散步长径上去溜达溜达，用琢磨她的仪容形象，来把我的迷恋肆意恣纵一番。我走过门厅的时候，碰到了她养活的那条小狗，狗的名字叫吉卜——就是吉卜赛的简称。我用轻怜疼惜的态度来和它接近，因为我连她的狗都爱。但是它却把一口牙全都龇出来，钻到一把椅子底下，特意为的要狺狺而詈。我即便稍微一表示要和它亲近亲近，它都完全不听那一套。

---

① 《博兹特写集》中《刑事法庭》里说，“负债狱门上面画有铐镣……”，亦见于《游美札记》。

花园里清凉而僻静。我来回溜达，一面心里纳闷儿，我如果有和我这位亲爱的天人约为婚姻那一天，我的幸福不晓得应该是怎么一种样子。至于说结婚、家计以及诸如此类的事情，我现在相信，我当时也就跟我当年爱小爱弥丽那时候一样，一片天真烂漫，丝毫没算计到。只要她能让我叫她“朵萝”，能让我给她写信，我能对她尽痴情傻意，能对她尽爱慕倾倒，能有理由认为，她跟别人在一块儿，心里还是想着我——只要能够这样，那在我看来，就是人类至高无上的野心了——我敢说一定，那就是我个人至高无上的野心。现在看来，不论怎样，都毫无疑问，我当时是一个多情善感的青年情痴，但是在这番爱情里，却有一颗纯洁的心在，所以现在让我想起来，尽管可笑，但是却不至于使我感到有任何可耻的地方。

我没溜达多久，就在一个拐角的地方，和她遇见了。我现在写到那个拐角的地方，我全身从头到脚，仍旧感到一阵酥麻，我的笔仍旧在手里发颤。

“你——出来得——好早啊，斯潘娄小姐，”我说。

“家里什么都是死气沉沉的，”她回答我说，“枚得孙小姐又那样不通情理！她老胡说什么，你得等到晨凉变暖，才能出门儿。晨凉变暖！”（她说到这儿，笑了一声，这一声笑，真是清扬婉转）“星期天早晨，我不练音乐，就得有点事儿干。所以昨儿晚上我告诉爸爸，说我非出来不可。除此而外，这是整个一天里面顶清爽明朗的时候。你说是不是？”

我斗胆来了一句放言游辞，说（说的时候，未免有些结结巴巴地），“这会儿对我是很清爽明朗的了，但是一分钟以前，可对我是昏沉黑暗的。”

“你这是句恭维话吧？”朵萝说，“还是天气当真变换了哪？”

我结巴得比以前更厉害了，回答她说，我的意思并非恭维，我说的是真情实况，虽然我并没感到天气发生了任何变化。发生变化的是我自己的心情——我羞羞答答地又找补了一句，来把我的解释弄得更明白些。

她摇了摇头，使鬈发披散下来，遮掩她的娇羞。哎呀，那样美的鬈发呀，我从来没见过那样的鬈发——因为从来没有人有过那样的鬈发嘛，那我怎么能看到呢？至于覆盖在鬈发上的草帽和草帽上的翠蓝带结，如果我能把这顶草帽连同草帽上的翠蓝带结挂在白金厄姆街我的房间里，那是什么样的无价之宝啊！

“你刚从巴黎回来，是不是？”我说。

“不错，”她说。“你也曾到巴黎去过吗？”

“不曾。”

“哦！那我希望你就到那儿去走一趟好啦！你一定会非常喜欢那个城市的！”

内心深处的隐痛，在我脸上透露出痕迹来。她居然会希望我走，她居然会认为我能走，这让我想起来，是无法忍受的。我对巴黎轻视起来，我对法国轻视起来。我说，在现在所有的情况下，人间尘世不论有任何原因，都不能教我离开英国。任何事物都不能打动我，教我离去。简单地说，她又摇摆起她那鬈发来，于是小狗顺着散步长径跑了过来，给我们解了围。

它一个劲吃我的醋，一直不断冲着我狂吠。她把它抱起，搂在怀里——哎呀天哪！——安抚逗弄它，但是它还是一直不断冲着我狂吠。我想用手抚摸它，它就是不肯教我抚摸。于是朵萝就打它。我看到她在它那瘪鼻子的鼻梁上，用手拍它，作为惩罚，它就又眨巴眼，又舔她的手，同时好像一个小小的低音提琴一样，仍旧呜呜地在嗓子里狺狺低嗥；那时候，我那份难过更厉害了。到后来，它到底安静下来了——它非常应该安静下来，因为她那有两个小酒窝的下颏，正放在它的脑袋上——于是我们一同走去，要到温室里去看一下。

“你跟枚得孙小姐并不很熟吧，熟吗？”朵萝说——“我的爱巴物儿。”

（最后这几个字说的是那条小狗儿。哦，要是那说的是我么，那有多好啊！）

“不熟，”我回答她说，“一点也不熟。”

“她真是个老厌物！”朵萝把小嘴儿一撅，说。“爸爸找了这么个讨人厌的老东西来跟我做伴儿，他到底是想要怎么着，我真猜不透。谁要人来保护？我就敢说，我决不要人来保护。有吉卜来保护我，可就比枚得孙小姐好得多多了——你不会保护我吗，吉卜，亲爱的？”

她吻它那团团如球的脑袋，它只懒洋洋地眨巴眼。

“爸爸说，她是我贴心的密友，但是我可敢说，她不是那样东西——她是吗，吉卜？咱们——吉卜和我——才不跟那样一个老闹脾气的老厌物贴心哪。咱们要对咱们喜欢的人贴心，咱们要自己找朋友，咱们才不要别人替咱们找哪——是不是，吉卜？”

它心舒神畅地吱了一声，作为回答，好像一把小小的水壶，吱吱作响似的。至于我呢，每一句话都是一堆新的枷锁，钉在旧的枷锁之上。

“因为咱们没有个慈爱的妈妈，就得找像枚得孙小姐这样一个丧声歪气、愁眉不展的老厌物，整天价跟在身旁，这太叫人不舒服了——是不是，吉卜？不过，咱们不要管那一套，吉卜。咱们偏不跟她贴心，咱们不用管她，只自己能怎么开心就怎么开心。咱们要怄她，叫她生气，咱们决不讨她喜欢——是不是，吉卜？”

如果这种情况，再多少继续一会儿，那我现在想，我当时就得在石头子铺的甬路上双膝跪下，结果十有八九，我要把两个膝盖的皮都蹭破了，跟着还得马上就叫人赶出这所宅子去。但是，幸而运气还好，温室就在不远的地方，说着这一番话，我们就来到那儿了。

温室里摆着一溜一溜美丽可爱的石蜡红[①]，我们在一溜一溜花前徘徊；朵萝有的时候在这朵或者那朵花前面，站住了欣赏一番，她站在哪一朵花前面欣赏，我也站在哪一朵花前面欣赏；朵萝一面笑，一面像小孩似地把吉卜抱起来，叫它闻花的香味儿。如果不能说，我们三个都身在仙境，也得说，我自己却确实是身在仙境。直到现在，我一闻到石蜡红的叶子那种清香，我都起一种亦庄亦谐的奇异之感，因为在一眨眼的工夫里，我这个人就发生了变化；那时我就看到一顶草帽，带着翠蓝色

---

①石蜡红，约有三百种，多甚美观，其叶清香者，原产非洲。

带结，一头如云的鬟发，还有一条小小的黑狗，用两只纤柔的白臂抱着，背景是重叠的花儿和翠绿的叶儿。

枚得孙小姐正找我们来着。她就在温室里找到了我们。她把她那片沉沉阴郁的脸腮（腮上的皱纹里满是头粉）伸出来，让朵萝去吻。跟着她用自己的胳膊，拉着朵萝的胳膊，带着我们去用早餐，那副样子，就是一个军人葬礼的行列。

因为茶是朵萝泡的，因此我喝了多少杯，直到现在我都想不起来。但是，我却完全记得，我坐在那儿，拼命地喝，一直喝到我的整个神经系统（如果在那个时期里，我还有神经系统可言的话）全都付诸流水。待了不大的一会儿，我们去做礼拜。在教堂的长凳子上，枚得孙小姐坐在我和朵萝之间。但是我却只听到她唱，而所有的会众，全都销声匿迹，无影无踪。牧师发表了一通讲道词——当然说的都是关于朵萝的——我恐怕，那次的礼拜，我所知道的就尽于此。

那一天我们过得很安静。没有客人，只散了散步，四个人一块儿吃了一顿家常正餐，晚上就看书看画儿；枚得孙小姐面前摆着一本讲道书，眼睛却盯着我们，极尽其严密防守之责。啊！那天晚上，吃过正餐，斯潘娄先生坐在我对面，脸上蒙着小手绢儿，他绝不能想到，我在我脑子里，都怎样以子婿的身份，热烈地拥抱他！夜里就寝以前，我对他说夜安的时候，他也绝想不到，他刚才已经完全答应了让我和朵萝订婚，我正在那儿祷祝上天降福给他！

我们第二天一早儿就离开那儿了，因为我们在海事法庭里，正拨过来一件救护船只的赔偿案；在这个案子里需要对于全套航海科学具有相当精确的知识，所以法官曾恳请了两位年老的三位一体协会①成员，完全出于以博爱为怀的性质，前来相助为理（因为在博士公堂里，当然不会希冀我们这些人对于这一方面有很多的知识）。不过，在早餐桌上，还是朵萝泡的茶。我上了车，她正站在台阶上，怀里抱着吉卜，我对她脱帽告别，心里悲喜交集。

---

①三位一体协会：一种专管授予领航人执照、许可建筑灯塔等的机关。

那一天海事法庭对我是怎么一回事；我听他们问这个案子的时候，我心里把这个案子都搞成了怎样的一团乱糟；我怎样在他们放在桌子上作为那个高等司法象征的银桨上面，看到铸着朵萝两个字；斯潘娄先生回家的时候，并没带着我，我又怎样觉得（我当时有一种如疯似癫的痴想，希望他再把我带回去）我就是一个水手，而我驾的那条船却扬帆驶去，把我撂在一个渺无人烟的荒岛上；所有这种种情况，我全不必白费气力来描写。如果那个睡眼蒙眬的老法庭，能从睡乡中醒来，而把我在那儿对朵萝所做的白日大梦，用任何有形可见的样子显示出来，那它可以说把我的真情泄露。

我说的这个做梦，并不只限于那一天，而是一天又一天，一星期又一星期，一季节又一季节，无时无刻不在做梦。我到那儿去，并不是为的去听审理案件，而是为的去想朵萝。如果案件慢条斯理、拖泥带水地在我眼前进行审理，我曾有的时候，把心思想到案情上面，那也只有在婚姻案件中，心里琢磨（同时想着朵萝），不明白结婚的人，除了幸福快活，还有什么别的情况可言；再不就在有关遗嘱案件里琢磨，如果案件中的财产是留给我的，那我把这笔钱第一步马上要采取什么行动来对朵萝。在我发生热恋的头一个星期里，我买了四件华贵的马甲——并不是给我自己买的，我对于穿马甲并不引以为乐，而是给朵萝买的——我出门的时候，戴起淡黄色的羔皮手套来；我后来脚上长的鸡眼，都是那时候开基创始的。如果能把我在这个时期里穿的靴子再拿出来，和我的脚天生的大小比一下，那这些靴子就可以令人极为感动地表明我那时的心情。

但是，虽然我因为这样拜倒在朵萝的裙下而把自己弄成了一个又可怜又可笑的瘸子，我还是每天一英里一英里地走了又走，希望能见上她一面。我不但不久就在往诺乌德去的那条路上，变得像在那条路上每班送信的邮差那样人所共知，我在整个伦敦的街上，同样无处不去。我在有最阔气的妇女商店那几条大街上溜达；我像不安于地下的冤魂一样，老到细杂货市场上显灵。我本来早就累得筋疲力尽了，但是我还是忍疼受罪，在公园里逛了又逛。有的时候，经过很长的时期，并且在很少遇到的场合，我能见她一面。我这个见她一面，也许是看见她戴着手套，从马车的窗里向我摆手；也许是我能碰到她，跟她和枚得孙小姐一同溜达一会儿，跟她说几句话。遇到后面这种情况，我每次跟她说完了话，我都要难过一阵，因为我老想，我并没跟她说什么中肯的话；再不就因为，她一点也不知道，我都对她倾倒到什么地步；再不就因为，她对于我，并没有心。我永远盼望斯潘娄先生会再请我一次（这本是可想而知的）。我却永远失望，因为斯潘娄先生一直没再请过我。

克洛浦太太一定是一个见事入木三分的女人。因为我这番单相思还只有几个星期的工夫，并且连我写信给爱格妮，也都只敢说，我到过斯潘娄先生宅里，又添了一句，说，“他家里只有他的小姐一个人，”我就只能写到这儿，就再没有勇气明明白白地写下去了；我说，克洛浦太太一定是一个见事入木三分的女人，因为，我的单相思仅仅到了这个阶段，她就发现出来了。有一天晚上，我正心情非常低沉，她上楼来到我的房间里，问我肯不肯帮她点忙，给她点肉桂酊和大黄精合剂（她那时又犯了我前面说过的那种病了），外加七滴丁香精，因为这是治她那种病最好的药物——要是我身边没有那种东西，那给她点儿白兰地也成，那是次好的药物。她说，她喝后面说的那种东西，并不是因为那种东西好喝，而是因为那是次好的药物。我既然对于头一种，从来连听都没有听说过，而我的柜子里，却有第二种，因此我就把第二种给了她一杯，这一杯她当着我的面，马上就喝起来（这我觉得毫无疑问，好让我免去疑心，不要认为她把这桩东西，别作任何不正当的用途）。

“打起精神来吧，”克洛浦太太说。“像你这样，我看着可不好受啦。因为我自己也是一个有儿有女的人哪！”

我不大能看得出来，这句话怎么能应用到我自己身上。不过我还是看着克洛浦太太，尽量和蔼地笑了一笑。

“我说，先生，”克洛浦太太说。“你别嫌我嘴碎。我晓得是怎么回事，先生。这里头一定有女人的关系。”

“什么，克洛浦太太？”我红着脸说。

“哦，哎哟哟！拿出勇气来吧，先生！”克洛浦太太说，一面点脑袋，来鼓励我。“永远也不要泄气，先生！要是她不肯冲着你笑，冲着你笑的有的是。你是一位年轻的绅士，应该有人冲着你笑，老破费先生；你应该知道自己的身份，别把自己贬低了，先生。”

克洛浦太太老叫我是老破费先生[①]，第一，毫无疑问，因为那不是我的名字；第二，我不由得要认为，她说这句话说惯了，所以叫起我来不觉溜了嘴。

“你怎么知道这件事里有年轻小姐的关系，克洛浦太太？”我说。

“老破费先生，”克洛浦太太带着一片感情说，“我自己也是一个有儿有女的人哪！”

有一会儿的工夫，克洛浦太太只能把手捂着南京布围裙的胸部，一小口一小口地喝着她那药酒，以免疼痛再犯。这样闹了半晌，到底才又开口说：

“当初你那亲爱的姨婆把这儿这套房间给你定下来了的时候，老破费先生，”克洛浦太太说，“我就说过，我这回可有了我能照顾的人啦。我当时说的是，谢天谢地，我这回可有了我能照顾的人啦！——你吃得太少了，先生，喝的也太少了。”

“你就是根据这两件事，看出你猜想的情况来的吗，克洛浦太太？”我说。

“先生，”克洛浦太太说，说的口气近于严厉！“除了你自己，我还给许多别的年轻绅士浆洗过衣服哪。一位年轻的绅士，对于衣帽也许特别讲究，也许特别不讲究。他的头发梳得也许特别光滑，也许特别不光滑。他穿的靴子也许特大得不可脚，也许特小得不可脚。这都得看那位年轻的绅士，天生来的是怎么样的性格。可是不管他往哪一方面偏得太厉害了，那总归有一个年轻的小姐在里头作怪。”

克洛浦太太斩钉截铁地把脑袋直摇，把我弄得丝毫没有可以说得过她的机会。

---

① 老破费先生：Copperfull 的改译，意谓满锅的水。克洛浦太太既是开公寓的，老给人洗衣服，锅里的水是为洗衣服用的。

“就是在你以前住在这儿死了的那位绅士，”克洛浦太太说，“发生了恋爱——跟一个酒吧间的女招待——虽然因为喝酒，原来肚皮很大，可也一下子就得把他的背心改瘦了。”

“克洛浦太太，”我说，“我得请你原谅，不要把我现在这件事里有关的年轻小姐和酒吧间的女招待或者那一类的人，相提并论。”

“老破费先生！”克洛浦太太说，“我也是个有儿有女的人，决不至于那样。我要是打搅你啦，我请你别见怪。不管什么地方，要是不欢迎我，我还是决不去打搅。不过你是个年轻的绅士，老破费先生，我说的都是好话：打起精神来吧，永远也别泄气。也别把自己贬低了。要是你能找点什么玩玩，要是你能打打九柱戏什么的（那是谁都来得、[1]于身体有好处的），那你就可以看出来，那可以叫你换一换脑筋，对你有好处。”

克洛浦太太说完这番话以后，假装着对白兰地小心在意——其实她早就把它喝光了——郑重其事地对我屈膝为礼，退出屋子去了。她那个人走进屋门进口那片暗地里以后，她对我这番告诫，毫无疑问使我觉得，她多少总有点含有狎侮的意味；不过，同时我还是愿意，从另一个角度接受她这番劝告，把它看作是对明人的一言[2]，是一种警告，教我将来更严密地保守秘密。

第二十七章

托米·特莱得

也许由于克洛浦太太的劝告，也许并没有任何别的原因，只是由于克洛浦太太说玩九柱戏谁“都来得”，跟特莱得在字音方面，有一点点

---

①这句是译者所添，使“都来得”和下一章第一段第一句里的“特莱得”双关。原文是 skilttles 与 Tradles，字音稍有相似，双关。

②对明人的一言：是“对于明人，一言已足”的暗用，出于罗马戏剧家浦劳特斯的戏剧《波斯人》，第 729 行（第 4 幕第 7 场）。

相似的地方，所以第二天我才想起来，我得去找一找特莱得。他说他要出一趟门儿，那个时间算来早已过了。他住的地方，是一条小小的街道，在凯姆顿区[1]，离兽医学院很近。在那个区上的住户，据我们这儿一个住在那一面儿的录事对我说，绝大部分是绅士派头的大学生，他们把活蹦乱跳的驴买来，在他们自己的房间里用那些畜类做实验。既经这位录事的指点，知道怎样往这个讲学丛林[2]中的学术之府那儿去，我当天下午就开步去访我这位老同学了。

我看到，那条街并不像我为特莱得起见所希望的那样可人心意。那儿的住户，好像有一种癖好，老把他们无法再用的一切琐小物件，都往大街上扔，因此弄得街上不但臭气烘烘、脏水汪汪，而且因为有烂菜叶子，狼藉不堪。这些垃圾，还并不完全限于烂菜叶子，因为我找我要的门牌号数的时候，我就亲眼看到一只鞋、一口折成两折的汤锅、一顶黑色的女软帽、一把伞，它们糟烂的情况，各种程度都有。

这个居民区的整个气氛，强烈地使我想到我跟米考伯夫妇一同居住的岁月。我所要找的那所房子上，有一种无法形容的破落之家硬撑门面的气息，因而使它跟这条街上别的房子一概不同，更使我想起米考伯夫妇来；——虽然这些房子，都是千篇一律，一样模子刻出来的，跟刚学着画房子的孩子胡涂乱抹所画的一样，他们对于土木建筑的知识，还没脱离刚学写字的孩子弯弯曲曲学着画钩钩[3]的阶段呢。我来到门外，碰到下午送牛奶的也来了，门里的人给他把门开开了；这种情况更加有力地使我想到米考伯夫妇。

“我说，喂，”送牛奶的对一个非常年轻的小使女说，“我那笔小小的牛奶费，你给言语啦没有？”

“哦，老爷说啦，他马上就着手办，”回答的话说。

“因为，”那个送牛奶的接着说，说的时候，好像他并没听到刚才

---

① 凯姆顿区：为伦敦偏北的一区，皇家兽医学院在这个区的学院大街。

② 希腊哲学家柏拉图讲学之所，在雅典城外，其地有丛林，后遂以丛林为讲学之地。

③ 英美幼童，学写字时，基本功之一就是画钩儿。

那句回答他的话，也并不是对那个小小的使女，而只是对房里的什么人发的一通教训（这是我从他发话的语调里听出来的，我这种印象，由于他使劲瞪着眼往过道里瞧，更加明显），“因为那笔小小的奶费，耗了这么些日子了，所以我只当这笔账要整个地漂了，永远没有人理会的时候啦。现在，你要明白，我可不能再耗啦！”送牛奶的一面仍旧把嗓子冲着房子里面大叫，一面把眼睛冲着过道里面直瞪。

附带地说一句：像他那样的人，干送味甜性柔的牛奶那一行，真有些不伦不类。他那副长相儿，连当屠夫或者卖白兰地，都得说是够凶的。

那个小小的使女说话的声音变得轻微极了，但是看她那嘴唇的活动，她还是嘟囔着说，那笔账就要想办法的。

“我跟你说吧，”送牛奶的这时才头一次恶狠狠地看着她，同时用手托着她的下颏，说，“你爱喝牛奶，是不是？”

“不错，我爱喝牛奶，”她回答说。

“很好，”送牛奶的说。“那么，你明儿不用打算喝啦。听见啦没有？你明儿连一点一滴牛奶也别想再喝啦。”

我认为，总的说来，她好像觉得，今天能有奶喝，也就可以放心了。送牛奶的阴沉沉、恶狠狠地冲着她摇了摇脑袋，把手从她的下巴上拿开，满脸凶气地把牛奶罐打开，在她从家里拿出来的盂子里，倒上了素常那么多的牛奶。他这样倒完了，嘴里嘟囔着走开，在隔壁邻居家门口，吆喝牛奶，吆喝的声音里，还带着怨气不消的尖声。

“特莱得先生住在这儿吗？”我于是问。

从过道的一头儿，发出了一个神秘的声音来，说“是”。跟着那个小小的使女也说了一个“是”。

“他在家吗？”我问。

那个神秘的声音又答应了一个“在”字，那个小小的使女也反应了一个“在”字。我一听这样，就走了进去，照着小使女的指引，上了楼。在我从后部起坐间门外走过的时候，感觉到有一双神秘的眼睛正打量我，那双眼睛大概是属于那个神秘的声音的。

我走到楼梯顶上的时候——这所房子只有两层——特莱得已经在楼梯上口等着我了。他见了我非常高兴，极尽亲热地欢迎我，把我带到了他那个小小的房间里。这个房间占着这所房子的前部，拾掇得非常整洁，虽然没有什么陈设。我看出来，他就住了那一个屋子；因为屋子里有一个沙发床，他的皮鞋刷子和皮鞋油，都和他的书掺杂着放在一起，在书架最上面的一层一本字典后面。他的桌子上满是文件，他正穿着他那件旧上衣在那儿辛辛苦苦地工作。据我所知道的来说，我坐下的时候，我什么也没看，然而我却又什么都看见了，连他那瓷墨水瓶上画的教堂都看见了——这一点，也是我旧日和米考伯先生一家住在一块儿的时候，培养起来的一种机灵劲儿。他作了各种心灵手巧的安排，他使他那个五斗柜变形改貌，他把那双靴子、那个刮脸用的镜子等等，都巧为安置，各得其所：这种种情况，都给了我特别深刻的印象，证明他还是当年那个特莱得，会用书写纸作象房模型，装捕来的苍蝇，会用我时常提到的那种值得纪念的艺术作品来安慰自己所受的虐待。

在屋子的一个角落上，有一件东西，服服帖帖地用一大块白布蒙着。我看不出来那是什么。

"特莱得，"我坐下以后，又跟他握了一会手，说，"我见了你，高兴极了。"

"我见了你也高兴极了，考坡菲，"他回答我说。"我见了你的的确确高兴极了。就是因为我在伊里地见了你特别高兴、同时也敢保你见了我也特别高兴，所以我才把我这儿这个住址告诉了你，而没把我在法学会的房间告诉你。"

"哦，你在法学会有房间？"我说。

"呃，我有一个房间和一个过道的四分之一，还有一个录事的四分之一，"特莱得回答我说。"另外有三个人，再加上我自己，我们一共四个人，租了一套房间——为的是看起来像样儿一些——我们把那个录事，虽然并没五裂，可也四分了。我一星期得为他费半克朗哪。"

他作这一番解说的时候，微微笑着，从这种微笑里，我以为，我还是能看到他从前那种质朴的性格、柔和的脾气，同时，还有他从前那种倒霉的运气。

“我平常一般都不把我这儿的住址告诉人，那并不是因为我有一丁点讲究体面的意思，考坡菲，这是你明白的。那只是因为到这儿来的人，也许并不喜欢到这儿来。我自己哪，正在世路上披荆斩棘，勇往直前哪，要是我装出另一副样子来，说我并不是在这儿这样干，那就荒谬可笑了。”

“洼特布鲁先生告诉我，说你正学法律，准备当律师哪，”我说。

“呃，不错，”特莱得说，一面慢腾腾地把两手一上一下地对搓。“我是正在这儿学法律，准备当律师。我说真个的吧，拖了很长的时期，我现在才刚刚起头儿按规到庭①。过了好久，我才当成了徒弟，但是拿那一百镑的学徒费，可真大大地费劲儿，真大大地费劲儿！”特莱得说，说的时候，把身子往后一挣，好像他正在那儿拔牙似的。

“我坐在这儿看着你，你知道我禁不住要想的是什么哪，特莱得？”我问他。

“不知道，”他说。

“我正想你从前老穿的那套天蓝色裤褂哪。”

“噢，我的天，不错，那套裤褂啊！”特莱得大笑着喊道。“胳膊、腿儿，都箍得紧紧地，是不是？唉！噢！那时候那个日子过得真快活，是不是？”

“我承认，咱们那位校长，本来还可以叫咱们那时候的日子过得更快活一些，还是对咱们不论谁都不会有什么害处，”我回答他说。

“也许可以，”特莱得说。“不过，哦，那时可还是有很多很多的乐事。你还记得咱们宿舍里晚上的情况吧？咱们老在那儿吃晚餐的情况？你老给我们说故事的情况？哈！哈！哈！我因为舍不得米尔先生走，挨了一顿棍子，你还记得吧？老克里克！我连他也还想再见一

---

①19 世纪初期，英国法律学生或学徒，要取得当律师的资格，除交纳一定费用外，在开庭期间(一年四期)须按规到庭。

面哪！”

“他对待你简直地跟个野兽一样。特莱得，”我愤怒地说，因为他那个高兴劲儿让我觉得，好像我昨天刚看见他挨了打一样。

“你真那么想吗？”特莱得说。“真个的吗？也许他像个野兽；有点儿像个野兽。不过那都成了明日黄花了。很久很久就成了明日黄花了。老克里克啊！”

“那时候是你叔叔供你上学，是不是？”我说。

“当然是！”特莱得说，“他就是我老想给他写信的那个人。可是一次也没写得成，是不是？哈！哈！哈！不错，那时候，我叔叔还活着。但是我离开学校不久，他就不在了。”

“真个地！”

“是真个地。他是一个告老还家的——你得怎么说哪——卖呢绒的——一个呢绒商人——他本来把我过继在他名下。可是我长大了以后，他又不喜欢我了。”

“你这话是你真心说的吗？”我说。因为他那样安详平静，我还只是想，他也许另有用意呢。

“哦，是真心，考坡菲！我是真心，”特莱得回答我说。“那很不幸，不过他可又实在一点都不喜欢我啦。他说我一点也不像他指望的那样，因此他跟他的女管家结了婚啦。”

“那时候你都怎么办来着？”我问。

“我什么事儿也没办，”特莱得说，“我跟他们住在一块儿，等着到社会上混个事儿，一直到不幸他的风湿病重了，攻到心里去了——他就死了，她呢，就另嫁了一个青年，这样一来，我可就没人管了。”

“闹到末了，你什么也没弄着啊？”

“哦，弄着了点，”特莱得说。“我得了五十镑。我从来没学过干任何专门职业的本事。一开始的时候，我一点门路也没有，不知道做什么好。不过，我还是开了个头儿，一个干自由职业的人，有个儿子，在撒伦学舍上过学——他叫尧勒，是个歪鼻子，他帮了我的忙。你还记得他吧？”

“不记得啦。他跟我不是一个时期。我在撒伦学舍的时候，所有的人，鼻子都是周正的。”

“好啦，不用管这个啦，”特莱得说。“就是他，帮着我开头干起来，起先是抄写法律文件。但是那顶不了什么事儿。后来我给他们摘叙案情，撮录要点，以及那一类的工作。因为，考坡菲，我是一个能负重致远的家伙，学会了怎样精简撮要这套玩意儿。好啦，就是我干了这种活儿，才让我想到学法律、干律师这一行来的；不过这么一来，我那五十镑钱里剩下的那一点儿也就都付诸东流了。不过，尧勒把我介绍给一两处别的事务所——洼特布鲁先生的事务所就是其中之一——所以我能弄到好多活儿。我还算运气很好，跟一个和出版界有关系的人认识啦，他正在那儿编一部百科全书，他给了我些活儿。我不瞒你说，”（他说到这儿，往桌子上斜着眼一看）“我这阵儿就正在这儿给他干活儿哪。我这个人，搞起编纂的工作来，考坡菲，还不算坏，”特莱得说，在他说所有这番话的时候，一直保持了他那种高兴自信的神气；“但是我这个人可完全没有独出心裁的创造力，连一丝二毫都没有。我觉得，青年人里面，再没有比我更缺少独创的能力的了。”

既然特莱得好像期望我对于他这一点应该认为是事理之常，同意他这番话，所以我就点了点头。跟着他继续说，说的时候，仍旧跟先前一样，是高兴而有耐心的神气——我找不出别的字样来形容他。

“这样，慢慢一点一点的，同时又省吃俭用的，我就到底对付着把那一百镑攒齐了，”特莱得说，“谢天谢地，都付清了。尽管那使我——尽管那一点不错——使我抽筋拔骨。”他说到这儿，又把身子往后一挣，好像又拔了一个牙似的。“我现在仍旧靠我刚才说的这种工作维持生活，我希望将来有朝一日，我能跟一家报馆拉上关系；那就几乎等于是我发了财一样了。我说，考坡菲，你还是丝毫都不差，跟从前一样，还是那样和蔼可亲的面目；我见了你太愉快了，所以我对你什么都不隐瞒。因此我还得告诉你，我已经订了婚啦。”

“订了婚啦！哦，我的朵萝啊！”

“她是一个副牧师的女儿，”特莱得说，“一共姐儿十个，住在戴芬郡[1]。不错！”因为他看到我不知不觉地往墨水瓶上的画儿那儿瞧。“那就是他们那个教堂！你朝着左边这么一走，出了这个大栅栏门，”他用手在墨水瓶上比划着，“恰好在我拿这支笔指着的地方，就是他们那所房子——跟教堂正对着，这是你可以看出来的。”

他讲这些细情的时候，那份快乐劲儿，当时我并没能完全看得出来，那是以后我才看出来的。因为在他说这番话的时候，我心里也正画着斯潘娄先生那所房子和花园的平面图呢。

“她是个十二分招人疼的女孩子！”特莱得说，“比我稍微大一点儿，但是可是个十二分招人疼的女孩子！我上回不是跟你说我要出城吗？我出城就是要往她那儿去的。我是走着去、又走着回来的。但是我可觉得，那是我顶快乐的日子！我得说，我们这个订婚期间大概总得相当地长，不过我可永远拿‘抱着希望而等待’这句话作我们的座右铭。我们老是那样说。我们老是说‘抱着希望而等待’。她说她都能等到她六十岁的时候，考坡菲——她说，她为我，都能等到你能说得出来的任何时候。”

特莱得从椅子上站起身来，含着胜利的微笑，把手放到我曾提过的那块白布上面。

“然而，”他说，“你可不要认为，我们还没开始作成家立业的准备。不是没开始，绝不是没开始；我们已经开始了。我们总得慢慢地来，但是我们可已经开始啦。”他说到这儿，把那块布洋洋得意、斤斤在意地拉开，说，“这儿是两件家具，我们就用这两件家具开头儿。这个花盆和花台，是她亲手买的。这要是放在起坐间的窗户那儿，”特莱得说，同时往后退了几步，好更得意地把它端量，“里面再种上一棵花儿，那——那可就妙啦！这张小圆桌，带着大理石面儿(周围有二英尺十英寸)是我买的。你当然晓得，你有时要放一本书什么的，再不就有

① 在英国西南部，离伦敦约三百英里。

人来看我或者我太太，你要放个茶杯什么的，那——那你往这个桌子上一放，那也很妙！”特莱得说。“这件家具真可爱——像磐石一样地坚牢！”

我对这两件家具，都盛夸了一番，于是特莱得又和原先把白布拉开的时候一样，小心仔细地把那两件家具又蒙了起来。

“这对于陈设并算不了什么，”特莱得说。“不过那总归得算是有点儿什么啦。至于桌布、枕头套儿，以及诸如此类的东西，都是顶让我气馁的，考坡菲。还有铁器——蜡箱子[①]、烤肉的支子，以及那一类的日常必需之物——也是一样，因为那都是非用不可的东西，而它们的价钱可天天往上涨。不过，‘抱着希望而等待’！我再对你实说一遍，她真是个十二分招人疼的女孩子！”

“我对于这一点敢说绝无问题，”我说。

“同时，”特莱得又回到他那把椅子那儿，说：“我对于我自己唠唠叨叨的话再说一句就完啦：我尽我的力量往前奔。我挣不了多少钱，但是我也花不了多少钱。总的说来，我跟楼下住那一家搭伙食，他们这一家人实在叫人可心。米考伯先生和米考伯太太两个都是饱经世故的，和他们同处，再好也没有了。”

“亲爱的特莱得！”我急忙喊道，“你刚才说什么来着？”

特莱得瞧着我，好像纳闷儿，不知道我刚才说什么来着。

“米考伯先生和米考伯太太啊！”我重复了一遍，说，“哟，我跟他们是顶熟的老朋友啊！”

我心里纳闷儿，不知道他们是不是米考伯夫妇，正在疑惑不解的时候，只听不早不晚恰当其时，门上敲了两下，才把我的疑惑消除了，因为那种敲法，根据我在温泽台的经验，听来很熟，而且除了米考伯先生，别人都不会有那种敲法。我于是请特莱得，邀他的房东上来。特莱得去到楼梯上口，照着我的话办了，于是米考伯先生，一点也没改

---

① 当时照明的东西主要是蜡烛，所以得有盛蜡的箱子，这种箱子多为铁作，且有装饰，故此处说它也贵。

样——他那马裤、他那手杖、他那衬衫领子、他那单光眼镜，一切一切，都跟先前完全一样——优游文雅、宛如青年，进了屋里。

“对不起，特莱得先生，”米考伯先生正轻柔地哼着一个小调，忽然打住了，用他那有板有眼、滔滔不绝的老调说。“恕我无知，原来尊居雅室，有一位从未脚踏这个公寓的客人。”

米考伯先生对我微微一鞠躬，同时把衬衫领子竖起。

“你好哇，米考伯先生？”我说。

“阁下，”米考伯先生说，“承你垂问，不胜感激，我还是依然故我。”

“米考伯太太好啊？”我接着说。

“阁下，”米考伯先生说，“谢天谢地，她也同样依然故我。”

“令郎令嫒都好啊，米考伯先生？”

“阁下，”米考伯先生说，“我欣然奉告，他们也都同样享其天授，体魄健全。”

在所有这段时间里，米考伯先生虽然和我对面而立，却一点也没认出是我来。但是现在，他看到我微微一笑，于是他把我的面貌更注意地瞧了一番，倒退了几步，喊着说：“有这么凑巧的事吗？我真能这样荣幸，又见到考坡菲啦吗？”于是握住了我的双手，亲热至极。

“唉哟哟，特莱得先生！”米考伯先生说。“真想不到，你先生会跟我青年时期的朋友，我旧日的伴侣认识！我的亲爱的，”他隔着楼梯喊米考伯太太，同时特莱得，听到他这样形容我，就觉得不胜诧异（这种诧异本是很有道理的），在一旁看着，“这儿有一位绅士在特莱得先生屋里，他想叨光，把此人介绍给你，我爱！”

米考伯先生马上从楼梯上口回来，又跟我握了一次手。

“咱们那位老朋友，那位博士，怎么样啦，考坡菲？”米考伯先生说，“还有坎特伯雷所有的诸位，都好哇？”

“我除了说他们都好以外，其他无可奉告，”我说。

“我听到这个话太高兴了，”米考伯先生说。“咱们上次是在坎特伯雷见面的，是在那座宗教大厦的廊庑之下，如果我可打比喻说的话，那座因乔叟[1]而名垂不朽，那座古代往日、天涯海角的人都来朝谒的[2]——简而言之，”米考伯先生说，“就在那座大教堂附近那一块儿，会面的。”

我回答他说，不错。米考伯先生还是尽其力之所能，滔滔不绝地说下去，但是，我却认为，从他脸上那种关切的样子看来，不能不露出他对于隔壁屋里的动静有所理会，因为米考伯太太正在那儿洗手，忙忙叨叨地开关抽屉，开关的时候，抽屉都有些不听使唤的样子。

“你可以看出来，考坡菲，”米考伯先生说，一面斜着眼瞧着特莱得，“我们现在这个家，只可名之为规模狭小、不务奢华。不过，在我经历的世事之中，我可曾克服过困难，铲除过障碍，这是你所深知的；在我一生之中，有的时候，实有必要，我不能不暂时驻足，以待时来运转，又有的时候，我认为必须后退几步，来做我往前跃进的准备，我这样叫它是跃进——我想没有人罪我以自诩的——这都是你，考坡菲，并不生疏的。现在就是一个人一生中这种紧要关头来到眼前的时候了。你可以看出来，我正在这儿后退，作跃进的准备，我深深地相信，我这一个跃进，会是坚强有力的跃进。”

我正在表示我对于他这一种前途深觉欣慰的时候，米考伯太太进了屋里。她比平素又稍邋遢些，再不就是据我这个现在没看得惯的人看来，好像有些又稍邋遢，不过仍旧还是因为要会客人，修饰了一下，还戴了一副棕色手套。

“我的亲爱的，”米考伯先生把她带到我跟前说，“这儿是尊姓考坡菲的绅士，想要跟你重叙旧好。”

事实证明，他做这番介绍的时候，最好缓缓从事，因为米考伯太太正身怀六甲，一听这话，不胜其突然，一下晕厥，因此米考伯先生，不

---

① 乔叟的《坎特伯雷故事》，就是以从伦敦往坎特伯雷去朝谒圣地的人，在路上为背景而说的故事。

② 中古时代，英国宗教改革以前，往坎特伯雷朝谒的人，一年各时全有，而尤以 12 月及 7 月为最多。其所朝谒者为坎特伯雷大主教圣托玛斯 · 阿 · 白克特之墓。

得不慌慌忙忙，跑到下面后院里水桶所在的地方，舀了满满一脸盆水，在米考伯太太额上，又洒又洗。但是她不久就还醒过来了，见了我真正地感到高兴。我们大家一块儿谈了有半点钟的话。我问候她那一对双生儿，她说，他们都“长成了大汉子了”；我又问候他们那位大少爷和大小姐，她就把他们说成了“简直地是巨人”。不过那一回，米考伯先生虽然“出妻”，却没“见子”。

米考伯先生一心盼望我在他们那儿吃正餐。我本来并没什么不愿意的，但是我从米考伯太太的眼神儿里，觉得好像看了出来，她正为难的样子，并且正算计冷肉还剩了多少的问题。因此我说，我有别的约会；我一看米考伯太太听我这样一说，马上心里就轻松了，于是不论米考伯先生怎么强留硬拽地挽留我，我都咬定了我另有约会那句话不放。

但是我却对特莱得，对米考伯先生和米考伯太太说，在我打算告辞以前，他们得定一个日子，到我那儿去吃正餐。因为特莱得已经答应了人家一件活儿，非做不可，因此订的日子，总得迟一些才成；不过一个对于大家都合适的聚会日子到底订好了，我才跟他们告辞。

米考伯先生，托词说要指给我一条路，比我来的那条近，跟我一块儿来到一条街的角落上，据他自己说，他很急于想要跟一位老朋友说几句心腹话。

“亲爱的考坡菲，”米考伯先生说，“我几乎用不着跟你说，在现在的情况下，能有你的朋友特莱得那样一个人，心智朗照——如果你许我这样说的话——心智朗照，跟我同居一椽之下，真有说不出来的快慰。隔壁住的是一个洗衣服的妇人，在她那起坐间的窗户里，摆着杏仁糖果出卖，街的对个儿就住着一个鲍街[①]的警官，你可以想象，有特莱得那么一个人在一块儿，那对于我自己，对于米考伯太太，是多大的安慰源泉。亲爱的考坡菲，我目下正代人买卖粮食，挣取扣佣。这种职业，并非有利可图——换一句话说，简直是赔钱的买卖——因此，结果是，手头一时拮据起来。不过，我很高兴地对你再找补一句说，我目

①鲍街：在伦敦考芬园旁，为伦敦主要警察法庭所在。

坠入情网

下马上就可盼前途有厚望的机会出现（我现在还不能随便说明是哪一方面），只要这个机会一来，我完全有信心，我就不但可以永久供我自己丰衣足食，并且还可以供你的朋友特莱得丰衣足食。我对于他，有一种绝不矫情的关切。还有一句话，先说给你，免得你惊讶，那就是，照米考伯太太眼下身体方面的情况看来，要是她在爱的结晶中——简单地说吧，在婴儿中间，给我有所增加，并非完全不可能。米考伯太太娘家的人，居然那样关心，对于这样事态有所不满。我只能说，我不知道这件事与他们有什么纠葛。我对于他们那种感情的流露，只有报之以鄙夷和挑战，而对他们充耳不闻。”

米考伯先生于是又跟我握了一回手，跟我告辞了。

第二十八章
米考伯先生叫阵

顶到我招待我那几位久别重逢的老友那一天，我一直主要地都是只靠朵萝和咖啡活着的。在我这种苦害单相思的日月里，我的食欲锐减，但是我对于这一点，反倒引以为快，因为我觉得，要是我吃起饭来，仍旧跟平素一样有滋有味，那我就是对朵萝无情、不忠了。我所作的大量散步活动，在我现在的情况下，并没产生平常应有的效果，因为失望的心情，抵消了新鲜空气的作用。我一生这个时期里所得的实际经验，还引起我一种怀疑，使我认为，在一个老让瘦靴子挤得如受酷刑的人身上，即便饱啖肉类，他是否能真正像平常一样自由享受，很成问题。我认为，总得四肢都舒服畅快，然后胃口才能强壮旺盛，发挥作用。

我这次在家里做这个小小的东道，我并没像上一次那样，作丰宴盛筵的准备。我只预备了两条比目鱼，一小条羊腿，还有一个鸽子排。关于做鱼和肉的话，我刚羞答答地跟克洛浦太太稍微一提，克洛浦太太就公然造起反来，以受害被祸的愤怒态度说，“不成！不成！先生！你不要叫我干这种活儿。因为你分明知道我的为人，应该懂得，只要我干起来不是自己十二分可心情愿的事，我都不肯干！”不过，闹到最后，两下里来了个妥协的办法；克洛浦太太答应了担起这个重担子来，但是有一个条件：我从那时以后，得有两星期的工夫，都在外面用饭。

我在这儿可以顺便说一下，由于我处在克洛浦太太残暴的积威之下，我在她手里受的那些罪，简直是叫人不寒而栗。我从来没怕过别人像我怕她那样。不论什么事，我都得将就她。如果我稍一犹疑，那她那种发作起来吓死人的毛病就要发作，她那种毛病永远穿筋入骨，埋伏在她身上不定什么地方，一眨眼的工夫，就可以出而袭击她的要害。如果我轻轻地拉了六次铃，都无人答理，于是我使劲拉了一下，而她到底出现了——这是绝对靠不住的——那她就满脸悻悻之色，都喘不上气儿来地一屁股往靠门那儿的椅子上一坐，用手捂着南京布围裙的胸部，一下病得人都不行了，因此我就得快快不怕牺牲我的白兰地或者任何别的东西，把她请出门去完事。如果我对下午五点钟给我叠床提出反对的意见来——这我直到现在，还是认为，五点钟才叠床，太叫人感到不方便了——只要她朝着她那南京布围裙上伤情痛心的地方一伸手，我就得立刻结结巴巴地对她说抱歉的话。简而言之，任何不伤体面的事，我都可以做，可就是不敢得罪克洛浦太太，她简直是要我的命那样吓人。

我这回为了请客吃饭，买了一个旧食具自送架，我认为这比再雇那个专应杂差的小伙子好；因为我对这位小伙子有了一种偏见，由于有一个星期天早晨，我在河滨街上碰见了他，穿着一件背心，非常像我那一件，那一件是那次请客以后就不见了的。那个“小妞儿”倒是又雇来了，但是可有条件，那就是，她只能把盛菜的大盘子送进来，跟着就得退到房间门外那一面儿的楼梯口那儿；因为她在那儿，她那种探头探脑、听声闻气的毛病，就影响不到客人了，她往碟子、盘子上倒退乱踩的动作也实际上做不到了。

我把做一钵盆吃酒的材料都预备好了，准备让米考伯先生来掺兑；把一瓶欧薄荷香水、两支蜂蜡蜡烛、一包杂样绷针，还有一个针插儿，也都预备好了，好让米考伯太太在梳妆台前梳妆打扮的时候使用；又把寝室的炉火生起来，也是为了米考伯太太的方便；同时亲手把桌布铺好；我把这些东西都一一弄妥当了，我就心神安闲地静待下文。

在约定的时间，我那三位客人联袂而来。米考伯先生的衬衫领子比平常更高，他那副单腿儿的单光眼镜就用一根新的丝带子系着；米考伯太太就把她的家常便帽用一张白不刺咧的牛皮纸包着，特莱得一手提着这个包儿，另一只手挽着米考伯太太。他们看到我的寓所，都很赞赏，我把米考伯太太带到梳妆台那儿，她看到我给她做的准备，规模那样大，高兴得不知所以，特意把米考伯先生叫进去看。

“亲爱的考坡菲，”米考伯先生说，“你这真可谓奢侈华美。这种生活方式，使我想起当年我还是独身一个，米考伯太太还没经人死乞活求，在月老神①前，誓愿以身相许②的时期。”

“他的意思是说，都是他，对人家死乞活求，考坡菲先生，”米考伯太太故弄狡猾地说。“他不能把责任推到别人身上。”

“我的亲爱的，”米考伯先生忽然庄颜正色起来，说，“我也决不想把责任推到别人身上。我深深地知道，你为神秘难测的命运之神的意志所支配，为我而待字，那时候，很可能你是为一个命中注定、经过长期挣扎、终于落到复杂经济纠葛之中的受难之人而待字的。我明白你影射的是什么，我爱。我对你的影射引以为憾，但是我还是可以忍而受之。”

“米考伯！”米考伯太太哭了起来，喊着说。“这话是说给我听的吗？我，从来一直就没有想不跟你的时候，将来也永远不会有想不跟你的时候，米考伯，你可对我说这种话！”

“我爱，”米考伯先生极为激动地说，“你会原谅我这个伤心人的，我也敢保，我们这位久经考验的老朋友考坡菲也会原谅我这个伤心人的，我这只是一个伤心人发泄的一阵深创剧疼，受了一个势家走狗的欺凌，更加触动，简单地说吧，和管自来水开关的家伙，发生了冲突，更加因景伤情——所以你们对我这种脾气的暴发，应该加以怜悯，而

---

① 意译，原文为亥门，古希腊、罗马神话中，司婚姻之神。

② 指婚姻礼文中，新郎、新娘对发的誓言而言。

不应该加以责骂。”

米考伯先生于是拥抱了米考伯太太一下，和我死劲握了一握手。他这番一鳞半爪透露出来的话，让我猜度，一定是那天下午，自来水公司，因为他到期没付水费，把自来水给掐了。

我想把他的心思从这个令人不快的事情上转移一下，我就对米考伯先生说，今儿这一钵盆吃酒，我是全靠他的本事了，同时把他带到放柠檬的地方。他刚才那样失望的样子，且不必说绝望，一下消失了。我从来没看见过，有人像米考伯先生那天下午那样，在柠檬皮的香气中、糖的甜味中、烈如火烧的罗姆酒的醇味中、开水的蒸汽中，那样自得其乐。看到他满脸放光，在这样一片气味芬芳的淡云浓雾中瞧着我们，同时又搅、又拌、又尝，又看起来好像他并不是在那儿掺兑盆吃酒，而是在那儿为全家置万世不尽的万金之产一样，真是了不起的光景。至于米考伯太太，我不知道是由于软帽的缘故，还是由于欧薄荷香水、或者绷针、或者炉火、或者蜂蜡蜡烛的缘故，反正她从我的寝室里出来的时候，比较地说，显得齐整好看多了。即便百灵鸟，也从来没有那位好得不能再好的女人更欢势的。

我猜想——我从来不敢冒昧地诘问，我只能猜想——克洛浦太太一定是煎完了比目鱼以后，就又老病复发了。因为吃完了鱼，饭局就抛锚了。那块羊腿端上来的时候，里面是红卜剌咧的，外面却灰卜拉唧的。除此而外，上面还撒了一层吃起来牙碜的什么东西，好像是这块肉曾掉到那个制造惊人的厨用炉子的炉灰里似的。但是我们却无从根据肉汤的样子来对这种情况下判断，因为那个“小妞儿”把全部肉汤都在楼梯上撒光了——那些肉汤，我可以在这儿顺便一提，滴成一长溜儿，留在楼梯上，一直等到它自消自灭才罢。鸽子排不算坏，但是那却是虚有其名的排，外层的皮，用脑相学的说法来说，像一个诸事不利的脑袋，满是疙疙瘩瘩的，里面却什么也没有。简单地说吧，这次的宴会，完全失败了，如果不是我这些客人都那样兴致勃勃，和米考伯先生那样因机制宜的明智提议，稍微使我松快了一下，那我就愁闷至极了。我这是说，由于宴会完全失败而愁闷，至于对朵萝，我永远是愁闷的。

“亲爱的朋友考坡菲，”米考伯先生说，“在安排得最完善的家庭里，也会发生小小的过节儿的。[①]一个家庭里，如果没有一种感化、影响，弥漫其中，使之神圣，并使之超逸——呃，简而言之，我想说的是，如果没有女性的影响，以性质崇高的身分作主妇，来主持中馈，那么小小过节一定要发生，这是你毋庸置疑的，是你得用哲学家冷静的态度忍受的。我要说一句不怕你见怪的话，很少的美味，就它本身的好处而论，能比辣味烤炙食物更好；如果我们稍微分一下工，那我相信，就可以把这样很好吃的东西做出来；要是在这儿伺候着的这个小妞妞能找一个烤肉的炉支来，那我敢对你保证，刚才这种小小的不幸很容易地就能补救过来。”

食器贮存室里有一个炉支，我每天早晨用它烤我那片咸肉。我们一眨眼的工夫就把这个炉支拿来了，跟着大家一齐动手，把米考伯先生的意图付诸实行。他所说的分工是这样：——特莱得把羊肉切成薄片；米考伯先生(他对于这类事，无不十二分精通)就用胡椒面儿、芥末面儿、盐和辣子往肉片上洒。我就在米考伯先生的指导下，把调好了的肉片往炉支上烤，同时用一个叉子，把肉片翻弄，烤好了，再把它们拿开；米考伯太太就在一个小煮锅里煮，而且不住地搅一些蘑菇汁儿。在一些肉片已经烤好了、够我们吃一回的时候，我们就吃起来，仍旧把袖子挽到手腕子以上，同时火上就有另外的肉，又嘶嘶地冒沫儿，又吱吱地发声儿，因此我们就一面把注意力放在盘子里的羊肉片上，一面又把它放在火上烤着的羊肉片上。

我们这种烹调法又新颖，烹调的味道又特鲜美，我们大家一齐手脚都不闲着，一会儿从座位上跑到炉前，去看肉片烤得怎么样，一会儿又坐下，开那从炉支上刚拿下来、热而又热的酥脆肉片，又手忙脚乱，又让火烤得脸都红了，又觉得好玩儿，就在这样使人馋涎欲滴的嘶嘶吱吱声中和肉片喷鼻香的气味中，我们把那块羊腿吃得只剩骨头了。我自己的胃口就像奇迹一样恢复了。我现在写来还感到惭愧，但是我却的确相

---

① 当时的一句谚语。

信，我有一会儿的工夫，把朵萝忘了。使我满意的是：即便米考伯先生和米考伯太太把床榻毯褥都卖了，来预备这一顿宴会，他们也不能吃得更香甜可口。特莱得一面做，一面吃，同时，就几乎没有不尽情大笑的时候，实在说起来，我们就没有一个人不尽情大笑的，而且是在所有这段时间里，都同时一齐大笑。我敢说，从来没有过这样成功的宴会。

我们欢乐到极点，忙忙叨叨地在各自的职分内各司其事，励志力行，要把最后一批肉片做到最美的程度，好使我们这个宴会登峰造极、圆满结束：正在这时候，我觉到有一个生人，来到屋里，抬头一看，只见沉着稳重的利提摩，把帽子摘在手里，站在我面前。

"你到这儿来有什么事吗？"我不由自主地问。

"很对不起，先生，他们告诉我，说叫我一直地进来。我们少爷没在这儿吧，先生？"

"没在这儿。"

"您没见过他吧，先生？"

"没见过，难道你不是从他那儿来的吗？"

"并不是照直地从他那儿来的，先生。"

"他对你说过，说你在这儿会找到他吗？"

"并不完全是那样，先生。不过我想，他今儿既然不在这儿，那他明儿也许会来这儿的。"

"他要从牛津一直到这儿来吗？"

"我请您，先生，"他毕恭毕敬地说，"落座，让我来干这个活儿吧。"他这样说了，我就服服帖帖地从手里把叉子给了他，他把叉子拿在手里，在炉支上弯着腰烤起肉来，好像他的全副注意力都集中在那上面一样。

我敢说，史朵夫本人来到这儿，我们倒不至于那样张皇失措，但是在这位体面的下人面前，我们却一下都成了老实人之中最老实的了。米考伯先生哼起小曲来，装作十二分坦然自得的样子，但是却在一把椅子上坐了下去，他那把急忙掖起的叉子，从褂子的胸部把把儿伸出，好像他自己把叉子捅在自己的胸膛里似的。米考伯太太就把棕色手套戴在

盛宴遭骚扰

手上，做出一副文雅、娇慵的仪态。特莱得用他那两只油手把头发乱抓，弄得头发直挺挺地竖立在脑袋上，他自己就不知所措地看着桌布。至于我自己呢，我坐在主人席上，完全成了一个小娃娃了；几乎连这位体面的异人俊士都不敢冒揣地斜目而视。没人知道他是从哪儿钻出来的，跑到我的寓所里给我整顿家务。

同时，他把羊肉从炉支上拿开，沉默无言、郑重其事地布给我们。我们每人都吃了一点，但是我们的口味却都没有了，我们只作出吃了的样子，只是走走过场而已。我们每人都把各自的盘子推开以后，他不动声色地把盘子都拿走，把齐兹端上来。齐兹吃完了，他把齐兹碟子也拿走了，把桌子清理了，把所有的东西都放在自动送物架上；又把葡萄酒摆上，跟着，并不用等人吩咐，就出于自动，把自动送物架推到食器贮存室里去了。所有这种种，他都做得循规蹈矩，他从来没抬过头，只老把眼睛盯在所做的事上。然而，即便他的胳膊肘儿，在他回身背着我们的时候，都好像满满含着他那种固定成见的表现，说我非常非常年轻。

“还有什么我可以做的活儿没有，先生？”

我对他表示了谢意，说，“没有啦，可是，你自己不用点正餐吗？”

“不用，我谢谢您啦，不用，先生。”

“史朵夫先生是不是要从牛津上这儿来哪？”

“对不起，您说什么来着？”

“史朵夫先生是不是要从牛津上这儿来？”

“我本来想，他今儿可能到这儿来，先生。那毫无疑问，是我想的不对头，先生。”

“要是你先见到他——”我说。

“请您原谅我，先生；我想，我不会是先见到他的。”

“假设你会的话，”我说，“那我就请你对他说，我很惆怅，他今儿没能到这儿来，因为有他一位老同学在这儿。”

“真个的，先生！”于是他冲着我和特莱得鞠了一躬，算是对我们两个共同鞠的一躬，同时往特莱得身上一瞥。

他轻轻悄悄地往门那儿走的时候，我万分无奈，想要对他从容自然地说句话——我对这个人说话，从来不能从容自然——我就说：

“喂，利提摩！”

“先生！”

“那一回，你在亚摩斯待的时间长吗？”

“并不怎么特别长，先生。”

“你亲眼看着那条船改装的活儿都完成了？”

“不错，先生。我留在那儿，就为的是特意亲眼看着那条船改装完成。”

“这个我知道！”他把他的眼睛对着我的眼睛毕恭毕敬地抬了起来。“史朵夫先生自己还没看到这条改装完成的船吧，我想。”

“我实在说不上来，先生。我认为——不过我实在说不上来！先生。我跟您告假啦，先生。”

他说完了这句话，毕恭毕敬地鞠了一个躬，这个躬是把所有在场的人统通包括在内的，跟着出门去了。他这一走，我的客人好像都呼吸得自由多了，但是我自己那种松通劲儿却更大，因为，除了我在这个人面前，永远有一种非常不中用的感觉，使我局促拘束而外，还有一种情况，那就是，我老感到扪心自愧，对他的少主人不信任起来，因而有一种压不下去的不安和恐惧，只怕他会看出这种情况来。其实我并没有什么可隐瞒的，然而我却老觉得，好像这个人正发现我的什么秘密。这到底是怎么回事呢？

我正这样琢磨，同时还琢磨，我见了史朵夫，要怎么羞愧悔恨，那时候米考伯先生把我从这种沉思冥想中唤醒；原来他对这位已经去了的利提摩大大地恭维了一番，说他是一个顶体面的人，一个十二分可喜可敬的仆人。我可以附带地说一句，米考伯先生对于利提摩鞠的那一个罗圈躬，尽情领受了其中他自己所有的那一份儿，作出了十二分屈尊就教的样子接受了。

“但是盆吃酒，亲爱的考坡菲，”他一面尝着酒，一面说，“像时光一样，是不饶人的。啊，这会儿，这酒的味儿正是最美的时候。“我爱，你说我这话对不对？”

米考伯太太也说，酒的味儿再好也没有了。

“那么，如果我的朋友考坡菲许我不必拘于世俗，让我随便一些，那我就要为纪念我和我的朋友考坡菲还都比较年轻的时候，在世路上并肩作战的旧时昔日，先干一杯。关于我自己和考坡菲，我可以用我们在此以前曾经唱过的字句，说，

> 俺们俩曾踏遍了崖头和坡地的径蹊，
> 一同满把把素净的卜卜丁折在手里。①

——我这是用修辞比喻法说的——折了不止一两次；我并不确实知道，”米考伯先生用他那抑扬流利的老调，带出无法形容、咬文嚼字的神气说，“卜卜丁究为何物，不过，我可确实知道，考坡菲和我，常常把这种花儿，折在手里，只要是有那可能。”

米考伯先生，说到现在这一会儿，把他那杯里的盆吃酒，满满“折”在嘴里。我们大家都把酒折在嘴里；特莱得显而易见，正出神儿，不明白，在多么久以前，米考伯先生和我曾在世路的挣扎中作过伙伴。

“呃喝！”米考伯先生说，一面咳嗽了一下，打扫他的咽喉，一面叫盆吃酒和炉火烘得全身热乎乎的，“我的亲爱的，再来一杯吧？”

米考伯太太说，少来一点吧，可决不能多啦，但是我们大家都不答应，因此就来了满满的一杯。

“既然我们这儿的人，都是极为知心的自己人，考坡菲先生，”米考伯太太一面一小口一小口地喝着盆吃酒，一面说，“特莱得先生也是我们家庭生活中的一员，因此我非常地想要知道知道，你们对于米考伯先生的前程都怎么个看法。因为粮食这桩买卖，”米考伯太太有条不紊

①这一句是《昔时往日》一诗里的两行。该诗已见前注。“卜卜丁”，原文gowan，为雏菊的苏格兰方言，译文“卜卜丁”，为蒲公英之俗称或方言。

地说，“像我不止一次对米考伯先生说过的那样，也许可以算得是体面人干的，但是无利可图。两周的工夫，只能进两先令九便士那么点儿扣佣，不管我们的心气儿多么低，都不能算作是有利可图。”

我们大家对于这一点完全同意。

“这样说来，”米考伯太太自负见事精辟，同时自认，如果米考伯先生也许有时走得稍微有些歪了的时候，她以妇女所有的那种智慧，使米考伯先生走得正过来；她就用这种态度接着说，“既然是这样，那我就问我自己这个问题啦：假设做买卖粮食这个事由儿不可靠，那么什么可靠哪？做煤炭的买卖可靠吗？一点也不可靠，我们在那一方面也尝试过，那是我娘家的人启发我们的，但是我们可看了出来，那番尝试完全是望风捕影。”

米考伯先生把身子往椅子背上一靠，把两手插在口袋里，斜着眼睛看着我们，直点脑袋，意思是说，事情的真相说得再没有那么清楚的了。

“既然粮食和煤炭的事由儿，”米考伯太太更加有条不紊地说，“都同样地不切实际，那么，考坡菲先生，我就自然而然地要往社会上到处看一看，同时说，凭米考伯先生那份才能，究竟什么他做起来才能有成就？我看的结果是：我得把当掮客这个事由儿完全撇开，因为当掮客这个事由儿是靠不住的。对于像米考伯先生那样特殊性格的人最合适的事由儿，总得是拿得稳的事由儿，这是我深信不疑的。”

特莱得和我自己，都深受感动，嘟囔着说，在米考伯先生身上，这种伟大的发现，毫无疑问，是真实情况，总得这样说，才能不负他的为人。

“我不瞒你说，亲爱的考坡菲先生，”米考伯太太说，“我好久好久就一直认为，酿酒那一个行道，米考伯先生做起来，特别合适。请看一看巴克雷和坡钦厂吧！请看一看楚门·汉伯与波屯厂吧！就是能打进像那样一类的广阔基础中，米考伯先生才确实敢保可以显露头角，这是根据我知道的情况而说的。而且这种生意，据我听人说，是可以大一大一发财的。但是——如果米考伯先生打不进那类公司里去——

他曾申请过，哪怕给他一名小小的职员当一当，他们都没回他信——既是这样，那么，净谈这种办法有什么用处？没有用处。我可以这样冒昧地深信不疑，米考伯先生那副风度——”

“哼哼！真个的吗，我的亲爱的，”米考伯先生插嘴说。

“我爱，请你别打岔，”米考伯太太把戴着棕色手套的手往米考伯先生手上一按，说。“我可以冒昧地深信不疑，米考伯先生那副风度，特别适于做银行的事儿。我都可以自己对自己说，如果我在银行里有一笔存款，以米考伯先生那副风度，来代表那家银行，那我一看就会决定相信那家银行，并且扩大和它的联系。但是如果各家银行都不肯利用米考伯先生这份才能，或者以傲慢无礼的态度接受米考伯先生自告奋勇，要给他们效劳的意图，那我们对这种想法还瞎说乱道，有什么用处？没有用处。如果说，自己开一家银行，那我就知道，我娘家的人中间，如果有的肯把钱交到米考伯先生手里，就可以做起这样买卖来。如果他们不肯把钱交到米考伯先生手里——他们是不肯的——那我们谈这个，又有什么用处？因此，我仍旧还是跟以前一样，说来说去，认为我们仍旧是依然故我，一步也施展不开。”

我摇了摇脑袋，说，“不错，一步也施展不开。”特莱得也摇了摇脑袋，说，“一步也施展不开。”

“我从这番话里可以得出什么结论来哪？”米考伯太太仍旧用把话说得清楚明白的态度接着说。“我的亲爱的考坡菲先生，什么是我无可奈何，非有不可的结论哪？如果我说，明明白白，清清楚楚，我们得活下去，我这样说，能说我说得不对吗？”

我回答说，“绝对不能说不对！”特莱得也说，“绝对不能说不对！”我后来还单独以哲人的态度找补了一句，说，一个人，不是活下去，就得死了算。

“正是这样，”米考伯太太回答我们说。“一丁点儿也不错，正是这样。而事实是，亲爱的考坡菲先生，如果没有什么跟现在完全不同的情况不久就出现，我们就活不下去。现在，我自己深深地相信，这也是我近来对米考伯先生不止一次指出过的，不论什么事儿，你都不能指望它会自己出现。我们总得多多少少地帮它一下，它才会出现。我也许错了，但是那可是我的想法。”

特莱得和我自己，都把这番话大大地称赞了一番。

“很好，”米考伯太太说，“那么我作什么样的建议哪？这儿是米考伯先生，具有各种的资格，具有绝大的才能——”

“真个的吗！我爱！”米考伯先生说。

“我请你，我爱，让我把话说完了。这儿是米考伯先生，具有各种的资格，具有很大的才能——我得说，具有天才，不过这也许只是一个做妻子的偏见——”

特莱得和我自己都嘟囔着说，“不是偏见。”

“而这儿这个米考伯先生可没有一个合适的地位或者职业。这应该由谁来负责哪？显而易见应该由社会来负责。这样一来，那我就要把这样一种羞辱可耻的事态弄得人人皆知，大胆无畏地向社会挑战，叫它改正这种事态。据我看来，亲爱的考坡菲先生，”米考伯太太加了把劲儿说，“米考伯先生应当做的，就是向社会下挑战书，同时简单扼要地说，我看一看谁敢应战。谁要是敢，就让他立刻走出来。”

我冒昧地问米考伯太太，这件事得用什么办法去实现哪？

“用登广告的办法，”米考伯太太说，“在所有的报纸上登广告。我看起来好像是为了别冤枉了他自己，别冤枉了他家里的人，我甚至于得往远里说，别冤枉了社会（一向社会都对他忽视了），米考伯先生需要做的是：在所有的报纸上登广告，明明白白地说自己怎样怎样，有什么什么资格，最后这样说，现在，给我有利可图的地位，用我吧，回信（邮资预付）[1]寄凯姆顿区邮局，维·米。”

“米考伯太太这种意见，亲爱的考坡菲，”米考伯先生说，一面把他那衬衫领子在下颏前面对起来，斜着眼看着我，“我跟你说实话吧，就是我上一次有幸见到你那一回，我提的那个跃进。”

---

①19世纪，英国首创邮局时，邮资由收信人付，故此处特说明“邮资预付”，即由寄信人付。

“登广告可未免费钱哪，”我半信半疑地说。

“确实不错！”米考伯太太仍旧保持她那种有条不紊的神气说。“你这话完全对，我的亲爱的考坡菲先生！我用完全相同的话跟米考伯先生说过。就是因为这个特别的原因，我才认为，米考伯先生应该（如果像我已经说过的那样，别冤枉了自己，别冤枉了他家里的人，别冤枉了社会）筹一笔款——采用立定期还款手据的办法。”

米考伯先生，把背脊靠在椅子上，摆弄着不带腿儿的眼镜，两眼往上看着天花板；不过，我认为，同时也瞅着特莱得，特莱得就正瞅着炉火。

“如果我娘家的人，没有人肯发善心，拿出钱来给那个手据保证——我相信，他们生意场中，有一个说法，能更好地表达我要说的意思——”

米考伯先生仍旧把两眼瞅着天花板，嘴里提了两个字，“贴现”，作为启发。

“把那个手据贴现，”米考伯太太说，“那么，我的意见是，米考伯先生应该到旧城[1]里去，把这个手据拿到金融市场上，不管能换多少钱，尽力出脱掉。如果金融市场上那些人，非要米考伯先生作巨大的牺牲不可，那是他们有良心没良心的问题。我把这笔钱坚决地看作是一笔投资。我劝米考伯先生，我的亲爱的考坡菲先生，完全照着我的话办，把它看作是一种保准有利可图的投资，并且要下定决心，作任何牺牲都在所不惜。”

我觉得（不过我现在敢说一定，我并不明白为什么），这是米考伯太太那一方面对自己牺牲，对米考伯先生忠诚；我也嘟囔着把我这种意见表示了。特莱得老是惟我的马首是瞻的，嘟囔了同样的意见，不过眼睛还是瞅着炉火。

“我不想，”米考伯太太一面把盆吃酒都喝完了，一面把围巾往两

---

① 旧城：为伦敦城最初的范围，现只占伦敦的一小部分，有其自己的市长，为伦敦的金融中心。

肩上一紧，准备要退到我的卧室里去，“我不想把话拖长了，净说米考伯先生的财务问题。在你家里的炉旁，我的亲爱的考坡菲先生，又是在特莱得先生的面前，他虽然不像你那样，是我们的老朋友，但是他可也很可以说，和我们不分彼此，所以，我就不由得要把我劝米考伯先生采取的办法，对你们说一下，让你们也知道知道。我觉得，火候已经到了，是米考伯先生应该努力奋发的时候了——我还要找补一句——是米考伯先生挺身而起，维护自己的时候了；我认为，我刚说的办法，就是他要达到目的的手段。我很明白，我不过是一个女流之辈，在讨论这类问题的时候，一般都认为，一个男子的判断更能胜任，不过我还是不应该忘记了，在我还跟着爸爸和妈妈一块儿过日子的时候，我爸爸经常说，‘尽管爱玛的身子骨很弱，但是她对于事物精辟的见解，可不弱于任何人。’我爸爸对我太宠爱了，这是我很明白的，但是他可有相当的知人之明，这是我不管我以做女儿的身分来说，也不管以看事物的道理来说，都不容我不承认的。”

米考伯太太说完了这番话以后，坚决地谢绝了我们恳请她留在这儿，使宴会生辉，等到盆吃酒轮流喝完了，她就退到我的卧室里去了。我真正觉得，她是一位品格高尚的夫人——她这样人，可以当罗马的名门闺媛①而无愧，在国家和人民有了危急的时候，能挺身而出，作巾帼英雄。

在这样热烈的感情中，我对米考伯先生庆祝，说他得到这样一位贤内助。特莱得也同样对米考伯先生庆祝。米考伯先生就依次向我们伸出手来，跟着就把小手绢儿往脸上一捂，手绢上的鼻烟儿，我认为，比他知道的可就多得多了。于是他重新拿起盆吃酒来，神采飞扬，无以复加。

他这时候，谈锋颇健，妙绪泉涌。他对我们说，我们在我们的孩子

---

① 罗马传说，罗马勇将科里奥兰纳斯，获罪被放，逃入敖勒斯奇国，率其兵攻罗马，直至城下。罗马数请和，不许。罗马妇女乃访得其母与其妻，群至营前游行，其母并责以大义，科深为所动，遂退兵。这儿所说，应即指这一类的罗马妇女而言。

身上。又得到新生命；在经济困难的压迫之下，添丁增口，加倍地受到欢迎。他说，米考伯太太近来对于这一点，曾怀疑过，但是他把她的怀疑扫除，使她恢复信心。至于她娘家那些人，他们真不配生这样的儿女，他们的思想感情，他是完全不理会的，让他们——我这儿是引用他自己说的话——见鬼去吧！

于是米考伯先生对特莱得致了一篇热情洋溢的赞扬之词。说特莱得真称得起是一个角色，他那种稳重沉着，他(米考伯先生)不能往自己脸上贴金，说自己也有，但是，他却能加以欣羡，这是他得谢天谢地的。他感情激动地提到那位他还不知姓名的年轻女士，说特莱得对她加以情爱，她就以她自己的情爱，外带祝福，加于特莱得，这是以情爱报情爱。米考伯先生举杯为她祝福，我也举杯为她祝福。特莱得就对我们两个一一致谢，说，“我真心诚恳地感激你们。同时，你们可以绝对相信我这句话，她是顶叫人疼爱的女孩子！”说的时候，那份单纯质朴，那样忠厚老实，竟使我对他更产生了好感。

特莱得说完了这番话以后，米考伯先生又抢先乘机，提到我的情之所钟，极尽体贴细微、礼貌周到之能事。他说，除非他的朋友考坡菲郑重否认，那他就得说，他的印象是：他的朋友考坡菲一定已有所爱而又为人所爱。我自己有一阵儿，浑身发热，一个劲地不受用，有一大阵儿，满脸通红，满嘴结结巴巴，矢口不承认有这样事，后来才终于手里举着酒杯，说，“那么好吧，我对你们提出朵来，你们为她干杯好啦！”我这一说，米考伯先生那样精神大振，那样心花大放，竟端着一杯盆吃酒，跑到我的卧室里，为的是好叫米考伯太太也干一杯，为朵祝福。米考伯太太就热情洋溢地干了一杯，从屋里尖声高喊，“着哇！着哇！我的亲爱的考坡菲先生，我可乐坏啦。着哇！”同时用手敲墙壁，以代鼓掌。

我们的谈锋于是转到世情俗务一方面。米考伯先生对我们说，他发现，在凯姆顿区住，实在不合适，如果广告生效，能让他找到可人心意的事由儿，头一样事他想办的，就是搬家。他谈到牛津街西头有一排高台房，正对着海得公园。他早就看上了这所房子了，但是他却不想马上就搬进去，因为那样房子，总得仆从众多，才够排场的。他又说，大概总得有一个时期，他能住一套上层楼房，俯临一片体面的商业地区——比如说，皮卡狄利——这样，就可以让米考伯太太更心情舒畅一些；再往外扩展出一个凸形窗户来，或者在屋顶另起一层楼，或者做像这一类小小的翻修添盖，那他们就可以有那么几年，住得舒服一些、体面一些了。他彰明昭著地宣称，不论他将来有什么机会等待着他，也不论他将来住的房子是在什么地方，有一样事我们可以完全信任，那就是，他家里不论多会，总要给特莱得预备一个房间，总要给我预备一份刀叉。我们对他这样义气，表示了感谢。他就请我们原谅他这样谈起世情俗务，柴盐琐屑，这对一个像他这样要在生活处置方面完全焕然一新的人，是很自然的，所以他也请我不要对他这一点见怪。

米考伯太太，又在墙上敲了几下，问一问茶已经预备好了没有，才把我们友好密谈中这一方面的话头打断。她替我们可心如愿地把茶预备好了，并且每次我递茶杯和黄油面包，走到她身边的时候，她都要悄悄地问我，朵的皮肤是深色的还是淡色的，身量是高的还是矮的，或者诸如此类的话，这让我听来，只觉得心花怒放。吃完了茶点，我们在炉前谈了各种话题，米考伯太太还饱我们的耳福，给我们唱了两个大家喜听乐闻的民歌，唱的嗓子尖细低弱，音调不扬（我记得使我想到，在音乐中就像席上平常的啤酒①泡沫不起一样）：一个是《意气风发的白皙军曹》②，另一个是《小塔夫林》③。米考伯太太还跟她爸爸和她妈妈一块儿过的时候，是以会唱这两个歌儿出名的。米考伯先生告诉我们，说他头一回在她双亲膝前见到她，听她唱头一个歌儿，她就引起了他出乎寻常的注意，等到她唱《小塔夫林》的时候，他

---

①席上平常的啤酒：暗指“flat beer”而言，即已不起沫的啤酒，和前面所说嗓子的“flat”双关。此处译为“不起”和“不扬”以求双关。

②这是勃勾艾恩将军（1722—1793）所作的一个歌，由英国音乐家毕绍浦（1786—1855）作谱。

③这是英国歌剧乐谱家斯陶锐斯（1763—1795）的歌剧《三与魅鬼》里的一个歌。开始说：如果我命中有发财的那一日，能作得一个有钱的新娘子。

就一心无他，非要赢得那个女人不可，如不能赢得，那就在求赢得中死去。

米考伯太太起身把便帽摘下来，放在灰色的牛皮纸包里，把软帽戴上，已经是十点和十一点之间了。米考伯先生趁着特莱得穿大衣那一会儿的工夫，把一封信悄悄地塞到我手里，同时悄悄地对我说，请我有空的时候看一看。我拿着蜡烛，在楼梯上口，给他们照着下楼梯，先是米考伯先生带着米考伯太太走下，后来是特莱得拿着包便帽的包儿跟在后面，我也趁着他跟在后面还没下去这个机会，把他在楼梯顶上留住了一会儿。

"特莱得，"我说，"米考伯先生这个人，可怜的家伙，出于本性，并没有害人之心，不过，我要是你，我可不肯把任何东西借给他。"

"我的亲爱的考坡菲，"特莱得微笑着回答我说，"我一无所有，能借什么给他哪？"

"那么，难道你没名没姓吗？"

"哦！你管那个叫作是可以借给他的东西啊？"特莱得带着满腹心事的样子回答我说。

"一点也不错，正是。"

"哦！"特莱得说。"是啦，不错。我真得谢谢你，考坡菲，不过——我恐怕我早已经把那个借给他了。"

"是在他说的那个可作投资的手据上借给了他的吗？"我问。

"不是，"特莱得说，"不是在那个上面借给他的。那个手据我今儿才头一次听他说起。我想来着，我觉得，他十有八九，要在我们回家的路上，跟我借我的名字，用在那个上面。我已经借给他的是用在另外一件契约上的。"

"我只希望，在那个契约上别出毛病才好，"我说。

"我也希望别出毛病才好，"特莱得说。"我还认为，那不至于出毛病，因为，就是前几天，他刚告诉我，说那笔款子他已经筹备好了。米考伯先生就是这样说的，'筹备好了'。"

就在这个节骨眼上，米考伯先生朝着上面我们一同站的地方瞧了一眼，因此我只能有把我的警告再重一遍的时间。特莱得对我表示了谢意，下楼去了。但是我看到他那样忠厚老实的样子，手里提着便帽往楼下走去，用手挽着米考伯太太，我却深深地替他担忧，惟恐他要让人家连头带脚，整个地拖到金融市场上去。

我回到炉旁，琢磨米考伯先生的为人，和他过去跟我那段关系，觉得又可哭又可笑。正在这样沉思冥想的时候，我听到一种轻快的脚步声，往楼上走来。起初的时候，我还以为那是米考伯太太撂了什么东西，特莱得回来替她找呢；但是脚步走近前来的时候，我就听出来那是谁的了，我觉得我的心大跳起来，我的脸大红起来，因为那个脚步声是史朵夫的。

我从来没把爱格妮的话忘了，她从来没有离开过我在心头供养她的那个神圣之域的时候——如果我可以这样说的话——我从头一次见她那时候开始，我就一直把她放在那儿。但是史朵夫一进屋里，站在我面前，把手伸给了我，跟着原先罩在他身上那片黑魆魆的阴影，就一下变而为光明，我就觉得惶惑、惭愧起来，因为我对我那样全心全意爱慕钦佩的人曾怀疑过。但是我对爱格妮的爱慕仍旧和往常一样，我仍旧认为，她同样是我的生命中慈悲、亲爱、对我护持的吉星善神。我只责备我自己，而并没责备她，我只说冤枉史朵夫的是我自己，我要对他引咎补过，只要我知道什么可以使我引咎补过，怎样可以使我引咎补过。

“怎么，雏菊，我的小兄弟，成了哑巴啦！”史朵夫大笑着说，先把我的手热烈地握住，跟着又把它轻快地甩开。“你这个西巴里斯人[①]！是不是你又大开宴会，让我抓住了哪！我相信，博士公堂这些家伙是伦敦城里顶会开心作乐的人，把我们那些朴素无华的牛津人比得一无是处了！”他那光辉照人的双目往屋里欢乐地四外一看，同时在正对着我的一个沙发上坐了下去，那就是刚才米考伯太太坐的，跟着又把炉

① 西巴里斯，古希腊人在意大利的殖民地之一，其人以生活奢侈华靡著。

火通了一通，让炉火着得旺了起来。

“我刚一看到你的时候，”我说，同时对他把我所能感到的全部热情都表现了，来欢迎他，“太出乎意料了，所以连跟你打招呼的气力都没有了，史朵夫。”

“啊，害眼的人看到了我，病就会好的①，像苏格兰人说的那样，”史朵夫回答我说，“看到你雏菊，盛开焕发，有病也会好起来的。你怎么样啊，你这个酒神的信徒？”

“我很好，”我说，“我今儿晚上可一点也不像酒神的信徒，虽然我得承认，我请了三位客人到我寓里来吃饭来着。”

“他们三位，我在街上都碰见了，都大声夸你的好处哪，”史朵夫回答我说。“你那位穿马裤的朋友是什么人？”

我尽我所能，用三言两语把我认为是米考伯先生的好处都说了。他听了我对那位绅士这样含混不清的考语，尽情大笑，同时说，他这个人值得认识认识，他得认识认识这个人。

“咱们另外那一位朋友，你猜是谁？”我转向他问。

“我猜不出来，”史朵夫说。“我希望，不是什么讨人厌的呆汉吧？我认为，看着可有点像个呆汉。”

“他是特莱得啊！”我欢乐得意地说。

“谁？”史朵夫满不在意地问。

“难道你不记得特莱得啦吗？在撒伦学舍的时候，咱们那个同屋特莱得？”

“哦，那个家伙呀！”史朵夫说，一面用捅条敲打炉火上面一块煤块。“他还是跟从前一样，心软爱哭吗？你到底在哪儿把他划拉来啦？”

我回答他的时候，把特莱得尽力赞扬了一番，因为我觉得，史朵夫有点瞧不起他的样子。史朵夫把脑袋轻轻一点，微微笑了一笑，说他也

---

①这句话也见于斯威夫特的《场面话集》里的《对话集》。苏格兰语为“a sight for sair een”。

很想见一见这个老同学，因为他从前一直是个好玩的怪人。他就这样把关于特莱得的话撇开了，问我，有没有什么好给他吃的东西。在这段短短对话中的绝大部分时间里，要是他不兴高采烈、如狂似野那样说话的时候，他都坐在那儿，悠悠闲闲地用捅条敲打煤块。我注意到，在我从橱里往外拿那块剩鸽子排和干别的事的时候，他都在那儿敲打那块煤块。

“我说，雏菊，你这儿的晚餐，都可以招待国王啦！”他喊着说，他这句话是从静默中冲口而出的，同时在桌子前面坐下。“我一定辜负不了你这顿盛筵，因为我是从亚摩斯来的。”

“我本来还以为你是从牛津来的哪，”我回答他说。

“不是从牛津来的，”史朵夫说，“我在海上漂荡来着——比在牛津好玩多啦。”

“利提摩今儿上这儿来找你来着，”我说，“所以我还以为你在牛津哪；不过，我那会儿一想，他确实并没说你在牛津。”

“我本来以为利提摩人还伶俐，其实是个大笨蛋，偏偏跑到这儿来找我，”史朵夫说，一面欢乐地倒了一杯葡萄酒，说为我干杯。“至于说了解他，雏菊，你要是能办到，那你比我们这些人无论谁都更聪明。”

“你这话一点不假，”我说，同时把椅子挪到桌子前面。“那么你这是在亚摩斯待过的了，史朵夫！”因为我对于他在那儿的一切情况都很想知道一下。“你在那儿待得很久吗？”

“不久，”他回答我说。“在那儿胡闹了有一个星期左右。”

“他们那儿那些人都好吗？小爱弥丽当然还没结婚吧？”

“还没有。就要结婚啦，我相信——在几个星期以内，再不就是在几个月以内，这个那个的，我也说不上来。我跟他们不常见面儿。我说，”他把本来老没停止用的刀叉放下，用手在口袋里乱摸起来，“我给你带来了一封信。”

“谁给我的信？”

“还能有谁，你那个老看妈呀，”他回答我说；同时从他胸前的口袋里掏出一些纸片来。“捷·史朵夫大少爷，欠悦来居的账单，不是这个。别着急，一会儿就找着了。那个叫老什么的，看样子病得不轻，那封信就说的是那件事，我想。”

“你说的是巴奇斯吧？”

“不错！”同时仍旧在他那几个口袋里摸，摸着了，就看是什么。“我恐怕巴奇斯就要玩儿完啦。我在那儿看到一个又瘦又小的药匠先生——再不就是个郎中吧，反正不管怎么，是干那一行的吧——就是他给您接驾出世的。据我看，他对于病人的情况特别熟悉；不过他的意见，总括起来也只是说，这位车夫最后这一趟旅程跑得未免有些太快了。你在那面那把椅子上我挂的那件大衣的胸前口袋用手摸一摸，我想在那儿可以找到那封信。是在那儿吧？”

“在这儿啦！”我说。

“那就是啦！”

那封信是坡勾提写的，字写得比平素更难认，也很简短。信上告诉我她丈夫病重无望的情况，同时影影绰绰地提到，说他比以前更“有些手紧”了，因此，想要给他弄点什么，叫他舒服一些，更困难了。她一点也没提到她自己怎么疲劳，怎么昼夜不懈地看护，她只往高里夸他。那封信只是用简单明白、毫无矫饰、朴素真实的虔诚写的，最后是她对“我这个永远亲爱疼热的人致敬”——这是指着我说的。

我把信上的话连猜带蒙地看，史朵夫就一直地又吃又喝。

“这当然很不幸，”我看完了信的时候，他说。“但是天天太阳都得落，每一分钟都有人死。这是无论谁都躲不过去的，所以咱们也不必因为这个而大惊小怪。要是因为那个大公无私的脚步，不定在哪儿，到所有的人门上敲①，咱们就不能毫不放松，坚持下去，那这个世界上的一切，就都要从咱们手里溜之大吉了。咱们不能怕！往前奔吧！前途平

①这句似暗用罗马诗人贺拉斯的《歌咏诗集》第 1 卷第 4 节第 13—14 行：“面色暗淡的死神，大公无私地来到穷人的草庐和王侯的城堡，同样地敲，往门上敲。”

坦，当然很好，前途崎岖，就得冒险拼命，但是可得永远一直往前奔！越过一切障碍险阻往前奔，在比赛中取得胜利。”

“在什么比赛中取得胜利哪？”我说。

“你已经开始参加的比赛中啊！”他说，“往前奔！”

我现在还记得，他把他那秀发覆额的圆颅微微往后仰起看着我，手里擎着酒杯，暂时停顿了一下，那时候我曾注意到，他脸上虽然还带着海风吹拂的清新之色，并且发出红色，但是那上面却有一种痕迹，仿佛表示他曾常常热烈地从事过什么活动，那是从我上次和他分别了以后才出现的，他这种热烈，还是只要一旦勃兴，就热烈地在他的内心里激荡。我心里本来想要对他这种一有所好，就不顾一切、拼命追求的习性——就像乘风扬帆、破浪驶舟这一类事——劝谏一番，正在沉吟、想说还没说的时候，我的心思一下又转到我们正谈论的题目上，于是我劝谏的话就没出口，我就谈起眼前的题目来。

“要是你有兴致听一听的话，史朵夫，”我说，“那我就要告诉你——”

“我这个兴致还是非常地高，你想要我做的，不论是什么，我都可以做，”他回答我说，同时又从饭桌前挪到壁炉旁。

“那么，我要跟你说啦，史朵夫，我想要到乡下去走一趟，去看一看我那位老看妈。我这并不是说，我这一去，能对她有什么好处，或者能给她任何真正有用的帮助；不过她跟我的关系那样深厚密切，我这一去，可以对她发生的一种影响，就跟我把前面那两件事都真做到了一样。她一定把我这一去看得非常地可心惬意，这就可以给她很大的安慰、使她觉得有了很大的依靠。我敢保，对于一个像她跟我这样的一个朋友，去走一趟，绝不算费了什么气力。你设身处地地想一想，你要是我，你能舍不得一天的工夫，去走一趟吗？”

他脸上是一片若有所思的神气，他坐在那儿琢磨了一下，然后才回答我说，“呃！你去一趟好啦。这于她绝没有碍处。”

“你刚刚从那儿回来，”我说，“我要是要你跟我一块儿，当然是办不到的了？”

“一点也不错，”他回答我说。“我今儿晚上要回亥盖特。有很长的时间我没看见我母亲了，我实在问心有愧——因为她既然那样疼她这个不肖之子，那她也该有人疼她才是。得了吧！别净瞎扯这些无谓的话啦吧！——你打算明儿就去，是不是？”他把两手伸直了，用每一只手把着我每一个膀子，说。

“不错，我是那样打算的。”

“那么，好吧，你等到过了明儿再去吧。我本来想要叫你到我们那儿待几天的。我到这儿来，是特意来请您的大驾，光临舍下的。您可明天就要往亚摩斯去！”

“这儿那儿地，像你这样，老是高飞远走，胡跑乱颤，也不知道哪儿好，只有你才有资格，说别人高飞远走，忽来忽去。”

他有一会儿的工夫，只拿眼看着我，却不发一言。过了那一会儿他才回答了我的话，同时仍旧用手把住了我，并且还摇晃我。

“这么办吧，你过一天再去吧，你明天先到我们那儿，尽你所能跟我们待上一天好啦。不然的话，谁料得到咱们什么时候还能再碰到一块儿哪？就这样吧。再过一天吧。我要你作我和萝莎·达特之间的挡箭牌。我要你把我们两个隔开。”

“要是没有我在你们中间把你们隔开，你们就要你亲我爱，不得开交了，是不是？”

“不错，就要爱得不得开交，还许就要恨得不得开交，”史朵夫大笑，说道。“反正是爱是恨，那就甭管啦。就这么办吧。你过一天再去好啦！”

我也答应了他再过一天，于是他穿上大衣，点起一支雪茄，迈步要往家里去。我看到他打算步行回家，也穿上大衣（不过却没点雪茄，因为那一阵儿，我抽雪茄已经过足了瘾了）跟他一块儿走到了乡间的大道上。那时候，在夜里，那条大道看来是死沉沉、冷清清的。他一路之上，都是神采飞扬；我们分手的时候，我看着他那样矫健轻捷地往回家的路上走去，我就想到他说的话，越过一切障碍险阻往前奔，在比赛中取得胜利！我只希求，他是在一场有价值的比赛中奔驰，这是我头一回替他这样希求。

我正在我自己的房间里解衣上床的时候，米考伯先生的信从口袋里倒撞而出，落在地上。这才使我想到他那封信，跟着我就把信上的火漆印破开，看到下面的话。那封信上的时日是正餐前一点零半个钟头。我不大记得，我以前是否提过：米考伯先生一遇到过不去的难关来到，就用一些法律辞藻，他好像认为，那样一来，他的难关就渡过了，纠葛就清理了似的。

老友阁下——因我不敢再呼你为吾亲爱之考坡菲矣，

我所应为阁下告者，即此信之签名人已一蹶不起矣。今日阁下本可注意到此人曾以微弱闪烁之努力，对阁下掩饰，不欲使阁下预知其人灾祸之将临，虽然如此，希望已沉入地平以下，此信之签署者已一蹶不起矣。

现此传达下忱之文件，系在监我之人（我不能称之为伴我之人）看守下着笔者，此人当时已邻沉醉之乡，为股票经纪所雇用。此人已在因欠交房租而执行扣押之法令下，将此居依法查封矣。其查封清单项目中，非仅包括下方签署人——成年居住此处之租户——全部动产及所有什物，且兼及此处之寓客、内庙光荣会社成员之一、托玛斯·特莱得先生之一切动产及什物。

此愁苦之杯本已流溢，如更有一沥残酒，已置于下方签署人之唇边，以增其痛苦者（此为引用万世不朽名作家[①]之言），则以下事实是也。其事为何？即下面签署人，受前所提及之托玛斯·特莱得先生友谊之情，承担偿还为数23镑4先令9又1/2便士之债务，已经过期而该款并未筹得是也。此外尚有一事，亦足增加烦恼：即下方签署人无法避之赡养责任，依事理之常而言，将因一更无力自存者之出世而增加，此

① 莎士比亚的《麦克白》第1幕第1场第11行说：大公无私的“公道正义，已用手把我们贮有毒物的杯，置于我们的唇边了”。

遭灾受祸者可望于自现在起，不尽六个太阴月①之期(此举成数而言)开始其苦恼之生命矣。

所叙既已尽，仅余赘言剩语，以结束此函，即尘与灰

已永

洒于

头上者②，

其人即

维尔金·米考伯。

可怜的特莱得！我顶到这个时候，对于米考伯先生已经深知，所以可以预言，他足以从这种打击中恢复过来。但是我一夜无眠，想到特莱得，非常替他难过，想到那位副牧师的女儿，十个女儿中的一个，住在戴芬郡，那样一位令人疼爱的女孩子，都可以为特莱得等到六十岁(这是不吉的预兆)，等到你能说多少年就是多少年——我想到她，也非常替她难过。

第二十九章

重到史朵夫府上

我早晨跟斯潘娄先生说，我要请几天短假；由于我还没拿任何薪金，因而对于那位万难通融的昭钦先生就不算可厌可恶，所以并没费什么事就准了假了。我利用那一次的机会对斯潘娄先生说，我希望斯潘娄小姐身体很好。说的时候，我的嗓音咽在嗓子眼里，硬不肯出来，我的眼睛变得蒙眬模糊，什么也看不见了。他回答我这句话的时候，丝毫不动感情，好像他说的只是普普通通、平平常常的人一样。他说，他谢谢

---

①即以月球环行地球一周计算者。

②“尘与灰”表示卑鄙下贱，以灰或尘洒于头上，表示忏悔或耻辱，都屡见《旧约》。

我的问候，他女儿的身体很好。

我们这些还是学徒的民教法学家，就是将来高贵民教法学家的苗子，受到很大的重视，所以，我几乎不论什么时候，凡事都可以自作主张。但是，因为我不愿意那天一点钟或者两点钟以前就去到亥盖特，又因为那天上午，我们法庭里又有一件小小的逐出教会案(叫作：提浦钦为拯救布拉克的灵魂提起的诉讼案)，所以我就跟着斯潘娄先生一块儿很开心地出席法庭，在那儿待了一两个小时，来听这个案子的审判。案情起于两个区民代表的斗殴，其中之一被控，说他把第二个人搡在水泵上。这个水泵的把儿伸在一所校舍里，这所校舍坐落在教堂屋顶下的山墙那面，因此这一搡就成了一件有犯教会法的案子了。这个案子很可笑，很好玩；所以我坐在驿车的车厢上往亥盖特去的时候，还一路净琢磨博士公堂和斯潘娄先生说的博士公堂怎样碰不得，怎样一碰，国家就要随之垮台那番话。

史朵夫老太太见了我很高兴，萝莎·达特也很高兴。利提摩并没在宅内，这是我万没想到而引为欣慰的；伺候我的却是一个谦恭谨慎，专跑客厅的小女仆。她的帽子上系着翠蓝色的飘带，她的眼睛，你偶然看上一下，比起那位体面人的来，特别令人赏心悦目，而不叫人心慌意乱。但是，我到这一家还不到半点钟，我就特别注意到，达特小姐对我严看紧守，寸步不离，同时好像鬼鬼祟祟老把我的脸和史朵夫的作比较，把史朵夫的脸和我的作比较，老偷偷摸摸埋伏窥伺，一心想看一看这二者之间会有什么出现。因此，只要我往她那儿一瞧，就能看到她那副急煎煎的脸、那对严厉无情的黑眼睛和那个探微刺细的前额[①]，紧紧盯在我身上；再不就突然从我身上转到史朵夫身上，再不就一眼把我们两个一齐都摄入眼里。在这种目光灼灼的刺探中，如果她看到我注意她，她不但不把眼光退缩，而且在那种时候，反倒更加把她那能刺入骨头的眼光盯在我身上。虽然我是，而且我也知

① 在英文里，前额被视为表示面部表情(如喜、悲、羞耻、焦虑、决心等)的地方。

道，我在任何可以使她疑惑我做了错事的方面都无可非议，然而我在她那双贼眼前面却不能不退缩畏避，我完全受不了她的眼睛里那种如饥似渴的光芒。

整个一天里，她好像弥漫于全家之中。我如果在我的屋子里跟史朵夫谈话，我就听到在屋外那个小小的过道里，她的衣服绊缪的声音。如果我们两个在宅后的草坪上，玩我们那几套旧把戏，我就看到她的脸，从一个窗户挪到另一个窗户，像磷光鬼火一样，一直到那个脸，在一个窗户里面定住，往我们两个身上瞧。下午我们四个人一块儿出去散步的时候，她就把手像一把钳子那样，紧紧挽着我的胳膊，让我落在后面，同时史朵夫就跟他母亲往前走去，走到听不见我们说话的地方，她才跟我说话。

"你好久没上我们这儿来啦，"她说。"难道你的工作就真正那样使人起兴、那样引人入胜，竟吸引住了你的全部心思吗？我问你这个话，只是因为凡是我不懂得的，我都想要懂一懂。不过，你的工作真是那样吸引人吗？"

我回答她说，我对我这种工作还是够喜欢的，但是却不能说喜欢得像她说的那样厉害。

"哦，我明白了这个，高兴极了，因为我错了的时候，老喜欢能改正过来。"萝莎·达特说。"你的意思也许是要说，这个工作，多少有些枯燥无味吧，是不是？"

"呃，"我回答她说，"这个工作也许有些枯燥无味。"

"哦！那么，这就是你所以要松散松散脑筋、改换改换气氛——比方说，找些兴奋之类的事儿，是不是？"她说。"啊，一点不错！但那是不是得说有点儿——关于他？我说的不是你。"

她的眼睛往史朵夫扶着他母亲一块散步的地方瞧了一下，让我看明了，她说的是谁；但是除了这一点而外，其余的意思，我完全惶惑不解。我毫无疑问，当时脸上就露出惶惑不解的神色来。

"难道那不——我可并没说那是，你要注意，我只是想知道知道——难道那不是他有些迷而忘返了吗？难道说，那不是也许使他比平素更有亏孝道，在省视他那位盲目溺爱的——[1]呢？”

她说到这儿，又对史朵夫母子很快地瞥了一眼，同时对我也瞥了一眼。她那一眼，好像把我内心最深处的思想都看透了。

“达特小姐，”我回答她说，“请你不要认为——”

“我没有什么认为的！”她说。“哎呀呀，你可别认为我认为怎样怎样。我这个人可不好疑惑人家。我只是问一个问题。我并不是表示任何意见。我只是根据你的话形成我的意见。据你刚才说的，不是那样喽？那么好啦，我知道了是这样，高兴极了。”

“按照实在的情况，”我惶惑错乱地说，“我敢斩钉截铁地对你说，史朵夫要是比平素离家更久，那并没有我的干系在内，我这是说如果他真离家很久来着；我这会儿，真不知道他离家很久来着，我这只是听你说了，才知道的。我有很长的时间，一直顶到昨儿晚上，都没见到他。”

“没见到他？”

“一点不错，达特小姐，没见到他。”

她用眼一直对着我瞧，那时候，我看到她的面容更加瘦削，她的脸色更加灰白，她那个旧伤痕更加抻长了，一直竖着穿过她那失去原形的上唇，又从脸上斜着岔下去，深深地穿到下唇。我看到她这种情况，真正觉得她悚然可怕；使我觉得悚然可怕的，还有她那眼睛里射出来的光芒，她那时正把眼睛一动不动地盯在我身上，嘴里对我说：

“那么他都干什么来着？”

我把她这句话重复了一遍，说给我自己听更多于说给她听，因为我当时太惶惑失措了。

“那么他都干什么来着？”她说，说的时候，那股焦灼急躁的劲儿，好像烈火一样，都能把她烧焦了似的。“那个家伙都帮着他干什么来着？那个家伙看我，从来没有不是两只贼眼含着令人不解的虚伪诡诈的时候。如果你要讲体面、讲忠心，我决不要求你，叫你出卖朋友。我

---

①此处应为“母亲”。萝莎避而不提，正是她说话的习惯。

只要你告诉我，现在诱惑他的，到底是什么：是怒吗？是恨吗？是骄傲吗？是安不下心吗？是狂妄的念头吗？是爱情吗？到底是什么？”

“达特小姐，”我回答她说，“据我所知道的，史朵夫还是史朵夫，我看不出来，他跟我头一回到这儿来的时候有任何改变。不过我得怎么说才能叫你相信我这个话哪？我看不出他有什么改变来。我坚决地相信，他没有什么改变。连你到底是什么意思，我还有些不明白哪。”

她仍旧目不转睛、一个劲儿把眼睛盯在我身上，那时候，一种抽搐或者说一种搏动，让我看着不由得起痛苦之感，在她那狠毒凶残的伤痕上出现，使她把嘴一撇，把两个嘴角往外一抻，好像表示鄙夷，或者说表示对于它所鄙夷的东西表示可怜。她急忙把手放在那道伤痕上面，——她那只手，那样瘦细，那样娇嫩，我从前看到她在炉前把它举起、用它遮脸的时候，我心里曾想过，那只手跟细瓷做的一样——同时用一种又快又凶又感情强烈的口气说，“关于刚才的话，我要你立誓保守秘密！”她说完了这句话，就一声不响了。

史朵夫老太太跟她儿子在一起的时候，特别地快活，史朵夫呢，在这一次省亲中，就特别对他母亲先意承志。我看到他们母子在一块儿，感到非常有意思，这不但是由于他们两个那种你疼我爱的劲儿，而且是由于他们母子之间那种强烈类似的性格，并且还由于在他身上那种高傲、急躁，在她身上，由于性别和年龄的关系，一变而为优礼垂顾的庄严之态。我想了不止一次，认为幸而他们母子之间，从来没有过可以使他们发生严重分歧的原因存在，不然的话，像他们两个人，有那样的天性——我毋宁说，有那样深浅不同完全一样的天性——比起所有一切有两种极端不同天性的人，都更难以言归于好。这种看法，我不得不坦白承认，并非由于我自己的观察分析，而是由于萝莎·达特的一席话。

她在吃正餐的时候说：

“哦，请你们不管谁，快快告诉告诉我吧，因为我这一整天里就没有不琢磨这个的时候，我很想要明白明白。”

“你想要明白什么哪，萝莎？”史朵夫老太太说，“哦，请你，我请你别这样隐隐晦晦的，好不好？”

“隐隐晦晦！”她喊道。“哦！真个的吗？你真认为我是那样吗？”

“我不是经常求你，”史朵夫老太太说，“叫你说话要明明白白的、用你自己的自然态度吗？”

“哦，这样说来，我这不是自己的自然态度了！”她回答说。“现在你一定得别见我的怪，因为我发问，只是想要明白明白。咱们永远也不能了解咱们自己。”

“那成了第二天性了，”史朵夫老太太说，说的时候，露出不高兴的样子来。“不过我还记得——我认为，你也一定还记得——你从前的态度，可跟现在不一样，萝莎。那时候，你说话不像现在这样字斟句酌，那时候你比较能开诚布公。”

“我敢说，你这话一点也不错，”她回答道，“所以一个人的坏习惯，不知不觉地就养成了！真个的吗？没有现在这样字斟句酌，比现在能开诚布公些？我真纳闷儿，不知道我怎么会不知不觉地改了样儿了！呃，这可真得说是奇怪啦！我可得经常留神，恢复从前的我才成。”

“我希望你能那样，”史朵夫老太太微笑着说。

“哦！我真心想要那样，这是你知道的，”她答道。“我要学着坦白，跟谁哪——我想想看——跟捷姆斯学着坦白吧。”

“你要学着坦白，”史朵夫老太太很快地回答她——因为，凡是萝莎·达特说的话里，永远都含有讥讽的意味，虽然她说的时候——就像现在这样——用的永远是人世上最不自觉的态度——“就没有比跟着他学再好的了。”

“那是我敢保的，”她异乎寻常热烈地回答说。“如果我对任何事物敢下担保的话，那你知道，我当然对那个敢下担保。”

我觉得，史朵夫老太太对于刚才她那一阵烦躁有些后悔，因此她马上用和蔼可亲的口气说：

“好啦，我的亲爱的萝莎，你到底想要明白什么，你还没说出来哪。”

“想要明白什么？”她回答说，说的时候故作冷落，来招惹人。

“哦，我只是想要明白明白，假设有两个人，在生来的智愚贤不肖一方面——这样说行吗？”

“这样说就很行，别的说法也不见得比这个好，”史朵夫说。

“谢谢你。假设有两个人，在天生的智愚贤不肖一方面，彼此完全一样，要是他们二人之间，一旦发生了严重的分歧，那比起那种生来性情不同的人，是不是愤恨更容易大，裂痕更容易深哪？”

“要让我说的话，就得说是，”史朵夫说。

“是吗？”她回答说。“哎哟哟！那么，举一个例子吧，比方说——任何不大会发生的事儿都可以拿来作比方——比方说，你跟你母亲，如果一旦发生了严重的争吵——”

“我的亲爱的萝莎，”史朵夫老太太打断她的话头说，同时和蔼地一笑，“另找一个比方罢！谢天谢地，我和捷姆斯，都是知道应该互相尽什么职分的。”

“哦！”达特小姐满腹心事地点着头说。“倒也不错，那样就可以避免分歧吗？呃，当然可以。确实一点不错。我说，我很高兴。我刚才竟糊涂到引用了这样的比方！因为，知道了你们两个彼此各尽其职分就可以避免分歧，那太好了！所以我非常地感激你。”

还有一件关于达特小姐的小小事项，我决不应略而不谈。因为后来，在一切无可挽救的过去都明明白白地显露出来了的时候，我一定要想起这个事项来的。在那天整个的一天里面，但是特别是从这段时间以后，史朵夫使出他最大的本领来，而那也就是他最不费劲儿的本领，把这个性情偏执、脾气乖僻的人儿，哄得一变而为使人家欢喜，也使自己欢喜的伴侣。他在这方面能够成功，并非什么出乎意料的事。她对他这种使人愉快的技能——我当时想，这种使人愉快的天性——所发生的迷人影响挣扎反抗，也完全没出乎我的意料。因为我知道，她有的时候心怀嫉妒、性情乖戾。我看到她的面目和态度慢慢改变了；我看到她越来越用爱慕的态度看待他；我看到她越来越微弱无力、但是却永远怒气不息地，好像责备自己不争气似地，想要抵抗他那种使人着迷的魔力；到了最后，我看到她那种锐利入骨的眼光变得温柔了，她那副笑容变得十分温和了，我也不像我整个一天里真正那样，老怕她了，我们大家一块儿围炉而坐，一块儿又说又笑，跟一群小孩子一样，一点拘束都没有了。

是由于我们在餐厅里坐的时间太久了，还是由于史朵夫一心想要别失去他已经取得的优势，想要因利乘机把它一用呢，我不得而知；反正萝莎离开了以后，我们在餐厅里并没待过五分钟。我们走到客厅的门口那儿，史朵夫轻轻悄悄地说，“她在那儿弹竖琴呢。这三年以来，我相信除了我母亲，别人没有听见她弹过竖琴的。”他说这句话的时候，脸上露出稀奇少见的微笑来，但是那种微笑跟着就一下又消失了；我们进了屋里，看到只有她一个人在那儿。

“快别站起来，”史朵夫说（其实她早已站起来了），“我的亲爱的萝莎，别站起来。只发这一回善心，给我们唱一个爱尔兰歌儿吧。”

“你怎么会看得起爱尔兰歌儿！”她回答说。

“非常地看得起！”史朵夫说。“比任何别的歌都更看得起。这儿这个雏菊也是爱音乐爱得要命的。给我们唱一个爱尔兰歌儿吧，萝莎！让我坐着听上一听，像从前经常那样。”

他并没碰她，也没碰她刚坐的那把椅子，而只挨着竖琴落座。她在竖琴旁边站了不大的一会儿，样子很稀奇，用右手在竖琴上作弹琴的动作，但是却没触动琴弦。后来她才坐了下去，把竖琴一下拉到她跟前，一面弹一面唱起来。

我不知道还是她的弹法，还是她的嗓音，反正让我听来，只觉得这个歌儿是我向来所听见的歌儿之中，或者所能想象的歌儿之中，最迥异人间、超出尘世的。它那种使人感到亲切活现的意味，真含有使人害怕的成分在内。那个歌儿好像并不是有人给它作的词儿，或者有人给它谱的曲子，而是一直从她那强烈的情感里迸了出来的。在她那种低低的歌声里，它只流露出一部分来，而在一切都寂静下来的时候，它就又服服帖帖地蜷伏起来。她又把身子倚在竖琴上，用手作弹琴的姿势，却没触动琴弦，那时候，我只剩了瞪目而视、哑口无言的份儿。

一分钟以后，发生了下面一段事儿，才把我从梦中唤醒：——原来史朵夫从他的座儿上站起来，走到她跟前，大笑着用胳膊把她一搂，嘴里说，“好啦，萝莎，咱们从此以后，可要尽量地你疼我爱啦！”她打了他一下，像野猫那样凶狠地把他甩开，冲到屋子外面去了。

“萝莎怎么了？”史朵夫老太太走进来问。

“她做了短短一会儿的天使，妈，”史朵夫回答说，“跟着就又走到极端相反的一面，算是补过偿失。”

“你可要小心，千万可别招她惹她，捷姆斯。你可别忘了，她变得越来越爱使性儿啦，经不起招惹啦。”

萝莎没再回来，也没有人再提起她来，一直到我同史朵夫到他屋里，去跟他道夜安的时候。那时候史朵夫把她大笑了一气，问我是否曾经见过，有这样一个不可理解的小小怪东西。

我把我的惊异尽了当时所能表达的，完全表达了，同时问他，是否能猜出来，她到底为什么那样突然就大生其气。

“哦，这只有老天爷才能知道，”史朵夫说。“你可以说为任什么都可以，也可以说任什么都不为。我不是跟你说过了吗，她把所有的事物，连她自己包括在内，都要拿到磨刀石上去磨。她是一个有刃的工具，和她打交道的时候，你要特别小心。她永远是危险的。夜安！”

“夜安！”我也说，“我的亲爱的史朵夫！我明儿早晨不等你起来就走了。夜安！”

他很不愿意我离开那儿；他像原先在我屋里那样，把胳膊伸着，用手把着我的肩头。

“雏菊，”他微笑着说——“因为这个名字虽然不是你的教父和教母给你起的，我可顶喜欢用这个名字叫你——我愿意，我愿意，我愿意，你也能给我这样一个名字。”

“呃，只要我愿意，我就可以给你，”我说。

“雏菊，如果有任何情况，会使咱们两个分离，那你可要老想着我顶好的好处。好啦，咱们可一言为定啦。净想我顶好的好处，要是有任何情况把咱们两个分开！”

“你在我眼里，史朵夫，”我说，“并没有什么顶好的，也没有什么顶坏的。我永远前后一致，永远不改样儿，在心里把你热爱，把你珍惜。”

由于我曾经冤枉过他（虽然那还只是一种并未成形的念头）而心里万分悔恨，因此我很想把我曾经冤枉过他的想法对他坦白一番，话就来到嘴边上了。要不是因为我不愿意把爱格妮对我说的那番心腹话给出卖了，要不是因为我不知道怎样来谈这个题目才能免于出卖，那么在他说“上帝加福给你，雏菊。晚安！”以前，这些话就会脱口而出了。在我这样疑惑不定的时候，那个话可就没传到他耳朵里。于是我们握了手，我们分了手。

第二天早晨，我在晨光熹微中就起来了，尽力轻轻悄悄地把衣服穿好了，然后往他的屋子里瞧了一下。他还正在酣睡，很潇洒地用胳膊抱着头躺在那儿，就像我在学校里常常看到的那样。

那时辰应期而来，而且来得很快，那时候我几乎有些纳闷儿，不明白在我看着他的时候，怎么竟会没有什么事来搅扰他的安睡。

但是他当时却是安然熟睡——让我再这样想他一番吧——像我在学校里看到的那样，就这样，在静悄悄的晨光中，我和他分别了。

哦，上帝恕你吧，史朵夫啊！我永远也没有再以爱慕之心和友好之情握那只无知无识的手的时候了！永远永远也不会有那种时候了！

译文名著精选

YIWEN CLASSICS

大卫·考坡菲（下）

[英] 狄更斯 著　张谷若 译

Charles Dickens

The Personal History of David Copperfield

上海译文出版社

下　卷

第三十章
失一故人

我晚上到了亚摩斯，就奔到旅店。我知道，即使那位伟大的来客，那位在他面前一切有生之物都要俯首听命的来客，还没光临这一家，坡勾提家那个空屋子——我的屋子——十有八九也很快就要有人住的，因此我才在旅店落脚，在那儿吃了饭，定好了床位。

我离开旅店的时候，已经十点钟了。许多铺子都已经关门上板了，镇上一片冷清沉寂了。我来到欧摩与周阑商店的时候，只见百叶窗已经关了，但是店门还敞着。我能看到铺子里面欧摩先生全身的轮廓，靠在起坐间的门那儿抽烟，我就进了铺子，向他问好。

"哟，哎哟哟！"欧摩先生说，"你好哇？请坐，请坐——我希望抽烟不碍的吧。"

"一点也不碍的，"我说。"我还喜欢闻烟的味儿哪——可得是在别人的烟斗里。"

"啊！在自己的烟斗里可不喜欢，对吗？"欧摩大笑了一声，答道。"那样更好，先生。年纪轻轻的就染上了抽烟的嗜好，可并不是好习惯。请坐吧。我抽烟是为了治我的哮喘。"

欧摩先生给我腾出地方来，为我安了一把椅子。他现在又落了座，喘作一团，叼着个烟斗直倒气，好像烟斗就是那种必需之物的来源地，他没有它就非一命呜呼不可。

"我听到巴奇斯先生病重的消息很难过。"我说。

欧摩先生只不动声色地瞧着我，同时直摇脑袋。

"你知道他今个晚上怎么样吗？"我问他。

"这正是我要问你的话，先生，"欧摩先生回答我说。"但是因为有顾忌，所以才没问。这就是干我们这一行的人碍口的地方。如果有当事人病了，我们不能打听那个当事人怎么样。"

这种碍难开口的情况我原先还没想到，虽然我刚一进这个铺子的时候，我就又害起怕来，唯恐听到旧日听到的那种梆梆的声音。但是经他这样一说，我也明白过来了，所以我也就说，可也是。

“对啦，对啦，你明白啦，”欧摩先生点着头说。“我们不敢打听那个。唉！既然绝大多数的当事人都是病得不能好起来的，那我们要是说，欧摩与周阑对你问好，你今儿早晨——或者是今儿下午（这得看情况而定），觉得怎么样啊？那叫人听来，岂不要吓一跳？”

欧摩先生和我互相点了一点头。他又从他那烟斗里吸收了新的补充之气。

“就是这一点使得干我们这一行的把我们本来常常要表示的关心弄得也不能表示了。就拿我自己来说吧，我认识巴奇斯先生归里包堆前后整整四十年啦，每次遇到他从我们这个铺子外面走过的时候，我都对他鞠躬，跟他打招呼。但是我可不能跑了去问‘他怎么样啦？’”

我觉得，这真有点跟欧摩先生为难，我也就这样对他说了。

“我希望，我这个人并不比别人更自私自利，”欧摩先生说。“你瞧，我这个肺管子，不定什么时候可以一口气上不来就把我断送了。在这种情况下，我确实知道，我不大会自私自利的。我说，一个人明明知道，他的肺管子说要一口气上不来，就会一口气上不来，像个吹火管拉破了那样，那他不会自私自利的；何况他又是都有了外孙女儿的人啦哪，”欧摩先生说。

我说，“决不会。”

“我对我干的这个行当并没有抱怨的意思，”欧摩先生说，“我没有那种意思。不论哪个行当，都有它的优点，都有它的缺点。我所希望的只是：当事人都心路更宽一些，理性更强一些才好。”

欧摩先生脸上一片怡然自足、和蔼近人之态，不声不响地又抽了几口烟。于是他接着刚才那个岔儿说：

“这样一来，我们要确实知道巴奇斯先生的病情怎么样，就没有别的法子，不得不专靠爱弥丽了。她知道我们的真意所在。她把我们看得就像一群小羊羔一样，决不会对我们疑神疑鬼，大惊小怪。敏妮和周阑刚刚往那一家去了，实在就是去问一问爱弥丽，巴奇斯先生今儿晚上怎么样（她下了班以后，就往那儿去了，去帮她姨儿点忙）；要是你肯在这儿等着，等到他们回来了的时候，那他们一定会告诉你一切详细情况的。你用点什么不用？喝一杯掺水的橘子汁和罗姆酒好不好？我自己抽烟就用橘子汁和罗姆酒就着。”欧摩先生把他自己那一杯拿起来说。“因为据说，这种饮料可以使呼吸通道变得滋润柔软。呼吸就是靠通道才起作用的啊。其实，哎呀呀，”欧摩先生哑着嗓子说，“我这并不是呼吸通道出了毛病啦，我跟我女儿敏妮说，把我喘的气给足了，那我自己就能把呼吸通道修好了，我的亲爱的。”

他实在没有余气可喘，而且看到他发笑，真令人大大地惊心。我等到他又好了一些了，可以跟他谈话了，我就对他的好意表示了感谢，但是对他要款待我的饮料却谢绝了，因为我刚刚吃过正餐。同时承他好心好意，把我留下，等他女儿和女婿回来。我看到这样，知道我非在他那儿等不可，我就问他小爱弥丽怎么样。

“呃，先生，”欧摩先生从嘴里把烟袋拿开，为的是他可以摸下巴，同时说，“我跟你说实在的吧，她要是结了婚，我可就太高兴了。”

“这是为什么哪？”我问。

“呃，她这阵儿有些心神不定，”欧摩先生说。“这并不是说，她没有从前好看啦，因为她比从前更好看——我对你担保，她比从前更好看。也不是因为她干起活来不如从前了，因为她干起活儿来还是跟从前一样。她从前一个人能顶六个人，她现在还是一个人能顶六个人。但是，她可不知道为什么老是无情无绪的。如果大概齐说，你明白我这句话，”欧摩先生又摸了一下下巴，抽了几口烟，说，“‘使劲拉，用力拉，伙计们，一齐拉，啊哈！’[①]是什么意思，那我就可以跟你说，她短少的就是那个劲头儿。这是大概齐说的。”

欧摩先生脸上和态度上所表现的太明显了，所以我一点也不感到亏心地直点头，算是表示我完全明白了他的意思。他看到我这样快就领会了他的意思，好像很高兴，所以又接着说：

---

①这是水手们转绞盘的时候唱的号子。

“我说，我认为她这种无情无绪，主要地是因为她的状况还不稳定，这是你知道的。我们——她舅舅和我——她的未婚夫和我——下了班以后，都把这个问题谈了又谈；我的看法是，主要是因为她的情况现在还不稳定。你得永远记住了，爱弥丽，”欧摩先生轻轻地把脑袋摇晃着说，“是一个心肠特别慈爱的小东西儿。有一句格言说，你不能用猪耳朵做出丝钱袋来[①]，呃，我可不敢那样说。我倒是认为能用猪耳朵做出丝钱袋来，不过可得你从很小的时候就开头做起。她把那条老船做成了的那个家，连石头和大理石房子都比不上。”

“我敢保她是把那条老船做成了那样，”我说。

“看到她那样一个漂亮的小东西儿，老离不开她舅舅，”欧摩先生说，“看到她每天每天紧箍着她舅舅那种样子，箍得紧而又紧，近而又近，简直是叫人开心的光景。不过，你要明白，要是情况是这样的时候，那总是心里头有斗争。这种情况，又有什么理由，应该让它不必要地拖下去哪？”

我倾耳静听这位好心眼儿的老人，全心全意地同情他所说的一切。

“因此，我就对他们说啦，”欧摩先生用一种心舒神畅、无牵无挂的语调说，“我说，你们绝不要死钉坑，认为爱弥丽非让期限订死了不可。期限可以由你们来支配。她干的活比原先想的可就值得多啦；她学习起来，比原先想的可就快得多啦。欧摩与周阑可以把没满的期限一笔勾销。你们想要不叫她受拘限，她就可以不受拘限。如果她以后愿意另作什么小小的安排，比如在家里给我们做一些零活儿，那很好；如果她不愿意，那也很好。反正不论怎么样，我们都不会吃亏的。因为，难道你还看不出来，”欧摩先生用烟袋碰了我一下，说，“像我这样一个喘不上气儿来的人，又是一个当外公的，还会跟一个像她那样眼睛像秋水、脸蛋像鲜花儿的小东西儿斤斤计较吗？”

“绝对不会，这是我敢保的，”我说。

“绝对不会！你说得不错！”欧摩先生说。“呃，她表哥——要跟

---

① 西欧格言。

她结婚的是她表哥，你当然知道？”

“哦，我知道，”我说，“我跟他很熟。”

“你当然跟他很熟，”欧摩先生说。“好啦，先生！他表哥好像事由儿很顺利，手头儿又宽裕，因为我这样说了，他很像个男子汉大丈夫，对我表示了感谢(总的说来，他的行为一直都是使我敬重的)，跟着就去租了一所小房儿，那所小房儿那个舒适劲儿，叫你我看了，都舍不得拿下眼来。那所小房儿这阵儿完全都陈设好了，又严密、又完备，像个玩具娃娃的起坐间一样，要不是因为巴奇斯先生的病(可怜的家伙)一天重似一天，那他们早就成了小两口了——我敢说，这阵儿，早就成了夫妻了。因为他的病越来越重，他们的婚期才往后推延了。”

“爱弥丽哪，欧摩先生，”我问，“她是不是比以前安定了一些了哪？”

“哦，那个，你要知道，”他摸着他那个双下巴回答我说，“按照自然的道理讲，是不能指望的。眼前看得见的变化和分离，我们可以说，很近又很远，两种可能同时并存。巴奇斯先生要是马上就伸腿了，那他们的婚期倒不至于再拖下去，但是他的病这样一耗时候，他们的婚期可就得拖下去了。反正不管怎么说吧，现在是一种让人琢磨不透的局面，这是你可以看得出来的。”

“我可以看得出来，”我说。

“这样一来，结果哪，”欧摩先生接着说，“爱弥丽可就仍旧还是有一点提不起精神来，定不下心去了。也许，总的说来，这种情况现在比从前还更厉害了。一天一天地，她疼她这个舅舅越来越厉害，她和我们这些人越来越舍不得分离。连我对她说一句好心好意的话都会叫她掉眼泪。你要是能看到她跟我女儿敏妮的小女孩在一块儿的光景，那你就要永远忘不了。哎哟哟！”欧摩先生琢磨着说，“她对那个小女孩儿那个爱法呀！”

那时候欧摩先生的女儿和女婿还没回来把我们的话打断，我想起来打听一下玛莎，我认为那是很好的机会，所以问他知道不知道玛莎的情况。

“啊！”他又摇脑袋，又很忧郁的样子回答我说，“不好呢，先生。不管你怎么看，都得说叫人不受用。我从来没认为那个女孩子会怎么坏。我在我女儿敏妮面前，老不敢提她，因为我一提她，我女儿马上就要说我——不过我从来没提过她。我们从来谁也没提过她。”

欧摩先生比我先听到了她女儿的脚步声，就用烟袋把我一捅，把一只眼睛一眨，作为警告。跟着，敏妮和她丈夫马上一齐进了屋里。

他们的消息是：巴奇斯先生“要多糟就有多糟”。他完全不省人事了；齐利浦先生刚要走以前在厨房惋叹地说：内科医学院、外科医学院和药剂师公会，如果把他们这三个机关的人员全都请到了，对他也不会有什么帮助。对于他这个病，那两个学院早已无能为力了，而药剂师公会只能把他毒死。

我听到这个消息，又听说坡勾提先生也在那儿，就决定马上往那一家去走一趟。我跟欧摩先生、周阑先生、周阑太太都道过夜安，就以庄严肃穆的心情拔步朝着那一家走去，这种心情使得巴奇斯先生完全成了一位与前不同的新人物了。

我在门上轻轻一敲，坡勾提先生就应声而出。他并没像我原先想的那样，见了我觉得事出意外。坡勾提下了楼的时候，我在她身上也看到同样情况，并且从那时以后，我永远看到她这种情况。我想，在期待那种可怕的意外之时，所有一切别的改变和意外都收敛缩小，如同无物了。

我跟坡勾提先生握手，和他一块儿来到厨房，他把厨房的门轻轻地关上了。小爱弥丽正坐在炉前，用两只手捂着脸。汉站在她身旁。

我们大家都打着喳喳说话，说话中间，还时时听一下楼上有什么动静没有。我感到，厨房里会不见有巴奇斯先生，这多么奇怪！这是我上次到这儿没想到的。

“你真太好了，卫少爷，”坡勾提先生说。

“一点不错，太好了，”汉说。

“爱弥丽，我的亲爱的，”坡勾提先生说，“你瞧这儿，卫少爷上这儿来啦！唉，打起精神来吧，我的好宝宝！难道你对卫少爷连句话都没有吗？”

只见她全身都发抖，这是我连现在都能看到的。我握她的手，那只手是冰冷的，这是我现在仍旧还能觉到的。那只手唯一的活动，就是从我手里缩回。跟着她从椅子上溜开，跑到她舅舅那一面，把头低着，仍旧一声不响、全身发抖，趴在她舅舅怀里。“她的心太软了，”坡勾提先生一面用他那只大粗手摸着她那丰厚的头发，一面说，“所以经不住这样的伤心事儿。年轻的人，从来没经过这儿这样的凶事儿，都发怯害怕，跟我这个小东西儿一样——这本来是很自然的。”

她箍在他身上，箍得更紧，但是却没抬头，也没吱声儿。

“天已经晚了，我的亲爱的，”坡勾提先生说，“这儿是汉，特意上这儿来接你回家。我说，你跟着这另一个心软的人儿一块儿去吧！你说什么，爱弥丽？呃，怎么，我的宝宝？”

她说话的声音我听不见，但是他却把脑袋俯下去，好像听她说什么似的，跟着说：

“让你跟你舅舅一块待在这儿？我说，你真想要那样吗？跟你舅舅一块待在这儿，我的小乖乖？你丈夫，眼看就是你丈夫了，特为上这儿来接你回家，你可要跟着你舅舅一块儿在这儿待着。我说，你这样一个小东西儿，跟我这样一个风吹日晒的粗人在一块儿，没有人会有那样着想的，”坡勾提先生带出满怀得意的样子看着我们两个说。“但是海里含的咸盐也没有她心里对她这个舅舅含的疼爱多——你这个小傻子似的小爱弥丽！”

“爱弥丽要这样，是很对的，卫少爷，”汉说。“你瞧，既是爱弥丽愿意这么办，再说她又有些害怕，沉不住气，那我就让她待在那儿，待到明儿早晨好啦。我也待在这儿好啦！”

“不成，不成，”坡勾提先生说。“像你这样一个成了家的人——跟成了家一样的人——可白旷一天的工，可浪费一天的工，那可不是应当应分的。你也不能又干活，又看病人，那也不是应当应分的。那样可不成。你回家睡觉去吧。你不用怕没人好好照顾爱弥丽，这是我敢说的。”

汉没法子，只好听从了这番劝告，拿起帽子来要走。即使在他吻她的时候，——我从来没看到他在她跟前，而不觉得他天生就是一个真正的上等人——她都好像箍着她舅舅箍得更紧，而且还有躲避她那未婚夫的样子。他开门走了，我跟着把门带上，免得满屋里那片寂静被搅扰；我关门回来的时候，看到坡勾提先生仍旧还在那儿跟她说什么。

“这会儿，我要到楼上去告诉你姨儿一声，说卫少爷来啦，这可以叫她多少提起点儿心气儿来，”他说。“我的亲爱的，你先在炉子旁边坐一会儿，把你那两只死凉死凉的手烤一烤。你用不着这么害怕，这么发慌。怎么？你要跟我一块上楼去？——那么好啦！那你就跟我一块儿去好啦。——来吧！要是她这个舅舅，有朝一日叫人赶出家门以外，得跑到沟里去趴着，即便那样的话，卫少爷，”坡勾提先生说，说的时候那份得意，也不下于以往，“我相信，她也要跟着我去的。不过眼看就又另有一个人啦——眼看就又另有一个人啦，爱弥丽！”

后来，我上楼的时候，我从我以前住过的那个屋子前面过，那时候那个屋子黑咕隆咚的，我有一种模糊的印象，觉得好像爱弥丽正在屋子里面的地上趴着。但是，究竟真是她，还是屋子里乱糟糟的黑影，我现在不敢说。

我在厨房的炉前，有那么一刻的闲工夫，所以我就想到爱弥丽对于人要死的恐怖——再加上欧摩先生对我说的那番话，我就认为，她所以跟平素判若两人，就是因为这个——在坡勾提还没下楼以前，我坐在那儿，数着那一架钟的滴答声，更深深地感到我四周那一片庄严的寂静。那时候，我还有一刻的闲工夫，对爱弥丽那种害怕死神的怯懦加以宽容。坡勾提把我抱在怀里，对我祝福又祝福，感谢又感谢，说我使她在苦难中得到那样的安慰(这就是她说的)。跟着，她请我到楼上去一趟，一面走，一面呜咽着说，巴奇斯先生一直就老喜欢我，敬爱我，在他还没沉入昏迷的状态之中以前，他还时常谈起我来。她相信，要是他从昏迷中还醒过来，那他见了我，一定会提起精神来的，如果世界上还有任何事物能让他提起精神来的话。

我看到他以后，只觉得他重新还醒过来的机会是小而又小的。他正躺在那儿，把个脑袋和两只胳膊用很不舒服的姿势伸在床外，把个身子一半趴在那个让他费了那么些心血和麻烦的箱子上。我听说，自从他无力爬出床外开箱子以后，他就让人家把那个箱子放在床旁边一把椅子上，他白天黑夜永远抱着那个箱子不放。他的胳膊现在就放在箱子上。时光和人世，正在从他身旁跑开溜走，但是箱子却仍旧还在那儿。他最后说的一句话是(用解释的口气)，“净是些破衣烂裳。”

“巴奇斯，亲爱的！”坡勾提几乎高兴起来的样子说，一面弯腰往他身上俯着，她哥哥和我就站在床的下手。“我那个亲爱的乖乖——那个亲爱的乖乖，卫少爷，来啦，原先就是他给咱们两个撮合的，巴奇斯！你不就是让他给我带的信儿吗？你还记得吧？你跟卫少爷说句话呀。”

他跟那个箱子一样，不言不语，无知无识，他那仅有的表现，只能从箱子那儿看了出来。

“他正跟着退潮的潮水一道去了，”坡勾提先生用手遮着嘴对我说。

我的眼睛模糊起来，坡勾提先生的眼睛也模糊起来。但是我却打着喳喳儿重复道，“跟着潮水一道去了？”

“住在海边上的人要死的时候，”坡勾提先生说，“总是赶着潮水几乎都退枯了的时候。他们下生的时候，也总是赶着潮水差不多涨满了的时候——不到潮水涨满了，不能完全生下来。他这阵儿，正是跟着退潮的潮水一道去了。三点半钟潮水往外退，半点钟以后潮水就退枯了。要是他还能活到潮水再涨的时候，那他总得等到潮水涨满了，再跟着下一次退潮的潮水一道去。”

我们待在那儿看着他，看了好长的时候，看了好几点钟。他的知觉在当时那样的情况下，我在他跟前，对他究竟发生了什么神秘的影响，我不必故弄玄虚，加以说明；但是事实却是：他最后开始微弱无力地胡思乱想起来的时候，毫无疑问，他是在那儿嘟嘟囔囔地说赶车送我上学校去的事。

“他又还醒过来了，”坡勾提说。

巴奇斯先生随潮水以俱逝

坡勾提先生碰了我一下，用郑重严肃、恭敬畏惧的口气说，“他跟潮水——两个一道很快地去了。”

“巴奇斯，我的亲爱的！”坡勾提说。

“克·巴奇斯，”他微弱无力地喊。“哪儿也找不出来再那么好的女人了！”

“你瞧一瞧！卫少爷来啦！”坡勾提说。因为这阵儿，巴奇斯先生睁开眼了。

我正要问他是否还认得我，但是还没等到我开口，只见他做出把胳膊一伸的样子，对我面带微笑、清清楚楚地说：

“巴奇斯愿意！”

那时潮水正落得最低，他同潮水一道去了。

第三十一章

失一更重要的故人

经过坡勾提的恳求，我并没费什么事，就决定在我所在的地方待下去，一直待到那个可怜的雇脚马车夫的遗体，往布伦得屯作最后一次的旅行。坡勾提多年以前，就用自己攒的钱，在我们那个老教堂的墓地里，靠近“她那个甜美女孩子”（她永远这样叫我母亲）的坟墓，买了一块小小的地了，那个马车夫和她，都要在那块地里长眠。

我能和坡勾提厮守几日，能替她尽我所能做一点事（其实我所做的，充其量也算不得很多），都使我感到能够对她有所报效，这是我即便现在，都觉得应当的，也是我现在想起来，还引以为快的。不过，我恐怕，我当时最惬意的，还是经管巴奇斯先生的遗嘱和解释遗嘱的内容，因为别人都不懂，只我自己是行家。

提议在箱子里找遗嘱，是由我发起的；这一点，我可以自居首功。经过一番搜索之后，果然不错，在箱子里一个草料袋的底儿上，找到了遗嘱，在这个草料袋里面，除了草料以外，找到的还有一个金壳老怀表，外带表链子和表坠儿；这个表，巴奇斯先生只在结婚那天戴过一次，婚前婚后，都绝没看见他戴过；还有一个银制的烟斗塞儿①，作人腿形，还有一个仿造的柠檬，里面满装着小杯子和小托盘儿；我有些觉得，这件东西，一定是在我还是小孩子的时候，巴奇斯先生就买来了，本来打算送给我的，后来却自己爱上了，又舍不得了；还有八十七个半几尼，都是一几尼一枚，或者半几尼一枚的；还有二百十镑钱，都是崭新的英伦银行钞票；还有几张英伦银行股票收据；还有一块马蹄铁；一个假先令；一块樟脑；一个牡蛎壳儿。由于这个牡蛎壳儿有数经摩擦的痕迹和内部发出的闪烁缤纷光彩，我便断定，巴奇斯先生对于珠子，只有一般笼统的概念，永远没达到任何确定的程度。

年复一年，巴奇斯先生在他雇脚的旅程中，都带着这个箱子，天天往返。为了更好避人耳目起见，巴奇斯先生就编了一套瞎话，说这个箱子，是布莱克波厄先生的，“暂交巴奇斯保管，以待索取”。巴奇斯先生把这个瞎话，在箱子盖儿上大书特书，不过到了现在，箱子盖儿上那些字，早已几乎认不出来了。

我发现，他这些年以来，储蓄积攒，并非白费。他的财产，合成钱数，几乎达到了三千镑。他从这份财产里，划出一千镑来生息，归坡勾提先生受用，到死为止。坡勾提先生死后，这笔款的本钱，由坡勾提、小爱弥丽和我三个人平分；要是我们三个人里面有死了的，那么，这笔款就由还活着的人瓜分，每人数目相等。除了这一千镑以外，他死的时候所有别的款子，他一概都留给了坡勾提。坡勾提是他一切余产的继承人，同时也是他最后遗嘱的惟一执行人。

我把这个文件，都尽可能地郑重其事、高声宣读，把其中的条款，对于有关的人，发挥阐述，不论多少遍，都不惮其烦。那时候，我觉得，我俨然是一个民教法学家了。我那时才感觉到，原来博士公堂这个玩意儿，还真有点意思，它的用处，比我原先想的可就多了。我把这个遗嘱，尽心研核，宣布它不论哪方面，都是合乎手续的，有时还在文件

---

①吸烟时，用以把烟袋锅里的烟丝压紧之具。

的边儿上用铅笔作记号，以为自己懂得这么多，真有些了不起。

我又要从事这番艰深奥妙的活动，又要给坡勾提把她得到手的财产都清算一下，又要把一切的事务，都有条不紊地作一番安排，又要给坡勾提在各方面作裁判，当军师(这是我们两个人都感到快乐的)，所以巴奇斯先生殡葬前的一星期，很快地就过去了。在这个期间，我没看到小爱弥丽，不过他们告诉我，说再过两个星期，她要不惊动人就结婚了。

我并没像演戏似地去给巴奇斯先生送殡，如果我可以冒昧地这样说的话。我的意思是：我并没穿黑袍子，戴飘带，像要吓唬鸟儿似的；[①]而只早晨一早儿步行到布伦得屯，等到巴奇斯先生的遗体，仅仅由坡勾提和她哥哥伴送到墓地的时候，我也在墓地里了。那个疯绅士，由我从前那个寝室的小窗户里，老远瞧着我们，齐利浦先生的小娃娃，就从奶妈的肩上，冲着牧师，又摇晃他那个大脑袋，又乱转他那对龙睛鱼眼珠儿。欧摩先生就气喘吁吁地，站在人背后；除此而外，再就没有别人了；事情办得非常安静。在一切都完事以后，我们在教堂墓地里徘徊了有一个钟头，还在我母亲坟前长的树上，揪下几片嫩叶儿来。

我写到这儿，一阵恐惧不觉来临。我那时正要踽踽独行，沿着来路，重新回到那个远处的市镇。只见那个市镇上面，有一片乌云，阴沉笼罩。我现在不敢向它走去。因为我现在想到了在那个令人难忘的晚上那儿发生的那件事了，如果我写下去，那件事就非重演一番不可，我心里就受不了。

那件事，不会因为我叙说了，就变坏了。也不会因为我不愿意写而不写，就变好了。反正那件事是发生了。任何情况也不能把它消灭了。任何情况也不能使它改变了原来的样子。

我的老看妈要在第二天同我一块儿去伦敦，办理遗嘱的事。小爱弥丽那天一整天都待在欧摩先生的铺子里。我们那天晚上，都要在那个老

---

① 法斯特的《狄更斯传》里载有狄更斯的遗嘱，嘱咐“送殡的人，不要戴围巾、穿长袍、戴黑花结、佩长帽箍或者其他令人作恶的荒唐装饰”。飘带，即指长帽箍而言。

船里碰头。汉要在乎素的时刻，把爱弥丽接回家来。我要松松闲闲地徒步走回去。坡勾提兄妹二人要照他们来的时候那样回去，并且到天黑上来的时候，要在炉旁等我们。

我和他们在教堂墓地的小栅栏门那儿分了手，那个小栅栏门，就是往日我想象中斯特拉浦背着拉得立克·蓝登的行李停步休息的地方。我当时并没一直地就回亚摩斯，而是朝着往洛斯托夫去的路走了不太长的一段。走过那段路以后，我才转身往亚摩斯走去。我在一家颇为体面的麦酒馆里待了一下，用了正餐；那家麦酒馆，离我前面说过的那个渡口，约有一二英里。这样，一天的光阴就消磨掉了。等到我到了渡口，已经是暮色昏黄了。那时候，正下着大雨。那本是风狂雨骤的一夜。不过阴云后面有月亮在，所以并不十分昏沉。

我走了不久，坡勾提先生的船屋以及屋里从窗户那儿射出的蜡光就在望了。一片沙滩，走起来相当吃力；不过脚上稍一加劲，我就来到了船屋的门口，进了船屋的里面了。

船屋里看着真舒适。坡勾提先生已经把晚间的烟抽过；简单的晚饭跟着动手做起来。炉火着得很旺，炉灰也铲到了一边，小矮柜也给小爱弥丽在她那个老地方上安好了。坡勾提也在她自己那个老地方上又坐下了。除了她的衣服以外，从别的方面看，她都好像一直没离开那个地方似的。她早已重回原状，和那个盖儿上画着圣保罗大教堂的针线匣。那个装在像小房儿的盒子里的码尺，还有那一小块蜡头儿，厮守共处了。这些东西，全在那儿，好像从来没经过骚动似的。格米治太太就坐在她那个老地方上——那个角落里，看着有些烦躁的样子；因而也显得非常自然。

“这一伙人里面，你是头一个来的，卫少爷！”坡勾提先生满脸含笑说。“要是你的褂子也湿了，那你就把它脱下来好啦。”

“谢谢你，坡勾提先生，”我说，一面把外衣脱了，递给他替我挂起来。“褂子一点儿也没湿。”

“不错，没湿，”坡勾提先生摸了摸我的两肩，说。“跟锯末一样地干！请坐吧，先生。跟你说欢迎的话，是用不着的，不过，我可真欢迎你，诚心诚意地欢迎你。”

“谢谢你啦，坡勾提先生，你欢迎我，那是不用说的。呃，坡勾提！”我说，一面给了她一吻为礼，“你老人家觉得怎么样啦？”

“哈！哈！”坡勾提先生一面大笑着在我旁边坐下，一面直搓手，这一来表示，他前几天的烦恼，现在已经松通了，二来表示他的天性，真挚笃诚。“天地间，先生，没有别的女人，能像她那样能觉得心安理得的了！这是我对她说的。她对死人，尽到了本分了，这是死人也知道的；死人对她做了按理应当做的，她对死人，也做了按理应当做的。所以——所以——所以，一切一切，都是按理应当做的。”

格米治太太呻吟了一声。

“鼓起兴致来，我的老嫂子！”坡勾提先生说。但是他却背着格米治太太，暗地里对我们摇头；那显然是他感到，新近发生的事件，惹得格米治太太又想起那个旧人儿来了。“快别垂头丧气的啦！为你自己起见，鼓起兴致来好啦；只要你能鼓起一丁点兴致来，那你看，是不是有许多许多趁心的事儿，会自然而然地跟着就来了哪！”

“我能有什么趁心的哪，但尔！”格米治太太回答他说。“我这个人，除了孤孤单单，还会有什么别的趁心的哪？”

“不对，不对，”坡勾提先生安慰她的伤感说。

“对，对，但尔！”格米治太太说。“我这样人，不配和有人留钱给他们的人住在一块儿。什么事儿都跟我太别扭了。我顶好离开这儿。”

“呃，我有了钱，不跟你一块儿花，那我怎么花？”坡勾提先生带着郑重劝解的样子说。“你这都说了些什么？难道我这阵儿，不比从前越发应该要你在我们这儿吗？”

“我早就知道没人要我嘅！”格米治太太怪可怜地呜咽着说。“这阵儿人家明明白白地告诉了我了！像我这样孤孤单单的苦命人，又处处这样犯别扭，怎么能想叫人要我哪！”

坡勾提先生好像大吃一惊，没想到，自己说的话，居然能叫人这样无情无义地解释；不过却没回言，因为坡勾提把他的袖子揪了一下，还对他摇头示意。他带着非常难过的样子，把格米治太太瞅了一会儿，跟着往那个荷兰钟上看了一眼，站起身来，把蜡花打了，把蜡烛放在窗户那儿。

“你瞧！”坡勾提先生很高兴的样子说，“你瞧，格米治太太！”格米治太太却微微地呻吟了一声。“照着老规矩，又点起蜡烛来啦！先生，我想你一定要纳闷儿，不明白这是什么意思吧！呃，这是为了我们的小爱弥丽呀。你想，天黑了以后，路上会很亮吗？走起来会叫人很高兴吗？所以，她回来的时候，我要是在家，我就把蜡烛放在窗户那儿。这样一来，你可以看出来，”坡勾提先生说到这儿，脸上极欢乐的样子俯身对我说，“两件事就都做到了。头一件是，她要说啦，爱弥丽要说啦，‘我这就到了家了！’第二件是，她要说啦，‘我舅舅在家哪！’因为，我要是不在家，我从来不叫他们把蜡烛放在那儿。”

“你真跟个娃娃一样！”坡勾提说，说的时候，她的样子，真以为他是一个娃娃，因而非常地疼他。

“呃，”坡勾提先生说，一面看了看我们，又看了看炉火，一面把两条腿往外岔开，站在那儿，用手上下抚摸那两条腿，表示心里舒服得意。

“我很难说我不是。不过，你瞧，看起来可又不像。”

“并不十分像，”坡勾提说。

“不像，”坡勾提先生大笑着说。“看起来不像，不过——不过想起来可像，这是你看得出来的。不管你怎么样，反正我是不在乎的！我这阵儿可以对你们说，我上我们爱弥丽那所精巧的小房儿那儿去来着；我在那儿，瞧了又瞧，看了又看，那时候，我要是没觉得，那儿那个顶小的东西，几乎就是爱弥丽自己，那我就是个——那我就是个大什么！”坡勾提先生说到这儿，忽然一使劲儿——“你们可都听见啦！别的我可就说不上来啦。我把她那个新房子里的东西，拿起来又放下；我动那些东西的时候，都是轻手轻脚的，好像那些东西就是我们的爱弥丽自己一样。我动她的帽子什么的时候，也是那样轻法。要是有人动那些东西，不论哪一件，存心粗手笨脚的，那我决不许——你就是把整个世界都给了我，我也决不许。这就是你叫作娃娃的家伙，看样子活活地像个老大的海刺猬！”坡勾提先生说，说完了，哈哈大笑，来发泄他那种恳切真挚的感情。

坡勾提和我也笑了，不过笑声没有他那样高。

“你可以看出来，我觉得，”坡勾提先生又把大腿抚摸了几下，满脸含笑说，“我所以有这种情况，都是因为，爱弥丽还不到我的膝盖那样高的时候，我就老跟她一块玩儿，假装我们是土耳其人，德国人，假装我们是鲨鱼，假装我们是各式各样的外国人——唉，不错，我们还假装是狮子、鲸鱼和我也说不上来都是什么的东西哪！你们知道，我这是成了习惯了。呃，这儿这支蜡烛，你们瞧！”坡勾提先生满心欢乐的样子，把手伸向蜡烛说，“我知道得很清楚，她结了婚搬走了以后，我还是要把蜡烛放在那儿的，跟这阵儿一模一样。我知道得很清楚，我晚上在这儿待着的时候，（唉，不管我发了什么财，我还能上另外的地方去住吗！）我说，那时候，她结了婚，我在这儿，她可不在我这儿，再不就是，她不在这儿，我也不在她那儿，遇到那种时候，我也要把蜡烛放在窗户里，我自己就坐在炉子前面，假装着等她回来，就像我这阵儿这样。这就是你叫作娃娃的家伙，”坡勾提先生说到这儿，又哈哈大笑，“看样子活活地像个海刺猬！啊，就这一会儿，我看到蜡烛闪闪射出亮光，我就自己跟自己说啦，‘她正在那儿瞧这个亮光哪！爱弥丽正在那儿往家里来哪！’这就是你叫作娃娃的家伙，看样子活活地像个海刺猬！这些话都一点也不错，”坡勾提先生止住了笑声，把两手一拍说道，“因为她果真来了！”

但是来的却只有汉自己。自从我到了这儿，夜雨一定更淋漓了，因为汉头上戴了一顶油布大帽子，把半个脸都遮住了。

“爱弥丽哪？”坡勾提先生问道。

汉只用脑袋一指，好像是说，爱弥丽在外面呢。坡勾提先生于是从窗户那儿把蜡烛拿起来，把蜡花打了打，把它放在桌子上，跟着就急急忙忙地拨弄炉火去了。这时候，汉的身子仍然没动，只嘴里对我说：

“卫少爷，你出去一会儿，看一看我和爱弥丽要给你看的东西，好不好？”

我们俩一块儿出去了。我到了门口，从他身边走过的时候，我看到他脸上像死人一样地灰白，不觉又惊又怕。他急忙把我推到门外，随手把门带上了，把我们关在门外，只有我们两个人关在门外。

“汉！怎么回事？”

“卫少爷呀——”

唉，他那颗心真碎了，他哭得真凄惨。

我看到他那样悲痛，口呆目怔，心身瘫痪，我不知道我想的都是什么，也不知道我怕的都是什么。我只能用眼瞧着他。

“汉！可怜的好人！请你看在老天的面子上，告诉告诉我到底是怎么回事吧！”

“我爱的那个人，卫少爷——我满怀骄傲的，一心希望的那个人——我能为她把命都舍了的那个人，即便这阵儿，我都能为她把命都舍了的那个人——她走啦！”

“走啦！”

“爱弥丽跑啦！哦，卫少爷呀，我这阵儿，只祷告我那仁爱慈悲的上帝，把她的命要了，把那个我看得比什么都亲爱宝贵的她所有的命要了，也强似叫她把身子毁了，把名誉毁了。你只听了我这个话，就知道她是在什么情况下跑了的了。”

他那冲着风狂雨骤的天空仰起来的一副脸，他那紧紧握起、哆嗦颤抖的两只手，他那痛苦地打着拘挛的身子，都和那一片寂寥荒凉的海滩，联系在一起，一直到此时此刻，还留在我的心里。那片光景，永远是夜色昏沉，而在那片光景上，汉是惟一的活物。

“你是个有学问的人，”汉匆匆忙忙地说，“知道什么对，什么不对，什么好，什么不好。你得告诉我，我进了家，该怎么说？我该用什么法子把这个消息透露给他，卫少爷？”

那时只见门从里面动起来了，我就出于本能地把门闩从外面拉住，想要争取一刻的时间。但是已经来不及了。即便我能活到五百岁，我也永远忘不了坡勾提先生看到我们的时候，他脸上所起的变化。

我记得，我当时只听见有人嚎啕地大哭，悲惨地长号；我记得，我当时只看见妇女们都围在他身边；我记得，我们都站在屋子里，我手里拿着一张纸，那是汉给我的；坡勾提先生就把背心都撕开了，头发也弄乱了，满脸和两唇都灰白了，血都滴到胸前（我想，那是从嘴里流出来的），眼神定了的样子瞅着我们。

“你念给我听听，少爷，”他声音颤抖着低低地说，“请你念得慢一点，快了，我怕跟不上。”

于是在死一般的寂静中，我把一封墨痕污渍的信，如下念道：

你爱我本来远远地超过了我所应该受的程度，即便在我还心地清白的时候，都远远地超过了我所应该受的程度，但在你看到这封信的时候，我已经去远了。

“我已经去远了，”坡勾提先生慢慢地把这一句话重念了一遍。“打住！爱弥丽去远了。啊！”

早晨的时候，我离开我那个亲爱的家——我那个亲爱的家呀——哦，我那个亲爱的家呀！——

信上的日期是头天晚上。

——我是永远也不回来的了，除非他把我以阔太太的身份带回来。几个钟头以后，到了夜里，你只能看见这封信，却看不见我了。哎呀，我但愿你能知道，我的心都怎么像摘去了一样啊！即便你，即便我辜负万分的你，即便永远不会恕我的你，我也但愿，能知道我都怎么难过！我太坏了，连在信上都不值得一提。哦，请你永远想着，我这个人太坏了，来宽慰你自己吧。哦，看在仁慈的面上，请你告诉舅舅，就说我疼他，从来都抵不过现在一半那样。哦，你们一向都怎样爱我，怎样疼我，请你们不要再记起吧——咱们本来要结婚的话，也请你不要再记起吧——请你们就设想，我小的时候，早已经死了，早已埋在什么地方好啦。祷告上天，祷告我要越离越远的上天，对我舅舅慈悲吧！请你告诉他，就说我向来疼他的程度，都抵不过现在的一半。安慰他吧。再找一个好女孩子爱她好啦。再找一个能像我以前待舅舅那样的女孩子，一个能一心为你、不辜负你的爱的女孩子，一个除了我以外、就没见过任何羞耻之事的女孩子——你找这样一个女孩子爱她好啦。上帝对所有的人加福！我要时常给所有的人跪着祷告。要是他不能把我以阔太太的身份带回来，我没法再给我自己祷告，我还是要为所有的人祷告的。我把我临别的爱献给舅舅。我把我最后的眼泪和最后的感激献给舅舅！

这封信上就是这几句话。

我念完了信以后好久，坡勾提先生仍旧把眼盯在我身上。后来，我到底冒昧地拉着他的手，尽我力所能及地求他努力克制自己。他只嘴里回答我说，“谢谢你，少爷。谢谢你。”但是身子却没动。

汉对他说话。坡勾提先生对于汉的痛苦是深切地感到的，所以便使劲握汉的手。不过，除了这一点而外，他仍旧和先前一样，也没人敢打搅他。

慢慢地，他到底像刚从幻境迷离中醒过来似的，把眼睛从我脸上挪开，往屋子四围看去。跟着低声说：

“这个男的是谁？我要知道知道这个男的是谁。”

汉往我身上瞥了一眼，于是我突然感到一惊，身子一趔趄。“看样子有可疑的人，”坡勾提先生说。“他是谁？”

“卫少爷！”汉求告我说。“请你到外面去一下。我好对他把我得说的话告诉告诉。少爷，那个话不好让你听的。”

我第二次感到突然一惊。我一下瘫在一把椅子上，想要说几句话回答他；但是我的舌头给钳住了，我的眼睛模糊了。

“我要知道知道，这个人是谁，”我只听到这句话又重复了一遍。

“前些天，”汉结结巴巴地说，“镇上来了一个底下人，老趁着不三不四的时候才露面儿。还有一个绅士。他们是主仆二人。”

坡勾提先生仍旧和先前一样，站在那儿，身子一动不动，不过却用眼睛往汉那儿瞧。

“那个底下人，”汉接着说，“有人看见，昨儿晚上，跟咱们那个可怜的女孩子在一块儿来着。那个底下人，在镇上已经藏了一个星期了，也许一个星期还多。别人只当他走了，其实他藏着哪。卫少爷，你别在这儿啦，别在这儿啦！”

我只觉到坡勾提的胳膊搂到我的脖子上，但是，即便房子要整个塌到我头上，那叫我挪动，也办不到。

“今儿早晨，天刚刚亮，镇外面就有一辆古怪的轻便马车，套着马，停在往诺锐直①去的路上，”汉接着说。“那个底下人往马车那儿去了一趟，走开了，又去了一趟。他第二趟往那儿去的时候，爱弥丽就跟着他。另外那一个就坐在车里面，那就是那个男的。”

“唉！”坡勾提先生说，同时把身子往后一退，把两手往前一伸，好像要把他所怕的事情搪出去一样。“不用说啦，那个人是史朵夫！”

“卫少爷，”汉上气不接下气地喊着说，“这可跟你不相干——我也决不认为跟你有什么相干——不过那个人可确实不错是史朵夫。那家伙真是个该死的大坏蛋！”

坡勾提先生并没喊叫，也没流泪，也没挪动身子。他一直这样，于是又好像忽然醒来一样，从一个角落那儿钉的钉子上，把他那件粗布大衣取了下来。

“不管谁，来帮帮忙好啦！我简直地手脚都不灵了，连衣服都穿不上了，”他急促不耐地说。“不管谁，搭把手儿，帮帮忙好啦。成啦！”有人搭手帮了忙以后，他说。“再把那儿那顶帽子递给我！”

汉问道，他要往哪儿去。

“我要去找我的外甥女儿。我要去找我的爱弥丽。我要先去把那条船砸沉了。他是这样的东西，我当初要是看出一丁点来，那我非在我把

①诺锐直城，在亚摩斯西约20英里。

船砸沉了的地方把他也淹死了不可，要不的话，那我枉活了这些年了。他当初坐在我面前，”坡勾提先生疯了一般地说，同时把右手紧握，伸了出去，“他当初坐在我面前，和我脸对着脸，那时候我要是不把他淹死，不认为把他淹死对，那你们就把我打死！——我这阵儿要去找我的外甥女儿。”

“上哪儿去找？”汉把身子拦在门口喊道。

“不管哪儿，我都要去！我要走遍全世界，去找我的外甥女儿。我要把我那个丢了丑的外甥女儿找着了，把她救回来。谁也不许拦我！我告诉你们，我要去找我的外甥女儿！”

“去不得！去不得！”格米治太太把身子横在他们中间，一阵大叫大喊说道。“去不得！去不得！但尔！像你这阵儿这样，你可去不得。多少等一下，再去找也不晚，你这孤孤单单的但尔；再多少等一下好啦。但是像你这阵儿这样，你可不能去。你先坐下，原谅一下我从前给你的苦恼吧，但尔！——我受的那种别扭，和你的比起来，又算得了什么！——你先坐下，咱们谈一谈从前的时候，她怎么是个孤儿，汉怎么是个孤儿，我怎么是个可怜的寡妇，你怎么把我们都收留了。咱们谈一谈那时候的情况，那你那颗可怜的心就要变软了，但尔，”她说，同时把头俯在坡勾提先生的肩头上。“咱们谈一谈那个，那你的苦楚，就可以减轻一些了。因为，但尔，你是记得这句话的，‘这些事你们既作在我这弟兄中一个最小的身上，就是作在我身上了。’[①]这句话，在这一家里，在我们多少多少年一直地安身的这一家里，永远也不会不起作用。”

坡勾提先生这会儿老实了，听话了；我听到他哭起来的时候，我本来一时之间，想要双膝跪下，求他们饶恕我把这一家闹得这样凄惨的罪，同时骂史朵夫一顿。但是我又一想，那样并非顶好。我那颗充满了苦辣酸咸的心，找到了同样的解脱，我也哭起来了。

---

①见《马太福音》第25章第40节。

第三十二章
长途初登

凡是于我自然的事，于许多别人也必定自然，这是我由推断而得出来的结论：因此我不怕人家指斥，大胆写道，我对史朵夫的爱慕，从来没有我和他不得不绝交的时候那样厉害。我一旦发现了他这个人并无可取，自然感到十分难过，但是在我这样难过的时候，我却更景仰羡慕地想到他那种焕发的才气，更温存体贴地追念他那种所有的好处，更爱护珍惜地推崇他那种本来可以使他人格高尚、声名伟大的品质：我对他所有的这种种爱慕，比起我最崇拜他的时候来，都更深厚。我固然深切地感到，我无意中，叫他使这一家忠厚老实人受到玷污。但是我相信，如果把我带到他跟前，和他觌面相对，那我是一句责备他的话都说不出来的。我仍旧要非常地爱慕他——虽然他那种使我着迷的劲儿，已经不存在了——仍旧要把我旧日对他的亲热之情，极尽柔温地永记在心；因此，除了我有一种想法，认为我和他重修旧好永不可能以外，在一切别的方面，我就跟一个精神受到挫折的小孩子一样地软弱无力。和他重修旧好，是我永远也不再想的了。我感到，像他已经感到的那样，我们两个之间，一切都完了。他对于我从前待他的情分，怎么个看法，我从来没了解过——也许他把我待他的情分，很轻忽地看待，很容易地就让它消灭了——但是我对于他往日待我的情分，却心中藏之，无日忘之，像对于一个长眠地下的挚友那样。

史朵夫啊，你虽然早已从这部可怜的传记里所写的世事沧桑中脱身而去，我却一点不错，永远把你心中藏之！在末日审判的宝座前，只会有我的悲伤，出于无奈，作你的见证，但是我却决不会对你盛气相向，或者严词责问，这是我敢保的！

这件事发生了以后，不久就传遍了全镇，所以我第二天早晨从街上过的时候，我听见人们在门口谈这件事。对于爱弥丽，有许多人认为不对；对于史朵夫，也有些人认为不对，但是对于她的再生之父和她的忠实情人，却只有一种意见。人们虽然地位身份不尽相同，但是他们却在他们两个人这种烦恼的时候，一致地表示尊敬，而这种尊敬之中，还含着温柔之情和体贴之意。渔人们看见他们两个很早就在海滩上缓缓溜达，都怕他们难为情，不和他们打招呼，而三五成群，站在那儿，在自己的人中间，互道惋惜。

就在海滩上，紧靠着大海，我找到了他们。即便坡勾提没告诉我，说他们昨天晚上整整一夜，一直到大天亮，都完全跟我离开他们那时候一样，坐在那儿，那我也很容易就能看出来，他们一夜没睡。他们都显出憔悴的样子来；我还觉得，坡勾提先生的脑袋，只在这一夜的工夫里，就比在我认识他这许多年里，搭拉得更利害。但是他们两个，却都和大海本身一样地庄严，一样地稳定。那时大海正铺展在昏沉的天空之下，平静无浪——但是却有长流，滚滚起伏，好像在静卧之中呼吸翕张似的——而天边尽处，还从云后的太阳映出一线银色的亮光，作为缘饰。

“我们该做什么，不该做什么，”坡勾提先生，在我们三个人一块儿静默地走了一会儿以后，对我说，“我们谈了好多好多。不过这阵儿我们可看出我们应该走的道路来了。”

我碰巧往汉那儿看了一眼，他那时正老远看着天边海上那一道银光；我看了他那一眼之后，我心里起了一种可怕的想法——那并不是由于他脸上有怒容而引起的，因为他脸上并没有怒容；他脸上的样子，我现在想得起来的，只是一种拿定主意的神气——我觉得，他要是一旦碰见了史朵夫，那他就非要了他的命不可。

“所有我在这儿应该尽的职份，少爷，”坡勾提先生说，“我都已经尽了。我要去找我的——”他说到这儿，把话一顿，接着用更坚定的口吻说，“我要去找她，那就是从此以后我永远要尽的职份。”

我问他，他都要上哪儿去找她，他只摇了摇头，同时问我，明天是不是要回伦敦？我对他说，我今天所以没去伦敦，只是因为怕失了任何能为他尽力的机会；但是他要是也想去伦敦，那我不论什么时候，都可以陪着他去。

“要是你没有意见的话，少爷，”他回答我说，“那我明天就和你一块儿去。”

我们又一块儿默默无言地走了一会儿。

“汉，”他马上又接着刚才的岔儿说，“他要仍旧做他这阵儿做的工作，他要和我妹妹一块儿过。那面儿那条老船——”

“难道你要把那条老船舍了吗，坡勾提先生？”我委婉地阻拦他说。

“在那儿，卫少爷，”他回答我说，“已经没有我的事儿了。要是自从黑暗笼罩在深渊上面[①]以来，有的船沉过，那么，那条船也就算是沉了。不过，少爷，我这个话并不是说，我要把那条船舍了。并不是那样，少爷；决不是那样。决不是要把它舍了。”

我们又像以前那样，走了一会儿，于是他又接着解释说：

“我的心意，少爷，是要叫这条船永远保持她最早记得它的老样子；不论白天，也不论黑夜，不论冬天，也不论夏天，都要永远保持它原来的老样子。要是有一天，她从外面流浪够了又回来了，那我决不能叫这个老地方看着好像不理她似的，你明白我的意思吧：那时候，我要叫这个老地方看着是引诱她的样子，好叫她越走越近，也许还叫她像个幽灵一样，在刮风下雨的时候，从那个窗户往里面偷着看她从前在炉旁坐的那个地方哪。那时候，卫少爷，也许她看到那儿没有别人，只有格米治太太，那她或许能鼓起勇气来，哆嗦着闪了进去；还或许会在她那张旧床上躺下，在她从前有一阵儿感到愉快的地方，歇一歇她那疲乏的身子哪。”

我虽然想要说几句话回答他，但是却一个字都说不出来。

“每天夜里，”坡勾提先生说，“天要一黑，都要按着时候，把蜡烛点起来，放在窗户里那个老地方；这样一来，要是她看到那个蜡光，那个蜡光就好像是说，‘你回来吧，我的孩子，你回来吧！’在你姑儿家里，汉，要是晚上有人敲门，特别是轻轻地敲门，那你可别去开门。让看到我这个上了当的孩子的，是你姑儿好啦，不要是你！”

---

①见《旧约·创世记》第1章第2节。

他在我们前面稍远的地方来回地走，他在那儿走了一会儿的工夫。在这个时间里，我又看了汉一眼。我看到他脸上仍旧是那种拿定主意的样子，眼光仍旧往远处的亮光上瞧，我就往他的胳膊上碰了一下。

我叫了他两声，都用的是呼唤睡着了的人醒来的口气。他经我这样呼唤之后，才听到我正叫他。等到我到底问他，他在那儿想什么，想得那样聚精会神的，他回答我说：

“我正想我面前那种光景哪，卫少爷；还有那面远处那种光景。”

“你的意思是说，想你的前途吗？”他刚才正胡乱往海那面指来着。

“唉，卫少爷，我也不懂到底是怎么回事。反正我觉得，我的结局，好像要从那面儿来似的。”他如梦初醒的样子看着我，但是脸上还是原先那种坚定的样子。

“什么结局？”我问道；以前那种恐惧，又盘踞了我的心头。

“我也说不上来，”他满腹心事地说，“我刚才心里正想，这件事都是从这儿起的头儿——跟着结局就来了。不过这种念头已经过去了！卫少爷，”他又添了一句说（那是由于他看到我的脸色而起，我想），“你不必害怕我会怎样怎样，我这只不过是脑子里有些混乱就是了，我好像什么都弄不清楚，”——他这个话就等于说，他这个人已经非复故我，他的精神十分错乱。

坡勾提先生这时候站住了，等我们到他那儿去，我们也就到他那儿去了。不过却没再说什么。但是，这种光景，和我以前那种想法，联在一起，时时来扰乱我，一直到那毫不容情的结局在注定了的时刻到来。

我们不期然而然地走到船屋跟前，进了屋里。格米治太太已经不像她从前那样，老在她那个独占的角落上无精打采、垂头丧气的了，而是在那儿忙忙碌碌地做早饭。她把坡勾提先生的帽子接过去，给他把座位安好了，说话的时候，那么温柔，那么体贴，据我看来，真是前后判若两人了。

“但尔，我的好人，”她说，“你该吃就得吃，该喝就得喝，这样才能有气力。要不的话，那你可什么都干不成了。吃不下也勉强吃点吧，这才是好人哪！你要是觉得我梆搭梆的絮聒的慌，”她这是说，她好说话；“那只要你告诉我，但尔，我就不梆搭梆的了。”

她给我们每人把饭都开好了以后，便退到窗户那儿，在那儿一刻不停地补坡勾提先生的衬衫和别的衣服；补完了，把它们叠起来，装在一个水手用的油布袋子里。同时，她仍旧和先前一样，安安静静地谈下去。

“你要知道，但尔，不论什么时候，什么季节，”格米治太太说，“我都永远要在这儿；所有的东西，都要看着合你的心意。我并不是什么念书的人，不过，你走了以后，我还是要给你写信的，可不定什么时候；我也要给卫少爷写信。你，但尔，也许不定什么时候，也要给我写信，告诉告诉我，你孤孤单单地在路上，都觉得怎么样。”

“我恐怕，那时候，就你一个人，孤孤单单地待在这儿了！”坡勾提先生说。

“不对，不对，但尔，”她回答说，“我决不会觉得孤单。你就不用管我啦。我要给你把这个窝窝儿，”（格米治太太是说这个家）“好好地拾掇着，等你回来。那还不够我忙的吗？不但等你回来，还要等不管什么人回来哪，但尔。天儿好的时候，我要跟从前一样，在门外坐着。要是有人来，那他们老远就能瞧见我，就知道我这个老寡妇对他们还是忠心耿耿，照旧不变。”

就在这样短短的时间里，格米治太太起了多大的变化呀！她简直地成了另一个人了。她那样热诚，那样忠心，那样敏捷地体会到什么话该说，什么话不该说，那样完全忘了自己而关心别人的愁烦，因此我对她都肃然起敬了。她那天做的事真多！因为有许多东西，像桨、网、帆、缆、桅、捕虾笼、沙袋之类，得从海滩上搬到小屋子里放起来。那一天，在那块海滩上的人，只要有一双手，就没有不肯替坡勾提先生效劳的，就没有不以被请搭一把手为荣的，所以帮忙的人有的是。但是格米治太太在整天里，却非坚持操劳不可。她所搬的东西，还都是她力不能胜的。她还为不很必要的琐事，不辞辛苦地跑来跑去。至于为她自己的不幸而伤心，她好像完全忘了，完全不记得她曾有过任何苦难了。她一方面为坡勾提先生等人惋惜，另一方面又自始至终保持了心平气和、高高兴兴的态度。在她身上所起的变化里，这种情况，也是令人惊异的一部分。喋喋絮聒是绝无其事的了。那天一整天里，我没听见她说话结巴过，也没看见她掉过半颗眼泪。她就这样，一直顶到黄昏。那时候，只剩了她、我和坡勾提先生在一块儿了。坡勾提先生就因为累极了，打起盹儿来。那时候，她才要忍而忍不住，呜咽起来了；同时把我带到门口，对我说，“我求上帝永远加福给你，卫少爷。你可要照料他，可怜的亲爱的人！”她说完了，马上就跑到外面洗脸去了，为的是坡勾提先生醒了以后，能看到她行若无事、安安静静地手里拿着活儿，坐在他身旁。简单地说吧，我那天夜里离开了那儿，我把坡勾提先生完全交给了她，叫她作他苦难中的倚仗和靠山。格米治太太给我的教育，她显示给我的新经验，是我思索了又思索，永无穷尽的。

那天晚上，九、十点钟之间，我心怀郁闷地从镇上慢慢走过的时候，我在欧摩先生的门前站住。欧摩先生的女儿告诉我，说欧摩先生叫这件事闹得非常难过，所以一整天都精神沮丧，情绪低落，连烟都没抽，就上床睡下了。

“那孩子净撒谎，心眼儿坏透了，”周阑太太说。“她从来就没有过好处。”

“别这样说，”我回答她说。“你心里并不是那样想的。”

“怎么没那样想？我是那样想的！”周阑太太怒气冲冲地说。

“不对吧，不对吧，”我说。

周阑太太把头一梗，硬要作出严厉、生气的样子来。但是她却忍不住要心肠软，所以一下哭起来了。我当时，固然不错，还很年轻，但是我看到她这副同情的眼泪，也觉得她这个人还很不错；同时认为，作为一个贤妻良母，她这种举动，非常适合。

“她到底想要怎么着才趁愿哪！”敏妮呜咽着说。“她要到哪儿去哪！她要成什么样子哪！哦，她对自己，对他，怎么就能那么狠心哪！”

我对于当年敏妮还是个年轻、漂亮的女孩子那种时光，记得很清楚；我看到她对于那种时光也记得，而且记得那样生动而亲切，我很高兴。

“我的小敏妮，”周阑太太说，“刚刚睡着了。即便她睡着了，她都哭得抽打抽打地想爱弥丽。小敏妮想她哭了整整一天了。她跟我问了又问，爱弥丽到底是不是个坏孩子？我想到，爱弥丽在这儿最后那天晚上，从她自己的脖子上把花带解下来，系在小敏妮的脖子上，和小敏妮并排儿在枕头上躺着，一直等到小敏妮睡着了；我想到这里，你说你叫我怎么回答小敏妮？那条花带这阵儿还系在小敏妮的脖子上哪。那条花带，也许不应该还系在她的脖子上，但是你叫我怎么办哪？爱弥丽是很不好，但是她和小敏妮两个可又你亲我爱的。再说，一个小孩子家懂得什么！”

周阑太太非常苦恼，到后来把她丈夫闹得只好出来照看她。我趁着他们两个在一块儿，便向他们告了别，回到坡勾提家去了。那时候，我的郁闷，比以前更甚，如果还能更甚的话。

那个好心的人——我的意思是说坡勾提——虽然这两天焦灼忧虑，彻夜不眠，但是却毫无倦容；她那时正在她哥哥家里。她打算在那儿待到天亮。坡勾提有好几个星期都顾不得管理家务了，所以雇了一个老太太替她照料。现在在这所房子里，除了我，再就是那个老太太了。我既然没有什么用她的地方，就打发她去睡觉，她也很高兴地去了。她去了以后，我就在厨房里的炉子前面坐下，把所有的经过，都琢磨了一番。

我又琢磨这件事，又联想到新近故去的巴奇斯先生怎样临死躺在床上，怎样随着潮水而漂到今天早晨汉那样奇特地老远瞭望的地方，正在胡思乱想的时候，忽然一阵敲门的声音，把我惊醒了。门上本来有一个门环儿。但是门上发出来的，却不是门环敲的声音，而是用手敲的声音，并且敲的还是门的下部，好像敲门的是一个小孩子，够不到门的上部那样。

这一阵敲门声，使我一惊，仿佛仆人在贵显的人门上敲门①那样。

---

① 指莎士比亚《麦克白》第2幕第2场第57行，麦克白听得敲门声（仆人正在敲门）时所说的：“哪里来的敲门声？我这是怎么回事，听到声音就心惊肉颤？”

我把门开开了。一开始的时候，不胜诧异，因为我看不见别的东西，只看见门外靠下面有一把大伞，好像自己在那儿走动似的。但是马上我就发现，伞底下原来是冒齐小姐。

她把伞放下了以后(那把伞，她使尽了气力，还是不能合上)，要是她对我露出来那个脸，还是跟我第一次见她，也就是上一次见她——那时候给了我深刻印象的那种轻浮样子，那我接待那个小矮子的时候，也许不会太和蔼亲善的。但是她当时面对着我的那个脸，却是非常诚恳的，并且我把她的伞接过去以后(那把伞，即便让那个爱尔兰巨人①用起来，都不方便)，她极端难过的样子把两手对扭，因此我对于她，倒发生了好感。

“冒齐小姐！”我先把空无一人的街道一左一右地看了一下说，“你怎么到这儿来的？是怎么回事？”

她用她那只短小的右胳膊，对我打手势，叫我替她把伞合上；跟着匆匆忙忙地从我身旁走过，进了厨房。我拿着伞，把门关好了，跟着她进来以后，我看见她坐在炉档的角落上，头上面就是锅炉——炉档是铁做的，很矮，上面有两块窄板，预备放盘子用——她像很痛苦的样子，把身子前后摇晃，用两只手直搓膝盖。

只有我一个人来接待这个不速之客，也只有我一个人看到她那种含有凶兆的举动，这种情况，使我非常吃惊。所以我又大声对她说，“请你告诉我，冒齐小姐，到底是怎么回事！是不是你有病啦？”

“我的亲爱的小家伙，”冒齐小姐说，同时把两手叠着放在胸口，使劲地挤，“我这儿有了病啦，我这儿病得很厉害。真想不到，事情会闹到这步田地！其实要不是因为我这个人太马虎了，太傻了，那我本来可以早就知道这件事，也许还可以防止这件事，叫它不发生！”

她那个小身子一前一后地直摇晃，她那顶大帽子(和她的小身子完

---

① 爱尔兰以巨人著。其中如噶特，高 8 英尺 7 英寸半，他的手的石膏模型藏于伦敦外科医学院博物馆；又如欧布莱恩，高 8 英尺 7 英寸，于 1804—1807 年，在伦敦展览，或即此处所指。

全不相配的大帽子)也跟着一前一后地直摆动；同时，一个硕大无朋的帽子，就在墙上一前一后地直摇晃，和她的帽子作呼应。

“我真想不到，”我开口说，“你会这样难过，这样郑重——”但是刚说到这儿，她就把我拦住了。

“不错，人们都老这样想！”她说。“他们那些人，那些不顾别人的年轻人，不论已经长大了的，也不论还没长大了的，看到像我这样一个小小的人，居然会有普通人的感情，就没有不说想不到的！他们都拿我当玩意儿，利用我给他们作乐子。他们玩够了，就把我扔了。我要是比一个木头马或者木头兵更有感情，他们还觉得纳闷儿，不懂得！不错，不错，人们就是这样对待我，这是老一套！”

“别人也许这样对待你，”我回答她说，“但是我可以给你开保票，我可不那样对待你。也许我这阵儿看到你这样，不应该对你说想不到来着；不过我并不深知你的为人。我刚才嘴里说的，只是把我心里想的，没加思索，脱口说出来就是了。”

“你说我该怎么办？”那个小小的女人说，同时站了起来，伸着胳膊，使全身显露。“你瞧！我是什么样子，我父亲当年也是什么样子，我妹妹现在也是什么样子，我兄弟现在也是什么样子。我这些年以来，都一直地为我的弟弟妹妹工作，很累，考坡菲先生——从早到晚地工作。我得活着，我不做害人的事。要是有的人，非常地没有人心，非常地残酷，非拿我开玩笑不可，那我除了开自己的玩笑，开他们的玩笑，开一切东西的玩笑，还有什么别的办法？要是我这样做，一时这样做，那是谁的错儿？能说是我的错儿吗？”

不能。不能说是冒齐小姐的错儿，那是我可以看出来的。

“假设我对你那位不信不义的朋友，表示出来，说我虽然是个矮子，可很敏感，”那个矮小的妇人接着说，同时带着严厉责问的神气，对我摇头，“那你认为，我从他那儿，能得到多少帮助，能得到多少善意？如果小小的冒齐(我这个样子，年轻的绅士，并非由我自己一手造成)因为自己不幸，对你那位朋友有所求告，或者对像他那样的人有所求告，那你认为，会有人肯听一听她那细小的声音都说的是什么吗？小小的冒齐，如果是矮子里面心里顶苦、心眼顶笨的家伙，那她也照样得活着呀。不过那样可不成，那样可不成。她那样就等于吹口哨要把黄油面包吹出来一样，那只好一直吹到气竭而死完事。”

冒齐小姐又在炉栏上面坐了下去，同时掏出手绢儿来擦眼睛。

“你这个人，我认为，还得说心眼儿好。要是你是那样的话，那你可得为我感谢上帝，”她说，“因为只要我知道得很清楚，我是怎么回事，那我就能高高兴兴的，什么都可以忍受。不管怎么样，反正我自己很感激上帝，因为我用不着对任何人感恩知德，就能在这个世界上混得过去；而且我往前混的时候，有的人出于愚昧，有的人出于虚荣，都对我扔这个、投那个；我对于他们这些赠送都有回敬，我回敬他们的是胰子泡儿。我要是用不着愁眉苦脸地为衣食担心，那于我自己当然很好，于任何别的人也没有坏处。要是你们这些巨人，非拿我当玩物不可，那你们玩弄我的时候，手脚要轻一些才好。”

冒齐小姐把手绢儿又放回口袋，聚精会神地拿眼盯了我好大的一会儿，才又开口接着说：

“我刚才在街上看见你来着。你当然想，像我这样，不但腿短，而且气短，决不会走得跟你一样地快，决不会追得上你。不过我可知道你是从哪儿来的，我可就跟在你后面了。我今儿已经到这儿来过一次了，不过那个好人不在家。”

“你跟她认识吗？”我问道。

“我从欧摩与周阑的商店那儿，”她回答我说，“听到她，听他们说到她。今儿早晨七点钟我在他们那儿来着。上一次，我在那个客店里，见到你和史朵夫的时候，史朵夫都说过这个倒楣的女孩子什么话，你还记得吧？”

她问我这句话的时候，她头上那顶大帽子和墙上那顶更大的帽子，又一齐一前一后地摇晃起来。

她提到的那句话，我记得很清楚，因为那句话，在那一天里，我想过好几次。我就把我这种意思对她说了。

“但愿一切恶魔的老祖宗别饶过他才好，”那个小矮女人说，同时在我和她那双闪烁的眼睛之间，伸着她的食指；“那个坏透了的底下人，更万分地该死。不过我当时可错会了意了，只当是你当初还是小孩子的时候，对她有过情义哪！”

“我！”我重复说。

“真是孩子，真是孩子！”冒齐小姐喊着说，一面不耐烦的样子把两手紧紧地扭着，同时身子在炉栏上面又一前一后地摇晃起来，“要是你跟她没有情义，那我指着瞎眼的恶运问你，为什么一提到她，你又那样夸她，又那样红脸，又那样心乱哪？”

我当时一点不错，有过那种种表现，那是我想隐瞒也隐瞒不了的。不过我所以有那种种表现，究竟什么原因，却并不是她想的那一种。

“我知道什么哪？”冒齐小姐说，同时又把小手绢儿掏了出来，并且每逢过一会儿，把手绢用两只手捂在眼上的时候，就要把她那小小的脚，往地上一跺。“我只知道，他又怄你，又哄你；我只看见，你在他手里，跟化了的蜡一样。我不是从那个屋子里出去了还不到一分钟，他那个底下人就告诉了我啦吗？他说，那个嫩秧子(这是他给你的封号，他就是这样叫你的，你就一辈子永远叫他老奸贼好啦)，他当时告诉我，说那个嫩秧子，一心迷上了她了；她晕头昏脑的，也很喜欢他；但是他的少主人可决定不叫你因为这个捅出娄子来，——他是为你起见，而不是为他起见——他们就是为了这件事，才在这儿待着的。我当时听了他这个话，怎么能不信他哪？我亲耳听到史朵夫满口夸她，好叫你听着得到安慰，觉得喜欢！你是头一个提起她来的。你承认你小的时候对她有过一番爱慕。你一阵冷，一阵热，一会儿脸发红，一会儿脸发白。我跟你谈她的时候，你这种种表现，一齐都来了。我当时除了认为，你是一个年轻的浪子，诸事俱备，只欠经验，而你的朋友可有经验，能为你的利益着想，能控制你，我除了这样想，还会有别的想法，还能有别的想法吗？哦！哦！哦！他们怕我看出事情的真相来，”冒齐小姐，从炉栏上下来，把两只短胳膊举着，表示心里的难过，在厨房里来回细步快走，“因为我是个小机灵鬼儿——我想要在世界上混得过去，我就非机灵不可！——他们当时真把我蒙混住了，因此我把他们的一封信传给了那个倒楣可怜的女孩子了。我一定敢说，就由于那封信，她才头一次跟利提摩搭上了话的。利提摩特意为这件事留在这儿的。”

我站在那儿，听到冒齐小姐把这种背信弃义的行为和盘托出，只惊异不止地看着她，她就在厨房里来回走，一直走到都喘不上气来的时候。于是她又在炉栏上坐下，用手绢把脸擦干了，许久没再做别的动作，也没再作声，只把头摇晃。

“我在外地走四方的时候，”她后来到底补充道，“前天晚上，考坡菲先生，来到了诺锐直。我在那儿碰巧看见他们偷偷摸摸地来往，但是可又没跟你在一块儿。这种情况，让我觉得非常奇怪。我就抓住了这个线索，看出事情有些不对头来。昨儿晚上往伦敦来的邮车路过诺锐直，我就上了车，今儿早晨来到了这儿。但是，哦！哦！哦！已经太晚了！”

可怜的小矮冒齐，在哭过了、悔恨完了之后，发起冷来，因此她就坐在炉栏上，转到壁炉那面，把沾湿了的两脚插在煤灰里取暖。她坐在那儿，看着跟个大泥娃娃一样，往炉火那儿瞧。我就坐在炉台另一面的椅子上，一心净顾琢磨这番不幸的事，也往炉火那儿瞧，有时也往她那儿瞧。

“我得走啦，”她坐了一会，到底一面站起来，一面说。“天已经很晚了。你没有不信我的意思吧？”

她问我的时候，盯在我身上的，是她那种一向犀利的眼光；她问的那句话，又是含有挑战的意思而无暇容我思索的：在这种情况下，我对她那句简短的话，可就不能十分坦白地说出个“不”字来了。

“说呀！”她一面挽着我伸出去扶她的手，从炉栏里转出来，一面带着欲有所求的样子看着我的脸。“要是我这个人的高矮，跟平常人一样，那你就没有疑问，不会不信我了吧，是不是？”

我觉得，她这个话里面含有很大真实的成分，所以我觉得有些自羞自愧。

“你还是个年轻的人”她一面点头，一面说。“所以你听我一句劝告的话好啦。即便是一个身高三英尺、没人看在眼里的矮子说的，你也听一听好啦。顶好尽力不要认为，一个人形体上有缺陷，精神就该也有缺陷，除非有切实可据的理由。”

她本来坐在炉栏内，但是这阵儿，却由内转而到外了；我对她本来疑心，但是这阵儿却由疑转而为信了。我对她说，她谈到自己的情况，我完全相信，都是真的。我们两个，同样不幸，都是在奸诈的人手里，受了愚弄。她对我表示了感谢，说我是个好家伙。

“现在，我还有一句话，你可要留神听！”她正往门那儿走着，忽然又转过身来喊道，同时用狡黠的眼光看着我，把食指举起来指着我。“根据我所听到的——我这两只耳朵，就没有一时一刻不在这儿听的；我就不能不把我所有的本事，都尽量地使出来——根据我所听到的，我颇有理由疑心，认为他们往外国去了。不过要是他们回来了，要是他们里面有一个回来了，那只要我还活着，我一定会比别的人知道得更快，因为我到处跑么。反正不管我听到什么消息，我都一定告诉你。我要是想替那个可怜上了当的女孩子效劳，那我就要诚心诚意替她效劳。利提摩后面有小冒齐跟着，比一条猎狗跟着还要厉害。”

她说最后这句话的时候，我看到她脸上那种样子，我就对她毫无保留地相信起来。

“你相信我，就跟相信有普通身量的人一样好啦，不必过于信，也不必过于不信，”那个小矮子说，一面往我的手腕子上恳切求告的样子碰了一下。“要是你下次再碰见我，看到我跟这一次不一样，可跟你头一次看见我的时候一样，那你要看一看我都跟什么人在一块儿。你别忘了，我是一个丝毫没有办法、不能保护自己的矮子。你要想一想，我一天的活儿完了，在家里跟和我一样的弟弟、和我一样的妹妹在一块儿的情况，那时候，你也许对我就不会再那样冷酷无情了。你看到了我还会难过、还会认真，也不会觉得奇怪了。再见吧！”

我用手扶着冒齐小姐，心里对她的看法，跟从前完全不一样了。我把门替她开开了，好让她出去。我把她那把伞替她打开了，叫她用手平平正正、稳稳当当地拿住了；这对于她并不是轻而易举的事。不过我到底还是把这件事做成功了，眼看着那把大伞在雨地里顺着街一颠一颠地走去，一点也看不出来伞下还有人，只有遇到檐溜喷水管里的水特别多的时候，冲得伞侧起来，才能看到冒齐小姐在伞下面，拼命地挣扎着要把伞弄正。我有一两次，看到这种情况，都冲出门去，想帮她一下忙，但是我冲出去以后，还没等走到她跟前，伞就像一个大鸟儿一样，又一颠一颠地往前挪动了，因此我这个忙老帮不上。所以我就回到屋里，上床睡下，一直睡到第二天早晨。

那天早晨，坡勾提先生和我的老看妈，都来到我那儿，我们三个一块儿，老早就到了驿车票房。只见格米治太太和汉，正在那儿等着送我们。

“卫少爷，”汉把我拉到一旁，打着喳喳儿说，那时候坡勾提先生正在行李中间，放他的袋子。“他这一辈子，就算完全完啦。他并不知道他都要往哪儿去；也不知道他前面都有什么。你听我这句话好啦，他这一出去，连走带歇，非流浪到死那天为止不可，除非他找到了他要找的那个人。我知道，你是一定要照料他的，卫少爷？”

“你放心好啦，我一定照料他，”我说，一面诚恳地和汉握手。

“我谢谢你。我谢谢你这份好意，少爷。还有一样事。我的事由儿很不错，这是你知道的，卫少爷；我挣的钱，也没地方用。钱对于我，除了吃饭穿衣以外，没有别的用处了。要是你能把这个钱替我花在他身上，那我做起活儿来，就更有心有意了。不过，少爷，你听了我这样一说，”他说到这儿，态度稳定，口气柔和，“你可别当着，我从此以后，永远也不正经地干，永远也不有多大力气使多大力气了！”

我对他说，我完全相信他的话，还委婉地劝他，说他现在，自然打算要过独身生活，不过我希望，将来有一天，这种生活会告终结。

“不会，少爷，”他一面摇头，一面说，“所有那一类事，对我说来，一概都过景了，一概都玩儿完了，少爷。空下来了的那个位子，没有任何人能补得上。不过关于钱的话，我可求你千万不要忘了，因为我随时都能给他攒一点儿。”

我一面提醒他，说坡勾提先生从他新近故去的妹夫留给他的遗产里所得的那笔钱，虽然为数不算很多，但是却可以源源而来，一面答应了他嘱咐我的话。于是我们互相告了别。我现在写到和他告别的时候，都不由得要想起他那种又刚毅坚忍、又悲惨凄凉的情况来而心里难过。

至于格米治太太，我要是想把她如何什么都看不见，只看见车顶上的坡勾提先生，如何满眼含泪，却极力忍住，不让它流出来，如何跟在车旁，沿街猛冲过去，和对面来的人撞了个满怀，那我就是给自己找难题做了。因此我只好把她撂在一家面包房的台阶上，气喘吁吁地坐在那儿，帽子都碰得不成样子，一只鞋还掉了，落在离她有相当远的便道上。

我们到了旅程的终点以后，头一件要做的事，就是去给坡勾提找一个寓所，除了她自己住，还得有她哥哥过夜的地方。我们的运气很好，没怎么费事，就找到了这样一个寓所，还很洁净，很便宜，在一家杂货店的楼上，离我住的地方，只隔两条街。我们把这个寓所租好了以后，我在一家馆子里买了些冷肉，把我的旅伴带到我的寓所里，一同用茶点。我这种办法，我不胜歉然地说，克洛浦太太不但不赞成，而且大大地不以为然。不过，我应该表明一下，那位太太所以这样气愤，只是因为，坡勾提来到我这儿，还不到十分钟的工夫，就把她那寡妇袍子掖起来，给我打扫归置寝室了。克洛浦太太认为，坡勾提这种行为，就是大胆放肆，而大胆放肆是她从来不许的。

坡勾提先生在往伦敦去的路上把他的打算告诉了我，说他想要先去见一见史朵夫老太太。我对于这一点，倒并不是事先没有想到。我认为，我对于这一点是义不容辞，应该要帮他的忙的；同时，有我给他们两个居间调停，又可以尽力不要让那个做母亲的难为情。所以我当天晚上，就给史朵夫老太太写了一封信。我在信里，把坡勾提先生怎么吃了亏，把我自己怎么在这场叫他吃亏的行为里也有责任，都尽力委曲婉转地说明白了。我说，坡勾提先生这个人，地位虽然很平凡，人格却顶高尚，脾气却顶正直，我不揣冒昧，希望她能在他忧愁深重的情况下，不惜屈尊纡贵，见他一见。我指定下午两点钟，作我们到她那儿的时间，我亲自托早晨第一班邮车，把信寄去了。

坡勾提先生与史朵夫老太太

到了约定的时间，我们来到她家的门口——在那一家里，几天以前，我还曾那样快活地待过；我还曾把我那种与人无猜的青年意气、热情洋溢的深厚友谊，那样随便地流露过；但是那一家，从那时候以后，却把我屏之门外了，那一家，现在对我说来，却成了满目荒凉的一片废墟了。

应门的并不是利提摩。我上一次在那儿的时候替代他的那个脸面可亲的女仆，出来给我们把门开开了，在前引路，把我们领到了客厅。史朵夫老太太正坐在客厅里。我们进了客厅以后，萝莎·达特从客厅的另一面，翩然走过来，站在史朵夫老太太的椅子后面。

我看史朵夫老太太脸上的样子，马上就猜出来，她已经从史朵夫本人那儿，知道了他的所作所为了。只见她的脸很苍白，那上面那种忧思深虑，远过于单凭我那封信所能引起的程度，何况她那种爱子之心，要使她对于我那封信上所说的话发生疑问，因而使我那封信更显得软弱无力呢。我认为，史朵夫老太太和她儿子相像的程度，没有比那时候更大的了；同时我也觉到，虽然并没看到，我的同伴，也觉出他们母子相像来了。

她腰板挺直地坐在带扶手的椅子上，威仪俨然，不动声色，冷落镇静，好像无论什么，都不能扰乱她似的。坡勾提先生站到她面前的时候，她用很坚定的眼光看着他。坡勾提先生也用十分坚定的眼光看着她。萝莎·达特犀利的眼光，就一下把我们全都看在眼里。有一会儿的工夫，没人开口。史朵夫老太太只用手一指，意思是要叫坡勾提先生坐下。坡勾提先生说："太太，在你家里，哪儿有我坐的道理。我顶好还是站着。"他说完了这句话，跟着又是一阵静默，于是史朵夫老太太才开口说：

"我是知道你为什么到我这儿来的，我非常抱歉。你对我有什么要求？你想叫我替你做什么？"

坡勾提先生把帽子夹在腋下，在胸口那儿摸了一下，把爱弥丽的信掏出来，展开了，递给了她。

"太太，请你看一看这封信。那是我外甥女儿亲笔写的！"

她以同样威仪俨然，冷落淡漠的态度把信看了一下，——据我能看得出来的，信上的话，丝毫没使她感动——看完了，又把信还了坡勾提先生。

“她这儿说，除非他把我以阔太太的身份带回来，”坡勾提先生用手指头指着这句话说，“我到这儿来，太太，就是想要问一问，他这句话能不能算数？”

“不能，”史朵夫老太太答道。

“为什么不能？”坡勾提先生说道。

“办不到。那样一来，他就要有辱门楣了。难道你看不出，她的身份，比起他的来，离得太远了吗？”

“你可以把她的身份提高了啊！”坡勾提先生说。

“她没有教育，又愚昧无知。”

“也许她并不是那样；也许她是那样，”坡勾提先生说。“我可认为她不是那样，太太；不过，我当然没有资格，对这类事道短说长。你可以教育她，叫她提高啊！”

“我本来很不愿意把话说得太明白了，不过你既然非逼着我说不可，那我只好那样说了。先不管别的情况，只就她的亲戚这一层而论，这件事就办不得。”

“请你听我一句话，太太，”坡勾提先生安安静静、从容不迫地说。“你都怎么疼你的孩子，你是知道的。我都怎么疼我的孩子，我也知道。我这个外甥女儿，即便能顶我一千个亲生的孩子，那我疼她，也不能再厉害了。但是，你可不知道把孩子丢了是什么滋味儿。我可知道。要是全世界上的金银财宝都是我的，那我为了赎她回来，我可以把那份财宝，完全不要了！你只要把她从这一次受的寒碜里救了出来，那她永远也不会因为我们受到寒碜。我们这些跟她住在一块儿的人，我们这些眼看她长大了的人，我们这些多年以来都把她当作了我们的命根子的人，从此以后，连一次不再看见她那可爱的小脸儿，都可以做得到。我们由着她去了，就心满意足了；我们把她看作仿佛她在天边外国，离我们很远，只心里老想着她，就心满意足了。我们只把她托给她的丈夫——也许把她托给她的孩子——再捱过时光，一直等到我们在上帝面前，一律平等的时候，就心满意足了。”

他这篇雄辩，粗鲁而有力量，并非绝无效果。史朵夫老太太，虽然仍旧保持了她那种骄傲态度，但是她回答他的时候，她的口气里，却含有一些柔和的意味：

“我并不作任何辩护。我也不作任何反击。不过我可很抱歉，不得不说那件事是办不到的。这样的婚姻，要无可挽救地把我儿子的事业毁了，把他的前途毁了。这件事，现在永远办不到，将来也永远办不到，没有比这一点再清楚的了。如果别的方面，有可以补偿的——”

“我正在这儿看着一张脸，”坡勾提先生用坚定而闪烁的眼光，打断了她的话头说，“这张脸，跟在我的家里，在我的炉旁，在我的船上——在所有的地方——看着我的那张脸，一模一样。那张脸看着我的时候，外面上笑嘻嘻的，再没有那么友善的了，骨子里可再没有那么险诈的了；我想到这一点，简直地要疯。现在有这张和那张脸相像的那个人，要是想到用钱来补偿我那个孩子所受的糟蹋、毁灭而可不发烧、不脸红，那这个人，也跟有那张险诈的脸那个人一样地坏。这张脸既然是一个女人的，那我觉得，还要更坏。”

她的脸色一下改变了。她的眉目之间，布满了发怒的红晕了。她用手紧紧抓住了椅子的扶手，用令人不耐的态度说：

“你们在我和我儿子之间，掘了这样一道深沟，把我们离间了，那你说什么能够补偿？你疼你的孩子，比起我疼我的孩子来，又算得了什么？你们的分离，比起我们的分离来，又算得了什么？”

达特小姐轻轻地碰了她一下，弯着头低声劝她，但是她却一句都不听。

“不要你说，萝莎，一个字都不要你说！让这个人听我说好啦！我这个儿子，我活着就是为的他，我每一种念头，就没有不是为他着想的，从他是小孩子的时候起，不论他要做什么，我就从来没有不满足他的时候，从他下生那一天起，我和他就从来没有是两个人的时候：我这样一个儿子，现在可一下跟一个一钱不值的女孩子跑到一块儿，而躲起我来了！现在可为了她，而用成套的骗术来报答我对他的信赖了，为了她而不要我了！他居然能为了这样一种可怜的一时之好而把他对他母亲应尽的职份，应有的痛爱、尊敬、感激，一概都不管了，其实这种种职份都是他这一辈子里每天、每时，应该加强，一直到他和我的联系，不论什么都打不破才是啊！你说他闹得这样对我，是不是我的损害？”

萝莎·达特又一次想要安慰她，但是又一次没发生效果。

“我说，萝莎，你不要说！要是他能为一个顶微不足道的东西就把他的一切都不顾了，那我能为更高大的目的，把我的一切都不顾了。他愿意到哪儿去就到那儿去好啦；反正他有钱，因为我疼他，不能不给他钱。他想用长久在外、老不见我的办法来制伏我吗？要是他真想那样，那他可得说太不了解他这个妈了。要是他这阵儿就能把他这种痴情傻意放弃，那我就欢迎他回来。他要是这阵儿舍不得她，那他不论是死是活，都不能往我这儿来，只要我的手还会动弹，还能做出不许他来的手势，我都不许他来，除非他永远跟她脱离关系，卑躬屈膝地到我这儿来，求我饶恕他。这是我的权力。这是我要他承认的。我和他两个人之间的分歧，就在这儿。难道这个，”她仍旧用她开始的时候那种骄傲侮慢、令人难堪的态度看着那个来访的人，添了一句说，“不是对我的损害吗？”

我看着、听着这个母亲说这些话的时候，我好像听见而且看见那个儿子也在那儿顶撞她似的。所有我从前在他身上看到的那种刚愎自用，任情由性的精神，我现在在她身上也看到了。我对于他那种用得不当的精力所有的了解，也就是我对于她那种性格的了解。我还看了出来，她那种性格，在动力最强大那方面，跟她儿子的完全一样。

她现在又恢复了她原先的克制，对我高声说，再听下去，是没有用处的，再说下去，也是没有用处的。她请我们中止会谈。她带着高傲的态度，站起身来，要离开屋子；那时候坡勾提先生就表示，她不必那样。

“不要害怕我会拦挡你，我没有什么可说的了，太太，”他一面朝着门口走去，一面说。“我来的时候，本来就没抱什么希望，所以我走的时候，当然也不能抱什么希望。我只是把我认为我应该做的事做了就是了；不过我向来没希望过，在我这种地位上的人，还会有什么好处便宜可得。这一家子，对于我和我家的人，都太坏了，叫我没法心情正常，期望得到好处。”

我们就这样走了，把她撂在椅子旁边，看着跟一幅威仪俨然、面目端正的画一样。

我们出去的时候，得走过一道廊子，廊子地下铺着砖，顶儿和两边都安着玻璃，上面爬着一架葡萄。葡萄叶和葡萄梗，那时已经绿了。那天天气既然清朗，所以通到园子的两扇玻璃门正开着。我们走到那两扇玻璃门的时候，萝莎·达特轻轻悄悄地从门那儿进来了，对我发话道：

“你可真成，啊，”她说，“居然能把这样一个家伙带到这儿来！”

她满腔愤怒，一团鄙夷，都从她那两只乌黑的眼睛里闪烁发出，使她满脸显出一股阴沉之气；愤怒鄙夷那样集中的表现，即便在她那张脸上，我都想不到会真正出现。那一锤子砸的伤痕，明显露出，像她平素兴奋起来的时候那样。我瞅着她的时候，我从前看到的那种伤痕搏动的样子，现在又出现了，她举起手来，往伤痕上打。

“这个家伙，”她说，“真值得拥护，真值得带到这儿来，是不是？你真称得起是个好样儿的！”

“达特小姐，”我回答她说，“我想你这个人，不会那样不讲公道，竟责备起我来啦吧！”

“那你为什么把这两个疯人，更加离间起来了哪？”她回答我说。“难道你不知道，他们两个，又任性，又骄傲，都成了疯子啦吗？”

“难道那是我叫他们那样的吗？”我回答她说。

“你叫他们那样的！”她反唇相讥说。“那你为什么把这个人带到这儿来？”

“他是个吃亏很大的人，达特小姐，”我答道。“那你也许不了解哪。”

“我只了解，”她说，一面把手放在胸口，好像要把那儿正在猖狂的狂风暴雨压伏，不让它嚣张起来似的，“捷姆斯·史朵夫的心坏透了，他那个人丝毫不讲信义。但是我对于这个家伙，对于他那个平平常常的外甥女儿，又何必了解，何必留意哪！”

“达特小姐，”我回答她说，“你这是把损害更加重了。损害已经够重的了。咱们在这次分别的时候，我只能说，你太欺侮人了。”

“我并没欺侮人，”她回答我说。“他们本是龌龊下贱、毫无价值的一伙。我恨不得拿鞭子抽她一顿！”

坡勾提先生一言未发，从旁边走过，出门去了。

“哦，可耻呀，达特小姐，可耻呀！”我义形于色地说。“他一个清白无辜的人，受到这样苦难，你怎么忍得还拿脚踩他哪！”

“我要把他们都踩在脚底下，”她回答我说。“我要把他的房子拆了，我要在她脸上烙上字[1]，给她穿上破衣服，把她赶到大街上，叫她活活地饿死。如果我有权力，能坐堂审问她，那我就要叫人这样处治她。叫人处治她？我要亲手这样处治她。我憎恨她，嫌恶她。我要是能拿她这种不要脸的勾当，当面骂她一顿，那我不论得到哪儿，才能找到她，我都要去。即便我得追她，一直把她追到坟里，我也要追。如果她死的时候，还有一句话，她听了能得到安慰，而只有我能说那句话，那我也决不说，即便要了我的命，我也决不说。”

我感觉到，她说的话，虽然激烈，但是却只能微弱地传达她心里的愤怒。她全身都表现了她这种愤怒，虽然她的声音，不但没提高，反倒比平常日子放低了。我的描写，决不能把我现在记得她的情况传达出来，也不能把她当时那种怒火缠身、尽力发泄的情况，传达出来。我也看见过用各种不同的形式表达的愤怒，但是却从来没看见过用她那种形式表达的愤怒。

我赶上了坡勾提先生的时候，他正满腹心事地慢慢往山下走去。我刚一来到他身旁，他就告诉我，说他原来打算在伦敦做的事，他已经做了，他这件事已经不用再挂在心上了，所以他预备当天晚上就上路。我问他打算到哪儿去，他只回答我说，“我要去找我的外甥女儿，

---

①妇女犯奸淫罪者之刑罚。

少爷。”

我们一块儿回到了杂货铺上面那个寓所，在那儿，我抓了个机会，把他对我说的话对坡勾提说了一遍。她回答我的时候，也告诉我，说他那天早晨，也对她说过同样的话。至于他要往哪儿去，她也跟我一样，并不知道。不过她想，他心里也许多少有个谱儿。

在这种情况下，我可就不愿意离开他了，因此我们三个人一块儿用的午饭，吃的是牛肉扒饼——这是坡勾提许多出名拿手菜之中的一种——我记得，在这一次，这个牛肉扒饼的味道，还很稀奇地掺杂着从楼下的铺子里不断地冒到楼上来的茶、咖啡、黄油、火腿、干酪、新面包、劈柴、蜡和核桃汁各种味道。吃过正餐以后，我们在窗前坐了有一个钟头左右，没谈多少话。于是坡勾提先生站起身来，把他那个油布袋子和粗手杖拿过来，放在桌子上。

他从他妹妹的现款里，取了一笔为数不多的钱，算是他继承所得的一部分；那笔钱，我认为，都不够他维持一个月的生活的。他答应我，说他不管遇到什么情况，都要写信给我；跟着他把袋子挎在身上，把帽子和手杖拿在手里，跟我们两个告了别。

“亲爱的妹妹，我祝你多福如意，”他拥抱了坡勾提说，“我也祝你多福如意，卫少爷！”他跟我握手说。“我要走遍天涯海角，去找我的外甥女儿。要是我不在家的时候，她就回来了——不过，啊，那是不大会有的事！——再不，要是我能把她找回来，那我打算把她带到没有人能责备她的地方去过活，一直过到死。要是我遇到什么不幸，那你们记住了，可要替我告诉她，就说我对她最后的一句话是：我对那个我疼爱的孩子，还是跟从前一样地疼爱。我宽恕了她了！”

他说这句话的时候，是脱了帽子，态度郑重的。他说完了，才把帽子戴在头上，下楼去了。我们跟着他到了门口那儿。那时天色傍晚，气候和暖，尘土飞扬，在那个小巷通着的大街两旁，本来边道上川流不息地人来人往，那时稍有停顿，同时西下的夕阳，正红光映射。他一个人从我们那条阴暗的街上拐角的地方，转到阳光中去了，一会儿就在阳光中看不见了。

每逢这种黄昏时光又来到了的时候，每逢我夜里醒来的时候，每逢我看到月亮、看到星星、看到落雨、听到风声的时候，我就很少不想起他那种长途始登、踽踽独行的影子，我就很少不想起他那句话：

“我要到天涯海角，去找我的外甥女儿。要是我遇到不幸，那你们千万别忘了，可要替我告诉她，就说我最后对她的话是：我对于我这个疼爱的孩子，始终不变，仍旧疼爱。我宽恕她了！”

第三十三章
如在云端

在所有这个时期里，我对朵萝的爱，都一直地与日俱增。我意念中的她，就是我失意和烦恼中的慰藉；即便好友失去，都可借此消忧解愁。我越可怜我自己，或者越可怜别的人，我就越琢磨朵萝的仪容颦笑，从中取得慰藉。世界上的愁烦和欺诈越积越多，朵萝这颗明星就越来越明光灿烂，清辉纯洁，高高地照临在世界之上。朵萝到底是从哪儿来的，她在高级神灵中究竟列入第几等级[1]，对于这个问题，我想，我并没有明确的概念。但是我却敢保，如果有人说，她只是一个普通的凡人，和一切别的年轻姑娘一样，那我一定要以愤怒和鄙夷的态度，把这种人驳斥。

我全身都沉在爱朵萝这条爱河里，如果我可以这样说的话。这条爱河，不但使我没身灭顶，而且使我沦肌浃髓。如果比方说的话，从我身上，可以拧出来的爱，足以把任何人淹死；而身里身外，所剩下的，仍旧足以把我自己全体浸透。

我回到伦敦以后，为我自己做的头一件事，就是夜间步行到诺乌德，一面心里想着朵萝，一面“围着那所房子四外，转了又转，却不曾有一次碰到那所房子”，像我童年猜的那个谜语的谜底一样。我相信，

① 西洋教会认为天使有九级。

那个难猜的谜语的谜底是月亮。反正不管它是什么，我这个叫朵萝闹得对月伤神的奴隶，却当真围着那所房子和园子，团团地转了有两个钟头之久，往篱间的空隙里窥探，用尽了力气把下颏扒到篱顶锈了的钉子上，冲着窗户里的亮光飞吻，不时地呵呼昏夜，叫它保护朵萝——至于究竟保护她免遭什么，我并不能确切说出，也许是保护她免遭火灾吧。但是也可能是保护她别碰到老鼠，因为她很讨厌那种动物。

我对于朵萝的爱，既然时刻在念，那么，我把我的爱情，私下里告诉了坡勾提，本是很自然的事。所以，有一天晚上，她又在我身旁，拿出来她旧日那一套从事女工的家伙，把我的衣柜遍搜一番，那时候，我就把我的心腹事，相当曲委婉转地对她倾吐出来。坡勾提听了，感到极大的兴趣；但是我要叫她对于这件事采取我的看法，却无论如何也办不到。她非常大胆地偏心向着我，完全不能了解我为什么关于这件事还要担心疑虑，无精打采。她说，“那位小姐能得到你这样一位漂亮小伙儿，很可以认为有福气。至于她爸爸，”她说，“那位绅士到底想要怎么着哪！”

但是，我看到，斯潘娄先生那件民教法学家的袍子和那条硬领使坡勾提的心气稍稍降低，使她对那个人的敬意不断增高；因为他在我眼里，越来越飘洒轻缈，凌霄高举；他直挺挺地坐在法庭里，文书案件，围绕身旁，像纸张文件做成的一片大海，而他就是这个大海里的一个小灯塔；那时候，在我看来，他好像周身四外，都发出反射的光辉来。我附带地说一说，我记得，我也坐在法庭里的时候，我一想到，那些老迈昏聩的法官和博士即便认识朵萝，也不会喜欢她的；如果有人对他们提，说他们能够和朵萝结婚，他们也不会乐得神志不清，头脑发昏；朵萝唱歌，弹那个因她生辉的吉他，把我弄得几乎要发疯，却不能使那些步履迟缓的家伙，离开旧路一英寸；这都是使我觉得非常奇怪的。

我对于这班人，一包在内，通统鄙视。他们都是在爱之花坛中，被霜雪排斥出去的老园丁，我对他们一概像身受他们的侮辱一样地仇恨。法院的法席，对我说来，只是一个顽冥不灵、瞎撞乱碰的东西而已。法庭里的栏杆，也和酒店里的栏柜一样，都没有柔情蜜意、诗情歌意。

我把巴奇斯先生身后的事情，一手承揽过来，觉得非常得意。我把遗嘱确实证明毫无讹误，跟遗产税局商议好了条件，把坡勾提带到银行里去：这样，不久就把一切都安排就绪了。我们在办理这些法律事项中间，还有所消遣：我们去到夫利特街，看那儿有汗珠点缀的蜡人[①]（这二十年来，我恐怕，那些蜡人，早都已经化了）；我们去看林乌得小姐的刺绣；[②]我记得，那些刺绣，和陵园一样，很适于人们作反省和忏悔；我们又去看塔宫，我们又登上了圣保罗大教堂的屋顶儿。所有这些好玩儿的去处，都给了坡勾提在当时的情况下所能有的快乐——惟有圣保罗是例外，因为，她多年以来，就喜欢那个针线匣儿，所以这个真教堂，和那个匣子盖儿上的图样，成了争锋的东西，和那图样比起来，有些细节，她认为，远不及那件艺术品。

坡勾提的事务，是博士公堂里通常叫作例行公事的一种（例行公事，是毫不费力而却有利可图的），办理停当了以后，我有一天早晨，带她到事务所去交费。老提费说，斯潘娄先生出去，听一位绅士宣誓领取结婚许可证去了。不过我知道他一会儿就要回来的，因为我们的事务所紧挨着教事代表法庭，离代理大主教的事务所也不远；所以我就告诉坡勾提，叫她在那儿等一下。

我们在博士公堂里，办理遗嘱事项，总多少有些像丧事承办人那样；一般地对穿丧服的主顾，都或多或少地做出难过的样子来。我们以同样体贴的心情，对于领取结婚许可证的主顾，则总是做出心情松快、喜气洋洋的样子来。因此，我对坡勾提透露，说斯潘娄先生，虽然听到巴奇斯先生故去的消息，那样不胜惊讶，但是他回来的时候，却就会心情平静的；果然不错，他进事务所的时候，简直和一个新郎一样。

但是坡勾提和我，一看同他一块儿来的，原来是枚得孙先生，那她

---

① 赛门夫人蜡人展览，展出于夫利特街 17 号。“汗珠点缀”，比较《鲍斯随笔》《公寓》：“某妇面有汗珠，像天暖时的蜡油娃娃。”

② 林乌得小姐（1755—1845）刺绣展览为当时伦敦一景，展出有 50 年之久，于 1865 年被焚。林乌得最后所绣为“该隐之审判”，所谓“和陵园一样”，或指这类绣活而言。

和我就都顾不得看他了。只见枚得孙先生的样子并没怎么改。他的头发，还和从前一样地厚，并且毫无疑问，和从前一样地黑；他的眼神儿，也和从前一样，叫人望而生疑。

“啊，考坡菲在这儿哪！”斯潘娄先生说。“我想，你认识这位绅士吧？”

我对那位绅士冷淡地鞠了一躬；坡勾提对他，几乎连理都没理。他一下碰到我们两个，一开始的时候，有些心慌意乱，但是很快就想好了主意，朝着我走来。

“我想，”他说，“你混得不错吧？”

“错与不错，都是你不大会发生兴趣的，”我说。“要是你真想知道知道，那我就得说‘不错’。”

我们互相看了一眼，随后他跟坡勾提打招呼去了。

“你哪！”他说。“我很难过，看样子是你丈夫没了。”

“枚得孙先生，我这一辈子里，把亲近的人没了，这并不是头一回，”坡勾提回答他说，一面从头到脚，全身气得发抖。“我只觉得高兴，我这次这个亲人没了，不能怪任何人——不能叫任何人负责。”

“哈！”他说，“那样的话，你想起来，当然问心无愧了。你尽到了你的职份了，是不是？”

“我并没折磨任何人，叫他把命送了，这是我想起来得谢天谢地的！不错，枚得孙先生，我并没折磨、吓唬任何可爱的小东西，叫她不得天年！”

他阴郁地看着她——我想，还懊悔地看着她——看了有一会儿的工夫；跟着转到我这儿，但是却没看我脸上，而只看我脚下，说：

“我们大概最近不会再碰见的，毫无疑问，这于我们两方面都是好事，因为我们碰见了，永远也不会融洽的。我从前为了要你受到益处，要教你学好，不惜使用正当的权力，你可老对我反抗，所以我现在，并不想叫你对我有什么好感。我们两个之间，有一种反感——”

“这可有了年数了，我相信，”我打断他的话头说。

他笑了一笑，同时把他那双黑眼睛尽力毒狠狠地朝着我很快地看了一下。

“你还是小孩子的时候，这种反感，就在你心里折腾你了。你那可怜的妈妈，也因为这个，过得很苦恼。你刚才的话，说得不错。我只希望，你这阵儿比以前学好了。我只希望，你现在把以前的毛病都改了。”

这番对话，本来是低声在我们那个事务所外部一个角落上进行的，他说到这儿把话打住了，走到斯潘娄先生的屋子里，装得顶温柔和蔼，高声说：

“干斯潘娄先生这一行的绅士们，都是看惯了闹家务的情况的，而且也都了解，家务事总是有多复杂，有多难断的！”他一面这样说，一面把他那结婚许可证的费用交了。斯潘娄先生把叠得整整齐齐的许可证交给了他，跟他握了握手，还给他和那位女士道喜。他接过了许可证，走出事务所去了。

枚得孙先生说这番话的时候，坡勾提怒不可遏，就要发作(她真是个好人，她那腔愤怒，只是为我起见)，我只得劝她，说我们在那个地方，和他互相攻讦，很不合适，所以我求她不要作声；我因为劝她，很费了些事，所以自己就顾不得发话了，否则我也难以忍住，默默无言的。她脾气发作，迥非寻常，我能在斯潘娄先生和那几个录事面前，跟她亲爱地拥抱了一下，来安抚她，免得她想起旧日我们所受的欺负而不平，同时能尽力做到若无其事的样子，很为高兴。

斯潘娄先生好像不知道枚得孙先生和我是什么关系，这倒是我引以为幸的；因为，我想起我母亲由于我而受罪那一番身世来，即便我在自己心里要我承认他，我都受不了。斯潘娄先生对于这件事如果想过的话，他好像只认为，在我家里，我姨婆是执政党的领袖，另外有一个反对党，由另一个人作领袖——这至少是我们等到提费把坡勾提应交的费用都清算了的时候，我从他说的话里得出来的印象。

“特洛乌小姐，”他说，“毫无疑问，是很坚定的，不会对反对她的人让步。我对于她的性格颇为敬仰；我对于你，考坡菲，也深为庆幸，因为你站在有理的那一方面。一家人闹意见，本来是令人惋惜的——不过这种事可非常普遍——要紧的是，要站在有理的那一方面，”据我了解，他的意思是说，要站在有钱的那一方面。

“这一档子婚事还不错吧，我相信？”斯潘娄先生说。

我对他说，关于这档子婚事，我一无所知。

“真个的！”他说，“据枚得孙先生透露出来那不多的几句话里——这本是一个人在这种情况里常有的事——再根据枚得孙小姐透露出来的，我得说，这档子婚事，还算不坏。”

“你的意思是说，先生，女方有带过来的财产吗？”我问道。

“不错，”斯潘娄先生说，“据我的了解，有。据说，女的长得还挺好看的哪。”

“真个的！他这位新太太年纪很轻吗？”

“刚刚成年，”斯潘娄先生说。“就是新近才成年的。因此我得说，他们正等她成年的日期来着。”

“老天打救她吧！”坡勾提说，说的时候，那样咬钢嚼铁，那样给人不防，因而弄得我们三个都惊惶失措，一直到提费拿着账单进来的时候。

好在提费一会儿就出现了，把账单交给斯潘娄先生过目。斯潘娄先生把下巴颏栽在领子里，轻轻用手摸着，带着不以为然的神气，把账单一项一项地瞧——好像这都是昭钦一手干的事似的——瞧完了，又好像出于无可奈何的样子，叹了一口气，把账单递给了提费。

“不错，”他说。“都对，都很对。我自己本来非常愿意‘实报实销’，考坡菲，从我的口袋里拿出多少钱去，就跟你们要多少钱。不过我并不能随心所欲，只问我个人愿意不愿意就完了。这就是干我们这一行叫人讨厌的地方。我还有一个伙友哪——还有个昭钦先生哪。”

他说这几句话的时候，颇露惆怅之意，这在他就几乎是等于完全不要钱了；我代表坡勾提，谢了谢他费心，用钞票和提费交割清楚。坡勾提回了她的寓所，斯潘娄先生和我就上了法庭，那时法庭里正办着一件离婚案。根据的是一条颇费心裁的小小成文法（这条成文法，我相信，现在已经取消了，不过我却看到，依据这条成文法，有好几件婚姻案件都判离了)。这条成文法本身的优劣，看下文自明。原来案中那个丈夫，本来叫汤玛斯·奔捷民，但是他领取许可证的时候，却只用了汤玛斯的名义，把奔捷民隐匿起来了，为的是如果婚后不像事先想的那样如意，就借此脱身；他婚后果然不像他事先想的那样如意，再不就是他对他太太(可怜的人)有些厌倦了；所以在结婚后一两年，事情发作，由他的朋友替他打起官司来，就说他的名字是汤玛斯·奔捷民，因此他并没结婚；法庭就认为他的理由充足而判离了，他当然如愿以偿。

我得说，我对于这个案子严格说来是否判得公正，非常怀疑，即便那个能使一切离奇古怪的事都化为平安无事的一斛麦子，都不能把我吓住，使我不再怀疑。

但是斯潘娄先生却振振有词，为这个案子的判决辩护。他说，你看一看世界，那里面有好事、有坏事；你再看一看教会法，那里面也有好事、有坏事。不论好事、坏事，都是一种体系的一部分，这不是很好吗？你还要怎么着哪！

我对朵萝的父亲，没有胆量敢跟他说，要是我们早晨早早地起来，脱了褂子，开始工作，那我们也许可能使世界改善；但是我却得承认，我跟他说，我认为我们可以使博士公堂改善。斯潘娄先生回答我说，他特别要劝我把这种想法完全打消了，因为那和我作绅士的派头不合；不过，他还是愿意听一听，我都认为博士公堂哪些方面有改善的余地。

这时候，我们已经把那个人的太太判离了，出了法庭，溜达到遗嘱局了，所以我就拿博士公堂离我们最近的这一部分作我这种理论的例子。我说，我认为，遗嘱局这个机关，就管理得离奇古怪。斯潘娄先生就问我，这话从何说起。我就因为他的经验，对于他尽了一切应有的尊敬(不过，我恐怕，因为他是朵萝的父亲，对他更加尊敬)，回答他说，在广大的坎特伯雷大主教的管辖区里，一切留有财产的人，都得把他们的遗嘱的原本，保存在法庭的登记局里，整整有三百年之久；但是那个登记局，却会只是一个偶然碰到的建筑，既不是专为保存这种文件而设计的，并且只是为登记官自己多有收益而租来的，非常地不安全，连是否能防火灾都没考查过；确确实实，从屋顶到地下室，都塞满了重要文件，专为登记员盈利而投机倒把之用；他们跟大众要了大量的费用，却把大众的遗嘱，随时随地乱塞乱扔，除了一心想把这些遗嘱贱价出脱了，再就没有别的心思了：这种情况，总不能不说多少有些荒谬吧！所有各等的人，不管愿意不愿意，都得把他们的遗嘱交给这些登记员，这些登记员每年的收益，有八九千镑之多（至于助理登记员和分区书记员得到的收益还不在内），但是他们可不肯从那么大的收益里，拿出一丁点钱来，租一所合情合理、可保无虞的地方，来保存这种重要文件。这种情况，也许总得说多少有些不近情理吧。在这个机构里，所有的重要职位，都是派头十足、净拿干薪的人占着，而那些不幸在楼上又冷又暗的角落里真正工作的录事，却是伦敦全市里报酬最坏，照顾最差，而却又是干的活儿最重要的人，这种情况，也许得说多少有些不公道吧。所有的登记官之中，那个主管登记官，本来应该为公众预备一切他们需要的处所的，因为他们经常往这儿来，但是那位主管登记官，却就是因为做了主管登记官，就什么都不管，只做第一等拿干薪的官儿（同时，他也许还是牧师，兼职多门，在大教堂里安坐法座，还说不定有别的哪），而公众却永远得不到方便，这是每天下午、局里忙的时候，我们可以天天看到的事，也是我们大家都知道非常令人诧异的事，这种情况，不能不说有点不体面吧。简单地说吧，坎特伯雷管辖区这个遗嘱局，那样完全臭不可闻，那样荒谬绝伦，要不是因为它挤在圣保罗大教堂墓地的角落上，很少有人知道，那人们早就该把它翻了个儿，闹得它人仰马翻了。

我对于这个问题，说到相当激动的时候，斯潘娄先生就对着我笑，跟着也像对于前面那个问题那样和我辩论。他说，我说了半天，到底说明了什么哪？那只是一种感觉问题。如果大家都感觉，他们的遗嘱保存得很妥善，认为登记局无可改善的余地，是事所当然的，那有什么人会觉得不好哪？没有。有什么人会觉得好哪？所有那些拿干薪的人。好啦。这样一来，岂不好多于坏？这种制度，也许并不完美；天下就没有任何完美的事物；不过他反对的，就是硬往中间插楔子。有遗嘱局，国家强盛光荣。在遗嘱局里插上个楔子，国家就不强盛光荣了。他认为，一位绅士应当遵守的原则，就是事情本来是什么样儿，就由它是什么样儿。他毫不怀疑，遗嘱局要在我们这一辈存留下去。我自己虽然很怀疑这个问题，我却尊重他的意见。不过，我现在看出来，他说的不错。因为，遗嘱局不但一直存留到此时此刻，而且十八年前，国会曾有过一个报告(并非十分情愿)，把我说的那些理由一一详列，把现时保存的遗嘱，说是只等于二年半多点的工夫所积累的，连在这个报告下它都巍然存留下去。从那时以后，他们都把那些遗嘱怎么处理了？他们把大部分都丢失了呢？还是过些日子，就把其中的一部分，卖给卖黄油的铺子了呢？我不得而知。我只觉得，我很高兴，我的遗嘱，并没存在那儿；我也希望，我的遗嘱，别存在那儿，至少有一个时期，别存在那儿。

我在写到我的幸福快乐这一章里，把所有这些话都记下来，因为这些话在那儿出现，是很自然的。斯潘娄先生和我既然谈到这个问题，我们就继续谈下去，我们的散步因之也拖长了，后来我又谈到一般的题目。这样，谈到末了，斯潘娄对我说，从那一天起，再过一个星期，就是朵萝的生日，我要是那一天，能到他家里，去参加野外聚餐会，那他很高兴。我听了这个话，立刻就心意迷惘起来，第二天又收到了一张小小的花边信笺，上面写道，“爸爸嘱咐，不要忘记。”我见了这个，更语无伦次；在随后来的那一个星期里，都是情怀如痴如醉。

我记得，我给这一次幸福的聚会作准备，把所有一切荒谬可笑的事全都做了。我现在想起我当时买的领巾来，还全身发热。我的靴子，可以放到任何刑具展览会上。我准备了一个小篮子，在聚餐的头一天，交给了去诺乌德的邮车，寄给了朵萝。我送那个篮子本身，就等于表明心迹。篮子里盛着爆裂糖果[1]，糖包儿上印的是一切花钱能买得到的那种顶温柔的句子。早晨六点钟，我到考芬园市场，给朵萝买了一个花球。十点钟的时候，我骑在马上(我为赴会，特为雇了一匹雄壮俊伟的灰马)，马蹄轻快疾捷地往诺乌德跑去。我把花球放在帽子里保护着，免

---

①爆裂糖果：一种里面有爆炸装置的糖果，把糖果包纸两头突然一抻，即爆裂开。包纸上印有表示柔情蜜意的字句。

得蔫了。

我分明看见了朵萝在花园里，而却假装并没看见她；我分明骑着马走过了这所房子，而却装作急于寻找它：我想，我那是做了两件小小的傻事，我那是做了两件别的青年在同样情况下同样要做的傻事；因为那样做，在我当时是很自然的。但是唉呀！等到我真找到了这所房子，真在花园栅栏门前下了马，真拖着我那两只狠如铁石、使我受罪的脚，走到草坪，来到朵萝跟前，真看见了朵萝，在那个清朗的早晨，在那些蹁跹的蝴蝶中间，坐在丁香花下的圆椅上面，戴着一顶白色大草帽，穿着一件天蓝色长袍，那是怎样一种光景啊！

同她一块儿的，还有一位年轻的小姐——比起朵萝来，年岁稍微大一些——我得说，差不多有二十岁的样子。她是米尔小姐，朵萝叫她是朱丽叶。她是朵萝的知心密友。幸福的米尔小姐啊！

吉卜也在那儿；吉卜见了我，还是朝着我狂吠。我把花球献给朵萝的时候，吉卜咬牙切齿地吃起醋来，它那样本是应该的。如果它能了解，我都怎样为朵萝倾倒，那它就更应该吃醋了！

"哦，谢谢你，考坡菲先生！这些花儿多可爱！"朵萝说。

我本来想要说（并且我走这三英里，都一直地琢磨怎么才是最好的说法）在我还没看到这个花球那样靠近她的时候，我是觉得它美来着。但是我当时却不会说了。她太叫人神志迷惘了。看到她把花球放在她那个有小酒窝的颔下，就令人在软绵绵的陶醉中失去了一切镇定，失去了说话的能力了。我只纳闷儿，为什么我当时没说，"米尔小姐，你要是有恻隐之心，那你就别让我再活着啦！你就叫我死在这儿好啦！"

于是朵萝把花球送到吉卜的鼻子跟前，叫它闻。于是吉卜呜呜地叫起来，不肯闻。于是朵萝笑起来，把花举得离吉卜更近，非叫它闻不可。于是吉卜就用牙把石蜡红咬住了一块，拿它当猫一样逗起来。于是朵萝打它，噘着嘴说，"可惜儿了我这美丽的花儿了！"说得那么轻怜痛惜，仿佛吉卜咬的就是我那样。我倒情愿它咬的真是我啊！

"那个讨厌的枚得孙小姐这阵儿不在这儿，你听了一定很高兴吧，考坡菲先生，"朵萝说。"她去参加她兄弟的婚礼去了，至少要去三个星期。这太叫人高兴了！”

我说，我认为，毫无疑问，她一定觉得高兴，而凡是她高兴的事，我也高兴。米尔小姐就带着比我们更懂事、对我更慈祥的样子，冲着我们微笑。

“我从来没见过有像她那样讨人厌的老东西，”朵萝说。“你简直地想不到，她的脾气有多坏，她那个人有多可厌，朱丽叶。”

“想得到，我可以想得到，我的亲爱的！”朱丽叶说。

“你也许想得到，亲爱的，”朵萝把自己的手放在米尔小姐的手上回答她说。“我一开始的时候，没把你算在那些会想得到的人里面，请你原谅我。”

我从这个话里，可以知道，米尔小姐在过去活了这些年，并非一帆风顺，也有顺有逆，曾遭过磨难；我前面说过的那种慈祥、解事的态度，也许就是由于这种磨难而来。我在那一天的工夫里，果然发现是那样。米尔小姐由于爱非其人，落得不胜凄惨，大家都认为她有了那种可怕的经验以后，已经不再涉足世事了，但是她对于没受挫折、前途有望的青年爱侣，仍旧冷眼静观，感到兴趣。

不过这时斯潘娄先生从屋里出来了，朵萝走到他跟前，对他说，“爸爸，你瞧这花儿有多好看！”米尔小姐就满腹心思地对她微笑，仿佛是说，“你们这些蜉蝣啊，趁着生命还像在明朗的晨间一样，及时行乐吧！”那时马车已经套好了，我们都从草坪那儿朝着它走去。

像那次那样乘车出游，我永远也不会再有的，像那次那样乘车出游，我永远也没再有过。轻便马车上，只有他们三个，还有他们的篮子、我的篮子和吉他盒子。那辆轻便马车，当然是敞篷车，我骑着马跟在车后面，朵萝就背着马坐在车里，面对着我。她把花球紧放在她身旁的垫子上，绝不让吉卜趴在她放花球的那一面儿，因为她怕吉卜把花球压坏了。她过一会儿，就把花球拿在手里，过一会儿，就闻一闻花球的香味儿。在那种时候，我们两个就把眼光一对。我只诧异，我那时候怎么没从灰马的脑袋上倒栽在马车里。

我相信，那时路上有尘土。我相信，那时路上有不少的尘土。不过我却只模模糊糊地记得，斯潘娄先生好像劝我，别在尘土里走；但是我当时实际上却并没听见他都说了些什么。我只感觉到，朵萝四围有一片爱、一团美、氤氲团圞，但是其他却一无所知。斯潘娄先生有时在车里站起来，问我四外的景致美不美。我说景致很令人心旷神怡；我敢说，我这话是真的；不过，对我说来，那一切的景致，都是朵萝。照耀的太阳是朵萝，叫的鸟儿是朵萝，吹的南风是朵萝，树篱中间开的野花，一直到每一个花骨朵，也全是朵萝。我现在引以为慰的是：米尔小姐很了解我。只有米尔小姐一个人，能完全领会我的心情。

直到现在，我都不知道我们那时候走了多久；直到现在，我都不知道我们都要往什么地方去。也许那个地方离吉尔得夫[①]不远。也许《天方夜谭》里的魔术师，那天把那个地方开放，而我们从那儿走了以后，又把那个地方永远关起。那儿有青绿的草地，在一个小山上面，绿草如茵。那儿还有荫凉的树，还有石南，目力所及的地方，满是长林丰草，葱茏青翠。

我一看到那儿先已经有人等着我们了，我就觉得大不得劲；我的醋劲大发，无边无涯，即便对于女性，都是如此。但是所有其他和我同性的人——特别是其中的一个，他比我大三四岁，留着两片红色的连鬓胡子，他就倚仗着他这两片胡子而自尊自大，那股劲儿，简直叫我没法儿受——都是我的死对头。

我们都把我们的篮子打开了，准备吃正餐。那个红胡子自称会做色拉（我是不信的），在人前故意卖弄。有几位年轻的女人给他把生菜洗好了，按照他的指示，把生菜切成段儿。朵萝也是这几个人之中的一个。我只感到，命运使我和这个家伙非作对不可，我们两个，不是你死，就是我活。

红胡子把色拉做好了（我真纳闷儿，不懂得他们怎么能吃这样东西。我是怎么也不肯吃的！），就自封为酒窖的管理人；因为他是个灵巧的家伙，他就把一个空腹的树干，做成了一个酒窖。跟着我就看见他

① 伦敦西南约30英里的一个城镇，城外有小山。

用盘子盛着一大块龙虾，端着在朵萝脚跟前吃！

我看到了这样使我丧气的光景，对于以后又发生的事，只有模糊的印象。我很嬉笑欢乐，这是我知道的；但是我那种嬉笑欢乐，却是空洞的。我和一个穿粉色衣服、有小眼睛的小妞儿鳔在一块儿，拼命地和她调笑。她欣然接受了我对她的殷勤；但是她这样，还是完全想要和我好呢，还是她对红胡子另有用心呢，我不得而知。大家都为朵萝干杯，我也为她干杯，不过我为她干杯的时候，却假装着正滔滔不绝地谈话，为给她干杯，只好暂时把话停止，干完了，马上又接着谈起来。我对朵萝鞠躬的时候，我的眼光和她的一对，我认为，她的眼光里含有对我如有所求的神气。但是那个眼光却是隔着红胡子，从他头上，射过来的，因此我坚如铁石，不为所动。

那个穿粉色衣服的小妞儿有一个穿绿衣服的母亲跟着；我现在想，我觉得，那个母亲，为了运用手腕，故意把我们两个隔开。不过，那时候，大家都散开了，剩下的饭菜也放在一边儿了；我就一个人溜达到树林子里，心里又愤怒，又后悔。我就心里想，我是否应该装作不舒服而骑着灰马逃走了呢——至于逃到哪儿，我是不知道的——正在琢磨不定的时候，朵萝和米尔小姐对面走来了。

"考坡菲先生，"米尔小姐说，"你怎么一点儿也不活泼呀？"

我对她说了抱歉的话，说我绝没有不活泼。

"朵萝，"米尔小姐说，"你也一点儿也不活泼。"

哦，真的吗！绝对没有的话。

"考坡菲先生和朵萝，"米尔小姐几乎带出一种令人肃然起敬的样子来说，"你们别再闹这个啦。这已经够瞧的啦。千万不要因为一点小小的误会，就把春天的花儿摧残了；因为，春天的花，一旦开败了、凋残了，就永远也不会再开的。我这个话，"米尔小姐说，"是根据了我自己过去的经验说的——是根据了一去不返、回视邈远的过去说的——在日光里闪烁的汩汩泉流，不应该因为一时的任性就杜塞了。撒哈拉大沙漠里的绿洲，不应该随随便便地就铲除了。"

我几乎不知道我都做了些什么，因为我全身都发烧，烧得到了不同寻常的程度；但是我却知道，我抓住了朵萝的小手儿，用嘴吻——朵萝也就让我吻了！我也吻了米尔小姐的手；据我想来，我们好像一下都登上了第七层天了。

我们登上第七层天，就再没下来。我们那天一整晚上，一直都在第七层天上。一开始的时候，我们在树林子中间来回地溜达，朵萝就羞答答地挽着我的胳膊。我真恨不得，我们能一下变为长生不死，永远在树林子中间溜达，那才算得真有幸福、有造化。这种想法，固然愚蠢可笑，但是我还是要那样想的。

但是，别人说笑的声音，和高叫“朵萝哪儿去了”的声音，太快了，就传到我们的耳朵里了。因此我们回到他们那儿。他们要朵萝唱歌儿。红胡子本来要往车上，去拿那个吉他，但是朵萝却对他说，除了我，别人没有知道那个吉他放在什么地方的。因此红胡子一下就算完了。是我找到了那个吉他匣子，是我把它打开了，是我把吉他拿了出来，是我坐在她身旁，是我替她拿着手绢儿和手套儿，是我把她那可爱的嗓音里每一个腔调都沦肌浃髓地吸入肺腑，她只是为爱她的我唱的，别的人尽管可以尽其量地拍手叫好，但是却实际和她唱的没有关系！

我在快乐中间陶然迷醉了。我很担心，那太幸福了，不会是真事。我很担心，我马上就要在白金厄姆街的寓所里醒来，听到克洛浦太太做早饭弄得茶杯嘎啦嘎啦地响。但是朵萝却又真唱来着。别的人也唱来着，米尔小姐也唱来着——她唱的是心窍的深处酣睡的回声，好像她有一百岁那样老似的——这样，夜色就来到了。我们吃茶点，烹茶煮开水的壶像吉卜赛人那样。我仍旧和先前一样地快活。

大家散了，受了挫折的红胡子和其余的人，各自回家去了，我们也在恬静的黄昏和越来越弱的亮光里，在花香四溢的空气中，回了我们的家。那时候，我比先前更快活。斯潘娄先生喝了香槟酒以后，有些倦意——我向那长葡萄的土地致敬，我向那酿酒的葡萄致敬，我向那使葡萄成熟的太阳致敬，我向那把酒掺兑的商人致敬！——在车里一个角落上睡着了；那时候，我就骑着马跟在车旁，和朵萝谈话。她觉得我这匹马很好，用手拍它——哦，那只小手，在马身上，看着多可爱呀！她的披肩老要歪，我就老用胳膊给她弄正了。我甚至于还以为，吉卜也看出是怎么回事来了，因而一心认为，它非得拿定主意，跟我交朋友不可。

还有那位洞达人情的米尔小姐，那位虽然心如古井而却和蔼近人的女修道士，那位永断尘世，无论怎么也不能让心窍深处酣眠的往事再醒过来的女家长，虽然年龄还几乎不到二十——她那天作的，真是一件无量的功德！

“考坡菲先生，”米尔小姐说，“要是你能腾出一分钟的工夫来，那就请你到车这边儿来一分钟的工夫吧。我有句话要跟你说。”

你们瞧吧！我当时骑在灰色的骏马上，把身子弯着对着米尔小姐，把手放在车门上！

“朵萝要跟我去住几天。她后天就要跟我一块儿去。要是你能到我家去，那我敢保，爸爸见了你一定高兴。”

我暗中默默为米尔小姐祷祝祈福，把她的住址牢牢记在心里最深处；我除了这个而外，还能做什么呢！我用感激的态度，热烈的言词，告诉米尔小姐，说我对于她那样帮忙，如何感激，我把她的友谊，看得如何高贵；除了这个而外，我还能做什么呢！

于是米尔小姐慈祥的样子叫我走开，对我说，“你回到朵萝那面儿去吧！”我听从了她的话，回到了朵萝那面儿，朵萝就从车里探出身来，跟我说话儿；我们说了一路话儿。我骑着那匹灰色骏马，紧靠车旁，竟把它左边那条前腿，“叫车轮子蹭去了一块皮，”它的主人对我说，“得赔三镑七先令之多”——我照数赔了他，还认为我花了那么点钱而取得了那么大快乐，非常便宜呢。那时候，米尔小姐就坐在车上，仰观明月，嘟囔诗句，同时，我想，还回忆当年她和世界还没分家的旧日。

诺乌德实在应该再更远几英里才好，我们应该多走几点钟再到那儿才对。但是斯潘娄先生就在快到那儿的时候醒了，对我说，“考坡菲，你得到我家，休息一下！”我奉命惟谨。我们一块儿用了三味吃和掺水葡萄酒。在那个亮堂堂的屋子里，朵萝的双颊红得那样可爱，我简直地舍不得走，而只坐在那儿，如在梦中一样直眉瞪眼地瞧。到后来，斯潘娄先生鼾声大作，才使我清醒过来，知道应当告辞。我们就这样分别了；我骑在马上，回到伦敦，一路之上，朵萝和我道别那时候的轻柔余温，仍旧流连不去；我把那天发生的每一样细事，把她说的每一句话，都回忆了有一万遍；后来到底躺在自己床上的时候，仍旧如在云端，在年纪轻、头脑痴的人里面，再没有像我那样魂灵飞去半天的了。

我第二天早晨醒来的时候，拿定主意，要把我热烈的爱，对朵萝表示出来，看一看我的命运到底是什么样子。幸福呢，还是苦恼呢，这就是我现在的问题。在全世界上，我除了这个问题，就没有别的问题了。而只有朵萝能给这个问题答案。我在三天之中，把在朵萝和我中间所有发生过的事，一一回忆，一一加以最令人扫兴的解释：就这样自寻苦恼，就这样在无限烦愁中度过了三天。后来到底花多少钱也在所不惜，梳洗穿戴起来，怀着一肚子表示心迹的话，往米尔小姐家里走去。

我在街上来回走了多少次，在广场那儿绕了多少圈子——满心痛苦地感觉到，我就是那个老谜的谜底，远远胜过原来的谜底——我才到底鼓起勇气，来到门前，在门上敲；这种情况，现在就不必再说了。即便最后我到底敲了门，在外面等着有人来开门，即便那时候，我都心里扑腾着，想要（学巴奇斯先生）问一问，布莱克波厄先生是不是住在这儿，要是不是，向人道歉，转身走去。不过我还是坚持阵地，没那么办。

米尔先生没在家。我并没想要他在家。没有人要他。米尔小姐却在家。米尔小姐也可以。

仆人把我领到楼上一个屋子，米尔小姐、朵萝和吉卜都在那儿。米尔小姐正抄歌词（我记得，她抄的是一个新歌曲，叫作《爱的挽歌》），朵萝就在那儿画花儿。我当时一看就认出来，她画的花儿就是我送她的花儿，那我的心情是什么样子！她画的一点不错就是我在考芬园市场给她买的！我不能说，她画的跟我买的十分像，也不能说，她画的跟我从来见过的十分像；但是我从裹花的纸上，看了出来这件艺术品是什么，因为裹花的纸画得和原来的纸非常地像。

米尔小姐见了我很高兴，因为她爸爸没在家很惆怅；不过我认为，我们三个人，对于这一点，都很坚忍不拔。米尔小姐一开始的时候滔滔不绝地谈了一气，谈到几分钟，便把笔放在《爱的挽歌》上，站起身来，走出去了。

我就开始想，我得迁延到明天，才能表白我的心迹。

“我希望，你那匹可怜的马把你驮回家去以后，没累着吧；”朵萝说，同时把她那双美丽的眼睛抬起来瞧我。“那段路走起来可不近。”

我开始想，我得今天就表明心迹。

“对它说来，是很远，”我说，“因为它一路之上，没有什么支持！”

“难道没喂它吗，可怜的畜生？”朵萝说。

我开始想，我得推到明天，再表明心迹。

“喂—喂啦，”我说。“它受到很好的照顾。我的意思只是说，它没享到我那种因为和你近在一处而感到说不出来的快乐。”

朵萝把头俯在她画的花儿上，过了不大的一会儿说——在这个时间里，我坐在那儿，全身像得了热病而发烧一样，两条腿也僵硬板直——

“在那一天里，有那么一个时期，你好像对于那种快活并没感觉到。”

我看出来了，我已无可后悔，非当时当地，立刻就表明心迹不可了。

“你和奇特小姐坐在一块儿的时候，”朵萝微微把眉毛一扬，把头一摇，说，“你一点儿也没拿那种快活当回事。”

我应该说一下，奇特就是那个穿粉红衣服，有小眼睛的小妞儿。

“不过我毫无疑问，不明白你为什么就应该拿着它当回事，”朵萝说，“也不明白你到底为什么叫那是快活。不过你说的，当然并非是你想的。并且我敢保，没有人怀疑你有你的自由，喜欢做什么就做什么。吉卜，你这个淘气的东西，到这儿来！”

我也不知道我都做了些什么，我只知道我一眨眼的工夫就把应做的全做了。我截住了吉卜，我把我的朵萝抱在怀里。我滔滔不绝地直说。我没有一个字顿住了的时候。我告诉她，说我都怎样爱她。我告诉她，说我没有她，怎样就不能活下去。我告诉她，说我怎样倾倒崇拜她，怎样把她当作天神。所有这个时候，吉卜都像疯了一样地狂吠。

朵萝把头低下去，哭起来，全身哆嗦，我就越发滔滔不绝地说起来。要是她愿意我为她死，那只要她说出来，我就死。活着而得不到朵萝的爱，那种活法儿，不论有什么别的条件，都是不值当的。那种活法儿，都是我没法儿受的，都是我不能受的。自从我头一次看见她那时候起，白天晚上，我就没有一分钟不爱她的。就在现在这一分钟里，我爱她都爱得神志迷惑。我要永远每一分钟都爱她爱得神志迷惑。从前有过情人，以后也要有情人，但是不论从前，也不论以后，却都没有情人爱他的所爱，能像我这样，会像我这样，可以像我这样，愿意像我这样爱朵萝。我越信口胡说，吉卜就越狂吠。我们两个，在各自所有的情况下，都一分钟比一分钟越来越像疯了一样。

好啦，好啦！跟着不久，朵萝和我一块儿坐在沙发上，安静下来了；吉卜就坐在朵萝的膝上，冲着我直眨巴眼，也安静下来了。我的心事到底从我的心窝子里掏出来了。我觉得完全如在云端了。原来朵萝和我订了婚了。

我想，我们也有些想到，觉得订了婚就得结婚。我们一定有些这样的想法，因为朵萝坚持要我同意，说要是她父亲不答应，那我们就永远不结婚。不过，我们都很年轻，只觉到飘飘然如在云端，所以我想，并没真正思前虑后，或者说，除了在现在这种懵懂中，没有任何更远大的想法。我们要对斯潘娄先生保守秘密；不过，我敢说，那时候，我们的头脑里，从来没想到，这种办法，有任何不光明的地方。

朵萝去找米尔小姐，同她一块儿回到屋里。只见米尔小姐比平素更沉思深念——我恐怕，那是因为，现在发生的事，有一种趋向，能使她引起内心隐处的旧创吧。不过她却为我们祝福，对我保证，要始终不渝，做我们的好友。她对我们说话的时候，一般地用的总是合乎寺庵的声音。

那时候，我们的日子有多悠优闲适啊！那时候，我们的日子，有多轻忽缥缈，幸福快活，无猜无忌，无识无知啊！

那时候，我量朵萝的指头，要给她按着“勿忘我”的花样打一个戒指。我把量的尺码，告诉了金珠店的老板以后，老板看出来是怎么回事，一面往订货的账上记，一面直笑。他就对于这件玲珑的小玩意儿，连同镶的蓝宝石，跟我要多少钱就要多少钱——这个戒指，在我的记忆里，和朵萝的手太分不开了；因此昨天我偶然在我女儿手上，看见了另一个跟它一样的戒指，我就有一阵儿，心里难过起来。

那时候，在我到处去的时候，只觉得我能和朵萝同心偕老，却没别人知道；只觉得有朵萝作爱人，情怀缠绵；只觉得我爱朵萝，朵萝爱我，光荣无比；因此，假使我真正在空中驾云御风，而别的人却都匍匐地上，蠢然蠕动，那我也不至于觉到我和他们像那样有天壤之隔。

那时候，我们在广场的花园里相会，在烟尘熏染的凉亭里同坐，真正舒畅快活；因此，我直到现在，还由于那种联想而爱麻雀，把它们那种烟熏尘染的形体，看作就是热带珍禽灿烂的羽毛。

那时候，我们订婚以后还不到一星期，我们头一次闹了一点小意见；朵萝就把戒指寄还给我，同时写了一封令人失望的信，折作三角帽的样子①，把戒指装在里面；信上用了这样可怕的字句：她说，“我们的爱以痴傻始，以疯狂终。”我看了这句可怕的话，直薅头发，直叫一切都完了！

那时候，我趁着夜色昏暗，飞奔到米尔小姐家里，和她偷偷地在房子后部的厨房里会面（那儿有一架熨衣台），求她给我们作调人，把这种疯狂的局面挽回。米尔小姐挺身而出，立即答应，跟着就带着朵萝一块儿回来了，拿她自己青年的痛苦经验，现身说法，苦苦地劝我们互相容忍，躲开撒哈拉大沙漠。

那时候，我们一齐哭起来，又和好如初，觉得非常幸福，因此，那

① 英国在约 1839 年，由奚勒提出采用信封。在此以前，无信封，把信纸反折，折时有种种花样。

个房子后部的厨房，连同熨衣台和别的家具，都变成了爱神的圣殿了。我们就在那儿，作了通信的安排，每次都由米尔小姐转交，至少每天都要写一封，双方都是如此！

那时候，真是悠优闲适！那时候，真是缥缈轻忽，真是幸福快乐，无猜无忌，无识无知！在所有时光能控制的时光中，没有比那时候令我回忆起来更能引起微笑，更能惹起柔情来的了。

第三十四章
突如其来

我和朵萝刚订了婚，我就写信把这件事告诉了爱格妮。我给她写了一封很长的信，尽力设法使她了解，我如何幸福快活，朵萝如何可疼可爱。我求爱格妮，千万不要把我这次的爱情，看作是没经大脑考虑、定要见异思迁的那一种，也不要把它看作和我小时候所搞的那种我们常作笑谈的把戏，有丝毫相似之处。我对她保证，说我这番爱情的深厚，实在完全不可测量，同时说我相信，从来没有任何爱情能和它仿佛一二。

我写信的时候，正是天气明朗的傍晚，面临敞着的窗户，不知不觉地想到她那恬静的明目，温柔的姣容，因而使我新近过的生活里那种匆忙忐忑，甚至于连我的幸福里多少掺杂着的匆忙忐忑，一变而为平静恬适，不知怎么，使我感到舒服安慰而流起泪来。我记得，我的信写到一半的时候，我就坐在那儿，手扶着头，心里就死气白赖地琢磨，觉得好像爱格妮就是我这个自然应有的家里组成的一份，好像这个家因为有她在，变得几乎神圣起来，朵萝和我在这个家里燕居静处，就比在任何别的地方都更快活，好像，我在疼爱、欢畅、愁烦、希望或失望之中，在一切喜怒哀乐之中，我的心都自然而然地转到那儿，在那儿找到安慰，找到最好的朋友。

关于史朵夫，我一字未提。我只对她说，在亚摩斯，因为爱弥丽的私奔，大家都悲伤愁闷。那件事，由于连带的情况使我加倍地伤感。我知道她会猜出事情的真相，怎样永远也不会是头一个提起他的名字来的。

我在下一班邮递的时候，就收到她的回信。我看那封信的时候，就跟听见爱格妮对我面谈一样。那封信里的话，就跟她那恳切热诚的声音在我耳边上喁喁切切一样。我还能说什么别的呢！

我新近不在家的时候，特莱得曾来看过我两三次。他看到坡勾提在我家里，坡勾提还告诉他，说她是我的老看妈(这是不论是谁，只要她碰到，她就要自告奋勇表明的)，他跟坡勾提两个人，可就建立起一种和蔼的友谊来了，因而在我家里，待下来，把我的情况和坡勾提谈了一会儿。这是坡勾提这样对我说的；不过，我却想到，话都是坡勾提一个人说的，而且说得非常地长，因为她一遇到说起我来(上帝加福于她！)就老没有完，教她打住是很难的。

提到特莱得，我不但想起来，特莱得跟我订了个见面的时候，现在来到了，我还想起来，克洛浦太太，把一切职务，全都摆脱了(只有工资是例外)。她说，总得等到坡勾提不再露面儿的时候，她才能重执旧职。克洛浦太太，用高嗓门儿在楼梯上，对坡勾提发了许多次话，不过好像都是对目不能见的随身灵魂说的；因为就目所能见的情况而论，她发话的时候，都是明明只有她一个人在场。跟着她给了我一封信，把她的意见更进一步申叙了。她在那封信上，一开头的地方，把那句可以普遍应用的话，那句在她的生活中每种场合都适合的话，那也就是说，她也是生儿养女的人，先说了一说；跟着又告诉我，说她从前也过过跟现在不一样的日子，但是她这一辈子不论哪个时候，都没有不打心眼儿里憎恶特务、侦探、包打听的；她说，她用不着提名道姓；她说，什么人玩什么鸟儿，有人喜欢这种鸟儿，那就让他们玩这种鸟儿好啦；不过特务、侦探、包打听，特别是“穿孝的”（这几个字原来下面画着横线）她向来一直地就没有看得惯、瞧得起的时候。要是凭一位绅士，诚愿受侦探、特务、包打听的愚弄(仍旧不提名道姓)，那只能说他自己喜欢那个调调儿。他喜欢什么，别人当然管不着，那只好随他的便。她，克洛浦太太，要的条件只有一个，那就是，不能教她“沾这种人的边儿”。

因此，她请求，从此以后，不要叫她再到顶层楼上去伺候，一直到事态“恢复了原状”，或者能让人满意的时候。同时她又说，她那本小账，每星期六早晨在早饭桌上可以看到；那时候，她要求马上清账，这是好心好意的要求；因为那样，各方面都可以省去麻烦，都可以免得“不便”。

克洛浦太太写了这封信以后，就专心一意地在楼梯上弄一些绊脚的东西，主要的是用水罐子；尽力想法要叫坡勾提把腿摔折了。我觉得，住在这样一种被人围困的地方，未免感到有些不能安居，但是我却又叫克洛浦太太拿下马来了，看不出有什么解围的办法来。

“我的亲爱的考坡菲，”特莱得喊道，他准时在我门前出现，虽然有那许多绊脚的东西。“你好啊？”

“我的亲爱的特莱得，”我说，“我到底看到你了，我真高兴。前几次我都没在家，很对不起。不过我太忙了——”

“不错，不错，我晓得的，”特莱得说，“当然要忙。你那位住在伦敦吧，我想？”

“你说什么？”

“她——对不起——朵小姐呀，你还不明白吗？”特莱得说，他说到这儿，因为觉得不好意思，脸都红了。“她是不是住在伦敦？”

“哦，不错。离伦敦很近。”

“我那一位，你也许还记得吧，”特莱得脸上稍微一沉说，“姐妹十个，可住在戴芬郡——因此我可就不像你那样忙了——我说的忙，就是从这个意义上说的。”

“我真纳闷儿，不懂得你和她见面的时候那样少，你怎么受得了？”我回答他说。

“哈！”特莱得满腹心事地说，“那是叫人纳闷儿。我想，考坡菲，我所以受得了，只是因为那是没有法子，非受不可的吧？”

“我也想是那样，”我微笑着回答他说，同时脸上不免一红。“再说，特莱得，也是因为你这个人，能咬牙，有耐性吧。”

“哟！”特莱得说，一面琢磨这句话，“哟，我在你眼里，当真看着是那样的人吗？说真个的，我自己可不知道我有那样的品质。不过她那个人可太令人可疼了，很可能是我有些受了她那种品质的熏陶。你这一说，考坡菲，我就看出来了，这绝对并没有什么可以叫我纳闷儿的地方。你相信我这句话好啦，她永远不顾自己，而净照料那九个姐妹。”

“她是大姐姐吗？”我问道。

“哦，不是，”特莱得说。“大姐姐是个美人儿。”

我对于他的回答这样单纯，忍不住不发笑，我想，他一定看出来了，所以他跟着添了一句，说的时候，脸上还露出天真的笑容来，他说：

“当然，我并不是说，我那一位——她叫苏菲——这个名字，考坡菲，很美吧？我老觉得很美。”

“很美！”我说。

“当然，我并不是说，我那一位，苏菲，在我眼里，并不是个美人儿；不但这样，她还在不论谁眼里，都得说是从来没有那么可以叫人疼爱的女孩子(我得这样想)。不过，你要知道，我说大姐姐是个美人儿的时候，我的意思是说，她的确漂亮——”他用两只手比划，好像形容他头上的云彩一样，使着劲儿说。

“真个的！”我说。

“哦，你信我的话好啦，”特莱得说，“真是世间少有，一点不错是世间少有！你要知道，她既是生来就为的是出风头，受爱慕的，而由于她们的家境，没有什么机会，因此，她这个人可就自然变得有时有点爱犯脾气，爱挑毛病了。遇到那种时候，老是苏菲哄着她，叫她不犯脾气！”

“苏菲是顶小的吗？”我冒昧地问。

“哦，不是！”特莱得摸着下巴说。“那两个顶小的，一个刚十岁，一个刚九岁。苏菲就是她们的老师。”

“那么大概她是老二了？”我又冒昧地问。

“也不是，”特莱得说。“莎萝是老二。可怜，莎萝这孩子，脊梁骨有点儿毛病。据大夫说，她这种毛病过些时候就好了，不过眼下，她可得有一年的工夫，都躺在床上。苏菲就是她的护士。苏菲是老四。”

“她们的母亲还活着吗？”我问道。

“哦，不错，”特莱得说，“还活着。这位老太太可真有过人之处，不过，那儿那种潮湿的天气[1]，对于她的体格很不相宜，呃——打开窗子说亮话吧，她的手脚都不会动了。”

“哎呀！”我说。

“真不幸，是不是？”特莱得答道。“不过，单从家庭方面来看，也还坏不到不可想象的程度，因为有苏菲替她代行一切职务。苏菲对于她母亲，简直地就是一个母亲，也跟她对于她那几个姐妹一样。”

我听到这位年轻的小姐这样贤惠，极为景仰爱慕；同时，我想到特莱得那个人，那样胸无城府，和善易与，就想要尽我的力量，叫他不要上别人的当，叫他和那位善良的小姐共同的前途可保无虞，所以就问他，米考伯先生怎么样？

“他很好，考坡菲，谢谢你惦记着他？”特莱得说。“我现在跟他不住在一块儿了。”

“不住在一块儿了？”

“不错。原来你不知道，”特莱得打着喳喳儿说，“他由于一时的窘迫，把名字都改了，现在叫冒提摩了。他不到天黑以后，就不出门儿，而且即便天黑了以后他出门儿，也总要戴眼镜。他因为欠房租，在我们那个寓所里，来过一次强制执行。米考伯太太太可怜了，我真没法子，不忍得不把我的名字，签在上次我们在这儿谈的那个第二个借据上。你可以想得出来，考坡菲，我那样一办，事情了结了，米考伯太太也不用再愁眉苦脸的了，那你就别提我有多高兴啦。”

“哼！”我说。

“不过，她这种不必焦心的情况，并没继续多久，”特莱得接着说：“因为，不幸得很，不到一星期，又来了一次强制执行。这下子，我们那个寓所可就全部垮了台了。从那时候以后，我一直住在一家带有

---

① 戴芬郡是英国雨量最多的地方。

家具的公寓里，他们冒提摩那一家也就匿起来了。我要是跟你说，执行代理人，连我那张大理石面小圆桌和苏菲那个花盆儿和那个花台也都拿走了，你不会认为我这个人净顾自己吧？”

“这太狠了！”我愤怒地说道。

“这得算是——这得算是又来了一次抽筋拔骨，”特莱得说，说的时候，又同往常一样，往后一躲。“不过，我提这个话，并没有埋怨谁的意思。我另有用意。实在的情况是，考坡菲，在执行的时候，我没法子把那两件东西赎回来；头一样，执行代理人有些看出来我非要那两件东西不可，就把价钱抬到惊人的程度；再说，我又实在一个钱都没有。不过，从那时候起我就一直地老盯着那个执行代理人的铺子，”特莱得说，说的时候，对于他那种神秘意味带出非常得意的样子来，“那家铺子就坐落在陶顿南考街的上手，顶到今儿，我到底看见他们把那两件东西摆出来，要出售了。我只是在铺子对面隔着马路看见的，因为，要是铺子里的老板看见了我，哎哟，那他说不定要跟我要多大的价儿啦！我现在有了钱了，所以我忽然想起来，也许我托你那个好心眼儿的老看妈，跟我一块儿到那个铺子那儿去——我可以在第二道街的拐角那儿，把那个铺子指给她——假装着是她自己买的，这样，她就可以尽力往少里讲价钱。我想你可以帮我这个忙吧？”

特莱得对我说这种办法的时候那份高兴劲儿，还有他觉得这种办法非常巧妙的得意劲儿，都是我一直到现在，还记得顶清楚的。

我对他说，我的老看妈，要是能帮他忙，一定高兴，我们三个得一齐出马。不过可得有一个条件。这个条件是：他得痛下决心，拿定主意，从此以后不再把名义或者任何东西，借给米考伯先生。

“我的亲爱的考坡菲，”特莱得说，“我已经下了决心了，因为我开始觉得，我从前那样，对于苏菲，不但一点没有细心体贴，而且还绝对有欠公道。我既然对我自己把话说出口来了，那本来就再没有什么可以不放心的了；不过我对你，也毫不犹疑担保一切。我头一次，不幸替他承担的义务，已经由我清理了。我认为毫无疑问，要是米考伯先生拿得出钱来，他自己早就清理了；但是他可拿不出钱来。有一件事，我应该说一说，这是我认为米考伯先生叫人喜欢的地方，考坡菲。那于我第二次替他承担的义务有关；那笔债还没到期哪；但是他可并没对我说，那笔款已经有了着落了；他只对我说，那笔款将来会有着落的。我认为，他这样说，就表示出来，他这个人颇为公道，总算诚实！”

我不愿意给我这位老友泼冷水，说他这是太忠厚了，所以就说他这个话不错。我们又谈了一会儿，就到那个杂货铺，去约坡勾提。我请特莱得晚上到我那儿去，他谢绝了；一来因为他非常害怕，惟恐他那两件家具，还没等到他再买回来，就叫别人买去了；二来因为他老是在那天晚上，给他那位世界上最令人疼爱的女孩子写信。

坡勾提去到那家铺子里，讲那两件宝贵家具的价钱；那时候，特莱得就在陶顿南考街拐角儿的地方，探头探脑地窥视：坡勾提给了价儿以后，那个铺子不卖，她就慢慢地朝着我们走来；执行代理人又后悔了，老远招呼她，她又回去了；那时候，特莱得就嘀咕、慌张、手足不宁：那种种光景，是我永远也忘不了的。这一番代办的结果是：坡勾提把那两件东西，花了相当少的钱就买下来了。特莱得就乐得几乎忘其所以。

“我真感激你，”特莱得听到那件东西当天晚上就可以送到他住的地方，对我说。“我要是再求你帮我一回忙，那我想你不会觉得我诛求无厌吧，考坡菲？”

我没等他说完，就抢在他前头说，“当然不会。”

“那么，要是你肯帮忙，”特莱得对坡勾提说，“把花台也替我买回来，那我想，我总得亲自把它带回家去才可心；因为那是苏菲的东西啊，考坡菲！”

坡勾提当然很愿意帮他这个忙，所以就替他买回来了，他对坡勾提表示了不胜感激之意，然后轻怜痛惜地把花台抱在怀里，朝着陶顿南考街走去；我从来没看见过有人脸上像他那样喜欢的。

我们于是转身朝着我住的那一套房间走去。坡勾提看到那些铺子，迷得不得了，那股劲儿，比谁都厉害，我从来没看见别人有过；因此我就悠闲自在地往前溜达着，看到她往铺子的窗户里直眉瞪眼地瞧，觉得很好玩儿；她多会儿站住了脚瞧，我就多会儿站住了脚等。这样，我们

其来也突然

有好大的工夫，才走到了阿戴尔飞。

我们往楼上去的时候，只见克洛浦太太安放的那些绊脚的东西，全都没有了，楼梯上还有新脚印；我把这些情况指给坡勾提看。我们又往上走的时候，我们看到我那个外间的门敞着（本来是关着的），还听到门里有人说话。我们两个都非常诧异。

我们猜不透这是怎么回事，只你看我，我看你；跟着进了起坐间。原来世界上这么些人，在屋里的却不是别人，而是我姨婆和狄克先生；我这一惊真非同小可！我姨婆四围堆着一堆行李；她坐在行李上，面前放着她那两只鸟儿，膝上趴着她那个猫，看着活像一个女鲁滨孙·克鲁叟[①]，正在那儿喝茶。狄克先生就靠在一个大风筝上面；那就是我们时常一块儿在外面放的。他身旁堆的行李更多！

"我的亲爱的姨婆！"我喊道。"哟，这真是想不到的喜事。"

我姨婆和我亲热地互相拥抱；狄克先生和我就亲热地互相握手。克洛浦太太就忙忙碌碌地在那儿沏茶，无可更殷勤地张罗我们；嘴里亲热地说，她很知道，老破费先生见了他亲爱的亲戚，一定要心都跑到嗓子眼儿那儿去了。

"喂！"我姨婆对坡勾提说；只见她在我姨婆严肃的威仪面前，露出畏缩的样子来；"你好哇？"

"你还记得我姨婆吧，坡勾提？"我说。

"看在老天爷的面上，"我姨婆喊道，"快别再用那个南海岛[②]的名字叫那个女人啦吧！她不是结过婚，不再叫那个名字啦吗？这是她能做的事里再好也没有的了。你为什么不用她改了的名字哪？你现在叫什么，坡？"我姨婆说。她叫坡勾提是"坡"，作为把那个惹她厌恶的名字折中一下的办法。

"巴奇斯，小姐，"坡勾提说，同时把身子往下一蹲。

① 鲁滨孙在荒岛上，养一猫及一鹦鹉，以慰岑寂。

② 南海即太平洋，小岛星罗棋布，土著为英美所谓未开化之民族，派传教士以教化之，实即文化侵略。

“好啦，那倒还像个人叫的，”我姨婆说。“这个名字，倒不像你先前叫的那个那样，仿佛得有个传道师教化你一番才好。你好哇，巴奇斯？我想你好吧。”

巴奇斯听到我姨婆这样的温语问候她，同时又看到我姨婆把手伸了出来，就鼓起勇气，走上前去，握住了我姨婆的手，又把身子一蹲，表示敬意。

“我看，咱们两个，比起从前来，都显得老了，”我姨婆说。“咱们从前只见过一次，这是你知道的。咱们见那一次，可真得说闹得漂亮！特洛，我的亲爱的，再给我来一杯。”

我按着晚辈对长辈的礼数，给我姨婆又倒了一杯。我姨婆仍旧是平常那种腰板笔直、毫不松懈的样子坐在那儿；我冒昧地劝了她一下，说她顶好不要坐在箱子上。

“我把沙发给你推过来吧，再不就把安乐椅给你推过来吧，姨婆，”我说。“你为什么不坐在舒服一些的地方上哪？”

“谢谢你，特洛，”我姨婆回答我说。“我喜欢在我的家产上面坐着。”我姨婆说到这儿，狠狠地看了克洛浦太太一眼，对她说，“我们不敢劳动你，不用你再在这儿伺候啦，太太。”

“我走以前，用不用在茶壶里再放点儿茶叶，小姐？”克洛浦太太说。

“不用，谢谢你啦，太太，”我姨婆说。

“要不要我再拿一块黄油来，小姐？”克洛浦太太说。“再不，我们这儿，有刚下的鸡蛋，你来几个好不好？再不，我给你烤一块牛肉，好不好？难道没有我能给你这亲爱的姨婆效劳的地方吗，老破费先生？”

“没有，太太，”我姨婆说。“我这儿什么都很好，我谢谢你啦。”

克洛浦太太一直就不断地面带笑容，表示脾气柔和；一直就不断地把脑袋歪在一边儿，表示身体柔弱；一直就不断地把双手直搓，表示愿意做一切值当做的事；现在她仍旧脸上笑着，脑袋歪着，两手搓着，慢慢地退出屋子去了。

“狄克！”我姨婆说，“我从前对你说过，有些人善于趋时逢迎，见钱眼开；那些话你还记得吧？”

狄克先生——带着未免惊吓的样子，仿佛他把那些话忘了似的——急忙答道，记得。

“克洛浦太太就是这样的人，”我姨婆说。“巴奇斯，劳你的驾，照看一下茶，再给我来一杯；因为我不喜欢叫那个妇人给我倒。”

我很了解我姨婆，所以知道，她心里一定有重大的事情；她这次来的用意，决不是不了解她的人能猜得出来的。我注意到，她以为我一心做别的事的时候，就老把眼光转到我身上。同时，她外面尽管仍旧保持了镇静的态度和笔直的腰板，但是她心里却好像令人很奇怪地在那儿犹豫迟疑。我看到这种情况，心里盘算起来，不知道是否我有什么得罪了她的地方。我的良心，不由跟我偷偷地说，关于朵萝的事，我还没告诉她呢。我直纳闷儿，不知道究竟会不会是那件事？

我知道，她有什么话，总得她自己认为该说的时候她才能说；因此我就靠着她坐下，和鸟儿说话，逗猫玩儿，尽力作出从容的样子来，其实我心里却决不从容；即使没有狄克先生，倚在我姨婆身后的大风筝上，一遇到机会，就偷偷地对我又摇头，又暗中用手指我姨婆，那我这个不从容，也仍旧还是要更加甚的。

“特洛，”我姨婆到底发了言了；那时候，她已经喝完了茶，把衣裳仔仔细细地整理熨帖了，把嘴唇擦干了。“你用不着出去，巴奇斯！——特洛，你已经能坚忍不拔，信得过自己啦吧？”

“我希望我能，姨婆。”

“你别只说‘希望’就算了。你想一想，你能不能，”贝萃小姐问道。

“我想我能，姨婆。”

“那么，你说，我的亲爱的，”我姨婆恳切地瞧着我说，“我为什么今儿晚上要坐在我这份家产上面？”

我摇头，猜不出来为什么。

“因为，”我姨婆说，“我所有的，就是这个了。因为我倾家荡产了，我的亲爱的！”

假设这所房子，连我们所有的人，都一齐倒了，陷在河里，那我吃的惊，也不会更大了。

“狄克知道这种情况，”我姨婆说，同时安安静静地把手放在我的肩头。“我倾家荡产了，我的亲爱的特洛！在这个世界上，我所有的一切，除了那所小房儿，再就都在这个屋子里了；那所小房儿，我叫捷妮在那儿看着出租。巴奇斯，今儿晚上我得给这位先生找一个过夜的地方。为了省钱，也许你在这儿可以凑合着睡一夜。不论怎么都成。只睡今儿一夜。明儿早晨咱们再细细地谈。”

她有一会儿的工夫，抱住了我的脖子，哭着说，她只为我难过。我本来正在那儿自己惊讶，正在那儿为她关切——我敢保，我是为她关切——她这样一来，我才如梦初醒；那一会儿过了，她把悲哀止住，用一种并非沮丧而却得意的样子说：

“咱们遇到逆境，应该勇敢地接受；不要让逆境把咱们吓倒了，我的亲爱的。咱们应该学着把这一出戏唱完了。咱们得活到转败为胜，转逆为顺的时候，特洛！”

第三十五章
抑郁沮丧

我姨婆把她那个不幸的消息告诉了我的时候，我突然一听，不胜惊讶，完全失去了镇定。但是那一阵儿刚一过去了，我刚一恢复了镇定，我就对狄克先生提议，说叫他到那个杂货铺，把前些日子坡勾提先生空下来的那张床先占用一下。那个杂货铺，坐落在汉格夫市场[①]，而汉格夫市场那时候跟后来完全不同，那时候，它的门前还有一溜低矮的柱廊（和旧式的晴雨表里那个小小的男人和小小的女人住的那种房子的前

①汉格夫市场，于1863年建为查令十字架车站。

脸，很有些相似）[①]。这种情况，是狄克先生不胜欣赏的。我敢说，他能住在这样一个寓所里，觉得光荣至极，尽管有许多不方便的地方，也都不放在心上了。不过，除了我前面已经说过的那种混合气味和屋子窄狭得连转身的地方都没有而外，实际上不方便的地方并不多；所以狄克先生觉得他这个寓所，十分令人着迷。克洛浦太太曾愤怒地对他表示过，说那儿连甩猫玩儿的地方都没有[②]；但是，狄克先生坐在床的下手，摸着腿，理直气壮地对我说，“我不要甩猫玩儿，我也从来没用猫玩儿过，特洛，这是你知道的。因此，有没有甩猫玩儿的地方，对于我又有什么关系？”

我想要从狄克先生那儿了解了解我姨婆到底为什么会忽然一下就家破财尽，但是他却一点也不知道。这本是我早就应该料到的。他对于这件事，惟一能说得出来的话就是：他只知道，前天我姨婆对他说，“现在，狄克，你是不是真正是我认为的那样头脑冷静，通达事理？”他就说啦，是，他希望是。于是我姨婆说，“狄克，我倾家荡产了。”于是他说，“哦，真个的！”于是我姨婆大大地夸了他一番，他听了觉得非常高兴。于是他们就往我这儿来了；在路上还喝热黑啤酒、吃三明治来着。他对于这件事所能说的几句话，就尽于此。

狄克先生告诉我这些话的时候，身子坐在床的下手，手摸着腿，眼睛睁得大大的，脸上带出有所惊异之色而微笑着，态度太安闲自在了，竟惹得我烦躁起来，因而对他说，倾家荡产等于得受苦受穷、忍饥挨饿；但是，我说完了，又痛悔自己不该这样心狠；因为我看到，他听我这样一说，脸也白了，头也搭拉了，泪也从脸上流下来了；同时，带着一种叫人说不出来的凄惨神情，直眉瞪眼地瞧我：那种光景，连叫一个比我更心狠的人瞧着，都要心软。我想尽方法，要叫他再高兴起来，费的劲儿比我刚才使他难过起来，可就大得多了。我一会儿就明白了（其

---

① 狄更斯的《鲍斯随笔》里《冷淡的两口子》中说，“有一个旧式的晴雨表，作房形，有二门，一门前立一绅士，一门前立一女士。天晴，则女士出而绅士入；天雨，则绅士出而女士入。”

② 英文成语，极窄狭之意。

实我应该早就明白才是），他所以那样放得下心，只是因为：他对于这个妇女中顶通达事理、顶了不起的人，衷心地信服；对于我的才能智力，无限地信赖。我相信，他认为，我的才能智力，对于任何灾难，只要不是绝对的致命伤，都可以应付裕如。

“咱们该怎么办哪，特洛乌？”狄克先生问道。“那个呈文该怎么——”

“不错，那个呈文是得想法办理一下。不过现在所有咱们能够做的，狄克先生，就是装出高兴的样子来，别叫我姨婆觉到咱们把这件事放在心上。”

他用顶诚恳的态度答应了我，说要照着我的话办；同时求我，说我只要看到他稍微一有迷失正途的危险，就要用我永远掌握的高妙方法，使他回转。不过，我吓他那一下太厉害了，因此他尽了最大的努力，想要掩饰他的真正心情都办不到，这是我引以为憾的。那天一整晚上，他的眼光，老含着顶忧郁的为我姨婆担心的表情，不住地往我姨婆脸上瞅，好像他看到我姨婆就在他眼前立刻消瘦下去了似的。他这种情况，他自己也有所感觉；因此他就把他的脑袋挺住了，不叫它动；但是，他的脑袋虽然不动，而他坐在那儿，却把眼珠直转，像一件机器那样，那一点也没能使事态好转。在吃晚饭的时候，我看他瞅面包那种神气（那个面包碰巧是个小的），真好像饥饿已经来到我们头上那样；我姨婆非要叫他按照平素那样用饭不可的时候，他还把干酪和面包的碎块儿，往口袋里装，正装着的时候，叫我看见了。我觉得，毫无疑问，他那是要把面包存起来，防备我们到了山穷水尽的时候，免得饿死。

相反地，我姨婆就心神泰然，这真值得我们学习，我敢保，特别值得我自己学习。她对坡勾提温语蔼然，异乎寻常，只有我仍然无意中叫起她的本名来，才惹得她不高兴。她在伦敦，虽然觉得人地两生，像我所了解的那样，但是却好像安之若素。她要在我的床上睡，我就要在起坐间里睡，作她的守卫。她认为，我们的寓所，紧临着大河，是一种很大的好处，因为一旦失火，水非常易得。我认为，她对于这种情况，真正觉得满意。

“特洛，我的亲爱的，”她看见我给她掺兑她平素每晚必喝的饮料，对我说，“不用掺兑啦。”

“什么都不喝啦吗，姨婆？”

“不喝葡萄酒啦，我的亲爱的。用麦酒掺兑好啦。”

“不过这儿有现成的葡萄酒啊，姨婆。你不是老用葡萄酒掺兑吗？”

“把葡萄酒留着，防备一旦有灾有病什么的，”我姨婆说。“咱们得往省里用，特洛。我就喝麦酒好啦。半品脱就够啦。”

我觉得，狄克先生看样子简直地是就要晕过去，一下不省人事。但是我姨婆却坚决地非那样办不可；于是我就自己出去，亲自把麦酒给她买回家来。那时天已经很晚了，坡勾提和狄克先生，就乘机一块儿往那个杂货店去。我和狄克先生——可怜的人——在拐角的地方分的手；他，身上还背着他那个大风筝，毫无疑问，是人间苦恼的碑石。

我回来的时候，我姨婆正在屋子里来回地走，把她那顶睡帽的边儿，都用手指头搓皱了。我按照平素那种准保不会错的办法，把麦酒烫了，把面包烤了。我把一切都为她准备好了，她对一切也都准备好了。只见她头上戴着睡帽，袍子的下摆撩到膝盖那儿。

“我的亲爱的，”我姨婆把掺兑的酒喝了一匙，说，“这个比葡萄酒好多了，不像葡萄酒那样容易叫人闹肝病。”

我想，我听了她这个话，一定露出疑惑不信的样子来，因为她添了一句说：

“快别这样，孩子，快别这样。要是咱们能老有麦酒喝，那咱们就得说是处境不坏了。”

“我自己本来要那样想的，姨婆，我敢保，”我说。

“那么，你为什么可不就那样想哪？”我姨婆说。

“因为你和我，是绝不一样的人哪，”我回答她说。

“瞎说乱道，特洛！”我姨婆回答我说。

我姨婆安安静静、自得其乐的样子，继续吃喝；这种态度里，如果有矫揉造作的话，也不大能看得出来。她用茶匙把热麦酒舀着喝，把烤面包条儿在酒里面泡着吃。

“特洛，”她说。“我一般地说来，是不喜欢见生人的；不过，你知道吧，我见了你那个巴奇斯，可有些喜欢。”

“我听到你这样说，比得到一百镑钱都高兴！”我说。“世界上真是无奇不有，”我姨婆摸着鼻子说；“那个女人怎么会带着那么个名字来到世界上，真叫我不解。我总觉得，一个人，一下生就叫捷克孙什么的，或者像捷克孙一类的名字，更省些周折。”

“她自己也许跟你一样地想法。那不能怨她。”我说。

“我也认为，也许不能怨她，”我姨婆承认我那句话，未免有些勉强之意，所以才这样回答我。“不过那个名字，可真叫人不喜欢。好在这阵儿她叫巴奇斯了。那还叫人听着舒服些。巴奇斯可真是非常地疼你啊，特洛。”

“她因为疼我，就无论什么没有不肯做的，”我说。

“我也相信，没有不肯做的，”我姨婆说。“刚才那个可怜的傻家伙就又请我，又求我，说叫我允许她把她的钱拿出些来给我们——因为她的钱太多了。这个傻家伙！”

我姨婆的确乐得泪都流到她的热酒里去了。

“她是活人里面顶叫人可笑的家伙，”我姨婆说。“我头一次见你那个娃娃一般的妈妈的时候，我就看了出来，她是所有的人里面，顶叫人可笑的家伙。不过这个巴奇斯可有许多好处！”

她假装着大笑，乘机把手往眼上擦。擦完了，又一面吃喝，一面说笑起来。

“啊！哎呀，老天！”我姨婆叹息道。“我全都知道啦，特洛！你和狄克一块儿出去了的时候，我和巴奇斯很扯了一回。我全都知道啦。我自己，就不知道这些可怜的女孩子都想往哪儿撞。我真纳闷儿，不知道她们为什么没把自己的脑浆子，在——在壁炉搁板上磕出来，”我姨婆说。她这种想法，大概是由于琢磨我自己的情况而引起的。

“可怜的爱弥丽！”我说。

“哦，别跟我说什么可怜不可怜这种话，”我姨婆回答我说。“她还没惹这么多的苦恼以前，早就应该想一想那一层才是！你吻我一下，特洛。你幼年那种经历，我真觉得难过。”

我弯身向前，想要吻她的时候，她把酒杯顶在我的膝上，叫我先停一下，然后才接着说：

“哦，特洛，特洛！那么你觉得你自己这是恋爱了吧！是不是？”

“觉得呀，姨婆！”我喊道，脸能怎么红就怎么红。“她如花似朵，我一心想和她缔结丝罗呀！”

“那样的话，她果真不愧叫‘朵萝’了！”①我姨婆说。“我想，你的意思是说，那个小东西儿很叫人着迷，是不是？”

“我的亲爱的姨婆，”我说，“她是怎么样的一个人，不论谁，都连一丁点儿也想不出来！”

“啊！还不傻吧？”我姨婆说。

“傻，姨婆！”

我郑重地相信，关于朵萝傻不傻这个问题，在我的脑子里，从来没想到应当考虑，连一刹那的工夫都没想到。我当然厌恶这种想法，但是这种想法却给了我深刻的印象，因为那完全是我以前没想得到的。

“稳重不稳重？”我姨婆说。

“稳重不稳重，姨婆？”我重复这种大胆揣测的时候，心里不由得和重复前面那个问题的时候，起了同样的感觉。

“好啦，好啦！”我姨婆说。“我这只是问一问就是了。我并没有褒贬她的意思。可怜的一对小东西儿！那么，你这是认为，你们两个是天造地设的一对儿，要像两块好看的糕点，摆在晚餐席上那样过一辈子了，是不是，特洛？”

她问这句话的时候，态度非常和蔼，语气非常温柔，一半出于玩笑，一半出于怜悯，因此我觉得非常感动。

“我们又年轻，又没有经验，姨婆，这是我知道的，”我回答她

① 大卫说：“I adore her”（我崇拜她）。“adore her”在口语中，读［ə'ɗɔː rə］，后部与 Dora 音同［'ɗɔː rə］。故大卫的姨婆接着说，“果真不愧叫‘朵萝’。”译文为保持双关起见，前句有改动。

说。“我知道，我们说的，我们想的，一定有好多地方，都难免有些糊涂。但是，我可敢保，我们都真心真意地你疼我爱。要是我认为，朵萝有另爱别人或者不爱我那一天，或者我有另爱别人或者不爱朵萝那一天，那我不知道我都要成什么样子——我想，也许要神志失常吧！”

“啊，特洛！”我姨婆说，同时一面摇头，一面满腹心事地微笑着，“瞎眼哪，瞎眼哪，瞎眼哪！”

“我知道这么一个人，特洛，”我姨婆停了一会儿接着说，“脾气虽然随和，疼起人来可真实心实意。我看到他，就想起那个可怜的娃娃来。这个人就是需要实心实意，深厚沉着、直截了当、不杂他念的实心实意，特洛，才能有倚靠，有进益。”

“你要是能知道朵萝有多么实心实意，姨婆，那就好了！”我喊道。

“哦，特洛！”她又说，“瞎眼哪，瞎眼哪！”那时候，我不知道为什么，模模糊糊地觉得，我仿佛应该有一种东西，像云彩一样，遮盖着我[1]，而那种东西，却不幸是我缺少的或者丢失了的。

“不过，”我姨婆说，“我并非要让两个年轻人扫兴，弄得他们不快活；因此，虽然这种恋爱，只不过还是两小无猜的孩子闹的把戏——这种恋爱，往往归于泡影——你可要听明白了，我并没说‘总是’，我只说‘往往’归于泡影；虽然这样，我们可仍旧要郑重其事地对待这番恋爱，希望它进行顺利，将来总有一天，结局圆满。要有结局，总得耐心等待，不能急躁！”

这一番话，总的说来，叫一个乐得忘其所以的情人听来，并不十分受用。但是我能把我的心事都对我姨婆说了，还是很高兴。同时我又关心她，恐怕她已经很累了，所以我就把她这番疼我的意思，以及她一切爱护我的情意，都对她热烈地表示了感激，又对她温柔地道了夜安；于

---

① 《新约·马太福音》第17章第5节说到耶稣与其门徒说话之间，有一朵光明的云彩遮盖他们。且有声音从云彩里发出来，说，这是我的爱子……你们要听他。大卫这儿是说缺少人指导的意思。

是她就戴着睡帽，往我的寝室里去了。

我躺下的时候，心里那种难过，就没法提了！我琢磨了又琢磨，我在斯潘娄先生眼里一定只是穷小子一个；我现在已经不是我刚跟朵萝求婚那时候我以为的样子；我为了要对得起她，应该把我现在的生活境况对她和盘托出，如果她认为有必要，和她解除婚约，免得她跟着我受累；我在学徒的漫长期间，一个钱还不能挣，应该想法子谋生；我应该想法帮助我姨婆，却又想不出任何帮助她的办法来；我得囊中莫名一文，去到外面；得穿褴褛的褂子；不能再买礼物送朵萝，不能再骑神骏的灰马；也不能以叫人喜欢的样子在人前出现。我虽然也知道，我容许自己净想自己的苦恼，是腌臜龌龊的，是自私自利的，并且因为知道那是腌臜龌龊、自私自利的，而心里更难过；但是，我却又一心都在朵萝身上，不由得不那样想。我知道，我不多为我姨婆着想，而少为我自己着想，那就是我这个人卑鄙。但是，顶到那时候，我的自私自利，就是不能和朵萝分开；叫我为了任何活人，把朵萝置之一旁，就是办不到。那天夜里，我的苦恼真没法说得出来！

至于睡眠，我好像并没入睡而就做起梦来，梦见的全是各式各样的贫穷光景。在梦中，一会儿我就衣服褴褛，硬要卖火柴给朵萝，六捆火柴卖半便士；另一会儿，我就穿着睡衣和靴子上事务所，斯潘娄先生就劝我，说不要我穿那样轻飘飘的衣服去见顾客；又另一会儿，我就饥饿难忍地拾提费天天吃的饼干掉的渣儿，他这个饼干，经常在圣保罗大教堂的钟打一点的时候吃；又另一会儿，我就为和朵萝结婚，死气白赖地要领结婚证书，而却领不到手，因为我没有别的东西交证书费，只有希坡的手套，而所有博士公堂的人，全都不收那种东西；但是在所有这种种梦境里，我都仍旧或多或少地意识到：我在我自己的屋子里，我都永远在床上辗转反侧，好像一条遇难的船，在单子和毯子的大海里颠簸翻腾一样。

我姨婆也没安安稳稳地入睡，因为我时常听见她在屋里来回地走。只在那一夜的工夫里，她就有两三次，穿着挺长的法兰绒睡衣，因而显得有七英尺高，活像个不得安静的鬼魂，进了我的屋子，走到我躺的沙发前面。她头一次这样进来的时候，把我吓了一跳，连忙问她怎么回事；跟着才从她嘴里知道，原来是她看到天上有一处特别亮，便认为一定是西寺着了火了，所以来问我，如果风向变了，火是不是有延烧到白金厄姆街的可能。我听她这样一说，便静静地躺着没动；她就靠着我坐了下来，对自己打着喳喳儿说，“可怜的孩子！”她这样一来，更使我添了二十倍的难过；因为她净顾我而不顾自己，而我却净顾自己而不顾她。

那一夜，对我那样长，却会对任何别人短，那是很难令人相信的。这种情况，让我想了又想；我于是好像在想象中，看见有些人一个劲儿地跳舞，好把时光混过；想到后来，连这种想的光景，也成了一个梦了；我就听到音乐不断地奏着同样的调子，看到朵萝不断地跳着同样的舞式，却一点也不理我。弹竖琴的那个人，一整夜里，老想用一个平常大小的睡帽，把竖琴盖起来，却老办不到：这样一直闹到我醒了的时候。或者我应该说，一直闹到我不再想入睡，而到底看见太阳从窗户射进来了的时候。

那个年月里，在河滨街分出去的一条街的下手那儿，有一个古代的罗马浴池①——这个浴池也许现在还在那儿——我曾在那个浴池里洗过多次冷水浴。我那天悄悄地把衣服穿好了，叫坡勾提伺候着我姨婆，就跑到那个浴池那儿，一头扎到水里；洗完了，又往汉姆斯太②去散了一回步。我那时希望，我这样活泼起劲地运动一番，可以使我的脑子稍稍清楚一些。我现在想来，那番运动，果然于我有些好处，因为我当时没过多久，就得出一个结论来，认为我得采取的第一步，就是去试一下，学徒契约能否取消，预付金能否收回。我在原野那儿吃了点早饭，步行回到博士公堂，顺着洒过水的大路，闻着夏日花木的清香（这都是在园子里长的，由卖花的人用头顶着送到城里的），一心琢磨，要尽力对我们这种改变了的情况作第一步的努力。

---

① 此为罗马人占领不列颠时留下的遗迹。
② 在伦敦圣保罗大教堂西北 4 英里余，为著名供游玩的郊野。

但是，闹了半天，我到博士公堂，时间太早了，因此在公堂里里外外，直溜达了有半个钟头，才看见提费拿着钥匙来了，他老是头一个上班儿的。于是我在那个阴暗的角落里坐下去，眼里瞧着对面烟囱上的太阳光，心里想着朵萝，一直到斯潘娄先生，头发鬈曲着，进了事务所。

“你好哇，考坡菲？”他说，“今儿的天气真好！”

“真是天朗气清，先生，”我说。“你出庭以前，我跟你说句话，可以不可以？”

“完全可以，”他说；“到我屋里来好啦。”

我跟着他到了他屋里，他就动手穿袍子，照着小镜子整理仪容；镜子挂在一个小套间的门里面。

“我很难过，”我说，“从我姨婆那方面，听到一个未免令人懊丧的消息。”

“真的吗！”他说。“哎呀！我希望，不是半身不遂吧？”

“这个消息和她的健康没有关系，先生，”我回答他说。“她遭到一些重大的损失。我说实话吧，她的财产，差不多什么都没剩下了。”

“你这一番话，可真吓人，考坡菲！”斯潘娄先生说。

我摇了摇头。“先生，”我说，“她的境遇跟从前完全不一样了，所以我想问一问，是否可能——我们这一方面，当然要牺牲一部分预付金，”这句话是我随机应变，临时添的，因为我看到他脸上一片淡漠冷落之色，便预知事有不妙，——“把学徒的合同取消了？”

我对斯潘娄先生作这样的提议，于我是多大的牺牲，没有人知道。那就等于求他施恩，把我充军发配，永远再见不到朵萝一样。

“取消合同，考坡菲？取消？”

我用相当坚定的态度，对他解释，说我要是不能自食其力，那我真不知道我的衣食将要从何而来。我说，我对于我的前途，并没有什么忧虑的——我对于这一点，特别强调，好像要示意给他，说将来不定哪一天，我仍旧决无疑问，还是有资格作他的女婿——但是，就眼前而论，我可非自己想办法不可。

“考坡菲，我听到你这个话，非常地难过，”斯潘娄先生说，“非常地难过。按照一般的情况说来，不能因为你说的那种理由就把合同取消了。那不合乎办事的手续。也不能随随便便地就开这种例子，那不合适。绝不合适。话又说回来了——”

“你太好了，先生，”我嘟囔着说，还以为他要让步呢。

“不是这个话。你先别这样急，”斯潘娄先生说。“我刚才正要说的是：话又说回来了，如果我自己作得主，没人束缚我的手脚，如果我没有伙友——没有昭钦先生——”

我的希望，一下成了泡影了；但是我并没完全灰心，所以又作了一番挣扎。

“先生，”我说，“我要是把这个话对昭钦先生说一下，那你认为——”

斯潘娄先生摇了摇头，意思是说，你即便对他说了，也决没有用处。“我只愿我这个人，考坡菲，不论谁都别冤枉了，尤其是别冤枉了昭钦先生。但是我可了解我这位伙友，考坡菲。昭钦先生那个人，对于像你这种很特殊的提议，决不会是有求必应。要叫昭钦先生不遵守成规惯例办事是很难的。你是了解他那个人的！”

我敢说，我对于他，完全不了解，除了以下的事实，那就是，这个事务所，本来是他一个人开的；现在他独身一人，住在蒙塔勾[①]广场附近的一所房子里；那所房子，门窗剥落，早该上油漆了；他每天来得很晚，而走得可很早；好像不论什么事，都没人和他商议；他在楼上，有一个又小又暗的小脏窝窝儿，那儿从来没办过公事；那儿他的桌子上，摆着一个弹壳纸做的写字板，据说有二十年之久了，又黄又老，却一点墨水渍污的痕迹都没有。

“我跟他提一提，你反对不反对，先生？”我问道。

“绝不反对，”斯潘娄先生说。“不过，考坡菲，我跟昭钦先生可共事多年了，对他有些了解。我倒愿意昭钦先生不是我了解的那种人；那样的话，我不论哪一方面，就都可以跟你的意见没有抵触了；那是我

---

①在牛津街附近。

很高兴的。不过，如果你认为值得把这件事对昭钦先生提一提，那我丝毫没有反对的意思，考坡菲。”

斯潘娄先生允许了我，还热烈地跟我握了握手。我就利用他这种允许，坐在那儿，心里琢磨着朵萝，眼里看着对面房上的太阳光从烟囱上往下移到墙上，等昭钦先生来上班儿。他来了以后，我进了他的屋子；显而易见，我这一进去，把他吓了一大跳。

“请进，考坡菲先生，”昭钦先生说。“请进！”

我进去坐下，把我的情况对昭钦先生大体像对斯潘娄先生那样，又说了一遍。昭钦先生绝不是人们意想中那样严肃可怕，而是一个身材高大、脾气柔和、面净无须的老人，有六十岁。他吸鼻烟吸得多极了。博士公堂里有一种传说，都说他主要靠吸那种刺激物生活，因为在他的身体里，没有多少容纳别种食物的余地。

“你已经把这个话对斯潘娄先生说过了吧，我想？”昭钦先生心神非常不安的样子，听完了我的话，说。

我回答他说，不错，同时告诉他，说斯潘娄先生叫我对他讲一讲。

“他说我要不同意来着吗？”昭钦先生问。

我没法子，只得承认，说斯潘娄先生认为他很可能不同意。

“很对不起，考坡菲先生，我得说，我不能帮助你达到这种目的，”昭钦先生沉不住气的样子说。“实在的情况是——不过，请你原谅，我跟银行约好了，要去一趟。”

他一面这样说，一面急忙站起来，要往外走；那时候，我斗胆说，那么，我恐怕，这件事没法可想了。

“不错，没法可想！”昭钦站在门口，摇着头说。“哦，没法可想。我不同意，这你是知道的。”他很快地说了这句话，就出去了。“你要明白，考坡菲先生，”他又沉不住气的样子从门外探进头来，添了一句说，“要是斯潘娄先生不同意——”

“他个人并没不同意，先生，”我说。

“哦，他个人！”昭钦先生露出不耐烦的样子来说。“我对你说吧，毫无疑问，有不同意的，考坡菲先生。丝毫没有法子可想。你想要做的，决做不到。我——我真跟银行约好了。”他说完了这个话，简直就拔步飞跑起来；据我千真万确的了解，一直三天，没敢在博士公堂里再露面。

我很焦灼地，想要不遗余力，所以就等斯潘娄先生回来了以后，把经过的情况，对他一一陈叙了；同时对他表示，如果他肯帮忙，那么，使那个心如铁石的昭钦回心转意，我觉得并非毫无希望。

“考坡菲，”斯潘娄先生笑容可掬地说，“你不像我这样跟我的伙友昭钦先生认识了这么些年。我绝不会想把任何虚伪不实、矫揉造作的罪名，不论程度大小，强加到昭钦先生身上。不过昭钦先生表示反对的时候，有一种情况，往往叫人看着好像并不反对似的。不成，考坡菲！”他说，一面摇头。“你相信我好啦，想要把昭钦先生的心说活了，是绝对办不到的！”

斯潘娄先生和昭钦先生，他们这两个伙友，到底是谁真正反对，实在叫我大惑不解；不过我可以相当清楚地看得出来，在这个合伙经营的事务所里，有人顽强地反对，却毫无疑问，而要叫我姨婆那一千镑钱物归原主，就不用再想了。我在心情抑郁之下，离开了事务所，往寓所里走去；我现在想起那种抑郁来，还觉得满怀内疚；因为我知道，那种抑郁，仍旧是因为想到我自身而起的，虽然同时也总是关系到朵萝。

我尽力在我的思想上，把顶恶劣的情况视为家常，在心里计划，我们将来得怎样按照最严厉的要求处理一切。我正专心一意这样琢磨的时候，忽然有一辆雇脚的马车，从我身后走来，紧在我脚跟前停住，使我抬头一看。只见从马车的窗户里，一只白嫩的手朝着我伸出，一张脸望着我微笑；我头一次看见那张脸，是它在那个扶手很宽的老橡木楼梯上回转过来的时候，是我把它那种安详温柔的美丽和教堂窗户上的彩色玻璃画联系起来的时候；自从那时候以后，我只要看见那张脸，我就没有不觉到幽静和幸福的气氛在我面前出现的时候。

“爱格妮！”我很高兴地叫道。“哦，我的亲爱的爱格妮，世界上这么些人，却偏偏会遇到你，真太叫人高兴了！”

“是吗？真的吗？”她用亲热的口气对我说。

“我本来非常地想要跟你谈谈！”我说。“只要我见了你的面儿，我心里就轻松了不知道多少！要是我戴着魔术师的帽子，那我什么人都不想见，只想见你[①]。”

“你说什么？”爱格妮说。

“呃！也许想先见一见朵萝吧，”我红着脸承认说。

“当然，我也希望，你第一个要见的是朵萝，”爱格妮笑着说。

“但是第二个要见的可就是你了！”我说。“你要往哪儿去？”

她要到我的寓所里去看我姨婆。那天的天气非常地好，所以她很高兴地下了车，我在这个时间，都把头伸在车里；只觉那辆车闻着就和一个马棚盖在黄瓜暖架底下一样[②]。我把车夫打发开了；她挽着我的胳膊，我们一同往前走去。她在我眼里，就是希望的化身。现在的我，因为有爱格妮在我身旁，和一分钟以前的我，有多不一样啊！

我姨婆曾给爱格妮写了一封古怪的短信——比一张钞票大不了多少——她从事笔札的本领，平常就显露到这样分寸为止。她在那封信里，说她遭到逆境，要永远离开多佛；不过她决定咬牙忍受，因而情况很好；所以不论谁，都不必为她担心。爱格妮特为到伦敦来看我姨婆，因为她和我姨婆，这些年以来，一直地就意气相投。实在说来，这番友谊，就是从我在维克菲先生家里寄寓的时候开始的。爱格妮说她这次到伦敦，并非就她一个人；她父亲也跟她一块儿来了，——还有乌利亚·希坡。

“他们现在合伙办事务所了，是不是？那个该死的家伙！”

“不错，”爱格妮说。“他们到这儿来，有点业务上的工作；我也趁着他们来的机会，跟他们一块儿来了。你不要认为我来这一趟，完全是为了看朋友，完全是没有私心在里面；因为，我不愿意叫我爸爸一个人同乌利亚上这儿来；不过这也许是我以小人之心来测度他。”

---

① 有了魔术师的帽子，就可以看到任何愿意看到的人。

② 英国天气寒湿，黄瓜非得在玻璃做的罩儿下，才能生长。这种罩儿里面，只能进太阳光，而却不能通风，所以空气窒息，气味很坏。

“乌利亚现在仍旧跟以前那样，什么都叫维克菲先生听他的吗，爱格妮？”

爱格妮摇晃脑袋。“我们那个家，现在大大地改了样儿了，”她说。“你要是再到了那儿，也许不认得那个亲爱的老地方了。他们现在就住在我们家里。”

“他们？”我说。

“希坡先生跟他妈呀。希坡先生就在你从前住过的那个屋子里睡，”爱格妮说，同时抬起头来，往我脸上瞧。

“我恨不得我能叫他做什么梦就做什么梦，”我说。“他不会在那儿睡长了的。”

“我从前那个小屋子，我还占着，”爱格妮说，“那就是我从前学习的地方。光阴过得真快！你还记得吧，那个有小板门儿、通着客厅的小屋子？”

“记得，爱格妮？我头一次看见你的时候，你从那个门儿里面出来，腰上带着一个奇怪的小篮子，里面放着钥匙，那种光景，我还会有忘记的日子吗？”

“现在也跟那时候一样，”爱格妮微笑着说。“你想到那个时候那种光景，会觉得这样愉快，我看了很高兴。那时候咱们真快活，是不是？”

“一点也不错，真快活，”我说。

“那个屋子还是我自己占着；不过，你要知道，我不能把希坡老太太老一个人撂在那儿。因此，”爱格妮安安静静地说，“我得和她作伴儿，其实我倒愿意自己一个人待着。不过除了这一点而外，我没有别的可以抱怨她的。她有的时候，净夸她这个儿子，叫人听了真烦得慌。不过一个当妈的夸儿子，本是很自然的事。他那个儿子对他妈可真不错。”

爱格妮说这段话的时候，我往她脸上瞧，但是却瞧不出来她有什么意识到乌利亚暗中对她打主意的形迹。她那双柔和而诚恳的眼睛，带着美丽而无猜忌的样子，和我的眼睛一对；但是在她那幽娴贞静的脸上，却看不出来有任何与前不同的表情。

"他们在我们家里，最大的坏处只是，"爱格妮说，"我不能像我愿意的那样跟我爸爸在一块儿了——乌利亚·希坡几乎老在我们中间横插进来——我不能像我想要的那样，一时不离地看着他；——如果'看着'这种字眼儿，不算用得太过的话。不过，如果有人想要欺骗他、出卖他，那我希望，单纯的疼爱和忠诚，最后能战胜一切。我并且希望，世界之上，真正的疼爱和忠诚，最后能战胜一切邪恶和灾难。"

一种明媚的微笑，我从前在任何别人脸上都没看见过的，一下消逝了，即便在我琢磨这种微笑如何使人舒畅，当年如何对我熟悉的时候，就一下消逝了，跟着她脸上的神情很快地改变了；她带着改变了的神情问我(这时我们快要走到我住的那条街了)，我姨婆这次的逆境，是怎么遭到的，我知道不知道。我回答她说，我不知道，因为我姨婆还没对我说；那时候，爱格妮默默无言，如有所思；我还模模糊糊地觉得，好像她挽着我的那只手，都哆嗦起来。

我们到了寓所，只见就我姨婆一个人在那儿，样子有些兴奋。原来她跟克洛浦太太关于一个抽象问题，关于那一套房间是否应住女性，曾闹了回意见。我姨婆是完全不在乎克洛浦太太那方面会抽风不会抽风的；所以她就对那位太太说，她闻到那位太太身上有我的白兰地的气味；她还劳克洛浦太太的驾，请她出去。这样一来，把争吵中途打断了。这两句话，克洛浦太太都认为打得官司告得状，并且表示过，说她打算麻烦不列颠的"主食"[①]一番——据揣测，她嘴里这个"主食"，是指着英国国民自由的"柱石"说的。

不过，坡勾提带着狄克先生到近卫骑兵署前面，看马兵[②]去了，我姨婆已经有工夫冷静下来；同时，她见了爱格妮，又非常高兴：因此，她对于这回冲突，并不认为扫兴，而反倒觉得得意；所以接待我们的时

---

①克洛浦太太把"陪审"(jury)说成了朱蒂(Judy)。译文改动，以求双关。

②伦敦白厅街西边旧海军部南，为近卫骑兵署及营房，其建筑甚平平，但其门前站岗之骑兵身材高大，每日上午11时前出勤时及下午4时撤岗时，举行仪式，皆颇可观。

候，那种和蔼亲热，还是不减平素。爱格妮把她的帽子放在桌子上，在我姨婆身旁坐下，那时候，我看到她眼里的温柔，她脸上的喜悦，就不由觉得，有她在那儿，好像那样自然；她虽然很年轻，很缺乏经验，我姨婆却那样对她推心置腹，无话不说；实在说起来，她那样富于单纯的疼爱和忠诚！

我们谈起我姨婆的损失来，我就把我那天早晨努力想要做的，都告诉了她们。

“特洛，”我姨婆说，“你这番举动，用意固然很好，可不能说明智。你是一个心地宽宏的孩子——我想这会儿我应该说青年啦吧——我有这样一个侄孙，觉得很得意，我的亲爱的。顶到这儿，一切都好。现在，特洛和爱格妮，咱们得把贝萃·特洛乌这番公案提到当面，看一看到底是怎么回事。”

我注意到，爱格妮聚精会神地看着我姨婆，脸都白了。我姨婆就一面用手拍着她的猫，一直也聚精会神地看着爱格妮。

“贝萃·特洛乌，”我姨婆说（我姨婆对于钱财的事，从来不对人说），“我这儿说的，不是你姐姐，特洛，我的亲爱的；我这儿说的是我自己——贝萃·特洛乌有点儿财产。究竟有多少，没有关系，反正够她过的。比够她过的还多；因为她还省下了一点儿，所以她的财产，只有增，没有减。贝萃有一个时期，把钱都买了公债；以后，给她管事的人，劝她把钱买用地产作抵押的债券，她照着办了。这种办法很好，很有出息。以后人家把债还清了，贝萃也赋起闲来了。我这儿谈贝萃的时候，是把她当作一条战船的[①]。好啦！那时候，贝萃得找别的出路，另行投资。她那时候，觉得她比给她管事的人还精明；因为贝萃那时候认为，给她管事的那个人——我这说的是你父亲——不像他从前那样精明了；所以贝萃就想起来，要自作主张，把钱处理。因此她就把她的

---

① 指战船上的船员而言。狄更斯的《荒凉山庄》第 37 章里说：“我……经常被人把工资付清，赋闲起来，像船上的船员那样。”

猪，”我姨婆说，“弄到国外市场上去了[1]。这个市场，弄来弄去，原来很糟。一起始，她在矿上投资，赔了；以后又在打捞沉船上投资，那也就是打捞宝物或者干汤姆·狄得勒那一类胡闹的把戏[2]，”我姨婆解释了一下说，同时把鼻子一摸；“又赔了；以后又因为开矿赔了；最后，她想把事态完全矫正过来，结果又在银行里投资，又赔了。有那么一阵儿，我并不知道银行股票到底值多少钱，”我姨婆说，“我相信，至少也是一本一利吧。但是那个银行可在世界的那一头儿上，我只知道，它一下垮了，归于太空了。不管怎么说吧，反正这个银行玩儿完了，永远也不会、永远也不能，归还你六便士；而贝萃的六便士哪，可全在那儿；这就是那些六便士的下场。这也不必再多说了，因为‘言多有失’！”

我姨婆把她那番大道理说完了，就带着一种得意的样子，把眼光盯在爱格妮身上，爱格妮脸上就慢慢地恢复原来的颜色。

“亲爱的特洛乌小姐，这就是事情全部的首尾吗？”爱格妮说。

“我希望，这就很够了，孩子，”我姨婆说。“假设还有钱可赔，那我敢说，那不会是全部的首尾的；那样的话，我觉得没有什么疑问，贝萃一定要想尽方法，把那些钱跟以前的一样，也赔光了，给这个故事再添出一章来。但是，她可再没有钱可赔了，因此，也再没有故事可说了。”

爱格妮听这段话的时候，一开始是屏声敛气的。现在她脸上的颜色，虽然仍旧红一阵，白一阵，但是她喘的气却比较松通了。我认为我明白她所以这样的缘故。我认为她有些害怕她那个不幸的父亲，对于发生的事，有应该受责备的地方。我姨婆把她的手握在自己手里，大笑起来。

“这就是故事的全部吗？”我姨婆把前面的话重了一遍说。“呃，

---

① 英文谚语。

② 汤姆·狄得勒本为“汤姆·狄得勒的地方”，儿童游戏名。汤姆守其地，其他儿童设法侵入之，高唱“我们到了汤姆·狄得勒的地方，捡到了金子和银子”，故后引申为一切可以“弄到钱”的地方。

不错，是故事的全部，不过还有一句：‘她以后一直很幸福地过下去。’也许将来有一天，我得把这句话加在贝萃的故事里。好啦，爱格妮，你的头脑是清楚的。特洛哪，我固然不能奉承你，说你对一切事情都头脑清楚，但是在某些事情上，你可也头脑清楚。”我姨婆说到这儿，用她个人独有的那种奇特地使劲儿的样子，冲着我把头摇晃。“你们说，下一步该怎么办？那所小房儿，好的时候和坏的时候都算上，就说每年可以出产七十镑吧。我想，咱们这样说，不会有大出入。好啦！——咱们这阵儿所有的就是那点财产了，”我姨婆说。她这个人，说话的时候，有一种特点，跟有的马一样，本来跑得很欢，好像要一直跑去，好久不歇似的，却会在中途之上，忽然煞住。

“呃，”我姨婆停了一会儿接着说，“还有狄克哪，他一年稳稳地有一百镑的进款；不过那当然只能他自己花。虽然我知道我是惟一能赏识他的人，但是，要是叫我把他留在身边而可不叫他花他自己的钱，那我还不如不把他留在身边哪。我和特洛，只靠这点儿进款，要怎么办才算顶好哪？你有什么意见，爱格妮？”

“我说，姨婆，”我插上嘴去说，“我一定得弄个事儿做！”

“你这是说，你要去当大兵吗？”我姨婆吃了一惊，说，“还是要去当水兵？那我可不能答应。你一定得做一个民教法学家。你可要明白，我的老先生，咱们家里可不许当头一棒，把人打死。”

我正要解释，说我并没想在我们家里，采取那种办法养活一家人，但是还没等我说出口来，爱格妮就问，我这套房间，是否长期租的。

“你这个话倒问到点儿上啦，我的亲爱的，”我姨婆说。“这套房间，至少在六个月以内，可以归我们占有，除非我们要当二房东，把它们转租了；不过我相信，那是不会有的事。我们以前那个房客就死在这儿。有那个穿南京布围裙、法兰绒衬裙的妇人在这儿，六个房客里面，总得有五个死在这儿。我还有一点儿现钱；我同意你的看法，那就是，我和特洛先住在这儿，住到租房合同期满的时候，给狄克在附近另找个睡觉的地方。这就是我们顶好的办法。”

我姨婆住在这儿，经常不断地和克洛浦太太处于游击战争的状态中，一定不舒服；我把这种意思透露了，因为我认为那是我的职份。但是我姨婆却当着我们大家宣称，说只要对方稍一露出敌对之意，那她很有把握，要叫克洛浦太太这一辈子活多久就害怕多久；她这样一说，我的疑虑就全部化为乌有了。

“我这儿正琢磨哪，特洛乌，”爱格妮露出不敢自以为然的样子来说，“要是你有闲工夫——”

“我有的是闲工夫，爱格妮。我四五点钟以后，就什么事儿都没有了，我早晨一早儿，也有闲工夫。不论早晨，也不论晚上，我都有的是闲工夫，”我说，说的时候，觉得有些脸红，因为我想到，我都怎样一点钟一点钟地在伦敦的大街上拖着两条酸疼的腿溜达，在诺乌德的路上往来。

“我知道，你要是有个当秘书的事儿，”爱格妮走到我跟前，低声对我说，说的口气，那样温柔，那样体贴，那样使人觉得前途有望，因此我现在还像听见她一样，“你不会觉得劳累吧？”

“觉得劳累，我的亲爱的爱格妮？”

“因为，”爱格妮接着说，“斯特朗博士打算告老，本来只是一种心意，这回可成了真事儿了，他现在搬到伦敦来住家了。我知道，他曾问过我爸爸，说我爸爸是否能给他荐个秘书。你想，他要是能叫他从前得意的门生常在身边，那不比用一个生手更好吗？”

“亲爱的爱格妮！”我说。“我要是没有你，做得成什么事！你永远是保护我的神灵。这话我早已对你说过了。我从来就没有用别的眼光看待你的时候。”

爱格妮令人可爱地笑了笑，说，我有一个保护我的神灵（她的意思是说朵萝）也就够了，接着又提醒我，说斯特朗博士老是早晨很早的时候和晚上的时候作学问。我的空闲时间，也许恰好适合他的需要。我能有自食其力的前途，我自然很高兴，但是我能在我以前的老师手下自食其力，我更高兴；简单地说吧，我听了爱格妮给我出的这个主意，坐下给斯特朗博士写了一封信，把我的意思说明白了，订好了第二天上午十点钟去拜访他。我在信封上写好了亥盖特的地址——因为，他就住在这个我永远难忘的地方——连一分钟都没耽搁，亲自把信付邮寄去了。

爱格妮不论在什么地方，那个地方就和她那种不声不响、幽娴贞静的态度、令人愉快的气氛不能分开。我寄信回来了以后，只见我姨婆的鸟儿，正像多年以来挂在那所小房儿的起坐间窗前那样，挂起来了；我坐的那把安乐椅，也像我姨婆放在敞着的窗前那把舒服得多的安乐椅那样放在那儿了；连我姨婆带到这儿来的那个绿团扇，也钉在窗台上了。这些东西，都好像是不动声色，自己就按部就班，各就其位一样，从这种情况里，我就知道这是谁做的了。我也能够一瞬之间就知道，是谁把我随便乱放的书，按着我旧日上学那时候的样子，给我摆好了；即便我认为爱格妮离我有数英里之远，我没亲眼看到她在那儿忙着整理，笑着看那些书放得那样杂乱无章，我也都能够一见就知道是谁给我摆的。

关于泰晤士河，我姨婆很能屈尊就教，温语称赏(那条河，有太阳辉煌地照耀在上面，看着果真不错，不过却和那所小房儿前面那片大海不同)；但是对于伦敦的烟气，她却不能化严厉为温蔼；因为她说，那种烟使一切东西都变得“像撒上了胡椒面儿一样”。因为有这种胡椒面儿，我那套房间，每一个角落，都翻了一个个儿，在这番清洁工作里，坡勾提出了很大的力；我就在一旁看着，同时想，坡勾提好像净忙了，却做得很少，而爱格妮却好像一点儿都不忙，就做了许多；我正在这样琢磨的时候，听见有人敲门。

“我想，”爱格妮脸一下都白了，说，“这是爸爸。他答应我来着，说要到这儿来。”

我把门开开了。进来的不但有维克菲先生，还有乌利亚·希坡。我有一些时候没见维克菲先生了，我从爱格妮对我说的话里，本来还是想到了，他一定是大大地改了样儿的了，但是没想到我一见他，却会大吃一惊。

我这个吃惊，并不是因为他看起来又老了好几岁了，虽然他的穿戴，仍旧和从前一样精心细意地洁净整齐；也并不是因为他脸上有一种不健康的红色；也不是因为他的眼球凸起，上面有红丝；也不是因为他的手由于神经的毛病而老哆嗦（哆嗦的原因，我早就知道；哆嗦的情况，我多年以来就看到）。也不是因为他的仪容已经不像从前那样清秀了，或者他的举止已经不是从前那种绅士派头了——因为他并非不是那样——使我触目惊心的，是他生来原有的那种优越品质，虽然仍旧明显地存在，而他却会对于那个吮痈舐痔的卑鄙化身——乌利亚·希坡——那样唯命是从。以他们本来的品质而论，应该是维克菲先生发号施令，而乌利亚·希坡听令受命，现在却倒了一个个儿。这种光景，叫人看着，觉得痛苦到不可言喻的程度。假使我看到一头“猿”命令指挥“人”，那我也不会认为，比现在这种光景更令人觉得可耻。

维克菲先生自己，好像对于这种情况，感觉得太深切了。他刚一进来的时候，站在那儿，把头低着，仿佛感到那种景象似的。不过那只是一刹那的工夫，因为爱格妮轻柔地对他说，“爸爸！特洛乌小姐在这儿哪——还有特洛乌，你不是好久没见他啦吗！”于是他走向前去，局促地把手伸给我姨婆；不过他和我握手的时候，却比较亲热些。在我前面说过的那一刹那间，我看到乌利亚脸上作出顶难看的笑容来。我想，爱格妮也看见了他这种笑容，因为她畏缩不前，躲开了他。

至于我姨婆是看见了，还是没看见，要是她自己不说，那我就得叫会相面的人，显一显本领，看他们是不是说得出来。我相信，如果她想要喜怒不形于色，那就没有人能像她那样镇定安静的了。那一次，不管她心里想的是什么，反正她的脸，却和一堵大墙一样。到后来，她突然开了口，像她平素那样。

“喂，维克菲！”我姨婆说，他听了这一声，才头一次抬起头来看她。“我正在这儿告诉你的小姐，我都怎样把我的财产，自己处理了，因为你在业务方面，已经生疏了，我不能把财产交给你管了。我们正一块儿商议以后的办法；而且从各方面来看，商议得很好。我的意见是，爱格妮一个人，就顶得上你们整个的合伙事务所。”

“要是你许我这个哈贱人冒昧地插一句，”乌利亚·希坡说，同时把身子一扭，“那我就得说，我完全同意贝萃·特洛乌小姐的说法。爱格妮要是能做我们的伙友，那我太高兴了。”

联袂见访

“你自己就是一个伙友，是不是？”我姨婆说，“我想，那就很够你抓挠的了。你可好啊，老先生？”

我姨婆这几句话，说得非常地简短冷峭；他还礼的时候，很不得劲儿的样子用手抓着他带的那个蓝皮包，嘴里回答说，他算很好。他谢谢我姨婆，希望我姨婆也很好。

“你哪，考坡菲少爷——我应该说考坡菲先生，”乌利亚接着说，“我希望你也很好！即便在现在这种情况下，考坡菲先生，我见了你都非常高兴。”他这个话我倒很相信不错，因为他对于我现在这种情况，说起来好像嘴里津津有味。“眼下的情况，当然不是你的朋友愿意你遭受的，考坡菲先生；不过，人不能专拿钱而论。人得拿——得拿——到底得拿什么而论，真不是我这种哈贱的表达能力所能表达的，”乌利亚说；同时胁肩谄笑地一扭身子，“但是可不能拿钱而论！”

他说到这儿跟我握手，他那种握法，不是平常的样子，而是仿佛有点怕我似的，站得离我远远地，抓住了我的手，把它像一个水泵把儿那样上下摇动。

“你看我们的样子怎么样，考坡菲少爷——我应该说，先生？”乌利亚胁肩谄笑地说。“你看维克菲先生是不是满面红光，先生？在我们那个合伙经营的事务所里，考坡菲少爷，岁月没有多大的影响；除了叫哈贱的人们——那就是说，我母亲跟我自己——越来越提升；叫美丽的人——那就是说，爱格妮——越长越美丽。”他添了这一句，作为后来想起来的话。

他一面嘴里奉承，一面身子乱扭，扭得真叫人没法儿忍受。因此我姨婆，本来一直拿眼盯着他，现在闹得完全忍耐不住了。

“这个人真该死！”我姨婆严厉地说，“他这是怎么啦？快别这么像过了电似的啦，老先生！”

“请你原谅，特洛乌小姐，”乌利亚答道；“我知道你有点沉不住气。”

“去你的，老先生！”我姨婆决不受他的安抚，说道。“不要冒冒失失地说那种话！我决不是你说的那样。你要是一条鳝鱼，那你就像条鳝鱼那样，老打拘挛好啦。但是如果你是个人，那你可得把胳膊腿儿控制一下，我的老先生。哎呀我的老天爷，你再这样又打拘挛，又抽风，就该把我闹得发疯了！那可不成！”

我姨婆这样突如其来地发作了一番，把希坡先生闹得有些羞愧难堪，这也是大多数人都要羞愧难堪的。她这番发作还格外有一份力量，因为她发作完了，她在她的椅子上愤怒地转动，对乌利亚直摇头，好像要咬他一口，或者扑他一下似的。但是，他却很驯顺的样子，在一旁对我说：

“我很了解，考坡菲少爷，特洛乌小姐虽然是一位再好也没有的老小姐了，脾气可有点儿焦躁(说实在的，我想我还当哈贱的录事那时候，我就有幸跟她认识，那比你认识她还早，考坡菲少爷)。她在现在这种情况下，脾气更焦躁了，这本来很自然。她的脾气，居然并没比现在更坏，那是叫人想不到的。我到这儿来，只是要问一问，在现在这种情况下，如果我们，我母亲和我，或者维克菲与希坡事务所，有任何能效劳的地方，那我们都非常高兴。我可以把话说到这个分寸吗？”乌利亚令人恶心地微笑着对他的伙伴说。

“乌利亚·希坡，”维克菲先生说，说的时候声音单调，态度局促，“在我们的事务所里，是很活跃的，特洛乌。他所说的，我完全同意。我和你们，是老朋友了，所以非常关心你们，这是你知道的。但是除了那种情况以外，我对于乌利亚说的话，全都同意！”

“受这样的信任，”乌利亚说，同时把一条腿往回一缩，差一点儿又惹得我姨婆一阵责骂，“真叫人觉得过奖！不过我希望我能在业务方面，替他分劳，叫他得到休息，考坡菲少爷！”

“我有乌利亚·希坡，真是大大地省了心了，”维克菲先生说，说的时候，用的仍旧是以前那种迟钝重滞的声音。“我有这样一个伙友，我心上的重担就放下了。”

我知道，那个狡猾的火狐所以叫维克菲先生说这些话，就为的是好让维克菲先生自己对我表现出来，他就是乌利亚那天夜里搅得我一宿没睡那时候所说的样子。我在乌利亚脸上，又看到了那种难看的微笑，我也看到他都怎么老拿眼盯着我。

“你走不走，爸爸？”爱格妮焦灼的样子说。“你跟特洛乌和我，一块儿走回去，好不好？”

他本来要先听一听乌利亚是什么意见，才回答他女儿的，不过那个狡猾家伙，已经走在他前面了。

“我已经为业务跟别人约好了；不然的话，那我很愿意和我的朋友在一块儿。不过我让我的伙友一个人代表整个事务所好啦。爱格妮小姐，对不起，我先走啦！我祝考坡菲少爷日安，同时对贝萃·特洛乌小姐致哈贱的敬礼。”

他说完了这几句话，就退出去了，先冲着我们用他那只大手飞了一吻，又冲着我们狡黠恶毒地像鬼脸儿一样看了一眼。

我们坐在那儿，谈我们在坎特伯雷旧日的愉快岁月，谈了有一两个钟头。维克菲先生现在就剩了爱格妮和他在一块儿了，一会儿就有些恢复了“故我”的样子，不过他身上总带出一种根深蒂固的抑郁神气，永远也摆脱不掉。虽然如此，他还是高兴起来；而且听到我们谈起我们旧日里那些琐细事情(这些事情，他有许多记得很清楚)，显而易见露出喜欢的样子来。他说，他觉得他这会儿又回到旧日他只有爱格妮和我在跟前的光景了。他但愿老天，别让那种光景改变了才好。我确实知道，爱格妮柔和平静的脸，特别是她往他膀子上一碰的手，对于他都有影响，在他身上都发生了奇迹。

我姨婆(她在这段时间里，差不多都在套间，和坡勾提忙忙碌碌地弄这个，动那个)不想陪着他们到他们住的那个地方去，不过却死气白赖地让我去；我因此去了。我们一块儿吃的正餐；吃完了正餐，爱格妮像从前那样，坐在他身旁，给他倒酒。她给他倒多少，他就喝多少，也不多要，像一个小孩儿那样。我们三个一块儿坐在窗前，看着暮色四合。天黑上来以后，他在沙发上躺下，爱格妮把他的头放在枕头上，弯着腰俯在他身上，有一会儿的工夫。她又回到窗前的时候，天还不太黑，所以我能看见她眼里泪光晶莹。

我祷告老天爷，在我一生中那个时期里，千万别叫我忘了以疼爱与忠诚立身处世的那个叫人疼爱的女孩子；因为，如果我忘了，那就是我的末日快要临近了；要是那样，那我更要永远别忘了她了。我看到她这个榜样，就满怀决心，要往好里做，原先的软弱就变为坚强，我的头脑里那种散漫混乱的热情和犹豫不定的目的，就得到了方向——她到底怎么会做到这样，我是说不出来的；因为她给我出主意的时候，那样谦虚，那样温和，连话都不肯多说——因此，我所以还做了一丁点好事，我所以还没做许多坏事，我诚恳地相信，都得归功于她。

我们摸黑儿坐在窗前；她就对我谈朵萝，听我夸朵萝，她自己也夸朵萝；她在朵萝那个玲珑娇小、精灵一般的形体上，射上了她自己纯洁的光辉，因而使朵萝在我眼中，更觉可贵，更觉天真！哦，爱格妮啊，我童年的姐妹啊，如果我那时候，就像以后过了多年那样，知道了一切一切，那多好啊！

我下楼的时候，街上来了一个乞丐，我心里想着爱格妮天使一般的恬静眼神儿，把头转向窗户那儿，那时候，那个乞丐，像那天早晨一样，嘟囔了一句话，使我一惊。他嘟囔的是：

"瞎眼哪！瞎眼哪！瞎眼哪！"

第三十六章
奋发力行

我第二天早晨，又在罗马浴池里扎了会猛子，跟着往亥盖特走去。我现在不再无精打采的了。我现在对于穿褴褛的衣服不以为耻了，对于骑灰色的骏马，不以为荣了。我看待我们新近发生的不幸，态度完全改变了。我现在要做的，就是对我姨婆表示一下，说她从前对我所施的恩德并非滥施枉费，受她那恩德的人并非忘恩负义。我现在要做的，就是意坚步稳，从事工作，因而把我幼年时期所受的痛苦磨炼，变为现在有用的本钱。我现在所要做的，就是手执樵夫的斧头，在困难之林的中间，披荆斩棘，开辟出一条道路来，能够达到朵萝的所在。我这样一想，便步履健捷起来，好像用走路就可以把前面所说的做到一样。

我从前在这条我很熟的路上，所追求的是快乐，这条路和我以前的联系，就是这样；现在我在这条路上所追求的，却和以前完全不相同了；因此我整个的生命，好像都起了完全的变化。但是那种情况，并没使我气沮。新的生活带来了新的目的、新的意图。所费的固然是很大的劳力，所得的却是无价的宝贝。朵萝就是这个无价的宝贝，而朵萝是我非得到不可的。

我想到这里，心花怒放，竟为了我的褂子还没褴褛，觉得十分惆怅。我要在一种能够证明我有气力的情况下，把困难之林里的树砍倒。那时有一个老头儿，戴着铁丝眼罩儿，在那儿砸铺路石；我当真想跟他把锤子借用一会儿，好把山石砸碎了，作为我向朵萝开辟道路的第一步。我当时兴奋得全身发热，走得上气不接下气，因此我觉得好像我已经正挣着也不知道有多少钱了。就在这种情况下，我看见了一所要出租的小房儿，我就走了进去，把它仔仔细细地考查了一下——因为我觉得，总得世事练达才成。只见那所小房儿，要是我和朵萝住着，可就太好了；房前还有个小花园，吉卜可以在那儿来回地跑着玩儿，可以隔着栅栏，朝着行贩狂吠；楼上就有一个特别好的屋子，可以让我姨婆住。我出了那所小房儿以后，身上比以前更发热，脚步比以前更加快；我就这样像赛跑似地，一气跑到了亥盖特；但是跑得太快了，因而到了那儿，早了一个钟头；我本来不必等，但是现在却不得不等。我先溜达着，冷静下来，才至少可以见人。

我这种必须的准备过程完了以后，第一样我得办的事，就是去找斯特朗博士的公馆。他并没住在史朵夫老太太住的那一块儿，而是住在那个小市镇上和那一块儿相反的那一面儿。我把这种情况弄清楚了以后，一种无法抵抗的诱惑，把我引到史朵夫老太太住的房子旁边一条胡同里，使我从她那花园的犄角儿上，往里面瞧。只见史朵夫住的那个屋子，窗户都紧紧地关着。花窖子的门却敞着，萝莎没戴帽子，在草坪旁边一条石子铺的甬路上，脚步猛剧、迅速，来来回回地走。她给了我一种印象，只觉得她好像一只凶猛的野兽，有链子拴着，她拖着链子，尽链子所能到的地方，四外绕圈子，来消耗心血。

我从我窥探的地方轻轻地走开，躲着那块地方，还怀着后悔不该往那儿去的心情，溜达到十点钟。现在在小山上面，有一个教堂，教堂有一个细而高的尖阁，到时候鸣钟报时；但是那时候还没有那个教堂，所以给我报时的也不是那个教堂。那时占着这个教堂的地址的是一所红砖盖的大房子，当时用作校舍；我还记得，我当时觉得，在那儿上学，一定很好。

我走近斯特朗博士住的那所小房儿了——那是一所很美的老房子，如果我可以根据房子修理、装饰刚刚完成的情况下判断，那他在这所房子上好像很花了一点钱——我看见他在房子旁边的花园里散步；他打着裹腿等等，跟从前一样，好像从我做他的学生那时候起，他就一直地在那儿散步，从来没站住似的。同他在一块儿的，也是他旧日那种伴侣；因为园子附近有许多大树，同时草地上，有两只老鸦，从他后面瞅着他，好像坎特伯雷的老鸦，给它们写信谈到他，因而现在它们也在那儿观察他。

我知道，在那样远的地方，想要引起博士的注意，是毫无希望的，所以我就斗胆把栅栏门开开了，跟在他后面，打算在他回身的时候，再迎上前去。到了他果然转身冲着我走来的时候，他有一会儿的工夫，满腹心事地望着我，显而易见，心里想的绝对不是我。那一会儿过了，他那慈祥的脸上，才显出异常高兴的样子来，把我的两只手，一齐握住。

“噢，我的亲爱的考坡菲，”博士说，“你长成大人了！你好哇？我见了你高兴极了。我的亲爱的考坡菲，你比以前大大地出息了！你简直地都十分——不错——哎呀！”

我说我希望他好，希望斯特朗太太也好。

“哦，也好！”博士说；“安妮非常地好；她见了你也要高兴的。她一向就喜欢你。昨儿晚上，我把你的信给她看的时候，她还说她喜欢你来着。呃——不错，没有疑问——你还记得捷克·冒勒顿先生吧，考坡菲？”

“完全记得，老师。”

“当然，”博士说，“不错。他也很好。”

“他回了国啦吗，老师？”我问他道。

“你是说从印度回来吗？”博士说。“不错。捷克·冒勒顿先生受不了那儿那种天气，我的亲爱的。玛克勒姆太太——你还没忘记玛克勒姆太太吧？”

我会忘记了老行伍！并且在那么短的时间里！

“玛克勒姆太太，”博士说，“因为他，可怜的人，可心烦啦；因此我们把他又弄回国来了；我们给他买了个小小的缺；那于他倒很合适。”

我对于捷克·冒勒顿先生很有些了解，所以听了博士这番话，就不免疑心，认为这个缺，一定没有什么事儿可做，而却有相当好的报酬可得。博士把手放在我的肩头上，脸上带着鼓励我的样子冲着我，一面在园子里来回地溜达，一面接着说：

“现在，我的亲爱的考坡菲，咱们谈谈你信上提的那件事吧。我敢说，那种办法，我觉得满意极了，合适极了；不过你真认为，你不能找个更好一点的事做吗？你在学校的时候，成绩过人，这是你知道的。有许多好事，你都能胜任。你已经打好了基础了，在这个基础上，什么样的高楼大厦都可以盖得起来。你正在青春有为的时候，可做我能给你的这个小事儿，是不是怪可惜的哪？”

我又全身发起热来；我把我已经有了职业的话，提醒了博士，把我现在迫切的需要也说了；我说这些话的时候，用的词句，恐怕是夸张狂野，杂乱无章的。

“唉，唉，”博士说，“你的话不错。一点也不错，你现在就有职业，跟你从事职业的学习，二者有所不同。不过，我的亲爱的小朋友，一年七十镑；又顶得了什么事哪？”

“那可能使我们的进款加倍呀，斯特朗博士，”我说。

“唉，”博士说。“真想不到！我的意思并不是说，绝对限于七十镑，因为我老想，对于我这样有用的小朋友，还得格外送点东西。毫无疑问，”博士仍旧把手放在我的肩头，来回走着说，“我老是把年终的礼物，算在里面的。”

“我的亲爱的老师，”我说（我这回实在是说真个的，毫无胡闹的意思掺杂其中），“你对我的恩情，我永远也说不尽——”

“快别这样说，快别这样说，”博士拦住了我说。“我真愧不敢当！”

“要是我的时间，那就是，早晨和晚上，你认为于你合适，同时还认为，一年七十镑并不算白花，那你对我的好处，我可就难以用言辞表达了。”

“唉！”博士天真地说。“真想不到，这么点钱，可会顶这么大的事！唉！唉！只要你有好事儿，你就另行高就，你答应不答应？你可得说了算！”博士说。——他对我们这些小孩子，老是用这种话，严肃地激励我们的自尊心。

“我当然说了算，老师！”我用当学生那时候的样子说。

“那么就一言为定啦，”博士拍了我的肩膀一下，仍旧把手放在我的肩头上，一面和我一块儿来回地走。

“要是我这个工作，是帮着你编词典，那我就太高兴了，”我带着一些奉承自己的意思说——不过，我希望，这个奉承是天真的。

博士站住了脚，微笑着又在我的肩头上拍了一下，喊道，喊的时候，带出令人看着非常高兴，好像我对于人生最深奥的智慧，有最透彻的了解似的。

“我的亲爱的小朋友，你这个话正说对了，正是编词典的工作！”

也不可能是任何别的工作！他的口袋里就跟他的脑子里一样，满装着编词典的材料。那些材料，从他身上，四面八方地滋了出来。他告诉我，说他自从不办学校、退隐以来，他的词典进行得出人意料地快；我跟他提的早上和晚上这种办法，于他再合适也没有了，因为他白天老是来回溜达着考虑问题。由于捷克·冒勒顿先生新近偶尔自告奋勇，给他作录事，而却又不习惯于这种工作，所以他的稿子，未免有些凌乱。不过我本来想，我们一块儿工作的时候，一定会很快地就把稿子整理好了，因而得心应手地往前进行。后来，我们正式工作起来了，我才发现，捷克·冒勒顿先生费的那些力气，给我增加的麻烦，比我原先想的可就多了；因为，他不单弄了许多错误，并且还在博士的手稿上，画了许多兵士和妇女的脑袋，因此我往往陷入疑难迷惑的阵网之中，纠缠不清。

博士想到我们以后能在这件了不起的工作上合作，极为高兴，所以我们决定第二天早晨七点钟就开始。我们要在每天早晨做两个钟头，在每天晚上做两个或者三个钟头。星期六不算在内，因为那一天我休息。星期日我当然也休息。我认为这种安排，条件很宽。

我们把计划这样安排得双方满意以后，博士就带我去见斯特朗太太，只见她正在博士的新书房里，给他的书掸尘土——这是一种特权，他那些心爱的书，神圣不可侵犯，他从来不许任何别的人着手。

他们为我起见，把早饭推迟了，我们于是一块儿在桌前坐下。我们刚刚坐下不久，我还没听到有任何动静，表示有人要来，我就从斯特朗太太脸上的神色里，看到有人要来的样子；果然跟着就有一位绅士，骑着马来到栅栏门前；他下了马，把缰绳络在胳膊上，好像丝毫不客气的样子，把马牵到一个小院子里。那儿有一个空着的车房，车房墙上有一个铁环儿，他就把马拴在铁环儿上，手里拿着马鞭子，进了我们吃早饭的起坐间。原来来的不是别人，正是捷克·冒勒顿先生。我认为，捷克·冒勒顿先生到印度去了一趟，一点也没出息。不过，我当时对于一切不肯在困难的树林里把树木斫掉的青年，都恨他们没出息，不长进，而深恶痛绝；所以我这种印象，看起来应该打相当的折扣。

“捷克先生！”博士说，“考坡菲！”

捷克·冒勒顿先生跟我握手；不过我相信，他握得不但并不很亲热，而且还带出一种懒洋洋地对我屈尊就教的神气来。我见了这样，当然心里暗暗感到受了侮辱。不过他那种懒洋洋的神气，却实在得说是了不起的光景，只有他跟他表妹安妮说话的时候，才不带这种神气。

“捷克先生，你吃了早饭没有？”博士说。

“我简直地就很少吃早饭，先生，”他说，同时在安乐椅上把脑袋往后一靠。“我觉得吃早饭是件腻人的事儿。”

“今儿有什么新闻没有？”博士问道。

“什么新闻也没有，先生，”冒勒顿先生答道。“有一段报道，说北方的人，因为忍饥挨饿，有不满的情绪；不过，不定什么地方，总是有人忍饥挨饿，情绪不满。”

博士显出正颜庄容的样子，同时，好像想要换一换话题似的，说，“那么，这是没有什么新闻了。没有新闻么，人家都说，就是好新闻。”

“报上还有一段很长的报道，先生，说一个人，叫人谋害了。”冒勒顿先生说。“不过老有人叫人谋害了，所以我没看那段报道。”

我认为，对于人类一切的活动和情感表示毫不在乎，在那个时候，还不像后来那样令人觉得高人一等。我知道，从那时以后，这种态度，非常时髦。我曾看见过，有人把这种态度表现得异常成功；因为我曾遇到一些时髦男女，可以看作生来就跟毛虫一样。但是在那个时候，这种态度，却给了我特别深刻的印象；因为那时候，这种态度对我说来，还很新鲜。但是这种态度，却绝对没有使我对冒勒顿先生更加尊敬，或者更加信任。

“我到这儿来，只是要问一问，今儿晚上，安妮要不要去听歌剧，”冒勒顿先生转到安妮那一面说。“在这一季[①]里，要听好歌剧，这是最后一夜了，那儿有一个演员，她真该听一听。那个演员唱得太好了。不但唱得好，还丑得那样叫人着迷。”他说完了，他那种懒洋洋的老样子又恢复了。

博士对于一切能使他那个年轻的太太高兴的事全都感到高兴，所以转到他太太那一面说：

“你一定得去，安妮。你一定得去。”

“我倒是不愿意去，”她对博士说。“我愿意在家里待着。我倒很愿意在家里待着。”

---

①这是指伦敦社交活动场中的闹季而言，由五月至七月。

她没看她表哥，就转身对我谈起来，问我爱格妮怎么样，她能不能来看她，她是不是那一天就会来看她；她说的时候，非常地沉不住气；那时博士虽然正往面包上抹黄油，但是那种情况太明显了，我不知道，他是否会没瞧出来。

不过他却又真没瞧出来。他只脾气柔和地对她说，她是个年轻的人，应该寻开心，找乐子，决不可以叫一个老而呆滞的家伙弄得也呆滞起来。他又说，他还要叫她把那个新演员的歌儿唱给他听哪；要是她不去听，那她怎么能唱呢？这样，博士硬替她订好了晚上必去，同时请捷克·冒勒顿先生回来吃正餐。事情既然这样结束了，冒勒顿先生就走了；我想，大概是到他买缺的那个机关里上班儿去了；不管是不是吧，反正他骑着马走了，样子特别显得懒洋洋的。

我很好奇，第二天早晨，想要知道一下，她到底去了没有。她并没去，却打发人到伦敦市内，托辞把她表哥谢绝了；下午就出门看爱格妮，还硬叫博士陪着她一块儿去。博士告诉我，他们回家的时候，是从田野徒步走回去的，因为那天晚间，天气清爽宜人。我纳闷儿，不知道如果爱格妮不在伦敦，她是不是会去听歌剧？爱格妮是不是对她也发生了一些好的影响？

我认为，她的样子，并不很快活；但是她脸上却是一派正气，不然的话，那就是一片虚伪了。我和博士一块儿编词典的时候，她老坐在窗户那儿，所以我时常偷偷地瞥她一眼。她还替我们预备早饭，我们一面工作，一面匆匆忙忙地吃几口。我九点钟走的时候，她跪在地上博士脚前，替博士穿鞋、打裹腿。她脸上有一层淡淡的阴影，那是青绿的枝叶在楼下敞着的窗户外面，扶疏摇曳，投到她脸上的。那天晚上博士看书的时候，她仰起脸来看他，那种光景，是我往博士公堂去一路上所想的。

现在我忙得可以，早晨五点钟就起床，夜里九十点钟才回家。但是，我这样一刻不歇地工作，却给了我无限的安慰。我从来也不曾有由于任何原因而慢慢走路的时候；我热烈地感觉到，我越刻苦勤劳，我就越励志力行，以期无负于朵萝。我现在这种改变了的情况，我还没对朵萝透露呢；因为过不几天她就要去看米尔小姐了，我打算把我要告诉她的一切，都推迟到那个时候。我现在只在我给她的信里（我们所有来往的信，都是由米尔小姐私下传递）说我有许多话要跟她谈。同时，我用的熊油[1]分量减少了，香皂和香水，全不沾身了；以异常低廉的价格把三件背心卖了；因为那三件背心在我这种刻苦的生活中穿起来太奢侈了，很不相称。

我对于这种种措施还不满意，我心热如火，还想更多做一些事，因此我就去拜访特莱得。他现在住在侯奔区城堡街一所房子的花墙后面[2]。狄克先生已经同我一块儿到过亥盖特两次，又和博士作起伴侣来了，我这回拜访特莱得，也把他带去了。

我所以把狄克带去，因为他深刻地感到我姨婆的逆境，又真诚地相信我工作得比摇船的奴隶或者监狱里的囚犯还要刻苦劳累，而他却一点有用的事儿都不能做，因此他就烦躁忧闷起来，弄得精神沮丧，食欲不振。在这种情况下，他觉得他那个呈文的完成，比起以前来，越发遥遥无期。他越死气白赖地写他那个呈文，查理第一那个倒霉的脑袋越要掺进去。如果我们不能出于好心骗他一下，或者不能叫他真正做点有用的事（那自然更好），我就真正害怕他的病会越来越重；因此我决定问一问特莱得，看他有什么办法没有。我们去拜访他以前，我先写了一封信给他，把一切遭遇完全对他说了。特莱得给了我一封了不起的回信，表示他的关怀和友好。

我们到了他那儿，只见他正辛勤地作笔墨生涯。在那个小屋子的一个角落上，就摆着那个花盆和小圆桌，作为使他心神清爽的爱物。他热烈地欢迎我们，跟狄克先生一会儿就成了莫逆之交了。狄克先生坚决地说，毫无疑问，他从前碰见过特莱得。我们两个都说，“那是很可能的。”

我想和特莱得商议的第一件事是这样：我曾听人说过，各界许多成

---

① 熊油为用熊油加香料制成之化妆品，用以润发。

② 花墙砌于房顶边上，防人坠地。花墙后面的屋子，在房子的最上层。

了名的人，都是以报道国会辩论开始他们的事业的。特莱得从前对我提过，说他的希望之一，就是投身于新闻界。我把新闻和报道国会辩论这两件事，联系起来，在给特莱得的信里告诉他，说我想要知道一下，我怎么就能取得做这种事的资格。现在特莱得根据他打听的结果，告诉我说，想把这种事做得完美，除了很少的例外，一般都得熟练机械式的技巧，而要完全熟练这种技巧，换一句话说，要完全熟练地掌握速记记录术和速记翻译法的秘诀，就跟掌握六种语言一样地难。要是孜孜不懈，持之以恒，总得有好几年的工夫，才能达到这种目的。特莱得本来以为，他这样一说，这个问题就算解决了。他这种想法本来也很在情在理，但是我却不是那样想法。我只觉得，这儿真是几棵大树，需要我来斫伐，所以马上就拿定主意，要手拿斧头，把这一片荆棘铲除干净，开辟出一条能够达到朵萝所在的路来。

“我真感激你，为我费神，我的亲爱的特莱得！”我说。“我明天就学起来。”

特莱得吃了一惊，那本是毫不足怪的；但是他对于我怎样大喜若狂的心情，却还一点都不了解。

“我要买一本书，具有这种技术的完备体系，”我说，“在博士公堂里学习；因为在那儿，我的工夫差不多一半儿是空着的。我要先记录我们那个法庭里的辩论，作为练习——特莱得，我的亲爱的好人，我一定要掌握这种技术！”

“哎呀，”特莱得把眼睛睁大了说，“我真没想得到，你这个人，性子这样坚强，考坡菲！”

我不知道他怎么会想得到，因为这对于我自己都是前所未有的。我把那一篇儿揭过去了，就把狄克先生提到桌面儿上来。

“你要明白——”狄克先生如有所求的样子说，“我但愿我能使一把劲儿，特莱得先生，我但愿——我能打打鼓——或者吹吹号什么的。”

可怜的好人！我毫不怀疑，他打心里愿意做那一类事而不愿意做别的。特莱得那个人，是不论怎么样都不肯露出笑话人的意思来的，所以只安安静静地回答他说：

“我听说你的字写得很好，先生。你对我说过，是不是，考坡菲？”

“他的字写得太好了！”我说。他的字本来也真写得不错。他的字写得非常干净整齐。

“我要是给你找到抄写的工作，先生，”特莱得说，“那你说你干得了干不了？”

狄克先生不得主意地往我这儿瞧。“喂，你说怎么样，特洛乌？”

我摇头。狄克先生也摇头，并且还叹了口气。“你跟他说一说那个呈文吧，”狄克先生说。

我对特莱得解释，说狄克先生，想要叫查理第一别掺进他的稿子里去，很感困难。狄克先生同时就一面很恭敬、很严肃地看着特莱得，一面用嘴咂大拇指。

“不过我说的这种文件，你是知道的，是已经打好了稿子的，”特莱得略略想了一想说。“狄克先生丝毫不用再动脑筋。你想，考坡菲，那跟他自己写文章，是不是不一样哪？不管怎么样吧，反正先试一试，好不好？”

他这样一说，大家都有了新的希望。特莱得和我又两个到一边儿商议了一回，狄克先生就焦灼地坐在椅子上看着我们。我们两个合伙商议了一条办法，第二天就叫他动起手来，结果非常成功。

在白金厄姆街我的寓所里窗前一张桌子上，我们把特莱得给他找的文件给他预备好了——那是一种关于行路权的法律文件——叫他抄若干份——究竟多少份，我忘记了——在另外一张桌子上，我们把他那个尚未完成的伟大呈文最后的稿子展开放好。我们对狄克先生的指示是：他得把他面前放的那个文件，丝毫不差地照抄下来，决不许他对原稿有一丁点的改动，要是他觉得，他稍微一有想要提到查理第一的意思，那他就要飞跑到那另一张桌子上的呈文那儿。我们严肃地警告他，叫他对于这一点丝毫不要含糊；还把我姨婆安排在那儿作他的监督。我姨婆后来对我们报告，说一开始的时候，他像一个打鼓[①]的人那样，经常把心思在这两份文件之间分用兼顾；但是，他看到这种情况使他发生混乱，使他觉得疲劳，而同时那个法律文件的原稿，却清清楚楚地摆在他面前，他不久就安心坐在那儿，按部就班地抄起那个文件来，而把呈文暂时忘记，留待以后再说了。简单地说吧，虽然我们小心在意，叫他除了应做的事，另外一点也不要再多做，并且虽然他已经不是在一个星期开始的时候开始的，但是，到了星期六晚上，他却挣了十先令九便士了；并且，只要我活着，我就永远忘不了，他都怎样走遍了附近一带的铺子，去把这份儿财富，都换成了六便士，我也永远忘不了，他都怎样把这些便士，放在一个小茶盘儿上，摆成心脏的形状，眼里含着快乐和得意的眼泪，献给我姨婆。从他做这样有用工作的时候起，他就好像有灵符神咒保佑他一样，如果那个星期六晚上，世界上有快活的人，那就是感恩知德的那个狄克先生、那就是认为我姨婆是所有的人里面顶了不起的女人、认为我是顶了不起的青年的那个狄克先生了。

“这一下子可不至于挨饿了，特洛乌，”狄克先生在一个角落上一面和我握手，一面说。“她穿衣吃饭，都有我了，先生！”他这样说，同时把十个手指往空里使劲挥动，好像那就是十个银行一样。

特莱得和我，我们两个人，究竟谁更喜欢，是很难说的。“哎呀，”特莱得忽然说道，一面从口袋里掏出一封信来，交给了我。“我真把米考伯先生忘了个一干二净的了！”

那封信（米考伯先生只要遇到有写信的机会，他决不肯错过）是写给我的，敬烦内寺托·特莱得先生转交。信上是这样写的：

吾亲爱之考坡菲，

设吾今以时来运转、果遇机缘之消息相告，谅阁下或不至以为出乎意料。因吾前此与阁下把晤之时，或已提及吾正期冀机缘之行将到来也。

---

① 乐队往往有两面或三面定音鼓，由一个人打。

我等得天独厚之岛上[1]有一郡城（其处之居民，可称为半农半教，各安其业，混而不扰。），吾在此郡城中，将于一与吾直接有关之学者专门职业[2]界中立身创业矣。米考伯太太与吾之子女，均将伴吾而来此城。吾等之尸骨，于未来之时或亦将长眠于一巍峨古老建筑附属之墓地中；此城即因此建筑，驰誉远近，其声名传播之广，即称之为起自中国，迄于秘鲁[3]，亦不为过。

吾与家人，寄居此近代巴比伦之时，屡经沧桑，苦乐备尝；但吾相信，不论苦乐，吾等处之，皆不能谓为有失尊严。今吾等将向此城告别矣；此番告别，亦即吾及米考伯太太，向一与吾等家庭生活祭坛有坚强联系之好友，多年分离或永世长别之时，此吾及米考伯太太均所不能掩饰者也。在此番离别之前夕，如阁下能偕吾等共同之好友特莱得先生，光临敝寓，互道离别之忱，则阁下即属施厚恩

于

永为

汝仆之

维尔金·米考伯矣。

我听到米考伯先生摆脱了耻辱和贫困，终于遇到了机缘，非常高兴。特莱得一告诉我，说他请我们到他家去那个晚上正冉冉欲逝，我就连忙表示，幸会不可错过；跟着就同他一块儿去到米考伯先生以冒特摩先生的名义寓居的地方。那地方坐落在格雷法学会路上手的附近。

这个寓所里的设备实在太简陋了，我们到了那儿，只见那两个双生儿，现在都已经有八九岁了，躺在起坐间的一个折床上；也就在这个屋子里，米考伯先生用一个盛脸水的大盂子[4]，掺兑他那出名擅长的可口

---

①英诗人华兹华斯在他的《一八三三年漫游诗》第19首里，有“在我们这个得天独厚的岛上”之语。

②学者专门职业：医学、神学及法学。

③约翰生的《人类欲望之虚幻》一诗，首行为：“今对人类，起自中国，迄于秘鲁，作一广泛之观察。”

④这是没有自来热水设备以前，用以盛脸水的，和脸盆配成一套。

饮料，他叫那种饮料是“酒酿”。那一次，我还有幸，能和米考伯大少爷重叙旧谊。只见他那时候，已经十二三岁了，看样子很有出息，手脚没有片刻闲着的时候。像他这样年纪的人，这种情况，并非少见。我和他妹妹，米考伯大小姐，也重新相见。据米考伯先生说，“在米考伯大小姐身上，她母亲又返老还童，死而复生了，像凤鸟[①]那样。”

“我的亲爱的考坡菲，”米考伯先生说，“你跟特莱得先生，都可以看出来，我们就要移居了；在这种情况下，随之而来的种种不便，你们当然能够原谅。”

我一面用适合当时情景的话回答了他，一面用眼往屋子里看了一下：只见细软什物，都已经捆扎起来了；行装的总量，决不能算多得令人不胜负载。我对米考伯太太祝贺她就要到来的乔迁之喜。

“我的亲爱的考坡菲，”米考伯太太说，“你对于我们的事情，就没有不关心的，这是我敢保的。我娘家的人，也许可能认为我们这是跟充军发配一样，他们爱怎么想就怎么想吧，不过我可是个要作贤妻良母的人，我不论多会儿，都不能不跟米考伯先生。”

米考伯太太一面这样说，一面把眼光注视到特莱得身上，求他说一句话；于是特莱得就感情激动地表示了完全同意米考伯太太的说法。

“‘我，爱玛，愿奉你——维尔钦为夫[②]’那句永远无可反悔的话，当年从我嘴里说出来的时候，考坡菲先生和特莱得先生，”米考伯太太说，“我对于我所承担的义务，就至少是我现在这种态度了。我昨天晚上，在寝室的烛光下，把那篇礼文，又念了一遍。念完了以后，我从那里面得出来的结论是：我不论多会儿，都不能不跟米考伯先生。并且，”米考伯太太说，“我对于那篇礼文的看法，虽然也可能不对，但是，我可拿定了主意了，永远也不能不跟他！”

“我的亲爱的，”米考伯先生有些不耐烦地说，“据我所知道的，

---

① 西洋神话，凤鸟只有一个，活到五六百年，在阿拉伯沙漠中自焚而死，其尸体余烬复化为凤鸟。

② 这是《婚姻礼文》中的一句。

没有人想到你会采取那一类的行动。”

“我很明白，我的亲爱的考坡菲先生，”米考伯太太接着说，“我现在要到人地两生的地方去碰运气了；我也很明白，我娘家那几房，虽然米考伯先生用顶文质彬彬的词句把他的新发展写信通知了他们，可对于米考伯先生这些信连一丁点儿都没理会。我也许是迷信，”米考伯太太说，“不过我可当真认为，米考伯先生写的那些信，好像命中注定绝大多数都得不到答复。我从我娘家的人那种保持缄默的态度里可以揣测出来，他们是反对我作这种决定的，不过，考坡菲先生，我决不能让我自己不尽职份，走入歧途，即便我爸爸和妈妈还活着，我也不能让他们引我走入歧途。”

我表示了我的意见，说这是应当采取的正当途径。

“叫一个人蛰居在一个有大教堂的城市里，”米考伯太太说，“也许得算是一种牺牲。不过，考坡菲先生，如果对我说来，那是一种牺牲，那对像米考伯先生那样有才能的人说来，更毫无疑问，是一种牺牲了。”

“哦！你要到一个有大教堂的城市里去呀？”我说。

米考伯先生，刚才一直地都老从那个盛脸水用的大盂子里给我斟酒，现在插嘴说：

“到坎特伯雷去。我把实话对你说了吧，我的亲爱的考坡菲，我已经安排好了；由于那种安排，我跟咱们的朋友希坡订立合同，要尽心竭力，给他帮忙，为他服务；资格是——贴身书记；名义也是——贴身书记。”

我拿眼直盯着米考伯先生，他见了我那样吃惊，不由大乐。

“我得正式对你宣布，”他打着官腔说，“主要的是由于米考伯太太有办事的才干，会出好主意，所以才有这种结果。米考伯太太从前不是谈过向社会挑战的话吗？我就用登广告的方式，向社会递了战表，我的朋友希坡就接受了这封战表：这样一来一往，我们两个可就成了英雄惜英雄了。说到我的朋友希坡，他真是非常地精明强干；我提到他的时候，总是想要尽一切可能，表示敬意。我的朋友希坡，暂时还没把我固定的报酬定得数目太高；但是就他把我从财政困难的纠葛中解脱出来的情况而论，他可已经帮了我不小的忙了，因为他看出来我都可能替他做多少事。我把希望暗中寄托在我能替他做事的能力上。我碰巧生来就有的那种机警和才力，”米考伯先生带着他从前那种文明优雅的神气，一方面有些自夸，一方面又有些自谦，说道，“我将来都要拿出来，替我这位朋友希坡尽忠效力。我已经懂得一些法律了——关于被告方面的民事诉讼程序，我已经懂得一些了。我还要马上就把英国一位最著名、最突出的法学家所写的《法律诠释》仔细钻研一番。我得再补充一句：我说的这位法学家，就是法官布莱克斯屯[①]。我这种补充，我相信是必要的。”

米考伯先生说的这些话——实在说起来，那天所有说的那些话的大部分，都不是一气说下去的，常受到搅扰而中断；因为米考伯太太一会儿发现，米考伯大少爷坐在他的靴子上；一会儿又发现，他用两手抱着脑袋，好像觉得脑袋要裂开似的；一会儿又发现他无意中用脚在桌子底下踢特莱得先生；一会儿又发现他把右脚搭在左脚上，或者把左脚搭在右脚上；一会儿又发现他把脚伸出去老远，看着真不顺眼；一会儿又发现他侧着身子躺着，把头发都塞到酒杯中间，再不就用其他的方式，表现手脚乱动，不能安顿，闹得同座的人都极不舒服。米考伯少爷一遇到他妈发现他这种种样子说他的时候，就横眉立目，悻悻相向。每逢遇到这种时候，谈话就要中断。在所有这个时间里，我都坐在那儿，诧异地听着米考伯先生透露出来的话，直纳闷儿，不懂他的话到底是什么意思，到后来，米考伯太太又把前言提起，我的注意力才又转到她身上。

“我特别要求米考伯先生的，是要他小心在意，我的亲爱的考坡菲先生，”米考伯太太说，“千万可别因为就了法界这种旁门杂流，就妨碍了正途，最后不能爬上高枝。我深深地相信，就凭米考伯先生那样广有智谋，再加上他那样口若悬河，正适合于干这种事；那只要他专上心去，就一定能在这方面显一显身手。比方说，特莱得先生，”米考伯太

① 布莱克斯屯(1723—1780)，英国法学家，著有《英国法律之诠释》。

太说到这儿，带出一种深沉的神气来，“升到法官，或者亦可以说，升到大法官。一个人就了像米考伯先生现在就的这种地位，那他是不是再就没有升官的可能了哪？”

“我的亲爱的，”米考伯先生一面说，一面斜着眼往特莱得那儿带着探问的神气瞧，“我们考虑这类问题，还有的是工夫。”

“米考伯，”米考伯太太回答他说，“不对！你这一辈子老犯的错误就是，你老往前看得不够远。即便说，你不管你自己，但是你要是为了对得起你家里的人，那你也应该往天边尽处，一眼看遍；因为你的才干可以叫你达到那个地方。”

米考伯先生一面咳嗽，一面喝盆吃酒，神气极为得意——不过仍旧斜着眼瞧特莱得，好像要听一听他是什么意见似的。

“呃，这件事，老老实实地说来，米考伯太太，”特莱得说，他只是把事情的真相很柔和地慢慢说了出来，“我的意思是说，这件事，平淡无奇地说来，这是你知道的——”

“正是，正是，”米考伯太太说，“我的亲爱的特莱得先生，谈这样一个重要的问题，我愿意能怎么老实就怎么老实，能怎么平淡就怎么平淡。”

“这件事，老老实实地说来，平淡无奇地说来，是这样：就米考伯先生干的法界这一行而论，即便他是个正式的辩护士——”

“正是这样，”米考伯太太回答他说。（“维尔钦，你只管把两只眼睛使劲往一块儿逗吧，逗来逗去，你可就不用打算再叫你的眼睛恢复原状了”。）

“——也都与他的前途能升不能升，并不相干，”特莱得说。“只有出庭的律师，才有机会升到你说的那种地位。米考伯先生，既然没在法学院里先学习五年，那他就不能当出庭的律师。”

“那么，五年完了以后，米考伯先生就有做法官或者大法官的资格了？我这话对不对？”米考伯太太带出她那种和蔼可亲、公事公办的神气来说，“我这样了解对不对？”

“他可以有资格，”特莱得强调“有资格”三个字回答她说。

“谢谢你，”米考伯太太说。“这样就很够了。如果情况真是这样，而米考伯先生就了他现在这种职位，于他前途的利益并没有什么牺牲，那我就放了心了。我是以妇女的身份，”米考伯太太说，“表示意见的，我当然也不可能用别的身份。我还没出门子的时候，常听到我爸爸说过老吏断狱那种才能。我总认为，米考伯先生就有那种才能。我希望，米考伯先生这回可找到了一种能发挥他那种才能的职业，能使他出人头地的职业。”

我十分相信，米考伯先生，用他那种老吏断狱的眼光，正看到自己坐在毛绒垫子[①]上。他安然自得地用手把他那个秃脑袋摸了一下，作出无可奈何而听天由命的样子来说：

“我的亲爱的，咱们对于运命的安排，不能未卜先知。如果我有戴假发[②]的命，那我至少可以说，我永远虚此以待——”他所谓的“虚此”是指着他的秃脑袋说的，“——贵显之来。我对于头发脱落，毫无悔恨之意；我之所以发落，也许有特殊意义存焉。不过这个我可不能肯定。我打算着，我的亲爱的考坡菲，把我的儿子教育大了，将来在教会里服务[③]；我不否认，我为了拉巴他，能置身显达，也要觉得高兴。”

“在教会里服务？”我问道，一面仍旧不时琢磨乌利亚·希坡。

“不错，”米考伯先生说。“他的嗓子是脑后音；他要以参加圣诗队开始教会的生涯。我们到坎特伯雷去住，再加上我们跟当地人有了联络，那毫无疑问，一旦遇到大教堂里的圣诗队出了缺，他就能得到近水楼台的方便。”

我又把米考伯大少爷看了一眼之后，我看到他脸上有一种样子，好像表示，他的嗓子是“眉后”音。没过多久，他给我们唱的时候，他的嗓子果真是“眉后”音（他要是不给我们唱，他就得去睡觉，二者必居其一）；他唱的是啄木鸟梆梆鸣[④]。他这一唱，我们自然要说好多夸奖的

---

① 毛绒絮的垫子，为大法官所坐。
② 英国的法官、律师等都戴假发。
③ 在教会里服务，一般指当牧师等而言。
④ 这是爱尔兰诗人穆尔（1779—1852）作的一首歌，曾一度流行。

话；夸奖完了，我们又泛泛地谈起一般的题目来。我对于我现在这种由顺而逆的情况，本来拼命地想不对米考伯夫妇说；但是我还是忍不住，对他们说了。他们夫妇俩听到我姨婆现在也遭到困难，那样高兴；我姨婆的困难，使他们那样亲热、舒适，我简直地没法形容。

我们的盆吃酒差不多快喝到最后一巡的时候，我转到特莱得那边，提醒他说，我们和我们的朋友告别以前，别忘了祝他们前途顺利，身体健康，快活如意。我请米考伯先生给我们把酒都斟满了，跟着按照规矩，为他们干杯。隔着桌子和米考伯先生握手，给了米考伯太太一吻：来纪念这一个重大的日子。特莱得在第一点上，也跟着我学；但是在第二点上，他认为他这个朋友资格还不够老的，所以没冒昧从事。

“我的亲爱的考坡菲，”米考伯先生说，同时站起身来，把大拇指一面一个，插到背心的口袋里，“你要是允许我的话，我就叫你是我青年时代的伴侣好啦——还有，如果特莱得先生允许我这样说的话，那我就叫他是我的崇高的朋友特莱得啦——现在请你们允许我，代表米考伯太太、我自已，还有我跟前的，对你们这番好意用顶热烈、顶不含糊的词句表示感谢。我们明天就要移地而居了，那时我们就要完全过一种新的生活了，”米考伯先生说；说的时候，好像他们要作五十万英里的长征似的。“在这种移居的前夕，人们势必希望，我对我面前这样两位朋友说几句临别赠言。不过，关于这方面所有的话，我已经全都说了。我现在要参加一种高等自由职业，在那里面做一名无足轻重的小卒儿；通过这种职业，不论我达到什么社会地位，我自已都要尽力使那种地位不受辱没；米考伯太太也要尽力使那种地位更增光彩。我原先承担钱财义务的时候，本来打算立刻就清算处理，但是由于种种纠葛，没能如愿；在这种钱财义务的压迫之下，我没法子，只好戴上衣饰——我这是指着眼镜说的——其实我生来就讨厌这种衣饰；同时，我还不得不改名换姓，那个名姓其实我并没有法律的依据。我对于这一节所能说的话只是：满眼凄凉惨淡的云雾，都已经散了，白昼之神，又在山巅上高高地照临了。下星期一下午四点的驿车来到了坎特伯雷的时候，我就又踏上我的故乡本土——我就又恢复了我的本名米考伯了！”

米考伯先生离别赠言

米考伯先生说完了这一篇话以后，重新落座，郑重其事地一连喝了两杯盆吃酒。跟着又庄严地说：

“咱们今天完全分手以前，我还要做一件事。那就是，我还要办一种法律手续。我的朋友托玛斯·特莱得先生有好几次，救我的急，‘出名作保’（如果我可以用一个普通的说法的话），他把他的名字，签在期票上。头一张期票到期的时候，我给了托玛斯·特莱得先生一个——简单地说吧，我给了他一个‘临难弃友’。第二张还没到归还的日子。头一次他替我承担的义务，”米考伯先生说到这儿，把一个笔记本掏出来，仔细地看了看，“我相信，是二十三镑四先令九便士半；第二次，据我记的那笔账，是十八镑六先令二便士。这两笔加起来，要是我没算错了，一共是四十一镑十先令十一便士半。我请我的朋友考坡菲替我核对一下，看我算得对不对。”

我替他核对了一下，他算得很对。

“要是我离开这个慈善之区，”米考伯先生说，“和我的朋友托玛斯·特莱得分别，可不把这笔财务清理了，那我心里一定要跟压上了一块石头一样，可以把我压得到了受不了的程度。因此，我给我的朋友托玛斯·特莱得先生写好了一份文件，现在我手里拿的就是；通过这个文件，我所期望的目的就可以达到了。我现在请我的朋友托玛斯·特莱得先生，从我手里，接过一张四十一镑十先令十一便士半的借据。这样一来，我就可以恢复我的荣誉体面，我就又可以在我的同胞面前挺起腰板来了，这是我很高兴的事！”

他说完了这段话（说的时候，非常激动）以后，把一张借据，递在特莱得手里，同时祝他一顺百顺，事事如意。我现在深深地相信，不但米考伯先生认为，他有这番举动，就等于完全把钱还了一样；而且特莱得自己，并不知道这种办法跟把钱还了有什么分别，一直等到他有工夫想的时候。

这番正直的举动，给了米考伯先生一股力量，叫他在人面前挺起腰板来；所以，在他拿蜡给我们照着下楼的时候，他的胸膛，好像比原先宽出一半来。我们分手的时候，双方都很激动。在我看到特莱得进了他的寓所，而我一个人往我的寓所去的时候，我心里想这个，想那个，头绪纷繁，矛盾错杂；在这种混乱的思想之中，我想到一点，那就是：米考伯先生这个人虽然油滑，他却从来没跟我借过钱，那大概是因为，我是小孩子的时候就做他的房客，他想起我来，心存怜悯；他所以没跟我借钱，得归功于这一节。他要是对我开过口，那我这个人，好仗义而行，决不好意思拒绝他，我深深相信，这一点他也知道得跟我自己一样地清楚，因此我写到这一点，得说这是他的好处。

第三十七章
一杯冷水

我这种生活，已经继续了一个多星期了。我对于勇往直前，实践力行，比以往更坚定了。因为我认为那是情势所迫，不得不然。我仍旧和从前一样，走起路来，匆忙急遽，对于一切，都觉得一直在前进。不论在哪方面，凡是需要我使力气的，我都有多大力气就使多大力气，我就拿这个做我的座右铭。我不论怎样牺牲自己，都在所不惜。我还想到，我顶好吃素不吃荤；因为我模模糊糊地意识到，我要是成为不茹荤腥的动物，那我就是为朵萝而牺牲。

顶到现在，小朵萝所知道的，只是我给她的信上隐隐约约地透露出来的情况。至于我现在这样拚却一切、坚决前进，她一无所知。不过，星期六又来到了，就在那个星期六晚上，她要到米尔小姐家里去。到了米尔先生去赴打默牌会的时候(那就是她们把鸟笼子挂在客厅正中的窗户外面的时候。我从街上看到这个暗号，就心领神会了)，我就要到那儿去吃茶点。

顶到那时候，我们住在白金厄姆街的人，都完全安心过起日子来，狄克先生也在那儿心神极为舒畅地继续他的抄写工作。我姨婆把克洛浦太太的工钱，一次付清，把她安在楼梯上的头一个罐子扔到窗户外面，亲自上楼下楼，护送她从外面雇来的一个打杂儿的：这样一来，我姨婆完全胜利，而克洛浦太太完全屈伏。我姨婆这种种坚强有力的措施，吓得克洛浦太太胆战心惊，只好躲在厨房里，不敢露面儿：一心认为，我姨婆一定是疯了。我姨婆对于克洛浦太太的意见，也和对于任何人的意见一样，都是完全不理会的。她对克洛浦太太这种看法，不但不加驳正，反倒有些喜欢。这样一来，克洛浦太太本来胆子很大，现在，只在几天的工夫里，就变得非常胆小了；因此，她在楼梯上不敢面对面地硬碰我姨婆，而反倒尽力想把她那肥胖的身子躲在门后面藏起来——不过她那件法兰绒衬裙，却总有很大的一部分露在外面——再不就在黑暗的角落里缩成一团。这种情况，使我姨婆感到说不出来的得意；因此，我相信，每当克洛浦太太大概会出现的时候，她就像疯了似地歪戴着个帽子，往来巡逻：这就是她的赏心乐事。

我姨婆那个人，非常整洁，非常灵巧，所以就把我们的家具什物，都稍稍不同于前另安排了一下。她只这样一来，就使我显得仿佛不但不比以前更穷，而反倒比以前更富。举例说吧，她把那个食器贮存室，给我改成了一个梳妆室；又给我买了一张床，专为我用，还把它装饰了一下，因此，那张床白天看来，再像书架也没有了。她对我的起居饮食，经常关心注意，即便我那可怜的母亲自已，都比不上她那样疼我，她那样专心一意，为我的幸福快活着想。

在这些家务劳动中，坡勾提能尽一份力量，她真觉得是无上的光荣。她从前对于我姨婆那种敬畏之心，虽然仍旧有些残余，但是我姨婆却曾给过她那么些鼓励，对她说过那么些体己话，所以她们现在成了最要好的朋友了。不过，现在时序推移，她必须回家，去执行她照料汉的职务了(我这正说到我要到米尔小姐家里去吃茶点的那个星期六)，“那么，巴奇斯，再见吧，”我姨婆说。“你要自己保重！我敢对你说，我这会儿没有你在跟前，居然会觉得难过，真是我从来没想得到的事！”

我把坡勾提带到驿车票房，送她走了。她和我分别的时候，哭了，同时跟汉一样，叫我看在朋友的义气上，看顾她哥哥。自从他在那个太阳辉煌的下午走了以后，我们再就没听到他有任何消息。

“我有一句话，我的嫡嫡亲亲的卫，你要听着，”坡勾提说。“在你还没出师的时候，你要是要用钱，再不，在你出了师的时候，我的亲爱的，你开办事业要用钱，反正不论出师不出师，你都要用钱的，我的亲爱的，那除了我那个甜美女孩子的自己人——这个又笨又老的我，还有谁更有权利，能叫你跟他借钱哪？”

我只能说，如果一旦我要借钱的时候，那我决不会跟别人借，一定要跟她借；除了这个话，我说不出别的来；因为我并不是那种残酷地自命卓越、毫无倚傍的人。如果我在当时当地就接了坡勾提一大笔钱，她自然要感到最为快慰的了；其次，我相信我这番话，坡勾提听了，也最感快慰。

“还有，我的亲爱的！”坡勾提打着喳喳儿说，“你跟那个美丽的小天使说，我真想见她一面，即便只见一分钟的工夫也好！你还要告诉她，就说在她和我的孩子结婚以前，只要你叫我，那我就来把你的家给你拾掇得华华丽丽的！”

我对她说，除了她，我决不让任何别人沾手；这句话，坡勾提听着快活极了，因此她连和我分手的时候，都是很高兴的样子。

我整天在博士公堂里，用种种办法，尽力使自己疲劳，到了晚上约定的时候，起身往米尔小姐住的那条街走去。我到那儿一看，中间的窗户外面，并没挂鸟儿笼子，原来米尔先生吃过正餐以后，定不可移地总要打个盹儿，所以他还没出门儿。

他叫我等的时候太长了，因此我热烈地希望，俱乐部要因为他去晚了罚他才好。后来他到底出来了；于是我看到我自己的朵萝，亲手把鸟儿笼子挂了起来，还往凉台上探头，瞧我是否到了；她瞧见了我在那儿，又跑回去了；同时，吉卜就仍旧留在后面，朝着街上一个屠夫的大狗，往死里叫；其实那条狗，可以把它像一粒丸药那样吞下去。

朵萝跑到客厅门外去迎我；吉卜就踉踉跄跄地跟在后面，一面折跟头，一面呜呜地叫，只当我是个强盗；于是我们三个，一块儿进了屋里，能怎么快活就怎么快活，能怎么亲爱就怎么亲爱。但是我一下就在我们的快活中间，散布了凄凉惨淡；因为我丝毫没给朵萝准备，就开口问她，她是否能爱一个叫花子。我并不是存心有意要那样做，而是因为我心里充满了那种想法。

我的美丽的小朵萝吃了一惊！她的脑子里对于叫花子惟一的联想，就是一副黄脸和一个睡帽，再不就是一对拐杖，再不就是一条木头假腿，再不就是一条狗，嘴里叼着一个滤酒瓶，以及诸如此类的情况，她听了我问她那句话，带着顶令人可乐的惊讶样子，直瞧我。

“你怎么会问起这样傻的问题来啦？”朵萝噘着嘴说。“爱一个叫花子？”

“朵萝，我的最亲爱的！”我说。“我就是一个叫花子！”

“你怎么能这样傻，”朵萝说，一面在我手上拍了一下，“坐在那儿，说这种瞎话！我要叫吉卜咬你啦！”

她那种小孩子气，在我看来，真是世界上再也没有那样甜美可爱的了；但是话还是必须说明白了的，因此我郑重地重复道：

“朵萝，我的命根子，你这个大卫，现在一贫如洗了！”

“你要是再这样逗人，我可真要叫吉卜咬你啦！”朵萝说，一面摇摆她的鬈发。

但是我却板起面孔，做出一本正经的样子来；因此朵萝停止了摇摆鬈发，把她那发抖的小手放在我的肩头上，起初的时候，脸上露出惊吓、焦灼的样子来，跟着哭起来了。她这一哭，却真不得了！我在沙发前面跪下，抱着她，哀求她不要把我弄得五内如裂；但是，有一阵儿，可怜的小朵萝只会喊，哎呀！哎呀！哦，她真吓着了！哦，朱丽叶·米尔哪儿去了！哦，把她带到朱丽叶·米尔那儿吧，叫他走开吧！她就这样乱折腾，到后来几乎弄得我神志都迷惑了。

后来，我满心痛苦地又哀求她，又劝导她，好容易才到底叫她的眼睛看着我了，但是她脸上还满是恐惧之色。我慢慢地安慰了她以后，她脸上别的表情才消失了，而只剩了爱我的神色了。她那柔和、美丽的脸腮，也放在我的脸上了。于是我一面把她抱在怀里，一面告诉她，说我怎样全心全意地爱她，怎样一心无二地爱她，因此觉得，我应该叫她从订婚的束缚中解脱出来，因为我现在已经是一个穷人了；我又告诉她，说我要是没有她，我怎样就永远没法儿忍受，也永远不能恢复故我；只要她不怕受穷，我怎样也不怕受穷；因为我有了她，我的两臂就能生出力量，我的心就能得到鼓舞；我怎样已经勇往直前地工作起来了，这种勇往直前的劲头儿，除了一个情人，别的人不能理解。我怎样已经开始讲求实际，看到将来；怎样凭自己的力气挣的一块面包皮，远远美于继承而来的一席盛筵；还说了一些意义相同的话。我说的时候，滔滔不绝，口若悬河，连我自己都感到十分惊异，虽然自从我姨婆突然把她的情况告诉了我以后，我这些话是我白天黑夜，时刻琢磨的。

“你那颗心仍旧是我的吗，亲爱的朵萝？”我乐不可支地问道；因为她紧紧地抱着我，我从这种情况里，就知道她的心仍旧是我的了。

“哦，是你的！”朵萝喊道。“哦，是你的，完全是你的。哦，你别这样吓人，成不成！”

“我吓你！我会吓朵萝！”

“你别再说什么穷啦的话啦，也别再说什么做苦工的话啦！”朵萝说，同时更紧地伏在我怀里。“哦，别、别再说那种话啦！”

“我的亲爱的爱人，”我说，“用自己的力气挣的一块破面包皮儿——”

“哦，话是不错的，不过我可不要再听你说什么面包皮儿的话啦！”朵萝说。“再说，吉卜每天十二点钟，都得吃一块羊排骨，要不然，它就要活不成了！”

她这种令人心醉的小孩子气，弄得我如痴如迷。我亲爱地跟朵萝说，吉卜一定能像平时一样，按时吃到羊排骨。我把我那生活俭朴的家描绘了一番；那个家由于我能自食其力，可以无求于人——在这番描绘里，我把我在亥盖特看到的那所小房儿，简略地叙说了一番；我姨婆就住在那所小房儿楼上她自己的屋子里。

“我这阵儿不吓人啦吧，朵萝？”我温柔地说。

“哦，不啦，不啦！”朵萝喊道。“不过，我希望，你姨婆大部分的时间，都要在她自己那个屋子里待着才好。我还希望，她可不要是那种净爱骂人的老东西！”

如果我爱朵萝，还有可能比以前更甚，那我敢保，我那时就是那样。不过我却觉得，她有一点不切实际。这种情况，使我的热烈劲头松了一些；因为我感到，我很难把我这种热烈劲头传给朵萝。我于是又作了一番努力。等了一会儿，她的心境又完全平静了，她用手把吉卜的耳朵卷着玩起来了（那时吉卜正趴在她的膝上），于是我板起面孔来说：

“我的心肝！我有一句话，要跟你说一说，可以不可以？”

“哦，我请你可不要再说什么实际不实际的话啦！”朵萝求告着说，“因为我一听那种话，我就要怕得什么似的！”

“我的宝贝儿！”我回答她说，“我要说的话里面，一点也没有叫你可怕的。我要你对这个话，完全换一种眼光看待。我想要叫这个话给你增加力量，使你得到鼓舞，朵萝！”

“哦，不过那太叫人可怕了！”朵萝喊道。

“我的心肝，绝没有什么可怕的。有了持久的恒心和坚强的意志，咱们就可以忍受更恶劣的遭遇。”

“不过我可一丁点儿意志都没有，”朵萝说，一面把鬈发摇摆。“你说，吉卜，我有吗？哦，你吻吉卜一下，叫人高兴点好啦！”

想要不吻吉卜，是不可能的，因为朵萝抱着吉卜，把它送到我的嘴边儿上，叫我吻它；同时还用她自己那张明艳、鲜红的小嘴儿，作出吻的样子来，教给我怎么个吻法；她还坚持着，非叫我吻的时候，四平八稳地恰好吻在吉卜的鼻子正中间不可。我照着她的话办了——她因为我服服帖帖地听了她的话，跟着回报了我一吻——她还把我那一本正经之气，在我也说不上究竟有多长的时间内，化为乌有。

“不过，朵萝，我的心肝！”我后来到底又板起面孔来说，“我刚才正有一句话，想要跟你说来着。”

她一听这话，就把她那两只小手合在一起，举了起来，请我、求我，千万不要再吓她；那时她那种样子，即便叫遗嘱法庭里的法官看见了，都得坠入情网。

“我决不再吓你，我的亲爱的！”我对她下保证说。“不过，朵萝，我的爱，如果你有的时候，也想一想——我这并不是说，叫你垂头丧气地想，这是你知道的，决不是那样——不过，如果你有的时候，也想一想——只是为了给你自己打一打气——你想一想，你跟一个穷人订了婚——”

“别说啦，别说啦！我求你别说啦！”朵萝喊着说。“这个话叫人听着太可怕了！”

“我的命根子，绝对不可怕！”我高高兴兴的样子说。“你要是有的时候，把那种情况想一想，偶尔也对于你爸爸的家务事留一留神，想法养成一种操持家庭琐事的习惯——比如记一记日用账之类——”

可怜的小朵萝，听了我这种提议，发出了一种好像一半呜咽啜泣、一半尖声喊叫的声音。

“——那样一来，那于咱们以后就非常地有用处了，”我仍旧接着说。“你要是答应我，肯把我要给你的一本小书—— 一本讲烹饪的小书——念一念，那对于咱们两个，都会有说不出来的好处。因为咱们的生活道路，我的朵萝，”我说到这儿，对于我谈的这个题目热烈兴奋起来，“是崎岖不平的；要把它弄平了，完全得靠咱们自己。咱们一定得有勇气。咱们在这条道路上，要遇到种种障碍。咱们一定得迎上前去，把障碍铲平清除了！”

我正滔滔不绝地讲，同时两手紧握，脸上就带出顶热烈的神气来；不过再说下去，却完全没有必要了。我已经说得很够了。我又犯了刚才的毛病了。哦，朵萝真吓坏了！哦，朱丽叶 · 米尔在哪儿哪！哦，快把朵萝交给朱丽叶 · 米尔，把她带走了吧！这种情况，简单地说吧，把我闹得神志失常，在客厅里如疯似狂地团团乱转。

我想我这一回可把她的小命儿给送了。我用凉水往她脸上洒。我双膝跪在地上。我薅自己的头发。我骂我自己，说我是一个全无心肝的野兽，不通人情的畜生。我求告她，叫她饶恕我。我哀告她，叫她抬起头来瞧。我把米尔小姐的针线匣胡翻乱抓了一气，想找闻药瓶子；但是在我当时那种痛苦之中，我把一个象牙针匣错当了闻药瓶子了，因此把所有的针，都撒到朵萝身上。吉卜也跟我一样，像疯了似的；我就用拳头照着它比划。我把一切能做的疯狂举动全都做了，神志迷失得不知道到了哪儿去了，然后米尔小姐才来到屋里。

"这是谁干的事儿？"米尔小姐一面救护她的朋友，一面喊道。

我回答她说，"是我，米尔小姐！都是我干的！你瞧，我就是那个毁灭者！"——反正是这一类的话吧——说完了，一头扎到沙发的垫子里，用垫子把脸盖住了。

起初的时候，米尔小姐只当我们两个吵架来着，只当我们两个跑到撒哈拉大沙漠的边儿上去了。不过她不久就看出事态的真相来了；因为我那位亲爱的、心肠软的小朵萝，抱住了她的朋友，起先满口只喊我是"一个可怜的苦力"；跟着为可怜我哭起来，把我抱住了，求我允许她把她的钱都给我；于是又搂着米尔小姐的脖子呜呜地哭，只哭得她那颗仁爱温柔的心，像要碎了一样。

米尔小姐一定是专为给我们两个做福星才下世为人的。她只用几句话，就从我这方面了解了全部事实的真相，跟着安慰朵萝，慢慢地把她说服了，证明了我并不是一个苦力——我从朵萝叙说这件事的话里，我相信，朵萝一定把我认作是一个水手，整天价在一块板子上，推着手车摇晃不稳地来往——因此叫我们两个平复如初。到了我们两个都十分安静下来，朵萝上了楼去用玫瑰水擦眼睛①的时候，米尔小姐拉铃儿，叫人预备茶点。在接着来的那段时间里，我告诉米尔小姐，说她永远是我的朋友，如果我有忘记了她对我们的同情的时候，那一定是我的心脏不会跳动的那一天。

于是我对米尔小姐把我刚才想对朵萝解释而没能成功的话，解释了一番。米尔小姐回答我说，照一般的道理讲，心神舒畅地住在简陋逼仄的茅屋里，比起冷酷无情地住在巍峨壮丽的宫殿里来，还是前者优于后者；爱所在的地方，就是一切所在的地方。

我对米尔小姐说，她这句话一点也不错。除了我以外，还有谁能更懂得这句话的真意呢？因为我对朵萝的爱，没有任何别人曾经验过。但是米尔小姐却带着抑郁的样子说，如果我这个话是真的，那对于某些心肠软的人可就好了；我一听这话，就急忙对她解释，请她允许我把我说

---

① 玫瑰水除用作香水外，还可用以擦哭泣后的眼睛，因其有清凉作用。

的那句话，只限于人类中的男性。

于是我问米尔小姐，请她告诉我，她是否认为，我对朵萝说的关于记账、管家务、念烹饪书那些话里面，有切于实用的好处?

米尔小姐想了一想，作了以下的回答：

“考坡菲先生，我跟你要打开窗子说亮话。对于某种情况的人说来，精神上的痛苦和折磨，就抵过了多年的经验；所以我要对你，像一个女方丈那样，打开窗子说亮话。你刚才说的，并没有好处。你所说的，对于我们这位朵萝，全不合适。我们这位亲爱的朵萝，是自然夫人的掌上明珠。她这个人，生来就以光明为形体，以空灵为精神，以喜悦为性情。我毫不掩饰地承认，如果你所说的是办得到的，那也许很好；但是——”米尔小姐说到这儿，直摇脑袋。

米尔小姐在她这段话的结尾承认了我那番话也许很好；我受了这种承认的鼓励，斗胆问她，如果为朵萝起见，她有机会，能使朵萝注意到将来过实际生活的准备，那她是否能放过那种机会呢?米尔小姐对于我这个问题作了正面的回答，而且回答得非常地快当；因此我又问她，她是否肯把教朵萝读烹饪书这件事承担起来，如果她能用潜移默化的办法，别叫朵萝害怕就能接受这种意见，那她是否肯为我做这件无上的功德呢?米尔小姐对于我这种委托也承担了，不过却不抱乐观。

于是朵萝回来了。我看到她那样娇小玲珑，那样可疼可爱，我就想，为这一类平常的俗事而去劳累她，是否应该，真叫我怀疑。并且，她那样爱我，那样叫人神魂颠倒(特别是看到她叫吉卜用后腿站起来接烤面包，吉卜不肯，她就捏着吉卜的鼻子往热茶壶上碰，假装着惩罚它)，而我刚才，却把她都吓哭了：我想到这一点，我就觉得，我真是一个巨怪，闯进了精灵仙子的花台月榭。

我们吃完了茶点，朵萝拿出那个吉他来；她唱上次那些可爱的法文歌儿，歌儿里说到不可能由于任何情况而停止跳舞以及拉、露、拉—拉、露、拉；一直唱得我觉得我比以前越发成了巨怪了。

我们那天的快乐里，只有一点小小的波折：原来在我要走以前那一会儿的工夫，米尔小姐无意中提起“明天早晨”的话来，我就不幸不小心，说我现在既然得勤苦工作了，所以每天早晨五点钟就起床。朵萝是否想到我是大宅门儿里一名更夫，我说不上来；不过我那句话，却给了她极深刻的印象，从那时以后，她再也不弹琴，不唱歌了。

我跟她告别的时候，那句话仍旧盘踞在她的心头，因为她用抚慰小孩子那种令人可爱的口气对我说——我老觉得，她那时真把我当作了一个玩具娃娃——

“我说，你可别五点钟就起床啦，你这个淘气的孩子。那太胡闹了！”

“我的爱，”我说，“我有事得做呀。”

“不过我不要你做！”朵萝回答我说。“你为什么必得做哪？”

看到她那时那副甜美可爱的小脸蛋儿，吓得什么似的，想要告诉她，说我们总得工作才能活下去，除了用轻松快活、像开玩笑的态度，还能用任何别的态度吗?

“哦！这有多么滑稽可笑！”朵萝喊道。

“咱们不工作，那咱们怎么活下去哪，朵萝？”我说。

“怎么活下去？不管怎么都成！反正能活着就得啦，”朵萝说。

她好像认为，她这样一说，一下就把问题解决了；跟着由她那颗天真的小心儿的深处，给了我那样得意的小小一吻；因此我几乎不忍得打断她的高兴，说她那种答复是不合情理的；即便有人给我一笔大大的财富叫我说，我都不忍得。

好啦！不错，我爱朵萝、我一直不断地爱朵萝、我不顾一切、心无旁骛、意无他属地爱朵萝。但是同时，我一方面一直不断颇为勤苦地工作，忙忙碌碌地把我放在炉里的各种铁活儿都烧得火红火热；另一方面，到了晚上，有的时候，我就坐在我姨婆对面，一个劲儿地直琢磨：琢磨我那一次，都怎样把朵萝吓得什么似的；琢磨我都有什么顶好的办法，能挟着吉他，穿过困难的树林子；一直琢磨到我觉得我的头发好像都要变白了。

第三十八章
事务所瓦解

我既已下了决心，要记录国会的辩论，我决不许我这种决心松劲。那是我马上就动手烧热了的一块铁，也就是我烧得通红、锤得乱响的一块铁：对于那块铁，我那种坚忍不拔的精神，真值得我毫无愧色，自钦自佩。我买了一本书，以人所共认的方法，阐述速记这种高尚技术和秘诀(一共花了我十先令六便士)，于是我就投入了一种令人心迷目眩的大海之中，只过了几个星期的工夫，就把我弄得简直地就要发疯。一个小点，就有千变万化；它在某种地位上是一种意思，在别的地位上，却又是另一种意思，和在前面的地位上完全不同；一个圈圈，可以令人惊奇地变幻莫测；一个像苍蝇翅膀的符号，附在别的符号上，就可以生出令人不解的结果；一道曲线，错放了地方，就生出了不可思议的影响；所有这种种情况，不但我醒着的时候，使我大伤脑筋，连我睡着的时候，也都在我面前出现。我好容易才像瞎子似的，从这些困难之中，摸索着走出去了；好容易才把字母掌握了(字母本身，就是一座埃及古庙①)；谁知道跟着又来了一系列可怕的新情况，那就是叫作随意使用的字母。那是我向来所知道的字母之中，最暴虐、最霸道的。这种字母，举例来说，非要叫一个像蛛网开端的东西当“期冀”的意思用不可；非要叫一个像水墨画的起花当“不利”的字样用不可。我把这些要人命的玩意牢牢地记在脑子里的时候，我发现，它们把一切别的东西，都从我的脑子里赶出去了。于是我从头另来；但是那时候，我又把它们忘得干干净净的了；在我又要把它们重新拾起来的时候，这一套玩意里面别的部分又拉下了；简单言之，那个玩意，简直地叫人肝肠摧折。

如果没有朵萝，那真可以叫我肝肠摧折；但是幸而有朵萝，我这个在狂风暴雨中掀腾颠簸的小舟，才有所倚靠，得到支持。在速记那一套方法里，每一道随便一画的线条，都是困难之林里一棵盘根错节的橡

① 埃及古庙里多刻古埃及象形文字，最难认识。

树；我就一棵一棵把它们砍倒；我砍的时候，非常地勇猛，因此我花了三四个月的工夫，就想在博士公堂口才最著名的民教法学家身上，试一试我这种技术了。但是那位口才最著名的民教法学家，还没等到我开始，就离我而去，走得老远了，把我撂在那儿，拿着那枝傻了一般的铅笔，在纸上乱摆乱晃，好像中恶抽风一样；这种情况，是我永远也忘不了的。

这样当然不成，那是很清楚的。我这样做，就是飞得太高了，那就永远也飞不远。我跑到特莱得那儿去讨主意。他说，他先给我口述演讲，口述的时候，按照我跟得上的能力定快慢，有时还要停一下。我对于他这种友爱的帮助非常感激，我就照着他的主意办了；于是有一个很长的时期，一夜跟一夜，几乎是每夜，我从博士公堂回了家以后，我们都在白金厄姆街，开一种私人国会。

我倒是愿意在别的地方，也看到这样的国会！我姨婆和狄克先生代表执政党人或者在野党人（看情况而定），特莱得就借助于一本恩菲尔得的《演说家》[①]，或者一本国会演说录，如发雷霆那样，对我大放厥词，尽情诟骂。他站在桌子旁边，用手指头按着念的那个地方，免得找不着是哪儿，右胳膊在头上挥动，就这样，装作是皮特先生、法克斯先生、谢立顿先生、波克先生、卡斯勒利勋爵或者堪宁先生[②]；他越说越激动，激动到顶猛烈的程度，对着我姨婆和狄克先生，恶毒地责问，骂他们不应该那样腐败，那样放纵；我呢，就坐在稍远一点的地方，膝上放着笔记本，尽我一切的力量，死气白赖跟着他记。特莱得那样前言不搭后语，那样丝毫不顾情面，即便真政客和他比起来，都要瞠乎其后。他在一个星期的时间内，就可以采取任何不同的政策。他把所有的旗帜，钉在各种不同的桅杆上。我姨婆看着像个不动声色的财政大臣，遇到演说中间有必要的时候，就偶尔插上一句半句，像“着啊？”“不对”或者“哦呵”之类。她要是那样一说，那就等于给狄克先生（他完

① 恩菲尔得（1741—1797），英国牧师；于1774年发表《演说家》。

② 都是18世纪末19世纪初的英国政治家和政客。

特莱得助习速记

全像一个乡村绅士）发了信号：他立刻就跟着猛喊大叫起来。不过狄克先生在当议员的时候，听到那么些责难，并且成了那样严重后果的负责人，因此弄得他有时很不得劲儿。我相信，他当真害起怕来，认为自己真做了错事，因而要使英国的宪法全部受到破坏，国家整个遭到毁灭。

我们从事这种辩论，常常闹到钟上的时针指向半夜，蜡烛点得只剩了一点。我有了这样好的实习以后，结果是，我很能跟得上特莱得了；如果我对于我的记录，能有一丁点认得，那我就大可以自鸣得意了。但是，我记录了以后，读的时候，就等于把无数茶叶箱子上面的中国字，或者把药房里那些红红绿绿大瓶子上面的金字，抄录下来一样。

除了回过头来，完全再开始做起，就没有别的办法。这当然叫人很难过；但是我虽然心情很沉重，却回过头来，使劲咬牙，按部就班，用蜗牛的快慢，把那段使人腻烦的路程，又忍苦受累地走了一遍；时刻站住了，仔细考查路上各方面的细微斑点；不论在哪儿，遇到那些难以捉住的字母，拼命地想法一见就认识。我永远是准时到事务所，也准时到博士那儿；我工作起来，那样使劲儿，真像平常说的，跟一匹拉车的马一样。

有一天，我往博士公堂去的时候，看见斯潘娄先生脸上很严肃的样子站在门口，并且自言自语地嘟念。本来他常常闹头疼——他天生的就脖子短；我又认真地相信，他的领子浆得太硬了——所以我一开始的时候只想到，他恐怕是又犯了头疼的病了；不过，他一会儿就把我的不安解除了。

我跟他道“早安”的时候，他并没对我还礼，而只带着拒人于千里之外的十足派头看着我，同时冷淡地要我同他一块到一个咖啡馆里去。那个咖啡馆，在那个时期里，有一个门，恰好在圣保罗教堂墓地那个拱门的里面，通到博士公堂。我奉命惟谨，跟他走去，同时觉得很不得劲儿，全身各处都热气四射，好像我的疑惧萌芽冒出似的。因为路很窄，我让他在前面走；那时候，我看到，他把个脑袋高高地仰着，神气特别使我感到不妙。我心里就嘀咕，一定是他知道了我和我那亲爱的朵萝的秘密了。

即便我在往咖啡馆去的路上，还没猜出这一点来，那我跟着他来到咖啡馆楼上一个屋子里，看到枚得孙小姐也在那儿，我也很难不会不分明看出是怎么回事来的。只见枚得孙小姐身后面，是一张靠墙放着的台子，台子上放的是扣着的玻璃杯，玻璃杯上架着的是柠檬；台子上还放着那种迥非寻常的匣子，净是棱角和沟槽，为的是好盛刀和叉子①。这种东西，现在已经不用了；这对于人类，得说是一种幸福。

枚得孙小姐把她那冰冷冷的指甲伸给了我，横眉立目、直挺挺地坐在那儿。斯潘娄先生把门关上了，指了一个座位叫我坐下，自己却站在炉前的炉台地毯上。

"枚得孙小姐，"斯潘娄先生说，"现在劳你的驾，请你把你手提包里的东西拿出来，给考坡菲先生看一看。"

我相信，枚得孙小姐的手提包，就是我还是小孩子那时候合起来像咬了一口的那个有钢卡子的提包。枚得孙小姐把嘴唇紧紧地闭着，表示她跟紧紧地合着的皮包是一个鼻孔出气的，把皮包打开了——同时把嘴也稍微张开了一点——把我最近这一次给朵萝的信拿了出来；那封信里，满纸写的都是爱情永远不渝一类的话。

"我相信，这是你写的吧，考坡菲先生？"斯潘娄先生说。

我全身发热。我说，"是我写的，先生！"我的嗓音我听起来，都不像是我自己的了。

"我要是想得不错的话，"枚得孙小姐从手提包里掏出一束用顶令人疼爱的小蓝带子捆着的信来，斯潘娄先生说，"那些信，也是你的手笔吧，考坡菲先生？"

我是在一切绝望的感觉下，把那些信接过来的；同时，瞥到信上开始的地方，写着"永远是我最亲爱的、永远是我个人所有的朵萝"，"我的最亲爱的天使"，"我所永远崇拜的人"等等，我的脸大红而特红，我的头低垂而不能抬起。

"请你不要再还给我啦吧！"我机械地把信又递给斯潘娄先生的时

---

①这是从前的刀叉匣子。

候，他冰冷冷地说。“我不想把这些信攘为己有。枚得孙小姐，劳你的驾，把事情的经过说一说好啦！”

那位温文柔和的家伙，先满腹心思地往地毯上看了一会儿的工夫，然后带着趁愿解恨而却又不动声色的样子，把她心里的话，如下说出：

“我得承认，我有相当长的时期，就对斯潘娄小姐和大卫·考坡菲的关系方面，起了疑心了。在斯潘娄小姐和大卫·考坡菲头一次见面的时候，我就留了他们的神了，那一次他们给我的印象，并不叫人愉快。人心的险恶是很——”

“我请你，小姐，”斯潘娄先生打断她的话头说，“把话只限于事实好啦。”

枚得孙小姐把眼光下视，把脑袋摇晃，好像对斯潘娄先生抗议，说他不该把她的话头打断，跟着皱着眉头、板着面孔，接着说：

“既是我只能把我的话限于事实，那我要尽力把话说得枯燥干巴。这种说法，也许得算是这件事应有的说法吧。我已经说过了，先生，我有相当长的时期，就对斯潘娄小姐和大卫·考坡菲的关系方面，生了疑心了。我时常想法子，要找能确实证明我这种疑心的把柄，不过可没找到。因此我忍住了，没对斯潘娄小姐的父亲说。”她说到这儿，狠狠地瞧了斯潘娄先生一眼；“因为我知道，在现在这种情况里，普通一般人，总是不愿意承认，说我这是丝毫不苟、尽职负责。”

斯潘娄先生好像叫枚得孙小姐这种赛过须眉的严厉态度吓倒了，所以用手表示求和的样子稍微一摆，请她不要那么严厉。

“我因为我兄弟结婚，离开了诺乌德一些时候。等到我回了诺乌德，恰好斯潘娄小姐也从她的朋友米尔小姐家回来了，”枚得孙小姐用鄙夷的口气说；“那时候，我只觉得，斯潘娄小姐的态度，比以前更令人可疑了。因此我才严密地注视起斯潘娄小姐的行动来。”

亲爱的、心软的小朵萝，竟这样毫不觉得，有条毒龙在暗中看着她[①]！

---

①西洋古代神话及中古史诗中，以龙或蛇守护宝物。

“不过，”枚得孙小姐接着说，“我还是没看出有什么破绽来，一直顶到昨儿晚上。我一直觉得，斯潘娄小姐的朋友米尔小姐给斯潘娄小姐的信太多了；但是米尔小姐既然是斯潘娄小姐的父亲完全赞许的朋友，”这是又给了斯潘娄先生当头一棒——“那我当然不便横加干涉。如果我不可以说，‘人心天生险恶’，至少我可以——至少我必得——提一提，‘托付非人’；我想我这样提法，并不为过。”

斯潘娄先生抱歉的样子嘟囔着说不错。

“昨儿晚上，吃过茶点以后，”枚得孙小姐接着说，“我看见那个小狗在客厅里，忽然一跳，跟着又打滚，又呜呜地叫，嘴里不知道叼了什么东西逗着玩儿。我跟斯潘娄小姐说，‘朵萝，你瞧，狗嘴里叼的是什么东西？哦，原来是一张纸，斯潘娄小姐一听这话，马上用手往她的长袍上一摸，跟着突然喊了一声，就往小狗跟前跑。我把她截住了，对她说，‘朵萝，我的亲爱的，你让我来好啦。’”

哎呀吉卜啊，你这个讨厌的狗东西，那么，这个漏子都是你捅出来的了！

“斯潘娄小姐想要贿赂我，”枚得孙小姐说，“就又吻我，又给我针线匣，又给我小件的珠宝——所有这些，我当然不必细说。那个小狗，见了我来到它跟前，就钻到沙发底下去了，费了好大的事，才用火铲火钩把它掏出来了。即便它从沙发底下出来了以后，它嘴里仍旧叼着那封信不放。我想法要从它嘴里把那封信夺过来的时候——那是冒着马上叫它咬了的危险的——它把那封信，用牙咬得紧极了，因此我揪那封信，竟连它整个的身子都带起来，吊在空里了。后来我到底把信弄到手了。我把这封信看了以后，就追问斯潘娄小姐，说她手里一定还有好多同样的信；最后才从她那儿得到了这一包，那就是大卫·考坡菲这阵儿拿着的。”

她说到这儿打住了。她吧地一声，把提包合上了，也吧地一声把嘴闭上了。看样子，真是宁肯断折，也决不肯屈饶。

“刚才枚得孙小姐说的话，你都听见啦吧？”斯潘娄先生转到我这一面说。“我现在请问，考坡菲先生，你有什么回答的话没有？”

我那一刻眼前出现的景象，只是我心坎上供养的那位美丽的小宝贝，如何整夜哭泣——她那时如何孤寂，如何苦恼，如何惊怕——她如何令人可怜地恳求哀告那个心如铁石的妇人饶恕她——她如何吻那个妇人，给那个妇人针线匣和小玩意，而那个妇人却毫不动心——她又如何万分难过，而都只是为了我——这一幅图画，把我当时所能振作起来的一点尊荣之心减弱了不少。我恐怕，我有一两分钟的工夫，全身抖成一片，虽然我尽了我最大的努力来掩饰这种情况。

"我只能说，所有的错，都是我的；除此而外，先生，"我回答他说，"我没有别的可说的了。朵萝——"

"请你叫她斯潘娄小姐好啦，"朵萝的父亲威仪俨然地说。

"——是受了我的引诱，听了我的劝说，"我把那个冷落的称呼咽了下去，接着说，"才同意保守秘密的。我对于这种情况，深切地引以为憾。"

"这大部分得说是你的错，老先生，"斯潘娄先生一面在炉台地毯上来回地走着，一面说，说的时候，因为他的领巾和脊椎骨都太硬了，只得用全身，而不能单用头，来加强他说的话。"你这种行为是偷偷摸摸、很不体面的，考坡菲先生。我请一位绅士到我家去的时候，不管那位绅士是十九岁，还是二十九岁，还是九十岁，我都是以无猜无忌的诚心待他的。如果那位绅士辜负了我那种诚心，那他就是做了一件很不名誉的事，考坡菲先生。"

"我敢对你保证，先生，我深深感到这一节，"我回答他说。"不过，在这以前，我可从来没想到那是不名誉的。我一点也不撒谎，实实在在地以前没想到那是不名誉的，斯潘娄先生。我爱斯潘娄小姐，都爱得——"

"得了吧，别胡说啦！"斯潘娄先生红着脸说。"请你不要当着我的面，说什么你爱我女儿的话啦，考坡菲先生！"

"要不是因为我爱她，那我还能替我的行为辩护吗，先生？"我尽力低声下气地说。

"难道因为你爱她，先生，你就能替你的行为辩护啦吗？"斯潘娄先生在炉台地毯上突然站住了说。“你对于你自己的年龄，是否考虑过，对于我女儿的年龄，是否考虑过，考坡菲先生？我跟我女儿之间应有的那种信赖，要是遭到暗中的破坏，那是怎么一种情况，你是否考虑过？你对于我女儿的社会地位，对于我为她计划的前途，对于我给她打算留的遗嘱，是否考虑过？考坡菲先生，你对于任何问题，是否考虑过？”

“我恐怕，先生，我考虑的很少，”我把我感到的恭敬和歉意尽力对他表示出来，回答他说。“不过，请你相信我好啦，我可把我自己的社会地位考虑过。我当初跟你谈我的情况的时候，我们已经订了婚了——”

“我请你，”斯潘娄先生说，说的时候，使劲用一只手把另一只手一拍，只显得比以前我看见他的时候更像潘齐——即便在我的绝望中，我都忍不住要注意到这一点——“不要跟我谈什么订婚不订婚啦，考坡菲先生！”

那位完全不动声色的枚得孙小姐，只格格一声，笑了一下，表示鄙夷。

“我当初跟你说我的境况已经变了的时候，先生，”我又开口说，我这回用的是一种新的说法，来代替原先他听着很不顺耳的说法，“这种秘密行动——我不幸连累了斯潘娄小姐，叫她跟我一同保守秘密的行动，已经开始了。自从我遭到了那番变故以后，我曾用尽了劲头，使尽了力气，来改善我的地位。我敢保证，在相当的时间以内，我能改善我的地位。你能不能容我时间——不论多长都成？我们两个，先生，还都很年轻——”

“你这话倒说对了，”斯潘娄先生插嘴说，同时一面不住地点头，一面使劲皱眉，“你们两个，还都很年轻。所以这都是你们胡闹。不要再胡闹下去啦。你把那些信拿回去，扔到火里好啦。你也把斯潘娄小姐给你的信交给我，我好把它们也扔到火里，以后我们的交接，虽然只限于博士公堂，这是你知道的，但是我们却可以同意，过去的事，永远不要再提。好啦，考坡菲先生，你并非不通情达理的人；这种办法，就是通情达理的办法。”

那不成。我不能同意他这种办法。我很抱歉；不过除了情理以外，还有更高的东西。爱就高于世间一切的物事；而我爱朵萝，爱得五体投地；朵萝也爱我。我并没一字不差地对斯潘娄先生照这样说；我把那番话说得能怎么柔和就怎么柔和；不过我却把那番话里含的意义全透露出来了；而我对那番话里的意思，是坚决不变的。我认为，我并没使自己显得非常可笑；不过我却知道，我对于那番话的意思很坚决。

“很好，考坡菲先生，”斯潘娄先生说；“这样的话，那我只好看一看我女儿是否听我的话了。”

枚得孙小姐发出来一种表现力极强的声音，一口拖长了的呼吸之气，也不是叹息，也不是呻吟，但是两种都像；她就用这种声音，表示了她的意见，认为刚一开始的时候，斯潘娄先生就应该叫他女儿听他的话。

“我要试试看，”斯潘娄先生得到了枚得孙小姐的支持，更以为然地说，“我女儿听不听我的话。你是不是不想把这些信拿回去，考坡菲先生？”因为我把那些信放在桌子上。

我跟他说，不错。我希望，他不会认为我不对，不过我却不能从枚得孙小姐手里把这些信拿回去。

“也不能从我手里把这些信拿回去？”斯潘娄先生说。

“不能，”我极尽恭敬地回答他说；也不能从他手里把那些信拿回去。

“很好！”斯潘娄先生说。

跟着在大家都静默无言的情况下，我就拿不定主意，不知道还是待在那儿，还是离开那儿。到后来，我悄悄地朝门那儿走去；本来打算要对斯潘娄先生说，我要是离开那儿，就能更平心静气地把他的心情加以考虑；但是还没有等我开口，他就把手插在褂子上的口袋里——他尽其所能，才能把手插在那儿——脸上带出一种整个看来我得叫作是绝不容怀疑的虔诚态度，说：

“考坡菲先生，我并非毫无财产、一贫如洗的人；而我女儿，是我最亲近、最疼爱的直系卑亲属：这种情况，你大概也了解吧？”

我连忙回答了他，大意是说，我既然都是因为拚却一切地爱朵萝，才走错了现在这一步，那我希望，斯潘娄先生不要认为我这种错误里，还掺杂着图财谋利的动机才好。

“我并不是从那个角度提到这一节的，”斯潘娄先生说。“如果你真是图财谋利，考坡菲先生，那于你自己，于我们所有的人，就更好了——我的意思是说，如果你更老成谨慎一些，不像现在这样，完全遂着年轻人的性子胡闹一气，那就更好了。所以我的意思，不是从你那个角度出发的。我只是从另一个完全不同的角度来问你；你大概也了解，我有点财产，要留给我的孩子吧？”

一点不错，我作过那样假设。

“你在这个博士公堂里，既然天天都看到，人们关于遗嘱的安排，怎样可以发生种种令人难解、忽略疏漏的情况——在一切事物之中，这种情况，能把人类行动的矛盾里最奇怪的地方表示出来：你既然看到这种情况，那你不大会认为，我没把我的遗嘱写好了吧？”

我把头一低，表示同意他的话。

“我已经给我的孩子安排得妥妥当当的了，”斯潘娄先生说他显然越来越虔诚，同时一面轮流着用脚尖和脚跟支着身子，一面摇头。“我难道能因为现在有这种年轻人胡闹，就把它改了吗？你这只是一种愚妄的行为；一种胡闹的把戏。过了一会儿，这就要比一根羽毛还无足轻重。不过，如果这件傻事，你不肯死心塌地、完完全全从此不再沾手，那我也许——那我也许出于一阵的焦灼忧虑，不得不采取派人看守她、叫人保护她的办法，免得她在婚姻方面，受到任何愚蠢行动的后果。现在，考坡菲先生，我希望，你不要非逼得我，即便一刻钟的工夫，把已经合上了的生命簿子①再打开了不可；不要非逼得我，即便一刻钟的工夫，把长久以来就安排好了的严重事项，再打乱了不可。”

---

①生命簿子，见《新约 · 启示录》第 20 章第 12 节等处。凭此簿以判死者善恶。此处泛用。

他的态度里，有一种安闲之神，一种平静之气，一种恬然西下的夕阳所有的静穆——使我看着，深受感动。他那样心平气和，那样听天由命——显然把后事都安排得千妥万妥，结束得有条有理——因此，他这个人，只要一想到他的后事，痛惜子女之情，就油然而生。我真觉得，他由于深切地感到这一切一切，眼里都涌出泪水来了。

但是我却怎么办呢？叫我割舍了朵萝是办不到的，叫我割舍了我自己的心，也是办不到的。他告诉我，说我顶好用一个星期的工夫来考虑他说的话，那我怎么能说，我不听他，我不要用一星期来考虑呢？然而我又怎么能不懂得像我这样的爱情，不论多少星期都不能有所影响呢？

“同时，你可以跟特洛乌小姐谈一谈，或者跟任何通达世务的人谈一谈，”斯潘娄先生一面用两只手整理着他的领巾，一面说。“用一个星期的工夫好啦，考坡菲先生。”

我委委曲曲地听了他的话；跟着脸上带着所有我能露出来的愁闷失望而却忠诚不渝的神气，走出了屋子。枚得孙小姐浓重的眉毛，从我后面看着我走到门口——我只说她的眉毛，而没说她的眼睛，因为眉毛在她脸上，是更重要的东西——她那时的样子，和她从前那一天早晨在布伦得屯我们那个起坐间里，丝毫不差；因此，我真觉得，好像我又做不上功课来了，那本可怕的拼字课本又死沉沉地压在我的心头了——那本书，每页中间印着椭圆形木刻插图，在我还是小孩子的心目中，看着跟眼镜上的玻璃片一样。

我回到了事务所，用手捂着脸，把老提费和其余的人，一概屏之于不闻不见，在我自己独占的角落里，坐在公事桌前面，琢磨这场大祸，真像地震一样，会丝毫没有防备，突然发生；我琢磨着的时候，心里一恨，骂起吉卜来；同时我为朵萝难过，那份痛苦就更不用说了：我真纳闷儿，不明白当时我为什么没拿起帽子来，疯了一样地跑到诺乌德去。我想到他们都怎样吓唬她，把她吓哭了，而我却又不在那儿安慰她：这种想法，弄得我五内如焚，心肝摧折；因此我立刻给斯潘娄先生写了一封荒唐的信，哀求他，不要把我命中应受的可怕后果，硬安在朵萝身上。我恳求他，千万不要使她那样温柔的天性受到折磨，千万不要叫她那棵娇嫩的鲜花受到蹂躏：据我现在还能记得的，我在那封信里，一般地都把他看作是一个吃人的巨怪或者汪特里的毒龙[①]，而并非把他看作是朵萝的父亲。我把这样的一封信在他回来以前封好了，放在他的桌子上；他回了屋子以后，我从他那个屋子一半开着的门那儿，看到他拿起那封信来看。

在那天午前整个的时间里，他没再说什么；不过，下午的时候，他离开事务所以前，他却把我叫到他的屋子里，告诉我，说叫我放心，一点也用不着为他的女儿惴惴不安。他说，他已经切实地告诉过她，说那只是一场胡闹；除了这个话，他再就没有什么别的可以对她说的了。他相信，他这个爸爸很慈爱（这实在不假），所以我很可以不必为她担心。

“如果你还要犯傻，或者还要固执，考坡菲先生，”他说，“那我也许得把我女儿再送到外国，去住半年；不过我想你还不至于那样。我希望你过不了几天，就看出来，你这种行为是不对的了。至于枚得孙小姐，”因为我在信里曾提到她，“我对于她那样时刻不懈地尽职负责，表示敬意，还很感激；不过我可告诉过她，叫她牢牢记住，一定不要再提这件事。我没有别的，考坡菲先生，我只愿意大家都把这件事忘了。你那方面，也没有别的，考坡菲先生，也只是把这件事忘了。”

没有别的！我在我写给米尔小姐的短信里，把斯潘娄先生这种看法，满腹辛酸地引用了。我用抑郁而讥讽的口气说，我没有别的，只是把朵萝忘了。这就是我所应做的一切，但是这个一切，到底是什么呢？我求米尔小姐当天晚上见我一面。如果这个见面，得不到米尔先生的允许和同意，那我求她在房后的厨房里——有熨衣台的屋子——偷偷地见我一面也好。我对她说，我的理智，已经坐不住龙霄宝殿了，只有她，只有米尔小姐，才能使它不从宝座上跌下来。我签名的时候，用的是“她那个要发疯的人”一类的字样。在我打发信差把这封信送走以

---

① 食人之毒龙，为英雄冒尔所杀。见培绥的《英国古诗歌钩沉》。

前，我又把信看了一遍；那时候，我不由要觉得，那封信写得未免有些像米考伯先生的风格。

不过，不管怎么样，反正我把信送走了。晚上，我去到米尔小姐住的那条街，在那儿来回地走，一直到米尔小姐的女仆偷偷地把我领进去，从通着地窨子的门[①]那儿，进了房后的厨房。从那一次以后，我完全有理由相信，米尔小姐要是叫我从前门进去，把我让到楼上的客厅里，决没有什么不可以的；她所以没那样办，不是由于别的，而只是由于米尔小姐喜欢奇幻的气氛和神秘的意味。

在房后的厨房里，我疯了一般胡说了一气，这是我当时应有的光景。我想，我到那儿去，就是为的要使自己出丑，我十分敢保，我也就真出丑到家了。米尔小姐从朵萝那儿接到了一封匆匆写的短信，信里告诉她，说一切都叫人发现了，同时说，“哦，我求你到我这儿来一趟，朱丽叶，你千万要来一趟，千万，千万！”不过米尔小姐却怀疑，不知道她去了，那一家里最高的当权人是否让她进门，所以没马上就去，于是我们两个，都在撒哈拉大沙漠里，来了个前不巴村，后不着店，日暮途穷。

米尔小姐口若悬河，令人惊异。她有的是话，她也愿意把话都倾吐出来。虽然她也陪着我流泪，我却不由要觉得，她从我的痛苦中，得到极大的享受。她用手拍我的痛苦，我这是比方说，尽量从中吸取快乐。她说，现在我和朵萝之间，有了一条鸿沟了，只有爱神用他的长虹[②]才能在这条鸿沟上搭起一座桥来。在这个严酷的世界里，爱情永远要受折磨；过去一直是这样，将来也要永远是这样。不过那不要紧，米尔小姐说，真诚的心，虽然有蛛网紧缚[③]，终究要挣脱而出；那时候，爱就怨恨全消，如愿以偿了。

---

①地窨为仆人等所住，或作厨房，另有门，专供仆人及送货人出入。

②长虹本为希腊神话中天帝使者由天上通到人间所走的路。此处米尔小姐把它挪用于爱神。

③比较莎士比亚的《威尼斯商人》第3幕第2场第123行说，“这儿，画家像蜘蛛一样，把她的头发画得像面金网，好把男人的心紧缚，使它比蚊蠓陷入蛛网还要牢固。”

她这些话，我听了并没得到什么安慰，不过米尔小姐却并没鼓励我，叫我拿虚幻作希望。她把我弄得比先前更苦恼了。我觉得，她真称得起是一个朋友，我也当真以极深厚的感激之情那样对她说了。我们两个商议好了，决定她第二天早晨，一起来就往朵萝那儿去；到了她那儿，或者从态度上，或者在言辞中，一定要想法叫朵萝知道：我对她如何忠诚不渝，我为她如何苦恼万分。我们分别的时候，真是不胜悲伤；同时我认为，米尔小姐尽量享受了一番。

我到了家，把话都私下里对我姨婆说了；她虽然尽力安慰我，我还是抱着绝望的心情上床睡下。第二天，我起床的时候抱着绝望的心情，出门的时候，也抱着绝望的心情。那时是星期六早晨，我起来，就一直地往博士公堂去了。

我走到了可以看见我们那个事务所的门的时候，我看到带号牌的信差都一块站在门外面，交头接耳地议论，还有六七个闲杂人，隔着窗户往里面瞧，窗户却是关着的；我见了这样，吃了一惊。我加快脚步，从人丛中挤过去，看到他们脸上的样子，直纳闷儿，不知道是怎么回事。我就这样急忙进了屋里。

只见那几个录事都在屋里，却没有人做任何事。老提费就坐在别人的凳子上，帽子也没挂起来，我得承认，这种情况，他生平还是第一次。

“出了不得了的祸事了，考坡菲先生，”我进了屋子的时候，他说。

“什么祸事？”我喊着问道。“出了什么祸事了？”

“你没听说吗？”提费喊道，其余的人，也都围在我身旁，同样喊道。

“没听说！”我瞧瞧这个，又瞧瞧那个，说。

“斯潘娄先生，”提费说。

“他怎么啦？”

“死啦！”

我只觉得，我自己倒没怎么样，而事务所却天旋地转起来。一个书记把我扶住了。他们把我安在一把椅子上坐下，把我的领带给我解开了，给我拿了些凉水来。我根本不知道，我这一晕一醒，中间经过了多少时间。

“死啦？”我说。

“他昨天在城里吃的饭，”提费说，“吃完了，他叫车夫坐着驿车先回家，他这样把车夫打发开了——像他有的时候那样，这是你知道的——就自己赶着车回乡下——”

“呃？”

“可是轻便马车到了家的时候，他并没在车上。拉车的马在马棚的栅栏门口站住了。仆人拿着灯出去一看，车里并没有人。”

“马是不是撒欢儿来着？”

“没撒欢儿，因为马并没发热么，”提费把眼镜戴上了说。“据我了解，马并没比平常那种跑法更发热。马缰绳折了，可是有先在地上拖过的样子。全家的人立刻都惊动起来了；他们里面有三个，顺着大路找去。找了有一英里地那么远，才找到了他。”

“比一英里还远，提费先生，”一个年轻的录事插嘴说。

“是吗？我想你说得不错，”提费说——“比一英里还远——就在靠近教堂的地方，脸朝下趴着，身子一半躺在大路边儿上，一半躺在人行道上。究竟他是一下子中风，从车上倒栽下去的，还是觉得要发病，先就从车上下来的——还是即便在车上，就已经与世长辞了——好像没有人知道。反正他们找到他的时候，他就已经完全不省人事了；即便当时他还有气儿，那他也不会说话了。他们急忙请大夫，找药，不过全都没有用了。”

我听了这个消息，心里是什么滋味，我是没法儿形容的。这件事既然发生得这样突然，并且，无论怎么样，都得说是发生在一个和我闹过意见的人身上，这当然使我大吃一惊；在他生前占用的那个屋子里，他的椅子和他的桌子，都好像还等着他来似的，他昨天的手迹，也看着好像跟鬼魂一样，但是那个屋子却阒然无人了，这当然使人觉得毛发悚然；看到他那个公事房，想要把他和那个地方分开，是不可能的；看见门开开，想要不觉得他还可以进来，也是不可能的；而这个不可能，又叫人说不出个所以然来，这当然使人神志恍惚；事务所里，业务停止，一片寂静，是悠闲懒散的；我们事务所里的人净谈这件事，津津有味，老没有过瘾的时候的；外面的人，整天来来去去，也净谈这件事，也是贪婪无餍的：这种种情况，每一个人很容易地就能了解。我所谓我没法形容的：是我这内心的深处，如何即便对于死，也隐含着一种嫉妒之意，是我如何觉得，死的威力，能从我在朵萝的意念中占据的地位上，把我挤开；是我如何以我不能用语言表达的厌恶之心，对于朵萝的悲哀都嫉妒起来；是我如何想到朵萝对别人哭泣，受别人安慰，就心神不宁；是我如何在这个一切时光中最不合宜的时候，有一种紧握不放、贪婪无餍的欲望，想要把别人从她心里一概摈斥，而只留下我，盘踞在她整个的心头，作她惟一的意念。

我就在这样骚动的心情中——这种心情，我希望并非只我一个人有，别的人在这种情况下，也要有的——那天晚上，跑到诺乌德，在斯潘娄先生家的门口，找到了一个仆人，跟他打听，知道米尔小姐在诺乌德，我就给她写了一封信，却叫我姨婆写的地址。我在那封信上，以最真挚的感情，哀悼斯潘娄先生不得天年，还为哀悼他哭了一场。我求米尔小姐告诉朵萝，如果朵萝当时还有心思顾得听的话，就说斯潘娄先生跟我谈的时候，极尽慈祥、体贴，他提到朵萝的时候，除了慈爱，没有别的，他对朵萝没有一字一句责备过她。我分明知道，我这样做只是自私自利，因为这样一来，我的名字就可以在朵萝面前提起了；但是我却尽力自欺，认为我那是对于斯潘娄先生在天之灵，不失公正。也许我当真那样相信来着。

我姨婆第二天就收到了短短的一封回信；信外面是写给她的，信里面却是写给我的。信上说，朵萝悲不自胜；她的朋友问她，说她应该在信里附带对我致意的时候，她只哭着说，“哦，亲爱的爸爸呀！哦，可怜的爸爸呀！”因为她老在那儿哭。不过她却并没说不要致意；我于是就抓住了这一点，尽量安慰自己。

昭钦先生自从这番不幸发生了以后，就待在诺乌德，过了几天，才上了事务所。他和提费，一块在屋子里秘密地谈了一会儿，跟着提费开开门往外看，招呼我进去。

“哦！”昭钦先生说。“提费先生和我，考坡菲先生，要把死者的桌子、抽屉和别的放东西的地方，都搜查一遍，为的是好把他的私人文件封起来，把遗嘱找出来。我们在别的地方已经找过遗嘱了，可一点踪影都没有。你要是肯的话，请你来帮一帮我们好啦。”

我曾万分熬煎，想要知道一下，斯潘娄先生生前，都给我这位朵萝作了些什么安排——比如说，谁是她的保护人之类——现在寻找遗嘱，就是使我知道那种情况的途径之一。我们立刻就动手搜查起来；昭钦先生把锁着的桌子和抽屉都开开了以后，我们都把文件拿了出来。事务所的公文，我们放在一边，他的私人文件（为数并不多）我们放在另一边。我们一举一动，都非常郑重。我们偶然碰到图章、铅笔匣、戒指[①]或者那一类与斯潘娄先生个人有关的小东西，我们说话都不敢高声。

我们已经封起好几捆文件来了；我们仍旧继续在灰尘飞扬中默不作声地搜查。于是昭钦先生恰恰把他故去的伙友说他的话，用来说他故去的伙友，对我们说：

“想要叫斯潘娄先生不按成规旧例办事是很难的，你们是都知道他的为人的！我不由得要认为，他并没留下什么遗嘱。”

“哦，我可知道他是留下了遗嘱的！”我说。

他们两个一齐住了手、往我这儿瞧。

“就在我末了一次看见他的那一天，”我说，“他还对我说来着，说他写好了遗嘱了，他身后的一切，都早就安排得妥妥当当的了。”

昭钦先生和老提费，不约而同地一齐摇头。

“我看事情有些不妙，”提费说。

“很不妙，”昭钦先生说。

“我敢保，你们不会疑心——”我开口说。

---

① 刻着名章的戒指。

“我的好考坡菲先生！”提费说，同时把手放在我的肩膀上，把两眼一闭，把脑袋直晃，“要是你在这个博士公堂里待的年头也跟我一样地多，那你就会知道，世界上这么些事，人们可再也没有像在遗嘱上面那样自相矛盾、毫不可信的了。”

“哟，我的天，斯潘娄先生对我说的，一点不错，也正是这句话！”我坚持我的意见说。

“我得说，找到这儿，差不多就用不着再找了，”提费说。“我的意见是——他没留下遗嘱。”

这种情况，对我说来，很令人诧异，但是我们找来找去，却又实在并没找到遗嘱。单就他的文件上所有的形迹看来，他好像就没想到要留遗嘱。因为任何启示、抄稿或者记录，都可以让人认为，他根本没做过留遗嘱的打算。还有一种情况，也同样地使人诧异：原来他的事情，弄得一团乱糟。我听他们说，究竟他欠人家多少钱，他还了人家多少钱，他死的时候有多少财产，要弄清楚实在非常地难。大家都认为，大概多年以来，关于这些事项，他自己就没有清楚的概念。一点一点地人们才明白了，原来在博士公堂里，大家都在外表和排场方面，你赛我，我比你，因此他的支出，超过了他当律师的收入(本来那份收入就不很多)，因此他就动用起他的私产来；如果那份私产原先曾多过的话(那是非常可疑的)，现在也花得只剩了一点了。诺乌德的家具都出卖了，房子也出租了；提费告诉我说，把死者应还的债都还清了，再把别人欠事务所的债里应该归他、而却毫无疑问不能讨还、或者很难讨还的那一部分都减去，那他剩下的财产，连一千镑都不值。他告诉我这番话的时候，一点也没想到我对这番话有多关心。

他告诉我这个话的时候，已经过了六个星期左右了。在所有这六个星期里，我都是像受到酷刑一样地难过；而且认为，我要是不寻短见，就不可开交；那时候，米尔小姐对我的报告仍旧是：她只要对我那位芳心已碎的朵萝提起我来，朵萝就没有别的说，就只说，“哦，可怜的爸爸呀！哦，亲爱的爸爸呀！”米尔小姐还告诉我，说朵萝除了两个姑姑而外，再就没有别的亲人了，她那两位姑姑，和斯潘娄先生是姐弟，都是老小姐，住在浦特尼[1]，多少年来，只偶尔和她们这位弟弟通通音信。这并不是说，她们和斯潘娄先生吵过架(这也是米尔小姐告诉我的)；不过，在朵萝命名那一天，她们本来认为应该请她们吃正餐的，而斯潘娄先生却只约她们吃茶点，因此她们就用书面表示了意见，说是"为了于各方面都快活起见"，她们从此以后，再不上他的门。从那个时候以后，她们就关起门来，过她们的日子，她们的弟弟也关起门来，过他的日子。

这两位老小姐，多年杜门不出，现在露了面儿了，她们提议，叫朵萝跟着她们，到浦特尼去住。朵萝一面哭着紧紧揪住了她们两个，一面喊着说，"哦，姑姑啊！我跟着你们去，也请你们把朱丽叶和吉卜，连我一块都带到浦特尼吧！"这样一来，她们就在斯潘娄先生安葬以后不久，一块往浦特尼去了。

我都用什么法子腾出工夫来，老往浦特尼那儿去，我可以断言，我是不知道的。不过我却当真想出这样那样的妙法来，相当频繁地到那块地方去徘徊流连。米尔小姐对于她这位朋友，要更尽其职责地护守，就把当时的经过都写在日记上。她有时在郊野上和我碰头，把那些日记念给我听。要是她没有工夫念，就把日记借给我看。我对于她的日记里所记载的话，真看得如同至宝，我现在摘录几段，作为范例：——

"星期一。甜美的朵仍极抑郁。头痛。引伊注意吉之皮毛润泽呈丽。朵抱吉于怀，惹得旧事又上心头，泪涌如开闸。因尽情一哭。（泪信为心之露珠乎？朱·米·）

"星期二。朵身软神悸。面色苍白中，愈见其丽。（见皎月之清辉，岂不有同感？朱·米·）朵、朱·米与吉同乘车外出散怀。吉从窗外视，见一清洁夫，向之狂吠，因引朵一开笑口，一启笑颜。（人生之链即由此等小环细节连缀而成也！朱·米·）

"星期三。朵稍喜。为之歌《薄暮钟声》[2]，原以为此曲与朵心境

---

① 在伦敦西南郊。

② 当时颇为凄婉之流行歌，作者为亚历山大·李。

和谐也，岂料不仅无慰藉之可言，而适得其反。朵为所感，激动不可言喻。后于伊室中，见伊呜咽啜泣。且引羚羊之句①以为喻。然无效果。又引及碑上忍耐之象②。（问：何以碑上？朱·米·）

“星期四。朵无疑渐有起色。夜间更胜。面上微有红晕重现。决将大·考之名字对朵言之，散步时小心提起。朵立即不胜悲哀，‘哦，亲爱的，亲爱的朱丽叶呀！哦，我这个女儿，太不孝了，太忤逆了！’余慰之，抱之。将大·考面临坟墓边缘之危况，以意描绘。朵又不胜悲伤。‘哦，我该怎么办哪，我该怎么办哪？哦，把我弄到不管什么地方去吧！’余大惊。朵晕去，从酒店索冷水一杯。（富有诗意之联合：门前黑白间错如棋盘之招牌，世上盛衰间错如棋局之人生③。噫！朱·米·）

“星期五。多事之一日。一人携蓝袋来厨下，称‘来修女鞋后跟’。庖人答以无人修女鞋后跟。其人坚言有之。庖人出，询问有无其事，独留其人与吉于厨下。庖人返，其人仍坚言有其事，但终离去。吉亦不见。朵急欲狂。报警署。其人鼻扁平，两腿如桥上之栏杆。搜查遍及各处。吉仍未寻得。朵痛哭，慰之亦不听。重提及幼羚。虽甚合题，而终无益。天向晚，一不知名童男来。携之入起坐间。鼻扁平，惟腿不类桥上之栏杆。伊言与伊钱一镑，则告以犬之下落。虽强之，终不肯多言。朵出钱一镑，童子携庖人至一小房，见吉独在，缚于案足之上。朵

---

①爱尔兰诗人托玛斯·穆尔在他的东方故事诗《莱拉·露克》（1817）《拜火人》部分第279行以下说：

唉，世事永如此：孩童之时，
即见最痴迷珍爱的希望化为尘土，
我养羚羊，要它那温柔的黑眼珠，
使我看着心欢喜；
但是好客易它和我熟悉，
知道爱我，它就一定要死去。

②莎士比亚的《第十二夜》第2幕第4场第115行以下说：

伊为相思瘦损，抑郁憔悴，
像忍耐的化身，高踞石碑之上，
含笑看着忧伤。

③英国客店前面，悬黑白方块间错之棋盘形招牌，起源于店内可下棋之时。

大喜，吉食时，绕朵而跃。乘朵此喜，又于楼上对伊提大·考。朵复潸然出涕，凄惶而言曰：‘哦，别说啦，别说啦，别说啦！这会儿，除了可怜的爸爸，要想到别的，就太坏了。’因抱吉，呜咽而眠(大·考是否应自缚于时光之强大羽翼之上乎？朱·米·)。”

在这一个星期里，米尔小姐和她的日记，就是我惟一的安慰。能够看到她(她不久以前刚刚看到朵萝)，能够在她那个满载同情之言的日记里看到朵萝这个名字的头一个字，能够让她弄得我越来越苦恼——这就是我所有的不幸中之大幸。我只觉得，好像我以前住在一个纸壳做的宫殿里，而现在这个宫殿倒塌了，在一堆残迹中，只剩下了我和米尔小姐。我只觉得，好像有一个毫不容情的魔术家，在我心坎上供养的那位天真无邪的女神四围，画了一道魔圈，除了那种能把无数人带得无限远的强大羽翼而外，无论什么别的东西，都不能使我冲破这道魔圈而进到里面。

第三十九章
维克菲与希坡

据我揣测，我姨婆一定是叫我这样长期的抑郁弄得十分不安起来，所以才想出来一套假托之词，就说她急于要我到多佛镇上去看一看，她那所出租的小房儿是否一切妥当，还要我跟现在的租户，订一个期限更长的租约。捷妮已经调离多佛，在斯特朗太太名下服役了；我在斯特朗太太家里，天天看到她。她离开多佛的时候，曾踌躇过一阵，不能决定，是否嫁给一个领港的，来作她受的誓与男子决绝那种教育的最后一篑。不过她还是决定不冒昧从事。我相信，那并不是由于她认为应该守节不变，而是由于她碰巧不喜欢那个男人。

我和米尔小姐分离，虽然得咬着牙才能办到，但是我去多佛，却有机会能跟爱格妮一块过几个钟头的安静生活，所以我还是诚心乐意地就把我姨婆那番假托之词，信以为真了。我跟那位好心眼儿的博士一商议，说我要请三天假，博士又很愿意我借这个机会休息休息——他本来还想叫我多休息几天，不过我的精力太充沛了，不耐闲得那样久——所以我就决定往多佛去走一趟了。

至于博士公堂，我在那儿上班不上班，没有什么大不了的，很可以不必斤斤在意。说实在的，在民教法学家最上层的人物中间，我们的名声不但闹得不怎么香，我们的地位反倒很快地混得不三不四起来。那儿的业务，在斯潘娄先生加入以前、昭钦先生掌权的时候，本来就是对付事儿，斯潘娄先生加入了以后，虽然有新的血液注入，再加上有斯潘娄先生摆出来的一副排场，业务有了起色，但是那却仍旧不是建立在很巩固的基础之上的，所以一下失去了活跃的经理人，就立刻发生动摇。因此业务大为衰落不振。昭钦先生在事务所里面，虽然名誉很好，但是他却是得过且过、没有能力的那种人，在事务所外面的名誉，大家都认为，不足以把在事务所里面的名誉支撑起来。我现在拨到他手底下了；我看到他只会闻鼻烟，而眼看着主顾都跑了，我比以前越发后悔，不该糟蹋了我姨婆那一千镑。

不过这还不是顶坏的情况。原来围着博士公堂里里外外的，有一群专靠博士公堂混饭吃的外界人；他们自己并非民教法学家，但是却包揽词讼；他们把案子揽到手以后，叫真民教法学家办，民教法学家就把名义借给他们，得了赃款和他们合伙同吃——这种人还真不在少数。我们这个事务所，现在既然不管什么情况，只要招徕主顾就成，所以也和这伙高人，同流合污，设法引诱那些专靠博士公堂混饭的外界人，叫他们把招徕的案子交给我们办。买结婚证的和办遗产不多的遗嘱的，都是我们锐意承揽的，也是我们赚钱最多的。因此对于这种生意的竞争，可就达到了高峰了。在通到博士公堂的每一条路上，都安插了硬架和软劝的人；他们的任务是，尽力把所有身穿丧服的男女和所有面带羞容的绅士截住了，把他们拉到各自雇用他们的事务所里去。他们执行这种任务，十二分地尽心，因此我自己就有两次，在他们还没认出来是我的时候，叫他们死拖硬拽地弄到了我们主要对头的事务所里。这些拉生意的绅士们，既然利益矛盾，因而很易犯脾气，个人冲突于是发生；我们用了一个硬架软劝的人（他从前是干卖酒那一行的，后来又当了立誓经纪人①），有好几天的工夫，都鼻青眼肿地晃来晃去，因而惹得博士公堂议论纷纷。这种拉生意的人，不论谁，要是把一个穿黑衣服的老太太很客气地从车里搀扶出来，把她打听的那个民教法学家，不管是谁，一概说是死了，把雇用他的那个民教法学家说成是那个死了的法学家合法的继承人和代表人，把那个老太太架到雇用他的那家事务所里（有时感情很激动的样子），他们都认为那绝没有什么。有好些俘虏就是这样押解到我跟前的。说到结婚许可证的话，人们对于这种生意的竞争，简直地都剧烈到难以想象的程度；一个羞涩的绅士，想要买结婚许可证，那他什么都不必做，而只跟着他头一个遇到的眼线去就成了，再不就看那些眼线交手，看谁顶有劲，他就跟着谁去。我们有一个录事，也兼任这种绑架的职务，他在竞争最剧烈的时候，竟永远头上戴着帽子坐在那儿，为的是一有人入了彀中，他马上就可以冲出去，带着那个人到主教代理官面前宣誓。这种软劝硬架的方式，我相信，一直到今天，还仍旧继续存在。我最后一次到博士公堂去的时候，一个身强力壮的平民，系着条白围裙，从门道一下跑出来把我抓住了，在我耳边上打着喳喳说，“要买结婚许可证吗？”我费了好大的劲，才幸而免得他双手把我抱起，一直脚不沾地，抱到一家民教法学家的事务所里。

现在让我不要再生枝节，一直奔往多佛好啦。

我到了多佛，只见那所小房儿那儿，一切都很令人满意；同时，还有一种情况，能叫我姨婆特别高兴，因为她那个租户，继承了她那种敌忾之气，和驴不断地交战，这是我一报告她，她就要引以为快的。我在多佛把我应办的那点小事都办完了，在那儿住了一夜，第二天一早，就徒步往坎特伯雷走去，那时又是冬天了。那天那种清新料峭的大气、起伏蜿蜒的丘陵，使我觉得前途还有光明。

我到了坎特伯雷，带着喜悦而有节制的心情，在它那古老的街上逍

---

①英国制度，凡在伦敦，欲做股票经纪人者，须在区长或市长面前，正式宣誓，始得执行业务。

遥漫步，因此精神得到安定，心境得到平静。只见那儿，铺子门前挂的还是旧日那种招牌，铺子上面写的还是旧日那种字号，铺子里面做买卖的还是旧日那种商人。从我在那儿做学生的时候起，好像过了很长的岁月了，然而那个地方，变化却那样小，这不由不使我纳闷儿；后来我又一想，我自己也并没有多大的变化呀。说也奇怪，我心里觉到的那种和爱格妮不能分开的安静气氛，好像也弥漫在她居住的城市里。大教堂的高阁，尊严壮丽，巍然矗立，年老的群居鸦和噪聒鸦，鸣声嘹亮，使它们的栖止比纯粹的寂静更显得幽僻；残缺的门道上，一度满满地镶嵌着的雕像，都早就剥落酥软了，跟从前虔诚地注视它们的香客一样；寂静的角落，有几百年的藤萝，在倾圮的山墙和屋壁上攀附缠绕；屋舍古老；田园、丘原、林野，都满散布着牛羊：在所有这些景物上，在所有这些地方上——我都感到同样恬适平静的气氛，同样沉思深念，柔和温雅的意味。

我到了维克菲先生的公馆了，只见在楼下那个小屋子里，从前乌利亚·希坡老在那儿坐着的地方，米考伯先生正一刻不停、一个劲儿地拿着笔抄写。他穿着一套像法界人士穿的黑衣服，在那个小小的公事房里显得非常肥胖壮大。

米考伯先生见了我，特别地高兴，不过同时，也稍微露出一种手足无措的意思来。他本来想要马上就把我带到乌利亚面前，不过我谢绝了。

“这一家，我从前就很熟，你难道不记得啦吗？”我说，“我自己就知道从哪儿上楼。法律这一行，你觉得怎么样，米考伯先生？”

“我的亲爱的考坡菲先生，”他回答说。“对于一个想象丰富的人说来，学习法律，繁琐零碎的东西太多了，这是我不喜欢它的地方。即便在我们有关业务的往来信件里，”他一面说，一面往他正写的几封信上瞥了一眼，“你的思想也都不能自由遨游，作高飞远举的表达；不过，法律仍旧得说是一种伟大的行业。不错，一种伟大的行业！”

于是他又告诉我，说他现在住的，就是乌利亚·希坡的旧居；米考伯太太能再一度在她自己家里接待我，一定非常地高兴。

“那个地方很下贱，”米考伯先生说，“我这是引用我的朋友希坡最爱说的一句话；不过日后更宽敞舒适的居处，也许可以用它作阶梯。”

我问他，顶到那时候，他的朋友希坡对他的待遇，他是否有可以认为满意的地方？他先站起来，看了看门是否关严了，然后才低声跟我说：

“我的亲爱的考坡菲，一个人，老受经济困难的压迫，跟一般人打起交道来，总是处于不利的地位。要是那种压迫，逼得人不能等薪俸正式到期、正式发放，就得领取薪俸，那他那种不利，不但不会减少，而反倒要增加。我所能说的话只是：我曾对我的朋友希坡作过请求，这其中的详情，我不必细说，而我的朋友希坡，从他答应我这种请求的态度上看，足以称得起不但头脑清楚，而且心地善良。”

“我倒觉得，他那个人，对于钱财，不会很大方，”我说。

“对不起！”米考伯先生带出局促忸怩的样子来说，“我是根据我的经验，来谈我的朋友希坡的。”

“你的经验居然能这样可喜可贺，这是我乐于听到的。”

“你太垂爱了，我的亲爱的考坡菲，”米考伯先生说，说完了，哼哼起小调儿来。

“你常见维克菲先生吗？”我想换一换话题，因而问他道。

“不常见，”米考伯先生漫不经意地答道。“维克菲先生这个人，我敢说，居心非常地好，不过他可——简单地说吧，他可过时了。”

“我恐怕，他那位伙友，存心故意地叫他过时吧，”我说。

“我的亲爱的考坡菲！”米考伯先生忸怩不安地在凳子上转动了好几下，才回答我说，“我请你别嫌我，让我进一言好啦！我在这儿，是以亲信的资格办事的。我在这儿，是以机密的地位服务的。即便米考伯太太和我共患难、同甘苦这么些年了，又是一个头脑特别清楚的女人，但是有的话，我要是同她谈了，我都不由得要认为和我所负的职责不相容。因此我要冒昧地跟你提议：在我们两个友谊的交谈里——这种交谈，我相信，是永远不会受到干扰的——要有一道界线。在界线的一面，”米考伯先生说到这儿，用公事房的界尺在桌子上比量着，“上天下地，凡是属于人类智识范围以内的，没有不可以谈的，只有一点小小的例外；在界线的另一面，就是那个例外；那也就是说，就是维克菲与希坡合伙事务所的业务，以及属于那个事务所，关于那个事务所的一切一切。我对我青年时代的伴侣，把这种意见提出来，叫他平心静气地判断一下，我相信，他不会见我的怪吧？”

我虽然看到米考伯先生改变了的神气，使他很不得劲儿，并且那种神气，好像紧紧地箍在他身上，仿佛他的新职责，跟不合体的衣服一样，但是我却觉得，我没有理由见他的怪。我对他这样说了以后，他好像觉得松通了，于是就和我握手。

“我对你说实话吧，我觉得维克菲小姐太招人爱了。她真是一位高超卓越的年轻小姐；贞静、娴雅、美丽，无所不备。我一点也不撒谎，”米考伯先生说，同时并没有明确的对象，把自己的手吻了一下[①]，用他那种最文雅的态度鞠了一躬，“我对维克菲小姐致敬！啊哼！”

“我至少对于你这一点是高兴的，”我说。

“我们有幸，跟你一块过了一个令人舒畅的下午那一次，如果你没亲自告诉我们，我的亲爱的考坡菲，说叫朵萝的那个人，是你最心爱的，那我毫无疑问，一定要认为叫‘爱’的那个人是你最心爱的了。”

我们大家都有一种经验，偶尔会有一种感觉，好像我们所说的话，所做的事，很久很久以前都已经说过，已经做过似的——好像在渺茫的前代，我们已经就有过同现在一样的面貌，一样的东西，一样的环境，围绕在我们身旁似的——好像我们以后紧接着要说什么话，我们知道得非常清楚，仿佛我们忽然把要说的话想起来了似的！我平生之中，觉到这种神秘情况之强烈，从来莫过于米考伯先生说那些话以前那一会儿。

---

①这叫作飞吻，冲着某一个人，在远处吻自己的手而随即把手送出，以示亲爱或恭敬。

我和米考伯先生暂时告别，嘱咐他回家的时候，替我向每人致深厚的敬意。我离开他的时候，他又在凳子上坐下，把笔拿起来，把脑袋在硬领中间转动，以便写起字来，更舒服一些；那时候，我清清楚楚地看了出来，自从他有了新的职务以后，我们两个中间就生出了隔膜，因而不能像从前那样推心置腹，因而完全改变了我们谈话的性质。

在那个古色古香的老客厅里，一个人都没有，虽然那儿有些踪迹，表示希坡老太太的所在。我往爱格妮仍旧占用的那个屋子里瞧，只见爱格妮坐在炉旁一张老式的美丽写字桌前面，正写什么呢。

我把亮光一遮，她才抬起头来一看。于是她那聚精会神的脸上立刻满是笑容，她立刻令人舒畅地问寒问暖。使她这样笑容满面，受她这样殷勤慰问，真是莫大的快乐！

“啊，爱格妮呀！”我们一块并排坐下以后，我说；“我近来可真想你来着！”

“真的吗？”她回答我说。“又想啦！还这么快？”

我摇头。

“我也不明白是怎么回事，爱格妮；我只觉得，好像我应该有一种精神方面的东西，而我可没有。咱们从前在这儿过得那样快活的时候，你永远凡事都替我动脑筋，我永远凡事都自然而然地向你请教，求你支持；因此，我真认为，我对于这种东西，失去了取得的机会。”

“那到底是什么东西哪？”爱格妮高高兴兴地问。

“我不知道该叫它什么，”我回答她说。“我自己觉得，我这个人还算认真，还算有恒心吧？”

“我认为那是毫无疑问的，”爱格妮说。

“也还有耐性吧，爱格妮？”我犹豫了一下，问道。

“不错，”爱格妮笑着回答我说，“可有耐性啦。”

“然而，”我说，“我可那么苦恼，那么忧虑，那么迟疑，那么犹豫，一点也没有能使自己拿得稳的力量，因此我知道，我一定缺乏一种——我怎么说好哪？—— 一种倚靠。”

“你要这么说，就这么说好啦，”爱格妮说。

“好啦！”我回答她说。“你瞧！你来到伦敦，我倚靠你，我马上就有了目标，就找到了途径。我迷失了途径以后，来到这儿，我一眨眼的工夫，就觉得我这个人好像变了样儿。我来到这个屋子里，使我痛苦的情况并没有改变；但是在这短短的时间里，可有一种影响，对我起了作用，使我改了样儿，哦，还是改得比以前不知有多好哪！这是怎么回事哪？你到底有什么秘诀，爱格妮？”

她只把头低着，往炉火上瞧。

“我这还是老一套，”我说。“我要是对你说，在小事情上也跟在大事情上一样，都永远是一样的，那请你不要笑我。我从前那些麻烦事，都是胡闹，现在可变得正经起来了；但是不论多会儿，只要我一跟我这位异姓的妹妹离开——”

爱格妮仰起脸来一看——那样天人一样的一张脸啊！——跟着把手伸给我，我就吻了它一下。

“不论多会儿，只要一开始的时候，没有你给我判断是非，决定可否，那我就仿佛变得杂乱无章，陷入种种困难，闹来闹去，我就得跑到你这儿来（我永远跑到你这儿来），一来了我就感到安静，得到快乐。我现在就跟一个疲乏了的旅人一样，回到家里，有了那样安息的幸福感觉了！”

我说的这番话，我感觉得太深切了，这番话对于我，影响太真切了，因此我说着说着，不能出声了，我用手捂着脸，哭起来了。我这儿写的，都是真实的情况。不管我这个人的内心，有什么样的矛盾，什么样的龃龉，像我们中间许多人那样；不管我另外有什么不同的情况，另外有什么好得多的情况；不管我做过什么不顾情理，不听我自己的良心告诉我应做的事：我都一概不知道。我只知道，爱格妮在我跟前，我就感到安定和平静，而这种安定和平静，使我热烈诚恳，认真不苟。

她以那样安详恬静、像亲姐妹的态度，那样明媚的眼睛，那样温柔的声音，那样久已使她安身这个家在我眼里成为神圣之地的端庄稳重，使我不久就战胜了我这种弱点，诱导我不久就对她把我们上次分别以后发生的事，都对她说了。

“我再多一句话都没有说的了，爱格妮，”我把我心窝子里的话都说了之后说道。“现在，我完全倚靠你了。”

“不过你决不能倚靠我，特洛乌，”爱格妮令人可爱地笑着回答我说。“你一定得倚靠另一个人。”

“你是说，要倚靠朵萝吗？”我说。

“一点也不错，正是。”

“呃，我还没对你说哪，爱格妮，”我多少有些不好意思的样子说，“朵萝未免有点不大容易——我无论怎么样都不能说，她未免有点不大容易倚靠，因为她那个人，实实在在地纯洁、真诚——不过她可未免有点不容易——我不知道怎么说才好，当真不知道怎么说才好，爱格妮。她那个人，胆子太小了，一来就发慌，就害怕。她父亲还没死以前，我有一次，认为应当跟她谈一谈——不过你要是不嫌絮烦，那我就对你说一说，都是怎么回事。”

这样，我就告诉了爱格妮，说我怎样对朵萝说我穷了，说她怎样应该念一念讲烹饪的书，怎样应该记一记日用账，以及诸如此类的话。

“哦，特洛乌啊！”她笑着劝我说。“这还是你从前那种卤莽劲儿！你用不着对一个胆子小、心肠软、没经验的女孩子这样突如其来，卤莽从事，也照样能在世路上，认真挣扎，努力上进啊。可怜的朵萝！”

我从来没听到有别人说过这样甜美宽宏的仁爱之言，像她回答我的时候所说的那样。当时我只觉得，好像我看到她带着赏识艳羡的态度、温存体贴的情意，把朵萝抱在怀里，就以这种态度和情意，默默无言地责问我，说我不该那样莽撞冒失，弄得朵萝那颗小心儿扑腾乱跳。当时好像我看到，朵萝用她那种一团迷人的天真，把爱格妮拥抱，对爱格妮感激，对爱格妮央告，叫她反对我，同时却又以她那种一团赤子之心的天真，把我疼爱。我那样感激爱格妮，那样爱慕爱格妮！我好像看到她们两个在一块，身在一幅光明的画图里，那样水乳交融，你敬我爱。

“那么我该怎么办哪，爱格妮？”我看着炉火，过了一会儿，问道。“我怎么办，才算是对了哪？”

“我想，”爱格妮说，“要采取正大光明的道路，就应该给那两位老小姐写信。难道你看不出来，任何秘密的行径都是不值一顾的吗？”

“不错。要是你认为不值一顾，那就是不值一顾，”我说。

“我对于这一类事，没有什么资格作判断，”爱格妮带出谦虚的态度来，犹豫了一下说，“但是我可毫无疑问感到——简单地说吧，我感到，你这样鬼鬼祟祟，偷偷摸摸的，并不像你平素的为人。”

“不像我平素的为人？我恐怕，这是因为你把我看得太高了，所以才这样说吧，爱格妮，”我说。

“我说，不像你平素的为人，因为你天生那样坦白直爽，”她回答我说；“因此，要是我是你，我就要给那两位老小姐写信。我要把一切经过，能怎么明白就怎么明白，能怎么畅快就怎么畅快，都对她们说出来；我要请她们许我有时到她们家去拜访。你既然还很年轻，又努力想要在社会上立足，那我想，你顶好说，不论她们对你提什么条件，你都愿意遵守。我要请求她们，千万别不经朵萝，擅自就把你的请求拒绝了。我还要请她们，到了她们认为适当的时候，把你的请求跟朵萝讨论一下。我决不把话说得太激烈了，”爱格妮温柔地说，“我也不把要求提得太多了。我要倚靠我的忠心和恒心——还要倚靠朵萝。”

“不过要是她们跟朵萝一提，朵萝又怕起来，爱格妮，”我说，“再不朵萝又哭起来，对于我一句话都不说，那可怎么办哪？”

“会那样吗？”爱格妮问道，脸上仍旧是那种温存体贴的样子。

“哎呀我的天，她跟小鸟儿一样，容易害怕极了，”我说。“所以也许跟她一提我，她就怕起来！再不然，这两位斯潘娄小姐，不是可以用这样方式跟她们通信的那种人（因为像她们那样快要上了年纪的老小姐，有时脾气很古怪），那样的话，可怎么办哪？”

“我认为，特洛乌，”爱格妮回答我说，同时抬起头来，用她那温柔的眼光看着我，“要是我是你，我想我就不会考虑这一类的问题的。也许顶好只考虑这样做对不对就够了，如果这样做对，那就这样做好啦。”

我对于这个问题，现在没有疑问了。我心头如释重负了，但同时却又深深地感到这个任务很重大，我就这样，把整个一下午的工夫，都花在给那封信打草稿上面；为了我这种重大的目的，爱格妮还把她那张写字桌让给了我。不过我动手以前，先到楼下去见维克菲先生和乌利亚·希坡。

我在一个闻着有石灰味的新公事房里，找到了乌利亚，那个新公事房，是从园子划出一块地来盖的，他一个人占了那个公事房，在一大堆文件和书籍中间，看着特别地卑鄙。他用他平素那种胁肩谄笑的样子，跟我打招呼，假装着并没从米考伯先生那方面，听到我来了的消息。他这种假装，我毫不客气，干脆给他一个不信。他同我一块到维克菲先生的屋子。只见那个屋子，只成了它前身的影子了——因为要给他那个新伙伴铺排陈设，这个屋子里的各种家具，大部分都搬运一空了。维克菲先生和我互相寒暄的时候，乌利亚就站在炉前，烤他的脊背，同时用他那双瘦骨棱棱的手爬搔他的下颏。

“你在坎特伯雷的时候，特洛乌，就住在我们这儿，好吧？”维克菲先生说，不过却先看了乌利亚一眼，意思是要得到他的许可。

“这儿有地方我住吗？”我说。

“要是合适的话，考坡菲少爷，我应该说先生，不过少爷那么自然就来到嘴边上了，”乌利亚说，“要是合适，那我敢说，我很愿意把你原先住的那个屋子让给你。”

“别那样，别那样，”维克菲先生说。“何必闹得你不方便哪？另外还有一个屋子哪。另外还有一个屋子哪。”

“哦，不过你要知道，”乌利亚把嘴一咧，说，“我真愿意把我那个屋子让出来！”

我要事情简单直截，就说，我就住在那另一个屋子里好啦，要不然，我干脆就不住在这儿。因此就说好了，我住那另一个屋子。同时，我暂时跟事务所的人告别，等吃正餐的时候再见，又上了楼。

我本来希望，除了爱格妮，不要有别人在跟前。但是希坡老太太那个老太婆，却来到屋里，请我允许她待在那个屋子靠近炉火的地方，还请我允许她把她打的毛活也带到那儿。她的托词是：她有风湿病，按照当时的风向，她待在那儿，比待在客厅或者饭厅里更好。虽然我毫无怜惜之心，恨不得能把她发落到大教堂尽顶层的尖阁上，叫风尽力地吹她，但是我却不能不顺水推舟，跟她很客气地打招呼。

“我这个哈贱人，真感激你，先生，”我问她好的时候，她回答我说，“不过我还算好。我没有什么好跟人夸口的东西。要是我能看到我这个乌利亚成家立业，混得不错，那我想，我就没有什么别的心事了。你看我这个乌利亚的气色怎么样，先生？”

我认为，他仍旧跟从前一样地奸诈阴险，所以我就回答她说，我看不出他有什么改变来。

“哦，你觉得，他没有什么改变吗？”希坡老太太说。“那我这个哈贱人，可得请你原谅，不能跟你一样的说法。难道你看不出来他瘦了吗？”

“并不比平素更瘦，”我回答她说。

“你看不出来！”希坡老太太说。“不过你不是用一个当妈的眼睛看他的！”

她这个当妈的眼睛，和我的眼睛两下一照的时候，我认为，不管她对于他多么慈爱，对全世界其余的人，却是满含恶毒的；并且我相信，他们母子两个，真正你疼我爱。她的眼光跟着从我身上挪开，又转到爱格妮身上。

“你也没看出来，他又瘦又老啦吗，维克菲小姐？”希坡老太太问道。

“没看出来，”爱格妮说，一面安安静静地做她正做着的事。“你对他过于关心了。其实他很好。”

希坡老太太使劲嗅了一下①，又打起她的毛活来。

她一直地连一分钟停止打毛活的时候都没有，也没有一分钟离开我们的时候。那天很早，我就到了那儿了，现在离吃正餐还有三四个钟头的工夫。但是她却一直坐在那儿，拿着打毛活的针打毛活，那种单调，

① 表示鄙夷、轻蔑、不信一类的感情，此处表示不信。

就跟沙漏往外漏沙子一样[①]。她坐在壁炉的一边，我坐在壁炉前面一张桌子前，爱格妮就坐在壁炉的另一边，离我稍远一点。我慢慢地琢磨我那封信的时候，有时抬起头来，看到爱格妮脸上满腹心事的样子，看到她的脸明朗纯洁、如同天使，看到它光辉映射，给我鼓励；但是不论多会儿，只要我一看她，我马上就觉到，那双满含恶毒的眼，从我身上挪开，转到爱格妮身上，又回到我身上，跟着又鬼鬼祟祟地转到她手里的毛活上。她打的那种毛活，究竟是什么，我说不上来，因为我对于那种技术，不大懂得；不过她那件毛活，却看着很像一面网；她拿着像中国筷子的两根针一个劲儿打下去，那时候，她的样子，在火光中，活像一个丑恶难看的女巫，虽然叫对面焕发映射的"善"暂时逼住了，不得施展，但是她却准备好了，随时可以把网撒出去。

吃正餐的时候，她仍旧同样地连眼都不眨巴，看着我们。吃了正餐以后，她儿子来换班儿，等到就剩了维克菲先生、他自己和我的时候，他就斜着眼狡黠地往我这儿瞧，还直打拘挛，一直打得我简直地没法再忍下去。在客厅里，那个妈又打起毛活，看起我们来。在爱格妮唱歌、弹琴的时候，那个妈一直地老坐在钢琴旁边。有一次，她点了一个民歌，叫爱格妮唱；她说，那是她那个乌利（那时正在一把大椅子上打呵欠）爱得都傻了的歌儿。在唱的中间，她不时地回头瞧他，瞧完了，就对爱格妮说，他听到这个歌，都迷得直出神儿。不过她要是不提她儿子，她简直从来就不开口——我非常怀疑，她不提他，是否开过一次口。我认为，这显而易见是归她专负的责任。

这种情况，一直继续到睡觉的时候。看到他们母子两个，像两个大蝙蝠一样，在这个家里到处扑打，把这一个家，用他们那种丑恶难看的形体，弄得暗淡无光，真叫我不安到极点，因此我真想待在楼下，豁出去看着她那个人和她的毛活，而不愿意上床去睡。实在我也并没怎么睡得着。第二天，她又打起毛活，看起我们来，一直打了一整天，看了一

① 从前的一种计时器：两个椭圆球，中间相连处极细，以沙贮入上一球，则其沙自细腰处流入下一球，恰恰一小时流尽，再反置之。

整天。

我想跟爱格妮说说话，连十分钟的机会都没有。我的信写好了，都几乎没有机会给她看。我对她提议，叫她和我一块到外面去走一走。但是希坡老太太屡次嚷嚷，说她的病越发重了，爱格妮为行好起见，只得待在家里，陪伴着她。到了天色靠近黄昏的时候，我自己出去了，琢磨琢磨应该怎么办，同时想一想，我是否应该把乌利亚·希坡在伦敦对我说的那番话，仍旧不对爱格妮说：因为那件事，又惹得我非常不安起来。

我是朝着往拉姆盖[①]去的路走的，因为那儿有一条很好的人行道；但是我走了没有多远，还没完全出城，就有人隔着飞扬的尘土，在我身后招呼我。那个人走路那种笨样子，和他的大衣那种瘦样子，就一定不会叫人误认了。我站住了，乌利亚·希坡走上前来。

“呃？”我说。

“你走得真叫快！”他说。“我这两条腿不能说短，但是你可叫我费了点好劲。”

“你要上哪儿去？”我说。

“我这是要和你一块去，考坡菲少爷，要是你赏脸，肯叫一个老朋友和你一块走一走的话。”他一面这样说，一面把身子一扭；扭的意思，也许是讨好，也许是鄙视；跟着就在我身旁，和我一块走起来。

“乌利亚！”我们静默了一会之后，我说，说的时候，尽力客气。

“考坡菲少爷！”乌利亚说。

“我要是把实话对你说了，我想你不至于见怪吧；我这回出来，要自己走一走，因为我和别人待在一块的时候太多了。”

他斜着眼看我，咧着嘴，能怎么狞恶就怎么狞恶，对我说，“你的意思是说，你跟我妈待在一块的时候太多啦吧？”

“不错，我正是那个意思，”我说。

“啊！不过你要知道，我们太哈贱了，”他回答我说。“我们既然

---

①属肯特郡，海滨避暑地，在伦敦东面偏南65英里。

知道我们哈贱，那我们一定得好好注意，别让那些不哈贱的人，把我们挤到墙上去。在情场里，不论用什么计策，都是正当的[1]啊，先生。”

他把他那两只大手举起来，举到下颏以后，在那儿轻轻地对搓，同时轻轻地窃笑，我认为，无论什么人，都不能比他更像毒恶狠戾的猴子的了。

“你要知道，”他说，一面仍旧像以前那样令人不快地两手对搓，同时，对着我摇头，“你是一个十分危险的情敌，考坡菲少爷。你永远是我的情敌，这是你知道的。”

“你就是因为我，才老看着维克菲小姐，才把她这个家也弄得不成其为家，是吗？”我说。

“哦！考坡菲少爷！你把话说得太重了，”他回答我说。

“我的话，你爱怎么解释就怎么解释好啦，”我说。“反正我的意思，乌利亚，你也跟我一样，非常明白。”

“哦，我不明白！你得把话说出来，我才能明白，”他说。“哦，我真不明白！你不说，我自己就不能明白。”

“你以为，”我说，说的时候，为爱格妮起见，尽力克制，把火压下去，做出非常平心静气的样子来，“我对维克菲小姐，除了拿她当亲爱的姐妹看待，还有别的意思吗？”

“呃，考坡菲少爷，”他回答我说，“你可以看出来，我并不是非回答你这个问题不可的。你可能没有别的意思。你自己还不知道吗？不过，话又说回来啦，你也可能有别的意思啊！”

我从来没见过，有任何东西，能比得上他脸上出现的卑鄙狡猾，能比得上他那种毫无遮挡、连一根眼毛的影子都没有的眼睛里出现的卑鄙狡猾。

“好啦，你听我一句话！”我说。“为维克菲小姐起见——”

“我的爱格妮呀！”他喊道，同时令人作恶地把他那瘦骨棱棱的身子一拘挛。“劳你的驾，请你叫她一声爱格妮，好不好，考坡菲

---

① 英国俗语：“在情场和战场上，不论什么都正当。”

少爷！”

“为了爱格妮·维克菲小姐起见——唉咳！上帝可要加福于她！”

“你为她求福，我谢谢你啦，考坡菲少爷！”他横插了一句说。

“为爱格妮·维克菲小姐起见，我现在要告诉你的话，就是我在任何别的情况下，想要告诉——捷克·开齐①的。”

“告诉谁，先生？”乌利亚说，同时把脖子伸得老长，用手把耳朵逼着。

“告诉那个刽子手，”我回答他说。“那是所有的人里面，我顶不会想得到的——”虽然看到他那副嘴脸而想到那个刽子手，是最自然的前因后果。“我已经跟另一位年轻的小姐订了婚了。我希望，这个话你听了，可以满意啦吧。”

“真个的吗？”乌利亚说。

我愤怒地正要把我说的话加以他所要的证明；但是还没等到我说出口来，他就抓住了我的手，使劲一握。

“哦，考坡菲少爷，”他说。“那天晚上，我在你那起坐间的壁炉前面睡觉，搅得你那样不安，那时候，我把我的心腹话，都对你说了；要是那时候，你肯赏我脸，把你的心腹话，也都对我说了，那我就不论多会儿，也不会留你的心眼儿了。现在你既然这样对我说了，那我一定马上就把我妈撤开，还欢天喜地把她撤开哪。我知道，我这样为爱情采取的预防办法，你一定能原谅，是不是？唉，你以前不赏我脸，没把你的心腹话也都对我说了，真太可惜了！我敢说，我给了你一切机会，叫你说。但是你可从来不肯像我愿意的那样，赏我脸。我知道，你从来也没像我喜欢你那样喜欢我！”

在所有这个时间里，他都用他那又湿又黏、跟鱼一样的指头使劲握我的手；我就用尽了方法，想要在不失体面的情况下，把他的手甩开。不过我完全失败了。他把我的手拽到他那桑椹色大衣的袖子底下，我几乎就等于在被迫之下，跟着他手挽手往前走去。

---

①英国17世纪的绞刑吏。

“咱们往回走，好不好？”他一会儿叫我向后转，朝着城里，对我说。只见那时，出来得很早的月亮已经升起，把远处的窗户都映得像烂银一样。

“咱们把这个话题结束以前，我要你明白，”我现在把我们保持了相当久的静默打破了，说，“我相信，爱格妮·维克菲比你那样高，离你的野心那样远，就跟那个月亮一样！”

“真正幽静！是不是？”乌利亚说。“幽静极了！你现在说实话好啦，考坡菲少爷，你从来没有像我喜欢你那样喜欢我，是不是吧？我觉得没有问题，你一向把我看得非常哈贱，是不是吧？”

“我不喜欢一个人老自称下贱，”我回答他说，“也不喜欢一个人老自称任何别的情况。”

“这话可说着啦！”乌利亚说；只见在月光下，他的皮肤松弛、脸色灰暗。“难道我不是早就知道了吗！不过，考坡菲少爷，对于像我这种地位的人该应有多哈贱，你考虑得太少了！我爸爸和我自己，都是在靠基金办的学校[1]里出身的；我妈哪，她同样也是从一个公立学校——一种慈善机关——出身的。在这种学校里，他们净教给我们应该怎样哈贱——从早起到晚上，据我所知道的，他们就不教什么别的东西。我们对于这个人是哈贱的，我们对于那个人也是哈贱的。我们在这儿得脱帽，我们在那儿又得鞠躬；我们永远得不要忘记了我们的身分，永远得在比我们高的人面前，表示我们哈贱。比我们高的人，可就太多了，到处都是比我们高的人！我爸爸就是因为会表示哈贱，才得到班长奖状。我也是那样。我爸爸因为会表示哈贱，混了个教会的杂差。在绅士中间，人人都称赞他，说他的举动循规蹈矩，所以绅士们决定拉他一把。‘表示哈贱，乌利亚，’我爸爸跟我说，‘那你就能混下去。’在学校里，他们整天价就拿这个话往他和我的耳朵里面灌；这种话也就是人人顶爱听的。‘表示哈贱，’我爸爸说，‘那你就能混下去！’说实在的，这样，也真混得不坏！”

---

①即慈善学校。

我从来没想到，这种令人恶心、装模作样的假下贱，原来是希坡一家的家风！我这是头一次才想到的。我只看到结的果子，但是却没想到下的种子。

“我还是个很小的孩子的时候，”乌利亚说，“我就知道哈贱有什么好处，所以我就爱上它了。我吃起哈贱的饼①来，胃口好极了。我念书，也念到我应有的哈贱分寸就打住了。我说，‘别往上爬啦！’你那一回要帮我的忙，教我拉丁文，那时候，我很懂得该学不该学。‘人们都喜欢踩在咱们上面，’我爸爸说，‘那你就叫他们踩好啦。’我顶到这阵儿，一直地都是非常地哈贱的，考坡菲少爷，不过我可也抓到了一点权力！”

他所以说这些话，就为的是叫我懂得，他决定要利用他的权力，来把以前的下贱补偿一下。我这是看到他在月光下的脸色，就知道了的。他的卑鄙、奸诈、阴险，我早就知道了，但是他早年就受的那种压抑，长期就受的那种压抑，结果都会叫他生出怎样卑鄙、毒辣的报复心理，我却是现在才头一次明白。

他这番自我表白，顶到那时候，使他感到非常舒畅，因而他把他的手，从我的胳膊里拿开，为的是好再在他的下颏那儿抚摸一次。这一下我好容易才跟他分拆开了，我就拿定主意，要跟他分拆到底，因此我们只并排往回走，一路很少再说什么话。

他还是由于听到我告诉他的那个消息而满心高兴呢，还是因为一个劲儿地直回头琢磨那个消息而满心高兴呢，我不得而知；反正有一种影响，使他满心高兴，却是不错的。他吃正餐的时候，比他平素话更多了；他问他母亲（我们进家的时候，她有一会儿，离开职守），说他是不是年纪已经很大了，不应该再打光棍了；还有一次看爱格妮那样一个看法，把我气得为了可以把他打趴下，叫我把什么东西献出去我都肯。

吃完了正餐以后，只剩了我们三个男性在一块的时候，他更嚣张起来。他并没喝多少酒，或者说，他一滴酒都没喝。因此，我姑且认为，

---

①英文成语，意谓忍气吞声。

那一定是他感到胜利的傲慢，再加上我在他面前的引诱，使他把这种心情露骨地表现出来。

昨天我就已经注意到，他老想法子诱惑维克菲先生，叫他多喝酒；同时，爱格妮出去的时候，我看她脸上的神气，就知道了她的意思，所以我自己只喝了一杯酒，喝完了，就提议，说我们三个人跟爱格妮一块去。我今天本来也打算那么办，但是却让乌利亚早抢在我头里了。

“我们现在这位客人，很少到我们这儿来的时候，先生，”他对维克菲先生说，那时维克菲先生坐在桌子头儿上，看着和乌利亚那么不同；“所以我现在提议，如果你不反对，我们再喝一两杯酒，表示对他欢迎。考坡菲先生，祝你现康、快喔①。”

我对他隔着桌子伸过来的手，不得不敷敷衍衍地握一下；跟着，我用完全不同的感情，把他的伙友——那位身心交瘁的绅士——的手，握在手里。

“来，同事的伙友，”乌利亚说，“我这可很冒昧——我说，你提几个于考坡菲有关系的人，给他们干杯，好不好！”

维克菲先生怎样提为我姨婆干杯，为狄克先生干杯，为博士公堂干杯，为乌利亚干杯，我略过不提；他怎样每次都喝双杯，他怎样知道自己的弱点，努力要克服，却又办不到；他怎样看到乌利亚的态度，自觉羞愧，却又不敢得罪他，想要对他讨好，二者交战，互相冲突，我也略过不提；乌利亚怎样在显然胜利的欢乐之中，又扭身子，又转身子，又叫维克菲先生在我面前出丑丢脸，我也略过不提。我当时看到这种种情况，心里直犯恶心，我现在写到这种种情况，手也不能下笔。

“来，同事的伙友！”乌利亚后来到底说，“我还要再提一次，我这个哈贱人还是要求你把杯都斟满了，因为我这回打算提的，是女性里顶像天仙的人。”

她父亲手里拿着空杯。我看到他把杯放下，朝着那副跟她那样像的画像看了一眼，把手放在额上，在带扶手的椅子上畏缩退避。

---

①乌利亚嘴里的“健康、快活”。

“我是个哈贱人，不配提议祝她现康，”乌利亚接着说，“不过我可爱慕她——崇拜她。”

她那白发苍苍的父亲，在身体上所能忍受的痛苦虽然可怕，但是我认为，却比不上他在精神上所能忍受的痛苦，因为那更可怕；只见那种痛苦，现在完全表现在他两手的紧握之中。

“爱格妮，”乌利亚说，说的时候，不是不管维克菲先生怎么样，就是不了解他那种动作是什么性质，“爱格妮·维克菲，我可以稳当地说，是女性里顶像天仙的人。这个话我可以在我的朋友中间，明明白白地说出来吗？能做她的父亲，当然是值得骄傲的荣幸，但是能做她的丈夫——”

永远可别再叫我听到她父亲从桌子前面站起来的时候所发出来的那种声音！

“怎么回事？”乌利亚说，同时脸上的颜色，一下变得和死人一样。“闹到究竟，我希望，维克菲先生，你不会发疯吧？要是我说，我有一种野心，想要叫爱格妮成为我的爱格妮，那我也跟别的人一样地有权利呀。我比任何别的人都更有权利呀！”

我用两臂抱着维克菲先生，用我能想得起来的话，求他稍微安静一下，这种话里，说得最多的，是求他看着爱格妮，稍微安静一下。他有一会儿的工夫，真是疯了的样子：又薅头发，又打脑袋，又要使劲把我从他身边推开，把自己从我身边推开，一句话也不回答我，谁也不看，谁也看不见，盲目地瞎挣扎，至于到底想要干什么，他也不知道，两只眼睛圆瞪着，鼻子又歪，嘴又斜——看着真可怕。

我前言不搭后语地哀求他，但是却极尽感情地哀求他，叫他不要这样不顾一切地一意疯狂，叫他听我的话。我求他想一想爱格妮，求他把我和爱格妮联起来，求他想一想爱格妮和我怎样从小一块长大了，我怎样敬她、爱她，她又怎样使他得意，叫他开心。我想种种法子叫他想起她来；我甚至于责备他，说他应该咬着牙尽力克制，免得叫她知道了有这样一场光景。也许是我的话发生了点作用，也许是他的疯狂劲头过去了，反正他慢慢地不像以前那样挣扎了，往我这儿看了——看的时候，刚一开始，好像不认得我的样子，以后眼神里又露出认得的样子。后来他到底说了话了，他说，“我认得——特洛乌！我认得——我的亲爱的孩子和你！不过你看那个家伙！”

他用手指乌利亚，只见乌利亚在一个角落上，脸色灰白，两眼圆睁，显然没想到会有这种情况而大吃一惊。

“你看那个折磨我的家伙！”他回答我说。“我在他面前，一步一步地把名誉和地位、平静和安定、家庭和门户，全都放弃了。”

“我替你把名誉和地位保持了，把平静和安定保持了，把家庭和门户保持了，”乌利亚带出阴沉郁抑、受到挫折的神气，连忙作让步的表示说；“别发傻了，维克菲先生。要是我这一步，跨得太大了，没给你防备，那我想，我可以退回来呀；那有什么碍处哪？”

“我本来在每个人身上，都要找一找单纯的动机的，”维克菲先生说，“我本来以为，我把这个家伙，用利益的动机和我结合起来，还觉得很满意的哪。可是你看，他是什么样子——哦，他是什么样子！”

“考坡菲，你要是办得到的话，你顶好别让他再说啦，”乌利亚喊道，同时用他那个瘦长的食指朝着我指着。“你可要当心，他一会儿就要说他以后要认为悔不该说、你以后要认为悔不该听的话了！”

“我爱说什么就要说什么！”维克菲先生豁出去了的样子说。“我既然受了你的挟制，那我为什么就不能也受世界上所有的人的挟制哪？”

“你可要当心，我可告诉你啦！”乌利亚仍旧对我下警告，说。“你要是不叫他闭上嘴，那你可就不能算是他的朋友了！你为什么不能受世界上所有的人的挟制，维克菲先生？因为你有个女儿啊。这本是你跟我早就知道了的啊，难道不知道吗？狗睡着了，顶好让它睡下去[①]——谁要把它弄醒了哪？我不要。你难道看不出来，我这儿能怎么哈贱就怎么哈贱吗？我不是对你说过，我这一步要是跨得太大了，我很

①英国格言，最初见于乔叟的《特娄伊勒斯与克利随得》第3卷第766行。（编注本）

抱歉吗？你还要叫我怎么着哪，先生？”

“哦，特洛乌啊，特洛乌啊！”维克菲先生喊道，同时把两只手使劲地拧。“在这个家里，从我头一次见你的时候起，我堕落成什么样子了！我那个时候，就已经走了下坡路了，但是从那个时候以后，我走过的路，更有多凄凉、更有多凄凉啊！我没有骨气，净任着自己的性儿，可就把我毁了。我任着自己的性儿追念已往，任着自己的性儿忘记已往。我任着天性，哀悼我这孩子的母亲，这种哀悼成了一种病态了。我任着天性，疼爱我这孩子。这种疼爱也成了一种病态了。凡是我接触的东西，就没有不受我的传染的。本来是我顶疼爱的人，我可给她带了苦恼来了；这是我分明知道的——也是你分明知道的！我本来以为，我就疼爱一个活在世上的人，对于任何别的人，全都不疼爱是可能的。我本来以为，我就哀悼一个不在世上的人，对任何别的人，全都不管他们哀悼不哀悼，是可能的。这样一来，我这一辈子里所得到的教训，可就都叫我误使错用了！我把我这颗有病态而怯懦的心蹂躏毒害，我这颗心也反过来，把我蹂躏毒害。在哀悼方面，我自私自利、卑鄙龌龊；在疼爱方面，我自私自利、卑鄙龌龊；在苦恼地想要逃避这两种情况的阴暗面方面，我自私自利，卑鄙龌龊：这样一来，哦，你就看到，我毁到哪步田地了，你就恨我好啦，你就躲着我好啦！”

他一下坐在一把椅子上，软弱无力地呜咽起来。他刚才那股子兴奋劲头已经过去了。乌利亚从他待的那个角落里跑了出来。

“我在糊涂的时候，都干了些什么，我自己并不知道，”维克菲先生说，同时把两手往外一伸，好像不要我责备他似的。“他可知道得顶清楚，”这个“他”是指着乌利亚·希坡说的，“因为他老在我胳膊底下，喊喊喳喳地指教我。你可以看到，他都怎么像一盘磨石一样，老套在我的脖子上。你看到，我的家里老有他；你看到，我的事情里老有他。就是刚才不大的工夫，你还听到他都说什么来着。我还用再说别的吗？”

“你本来用不着说这么多，连一半都用不着，你根本什么都不用说，”乌利亚一半挑战，一半谄媚的样子说。“你要不是因为喝了酒，那你就不会这样往心里去的。你到明儿一回过味儿来，就明白了，先生。要是我说的话，有些过头的地方，或者有些并非我的意思所在的地方，那又有什么关系哪？反正我并没咬定了，非那样不可啊！”

门开开了，爱格妮脸上半点血色都没有，轻轻悄悄地走进来了；她用膀子搂住了他的脖子，口气稳定地对他说，“爸爸，你又有点不舒服了。跟我来吧！”他把头放在她的肩上，好像叫羞耻压得抬不起来，跟着她出去了。她的眼光只有一刹那的工夫跟我的一对，然而只从那一刹那的工夫里，我就看了出来，她对于刚才发生的情况，知道多少了。

“我真没想到，他会这样激动，考坡菲少爷，”乌利亚说。“不过这不要紧。我明儿就跟他和好了。我都是为他着想。我这个哈贱人，永远是关心他，为他着想的。”

我没回答他，只上了楼，来到爱格妮从前那样屡次伴我做功课的那个安静的屋子里。一直顶到深夜，没有人到那个屋子来。我拿起一本书来，想要看。我听到钟打十二下，还在那儿看，却不知道看的是什么，这时候，爱格妮碰了我一下。

“你明儿早晨一早儿就要走了，特洛乌！咱们这会儿互相告别好啦！”

她哭来着，但是她的脸那时候却那样平静，那样美丽！

“上帝加福于你！”她说，一面把手伸给我。

“最亲爱的爱格妮！”我回答她说，“我可以看得出来，你是不要我谈今儿晚上发生的情况的——不过难道就没有什么可以做一做的啦吗？”

“只有信赖上帝！”她回答我说。

“难道就没有我可以做一做的啦吗？难道我这个永远遇到有什么难处就跑到你这儿来的人，就什么也不能替你做啦吗？”

“你的难处，使我的难处大大地减轻了，”她回答我说。“亲爱的特洛，真没有什么你可以替我做的！”

“亲爱的爱格妮，”我说，“本来你所富有的东西，像善良、决心，以及所有的高尚品质，我都是贫乏的；像我这样，可要对你怀疑，或者给你指导，那我太不自量了。不过你可知道我都怎样爱护你，我都怎样感激你。你永远也不会因为误解了尽孝的道理而牺牲了你自己吧，爱格妮？”

她有一会儿的工夫，非常激动，我向来没看见过她那样激动；在这种激动下，她把她的手撤回，往后退了一步。

“你得对我说，你没有这样想法，亲爱的爱格妮！你这个比我的亲姐妹还亲的妹妹！你要想一想，你的心是什么样的无价之宝，你的爱是什么样的无价之宝！”

哦！以后过了好久、好久，我看到那副脸又在我面前出现，带着那一会儿的表情，不是惊奇，不是指摘，不是悔恨。哦！以后过了好久、好久，我又看到那副脸，在我面前，像现在这样，现出一副令人可爱的笑容，她就带着那样的笑容对我说，她对自己，无可忧惧——我也不必为她忧惧——她就这样，像对亲兄弟一样，和我告了别，回身走了！

第二天早晨，天还没亮，我就在客店门前，上了驿车的车顶。我们要开车的时候，天刚破晓。我正坐在那儿，想念爱格妮，只见一个脑袋，在夜色和日色的朦胧混合中，从车旁挣扎着出现，那原来是乌利亚的脑袋。

“考坡菲！”他用手攀着车顶上的低铁栏，用一种哑嗓子，打着喳喳跟我说，“我跟维克菲先生两个人中间，并没有什么过节儿，这是我认为，你走以前，一定高兴听的消息。我已经到他的屋子里去过了，我们两个人又都和好了，没有事儿了。你要知道，我固然不错，是个哈贱人，但是我对他可很有用处啊，并且，他只要不喝醉了，那他就很明白他的利害关系的！说到究竟，他真是一个叫人喜欢的好人，考坡菲少爷！”

我只好对他说，我很高兴，他对维克菲先生道了歉了。

“哦，那是自然的！”乌利亚说。“你知道，一个人要是哈贱，道道歉又算得了什么？那容易得很。喂！我想，”他说，说的时候，把身子一扭，“你有的时候，考坡菲少爷，也曾摘过还没熟的梨吧？”

“我想我摘过，”我回答他说。

“我昨儿晚上，就是要摘还没熟的梨来着，”乌利亚说，“不过，昨儿晚上，虽然还没熟，将来可总有熟的那一天哪！只要好好地看着就得了。我是不怕等的！”

他殷勤地祝我一路平安，一直等到车夫上了车的时候，他才下了车。据我所了解的，他嘴里嚼着东西，来挡那天早晨那种寒湿之气；不过，他的嘴动的样子，就好像梨已经熟了，他正吃着，吃得舔唇咂舌似的。

第四十章
寻遍天涯

我们那天晚上，在白金厄姆街我的寓所里，把我前一章详细写的那番情况，郑重地谈了一回。我姨婆对于那番情况，感到深厚的关切，我们谈完以后，她两手交抱着，在屋子里来往走了有两个多钟头的工夫。不论多会儿，只要她心绪特别乱，她就大走而特走；她心绪乱的程度，看她走的时间长短，就永远可以估计出来。那一次，她心绪太乱了，因此她认为，必须把寝室的门全都开开，叫她走的那段路，包括了所有的寝室在内，从这面墙顶到那面墙，才足以尽她走的劲头。我和狄克先生静静地坐在炉旁，她就沿着这条定好了的路线，脚步一般大小，不断地进进出出，像钟摆那样有规律。

狄克先生出去了，到他住的地方睡觉去了，那时候，就剩了我和我姨婆两个人了，我就坐下，给那两位老小姐写起信来。那时候，她已经走腻了，把衣服像平素那样撩起来，在炉旁坐下。不过她这回坐在那儿，并没像她平常那样，把酒杯放在膝上拿着，而是把酒杯放在壁炉搁板上撂着，不去理它。她把左胳膊肘放在右手上，把下颏支在左手上，满腹心事地瞧我。我写信的时候，只要抬起头来看，就会看到她在那儿瞧我。“我这阵儿觉得心肠顶软啦，我的亲爱的，”她说，同时对我把脑袋一点，意思是叫我放心，“不过可定不下心去，有点难过！”

我正忙着写信，可就没看见她那种搀兑的夜间饮料(这是她对它的叫法)撂在壁炉搁板上，一动都没动；她上床睡下以后，我才发现的。我敲她的门，告诉她这种情况，那时候，她来到门前，态度比平素更加慈爱，但是说的话却只是：“今儿晚上我没有心绪喝了，特洛，”跟着摇了摇头，又进去了。

她第二天早晨，把我写给那两位老小姐的信看了一遍，认为我写得不错。我把信付邮寄走了以后，就没有别的事了，只有尽力耐着性子，等她们的回信。我这样等回信，几乎有一个星期之久；于是，有一天晚上，下起雪来，我从博士那儿往家里走。

那天特别冷，刺骨的东北风，刮了老半天。但是天黑下来以后风住了，雪却跟着下起来。我记得，那是一场大雪，大片的雪花，一个劲地往下洒，落到地上，铺得很厚。车的轮子和人的脚步，走起来都不出声，好像街上铺了那么厚的羽毛似的。

我回家顶近的路——在那样一个晚上，我自然选顶近的路——是穿过圣马丁巷的。在那个时候，那条巷所以为名的那个教堂，不像后来那样四面显敞，它前面并没有空地方，它曲里歪斜地通着的是河滨街。我从教堂柱廊下边的台阶前面走过的时候，在拐角那儿，迎头遇见了一个女人。她看了我一眼，穿过小巷那一面，就再不见了。我认识她的面目，我在别的地方曾见过她。不过不记得是哪儿了。这副脸在我脑子里有些印象，所以我见了，一下就触动起前情来，不过这副脸迎面而来的时候，我心里正琢磨着别的事，所以就弄不清楚到底是在哪儿见过的了。

教堂的台阶上，正有一个男人，弯着腰，把拿的包裹放在雪地上，要整理一下。我看见那个女人，和看见那个男人，是同时发生的事。我记得，好像我只顾惊奇，并没站住，不过，不管怎么样，反正我往前走着的时候，那个男人却把腰一直，把身子一转，朝着我走来。原来和我对面而立的，正是坡勾提先生！

于是我也想起刚才看见的那个女人是谁来了。她就是玛莎，就是那天晚上爱弥丽在厨房里给她钱的那个玛莎，就是那个（据汉说）你把所有沉在海里的金银宝物都给了坡勾提先生，他也不肯叫爱弥丽和她在一块的那个玛莎·恩戴尔。

我和坡勾提先生互相热烈地握手。一开始的时候，我们两个，没有一个说得出话来的。

“卫少爷！”他紧紧握住了我的手说，“我看到你，别提心里多舒服了。真巧极了，真巧极了！”

“是巧极了，我的亲爱的朋友！”我说。

“我本来想，今儿晚上就去问候你，先生，”他说，“不过我知道你跟你姨婆住在一块——因为我到那边去来着——我到亚摩斯去来着——我就恐怕，今儿太晚了。我本来打算，明儿早晨，在我走以前，再去看你，先生。”

“你还要走吗？”我说。

“不错，先生，”他说，一面很有耐性的样子慢慢地摇头，“我明儿还要走。”

“你这会儿要往哪儿去哪？”我问道。

“呃！”他回答我说，同时把他那长发上面的雪甩掉了，“我这阵儿要去找一个地方过夜。”

在那个年头，金十字的马棚所在的场院，有个旁门，差不多正对着我们当时站的地方（我脑子里的金十字永远跟他的不幸联在一起，不能忘掉）。我把那个门道指给他看，用手挽着他的胳膊，和他一块朝着那儿走过去。有两三个旅舍房间，通着马棚所在的场院；我往这两三个房间之中的一个里面瞧了瞧，只见里面没有人，却生着很旺的火，我就把他带到了那儿。

我在炉火的亮光之中看着他的时候，我看到，不但他的头发又长又乱，他的脸，也让太阳晒黑了。他的须发更苍白了，脸上和额上的皱纹更深了；从他的样子上，可以看出来，他在各种天气里跋涉游荡过。不过他看着却很壮实，像一个目的坚定、勇往直前的人那样，什么也不会使他疲乏。他把帽子上和衣服上的雪都抖掉了，把脸上的雪也擦去了，那时候，我就在心里暗中作以上的观察。他在一张桌子旁面对着我坐下，背冲着门(我们就是从那个门那儿进来的)，那时候，他又把他那粗糙的手伸出来，热烈地握我的手。

“我要对你说一说，卫少爷，”他说，“——我都到过哪儿，都听见过什么消息。我走的地方可真不少，不过我可没听到什么消息。尽管这样，我还是要对你说一说！”

我拉铃儿，想要叫一点热腾腾的东西喝。他说，比麦酒更厉害的东西，他是不喝的；于是麦酒拿来了，在火上烫着了，那时候，他坐在那儿直琢磨。他脸上是一片郑重其事的庄严神气，所以我没冒昧地打搅他。

“她还是个小孩子的时候，”就剩了我们两个在那儿，他待了一会儿，跟着就抬起头来说，“她老跟我谈大海，谈了好些好些，还谈到颜色变成深蓝、在太阳下面有万道金光的海和这种海那一面的地方。我有的时候就想，那一定是因为她爸爸死在大海里，所以她才老那样琢磨大海。也许是她相信——再不就是她希望——他父亲漂到那些海岸那儿了，那儿永远是遍地的花儿，永远是满天的太阳；不过，你要知道，是不是真这样，我可就不敢说了。”

“我想那大概只是一个小孩子家的想法吧，”我回答他说。

“她——丢了的时候，”坡勾提先生说，“我心里知道，他一定要把她带到那种地方去的。我心里知道，他一定要对她说，那些地方都有什么了不起的光景，她怎么要在那些地方成为阔太太，他又怎样用这一类的话把她的心说活了。咱们去见他妈的时候，我就知道了，我那种想法不错。所以我就过了海峡，去到了法国；我在法国上了陆的时候，就好像是从天上掉下来一样。”

我看到门开开了，雪花飘进来了。我看到门又开开了一点，有一只手把住了门，叫它不要关上。

“我在那儿找到了一个官面上的英国人，”坡勾提先生说，“我告诉他，说我要去找我的外甥女儿。他给了我几样文件，有了那个，我就能通行各地了——我不知道那些文件都怎么叫法——他本来还要给我钱来着，不过，谢天谢地，我不用他的钱。我因为他帮了我那么些忙，对他热烈地表示了感谢。他对我说，‘我已经在你还没走的时候，就写了信，寄到了你要去的地方了；我还要对许多要到你去的那些地方去的人，都说一说你的事情，所以你往前走的时候，到了离这儿很远的地方，都有好多人要知道你的。’我就把感激他那份意思，尽我的力量对他说了，跟着就把法国走了个遍。”

“就你一个人，还老是走着？”我说。

“多半都是走着，”他回答我说；“有的时候，遇到赶集的人，也坐他们的大车，跟他们一块走；又有的时候，遇到驿车空着，就坐驿车。一天步行走好多英里，时常遇到有往朋友家去的穷兵什么的，就跟他们一块走。我没法跟他们谈话，”坡勾提先生说，“他们也没法跟我谈话，不过我们在那种净是尘土的路上，可结成了旅伴了。”

我从他说的时候那种友好的口气里，本来就应该知道是那样的了。

“我走到一个市镇，”他接着说，“就先找那儿的客店，在客店的院子里等，看有没有会说英国话的人来，十回有八九回，总有这种人来的。那时候，我就对他说，我怎么到处找我的外甥女儿。他们就告诉我，店里都住着什么样的官客和堂客，堂客里面，要是有像她的，我就等到她出店或者进店的时候，看一看是不是她。要是不是爱弥丽，那我就再往前走。以后慢慢地，我到了一个生村庄什么的，我就看到，那儿的穷人，都知道我。他们叫我坐在他们那种小房儿的门前，给我吃的、喝的，告诉我哪儿能找到过夜的地方。还有许多女人，卫少爷，都有像爱弥丽那么大的女儿，她们就在村子外面救世主的十字架那儿等我，为的是也给我吃的、喝的。又有的女人就有过女儿，后来死了的，这些当妈的待我有多好，只有上帝知道！”

门外的人是玛莎。我清清楚楚地看到她那憔悴的脸，在那儿侧耳静听。我当时害怕的是：他会转身，也瞧见她。

“她们时时把她们的小孩儿——特别是她们的小女孩儿——放在我的膝上，”坡勾提先生说，“我有好多次，你可以看到，在天黑下来了的时候，坐在她们的门前，觉得那些小女孩儿就跟我那亲爱的孩子一

寻遍天涯

样。哦，我那亲爱的孩子啊！”

他说到这儿，一下悲不自胜，出声呜咽起来。他用手捂着脸，我就把我那发颤的手放在他的手上。“谢谢你，先生，”他说，“你不用管我。”

过了一会儿，他把捂在脸上的手拿开，把它放在胸口，又接着说起他的故事来。

“她们早晨，往往在路上跟我一块走一会儿，也许走那么一英里、二英里；我们分手的时候，我对她们说，‘我真感激你们。我祝上帝加福你们！’她们总是好像能懂得我的意思，她们也回答我，回答得很受听。后来我到底走到海边上了。你可以想得出来，像我这样一个吃水皮子上的饭的，能对付着走到意大利，并不是难事。我到了意大利，跟先前一样，又往前走。那儿的人，也和法国的人一样，待我很好。我从一个城，又到一个城，也许走遍了意大利了。可是那时候，有人告诉我，说有人看见她在那面儿瑞士的山里。有一个人，跟他的仆人认识，在那儿看见他们来着，三个人一块。他告诉我，他们怎么去的，那阵儿到了哪儿。我就朝着那些山走去，卫少爷，白天黑夜地走。不管我走多远，那些山老好像又挪动了，离开我了。不过我还是走到山那儿了，还是走过了那些山了。我快要走到了人家告诉我他们到的那个地方，我就心里自己对自己说啦，‘我要是见到了她，那我怎么办哪？’”

外面偷听的那个人，仍旧弯着腰站在门外，一点也不顾天气的寒冷凛冽，同时打手势，请求我，哀告我，不要把她赶走。

“我从来没疑惑过她，”坡勾提先生说。“从来没有！一点也没有！我知道，只要她一看到我的脸——只要她一听到我的语音——只要我一站在她跟前，哪怕站着不动，只要这一站，就能叫她想起她跑开了的那个家来，就能叫她想起她从前还是小孩子那种情况来——那她即便出挑得像皇宫里的娘娘一样，她也要在我面前趴下的。这我知道得很清楚！我在睡梦里，有多少回，听到她大声叫‘舅舅’，看见她趴在我面前，像死了的一样。我在睡梦里，有多少回，把她拉起来，打着喳喳跟她说，‘爱弥丽，我的亲爱的，我来告诉你，我宽恕了你了，我上这儿领你回家来了！’”

他说到这儿，停了一下，摇了摇头，叹了口气，又接着说下去。

“我这阵儿一点也不管他了。我只顾爱弥丽了。我买了件乡下人穿的衣服，预备给她穿。我知道，只要我一找到她，那她就会跟在我身旁，步行走过那些净是石头的路，我到哪儿，她也跟到哪儿，永远、永远也不再离开我。我把我给她买的那件衣服给她穿上，把她原来穿的衣服给她扔掉——挽着她的胳膊，同她一块游荡着走回家去——在路上有时住下，叫她养一养她那双受伤的脚，叫她养一养她那颗受伤更重的心——这就是我这阵儿心里头想的。我相信，对于他，我连看一眼都不想。不过，卫少爷，我想的这些，还办不到，暂时还办不到！因为我去晚了，他们已经走了。他们又上了哪儿去了，我打听不出来。有人说是这儿，又有人说是那儿。我就又走到这儿，走到那儿，但是我可还是没找到爱弥丽，所以我就又游荡着回了家了。”

“那是什么时候的事？”我问道。

“差不多四天以前，”坡勾提先生说。“天黑了以后，我才老远看到了那条老船，还有从窗户里射出来的亮光。我走到跟前，隔着玻璃往里瞧，我看到那个忠心耿耿的好人——格米治太太，一个人坐在炉旁，像我们原先说好了的那样。我朝着她喊，‘你不要怕。是但尔来了！’跟着我进了家。那时候，我从来也没想到，那条老船，在我眼里，会显得那样生疏奇怪！”

他非常小心地从胸前的口袋里，掏出一个小纸捆来，里面有两三封信，或者说，有两三个小包儿，他把这两三个纸包儿放在桌子上。

“这头一个包儿，”他从那几个包儿里挑出一个来，说，“是我走了还不到一星期的时候收到的。那是一张五十镑的钞票，用一块纸包着，上面写着我的名下收，夜里从门底下塞进去的。她假装着那不是她的笔迹，不过她在我眼里混不过去！”

他非常耐烦、非常小心地，一点不差照着原来的样子，把那张钞票又包起来，把它放在一边。

“这是写给格米治太太的，”他把另一个小包儿打开了，说。“两三个月以前寄来的。”他把这封信看了一会儿，才把它递给了我，还低声说，“请你别嫌麻烦，先生，看一看吧。”

我看起信来，只见上面写道：

“哦，你看到这封信，知道它是我这只该死的手写的，你要作什么感想啊！不过你要想法，你要想法叫你的心对我软一些，只软一会儿，一会儿——这并不是为了我好，而是为了我舅舅好！你要想法，我求你一定要想法对一个苦恼的女孩子别太心狠了；我求你在一小块纸上写下几个字，告诉告诉我，他的身体怎么样，在你们都不屑提起我的名字来以前，他都说我什么来着——再告诉告诉我，到了晚上，到了我从前回到家里的时候，你是否看见过他有像是想念他永远疼的那个人的样子。哦，我想到这一点的时候，我的心都碎了！我这儿正给你跪着，请你、求你待我，千万不要像我应当受的那样心狠——因为我知道得很清楚，很清楚，你待我应当心狠——我请你、求你，千万要心软一些，心好一些，写几个字寄给我，告诉告诉我他怎么样。你不用再叫我‘小’什么了，你不用提我那个叫我寒碜了的名儿了；哦，我只求你，听一听我呼疼的声音，可怜可怜我，也不用可怜，只给我写几个字，告诉告诉我舅舅怎么样，就够了——告诉告诉我，我今生今世永远也不能再见面的这个舅舅怎么样，就够了！

“亲爱的，如果你非要对我心狠不可——心狠是很应该的，这我知道——不过，你先听一听，如果你的心对我非狠不可，亲爱的，那你先问一问他，问一问那个我辜负得顶厉害的他，那个我本来要给他做太太的他——然后你再确实决定，是不是不理我这儿这种可怜的——可怜的——哀告！要是他的心那样慈悲，说你可以写几个字叫我看一看——我认为他要这样对你说的，哦，我认为，只要你问他，他就会这样对你说的，因为他一向都是那样有勇气，那样不忌恨人——那你就告诉他——只有那时候，别的时候可不要告诉——你就说，我夜里听到刮起风来，就觉得，那个风就是先看到他和舅舅，才愤怒地从我这儿刮过去的，正要刮到天上上帝那儿，去控诉我。你告诉他，就说，要是我明天就死了(哦，我要是该死，那我死了才高兴！)，我要用我最后说的话，为他和舅舅祝福，我要用我最后喘的气，为他祷告，叫他有一个幸福的家庭！”

这封信里，也装了一笔钱。装了五镑。那笔钱，也像头一笔一样，一点也没动，他也像以前那一笔那样，把这一笔也包起来了。信上还详细地写着回信怎么写，写到哪儿。这些话里，虽然露出来，信的传递中间得经过好几道手，并且很难猜出来，她的藏身之处到底可能是什么地方，但是仔细看来，却不难想出，她写信的那个地点，就是人家告诉坡勾提先生的那个。

“这些信都是怎么回的？”我问坡勾提先生。

“因为格米治太太的文理不行，先生，”他回答我说，“汉好心意地先给她打好了信稿，她再照着稿子抄。他们告诉了爱弥丽，说我找她去了，还告诉了她，我和他们临别的时候，都说了些什么。”

“你手里拿的是另一封信吗？”我问道。

“不是信，先生，是钱，”坡勾提先生把它放开了一点，说，“你看，十镑。里面写着，‘一个真实的朋友送的’，跟头一次一样。不过头一次那笔钱是从门底下塞进去的，这一次可是前天从邮局寄来的。我要照着信上的戳记去找她。”

他把戳记指给我看。地名是莱茵河边的一个市镇。他在亚摩斯曾找到几个做外国买卖的，知道那个地方；他们在纸上给他很粗糙地画了一个地图，他很能懂。他把这个地图放在桌子上面我们中间，用一只手支着下颏，用另一只手把地图上的路线指了出来。

我问他，汉怎么样。他直摇头。

“汉干起活儿来，”他说，“猛极了；没有人能比他再猛的了。他的名声，在那一块地方上也好极了，跟不论什么人，不论世界上哪儿的人，都敢比一气。不论谁，听说要帮他的忙，你明白，就没有不肯帮的时候，别人要他帮忙，他也没有不肯帮的时候。从来没有人听见他说过一句不如意的话。不过我妹妹可总认为(这话只是咱们两个人说)，他的心可伤透了。”

“可怜的人，我也认为决不错，是那样！”

“他什么都不在意的样子，卫少爷，”坡勾提先生庄严地打着喳喳说——“好像连命都不在意的样子。遇到闹天气，有粗活要做，他永远在跟前。遇到有费力气还有危险的活，他老是跑在他的伙伴前头，抢着去干。可是同时，他可跟一个小孩子一样地柔顺。亚摩斯的小孩儿，就没有一个不认得他的。”

他满腹心事，把那几封信敛到一块，用手理好了，扎成了个小捆，又温柔地放到他的胸前。门外那个人的脸不见了。我仍旧看到雪花飘到门里，但是却没有别的什么在那儿了。

“呃！”他说，同时往他的袋子那儿瞧，“我今儿晚上既然看到你了，卫少爷，（这一见你，真叫人觉得心里舒服！）那我明儿早起一早儿就要走了。这儿到我手里的这几件东西，你都看见了，”同时把手往那个小包儿上一放；“我这阵儿有一样事，顶不放心：我只怕这些钱还没归到本主的手里，我就遭到什么不幸。要是我死了，这笔钱丢了，或是叫人偷走了，或是不管怎么弄没了，而寄钱的那个人，可老只当是我把钱留下了，那样的话，那我就是到了阴间，也决安不下身去！我相信，我非得从阴间再回到阳世来走一趟不可！”

他站起身来，我也站起身来，我们离开那个屋子以前，又紧紧地握了一回手。

“我即便得走一万英里，”他说，“我即便得走得都挺不住劲儿，一下倒在地上死了，那我也要找到那个人，把这笔钱放在他面前的。我要能做到这一点，再能找到我的爱弥丽，那我就心满意足了。要是我找不到她，那她也许有一天，会听人说，她这个疼她的舅舅，只是因为已经不再活着了，才不再找她了；要是我了解她了解得不错，那即便这个话，都能叫她到底想起家来，能叫她回来！”

他走到屋子外面那种凛冽的大气里的时候，我看到有一个孤寂的人影，在我们前面一晃。我连忙捏造了一个托词，叫他转过头来，和他说话，把他绊住了，一直等到那个人影不见了的时候。

他提到多佛路有一家安寓旅客的店房，他说，他在那儿，可以找到干净、简陋的存身之地过一夜。我陪着他走过西寺桥，在泰晤士河的色利郡一边[1]的岸上和他分了手。他在雪中又登上了他那踽踽独行的路程了，那时候，我只觉得一切一切，都好像因为向他致敬而肃静无声。

我又回了客店的场院，因为脑子里印着那副人脸，不能去掉，就往场院四围看去，想找一找它。那副脸已经不在那儿了。雪花已经把我们两个刚才留下的脚印都盖起来了，唯一能辨出来的，是我自己刚留下的脚印，但是即便那些脚印，在我回头看的时候，也开始漫平了，因为雪下得很紧。

第四十一章
朵萝的姑姑们

那两位老小姐到底给了我回信了。她们首先向考坡菲先生致意，跟着告诉他，说她们“为欲使双方快活起见”，把他那封信仔细又仔细地考虑过——我看到“为欲使双方快活起见”那句话，不免吃了一惊；那不但是因为她们闹家庭意见的时候，曾用过那句话，像前面说过的那样，而且是因为我曾看到(我一生中经常看到)，这类通用套语，就是一种爆竹，放起来的时候，毫不费事，放起来以后，却很容易变成各种各样另外的形状和颜色，一点也看不出和原来的东西有丝毫相同之处。那两位老小姐还说，她们对于考坡菲先生信上所谈的问题，敬请暂缓“以通信方式”表示意见，但是，如果考坡菲先生肯于某日某时(如果他认为事在可行，同一位知心密友)惠然驾临，那她们一定引以为荣，要和考坡菲先生当面一谈。

对于这个惠音，考坡菲先生马上就写了回信。他也先给那两位老小姐请安，跟着说，他能亲趋两位斯潘娄小姐的尊府，当面领教，不胜荣幸，即依指定时日，并遵来函所嘱，偕密友内寺成员托玛斯·特莱得先

---

① 即泰晤士河南岸，为色利郡所在。

生前来造访。考坡菲先生把信发走了以后，立即进入了极严重的精神骚动之中，到了约定的那一天，还一直是那样。

在这个事情重大的紧要关头，我却偏偏反倒得不到米尔小姐无上重要的大力帮助，这使我越发紧张起来。但是米尔先生，却老是这样那样地跟我过不去——或者说，我觉得，他仿佛老跟我过不去，其实那也跟当真跟我过不去是一回事——不早不晚，恰当此时，忽然心血来潮，要往印度去。这样一来，他的行动，可就达到了最不作美的程度了。他为什么偏偏要在这个时候往印度去呢？还不是为的要跟我为难？不过话又说回来啦，在全世界上，他跟别的地方都没有任何关系，而跟那一个地方，却有很大的关系；因为他做的买卖，且不必管究竟是哪一种，反正完全都是跟印度有交道的（我恍恍惚惚、似梦似醉地意识到，他做的买卖，和象牙、金绣披肩有关），他又从小就在加尔各答待过，现在打算以常川住柜的伙友身分，再到那儿去一趟。但是所有这一切情况，都跟我完全没有关系。不过这一切，却跟他的关系太大了，因此他决定要到印度去，还要把朱丽叶也带了去。于是朱丽叶就到乡下，和她的亲友们告别去了。他们那所房子，也贴出一连串无所不包的招贴，说房子本身出租或出售，家具（连那个熨衣台在内）也估价出让。这样一来，我遭到第一次地震以后，惊魂还没定下来，就又作了第二次地震的玩弄之物了！

在那个重大的日子里，我究竟穿什么衣服，我心里七上八下，老拿不定主意，因为我一方面想要仪容整齐，衣履翩翩，另一方面，我又害怕，惟恐我的衣履在那两位斯潘娄老小姐眼里，会有伤我那种极端严格、实事求是的品质；我在这二者之间，徘徊犹豫。我于是尽力从这两种极端里，找出一条适得其中的办法来；我姨婆对于我所得到的结果表示赞同；狄克先生就在我和特莱得一块下楼的时候，把他的鞋冲着我们身后扔出去，以取吉利①。

虽然我分明知道，特莱得是个大大的好人，并且虽然我和他那种友

---

①这是英国迷信的风俗。

谊，是很亲密的，但是，在那样一个我准备作娇客的日子里，我却不由得要想，但愿他从来没把头发拢得那样上下直竖，成为习惯才好。他那种头发，让我想到吃惊害怕的表情——更不用说像扫炉台的扫帚那一类的样子了——那种样子，我一心只暗中害怕，可能是我们的致命伤。

我们往浦特尼一块徒步走着的时候，我冒昧地对特莱得把这种意思表示了；同时还说，他要是肯把头发稍微地往下压一压，叫它光滑一些——

"我的亲爱的考坡菲，"特莱得说，同时把帽子摘了，从四面八方用手把头发抚摩；"没有比头发压下去能叫我更高兴的了。但是我的头发可就是压不下去。"

"往下压一压也不成吗？"我说。

"不成，"特莱得说。"不论怎么样，都不能把它压下去。要是我头上顶着五十磅重的东西，一直顶到浦特尼，那在那件东西刚一拿下去的时候，头发一定要跟着就竖起来的。你简直地想不到，我这个头发有多倔强，考坡菲。我一点也不错，就是一个发了脾气的箭猪。"①

我得承认，我听了他这个话，未免有点失望。但是我看到他的脾气那样柔和，却又不免完全为之心醉。我告诉他，说我对他那种柔和的脾气，极为敬重；同时又说，他的头发，一定是把他所有的倔强之性，全都攫为己有了，因为他是一丁点倔强之性都没有的。

"哦，"特莱得大笑着说，"你信我的话好啦，我这个倒楣的头发，当年可闹了笑话儿啦。我婶儿就是讨厌我这个头发。她说，我这个头发，她一见就有气。我头一次爱上了苏菲的时候，我这个头发也给我添了不少的麻烦。真添了不少的麻烦！"

"苏菲也不喜欢你这个头发吗？"

"她倒并没不喜欢，"特莱得答道，"但是她大姐——就是叫大美

① 见莎士比亚的《哈姆雷特》第 1 幕第 5 场第 20 行："每一根头发都直竖起来，像发脾气的箭猪身上的针毛一样。"

人儿的那一位——据我的了解，可净拿我这个头发开玩笑。说实在的，苏菲所有的那几个姐姐妹妹，就没有不笑我这个头发的。”

“那可真好玩儿啦！”我说。

“不错，”特莱得一点也没猜疑我这个话里还有另外的意思，只天真地回答我说，“我们都拿它当笑话说。她们假装着苏菲在她的写字桌里，放着我一绺鬈发，她想要把这绺鬈发压伏下去，没有别的法子，非把它夹在一个有卡子夹着的书里不可。这个故事一说，我们就没有不乐的。”

“可是，我的亲爱的特莱得，”我说，“你这番经验，让我想起一件事来。你和你刚才提的这位年轻的小姐订婚的时候，是不是跟她家里正式求过婚？你是不是也做过像——比方说，像咱们今天要做的这一类的事？”我心神不宁地，又补了一句说。

“哟，”特莱得回答说，只见他那副聚精会神的脸上，隐隐起了一层心事重重的样子，“我那一回，考坡菲，可把事情办得未免有些叫人难过。你晓得，苏菲在她家里，既然是那样一个得力有用的人，所以她家里不论谁，一想到她要出嫁，就没有一个心里好受的。说实在的，她们在她们自己中间，都认为事情已经定了局了：她是永远也不会出嫁的，她们都管她叫老姑娘。因此，我对克鲁勒太太一提——我还是赔了十二分的小心跟她提的哪——”

“那是她们的妈妈吗？”我说。

“不错，她们的妈妈，”特莱得说——“霍锐斯·克鲁勒牧师的夫人——我赔了十二分的小心，对克鲁勒太太那一提可不要紧，她听了，尖着嗓子喊了一声，就立刻不省人事了。过了好几个月的工夫，我一直地都没法子再提这个岔儿。”

“可是你后来到底还是提了？”我说。

“呃，不是我，是霍锐斯牧师替我提的，”特莱得说。“他真是个大好人，各方面都很值得人们学习。他对他太太指出来，说她既是一个基督徒，那她就应该认头受牺牲（特别是究竟是牺牲不是牺牲还不一定），同时还得不要对我心里怀恨。至于我自己，考坡菲，我一点不撒谎，我真觉得，我对于那一家，完全跟一个鹞鹰一样。”

“那几个姐妹，我希望，都是站在你那一方面的吧，特莱得？”

“呃，我可不能说她们都站在我这一方面，”他答道。“我们把克鲁勒太太刚劝了个差不多的时候，我们还得把这个消息透露给莎萝。我从前提过莎萝，你还记得吧？她就是脊椎骨有毛病的那个女孩子。”

“清清楚楚地记得！”

“她把两手起劲一攥，”特莱得说，“大惊失色地瞅了我一眼，跟着把两眼一闭，脸上变得跟铅一样的颜色，身子完全死挺挺的；以后一直有两天的工夫，除了用茶匙舀点水泡烤面包，再就什么都不能吃。”

“这样一个女孩子，太不做美了，特莱得！”我下了一句考语说。

“哦，这我可得请你原谅，考坡菲！”特莱得说。“她本是一个十分令人可爱的女孩子，不过有一样，太容易动感情了。说实在的，她们一家人，就没有一个不容易动感情的。苏菲事后告诉我，说她伺候莎萝的时候，她责问自己那份难过，简直地就没法形容。我根据我自己的感情，考坡菲，就知道她责问自己那份难过，一定非常地厉害，那简直地就跟一个人犯了罪一样。莎萝好容易服侍好了，我们还得对下剩的那八个女孩子，把消息透露出来；她们听了，各有不同的反应，但是可同样地都叫人觉得顶凄惨。那两个顶小的，就是由苏菲一手教出来的那两个，刚刚才不恨——恨我了。”

“我希望，不管当时怎么样，反正这阵儿她们都认了头了吧？”

“不——不错，我得说，她们总的说来，都得算是听天由命的了，”特莱得疑疑惑惑地说。“事实是，我们都躲避着这个岔儿，永远不再提。我这种前途渺茫、现状不佳的境况，就是她们顶大的安慰。我们不管多会儿，只要一结婚，就非有伤心惨目的光景不可。我们那时候，与其说是举行婚礼，不如说是举行葬礼还更恰当些哪。我把她娶走了，她们每一个人都要恨我的！”

他冲着我亦庄亦谐地摇着脑袋往我这面瞧，那时候，他那忠厚老实的脸，让我后来想起来，比我当时看起来，印象更深刻；原来我那时候，心里又慌又乱，又怯又怕，已经到了极端了，因而不能对任何事物集中精神。我们快要来到那两位老斯潘娄小姐的住宅了，那时候，我对于我自己外面的仪表和心里的镇定，简直地一点信得过的意思都没有了，因此特莱得提议，说喝一杯麦酒，可以有温和的刺激作用。我们于是来到附近一家酒店，我喝了一杯麦酒；跟着他就带着我踉踉跄跄地，来到了那两位老斯潘娄小姐的门前。

女仆把门开开了，我当时模模糊糊地只觉得，如果我打个比喻的话，我就是一件罕物，正在展出，任人观览；同时还觉得，我摇摇晃晃、勉勉强强地穿过一个摆着晴雨计的门厅，来到一个安静的小客厅，客厅在楼下，俯临一个修洁整齐的花园；还觉得，我在这个客厅里一张沙发上落了座，看到特莱得把帽子一摘，他的头发就一下直竖起来，好像那种用弹簧做的小人藏在玩具鼻烟壶里，壶盖一揭，会给人冷不防，一下从鼻烟壶里蹦出来一样；还觉得，我听到壁炉搁板上一架老式座钟滴嗒滴嗒地走，我想要叫它跟我心跳的快慢应答——可是它不肯；还觉得，我往屋子里各处瞧，瞧一瞧是否有朵萝的踪影，但是却没瞧见；还觉得，我仿佛听见吉卜在远处叫了一声，跟着就有人把它掐住了。最后，我只见，我把身后的特莱得几乎要挤到壁炉里面去，手足无措地对两位瘦小、干枯、快上年纪的女士鞠躬；那两位女士，都穿着黑衣服，看着都令人惊奇地觉得，两个人活像新近故去的斯潘娄先生，用木屑或者树皮做出来的。

“请坐吧，”那两位瘦小的女士之中，有一位说。

我连滚带爬，好容易才从特莱得身旁走过去，到底坐在一个没有猫的座位上了——我头一下坐的，是有猫在上面的——那时候，我的眼睛才恢复了视力，我才能看出来，原来斯潘娄先生显然是他们姐弟中间年纪最小的；这儿这姊妹俩，能差六岁或者八岁；那位年纪较小的，好像是这次会谈的主持人，因为她手里拿着我那封信——那封信本来是我很熟悉的，然而却又是我很奇怪地生疏的！——不时地用无腿单光眼镜往信上瞧。她们姐儿俩，穿戴得一样，不过这位妹妹，比起那位姐姐来，衣饰方面，显得年轻一些，同时也许还因为多了一丁点绉边，或者花边，或者别针，或者手钏，或者这一类小东西，因而使她显得活泼

择婿

一些。她们两个，都是腰板挺直的，态度郑重，丝毫不苟，神气安静，丝毫不乱。那位没拿着我那封信的姐姐，就把两手交叉着放在胸前，看着跟个偶像一样。

“你是考坡菲先生吧，我想，”那位拿着我那封信的妹妹朝着特莱得致词道。

这样开端，可真令人吃惊。特莱得没法子，只好指着我说，这是考坡菲先生，我也没法子，只好自称我是考坡菲先生；她们也没法子，只好放弃了把特莱得当作考坡菲先生那种先入为主的成见：这样，我们大家那一阵乱腾，可真热闹。使热闹更加热闹，我们都清清楚楚地听到吉卜又短促地叫了两声，又叫人一下掐回去了。

“考坡菲先生！”拿着我那封信的那位妹妹说。

我有所动作——我想，大概是鞠了一躬——正聚精会神，只听那位姐姐插上嘴了。

“我妹妹莱薇妮娅，”她说，“对于这类性质的问题，非常熟悉，所以要把我们认为可以使双方都得到快乐的想法，对阁下谈一谈。”

我后来发现，莱薇妮娅小姐是牵情惹爱那一类事的权威；因为多年多年以前，曾有过一位批治先生；他玩玩五点默牌，公认对莱薇妮娅小姐倾倒。我个人认为，这种说法，毫无根据，完全出于揣测。批治先生一点也不懂什么叫男女风情——据我所听到的，他对于这种感情，向来就永远没表示过。但是，莱薇妮娅小姐和珂萝莉莎小姐两个人，却同样有一种迷信的想法。原来批治先生起先饮酒过量，把身体弄坏了，随后又饮巴斯水[1]过量，想把身体治好了；这样一来，可就不得天年，青春夭折了(他死的时候六十岁左右)；她们姐儿两个，一直坚决地认为，如果批治先生不是因为这样而不幸短命死了，那他一定要正式表明他的热烈爱情的。她们甚至于心里还老藏着一段隐痛，认为他害了相思，密不告人，因而致死，不过我却要说一说，在这一家里，挂着他一个肖像，肖像上的鼻子是鲜红的颜色，好像

① 矿水，产于英国巴斯镇。

并没受到严藏紧守的摧残。①

“这件事过去那一段周折，”莱薇妮娅小姐说，“我们不想重新提起。我们那位可怜的兄弟佛朗西一故去，这件事过去那一段就跟着一笔勾销了。”

“我们过去，跟我们的兄弟佛朗西，”珂萝莉莎小姐说，“没有经常的来往，不过我们跟我们的兄弟之间，可并没闹过很大的意见或者有过很深的裂痕。佛朗西走他的路，我们走我们的路。我们认为，为了有助于各方面的快活，我们应该那样做。我们也就那样做了。”

她们姐儿俩说话的时候，都把身子往前稍微探着；说完了话，就把脑袋摇晃；不言语的时候，就又把腰板儿挺直了。珂萝莉莎小姐那两只胳膊，一直地就没动过。她有的时候，用手指头在胳膊上乱点——我想，一定是点梅奴哀舞小步舞曲和进行曲的拍子——但是胳膊本身却老没动过。

“我们这个侄女的地位，或者说，假定的地位，因为我们的兄弟佛朗西这一故去，和以前大不相同了，”莱薇妮娅小姐说。“因此，我们认为，我们的兄弟对于她的地位所有的看法，现在也不适用了。我们觉得，我们应该认为，考坡菲先生，你是一个有各种优点、人品很端正的青年绅士，我们也觉得，我们应该认为，或者说，我们完全深信，你对于我们的侄女，垂爱眷顾。”

我回答她们说，任何别的人，爱起情人来，都没有像我爱朵萝那样的；这是我一遇到有机会，就要这样说的。特莱得嘟囔着肯定了我的话，算是助了我一臂之力。

莱薇妮娅小姐刚要对我这个话作答，却叫珂萝莉莎小姐抢在前面了，她好像有一种老要提起她兄弟佛朗西的欲望，没法摆脱得掉。只听她说：

“如果朵萝的妈妈当年嫁给我们的兄弟佛朗西的时候，直截了当地

---

① 见莎士比亚喜剧《第十二夜》2 幕 4 场 115 行以下：“她从来不肯把她的相思泄露，她严藏紧守，像花蕾里的蠹虫，摧残了她那娇艳鲜红的面容。”

就提出来，说她的宴会上没有给亲戚预备地位，那为了各方面的快活起见，都要更好一些了。”

“珂萝莉莎姐姐，”莱薇妮娅小姐说，“这个话现在也许不用再提啦吧。”

“莱薇妮娅妹妹，”珂萝莉莎小姐说，“这也是这件事里另一个方面。这件事里你那一方面，只有你才有资格谈，那我是不想插嘴的。这件事里这一个方面，我可有点意见，我可想要发表点意见。如果朵萝的妈妈，当年嫁给我们的兄弟佛朗西的时候，明明白白地把她的意思说出来，那为了各方面的快活起见，都要更好一些了。那样一来，我们就可以知道我们都该怎么想，不该怎么想了。那我们就可以说啦，‘请你们不论什么时候，千万可不要请我们，’那样一来，一切可能的误会，就都可以避免了。”

珂萝莉莎小姐摇晃脑袋的时候，莱薇妮娅小姐又用无腿单光眼镜瞧了瞧我那封信，继续说起来。我现在附带提一提：她们两个的眼睛，都是又小又圆、光芒闪烁，跟鸟儿的眼睛非常地像。她们整个的人，也不无跟鸟儿相像的地方；因为她们的态度，俏利、轻快、突然；她们整理仪容的时候，爽利、整齐，跟金丝鸟一样。

我刚才说过，莱薇妮娅小姐现在又继续发言：

“你信上请我姐姐珂萝莉莎和我自己，考坡菲先生，允许你到我们这儿来，作为我们的侄女正式承认了的求婚人。”

“如果我们的兄弟佛朗西，”珂萝莉莎小姐又发作道，如果我可以叫那样安静的情况是发作的话，“一心愿意博士公堂是他身边周围的气氛，而且是他身边周围惟一的气氛，那我们有什么权力反对，有什么理由反对哪？我敢说，我们没有。我们决不强要搀进任何人中间。不过为什么不明明白白地说出来哪？让我们的兄弟佛朗西和他太太跟他们愿意交接的人在一块好啦，也让我妹妹莱薇妮娅和我自己跟我们愿意交接的人在一块好啦。我们自己也能找到我们愿意交接的人的，我希望！”

既然这个话好像是冲着特莱得和我——我们两个人——说的，于是特莱得和我——我们两个人——都作了一种回答。特莱得都怎么回答的，声音太低了，我没听见。我自己呢，我想，就说，这对于各个有关方面的令闻高名，都绝对无所亏损。不过究竟我是什么意思，我却一点也不知道。

“莱薇妮娅妹妹，”珂萝莉莎小姐既然已经把心里要说的话说出来了，现在对她妹妹说，“我的亲爱的，这回你接着说下去吧。”

于是莱薇妮娅小姐接着说道：

“考坡菲先生，我姐姐珂萝莉莎和我，实在是仔细又仔细地把这封信考虑过了，我们考虑了还不算，我们最后还把信给我们的侄女看了，还跟我们的侄女商议了。我们相信，你认为你是非常喜欢她的。”

“认为，小姐，”我乐得忘其所以地开口说，“哦！——”

但是珂萝莉莎小姐却看了我一眼(正像一个俏利的金丝鸟那样)，她看这一眼的意思是说，不要我打断了那位女圣人的话头。我跟着对她道了歉。

“爱情，”莱薇妮娅小姐说，同时斜着眼往她姐姐那儿瞧，为的是叫她表示同意；她姐姐就在她每说一句的时候点一下脑袋，用这种方式表示同意，“成熟了的爱情、五体投地的崇拜、一心无二的忠诚，不容易表现出来。它的声音是很低微的。它是羞涩畏怯、退缩不前的。它藏在暗处，潜踪隐迹，等了又等。这就跟成熟了的果子，正是一样。有的时候，一辈子都不知不觉轻轻度过了，而它可仍旧藏在暗处，熟益求熟。”

我那时候，当然不懂得，这些话是指着那位害单相思的批治先生假设的平生说的；但是我从珂萝莉莎小姐直点脑袋那种庄重态度上却可以看出来，这些话里含有很重的分量。

“轻浮的——因为我把年轻人的爱和我刚才谈的那种爱相比，我就得说，年轻人轻浮的——喜好，”莱薇妮娅小姐说，“就是泥土；和石头比起来，就是泥土。就是因为这种喜好能不能持久不变，或者有没有真正基础，是很不容易知道的，所以我姐姐珂萝莉莎和我才犹豫迟疑，不能决定采取什么行动，考坡菲先生，还有这位——”

“特莱得，”我的朋友看到莱薇妮娅小姐看他，说道。

“对不起。我想，你就是内寺的成员吧，”莱薇妮娅小姐说，同时又斜着眼往信上瞧了一下。

“正是，”特莱得说，同时脸上不禁一红。

这时候，我虽然还没受到任何明白表示的鼓励，但是我却自己以为，我从这两位身材瘦小的老姐儿俩身上，特别从莱薇妮娅小姐身上，看了出来，她们对于这种宜室宜家、其乐无穷的新鲜事件，都越来越感到强烈的兴趣，都安心要把它尽量地发挥一番，都打算把它拍打爱宠；我从这种种情况里，看到了一线光明美好的希望。我觉得，我看了出来，莱薇妮娅小姐要是能给像朵萝和我这样一对青年男女监视护理，一定会感到非常满意；我觉得，我看了出来，珂萝莉莎小姐要是能够看到她妹妹监视护理我们，能够不论多会儿，在这个问题关于自己那一方面，想要插上一句半句，就插上一句半句，那她的满意也不下于她妹妹。这种情况，给了我勇气，叫我用激动强烈的言辞，表明我的爱情。我说，我爱朵萝，不是我能说得出来的，也不是任何人能相信的；我说，我所有的朋友，都知道我怎样爱她；我说，我姨婆、特莱得，不论谁，只要认识我，都知道我怎样爱她，都知道我因为爱她，怎样拼命地苦干。我这话是不是真的，我求特莱得给我作证人。而特莱得呢，就一时之间，勇气大振，好像投身国会辩论之中一样，结果真是了不起；他用朴素无华、直截了当的词句，切于实际、合于情理的态度，证明我所说的都是真的，显然给了那两位老小姐很好的印象。

“如果我冒昧大胆的话，我可以说，我这些话，都是拿一种对于这样事也稍微有些经验的资格说的，”特莱得说，“因为我跟一位年轻的小姐已经订了婚了——这位小姐，姐儿十个，住在戴芬郡——又因为我看到，我们现在要结束订婚的时期，还没有可能。”

“特莱得先生，你也许可以证实我刚才说的那些话吧？”莱薇妮娅小姐说；她显然在特莱得身上，找到了新的兴趣。“那就是爱情是羞涩、畏怯、退缩不前的，它要等了又等那些话。”

“完全可以证实，小姐，”特莱得说。

珂萝莉莎小姐看着莱薇妮娅小姐，郑重地摇头。莱薇妮娅小姐就如有会心地看着珂萝莉莎小姐，轻轻地叹了一口气。

“莱薇妮娅妹妹，”珂萝莉莎小姐说，“你用我的闻药吧。”

莱薇妮娅小姐闻了几下香醋精，精神稍微振作了，特莱得和我就十分担心地在一旁看着；跟着莱薇妮娅小姐未免有气无力地接着说：

“我和我姐姐，特莱得先生，对于你的朋友考坡菲先生和我们的侄女这种年轻人的爱慕，或者想象中的爱慕，究竟应该采取什么办法，很费过一番踌躇。”

“我们的侄女，也就是我们的兄弟佛朗西的女儿，”珂萝莉莎小姐说。“如果我们的兄弟佛朗西的太太，在生前的时候，就认为请她的亲戚到她家去吃正餐，是没有什么不妥当的(不过，她当然完全有权力自行其是)，但是如果她请了我们，那我们这阵儿，也许可以对于我们兄弟佛朗西的孩子，更了解一些了。莱薇妮娅妹妹，请你接着说下去吧。”

莱薇妮娅小姐把我的信翻了一个个儿，为的是好把信上写的地址姓名翻到她那一面，跟着用无腿单光眼镜，看她在信上那一部分写得整整齐齐的备考。

“我们认为，特莱得先生，”她说，“这种爱慕，我们得亲眼看一看，是否经得起考验，才好像是老成的办法。这阵儿，我们对于这种爱慕，还什么都不知道，因此我们也没法判断，究竟这番爱慕里，有多少是可靠的。因此，我们顶到现在为止，只允许考坡菲先生的请求，同意他到我们这儿来访问。”

“我永远也忘不了，两位亲爱的小姐，”我心上一块大石头落了地，嘴里喊道，“你们对我的恩德！”

“不过，”莱薇妮娅小姐接着说，“——不过，我们愿意把这种访问，特莱得先生，在现在这个阶段里，看作是对我们进行的。我们一定要小心，不能贸然就承认，说考坡菲先生和我们的侄女，这样就算订了婚。那总得等到我们有机会——”

“等到你有机会，莱薇妮娅妹妹，”珂萝莉莎小姐说。

“好吧，就是这样吧，”莱薇妮娅小姐叹了一口气，表示同意说——“那总得等到我有机会亲眼看一看才成。”

“考坡菲，”特莱得转到我这一面说，“我敢保，你一定要觉得，没有比这个再合情合理、或者再贴体周到的啦吧。”

“没有，”我喊道。“我深切地感到这一层。”

“这件事的情势既然是这样，”莱薇妮娅小姐又看了一下她的备考说，“同时他的访问又既然只在这样了解上看待，那我们一定得要求考坡菲先生，用他的君子一言，明明白白地给我们保证，说他跟我们的侄女，不论用什么方式互相往来，都不能背着我们。他不管对于我们的侄女有什么打算，要是不经过我们——”

“经过你，莱薇妮娅妹妹，”珂萝莉莎小姐插了一句说。

“好吧，就是这样吧，珂萝莉莎！”莱薇妮娅小姐无可奈何的样子同意答道——“要是不经过我——不得到我们的同意，都不能做。我们得把这个作为顶分明、顶郑重的条件，不管怎么，都不能变动。我们今天所以要求考坡菲先生同着一位亲密的朋友到这儿来，”她说到这儿，朝着特莱得一歪脑袋，特莱得就朝着她一鞠躬，“就为的是对于这个问题，不要有什么疑问或者误解。如果考坡菲先生，或者你，特莱得先生，觉得对于答应这个条件有任何迟疑的地方，那我请你们用一些时间考虑考虑。”

我在大喜狂欢之下，热烈地大声说道，一分钟的考虑都不必。我以最热烈的态度，答应了她们的要求，叫特莱得作证人；同时对于我自己说，要是我会有丝毫不遵守这种诺言的时候，那我就是最没有行止的家伙。

“成啦，请不要再说啦！”莱薇妮娅小姐把手一举说：“我们还不曾有幸能接见你们两位绅士的时候，我们就商议好了，决定叫你们自己单独待一刻钟的工夫，好把这一点考虑一下。现在我们就跟你们告假啦。”

我对她们说，用不着考虑，但是没有用处，她们非要按照限定的时刻退出去不可。因此，那两只小鸟儿，威仪俨然地蹦出去了，把我撂在屋子里，一面接受特莱得的祝贺，一面觉得就像身入极乐的佳境一样。

恰恰在一刻钟以后，她们又出现了，其威仪之俨然，不亚于她们出去的时候。她们出去的时候，衣服猝縩，如同秋叶，她们回来的时候，也是那样。

我于是又一次宣布，一定遵守她们规定的条件。

“珂萝莉莎姐姐，”莱薇妮娅小姐说，“下剩还有什么话，都由你说啦。”

珂萝莉莎小姐头一次把她那交叉着的胳膊拆开了，把信接过去，斜着眼往上面瞧。

“考坡菲先生每星期天要是方便，能到我们这儿来吃正餐，那我们很高兴。我们吃正餐的时间是三点钟。”

我鞠了一躬。

“除了星期天，一星期那六天里，”珂萝莉莎小姐说，“考坡菲先生要是能来吃茶点，那我们很高兴。我们吃茶点的时间是六点半钟。”

我又鞠了一躬。

“吃茶点一星期两次，”珂萝莉莎小姐说，“不过，一般说来，次数不能更多。”

我又鞠了一躬。

“你信里提到的那位特洛乌小姐，”珂萝莉莎小姐说，“也许可以枉驾，光临舍下。为各方面的快活起见，如果互相往来有好处，那我们就欢迎客人来访，我们自己还要答拜。要是为各方面的快活起见，互相往来没有好处，就像我跟我们的兄弟佛朗西和他家里那样，那自然又当别论了。”

我对她们表示，说我姨婆能跟她们认识，一定会觉得荣幸，感到高兴；固然我觉得，我不敢保，她们跟我姨婆能一块处得很好。条件已经讲完了，我以最热烈的态度，感谢了她们的恩德。我先抓住了珂萝莉莎小姐的手，然后抓住了莱薇妮娅小姐的手，抓住了的时候，同样地都把手使劲往我的嘴唇上挤。

于是莱薇妮娅小姐站起身来，先跟特莱得道了歉意，然后请我跟她出去。我全身哆嗦着奉命维谨，她就把我领到另外一个屋子里。在那儿，我找到了我那位嫡嫡亲亲的朵萝，藏在门后面，用两手捂着耳朵，把脸冲着墙壁；吉卜呢，就关在温盘橱[①]里，脑袋上绑着条毛巾。

哎呀！她穿着黑长袍，多么美丽呀！她刚一见我怎样地起先呜咽哭泣，怎么也不肯从门后面出来呀！后来她到底从门后面出来了，那时我们两个怎样地亲热疼爱呀！我们把吉卜从温盘橱里抱出来，叫它重新见了天日（它直打喷嚏），我们三个又重新团聚，那时候，我怎样飘飘然如同身在九重天上啊！

“我的至亲至爱的朵萝！现在，你可真是我永远所独有的了！”

“哦，别这样！”朵萝分辩说。“请你别这样！”

“难道你不是我永远所独有的吗，朵萝？”

“哦，是，当然是！”朵萝喊道，“不过我可吓坏了！”

“吓坏了，我所独有的？”

“哦，不错！我不喜欢他，”朵萝说，“他为什么不走哪？”

“谁，我的命根子？”

“你那个朋友哇，”朵萝说。“这跟他有什么相干哪？他可老泥着不肯走！那他一定是个笨东西！”

“我的爱！”（她那种像小孩哄人的样子，什么也比不了）“他么，他是个大大的好人！”

“哦，不过大大的好人跟咱们有什么关系哪？”朵萝把嘴一噘，说。

“我的亲爱的，”我劝她说，“你过不几天就要跟他熟起来了，就要喜欢他比什么都厉害了。还有我姨婆，也过不几天，就要上这儿来了。你要是跟她熟了，也要喜欢她，比什么都厉害。”

“我不要，请你不要把她带到这儿来！”朵萝说，一面吓得把嘴放在我嘴上，把两手合起来。“你可别那样。我知道，她是一个又淘气、又好捉弄人的老东西！可别让她上这儿来，道对！”（“道对”是把

① 英美习惯，如汤、菜等是热的，用以盛它们的盘子也得是温的。温盘橱置炉旁，置盘其中，烤之使温。

“大卫”故意念错了的叫法）

怎么劝她，也没有用处；于是我就又乐得大笑，又喜得惊异，身浸爱河里，心驰乐园中。她叫吉卜把它刚学的玩意儿——用后腿站在墙角——玩给我瞧——其实它只站了闪电一闪的工夫就不站了——如果莱薇妮娅小姐没来把我叫走了，我真不知道我都要在那儿待到多会儿，把特莱得忘得干干净净。莱薇妮娅小姐非常地疼朵萝（她告诉我，说她自己是朵萝那种年龄的时候，非常地像朵萝——她一定是大大地改了样了）；她对待朵萝，正像朵萝是一个玩具一样。我本来想要劝朵萝，叫她出来见一见特莱得，但是我跟她一提，她就跑到自己的屋子，把自己锁在里面了。因此我只好不带她，而自己去就特莱得，我和他一块告辞离去，只觉得飘飘然如在云端。

“事情再也没有这样顺利的了，”特莱得说，“我还一定敢说，那两位老小姐，真会成人之美。你要是比我早好几年就结了婚，那我认为是毫不足怪的，考坡菲。”

“苏菲会不会弹弹什么，唱唱什么？”我满怀得意地问。

“她就弹弹钢琴，只能教教她那几个小妹妹，”特莱得说。

“她到底会不会唱点什么哪？”我问。

“呃，她有的时候，看到别人不高兴，就唱个民歌什么的，叫她们高高兴。”特莱得说。“她没经过正式的训练。”

“她不会随着吉他唱歌吧？”

“哦，这她可不会！”特莱得说。

“到底会画点什么不会哪？”

“一点也不会，”特莱得说。

我答应特莱得，说一定叫他听一听朵萝唱的歌儿，看一看她画的花儿。他说，那他很高兴听，很高兴看；我们于是胳膊挽着胳膊，快活至极，高兴至极，回到家里。我一路净引逗他谈苏菲。他说的时候，完全是疼爱她，依赖她的样子，使我十分叹羡。我在心里，把苏菲和朵萝比较，觉得我能得到朵萝，十分满意，不过我还是要坦白地对自己承认，苏菲这个女孩子，对特莱得说来，也是好得无可再好的了。

我当然把这次会谈的成功结果，以及在会谈中所说的话，所做的事，马上就都对我姨婆诉说了。她看我那样快活，她也快活，还答应我，说不要耽搁时光，就去拜访朵萝的姑姑。不过那天晚上，我写信给爱格妮的时候，她在我们的屋子里来回地走，走了那么长的时间，因此我开始认为，她大概打算一直走到第二天早晨。

我给爱格妮那封信，满纸热情，一片感激；我把我照着她的主意行动因而得到完美结果，都叙说了。她的回信，在下一次邮递的时候就来了。她信上是一片希望，诚恳、高兴。从那时以后，她就永远是高兴的。

我现在手头上的事，比从前更多了。把我每日都要到亥盖特去的路程也算上，那我到浦特尼[1]，就得算很远。而我又自然想要到那儿，次数越多越好。莱薇妮娅小姐提议的那种吃茶点的时间既然实际上办不到，我就跟她来了一个折中的办法，请她许我每星期六下午到她那儿去，同时不要因此而妨碍了我特许的星期天。这样一来，每逢周末，我的快乐时光就来到了；我把一星期其余的那几天，全都花在盼望这两天的来到上面。

我姨婆和朵萝的姑姑相处，总的看来，比我原来想的，可就好得太多太多了，这使我惊人地得到宽慰。我姨婆在我和她们会谈了以后，没过几天，就把她答应了我的拜访实行了；没过几天，朵萝的姑姑，也依礼回拜了。以后又有形式虽同而情谊更厚的往来，日期通常都是三四个星期一次。我知道，我姨婆那种完全不顾个人的排场，放着马车不坐，却偏要徒步走到浦特尼，还常在不同寻常的时间，像刚刚吃过早饭不久，或者恰好在吃茶点以前；还有，她戴帽子，同样不顾文明人对于这件事一般的看法，只图自己的脑袋舒服，爱怎么戴就怎么戴；这种种情况，都惹得朵萝的姑姑们非常不受用。不过朵萝的姑姑们不久就一致认为，我姨婆是一个古怪人，带一些男子的味道，理性极强。并且，虽然我姨婆有的时候，关于各种礼节，表示一些异端的意见，因而触犯了朵

---

①一在伦敦北郊，一在伦敦西南郊。

萝那两位姑姑的脾气，她却因为太疼我了，不能不牺牲她自己一些小小的乖僻，以求取得大家的和顺。

在我们这个团体里，惟一断然决然不肯适应新环境的成员，只有吉卜。它只要看到我姨婆，就立刻把嘴里所有的牙，全都龇出来，钻到桌子底下，不住气地呜呜乱叫，还偶尔掺杂上一两声凄惨的嗥声，好像它的感情，实在受不了我姨婆那个人似的。一切对待它的办法，全都试过了——比如哄它、骂它、打它，带它到白金厄姆街之类(它一到了白金厄姆街，就冲着两只猫扑去，让旁边看的人，都捏着一把汗)，但是它却不论多会儿，都不肯和我姨婆相伴共处。它有的时候，好像克服了厌恶之心，有几分钟的工夫，驯服柔和，但是过了那几分钟，却仰起它那扁鼻子来，尽力地狂嗥，除了把它的眼捂起来，把它关在温盘橱里，就没有别的办法。到后来，只要朵萝听说我姨婆到了门口了，她就用手巾把它的嘴堵起来，把它关在温盘橱里。

我们一切都这样安定就绪之后，有一样事使我很感不安。原来大家好像一致认为，朵萝是一个好看的玩意儿或者要货儿。她跟我姨婆慢慢地熟悉了以后，我姨婆老叫她是小花朵儿；莱薇妮娅小姐的乐趣，就是服侍她，给她烫头发，给她作装饰品，把她当作一个好玩儿的小孩儿。凡是莱薇妮娅小姐做的，她姐姐势所必然也跟着做。虽然我觉得很怪，实在她们对待朵萝，很有些像朵萝对待吉卜那样。

我打定主意，要把这种情况，跟朵萝谈一谈。因此，有一天，我们两个一块出去散步(过了不久，莱薇妮娅小姐就许可我们单独一块出去散步了)，那时候，我跟她说，我希望，她能够使她们换一种态度，来对待她。

“因为，你知道，我的亲爱的，”我劝她说，“你并不是个小孩儿了。”

“你瞧！”朵萝说，“你这是不是要闹脾气啦！”

“闹脾气，我的爱？”

“我敢保，她们都待我非常地好，”朵萝说，“我也非常地快活。”

“呃！不过，我的亲爱的命根子！”我说，“你叫她们合情合理地对待你，也照样可以非常地快活呀！”

朵萝露出娇嗔的样子来——那是最美的样子！——跟着呜咽起来；同时说，要是我不喜欢她，那我为什么那样死气白赖地非要叫她和我订婚不可哪？要是我受不了她，那为什么我现在不走开哪？

她这样一来，我除了吻她，把她的眼泪吻掉，告诉她，说我爱她爱得都要傻了，还有什么别的办法哪？

“我敢保我这个人是心软的，”朵萝说，“你不该对我心狠，道对！”

“心狠，我的心肝宝贝！听你这样一说，好像我昏天黑地，晕头转向，真会对你——真能对你——心狠似的！”

“那样的话，你就别再挑我的毛病啦，”朵萝说，同时把她那小嘴儿做成一个含苞的玫瑰花那样，“那我就乖乖儿的。”

她跟着马上就出于自动，要我给她那本烹饪学书，那是我从前有一次对她提过的；又要我教给她记账，那也是我从前有一次对她答应的。我下一次去看她的时候，我把烹饪书带给了她（我先叫人把那本书装订得很好看，这样使它那枯燥的意味少一些，吸引的力量大一些）。我们在郊原上一块溜达的时候，我把我姨婆一本老家政学书拿给她看，还给了她一叠写字牌，一个很好看的小铅笔匣，一盒铅笔芯儿，好用它们实习家政。

但是那本烹饪学弄得朵萝头疼起来，那些数字闹得她哭起来。她说，那些数字，加不到一块。因此她把那些数字擦掉，在写字牌上满满地画了些小小的花球、我自己和吉卜的肖像。

于是我们有一个星期六下午，一块溜达的时候，我用玩笑的态度，在口头上试着作家政的教导。举例来说，如果有时我们从肉铺前面走过，我就问：

“现在，我的宝贝，假设咱们结了婚，你要去买一块羊肩膀，作正餐用，那你想要知道怎么个买法吧？”

于是我这位美丽的小朵萝，就要把脸一沉，把小嘴儿又作成一颗花苞的样子，好像她很想用吻把我的嘴裹在她的嘴里似的。

“你是不是想知道一下，怎么个买法哪，我的亲爱的！”假设我坚决不移的时候，我就重复问她。

朵萝于是就要想一下，跟着就要回答我，也许还带着得意的样子回答我，说：

“哟，卖肉的当然知道怎么个卖法，还用我知道怎么个买法干什么呀？我说，你这个傻孩子！”

就这样，有一次，我打算叫朵萝钻研钻研烹饪学，我就问她，假设咱们俩结了婚，我告诉她，说我要吃可口的炖爱尔兰羊肉，那她怎么办呢？她就说啦，她要告诉佣人，叫她做去；说完了，把她那两只小手使劲往我的胳膊上一卡，同时大笑，笑得再也没有那么可爱的了。

结果是，那本烹饪学，没有别的用处，主要的是放在墙角，叫吉卜站在上面。但是朵萝因为她能把吉卜训练得站在书上而不想下来，同时，还能在嘴里叼着铅笔匣，觉得好玩极了；所以我买了这本书，也照样觉得非常地高兴。

同时，我们就又弹起吉他来，画起花儿来，唱起永远别停止跳舞、搭拉拉的歌儿来，我们快乐洋洋，也就和岁月悠悠一样。我有的时候，倒也很想冒昧地对莱薇妮娅小姐透露一下，说她对待我心坎上供养的这个人，未免有点像对待玩具一样；但是同时，我也好像如梦初醒，恍惚迷离，觉得我自己，也犯了大家一样的毛病，对待她，也像对待一个玩具一样——不过并不常常那样就是了。

第四十二章

搬是弄非

即便我这部稿子，除了我自己，并不打算叫别人过目，那我也觉得好像不应该由我自己连篇累牍，净写我如何为了要对得起朵萝和她那两位姑姑，苦学艰难的速记术，又如何在那方面获得一切进展。因此，除了我已经写过我一生这个时期里如何有恒心，如何有一种坚忍、持久的精力在我这个人身上开始成熟起来，并且(我知道)成了我的性格中强有力的一部分，如果可以说它是力量的话，我只再添一句：那就是，我回忆起来，正在那方面看到我成功的泉源。我在世路上是很幸运的，有许多人所费的力气比我更大，而所得的成就却不及我的一半。但是我当时要是没养成谨慎精细、整饬条贯、勤奋黾勉的习惯，没养成一时只集中精力于一事的决心，不管接踵而来的另一事多么紧迫，那我所做的事，就永远也不会那样成功。我把这一点写出来，决没有自吹自擂的意思，这是天日可以鉴临的。一个人，回顾生平，像我现在这样，一页一页地追溯，要是能免于疚心，可以认为过去并没滥用许多才力，并没错过许多机会，并没受到许多歪思邪念经常在胸中交战之苦，搅得自己一无所成，那他那个人，一定得真正是个好人才成。我敢说，我自己就没有一样天赋，经我误使滥用的。我的意思只是要说，我这一生里，不论什么，只要是我想要做的，我就全力以赴，务使尽善；不论什么，只要是我从事的，我就全神贯注，不遗余力；不论大事，也不论小事，我都是勤勤恳恳，毫不假借。如果一个人想要完全倚靠先天生来或后天学得的才能，而丝毫不借助于质朴诚实、稳定坚忍、勤勉奋发，就想成功，我从来也不相信那是可能的。这个世界上就没有能那样而成功的事。某些人往上爬，固然可以用天生的才能和侥幸的机会作梯子框儿的两侧；但是梯子的磴儿所用的材料却一定得坚固耐久，不怕年侵月蚀才成。没有别的东西能代替彻底认真、丝毫不苟。要是能用全身去做的事，决不只用一只手；对于自己的工作，不论是什么，都不妄自菲薄：我现在看来，这两句话成了我的金科玉律了。

我现在把我的实行，概括成我的座右铭了，在我这种实行里，究竟有多少得归功于爱格妮，我不必在这儿重复。我的叙述，全都是含着对爱格妮的感激爱戴往前进行的。

她来到博士家里，要作两星期的勾留。维克菲先生本是博士的老朋友，博士很想跟他谈谈，给他排遣排遣。上一次爱格妮到伦敦来的时候，就谈到这个问题了，她这次到博士家里来，就是那番谈话的结果。

她是同她父亲一块儿来的。她告诉我，说她要在附近一带，给希坡老太太找一个寓所，因为她的风湿病，需要移地疗养，她移地之后能有这些人做伴，非常高兴；我听了这个话，并没觉得有什么特别出人意料的。第二天，乌利亚就像个孝顺儿子那样，把他这个宝贝妈妈带到伦敦，安插在寓所里了；我对于这一点，也并没觉得有什么出人意料的。

“你明白，考坡菲少爷，”那时他硬要我和他一块在博士的花园里转一转；“要是一个人发生了恋爱，那他就要有些吃起醋来——至少得说，他就要老担着心，看着他爱的那个人。”

“你现在还吃谁的醋哪？”我说。

“亏了你，考坡菲少爷，”他回答我说，“我在眼下并没吃哪一个人的醋——至少没吃哪一个男人的醋。”

“那么你这是说，你吃一个女人的醋了？”

他用他那双满含毒恶的红眼睛，斜着瞧我，同时大笑。

“你这个话，考坡菲少爷，”他说，“——我本来应该说‘先生’来着，不过，我知道，你一定会原谅我这种习惯成自然的说法的——你刚才这个话，真太有心眼儿了，你把我的话都引出来了，就像酒钻把瓶塞拔出来了一样。我这个人，一般地说来，不喜欢在妇女队里混，对她们献殷勤，先生，尤其不会对斯特朗太太献殷勤，这是我不妨对你坦白地说出来的，”他说，同时把他那跟鱼一样黏湿的手，放在我的手上。

他的眼神里，满含妒意，因为那时他正狡猾、毒恶地用他的眼睛看着我的眼睛。

“你这个话是什么意思？”我说。

“呃，考坡菲少爷，我虽然是一个当律师的，”他回答我说，一面咧着嘴强作笑容，“我这阵儿可是心里是什么意思，嘴里也就是什么意思。”

“那么你用这种样子来看我，是什么意思？”我不动声色地反问他。

“我用这种样子看你？哎呀，考坡菲啊，你这可真是入木三分！我用这种样子看你，是什么意思？”

“不错，”我说，“你用这种样子看我，是什么意思？”

他好像觉得我这个话很可乐，哈哈大笑起来，仿佛他生来就爱笑似的。他用手把下颏扒搔了一回以后，把眼光下垂——仍旧扒搔着下颏，慢慢地接着说：

“当年我还是个哈贱的小录事的时候，她老瞧不起我。她永远叫我的爱格妮来来往往地到她家里去，她永远对你很好，考坡菲少爷；但是我跟她比起来，可太卑哈了，不值当她看一眼。”

“呃？”我说，“假设就真是那样吧，那又怎么样哪？”

“——我跟他比起来，也太卑哈了，”乌利亚接着说，说得很清楚，还是用一种琢磨的口气说的，同时仍旧扒搔他的下颏。

“难道你就那样不了解博士的为人，”我说，“竟能认为，你不站在他的眼皮子底下，他会感觉到还有你这么个人吗？”

他又把眼斜着往我这儿瞧，同时把两腮下部特别抻长了，为的是扒搔得更方便，一面答道：

“哟，我说的并不是博士！哦，我说的不是他，那个可怜的家伙！我说的是冒勒顿先生！”

我一听他这话，不觉心神沮丧。我对于这件事从前有过猜疑忧惧，博士一生能否幸福，心境能否平静，这件事里牵涉的人可能是清白的，也可能是有嫌疑的，所有这种种情况，都是我没法梳理得清的，所有这种种情况，我却一瞬之间就看了出来，都在这个家伙的掌握之中，他能随意歪曲，成心玩弄。

“他只要到公事房，就没有不对我指手画脚、推搡扒拉的时候，”乌利亚说。“他真得说是个时髦人物！我那时是很老实很哈贱的——我现在也是很老实、很哈贱的。不过我那时候就不喜欢他那一套——我现在也不喜欢！”

他这阵儿不扒搔他的下颏了，而把他的两腮咋进去，咋得好像两腮在嘴里都碰到一块了，同时一直地斜着眼瞧我。

“她真得说够漂亮的，一点不错，够漂亮的，”他接着说，同时慢慢地叫他的两腮恢复了原状；“她对我这样的人，绝不想表示友好，这是我知道的。她这种人，正是要把我的爱格妮教得心高眼大的。我说，我这个人就是不喜欢对女人献殷勤，考坡菲少爷；不过多年以来，我的脑袋上可长了两只眼睛。我们这种哈贱人绝大部分都有眼睛——我们还是就用这种眼睛留神细瞧。”

我努力装作一无所觉、不受扰乱的样子，不过，却没成功，这是从他脸上的神气里可以看出来的。

“现在，我再也不许别人把我往脚底下踩了，考坡菲，”他接着说，同时，带着心怀不良的得意之色，把他脸上应该长红眉毛的那一部分一扬，“我要用尽我的力量破坏他们那样的交情。我不赞成他们那样的交情。我不妨对你承认，我这个人的脾气，变得越来越爱管闲事了，我想要把所有横冲直撞的人一概挡回去。只要我知道有人暗中算计我，那我决不大意，尽量叫他们算计。”

“我想，这是因为你老在那儿算计人，所以你也就觉得，所有的人也都在那儿算计你吧？”我说。

“也许是这样，考坡菲少爷，”他回答我说；“不过我可有一种动机，像我的伙友常说的那样。我对于这种动机，手撕牙咬，也要叫它实现。我不能叫别人拿我当哈贱人，在我的头上踩得太厉害了。我不许别人妨碍我前进。我非叫他们把位子给我让出来不可，考坡菲少爷。”

“我不明白你是什么意思，”我说。

“真不明白吗？呃？”他把身子一扭，回答我说。“你本来心眼儿那样快，可会不懂得，这真叫人诧异了！我下一次再跟你把话说得更明白一些好啦。栅栏门那儿有人拉铃。是冒勒顿先生骑着马来了吧，先生？”

“好像是他，”我尽力作出全不在意的样子来说。

乌利亚突然站住，把两手放在他那瘦骨嶙峋的膝盖中间，大笑起来，笑得腰都弯了；但是他虽然那样大笑，却一点儿也没出声，听不见他发出任何声音。我瞧见他这种叫人恶心的样子，特别是他最后这一着，厌恶极了，因此任何礼节都不顾，就转身走开了，把他撂在园子中间，弯着腰，像一个吓唬鸟儿的草人缺少支柱那样。

我带爱格妮去见朵萝，不是当天晚上，我记得很清楚，是第二天晚上，那天是星期六。我把这次的拜访，事先就跟莱薇妮娅小姐安排好了，所以她们预备爱格妮去吃茶点。

我心里又得意、又焦灼，扑腾乱跳；我得意，因为我有这样一个亲爱的、娇小的未婚妻；我焦虑，因为我不知道爱格妮是否喜欢她。我们往浦特尼去的时候，爱格妮坐在驿车里面，我坐在驿车外面，一路之上，我没做别的，只把朵萝对我很熟悉的喜嗔颦笑各种仪态一一琢磨。一会儿，我就决定想要叫她恰恰像那一次的样子，另一会儿就又疑惑，是不是她另一次的样子，还要更好；我就这样琢磨了又琢磨，几乎都要发热病了。

不过，不论怎么样，反正她都是很好看的，关于这一点，我丝毫没有疑惑；但是结果却没想到，她这次那样好看，是我从来没见过的。我把爱格妮介绍给她那两位姑姑的时候，她并没在客厅里，而含羞躲到别处去了。上哪儿去找她，我是知道的，并且一点也不错，我又在那扇昏暗的老门后面看到她捂着两只耳朵。

起初的时候，她怎么也不肯出来；跟着她又求我，说照着我的表，许她再待五分钟。后来她到底挽着我的胳膊，叫我把她领到客厅了，那时候，她那个迷人的小脸蛋儿是绯红的，她从来没那样好看过。但是，在我们进了屋里，她的脸变得苍白了的时候，那她比以前更加一千倍地好看。

朵萝怕爱格妮。她曾告诉过我，说她知道爱格妮“太聪明”了。但是她一看到爱格妮那样又高兴、又诚恳、又周到、又温柔，就惊喜交集地轻轻喊了一声，只把她的胳膊亲密地围在爱格妮的脖子上，把她的腮天真地贴在爱格妮的脸上。

我从来没那样快活过。我看到她们两个，膀并膀一块坐下去，看到我那位娇小的宝贝那样自然地抬头看着爱格妮那双满含热诚的眼睛，我看到爱格妮那样温柔、那样美丽地看着她：我那种快乐，从来没有过。

莱薇妮娅小姐和珂萝莉莎小姐，就以她们各自所有的情况，跟我同乐。那次茶会，是世界上最令人可心的。珂萝莉莎小姐是茶会的主持人。我把葛缕子儿甜糕切开，递给大家——那两位瘦小的姊妹，像鸟儿一样，喜欢鸽瓜果的子儿，啄糖果。莱薇妮娅小姐带着慈祥、爱护的神气在一旁看着，好像我们的爱情这样圆满，都是她一手捏合而成似的。因此我们大家对于自己满意极了，相互之间满意极了。

爱格妮那种温和适可的兴致，打动了每一个人的心弦。朵萝感兴趣的每一样事物，她也都不露形迹地感兴趣；她和吉卜，那样熟起来(吉卜也马上受到感应)；朵萝害羞，不肯像平素那样跟我坐在一块，那时候，她的态度那样甜美，她谦恭律己，温语感人，举止大方，态度安闲，因而使朵萝红着验把许许多多的体己话都对她说了：这种种情况，都好像让我们那个小小团体的聚会，显得毫无遗憾。

“我真快活，”朵萝在吃完茶点以后说，“没想到你居然会喜欢我，我原先还以为你要讨厌我哪，这阵儿我没有米尔·朱丽叶在我跟前了，比以前更需要有人喜欢我了。”

原来我把这件事忘了说了。米尔小姐已经坐船走了，我跟朵萝，曾到停在格雷夫孙、开往印度的船上去看她来着；我们还一块吃了一顿点心，吃的有蜜饯姜饼、番石榴酱，以及那一类的美味。我们走的时候，米尔小姐坐在前甲板一个马扎儿上哭，同时胳膊底下夹着一个老大的新日记本；她就打算在这个日记本上，把她静观海洋所引起的新异感想珍藏密敛地记下来。

爱格妮说，她恐怕，我一定把她那个人说得不成材。但是朵萝马上就把这个话纠正了。

“哦，没有的话！”她说，同时冲着我摇摆她的鬈发；“他净夸你。他把你说的话，看得比什么都重，因此弄得我都大大地害起怕来。”

“他认识的人，我要是说好，”爱格妮微笑着说，“也并不能叫他对那个人更增加情分。所以，我说人家好坏，一点都无关轻重。”

“不过我还是但愿你能说我个好字，”朵萝用她那哄人的样子说，“要是你肯的话。”

我们因为朵萝要人喜欢她，就都开她的玩笑，朵萝就说，我是个大傻子，她一点也不喜欢我：这样，那一晚上的工夫，就像在轻若游丝的羽翼之上飞过去了。驿车来接我们的时候就要到了。我正一个人站在炉火前面；只见朵萝轻轻悄悄地溜了进来，预备在我走以前，给我平素她那种令人珍重的小小一吻。

“我要是能很早以前就跟她交了朋友，道对，”朵萝说，只见她的眼睛明媚地射出光芒，她那只小小的右手，无事可做，便忙忙碌碌把我褂子上的一个纽子直摆弄，“那你是不是觉得，我也许可以比现在更机灵一些哪？”

“我的爱！”我说，“你这真是瞎说了！”

“你当真认为我这是瞎说吗？”朵萝并没看我，只嘴里说。“你敢保我这是瞎说吗？”

“当然敢保！”

“你跟爱格妮，你这个亲爱的坏孩子，”朵萝说，一面仍旧把我褂子上的纽子摆弄过来，摆弄过去，“是什么关系，我怎么忘了。”

“我们并不是亲戚，”我回答她说，“不过我们可是从小就一块长大了的，像兄妹一样。”

“我真纳闷儿，不明白你为什么会爱上了我？”朵萝说，一面又摆弄起我褂子上另一个纽子来。

“那也许是因为我见了你，就没法不爱你吧，朵萝！”

“比方说，要是你从来没看见我，那该是怎么一种情况哪？”朵萝说，同时又摆弄起另一个纽子来。

“要那样说的话，还不如说咱们从来就没下生，该是怎么一种情况哪！”我乐着说。

我用爱慕的眼光，默默地看着她那只柔嫩的小手把我的褂子上那一排纽子从下往上依次摆弄，看着那几绺头发紧贴在我的胸前，看着她那往下面看的眼睛上，眼毛长拂，手指头往上挪，眼睛也跟着稍微往上抬：那时候我真纳闷儿，不明白她心里想的是什么。后来，她到底把眼睛抬起来，往我的眼睛上瞧了，同时带着比平素更沉重的样子，踮起脚来，给了我那种令人珍重的小小接吻，一下、两下，三下，跟着走出屋子去了。

过了不到五分钟，她们又都一块回来了，那时候，朵萝不同平素的态度已经完全消失了。她大笑着，一定要在驿车来以前，叫吉卜把它会的全套把戏，都玩一下。这很费了一些时候（并不是由于把戏花样多，而是由于吉卜不愿意玩），还没等到全套都玩一遍，就听见驿车来到门口了。朵萝于是跟爱格妮虽然匆忙而却亲热地告了别；朵萝要给爱格妮写信（她说，爱格妮可得不要管信里写的都是傻话），爱格妮也要给朵萝写信；于是她们在驿车门外，又互相来了一番告别，跟着朵萝不顾莱薇妮娅小姐的劝告，跑着来到驿车窗外，叮嘱爱格妮，别忘了给她写信，同时对着车厢上面坐着的我，摇摆她那鬈发，这样，又来了一个第三次告别。

驿车要在考芬园附近站住，叫我们下车，在那儿，我们再换车、坐着往亥盖特去。我急不能待，要趁着换车中间走的那几步路，听一听爱格妮都要怎样对我夸奖朵萝。啊，那真是尽了夸奖的能事！在那番夸奖里，她都怎样热烈、疼爱而又毫无矫饰、优雅感人，把我所赢得了的那个娇小的美人儿，完全交给我，叫我尽最大的温柔体贴，供养护持。她都怎样满腹心事地叮咛周至，同时却又显不出来是那样，来提醒我，说这个无父无母的孩子，一心一意就靠我一个人，这是多大的信任！

我爱朵萝，从来也没有像那天晚上那样深厚，那样真诚。我们第二次下了车，在星光下，一块往通到博士公馆静悄悄的路上走去，那时候，我告诉爱格妮，说我那样爱朵萝都得归功于她。

“你跟她坐在一块的时候，”我说，“你看着好像不但是保护我的神灵，也同样是保护她的神灵；就是这阵儿，你也好像仍旧是保护她的神灵，爱格妮。”

“这可只是一个可怜的神灵，”她回答我说，“不过可忠诚。”

她那种清脆的语音，一直打到我的心窝里，让我自然而然地说：

“我今儿看到，你天生所有的那种高兴，爱格妮（我在别人身上，从来没见过那种高兴），已经又恢复了，因此我开始希望，你在家里，比以前快活些了吧？”

“我自己比以前快活了，”她说，“我已经很高兴，很轻松了。”

我往她那副安安静静地往上瞧的脸看去，认为是星光使那副脸显得那样高尚。

“我们家里，还是跟从前一样，没有什么变动，”过了一会儿，爱格妮说。

“没再说起，”我说，“上次咱们分手的时候——我本来不愿意提这个岔儿，怕惹得你不好受，不过我可又忍不住不提——没再说起上次咱们分手的时候谈的那番话吧？”

“没有，没再说起，”她答道。

“我对于那番话，可琢磨过来，琢磨过去。”

“你一定要少琢磨点才好。你记住了好啦，我最后是信赖单纯的疼爱和忠诚的。你不必为我担心，特洛乌，”她过了一会儿，又添了一句说。“你害怕，惟恐我采取的那一步行动，我是永远也不会采取的。”

虽然我觉得，我只要用冷静的头脑来想，就不论多会儿，从来没当真害怕她会采取那种行动，但是我从她那向来不打谎语的嘴里，亲耳听到这种保证，那在我仍旧是一种说不出来的宽慰。我很诚恳地把我这种意思对她说了。

“你这一次走了以后，”我说，“大概得多会儿才能再到伦敦来哪，我的亲爱的爱格妮？——因为咱们单独在一块的时候，恐怕不会再有了，所以我才问你这句话。”

“也许得过很久吧，”她答道。“我认为——为爸爸起见——我在家里待着顶好。咱们将来，也许得有一个相当长的时期，不能常见面。不过我跟朵萝可决少不了有信来往，咱们可以通过那种方式，听到彼此的消息啊。”

我们现在来到博士那所小房儿的小院子里了。天已经晚了。在斯特朗太太那个屋子的窗户里，有蜡光射出；爱格妮把蜡光一指，跟我道了夜安。

“你千万可不要因为我们的不幸和烦恼，”爱格妮把手伸给我说，“老发愁。我只有看到你快活，我才能快活。要是你有任何能给我帮忙的时候，那你放心好啦，我一定会请你帮忙的。但求上帝永远加福于你！”

我从她那样欢悦的笑容上，从她那样高兴的语声里，好像又看到、又听到，我的小朵萝跟她在一块。我站住了脚，从门廊下看着天上的星星，满怀的爱、满怀的感激，看了一会儿才慢慢地走了。我在附近一家体面的麦酒馆里，定了一个床位，我正要出栅栏门，碰巧回头一看，看到博士的书房里有亮光。我模模糊糊地一想，以为他一个人在那儿编词典，而我可没在那儿帮他，不由得自责起来。我想要看一看到底是不是我想的那样；同时，不论怎么样，如果他摊书坐在那儿，我应该跟他道一声夜安才是；所以我又回转身来，悄悄地走过门廊，轻轻地把门开开了，往屋里看去。

我一看吃了一惊，原来在遮着灯罩的幽静灯光下，头一个我看在眼里的，是乌利亚。他正站在灯旁，一只瘦骨嶙峋的手放在他自己的嘴上，另一只放在博士的桌子上。博士就坐在他那把书房用的椅子上，用两只手捂着脸。维克菲先生就非常难过、非常焦急的样子，正往前伏着身子，犹犹疑疑地用手碰博士的膀子。

有一刹那的工夫，我只以为是博士病了。我就在这种想法中，急忙往前走了一步，于是我看到乌利亚的眼睛，一下就明白了是怎么回事了。我本来想要抽身退出，但是博士却打手势，不让我走，我于是就在那儿站住了。

“不管怎么样，”乌利亚说，同时把他那又丑又笨的身子一打拘挛，“咱们得把门关严了。咱们不必闹得满城的人全都知道。”

原来我进来的时候，把门撂在那儿敞着，他说完了那两句话，用脚尖走到门那儿，小心在意地把它关上了。于是他又回来了，仍旧站在原先的地方。他的语声和态度里，都显鼻子显眼地弄出一种因怜悯而热心的样子来，比起他能有的任何别的样子，都更令人难以忍受——这至少对我个人是那样。

“咱们两个人已经谈的那件事，考坡菲少爷，”乌利亚说，“我认为责无旁贷，应该对斯特朗博士点明了。不过你当时可并没完全明白我的意思，是不是？”

我只看了他一眼，但是却没作别的回答；我走到我旧日那位好老师跟前，对他说了几句我打算安慰他、鼓励他的话。他只像当年我还是个很小的小孩子那时候常做的那样，把手放在我的肩上，但是却没把他那白发苍苍的头抬起来。

“既然你当时并没完全明白我的意思，考坡菲少爷，”乌利亚仍旧格外献殷勤的样子接着说，“那我就要以哈贱人的身份冒昧地说啦：我因为咱们这儿没有外人，已经想法引起斯特朗博士注意斯特朗太太的行为了。按照我这个人的生性，我本来顶不愿意和这一类令人不快的事沾上，这是我敢给你开保票的，考坡菲。但是，实在的情况可又好像是，咱们大家全都牵扯在这件不应该有的事里头了，我上回跟你说的时候，你没明白的，先生，就是这个意思。”

我现在回想起来他那时斜着眼瞧我那种样子，我真不明白，我当时为什么没抓住了他的领子，把他掐死。

“我可以说，我当时并没能把我的意思说得很清楚，”他接着说，“你也没能把你的意思说清楚了。咱们两个，对于这一类事，都不想沾手，这本是很自然的。不过，我到底还是拿定了主意，要把话说开了，因此我就对斯特朗博士说——你说话来着吗，先生？”

这是对博士说的，因为他呻吟来着。他那一声呻吟，任何人都要受感动，但是对于乌利亚，却一点影响都没有。

“——我就对斯特朗博士说，”他接着说，“不论谁，都能看出来，冒勒顿先生跟博士那位令人可爱、叫人可心的太太两个人太亲密了。实在一点不错，现在是时候了(咱们大家全都牵扯在这种不应该有的事里头了)，现在到时候了，应该对博士点明了，这种情况，在冒勒顿先生去印度以前，就已经清清楚楚、明明白白地好像天上的太阳一样，无人不知，无人不晓了；冒勒顿先生借口又回了国，完全不是为了别的，他老到这儿来，也完全不是为了别的。你刚才进来的时候，先生，我正叫我那位同事的伙友，”他说到这儿，转到他的伙友那一面，“拿出良心来，对博士说一说，他是不是很久很久以前就有了这种看法了。说呀，维克菲先生，说呀，老先生！劳你的驾，你倒是对我们说啊！是，还是不是，老先生？说呀，我的伙友！”

“看着上帝的面子，我的亲爱的博士，”维克菲先生说，同时仍旧犹犹疑疑地把手放在博士的膀子上，“你不要把我可能有过的疑心看得太严重了。”

“哟！”乌利亚说，同时直摇脑袋。“这样说法，太叫人闷气了，是不是？就凭他！还跟博士是那样的老朋友哪！哎哟哟，我在他的事务所里，还混得什么都不是，仅仅是个小录事的时候，我就看见他足足有二十回，对于这件事，那样往心里去；我就看见他足足有二十回，因为想到爱格妮小姐也牵扯在这种不应该有的事里面，觉得烦躁（不过，他既是一个做父亲的，那他应当那样，我敢保我一点也没因为这个说他不对）。”

“我的亲爱的斯特朗，”维克菲先生声音颤抖着说，“我的好朋友，我这个人的大毛病，就是要在每一个人身上都找一种主导的动机，对一切行为都用一种坐井观天的尺度衡量：这是我用不着跟你说的。也许就是由于我这种错误，所以我从前曾有过疑心。”

“啊，你曾有过疑心哪，维克菲，”博士仍旧没抬头，只嘴里说，“啊，你曾有过疑心哪。”

“把话都说出来好啦，同事的伙友，”乌利亚催促他说。

“有那么一阵子，不错，我曾有过疑心，”维克菲先生说，“我——上帝别见我的罪——我那时以为你也有疑心哪。”

“没有，没有，没有！”博士用一种令人顶同情的悲伤口气说。

“我有一阵子，”维克菲先生说，“以为你想要把冒勒顿先生打发到外国去，就为的是要把他们两个拆开哪。”

“没有，没有，没有！”博士回答说。“我只是要叫安妮高兴，要叫她幼年的伴侣衣食有着落就是了。我没有别的想法。”

“那我后来也看出来了，”维克菲先生说；“你对我说，你是那样想的时候，我没有理由不相信你。不过，我只觉得，在你们这种情况里，年龄方面差得那么远——我求你别忘了，这是永远缠在我身上的那种罪恶让我有这样狭隘的看法——”

“这样说才对了，你可以看出来吧，考坡菲少爷！”乌利亚说，同时又胁肩谄笑，又做出怜悯的样子来，令人作呕之极。

“一个女人，那样年轻，那样标致，不管她对于你的尊敬有多出于真心，在结婚的时候，可也许只往财产上作打算，只受财产的支配。我这种说法，可能对于许多许多可以引导人往善里去的感情和情况，一概没加考虑；请你千万不要忘了这一点！”

“他这种说法太宽宏大量了！”乌利亚摇着头说。

“我只是永远从一个角度来看待她的，”维克菲先生说，“不过，我求你，我的老朋友，看在你所疼爱的一切上面，把当时的情况加以考虑；我现在不能不坦白地承认，因为这是躲不过的——”

“不错！事情已经到这步田地了，维克菲先生，”乌利亚说，“没有法子躲得过。”

“——我现在得承认，”维克菲先生说，同时毫无办法、心神无措的样子，往他的伙友那儿瞧，“我从前曾疑惑过她，曾认为她对于你有亏妇道。我曾有的时候，如果我必得把话都说出来，非常地烦，不愿意爱格妮跟她那样亲近，不愿意爱格妮也看到我所看到了的情况，或者照我那种病态的理论来说，以为我看到了的情况。我这种想法，我从来没对任何人露过，也从来没打算叫任何人知道。我这一番话，你现在听起来，固然要觉得不胜骇然，”维克菲先生十分激动地说，“但是如果你知道，我现在说起来，也觉得不胜骇然，那你就会怜悯我了！”

博士的天性既然那么醇厚笃诚，就把手伸给了维克菲先生。维克菲先生就用自己的手把博士那只手握了一会儿，同时把脑袋使劲低着。

“我敢说，”乌利亚像个电鳗一样，直打拘挛，打破了静寂说，“这个问题，无论对谁说来，都得算是不愉快的。不过现在既然已经谈到这个分寸了，那我可以冒昧地说一说，考坡菲也注意到这一点。”

我转到他那一面，质问他，他怎么敢把我也拉扯在里面！

“哦，你这个人太厚道了，考坡菲，”乌利亚回答我说，同时全身打拘挛。“我们都知道你这个人有多厚道；不过你分明知道，那天晚上，我跟你谈这件事的时候，你了解我是什么意思。你分明知道，你当时了解我是什么意思。你别不承认！你不承认，用意固然很好；不过你可别不承认，考坡菲。”

我看到博士那双柔和的眼睛，转到我身上，瞧了一会儿，同时我觉到，我旧日所疑惧的和现在所记得的，都清清楚楚地在我脸上表现出来，不能令人视而无睹。我净发脾气，有什么用处？我没法子把我那种情况掩盖。不论我说什么，都不能使那种情况消灭。

我们又静默起来，一直静默到博士站起身来，在屋子里来回走了两三趟。跟着他走到椅子那儿，倚在椅子背上，有时用手绢往眼上捂，那是他那种诚实的表现；在我看来，比任何装出来的样子，都更显得他人格高尚；他就在这种情形下，开口说道：

“这件事多半得说是我的错儿。我相信，这件事多半得说是我的错儿。那个人本来是我在心坎上供奉的，我可叫她去受磨难，受诽谤——那些话，即便是还藏在一个人内心的最深处，我都叫它是诽谤——她要不是由于我，就永远也不会受到这样的磨难，这样的诽谤。”

乌利亚听到这儿，一抽鼻儿，我想是表示同情吧。

“要不是因为我，”博士说，“那我的安妮，永远也不会受这样的磨难，这样的诽谤。各位绅士，我现在已经老了，这是你们都知道的，今儿晚上，我觉得，我在世上没有多少可以留恋的了。但是我可要拿我的余生——我的余生——来担保我们刚才谈的这位亲爱女士的忠诚、贤良！”

我认为，诗人表达侠义勇武的最高技术，画家体现想象中最英俊、最奇幻的人物，都不能像质朴无华、老迈龙钟的博士说这番话那样尊严崇高，那样使人感动。

“不过我不准备，”他接着说，“否认——也许反倒不知不觉地有些准备承认哪——说我可能出于无心，叫那位女士，陷进了牢笼，不幸跟我结了婚。我这个人，从来就不善于观察事物；现在，有好几个人，年龄不同，地位不同，而观察起来，可明显地都趋于一致，而且又那样自然，这使我没法不相信，说他们的观察胜过我的观察。”

我对于他那样慈祥地待他那位年轻的太太，曾起过敬仰之心，这我在别的地方已经说过了；但是，这一次，他每逢提到她，他就表现出一种含有敬意的温存，人家对于她的道德方面稍有怀疑，他就用几乎是五体投地的尊崇加以驳斥：这种种情况，在我眼里，更使他显得超逸卓越，非言可喻。

“我跟那位女士结婚的时候，”博士说，“她还非常年轻。我把她娶到家里的时候，她的性格还几乎没有形成。所以她那方面，发展到现在这种样子，我引以为荣，都是由我一手培养起来的。我跟她父亲很熟。我跟她也很熟。我因为爱她贤良、幽静，曾把我所能，全都教给了她。假使我利用了她对我的感激和爱慕(其实我是无心的)，假使是那样，因而做出了对不起她的事来(我恐怕我做了对不起她的事来)，假使那样，那我从肺腑里对那位女士请求宽恕！”

他又在屋子里走了一个来回，仍旧回到刚才站的地方：他用手抓住了椅子，因为他太诚恳了，手都颤抖起来了，也跟他那低沉的嗓音颤抖起来一样。

“我认为，我自己就是她可以托身的人，有了我，她就可以避免生命中的险境和逆境。我劝我自己说，我们两个，年龄虽然悬殊，但是她可以跟着我平平静静、心满意足地过活。我将来一死，她就自由了，那时候，她仍旧年轻，仍旧美丽，不过见解可更成熟了——这种时光，我并不是没考虑到。我考虑到啦，绅士们，我这是真话！”

他这样忠诚，这样义侠，使得他那质朴无奇的形体，都发出光辉来。他说的每一个字，都有一种力量，不是任何别的仪态所能表现的。

“我跟这位女士过得非常快活。顶到今天晚上，我一直不断地把我大大地委屈了她的那一天，看作是吉祥日子。”

他说这些话的时候，他的嗓音越来越颤抖，因此他停了一会儿，才又接着说下去：

“我这一辈子，永远是一个好做这样那样梦想的可怜虫——我现在一下从我的梦想中醒过来，我可就看出来，她要是对于那个自幼跟她同伴、身份跟她相等的人，一想起来，就要感到悔恨，那是非常自然的。她对于那个人，我恐怕，的确感到过天真的悔恨，的确有些无害的想法，认为如果不是因为我，就可以怎样怎样；在刚过去的这一个叫我难过的钟头里，从前的事，有好多好多，又都带着新的意义，回到我的心头；这些事，过去我也看见过，但是可没留心过。不过，除了这种情况而外，绅士们，对这位亲爱女士的荣誉，决不许有一丝一毫的怀疑。”

有那么一瞬的工夫，他的眼睛射出光芒，他的嗓音坚决稳定；有那么一瞬的工夫，他又静默起来。于是他才又像以前那样，接着说：

“现在我已经知道了这种由我惹起的苦恼了，那我所要做的，就只有老老实实、服服帖帖地忍受我所知道的就是了。责问的应该是她，不应该是我。我的职责，就是使她不要蒙受恶名，不要蒙受残酷的恶名，不要蒙受连我的朋友都不能不加给她的恶名。我们越闭门不问外事，我就越能尽我这种职责。将来有一天——如果上帝慈悲加恩，那一天来得越快越好——如果我一死，能叫她得到解脱，那我闭上眼睛，再看不见她那老实忠诚的脸的时候，我能以无限的信心和情爱，毫无忧虑，使她以后过更快活、更光明的日子。”

他那样诚恳，那样善良，一方面有助于，另一方面又受助于他那样质朴单纯的态度，感动得我满眼含泪，都看不见他这个人了。他跟着走到门口，又添了一句说：

“绅士们，我心里是什么样儿，我都摊出来给你们看了。我敢保你们都要尊敬我这样一颗心的。我们今儿晚上说的这些话，以后永远也不要再提。维克菲，用你这个老朋友的手扶我一下，把我扶到楼上吧！”

维克菲先生连忙走到他身边。他们彼此没再说任何话，只一块慢慢地走出屋子去了；乌利亚就从他们后面看着他们。

“唉，考坡菲少爷！”乌利亚驯服的样子转到我这一边说，“这件事的发展，可不像我原先想的那样，因为这个老学究——他真是个大好人！——简直地跟一块砖头一样地没眼睛；不过这一家，我认为，是没有地位的了！”

我只听到他说话的声音，就像疯了一般地发怒，我那样盛怒，从前没有过，以后也没有过。

“你这个混蛋，”我说，“你非要捉弄我，把我拉扯到你的阴谋诡计里，究竟是什么意思？你刚才怎么敢叫我帮着你说，你这个假仁假义的恶棍，好像咱们两个通同一气商量过似的？”

我们两个，面对面站在那儿，我从他那暗中大乐的脸上，清清楚楚地看到我已经清清楚楚地知道的了；我的意思是要说，他硬要我听他的体己话，分明是要叫我苦恼；在这件事里，他故意弄出圈套，叫我往里钻，这是我受不了的。他那个脸，整个在我面前拉长了，请我动手的样子，我就扠开五指，使劲往那上面一打，只打得我的手指头都麻了，像火烧地一般。

他把我那只手抓住了，我们就这样手抓着手站在那儿，你瞪我，我瞪你。我们这样站了有很大的工夫，都能叫我看到他脸上五个指头的白印儿消失了而变成红色，比四围的红地方还红。

“考坡菲，”他到底开了口了，说的时候，上气不接下气的样子，“难道你跟理性两下掰了不成？”

“我跟你两下掰了，”我说，同时把手从他手里挣出来。“你这个狗东西，我从此以后不认得你了。”

“真的吗？”他说，同时，因为脸上发疼，用手去捂。“也许办不到吧。难道你这不是不知好歹吗？”

“我早就时常对你表示了，”我说，“我看不起你。我现在对你表示得更清楚了，我看不起你。我为什么要怕你对你身旁所有的人使尽了坏？你除了使坏，从来还会干什么别的不会？”

我以前跟他交往的时候，总是忍了又忍，没有发作，因为我有顾忌；我现在说的不怕他使坏，就指着那种顾忌而言，这是他完全明白的。我倒是觉得，如果那天晚上爱格妮没对我说，叫我放心，那我也不会打他，也不会把这种顾忌说出来。爱格妮对我说了那番话以后，我打他，把那番顾忌说出来，就都没有关系了。

我们又静默了好大一会儿。他的眼睛，在他看我的时候，好像变成各式各样能使眼睛难看的颜色。

“考坡菲，”他把手从脸上拿开了说，“你永远和我过不去。我知道，在维克菲先生家里，你永远和我过不去。”

“你愿意怎么想，就怎么想好啦，”我仍旧盛怒不息，说。“如果不是那样，那你可就更值得叫人看得起了。”

“但是我可永远是喜欢你的，考坡菲！”他答道。

我不屑再跟他说话，正拿起帽子来，要去就寝，但是他却挡在我跟门中间。

“考坡菲，”他说，“一个巴掌拍不响。我不要做那另一个巴掌。”

“滚你的蛋！”我说。

“别这么说！”他答道。“我知道，你事后一定要后悔的。你怎么肯在我面前，表现出来你的生性这样坏，这样显得远远地赶不上我哪？不过我不跟你计较。”

“你不跟我计较！”我鄙夷地说。

“不错，你这是由不得你自己，”乌利亚答道。“真想不到我永远对你那样好，你可会对我动起手来！不过一个巴掌拍不响，我是不想做那另一个巴掌的。不管你怎么样，反正我还是要跟你交定啦朋友啦。所以，现在，你可以意料到以后会是什么样子。”

我们两个说这一番话的时候（在他那方面是慢慢地说的，在我这方面是急急地说的）得把声音放低了，免得深更半夜把全家都搅了；但是我们的声音虽然低，我的气却并没小，固然我已经不像原先那样怒不可遏了。我只对他说，我经常意料到他会是什么样子，我现在也意料到他会是什么样子，他还是从来没出我的意料；说完了，就冲着他使劲把门一开，好像他是一个大核桃，放在门那儿，我要用门把他挤碎了那样，出了那所住宅。不过他也不在这一家过夜，而在他母亲的寓所里过夜；所以我走了还不到几百码，他就在我后面赶上来了。

“你要知道，考坡菲，”他在我耳边说，因为我并没回头，“你这是心不由己，犯下大错。”他这话我觉得倒不假，因而心里更难过；“你能把这种举动算作勇敢吗？能不让我不跟你计较吗？我不打算把这件事对我母亲说，也不打算对任何活人说。我决定不跟你计较。不过我可纳闷儿，不明白你怎么好意思对一个你分明知道是哈贱的人，动起手来！”

我只觉得，我没有他那样卑鄙就是了。他了解我，比我了解我自己还要清楚。要是他反驳了我或者公开地招惹了我，那也许可以使我觉得宽慰，使我认为我的举动正当。但是他却没那样做，而只把我放在慢火上，叫我在那上面熬煎了半夜。

第二天早晨，我出门的时候，教堂的晨钟正当当地响，他正跟他母亲在那儿来回散步。他若无其事的样子，照常跟我打招呼，我在那种情况下，也不能不招呼他一下。我想，我那一巴掌很够重的，打得他的牙都疼起来了。反正，不管怎么样，他的脸是用一方黑绸子手绢兜起来的；他脸上添了这么一块东西，这块东西上面就罩了一顶帽子，这样一打扮，一点也没叫他更好看些。我听说，他礼拜一早晨，进城找牙科大夫来着，拔掉了一个牙。我恨不得那是一个双重牙才好。

博士传出话来，说他的身体不大好；在维克菲先生父女在这儿作客的期间，他每天绝大部分，都自己一个人待着。后来维克菲先生父女走了有一个星期，我们才恢复了经常的工作。在我们恢复工作的前一天，博士亲手交给了我一封短信，叠好了，却没加封。那是写给我的；信上的话，虽然简短却叮咛周至，嘱咐我，叫我永远不要提那天晚上的事。我只把那件事对我姨婆私下里说了，对任何别的人，全没透露。那样的事，我当然不好跟爱格妮谈，爱格妮也毫无疑问，一点也想不到那天晚上会有那样的事。

我也深深地相信，斯特朗太太也丝毫没想到会有那样的事。好几个星期都过去了，我才在她身上，看出有一丁点改变来。这种改变来得很慢，就跟没有风的时候聚的云彩一样。起初的时候，她只纳闷儿，不明白博士跟她说话的时候，为什么那样温柔慈祥，不明白博士为什么想要她跟她母亲在一块，好减少她的生活里那种沉闷、单调。我和博士一块工作，她就坐在我们旁边，那时候，我常常看到，她抬起头来，用那天晚上那种令人难忘的神气往博士脸上瞧。后来，我又有时看到她站起身来，满眼含泪，走出屋外。就这样，一种不快的阴影，在她那美丽的脸上笼罩，还一天比一天加深。那时候，玛克勒姆太太常川驻扎在博士家里了；但是她只有嘴，会说了又说，而却没有眼，什么也看不见。

安妮从前本是博士家里的阳光；自从这种改变悄悄冥冥地笼罩到她身上以后，博士的样子更老了，他的举动更滞重了，但是他的脾气却比以前更温柔，他的态度比以前更和蔼，他对安妮那种关切比以前更慈祥，如果这是可能的话。我看见，有一次正赶着她过生日，那天早晨一早我们工作的时候，她来到屋里，坐在窗前（她从前本来老是坐在那儿的，不过现在她坐的时候，却带出一种羞羞怯怯、主意不定的神气，叫我看着，真觉得惨然）；他用两手把她的额捧住了吻，吻完了，就急忙地走开了，好像太激动了，不能再待下去似的。我就看见，她站在他把她撂下的地方，跟一个雕像一样，跟着把头一低，把两手往一块一叉，哭起来了，哭得那样痛，我都没法形容。

有的时候，经过这种情况以后，遇到只剩下了我们两个在一块，我就觉得，好像她甚至于想要跟我说话的样子。但是她却从来没开过口。博士老想一些新办法，叫她跟她母亲一块到外面的娱乐场所里去；玛克勒姆太太本来就很喜欢玩儿，本来对于玩儿以外的事都很容易一来就不高兴，所以就用全副精力取乐追欢，对于玩乐尽力称赞。但是安妮却老无精打采，毫不快活，她母亲带她到哪儿，她就跟她母亲到哪儿，好像什么都不爱好。

对于这件事，我不知道该怎么个看法。我姨婆也跟我一样，不知道该怎么个看法。她在疑虑不定的心情下，时常在屋里来往地走，通共算来，走了一定有一百英里。所有这些情况里，顶令人奇怪的是：在这个夫妻不欢的一家里，本来外人无从插手，解脱无从达到，但是狄克先生却能够插手，可以达到。

他对于这种情况，是怎么个想法，或者说，他对于这种情况，都看到了些什么，我说不出来，这也就像他在这方面不能帮我什么忙一样，我敢说。不过，他对于博士的敬意，是没有止境的，就像我还在上学的时候所说的那样。同时，真正的爱慕，即便是低级动物对于人，都能生出细致的觉察，为最高的智力远所不及。狄克先生就是因敬爱而觉察，如果我可以这样说的话；事情的真相才在他面前显露出来。

他在许多空闲的时间里，早就已经骄傲地重新享受起他和博士一块来回散步的特权了，就像在坎特伯雷的时候，他跟博士在博士路上来回散步那样。但是事态刚刚一达到这种情况，他就把他所有的空闲时间（还每天起得更早，叫这种时间增多）都用在这种散步上面。如果说，他从前最感快活的，就是博士对他宣读那本巨著——词典，那么，现在就得说，博士如果不把词典手稿从口袋里掏出来，开始宣读，他就觉得十分苦恼了。现在，我跟博士一块工作的时候，他就跟斯特朗太太一块散步，帮着她修剪花儿，锄花床里的草；那已经成了他的习惯了。我敢说，他在一个钟头里面，说不到十二个字；但是他那样不动声色地事事留神，那样如有所望地处处在意，使他们夫妇两个立刻心领神会。他们夫妇都知道，他们每个人都喜欢他，他就爱慕他们两个；这样一来，他在他们夫妇之间，就取得一种无人能代的地位——成了他们两个之间的联系了。

我一想到，他怎样脸上带着一片深奥难测的智慧，跟着博士来回蹀躞，听到词典里他不懂的难词，引以为快；我一想到他怎样手里提着大喷壶，跟在安妮身后，跪了下去，把戴着手套的手当作了脚，在细小的叶子中间，有耐性地做极琐碎的工作；怎样在他所做的一切事情上，都表示了一种哲学家都不能表达的细腻体贴，说他愿意做她的朋友；怎样从喷壶的每一个孔里，都喷出同情、真诚和友爱；我一想到他怎样见到苦恼，就一心无二，毫不含糊动摇想要解除苦恼，怎样从来没把那个倒霉的查理王带到花园里来，怎样一向心无旁骛，只是感恩知德地勤劳服务；怎样从来专心一意，知道了事有不妥，就心无他念，只想把事态纠正过来——我一想到他这种种情况，再一看他原来只是一个精神有些不太正常的人，但是却做了那么多的事，这和我这样一个精神健全的人尽其力所能做的一比，真叫我惭愧得无地自容。

“除了我以外，不论谁，特洛，都不了解他的为人！”我姨婆跟我谈话的时候得意地说。“狄克总有露一手儿的那一天！”

我结束这一章书以前，还要说一样事。他们在博士家作客的期间，我注意到，邮差每天早晨都要给乌利亚·希坡投递两三封信；他在亥盖特一直住到他们那几个人都走了的时候，因为那时候事情不忙。这些信上的人名、地址，都永远是米考伯先生整整齐齐的手笔，他现在的书法，模仿起法律界用的那种大弯大转的字体了。从这几句前题里，我很高兴，得到一个结论，说米考伯先生的事由儿很不坏；因此，在这个时候前后，我却会收到他那位脾气柔顺的太太下面这样一封信，我自然要大吃一惊的。那封信上说：

坎特伯雷，星期一晚。

我的亲爱的考坡菲先生，毫无疑问，你接到这封信，要觉得奇怪。你看到这封信的内容，更要觉得奇怪。你听到我要求你答应我对这封信绝对保守秘密，越发要觉得奇怪。但是我这个又做妻子又做母亲的人，心里这个疙瘩却必得解开；而我又不愿意跟我娘家的人商议(他们早已惹得米考伯先生大不痛快了)；因此，除了跟我的老朋友、旧房客讨一个主意而外，我就走投无路了。

你本来可以想到，我的亲爱的考坡菲先生，我自己和米考伯先生之间(我永远也不能不跟他)，向来是无话不说，彼此都没有谁背着谁的事。米考伯先生有的时候，也许不跟我商量，就擅自开期票，再不他也许关于期票什么时候到期该还，对我有所蒙混。这一类事，固然不错发生过。但是，一般地说来，米考伯先生对于这个疼爱他的人——我这是指着他太太说的——没有秘密——而经常在我们安息就寝的时候，把一天的经过都说给我听。

但是，我的亲爱的考坡菲先生，米考伯先生现在可完全变了；你听了我这个话，可以想象出来，我心里是怎样地难过。他现在变得不言不语的了，他现在变得鬼鬼祟祟的了。他的生活，对于这位和他同甘共苦的人——我这又是指着他太太说的——变得神秘莫测了。我现在要是告诉你，说我除了知道他从早到晚，都在事务所里而外，我对于他所知道的，还不如我对于靠着南边往前进那个人(关于那个人，无识无智的小孩子都会说一套瞎话，说他喝凉李子粥把嘴怎样怎样[①])知道的多；我这儿用的虽然是一个瞎说的故事，但是说的却是一件实在的事情。

不过这还不是全部的情况。米考伯先生的脾气变得阴沉起来了。他的态度变得严厉起来了。他跟我们的大小子和大闺女生分了；他对于他那两个双生儿不再得意了；即便对于最近刚刚来到我们家那个与人无忤的小小客人，他都以白眼相加。我们的日用，本来省到无可再省了，但是就是这点日用，跟他要起来，都得费很大的事，他甚至于恫吓我们，说要把自己了结了(这一字不差是他说的)；而他对于他这种叫人发狂的行动，狠心咬牙，拒绝加以解释。

这是令人难以忍受的。这是叫人心肝摧折的。我这个人有多软弱无力，你是知道的；如果你能给我出个主意，告诉我在这种绝未经惯的狼狈情况下，该怎样尽我这点软弱无力的力量，那你就是在许许多多帮助之外，又给了我一次朋友的帮助了。孩子们都对你致敬，那个幸而还不懂事的小客人也向你微笑。

你的受苦受难的

爱玛·米考伯。

我对于像米考伯太太那样身世的太太，除了对她说，她应该用耐心和爱情来使米考伯先生回心转意而外，要是说任何别的，那我就觉得不对了。我也知道，不论怎样，她都要用耐心和爱情来使米考伯先生回心转意的。但是这封信，却使我老想到米考伯先生。

---

① 英国19世纪有一个流行的儿歌，叫《月里的人》(指月中黑影)：

月里的人掉下来，
一直落地真叫快；
他想要去呶锐镇，
靠着南边往前进；
把嘴烫得好不难受，
只因喝了凉李子粥。

第四十三章

二度回顾

让我对我一生中一段令人难忘的时期，再一度回顾一下吧。让我站在一旁，看着那如烟的往事，似梦的前尘，同我自己的浮生一道，影影绰绰地从我身旁鱼贯而过吧。

一周又一周，一月又一月，一季又一季，相继而去。但是它们却好像只是夏日的一天和冬日的一晚一样。一会儿，我和朵萝一同散步的那块郊野，遍地花开，呈现出一片灿烂的金黄[①]；另一会儿，石南一丛又一丛，一簇又一簇，都叫雪埋起来，看不见了。我们星期天散步的时候所看到的河水，在夏天的太阳下射出金光万道，一眨眼的工夫，却叫冬天的寒风吹皱，或者叫下浮的冰块壅塞了。它比归入大海的川水，流得更快，明暗翻滚，悠悠而逝。

在那两位像鸟儿的瘦小老小姐家里，却一丝二毫的变化都没有。那个座钟仍旧在壁炉搁板上滴答地走着，那个晴雨计仍旧在门厅里静静地挂着。不论那个钟，也不论那个晴雨计，没有一样可以作得准的，但是我们对于那两件东西却都相信，一心无二地相信。

我已经是法定成年人了。我已经是有二十一岁这种尊荣身份的人了。不过这种尊荣，却是不求而获的。现在让我看一看我都做了些什么好啦。

我把那种野人一样的速记秘诀治得服服帖帖的了。我用那种秘诀，挣到很可观的收入了。关于这种技术的各种成就，我得到很高的名誉，另外有十一个人，跟我一块，给一家《晨报》报道国会的辩论。一夜跟一夜，我都把那种永不应验的预测、从不兑现的诺言、越说越叫人糊涂的解释，记录下来。我成日成夜，在文字里打滚。不列坦尼亚[②]，那个

---

①这指黄色的金雀花。石南花紫色，这两种都是英国郊野荒地上最普通的植物。

②即不列颠的拉丁文，亦即拟人化的说法。

不幸的女性，永远像一只签穿线缝的死鸡，摆在我面前。这个签就是写公文的笔，把它的全身扎了又扎，这个线就是系公文的红带子，把它的手脚绑了又绑。我把政治的幕后秘密都吃透了，所以深知政治生涯那一套玩意，究竟有多大价值。我对于那套把戏，是一个永不相信的大叛徒，绝无归化向顺之日。

我的亲爱的朋友特莱得，也曾在同样的行业里要一试身手，不过那一行他干起来不对工儿。他对于他的失败，依然不急不躁；他还告诉我，说他永远认为自己那个人很迟钝。他偶尔也给那家报馆做点事；但是那只限于采访枯燥无味的新闻，交给另一些更有文思的人加工润色。他现在当上了律师了；他刻苦自励，勤黾奋发，一点一点地又攒了一百镑钱，作为学金，拜在一个状师门下，在他的房间里见习。他首次出庭那一天，曾消耗了大量很热的红葡萄酒①。从用酒的数字上看来，我应该说，内寺法学会，一定在那上面赚了不少的钱。

我自己也在别的方面找到了出路。原来我提心吊胆、兢兢业业地干上了写作这一行了。我偷偷地写了一个短短的小玩意，投到了一家杂志里，后来果然就在那家杂志上发表了。从那一次以后，我就有了勇气，接着又写了许多不成样子的杂文。现在，我这种杂文可以得到经常的报酬了。总的说来，我混得挺不错的了；我算进款的时候，不但可以把我左手上头三个指头全都数在里面，而且在第四个指头上，还可以数到第二个骨节以下②。

我们现在不在白金厄姆街住了，而搬到一所很好玩的小房儿里去了；这所小房儿，跟我头一次涌现热劲那时候我看见的那所小房儿离得不远。不过我姨婆(她把多佛那所小房儿卖了，价钱很合适)却就要不跟我住在一块了，她打算搬到附近一所更小的小房儿里去。这是什么意

---

①法律学徒出师之日，每年有定期，有一定仪式，且饮酒庆祝。

②用右手数左手的指头，每一个指头作为一百镑，三个指头是三百镑，第四个指头的第二个骨节以下，近六十镑(一个骨节为三十三镑多)。总数为三百七十镑左右。这一段是狄更斯的纪实，他那时候的收入每星期七镑，一年正合三百七十多镑。

思呢？是不是我要结婚呢？不错，正是！

不错，我正是要跟朵萝结婚！莱薇妮娅小姐和珂萝莉莎小姐都点了头，允许了我们结婚，如果说，金丝鸟还有忙乱的时候，那她们两位就是那样。莱薇妮娅小姐自告奋勇，给我那位亲爱的作提调，监制嫁衣，一刻也不闲着，不是用牛皮纸铰衣服腰身的样子，就是跟一个胁下老夹着大捆子和码尺的体面青年意见不同而争吵。一个女裁缝，胸前老像插了把刀似的插着一根穿着线的针，就在她们家里住，在她们家里吃。据我看来，她不论吃的时候，喝的时候，还是睡的时候，都从来没把顶针摘去过。她们把我那亲爱的当作了一个人体模型。她们老叫她到她们那儿去，试这个，穿那个。我们好容易晚上到了一块，要团聚团聚，但是不到五分钟，就准有女人，不管人讨厌不讨厌，硬来敲门，说，“哦，劳你的驾，朵萝小姐，请你到楼上去一下成不成？”

珂萝莉莎小姐和我姨婆，就把伦敦市都踏遍了，给我们挑选家具；她们先看中了，然后再叫我和朵萝去看。其实，她们把东西马上就买下，不必走我们视察这番过场，反倒更好；因为，我们要去看厨房的炉档和烤肉的火档的时候[①]，朵萝却看到了一个中国房子式的狗窝，窝顶上还有小铃铛；她就爱上了，非要给吉卜买下不可。我们把这个狗窝买了以后，吉卜对于它这个新居，好久好久还住不惯。无论多会儿，只要它要进窝或者出窝，它就要把上面那些小铃铛碰得叮当乱响，吓得它什么似的。

坡勾提上伦敦来帮忙，马上就动手干起活来。她那个部门的工作，好像是专管把所有的东西一遍一遍地擦抹过来，再擦抹过去。所有能擦抹的东西，她都擦抹到了，一直到不论什么东西，都因为老不断地擦抹，变得跟她自己那个忠诚老实的脑门儿一样，亮晶晶地放光。就在这个时期，我开始看到她哥哥，晚上穿过昏暗的街道，踽踽独行，一面走着，一面往行人的脸上瞧。遇到这种时候，我从来没跟他打过招呼。他的形体庄严地走过去的时候，我对于他要找的是什么，所怕的是什么，

---

①置于所烤之肉后面，使火之热气聚而不散。

了解得太清楚了。

我有了工夫，为了走一走形式，有的时候还到博士公堂去打个照面儿——可是特莱得那天下午到博士公堂去找我的时候，他看着为什么那样郑重其事呢？原来我从童年起就有的梦想，眼看就快要成为事实了。我正要领结婚许可证了。

许可证只是一张小小的文件，但是它却管那么大的事。我把它领来，放在桌子上，那时候，特莱得一半欣然羡慕，一半肃然敬畏，直琢磨它。那上面，写着大卫·考坡菲和朵萝·斯潘娄，一对名字，珠联璧合，旧日梦想，今日事实。那上面印着那个如同家长慈父一般的机关——印花税局，慈祥温蔼地对于人生各种活动关切眷注，正从一个角上俯视着我们两个的结合。那上面还印着坎特伯雷大主教求上帝加福于我们的图形，这个求福还是不要你花多少钱，就可以替你办到。

虽然如此，我却如在梦中一般，在心痴意迷、心劳意攘、心满意足的梦中一般。我简直不能相信事情会就来到跟前；然而我却又不能相信，说街上所有碰到我的人，并非全都有些觉到我后天要结婚。我到主教代理官面前宣誓的时候，他就知道我后天要结婚，他还丝毫没刁难我，就把我打发开了，好像我们同属一个道门儿，一使暗号，就互相心会似的。我其实完全用不着特莱得什么，不过他却老跟在我身旁，做遇事给我打气的人。

"我希望，你下一次再到这儿来的时候，我的亲爱的朋友，"我对特莱得说，"你给你自己办同样的事，我还希望，那不会过多久。"

"谢谢你这份好意，我的亲爱的考坡菲，"他答道。"我也那样希望。想到她肯等我，不管等到多会儿都成，真叫人心满意足。她真是个叫人顶疼爱的女孩子——"

"你什么时候到驿车车站去接她？"我问。

"七点钟，"特莱得说，一面往他那个素净的银壳怀表上看了一看；他在学校里，有一次把表里的轮子卸下来，做了一个水磨，就是那个表。"那也差不多是维克菲小姐到的时候吧？是不是？"

"那比她到的时候还稍微早一点。她八点半钟才到。"

“我敢跟你说，我的亲爱的老小子，”特莱得说，“我想到你这回事有这样美满的结局，几乎乐得跟我自己要结婚一样。你叫苏菲亲身参加这次喜事，请她和维克菲小姐一同作伴娘，这份深情厚谊，我真得对你大谢而特谢。我深深地感到你这份情谊。”

我听到他说话，我跟他握手，我们一块谈话，一块走路，一块吃饭，等等。但是我却一概不信有那些事。因为一切一切都如在梦中。

在预定的时间，苏菲来到朵萝的姑姑家了。她的面目是叫人看着顶可心的——并不绝对地美丽，但是却异乎寻常地叫人看着愉快；她的为人，是向来我所看见的人里面顶和蔼、顶坦白、顶畅快、顶叫人怜爱的。特莱得给我们介绍她的时候，得意之极；我在一个角落那儿，祝贺他选中了那样一位女孩子，那时候，他直搓手，按照钟上的时刻，搓了足有十分钟之久；同时，每一根头发，都在他头上跷足而立。

我到从坎特伯雷开来的驿车停车的地方，接到了爱格妮，于是她那副高兴、美丽的脸，在我们中间第二次出现。爱格妮非常喜欢特莱得。看到他们两个会面那种情况，看到特莱得把世界上叫人顶疼爱的女孩子介绍给她那份得意，真叫人想要喝彩。

但是我仍旧不相信这都是真事。我们那天晚上非常欢乐，非常快活；但是我仍旧还是不相信有这样的事。我不由得要心神无主。我的快乐来到了的时候，我也不能够看出来哪是它的起讫。我觉得头脑昏沉，心神不定；好像我在一两个星期以前。早晨很早就起来了，而从那时以后，就再没睡过觉。我不知道，多会儿是昨天。我好像口袋里装着结婚许可证，跑来跑去，有好几个月。

第二天，我们一块成群打伙地去看那个家——我们的家——朵萝和我的家——那时候，我也同样地觉得我绝不是这个家的主人。我所以在那儿，好像是经别人允许我才去的。我一心只想，真主人一会儿就回来了，要对我说，他见了我很高兴。那所小房儿太美了，里面什么东西都是亮晶晶、新簇簇的；地毯上的花儿，看着好像是刚刚从树上采下来似的，糊墙纸上的绿叶，也看着好像是刚刚长出来似的；窗帘子都是细纱布做的，洁白而无纤尘；家具都是鲜红的玫瑰色的；朵萝一顶有蓝带的草帽——我现在还记得，我头一次见她的时候，她就戴着那样的草帽，我看着多么爱她呀！——已经挂在小钉子上了；那个吉他，装在盒子里，也早已腿儿朝下，放在一个角落上了。不论谁走到吉卜的塔形狗窝跟前，都要绊一跤，因为这所房子放那样一个狗窝，显然太小了。

我们又过了一个快活的晚上，那也跟其他的一切一切同样地如在梦中；我走以前，轻轻悄悄地先到平常去的那个屋子一趟。朵萝并不在那儿。我想，她们一定是给她试衣服还没试完呢。莱薇妮娅巴着门缝往里瞧了一瞧，带着神秘的神情告诉我，说朵萝过不了多大的工夫就来。话虽如此，她却过了未免很大的工夫还没来，不过后来我还是听到了门外衣服綷䌨，门上有人轻轻敲打。

我说，“请进！”但是却没有人进来，而只又来了一次轻轻的敲打。

我一面心里纳闷儿，不知道这是什么人，一面走到门口；我在那儿看到了一双清明晶莹的眼，一副娇羞红晕的脸；那是朵萝的眼和脸；原来莱薇妮娅小姐给她把明天的衣帽一切都穿戴起来，送给我瞧。我把我这个娇小的太太搂在怀里；莱薇妮娅小姐一见，轻轻地尖声一喊，原来是我把朵萝的帽子挤坏了；朵萝就同时笑啼并作，因为她看到我那样喜欢；我呢，就越发不相信这是真的了。

“你说这好看不好看，道对？”朵萝说。

好看不好看！我得说，我觉得怪好看的。

“你敢说一定，你非常地喜欢我吗？”朵萝说。

这句话里面，对于帽子，含有极大的危险，所以莱薇妮娅小姐又轻轻地尖声一喊，对我说，请我注意，朵萝只许看，可绝对不许碰。于是朵萝在迷人的错乱之中，站在那儿，有一两分钟的工夫，叫我称赏。跟着她把帽子摘了——她不戴帽子，更风致天然！——拿在手里，一下跑开了；一会儿又换上了平常穿的衣服，跳着下了楼，去问吉卜，我是不是娶了个娇小美丽的太太，吉卜是不是因为她结了婚，就要怪她；跟着又跪在地上，叫吉卜往烹饪学书上站着，要玩意给她瞧，算是她做姑娘的时候，最后的一次。

我回到离得不远、我订的寓所以后，比以前更疑惑起来，觉得这不是真事。第二天很早就起来了，骑着马往亥盖特去接我姨婆。

我从来没看见我姨婆这样打扮过。她穿了一身淡紫色的绸衣服，戴了一顶白帽子，看着真了不起。捷妮先帮着她穿戴完了，现在在那儿等候，要瞧一瞧我是什么样子。坡勾提早就准备好了到教堂去，她打算从歌咏队的楼厢那儿，瞧我们举行婚礼。狄克先生要在祭坛前给我那位亲爱的代行家长的职务①，就把头发都烫了。特莱得是跟我约好了，在卡子路②那儿跟我碰头；他出现的时候，只见全身乳白和浅蓝交映，叫人看着都晃眼；他跟狄克先生全都给人一种印象，觉得他们好像全身上下，到处都是手套。

毫无疑问，这种种情况，我全看到了，因为我分明知道它们如此；但是我的心却不知道哪儿去了，好像什么都没看到。我也不相信任何情况是真的。不过，我们坐着敞篷车往前走着的时候，这一番如同梦幻的婚礼，却又有些真实，因此那些不幸无缘、不能参加这番婚礼的人，只在那儿打扫铺面，准备进行日常活动，叫我看着，足以对他们一面纳闷，一面怜悯。

我姨婆坐在车上，一路都把我的手握在她的手里。我们在离教堂不远的地方，叫车停住，好让坡勾提下来(我们在车厢上把她带到那儿)；那时候，我姨婆就把我的手使劲一捏，对我亲爱地一吻。

“上帝加福于你，特洛！即便我自己亲生的孩子，都不能比你更亲。我今儿早晨，想起可怜的、亲爱的娃娃来了。”

“我也想起来了。我还想到你对我所有的恩德，亲爱的姨婆。”

“行啦，孩子！不用说啦！”我姨婆说，跟着不胜亲热地把手伸给了特莱得，特莱得就把手伸给了狄克先生，狄克先生就把手伸给了我，

---

①行婚礼时，牧师问，“谁将此女许与此男为妇。”新妇之父或兄须答，“是我某人所许。”如无父兄，须请人代。

②路上横设栅栏门，以收路税。

我就把手伸给了特莱得：于是我们就来到了教堂的门口了。

我敢说，教堂里很够安静的：但是按照它对于我的镇定所起的作用来说，它却好像是一台汽力纺织机，正在发动起来一样。我那时候是一点也谈不到安静镇定的了。

其余的情况，只是一场或多或少不相连属的大梦。

她们同朵萝怎样进了教堂；座厢开关人怎样像操练新兵的教练官那样，把我们安排在祭坛栏杆前面；我怎样即便在那时候，心里也直纳闷儿，不明白为什么座厢开关人，永远是所有的人里面最令人不耐的女性充当，不明白是否人们对于和颜悦色，有一种如畏上帝的恐惧，就像害怕能成大灾的传染病一样，因而非要在往天堂去的路上，摆出这种盛醋的家伙来不可①：所有这种种情况，对于我，只是大梦一场。

牧师和副手怎样出场；几个船夫和别的闲人怎样溜达着进了教堂；一个年迈的舟子怎样在我身后面把教堂熏得满是红酒的气味；牧师怎样用低沉的声音开始婚礼，我们怎样都耸耳静听：所有这种种情况，对于我，也只是大梦一场。

莱薇妮娅小姐怎样好像是半个助理伴娘，怎样头一个哭起来；她怎样对于故去的皮治先生唏嘘致敬(这是我的想法)；珂萝莉莎小姐怎样拿出闻药来闻；爱格妮怎样照顾朵萝；我姨婆怎样表面上硬装作是铁石心肠的模范，眼泪却止不住从脸上滚滚往下直流；朵萝怎样浑身抖得厉害，应答的时候②，怎样有气无力、声音低微：所有这种种情况，对于我，也只是大梦一场。

我们怎样并排儿跪下；朵萝怎样慢慢地不发抖了，但是却永远紧紧握着爱格妮的手；婚礼怎样安静、庄严地进行到末了；完了以后，我们都怎样你看我，我看你，像四月的天气一样③，泪痕和笑容，同时呈

---

①从前教堂里的座席，有门，如包厢然。门可加锁，有专人司启闭，多为妇女。盛醋的家伙，喻脾气阴沉之人。往天堂去的路，喻教堂。

②举行婚礼时，牧师问新郎、新娘，是否愿娶某人为妻，愿嫁某人为夫，新郎、新娘各答，“我都愿意”；又新郎、新娘，各随牧师读应许文；又牧师读祷词，新郎、新娘应之。

③英国谚语，“四月里的天气，日出雨落同时。”

有情人终成眷属

现，我那位年轻的太太怎样在更衣室里[1]犯了歇斯底里，哭着叫起她的可怜的爸爸、她的亲爱的爸爸来：所有这种种情况，对于我，也只是大梦一场。

朵萝怎样一会儿又高兴起来；我们大家怎样轮流在婚姻簿上签名；我怎样亲自上楼厢，把坡勾提领下来，叫她也签名；坡勾提怎样在一个角落那儿使劲抱了我一下，告诉我，她曾亲眼看见我那亲爱的母亲结婚；婚礼怎样全部结束了，我们怎样离开了教堂：所有这种种情况，对于我，也只是大梦一场。

我怎样那么得意、那么亲爱地用胳膊挽着我那甜美的太太走过教堂的内廊；怎样看着人们、讲坛、纪念碑、座厢、洗礼池、风琴和窗户，都是恍惚迷离，像在雾中一样；怎样多年以前我在家乡，童年心里的教堂印象，在这些人和物上面，依稀缥缈出现：所有这种种情况，对于我，也只是大梦一场。

我们走过去的时候，人们怎样打着喳喳说，这一对小两口儿真年轻，这个太太真娇小漂亮，我们回去的时候，怎样坐在马车里，欢欣快乐，又说又笑；苏菲怎样告诉我们，说她看到我跟特莱得要结婚证(我先把结婚许可证托他拿着)，差一点没晕了，因为她一心相信，认为特莱得不知怎么，一定把结婚证弄丢了，再不就叫扒手把兜儿给掏了；爱格妮怎样欢乐地谈笑；朵萝怎样喜欢爱格妮，舍不得跟她分开，仍旧用手握着她的手：所有这种种情况，对于我，也只是大梦一场。

我们怎样预备了早餐[2]，酒菜丰富，又好看，又实惠；我怎样就跟在别的梦中一样，也吃了，也喝了，但是却什么滋味也吃不出来，也喝不出来；因为，我可以比方说，我吃的喝的，没有别的，只是爱情和婚姻；我也不相信真有什么吃的、喝的，就跟我不相信有别的一切一样：所有这种种情况，对于我，也只是大梦一场。

---

① 教堂附属建筑，为牧师更衣之室，亦为结婚当事人及证人等签名之处。

② 婚礼完毕，同回新娘娘家，设宴招待。此宴即在午后，亦名为“早餐”。下文“喜糕”为结婚早餐席上必不可少的点心，须由新娘切头一刀。

我怎样同样如在梦中，对他们发表了一篇演说，却一点也不知道我要说什么；我知道的只有一点，那就是，我的演说，归结起来，完全可以叫我深信不疑，我并没说什么；我们怎样大家一块，只顾欢笑(虽然永远如在梦中)，我们怎样给吉卜喜糕吃，它怎样吃了以后，胃里不合适：这种种情况，对于我，也只是大梦一场。

那一对从驿站雇来的马，怎样驾好了；朵萝怎样去换衣服；我姨婆和珂萝莉莎小姐怎样留在我们身旁；我们怎样在园里溜达；我姨婆怎样在早餐席上，发表了长篇演说，里面提到朵萝的姑姑；她自己怎样觉得好玩儿，同时又怎样对于那篇演说有些得意：所有这种种情况，对于我，也只是大梦一场。

朵萝怎样准备好了；莱薇妮娅小姐怎样在她身旁周旋，不忍得跟这个好看的爱物分离，因为这个爱物给了她那么多愉快的消遣；朵萝怎样地意想不到，发现把这个小东西拉下了，把那个小物件撂下了，每个人怎样到处跑，替她去找这些东西：所有这种种情况，对于我，也只是大梦一场。

到了朵萝到底开始对他们说再见的时候，他们怎样都尾随在朵萝身旁；他们的衣饰飘带，怎样五光十色，看着跟一个花坛一样；我那位亲爱的怎样在花儿中间挤得几乎喘不上气来；她怎样啼笑并作，走了出来，投入我带着妒意伸出去的两臂之中：所有这种种情况，对于我，也只是大梦一场。

我怎样要抱吉卜(它要跟我们一同去)，朵萝怎样说不要，一定得她抱，不然的话，它就要认为她结了婚，不再喜欢它，就该心碎了；我们怎样手挽着手往前走；朵萝怎样站住了，回过头去，对他们说，“我不论对谁，要是有过闹脾气的时候，或者有过不知好歹的时候，那我请她一概不要再记在心里！”跟着一下哭了出来：所有这种种情况，对于我，也只是大梦一场。

她怎样摆她的小手，我们怎样第二次又往前走；她怎样又站住了，回头看去，怎样急忙跑到爱格妮跟前，在所有的人里面，单独跟爱格妮最后接吻，对爱格妮最后告别：所有这种种情况，对于我，也只是大梦一场。

我们一块坐着车走了；那时候，我才从梦中醒了过来。我到底相信这一切都是真事了。在我身旁的，是我那亲爱的、亲爱的娇小的太太，我爱得那样厉害的太太！

“你这阵儿可趁了心了吧，你这个傻孩子？”朵萝说，“你敢保你不后悔吗？”

我刚才正站在一旁，看着我一生里那个时期在我面前，影影绰绰、一天一天地逝去。那些日子已经去而不返了，我又接着说起我的故事来。

第四十四章
家庭琐屑

蜜月已经过了，伴娘也都回家去了；我和朵萝一同坐在我们那所小房儿里，觉得有一种异样之感；因为，我如果打个比方的话，论起旧日谈情说爱那种缠绵悱恻的情致，我现在成了一个完全赋闲的人了。

能够看到朵萝永远在那儿，好像是异乎寻常的光景。现在我不必非得出门，才能见着她了；不必整天都得为她如受酷刑了；不必非写信给她不可了，不必千方百计，挖空心思，去找和她单独在一块儿的借口了：为什么会这样，都是令我大惑不解的。遇到晚上，我写着东西，有的时候，抬起头来，看到她坐在我的对面，我就把身子往椅子背上一靠，心里琢磨，我们好像理所当然，只两个人在一块——对于任何别人，再也毫无干系——我们订婚期间所有那种如梦似幻，缥缈悠邈的柔情蜜意，一概都束之高阁，让它蛛网尘封——除了我们自己，不必讨任何别人的喜欢——一生之中，只我们两个互相敬爱就够了——我想到这儿，老觉得很奇怪。

如果国会里有辩论进行，我得在外面待到深夜，那我回家的时候，在路上想到，朵萝却会在家里等我，就老觉得恍惚迷离。我坐着吃晚饭的时候，她老轻轻悄悄地跑到我跟前，跟我说这个，道那个，这种情况，刚一开始的时候，真使我感到不胜惊讶。确实知道她把头发用纸卡起来①，真令我觉得不胜奇异。看到她那样做，总的说来，真令人觉得是了不起的事情！

我真疑心，两只小鸟儿，对于管理家务，是否能比我跟朵萝还外行。我们当然有一个女仆。她替我们管理家务。我直到现在，还是暗中相信，认为那个女仆，是克洛浦太太的女儿改扮而成，因为我们在这个玛利·安手里过的日子，简直要人的命。

这个女仆姓"本领高"。我们刚一用她的时候，给我们介绍她的那个人说，只从她的姓上看，还是不大能看出来她的本领到底有多高。她带着一张品格证明书②，跟一张大告示一样。按照这个文件上说的，属于住家过日子的活儿，不但我听说过的，她全都来得，还有好些我从来没听说过的，她也都来得。她这个妇人，正在精壮之年，粗眉大眼、一脸的横肉；身上(特别是两只胳膊)经常出一种疹子或者起一种发红的小疙瘩。她有个表哥，在近卫军里当兵，他那两条腿长极了，因此他这个人看起来，跟另外一个人在太阳西下时的影子一样。他穿的那件便装军夹克，显得太小了，就跟他待在我们这所小房儿里，显得太大了，正是一样。他跟这所小房儿，大小太不相称了，因而使得这所房子，显得远过其实地那样小。不但如此，这所房子的墙也欠厚；因此，不论多会儿，只要遇到他晚上到我们这儿来，我们就永远听到厨房里发出一种不断狺狺的诟骂之声；那我们就准知道，又是他来了。

据品格证明书上说，我们这个活宝贝儿，既不会喝酒，又不会撒谎；因此我们看到她躺在锅炉旁边的时候，我只好相信，那是她猝中恶风；我们的茶匙短少了的时候，我只好相信，那是倒脏土的给随手带走了。

---

①用稍硬的纸，卷成窄条，把头发一绺绕在上面，然后结起，每绺一条，经过一定时间，头发即鬈曲。

②英国习惯，女仆辞活或下工时，例须给以品格证明书。

但是她对我们精神上的压迫却可怕极了。她使我们切实感觉到我们缺乏经验，对于帮助自己，丝毫无能为力。但凡她有一丁点仁慈之心，那我们就情愿完全听她摆布，但是她却是一个如同虎狼的妇人，毫无仁慈可言。我跟朵萝，第一次闹的一点小小意见，就是由她而起的。

“你这个叫我顶疼爱的命根子，”我有一天对朵萝说，“你觉得玛利·安有任何时间的概念没有？”

“怎么啦，道对？”朵萝正画着画儿，现在抬起头来天真地问。

“我爱，咱们吃正餐的时间本来该是四点，现在可都五点啦。”

朵萝如有所求的样子，抬头往钟上瞧了一眼，跟着隐约其辞地说，她恐怕钟太快了。

“不但不快，我爱，”我瞧了瞧我的表说，“还慢好几分钟哪。”

我那位娇小的太太跑过来，坐在我的膝上，哄着我，叫我别着急，同时用铅笔在我那鼻子的正中间，画了一道线；这种情况，虽然非常令人可心，但是却当不了饭。

“比方，我的亲爱的，”我问道，“你说玛利·安几句，是不是好一些哪？”

“哦，对不起，不成！我可不能说她，道对！”朵萝说。

“为什么不能哪，我爱，”我温柔地问道。

“哦，因为我本来是个小傻子，”朵萝说，“她又知道我是个小傻子么！”

我认为要是想要立下个规矩，别叫玛利·安随便胡来，那朵萝有这种想法就决不成，所以把眉头稍微一皱。

“哦，你这个坏孩子，你瞧你的脑门儿上这些褶子，多难看！”朵萝说，一面因为她仍旧坐在我的膝上，就用铅笔把我的脑门儿上那些褶子都划出来；把铅笔放在她那红嘴唇儿上，把它舔湿了，好划得更黑一些，很奇怪地假装着在我的脑门儿上忙个不停，把我闹得虽然哭笑不得，却不由得要满心喜欢。

“这才像个好孩子啦，”朵萝说，“这一笑起来，这个脸蛋儿可就好看了。”

“不过，我爱，”我说。

“别说，别说啦！请你别说啦！”朵萝说，同时吻了我一下，“千万可别学那个淘气的蓝胡子！可别闹真个的！”

“我的宝贝，”我说，“咱们有的时候，就不能不闹真个的。来，在这把椅子上坐好了，紧紧地挨着我！把铅笔也给我！好啦！现在咱们规规矩矩地谈一谈好啦。你知道，亲爱的——”我握在手里的是多么小的一只手！看在眼里的是多么小的一个结婚戒指啊！“你知道，我爱，一个人，饿着肚子不吃饭，不会怎么舒服吧？你说，是不是？”

“不—不—不错！”朵萝有气无力地答道。

“我爱！你怎么这样哆嗦起来啦？”

“因为我知道，你要骂人家啦么，”朵萝令人可怜地喊道。

“我的甜美的，我只要讲一讲道理给你听。”

“讲道理比骂人家还要坏！”朵萝绝望的样子喊道。“我跟你结婚，并不是为的要听你讲道理的啊。要是你打算跟我这样一个可怜的小东西讲道理，那你应该早就告诉我呀，你这个狠心的孩子！”

我想要抚慰朵萝，但是她却把她的脸转到一边，把她的鬈发从这面摆到那面，同时说，“你这个狠心的、狠心的孩子！”老没个完，把我弄得真不知道确实应该怎么办；因此我就不得主意地在屋子里来回走了几趟，又回到原处。

“朵萝，我的亲爱的！”

“别这样叫我，我不是你的亲爱的。因为你一定后悔不该跟我结婚来着；要不的话，你就不会净讲道理给我听了！”朵萝回答我说。

我觉得，她这样无理怪我，真是冤枉了我，因而把心一狠，摆出一副严厉的面孔来。

“现在，我的嫡嫡亲亲的朵萝，”我说，“你这是太小孩子气了，净说了些不合情理的话。我敢保，你一定还记得，昨天，我的正餐刚吃了一半，就得急急忙忙地跑出去；前天，我又因为不得已，匆匆忙忙地吃了半生不熟的小牛肉，闹得很不合适；今天哪，直到现在，我这顿正餐还没吃得上。至于早饭，我简直地都不敢说咱们等了多久，而且即便等了那么久，水还是不开。我的亲爱的，我绝没有怪你的意思，不过这种情况可叫人很不舒服啊。”

“哦，你这个狠心的、狠心的孩子，你这是说，我这个太太叫人很不痛快了！”朵萝哭着说。

“我说，我的亲爱的朵萝，你一定知道，我并没说那样的话呀！”

“你没说我叫你不舒服来着吗？”朵萝说。

“我只说，家里的事，叫人不舒服。”

“那还不是完全是一回事！”朵萝哭着说。她分明当真认为那是一回事了，因为她哭得再没有那么痛的了。

我又在屋里转了一圈，对我这位漂亮的太太心里充满了爱，对我自己，痛加责骂，因此恨不得拿头往门上撞才好。我又坐下去说：

“我并没说你有什么不好的地方，朵萝。咱们两个，都有好多好多得学的东西。我不过是想要指给你看，我的亲爱的，你得——一定得，”（我对于这一点，坚决不放松）“学着督理玛利·安。那就是你为你自己，为我，尽一份职责。”

“我没想到，实在没想到，你怎么会说出这种无情无义的话来，”朵萝呜咽着说。“那一天，你说你想点鱼吃一吃，我听见了，为的要叫你来一个惊喜交集，就亲自出去，跑了好多好多英里路，给你弄来了，难道你忘了吗？”

“那你对我当然是很体贴，我的亲爱的爱人，”我说。“因为我太感激你了；所以，虽然你买的那条沙门鱼，两个人吃太大了，并且买一条鱼就花了一镑六先令，也是咱们吃不起的；我可都没好意思对你说。”

“但是你可吃得有滋有味儿的呀，”朵萝呜咽着说。“还叫我小耗子来着。”

“我还是要叫你小耗子的，我的爱，还要叫一千遍哪！”

但是我却把朵萝那颗温软的小心儿刺伤了，怎么也不能把她安慰过来。她呜呜地哭得那样令人凄惨，竟使我觉得，我一定是糊涂油蒙了心，自己都不知道说了些什么，才把她弄到这步田地。我外面有事，不得不匆匆出门而去；我在外面叫事情缠到很晚的时候；那一夜里，我一直地老后悔难过，弄得非常苦恼。我在良心上觉得就跟一个杀人的凶手一样，老有一种模糊的想法，盘踞在我的心头，说我这个人穷凶极恶。

我回到家里的时候，已经是半夜以后两三点钟了。只见我姨婆在我们家里，坐着等我。

“出了什么事啦吗，姨婆？”我吃了一惊，问道。

“没有什么事，特洛，”她答道，“你先坐下好啦。你先坐下好啦。小花朵儿的心情有点不大好，所以我跟她作伴儿来着。就是这样，没有别的。”

我用手扶着脑袋，用眼睛看着炉火，心里琢磨，真没想到，在我一生之中最光明的希望实现以后，会这么快就发生了这样不如意的事，这使我更难过，更沮丧。我坐在那儿这样想的时候，我的眼光碰巧跟我姨婆的眼光一对，只见她的眼光，正盯在我脸上。那双眼里，满含着焦虑的神气，不过这种神气马上就消逝了。

“我敢对你说，姨婆，”我说，“我这一整夜，因为想到朵萝苦恼，也一直非常地苦恼。不过我并没有什么别的意图，只是想要和和顺顺、亲亲热热地跟她谈一谈我们过日子的事就是了。”

我姨婆点了点头，来鼓励我。

“你得耐着点性儿，特洛，”她说。

“当然。我绝没有不讲道理的意思，这是我对天可表的，姨婆！”

“当然不会有，”我姨婆说。“不过小花朵儿可是一棵非常娇嫩的小花儿，连风吹到她身上，也得轻着点儿。”

我对于我姨婆待我太太这样温柔，从心里感激她；我也确实敢保，她知道我感激她。

“你想，你能不能，姨婆，”我又看了一会儿炉火之后说，“有的时候，为我和朵萝都有好处起见，稍微劝说劝说、指教指教朵萝哪？”

“特洛，”我姨婆未免激动的样子回答我说，“不能！你不要叫我干这类事。”

她的口气那样恳切，因而我不免吃了一惊，抬起头来瞧。

“我把我这一辈子回顾了一下，孩子，”我姨婆说，“我想到了有些这阵儿躺在坟里的人，我当年跟他们可以把关系弄得更好一些。要是我对别人在婚姻的问题上走错了，不肯原谅，那大概是因为我自己在同样的问题上，有过痛苦的经验，对自己更不能原谅。不过既往不咎好啦。我好多年以来，老是个又焦躁、又古怪，又任性的老太婆。我现在仍旧是那样，我将来也要永远是那样。不过咱们两个，可彼此都有过好处，特洛——不管怎么说，反正你对我有过好处，我的亲爱的；咱们都混了这么些年了，这阵儿咱们两个可别闹生分了。”

“咱们两个闹生分了！”我喊道。

“孩子，孩子！”我姨婆抚摸着她的衣服说，“要是我对于你们的事往里插手，那咱们两个会多么快就生分了，或者，我要把小花朵儿弄得多么不快活，连预言家都没法说。我一心只是想要我们这个心爱的孩子别讨厌我，能像蝴蝶一样地高兴才好。原先你妈再嫁的时候你家里的情况，你千万不要忘了；你永远也别像你刚才提的那样，叫我和她都跟着吃亏上当。”

我一下就领会到，我姨婆这种态度绝对不错；我也了解，她对我那位亲爱的太太护持爱惜得无以复加。

“现在日子还很浅，特洛，”她又接着说，“罗马并不是一天，也不是一年，就建设起来的。这本是你自己自由选择的；”她说到这儿，我觉得，脸上好像罩上了一层抑郁的阴影；“你选中了的，又是一个模样顶漂亮、性格顶温柔的小东西儿。你要求她，应该按照她原有的品性，像你选择她的时候那样，不应该按照她没有的品性：这样才是你按理应该做的，而且也是应该高兴做的。我这可不是教训你，这个你自己当然也知道。她没有的品性，你可以设法培养，要是那是做得到的话。要是做不到，孩子，”我姨婆说到这儿，把鼻子一摸，“那你也不能强求，就得随遇而安，照样地过下去。不过我可要你记住了，我的亲爱的：你们的将来，只能看你们两个人的。别人没有能帮你们这个忙的；那只能看你们自己会不会处理。你们这可是结了婚了，特洛；像你们这一对，跟树林子里的娃娃[①]一样，我只有求老天对你们加福！”

我姨婆说这番话的时候，装作轻松活泼的神气，同时吻了我一下，作为祈福的佐证。

“现在，”她说，“你把我那个小灯笼点起来，在园子的甬路上，看着我回我那个帽盒一般的小房儿里去好啦；”因为在我们那两所小房儿之间，那方面有路可通。“你回去以后，替贝萃·特洛乌问小花朵儿好，特洛，不管你做什么别的事，反正永远也别梦想要叫贝萃去做那个吓唬鸟儿的假人，因为我照镜子的时候，早已经看到，她不用去那个角色，本身就已经够狰狞可畏、憔悴可厌的了！”

她这样说完了，跟着就用手绢把头包了起来；每逢遇到这种场合，她习以为常，都用手绢把头包起来，打成一个结儿；我当时把她护送到家。她站在她自己的园庭里，举着灯笼，给我照路，那时候，我认为，她看我的样子里，又带出焦虑的神情来；但是我却只顾琢磨她刚才说的那番话了，净想我和朵萝实在得看我们自己会不会处理我们的将来，没有别的人能帮我们这个忙，所以没顾得怎么理会那种神情。

我现在就一个人了，朵萝穿着她那双小小的拖鞋，蹑足潜踪地溜下楼来迎我，她趴在我的肩头上哭起来，同时说，我刚才心狠来着，她刚才也淘气来着；我呢，我相信，也说了和这个意思相同的话；我们于是又和好如初，并且一致认为，我们第一次闹的这个小小的意见，也得是末一次，我们即便活到一百岁，也决不再闹意见了。

在家务方面，我们受的另外一种罪，就是仆人的折磨。玛利·安的表哥，开了小差，藏在我们放煤的地窨子里。他自己营里的一支督查队，挎着刀，扛着枪，把他从我们的地窨子里搜了出来，给他戴上了手铐，前遮后拥地把他押走了，这使我们大吃一惊，同时带累得我们的房前园庭都跟着蒙羞受辱。这样一来，我就把心一硬，下了玛利·安的工；她拿到了工资，老老实实地就走了，这使我觉得非常纳罕；到后来

---

① 英国民歌，二幼儿丧亲，其舅图其财产，遣人引二儿入深林，将杀之，后不忍，弃之去。幼儿终死于林内。见培绥的《英国古诗歌钩沉》。

我才知道，原来她把我们的茶匙都偷走了，同时，没得到我的许可，擅自打着我的旗号，跟几家小铺子借了几笔为数不多的钱。我们临时雇了奇治浦太太——我相信，她是肯提什镇[①]上最老的住户，专应临时打杂的零活，不过太衰老无力了，对于她专长的这一行，力不从心——过了一个短时期，我们又找到了另一个活宝贝儿；她倒是妇女里顶和气柔顺的，不过，她端着茶盘，不是上厨房的台阶，就是下厨房的台阶，一定非要折个跟头不可；还有，她端着茶具，进起坐间的时候，就像进澡盆似的，几乎一头就扎到里面。这个活遭瘟的女人，这样祸害我们，我们实在不能不下她的工。她走了以后，我们雇的是一大串一无所能的家伙（都是奇治浦太太在中间做临时的替工）：最后押队的，是一个年轻的女人，外表很文雅，可是戴着朵萝的帽子，去赶格伦威治庙会[②]。她走了以后，我不记得别的，只记得千篇一律的失败。

凡是我们打交道的人，不论谁，就好像没有不骗我们的。我们只要一进铺子，那就等于给了铺子里的人一个信号，叫他们马上把坏了的东西拿出来。我们要是买了一个龙虾，那个龙虾里面就准是一包水。我们买的肉，就没有咬得动的，我们买的面包，几乎都没有皮儿[③]。为的要研究一下，应该按照什么原则烤肉，就能烤得恰到好处，火候不太老也不太嫩，我曾亲自查过烹饪学书。那里面根据人所公认的办法，确实规定，每一磅肉要烤一刻钟，如果想要时间充裕一些，就得一刻多钟。但是我们照着那种规定烤，却老失败，好像我们的命运很怪，注定了非失败不可似的，因此我们烤的肉，不是成了炭儿，就是还带红血，永远不能在二者之间适得其中。

我确实应该相信，我们这样老是遭到失败，比起我们永远能够成功，要浪费许多许多的钱。我看了一下我们跟铺子的购货账以后，我觉得，我们很可以永远把地窨子的地都用黄油涂遍了，因为我们用的那种

---

① 伦敦北部的一区。在亥盖特区南。

② 在伦敦，每年于复活节及白衣节举行两次。1857 年停止。

③ 这是表示，面包烤得不到火候，这种面包，瓤儿也不会熟的。

东西，数量大极了。我不知道，在这个时期里，内地税的报告单是否表示出来，胡椒面儿的销路增加了，不过，如果我们用这种东西，并没影响市面儿，那我就得说，一定得有好些人家，停止使用这种东西才成。在所有这种种情况里，顶令人奇怪的是：我们账上买了那么多的东西，而我们家里，却从来一无所有。

至于说，洗衣服的女人，把我们的衣服送到当铺里了，随后又醉醺醺地后悔起来，跑到我们这儿跟我们道歉：这种情况，也许无论谁都经验过几次。还有烟囱着火，区上的救火机奔来救火，区上的事务员讹诈要钱①，也是不论谁都经验过的。不过，雇了女仆，爱喝香料甜酒，因而使我们买酒的流水账上记了好多笔令人不解的项目，如四分之一品脱柠檬红酒（考太太）；八分之一品脱丁香金酒（考太太）；一杯薄荷红酒（考太太）——括弧里的名字永远指的是朵萝，据人家的解释，大家认为，是她把所有这些提神之物，都喝了个海涸河干——使账篇增加：这种不幸，我恐怕，只是我们所独有。

我们居家过日子办的大事里，第一件就是请特莱得吃了一顿小小的正餐。我在市区碰到了他，请他那天下午和我一块往郊区去一趟。他毫不犹疑，马上就答应了。我于是给朵萝写了一封信，告诉她，说我要带特莱得到家里来。那天的天气很好，我们一路之上没说别的，净谈我的家室之乐。特莱得心里也净想这件事；他说，他认为，如果他也能安这样一个家，有苏菲在那儿等他，给他预备饭，那他就想不出来他的幸福还有什么欠缺的地方了。

我当然不能希望在桌子那一头和我对面而坐的娇小太太更漂亮一些；但是我们坐下以后，我却的确想过，我们的地方，顶好能更宽敞一些。我不明白是怎么回事；因为，虽然只有我们两个人，我们却老觉得

① 狄更斯在他的《博兹特写集》里说，二童奔告区事务员，说亲见一家，烟囱着火。于是招来童子数人，共拖救火机前往，事务员则在机旁跑。到那家门前，事务员便在门上大敲，但半点钟之久，并无人理之。于是救火机在儿童高呼声中回去。但第二天，事务员却把那家倒霉的住户传到区上，叫他出法定的报酬。此处所说，就指这类情况而言。

地方小，挤得慌；但是同时地方却又很大，什么东西在这儿都可以像入了大海一样，迷失不见。我疑心，那是因为，除了吉卜的塔形狗窝而外，什么东西都没有个准地方，而吉卜的窝，则经常挡住了通行要路。在我请特莱得吃饭这一回，因为又是吉卜的塔形狗窝，又是吉他的盒子，又是朵萝画的花儿，又是我的写字台，他挤在这些东西的中间，我的的确确地怀疑过，不知道他是否还有活动的余地，能够运用他的刀和叉子。但是他却带着他所独有的那种柔和脾气严肃地说，“这简直地跟大洋一样，考坡菲！你相信我的话好啦，一点不错，跟大洋一样！”

还有一样事，我也希望能够做到：那就是，在吃饭的时候，吉卜顶好不要受鼓励，在铺着台布的饭桌上来回地走。即便它没习以为常，老把蹄子放到白盐和稀黄油里，我都开始认为它在桌子上，实在有点搅乱人。在这一次，它好像认为，所以让它到场，就分明是为了要叫它把特莱得逼得局促一隅，不得施展。它勇气勃勃、一个劲地朝着我这个老朋友狂吠，冲着他的盘子作短跑，因此可以说，席上没有别的谈笑，大家都只顾看它的了。

但是，我这位亲爱的朵萝有多心软，她对于她那个爱物受到任何轻蔑有多敏感，我是知道的，所以我一点也没敢透露出来反对的意思。由于同样的原因，我也没敢提，盘子怎样在地上冲突起来；也没敢提，盛作料的瓶子，怎样在桌上摆得不成样子，乱七八糟，好像喝醉了一样，也没敢提，特莱得怎么被放得不是地方的盘子和罐子，格外封锁得没法活动。我看着我面前放的蒸羊腿，还没动手切的时候，心里就不由得纳闷儿，怎么我们买的肉，会老是那样奇形怪状，是否我们照顾的那家肉铺，把世界上所有长得有毛病的羊全都归它包了：不过所有我这种种感想，我都一概存在心里。

“我爱，”我对朵萝说，“那个盘子里是什么东西啊？”

我想不出来，朵萝为什么把她的小脸蛋儿作出引诱我的样子来，好像要我吻她似的。

“那是海蛎子，亲爱的，”朵萝羞怯怯地说。

“那是你想到了要买的吗？”我听了大喜，问道。

主中馈

“不——不错，道对，”朵萝说。

“你这想的再没有那么周到的了！”我把切肉的刀和叉子都放下，喊着说，“因为没有别的东西特莱得更爱吃的了。”

“不——不错，道对，”朵萝说，“所以我就买了叫人顶可爱的一小桶。卖海蛎子的人说，这些海蛎子很好。不过我——我恐怕，这些海蛎子有点问题。它们好像不对劲。”朵萝说到这儿，直摇脑袋，同时眼里像钻石一样晶莹有光。

“这些海蛎子，都剖开了，不过两面壳还放一块就是了[①]，”我说。“你把上面那半拉壳拿下来就成啦。”

“不过上面那半拉壳可拿不下来，”朵萝一面使劲拿，一面露出很难过的样子来说。

“你明白吧，考坡菲，”特莱得很高兴地把那盘海蛎子仔细看了一下，说，“我认为，那是因为——海蛎子毫无问题都是顶好的[②]，不过我认为，壳拿不下来，是因为这些海蛎子压根儿就没剖开。”

不错，那些海蛎子是没剖开，我们又没有剖海蛎子的刀子——而且即便我们有刀子，我们也不会用，因此我们只好眼睛干瞅着海蛎子，嘴里大嚼着羊肉。至少我们做熟了多少，我们就吃了多少，最后找补了点腌刺山柑子苞儿。如果我允许特莱得的话，那我确实敢说，他一定非完全学野蛮人不可，把一整盘生肉都吃了，来表示他不辜负这一餐的盛意。不过，我却决不能让他那样一个朋友，作这样的牺牲。所以，我们没吃生肉，而只吃了一些咸肉，因为，侥幸得很，我们的肉橱里，恰好有冷咸肉。

我那可怜的娇小太太，原先害怕我对于这种情况会感到不快，觉得非常难过，但是后来看到，我并没感到不快，就又非常喜欢起来；因此我所忍受的不便，全都烟消雾散，我们过了一个极为欢乐的晚上。特莱

---

① 英国人吃牡蛎，生吃，因牡蛎不易剖开，有专开牡蛎的刀，且须会用：故买牡蛎时，须叫卖者代为剖开，然后再把两壳对在一块。现在是朵萝不懂，没叫卖者剖开。

② 牡蛎越新鲜越好，但也越难剖开。

得和我慢慢地喝着葡萄酒的时候，朵萝就把胳膊靠在我的椅子上，一遇到有机会，就在我的耳边上打着喳喳说，我是个好孩子，不心狠，不闹脾气。一会儿，她又给我们沏茶，她沏茶的仪态好看极了，好像她是用玩具娃娃的茶具忙忙地鼓捣一样，所以我就不顾得再计较茶究竟好喝不好喝了。跟着特莱得和我玩了一两场克利布牌；同时朵萝就弹着吉他唱歌儿；我当时听来，只觉得我们求爱和结婚，好像只是我做的一场甜蜜的梦，我头一次听她唱的那个晚上，仍旧还没过去。

特莱得告辞了，我把他送走了又回到起坐间了，那时候，我太太把她的椅子，紧紧放在我的椅子旁边，靠着我坐下。

“我很难过，”她说。“你想法教一教我，成不成，道对？”

“我得先教我自己才是，朵萝，”我说，“我也和你一样，什么都不懂啊，我爱。”

“啊！不过你可学得会呀；”她回答我说；“你是一个非常、非常聪明的人！”

“瞎说，你这个小耗子！”我说。

“我真愿意，”我太太停了很大的一会儿才接着说，“我能到乡下去，跟爱格妮一块住一整年！”

她把两只手卡在我的膀子上，把下颏靠在手上，用她那双碧波欲流的眼睛安安静静地看着我的眼睛。

“为什么要那样哪？”我问道。

“因为我认为，她可以教我，同时我认为，我可以跟她学啊，”朵萝说。

“这都不必忙，我的爱。你不要忘了，还得有好多年，爱格妮都必须照料她父亲哪。即便她还是个很小的小孩子的时候，她就是我们现在所知道的这个爱格妮了，”我说。

“我想出一种叫法来，要你叫我，你肯吧？”朵萝并没挪动，只接着问。

“你要我叫你什么哪？”我微笑着问她。

“那是一种傻叫法，”她一时摇晃着她的鬈发说，“我要你叫我孩子式的太太。”

我大笑着问我这位孩子式的太太，她怎么会想到要我这样叫她？她回答我的时候，身子并没挪动，只由于我用胳膊搂着她的腰，才使她那碧波欲流的眼睛靠我更近。她就以这种姿态回答我说：

“我并不是说，你这个傻孩子，你只这样叫我，不用再叫我朵萝啦。我只是说，你得把我看作是一个孩子式的太太。要是你要跟我闹脾气，那你就对自己说，‘她只不过是我的一个孩子式的太太罢了！’要是我叫你很不如意，那你就说，‘很早以前，我就知道了，她只能做一个孩子式的太太么！’要是你看我这个人，并不是我愿意的那样，而是我认为我永远也做不到的那样，那你就说，‘不过我这个孩子式的傻太太可很爱我呀！’因为我实在爱你么。”

我并没一本正经地对待她，因为，顶到那时候，我一点也不知道她自己是一本正经的。不过她既然生来就是那样软心肠，所以听到我现在从心窝子里掏出来的话，就不胜快活，因而眼里晶莹的泪还没干，就满脸现出一片笑容了。她一会就真成了我的孩子式的太太了；因为她坐在中国式房子旁边的地上，把小铃铛依次一一弄得发响，作为对吉卜刚才行为不合的惩罚；吉卜就卧在狗窝门口，把脑袋探在窝外，直眨巴眼，懒得你即便逗它，它都不爱理。

朵萝对我这番软语，给了我很深刻的印象。我现在又回忆到我所写的那个时光了，我使我轻怜痛惜的那个人天真烂漫的形体，从如雾如烟的朦胧旧日里重新出现了，叫它把它那温柔的脑袋，再一度对着我这面。我可以对这个形体说，我一直到现在，都把它当时那短短的几句话，记在心里，念念不忘。我也许没能把那几句话的作用，充分发挥，因为我那时候还很年轻，很没有经验，但是我对于它那番天真单纯的软语低嘱，却从来没充耳不闻。

过了不久，朵萝告诉我，说她要做一个了不起的管家婆。因此，她把写字牌擦光了，把铅笔削尖了，买了一本其大无比的账本，把吉卜撕散了的烹饪学书，用针和线一页一页地仔细订起来，拼命地作了一番小小的努力，“想要学好”，像她自己说的那样。但是字码旧日那种顽强脾气仍旧没改——它们加不到一块。她刚在账本上惨淡经营地记了两三笔账，吉卜就要摇着尾巴在账篇上走一遍，因而把记的账弄得一片墨痕模糊。她自己右手上那个小小的中指，也叫墨水渍透，一直渗到骨头里，我认为，这就是她这番努力所得到的惟一确定不移的结果。

有的时候，遇到晚上，我在家里工作——因为那时候我开始在文坛上挣得了一个不甚出名、小小作家的地位，正大量地写作——我往往把笔放下，看我那位孩子式的太太都怎样尽力想要学好。她首先把那本其大无比的账本搬出来，长叹一声，把它放在桌子上。跟着她翻到头天晚上吉卜把账弄得一片模糊的地方，把吉卜叫过来，教它看一看它都怎样淘气。这种情况会引她逗弄吉卜，而暂时把正经事抛开，使她用墨水涂吉卜的鼻子，作为惩罚。于是她叫吉卜马上在桌子上躺下，“像个狮子那样”——这是它会的玩意之一，虽然我不能说，它跟狮子，有特别相似之处——如果碰着吉卜高兴，那它就听话躺下。跟着她拿起一支笔，动手写起来，但是却又发现，笔上有一根毛。于是她拿起另一支笔，动手写起来，但是却发现，那支笔往四外溅墨水。于是她又拿起另一支笔，动手写起来，但是却要低声说，“哦，原来这是一支会说话的笔，那要搅扰道对的！”于是她认为这都是白费力气，干脆不写了，跟着把账本拿起来，先假装要用它把狮子压死，然后把它放在一边。

再不然，如果碰到她的心境非常安静，态度非常正经，她就要拿着写字牌和一小篮子账单和别的文件，坐了下去(那些账单和别的文件，看着什么都不像，只更像卷发纸)；她这样坐好了以后，就尽力想要把那些账算出个所以然来。她丝毫不苟把这笔账和那笔账比较，把它们登在写字牌上，又擦掉了，把她左手上的手指头都数遍了，顺着数一气，再倒着数一气；这样，她就非常烦躁起来，非常懊丧起来，看着那样不快活；我看到她这样脸上笼罩了一层抑郁之色——而且是由我而起——就非常难过，就轻轻地走到她跟前，说：

“怎么回事啊，朵萝？”

她于是就要带着毫无办法的样子抬起头来，回答我说，“这些账老算不对。把我闹得头都疼起来了。我要它们做什么，它们就是不做什么！”

那时候，我就要说啦，“现在咱们两个一块来好啦。我先做个样子你看看，朵萝。”

于是我就要按着实际，表演起来，朵萝就要聚精会神地看着，也许能看五分钟的工夫；跟着她就要觉得非常地疲倦，于是把我的头发摆弄，叫它鬈曲，或者把我的领子放下①，试一试我的脸在那种情况下是什么样子，好轻松一下。要是我暗中透露出来，说不要她这样儿戏，非要坚持下去不可，那她就要越来越不知所措，露出非常害怕、非常愁闷的样子来，于是我就想，我头一次误打误撞地和她相遇，她是怎样活泼天然，她现在怎样只不过是我的一个孩子式的太太罢了：这样一来，我就要沉痛自责，把铅笔放下去，把吉他请出来了。

有许多事要我去做，有许多事惹我焦虑，但是因为我想到了前面所说的那种情况，我就把这些事一概藏之于心，含隐不露。现在想起来，我这样做，究竟对不对，我不敢说一定怎么样，不过我当时却为我那位孩子式的太太起见，就那样做了。我现在搜索枯肠，要把我心里的秘密，凡是我知道的，毫无保留，一概笔之于书。我感觉到，我从前那种失去了点什么或者缺少了点什么的意识，仍旧在我心里，占一席之地，但是那种意识，却没弄到使我觉得我的生命满含辛酸的程度。天气晴朗，我独自出外散步，想到往日那些夏天，满空中都洋溢着使我的童心喜悦迷恋的东西，那时候，我的确感到，在我的梦想实现中缺少了一点什么。但是我想到这种情况的时候，我只把它看作是一种旧日的光辉，变得柔和轻淡，在现在的时光里，没有任何东西能使它像往日那样重现。有的时候，我也曾片刻之间，心里觉得，我本来也可以希望我的太太是我的参谋；有更坚强的性格和意志，来给我支持，来帮我前进；有一种力量，能把我身上不知哪儿空虚的地方填补起来：不过我想到这一点的时候却觉得，那仿佛只有我的幸福迥非人间所有，才能达到那种美满程度，在这个世界上，那是我永远不想做到的，也永远不能做到的。

---

① 当时领子上竖。

以年龄而论，我这个丈夫只是一个孩子。除了这几页书里所写的，我没有别的愁烦或者经验，磨炼熏陶，使我的心肠变软。如果我做了问心有愧的事(我想我可能做了许多这样的事)，那我做的时候，也只是由于用情不当，或者缺乏练达。我所写的都是事实，我现在想为自己开脱，也丝毫无济于事。

就这样，我把我们生命中的劳苦和繁难，独自承担，无人与共。说到我们尽力挣扎、勉强前奔地过日子的情况，我们仍旧跟从前差不多；不过我对那种情况也习惯了，朵萝也很少烦恼的时候了，这是我乐于看到的。她又跟她从前那样，像小孩似的嬉笑欢乐，千痛万惜地爱我，只要有旧日那些小玩意，就满心快活。

如果国会的辩论繁重——我说的是，由于篇幅长，不是由于质量高而繁重，因为关于质量，就很少是别的样子——我回去得晚，那朵萝就从来没有先睡下的时候，总是一听见我的脚步声，就一定跑下楼来迎我。有的时候，我在晚上，不用去做我那么苦用功夫才做得来的那种事，而在家里从事笔墨生涯，那她不管时候多么晚，都一定要静静地坐在我身旁，而且那样默不作声，因而常常使我以为她打盹睡去。不过一般说来，只要我抬起头来，我总是看到她那双碧波欲流的眼睛，安安静静、聚精会神地盯在我身上，像我已经说过的那样。

“哦，你这个小伙子，可累坏啦！”有一天晚上朵萝说，那时我正把我的写字桌关上了，把头抬起来看她。

“你这个小姑娘，可累坏啦！”我说，“这样说更恰当。下次你可一定得先去睡啦，我爱。天太晚了，你熬不了。”

“别，别打发我上床去睡！”朵萝请求说，同时靠到我身旁。“我求你别打发我去睡！”

“朵萝呀！”

她忽然趴在我的脖子上，呜咽起来，使我大吃一惊。

“是不是不舒服啦，我的亲爱的？是不是不快活啦？”

“不是！很舒服，很快活！”朵萝说。“不过你得叫我待在你身旁，看着你写东西。”

“凭那么明媚的一双眼睛，可深更半夜，看这种光景，真可惜了儿的了！”我回答她说。

“不过我这双眼睛真明媚吗？”朵萝大笑着回答我说。“我听到你说我的眼睛明媚，高兴极了。”

“那只是小小的虚荣罢了！”我说。

不过那却并不是虚荣；那只是她由于我的爱慕而生的一种喜悦，并没有坏处。这不用等到她说，我也很明白。

“要是你认为我的眼睛美，那你就得说，我可以永远待在你身边，看着你写东西！”朵萝说。“你当真认为我这双眼睛美吗？”

“非常地美。”

“那么，你永远让我待在你身边，看着你写东西好啦。”

“我恐怕，那不会叫你那双眼睛更明媚吧，朵萝？”

“会，会叫我的眼睛更明媚！因为，你这个机灵孩子，那样一来，那你脑子里默默地想象这个、想象那个的时候，你就不会把我忘了。我要是要说一句话，非常非常地傻——比平常说的都更傻，那你不会介意吧？”朵萝一面从我的肩头上面，探过头来，巴着眼往我脸上瞧，一面说。

“你又要说什么令人惊奇的话啦？”我说。

“我请你让我替你拿笔，成吗？”朵萝说。“在那许多点钟里面，你既然那样忙，那我也不要闲着才好。我替你拿笔[①]，可以吧？”

我对她说可以的时候，她的快活仪容那样妩媚，使我现在想起来，都为之泪盈目眶。从那一次以后，凡是我坐下写东西的时候，她都经常地坐在她的老地方上，身旁放着几支备用的笔。我看到：她能以这种方式帮着我写作，她就得意之极，我要用新笔的时候——我常常假装着需要新笔——她就快乐之极：我于是就想起一种新办法来，讨我这位孩子式的太太喜欢。我于是就有的时候，假装着我的稿子里有一两页需要誊清。那时候，就别提朵萝有多兴高采烈了。你看她为这番伟大的工

---

①那时所用的笔，还没有钢制的，而是鹅的翎毛，所以易坏，须常更换。

作做的那些准备；你看她系的那个围裙，从厨房里借来的那个围嘴儿。防备身上溅上墨水；你看她下的那些功夫；你看她作的那些无数次的停顿，为的好跟吉卜一块笑一气，仿佛吉卜完全也懂得似的；你看她抄完了，觉得不在末了签上自己的名字就不算工作完成那种信心；你看她跟小学生交卷似的把稿子送到我跟前的那种样子；最后，你看我一夸她，她就双手搂住了我的脖子那种情况：所有这一切，虽然别人看来，平常得很，但是我回忆起来，却不胜感动。

她抄完了稿子以后不久，就把一串钥匙，都放在一个小篮子里，挂在她的纤腰上，哗啦哗啦地满家蹀躞。这些钥匙所属的地方，我很少看到有锁着的，除了给吉卜当玩儿的东西而外，我也不知道它们有任何别的用处——但那却是朵萝所喜爱，而我也就因之而喜爱。她把这种装模作样从事家务，看作是当真管理家务，所以觉得非常满意。她那份高兴劲，就好像我们为了好玩儿，弄了一个玩具娃娃房子成天价照管一样。

我们就这样一天一天地过。朵萝疼我姨婆的劲儿，也不下于疼我。她常常告诉我姨婆，说她当年怎样说，她恐怕我姨婆是"一个爱闹脾气的老东西"。我从来没看见过我姨婆对任何别人，那样始终如一、诚心诚意迁就通融。她尽力对吉卜讨好，不过吉卜却从来没理过她。她日复一日，听朵萝弹吉他，虽然我可以说，她并不喜欢音乐；她从来没对那些无能的仆人发过脾气，虽然她憋着一肚子的气，永远想要发作。她只要看到朵萝喜欢什么小玩意，不论多远，都走着给她去买，她从园里进来，看到朵萝不在起坐间，就永远在楼梯下面，以充满全家的欢乐声音大喊：

"小花朵儿哪儿去了哪？"

第四十五章
预言竟验

我已经有相当久的时候，不到博士那儿去了。不过因为我跟他住在一个区上，所以时常看到他，还有两三次，我们大家一块到他家去吃过正餐或者茶点。现在老行伍常川驻扎在博士家里了。她仍旧跟从前一模一样；在她的帽子上翩翩舞动的，也还是那两个老不改样的蝴蝶。

玛克勒姆太太，也跟我一生中所认识的一些别的母亲一样，比起她女儿来，更远远地爱行乐追欢。她需要大量的娱乐来消遣岁月，并且，正像一个深沉老练的老行伍那样，实际是依从自己的爱好，而却装作是一心为了她女儿。这样一来，博士认为安妮应该得到消遣那种愿望，对于这位慈母的心意特别地合拍。她对于博士这种明哲老成，尽量地赞许。

实在说起来，我毫不怀疑，老行伍触着了博士的痛处而自己还不知道。本来她的意思也没有别的，只是虽然年事已过，而却风流犹存，任情放诞，净顾自己罢了：这种情况，跟年华正盛，其实也并非永远分不开；但是，我却认为，她这样强烈地夸博士对他太太那种减轻生命重担的想法，却使博士更加害怕，认为他使他那位年轻的太太受到拘束，他跟他太太之间，并没有于飞唱随之乐可言。

"我的亲爱的好人，"有一天我也在场，她对博士说，"我想，你也明白，要把安妮老关在这儿，毫无疑问，有点拘束得慌吧。"

博士只慈祥温蔼地点头。

"她要是到了她妈这样的年纪，"玛克勒姆太太把扇子一摆说，"那当然就不一样了。我只要有雅人跟我作伴，再有三场一胜牌[①]一打，那你把我关在监狱里都成，能不能再出来，我都不在乎。不过，我不说你也知道，我可并不是安妮，安妮也并不是她妈呀！"

"一点也不错，一点也不错，"博士说。

"你是所有的人里面最大的好人——我得请你原谅！"因为博士做了一种不赞成她这种说法的姿势，"我在你背后，经常说你是所有的人里面最大的好人，现在我在你面前，也一定要说你是最大的好人；不过你追求的，你爱好的，可当然不能和安妮的一样。那怎么能一样哪？"

---

①纸牌之一种玩法，打完三场然后算赢输，故名。

“不错，”博士用伤感的口气说。

“不错，当然不能一样，”老行伍回答说。“就拿你编的词典说吧。一部词典多么有用！多么需要！告诉我们词的意思！要是没有约翰孙博士[①]或者像他一类的人，那咱们这会儿，也许会叫‘意大利烙铁’[②]是‘床架子’啦。但是咱们可不能叫安妮对于词典——特别是对于一部还没编好的词典，发生兴趣呀。能吗？”

博士摇头。

“我对于你那样赞成，”玛克勒姆太太用合着的扇子轻轻地拍打着博士的肩头说，“就是因为你能体贴周到。那就表示你这个人，不像许多上了岁数的人那样，要人家少年老成。你是琢磨过安妮的性格的，你很了解她。这正是我认为你真正叫人可喜的地方。”

我当时想，即便斯特朗博士那种恬适、安静的脸上，受了她这种名为恭维的挖苦，都显出感到难过的意思来。

“因此，我的亲爱的博士，”老行伍把扇子亲爱地轻轻拍了他好几下，说，“不论哪个时候，不论什么钟点，我都听你的吩咐。现在，你可千万要明白，我是一切无不惟你之命是从的。我随时都可以陪着安妮，去听歌剧，去赴音乐会，去看展览：简单地说吧，到哪儿都成。你还是永远也不会看到我觉得厌倦。天地之间，我的博士，没有比尽职负责更重要的了！”

她还是说到哪儿就办到哪儿。她这种人，对于玩乐的事，多多益善；她为了玩乐，还永远持之以恒，从不退缩。她只要一看到报纸（她每天每日，都要在这所宅子里找一把最软和舒服的椅子，安稳落座，然后拿起报纸来，用单光眼镜看两个钟头），就很少找不到她认为安妮一定喜欢的玩意儿的。安妮不论怎么抗议，说她对于这类东西都腻烦了，也全是白费。她母亲老是这样劝诫她：“我说，我的亲爱的安妮，我敢保你不是不懂事的孩子；我得告诉你，我的爱，人家斯特朗博士可是一

---

① 英国18世纪文人，编有《英文词典》。

② 一种把花边烫成皱纹的烙铁。

片好心为你，你这样，岂不是完全辜负了人家一片好心啦吗？”

这个话平常总是在博士面前说的，而且，据我看，主要的都是这个话说得安妮不得已，把她反对的意见取消了，要是安妮表示反对的话。不过一般地说，她总是无可奈何地听她母亲的，老行伍要往哪儿去，她也就跟着她往哪儿去。

现在冒勒顿先生不常陪她们了。有的时候，她们请我姨婆和朵萝，跟她们一块去，我姨婆和朵萝就应邀奉陪。又有的时候，她们只请朵萝一个人去。本来有一个时期，我看到朵萝去了，心里还很有些嘀咕，不过我想到那天晚上在博士的书房里发生的那件事，我就不再像从前那样不放心了。我相信博士的话是不错的，所以就不往更坏的地方疑惑了。

我姨婆有时碰巧和我单独在一块，就摸着鼻子，对我说，她弄不清楚博士夫妇是怎么回事，她愿意他们更快活一些；她认为，我们这位武行的朋友（她老这样叫老行伍）一点也没把事态改善。我姨婆还更进一步表示意见说，“我们这位武行的朋友，要是把她那顶帽子上的蝴蝶铰下来，送给打扫烟囱的过五朔节[①]，那看起来就可以说，她这个人刚刚懂得点道理了。”

但是她却一直不变地完全把事情靠在狄克先生身上。她说，狄克显然心里有了主意了，只要一旦他能把那个主意圈笼到一个角落上——这是他很大的困难——不过要是一旦他能那样，那他就一定会一鸣惊人的。

狄克先生完全不知道我姨婆这种预言，他和斯特朗夫妇的关系，仍旧恰恰跟从前一样。他的地位，好像也没前进，也没后退。他好像在原来的基础上，像一座建筑一样固定下来，并且我得坦白地承认，我不信他还会移动，也就跟我不信一座建筑会移动一样。

但是，我婚后几个月，有一天，狄克先生把脑袋探进了起坐间（那时候我正一个人在那儿写东西，朵萝跟着我姨婆一块儿到那两个小鸟儿

---

①狄更斯的《博兹特写集》里《五朔节》中说到英国打扫烟囱的，在五月一号，彩衣装饰，跳舞作乐，衣上饰以金纸，帽上饰以假花，手执花球。

那儿吃茶点去了），含有深意地咳嗽了一声，说：

“特洛乌，我恐怕，你跟我一说话，就不能不妨碍工作吧？”

“决不会妨碍工作，狄克先生，”我说。“请进来好啦。”

“特洛乌，”狄克先生跟我握了手，然后把手指头放在鼻子的一边，说，“我要先说句话，才能坐下。你了解你姨婆吧？”

“稍微了解一些，”我答道。

“她是世界上顶了不起的女人，先生！”

这句话在狄克先生心里，好像箭在弦上似的，不得不发。他把这句话说完了，才带着比平常更严肃的态度落了座，往我这儿瞧。

“现在，孩子，”狄克先生说，“我要问你一个问题。”

“不管你有多少问题，尽管问好啦，”我说。

“你认为我是怎么样的一个人，先生？”狄克先生问，同时把两只胳膊一抱。

“你是我一个亲爱的老朋友啊，”我说。

“谢谢你，特洛乌，”狄克先生大笑着说，同时透出真正快乐的样子来，把手伸出和我握手。“不过，孩子，”他又恢复了他原先那种严肃的态度说，“我的意思是说，你认为，从这方面看，我是怎么样的一个人？”同时用手往他的脑袋上一按。

我一时茫然，不知所答，但是他又说了一句，帮了我一下。

“是不是不健全？”狄克先生说。

“呃，”我不得主意地答道，“倒也有些。”

“一点不错！”狄克先生喊着说，他听我那样一说，好像非常高兴似的。“我这是说，特洛乌，自从他们从那个什么人的脑袋里，把麻烦取出一些来，放在另一个人的脑袋里，你知道是谁的吧——自从那时候起，就有一种——”狄克先生说到这儿，把两只手一上一下互相绕着很快地转了好多好多次，跟着又把它们往一块猛然一碰，最后又使它们交互翻腾旋转，来表示混乱状态，“自从那时候起，不知怎么，这种状态就弄到我的脑袋里去了，呃？”

我冲着他点头，他也冲着我点头作答。

“简单地说吧，孩子，”狄克先生把声音放低了，打着喳喳说，“我是个头脑简单的人。”

我本来想要把他那个结论修改一下，但是他却拦住了我。

“不错，我是那样的人！你姨婆假装着，硬说我不是。她不听那一套，但是我可实在简单。我知道我简单。要是没有她挺身而出，来搭救我，那我这么些年以来，一定要叫他们关起来，那我的生活可就惨了。不过我都打算好了，要供她吃的穿的！我挣的抄稿费，我从来没花过一个。我把那些钱都放在一个箱子里了。我已经把遗嘱都写好了。我要把那些钱全都留给她。她一定要成个富人——要成个阔人！”

狄克先生掏出一块小手绢来，往眼睛上擦。跟着又把手绢很仔细地叠起来，放在两只手中间，用手把它压平了，然后才把它放到口袋里，放的时候，好像把我姨婆一同放进去了一样。

“现在，你是个念书的人，特洛乌，”狄克先生说。“你是个书念得很不错的人。博士的学问有多深奥，他那个人有多伟大，你是知道的。你也知道，他永远都是怎么看得起我。他有那样的学问知识，可一点都不骄傲。真是谦虚又谦虚。狄克这个人，本来是又简单又什么都不懂得的，他可连对可怜的狄克这样人，都一点不拿架子。我把风筝放起来，高入云雀中间的时候，曾用一张纸，把他的名字写在上面，顺着风筝的线，送上天了，风筝接到了他的名字都很高兴，先生，天上也因为有了他的名字，更晴朗了。”

我以极热烈的态度对他说，博士很应该受我们最大的景仰、无上的尊崇；狄克先生听了我这个话，非常地喜欢。

“他那位漂亮的太太，真跟一颗明星一样，”狄克先生说，“跟一颗在天上照耀的明星一样。我就见过她照耀来着；不过，”他说到这儿，把椅子往我这儿挪了一下，坐得靠我更近一些，同时把一只手放在我的膝盖上——“可有云雾笼罩，先生，可有云雾笼罩。”

我看到他脸上那种关切的神气，就在我脸上也表现出同样的神气来，作为回答，同时摇头。

“到底是因为什么哪？”狄克先生说。

他瞧我的时候，脸上带出来那样如有所求的神气，那样急于一知的样子，因此我回答他的时候，极尽小心，故意把话说得又慢又清楚，好像我是对一个小孩子讲解什么似的。

“他们中间，有了不幸的隔阂了，”我答道；“有了令人不快的裂痕了，有了不好对外人说的隐情了。那也许是因为他们的年龄相差太远。也许是几乎什么都不因为，就发展起来的。”

我每说一句，狄克先生就满腹心事地点一下脑袋，我说完了，他的脑袋也点完了，只坐在那儿琢磨，同时眼睛瞧着我的脸，手就放在我的膝上。

“不是博士生她的气吧，特洛乌？”他过了一会儿说。

“不是。博士一心一意，都在她身上。”

“这样一说，那我可看出门路来了，孩子！”狄克先生说。

他把手往我膝上一拍，把身子往椅子后面一靠，把眉毛往上一扬，能扬多高就扬多高；他这样忽然大喜，叫我看着，只觉得他比以前更神志不清了。但是他忽然一下变得正颜厉色，像原先那样，把身子向前探着说——未说之前，先从口袋里把小手绢恭恭敬敬地请了出来，好像手绢真正代表我姨婆那样：

“那个真是世界上顶了不起的女人，特洛乌，她怎么不出来，给他们排解排解哪？”

“这种事，太微妙了，深了浅了都不好，外人没法儿插手，”我答道。

“那个书念得很不错的人，”狄克先生用手指头把我一碰，说，“他为什么也不出来管一管哪？”

“也是因为太微妙了，深了浅了都不好办哪，”我答道。

“这么一说，我就看出门路来了，孩子！”狄克先生说。同时在我面前站了起来，比上一回乐得更厉害了，又不住地点头，又不住地捶胸；到后来，看见他的人也许要认为，他那样点头，那样捶胸，不弄得气尽力竭，就不能罢休。

“一个可怜的疯疯癫癫的家伙，”狄克先生说，“一个半憨子，一个精神不健全的傻子——就是你面前这个人，你知道！”同时又一捶胸，“可能做了不起的人都做不来的事。我要给他们两个往一块捏合捏合，孩子。我要试试看。他们不会怪我的。他们不会拗着我的。他们也不会拿我当回事的，就是我做错了，也不会。我不过是狄克先生罢了。谁会拿狄克当回事哪？狄克本来是人们看不在眼里的啊！噗！”他吹了一口气，表示轻蔑、鄙夷，好像这样一吹，他这个人就随气而去一样。

他把他的秘密透露到这个分寸，是很侥幸的，因为我们听到驿车在我们那个小栅栏门外面站住了，我姨婆和朵萝就坐那趟车回来的。

“你可一个字都不要露，孩子！”他打着喳喳接着说，“有什么错，都推到狄克一个人身上好啦——都推到简单的狄克——疯疯癫癫的狄克身上好啦。我有一些时候，先生，就一直地在那儿想，认为我快看出门路来了，我现在已经看出门路来了。我听你跟我那样一说，我敢保我确实看出门路来了。好啦！”

狄克先生对于这个问题，没再提一字，但是在跟着来的那半点钟里面，却把自己完全做成了一个信号传达器，死气白赖叫我绝对保守秘密，千万不要泄露，因而搅得我姨婆心里大起骚乱。

我虽然对于他的努力，很想一知究竟，但是在大约两三个星期里，却完全听不到任何消息，这使我大为诧异；因为我从他作的结论里，曾看到一线从前没有的好见识——我不说好心肠，因为他的心肠就没有不好的时候。到后来，我开始相信，他在那种恍惚不定的心情下，早已忘记了他都作过什么打算，再不就早已打断了他所有过的念头了。

有一天晚上，天气很好，朵萝懒得出门儿，我就跟我姨婆两个人，溜达到博士那所小住宅前面。那时正是秋天，晚间大气沉静，没有国会的辩论来搅闹骚扰。我还记得，我们脚下踏的黄叶，闻着非常像我们在布伦得屯庭园里的那样，我们耳边叹息而过的风声，也好像把抑郁无欢的旧日重新带来。

我们来到那所小房儿前面，已经暮色苍茫了。斯特朗太太正从庭园里走开，不过狄克先生还在那儿逗留，拿着刀忙忙碌碌地帮着园丁削几根木桩的尖儿。博士正跟什么人在书房里接洽事务；不过斯特朗太太对我们说，那人马上就走，请我们等一下，见见博士。我们同她一块进了客厅，在越来越暗的窗前落座。像我们这样的老朋友和老街坊，串门子的时候从来不拘形迹。

我们在那儿坐了还不到几分钟，只见玛克勒姆太太，忙忙叨叨地（她老是放下耙拿扫帚，没事也要找点事）拿着报纸走了进来，上气不接下气地说，“可了不得了，安妮，书房里有客人，你为什么没告诉我哪？”

“我的亲爱的妈妈，”安妮安安静静地答道，“我哪儿知道，你想要听这个消息哪？”

“听这个消息！”玛克勒姆太太一屁股在沙发上坐了下去说，“我活了这么大，从来没像这回，吓这么一大跳！”

“那么，你到书房去过了，妈妈？”安妮问。

“到书房去过，我的亲爱的！”她加重语气答道。“一点不错，我到书房去过！那位慈祥的大好人正在那儿立遗嘱哪，可叫我一头撞上了；特洛乌小姐和大卫，你们可以想得出来，我当时的心情是什么样子。”

她女儿急忙从窗户那儿回过头来看她。

“我的安妮，他正在那儿，”玛克勒姆太太又重了一句说，同时把报纸好像桌布那样，摊在膝上，用手拍打，“立最后的遗嘱哪！这位着人疼的好人，打算得多么远，心肠多么好。你们别嫌我嘴碎，我非跟你们说一说都是怎么回事不可。一定得跟你们说一说，才能不辜负那个着人疼的——因为他实实在在、的的确确是着人疼的么。也许你也知道，特洛乌小姐，在这一家里，不到人家使劲看报、把眼珠子都当真从眼眶子努出来了，是永远也不点蜡的。在这一家里，除了书房里那把椅子以外，再就没有别的可以叫人坐着用我说的那种看法看报的。因为这样，我看到书房里有亮光，可就往那儿奔去。我把门开开了，往里一看，只见跟博士在一块的，还有两个专门家，显然是法律界的人物；他们三个，都站在桌子前面，那个着人疼的博士手里还拿着笔。只听博士说，‘那么，这只表示’——安妮，我的爱，你可要一个字一个字地都留神听着——‘那么，这只表示，绅士们，我对斯特朗太太完全信赖，同时把我所有的一切，无条件地全留给她，是不是？’那两位专门家里有一位说，‘不错，是把你所有的一切，无条件地都留给她。’我一听这个话，我那当妈的为儿女的心肠就自然而发，只叫了一声‘哎哟我的老天，很对不起！’不觉在门槛上摔倒了，跟着我爬起来，从后面有食具间的过道那儿出来了。”

斯特朗太太把窗户开开了，走到外面的平台上，靠着一个柱子站住了。

“不过，你说，特洛乌小姐，你说，大卫，”玛克勒姆太太一面机械地用眼看着她女儿，一面嘴里说，“看到斯特朗博士这把子年纪，可还有这么大的心力办这样的事，这叫人怎么能不鼓舞？这只说明，我当年的看法绝对不错。当年斯特朗博士赏脸，亲自来拜访我，到我们门上求亲，要娶安妮；那时我对安妮说，‘我的孩子，关于丰衣足食这一层，我认为丝毫没有疑问，斯特朗博士决不能只做到他答应的条件就算了。’”

她说到这儿，铃儿响了起来，于是我们听到客人往外走去的脚步声。

“这毫无疑问，是手续全办完了，”老行伍侧耳细听以后说。“这是这位着人疼的已经签了字，按了印，正式交割了[①]。他这回心上可一块石头落了地了。那也本是应该的！凭他那样好心，还不该叫他舒畅舒畅！安妮，我的乖乖，我要拿着报到书房里去啦，因为我要是不看报，就好像没有着落似的。特洛乌小姐，大卫，请你们都跟我一块到书房里去好啦。”

我们跟着老行伍一块往书房里去的时候，我只意识到，狄克先生站在屋子的暗处，正把刀子合起来；还意识到我姨婆一路直使劲摸鼻子，

---

①这是指立契据而言。这种契据，须签字、按印、交割，手续方全。按印，即用火漆按上立契人手印，粘于契上。交割，即无条件将契据交付执行人或律师。

聊以表示，我们这位武行的朋友实在叫她难以忍受。但是，究竟谁先进的书房，玛克勒姆太太怎么一下就安安稳稳地在她那把安乐椅上坐下了，我姨婆和我两个人怎么会走到门口就停步不前了（除非我姨婆的眼睛比我的眼睛还尖，一下就看出风头来，把我揪住了），这种种情况，我当时却没意识到，即便意识到，现在也忘了。但是我却知道，博士没看见我们，我们就看见博士了；他坐在他的桌子前面，四围都是他心爱的那些对开本大书，安安静静地用手扶着脑袋；还知道，就在那一眨眼的工夫里，我们看到斯特朗太太轻轻悄悄地走了进来，面色苍白，全身发抖；还知道，狄克先生用一只手扶着斯特朗太太，把另一只手往博士的肩头一放，因而引得博士抬起头来，茫然四顾；还知道，博士抬头的时候，他太太就在他脚下，单膝跪下，两手作求告的样子高高举起，两眼用那种永远令我不忘的看法，盯着博士的脸；还知道，玛克勒姆太太一见这种光景，报纸落地，两眼直瞪，那种样子，我想不起别的东西来比方，只有要在拟名“惊异”号的船上安的船头像，可以仿佛一二。

博士一般的态度和诧异的神气里所含的温柔，他太太恳求的姿势里所含的庄严，狄克先生的关切里所含的慈祥，我姨婆说“谁说那个人疯癫！”那句话里所含的诚恳（她非常得意地表示了她都从什么样的苦难中把那个人救出来了）——所有这种种景象，我现在写起来，都是我面前目睹耳闻的，而不只是想象记忆的。

“博士！”狄克先生说。“问题到底在哪儿哪？你往这儿瞧好啦！”

“安妮！”博士喊道。“你何用趴在我脚底下哪，我的亲爱的！”

“用！”她说。“我还要请所有的人，求所有的人，都别走开！哦，你这又是我的丈夫、又是我的父亲的啊，咱们两个不言不语，有这么长的时期，今儿可得开口了。咱们中间到底有什么隔阂，今儿可得说明白了！”

玛克勒姆太太这时候不但一颗心已经又回到腔子里了，并且还好像叫家门的荣辱之念，做母亲的羞耻之感，一齐填满了胸臆，所以大声喊道，“安妮，你快起来，快别这样自卑自贱，把所有跟你有关系的人，都带累了，都寒碜了！你这不是存心要叫我马上就发疯吗！”

预言竟验

“妈妈！”安妮回答她说，“请你不必跟我白废话啦，因为我要跟我丈夫呼求，所以，即便是你在这儿，都当不了什么事。”

“当不了什么事！”玛克勒姆太太喊道。“我，当不了什么事！这孩子一定是痰迷心窍了！请你们快快给我拿杯凉水来吧！”

我当时只顾聚精会神地看着博士和他太太了，可就没顾得理会玛克勒姆太太这种请求，别的人也都没有理会她的，因此她只好又捯气，又翻白眼，又扇扇子。

“安妮！”博士温柔地用两手把着他太太说。“我的亲爱的！如果时光推移，给你我夫妻之间带来了任何不可避免的变化，那决不能埋怨你。有什么问题，都是我的错处，都是我一个人的错处。我对你的疼惜、爱慕、尊敬，完全没有改变。我只是想要叫你快活。我只是真心爱你，真心敬你。我求你，安妮，快快起来！”

但是她并没起来。她看了他一会儿的工夫，跪着往他那面凑了一凑，把胳膊横着放在他的膝上，把头趴在自己的胳膊上，说：

“如果我这儿有任何朋友，对于这件事，能为我自己说一句话，或者为我丈夫说一句话；如果我这儿有任何朋友，能把我心里暗中时常有的那种疑虑，明明白白地点破了；如果我这儿有任何敬重我丈夫的或者关心我自己的朋友，知道任何——不管什么——对于给我们调处有帮助的情况——那我现在求那位朋友开一开金口。”

一时之间只有一片深沉的静默。我痛苦地犹豫了好几分钟，才打破了沉寂。

“斯特朗太太，”我说，“有一种情况，我倒是知道，不过斯特朗博士可恳切地求过我，叫我严守秘密，我也顶到今儿晚上，一直地严守秘密。但是我相信；现在时候已经到了，要是再严守秘密，就是误解什么是坚决守信，什么是深浅得当了；我听了你刚才的呼吁，认为博士对我的谆谆嘱咐，已经没有遵守的必要了。”

她有一会儿的工夫，把脸转到我这一面，我从她脸上的神气里看，知道我这一番话说得不错。如果这种神气里的表现，还不能令我十分相信我确有把握，那这种神气里对我恳求的样子，也决不能叫我置之不理。

“我们将来的平静和谐，”她说，“也许就在你的掌握之中。我完全相信，我们要有幸福的将来，就得看你是否要一个字都不隐瞒。你没开口我就知道，凡是你要对我说的，或者不管谁要对我说的，都不能是别的意见，都只能是异口同声地说我丈夫品质高尚。你要说的话里面，凡是关系到我的，不管是什么，你都尽管说出来好啦，千万不要为我顾虑。我等你们都说完了，我再在他面前，在上帝面前，替我自己表白。”

我经她这样恳切地一呼求，没得博士的允许，也没作任何的掩藏和文饰，只稍微变通了一下乌利亚·希坡那种粗鄙的说法，便老老实实地把那天晚上这个屋子里发生的情况，和盘托出。在我说这番话的时候，玛克勒姆太太自始至终，都瞪目直视，还偶尔插上一两声尖厉刺耳的喊叫：那种光景，真是我没法形容的。

我说完了的时候，安妮有几分钟的工夫，仍旧像我原先说的那样，把头低垂，不作一声。过了那几分钟，她才握住了博士的手（博士一直跟我们刚进屋子的时候那样坐在那儿），先把它往自己的心窝里一挤，然后吻了一下。狄克先生于是轻轻地把她拉了起来，她开口说话的时候，就靠着狄克先生站在那儿。眼睛往下面盯着她丈夫，一直没挪开。

“自从我结婚以来，我心里都有什么想法，”她温柔、驯伏地低声说，“我现在要在你面前，一概都说出来。我现在既然知道了我所知道的事了，那我即便有半句话憋在心里，也都不能再活下去。”

“不用说啦，安妮，”博士温蔼地说，“我向来就没疑惑过你，我的孩子。这是不必要的，实在是不必要的，我的亲爱的。”

“非常地必要，”她仍旧像先前那样说；“在你这样一个宽宏大量、忠厚诚实的人面前，在你这样一个我一年一年，一天一天，像上帝知道的那样，越来越尊敬、越来越爱重的人面前，我开诚布公把我心里的话都说出来，非常地必要。”

“一点不错，”玛克勒姆太太插嘴说，“我只要多少有点心眼儿——”

（“你这个成事不足、坏事有余的家伙，你会有什么心眼儿？”我姨婆气愤愤地打着喳喳说。）

“——那你们就得让我说，谈这些细节，没有必要。”

“除了我丈夫，妈妈，别人都没有资格说，谈这些细节有没有必要，”安妮说，眼睛仍旧盯在博士的脸上，“再说，我丈夫又愿意听我说。要是我说的话里面，有你听起来要觉得痛苦的，妈妈，那我请你原谅我好啦。我自己首先就受过痛苦了，时常地，长期地受过痛苦了。”

“真个的！”玛克勒姆太太倒抽了一口气说。

“我当年还很小的时候，”安妮说，“还完全是一个小孩子的时候，我学到的那点知识，不论哪一方面，都是跟一个有耐性的朋友和老师分不开的——那就是先父的朋友——我所永远敬爱的。只要我一想起我懂的那些事来，我就不能不想起他来。我心里最早的时候所有的那些宝贵的东西，都是他教给我的，他还在这些东西上面都印上了他自己的品格。我想，这些东西，如果我是从别的人那儿学来的，那它们对于我，永远也不能那样好。”

“这样一说，她是一点也没把她妈看在眼里的了！”玛克勒姆太太喊道。

“不是那样，妈妈，”安妮说，“我这不过是按着实在的情况来看待他就是了。我不得不这样看待他。我长大了以后，他在我心里，仍旧占着跟我还小那时候一样的地位。我因为他对我关心，觉得很得意：我用疼爱之心、感激之情，深切地依恋他。我对他那样景仰，我都几乎没法形容——我把他看得像个父亲，看作是个导师，认为他夸我的话，不同于任何别的人的；认为如果世界上的人没有一个不叫我怀疑的，他可能够叫我信任，叫我依赖。妈妈，你突然一下把他当作我的情人对我提出来，那时候，我还多么年轻，多么缺乏经验，你是知道的。”

“那番话，我对在座的这些人，说了不止五十遍了！”玛克勒姆太太说。

（“那样的话，你就该看着上帝的面子，快快闭上嘴，别再提这个岔儿啦！”我姨婆嘟囔着说。）

“这个变化太大了：我刚听你一说，觉得我所失去的太大了，”安妮说，仍旧没改变先前的口气和态度，“因此心里乱麻一样，直乱腾、直难过。我那时还只是一个小姑娘哪；我多年以来景仰的那个人的身分，可会一下有这样大的改变，我现在想来，我当时是很惆怅的。但是有了这一节，可不论什么，都不能叫他再恢复从前的样子了；同时，我又认为，他居然能那样看得起我，觉得很得意：这样我们就结了婚了。”

“你们是在坎特伯雷的圣阿勒菲治教堂结的婚，”玛克勒姆太太说。

（“这个娘儿们真该死！”我姨婆说。“她就是不肯闭着那张嘴。”）

“我从来没想过，”安妮脸生红潮，接着往下说，“我丈夫是不是会给我什么家私财产。像我那样年轻的人，只知道敬重我丈夫，心里没有余地去想这一类不值一顾的身外之物。妈妈，我可得请你原谅，因为我得说，有一个人，让我头一次想起来会有人残酷无情，疑心我那样想过，因而使我自己蒙了不白之冤，使我丈夫蒙了不白之冤，而那个人，可原来就是你。”

“我！”玛克勒姆太太喊道。

（“啊！一点不错是你！”我姨婆说，“你扇扇子也不能把这个罪过扇没了，我的武行的朋友！”）

“这就是我结婚以后，头一样感到的不快活，”安妮说。“这就是我一切不快活的时光里，头一样引起烦恼的原因。我这种不快活的时光，新近越来越多了，我都数不过来了；但是，那可并不是——我的雍容大度的丈夫啊——那可并不是由于你想的那种原因；因为没有任何力量，能把我所想的一切、记的一切、希望的一切，和你这个人分开。”

她把两眼抬起，把两手交握，那种样子，我认为，看着跟任何仙子一般美丽、一般真诚。博士从那时以后，一直目不转睛地瞧着她，也跟她目不转睛地瞧着博士一样。

“妈妈从来没有，”她接着说，“为她自己求过你：这一点她是无可非议的；我也敢保，不论哪一方面，她的用意都是无可非议的——但是我可看到了，有多少回不适当的要求，都打着我的旗号，对你迫不及待地提出；有多少回，你都叫人打着我的旗号，不顾利害地利用；我可看到了，你都怎么慷慨，对你的幸福永远关心的维克菲先生又怎么厌恶：我看到这种光景以后，我才头一回想到，原来有人会以小人之心来疑惑我，说我的爱情是拿了钱买的，是为了钱卖的，而世界上这么些人里面，可偏偏是卖给你的——这种想法使我感到，好像无缘无故受了耻辱一样，并且还硬叫你跟着我一块儿受。这种想法老叫我害怕，老压在我的心头。我在那种情况下，心里是什么滋味，我没有法子能对你说得出来，妈妈也没有法子能自己想得出来；但是我在我的灵魂深处可又知道，我结婚那一天，就是我一生里，不论爱情，也不论光荣，都达到最高峰的时候！”

“一个人为了关心全家，可落到了这样一种感恩知德的下场，这可真不辜负她那番苦心！我恨不得我是个土耳其人才好！”

（“我也一心恨不得你是个土耳其人——而且还别离开你的本乡本土！”我姨婆说。）

“我感到这种情况最厉害的时候，也就是妈妈替我表哥冒勒顿先生求情最急切的时候。我从前曾喜欢过他”——她说到这儿，口气极为柔和，但是态度却毫不犹豫——“很喜欢过他。我们有一度是青梅竹马，两小无猜。如果情况不是发生的那样，那我弄来弄去，也许可以认为真正爱他，和他结了婚，因而弄得苦恼万分了。夫妻之间，最大的悬殊，莫过于性情不合，目的不同。”

即便我聚精会神地听她往下说的时候，都不由得琢磨起这句话的意味来，好像这句话含有特别的兴趣，或者说，含有我还没能参得透的特殊意义。“夫妻之间，最大的悬殊，莫过于性情不合，目的不同，”——“莫过于性情不合，目的不同。”

“我们两个之间，”安妮说，“没有任何共同之点。我早就看出来了，我们没有任何共同之点。我对我丈夫要感谢的本来很多，但是假设我不必感谢他别的，只感谢他一点就够了，那我应该感谢他的是：我在心性还没受过磨炼，刚要误任一时兴之所至的时候，他把我救了。”

她非常镇定地站在博士面前，说话的口气那种诚恳，使我为之悚然震动，然而她的声音，却完全跟先前一样地平静。

“有一个时期，他净等你对他施恩扶持，你也就为我起见，慷慨地对他施恩扶持；我就由于形势所趋，不得不披着件势利之徒的外衣，心里非常不快活；那时候，我只曾想过，他要是能自己谋求上进的道路，那于他就更体面一些。我只曾想过，我要是他，那我就要想法自己谋求上进的道路，几乎不论什么艰苦，都在所不计。顶到他往印度去的那天晚上，我一直地没往再坏的地方想他。但是到了那天晚上，我才知道，他这个人，原来全无心肝，忘恩负义。那时候我才看出来，维克菲先生所以老那样盯着我，是别有用意的。那时候我才头一次明白，原来我背了一口黑锅，身上罩了一层使人疑心的黑影。”

“疑心，安妮！”博士说，“没有的话，决没有的话！”

“我知道，我的丈夫，你是没有疑心的，”她答道。“那天晚上，我来到你跟前，本来想要把我无端受到的耻辱和感到的悲伤，在你面前和盘托出；我知道，我得告诉你，说我自己的亲戚，由于我，受了你那样的大恩，却会就在你自己家里，说了一些绝对不应该出口的话；即便我是他认为的那种没骨气、图财势的女人，也绝不应该出口——那时候，我本来想要那样说：但是事到临头，那些话本身所含的肮脏，可使我犯起恶心来；因此，我想要说的话，已经来到嘴边上了，又咽回去了；从那个时候以后，一直到现在，那番话从来没出过我的口。”

玛克勒姆太太，短促地哼了一声，往安乐椅后面一靠，用扇子把自己遮起来，好像永远也不想再露面似的。

“从那个时候以后，除了在你面前，我从来没再跟他过过话；即便在你面前跟他过话，那也只是为了免得还要对你像现在这样，解释一番。他那一回从我这方面明白了他在这儿的地位以后，过了好几年了。你为他的前途，先暗中帮了那么些忙，然后才透露给我，为的是好叫我来一个惊喜交集，这些帮助，你可以相信，都只不过是使我受的这种苦恼更加甚，使我背的这个秘密包袱更加沉重。”

她轻轻地在博士脚下又跪了下去，虽然博士曾尽力拦阻，不要她跪；同时，满眼含泪，抬头看着博士的脸说：

“你先不要跟我说什么！你先让我再说几句好啦！对也好，不对也好，反正如果我得把这件事再做一次，那我想，我一定要一点不差，照着现在这个样子做的。我由于咱们多年的师友之感，夫妻之情，对你忠心，而同时可又看到，居然有人会那样全无心肝，竟认为我这番真心是拿钱买的；同时又看到，我身边周围的一切，都好像证明那种看法不错似的：我想到这种情况，心里是什么样子，你永远也没法知道。我很年轻，又没有人给我指点。对于所有关系到你那一方面的事情，我妈和我的看法，中间存在着很大的距离。我所以不言不语，把我受的侮辱掩盖起来，那只是因为我把你的名誉看得很重，同时想要你把我的名誉也看得很重！”

“安妮，你这颗纯洁的心！”博士说，“你这个令人疼爱的女孩子！”

“你再让我说几句，再让我多少说几句好啦！我时常想过，认为你可以娶的女人本来有很多很多，都不会带累你，叫你受这样的诬蔑，受这样的烦恼，都能够把你这个家管理得更像个家。我时常想过，认为我要是永远做你的学生，永远做你的孩子，那就更好了。我时常想过，认为我对于你那样的学问和知识，太不相称了。如果在我想要告诉你那番话的时候，我因为这种种情况，缩回去了(像我实际上那样)，那也是因为我把你的名誉看得很重，并且希望有一天，你也能把我的名誉看得很重。”

“那样的一天，在所有这段很长的时期里，一直地在上面照临，安妮，”博士说，“那样的一天，只能有一个漫漫的长夜，我的亲爱的。”

“我还有一句话！我知道了那个人——受你那样大恩的那个人——那样毫不足取以后，本来想要——坚决地想要，打定了主意想要——烦恼自知，把沉重完全一个人担当起来。现在我最后再说一句，你这个所有的朋友里最亲爱、最要好的朋友！你近来的改变，我以极大的痛苦和忧愁看着的改变——有的时候，和我已往所怕的联系起来的改变——在别的时候，和近于事实、永存于心的揣测联系起来的改变——究竟为什么，今儿晚上完全弄明白了。同时，我还由于偶然而知道了，你即便在我错误地没吐真情的时候，都怎样完全宽宏大量地满心相信我决无它意。我并不希望我用来报答你的任何爱和职份，能抵得过你对我那样贵重的信赖；但是我既然知道了我现在所知道的了，那我就能抬起头来，看着这个叫人疼爱的脸，看着这个我拿着作父亲一样尊敬、作丈夫一样疼爱、在童年时期作朋友一样视为神圣的脸，庄严地宣布说，我即便稍微动一动念头的时候，都绝没想过对不起你的事，都绝没动摇过对你应有的爱情和忠诚。”

她用两臂抱着博士的脖子，博士就把头弯着俯在她头上，于是他的苍苍白发和她的深棕鬈发，混在一起。

“哦，你要把我紧紧地搂在你的心头，我的丈夫啊！你要永远也别把我捐弃了！你不要说，也不要想，我们两个之间有任何悬殊。因为除了我有许多许多缺点而外，根本没有任何悬殊。一年跟一年，我对于这一点了解得越来越清楚，也就像我对于你越来越敬重一样。哦，你要紧紧地把我搂在你的心头，我的丈夫啊，因为我的爱是用磐石作基础的①，是能历久不变的！”

在跟着来的那一片静默中，我姨婆毫不匆忙、庄重严肃地走到狄克先生面前，使劲把他一抱，吧地一声给了他一吻。她这番举动，为保持狄克先生的名誉起见，非常及时。因为，我认为毫无疑问，我看到他那一刹那之间，正要来一个金鸡独立，认为那样才足以表示他的快活。

“你真是一个了不起的人，狄克！”我姨婆尽情赞赏地说，“你再也不要假装作是任何别的情况了，因为我是很了解你的！”

我姨婆这样说完了，暗中把我的袖子揪了一下，冲着我点了点头，跟着我们三个就轻轻悄悄地走出了屋子，离开了那儿。

---

①《新约·马太福音》第 7 章第 25 节，聪明人把房子盖在磐石上，雨淋、风吹、水冲，房子总不倒塌，因为它是用磐石作基础的。

“不管怎么说，这一下子可把咱们那位武行的朋友给交代了，”我姨婆在回家的路上说。“要是没有什么别的事叫我高兴，那我听了这一番话，也要睡得更香些的！”

“我恐怕，她真是止不住要难过吧，”狄克先生大发慈悲地说。

“什么！你多会儿见过鳄鱼会止不住要难过来着？”我姨婆问。

“我不记得，我多会儿曾看见过鳄鱼，”狄克先生柔和驯顺地说。

“要不是因为有这个老东西，”我姨婆用强调的语气说，“那就永远也不会有这些麻烦的。我只愿有些当妈的，在她们的女儿出了嫁以后，别再那么死气白赖管她们的女儿，别再那么疯了似的疼她们的女儿。那些当妈的好像认为，她们把个倒霉的年轻女人弄到这个世界上来了——哎哟老天爷，好像那个年轻女人自己要求到这个世界上来，自己愿意到这个世界上来似的——我说，那些当妈的好像认为，她们把个倒霉的年轻女人弄到这个世界上来了，那报答她们这番劬劳的，只有给她们完全的自由，让她们把那个年轻的女人搅得离开了这个世界，才算完事！你正在那儿想什么哪，特洛？”

我正在那儿想刚才所听到的一切。我心里仍旧正在那儿琢磨我刚才听说过的这几句话：“夫妻之间，最大的悬殊，莫过于性情不合，目的不同；”“心性还没受过磨炼，刚要误任一时兴之所至；”“我的爱是用磐石作基础的。”不过那时候我们已经到了家了；我们脚下正踏着落叶，我们耳边正刮着秋风。

第四十六章

消息传来

如果只凭我记得不准的日子来说，那就一定是我结了婚以后一年左右，有一天晚上，我从史朵夫老太太的宅子前面经过；那时候，我正一个人散步回来，在路上琢磨我手头写着的书——因为随着我不间断地努力，我的成绩也不间断地增长，那时候我正写我头一部长篇小说。我从前在那一带住的时候，也常常从她的宅子前面经过，虽然只要我能找到另外的路，我就决不从那儿走。但是，有的时候，事有不巧，找另外的路，不绕老大的弯儿就不成；因此，我从那儿经过的时候，总的说来，次数颇多。

遇到我从那所房子前面经过的时候，我总是快走几步，从来没向房子看过两眼。那儿不论多会儿，都永远一律地暗淡、沉闷。上好的屋子，都没有临着街道的；它那种窗身窄狭、窗棂粗笨的老式窗户，向来不论在任何情况下，都没有过敞亮爽朗的时候，现在窗户老是紧紧地闭着，窗帘子也永远严严地遮着，更显得凄凉惨淡。宅里有一个廊子，横着穿过一个地面铺砌的小院子，却通到一个向来没人走的门那儿；还有一个开在楼梯侧面的圆窗户，虽然因为只有它没窗帘子挡着，跟其余的窗户一概相反，但是却也同样地看着茫然一片，阒无人居的神气。在这所房子的全部，我不记得曾看见哪儿有过亮光。要是我只是一个偶然从它旁边路过的生人，那我大概准要认为：这所房子的主人，一定是生前无儿无女，死后陈尸室内。假如我幸而不知道这所房子是怎么回事，而只时常看到它那种永不改样的情况，那我敢说：我一定要就这所房子随心所欲地胡乱揣测，因而奇思妙想层出不穷。

但是实情既然并非如此，我就尽力少去想它。不过我的脑子，却不能像我的身子那样，可以从它旁边走过，把它撂在后面；我的脑子平常总是叫它惹得万念丛生，百感交集。特别是我说的那天晚上，它又在我面前出现的时候，它让我想起童年的种种光景和后来的种种梦想；让我看到半未成形的希望，像憧憧的鬼魂；朦胧察觉、微茫意识的失望，像残破的影子；让我想到于我当时工作有关，盘踞在我心头的创作方法——经验想象，糅合为一：因此它引起我的感触，远远过于平时。我一面往前走着，一面想得都出了神儿了，忽然在我旁边，有人叫了我一声，才把我从冥想中惊醒。

喊我的还是个女人。我抬头一看，不用费多大的事就想起来了，那原来是在起坐间伺候史朵夫老太太的女仆，从前老在帽子上戴着蓝色花结。现在她把那种花结去掉了，而只戴了一两个惨淡、素净的棕色花结了；我想，那是为了适应这一家改变了的情况吧。

“先生，劳你的驾，请你进来一下，成不成？达特小姐有话要跟你说。”

“是达特小姐打发你来叫我的吗？”我问道。

“今儿晚上并没打发我叫你，先生，不过那也跟今儿晚上打发的一样。原来达特小姐头一两天晚上看见你来着；她就叫我坐在楼梯旁边的窗户里面，一面做着活，一面瞅着你，看到你再从我们这儿过，就请你进来，跟她说几句话。”

我转身回头，那个女仆在前面带路，我跟着她走的时候，问她史朵夫老太太的身体怎么样。她说，他们老太太身体不大好，大部分的时间都在她自己的屋子里待着，不大出门儿。

我们来到了那所住宅以后，女仆告诉我，叫我上花园去找达特小姐，就自己走开了，我于是只好向达特小姐自行引见。原来园里有一个像平台的地方，可以俯视全城，平台的一头有一个座位，达特小姐正坐在那儿。那天晚上，到处暮色沉沉，只天空里有一点森然的亮光；我看到一片景物，在远处昏昏惨惨地出现，中间有高大的建筑星星点点地在森然的亮光中耸起，我就心里想，我脑子里所记得的这个泼辣女人，有这样的远景作伴侣，并不能算不合适。

她看到我向她走去，站起来一下，算是迎接我。那时候，我只见，她比我上一次看到她的时候，脸上更苍白了，身子更瘦削了，闪烁的眼光更发亮了，锤子打的伤疤更明显了。

我们见了面，并没有亲热的意思。我们上次分手的时候，本来都是怒气不息的；她现在还带一种鄙夷不屑的神气，她毫丝都没想加以掩饰。

“我听说，达特小姐，你有话要跟我说？”我开口道，那时我站在离她不远的地方，用手扶着椅子背；她用手一指，请我坐下，我谢绝了。

“你要是肯的话，我就跟你谈一谈，”她说。“我请问，那个女人找着了没有？”

“没有。”

“然而她可跑掉了！”

她瞅着我的时候，我看到她的嘴唇颤动，好像急于要开口大骂那个女人一通似的。

“跑掉了？”

“不错，从他那儿跑掉了，”她说，同时大笑了一声。“要是她这阵儿还没找到，那就也许永远也找不到啦。那也许是她死啦！”

我往她那儿瞧的时候，她对我表现的那种洋洋得意的残酷样子，是我从来没看见任何人脸上有过的。

“愿意她死，”我说，“也许就是和她同属女性的人对她所能表现的最大慈悲。我看到你在时光的影响下，心肠变得这样软了，极为高兴，达特小姐。”

她没肯屈尊纡贵对我这句话作答，而只又冲着我鄙夷地一笑，说道：

“这位无可再好、受欺太甚的年轻女士所有的朋友，也就是你的朋友。你老替他们逞英雄，给他们伸冤屈。你要不要知道一下我们对于这位女士已经知道了的情况？”

“要，”我说。

她脸上带着一种令人不耐的笑容，朝着一个离得不远、冬青做成的围篱（那个围篱把草坪和菜园隔断），走了几步，然后用较高的声音喊道：“这儿来！”——好像是唤一个不洁净的动物[①]那样。

“你在这儿，当然可以暂时忍一忍，不露出仗义的心肠或者报仇的念头来的了，考坡菲先生？”她回过头来，脸上依旧带着原先的神气，冲着我说。

我不懂她这是什么意思，只把头微微一低；于是她又喊了一声，“这儿来！”跟着回到原处；只见随着她前来的，是那位体面的利提摩先生；他以仍旧不减昔日的体面，朝着我鞠了一躬，随即在她身后站

① 《旧约 · 利未记》第 11 章及《申命记》第 14 章，列举不洁净的动物。

定。达特小姐在我们两个人中间，斜着身子坐着，往我这儿瞧：姿势那样狠毒，神气那样得意；但是说也奇怪，狠毒之中，却不无女儿之态，吸引人之力：真当得起是传说中的残酷公主①。

"现在，"她连一眼都没瞧他，只把旧日的疤痕——那一瞬之间也许跳动起来的疤痕，带着痛快而非痛苦的神气一按，威仪俨然地吩咐："把跑掉的情况对考坡菲先生说一说。"

"詹姆士先生和我自己，小姐——"

"不要冲着我说！"她把眉头一皱，打断了他的话头说。

"詹姆士先生和我自己，先生——"

"也请你不要冲着我说，"我说。

利提摩先生一点也没露出错乱之意，只微微一鞠躬，意思是说，不论什么，凡是于我们顶可心的，于他也就顶可心，又从头儿说起：

"詹姆士先生和我自己，自从那个年轻的女人在詹姆士先生的保护之下离开了亚摩斯那一天起，就跟她一块去到了外国。我们逛过许多地方，到过许多国家。我们到过法国、瑞士、意大利——实在说起来，几乎是各国都走遍了。"

他的眼睛盯在椅子背上，好像他就冲着椅子背发话似的，还用手轻轻地抚弄着椅子背，好像弹一个无声钢琴的琴键一样。

"詹姆士先生非常非常喜欢那个年轻的女人；他的心情，有相当长的时期，非常地安定，自从我伺候他那一天起，我向来没看见他那样安定过。那个年轻的女人也真是堪以造就。她学会了说外国话。你看不出来她就是从前那个乡下孩子了。我注意到，我们不论到什么地方，她都很受到称赞。"

达特小姐把手往腰上一放。我看到利提摩偷偷地瞧了她一眼，暗中微微一笑。

"那个年轻的女人，实在是到处都很受到称赞。又有衣服那么一打

①古希腊传说，米狄亚公主，爱捷孙，助之取得金羊毛，与同逃至希腊，生二子。后以捷孙别有所恋，米狄亚杀其二子以报。

扮；又在空气里和太阳底下那么一显露，又有大家那么一捧场；又是这个，又是那个；这样一来，她的优点可就的确引得人们没有不注意的了。”

他说到这儿稍微停顿了一下。她的眼睛，就在远方的景物上乱转乱瞧，她的牙就咬着下唇，免得一张嘴乱颤乱动。

利提摩先生把两手都从椅子背上挪开，用一只握着另一只，把全身都支在一条腿上站好了，然后两眼下视，体面的脑袋稍微往前探着，同时稍微往一边歪着，接着说道：

“那个年轻的女人，在这种情况下，一直过了一个时期，只偶然有的时候，精神萎靡不振；过了那个时期，她就老也不能把精神打起来，把脾气压下去了：这样可就弄得詹姆士先生对她厌倦起来了。一切可就不那么舒适了。詹姆士先生自己也不安定起来。他越不安定，她也越不高兴，越爱闹脾气。我自己哪，我得说，夹在他们两个中间，的确左右为难，很不好处。不过，情况仍旧还可以这儿弥缝弥缝，那儿修补修补；弥缝了又弥缝，修补了又修补，总算维持了很久；我敢说，无论谁都没想到会维持那么久。”

达特小姐把眼光从远处收回，仍旧用先前的神气，又看了我一眼。利提摩先生用手遮着嘴，体面地咳嗽了一声，清理清理了嗓子，把全身换了另一条腿支着，接着说道：

“他们后来，总而言之，常常吵，常常闹。这样一来，詹姆士先生有一天早晨，可就拿起腿来扬长而去了。我们那时候住在那不勒斯附近一所别墅里(因为那个年轻的女人很喜欢海)。詹姆士先生离开那儿的时候，明面上说，一两天就回来，实在可暗中交派了我，叫我捅明了，说为各方面都能相安无事起见，他这一去”——他说到这儿，又咳嗽了一声——“是不再回来的了。不过，我一定得说，詹姆士先生做事，的确十分光明磊落；因为，他出了个主意，叫这个年轻的女人跟一个极为体面的男人结婚；这个极为体面的男人，对于过去的事，可以完全不计较；按照常理讲起来，他又至少赶得上那个年轻的女人想要嫁给的不论什么人，因为她的出身并不高么。”

他又把腿换了一下，把嘴唇舔湿了。我深信不疑，这个坏蛋说的一定是他自已；同时我看到，我这种深信不疑，在达特小姐脸上也反映了出来。

“这个话也是詹姆士先生交派给我，叫我捅明了的。我只要能给詹姆士先生择鱼头，那不论叫我做什么，我都肯效劳。再说，他老太太那样疼他，为了他受了那样的罪，我要是能叫他们母子和好起来，那也不论叫我做什么，我都肯效劳。因此我就把詹姆士先生交派给我的事承担起来了。我把詹姆士先生一去不回这个消息对那个年轻的女人捅明了的时候，她一下晕过去了；等她还醒过来以后，她那股子泼辣劲儿，可真是谁都想不到的。她一下疯了，非动武把她看住了不可。要不然的话，她就要抹脖子，跳海；要是她摸不着刀，够不到海，她就把脑袋往大理石地上撞。”

达特小姐把身子往后靠在椅子上，脸上现出一片得意之色，好像把这个家伙所说的一字一句，都搂在怀里抚弄珍惜一样。

“我要把主人交派给我的第二件事捅明了的时候，”利提摩先生一面很不得劲儿地直搓手，一面说，“那个年轻的女人可露出本相来了——其实那种安排，不论谁都得说是用意很好的。但是那个女人听了以后那种凶法，我可从来没见过。她的行为，真想不到会那样坏。她跟块木头或者石头一样，不知道什么叫恩德，什么叫感情，什么叫忍耐，什么叫道理。我要是事先没有防备，那我认为一点不错，我这条命非送在她手里不可。”

“我因为她能这样，还更敬重她哪，”我愤怒地说。

利提摩先生只把脑袋一低，好像是说，“是吗，先生？不过你还嫩着哪！”跟着又说下去。

“简单地说吧，有一阵儿，凡是她能用来伤害自己或者别人的东西，不管什么，一律都得从她身边拿开。还得把她紧紧地关在一个屋子里。尽管这样，她还是夜里跑出去了；有一个窗户，经我亲手钉死了，她可把那个窗户的窗棂使劲弄开了，顺着墙上的藤萝溜到地上了。从那时以后，据我晓得的，再就永远也没看见她的踪影，也没听见她的消息。”

“她也许死啦，”达特小姐说，同时微微一笑，好像那个身败名裂的女孩子，就在她面前尸体横陈，她用脚踢它一样。

“她也许投了海了，小姐，”利提摩说；他这回可抓住了能冲着一个人说话的借口了。“八成儿是投了海了。不过，那些渔户，再不就是渔户的老婆和孩子，也许会帮她忙。她本来跟下等人在一块待惯了，所以她在海滩上，达特小姐，老坐在这种人的船旁边，跟他们说话。詹姆士先生往别处去的时候，我曾看到她一整天一整天地跟这种人在一块混。她告诉那些渔户的孩子，说她也是渔家的女儿；她在本国，很早以前，也跟他们一样，老在海滩上逛荡。这个话有一次叫詹姆士先生知道了，惹得他很不高兴。”

哦，爱弥丽啊！你这个薄命的美人啊！我眼前不觉出现了一幅画面：只见她坐在远方异国的海滩上，身边围的是跟她自己天真烂漫那时候一样的孩子，耳边听的，一面是孩子们的细小语音，假使她做了穷人的太太，可以叫她是妈的那种细小的语音，一面是大海洪壮的澎湃，好像老在那儿喊：“永远不再！”

“到后来，我清清楚楚地看到，没有什么办法了，达特小姐——”

“我不是告诉过你，不要你冲着我说吗？”达特小姐态度严厉、表示鄙夷说。

“对不起，小姐，刚才你不是冲着我说来着吗？”他答道。“不过服从是我的本分。”

“那你就尽你的本分，”她回答他说，“快把话说完了，走开好啦。”

“后来我清清楚楚地看到，”他一面鞠了一躬，表示服从，一面带出无限的体面神气接着说，“她是找不着的了，我就到詹姆士先生跟我订的那个通信的地方，见了詹姆士先生，把事情的经过，都对他报告了。结果，他一言，我一语，我们两个拌起嘴来。弄得我认为，为了维持我的人格起见，我非离开他不可。我在詹姆士先生手里，本来什么都可以忍受的，我一向也就都忍受的。但是那一回他可把我欺负得太苦了。他伤了我的心了。因为我知道他和他母亲中间，不幸有了别扭，又知道她心里非常焦虑，我就大胆回了国，对她报告了——”

“那是我给他钱，他才报告的，”达特小姐对我说。

“一点不错，小姐——把我知道的情况，都对她报告了。除了我说的，”利提摩先生想了一会儿说，“别的我就不知道了。我这阵儿失了业了，很想能就个体面的事由。”

达特小姐往我这面瞧了一眼，意思好像是说，她想知道一下，我是否还有什么要问的。我当时脑子里恰好想起一样事来，所以我就对她说：

“我想要从这个——东西这儿，”我怎么也不能从我嘴里说出更好听一些的字样来，“知道一下，她家里写给她的一封信，还是他们截住了，还是他认为她收到了。”

他仍旧像先前那样镇定、静默，把眼光盯在地上，把右手的五个指头尖轻巧地跟左手的五个指头尖对起来。

达特小姐鄙夷地把脸转到他那一面。

“对不起，小姐，”他正出着神儿，忽然醒过来说。“我在你跟前，不管怎么俯首帖耳都行，但是我可也有我的身分，尽管只是一个底下人。考坡菲先生可不能，小姐，跟你一样。要是考坡菲先生想要从我这儿打听消息，那恕我大胆，我得提醒考坡菲先生，他可以好好地把问题提出来呀。我也有我的人格得维护啊。”

我忍了一下，好容易才转到他那一面，对他说，“你已经听到我的问题了。你要是不觉得委屈得慌，那你就把那个问题算作是对你提出来的吧。你要怎么回答哪？”

“先生，”他答道，同时把十个指尖很轻巧地有时对起，有时拆开。“我的回答得有个分寸；因为，把詹姆士先生的机密对他母亲泄露，跟对先生你泄露，完全是两码事。我只能说，我认为，凡是能惹起不高兴或者增加不愉快的信，詹姆士先生大概都不会叫她多收的；不过除了这个话，再有什么别的，先生，我可就只能避而不谈了。”

“你要问的就是这个吗？”达特小姐对我追问道。

我表示我没有别的要问的了。“只有一点，”我看到他要走开的时候，补了一句说，“那就是，在这件坏事里，这个东西都干了些什么，我是知道的；再说，我又是要把这些情况都告诉她从小儿就给她做父亲那个忠厚老实人的：所以，我想提醒这个家伙一下，公共的场所，他顶好少去。”

他在我开口的时候就站住了，带着他平素那种安静态度听。“谢谢你这份好意啦，先生。不过，我得请你原谅，先生；因为我得说，咱们这个国家里，既没有当奴隶的，也没有使唤奴隶的，更不许人们私自动凶，报仇解恨。要是他们敢那样，那我相信，他们那不是给别人招灾，而是给自己惹祸。这样一说，我想到哪儿去，我就可以到哪儿去，先生，一点也用不着害怕。”

他说完了，很客气地对我鞠了一躬，又对达特小姐鞠了一躬，从冬青围篱中间开的一个月亮门那儿走了；他原先就是从那儿来的。达特小姐和我默默地互相看了一会儿；她的态度，仍旧跟她把这个人招呼出来的时候，完全一样。

“他还说过，”她慢慢地把嘴一撇说，“据他听说，他主人正沿着西班牙海岸跑船玩儿；在那儿玩够了，还要到别的地方，去过他那份儿漂洋过海的瘾：一直到玩腻了的时候为止。不过你对于这个不会感兴趣的。在他们母子这两个骄傲的人中间，裂痕比原先更深了，很少有能再合起来的希望；因为他们两个，实质上是一样的人；时光让他们变得越来越固执，越来越高傲。不过，这也是你不感兴趣的。但是这可引起我要说的话来。你把她看成天使的这个魔鬼，我这是说，他从海滩上的烂泥里捡起来的这块烂货，”她说的时候，她那双黑眼珠一直盯在我身上，她的食指还激昂地伸着，“也许还活着——因为我知道，这种到处都是的贱东西，可难咽那口气儿啦。要是她果真还活着，那你们一定是想要把这样一颗无价的明珠赶紧地找到、好好地看着的了。我们也想要那样；怕的是他万一第二次落到她手里，上她两回当。顶到这种分寸，咱们的利害，是双方一致的；并且也就是因为这一节，我才把你招呼了来，叫你听一听你刚才听到的那些话，其实对于那样一个下三烂的贱货，我想要叫她知道疼，本来什么招儿都使得出来。”

我看到她脸上的神气，就知道我身后一定有人来了。那原来是史朵夫老太太。她把手伸给我的时候，神气比以前更冷淡了，态度比以前更威严了；但是我却看出来，样子里仍旧带出她还记得我曾对她儿子爱慕过；而且这种记得，是不可磨灭的——这使我很感动。她这个人大大地改了样了。她那挺直的腰板，现在远远不如从前那样直了；她那端正齐整的脸上，现在皱纹很深了；她的头发几乎全白了。但是她在座位上坐下去的时候，仍旧是一位端正齐整的女人；她那双明亮的眼睛，带着高傲的神气，也是我很熟悉的；因为在我上学的年月里，连我做梦都看到那双眼睛给我指路。

“萝莎，所有的情况都告诉了考坡菲先生啦吗？”

“都告诉啦。”

“是利提摩亲口对他说的吗？”

“不错，我把你为什么想要叫他知道一下那些话的意思，也对他说了。”

“你真是个好孩子。先生，我跟你从前这个朋友，也曾通过不多的几回信，”她对我说，“但是那可并没能够叫他回心转意，对我尽孝道，或者说尽天职。因此，我对这件事，除了萝莎说的以外，并没有任何别的目的。要是有办法，能叫你带到这儿来的那个体面人心里坦然（我只替那个人很难过——此外我没有别的可说），能叫我儿子不至于再落到存心算计他的那个冤家的圈套里，可就好了！”

她把腰板直起，坐在那儿，两眼一直前视，往远方前视。

“老太太，”我恭恭敬敬地说，“我明白你的意思。我敢跟你说，我决不至于把你这个话里的用意，加以歪曲的解释。但是我既然从小孩子的时候起，就跟这家受害的人认识，那我可必得说，即便对你也必得说：要是你认为，这个深遭酷遇的女孩子，并不是受了昧心灭性的欺骗，并不是宁肯死一百个死也不肯再从你儿子手里接一杯白水，那你的看法，就大错而特错了。”

“得啦吧，萝莎！得啦吧！”史朵夫老太太看到萝莎要插言，说，“这没有关系。你就不用管啦。我听说，先生，你结了婚了？”

我回答她说，我结了婚有些日子了。

“现在混得挺不错？我这儿关着门过日子，听不到什么消息。不过可有人告诉我，说你正慢慢地出了名了。”

“我这不过是侥幸，”我说，“还有人提起我的名字来，谬加称赏。”

“你母亲去世了？”——她这是用温柔的声音说的。

“不错。”

“这真可惜了儿的了，”她答道。“她要是还活着，那她该多得意。再见吧！”

她仍旧威仪俨然、毫不假借地把手伸给了我，我握住那只手的时候，它极为稳定，好像她心里也很平静似的。当时的情况仿佛是：她那种骄傲，都能使她脉搏静止，都能使她用平静的面幕把脸遮起；她就在这种面幕后面坐着，两眼向远方直视。

我顺着平台离开她们的时候，我不由得要注意到：她们两个坐在那儿，都是目不转睛地一直盯着远方的景物；在那片景物上，暮色越来越浓，把她们四面笼罩。几处点得早一些的灯火，星星点点地在远处的城市里闪烁明灭。东方的天空里，惨淡的亮光仍旧流连留恋。但是，在介乎这儿和城市之间那一大片广阔的低谷里，像大海一样的云雾，却几乎遮拥遍了各处；这片云雾，和暮色混合，看着仿佛洪水汇聚，要把她们包围起来。这片光景，是我永远不忘的，是我想起来就起一种敬畏之心的，那本是很应该的；因为，我又往她们两个那儿瞧去的时候，只见一片风涛汹涌的大海，已经翻滚到她们的脚下了。

我把我听到的消息琢磨过了以后，认为应该通知坡勾提先生。第二天晚上，我就到伦敦市区去找他。他抱着非找到他外甥女儿不可的惟一目的，永远到处游荡；不过在伦敦比在别的地方时候更多。现在，我一次又一次看到他深更半夜，在街上走过，往那些天到那般时候还在街上游荡的少数人中间，寻找他害怕找到的那个人。

他在亨格弗市场①一家小杂货铺的楼上，租了一个寓所：那是我以前已经说过不止一次的；那也是他去寻访他所疼爱的孩子第一次出发的地方。我现在就朝着那个地方走去。我到了那儿，跟铺子里的人一打听，铺子里的人说，他还没出门儿，我可以在楼上他的屋子里找到他。

他正坐在窗前，读什么东西；他还在窗台上摆了几盆花儿。屋子里非常洁净整齐。我一眼就看出来，他老是把屋子收拾好了，准备迎接她回来；同时，他每次出去，总是认为能找到她而把她带回来的。我敲门的时候，他没听见，等到我把手放在他的膀子上，他才把头抬了起来。

“卫少爷！谢谢你，少爷！你肯劳步来看我，我真感激你！请坐。你来，我欢迎极了，少爷！”

“坡勾提先生，”我说，一面在他端过来的椅子上坐下，“你可不要期望得太大了。我倒是听到了一点消息。”

“爱弥丽的消息？”

他把眼盯在我身上的时候，他的手哆嗦着往嘴上一抹，他的脸一下白起来。

“从这个消息里，还不能知道她在什么地方，不过她可不跟他在一块了。”

他聚精会神地看着我坐了下去，屏声敛气地听我告诉他一切的经过。他慢慢地把眼光从我身上移开，用手支着前额，两目下视，坐在那儿：那时候，他那副坚忍沉静的脸上，给了我一种尊严之感，甚至于美丽之感，让我直到现在还记得很清楚。我说的时候，他未插一言，而只自始至终静坐细听。他好像从我的话里，都看到她的形体，逐字逐句，从头到尾，连贯而过，而对于任何别的形体，好像一概视同无物，听其自去。

我说完了，他用手遮着脸，仍旧不出一声。我于是有一会儿的工夫，往窗外瞭望，把花儿摆弄。

“你对于这件事，都觉得可以有什么看法，卫少爷？”他后来到底

① 后来改建为查令十字架车站。

开口问我道。

“我认为，她仍旧还活着，”我回答他说。

“这我可不敢说一定。也许那头一下来得太猛了，她那没受惯拘束的脾气又——！她又时常说到那片蓝色的大海。她这么些年老琢磨那片大海，是不是因为那就是她要送命的地方哪？”

他一面琢磨，一面惊惶地低声说，还在屋里走了一个来回。

“不过话又说回来啦，”他又接着说，“卫少爷，我可又十分敢保，说她一定还活着——我不论睡着，还是醒着，我都认为，我一定能找得着她——给我打气，叫我前去的，都是我这种想法；所以，我决不相信，说我想的会没有那么回事。不会！爱弥丽一定还活着！”

他把手坚决地往桌子上一放，在他那风吹日晒的脸上做出坚决的表示。

“我的外甥女儿，爱弥丽，一定还活着，少爷！”他毫不含糊地说。“我不知道，这是从哪儿来的，也不知道这是怎么来的，但是可有告诉我的，说她还活着！”

他说这句话的时候，他的神气几乎是一个受到神灵启示的人那样。我等了几分钟的工夫，好让他把全副注意力都集中到我身上；然后才对他讲应当采取的稳妥办法；那是我昨天夜里想到了的。

“现在，我的亲爱的朋友——”我开口说。

“谢谢你，谢谢你，好心眼儿的少爷，”他说，同时用两只手握住了我的手。

“要是她万一取道来到伦敦——这是很可能的，因为她想要隐姓埋名，哪儿还有比这个大城市更方便的哪？再说，她要是不肯回家，那她除了隐姓埋名，藏身人海，还能有别的想法吗？”

“她不会回家，”他插了一句说，同时悲伤地摇晃他的脑袋。“要是她离家的时候，是自己情愿的，那她也许会回家；但是照她离家的实在情况看，她可不会，少爷。”

“要是她万一来到这儿，”我说，“那我相信，这儿有一个人，比世界上任何别的人，都更有找到她的可能。你还记得——你要拿出坚忍不拔的精神来听我说——你要想着你的伟大目标！——你还记得玛莎吧？”

“我们镇上那个玛莎？”

我一看他的脸，就不言而喻了，用不着别的回答。

“你知道她在伦敦吧？”

“我在街上碰见过她，”他打了一个冷战，回答我说。

“不过你可不知道，爱弥丽还没从家里出走以前好久，就用汉的钱周济过她。你也不知道，那天晚上咱们碰见了在街那面那个屋子里谈话的时候，她在门外面偷着听来着。”

“卫少爷！”他吃了一惊说。“就是下大雪那天晚上吗？”

“不错，正是。那天晚上以后，我可再没见着她；我和你分了手，本来回去想要找她谈谈来着，但是她可没有踪影了。那时候，我不愿意对你提起她来；现在也不愿意。不过她可就是我说的那个人，并且我认为，我们应该跟她接上线儿。你明白我的意思吧？”

“太明白了，少爷，”他答道。我们那时候已经把声音放低了，几乎等于打喳喳了；我们就用那种声音继续谈下去。

“你说你碰见过她。你想，你能找到她不能？我自己只能凭巧劲儿，才能碰见她。”

“我认为，卫少爷，我知道到哪儿去找她。”

“现在天已经黑了。咱们既然到了一块了，那咱们今儿晚上就一块出去，找找她看，怎么样？”

他同意我的提议，准备同我一块去。我看到他小心在意地把那个小屋子归置了一下，把蜡烛和点蜡的东西都放妥当了，把床铺整理好了；最后在一个抽屉里，从叠得整整齐齐的好几件衣服里取出一件来（我记得，我看见她穿过这一件），连同一顶帽子，都放在一把椅子上：他做这些事的时候，好像出于习惯，都不知道自己做了些什么似的。他对于这些衣帽，并没提一字，我也没提。毫无疑问，这些衣帽，在那儿一夜又一夜，等了她好多好多日子了。

“从前有过一阵儿，卫少爷，”我们下楼的时候，他对我说，“我把这个女孩子，玛莎，几乎看得比我这个爱弥丽脚底下的泥还不如。这阵儿可不一样了，上帝可别见我的怪！”

我们一块往前走着的时候，我问他汉的情况：一部分为的是找话跟他谈，一部分也为的是我很想知道知道。他几乎跟上一次的说法相同，说汉还是跟从前一模一样，“拼命使劲干活，简直地一点也不顾自己的身体；从来没说过半句抱怨话，每个人都喜欢他。”

我问他，汉对于造成他们这种不幸的祸首是什么心情？他是不是认为会闹出事来？比方说，汉要是跟史朵夫碰见了，那他认为汉要干什么？

“我说不上来，少爷，”他答道，“这种情况我想过多少次了，可是不论怎么，老也想不出个所以然来。”

我提醒他，叫他想一想她离开家的第二天早晨，我们三个人都在海滩上的光景。“你还记得吧，”我说，“他看远处的海，他脸上那种不顾一切的样子，还谈到‘归结’的话？”

“一点不错，记得！”他说。

“你想，他那是什么意思？”

“卫少爷，”他答道，“这个问题，我问过自己不知道有多少遍了，可永远没得到答案。还有一种奇怪的情况哪——那就是：他的脾气尽管那么好，但是按着那种脾气，要把他心里的意思弄个明白，我可老觉得不放心。他跟我说话，向来是能怎么尽小辈的礼数就怎么尽的，这阵儿他更不会用别的样子了；但是他心里到底有什么想法，可并不是浅水一湾，一看就能到底。那儿深得很，少爷，我看不到它的底儿。”

“你这话不错，”我说，“我也因为这个，有时很不放心。”

“我也是一样，卫少爷，”他答道。“我实对你说吧，我对于他那样不言不语，比起对于他那样不顾死活，更不放心；不过这两种情况，都是他这个人改变了以后才有的。我固然不知道，他会不会不管三七二十一，一概动起武来，不过我可但愿他们别碰到一块。”

我们这时候已经穿过了庙栏①，来到城圈了。我们这阵儿不谈话了，他在我旁边走着，就把全副精神都集中在他这种耿耿忠心，惟一追求的目标上面，一直往前，默不作声，耳不旁听，目不旁视，心无旁贷；因此，即便在一大群人中间走动，也只是旁若无人，踽踽独行。我们走到离黑衣僧桥不远的地方，他把头一转，往大街对面一个踽踽独行的女人倏忽而过的身形指去。我一下就看出来，那正是我们所要寻找的那个人。

我们穿过大街，朝着她紧紧追去；那时候我一下想起来，如果我们离开人群，在一个更僻静的地方，没有什么人看见我们，跟她交谈，那我们这个迷途的女孩子，也许能更引起她那种妇女的关切。因此我就跟我的同伴提议，先不要跟她搭话，只跟在她后面。我这种想法，还有一段原因：原来我有一种出于本能的欲望，想知道一下，她要往哪儿去。

他同意我这种提议，于是我们就在离她远一点的地方，跟在她后面；一方面眼睛永远不离开她，另一方面却又身子永远不想离她太近；因为她那时候常往四外瞧。她有一次站住了，听乐队奏乐。那时候我们也站住了。

她往前走了很远。我们也仍旧往前跟去。从她走的方向看来，她显然是朝着一定的目的地去的。这种情况，加上她仍旧没离开人群闹攘的大街，再加上，我想，这样鬼鬼祟祟、潜踪隐迹，跟在一个人后面，有一种特殊的魔力，所以我就坚持我最初的办法。到后来，她到底转到一条沉闷、昏暗的街上了，到了那儿，市声和人群一概抛在后面了；我于是说，“咱们这阵儿可以跟她搭话了，跟着我们就加快脚步，追上前去。”

第四十七章
玛　莎

我们这会儿来到了威斯敏斯特区了。只见她迎头朝着我们走来，所

---

①伦敦旧城城门之一，为夫利特街和河滨街的分界。

以我们转身跟在她后面；她走到了威斯敏斯特教堂那儿，转到背静的地方，把通衢上的灯光和市声都撂在后边。她从那两溜潮水一般一来一往过桥的行人中间脱身而出以后，走得很快，因此，她拐了弯，就把我们撂得很远；顶到这会儿，我们到了河边上一条靠着米勒班街的窄街，才追上了她。那时候，她从街这边穿过了街那边，好像听到了身后的脚步那样近，想要躲开似的。她并没回头，只比先前更快地往前走去。

有一个昏暗的门道，里面有几辆大车，停在那儿过夜；从这个门道那儿，我瞥见了河，因而把脚步放慢。我并没言语，只碰了我的同伴一下；因此我们两个并没跟着她也穿过街去，只在街的对面儿看着她，尽力悄悄冥冥地在房子的暗处前进，同时尽力离她很近。

那时候，和现在我写这书的时候一样，那条地势低下的大街一头上，有一个倒塌了的小木头房子，从前大概是渡口船夫住的地方，现在久已作废了。它的地位，恰好在大街尽处，而接着一边是房子、一边是河的大路。她刚一来到这儿，看见了河，就立刻站住了，好像达到了目的地那样。跟着就顺着河边慢慢往前走去，眼睛聚精会神地注视着河。

顶到这儿，一路之上，我都认为她是要往什么人家去的；说实在的，我还曾恍恍惚惚地有过一种妄想，希望那个人家，也许会跟那个迷途的女孩子，不定怎么，有些关系。但是我从门道那儿模模糊糊地瞥见了大河的时候，我就出于本能地知道，她是不会再往前走的了。

那一带地方，在那个时期里，是一片荒芜，满目凄凉；到了夜间，它那种使人感到沉闷、偏僻、寂寥的光景，可以跟伦敦任何同样的地方都比一气。一条冷清空旷的大路，和壁垒森严的监狱为邻，既没有码头，又没有屋舍。一道污水停蓄的明沟，把烂泥淤到监狱的墙下。附近一带就是一片沮洳之地，上面野草丛芜，茁壮茂盛，蔓衍四布。其中的一处，上面立着几所房子的骨架子，动工的时候，没碰到好日子，盖着的时候，半路就停工，现在都在那儿慢慢烂掉。其中的另一处，就地上满是锅炉、轮子、曲轴、管子、风火炉、橹、锚、潜水器、风磨帆，还有我也叫不出名字来的奇怪玩意，都像些长了锈的铁怪物一样，压在那儿；这都是从前一个投机倒把的积累起来的，现在都匍匐土中，一下雨，地一湿，它们本身的重量就使它们下沉——所以有一部分埋在土里，好像要把自己隐藏起来而却又没能做到那样。河边上各式各样红光外射的工厂，发出叮当刺耳之声，闪耀刺目之光，在夜里把一切一切都搅扰了，只有从它们那些烟囱里冒出来的烟，凝重浓沉，连续不断，不受影响。许多地黏土湿的空地和埂路在老朽的木桩①中间蜿蜒，穿过黏土、烂泥，一直通到潮水落潮所达到的地方。木桩上面还附着一种令人恶心的东西，好像绿色的头发一样；还有去年的招贴，上面写着悬赏寻找淹死者的尸体，在高潮线上的风中扑打。据人家传说，当年大疫②的时候，掩埋死人掘的土坑之一，就在这一块地方左右；因此从那儿发出来的疫疠之气，仍旧好像布满了这一带的各处。再不然，就是这个地方，由于污浊的河流，泛滥溢出，看着仿佛慢慢腐朽下去，变得像现在这样一场噩梦的光景。

现在我们跟着的这个女孩子，就忽忽悠悠地来到河边，身子站在一片夜景之中，眼睛盯在一片河水之上，神气孤独而凄凉，好像她就是河水所冲积的淤泥污壤的一部分，撂在那儿，叫她糜烂腐朽。

在河滩的污泥里，有几条小船和平底船搁浅，我们就用这些船遮身，所以才能离她只几码远而却没为她所见。我于是跟坡勾提先生打手势，叫他站在那儿别动，只我自己从船的暗处走出，上前去跟她搭话。我往她那儿去的时候，不觉全身都哆嗦起来：因为那个女孩子，脚步坚决地所走到的，既是那样一个阴惨惨的地方；她现在几乎站在铁桥张着大嘴的桥孔里面，看着灯光曲折地映在猛烈的潮水上面，又是那样一种神气：这都使我心里起了一种恐怖。

我现在想，她当时正在那儿自言自语。我虽然当时全副精神都叫河水给吸住了，但是现在我却敢说，她的披肩从她的肩上溜下来了，她正用它把手包在里面，好像心意不定，不知所措；那种神气，不像神志清

---

①在河边或湿地等地，建筑房、墙、路、码头等，先将许多木柱砸入地内，以作地基。

②指1665至1666年，伦敦发生的鼠疫而言。死者之多，不胜一一与棺埋葬，只能掘大坑丛葬之。

河之洋洋

醒的人，而像梦中游行的人。我知道，并且永远也不会忘记，她那种如痴似狂的神气里，只有一种情况使我觉得确有把握，那就是，我一定要马上就眼看着她在水里下沉；我一面这样想，一面把她的膀子抓住了。

同时叫了一声："玛莎！"

她大惊之下，尖声一喊，跟着和我撕夺起来，力气之大，都使我怀疑我一个人是不是制得住她。不过一只比我更有劲的手却把她抓住了；她满脸吃惊的样子抬起头来一看，看到后来抓她的这个人是谁，便只又挣扎了一下就在我们两个中间，倒在地上了。我们把她从有水的湿地方，抬到有小石头的干地方，放在那儿躺着。只听她又大哭，又长呻。这一会儿过去了，她在小石头中间坐起来，用两只手把她那个可怜的头抱住。

"哦，我的河呀！"她大哭大喊叫道，"哦，我的河呀！"

"别哭啦，别哭啦，"我说。"安静一下好啦。"

但是她仍旧重念那几个字，一次又一次连续地喊，"哦，我的河呀！哦，我的河呀！"

"我知道，这条河跟我自己一样！"她喊着说。"我知道，我早晚是那里面的货。我知道那是我这样人天生的伙伴！它是从山里来的，在山里它是清洁的，干净的——后来它又从这种阴惨惨的街道中间爬过去，可就肮脏了，混浊了——它流到的地方是大海，那儿就跟我这个人这一辈子一样，永远没有风平浪静的时候，——我觉得我一定得跟着它一道去！"

我只有从她这几句话的音调里，才知道了绝望是什么样子。

"我没法把它摆脱。我没法把它忘掉。白天黑夜，它就没有不来缠我的时候。在整个世界上，只有它跟我合得来，也可以说，只有我跟它合得来。哦，你这个可怕的河呀！"

我心里一时想起：我的伙伴，一声不响、一动不动，看着那个女孩子；那时候，如果我原先一点也不知道他外甥女儿是怎么回事，那我看他脸上，也不难推测出他外甥女儿的身世来。我从来不论在画图中，也不论在人生里，都没看到恐怖与怜悯，那样混合一气，使人不忘。他全身哆嗦，好像要倒下；他的手——我用我的手摸他的手来着，因为他的样子使我失惊——冰凉，跟死人一样。

“她这会儿正精神错乱哪，”我打着喳喳跟他说。“稍微待一会儿，她就不会这样胡说乱道的了。”

他究竟想要怎么回答我，我现在说不上来。他只把嘴唇动了一动，好像认为那就是他说了话了；实在他却只把手伸着，往她那儿指。

她这阵儿又一下大哭起来，一面哭着，一面又把脸趴在小石头中间，躺在我们前面，完全是一副蒙耻受辱、身败名裂的光景。我知道，我们要是想要跟她谈话，总得她这种情况过去了才成；所以我就冒昧地拦住了坡勾提先生，不叫他搀她起来。于是我们默不作声，站在一旁，一直等到她稍微安静了一些的时候。

“玛莎，”我于是说，同时往前伏着身子，扶了她一把——她好像打算站起来就走开，但是她却没有劲儿，因此把身子靠在一条小船上。“你认识这是谁吧？你认识这是谁跟我在一块吧？”她有气无力地说：“认识。”

“我们今儿晚上，跟了你老远，你知道不知道？”

她摇头。她也没瞧我，也没瞧他，只低声下气地站在那儿，一只手拿着披肩和帽子，却又好像不觉得拿着东西似的，另一只手拳着，往额上按。

“你这阵儿是不是心里安定下来了，”我说，“能够谈一谈你下雪那天晚上那样关心的事哪？我希望上帝别忘了那一天才好！”

她又一下呜咽起来，同时嘟嘟囔囔、不很清楚地对我表示，说她很感激我，那天晚上没把她从门外赶走。

“我没有什么要替我自己说的，”过了几分钟，她开口说，“我是个坏人，我是个不能得救的人[1]。我一点希望都没有了。不过，我请你告诉他，先生，”她先曾从他身旁畏缩躲开，“要是你对我还不太严厉，认为还可以替我说句话，那就请你说，他的不幸，不论在哪一方

① 指死后灵魂不能得救，非下地狱不可。

面，都从来没有我的干系。”

“也从来没有人说有你的干系，”我说，说的时候，因为她很诚恳，所以我也以诚恳报之。

“那天晚上，她那样可怜我，”她续续断断地说，“那样体贴我，不但不像所有其余的人那样，见了我远远地躲着，反倒帮了我那么大的忙，那时候，要是我记得不错，到厨房里来的，就是你吧？是不是你，先生？”

“是我，”我说。

“我心里要是认为，我做了任何对不起她的事，”她说，一面脸上带着恐怖的样子往河里瞧，“那我早就到了河里了。我要不是对于那件事丝毫没有沾染，那冬天一来，一夜都过不了，我就要投到那里面了！”

“她离开家的经过，大家都非常地明白，”我说。“我们坚决相信，我们知道，你跟那件事没有任何干系。”

“哦，要是我这个人的心好一些，那我可以对她有点益处！”那女孩子带出顶没办法的悔恨样子来说，“因为她对我老那样好！她跟我说的话，就没有半句不好听的，就没有半句不正派的。我既然很知道我自己是什么样子，那我怎么肯叫她学我自己这种样子哪？我把生命里一切可宝贵的东西都失去了的时候，我一想起来顶难过的，就是我永远再也看不见她了！”

坡勾提先生眼睛下视，站在那儿，一只手扶着小船的船帮，另一只没占着的手就掩在脸上。

“下雪那天晚上以前，我从我们镇上来的人那儿听说发生过的事，”玛莎哭着说，“那时候，我心里顶难过的是：人们要想到，她有一阵儿成天价跟我在一块；他们要说，她那是受了我的坏影响了！那时候，老天爷知道，要是我能把她的名誉给她恢复过来，那我能把命都豁出去！”

她这个人既然好久不知道什么是自制，所以就把她的悔恨和悲哀，尽情地发泄，那种触目惊心的痛苦，真正怕人。

“我死了，并算不了什么——我还能说什么哪？——我要活着！”她哭着说，“我要活到老，沿街漂流着活到老——在黑夜里瞎走，叫人们都躲着我——看着天色放亮，映出一溜黑乌乌、怪吓人的房子来，同时想，同样的太阳，从前有一阵儿，也曾射到我自己的屋子里，把我唤醒——我即便这样，也要活着，好把她救出来！”

她又往地上坐下去，每一只手抓起一些小石头来，起劲地攥，好像要把石头挤碎了那样。她一个劲打拘挛，一会儿一个样子：有时把胳膊挺直了；又有时把胳膊弯起来，遮在脸前，好像要把那儿那点亮光从眼前挡出去似的；又有时把头耷拉着，好像脑子里的往事太多了，压得她的脖子挺不起来一样。

“我到底怎么好哪！”她一面这样在绝望中挣扎，一面说。“像我这阵儿这样，自己一个人待着，就要自责自骂；碰到别人，就活活地要受指摘；像这样，我怎么能活下去哪！”于是她忽然转到我的同伴那一面。“你踹我好啦，你要了我的命好啦！当年她还是你得意的人那时候，连我在街上蹭她一下，你都要认为是于她有害的。我嘴里说出来的话，你是连半个字都不能相信的——你怎么能相信哪？即便这阵儿，要是我跟她交谈过一句话，你也都会认为是奇耻大辱的。我绝没有不平的意思。我绝不是说，她跟我一样。我知道，我们两个中间差着老大老大的一截。我只是说，我虽然身上背着罪过、受着苦恼，但是我可从心窝里感激她，我可真心地爱她。哦，你们千万可不要认为，在我这个人身上，‘爱’这种感情，全都消耗光了。你可以远远地躲着我，像所有的人对我那样；你可以因为我是我现在这种人，可跟她认识，把我宰了；但是你可不要那样看待我！”

她这样求告他的时候，他只像傻了一样，怔怔地瞧着她；她住了口的时候，他轻轻地把她拉了起来。

“玛莎，”坡勾提先生说，“上帝可别叫我褒贬你。在所有的人里面，我决不能褒贬你，我的孩子！你原先只当着我也许要说你什么哪，那是因为你不知道，在这几个月里，我都有了什么改变。好啦！”他停了一会的工夫，又接着说。“你不明白，这儿这位绅士和我，都怎么想要跟你谈一谈。你不明白，我们当前都有什么打算。现在你听着好啦！”

他完全把她感化了。她站在他跟前，固然仍旧露出退避畏缩的样子来，好像她害怕跟他的眼光接触似的，但是她刚才那种痛苦的狂叫乱喊，却压下去了，她却不再出声了。

“要是下大雪那天晚上，你听见了我跟卫少爷都说什么来着，那你就可以知道我到过很远的地方——哪儿没到过哪？——去找我心疼的外甥女儿。找我心疼的外甥女儿，”他口气稳定地又重了一遍。“因为，玛莎，我从前固然心疼她，但是现在比从前，我更心疼她了。”

她只用两手把脸遮起，但是别的方面，却仍旧安安静静。

“她从前告诉过我，”坡勾提先生说，“说你从小儿就又没有爸爸，又没有妈妈啦，也没有个亲人什么的，哪怕是打鱼的粗人哪，来做你的爸爸、妈妈。你要是有那样一个亲人，那你也许会想到，日久天长，你就会疼起他来，因为我外甥女儿就跟我自己亲生的闺女一样嘤。”

坡勾提先生看到玛莎默默无言，只直打哆嗦，特为从地上把她的披肩拾起来，小心在意地给她披在身上。

“因为这样，”坡勾提先生说，“所以我知道，不出两种情况：不是她一下再看见我，就跟着我走遍天涯海角；就是她躲着不肯见我，自己逃到天涯海角：因为，她固然没有理由疑心说我不疼她了，她也决不会疑心——决不会疑心，”他很有把握地，觉得他这个话决不会错了的样子，又重了一遍说，“但是羞耻心可会横着插进来，把我们两个分开。”

我从他这样朴实无华、令人感动地说出来的每一个字里，从他脸上现出的每一种表情上，都明显地看到，他脑子里从无二念，想的永远是这个问题。

“照我们的看法，”他接着说，“照我自己和这儿卫少爷的看法，她也许有那么一天，会自己一个人孤孤单单地跑到伦敦来。我们相信——卫少爷、我自己和我们所有的人都相信，你对于所有发生在她身上的情况，都跟刚下生的婴儿一样地清白。你说过，她都怎么对你心软、和气、温柔来着。这是一点也不错的！我知道是那样！我知道，她不论对谁，永远都是那样。你很感激她，你很疼她。那你帮着我们找一找她，上帝会给你好处的！”

她急忙往他那儿瞧了一眼，这是那天晚上她头一次往他那儿瞧，好像疑惑他说的是否属实的样子。

“你信得过我吗？”她用惊讶的口气低声问道。

“完全信得过，打心里信得过！”坡勾提先生说。

“你是不是说，要是我有碰到她的那一天，就跟她搭话；要是有遮身的地方，就把她安插在那儿；跟着不经她知道，就跑到你那儿，把你带到她跟前哪？”这几句话是她一口气说出来的。

我们两个一齐答道，“正是！”

她把两眼抬起，庄严地说道，她一定要一心无二地做这件事，热诚忠实地做这件事；只要有一线的希望，就决不松懈，决不犹疑，决不放弃。她这种目的，她要用全力去达到。她这种目的，可以使她跟善事结合，跟恶事脱离；如果她对这件事，进行得不忠实，那这件事从她手上离去的时候，她情愿它把她闪得比她那天夜里站在河边上的光景还要更孤零，还要更绝望，如果她那种光景，还能加上个更字的话。如果那样，那她情愿，任何帮助，不论人间的，也不论天上的，都永远不要落到她身上！

她说的时候，声音并不比喘气更高，也不是对着我们说的，而是对着夜色沉沉的苍天说的；说完了，万念俱息地静静站在那儿，眼睛瞅着黯黯的河水。

我们现在认为，应该把我们所知道的一切情况，全都告诉她；于是我就原原本本，对她说了一遍。她听的时候，聚精会神，脸上的神色，时时改变，但是在各种改变之中，抱定坚决目的的神气，却始终如一。她的眼睛里面，有时眼泪盈眶，但是她却永远不叫它夺眶而出。她看起来，好像精神完全改变了，再也没有那么安静的了。

我对她都说完了，她问我们，如果遇到必要，她到哪儿通知我们。

在路旁的暗淡灯光下，我从怀中手册撕下一页来，把我们两个的地址都写在上面；她接过去，把它贴着她那可怜的胸前放起。我问她住在什么地方。她停了一下才答道，她没有一准久居的地方。顶好不必说。

坡勾提先生打着喳喳，对我提了一件事，其实那是我自己也想到了的。我于是把钱包拿了出来，但是她却不论怎么都不肯接我的钱，劝她也没有用；也不能叫她答应我，说下一次再接。我对她说，以坡勾提先生的地位而论，他不能算作穷人；而她现在可又想替我们做找人的工作，又想完全凭自己谋生；这种情况，我们两个人都觉得事属可惊。她仍旧坚决不移。在这一点上，他的影响，也跟我的一样，毫无用处。她很感激地对我们道谢，但是却仍旧毫不动摇。

“我也许可以找到工作，”她说，“我要试试看。”

“还没试的时候，你至少可以接受一点帮助啊，”我说。“我不能为了钱，做我答应了你们的这件事，”她回答我说。

“我即便挨饿，也不能接你们的钱。你们要是给我钱，那就等于你们又信不过我了，那就等于你们又不把这个任务交给我了，那就等于你们把我所以不再投河的惟一原因取消了。”

“我以伟大的裁判者的名义，”我说，“我以我们到了那个可怕的时候都得站在他面前的那个裁判者的名义，请你千万不要作那种可怕的想法！只要我们肯，我们都可以做点好事。”

她回答我的时候，全身哆嗦，两唇颤抖，脸色比先更加苍白。

“也许你心里想到，要把一个可怜的人救出来，叫她忏悔。我是不敢那样想的；那好像太大胆了。要是我还会对于别人有点什么好处，那我也许可以开始抱点希望；因为顶到现在，我所做的净是坏事，没有好事。因为你们肯交给我这个任务，叫我去试一试，那就是我过了可怜的一辈子，在很长的时期里，才头一次有人信得起我。我不知道别的，我也不会说别的。”

她又把满眼的泪忍回去，把手哆嗦着伸出来，在坡勾提先生身上碰了一下，好像他身上有治病救人的功效似的，跟着在荒凉偏僻的路上走去。她看着是病过的样子，大概还病得很久。我那时候头一次近前看她，只见她面目憔悴、形容枯槁，两眼下陷，表示她受过艰苦困难。

因为我们的去路，和她的是一个方向，所以我们离她不远，跟在她后面，一直到我们又回到了灯火辉煌，行人熙攘的街市。我因为完全相信她说的话，所以我就跟坡勾提先生说，我们如果再跟下去，是不是显得我们一开始就有信不过她的意思。他也是这种想法，并且也同样完全相信她，所以我们就让她走她的路，我们走我们的。我们是朝着亥盖特去的。坡勾提先生伴着我走了很大的一段，我们分手的时候，曾为这一番新努力的成功，祷告了一番。只见他脸上另有一种满含心思的怜悯之色，我看着不用费什么事，就了然于心。

我到家的时候，已经半夜了。我来到我自己的栅栏门前，站住了听圣保罗大教堂沉着的钟声；我觉得，那种钟声正杂在无数齐鸣的时钟钟声之中，冲着我送来。那时候，只见我姨婆那所小房儿的门正开着，门里一道微弱的亮光正射到门外的路上：我不免一惊。

我以为，这又是我姨婆发了老病，犯了虚惊，正在那儿瞧远处她想象中的大火燃烧哪；所以我就往她家走去，想要安慰安慰她。但是却看见一个人，站在她那个小小的庭园里：我大吃一惊。

那个人手里拿着一个杯和一个瓶子，正在那儿喝什么。我在园外丛树的密叶中间，半路站住了，因为那时月亮已经出来了，虽然有云彩遮着。我于是认出来，这个人就是我一度猜作是狄克先生幻想中的那个人物，也就是我一度在市内大街上和我姨婆一同遇见的那个家伙。

他不但在那儿喝，还在那儿吃，并且还好像是饥不择食地在那儿吃。他对于那所小房儿也好像觉得新奇，仿佛是头一次到那儿。他弯着腰把瓶子放到地上以后，跟着抬起头来，往窗户上瞧，又往四外瞧；不过却带一种鬼鬼祟祟、急躁不耐的神气，好像他想快快离去似的。

过道里的亮光挡住了一下，我姨婆从屋里出来了。她心神不定地往他手里数了几个钱。我听到琤琤的声音。

“这够干什么的？”那个人嫌少，说道。

“我就能省出这么多来，”我姨婆回答他说。

“那样的话，我就不走，”那个人说。“你瞧！你拿回去好啦！”

“你这个没人心的东西，”我姨婆感情非常激动地回答他说，“你怎么能这样待我？不过我又何必问？那是因为你知道我这个人有多没气性！我得怎么办，才能叫你永远不再来打搅我，才能叫你去自作自受哪？”

“那你为什么不叫我去自作自受哪？”那个人说。

“你还好意思问我为什么！”我姨婆回答他说。“你的心到底是怎么长的！”

那个人站在那儿，气哼哼地把钱掂弄着，把头摇着，到后来才说：

“那么，你就打算给我这点钱了？”

“我能给你的，只有这些，”我姨婆说。“你不知道我受到亏累，比以前穷了吗？我没告诉过你吗？你把钱都拿到手了，可非叫我多瞅你两眼不可，好看到这阵儿你混的这种德行，心里难过，是不是？”

“我当然混得很褴褛了，要是你是指着那个说的，”他答道。“我这阵儿的生活，跟夜猫子一样[①]了。”

“我有过的那点家当，大部分都叫你玩弄去了，”我姨婆说。“你把我闹得多少年来把全世界都杜绝了。你待我太无情了，太狠毒了，太没有心肝了。你走吧。你去忏悔好啦。你祸害我，一次又一次，都数不过来了，你不要再来祸害我了！”

“好！”那个人答道。“这都很好——哼！我想，我这阵儿只好尽力将就了。”

他虽然那样，但是他看到我姨婆眼里愤怒地流出泪来，却也不由得有些羞愧，溜溜湫湫地从园里走出来了。我脚底下一加劲儿，三步两步，做出刚刚走来的样子，迎上前去，恰好在栅栏门那儿，和他打了个照面儿：他正出门，我就正进门。我们在交臂而过的时候，互相逼视了一下，还都有些恶狠狠地。

“姨婆，”我连忙说。“这个人又搅和你来了！我得跟他谈谈，他

① 夜猫子夜间活动。英国从前法律，日落后不得捕负债之人，故“借枭光而行”为“畏捕”之意。

是个什么人？”

“孩子，”我姨婆挽着我的胳膊说，“你进来好啦，先别跟我说话，过十分钟再说。”

我们在她那个小起坐间里坐下。她从前那个绿团扇，钉在一个椅子的背上，她现在在这个团扇后面隐了大约有一刻钟的工夫，不时地擦眼睛。过了那一刻钟，她从团扇后面转出，坐在我旁边。

“特洛，”我姨婆说——她这会儿平静了，“那个人是我丈夫。”

“你丈夫，姨婆？我还以为他早就死了哪！”

“对我说来，早就死了，”我姨婆说，“但是实在可还活着！”

我默默地坐在那儿，直发怔。

“贝萃·特洛乌这个人，看着好像不懂得什么叫柔情蜜意，”我姨婆这阵儿心平气静地说，“但是从前可有过一个时期，特洛，她对那个人，信得无一违言；可有过一个时期，她把那个人，特洛，爱得无以复加；可有过一个时期，她对那个人，疼惜、依恋，无所不至。那个人怎么报答她的哪？把她那点家产折腾完了，还差一点没把她那个人也折腾死了。因此她把所有那一类的痴情傻意，一劳永逸，一概埋在坟里，用土填满、垫平。”

“哎呀，我的亲爱的、好心眼的姨婆呀！”

“我跟他分离的时候，”我姨婆像平素那样，把手放在我的手背上，接着说，“我是很大方的。事情隔了这么些年，特洛，我仍旧可以说，我那时是很大方的。他待我那样残酷，我本来可以不用费什么事，就跟他脱离关系，但是我可没那么办。他拿到我的钱，胡乱挥霍，不久就弄光了，混得越来越下流；我听说，又讨了个老婆，后来专靠耍人儿、腥赌、撞骗过活了。他这阵儿是什么样子，你是亲眼得见的。不过我跟他结婚那时候，他可挺秀气的，”我姨婆说，说的口气里，旧日的得意和爱慕，仍然有余韵遗响，隐约可闻，“我那时候——痴情人一个——完全相信他是个正人君子！”

她把我的手一捏，把自己的头一摇。

“这阵儿我心里没有他了，一点也没有他了。但是，我不管他是否犯罪而应该得到处罚（他要是老在这个国家里到处招摇，那他非闹得受处罚不可），却在他每次过一阵儿露一次面的时候，老是即便没有钱也马上尽力接济他，好打发他走开。我和他结婚的时候，是个傻子，直到现在，我这个傻子，还是没治得过来，竟能因为从前一度相信过他是个正人君子，这阵儿就连我当年痴心傻意所钟情的那个人余下的残形剩影，都舍不得严厉对待。因为，如果女人还有认真诚恳的，那我当年就是那样。”

我姨婆长叹了一声，把这番话结束了，跟着抚摸起她的衣服来。

“就是这样，亲爱的！”她说，“现在，你对于这件事的头尾、中段，全都了然了。咱们两个，谁也不要对谁再提这个碴儿；你当然也不要对任何外人提。这就是我糟心的糟糕事，只你我知道好啦，特洛！”

第四十八章
甘苦自知

我在不妨碍新闻工作准时进行的情况下，努力写作；我的书出版了，非常成功。我虽然对于耳边听到的夸奖异常敏感，并且，毫无疑问，赏识自己的笔墨远过于任何别的人，但是我却并没叫这种夸奖闹得晕头转向。我观察人类本性的时候，永远看到，一个人，凡是有足以自己相信自己的，从来没有为了叫人家也相信自己，就在人家面前尽量显弄。因此，我就在自尊自重之中，永远保持谦恭；人家越夸奖，我就越虚心，以求当之无愧。

我这部书所写的，虽然都是我一生里的重要回忆，但是我却并不打算在那里面说我写小说的经过。我的小说可以自己表明，我也就任其自己表明。如果我偶尔顺笔提到它，那也只是因为它是我生活进展的一部分。

我顶到这时候，认为有根据相信，先天的才能和后天的机缘，都是有意安排，要我做一个作家，因此我就信心十足地从事这种工作。要是我没有这种信心，那我早就要把它置之一旁，把我的精力用到别的方面去了。那我早就要弄明白了，我先天的才能和后来的机缘，到底真正怎么安排的，到底要叫我干哪一行；弄明白了，就心无旁骛，干那一行。

我在报上和别的地方投稿，一直得心应手，因此，我这种努力成功以后，我认为，我理所当然，应该不再去记录那种干燥无味的辩论了；所以在一个使我欢欣的晚上，我把国会里那种风笛一般的声音最后一次记录下来，从此就再不向此中问津了；固然每逢国会会期连绵的时候，我仍旧能从报纸上辨认到它那种嗡嗡之声，跟从前实际上毫无分别（也许只有比从前更多了）。

我现在写到的时期，我想是我结了婚以后一年半左右。我们对于家政，经过各式各样的试验，认为净是白费力气，干脆不去管了。我们任凭家政自随其便，我们只雇了个使唤小子自图方便。但是这个僮仆主要的职务，却只是管着跟厨子打架；在那一方面，他完全跟惠廷顿①一样，不过却没有惠廷顿那样的猫，也丝毫没有希望有一天能当上伦敦城的市长老爷。

据我看来，他好像整天价在汤锅锅盖势如雨下的光景里过日子。他的全部生活，只是一场混战。他老是在最不适宜的时候——例如，我们正有佳客三五，杯酒小聚，或者密友数人，促膝夜谈——尖声喊叫，大呼求救；再不就从厨房里踉跄冲出，身后就是铁器，像流星一样，飞舞而来。我们本来想要下他的工。但是他却依恋我们，就是舍不得走。他是个专爱哭的孩子；我们只要稍一表示，说要跟他断绝关系，他就放声大嚎，嚎得令人惨目伤心，因而我们只得把他留下。他不但没有妈妈，即便连稍为沾亲带故的人，我也找不到；只有一个姐姐，刚一把他脱手，塞给了我们，就逃到美国去了。因此他在我们家里，就算住定了，好像老精灵掉换来的那种令人可怕的小精灵②一样。他对于他自

---

①惠廷顿（1358—1424），伦敦市长。关于他的传说很多，如他做过洗碗的杂役，因受厨子的欺负而逃走；后来因一只猫而致富等。

②英国迷信说法，丑笨的孩子，往往被说成是精灵所掉换。

己不幸的境遇，异常地敏感；因此，他永远不是用夹克的袖子擦眼睛，就是用手绢弯着腰擤鼻涕；用手绢的时候，还老只用那种东西小小的一角，从来没把手绢全部都从口袋里掏出来，而永远是藏头露尾，力求节省。

这个僮仆，每年的工钱是六镑十先令；他自己是个倒霉鬼儿，雇他的时候也没碰到好日子：所以他永远继续不断地给我找麻烦。我眼看着他一天一天地往大里长——他长得像猩红豆[①]一样地快——惴惴不安地惟恐他长到刮胡子的时候，甚至于长到头颅童童或者白发苍苍的时候。我一点也看不出来，我还有把他打发开的那一天；我设身处地想到将来，永远认为，他要是成了老人，那他该是多么大的一个累赘！

我从来也没料到，这个活遭瘟的家伙会是那种样子使我脱离困境。原来朵萝的表，也跟我们一切别的东西一样，没有它自己一定的准地方，因此叫他偷走了；他把这个表变卖成了钱以后，就用赃款坐驿车玩儿，老不断地高踞在驿车外面的座位上，往来于伦敦和厄克布利直[②]之间(他这孩子，永远缺心眼儿)。据我记得的，是他完成他第十五次行程的时候，警察把他抓到鲍街[③]去了。那时候，从他身上搜到的，只有四先令六便士了，还有一个旧长笛，其实他一点也不会吹。

如果他没悔过，那他惹的这一场惊扰以及惊扰的后果，也许可以少叫人难耐一些。但是他却的确非常地有悔过之心，而他悔过的方式也非常特别——他不是打总一下进行的，而是零星分期进行的。举例说吧，我没有法子，非到警察局去跟他对证不可，但是对证的第二天，他又供出来，说我们地窨子里那个带盖的大篮子，我们原先以为里面盛的净是葡萄酒，却除了空瓶子和瓶塞而外，没有别的东西。我们以为，既然厨子顶大的劣迹，他都根据他所知道的说出来了，那他心里总可以坦然啦吧；谁知道过了一两天，他又天良发现，疾首痛心，因而供出来：

---

①南美产红花、蔓生之豆类植物。
②镇名，在伦敦西面偏北 18 英里。
③伦敦主要警察法院所在地。

说厨子怎样有一个小女孩儿，每天早晨很早的时候，来拿我们的面包；他自己又怎样叫人家买通了，把煤接济了送牛奶的。又过了两三天，警察当局告诉我，说他曾发现过，我们厨房的垃圾堆里埋着牛里脊，装破烂布头的口袋里夹着床单子。又过了不久，他又在一个完全令人想不到的方面发作起来：他承认，说他知道，酒店的酒保打算好了，要夜里闯入我的住宅，进行劫盗。这个酒保，马上就被逮捕了。欺骗、蒙混、偷盗，种种行为，都聚到我这个冤桶身上，我实在觉得羞愧，因此，只求买他不再开口，那不论多少钱我都肯出，再不，如果可以花一笔大钱行贿，让他偷偷逃走，我也肯干。但是这种道理他却完全不懂，而一心认为，他每作一次新的招供，就是对我进行了一次新的补报，更不用说是对我施了一次新的恩德了；这种情况，是越发令人难忍的。

闹到后来，只要我一看见警察局又派了人来，要报告我新的消息，我就自己偷偷溜走。一直到他受审判决，得了发配的处分，我都过的是一种销声匿迹的生活。即便到了那时候，他仍旧不肯老老实实的，而老给我们写信；他说，他起解以前，非常想见朵萝一面；朵萝没法子，只好去看他一趟，不料一进铁栅栏门就晕倒了。简单地说吧，一直到他押解起行，我就没过一天心净的日子；他到了发配的地方（我以后听说），在“内地”不知哪儿，给人家放羊[①]；至于按照地理上说，究竟是哪儿，我就不知道了。

所有这些情况，都让我郑重其事地琢磨起来，都使我们的错误，以新的姿态在我面前出现，像我有一天晚上，不能不对朵萝说的那样，固然我对朵萝非常疼爱。

“我的亲爱的，”我说，“咱们管理家务，这样毫无条理，毫无办法，不只关系到咱们自己（因为咱们自己是已经习惯了的），并且还连累到别人，这是我一想起来，就不由得要难过的。”

“你好多天没唠叨啦，这阵儿又要闹脾气啦，是不是？”朵萝说。

“不是，我的亲爱的，实在不是；现在我来对你说一说我是什么意

---

① 当时流放之地多为澳洲，犯人到流放地后，给人家做工。

思好啦。”

“我想我不要知道你是什么意思，”朵萝说。

“但是我可要你知道知道，我爱。你先把吉卜放下。”

朵萝把吉卜的鼻子放到我的鼻子上，嘴里说“咄！”想要把我那样正颜厉色的劲儿赶掉，但是却没成功。因此她只得吩咐吉卜，叫它到它那八角塔里去，她自己坐在那儿瞧着我，两手叠在一块儿，脸上是一片极端无可奈何、完全听天由命的样子。

“事实是，我的亲爱的，”我开口说，“咱们有传染性；咱们把咱们四周围所有的人都传染了。”

我本来可以用这个比喻一直说下去，但是朵萝脸上却露出一种样子，来提醒我，说她正在那儿尽力猜想，不知道我是不是对于我们这种有碍卫生的情况，要提供一种新疫苗接种法，或者新治疗法呢。因此我就放弃了那种比喻说法，而用更明白的话，来表示我的意思。

“咱们要是不学着更仔细一些，我爱，那咱们不但要有损金钱，有妨舒适，甚至于有的时候，还要有伤和气；并且咱们还要负一种严重责任，说咱们把伺候咱们的人或者把跟咱们有任何交道的人，都惯坏了。我开始害起怕来，认为错误并不完全由于一个方面；这些人所以变得这样坏，都是因为咱们自己原来也不太好。”

“哦，多么重的罪状啊！”朵萝把眼睛睁得大大的喊道，“居然说你曾看见过我拿人家的金表！唉呀！”

“我的最亲爱的，”我规劝她说，“快不要说这样荒谬的瞎话啦吧！谁透露过一丁点儿意思，说你拿人家的金表来着？”

“你就透露过，”朵萝回答我说，“你分明知道你透露过。你说我变坏了，还拿我跟他来比。”

“跟谁来比？”我问。

“跟那个使唤小子啊，”朵萝呜咽着说。“哦，你这个没人心的，把心疼你的太太，跟一个充军发配的使唤小子来比。咱们没结婚以前，你怎么没把你对我的意见告诉我呀？你为什么没告诉我，你这个狠心的，说你深深地相信，我比一个充军发配的小子还不如？哦，你对我有这样看法，太可怕了！哦，我的天！”

“我说，朵萝，我的亲爱的，”我回答她说，一面想把她捂在眼上的手绢轻轻给她挪开；“你这个话不但好笑，而且不对。首先，你说的就不是真实情况。”

“你老说他是个说瞎话的家伙，”朵萝呜咽着说。“你这阵儿也给了我那种罪名了！哦！我怎么办好哇！我怎么办好哇！”

“我的亲爱的女孩子，”我回答她说，“我真得要求你讲讲道理，听听我刚才说的和我还要说的是什么。我的亲爱的朵萝，如果咱们对于咱们的佣人，不学着对他们尽咱们的职分，那他们永远也不会学着对咱们尽他们的职分的。我恐怕，咱们给了别人做坏事的机会，而这种机会是咱们永远也不应该给的。即便是咱们甘心情愿，在家务管理方面像咱们这样松松垮垮——实在咱们并不甘心情愿——即便咱们认为这样如意，觉得这样开心——实在咱们并不觉得如意，并不觉得开心——我是说，即便咱们甘心情愿，可心如意，那我也深信不疑，认为咱们也不应该照这样混下去。咱们毫无疑问是在这儿腐蚀一般人。咱们一定得把这一点好好想一想，我就不能不想这一点，朵萝。我就没法儿能摆脱开这一点。有的时候，我想到这一点，就非常于心不安。我说，亲爱的，这就是我要说的。好啦，就这么着啦。别再傻啦！”

有很久的工夫，朵萝就是不让我把她的手绢从她眼上挪开。她用手绢捂着眼，坐在那儿，又呜咽，又嘟囔，说：我要是于心不安，那我为什么却非结婚不可哪？我为什么不说，即便在我们到教堂去的头一天，我为什么不说，我知道我要于心不安，我顶好不要结婚哪？我要是受不了她这个人，那我为什么不把她送到浦特尼她姑姑那儿去哪？再不，送到印度朱丽叶·米尔那儿去哪？朱丽叶见了她，一定会非常高兴；朱丽叶决不会叫她是充军发配的使唤小子；朱丽叶从来没那样叫过她。简单地说吧，朵萝在这样心情下，把自己闹得非常苦恼，把我也闹得非常苦恼。因此我觉得，重复这样努力，即使非常非常轻微温和，也不会有用处。我得采取别的办法才成。

还有什么别的办法没经采用呢？“培养她的品性”？这个普通说

法，听起来好像很顺耳，很有前途，因此我就决心培养朵萝的品性。

我马上就开始。在朵萝顶孩子气的时候，我本来非常非常想要哄着她玩儿，我却硬装作正颜厉色的样子——因而把她闹得心慌意乱，把我自己也闹得心慌意乱。我把盘踞我心头的心事对她谈，我念莎士比亚给她听——因而把她闹得疲乏得不能再疲乏。我想法使我经常以偶然无意的方式，对她零零星星地讲一些有用的知识或者稳妥的意见，而我刚一开口讲这类话的时候，她就惊而避之，好像这一类话是爆竹似的。不管我怎么尽力装作是出于偶然无意，或者出于自然而然，来培养我这位娇小太太的品性，我仍旧不免要看出来，她永远本能地感觉到我要做什么，因而变得极端惴惴不安，诚惶诚恐。我特别明显地看到，她认为莎士比亚是一个令人可怕的家伙。这种培养进行得很慢。

我没经特莱得知道，硬逼他为我服务，不论多会儿，只要他来看我，我就对他把我的地雷全部爆炸，以使朵萝受到间接教育。我以这种方式对特莱得讲的治家之道，为量甚大，其理甚高。但是这种教训，对于朵萝，除了使她心情沮丧，让她惴惴不安，惟恐下次受教训的就该轮到她自己了，没有任何别的效果。我只觉得，我就和塾师、坑坎、陷阱一样，永远像个蜘蛛来对待朵萝这个苍蝇，永远从我的窝里作突然的袭击，因而使朵萝大为惊慌。

尽管如此，我仍旧想要通过这种中间阶段，而看将来，以为将来总有一天，我和朵萝之间，会美满地同心同德，我会把朵萝的品性培养到完全使我满意的程度。因此我就把这种办法坚持下去，甚至于坚持了好几个月。但是，我后来看到，我虽然在所有这段时间里，都永远是一个不折不扣的箭猪或者刺猬，满身都把坚决之刺硬挺起来，而我却一无所成，所以我就开始想，也许朵萝的品性，早已培养好了。

我又考虑了一下，认为这种认识可能不错，我于是放弃了我采用的办法（因为那种办法，听起来好像很可收效，做起来却难有所成就），决心从此以后，就认定了我这个孩子气的太太，这样就可以使我满意，而不再想用任何办法使她改成别的样子。我对我自己这样从事练达人情、明洞世事的教育，对于看到我的所爱受到拘束，都已经痛心疾首地厌恶起来。因此我有一天给朵萝买了一对很好看的耳环，给吉卜买了一个脖圈，我就带着这些东西回到家里，献勤讨好。

朵萝看到这两种小小的礼物，非常高兴，欢欣快乐地吻我。但是我们两个之间，却有一片阴影存在，固然极其轻微；而我就下定决心，别让这片阴影存在。如果不管什么地方，非有这样一个阴影不可，那我也只能把它存之于心，等到将来再说。

我在沙发上挨着我太太坐下，把耳环给她戴在耳朵上，于是对她说，我恐怕，我们两个不像从前那样亲密相处啦吧，而这个过错完全由我而起。这是我亲切感到的，这也是毫无可疑的。

“事实是，朵萝，我的命根子，”我说，“我一直老是自作聪明。”

“让我也聪明，”朵萝畏怯地说。“是不是吧，道对？”

她把眉毛一扬，作出好看的探问之态，我对她这种探问之态点头称是，在她张开的双唇上以吻相接。

“那一丁点用处都没有，”朵萝说，同时把头直摇，摇得耳环都琤琤作响。“你知道，我是多么小的一个小东西儿；你知道，我一开头的时候，就要你叫我什么。如果你连这个都办不到，那我恐怕，你就永远也不会喜欢我了。你敢保，你并没有的时候认为，顶好——”

“顶好怎么样，我的亲爱的？”因为她说到这儿，就不想再说下去了。

“什么也不要做！”朵萝说。

“什么也不要做？”我重复说。

她用胳膊搂着我的脖子，笑起来，用她自己喜欢的叫法——小傻子——叫自己，在我的肩头上，叫发鬈把脸遮住，发鬈那样丰厚，要把发鬈扒开看到她的脸，很得费点事儿才成。

“我是不是有的时候认为，什么也不要做，比起设法培养我这娇小太太的品性，要好得多？”我自己笑起自己来，说；“你问的就是这个问题吧？不错，一点也不错，我那样想过。”

“那就是你要想法做的吗？”朵萝喊道，“哦，你这孩子，多吓人！”

“不过我永远也不会再想那样做了，”我说。“因为我要她就是本来的面目，来亲亲热热地爱她疼她。”

“你这是真话吗——的的确确地是真话吗？”朵萝问道，同时往我这面偷偷地靠拢。

“我这么久一直认为是可宝可贵的什么，为什么又要她改样儿哪了？”我说。“我的甜美的朵萝呀，你只有把你天生来的面目表现出来才是最好的。咱们再也不要闹什么白费气力的试验啦，咱们回到老路上，快活如意好啦。”

“快活如意！”朵萝回答我说。“那好啦，就快活如意吧，还要整天价都快活如意哪！还要有的时候，遇到出了小小的过节儿，你也不再在乎啦，是不是？”

“决不再在乎啦，决不再在乎啦，”我说。“咱们一定要尽咱们力所能及地做去。”

“你也不会再告诉我，说别人都教咱们惯坏了，是不是？”朵萝甘言引诱我说，“因为，你知道，那样说就是又闹起天大的脾气来了！”

“不会再那样说啦，决不会，”我说。

“我笨，比我不舒适，还是笨好，是不是？”朵萝说。

“天生来的朵萝比这个世界上任何别的什么都好。”

“这个世界！啊！道对啊，那可是个大地方啊！”

她把头一摇，把满含喜悦的明目往上和我的眼光一对，给了我一吻，欢乐地一笑，一下跳开，给吉卜戴新脖圈去了。

这样，我想使朵萝改样的最后试验便告终结。我在想法使她改样儿的期间，我感到很不快活；我对于我自己这种独行其是的练达明洞，自己都受不了；我不能使我这种试验，和她从前要我以孩子气的太太看待她的请求，调和起来。我决心由我自己不动声色，尽力改善我的所作所为，不过我却预先看到，即使我最大的努力，也不会多大，不然的话，那我又要蜕化成潜身埋伏、永远俟机而动的蜘蛛了。

我先前说过的那种阴影，我不要让它在我们两个人之间存在，而要完全默默存之于我自己心里的阴影，怎么投下来的呢？

原来我旧日那种不快活的感觉，弥漫在我的生命之中。如果说，那种感觉有任何改变，那就是它更加深了。然而这种感觉，却又一直跟从前一样，并没有明确的轮廓，它只像一阵悲伤的音乐，在夜里缥缈地传到我的耳朵里。我疼爱我太太，在这种疼爱中感到非常快活；但是我从前一度模模糊糊预先悬想的快活，并不是我现在实际享到的快活；我现在这种快活，永远缺少一点什么。

为的要履行我对自己订立的契约——把我自己的思想，反映在这本书里——我又把我的思想仔细考察了一番，把它的秘密暴露在光天化日之下。我所失去的，我仍旧认为——我永远认为——是一种幼年梦想的东西；是不可能实现的东西；我现在正以一种自然应有的痛苦发现，和所有的人要发现一样，它原来就是这样。但是同时，我却又知道，如果我太太能多给我一些帮助，能和我孤独无群的许多思想同声相应，那会于我更好一些；这种情况本来是可能的。这是我知道的。

在这两种无可谐调的结论之间—— 一方面，我所感到的是一般性的、是不可避免的；另一方面，它又是特殊而为我独有的、本来也可以和一般性的不一样，我很稀奇地使这两种结论平衡起来，对于它们互相对立的情况没有清楚的感觉。我一想到我幼年那种不能实现的缥缈梦想，我就想到我成年以前，我已过完的那种美好时光。于是我和爱格妮一同在那所古老的房子里所过的美满岁月，就在我面前出现，像死者的鬼魂一样，在另一个世界里可能重新开始，但是在这个世界上却永远永远也难复活。

有的时候，我的脑子里会有一种想法，那就是：如果朵萝和我从来没认识过，那有什么可以发生呢？或者说，有什么能够发生呢？但是朵萝和我，在生命中，已经完全成为一体，因此我这种想法就变成一切想法中最虚无缥缈的，很快就像空中袅袅的游丝一样，视之无形，即之无物了。

我一直地爱她。我现在所描述的，在我的思想中最深最隐之处，蒙眬睡去，蒙眬醒来，又蒙眬睡去。它在我的生命中并看不出有痕迹来；它对于我所说所做的任何事情，我不知道有任何影响。我们两个所有的一切琐务细事，我自己所有的一切希冀期待，都由我一个人担负承当，而朵萝只管给我拿笔；这样，我们两个都觉得，我们恰如所需，各尽其职。她的的确确地对我疼爱，以我为荣；爱格妮在她给朵萝的信里，如果说几句从心窝子里掏出来的话，说我的朋友怎样听到我越来越大的名誉而感到得意，觉得高兴，怎样读我的书，就好像听到我亲自对他们讲书里的内容一样；如果爱格妮写这样的信，朵萝就在她那明朗的眼里含着欢乐的眼泪，对我把这些信高声朗诵，同时对我说，我是个聪明伶俐、四远驰名的孩子，真正令人可爱可疼。

“心性还没受过磨炼，刚要误任一时兴之所至，”斯特朗太太这句话，这时候在我的脑子里重复出现，几乎永远在我的心头盘踞。我常常夜间想起这句话而醒来；我记得，我连在睡梦中都看到这句话写在房子的墙上。因为我现在明白了，我头一回爱朵萝的时候，我的心性还没受过磨炼：我现在明白了，如果我的心性受过磨炼，那我们结了婚以后，我就永远不会在内心的隐秘之处，感到我所感到的了。

“夫妻之间，最大的悬殊，莫过于性情不合，目的不同。”这句话也是我不能忘记的。我曾努力要把朵萝改造成我所愿意的那种样子；但是我却看到，那是不现实的。剩下的只有我把我自己改造成朵萝所愿意的那种样子，并且尽我所能，和她共享一切，而快活如意；把我所能负担的都负担在我的肩上，而仍然快活如意。我开始琢磨的时候，这就是我努力要给我的心性受的磨炼。这样，我结婚后第二年比第一年就快活得多；而且，还有更好的一面，那就是，这种情况，使朵萝的生命中，充满了辉煌的阳光。

但是，在那一年的时光往前推移的时候，朵萝的身体却欠健壮。我曾希望过，认为比我更轻柔的手，也许可以有助于塑造她的性格，一个婴儿在她怀里的笑容，也许可以把我这个孩子气的太太变为大人。但是那种希望却并没实现。一个小小的灵魂，在他那小小囚室的门口刚扑打了一瞬的工夫，跟着连受羁绊都没意识到，就不翼而飞了。

“我要是能再跟从前一样，到处地跑，姨婆，”朵萝说，“那我非叫吉卜跟我赛跑不可。它变得非常地慢、非常地懒了。”

“我疑心，我的亲爱的，”我姨婆说，一面坐在她身旁，安安静静地做着活儿，“它的毛病，不止是慢、是懒就完了。那是年龄的关系啊，朵萝。”

“你认为它老了吗？”朵萝吃了一惊，说。“哦，吉卜会老了。这叫人觉得多么奇怪啊！”

“咱们上了年纪的时候，这种不快，是人人都得受的，小东西儿，”我姨婆高高兴兴地说；“我敢跟你说，我自己比起以前来，感到那种不快的时候，就越来越多了。”

“但是吉卜，”朵萝带着怜悯的样子看着吉卜说，“即便小小的吉卜，也都逃不过去啊！哦，可怜的小东西儿！”

“我敢说，它还且能活哪，小花朵儿，”我姨婆说，同时用手拍朵萝的脸蛋儿，那时她正倚向长沙发椅外，瞧着吉卜，吉卜和朵萝要同感互应，就用后腿站起，并且气喘吁吁，连头带肩，硬要踉踉跄跄地往上爬，而却老摔下去。

“今年冬天，一定得在它的窝里给它铺上一块法兰绒，那样的话，我一准敢保，明年春暖花开，它还是要出落得十分光滑润泽。上帝加福给这条小狗吧！”我姨婆喊道。“要是它像猫那样，也有九条命[1]，而这九条命眼看着就都要不保了，那它也要用它最后一口气儿，朝着我猛叫的，这我十分相信！”

朵萝帮了它一下，它才爬上了沙发，它在沙发上，一点不错，冲着我姨婆凶猛地发威，叫得身子都直不起来了，而一个劲儿地歪扭。我姨婆越瞧它，它就越对着我姨婆发作，因为我姨婆新近戴起眼镜来了，而由于不可理解的原因，它把眼镜看作是我姨婆那个人身上长的什么。

朵萝费了许多哄诱的话，才把它弄得躺在她身旁；它安静下来以后，朵萝用手把它的一只长耳朵捋了又捋，同时满腹心事地说了又说，“即便小小的吉卜都逃不过去！哦，可怜的小东西儿！”

“它的气力还足着哪，”我姨婆欢欣地说，“它叫起来，也还蛮有

---

① 英人习惯说法，其意谓，猫比别的动物生命力更强。

劲儿。毫无疑问，它还有好些年好活的哪。不过你要是想要一条能跟你赛跑的狗，小花朵儿，它养尊处优惯了，可干不了那个了。要干那个，我得给你另弄一条才成。”

“谢谢你，姨婆，”朵萝有气无力地说。“不过我可得求你，别给我另弄一条！”

“别给你另弄一条？”我姨婆说，一面把眼镜摘了下来。

“除了吉卜，我就不能再养别的狗，”朵萝说。“我要是再养别的狗，那我就太对不起吉卜了！并且，除了吉卜，我也不能跟别的狗那么亲热；因为别的狗没法儿在我没结婚以前就认得我呀，也不能在道对头一次到我们家去的时候就冲着他叫啊。我恐怕，姨婆，除了吉卜，任何别的狗，我都不会喜欢。”

“可也是！”我姨婆说，同时又用手拍她的脸蛋儿。“你说得对。”

“你不是生了我的气啦吧，”朵萝说，“你生了气啦吗？”

“哟，你这个小乖乖，心这么细！”我姨婆喊道，同时疼爱地把身子伏在她身上。“居然能想到我会生气！”

“不是那样，不是那样，我并没真那样想过，”朵萝回答说，“我只是有一点疲乏，疲乏使我有一阵儿犯起傻来——你知道，我永远是一个小傻子；但是，一谈起吉卜来，我就更傻了。它对于我所有经过的事儿，全都知道。是不是，吉卜？我不忍得因为它稍微跟以前不一样了，就看不起它，我忍得吗，吉卜？”

吉卜更往它主人身边偎傍，懒洋洋地舔她的手。

“你还不至于老得非把你的主人撇下了不可吧，吉卜，至于吗？”朵萝说。“咱们俩还能相守一些时候哪！”

我的漂亮的朵萝！她在跟着来的那个星期天下楼去用正餐，并且见了特莱得那样高兴(特莱得老在星期天跟我们一块儿用正餐)，那时候，我们都认为，她再过几天，就会“跟往常一样，到处跑”了。但是他们却说，还得再等几天，于是又说，还得再等几天；而她仍旧，不但不能跑，连走也成了问题了。她看起来非常漂亮，非常欢势，但是她那双小小的脚，原先围着吉卜活蹦乱跳，现在却迟重缓慢，举动失灵了。

我开始每天早晨抱她下楼，每天晚间抱她上楼了。我每次抱她的时候，她都搂住了我的脖子大笑，好像我抱她只是为了打赌取乐似的。吉卜就又叫、又围着我们跳，又跑在我们前面，又在楼梯口儿回过头来，气喘吁吁地看我们是否来了。我姨婆，护士里面顶细心、顶叫病人高兴的一个护士，在我们后面，蹒跚而前，简直就是一大堆会活动的披肩和枕头。狄克先生就决不肯把他执掌蜡烛的差事让给任何活人。特莱得就往往站在楼梯底下，往上看着，从朵萝嘴里，把玩笑式的信息记下，好传给那个世界上最着人疼的女孩子。我们大家作成了一长溜欢乐的纵队，而我那个孩子气的太太就是其中最欢乐的。

但是，有的时候，我把她抱起来，只觉得她在我怀里，比以前更轻了，我就感到暗淡沉滞、恍惚茫昧，好像有一片冰霜凛冽的地带，我正走到它近前而却还没看见它，使我的生命因之冻得僵硬麻木。我避免把这种感觉用任何名义叫出来，也不容我自己和这种感觉亲受密接；一直到有一天晚上，这种感觉非常强烈地压在我的心头；我姨婆喊了一声"夜安，小花朵儿！"和朵萝分手；那时候，我在我的书桌前面，一人独坐，哭着琢磨，哦，这个名字多不吉祥啊，花朵儿在树上还开着就已经憔悴凋零了。

第四十九章
坠入五里雾中

有一天早晨，我由邮局收到下面这封信，发自坎特伯雷，寄到博士公堂我的名下。我看这封信的时候，颇感诧异。原来信上写道：

亲爱老友阁下：

业务繁剧，偶得偷闲，窃于其中，静观前尘，默思往事，觉旧情之牵惹，实缤纷而绚灿，而向日清颜之密接，诚此时及来日寂寥之慰藉，且为迥异寻常之慰藉也。然人事匆遽，个人既难控御，时光流转，一去更无留意，遂使此清颜之密接，久已为两地之暌违。此一事也。加以阁下大才，致身闻达，愈使吾人不敢有渎清范，擅以押昵之称——考坡菲——横加诸吾少年侣伴之身矣。吾今可奉告者，即阁下大名，吾幸得而称之者，在吾家文献中（吾此所谓，即寓居吾家好友之旧档，经米考伯太太保存者）将永以始而尊敬、终而爱护之情，珍重什袭也。

吾既受自身过失之揶揄，复被艰苦遭遇之交加，其处境遂如覆没之舟（如吾可用一海事名物以为喻）；以一如斯处境之人，而欲裁笺致之阁下——余重复言之，以一如斯处境之人，而欲以问候之词，祝贺之语，陈于台前，其不可固有然矣。故吾以此期之于才干精强，身行修洁之士可也。

苟阁下于撰述伟业之余暇，肯赐此芜札以垂览而至于此处——此则须视情况之异，或然或否——则阁下自应垂问，余果受谁何之指使而命笔陈词者乎？余敢以自解者，即此所问之尽情合理，敬闻命矣，兹引而申之曰，其指使者，非与金钱有关也。

至于奋惊雷，掣骇电，纵烈火于四远，以铄石而流金，以伸冤而泄愤[①]，此皆吾身可能有之潜力，勿庸直述者。兹请附陈一言，乞赐清听：即吾最光明之幻想，已成石火电光——吾平静之心情，已起惊涛骇浪——吾追欢取乐之能力，已如飞絮浮沤——吾正常之精神，已入不正常之域——吾在人前，已不复能昂首阔步矣。蛴螬已伏于蓓蕾[②]，苦酒已溢于杯盏[③]，蠹已蠢动，且即将蚀其所侵而尽之矣。余则祝其愈速愈佳。然此皆题外之言，不应喋喋者也。

吾之心情，既处于特殊痛苦之中，即米考伯太太，身兼女性、妻子、母亲三种职分，亦无所施其抚慰之力，故吾意欲作短时之自逃，偷四十八小时之余暇，以重谒首都旧日行乐之地。在曾与吾人以家室燕

---

①《旧约·以赛亚书》第30章第30节：上帝降雷电及毁灭一切之烈火。

②蛴螬已伏于蓓蕾：屡见莎士比亚，如《十四行诗》第36首第4行等。后“蠹已……蚀其所侵”，则本于莎士比亚《第十二夜》第2幕第4场第111行。

③苦酒已溢于杯盘：以杯喻命运，苦酒喻苦难，屡见《圣经》，如《旧约·诗篇》第75篇第7、8节等处。

息、心神宁静之安乐窝中，吾之足迹自将趋于皇家法席监狱。苟天从人愿，吾准于后日晚七时，身临该民法诉讼监禁处之南墙外。吾书至此，则所欲言者悉已尽矣。

吾殊不自揣，斗胆请老友考坡菲先生或老友内寺成员托玛斯·特莱得先生（如此人尚在人间，可召之而出者）屈尊枉驾，到彼相会，以重叙旧交。吾于此请，实不敢自信其有据；请仅限一语，以表下忱：即足下于吾指定之时、之地，仍可见此

倾圮

高塔之

残存

剩迹

维尔钦·米考伯也。

附启：吾此行之意图，即对米考伯太太亦守秘密，此吾所宜申明者。

我把这封信从头到尾，看了好几遍。米考伯先生的书札，虽然行文高迈，他这个人，虽然一遇到可能的机会，甚至于不可能的机会，都要埋头伏案、舔唇咂舌，连篇累牍，走笔挥翰——他这种种情况，虽然我们应当加以考虑，但是我还是认为，在他这封拐弯抹角传情达意的书札里，深隐之处含有重大的使命。我把信放下，来琢磨这封信的意义，又把信拿起来，从头到尾重看了一遍；正在这样琢磨又琢磨的时候，特莱得来到我跟前，看到我正陷入了最惶惑不解的沉思之中。

"我的亲爱的学长兄，"我说，"我没有比现在看到你再高兴的了。你来得正是时候，我这儿正最需要你那清楚的头脑来给我帮助。我从米考伯先生那儿，特莱得，收到了一封很奇特的信。"

"不会吧？"特莱得喊道。"真个的？我哪，就收到了米考伯太太一封信！"

特莱得因为一路走来，满脸通红；他的头发，也因为又走路，又兴奋，直竖在脑壳上，好像他看到一个活灵活现的鬼一样；他就这样，一

面说着这句话，一面掏出一封信来，把我手里的信换走。我瞧着他看米考伯先生那封信，一直瞧着他看到信的中间，嘴里说，“‘奋惊雷，掣骇电，纵烈火于四远，以铄石而流金，以伸冤而泄愤’；“哎呀，我的考坡菲！”同时把眉毛一扬。我对他以扬眉相报，于是才展开米考伯太太的信来看。

这封信如下：

余谨向托玛斯·特莱得先生问好致敬。倘特莱得先生仍忆前此有幸、一度与之熟悉深知之人者，吾请其拨冗赐此函以一顾，可乎？余所以冒昧进言者，以吾已濒癫狂之境，否则不敢有渎清听。此吾敢对特莱得先生断言者也。

米考伯先生本喜家居，驯良温蔼，今则与其家人妻子，生分疏远，此虽余言之痛心者，而余在窘迫无告中，敢对特莱得先生哀恳呼吁，求其垂爱将护，实即以此。米考伯先生行动之一反常态，性情之犷悍凶暴，出特莱得先生想象之外。伊此情况，逐渐加剧，直至伊之智力已失正常。余可为特先生告者，即无一日，此种病态不突然发作。米考伯先生时时喧嚷，云伊已委身于魔鬼，余对此言久已习闻，竟不以为怪，特先生以此即可知余之心情矣。过去米考伯先生对余，本无限信赖，今则隐秘与诡秘，久已为米考伯先生性行之主要特点，取信赖而代之矣。稍有触犯，如问彼正餐嗜食何物，均可使伊倡离婚之议。昨晚，孪生子童心未泯，索二便士，将以购“柠檬妙”——一种本地所制之糖果——彼竟以剖蛎刀相向。

余以此等琐细，絮絮相渎，应请特先生见谅。然不如此，则欲特先生明余心肝摧折之处境，即极微茫，亦属难能。

吾今冒昧，将作此书之意，掬诚陈于特先生之前，可乎？特先生能许吾信赖特先生之友好关切以自托乎？吾谓之能，以吾知特先生之为人也。

疼爱者敏锐之目光，如为女性所有，即不易受蒙蔽，以是余知米考伯先生将有伦敦之行矣。彼今朝早餐前，于旧日欢畅岁月中所有之褐色小提包上，系地址卡片，虽其时伊惨澹经营，以图掩饰其手迹，而为妻者之关切，终亦清晰辨出敦字之痕迹。驿车在西头之终点为金十字架。吾今斗胆竭诚哀恳特先生，请一见迷入歧途之吾夫，喻之以理，可乎？吾今恳请特先生厕身于米考伯先生与其茹辛含苦之家人之间，以调停之，可乎？呜呼，不可也，因此请求固已太过也！

如考坡菲先生尚未忘此默默无闻之老友者，即请特先生以吾始终如一之敬爱并同样恳切之请求，转达考坡菲先生，可乎？不论如何，请特先生以慈爱为怀，对此函绝对保守秘密，在米考伯先生面前万万不可提起。如特先生欲赐覆者（以吾观之，此殆不可能），即请寄至坎特伯雷邮局爱·米·，此可少引起痛苦后果，胜于直接寄与。下方署名为：在极端痛苦中，向

托玛斯·特莱得先生致敬意、求哀怜之

爱玛·米考伯也。

"你认为这封信是怎么回事？"特莱得把眼光转到我身上说。那时候我已经把这封信看了两遍了。

"你认为另外那一封是怎么回事？"我说。因为他仍旧皱着眉头看那另一封信。

"我认为，把这两封信合起来看，考坡菲，"特莱得回答我说，"比起米考伯先生和米考伯太太平常写的信来，意义更大——不过教我说是怎么回事，我可就答不上来了。这两封信，都是诚心诚意地写的，并且他们绝不是事先串通好了的。可怜！"他是说米考伯太太的信；那时我们两个正站在一块儿，比较那两封信："不管怎么，咱们回她一封信，告诉她，说咱们绝没有错儿，一定去见米考伯先生一面，这对于她就是大慈大悲了。"

我对这个提议，特别欣然赞同，因为我对她上次给我的那封信，并没重视，现在责问起自己来。我刚接到她那封信的时候，我倒也想了又想，像我前面说过的那样，但是我自己的事儿正把我的心神全部吸住了，我又深知他们那一家人是什么情况，我又没再听到他们的消息，所

以我慢慢地就把那封信撂在一边，把那件事完全忘了。我倒也时常想到米考伯那一家，但是我想到他们，主要地却是琢磨琢磨他们在坎特伯雷又闹下了一些什么经济负担，再不就回忆回忆，米考伯先生做了希坡的录事以后，见了我都怎样羞羞答答，藏头露尾。

但是，我现在以我们两个人的名义，写了一封安慰米考伯太太的信，我们两个都在信上签了名。我们两个一块儿步行走到城里，把信付邮，那时候，特莱得和我讨论了半天，作了许多揣测推想，那我不在这儿重叙。我们下午把我姨婆请来，参加我们的商讨；但是我们唯一肯定的结论只是：我们得准时赴米考伯先生的约会。

我们到了约定的地点，虽然比我们约定的时间早一刻钟，我们却看到米考伯先生已经在那儿了。他正抱着两臂，对着墙站在那儿，脸上带着感触惋惜的表情，看着墙头上的铁叉子，好像这些铁叉子是杈丫的树枝，曾在他幼年时期给他作过荫覆屏蔽一样，

我们跟他搭话的时候，他好像有些无所措手足，有些不像往日那样文雅。他为了作这趟旅行，把他那套法界的黑服装扔在家里，而穿着他那件旧外衣和那条旧马裤，但是神气却不是老样子了。我们跟他谈着话的时候，他才慢慢地恢复了故态，但是他那单光眼镜却仍然好像很不得劲地挂在胸前，他那衬衫领子，虽然仍旧跟从前一样地又宽又高，也未免有些软勒咕唧地挺不起来。

“绅士们！”米考伯先生跟我们寒暄之后，接着说，“你们是患难的朋友。所以都是真正的朋友，请你们允许我，对现已‘在位’的考坡菲太太和现尚‘在野’的特莱得太太，敬致问候之词——我所以说现尚‘在野’的特莱得太太，因我假定，我的朋友特莱得先生，尚未与其意中人，缔结婚姻，甘苦共尝，忧乐同遭啊[①]。”

我们对他的殷勤问候，表示了感谢，同时作了应有的回答。跟着他把我的注意引向监狱的高墙，正开始说：“绅士们，我对二位保证，”于是我冒昧地对于他那样郑重的称呼，提出反对的意见，同时请他，仍

---

①《婚姻礼文》中语。

旧用往日的说法对我们讲话。

“我的亲爱的考坡菲，”他回答我说，一面紧紧握着我的手，“你这样诚恳真挚，使我不胜感动。你对这个一度叫做是人而现在则为庙宇之残痕遗迹——如果你可以允许我这样说我自己——你对这样一个人这样接待，足以表明你那颗心是人类共有的天性中一种光荣。我刚才正要说的是：我现在又看到我一生中最快活的岁月疾驰而过的宁静地方。”

“我敢说，那种岁月所以那样快活，都是米考伯太太所造成，”我说。“我希望她很好吧？”

“谢谢你，”米考伯先生回答我说，同时因为提到他太太，脸上现出一片沉郁之色。“她也不过尔尔。你瞧这儿就是那个皇家法席法院！”米考伯先生说，说的时候，满腹幽怨地把头乱点。“在那个地方，在许多时光流转的岁月中，才头一次，没有人把压得叫人喘不上气来的财务负担，日复一日、纠缠不清地呼喊叫嚷，在过道里拒不退去。在那个地方，门上才没有门环供债主急敲，猛击；在那个地方，个人拘票才没有必要，新案重拘的拘票才在大门外面投递。绅士们，”米考伯先生说，“在那个地方，那个砖建筑顶上的铁叉子射出阴影来，投到散步场的石头子儿上面，我曾看着我的孩子们顺着阴影参差纵横的花样，躲着黑道、净走白道。我对于那个地方上每一块石头都非常熟悉。如果我不禁露出对这个地方不胜爱惜的意思来，那得怎样替我原谅，你是知道的。”

“从那个时候以后，米考伯先生，咱们大家都在世路上又有了进展了，”我说。

“考坡菲先生，”米考伯先生很难过的样子回答我说，“我在那个隐蔽幽静的地方上托身寄寓的时候，我可以昂首向人；如果别人有得罪我的，我可以饱以老拳。但是现在我跟我的同类所有的关系，可已经不再是体面光荣的了！”

米考伯先生心意沮丧地把眼光从那座建筑上挪开，一面挽住我伸给他的胳膊，另一面挽住特莱得伸给他的胳膊，就这样夹在我们两个中间，往前走去。

“在一个人往坟墓去的路上，”米考伯先生一面恋恋不舍地回头看去，一面说，“有许多里程碑，是他走到那儿就不想再往前走的，要不是因为这种向往有渎神明①。皇家法席监狱在我坎坷的一生中，就正是这样一个里程碑。”

“哦，你这是心情沮丧啊，米考伯先生，”特莱得说。

“不错，先生，正是，”米考伯先生插言道。

“我希望，”特莱得说，“那不是你对于法律抱有恶感吧——因为，你知道，我也是干法律这一行的啊。”

米考伯先生没吱一声。

“咱们那位朋友，希坡，怎么样啊，米考伯先生？”大家静默了一会儿以后，我说。

“我的亲爱的考坡菲，”米考伯先生忽然一下非常兴奋起来，脸都白了，回答我说。“如果你把我这个东家当作你的朋友来问候，我为之惆怅；如果你把他当作我的朋友来问候，我为之苦笑。不管你把他用什么身分来问候，我都要在不开罪于你的情况下，把我的答复限于下面这一句话，那就是：不管他的身体怎样，他的样子可狡猾得像个狐狸，姑且不说残酷得像个魔鬼。你得允许我，以一个私人的身分，谢绝把这个主儿谈下去，因为这个主儿，把我鞭打棍捶，使我在职业方面，到了走投无路的绝境了。”

我无意中提到这个话题，使他这样兴奋，表示颇以为憾。“那么，”我说，“为了免得孟浪而重犯错误，我可以跟你打听打听，我的老朋友维克菲先生和维克菲小姐怎么样吧？”

“维克菲小姐，”米考伯先生脸都红了，说，“像她永远那样，是一个模范人物，是一个光辉榜样。我的亲爱的考坡菲，在这充满苦恼的生命里，她是惟一有明星照耀的地方。我对那位年轻的小姐敬仰，对她的品格爱慕，对她的孝顺、真诚、美德崇拜！——咱们找个墙角，”米

---

①这儿的意思是说“自杀”。基督教教义反对自杀，故言“有渎神明”。

考伯先生说，“待一下吧。因为，我说实话，在我眼下这种心情下，这是我不能克制的。”

我们把他带到一条狭窄的街道。他到了那儿，从口袋里掏出一条小手绢儿来，背着墙站着。我当时看他，如果也像特莱得那样严肃，那他一定会觉得，我们这两个人跟他在一块儿，并不能使他精神鼓舞。

“我命中注定，”米考伯先生说，一面毫不掩饰地呜咽啜泣，但是即便呜咽啜泣，也影影绰绰地含有旧日那种凡事出之以文雅的表情；“我命中注定，绅士们，别人身上优美的感情，到了我身上就都变为丢人现眼的事儿了①。我对维克菲小姐的崇拜，像万箭齐发一样，攒到我的心头。我请你们最好不要理我，把我当作无业游民，随我在世上流浪好啦。蠹虫会用跑步的速度把我交代了的。”

我们没理会他这种呼天降灾的话，只站在一旁看着他，一直看到他把手绢收起来，把衬衫领子理直了，同时，把帽子歪着戴在一边，嘴里哼起小调儿来，以避免附近一带，有任何人看到他这副样子。那时我对他说——因为我害怕，如果我们一下和他分手，不知他的去向，那我们就很难再找到他的去向②——要是他肯坐车到亥盖特走一趟，那我就非常高兴把他介绍给我姨婆，我们并且在那儿给他备有下榻的地方。

“你一定得给我们亲手兑一杯盆吃酒，米考伯先生，”我说，“那样，你就可以净回忆过去愉快的光景，把盘踞在你心头的事，不管是什么，全都忘了。”

“再不，如果把心腹话对朋友说一说，就能消忧解愁，那就请你一定把心腹话对我们说一说吧，米考伯先生，”特莱得小心审慎地试探着说。

“绅士们，”米考伯先生说，“你们想要把我怎么办就怎么办好啦！我是大海水面上的一根麦秆儿，正如大象四面八方地混冲乱

---

① 优美的感情，指他对维克菲小姐的敬爱和同情而言；丢人的事，指他自己的啜泣而言。

② 言怕其自杀。

打——对不起，我应该说，正叫大浪四面八方地混冲乱打。”

我们又胳膊挽着胳膊往前走去，走到驿车车站，刚好碰上驿车要开，我们坐上了车，一路没碰到任何周折，就到了亥盖特了。究竟说什么话，做什么事，才算最好，我心中无数，不得主意——特莱得显而易见也跟我一样。米考伯先生在大部分时间内，都是深深地沉于抑郁之中的。他偶尔有时想极力振作一下，哼起小调的尾声来；但是他那种故意把帽子特别歪着戴在一边，再不就把衬衫领子竖着挺到眼睛那儿，都使人明显地看出来，他又更深地沉入愁闷忧抑之中。

我们因为朵萝身体有些不适，可就没往我自己家里去，而来到我姨婆家里。我们打发人请我姨婆，她立时下楼，和米考伯先生见面，对他优逸和蔼地表示欢迎。米考伯先生吻了她的手以后，退到窗户那儿，掏出手绢儿来，心里自己跟自己挣扎了好半歇。

狄克先生正在家里。他那个人，天生来对于任何受窘遭难的人极端同情，对于这样的人很快就能发现出来，因此他在五分钟以内，跟米考伯先生至少握了有六次手。对于米考伯先生那样一个身在苦难中的人，有这一个生人表现这样热情，特别使他感动；因此，每一次握手的时候，他都只能说，“我的亲爱的先生，你真使我不胜感激！”这话使狄克先生得意之极，所以他就比以前更加劲地又来了一次握手活动。

“这位绅士的友情，”米考伯先生对我姨婆说，“如果你能允许我，特洛乌小姐，从我们野蛮国戏[①]的语汇里采用一个藻饰之词，那我就得说，这位绅士的友情——把我打趴下了。对于一个正惶惑不解、忐忑不宁地在好几挑重担之下挣扎的人，这样的接待真叫人担受不起，这是我敢对你担保的。”

“我这位朋友狄克先生，”我姨婆很得意地回答说，“不是寻常之人。”

“这我深信不疑，”米考伯先生说，“亲爱的好友阁下，”因为狄克先生又跟他握起手来，“我深深感到你的热烈情谊！”

---

①指斗拳而言。后面“打趴下了”，即斗拳时常用语。

“你心里觉得怎么样？”狄克先生带出极为关切的样子来说。

“也就是这么着，亲爱的好友阁下，”米考伯先生叹了一口气，回答说。

“你得振作起精神来，”狄克先生说，“尽力找舒服。”

米考伯先生听了这句关切的话，同时又看到狄克先生把手放在他手上，十二分地激动。他说，“在人生变幻无常的光景中，我有时也碰见过好运气，遇到过沙漠上的绿洲，但是可从来没遇见过像现在这样草木葱葱、泉水汩汩的绿洲。”

在别的时候，我听到这个话，也许只感到可乐；但是在那时候，我却觉得，我们大家都是局促不安，忐忑不宁，米考伯先生那样一方面显而易见心里有话想要说，另一方面却又尽力克制不说出来，他在二者之间那样摇摆不定，叫我看来只有替他十二分担心，因此我真处于发高烧的状态中。特莱得就坐在他那把椅子的边儿上、把两只眼睛睁得大大的，头发比往常更挺拔有力地直竖在脑壳上，往地上看一回，又往米考伯先生那儿看一回，连想要说半句话的意思都没有。我姨婆，虽然我看到把她最精细的注意力都集中到她这位新来的客人身上，却比我们两个都更能运用切乎实际的才智，因为她一直和米考伯先生交谈，不管他愿意不愿意，都非让他开口不可。

“你是我侄孙很老的朋友了，米考伯先生，”我姨婆说。“我无缘能早就跟你见面，只有引以为憾。”

“特洛乌小姐，”米考伯先生回答说，“我恨不得我能在早一些的时期，就有幸能跟你认识。我并非永远是你现在看到的这样沉舟一般。”

“我希望米考伯太太和阖府上都好吧，先生，”我姨婆说。

米考伯先生把头一低，“他们的情况，小姐，”他停了一会儿，才不顾一切的样子说，“就跟化外之人，无业游民所希望的那样。”

“哎呀我的天！”我姨婆用她那种使人觉得突然的样子喊道，“先生，你这都说的是什么话呀？”

“我一家人的生计，小姐，”米考伯先生回答说，“危于累卵。我的东家——"

米考伯先生说到这儿，令人心痒难挠地打住了，而动手剥起柠檬来，那是由我调度，连同一切他兑盆吃酒所用的东西，都一块儿放在他面前的。

"你的东家，怎么啦？"狄克先生说，同时把他的膀子一拐，给他轻轻提醒一下。

"我的亲爱的先生，"米考伯先生回答说，"你提醒我啦，我多谢你。"他们又握了一回手。"我的东家，小姐——希坡先生——有一次不吝赐教，对我说，要不是我为他服役而接到他赐给我的定期酬金，那我十有八九要成一个闯江湖的，走遍全国，演吞刀吐火的把戏。即便我自己混得还不至于到那步田地，那我的孩子，也许因为饥寒交迫，无计奈何，也得窝腰、伸腿、拿大顶、折跟头，来混饭吃；米考伯太太就得拉上弦风琴，给他们那种矫揉造作的姿势助威伴奏。"

米考伯先生把他那把刀子漫无目的地，但是却又富于表情地，挥舞了一下，表示他死了以后，他的孩子就一定要作这类表演；跟着带着无可奈何的神气，又剥起柠檬来。

我姨婆把胳膊肘儿靠在她经常放在身旁的一张小圆桌上，聚精会神地拿眼盯着他。我呢，虽然厌恶用圈套把他本来不愿意透露的话套问出来，但是我还是想要趁着这个当口儿，和他把话茬儿接过来，如果我那时没看到他做了一些奇怪的活动；这些活动之中，最突出的是：他把柠檬皮放在水壶里，把糖放在盛蜡花钳子的盘子里，把烈酒倒在空罐儿里，诚心诚意地想从蜡台里往外倒开水。我看到这样，认为紧要关头就要来到了，而紧要关头果然就来到了。他把所有他那些家伙，哗啦一声都敛到一块儿，从他那把椅子上猛然站起，掏出小手绢儿，一下哭了起来。

"我的亲爱的考坡菲，"米考伯先生用手绢捂着脸说，"在所有的活儿里，干这个最需要心里无忧无虑，自尊自重，我干不了这个活儿啦。叫我干这个活儿办不到啦。"

"米考伯先生，"我说，"有什么得说'是个事儿'的吗？请你说出来好啦。在场的都是自己人。”

“都是自己人，先生！”米考伯先生重了一遍，说。于是他先前忍隐不言的心思，一下迸发。“哎呀，天啊，主要的就是因为跟我在一起的都是自己人，我的心情才是现在这种样子。有什么得说‘是个事儿’的吗，绅士们？有什么得说‘不是个事儿’的？奸谋邪行就是个事儿，卑鄙恶毒就是个事儿；撒谎欺骗、阴谋诡计就是个事儿；而所有这些个凶恶残暴事儿汇集起来，总名就叫——希坡！”

我姨婆把两手一拍，我们大家就都好像神灵附体一样，全身一机灵。

“我这会儿已经挣扎过来了！”米考伯先生说，同时拿着手绢儿，剧烈地弯腰屈体，并且停一会儿，就把两只胳膊拼命地往前抓挠一气，好像他正在超乎人力的困难中想要从水里浮上来一样。“我不要再过这种生活了。我是一个可怜虫，一切可以使生活好受一点的东西，我都没有份儿。我伺候那个魔鬼一般的恶棍的时候，什么都成了清规戒律了。现在我要我的太太归还我，我要我的家庭归还我，我要把现在这个腿上夹着足拶子、还得到处乱窜的小小可怜虫打发了，把真正的米考伯归还我。这样，你叫我明天就去演吞刀吐火的把戏，我都肯干，而且还干得有滋有味地哪！”

我一生之中，从来没看见过有像他那样激动的。我想劝他一下，使他平静下来，因而稍稍恢复理性；但是他却越来越激动，一点也不听我劝。

“我就不能把我的手伸到任何人手里，”米考伯先生说，同时又㨃气儿，又喷气儿，又呜咽，那样剧烈，竟使他看着好像是在那儿和冷水作搏斗一样：“一直到我把——呃——那个万恶的——毒蛇——希坡——碾成了齑粉！我就不能接受任何人的友情招待——一直到我把——呃——维苏威火山——搬到——呃——这个人所共弃的恶棍——希坡——头上爆裂！在这一家里——点心——呃——特别是盆吃酒——呃——我不能下咽——呃——除非我先把这个——呃——永无悔改的骗子手和谎屁精——希坡——挖鼻子抠眼——

呃——叫他瞎眼[1]！我——呃——我谁也不认——呃——什么也不说——呃——哪儿也不去——一直到我把——呃——那个超绝人寰、祸害千年、冒充好人、伪造假证的混蛋——希坡——压成无法辨认的尘末！”

我当真害过怕，惟恐米考伯先生会当场一下玩儿完了。他上气不接下气地把这番话挣扎着说出口来，他不论多会儿，只要快说到希坡这个名字的时候，都是踉跄而前，有气无力地朝着它冲去，然后以仅次于惊天动地的猛烈劲头把它吐出口来，那时候他那种样子真正吓人；但是现在，他气喘吁吁，把身子往椅上一坐，把眼睛往我们身上看着，脸上出现了各式各样可能出现而不应出现的颜色，同时一连串连续不断的疙瘩，一个跟着一个，火急地来到喉头，又好像由喉头跟流星一般跑到天灵盖上，那时候他的样子简直地就是已经到了绝境。我本来想跑过去帮他一下，但是他却向我摆手，不让我帮。

“别价，考坡菲！——我可不再跟——呃——你们——呃——通音信啦——一直到——呃——维克菲小姐——呃——在那个无恶不备的大混蛋——希坡——手里所受的侮辱——呃——洗刷干净——（我十二分地深信不疑，如果不是因为他觉得‘希坡’这个名字来到跟前，叫他生出令人惊异的劲头来，那他连三个字都说不出来的）千万千万保守秘密——呃——对全世界——呃——没有例外——呃——从今天起，再过一个星期——吃早饭的时候——呃——所有在这儿的人——呃——连姨婆包括在内——呃——还有这位特别友好的绅士——呃——在坎特伯雷的旅馆里——在那个——呃——米考伯太太和我——呃——同唱《昔时往日》——呃——的旅馆里——呃——我要揭发那个使人忍无可忍的大恶棍——希坡！没有别的话可说啦——呃——也不要听人劝——马上就走——和别人处在一块儿——呃——受不了——去紧钉这个至死不回头——注定要完蛋——坑东骗伙的奸

[1] 此处“瞎眼”，与上文“下咽”，同声双关。原文只一“choke”，一字二意双关。

棍——希坡！”

他所以能够说得下去，就是由于这个具有魔力的名字；他现在把这个名字用了超过以前所用的劲头最后重说了一遍，跟着冲到屋子外面去了，把我们撂在屋里，兴奋、希望、惊讶，使我们变得跟他自己没有多少两样。但是即便在这种情况下，他那种酷嗜写信的爱好，仍然非常强烈，使他无法抵抗。因为我们还仍旧在兴奋、希望、惊讶的高潮中，邻店送给了我下面这封“牧职短信”①，那是他到那个旅店里写的：——

至为机密重要。

亲爱吾友阁下：

顷在令姨婆尊前，兴奋失态，至为歉疚，兹谨恳请阁下，将此歉意，代为转达。内心斗争，蕴蓄郁结，遂如火山轮囷，久经抑扼，一发而不可收拾，其势只可意会，难以言传也。

吾深信吾已将约会时地，简略表明矣：其时为一星期后之晨间，其地为坎特伯雷招待公众之馆舍，亦即吾与米考伯太太一度有幸，与阁下同声合唱特维得河彼岸不朽税吏②著名歌曲之地也。

一旦职责得尽，亏负得偿（余所以能对同生天地间之同胞正颜相视者，只以此一事耳），则余将翩然长往，永绝迹于人世矣。余如能将此一把骨殖瘗于一切有生归宿之地，如

村中父老，椎鲁不文，
逼仄幽室，万世托身，③

则其愿毕矣。至其碑文，则朴素无华，仅泐以

维尔钦·米考伯可也。

①圣保罗给提摩太等人的信札，为《新约》组成的一个部分，总名“牧职书札”，皆写传道布教中牧师之职责。《提摩太后书》第14章第6～7节说：“我今离去之时即在目前。我已尽力奋斗。我已走完所走之路，我始终忠诚不渝。”这几句话与米考伯信里最后一段相似。

②指彭斯之《昔时往日》而言。彭斯曾为税吏，生于苏格兰特维得河北面。

③引英国18世纪诗人格雷《乡村教堂墓地挽歌》第15～16行。

第五十章
梦想实现

在这个时候，离我们在河边上和玛莎见面那一次，已经过了好几个月了。从那时以后，我没再见到玛莎，但是她却和坡勾提先生通过好几次消息。她那样热心插手，还没得到任何结果：并且我从坡勾提先生对我说的话里听来，也不能作出结论，说关于爱弥丽的命运，至少一时之间，能得到任何线索。我得坦白承认，我对于能否找到她，开始抱绝望的态度，并且慢慢地越来越深深相信，她已经不在人间了。

他的坚信却始终没有改变。据我所知道的来说——我相信，他那副忠诚笃实的心，对我是明澈可见的——他有一种严正稳固的信心，认为能找到她，这种信心从来没动摇过。他永远坚忍从事，不知疲倦。虽然一方面我害怕他那种坚定的信心，一旦成幻，会因而引起他深创巨痛，另一方面却又因为他那种信心，坚定虔诚，令人感动地表现出来，它是在他那高尚天性中最纯洁的深处扎下根儿的，因此使我对他的尊崇和敬爱，一天比一天提高。

他的信心并不是只消极信赖，坐待天赐，一味希望，别无所事。他一生之中，永远是一个坚强力行的人，他知道，在一切事情里，如果需要别人帮忙，那总得自己先尽力好好地干，自己先帮自己的忙。我曾经知道，他因为疑心老船屋窗户里的蜡也许会出于偶然，没放在那儿，因而在夜里动身徒步，一直走到亚摩斯。我曾经知道，他由于看到报上有的消息可能与爱弥丽有关，因而拿起手杖，长途跋涉了七八十英里。达特小姐告诉我的那个消息，我转告了他，他听了以后，就取道海上，往那不勒斯去走了一个来回。他一路上都是省吃俭用、吃苦耐劳的，因为他一直坚守为爱弥丽攒钱的目的，以备有找到她的那一天。在所有这段长期寻访中，我从来没看见他露过烦躁，从来没听见他说过疲乏，没看见他表示过灰心。

自从我们结了婚以后，朵萝常和他见面，她非常喜欢他。我现在想起下面这种光景，还如在目前：他，身躯粗壮，手里拿着他那绒头凌乱的便帽，站在朵萝的沙发近旁，我那孩子气的太太就把她那双碧波欲流的眼睛抬起来，带着羞怯怯的惊异之态，往他脸上瞧。有的时候遇到晚上，暮色苍茫，他到我这儿来，跟我说话儿，我们一块儿慢慢地来回溜达，我就请他别客气，在我们庭园里抽一气烟。那时候，他舍之而去的那个家、那个家里晚上炉火熊熊的时候在我童年眼里那种温暖舒适的气氛、围着那个家四周呜咽的那种凄风，都在我心里生动鲜明地出现。

有一天晚上，就在这种时候，他告诉我说，头天夜里他正要出门儿，他看到玛莎在他的寓所近旁等他。玛莎教他不论怎样，都不要离开伦敦，总得等到他再见到她的时候。

"她告诉过你为什么不要你离开伦敦没有？"我问道。

"我问过她，卫少爷，"他回答说，"不过她可没说出什么道理来，只教我答应她，别离开伦敦，跟着就走了。"

"她对你说过，你可能什么时候再见到她没有？"我问道。

"没有，卫少爷，"他回答说，同时满腹心事地用手把脸从上到下一摸。"那个话我也问过她，不过她可说她说不上来。"

由于我一直认为只有一线希望罢了，因而长久避免鼓励他，所以我听了他这个消息只说，我想他不久就可以再见到她的，就没再说别的话。这个消息在我心里引起的揣测，我只藏在我自己心里，这种揣测都是非常渺茫的。

过了大约两星期，有一天傍晚，我在庭园里一个人闲步。那天晚上的光景，我记得很清楚。那是坡勾提先生焦灼忧虑、牵肠挂肚的第二个星期。那天下了一整天雨，空中弥漫着一片湿意。树上叶子密接，水珠浓缀，但是雨却已经住了，不过天色仍旧阴沉。鸟儿噪晴，都吱喈和鸣。后来，我在庭园里溜达了一歇，暮色在我身边四合，细碎的鸟声也静止了，于是那种乡村晚间所特有的寂静，统领了一切，那时候，最细小的树叶，都一动也不动，只有树枝上的残雨，偶尔滴到地上。我们那所小房儿旁边，有一道花木攀附、藤萝缠绕的栏架，通过这个栏架，我可以在我散步的那一部分庭园里，看到房子前面的大路。我正在那儿想各式各样的心思，碰巧把眼光转到这个地方，于是我看到外面一个人形，披着一件简净朴素的旧外衣。那个人形一直朝着我很着急地走来，同时还对着我打手势。

“玛莎，”我喊道，同时朝着她走去。

“你能跟我一块儿去一下吗？”玛莎心情骚乱的样子，打着喳喳儿说。“我到坡勾提先生那儿去过，不过他不在家，我写了一个字条，告诉他到哪儿找我，亲自把这个字条放在他的桌子上。他们说，他不会出去得很久。我有消息报告他，你能马上跟我一块儿去一下不能？”

我的回答只是：马上出了栅栏门。她用手急忙打了一个手势，好像求我耐心静默，同时朝着伦敦市内走去。看她那衣服的样子，她一定是刚从市内匆匆忙忙地走着来的。

我问她，伦敦市内是不是她的目的地？她像刚才一样，匆忙地打了一个手势，表示是；我就把一辆走过的空车叫住了，我们一块儿上了车。我问她，告诉车夫往哪儿去，她说，“不管哪儿，只要靠近金广场[①]就成！要快！”说完了，往一个角落里一缩，一只手哆嗦着举在面前，另一只做出以前的姿势，好像表示她受不了任何说话的声音。

我那时心慌意乱，又让烁烁的希望和荧荧的恐惧，冲突抵触，弄得眼花缭乱，所以就往她那儿瞧去，希望她能给我解释解释。但是我看到她那样强烈地想要保持缄默，同时我觉得，我在那种情况下，天生地也有同样的倾向，因此我可就没硬要打破沉寂。我们一言不发，往前进行，有的时候，她往车窗外面看去，好像认为，我们走得很慢，其实我们走得很快，不过别的情况，却仍旧完全跟以前一样。

我们在她说的那个广场的入口之一下了车，我叫车夫就在那儿等着，因为我恐怕我们也许还有用得着那辆车的时候。她把手放在我的胳膊上，带着我走进一条阴惨暗淡的街道。这种街道在这一带有好几条，那儿的房子，有一度本来华贵壮丽，每一所专供独门独院居住，但是现在已经、或者从前已经蜕化变质，成了单间出租给穷人住的杂居楼了。我们进了这种房子中间之一的敞着的门，她把手从我的胳膊上拿开，打

---

①在皮卡狄利圆广场北面。皮卡狄利圆广场为伦敦暗娼勾引游客的地方。

手势叫我跟着她上了一道公用的楼梯，这个楼梯，很像大街的一股支流一样。

这所房子里房客拥挤。我们往上走着的时候，只见房间的门都开开了，人们都探着头往外瞧。在楼梯上，我们往上走，就有别的人往下走，和我们交臂而过。我还没有到房子里面以前，曾从外面把房子瞥了一眼，看见女人和小孩，都在窗户里面靠着，窗台上就摆着花盆儿。我们好像引起了他们的好奇。因为从门那儿往外瞧我们的，就大部分是这些人。楼梯的框子上都安着宽阔的护墙板，楼梯扶手都是用硬木做的，也很宽阔；门上都有门楣，刻着花果的样子作装饰；窗下面都安着宽阔的窗下座位。但是所有这些表示过去一度华丽堂皇的残痕剩迹，现在都变得一概朽烂，满是尘垢，只叫人叹惜。地板经过腐蚀、潮湿和岁月的损坏，有好些地方都残破不整，甚至于还危险可怕。我注意到在贵重的老硬木地板上，这儿那儿有用普通松木修补的地方，以图在日益抽缩的木架上，注入精壮新鲜的血液，但是这种修补，却像没落衰败的老年贵族，和下层社会的叫花子结为婚姻那样，这种绝非门当户对的双方，都对对方退避蜷缩，离而远之。楼梯后面的窗户，有好几个都暗不透光，或者全部砌死。那几个幸而没砌死的，也都几乎一块玻璃都没有，通过这种日益坍塌的窗户，恶浊的空气好像只有进，没有出。我隔着这种窗户，再通过另外没有玻璃的窗户，看到别的房子里面，也都是同样的情况。再往下看，就是一个肮脏龌龊的院落，那是这所大房子的人家堆垃圾的地方。

我们朝着这所房子的顶层走去。走到中途，有两三次，在暗淡的光线中，我认为好像有女人的长袍下摆，在我们前面往楼上移动。我们拐了一个弯儿，要去房顶和我们之间最后那一层楼的时候，我们看到穿长袍那个女人的全身；只见她在我们前面一个门外面停了一会儿，跟着扭开门钮，走进去了。

“这是怎么回事？”玛莎打着喳喳儿对我说。“她怎么进了我的屋子里去啦？我并不认识这个人哪！”

我可认识她。我是以诧异之感认了出来，她原来是达特小姐。

我对我的带路人只说了一句话，大意是：这是一位小姐，我从前见过；但是几乎还没等到我把这句话都说完了，我们就听到那个女人在屋子里发话的声音，不过，从我们那时候站的地方上听来，还听不出她说的是什么。玛莎脸上一片诧异之色，又对我把她刚才说的话说了一遍，跟着轻轻悄悄地带着我来到楼上。于是又从一个小小的后门(这个门好像没有锁，所以她一碰就碰开了)，把我带到一个空无一物的小小阁楼，阁楼顶儿斜坡，比一个橱柜大不了多少。在这个阁楼和她叫做是她自己的那个屋子之间，有一个小门儿通着；那时候这个小门儿正半开半闭，我们就在那个门儿外站住了脚，因为刚才上楼，走得气喘吁吁，同时她把她的手轻轻往我的嘴唇上一放。我只能看到，里面那个屋子相当宽绰，屋里有一张床，墙上还挂着几张印着船舶的普通画片。我看不见达特小姐在哪儿，也看不见她对着发话的那个人是谁。我那位同伴毫无疑问更看不见，因为她站的地方还不如我站的得势。

有几分钟的工夫，只是一片寂静。玛莎把她的一只手放在我的嘴唇上，把另一只举着，作悄悄静听的姿势。

“她在家不在家，据我看，一丁点儿关系都没有，”只听萝莎·达特用高傲侮慢的语气说。“我跟她一点瓜葛也没有。我到这儿来，就是要见一见你！”

“见一见我？”只听一个温顺柔和的声音回答说。

我听到这个声音，全身像过了电似的，嗖地震了一下。因为那是爱弥丽的声音！

“不错，”达特小姐回答说。“我到这儿来，就是要看一看你。你这副面孔，干了那么些坏事儿，你还好意思露出来见人哪？”

她的语气里表现了那种咬牙切齿的仇恨，那种冷酷无情的尖刻，那种勉强压伏的愤怒，把她呈现在我面前，好像我在强烈的光线里看到她一样。我看到了她那双闪烁发光的黑眼睛，她那副由于强烈感情而变得瘦削的身子；我看到了她那块疤痕，一道白印儿从两唇上直穿而过，在她发话的时候，颤抖搏动。

“我到这儿来，”她说，“就是要领教领教捷姆斯·史朵夫的爱物儿，领教领教那个跟他一块儿私逃的女人，那个她老家全镇上顶普通的人拿着当话把的臭货，跟捷姆斯·史朵夫那样人作伴，死不要脸、搔首弄姿、会用惯技的行家。我要领教领教这样一个东西到底是什么样儿。”

只听来了一阵衣服窸窣的声音，好像那个不幸的女孩子，那个达特小姐把这一套叱责怒骂对之尽情倾泻的女孩子，要往门那儿跑，而发话那个人很快在门内横身把她拦住了一样。跟着来了一会儿的寂静。

达特小姐又开口的时候，她是咬着牙，跺着脚发话的。

“你在那儿老老实实地给我待着好啦，要不，那我就对所有这所房子里的人，对所有街上的人，都把你干的事儿给你抖搂抖搂！你要是打算躲开我，那我就把你拦住；即便得抓你的头发，我也要把你拦住。我要叫石头都起来跟你作对！”

只有受了惊吓而发出来的喃喃之声作为回答，传到我的耳朵里。跟着来了一阵寂静。我不知道该怎么办才好。虽然我非常想要教这样一番会晤告终，但是我却觉得我没有权力出头干涉，只有坡勾提先生自己才能见她，才能把她救出来。他难道就没有来的时候吗？我急不能待地想。

“我这是，”达特小姐鄙夷地笑了一声说，“到底看到她了！哟，捷姆斯会叫这样一副娇里娇气、假装出来的羞臊样子，一个就会使劲耷拉着的脑袋迷住了，那他也只能算是个可怜的家伙了！”

“哦，看在老天的面上，饶了我吧！”爱弥丽喊道。“不管你是谁，反正你是知道我这番可怜的身世的，那么你看在老天的面上，饶了我吧，如果你想要叫老天也饶了你！”

“如果我想要叫老天也饶了我！”另外那一位恶狠狠地说，“你以为，你和我之间能有什么共同之点么？”

“没有别的共同之点，只有性别，”爱弥丽一下哭了起来说。

“这种理由，经你这样一个烂污货一提，可就太充足有力了，要是我胸中除了觉得你可鄙可恶，还有任何别的感情，那我听了你这种理由，我那种感情也要变成冰雪的。我们的性别！你可就值得我们这个性别引以为荣啦！”

“这是我应当受的，”爱弥丽喊道，“不过这可太可怕了！亲爱的，亲爱的小姐，请你想一想我都受了什么样的罪，落到哪步田地啦吧！哦！玛莎呀，你快回来吧！哦，那个家呀，那个家呀！”

达特小姐在门那儿能看到的一把椅子上坐了下去，用眼睛朝下面看着，好像爱弥丽正趴在她前面的地上那样。她现在坐的地方，正介乎我和光线之间，所以我能看到她那副嘴唇撇了起来，她那双残酷的眼睛死盯在一个地方，她那脸上一片贪婪无厌的得意之色。

“你听我说！”她说。“把你这副假模假式的伎俩收起来，去骗傻子好啦。你想要用眼泪来打动我的心吗？那也跟用你的笑容来打动我一样，你这个花了钱就可以买到的奴隶。”

“哦，对我慈悲慈悲吧！”爱弥丽喊道，“对我表示一点怜悯吧，要不，我就发疯死去了！”

“你犯了这么大的罪，你那样死了算不得什么大的忏悔。你知道你都干了些什么吗？你曾想过，你把那个家都糟蹋成什么样子啦吗？”

“哦，还有一天，还有一夜，我不想那个家的时候吗？”爱弥丽喊道。我这会儿恰好能看得见她了，只见她跪在那儿，把头往后仰起，灰白的脸往上看着，两手像疯了一样紧握着向外伸出，头发披散在四周围。“不论我睡着，也不论我醒着，还有一时一刻，这个家不在我眼前，正像我在迷失路途的日子里，永远永远头也不回离开它的时候那样吗？哦，那个家呀，那个家呀！哦，亲爱、亲爱的舅舅啊，要是你能知道，我走了下坡路的时候，你对我的爱都给了我什么样的痛苦，那即便你那深深地疼我的心，也不会那样始终不变，一个劲地疼我的；那你就要生我的气的，至少在我这一辈子里生我一回气的，为的是好叫我得到一些宽慰！我在这个世界上没有、没有、没有一丁点宽慰，因为他们都老那样宠着我！”她把脸低俯，尽力哀告，趴在那个椅子上威仪俨然的人面前，要去抓她那长袍的下摆。

萝莎·达特坐在那儿，往下看着她，像一个铜铸的人那样不屈不挠。她把两唇紧紧闭着，好像她知道，她要是不用力控制自己，她就非忍不住要拿脚踢她面前那个美丽的女人不可——我是深深地这样相信，才这样写的。我清清楚楚地看到她，看到她全副的力量，整个的意志，好像都集中在那种表情上。——他难道老也来不了啦吗？

“这些蛆一般的东西，有这些可怜的虚荣！”她说，那时候她把她胸部那种怒喘吁吁的起伏控制住了，她敢开口说话了。“你的家！你觉得，我会有一时一刻想到你那个家吗？你觉得，我会认为你对那个下三烂的家，你祸害完了，不能用钱补偿，而且大大地补偿吗？你的家！你那个家专会做买卖，你就是买卖的一部分，你就是你家里的人做交易的货物，叫你家里的人买来又卖去。”

“别这么说啦！”爱弥丽喊着说。“你对我自己说什么都成；不过你可不要把我做的丢脸出丑的事，加枝添叶，硬栽到跟你一样体面的人身上。你既是一位小姐，那你即便对我不能发慈悲，你对他们可要致敬意！”

“我说的，”她说，完全不屑理会她的哀恳，只把衣服敛起，免得叫爱弥丽沾上手弄脏了，“我说的是他那个家——我在那儿住着的那个家。这儿就是，”她说到这儿，鄙夷地一笑，把手一伸，同时鄙夷地看着趴在她面前那个女孩子，“那个搅家精。就凭这样一个东西，就能把夫人母亲和绅士儿子搅得生分了，真得说是够瞧的；就凭这样一个东西，就能把一家人搅得悲痛伤心；其实她在这一家里，连当厨房打杂的都没人要；就凭这样一个东西，就能搅得这一家人发怒、烦恼、互相责难。这块臭料，从海边上捡起来，玩弄一个时辰，又扔回原处的一块臭料！”

“不对！不对！”爱弥丽两手紧握喊着说。“他头一次跟我碰见的那一天——哎呀，我现在但愿我从来没有过那样一天，但愿他碰见我，只是看见我让人往坟地里抬才好！——他头一回碰见我那一天，我也跟你，跟任何阔小姐同样有教养，和你们同样正派，并且还正要跟一个人结婚，那个人也是你自己、任何阔小姐，想要嫁的人。要是你在他家里住过，知道他的为人。那你就会了解到，他对于一个意志薄弱、巴望高上的女孩子，多么有魔力，我并不是替自己辩护；不过我可深深地知道，他也深深地知道，要不知道，那他要死的时候，心里后悔难过的时候，也会知道：他都怎样用尽了全部力量来诱惑欺骗我，竟教我听了他，信了他，爱了他！”

萝莎·达特从椅子上一跳而起，又憎恶地一退，在这一退之中，朝着爱弥丽打去，打的时候，满脸凶恶，满腔怒火，因而使得脸上狰狞阴沉，失去原形；我当时一见，几欲横插在她们两个之间。她打那一下，因为本来没有目标，所以就落在空里。她气喘吁吁地站在那儿，用她所能表现出来的极端憎恶，看着爱弥丽，由于盛怒极恨，从头到脚，全身发抖：她那副光景，我认为，是我一向永远没见到的，也是我将来永远不会见到的。

“你爱他？就凭你？”她喊道，同时两手紧握，全身一个劲儿地发抖，好像不管什么武器，只要在她手里，她就非用它把她所恨的什么刺死不可。

爱弥丽蜷缩匍匐，看不见了。没有回答的声音。

“并且不要脸，用你那臭嘴，”她补了一句说，“亲口对我说这种话？他们为什么不用鞭子抽这种东西哪？要是我能吩咐他们，我非叫他们用鞭子抽这块烂污货，一直把她抽死不可！”

我认为毫无疑问，她要是办得到，她非把爱弥丽抽死不可。她这种凶恶劲头还没耗完以前，我不敢把大刑交到她手里。

她慢条斯理地，极端慢条斯理地，发出一阵笑声，用手指着爱弥丽，好像爱弥丽是人间天上、羞耻污辱的巨观异景。

“她爱！”她说。“那块臭肉！她还说，他有过喜欢她的时候！咦，咦！这些作皮肉生涯的人多么会撒谎！”

她这种虐谑比她那毫无掩饰的盛怒，更令人难堪。在这二者之间，我宁愿忍受后者。不过，她只有一刻的工夫肆意嘲笑，过了那一刻，她就把那种感情压伏下去，并且不管这种感情在她心里怎样折腾，她还是把它尽力制住，不叫它在外面露出。

“我到这儿来，你这个爱的纯洁源泉，”她说，“就是要来看一看，像你这样的东西是什么样子，这是我一开始就告诉了你的。我本来是很好奇的，我现在已经满足了。我到这儿来还要告诉你一句话，那就是，你顶好找到你那个家，还是越快越好，去到那儿，在那些好得不能再好的人中间，把脑袋一缩，躲藏起来；那些人都是盼望你回去的，都是你挣的钱可以安慰的。要是那些钱花完了，那你知道，你可以再去听，再去信，再去爱的！我本来认为，你只是一件掇弄碎了的玩具，早已经过了好玩的时候了；只是一块不值一钱的金箔，早已经昏暗无光，叫人扔掉不要了。不过，我现在可看到，你是一块成色十足的真金，是一位地地道道的高贵夫人，是一个受欺被骗的黄花闺女，一心是爱，满怀是信，清新鲜妍，纯洁贞正——你看起来也真像是这样，而且你自己说的也跟这个很符合！——我既然看到你是这种样子，那我还有一句话，要说给你听。我还是要你留心听，因为我说到哪儿，就要办到哪儿。你听见啦没有，你这个像仙女一般的精灵。我说到哪儿，就一定要办到哪儿！”

又有一会儿，她的愤怒压不下去，但是这种愤怒却像一阵痉挛，在她脸上掠过，她又只剩下了微笑。

“躲藏起来，”她接着说，“如果家里躲藏不了，就到另外别的地方去。要在人够不到的地方躲藏起来，要在猪狗一样的生活里躲藏起来——或者，更好一些，在猪狗一样的死亡里躲藏起来。我只诧异，不明白为什么，你那颗充满了爱的心既然不会碎，你怎么可没找到可以帮助那颗心静止的路子。我曾听说过，有人找到过这种路子。我相信，这种路子是容易找到的。”

在这一会儿，从爱弥丽那面发出了一种低沉的喊声，把萝莎的话头打断。她停止了发话，好像听音乐似的听那一阵喊声。

“也许得说我这个人性情古怪，”萝莎·达特继续说，“但是我在你呼吸的空气里可不能够自由呼吸。我觉得这种空气叫人恶心。因此，我要使这种空气清洁一下。我要从这种空气里把你的臭气清理出去。要是你明天还在这儿泥着不走，那我就要把你的所作所为，把你的为人处事，在这儿的公用楼梯上，对大家抖搂抖搂。有人告诉我，说住在这所房子里的，也有规矩体面女人，在这些人中间，可有你这样一个显炫人物，而埋没无闻，真太可惜了的了。如果你离开这儿，可还隐藏在这个城市里，那你只能以你自己原有的身份在这个城市里混；我欢迎你以那种身份混下去，那我决不干扰你；要不是那样，要是你以任何别的身份混，那我可就要对你不客气，用我刚才说的办法对付你，只要我知道你躲藏的窝巢在哪儿。不是有一位绅士，不久以前曾想要你垂青，以身相许吗？这位绅士要给我帮忙，我有他帮忙，那我对找到你躲藏的窝巢，是很抱信心的。”

他难道永远永远也不会来吗？我忍受这样的情况得忍受多久哪？我对于这种情况，能忍受多久哪？

“哎哟，我这个人哪，我这个人哪！”可怜的爱弥丽喊道，只听她的声音，连最硬的心肠都能感动，这是我当时想的；但是萝莎·达特的笑容里，却丝毫没有宽容的意思。“我可怎么办好哇，我可怎么办好哇！”

“怎么办？”那另一个答道。“回忆过去，快活地过下去好啦！把你的一生完全贡献给回忆捷姆斯·史朵夫对你的柔情蜜意好啦！——他要叫你做他那佣人的老婆，是不是？——再不就把你的一生贡献给感谢那位诚实正直、该受重赏的宝贝儿，那位想要把你当作礼物接受的宝贝儿好啦。再不然，如果这一些得意的回忆、自觉的贞洁、还有你在所有像个人样的人眼里提高了的光荣地位，都不能把你架弄起来，那你就嫁那个好人，在他屈尊俯就将就你的情况下，快活地活下去好啦。如果这样也不行，那就死了好啦。这样的死，还有这样的绝望，都有的是门儿，可以作出路，都有的是垃圾堆，可以往那儿扔。找这样一条出路，逃到天上去好啦！”

我听到远处有脚步声往楼梯上走来。我确实知道那个脚步声是谁的，谢天谢地，那是他的！

她说这番话的时候，慢慢从门那儿走开，转到我看不见她的地方去了。

“你可要记住了，”她慢条斯理地同时又严厉凶狠地补了一句说，一面把另一个门开开了，准备要走，“你要是不躲到我完全够不到你的

梦想实现

地方去，或者不把你的假面具撕下来，那我为了刚才说的那种原因和怀恨蓄怒的原因，就非把你揪出来不可。这就是我要跟你说的，我还是怎么说了，就要怎么办！”

楼梯上的脚步声越来越近了——越来越近了——他往上走的时候，和她交臂而过了——他冲进屋里了！

“舅舅！”

跟着叫这一声“舅舅”而来的是一声吓人的喊叫。我稍微停了一下，往门里看去，看见了他怀里抱着那个不省人事的她。他往她脸上瞧了几秒钟的工夫；于是俯下身去，吻了她一下——哦，多么温柔啊！——跟着用手绢儿把她的脸蒙起。

“卫少爷，”他把她的脸蒙好了，声音颤抖着低低地说，“我感谢我的天父，因为我的梦想已经成了事实了！我诚心诚意地感谢我的天父，因为他悄没声儿地把我指引到我的宝贝乖乖面前了！”

他说着这几句话，把她用两手抱起；把她蒙着的脸正对着他自己的脸，紧紧贴在他的心窝里，把她——一点不动、一无所知的她——抱着下了楼。

第五十一章
登上更长的征途

第二天早晨，天还相当早，我跟我姨婆一同在园庭里散步（我姨婆现在除了散散步而外，很少做别的活动了，因为她几乎经常看护我那位亲爱的朵萝了），女仆来告诉我，说坡勾提先生想要见我一谈。我朝着栅栏门走去，他进了园庭，迎上前来，和我半途相遇，脱帽为礼；原来他不论多会儿，只要见到我姨婆，就永远脱帽致敬，这在他习以为常了，因为他对我姨婆非常尊敬。那时候我正把昨天发生的事，原原本本地对她说了一遍。所以她当时见了坡勾提先生，一言未发，只满脸温蔼，迎上前去，又握他的手，又拍他的肩膀。这种种动作已经把心意明显地表现了，因此她就用不着再开口了。坡勾提先生了解她，就跟她说了千言万语一样。

“我现在得进去啦，特洛，”我姨婆说，“因为小花朵儿马上就要起来啦，我得照顾她去。”

“别是因为我到这儿来了，小姐，你才要走吧？”坡勾提先生说。“今天早晨，要是我的脑子还没打给狗吃了，”——坡勾提先生这句话的意思是说，要是他还有脑子，还不糊涂——“那我明白，你一定是因为我，才要离开我们的？”

“我看你有话要说，我的好朋友，”我姨婆回答说，“我不在这儿，你们更得谈。”

“对不住，小姐，”坡勾提先生说，“要是我在这儿瞎嘚啵，你不嫌絮聒得慌，肯在这儿待下去，那我觉得，就是你莫大的恩惠了。”

“是吗？”我姨婆简捷而和蔼地说，“那样的话，我可就要在这儿待定啦！”

于是我姨婆把她的胳膊挽在坡勾提先生的胳膊弯儿里，跟他一块儿走到庭园下手一个枝叶蔽覆的小小凉亭里面，到了那儿，我姨婆在一个凳子上坐下，我就坐在她旁边。坡勾提先生本来也有坐的地方，但是他却更喜欢站着，所以他就站在那儿，把手放在一把庭园用的粗糙小桌上靠着。他未开口之先，站在那儿，往帽子上先看了一会儿，那时候，我不由得不注意到，他那筋骨粗壮的手表现了：他那样坚强的性格、侠义的肝胆，和他那样忠诚的仪表、斑白的头发，就是至交良友。

“昨儿个晚上，我把我那亲爱的孩子，”坡勾提先生先抬头看着我们，然后开口说，“弄到我的寓所里去了，我在那个寓所里，老早老早就一直地盼望她回来，老早老早就一直地预备她回来了。弄到寓所以后，过了好几个钟头，她才醒过来，认清了原来是我；认清了以后，她在我脚下跪倒，好像念祈祷词一样，把事情经过的首尾，对对付付地总算都对我说了。你们信我这个话好啦，我听到她说话的声音（那正是我在家里听着那样可爱的），看到她低声下气的样子，仿佛就是当年我们的救主用他那尊贵的手在土地上写字那样，[1]那时候，我一面感谢天父天子，一面只觉心里跟扎了一刀一样。”

他把袖子往脸上一抹，并没假装掩饰为什么，于是又把嗓子清理了一下。

“我觉得跟刀扎了一样那种情况，并没很大的工夫，因为我的孩子到底找到了，别的就都不在话下了。我只一想，我到底找到了她了，那心疼的劲儿就过去了。我敢说，我一点也不知道，为什么我这阵儿还提这一节。一分钟以前，我心里一点儿也没想到要说我自己，连一句话都没想说。这个话可那样自然而然地就来了，连我自己还没觉得，这句话就自己顺口溜出来了。”

“你这个人可真是个自我牺牲的榜样，”我姨婆说，“老天决不会辜负了你这番心的。”

坡勾提先生的脸上，正有树叶的影子在来回横掠，他把头吃惊地冲着我姨婆一低，算是对我姨婆赞美他的意思表示了谢意；跟着把刚才打断了的话头重新拾起。

“我那个爱弥丽，”他说，说到这儿，一时之间，怒气凌厉而发，“从那条花蛇把她监起来的那一家里逃走了的时候——就是卫少爷看见的那条花蛇，那条花蛇说的话都是真的。我只求上帝惩罚他！——她从那一家里逃走了的时候，正赶着是夜里。那一夜黑咕隆咚的，满天的星星。她那时像疯了一样。她顺着海滩跑，只当是那条老船就在那儿，她一面跑，一面吆喝，叫我们把脸都转过去，因为她来了。她自己听到她自己喊，好像那是另外一个人在那儿喊似的。她在那些四棱八角的大石头小石头上把自己碰了个稀烂；但是她可一点也不觉得，好像她自己就是一块石头一样。她就这样也不知道跑了有多远，眼里突突冒火，两耳呼呼生风。跟着冷不防，一下天亮了——再不就是她觉得一下天亮

---

①《新约 · 约翰福音》第 8 章第 3 ~ 11 节：人们提到一个行淫的妇人，把她带到耶稣跟前说，此妇正在行淫，被我们抓住。摩西说，行淫者当以石击之而死。但耶稣只俯身在地上写字，好像没听见他们。耶稣说：你们谁无罪，就可以投之以石。

了，你明白吧？——那时又下雨，又刮风。她就躺在海边上一堆小石头旁边。一个女人跟她搭话，用那个地方的话问她，是怎么回事，把她闹得这样狼狈？”

所有他说的，都好像就是他亲眼看见的一样。他说的时候，那种光景生动鲜明地在他面前出现，再加上他那种诚恳认真，笃实集中，因此他所说的情况，对我表达得那样清楚明确，远远过于我所能表达的。现在，事过境迁有那么久，但是我写到这番情节，我却很难相信，说我并没亲身在场；因为这番光景，都那样令人惊异地以真实的气氛印在我的脑子里。

“爱弥丽的眼睛，本来是迷迷糊糊的，这会儿才把那个女人看得清楚了一点，”坡勾提先生接着说，“那时她才认出来，和她在海滩上常常说话的那些女人里面就有她。因为从前的时候，她往往顺着那块地方的海滩多少英里多少英里地走出去，有的时候用腿走着，有的时候就坐车，又有的时候就坐船，和那一带很远的地方上的人都熟；故此那天晚上，她尽管跑了那么远，还是遇到了熟人儿。这个女人是个年轻的太太，自己还没有小孩；不过她可不久就要有小孩了。我只替她祷告，只哀求上帝听我这番祷告，叫她的孩子，在她一辈子里，让她快乐、给她安慰，叫她体面；我祷告，她的孩子能在她老来老去的时候，心疼她，孝顺她，自始至终照顾她，做她今生今世的天使，做她来生来世的天使。”

“阿们！”我姨婆说。

“起初的时候，这个女人有点胆小、怯生，”坡勾提先生说。“一开头儿，爱弥丽先跟孩子们说话，她只坐在远一些的地方，干纺纱什么那一套活儿，但是爱弥丽可留了她的神，走过去跟她说话儿；因为这个年轻的女人也喜欢小孩儿，这样她们很快就成了朋友了。她们的感情越来越好，以后爱弥丽到她那一块儿去的时候，她老送爱弥丽花儿什么的。现在问爱弥丽怎么闹得这样狼狈的，就是那个女人。爱弥丽把始末根由都告诉了她，她——她——就把爱弥丽带回家去了。她把爱弥丽带回家去了，”坡勾提先生说到这儿，把脸一捂。

这番好心善意让他受的感动，比爱弥丽那天晚上走了以后发生的不论什么事儿都更厉害。我和我姨婆都没作想要劝他的打算。

“她那个家是一所小小的小房儿，这本是你们可以想得出来的，”他马上又接着说。“但是在这所小小的小房儿里，她还是给爱弥丽挤出住的地方来——她丈夫出海去了——她把爱弥丽完全匿起来，她嘱咐她那几家街坊（住得离她近的街坊本来不多）也都把这件事匿起来。爱弥丽那时害起很重的热病来。还有一样事，我觉得很奇怪——不过对于文墨人，也许并没有什么奇怪——原来她原先会说的那种外国话，这阵儿在她的脑子里一股脑儿都忘干净了，她只会说她自己那一国的话了。那种话在那儿没人懂。她说，她这阵儿想起来，就跟做了个梦一样。她躺在那儿，永远说自己本国的话，永远相信那条老船就在海湾前面头一个拐弯儿的地方，永远求告他们，叫他们到老船那儿去送个信儿，就说她要死了，再带个回信儿来，说宽恕了她了，哪怕只是一个口信儿。在所有那段时间里，她都几乎老认为一会儿是我刚才提的那个家伙就在窗户外面匿着要抓她，一会儿又是把她糟蹋成这样子的那个坏东西跑到屋里——她就对那位好心眼的年轻女人嘱咐，说千万别把她交出去，同时可又知道，她的话没人懂，一心害怕，她一定会叫人拖走。她像在梦里一样，眼前老是火光，耳边老是叫号！也没有今儿，也没有昨儿，也没有明儿，但是所有她这一辈子里出的事儿，可能出的事儿，所有她这一辈子里没出的事儿，也不可能出的事儿，都一齐来到她的脑子里，她什么也不清楚，什么也不欢迎。但是她对这些事儿，可又唱又笑！她这样过了多少时候，我说不上来，后来跟着她大睡起来，在那场大睡里，她从前那一阵儿的劲头，本来比她自己原先有的大好几倍，现在可一点都没有了，她跟一个顶小顶小的小孩子一样地软了。”

他说到这儿，停了一下，好像他觉得自己说的那番话太可怕了，他要松一口气似的。他静默了一会儿，又接着说起他的故事来。

“她醒过来的时候，正是一天的后半晌，天气清和，到处静悄悄的，一点动静都没有，只有一片蓝色的海，小小地起了一层水纹，海滩上没有浪潮。她一起头儿，只当那天是礼拜早晨，她在自己家里；但是她看到窗外葡萄的叶子，远处的山，都是老家没有的，都和老家不一样。跟着她那位朋友进屋里来了，到床前看她；她那时候才明白过来，原来那条老船并不在海湾前面拐角的地方，却是老远老远；才明白过来，她在什么地方，为什么在那个地方。跟着她一下趴在那个好心眼的女人怀里哭起来。我只希望，在那个怀里，这阵儿是她那个小娃娃，瞪着他那双小蓝眼睛，正逗她乐。”

他只要说到爱弥丽这位好心眼儿的朋友，就不能不流泪。他想不流泪也办不到。所以他说到这儿，又哭起来，同时尽力为她祝福！

“这一哭，对我的爱弥丽很有好处，”他流了一会泪，我看了不由得也陪着他流了一会儿泪；至于我姨婆，她更是痛痛地哭了一阵，哭得如痴似醉；于是他又接着说，“她这一哭，对她很有好处。从那时以后，她慢慢地好起来。但是那一国的话，她可一句也不会说了，只能靠打手势。她就这样过下去，一天比一天好起来。虽然很慢，可很有准儿，同时使劲学普通东西的叫法——这些叫法，好像她一辈子里从来没听见过一样——一直到有一天晚上，她坐在她那个窗前，看着一个小女孩儿在海滩上玩儿。这个小女孩儿，冷不防把手一举，说了一句话，它的意思用英语说起来就好像，‘渔户的女儿，你瞧这个贝壳！’——你们要知道，那儿的人，一开头的时候，都叫她是‘漂亮的小姐’，那是那一国通常的叫法，她可教他们叫她是渔户的女儿。那小女孩儿对她冷不防地一说，‘渔户的女儿，你瞧这个贝壳！’她一听，一下懂了这个小女孩儿的话，就用这个小女孩儿的话回答她，一下哭起来，跟着她就又想起她学的那一种话来了！

“爱弥丽的身子骨儿又强壮起来的时候，”坡勾提先生又静默了一会儿，接着说，“她就左想右想，找办法，要和那个心眼好的人分手，回祖国来。那时候，那个女人的丈夫已经回来了，他们两口子把她弄到一条跑买卖的小船上，开往莱高恩①，从莱高恩又到了法国。她有一点点钱，不过他们帮了她那么大的忙，可一点点钱都不要她的。其实他们

①意大利西面海岸上一个港口。

也很穷。我几乎为这个替他们高兴，因为他们所作所为，是藏在那个蛾子也不能腐蚀，铁也不能锈，贼也不能打开、也不能偷走的地方的。① 卫少爷，他们所作所为，要比全世界的金银财宝都寿命更长。

“爱弥丽到了法国，就在一个口岸上的客店里伺候旅行的太太小姐。在那儿，在那儿，有一天，那条毒蛇又来了。可别让他靠近我。我不知道我都要给他什么亏吃！爱弥丽刚一看到这条毒蛇，还没等到这条毒蛇看到她，一下又害起怕来，又闹起疯来，就望影逃走了。她回到了英国，在多佛上了岸。

“我说不上来，”坡勾提先生说，“确实是什么时候，她的勇气一下全都没了。她刚一回到英国的时候，一路上都老想要回到她自己那个亲爱的家的。所以她刚一登陆，她就转身朝着那个家走去。但是她一想，又害怕得不到宽恕，又害怕旁人戳她的脊梁，又害怕我们会有人因为她这件事死了；她这样害怕这个，害怕那个，可就好像有一股力量，硬支使她，教她在路上又转身回去了。她跟我说，‘舅舅啊，舅舅啊，我这颗碎了的心，我这颗流血的心，本来拼命想要做的一件事，可叫我害起怕来，说我不配做，这种怕比任什么都更叫我害怕。因此我就扭转身子，往回走了，其实那时候，我一心没有别的，只祷告上帝，能叫我在夜里爬到老船屋的门槛那儿，吻它一下，把我这万恶的脸放在那上面，在第二天早晨叫人发现死在那儿。’

“她到伦敦来啦，”坡勾提先生说到这儿，露出万分害怕的样子来，把声音放低了，打着喳喳儿说，“她到伦敦来啦，她——一辈子从来没到过那个地方——自己一个人——身上一个便士都没有——又年轻——又美貌——可到伦敦来啦。她在那儿差不多还没落脚，那样孤孤单单，凄凄凉凉，可来到这儿，几乎还没落脚，她就碰到了一个朋友（她只当是朋友），一个挺体面的女人，跟她说，有她从小就会做的针线活儿，说能给爱弥丽揽好多这样的活儿，说能给爱弥丽找到晚上过夜的

①《新约 · 马太福音》第6章第19节：“不要把你的珍宝藏在世上蛾子和铁能腐蚀，贼能打开、偷走的地方。”

地方，说第二天偷偷地替她访问我和所有家里的人。我这个孩子，正站在我说不上来、也想不出来那种危险的边儿上；那时候，玛莎，说话当话，把她救了。”他说到最后这句话，把嗓音提高了，同时叫感激玛莎那股力量，激动得全身从头到脚都颤抖起来。

我大喜之下，大喊了一声，这一声即使我想要压下去，也压不下去。

“卫少爷！”他用他那有劲的手握住了我的手说，“头一次对我提到她的是你。少爷，这我得谢谢你！她这个人心真诚。她从她自己痛苦的经验里，知道该在哪儿盯着，该是怎么个做法。她就这样办了。还有上帝在上，看着一切！玛莎当时脸都白了，急急忙忙来到爱弥丽过夜的地方，她还正睡觉哪！玛莎对爱弥丽说，‘快快起来，你在这儿比死还坏，快快离开这儿，跟着我来！’那所房子里住的人本来想要拦挡她们，但是那就跟拦挡大海一样。‘躲开我点儿，’玛莎说，‘我就是个鬼，来把她从开好了圹子的坟边儿上弄走！’她告诉爱弥丽，说她和我见过面儿，知道我疼我这孩子，并且宽恕了她。她急急忙忙给爱弥丽把衣服披上，那时爱弥丽晕过去了，浑身发抖，她把爱弥丽抱在怀里，那所房子里的人对她说的话，她一概都不听，好像她没有耳朵似的。她从那些人们中间走过去，什么都不顾，只顾我这孩子，把她平平安安地抱了出来，在半夜三更，从毁灭的黑坑里，把她救出来了！

“她服侍爱弥丽，”坡勾提先生说到这儿，把我的手撒开，把他自己的手放在他那喘息起伏的胸膛上，接着说，“这时爱弥丽身子疲乏，精神有时还恍惚，躺在那儿，她服侍爱弥丽，一直服侍到第二天后半天。那时她才跑出来找我；跑出来找你，卫少爷。她没告诉爱弥丽说她出来要干什么，恐怕爱弥丽知道了，心里吃不住劲儿，会想把自己匿起来。那个狠心歹毒的妇人怎么知道爱弥丽到这儿来啦，我说不上来。还是我老提的那个坏东西碰巧看见她往玛莎那儿去来着哪，还是那个东西从假装朋友那个妇人那儿听到的哪，我不知道；不过我觉得，八成儿是后面这种情况。但是这些情况我没怎么往心里去，反正我的外甥女儿找到了。

“那天一整夜，”坡勾提先生说，“我们都在一块儿，爱弥丽和我，都在一块儿。她伤心流泪，跟我只说了不多的几句话，照我们两个在一块儿待的时候说，算不得说了好些话。我也没怎么看到她的脸——我眼看着在我家里的炉旁长成大人的脸；但是，在那整个一夜里，她的胳膊老是搂着我的脖子的，她的头也都老是趴在我的怀里的，我们两个十拿九稳地彼此知道，我们又能永远你信得起我，我信得起你了。”

他说到这儿，才住了口，同时十二分安静地把手放在桌子上，他手上那种坚决牢固劲儿，都能把狮子征服了。

“我当年立志要给你姐姐贝萃·特洛乌做教母的时候（她不幸使我失望），特洛，我看到一线光明，照到我身上；除了那个以外，再就几乎没有别的什么，能像给那个好心眼儿年轻人的孩子做教母，更使我感到快活的了。”

坡勾提先生点了点头，表示他对我姨婆的感情心领神会，但是却不敢信，他能用语言表达出我姨婆赞扬的那个人。我们一时都默默无言，各人想各人的心思（我姨婆就擦着眼泪，却又一抖一抖地呜咽啜泣，又口口声声地笑着叫自己是傻子），一直等到我开口的时候。

“你对于你们的将来，亲爱的好朋友，”我对坡勾提先生说，“已经拿定了主意啦吧？我想这是我毋需乎问的。”

“完全拿定了，卫少爷，”他回答我说，“而且也对爱弥丽说了。离这儿老远老远的，有的是宽阔广大的地方。我们以后得漂洋过海，到天边外国去过日子。”

“他们这是打算一块儿到海外去了，姨婆，”我说。

“正是那样！”坡勾提先生说，同时抱着前途有望的样子微微一笑。“在澳大利亚，没有人能说我那个宝贝不好听的话。我们要在那儿从头儿另过起日子来！”

我问他，是否他已经把起身的日子、时间都核计了。

“我今儿一早儿，先生，亲自到船坞那儿去了一趟，”他回答我说，“打听打听有没有去澳大利亚的船。从这会儿起再过六个礼拜，再不就再过两个月，有一条船要往那儿开——我今儿早晨就看到那条船——我还到船上去了一下——我们就打算坐那条船，漂洋过海。”

“就你们爷儿俩去吗？”我问。

“不错，卫少爷！”他回答我说。“你可以看出来，我妹妹，她那样疼你，那样疼你家里的人，那样故土难离，故此要是叫她也跟着去，就太不合适了。不止这样，还有一个人，得她照顾哪，卫少爷，那个人可决不应该扔在脖子后头啊！”

“可怜的汉！”我说。

“你知道，小姐，我妹妹替汉管家，汉跟我妹妹再没有那么融洽的了。”坡勾提先生为的叫我姨婆多知道一些情况，对她说。“他不好对别人开口说的话，他可以坐在她面前，对她心平气和地说一说。可怜的小伙儿！”坡勾提先生说，一面摇头，“他这个人，没有多少什么剩下的了，所以他连那一丁点剩下的干脆不要了都成！”

“还有格米治太太哪？”我问。

“呃，我不背你，可以说，我对于她，可琢磨过好多好多了，”坡勾提先生说，说的时候，起初还带出不知所措的样子来，后来越说才越慢慢地明朗化了。“你可以看出来，格米治太太一想起她那个旧人儿来，可不是你能叫作是好同伴儿的人。这话可就能咱们两个说，卫少爷——还有你，小姐，就能咱们三个说——格米治太太一抽搭起来——抽搭是我们的家乡话哭的意思——她一抽搭起来，那些不知道那个旧人儿的，就都要认为有些叫人讨厌。我哪，可知道那个旧人儿，”坡勾提先生说，“我还知道那个旧人儿有什么好处，所以我明了格米治太太；但是别的人，可就完全不是这样了——也当然不会是这样！”

我和我姨婆两个人，都同意他这种看法。

“这样一来，”坡勾提先生说，“我妹妹可就也许会——我并没说一定要，我只说她也许会——觉得格米治太太有的时候会给她些小麻烦了。故此，我可就没打算把格米治太太和他们拴在一块儿，我只打算给格米治太太单立个小窝窝儿，叫她自己去鼓瞅去（窝窝儿在那儿的方言里是家里意思，鼓啾就是过日子)，故此我打算，”坡勾提先生说，“要在我们走以前，划一笔款给她，能叫她过得舒服一点。她这个人，那样实心实意、忠诚可靠，是哪儿也找不出来的。像她这样的大好老姐，这把年纪了，又是个孤单单的苦命人，当然不能叫她跟着在船上折腾，在远处生地方上的树林子里和野地上，南冲北撞，东奔西颠。故此，我才打算这样安置她。”

他不论谁，都记在心里，不论谁，应有的照顾、尽过的心力，都想到了，可就是没想到自己。

“爱弥丽，”他接着说，“要老跟着我，一直到我们上了船的时候。她就是要有安静，要有休息！她要做针线活儿，那是必得做的；我只盼着，她一下又来到她这个人虽粗、心可软的舅舅身边，她的苦处就会慢慢显得好像不是新近的事，而是多年以前的事了。”

我姨婆点了点头，表示她认为这种希望决可实现，因而使坡勾提先生大为满意。

“还有一件事，卫少爷，”他说，同时把手放到他胸前的口袋儿里，郑重其事地掏出一个小纸捆儿来(这个纸捆儿我从前见过)，把它在桌子上打开。“这儿有几张钞票——一共是五十镑零十先令。在这个数目上，我还要把她临走的时候带出来的钱添上。我问她来着；不过没告诉她为什么。我把那笔钱都算好了。我不是什么文墨人，故此劳你的驾，请你给我看一看，我算得对不对。”

他因为不是文墨人，用抱歉的样子，把一张纸递给了我，我看那张纸的时候，他把眼盯在我身上。我看了看，算得很对。

“谢谢你，少爷，”他说，一面把纸条拿了回去。“这笔钱，卫少爷，要是你没有意见，我要在临走以前，装在一个封套里，写上他收，再把这个封套装在另外一个封套里，寄给他妈。我要告诉她，就用我对你说的这几句话告诉她，说这一共是多少钱，再告诉她，就说我已经走了，钱就是退回来，也没人收。”

我对他说，我认为应该那样办——我深信不疑，他既然认为那样办是对的，那就一定该那样办。

“我刚才说，只剩了一件事要办了，”他把那个小纸捆儿又卷起来，放到口袋里，脸上带着郑重的微笑接着说，“实在可还有两件事。我今儿一早儿出来的时候，我心里还疑疑惑惑地拿不定主意，不知道是不是我得把这回叫人感天谢地的事儿，亲身对汉去告诉一下；因此我出来的时候，写了一封信，送到信局子里捎走了；信上告诉他们，所有的事都是怎么个样子；又告诉他们，说我明儿就回去一趟，好把我认为该在那儿办的一些小小的事体都办一办；这样我心里就没事儿了；再十有九成，就跟亚摩斯永远告别了。”

“你是不是要我跟你一块儿走一趟哪？”我说，因为我看出来，他有话没出口。

“要是你肯赏脸，帮我的忙，卫少爷，”他答道，“那我敢保，他们看到你，就一定会振作起精神来的。”

我那位小朵萝的心情很好，愿意我去一趟——这是我跟她商议了以后知道的——我毫没迟疑，就答应了他，一定不违拗他的意图，伴他回去一趟，因此，第二天早晨，我们就坐上了去亚摩斯的驿车，又取道老路进发。

我们晚上在熟悉的街道上走的时候——坡勾提先生不管我怎么劝阻，都非替我拿着提包不可——我往欧摩与周阑的铺子里看了一眼，只见我的老朋友欧摩先生，正在铺子里抽烟。坡勾提先生这回跟他妹妹和汉见面，是出了事儿以后头一次，我认为有我在跟前不合适，所以我就说，我要去看欧摩先生一趟，作为我留在后面的借口。

“咱们又好久没见了，欧摩先生，你好啊？”我进了铺子里面，说。

他先把烟气扇跑了，为的是看我的时候可以更清楚一些。他一会儿认出来原来是我，非常高兴。

“你贵人脚踏贱地，我应该站起来，迎接你才是，”他说，“不过，我这两条腿可有点儿不很得劲儿，得靠车轱辘四处活动。但是除了我这两条腿和我这个气管子，那我这个人要多硬朗就多硬朗，这是我说起来得谢天谢地的。”

我对他这样心满意足，兴致勃勃，表示了祝贺，同时看到，他那把安乐椅，安装上轮子了。

“这个玩意儿很灵巧，是不是？”他看到我的眼光所注，问我，同时用胳膊擦椅子的扶手，“它跑起来，就跟一根羽毛一样地轻，前轱辘随后轱辘，就跟一辆驿车一样地准。哎哟，我那个小敏妮——我那小外孙女儿，敏妮的孩子，你知道——我那个小敏妮，只要把她那小手，不用使劲往椅子背上一放，把它一推，那我们就一下动起来，要多轻快就多轻快，要多灵巧就多灵巧！我还得告诉你——坐在这把椅子上把烟袋一抽，可就别提有多不同寻常了。”

我从来没见过，有人像这个好心眼的老头儿，能安于所遇，尽量自足，能满于自足，尽量常乐。他那样满脸光彩焕发，就好像他那把椅子、他那种哮喘、他那两条麻痹的腿，都是一种伟大发明的各项门类，使他那只烟袋抽起来，更心舒神畅，更腾云驾雾。

“我敢跟你说，我坐在这把椅子上，比不坐在椅子上，能见到更多的世面。你就想不到，一天到晚有多少人探着头往我这儿瞧，进来跟我聊天儿，你真想不到！自从我和这把椅子结成了拆不开的伙伴以后，报上的新闻，比起从前来，也加倍地多了。至于普通读物，哎哟，我看了也不知道有多少！就是有这方面，你要知道，我才觉得我这个人有劲头。要是有毛病的是我的眼睛，那我得怎么办？要是有毛病的是我的耳朵，那我得怎么办？现在有毛病的既然只是我这两条腿，那又有什么关系？你瞧，原先我这两条腿好用的时候，它们只不过教我的气喘得更短促。现在哪，要是我想要到街上去，或者到海滩上去，我只要招呼一声狄克——周阑的小徒弟，那我就跟伦敦市长老爷一样，蹭地一下，坐着我自己这辆车就去了。”

他说到这儿，大笑起来，几乎把自己呛死。

“哎呀，我的天！”欧摩先生又抽起烟来，说，“一个人不能净挑肥的，不捡瘦的；在这个世界上，就得下决心这么办才成。周阑做生意做得很好，做得非常地——好。”

“我听了这个话很高兴，”我说。

“我知道你要高兴，”欧摩先生说。“周阑和敏妮又是一对瓦伦丁。[①]一个人还能更巴高往上吗？这两条腿跟这种情况比起来，又算得了什么？”

他坐在那儿抽着烟，对他自己那两条腿那样看得无足轻重，真是我向来所见的怪事之中，最令人感到好玩儿的。

“自从我从事广泛的阅读以来，你也从事广泛的写作了，是不是，先生？”欧摩先生说，同时带着赞赏的样子直打量我。“你这个工作多么可爱！那里面的描写多么生动！我每一个字都念了——每一个字都念了。至于说打瞌睡，那是绝没有的事儿！”

我笑着表示了我的满意，但是我却得坦白承认，我认为这种因看书而联想到打瞌睡，是有弦外之音的。

“我跟你说实话吧，先生，”欧摩先生说，“我把你那部书放在桌子上，看着书外面的装订，整整齐齐、平平贴贴的三小本—— 一本，两本，三本；那时候，我想到我跟你家里打过交道，我就觉得跟潘齐一样地满意。[②]唉，眼下说来，那是多年以前的事了，是不是？在布伦得屯那儿。一个小小的当事人跟另一个当事人躺在一块儿。你当时也还是一个并不大的当事人哪。唉！唉！”

我提起爱弥丽来，才把话题转了。我先对他说，我都永远记在心里，他怎样一直对她关怀，怎样待她慈爱；跟着把玛莎怎样帮忙找到了她，她又回到她舅舅跟前的话，总括地说了一遍；我知道这位老人听了这个话一定高兴。他极端注意地听我告诉他，我说完了，他感情激动地说：

“我听到这个话太高兴了，先生！我这些天以来，听到的新闻里面，这是最叫人痛快的。唉，唉，唉！他们对那个不幸的年轻女人——玛莎——要作什么安排哪？”

---

① 本为罗马殉教者。英人于其节日选来年之情人或朋友。此处之意为：他们虽结婚，但仍如恋爱时之一对情人。

② 潘齐已见前注，本为傀儡戏中角色，貌丑陋而性狡猾，曾以术害死好几个人，英语中遂有“像潘齐一样满意”或“像潘齐一样喜欢”之语。

“你这句话，是我从昨儿起就一直在心里琢磨的，”我说，“但是这阵儿我对这件事还没有可以给你报告的，欧摩先生。坡勾提先生还没提到这个问题，我哪，就因为怕难为情，也没好意思提。我敢保坡勾提先生绝不是把这件事忘了。他对于舍己助人的好事都决不会忘的。”

“要给她作的，不管是什么事，都有我一份儿，这你可别忘啦。”欧摩先生又把他刚才搁下了的话喳儿，重新捡起来接着说。“要是要捐钱，你就替我认上一笔，你认为我该出多少，就替我认多少，认了再通知我好啦。我从来就没认为那个女孩子一点好处都没有，现在听你这样一说，果然她不是一点好处都没有，我真高兴。我女儿敏妮听了这个话，也要高兴的。年轻的女人，有些事儿，是自相矛盾的——她妈那时候也跟她完全一样——但是她们的心肠却都软，心眼儿却都好。敏妮一听提到玛莎，就装模作样摆出一副神气来。她为什么认为有装模作样的必要，我不必絮絮叨叨地跟你说。不过她那可完全是装模作样。唉！在私下里，她可给玛莎尽量做好事儿，帮她忙。好啦，劳你的驾，请你替我认捐一笔，你以为我该认多少就认多少好啦。然后再给我一个字条，告诉我把钱交到哪儿。唉！”欧摩先生说，“一个人，活到阴阳两界快要不分的时候，看到自己，不管活得多么有劲儿，可得再一回坐在一种婴儿车里，叫人推着到处走，那他遇到有机会能做一点好事儿，就该乐坏了。这种人需要多多的好事儿做。我这个话还并不是专对我一个人说的，”欧摩先生说。“因为，据我的看法，我认为，我们大家，不管年轻年老，都是越走越靠近山根下的黄泉，因为时光一分一秒都不停留啊。所以让我们永远做好事儿，永远乐呵呵地好啦。就得这样！”

他把烟斗的灰磕出来，把烟斗放在他那把椅子后背一块搁板儿上，那块搁板就是专为放烟斗用的。

“还有爱弥丽的表哥哪，本来她要跟他结婚的那个表哥，”欧摩先生说，一面有气无力地搓着两手，“在亚摩斯这儿这些人里面，他要多好就多好！他晚上有的时候，上我这儿来，跟我一气说一个钟头的话儿，再不就念一个钟头的书给我听。我得说，他这是做好事！他这个人一辈子，就没有不做好事儿的时候。”

“我现在正要去看他哪，”我说。

“是吗？”欧摩先生说。“那就请你对他说，我很硬朗，再给我带个好儿。敏妮和周阑赴跳舞会去啦。他们要是在家，那他们见了你，也一定要和我一样地得意的。你要知道，敏妮简直地就几乎老不出门儿；据她说，那是为了照顾她爸爸；因此我今儿就起咒发誓地说，要是她不去赴这个跳舞会，那我六点钟就上床睡觉去啦。我这样一说，”欧摩先生说到这儿，因为他那种巧计成功，大笑起来，笑得连他自己带椅子，都跟着震动起来，“她和周阑才赴跳舞会去啦。”

我和他握手，对他道了夜安。

“请你再待半分钟，先生，”欧摩先生说。“你要是不看一看我这个小小的小象就走了，那你可就看不到顶好玩儿的光景了。你永远也不会看到那样好玩儿的光景的。敏妮。”

从楼上不知道什么地方，发出一种清脆悦耳的细小声音来，回答说，“我来了，爷爷！”跟着马上一个很好看的小姑娘，一头麻黄、鬈曲的长发，跑着来到铺子里。

“这就是我那个小小的小象，先生，”欧摩先生说，一面抚弄着那个小姑娘。“暹罗[①]种，先生。来呀，小象！”

这个小象先把起坐间的门打开了，使我看到，原来近年以来，那个起坐间已经改作欧摩先生的卧室了，因为要把他弄到楼上去，不是容易事。跟着她把那好看的小天灵盖，全部顶在欧摩先生的椅子背儿上，把头发都弄得凌乱披散。

“像要搬运什么的时候，总是用脑门儿顶，这是你知道的，先生，”欧摩先生一面跟我挤咕眼儿，一面说。“小象，一下，两下，三下！”

这样一喊口号，那个小象，就用一种灵巧劲儿（那种灵巧劲儿，在那样一个小小的动物身上，真得说是近乎神奇），直冲直撞，噶啦噶啦

---

①泰国旧称，出矮种象。

地，把椅子连欧摩先生，一下转了个个儿，跟着连门框都没碰，就把椅子推到起坐间里去了，欧摩先生对于这个动作，乐得没法形容，在半路上还回头看着我，神气好像是说，这是他一生努力的胜利结果。

我在镇上溜达了一会儿，才来到汉的家里。坡勾提现在在这个家里住下，不再走了；她把她自己那所房子，租给巴奇斯先生的接班人了，那个人接着干雇脚这一行，把巴奇斯先生的字号、车辆和马匹，都用善价买过去了。我相信，巴奇斯先生那匹脚步迟慢的老马，仍旧还在路上干雇脚的活儿。

我看到他们都在那个整洁的厨房里，格米治太太也在那儿，那是坡勾提先生亲自从船屋把她叫了来的。我不知道除了坡勾提先生，是否有任何别的人能叫得动她，能叫她离开她那个岗位。坡勾提先生显而易见把话都刚对她们说了。坡勾提和格米治太太两个人，还都把围裙捂在眼上；汉刚刚出去，到海滩上绕弯儿去了。他一会儿就回来了，看到我很高兴。我只希望我来到他们跟前，他们大家都觉得心情能好一些。我们用近乎有兴致的样子，谈坡勾提先生怎样要在一个新地方发财致富，怎样要在寄回来的信里描述奇迹异事。我们没有人提着名儿叫爱弥丽，说她怎样怎样，但是却不止一次，隐约含蓄地说起她来。汉在那几个人中间，是最平静安详的。

但是，坡勾提给我拿着亮儿，把我送到一个小屋子(那儿那本讲鳄鱼的书正为我放在桌子上)，对我说，汉一直老没改样儿。她相信(她哭着跟我说)他的心碎了，虽然他满腹柔情，也就像他一身勇气一样，并且在那个地方上所有的造船厂里，工作勤快、出色，没有人比得过他。她说，晚上有的时候，他也谈起他们在船屋里的当年；但是那时候，他只提还是小孩儿的爱弥丽，而从来没谈起长大成人的爱弥丽。

我认为，我从他脸上的神气里看得出来，他是想要和我单独谈一谈的。因此我决定第二天晚上，在他从船厂回来的时候，到路上去截他。我这样打算好了以后，就睡着了。那天夜里，在近来那好多天的夜里，才头一次把蜡从窗户那儿挪开，坡勾提先生才又在那个老船屋的老吊床上躺下，海风才又在他身外四围呜咽而过，像旧日一样。

第二天一整天，他都忙忙叨叨地处理他打鱼的小船和船具，收拾行李，把他认为将来还有用的小小粗细什物，用大车运到伦敦，把剩下的送人，再不就留给格米治太太。格米治太太一整天都跟他在一块儿。因为我怀着惆怅的愿望，要在这个老地方关锁起来以前，再看到它一次，所以我跟他们约好了，晚上在那儿和他们见面。但是我却把我的时间安排了一下，恰好能先跟汉相见。

要在路上截他很容易，因为我知道他在哪儿工作。我跟他在沙滩上渺无人迹的那一块儿和他相遇，我知道他从那儿过。我和他遇见了，跟他一块儿往回走，这样，要是他真想跟我谈一谈，就可以有工夫了。我还真没错会了他脸上表现的意思；因为我们这样一块儿刚走了不远，他就连头都没抬，开口说：

“卫少爷，你看见她来着吧？”

“只看到一眼，那正是她晕过去了的时候，”我轻柔地说。

我们又往前走了一会儿，他又说：

“卫少爷，你想你还能再见到她吗？”

“那恐怕要使她感到非常痛苦吧，”我说。

“我也想到了这一点，”他回答说，“不错，卫少爷，那会使她感到非常痛苦的，那会使她感到非常痛苦的。”

“不过，汉，”我温柔地说，“要是有什么话我亲自对她说不合适，我却可以替你写信告诉她；要是有什么事，你想通过我传给她，那我就要把它当作神圣的职责来替你办。”

“那是我一定敢保的。我谢谢你啦，先生，你太好了！我想我有些话要用口头或者书面告诉告诉她。”

“什么话哪？”

我们又默不作声地往前走了一会儿，他才又开口说：

“我并不是要对她说，我宽恕了她了。我并不是要那样说。我要说的是更进一步的，我是要说，我得请她宽恕我，因为我强逼她接受我的爱么。有的时候我琢磨过，卫少爷，要是我没硬逼她叫她答应嫁我，那她那样像好朋友一样信得起我，她就会把她心里挣扎的事告诉我，跟我商量，我也许就能叫她不吃亏上当了。”

我使劲把他的手一握。“就是这个话吗？”

“还有几句话，”他说，“我不知道该说不该说，卫少爷。”

我们又往前走了一会儿，比我们原先走得还要远，他才又开了口。我在后面记叙他这番话，是用线道表示他说话中间的停顿的，并非表示他哭。那只是他说话中间，极力镇定，好把话说得更清楚明白。

“我以前爱她那个本人——我这阵儿爱她那个前身——都爱得——太厉害了——所以这阵儿，要叫她相信，说我这个人快活，是办不到的。只有把她忘了——我才能快活——但是，我恐怕，告诉她，说我把她忘了这个话，是我受不了的。不过，要是你，卫少爷，一个有学问的人，能想出一种说法来，叫她相信，说我并没觉得非常伤心，说我仍旧还爱她，仍旧只替她难过；你能不管用什么说法，叫她相信，说我并没有不想活下去的心肠，说我只希望能看到她，不受褒贬，就归到恶人不再搗乱、疲倦的人得到安息①的地方——你要是能想出说法来，叫她把难过的心怀放下，再叫她相信，我这一辈子是永远也不会结婚的，再不，叫她相信，我这一辈子永远也不会有任何别的人，能在我心里像她在我心里那样——我只求你，替我对她把这番话说一说，还有我替她——那个从前那样亲爱的人——作的祷告，也说一说。”

我又使劲把他那粗壮的手一握，告诉他说，我要把他这番话，当作重大任务，尽我所能替他转达。

“我谢谢你啦，卫少爷，”他回答说，“你到这儿来和我见面，你太好了。你跟他作伴，一块儿到这儿来，你太好了。卫少爷，我知道得很清楚，我姑儿在他们开船以前，要到伦敦去，他们还能再团聚一次，但是我可不大能再跟他见面儿了。我只觉得，这一点好像没有疑问。我们谁都没说起这一点来，但是事情可又确乎是这种样子，而且也顶好是这种样子。你最后见他的时候——不早不晚，恰恰最后见他的时候——我可不可以请你把一个孤儿顶疼他、顶爱他这份孝心、子道转

① 引《旧约 · 约伯记》第 3 章第 17 节。

告他，他这个比亲生爹娘还亲的好人？”

这一件事我也答应了替他转达，并且还忠实地替他转达。

“我再谢谢你啦，卫少爷，”他说，同时诚恳地和我握手。“我知道你要往哪儿去。再见吧！”

他用手轻轻地向我一挥，好像是对我表明，他不能再进那个老家一样，就转身走了。我从他后面看着他那身形，在月光下穿过那片荒滩，那时候，我看到他把脸转到海上那一道银色的亮光，瞧着那道光往前走去，一直走到他只是远处一个朦胧的人影。

我走近那个老船屋的时候，屋门正开着，我进了屋子里面，只见屋里所有的家具都搬空了，只剩了那个小矮柜，上面坐着格米治太太，膝上放着篮子，眼睛看着坡勾提先生。他正把胳膊肘儿靠在粗陋的壁炉搁板上面，眼睛瞧着炉支上几点快要灭了的余烬；但是他一看到我进来了，就带着满怀的希望把头抬起来，高高兴兴地说起话来。

“你这是照你答应我的话，来跟这个地方辞行，是不是，呃，卫少爷？”他说，一面把蜡烛拿在手里。“这会儿这儿可真够空落落的，是不是？”

“你真是抓紧了时间啦，”我说。

“你瞧，卫少爷，我们一点也没敢偷懒。格米治太太操劳了一整天，简直像个——唉，我也说不上来，格米治太太那个操劳劲儿都像什么，”坡勾提先生说，一面看着格米治太太，想不出有什么比喻，能把他夸她那份意思表达出来。

格米治太太俯在她那个篮子上，没说什么。

“这就是那个小矮柜，你当年老和爱弥丽一块儿坐在上面！”坡勾提先生打着喳喳儿说。“这是顶末了的一件东西了，我要把它也带走。这儿是你睡觉的那个小卧室，瞧见了没有，卫少爷？今儿晚上，够空落落的了，是不是？”

实在说起来，那时的风，虽然并不大，却庄重严肃，在那个就要再无人居住的老船屋四围，低声饮泣，十分伤感。一切什物，连那个框子上镶着牡蛎壳儿的小镜子，都搬运一空。于是我想到我自己，怎样睡在那儿的时候家里发生了第一次最大的变化。我想到那个秋波流碧的爱弥丽，怎样一度使我着魔迷恋。我想到史朵夫，于是一种痴愚、可怕的想象袭我而来，使我觉得，好像他就在近前，我不定在哪个拐角会跟他迎面碰上。

“这个船屋，要是想找到新租户，”坡勾提先生打着喳喳儿跟我说，“总得过老长的日子。这儿的人这阵儿都把这个船屋看作是个凶宅了。”

“船屋的东家就在这一块儿住吗？”我问道。

“房东是镇上一个制造船桅的匠人，”坡勾提先生说，“我今儿晚上就要去把钥匙交给他。”

我们把那另一个小屋子看了一下，回到格米治太太那儿，只见她仍旧坐在小矮柜上。坡勾提先生把蜡烛放到壁炉搁板上以后，请格米治太太站起来，他好把那个小矮柜也搬到外面，再把蜡熄灭。

“但尔，”只见格米治太太突然把篮子扔开，抓住了坡勾提先生的膀子，说，“我的亲爱的但尔，我和这个家最后分别要说的话是：你不能把我撂啦。你不要作那样打算，但尔！你决不能作那样打算！”

坡勾提先生吃了一惊，看看格米治太太，又看看我，看看我又看看格米治太太，好像他刚刚从睡梦中醒来一样。

“千万可别把我撂了！最亲爱的但尔，千万可别把我撂了！”格米治太太激动地喊着说，“把我也带走吧，但尔，把我也跟你、跟爱弥丽，一块儿带走吧！我情愿给你当使唤人，对你忠心耿耿，永远不变。要是你要去的那个地方有奴隶这样人，那我情愿给你当奴隶，还要快快活活地当哪，不过你可千万别把我撂了，那你才真正是亲亲热热的亲人儿啦！”

“唉，你这个大好人，”坡勾提先生说，一面摇头，“你是不知道这趟路有多远，那儿的日子有多苦啊！”

“我怎么不知道，但尔！我猜还猜不出来？”格米治太太喊着说。“不过我在这个家里顶末了要说的一句话就是：要是你不把我带走，我就上院里去，死在那儿好啦。我会刨地，但尔。我会干活儿，我会过苦日子。我这阵儿会好好地待人，会有耐性啦；我会的比你想的可就多啦，但尔；不信你试试看。但尔·坡勾提，我即便穷死、饿死，也不能动你给我那笔补贴的钱，决不能动你补贴的钱。我就是要跟你和爱弥丽一块儿去，只要你让我去，我即便得跟你们到天涯地角，我都能去！我知道是怎么回事。我知道你认为我好叫苦，好嘟囔是苦命的孤人儿；不过，亲亲爱爱的好人，我这会儿一点儿也不是那种样子了！我在这儿坐了那么久，看着你受磨难，想着你受磨难，并不是白看了，白想了，一点好处也没学到。卫少爷，我求你替我说句好话吧！我知道他都是什么脾气，我知道爱弥丽都是什么脾气。我也知道他们都受过什么磨难，我可以有时给他们安慰，可以永远给他们干苦活儿！但尔，亲爱的但尔，让我跟着你们一块儿去吧！”

于是格米治太太抓起他的手来吻，用单纯质朴的同情和疼爱吻，以效忠尽职、感恩知德的真情实意吻。这种忠诚感戴，都是他十二分应受的。

我们把小矮柜搬了出去，把蜡烛熄灭了，从外面把门锁上，把那个紧紧关闭的老船屋撂在那儿，在云翳弥漫的夜色里，显得只是一个小小的黑点儿。第二天，我们坐在驿车外面往伦敦去的时候，格米治太太带着她那个篮子坐在车的后部；那时候格米治太太是心舒神畅的。

第五十二章

山崩地裂，助威成势

米考伯先生那样神秘地指定的会晤时间，在二十四小时以内就来到了，那时候，我姨婆和我商议，怎么办才算好，因为我姨婆非常不愿意把朵萝一个人撂在家里。唉，我现在多么不用费事就能抱着朵萝上楼下楼了啊！

虽然米考伯先生千叮嘱，万叮嘱，说非要叫我姨婆也到场不可，我们却本来打算还是让她留在家里，而我和狄克先生代表她去走一趟。简单地说，我们本来定好了要那么办，但是朵萝却对我们大家说，只要把我姨婆留在家里，不管用什么借口，她就永远也不会不见自己的怪，永远也不会不见她这个坏孩子的怪，这样一来，我们的打算就搅乱了。

“你要是不去，那我就不跟你过活，”朵萝冲着我姨婆，摇晃着鬈发说，“那我就要专招你惹你，叫你不高兴，那我就要叫吉卜成天价冲着你叫。那我就要说，你一点不错，不折不扣，是一个讨厌的老东西！”

“得啦，得啦，小花朵儿！”我姨婆笑着说。“你难道不晓得，你离了我可不成吗！”

“不成？没有不成的，”朵萝说。“你对我连一丁点用处都没有。你从来也没为了我整天价楼上楼下跑来跑去。你从来也没坐在我旁边，告诉我道对的故事，说他怎么鞋都绽了，怎么满身的尘土——哦，那么一个小不点的孩子！你从来没做过什么讨我喜欢的事儿，做过吗，亲爱的？”说到这儿，朵萝又急忙吻了我姨婆一下，跟着说，“一点不错，做过！我这都说的是笑话哪。”她那是害怕我姨婆会当真认为她真是她先说的那种意思哪。

“不过，姨婆，”朵萝哄着我姨婆说，“你听我说。你一定得去。你要是不依着我的意思办，那我就要招你惹你，叫你不得心静。我这儿这个淘气的孩子要是不教你去，那我就要教他不得清静日子过，我要能怎么惹人厌恶就怎么惹人厌恶；吉卜也要能怎么惹人厌恶就怎么惹人厌恶！你就该后悔没听话，没乖乖儿地去，要好多好多天还后悔。再说，”朵萝说，一面把头发撩开，用惊奇的神气看着我姨婆和我，“你们为什么不两个人都去？我并没有什么大不了的病啊。有吗？”

“哟，怎么会问起这种话来啦！”我姨婆说。

“怎么会有这种想法啦！”我说。

“可不是吗！我知道我是一个小傻子，”朵萝说，慢慢地看看我，又看看我姨婆，跟着又躺在床上把她那好看的小嘴唇儿伸出来吻我们。“好啦，你们两个可都得去，不然，我就要不信服你们，要伤心落泪了！”

我看我姨婆脸上的样子，知道她心里有点活动了，朵萝脸上也亮堂起来，因为她也看出来我姨婆心里活动了。

“你们回来以后，可有的是话要告诉我啦，那可至少得用一个礼拜的工夫才能叫我明白！”朵萝说。“因为我知道，如果里面有事务性的东西，我就懂不了。而这里面一定有事务性的东西！如果有数目要往一块儿加，我也不知道我什么时候才能算得出来。那时我这个坏孩子就该一直地老觉得不痛快了。好啦，你们这回可要都去了，是不是？你们不过去一夜的工夫；你们去了，吉卜会照顾我的。你们临走以前，道对要把我抱到楼上。我等到你们回来了，再下楼。你们还得替我带给爱格妮一封狠狠骂她的信，因为她一直地老没来看咱们！”

我们没再商议，就一致认为，我们两个都得去，同时认为，朵萝是个小小的骗子，假装着闹起病来，因为她喜欢我们抚摩温存她。她听了这样，非常可心，非常快乐；于是那天晚上，我们四个人，那就是说，我姨婆、狄克先生、特莱得和我，就坐着开往多佛的驿车，往坎特伯雷进发。

正好半夜，我们多少费了点事，才来到米考伯先生指定让我们等他的那个旅馆；在旅馆里，我收到他一封信，说他准于次晨九点半钟露面。我看完了那封信，我们就在那个令人颇不舒服的时候，打着冷战，各自到各自的床上睡去了，去的时候，走过好几个密不通风的过道儿，那里的气味，闻着好像几辈子都浸在汤和马棚混合溶液里一样。

第二天很早的时候，我就在那几条牵惹旧情的寂静街道上面漫步闲游，和那些古老尊严的洞门[①]和教堂混迹交影。那些群居鸦在大教堂的高阁四围回旋翱翔，那座高阁本身，就俯视好些英里芊芊草茂树蕃的村野和绵绵波平岸幽的河流，高高屹立在清朗明净的朝霭之中，好像表示，世界之上，并没有沧海桑田这种变易似的。然而那几口钟，一鸣起来，却又好像伤感惋叹地告诉我，说世事没有一样不是白云苍狗。它们告诉我它们自己的古韵黝色，告诉我我那朵萝的美容华年，还告诉我那

① 指坎特伯雷基督教堂的洞门一类门道而言。

古今永远一律的人生：活一辈子，爱一辈子，然后老死；而那些钟声荡漾萦回，就在黑太子悬于教堂里面、满是锈痕斑驳的铠甲①中间嗡嗡而鸣，直万古深远中之芥子尘粒，在空中悠悠而逝，像水中涡痕一样。

我从街道拐弯的地方，看那所老房子，但是却没往更靠近前的地方去，因为我恐怕，有人看见我，也许会因而无意中把我到这儿帮着实行的计划给破坏了。初阳正斜着照在它那山墙和有小方格儿的窗户上，使它们染上了金黄的颜色；它旧日那种宁静温蔼的古色古香，又一度好像打动了我的心坎。

我往乡村溜达了有一个钟头左右，然后顺着大街溜达回来。只见那时候，大街在我去的这段时间里，已经把整夜的睡意，完全摆脱了。在铺子里活动的那些人们之中，我看到我那个老对头——那个青年屠夫，现在混得穿起长筒靴子，娶妻生子，自己经管起铺子来了。他正抱着娃娃，好像在街坊邻居中间，是个和气善良的一员。

我们坐下吃早饭的时候，我们都有些焦灼不安，急躁不耐。时光越来越靠近九点半钟，我们等待米考伯先生的焦灼心情，也越来越加甚。到后来，我们大家都索性把假面具撕掉，不再装着一意用饭了，其实，除了狄克先生，一开始的时候，我们这个吃饭就只不过是一种形式而已。我姨婆在屋里来回地走，特莱得坐在沙发上，假装看报，实在眼睛却盯在天花板上。我就站在窗前看着，等米考伯先生一露面，就告诉大家。其实我也没看多大的工夫，因为钟声一打半点，米考伯先生就在街头出现。

“他来啦，”我说，“还并没穿法界服装！”

我姨婆把她的软帽帽带系好（她下楼吃早饭的时候就把软帽戴好了），把披肩披在身上，好像不论要做什么需要坚决、绝不通融的事儿，她都有所准备。特莱得带着下定决心的样子，把褂子上的纽子扣

---

① 黑太子，名爱德华（1330—1376），为英王爱德华第三之子，喜穿黑色铠甲，故名。武功甚盛；死葬坎特伯雷大教堂内之地下拱墓，其头盔、护腕、刀鞘及战袍，死后悬于墓上，至今尚存。

好。狄克先生，一方面让大家这种杀气腾腾的样子搅得不知所以，另一方面又觉得有学一学他们的必要，就用两手把帽子下死劲往耳朵上扣，跟着又把帽子摘了下来，欢迎米考伯先生。

“特洛乌小姐和诸位绅士，”米考伯先生说，“早安！”又对狄克先生说，“亲爱的阁下，”那时狄克先生正跟他勇猛激烈地握手，“你真是好得不能再好了！”

“你吃过早饭没有？”狄克先生说，“来一盘排骨吧！”

“要了命也不吃，亲爱的阁下！”米考伯先生说，同时狄克先生正要去拉铃儿，他把狄克先生拦住了。“食欲和我，狄克逊先生，早就分了家了。”

狄克逊先生非常喜欢这个新名字，并且好像认为，米考伯先生给了他这个名字，非常仁爱友善，所以他又和米考伯先生握了一回手，同时大笑，笑得未免有些童心孩气。

“狄克，”我姨婆说，“当心点儿！”

狄克先生脸上赧然一红，身上瞿然一惊。

“现在，米考伯先生，”我姨婆把手套戴好了，说，“你教我们去对付维苏威火山的爆发，或者任何别的事儿，都没有不行的。我们就听你一声令下啦。”

“特洛乌小姐，”米考伯先生回答说，“我敢保你一会儿就可以看到一场火山的爆发。特莱得先生，我要是跟他们几位说，咱们两个早已经声气相通了，我相信，你一定不会不允许我吧。”

“一点不错，那是事实，考坡菲，”特莱得对我说；因为我正带着吃惊的神情，往他那儿瞧。“米考伯先生把他考虑的问题都跟我商议过，我曾尽我识见所及，给他出过谋、画过策。”

“如果我并非自欺，”米考伯先生接着说，“那我就得说，我所考虑的是一场意义重大的揭发。”

“真正是意义非常重大的揭发，”特莱得说。

“也许在现在的情况下，特洛乌小姐和诸位绅士，”米考伯先生说，“你们得暂时受点委屈，置身于一个人的指挥之下，虽然此人决不应以任何其他眼光看待，而只配以人海茫茫中的弃儿孑遗视之，他却与诸位同属圆颅方趾，尽管他由于自己本身的过失和种种境遇辐辏交哄的揶揄侮弄，早已失其本来面目。”

“我们对于你，推心置腹，十二分地信任，米考伯先生，”我说，“你要我们干什么，我们就干什么。”

“考坡菲先生，”米考伯先生回答说，“在现在这个节骨眼儿上，你对我推心置腹，并非失策。我现在请先走五分钟，然后在维克菲与希坡事务所里，以受雇成员的身分，专诚等候诸位命驾惠临，就以要见维克菲小姐为名。”

我和我姨婆都往特莱得那儿瞧，特莱得就点头称是。

“我在此刻，”米考伯先生说，“已别无可说。”

他这样一说，对我们鞠了一个罗圈躬，算是把我们都包括在内，跟着扬长而去，使我觉得无限诧异。他那时态度异常冷落，面色异常灰白。

我瞧着特莱得，想教他解释一下，特莱得却只微微笑了笑，轻轻摇了摇头(在头顶上，头发一直耸立)，因此我只好把表掏出来，数那五分钟，作为无计奈何、消磨时光的办法。我姨婆也把她的表拿在手里，和我一样地数那五分钟。五分钟刚过，特莱得就把胳膊伸给我姨婆挽着，于是我们一块儿往那所老房子走去，路上没再谈一句话。

我们到了那儿，只见米考伯先生正在楼下那个圆塔式的公事房里，伏身案头，忙忙抄写，或者说假装着忙忙抄写。公事房用的一根界尺，插在他那件背心里面，并没深藏不露，而却有一英尺长的一块伸到外面，好像一种新兴的衬衫花边一样。

当时的情况好像是：他们都等我开口，我于是就大声说：“米考伯先生，你好哇？”

“考坡菲先生，”米考伯先生沉着严肃地说，“我希望你身体健康。”

“维克菲小姐在家吗？”我说。

“维克菲先生染病在床，先生，患的是风湿热，”他回答说，“但是我可敢说，维克菲小姐要能见到老朋友，一定非常高兴。你们请进吧，先生们。”

他在前面，把我们带到饭厅——我到那一家，头一个进去的就是那个屋子——把维克菲先生从前用作事务所的那个屋子的门一下推开，用一种洪亮沉着的嗓音说，“特洛乌小姐、大卫·考坡菲先生、托玛斯·特莱得先生、狄克逊先生，来拜！”

自从我打了乌利亚·希坡那一下以后，我再没见到他。他当时看到我们这一来，显然吃了一惊；本来我们自己也吃了一惊，但是他那一惊，却并没因为我们那一惊而减轻。他并没把眉头皱起，因为他的眉毛根本不值一提，但是他却把前额蹙得非常厉害，因此他差一点没把他那两只小眼睛都眯得没缝儿。同时他把他那净是骨头的手急忙往下颏上一摸，泄露出他有些震惊或者慌张。不过这种惊慌，只在我们刚刚进门、我隔着我姨婆的肩头看到他那一眼的时候才泄露的。过了那一会儿，他又完全是他从前那种胁肩谄笑、卑鄙下作的样子了。

“啊，我敢说，”他说，“这真是令人惊喜交集的聚会！我可以说，所有圣保罗大教堂四周围的朋友①，都一齐光临，是叫人意想不到的快事！考坡菲先生，我希望你的身体很好，我也希望看到，你对于跟你友好的人都友好，如果不管怎么样，我可以卑鄙哈贱地这样表达我自己。考坡菲太太，我希望，先生，也过得很好。我敢跟你说，我们因为听说她近来的情况，很有些放心不下。”

我让他握我的手，只感到羞愧，但是我却又不知道有什么别的办法。

“自从我还是一个小小的录事、给你牵马的时候起，这个事务所里什么都改了样儿了，特洛乌小姐，是不是？”乌利亚说，同时做出他那种最近于病态的笑脸来。“但是我可没改样儿，特洛乌小姐。”

“呃，先生，”我姨婆回答他说，“我跟你说实话吧，我认为你还是真给‘从小看大’这句话作脸。这样说法，你该挺满意的啦吧。”

---

① 各法学会和法院都在圣保罗大教堂西面附近。

“谢谢你啦，特洛乌小姐，”乌利亚说，一面讨人厌恶地直打拘挛，“你过奖了！米考伯，叫他们通知爱格妮小姐——还有妈。妈要是看到这儿这些人，一定要非常激动的。”乌利亚说，一面给我们搬椅子。

“你不忙吧，希坡先生？”特莱得说，他那时眼睛和乌利亚那双狡猾的红眼睛碰巧一对，因为那双红眼睛，正在那儿，同时又要细看我们，又要躲避我们。

“不忙，特莱得先生，”乌利亚回答道，同时坐到他那个办公事的座位上，把他那双瘦骨棱棱的手，手掌对手掌，在他那两个瘦骨棱棱的膝盖中间使劲地挤。“不像我愿意的那样忙。不过，律师、鲨鱼、水蛭，[1]都不是很容易就能满足的，这你知道！但是话又说回来啦，我和米考伯先生一般地总是手头儿上事儿很多，因为维克菲先生几乎什么工作也做不来，先生。不过，我敢说，给他干事儿，不但是一种职分，而且是一种快乐。你跟维克菲先生不太熟吧，我想，特莱得先生？我相信，我自己也只有一次，有幸和你会过。”

“不熟，我跟维克菲先生还不很熟，”特莱得回答说，“不然的话，那我也许早就到这儿来问候你了，希坡先生。”

特莱得说这番话的口调里有一种情况，让乌利亚带着很疑心、很不安的样子，又往那个说话的人身上看去。但是一看，那个人不过是特莱得，脸上一片和善，态度一片温和，头发直竖头上，他就一笑置之，只嘴里作答，同时把全身、特别把喉头一拘挛。

“这个话我听了很惆怅，特莱得先生。你要是跟他熟了，你就会跟我们一样地敬爱他。他那些小小的毛病，只能让你觉得他这个人更可亲。不过如果你想听到我这位同事的伙友叫人盛加称赞，那我就得请你请教考坡菲。要是你从来没听见过他谈这一家，那你可别错过机会，他谈起这一家来可有劲啦。”

---

① 鲨鱼最贪，故以喻人中之贪者，如放高利贷者等。水蛭吸血，故以喻人中之吸血鬼。

我正要否认这种奉承(如果我不论怎样，真想那样办)，爱格妮进来了，使我把话打住。她是米考伯先生领进来的。我只觉得，她不像平素那样冷静沉着；并且显而易见，心神受过忧虑和疲劳。但是这种情况，反倒使她那种真挚热诚的招待和幽娴贞静的美貌，射出更温柔的光辉来。

我看到，她跟我们打招呼的时候，乌利亚一刻不放松地盯着她，他使我想起作反的丑妖怪钉着善神灵①那样。在这个时候，米考伯先生给特莱得递了一个小小的暗号，特莱得除了我，未经别人看见，走出屋子，到外面去了。

“你不要在这儿耗着啦，米考伯，”乌利亚说。

米考伯先生把手放到他胸前那个界尺上，直挺挺地站在门口，毫不容疑地把眼睛盯在他的同类之一身上，而那个同类之一就是他的东家。

“你在这儿耗着干什么？”乌利亚说，“米考伯！我不是告诉你不要耗着吗？你没听见哪？”

“听见啦！”那个丝毫不动容色的米考伯先生回答说。

“那你为什么还耗着？”乌利亚说。

“因为我——简单地说吧——乐意，”米考伯先生突然发作道。

乌利亚脸上一下失色，一种不健康的灰白，但仍旧微微带有他那种全部发红的意思，布满了他整个的脸。他使劲把米考伯先生拿眼盯着，脸上各处，连鼻子带眼睛，没有一处不是又急又促地喘起来。

“你本是一个游手好闲的浪子，这是满世界的人没有不知道的，”他说，同时尽力想作出一副笑脸来。“我恐怕你非逼我下你的工不可。你先去你的！我一会儿再跟你谈。”

“世界之上，如果有一个恶棍，”米考伯先生，再一次非常激昂地

① 妖怪译 genie，genie 为伊斯兰教神话中精灵之一级，低于天使。多见于《天方夜谭》，有善恶二类。其恶者多狰狞可畏，如《第二王族乞人的故事》里所写，手如叉，腿如樯，眼如点着之火把。其叛逆或造反者，如《渔父的故事》中之精灵，即以其对稣里曼(Suleyman，神之预言者)造反而被罚，收入瓶中，掷于海底。

发作起来说，“我已经跟他谈得太多了，那个恶棍的名字就叫——希坡！”

乌利亚往后一趔趄，好像有什么人打了他一下，或者有什么东西扎了他一下似的。他用他脸上所能表示的那种最阴沉、最阴险的表情，慢慢地往我们身上一个一个看，用低低的声音说：

“哦呵！你们这是搞阴谋诡计啊！你们这是约会好了到这儿来的啊！你！考坡菲，你这是跟我的录事狼狈为奸，是不是？我说，你可要小心。你搞这个是搞不出什么名堂来的。咱们彼此都了解。咱们两个之间没有友好可言。你，从你头一回到这儿来的那一天起，就一直是个挑肥拣瘦的狗东西；你看到我的地位提高了，你就嫉妒起来了，是不是？你不要跟我耍阴谋，我要叫阴谋耍你！米考伯，你先去你的！我一会儿再跟你谈。”

“米考伯先生，”我说，“这个家伙突然变了，不但在说实话这个不同寻常的方面突然变了，在许多别的方面也突然变了；他这一说实话，我就知道，他这是到了狗急跳墙的时候了。对这家伙，该怎么办就怎么办，不能轻饶了他。”

“你们真是一伙宝货，是不是？”乌利亚用同样低沉的声音说，同时一下出了满脸的黏汗，他就用他那又瘦又长的手，擦前额的黏汗。“你们把我的录事买通了，那个社会的渣滓——就跟你自己，考坡菲，在有人发慈悲、给你施舍以前一样，这是不用说的——你们把他买通了，用谎话来诬蔑毁谤我。特洛乌小姐，你顶好把这个事压伏下去，要不然，我可要对不起，把你丈夫压伏下去了，那时你可就该不痛快了。我从业务上了解到你的历史，并不是白白了解了的，你这个老太婆！维克菲小姐，你要是有一丁点儿疼你爸爸的心，那你顶好别跟这一伙掺和到一块儿。你要是和他们掺和到一块儿，那我就叫你爸爸一毁到底。好啦，你们想一想吧！你们有的人，已经搂在我的耙子底下啦。你们要再思再想，别等耙子从你们身上耙过去，那就晚了。你，米考伯，只要你想逃出我的手心去，也要再思再想。我劝你先走开，等我一会儿跟你谈，你这个傻蛋！现在打退堂鼓还不晚。妈哪儿去啦？”他说，只见他忽然一惊，看到特莱得不在眼前，同时把铃儿上的绳子都拉折了。“在自己家里，出这样事儿，可真太妙了！”

“希坡太太在这儿哪，先生，”特莱得说，只见他同着那位宝贝儿儿子的宝贝儿母亲来了。“我很冒昧，已经擅自把我自己介绍给她了。”

“你是什么东西，在这儿混介绍自己？”乌利亚反唇相讥说，“你想在这儿干什么？”

“我是维克菲先生的代表和朋友，先生，”特莱得安详稳定、有条不紊地说。“我口袋里有他给我的一份全权委任状，替他办理一切事务。”

“那个老浑驴喝酒都喝背悔了，”乌利亚脸上比先前更加难看的样子说，“你这个委任状是用骗术从他手里骗来的！”

“不错，是有些东西是从他手里用骗术骗来的，这是我知道的，”特莱得安安静静地答道，“也是你知道的，希坡先生。这个问题，如果你高兴的话，咱们叫米考伯先生来说一说好啦。”

“乌利——！”希坡太太露出焦灼的样子来，开口说。

“你不要开口，妈，”他答道，“你不知道言多有失吗？”

“不过，我的乌利——”

“妈，你不要开口，什么都由我一个人来，行不行？”

虽然我很久很久，就知道他那副卑贱谄媚相儿是假装出来的，那些谦虚恭顺话是奸诈虚伪的，但是我却没想到，他那种奸诈虚伪都达到了什么程度，一直到现在他把假面具撕下去了的时候。他看到这副假面具对他没有用处了，就一下把它扔掉；他只显出一片恶意、万般侮慢、满腹仇恨；他即便到了现在这个时候，还是因为做了那么些坏事，踌躇满志，睥睨而视——其实他在这段时间里，都是想要制伏我们，却又想不出办法来，都是豁出去一切，拼命地挣扎——所有这种种情况，虽然都跟我所了解的他那个为人完全符合，但是刚一开始的时候，却连像我知道他这么久、仇恨他这么深的人，都完全没有想到。

他站在那儿，把我们一个一个端量的时候，他对我看那一眼是什么样子，我不必说，因为我一直知道他怎样恨我，一直记得我怎样在他脸上留下那一巴掌的印儿。但是他的眼光转到爱格妮身上，我就看见，他感到他对她已经失势而怒不可遏，同时在失望中，在眼神儿里表现出来的失望中，露出他癞蛤蟆妄想天鹅那种令人憎如蛇蝎的奸邪情欲——他对爱格妮的贞正幽娴永远不能赏识，永远不能珍贵——那时候，我只想，她即便有半个钟头的时间，和那样一个人听视相接，我都不胜惊骇。

他用他那瘦骨棱棱的手把下颏摸了一气，又一面摸着，一面用他那双狡黠的眼睛把我们看了一气，于是他又对我们发了一通话，口气一半哀鸣，一半谩骂。

"你，考坡菲，凭你，老觉得自己讲体面，爱面子，又这个那个的，可跑到我这儿来溜门子，和我的录事听墙根，你认为这样对吗？要是干这样事的是我，那毫不足怪，因为我从来就没拿上等人自居（虽然我从来也没在街头流浪，像你那样，这是米考伯说的）。但是凭你！可干起这种事来，还一点都没有忌惮。你这是一点都没考虑到，我都要怎样回敬你的，也没考虑到你这样耍阴谋诡计，干这个那个，都会捅出什么漏子来，是不是？很好。那咱们走着瞧吧！你这位叫什么来着的先生，你说有问题，要靠米考伯说山。他就是你们的靠山，可会说山啦。你怎么不叫他说呀？他已经学了乖了，这是我看得出来的。"

他看到，他发的这一通话，对我自己，对我们之中任何哪一个，都一点影响也没有，就往桌子边儿上一坐，把手插在口袋里，把一只八字脚蹩在另一只后面，顽梗倔强地等待下文。

米考伯先生，顶到这时候，一直憋着一股猛劲儿，我费了顶大的事，好容易才把他制住，同时有好几次他都插嘴骂"恶棍"，却只迸出了一个"恶"字，老没能说出"棍"字来，这时候，突然冲出，从胸前掏出界尺来（显然是用作防卫的武器），从口袋里掏出一份叠作大信模样的双开大幅文件。他把这个叠着的文件，像他往常那样装模作样地展开，往文件上写的东西看了一眼，好像对于文件中行文着笔的可贵之处赏识珍重，开口如下念道：

"亲爱的特洛乌小姐和诸位绅士——"

"哎呀呀！"我姨婆低声喊道，"要是揭发的是大辟死罪，他还得用成令成令①的纸写信呢！"

米考伯先生没听见这句话，只接着往下念道：

"'我今挺身而出，立于众位之前，既专为揭发控诉可谓向所未有之大奸巨猾，'"米考伯先生念到这儿，眼睛并没从信上抬起，只把界尺像圣杖一样，指着乌利亚·希坡，"'所以我请诸位，不必虑及鄙人。我从在摇篮中起，即已受无力负担的经济责任之累，遂永为使人日陷卑污之境遇所侮弄，所揶揄。耻辱、穷困、绝望、癫狂，或单枪匹马而来，或结驷联骑而至，尽为余有生附骨之疽。'"

米考伯先生描绘自己的时候，说自己怎样是受种种阴惨灾殃的可怜虫，那样舔唇咂舌，津津有味，只有他读这封信的时候那样气势汹汹，还有他遇到他认为击中要害的字句，对那个文件那样摇头晃脑表示推崇，可以比得。

"'在耻辱、穷困、绝望、癫狂积于一身的情况下，我来到这一家事务所——或者像我们更生动活泼的邻居高卢人②说的那样，这一家写字间——名义上是维克菲与——希坡二人合伙经营，实际上是——希坡一人大权独揽。希坡，只有希坡，才是这个机构的枢机关键。希坡，只有希坡，才是证件的伪造者，才是蓄意谋产的骗子。'"

乌利亚听到这句话，脸上青更多于灰，朝着那封信冲去，好像想把信扯碎。米考伯先生，由一种完全出于奇迹的巧妙或者运气，用他那个界尺恰好打在乌利亚伸往前来的手骨节上，把他的右手一下就打得不能再动了。那只手从手腕子那儿耷拉下去，好像折了似的。那一下子，听起来就跟打到木偶、泥人上一样。

"你这个该死的！"乌利亚说，同时因疼而直打与前不同的拘挛。"我非报复不可。"

---

① 令：纸500或480大张为一令。

② 古代居于现在法国地方之民族，为罗马人所征服统治。后遂以之称法国人。这儿的说法，指法语中的 bureau 而言。

“你敢再靠前来，你——你——你这个廉耻丧尽，人格稀破的希坡，”米考伯先生气粗如牛地喘着说。“你要是敢再靠前来，如果你的脑袋还像个人样儿，我就给你开了。你来！你来！”

米考伯先生手里拿着界尺，拉起仗剑防卫的架势，嘴里喊，“你来！你来！”同时我和特莱得两个人，就使劲把他推到一个角落里，但是我们每次刚把他推到那儿，他就非要从那儿冲出来不可——他那时那种光景，我认为，比我从来看到的任何别的光景，都更可笑——这是我即便在那个时候，都意识到了的。

他的敌人，自己咕哝着，把受伤的手揉了一阵，然后把领巾揪下来，用它把手裹起来，跟着用另一只手笼着，坐在桌子上，满脸阴沉地往下瞧着。

米考伯先生，相当地冷静下来以后，接着念起信来。

“‘我答应到这儿来给希坡工作的时候，’”米考伯先生每逢说到希坡这个名字，先要停顿一下，用一种令人吃惊的劲儿把这个名字迸出来，“‘金钱的报酬，除了每星期那戋戋的二十二先令六便士而外，其他并无规定。那个数目以外，其余的得看我在业务方面出了多少力，再由希坡随时随意而定。换一句更能表达真相的话来说，就是得看我人格卑污到什么程度，我利欲熏心到什么程度，我家计艰难到什么程度，我跟希坡之间品质相似到什么程度，由这些方面而定。过了不久，我就得哀请——希坡预付薪资，以赡养米考伯太太和吃苦受罪而却又有增无减的儿女，这还用我说吗？这种必要本是——希坡早就预先见到的，这还用我说吗？这些预付的工资，都是以借据或者这个国家司法机关里规定的别种契据作担保的，这还用我说吗？我就这样投进了他给我织就、备我陷入的网罗之中，这还用我说吗？’”

这种不幸的事态，虽然曾使米考伯先生身受痛苦、亲经焦虑，但是米考伯先生对于他裁笺作书的才能那份赏识的乐趣，却远远超过那种痛苦和焦虑。他又接着念道：

“‘就在那时候，希坡开始委我以些许心腹之事，使之仅仅足供助其施鬼蜮伎俩之用。就在那时候，如果我可借莎士比亚以自喻，我开始清减、瘦削、皮包骨、肉不存。[①]我发觉，我经常需要听命，对事务作伪欺骗，对某一个人（我对这个人以后就称之为维先生）蒙蔽迷惑；这位维先生受尽一切可能的欺骗、蒙蔽、愚弄；然而，在所有这段时间里，那个恶棍——希坡——对这位受尽欺侮的绅士，却老口口声声说感戴无极，情义无尽。这已经够坏的了；但是，像那位好作深思冥想的丹麦人说的那句可以行之久远的话（这就是发扬光大伊丽莎白时代伟业那位诗人的卓越之点）：更恶之事，方兴未艾。’”[②]

米考伯先生觉得，他这几句话，用莎士比亚一装点，显得特别文情并茂，因此他以忘了念到什么地方为借口，把那一句话又念了一遍，以供自己、并使我们再享受一番。

“‘我不打算，’”他接着念道，“‘在本书札范围内，把那些性质较轻的不法行为，一一列举（这我在他处，另行胪列），这种行为，只影响到我称之为维先生其人自己，而且我自己就是这种行为中默不作声的帮凶。在我心里，工资与无工资、面包与无面包、生存与不生存的斗争，一旦不再存在了，我就抓住机会，来发现并揭露——希坡所犯的严重不法行为，就是这种行为，使那位绅士受到严重损害及冤枉。我内心既受无声之言的激发，身外复受动人情感、发人深省的激励——对此激励之人，我以后简称之为维小姐——在此二者同样激励下，我着手一种决难称为并非惨淡经营之秘密考查，这种考查，据我所深知、所深喻、所深信，延长至逾十二个整月之久。’”

他念这一段，那样冠冕堂皇，好像那就是国会法案里的章节一样：而且让字句优美的音节弄得威武俨然地精神为之振奋。

“‘我对——希坡——的控诉，’”他继续念道，同时往希坡那儿看了一眼，把界尺掏了出来，放在左胳膊下面便于使用的地方，以备必需，“‘为以下各款：’”

---

①引用莎士比亚的《麦克白》第1幕第3场第23行。

②丹麦人，即丹麦王子哈姆雷特，在该剧中，好作玄想，所引则见该剧第3幕第4场第179行。

我认为，我们大家都屏其声、敛其气。我敢保，希坡也屏其声、敛其气。

“‘第一款。’”米考伯先生说，“‘在维先生处理业务之能力与记忆减弱、混乱之时，其减弱、混乱之原因，不必言，亦无需言——希坡处心积虑，即乘此时，故意使事务所之全部业务，混淆、复杂。每当维先生最不宜于办理业务之时——希坡永在近旁，硬逼维先生办理业务。在此种情况下，他把重要的文件，拿给维先生，声称不重要，而使维先生签字。他诱骗维先生授权给他，从托管金里特别提出一笔款子，为数达一万二千六百十四镑二先令九便士，用以偿还他谬称业务费用及亏欠，实则此费用及亏款之欠或早已经备妥，或本实无其事。他自始至终，给此类处置以假象，使人认为，此类处置，皆出于维先生欺骗之意图，并成于维先生欺骗之行动。成了以后，即用为口实，以之折磨维先生，胁迫维先生。’”

“这你可得有证有据，你这个考坡菲！”乌利亚摇着脑袋，以相恫吓说。“什么都有个时候未到！[①]咱们走着瞧吧！”

“特莱得先生，你问问——希坡——他搬了家以后，谁住在他那个房子里，”米考伯先生念信中间，停了一下，说，“你问问他！”

“就是那个傻蛋自己——这阵儿他还在那住着哪，”希坡轻蔑鄙夷地说。

“你问问——希坡——他住在那儿的时候，是否曾有过袖珍记事本，”米考伯先生说，“你问问他！”

我看到，乌利亚那一只瘦骨棱棱的手，本来在下巴颏抓挠，现在不知不觉地不抓挠了。

“再不你就问问他，”米考伯先生说，“他在那儿的时候，是否曾烧过袖珍记事本。要是他说烧过，并且问你，烧的灰都在哪儿，那你就

① 原文概念始见于塞万提斯的《堂吉诃德》第2部第36章。原大意为“一切到了相当的时候，都会发生”，在同书同部第33章说，“时光使一切成熟。无人生而明哲”，表示同样概念。

叫他来问我，问了我，他就可以听到一些于他绝非有利的话了！”

米考伯先生说这段话的时候，那样胜利地手舞臂挥，让乌利亚的妈看了，大吃一惊，她极端心慌意乱地喊道：

“乌利，乌利！快服软吧，快讲和吧，我的亲爱的！”

“妈！”他回答说，“你别嚷嚷，成不成？你这是吓着了，不知道说什么好、想什么好啦！服软儿！”他瞧着我狺狺地重复说。“我自己老服软儿，但是我可也叫他们里面的人服软儿服了相当长的时期了！”

米考伯先生很文雅地把下颏在硬领中间摆好，跟着又念起他的大作来。

“‘第二款。据我所深知、所深喻、所深信，希坡曾有好几次——’”

“这可当不了什么事儿，”乌利亚觉得松了一口气的样子嘟囔着说，“妈，你不要开口。”

“咱们不用多大一会儿，就可以搞出一些名堂来，不但当得了，还要把你最后给了啦哪，”米考伯先生说。

“‘第二款。据我所深知、所深喻、所深信，希坡曾有好几次，在各种账本、簿记和文件上，有系统地伪造维先生的签名，并且有一次，特别明显地伪造签名，这我可以提出证据来。此即为、此即如后所称、此即等于说：’”

米考伯先生念到这一句叠床架屋堆砌起来的字样，又舔嘴咂舌地咂摸了一番。这种堆砌，在他身上，固然滑稽可笑，但是却绝非他个人所特有。我在一生中，见过不少的人，有同样的爱好。那好像是天下人的通病。比如说，在法庭起誓作证，证人说到一连串的字样而只表达一个概念的时候，都好像非常欣然自得。他们说，他们完全厌恶、完全憎恨、深痛誓绝，等等等等。教会从前的诅咒[①]，也是出于同样的原则，

---

① 教会从前的诅咒：指从前教会行“驱逐出教”罚法时所用的诅咒；其词为：我等诅汝，咒汝，乞神祸汝，求天灾汝，驱汝出教会……使汝日间受天之罚，夜间受天之罚，卧时受天之罚，兴时受天之罚，出时受天之罚，入时受天之罚。请上天永不恕汝，永不赦汝；愿上帝永以烈火烧汝身，以全部法诫书所列之诅咒加汝身；将汝名永消灭于光天化日之下，等等。

才令人觉得它滋味盎然。我们常说到语言文字对我们怎样倔强残暴，难以驾御，但是我们也喜欢对语言文字加以残暴，酷虐地施以驾御。我们喜欢在隆重场合中，使芜言赘词，结驷联骑而来，前遮后拥而至。我们认为这类字样，看着炫目，听着悦耳。我们在举行盛大典礼的时候，对于我们的仆从所穿的服装，究竟有没有意义，我们是不在乎的，只要仆从如云、服装焕烂就成。同样，我们所用的字样有没有意义，有没有必需，我们认为是次要的，只要字样罗列成行、络绎不绝就成。既然有些大人先生，因仆从服装炫耀太盛而引起麻烦，或者说，有的奴隶由于为数过多，就要起而造主人的反，因此我认为，我可以举出一个国家来，因为使用的字样，连缀络绎，纷至沓来，过去曾陷入过艰巨的困难之中，将来还要陷于更艰巨的困难之中。①

米考伯先生几乎舔唇咂舌的样子，往下念道：

"'此即为，此即如后所称，此即等于说：维先生既身体衰弱，那他一旦寿终，就很有可能发现出来——希坡——对维先生一家所有的势力，因而导致——希坡——的覆灭摧毁——这是我——下方签署人——维尔钦·米考伯认以为然的——除非维先生的小姐出于孝顺之心，不欲揭露隐微，因而阻止合伙事务所的事务受到调查，情况既然如此，所以前此所说的这个——希坡——就认为势有必要，得由他准备好一份契据，就作为是维先生立的，上面说明，有一笔款，如前所说，为数一万二千六百十四镑二先令九便士，外加利息，系由——希

---

① 因好多言而陷于困难的国家，有人认为指法国。但在狄更斯的著作及信札中，似无谈及法国因好多言而陷入困难的话。在其《游美札记》里，屡屡说到美国国会及法院里的发言冗长，以多为荣，在第14章里说，他看到美国一份报纸，谈到英美商谈解决争端，要美国持强硬态度，并说，"美国在孩提时期就鞭打过英国一次，在它青年时期又鞭打过英国一次，那很明显，它必须在她壮年时期，再鞭打英国一次。"并言美国在两年内即可占领伦敦等语。此处美国人所谓鞭打，当即狄更斯所谓困难，因其兵连祸结也。安诺得于其《谈美国》一文中，列举美人特点，为"物质主义，大言不惭，夸而不实"。肖伯纳于其《论授辛克莱·路易斯以诺贝尔奖金》一文中说，"狄更斯毫不容情把典型的美国人刻画成大言欺人，巧诈骗人，阴谋害人，因而永使美国人对之倾服。"从以上所引看，狄更斯此处所指或为美国。

坡——替维先生垫付的，以免维先生丢脸出丑；其实这笔钱他永远也没垫付过，并且这笔钱早就如数归还了。这个契据声称是维先生立的，是维尔钦·米考伯作中间人的。它那上面的签字是——希坡——假冒的。现在我手里，有好几个同样模仿维先生笔迹的签名，都是——希坡——亲笔写在他那个记事本里的。这些模仿的签字，有的地方，让火部分烧毁，但是无论是谁，却都仍旧能辨认出这种签字来。我从来没作过任何这种文件的中间人。这个文件就在我手里。’”

乌利亚·希坡听了这话，打了一个激灵，从他的口袋里掏出一串钥匙来，把一个抽屉开开了，跟着又一下醒过来，觉到他干的是什么，没往抽屉里看，就又转到我们这一面儿来了。

“‘这个文件，’”米考伯先生又重念了一遍，同时注意看了一下，好像这句话是讲道词的主题一样，“‘就在我手里——我这是说，今天早晨还很早、我写这封信的时候，在我手里，但是从那时以后，就转到特莱得先生手里了。’”

“这话一点也不错，”特莱得肯定米考伯先生的话说。

“乌利，乌利，”他妈喊着说，“服软儿吧，讲和吧，我知道，诸位先生，我儿子一定要服软儿的，只要你们肯给他工夫，让他想一想。考坡菲先生，我敢保你知道，他一向都是肯服软儿的，先生！”

原先那种伎俩，儿子已经认为现在毫无用处，弃而不取了，而那个妈却仍旧死守不放；看到这种情况，令人很感奇特。

“妈，”他说，同时不耐烦地咬着裹手的领巾，“你顶好拿装好了子弹的枪，给我一下好啦。”

“但是我可疼你呀，”希坡太太说。而我也认为，毫无疑问，她疼她儿子，或者说她儿子疼她，不管那有多怪；其实，也不足怪，因为他们两个本来就是一唱一和的么。“我眼看着你招惹这位先生，给自己招灾惹祸，我受不了。刚一开头的时候，那位先生在楼上告诉我，说事情已经露了馅儿啦，我就对他说，我保证你要服软儿，把赃款都吐出来。哦，诸位先生啊，你们只看着我好啦，你们看我有多么肯服软儿，你们别理他好啦！”

“你瞧，妈，那儿是考坡菲，”他气愤愤地回答他妈说，同时用他那瘦骨棱棱的手指头指着我，把他满腔的怒火都一齐往我身上喷来，因为他认为，我是这场揭发的主动人；我对于这一点，也就让他仍旧蒙在鼓里。“那儿是考坡菲，他不要你再往外混一抖搂啦，就说这点儿，他就要给你一百镑了。”

“我忍不住不说，乌利，”他那个妈说。“我不能眼睁睁地看着你，因为尾巴翘得太高了，自找苦头吃。顶好还是服软儿吧，像你向来一直那样。”

他停了不大的一会儿，用嘴咬领巾，跟着横眉立目地冲着我发话道：

“你还有什么要揭出来的没有？要是有，尽管揭好啦。你净看我管什么事儿？”

米考伯先生马上又念起信来，很高兴重新做起他感到十二分满意的事儿。

“‘第三款。也是最后一款。我现在能够指出，用——希坡的——假证件，用——希坡的——真备忘录，首先是一本部分毁掉了的袖珍记事本（那是我们刚搬进现在这个房子里的时候，米考伯太太无意中从盛化为灰烬的炉灰箱子里发现的，当时我还没明白是什么东西）；我根据——希坡——这些证件，能够指出，多年以来，这位不幸的维先生所有的毛病、缺点，甚至于优美之德、亲子之情，荣誉之感，全都被利用，被歪曲，以适合——希坡——卑鄙的目的；多年以来，维先生一直在一切想得到的手段下，受欺骗，被掠夺，以使贪得无厌、奸诈万端的——希坡——发财致富；——希坡——处心积虑想要达到的目的，除了金钱财富而外，再就是把维先生和维小姐，完全握在他的手心里（至于他对维小姐怀抱的最后意图，我置之不论）；希坡——最后的行动（这只是几个月以前才完成的），是引诱维先生签订一份正式契约，把他合伙经营事务所的股份出让，甚至于把他家里的家具出让，以换取年金，每年每岁在四节节日，由——希坡——准时不误付给。这些圈套——一开始的时候，维先生正轻率鲁莽、胡来瞎撞地投机倒把，而按道义或者法律，他应该负责归还的钱，却并不在他的手头；——希坡——趁着这个机会，给维先生开了一份完全捏造、十分吓人的内存外欠账；跟着进一步，又假称给维先生以高利借进款项，其实这些款项都是——希坡——以投机倒把或者别的经营为借口，从维先生手里骗过去的或者扣下来的；这种办法，再加上丧尽良心的讼棍奸计，日积月累，越来越多，到后来，就把不幸的维先生弄得只觉自己永无重见天日之时。于是维先生相信，他的各种境况，一切希望，连名誉在内，都完全破产了，他唯一的倚靠，就是这个外披人衣的怪物了——’”米考伯先生认为这种表达方式新颖奇特，所以把这句话大事渲染了一番——“‘这个怪物，把自己弄得成了维先生离不开的人物，把维先生弄得完全身败名裂。所有这些情况，我都一力承担，证明属实。也许还有更多的事，我也可以证明。’”

我打着喳喳儿对爱格妮说了几个字，她那时坐在我身旁，半因快活，半因悲伤，正在那儿流泪；同时，我们几个人中间，骚动了一下，好像米考伯先生的信已经念完了似的。于是他以非常庄严的神气说了一句“对不起”，跟着以又最心情沮丧、又极自得其乐的混合态度，把那封信的最后一部分念了下去：

“‘我的信已经结束。现在余下的，只有我得把这些罪状加以证实，证实完了，我就和我这一家命中要受坎坷的老少，一同从大地上长往不返，因为我们在这片大地上，好像只是一些累赘。这个长往还是很快就能办到。我们可以合情合理地认为，我们那个小娃娃，由于缺乏营养，要最先死去，因为他是我们中间最脆弱的一员；我们那一对孪生，将依次随着娃娃而去。此则只有听之而已！至于我自己，坎特伯雷谒圣之行，已经遇合良多；民法诉讼监禁、贫穷匮乏、缺衣少食，将给我以更多的遇合。我这一次的调查考核，即便最细最小的结果，都是在业余艰巨的压迫之下进行的；都是在朝不保夕、棱棱逼人的忧虑下，在晨光熹微中，在夕间露下时，在昏沉夜色中，在你连称之为魔鬼都嫌多余的那个家伙的注视下，一点一滴，积累连缀，才得出来的；都是一个受穷的家长，挣扎搏斗，才使这番调查，于其完成之时，成为切实可用的：

我只相信，我作这番调查所冒的风险，所费的气力，我使之成为切实可用所作的挣扎，就是几滴清凉之水，可以洒在焚我尸体的柴垛之上。此外我别无所欲。我只恳求人们以公平态度，像对那位英勇、著名的海军英雄那样(我决无意和他并驾齐列)，说我之所作所为，在抵抗图财谋利、自私自利的情况下，都是——‘为了国，为了家，为了美。’①

“‘客套等等等等不具，维尔钦·米考伯。’”

米考伯先生在深深激动的情况下，但是同时仍旧自享其乐的样子，把信叠好，对我姨婆鞠了一躬，把信交到她手里，作为她乐于保存的一件东西。

多年以前，我头一次到这儿来的时候，就注意到，屋子里有一个铁保险柜。现在柜上的钥匙正插在锁上。乌利亚好像忽然想起了一件疑心事似的，他瞅了米考伯先生一眼，走到保险柜跟前，把柜门哗啦一声打开。柜里空空如也。

“账本都哪儿去啦？”他脸上一片惊慌失措之色，嘴里喊道。“有贼把账本偷走啦！”

米考伯先生用界尺轻轻敲着自己说，“是在下偷的；在下今儿早晨，像平素那样，从你那儿拿到钥匙——不过今儿比平素略早一些，把保险柜开开了。”

“你用不着不放心，”特莱得说。“这些账本都已到了我手里了。我一定要在我已经说的那个人授权之下，好好地把它们保管。”

“你这是接受贼赃啊，是不是？”乌利亚喊道。

“在现在这种情况下，”特莱得说，“得说是贼赃。”

我姨婆本来只非常安详镇静、聚精会神坐在那儿，现在却一下往乌利亚身上扑去，两只手一齐把乌利亚的领巾抓住了！她这样一来，多么使我吃惊，不用我说也可想而知。

---

①海军英雄，指纳尔逊(1758—1805)。后面所引(也见于《董贝父子》第48章)，或谓系祝酒词；如亦指纳尔逊而言，则其“为国、为家”自不必说，“为美”则似指纳尔逊之情妇汉米尔登夫人。此处则应指维克菲小姐。

“你知道我要什么吧？”我姨婆说。

“疯子紧身衣，[①]”乌利亚说。

“不是，我要我的财产！”我姨婆回答说。“爱格妮，我的亲爱的，只要我相信，那份产业真正是你爸爸给我弄光了的，我不会——并且，我的亲爱的，我也真不曾、即便对特洛露半个字，说那笔钱是放在这儿作投资用的，这是特洛知道的。但是现在我既然知道了，原来是这个家伙弄的鬼名堂，那我就得把我的财产要回来！特洛，来，从他这儿把这份财产拿过来！”

那一阵儿，我姨婆是不是认为，乌利亚把她的财产放在他的领巾里，我敢说我不知道；但是她却直拽他的领巾，好像她认为，她的财产就放在领巾里。我急忙横身于他们两个之间，并且对她保证说，我们一定要设法办到，决不放松，叫乌利亚把他非法吞蚀所得，不管什么，连一个法丁都不饶，全部都吐出来。这个话，再加上她稍微想了一想，才使她安静下来。但是她决没因为自己刚才这一番动作，丝毫有失常态（虽然我不能说，她的软帽也是那样），只仍然不动声色地重新落座。

在最后这几分钟里，希坡太太一直嚷嚷着要她儿子“服软儿”，并且对我们按次一个一个地下跪，作最荒乎其唐的诺言。她儿子把她硬按在他那把椅子上，脸上一片悻悻之色，站在她身旁，用手把着她的胳膊，但并不粗暴，冲着我恶狠狠地说：

“你要叫我怎么着吧？”

“我就要告诉你，都要叫你做什么，”特莱得说。

“那个考坡菲没有舌头吗？”乌利亚嘟囔着说。“你要是别撒谎，肯告诉我，说他的舌头叫人给拉掉了，那我可得好好地谢谢你。”

“我这个乌利亚打心里说是要服软儿的，”他妈喊道。“你们别过意他嘴里说的是什么，诸位好心的先生。”

“一定要你做的，”特莱得说，“是这个。首先，我们听说过的那个出让契据，就在此时、就在此地，得交给我。”

---

① 过去给“武疯子”等穿在身上的坚实上衣，用以紧束其两臂。

“假设说，这个契据并没在我手里哪？”他插嘴说。

“但是它可在你手里，”特莱得说，“因此，我们不作那样假设。”写到这儿，我没法不承认，我这位老同学，头脑那样清楚，见识那样质朴敦厚、不急不躁、实事求是，我那天才头一次得到充分赏识的机会。“那么，你一定得毫不犹豫，准备把你贪婪无餍所吞没的一切，全都吐出来，连一个法丁，都要归还原主。所有合伙事务所的账簿和文件，一定要由我们保管；所有你自己的账簿和文件，所有钱财出入账和有价证券，不管是事务所的，也不管是你自己的，简单说吧，所有这儿的东西，都一定要归我们保管。”

“一定要这样？那可不见得，”乌利亚说，“得容我有工夫想一想。”

“当然喽，”特莱得回答说，“不过，在这个时间里，并且一直到一切都做到令我们满意的时候，我们得把所有这些东西都拿到手里；同时还得请你——简单地说吧，还得强迫你——不要离开你的屋子，也不要跟任何外人通消息。”

“那我可不干！”乌利亚骂骂咧咧地说。

“靡得斯屯监狱[①]拘留人犯，是更牢靠的，”特莱得说，“再说，虽然法律使我们得到申理，也许得多耗时间，并且也许不能把所有应申理的，做到尽你所能的地步，但是法律却毫无疑问要惩罚你的。哼，哼！这你还不是跟我一样，完全明白。考坡菲，请你到市政厅去一趟，叫两个法警来。”

希坡太太听到这话，又哀告起来，跪在爱格妮面前，求她出面，替他们劝一劝，嚷嚷着说，乌利亚服了软儿了，所有的事儿都是真的，要是他不照他们的要求办，她来办，以及诸如此类的话。因为她为她那个宝贝儿子担心，吓得如疯似狂的了。如果问乌利亚，他是否有任何勇气，他都想要干什么，也就跟问一个夹着尾巴的街头野狗，它是否有狮子的威风，它都想干什么一样。他是个彻头彻尾的胆小鬼，从他那种阴

---

① 靡得斯屯为肯特郡郡城，故为监狱所在。

沉乖戾和遭挫忍辱的态度上，露出一片怯懦卑鄙的本性，也和他在那种卑贱下作的生命里所有别的时候一样。

“不用去啦！”他像狗一样，对我咕噜了一声说，同时用手擦他那热呼呼的脸。“妈，别吱声啦。哼！把出让契据给他们好啦。你去拿一趟！”

“你去帮她一下，好不好，狄克先生？”特莱得说，“劳你的驾啦。”

狄克先生对于交给他的这份差事既觉得很得意，又了解它的意义，所以他就像看羊犬紧跟绵羊那样，同她一块儿去了。不过希坡太太并没叫他费什么事，因为她不但把出让契据拿来了，并且把盛契据的匣子也拿来了，我们在那个匣子里，找到银行存折和别的文件，后来对我们很有用处。

“好！”特莱得在这个契据拿来了的时候说。“现在，希坡先生，你可以找个地方考虑去啦；你要特别注意，我们要你做的只有一件事，那就是我已经给你说明白了的，那件事得毫不耽搁，马上就做。”

乌利亚眼睛一直瞅着地上，一只手摸着下颏，两脚趔趔趄趄地蹭到门口，就站住了，说：

“考坡菲，我一直就老恨你。你一直就老是小人得志，你一直老反对我。”

“我记得从前我有一次对你说过，”我说，“和全世界都作对头的是你，是你这个又贪婪又奸诈的家伙。你以后应该好好地想一想，因为这是于你有好处的；世界之上，凡是贪婪、奸诈，没有不做得太过当的，没有不是物极必反，自食其果的。这就跟死一样定不可移。”

“也可以说，跟他们一直在学校教导的，一样定不可移（就是我零星学到那些卑鄙哈贱的学校）。他们九点到十一点说，苦活儿是苦恼；从十一点到一点又说，苦活儿是福气，是乐事，是光荣，是这个那个的。”他把鼻子一嗤，说。“你这样说仁道义，可就跟他们一样，永远不自相矛盾啦。人们不吃卑贱哈作这一套哇？我认为，我要是不作出一副卑贱哈作相儿，我就不能把我那位绅士伙友骗了。——米考伯，你这个老混混儿，你等着瞧我的吧！”

米考伯先生对乌利亚和他伸出来的手指头，表示了高超卓越的挑战态度，高高挺起自己的胸脯，一直到乌利亚溜溜湫湫地蹭出了门外，于是他转向我说，要我赏脸，去见识见识“他和米考伯太太重新建立互相推心置腹的关系”。这样说了，又请全体在场的人，去看一看这个令人感动的场面。

“挡在我和米考伯太太之间的帐幕，现在已经拉开了，”米考伯先生说，“我的孩子和生之育之者那个人之间，又能以平等的身份互相接触了。”

但是我们都对他感恩知德，同时，在当时我们精神那样激动、心情那样匆遽所允许的情况下，都想表示出来我们对他感恩知德，所以我敢说，我们本来无人不想去的；不过，爱格妮却非回到她父亲身边不可，因为他所能受得了的，还只是晨光熹微的希望；同时还得有人看着乌利亚，别让他跑掉了。因此特莱得就留下了，看守乌利亚，一会儿再由狄克先生和他换班；狄克先生、我姨婆和我，就跟着米考伯先生，一同往他家去。我和我欠那么大恩情的那个亲爱的女孩子匆匆暂别，同时想，那天早晨，她都是从什么情况中得救的——尽管她曾下过坚定的决心——我就对于我童年的苦难，情动五内地感激，因为有了那番苦难，我才和米考伯先生熟起来的。

他住的房子并不很远，街门既是一直通着大街，他又是以他所独有的那种样子，一头就闯进了屋里的，因此我们一下就来到那一家人的中间。米考伯先生大声叫着，“爱玛，我的命根子！”一头扎到米考伯太太怀里。米考伯太太就尖声一喊，把米考伯先生双手搂住。米考伯大小姐正哄着米考伯太太上次信里说的那个不请自来、无识无知的小小客人，也明显易见地受了感动。那个小小的客人就又蹦又跳。那两个双生儿，就作了好几种笨手笨脚但却烂漫天真的表现。米考伯大少爷，本来有些因为早年老受挫折而性情乖僻，面目抑郁，现在也感动了天性而大哭起来。

“爱玛！我现在是拨云雾而见青天了。咱们两个多少年来一直推心

遂为夫妻如初

置腹，现在又恢复如前了，以后再也不会受到波折啦。现在，让贫穷来吧，欢迎！”米考伯先生眼中流下泪来喊着说。“让苦难来吧，欢迎！让上无一瓦之覆来吧，欢迎！让饥饿来吧，欢迎！让衣服褴褛来吧，欢迎！让乞讨来吧，欢迎！只要互相推心置腹，就什么都能挨过，一直到最后一天！”

米考伯先生这样喊着，把米考伯太太按在一把椅子上，和全家的人都一一拥抱，对各式各样的凄苦境况，都表示欢迎（实在这种种境况，据我看来，都好像绝对不受他们欢迎），号召他们一同去到坎特伯雷的街上，同声卖唱，因为别无其他办法，可以使他们自食其力。

但是米考伯太太，当时受了过于猛烈的激动，晕了过去，因此，不能等合唱队组织完成，第一样要做的事，就是得叫她还醒过来。这件事由我姨婆和米考伯先生两个人办到了，跟着米考伯先生才把我姨婆介绍了，米考伯太太才认出是我来。

“对不起，亲爱的考坡菲先生，”那位可怜的太太说，一面把手伸给我。“我的身体太差了，我跟米考伯先生一下把误会解除了，一开始的时候，使我不胜激动。”

“你跟前的都在这儿吗，米考伯太太？”我姨婆说。

“就眼下说，都在这儿啦，”米考伯太太回答说。

“哎呀呀，我不是那个意思，米考伯太太，”我姨婆说，“我的意思是说，这几个孩子都是你的吗？”

“特洛乌小姐，”米考伯先生说，“那是打得官司告得状的。”

“这里面最年长的这位年轻绅士，”我姨婆满腹心事的样子说，“你打算培养他干什么啊？”

“我刚一到这儿来的时候，我曾抱过叫维尔钦进教堂①的希望，或者，如果我把话说得更清楚一些，进合唱队。但是那时候，在这座古老尊严的巍峨寺宇里（这座城市就是因为有这座寺宇才不枉称声誉卓绝）；

① “进教堂”一般的意思是当牧师，是自由职业。这儿米考伯先生用“进教堂”表示进教堂加入圣诗合唱队。

那时候，在这座寺宇里，男高音之职，并无缺额；因此，他就——简单地说吧，他可就养成一种习惯，不会在神圣的寺宇中歌唱，而只会在酒店里歌唱了。”

“不过他心里想的还是不错的，”米考伯太太温柔地说。

“我敢说，我爱，”米考伯先生回答说，“他心里想的，完全不错；但是我可没看到，他在任何方面，把心里想的变成实际行动。”

米考伯大少爷的抑郁面目又恢复了，他带出一些闹脾气的样子来问，他能干什么？他是不是天生来的就能是个鸟儿？如果不能是个鸟儿，那他是不是天生来的就能是个木匠，再不，是个车辆油漆匠？他是不是能到前街上开一个药房？是不是能在下次开庭的时候，跑进法院里，自称是一个法官？他是不是可以使用武力，硬到歌剧院里去打炮，净凭暴力，就能成歌剧明星？是不是他不用先学什么就能干什么？

我姨婆琢磨了一会儿，于是说：

“米考伯先生，我不明白，你怎么从来没对迁居海外，打过主意？”

“特洛乌小姐，”米考伯先生回答说，“迁居海外，是我幼年的梦想，是我成年以后未能实现的抱负。”不过，我可以在这儿插一句，我绝对深信不疑，他一生之中，从来没想过这个问题。

“是吗？”我姨婆看了我一眼，说。“哟，米考伯先生、米考伯太太，你们要是这阵儿就迁居海外，那于你们二位和你们一家可就太好了。”

“那得本钱哪，小姐，那得本钱哪，”米考伯先生抑郁地强调说。

“这是主要的困难，我也可以说，唯一的困难，我的亲爱的考坡菲先生，”他太太随声附和说。

“本钱？”我姨婆喊着说。“你这儿正给我们做着天大的好事哪——我应该说，已经给我们做了天大的好事了，因为从炉火里掏出来的东西，一定要起很大的作用——既然这样，那我们现在报答你，除了给你们筹备一笔钱，还有别的能赶上那个一半那么好的吗？”

“那我可不能当礼物径直接受你们的钱，”米考伯先生以满腔热烈之情，一片生动之气说，“如果你能筹得一笔足以敷用的款子，年利五厘，以我个人的身份担保偿还——比方说，我开几张手据，分别以十二个月、十八个月、二十四个月为期，为的是好有时间，可以容我时来运转——”

“能筹得？一定能筹得，并且就要筹得，而且还要按照你的条件办，”我姨婆说，“只要你一开口，咱们还是说办就办。你们二位都把这个问题考虑一下。这儿有好几个人，都是大卫熟悉的，在近期就要到澳大利亚去。要是你们决定去，那你们何不跟他们坐一条船去哪？你们可以互相照顾的。现在，米考伯先生、米考伯太太，你们把这个问题考虑考虑吧。花点工夫，好好考虑考虑吧。”

“我想问的，亲爱的特洛乌小姐，有一句话，”米考伯太太说，“那儿的气候，我相信，不碍健康吧？”

“全世界都没有再那么好的了！”我姨婆说。

“这就是了，”米考伯太太回答说。“如果这样，那我的问题就来了。我是说，那个地方现在的情况，是不是可以让米考伯先生那样一个有才能的人，得到相当不错的机会，在社会上飞黄腾达哪？眼下我还不想说，他可以抱负远大，想当行政长官，或者任何那一类的角色，但是那儿是不是有合理的出路，能让他那份才气有发展的机会——他的才气是够大的——那儿是不是有机会，能让他这样大才尽量发展哪？”

“一个人只要持身端正，做事勤劳，”我姨婆说，“那除了那儿，就没有别的地方能有更好的出路的了。”

“一个人，持身端正，做事勤劳，”米考伯太太用她那种最有条不紊的态度重复说。“确实不错。据我看，显而易见，澳大利亚是米考伯先生从事活动最恰当的舞台。”

“我坚决相信，亲爱的小姐，”米考伯先生说，“在这种情况下，澳大利亚是我和我一家人最应该去的地方，唯一应该去的地方；一种迥异寻常的时机一定会在那面的海岸上出现。比较地说起来，路程并不算远——你对我们作这个提议，那份好心肠，是我们决忘不了的，但是距离，我可以对你说，可只不过是一种形式，不值一虑的。”

米考伯先生一会儿的工夫，就变成人们之中最乐观的，眼看着就要飞黄腾达了；米考伯太太一下就对袋鼠的习性长篇大论地谈起来：这种情况，我还有能忘记的一天吗？米考伯先生和我一块走回去的时候，摆出一副吃苦耐劳、东西流浪的神气，表示刚到一个新地方，暂时寄寓，还未定居，同时用一个澳大利亚农民的眼光，看着走过去的公牛，我要是一旦想起坎特伯雷集日的街市，能不同时想起米考伯先生这种情况来吗？

第五十三章
再一度回顾

我写到这儿，需要再一度停顿。因为，唉，我那孩子气的太太啊，我的记忆里那一伙憧憧往来的人中间，有一个形影，安详而平静，以她那种天真的爱和少女的美，对我说，停下来想一想我吧——转过来看一看小花朵儿吧；你瞧，她正辞树而飘到地上了！

我就停下来。其他一切，都变得模糊而消失了。我又和朵萝待在我们那所小房儿里了。我不知道她病了多久。我在感觉方面那样和她的病纠缠一起，因而我忘了如何计算时间了。那个时间并非很长，并不是要以星期计或者以月计。但是我和她朝朝暮暮病榻相伴，那段时间却真是绵绵漫漫、似无尽期。

他们已经不再跟我说，“再等几天”的话了。我悠悠渺渺地害起怕来，认为我看到我那孩子气的太太，在太阳地里，和她的老朋友吉卜一块跑那种日子，是永远也不会再光临的了。

吉卜好像突然一下就变得非常衰老。那也许是因为，它在它的女主人身上，已经得不到那种使它生动活跃、使它返老还童的什么东西了；因此它就无精打采，它就两目无光，四肢软弱；它现在不反对我姨婆了，却躺在朵萝的床上，往我姨婆那儿爬——我姨婆就坐在床边上——蔫蔫地舔她的手，我姨婆看到这样，很为它难过。

朵萝躺在那儿，含笑看着我们，样儿非常美丽；她没有疾言厉色，更没有怨言怒容。她只说，我们都待她很好，她说，她知道，她这个体贴浃洽、知疼着热的孩子可累坏了；她说，我姨婆老不睡觉，而可永远那样警醒，那样活跃，那样慈爱。那两个小鸟一般的女士，有的时候来看她，那时候我们就谈起我们结婚的光景，和那段快活岁月里所有的一切。

我坐在一个安安静静、轻遮微掩、修洁齐整的屋子里，我那孩子气的太太就用她那碧波欲流的眼睛瞧着我，用她那小小的指头绕在我的手上——那种光景在我的生命中，并且在所有的生命中，不论室内，也不论室外——好像是很奇怪的一种停顿，一种静息！我这样坐着，不知坐了有多少时刻；但是在所有这些时刻里，有三个时刻，在我的脑子里，最鲜明、最清楚地出现。

那是早晨，朵萝经我姨婆一打扮，那样妍美齐楚，就对我摆弄她的头发，摆弄给我看，她的头发怎样在枕头上，还能鬈曲，怎样还是又长又光泽，她怎样喜欢把它蓊松地虚拢在她戴的那种发网里。

“这并不是说，现在我还因为我有这样头发，觉得自傲，你这个好笑话人的孩子，”她这样说，因为我正微笑；“而是因为，你从前老是说，你觉得我的头发很美；还因为，我刚一心里有你的时候，我老往镜子里瞧，不知道你是不是非常想要弄到我这头发的一绺儿。哎呀！我给了你一绺儿的时候，道对，你做出一副多么傻的样子来哟！”

“就是那一天，你照着我送给你的花儿画了一幅画儿，朵萝；就是那一天，我告诉你，说我都怎样爱你爱得不知道怎样才好，是不是？”

“啊，不错！但是，”朵萝说，“那时候，我可没好意思告诉你，说我因为相信你当真喜欢我，对着花儿哭得多么厉害！我要是能好起来，能像从前那样到处跑，道对，那咱们可得往从前咱们去过的那些地方去一下，看一看咱们那时候都是怎么样的一对傻孩子！是不是？咱们得往那几处老散步场去一下，是不是？同时回忆回忆爸爸，是不是？”

“不错，咱们一定去，再过几天快活日子。所以你得想法快快好起来，我的亲爱的。”

“哦，我不久就好起来啦！我这阵儿就好多了，不过你不知道！”

那是晚上，我坐在同一把椅子上，靠着同一张床边儿，看着同一个冲着我的脸。我们静默了一晌，她脸上是微微的笑容。我现在已经不再天天抱着我那身轻如叶的爱妻上楼下楼了。她整天价都老躺在那一个地方了。

“道对！”

“我的亲爱的朵萝！”

“上次不久，你刚刚跟我说过，说维克菲先生不大舒服，而我这阵儿可要说我要跟你说的话，你不会认为我这个人不通情理吧？我要见一见爱格妮。我非常地想见一见她。”

“我写信叫她来好啦，我的亲爱的。”

“真的吗？”

“马上就写。”

“你这孩子太好了，太体贴了！你把我抱起来。我的亲爱的，我这可决不是一时的怪念头，可不是痴傻的瞎想法。我想要见一见她，实在非常地想要见一见她！”

“我敢保你一定能见一见她。我只要写一封信告诉她，她就一定会来的。”

“你现在到了楼下，一个人很寂寞的吧，是不是？”朵萝打着喳喳儿说，同时用胳膊搂着我的脖子。

“我看到你那把椅子空着了，我的心肝，那我怎么能不感到寂寞哪？”

“我那把空着的椅子！”她有一会儿默默无言地搂着我。“你真觉得我不在你跟前，就空落落的吗？道对？”她抬起头来，满脸现出焕发的笑容，说，“连这样一个愣头愣脑，傻头傻脑的我，不在跟前，都会叫你觉得空落落的？”

“我的心肝，全世界上，除了你，还有谁能像你那样，让我觉得空落落的哪？”

“哦，丈夫啊！我又非常高兴，又非常难过！”她往我这面靠得更紧，用双手把我搂住。她又笑又哭，跟着安静下来，觉得十分快活。

“一点不错！”她说。“你只要把我的情意对爱格妮转告，同时对她说，我非常、非常想要见一见她，那我就没有任何别的事儿可想的了。”

“只有想再好起来，朵萝。”

“啊，道对，有的时候我认为——你知道我怎样一直都是个小傻子——那是永远也办不到的了！”

“快别这样说，朵萝！最亲爱的朵萝，快别这样想！”

“我只要能办得到，那我就决不那样说、那样想，道对，但是我可非常地快活，尽管我这个亲爱的孩子在我那把空椅子前面，一个人那样寂寞。”

那是夜里，我仍旧跟她在一块儿。爱格妮已经来了，已经有一整天和一晚上的工夫跟我们在一起。她、我姨婆和我自己，三个人一块儿，从早晨起，就坐在朵萝的床边。我们并没谈许多的话，但是朵萝却十二分地满足，十二分地高兴。现在却就剩下我们两个了。

现在，我是否知道我这孩子气的太太就要离我而去了呢？他们已经告诉过我那种话；他们告诉我的，在我的思想里，也并不新鲜；但是我却决不敢说，那句属于实在的话往我心里去过。我就是不能把那句话抓得牢固。我今天一天，有好几次，曾一个人躲起来，偷偷地哭泣。我曾想到，是谁为了生者与死者的分离而哭过，[①]我曾忆起那个仁爱、慈悲的故事。我曾想要舍己听天，我曾想要自宽自慰。我只希望，我可以把那个做得部分成功；但是我心里所不能坚信不疑的是：生离死别绝对要来。我把她的手握在我的手里，我把她的心贴在我的心窝，我看到她对

①《新约·约翰福音》第11章第31节，“耶稣哭了。”耶稣为沙拉路死了而哭。后面说的“故事”，指耶稣使沙拉路复活而言。

我的爱，全力活跃。我没法把那种渺冥飘忽而却流连不去、影影绰绰而却依恋不舍的信念——说她仍旧可逃余生的信念，屏诸意念之外。

“我要跟你谈一谈，道对。我要跟你谈一谈我新近时常想要跟你谈的几句话。你不会不乐意听吧？”她很柔和地说。

“不乐意听，我的心肝？”

“因为我不知道你都是怎么个想法，或者说，你都有时怎么想过。也许你也时常跟我有同样的想法。道对，亲爱的，我恐怕我当年太年轻了。”

我在枕头上和她平排儿躺着，她往我眼里瞧着，柔和地说着。她又说下去的时候，我渐渐心里惄然如捣地感觉到，她那是谈她过去的自己呢。

“我恐怕，亲爱的，我当年太年轻了。我并不是说，只就年龄而论，我太年轻，我是说，就经验而论，就思想而论，就一切而论，我都太年轻。我那时候是那样一个小小的小傻子嘛！我只想，咱们两个，要是在还都是孩子的时候，以童男少女的关系，两下相爱，又两下相忘，那就更好了。我已经开始想过，我就不配做太太。”

我尽力忍住了泪，回答她说，“哦，朵萝，我爱，你要是不配做太太，那我就太配做丈夫啦！咱们还不是一样！”

“那我可不敢说，”她仍旧像旧日那样，摇摆着她的鬈发说，“也许是那样。不过，如果说，要是我更配做太太，那我也许会使你更配做丈夫了，再说，你很机灵，我可从来没机灵过。”

“咱们一直都非常快活呀，我的甜美的朵萝。”

“我是很快活的，是非常非常地快活的。但是年深日久，我这个亲爱的孩子就会对他这个孩子气的太太感到腻烦了。他这个太太就要越来越少陪伴得过他的时候了。他就要越来越感觉到他家里缺少了什么了。他这个太太不会有进步的。所以像现在这样是顶好的。”

“哦，朵萝呀，最亲爱的，最亲爱的啊，你不要跟我说这样话啦吧。每一个字都让我觉得像一支箭一样扎我的心！”

“不是那样，连半个字都不是！”她吻了我一下，答道。“哦，我

娇妻的老伴当

的亲爱的，你老也没有该受责备的时候，再说，我又太爱你了，就永远不肯当真说一句责备你的话——除了我长得漂亮而外——或者说，除了你认为我长得漂亮而外——不肯责备你就是我唯一另外的好处了。在楼下，道对，很冷清吧？”

“非常、非常地冷清！”

“别哭！我的椅子还在那儿吗？”

“还在老地方。”

“哦，我这个可怜的孩子哭得多凄惨哪！得啦，得啦，别哭啦！现在，你答应我一件事好啦。我要跟爱格妮谈一谈。你到楼下，告诉她，就说我要跟她谈一谈，叫她上楼到我这儿来；我跟她谈的时候，不要让别人来——即便姨婆，都不要让她来。我得单独跟爱格妮谈一谈。我要跟爱格妮一个人单独谈一谈。”

我答应了她，说她一定能跟爱格妮单独谈一谈，而且还是马上就能跟她谈。但是我当时却悲不自胜，就是舍不得离开她。

“我说，像现在这样顶好啦！”她把我用双手抱住，打着喳喳儿跟我说。“哦，道对呀，再过几年，你永远也不会比现在更爱你这个孩子气的太太的。再过几年，再过几年，你这个孩子气的太太一定要使你受到磨难、感到失望的，因此你就不会有一半像现在这样爱她了！我知道我太年轻，太呆傻。像现在这样顶好啦！”

我到起坐间里去的时候，爱格妮正在楼下，我把朵萝的话转达了。她上楼去了，把我和吉卜撂在楼下。

吉卜那个中国式的狗窝正放在炉旁，它躺在窝里的法兰绒垫子上，想睡又睡不着，净闹脾气。明月正晶莹明澈地在天上高悬。我往外看着夜景的时候，眼泪止不住簌簌乱落，我那颗未经磨炼的心深深地责备自己，深深地、深深地责备自己。

我在炉旁坐下，胡思乱想，痛悔极恨，琢磨我结婚以来，内心隐处密未告人的种种感情。我琢磨我和朵萝之间所有过的一切琐屑，看到人生就是由琐屑总结而成这个真理。在我那海洋一般的记忆中，永远出现的，是那个亲爱的女孩子我第一次见到的形象，这个形象，经我和她那番青春之爱的装点而焕然鲜明，而这种青春之爱又是富于其所独有的种种迷人之处。如果当初我们只以童男少女的关系，互相爱，又两相忘，果然是顶好的吗？没经磨炼的心，回答我吧！

时光怎么过去的，我说不上来，一直到我那孩子气的太太的老伴侣把我唤醒。它比平常更不安静，它爬出窝外，对着我瞧，蹭到门那儿，呜呜地叫着要到楼上去。

“今儿晚上别上去啦，吉卜！今儿晚上别上去啦！”

它慢慢地又回到我跟前，舔我的手，冲着我把它那模糊昏暗的眼睛抬起来看我。

“哦，吉卜啊，也许，永远也不能上去了！”

它在我脚前躺下，好像要睡的样子，把身子一伸，呜呜哀鸣了一声，不喘气了。

“哦，爱格妮！你瞧，你瞧，这儿！”

那副满含怜悯、满含悲伤的脸啊！那样势如雨倾的泪啊！那样默不作声、庄严可畏、对我而发的恳求表情啊！那样庄严郑重向天举起的手啊！

“爱格妮？”

一切都过去了。我眼前只是一片黑暗了；一时之间，一切一切，都从我的记忆中抹杀磨灭了。

第五十四章
亏空负累

我现在悲怀沉重，如痴似傻，要加叙说，为时尚早。我越来越认为，我的前途已经堵塞不通，我的精力和活动已经停滞不前，我除了在坟墓里，就找不到任何别的安身之处。我说，我越来越认为，这种想法，并不是我初遭悲痛的震激就形成的。那是慢慢地以渐而来的。如果我后面就要叙说的事情，没越来越多地落到我身上，始而使我的悲痛狂乱纷扰，终而使我的悲痛积累增加，那我也许会一下就陷入了那种一切绝望的情况之中(虽然我认为，那并不大可能)。但是像实际那样，在我完全感觉到了我的苦难以前，却有一段间歇时期，在这个间歇时期里，我甚至于认为，我最大的痛苦已经过去了，我可以把心思集中到琢磨一切最天真、最美好的事物上，集中到琢磨那个永远结束了的温柔故事上，来取得安慰。

究竟是什么时候，头一回有人建议，说我得到外国去；或者说，究竟怎样我们大家才意见一致，说我得人易地更，旅行国外，才能找到恢复平静的道路；即便现在，我知道得并不清楚。在我悼亡这个期间，爱格妮的精神，弥漫在我所想、所说、所做的一切中间，所以我认为，我可以把这种计划归到她的影响上。但是她这种影响却又那样不声不响，无声无臭，因此我一点也没感觉到。

现在，说实在的，我开始想，我过去把她和教堂里彩色玻璃图画联系起来的想法，就是一种预示，说她在时光注定必然来临的灾难中，对我会是什么样子。在所有那段悲伤的时期里，从她举着手站在我面前那一刻起(这是我永远忘不了的)，她就是一个神灵，降临到我这个寂寥冷清的家里。死神光顾那一家的时候，我那孩子气的太太，是在她的怀里面含笑容，闭眼长眠的；这是我悲痛稍杀、听这类话可以受得的时候，他们告诉我的。我从昏迷中醒来的时候，头一样受到的，是她那表示同情怜悯的眼泪，是她那令人鼓舞、使人平静的字句，是她那温柔的面目，好像从更近天堂的清静地域，垂临我那没经磨炼的心，减轻它的痛苦。

现在让我继续说下去好啦。

我已经定好了到外国去了。那好像是一起始的时候就在我们中间已经定了局的。我那位与世长辞的太太所有可以化为异物的一切既然已经归于黄土了，我只等待米考伯先生所说的“最后粉碎乌利亚”和移居海外的人启行。

经过特莱得(在患难中这位最友爱、最忠诚的朋友)的要求，我们回了坎特伯雷。这个“我们”是我姨婆、爱格妮和我自己。我们到了那儿，就按照约好了的时刻，一直来到米考伯先生的寓所；自从我们聚会起来、作了那番爆炸性的揭发以后，我这位朋友就一直在米考伯先生家里和维克菲先生家里，勤劳从事。我进门的时候，可怜的米考伯太太，看到我身穿黑衣，明显易见地深为感动。在这些年里，米考伯太太的慈悲心肠，并没因受折磨苦难而完全消灭，而却还有绝大部分仍旧保留。

“啊，米考伯先生、米考伯太太，”我们都落座以后，我姨婆头一句开场白就说，“我请问，你们对于我提出来叫你们移居国外的建议，考虑过了没有？”

“我的亲爱的特洛乌小姐，”米考伯先生回答说，“米考伯太太，还有在下，还有我的孩子们（如果我可以把他们也都算上），我们不但共同、并且各自考虑过了，考虑的结果是，我除了借用那位著名诗人所说的话来作回答而外，不能再有更合适的回答了，那就是，我的舟已拢岸旁，我的船已泊海上。[①]”

“这样很好，”我姨婆说。“看到你们作了这种通情达理的决定，我就可以把话说在头里，前途一切，无不顺利。”

“特洛乌小姐，你使我们感到无限荣幸，”他回答说。跟着他掏出一个记事本来看。“你给我们财务上的帮助，使我们这条小小的独木船得以在像大洋一般的事业中，启碇开航；关于这笔财务的重要事务性方面，我重新考虑了一下；我现在请把我开的期票，以十八个月、二十四个月和三十个月为期。这些期票，当然要按照历次国会法案对这类契据所规定，贴一定数量的印花，这是毋庸赘述的。我原先提出来的，是以十二个月、十八个月、二十四个月为期，不过我所惴惴不安的是：这种期限，也许太短，不能容许足够时间，使所需归还的款项得以到手。我们也许，”米考伯先生说，一面往屋里四处一看，好像那个屋子就代表了几百英亩禾稼蕃茂的农田似的，“在第一笔欠款到期的时候，不能获得丰收；再不，我们也许禾稼在地，不能收进仓里去。据我的了解，在我们那一块殖民地上，我们得跟百谷滋长的土壤作斗争，而人力则很

---

① 英国诗人拜伦《赠（爱尔兰诗人）托玛斯·穆尔》一诗的头两行。

缺乏。”

“你要怎么安排，就怎么安排好啦，米考伯先生，”我姨婆说。

“特洛乌小姐，”他回答说，“我和米考伯太太，对于我们的朋友和恩人这份儿好心和体贴，是深感五内的。我所要做的，是实事求是，准时不误。既然要在生命中完全重新打鼓开张，像我们正要做的这样，同时又正在后退一步，以便作规模非常的跃进，像我们正在做的这样，那么，除了给我儿子作出榜样而外，为保持我自己的自尊心，我认为，我们以人对人的关系作这种安排，实有必要。”

我不知道，米考伯先生在“人对人的关系”这句话上附有任何意义，我不知道任何人，过去或现在，在这句话上附有任何意义；但是他却对于这句话好像舔唇咂舌地异常赏识，以富有意义的咳嗽，重复地说“人对人的关系”。

“我所以建议采用期票，”米考伯先生说，“——因为这种东西在商业场中使用方便；最初有这种东西，我们得归功于犹太人，他们自从有了这种东西那天起，使用之广未免太过——我所以建议采用这种票据，就是因为这种票据可以流通兑现。不过如果定期契券，或者任何别的有证契券，更便采用，那我就很高兴以人对人的关系，立那一类的契券。”

我姨婆说，一种交易，如果双方都同意不论怎么办都好，那她认为，解决这一点，当然不会有困难。米考伯先生同意她这种看法。

“至于我家里的人，对于可以说是我们舍身从事以应命运之召而做的准备工作，特洛乌小姐，”米考伯先生有些得意的样子说，“我请你许我对你汇报一下。我的大女儿每天早晨五点钟，到邻近一家厂子里去，学习挤奶的过程，如果那种活动可以叫做过程的话。我那几个小一点的孩子，我也正教给他们，在这个城市里比较贫苦的地方，观察猪和鸡的习性，在情况许可下，观察得越仔细越好；他们从事这种活动的时候，曾有两次，在回家的路上差一点儿没让车给压了。我自己哪，就在前一个星期里，把精神集中到烤面包的手艺上；我的大儿子维尔钦，就拿着手杖，走出门去，在粗野卤莽牧竖牛童的允许下，白尽义务，帮他们赶牛——不过，这种帮助并不常实现，因为他们一般总是骂骂咧咧地叫他躲开；吾人天性，竟遭这样非毁，这是我说起来颇以为憾的。”

“这都很好，一点不错，很好，”我姨婆鼓励他们说。“我想，米考伯太太一定也很忙吧？”

“我的亲爱的特洛乌小姐，”米考伯太太用她那种有条不紊的样子说，“我不惮直言无隐，我现在并没积极从事于与耕种或者畜牧直接有关的活动，固然我很知道，这二者在异国之土上面，都要我专心致力。我在主持家政中，稍稍有点余闲，都从事于给我娘家的人，写长函、通消息。因为我得承认，亲爱的考坡菲先生，”米考伯太太对着我说，因为她每次谈话，不管一开始的时候是对什么人，到后来永远要以我为皈依（我想这也许是由于习惯吧），“我认为，现在已经到了应该把以往埋葬在遗忘之中的时候了，我娘家的人应该跟米考伯先生握手，米考伯先生应该跟我娘家的人握手；狮子应该跟羊羔并卧，[①]我娘家的人应该和米考伯先生言归于好。”

我说，我也认为应该那样。

“至少，亲爱的考坡菲先生，”米考伯太太接着说，“这是我对这件事的看法。我跟爸爸和妈妈一块儿过日子的时候，每逢在我们那个小圈子里讨论到什么问题，爸爸老是问我，‘爱玛对这件事怎么个看法？’我爸爸对我老有所偏爱，这是我知道的；不过，对于我娘家的人和米考伯先生之间存在的这种冷若冰霜的淡漠情况，我可势有必然，有我自己的看法，尽管这种看法，也许只是望风捕影。”

“没有疑问，你有你的看法，米考伯太太，”我姨婆说。

“正是这样，”米考伯太太同意说。“我说，我的结论也许是不对的；很可能是不对的；不过我个人的印象却是，我娘家的人和米考伯先生之间，所以有那样一道鸿沟，也许得追溯于我娘家的人，老害怕米考伯先生会求他们给以金钱方面的援助。我不能不认为，”米考伯太太带出一副洞察事理的样子说，“我娘家有的人，老害怕米考伯先生会死气

---

①引《旧约·以赛亚书》第11章第6节。

白赖，非求他们许他用他们的名字不可——我这并不是说，用他们的名字，在我们的孩子行洗礼的时候叫我们的孩子，而是说，用他们的名字签在票据上，在金融市场上流通。”

米考伯太太披露这种发现的时候，用的是洞察事理的样子，好像前此未曾有人想到这一点似的，这种情况使我姨婆颇感诧异，她只突然答道，“啊，米考伯太太，总的说来，你看对了，毫不足怪！”

“多年以来，米考伯先生老受经济枷锁的羁绊，现在正在脱去那种羁绊的前夕，”米考伯太太说，“同时要在一个新的地方，开始一番新事业——他那种才能，在那个地方，很有施展的余地，这一点，据我看，是非常重要的，因为米考伯先生的才能，特别需要广阔的天地才能施展——既是这样，所以我觉得，我娘家的人，应该挺身而出，使这个时机风光风光。我愿意看到的，是米考伯先生和我娘家的人，能在一个庆祝宴会上见面：这个宴会，得由我娘家的人出钱举办；在这个宴会上，如果由我娘家的头面人物，给米考伯先生祝百年长寿，万事如愿，那米考伯先生就可以有机会把他自己的意见发挥发挥了。”

“我的亲爱的，”米考伯先生多少有些忿然地说，“我现在顶好一下就说清楚了！如果我在那种聚会上，把自己的意见发挥，那他们可能听到，我那种意见，是抨击性质的；你娘家的人，在我的心目中，全体看起来，是下流无耻的势利小人，单个看起来，是斩尽杀绝的狂暴恶徒。”

“米考伯，”米考伯太太一面摇头，一面说，“不是这个说法！你永远没了解过他们，他们也永远没了解过你。”

米考伯先生咳嗽了一声。

“他们永远也没了解过你，米考伯，”他太太说。“他们也许是没有本事了解你。如果真是那样，那是他们的不幸。我只有对他们的不幸加以怜悯。”

“我十二分抱歉，亲爱的爱玛，”米考伯先生有些软和的样子说，“如果我说的话，好像不觉流露出嘲骂之意，即便近于嘲骂之意。所有我想说的话只是：我用不着你娘家的人站出来帮忙——简单地说吧，用不着他们冷冷淡淡地把我搡一把，我依然可以到海外去。总而言之，我宁愿只凭我自身所有的进取锐气离开英国，不愿借助于任何方面的督促推动；同时，我的亲爱的，如果他们肯降尊纡贵，对你的信札赐以答复——根据咱们两个共同的经验，那是最没有可能的——那我绝对不会使你的愿望横生障碍。”

事情就这样和美地告终，米考伯先生把胳膊伸给米考伯太太，往特莱得身前桌子上那一堆簿册文件那儿看了一眼，嘴里说，他要对我们先告一会儿假，跟着就鞠躬尽礼地走出去了。

“我的亲爱的考坡菲，”他们走了以后，特莱得往他那把椅子的后面一靠，露出一种惋惜的样子来（这一惋惜，连眼圈儿都红了，头发就显出各式各样的形状），看着我说，“我也用不着跟你说任何托词，就麻烦你干点事儿，因为我知道你对这个事深感兴趣，同时又可以使你的心思别有寄托。我的亲爱的老小子，我希望你没忧虑坏了吧！”

“我还是平素的故我，”我停了一会儿回答他说。“咱们更应该替我姨婆着想，而不必替任何别人着想。她都做了多少事儿，你是知道的。”

“一点也不错，一点也不错。”特莱得说。“没有人能忘了这个！”

“不过情况不尽于此，”我说。“在过去这两个星期里，又有新的麻烦，搅得她不得安静；她每天去伦敦再回来，都要往返一趟。有好几次，她都是早晨很早就出去了，一直待到晚上才回来。昨天晚上，她这样出去了以后，一直差不多到半夜才回到家里。你知道她这个人都是怎样老替别人着想。所以她不肯告诉我，出了什么事儿，惹得她那样难过。”

我姨婆脸上气色灰白，皱纹很深，坐在那儿一动不动，一直等到我把话都说完了；那时候，她才腮上挂着几道泪痕，把她的手放在我的手上。

“没有什么，特洛；没有什么。现在都已经完了。我过几天再告诉你好啦。现在，爱格妮，我的亲爱的，咱们看一看跟前都有什么事儿吧。”

“我应该别冤屈了米考伯先生，”特莱得开口说，“说他这个人，对自己的事，虽然搞不出什么名堂来，给别人办事，可永远不惮疲劳。我从来没见过他这样的人。他要是永远一直都像他这样干法，那现在就实际而论，一定得说他是个有二百岁的人了。他继续不断拼命苦干那样有劲头儿，他日日夜夜钻在文件、账簿中间那样如狂似疯地勇猛，更不用说他写的那些数不过来的信了；他有事，都从这儿写信送到维克菲先生的住宅，甚至于他坐在我对面，只隔着一张桌子，有事也都要写信，其实他对我口头说一说更省事，他这种种情况，都是了不起的。”

“写信！”我姨婆喊道。“我相信，他就是睡思梦想，也都忘不了写信。”

“还有狄克先生哪，”特莱得说，“他所作所为，简直都是奇迹！他看管乌利亚·希坡，那样尽职，我从来没看见过有别的人能超过他。但是他把看管乌利亚的职务一旦解除，他马上就又尽心尽力照顾起维克菲先生来。而他在我们进行调查的时候，那样急于出力帮忙，那样又摘录、又抄写，又拿这个、又搬那个，做了那么些有用的工作，叫我们看着都不觉要跃然兴起。”

“狄克是一个了不起的人物，”我姨婆喊着说，“我往常一直都说他是个了不起的人物。特洛，这是你听熟了的。”

“我非常高兴对你说，维克菲小姐，”特莱得接着说，说的时候，细心体贴和热心诚恳兼而有之，“你不在这儿的时候，维克菲先生大大地改了样儿了。他现在已经解脱了长期压在他身上那种魇魔了，解脱了他一直在它下面讨生活那种忧惧恐怖了，所以他跟从前几乎判若两人了。有的时候，他对于事情某些方面的记忆力和注意力，过去受到损害，现在都大大地恢复了；因此他能帮着我们把一些事情弄清楚了；这些事情，要是没有他帮忙，我们都认为非常难以弄得清楚，或者根本没有希望弄得清楚。不过，我得把事情的结果说一说，其实这很简单；我要是净说我看到情况怎么有希望，那我就要没完没结了。”

他那种自然而然的态度和令人喜欢的纯朴，让他说的话明白现出，他所以说这番话，都为的是叫我们听了，心里好高兴，叫爱格妮听了，知道别人说到他父亲，都更有信心；但是却并没因为是那样，而就不那么叫人喜欢。

“现在，咱们看一看好啦，”特莱得说，一面往桌子上的文件看去。“我们把款项都结算了，把最初出于无意的糟乱情况，后来出于有意的糟乱情况，以及弄虚作假的业务事项，都爬梳明白了，我们认为，一清二楚，维克菲先生可以把事务所本身的业务和他经手代管的业务，毫无亏损，决无负累，歇业结束。”

“哦，谢天谢地！”爱格妮热烈地说。

“但是，”特莱得说，“余下的款项，可供维克菲先生的生活之资的——我说这个话，是假设把房子也卖了的——即便这样，剩下的也不多，总算起来，大概不过几百镑；因此，维克菲小姐，你顶好考虑一下，是不是他可以把他多年以来就承担的代管产业那一部分事务保留不动。你晓得，他现在已经是无累一身轻了，他的朋友可以给他出出主意了。你自己，维克菲小姐——考坡菲——我自己——”

“我考虑过，特洛乌，”爱格妮看着我说，“我认为不应该保留，也断乎不要保留，即便我那样深深感荷、深深亏负的朋友来劝告我，我也认为不必保留。”

“我并不是说，我要劝告，”特莱得说。“我只是认为，我应该把这一点提一下。我没有别的意思。”

“我听你这样一说，我很高兴，”爱格妮口气坚定地说，“因为你这样一说，就使我能希望，甚至于使我能敢保，咱们两个的想法是一样的。亲爱的特莱得，亲爱的特洛乌，爸爸只要一旦能保存体面，免于丢脸，那我还有何求！我一向所希求的只是：如果一旦我能把爸爸从纠葛、圈套里解救出来，那我就把我欠他的恩德情分，报效于万一，把我的一生奉献给他。这是我多年以来，最大最大的希望，最高最高的志愿。比这个低一等的快乐，就是我能把我们将来的生活完全担负起来。比把他从一切责任负担里解脱出来次一等的快乐——我能想得出来的——就是我把我们以后的生活完全担负起来。”

“爱格妮，怎样担负起来，你曾想过没有？”

“想过不止一次了！我一点也不胆怯，特洛乌；我觉得成功一定有把握。这儿有许多人都认识我，都待我很好，这一点我是肯定的。你不要信不起我。我们所需要的并不太奢。要是我把这所亲爱的老房子租出去，再办一个学校，那我就能既于人有用，又于己快活。”

她那高兴的声音里，那样热烈，而又那样安详，首先鲜明地使我想起这所嫡亲亲的老房子来，跟着又使我想到我那所冷清清的小房儿来，因此我满心激动，口不能言。特莱得就有一时，假装在文件中间，忙忙碌碌找这个找那个。

“现在，特洛乌小姐，”特莱得说，“该谈一谈你的财产了。”

“唉，特莱得先生，”我姨婆叹了一口气说，“关于我的财产，我要说的只是一句：要是这笔财产都没有了，我决不会受不住，要是并非没有了，那我愿意把它弄回来。”

“那笔财产，我想，本是八千镑，都是整理公债券[①]，是吧？”

“正是！”我姨婆答道。

“可是我算来算去，还是不过个五字，”特莱得带出惶惑不解的神气来说。

“你的意思是说，不过五千？”我姨婆用异常镇静的样子问道，“还是五镑？”

“五千镑，”特莱得说。

“就是那么多，”我姨婆说。“我把公债券卖掉了三千镑。在这三千镑里，我用了一千镑，来付你的学徒金，特洛，我的亲爱的，剩下的两千镑，我就留在身边；我那五千镑也弄没了的时候，我认为顶好不要挑明了，说还有两千镑，而只算未雨绸缪，悄悄地把这笔钱保存起来，预备一旦有什么急用。我想要看一看，你到底对于艰难困苦能不能应付，特洛；我看你应付得很有胸襟气魄——你能坚持忍耐，能依靠自己，能刻苦自励！狄克也和你一样。先别跟我说话，因为我觉得我的精神有点顶不住了。”

---

① 整理公债：英国公债之一种。

看到她挺着腰板坐在那儿，两手交叉，没有人想到她会精神顶不住；不过她的自制能力却是惊人的。

“那样的话，我可以很高兴地说，”特莱得乐得满脸生辉地喊着说，“咱们把全部财产都弄回来了！”

“别对我祝贺，不论谁，都别对我祝贺！”我姨婆喊着说。“特莱得先生，你这话怎么讲哪？”

“你原来认为，你这笔钱都叫维克菲先生给滥用了，是不是？”特莱得说。

“我当然认为是那样，”我姨婆说，“因此我就很容易能保持缄默，不肯声扬。爱格妮，一个字都不要说！”

“这笔公债卖掉了，那是不错的。他以给你作代理的权力把这笔公债卖掉了。不过是谁卖掉的，实际是谁签的字，我就不必说啦。卖掉了以后，那个混蛋就撒谎对维克菲先生说——并且用数字对维克菲先生证明——这笔钱他拿到手里(他说，他是根据维克菲先生总的指示)，用来填补别的亏空和负欠，免得这些亏空和负欠露了馅儿。维克菲先生，在他手里既然软弱无力，毫无办法，所以他明知道，这笔本钱早已经没有了，可假装着本钱还在，付了你几次利息，这样，就不幸当了骗局的帮手了。”

“并且后来到底把责任都揽到自己身上，”我姨婆补充说，“写了一封信给我，疯了一般的，不但给自己加了个抢劫财产的罪名，还加了别的连听都没听见过的罪名。我收到这封信以后，有一天早晨很早的时候，去见了他一下，要了一支蜡烛来，把那封信烧了，告诉他，他要是有给我和他自己把钱弄回来的那一天，那他就把钱弄回来，要是没有那一天，那他就得为他女儿起见，一点也别往外露——你们都别跟我说话，谁要是跟我说话，我就离开这儿！”

我们没人吱声，爱格妮只用手把脸捂起来。

“那么，我的亲爱的特莱得先生，”我姨婆待了一会儿，说，“你当真从他手里把这笔钱硬抠出来了？”

“不错，实际的情况是，”特莱得回答说，“米考伯先生把这个坏蛋滴水不漏，包围起来，同时要是一个办法不起作用，就另用许多新的办法来制他，因此把他制得非把赃款都吐出来不可。有一样情况很特殊，连我都没想到。原来他搂这笔钱，与其说是由于满足他的贪婪(其实那还是次要的)，反倒不如说是因为他恨考坡菲。他明明白白地对我这样说过。他说，他都能花那么多的钱，来叫考坡菲受挫折，吃大亏。”

“哈！”我姨婆满腹心事地把眉头紧皱，对爱格妮看了一眼说，“这个家伙这阵儿怎么样啦？”

“我不知道。他跟他妈一块儿离开这儿了，”特莱得说。“他妈一个劲儿老嚷嚷，老哀告，老抖搂老底儿。他们一块儿坐着去伦敦的一趟夜间驿车走了，走了以后，我可就再不知道他们是什么情况了；只有一点，那就是，他走的时候，把他对我那份仇恨，肆无忌惮地表示了。他恨我那个劲儿，也不下于他恨米考伯先生。这在我看来，就是奉承我，像我对他说的那样。”

“你认为他还有钱么，特莱得？”我问道。

“哦，啊，有钱，我想他还有钱，”他严肃庄重地摇着脑袋说。“我得说，他用这样那样办法，往腰兜里揣了不少的钱，不过我认为，如果你有机会看一看他的所作所为，你一定会看出来，考坡菲，这个家伙即便有了钱，也不会老老实实地不捣乱的。他这个家伙就是虚伪的化身；不管他追求的是什么，他总得走歪门邪道去追求才过瘾。这就是他在外表上用谦恭卑贱的样子拘束自己唯一的补偿。因为他老在地上爬着去追求他这样那样小小的目的，所以他在地上不论碰到什么，他都要把它放大了，结果是，他对于他在地上碰到介于他和他的目的之间的人，即便是最天真无邪的，他都要怀恨，都要怀疑。因此，他那种歪门邪道就要更加歪邪，还是不论多会儿，也不论什么原因，甚至于并没有任何原因。我们只要看一看他在这儿的历史，”特莱得说，“就能知道这一点了。”

“他就是灭绝人性、卑鄙无耻的化身！”我姨婆说。

“这我得说，我不知道，”特莱得满腹心事地说。“有好多人，如果存心非要卑鄙不可，那就可以非常卑鄙。”

“现在，再谈一谈米考伯先生吧，”我姨婆说。

“呃，我真得把米考伯先生再大夸而特夸一番，”特莱得兴高采烈地说。“要不是因为他那样长期孜孜不倦，持之以恒，咱们就永远也不用想能做出任何值得一提的事情来。同时，我认为，咱们应该想一想，米考伯先生是怎样为正义而主持正义的，因为，咱们别忘了，如果他替乌利亚·希坡保守秘密，那他能从乌利亚那儿得到什么好处。”

“我也认为是这样，”我说。

“现在，你说应该怎么酬谢他吧？”我姨婆问。

“哦！咱们谈到这个问题，”特莱得有一点不得主意的样子说，“我恐怕我认为，在咱们对这个难题作法外的措置以前——因为这种措置，从头到尾，都是属于法外的——咱们把它作出措置以前，由于我没法对各方面都兼包并举，所以咱们得先把两点除外，才是稳妥的办法。米考伯先生从乌利亚手里预支了好些工资，他给乌利亚立了好些欠帖什么的——”

“啊，那些欠帖，咱们替他还清好啦，”我姨婆说。

“那是不错的，不过我不知道这些欠帖都是什么时候要被告发追还，也不知道这些欠帖都在什么地方，”特莱得有点诧异的样子，回答说。“我可以预先料到，从现在到米考伯出国这个期间，法院老要继续不断地对他出票拘捕、或者强制执行。”

“那样的话，法院就要继续不断地执行释放、解除强制。”我姨婆说。“欠帖上一共有多少钱？”

“呃，米考伯先生把这几笔亏空负累——他管这些债务叫亏空负累——他把这些亏空负累，都郑重其事地记在一个本子上，”特莱得微笑着回答说。“他结算了一下，一共是一百零三镑五先令。”

“现在，咱们包括这几笔欠款在内，该给他多少？”我姨婆说。“爱格妮，我的亲爱的，咱们两个怎么样分担，以后再说。现在先说说，咱们该给他多少？五百镑怎么样？”

特莱得和我，一听这话，一齐插言。我们两个都一致认为，给他一笔小一点的数目，他欠乌利亚的钱，每次来讨，都给他还了，不过这不必跟米考伯先生先算作条件。我们建议，米考伯先生一家的旅费和装备，由我们负担，再给他一百镑现款。米考伯先生，关于还我们给他垫付的钱，得认真不苟地订立契约；因为这样一来，他就可以觉得他负有责任，于他有益，除了这种建议以外，我又另外作了一种建议，那就是：我把米考伯先生的为人和历史，都对坡勾提先生说明白了，因为我知道，坡勾提先生那个人确实可靠；我们另外再接济米考伯先生一百镑，这笔钱先悄悄地交给坡勾提先生，由他斟酌情况，再转交米考伯先生。同时我又提议，我得把坡勾提先生的经历，择其中我认为应该说的或者必须说的，私下里告诉米考伯先生，好引起米考伯先生对坡勾提先生的关切。这样一来，叫他们互相影响，互相关照。我们大家对于这种看法都非常赞同；我还可以在这儿一下都说一说，那两位当事的主人，以后也都诚心诚意，和睦协调，互相影响，互相关照。

我看到特莱得现在很焦灼地又看了我姨婆一眼，我就问他，他刚才提到的那第二点，也就是最后一点，是什么。

“我现在很感不安，恐怕要谈一谈一个令人痛苦的题目，所以我得请你姨婆原谅，考坡菲，”特莱得犹犹疑疑地说，“但是我可认为，把这个话提起，叫你别忘了，实有必要。米考伯先生那样令人难忘地揭发控诉那个恶棍的时候，乌利亚·希坡曾威吓你姨婆，说到她——丈夫。”

我姨婆仍旧保持她那种腰板挺直的姿势，并且外面儿显然镇定的样子，点头称是。

“也许，”特莱得说，“那只是一种并无所指的肆意妄言？”

“不是，”我姨婆说。

“那么——对不起——真有那么一个人了，而且还是真得说是受乌利亚·希坡的挟制？”

“不错，我的好朋友，”我姨婆说。

特莱得很明显地沉吟疑虑着解释道，这个问题，他没能加以研究。这也跟米考伯先生的债务问题属于同一命运，都没包括在他提出的条件之内；我们现在已经没有权力可以制伏乌利亚·希坡了；要是他想叫我们大家，或者叫我们中间不论哪一位吃亏、或者添麻烦，那毫无疑问，他可以办到。

我姨婆仍旧没言语，一直到又有几颗眼泪流到脸上的时候。

“你说得很对，”她说。“你很细心，提到这个问题。”

“我能不能——考坡菲能不能——有所帮助？”特莱得温柔地问。

“不能，”我姨婆说。“我对你真是感谢不尽。特洛，亲爱的，那种恫吓毫无用处！咱们把米考伯先生和米考伯太太叫回来吧。你们都不要跟我说话！”她说完了，把衣服整理了一下，把腰板挺直了，坐在那儿，眼睛瞅着屋门。

“啊，米考伯先生、米考伯太太！”他们进来了的时候，我姨婆说。“我们正谈你们移居国外的问题来着，非常非常对不起，叫你们在外面等了这么长的时间；我现在告诉告诉你们，我们都替你们作了些什么打算吧。”

她把我们给他们作的打算都说了，把米考伯先生全家的人——当时连孩子都在场——都高兴得不可言喻，把米考伯先生对立欠帖初步手续一丝不苟那种旧习也激励起来，他马上兴高采烈地跑出去买贴在借据上的印花，劝阻他也劝阻不住。但是他的欢乐却忽然受到挫折；因为不到五分钟的工夫，他在法警的押解下，又回来了，泪如雨下，告诉我们，说一切都玩儿完了。我们对于这个，早已有所准备（这当然是乌利亚·希坡告他欠债），一会儿就替他把欠款还了。又过了五分钟，米考伯先生就坐在桌旁，十二分欢乐地填补起借据上的印花来[①]，只有干这种活儿，再不就是掺兑盆吃酒，那份得意之色，才能使他那放光发亮的脸尽量发挥亮光。看他带着艺术家欣赏的态度，摆弄描画印花，像绘画儿似地把印花点染润饰，又歪头侧脑地把它们横看竖瞧；在记事本里郑

---

① 契据上贴上印花以后，一般在印花上写日期并签字，这样以示印花不能再用。现在米考伯先生不但填写日期、签字，并在印花上空白之处，填绘花样。

重其事地把借据的数目和日期都记了下来，记完了，又对于它们的可珍可贵，以高度的感受详查细看：看到他这种种样子，真是一桩美景。

“现在，米考伯先生，如果你允许我贡献一句忠言，你最好，”我姨婆静静地看了他一会儿之后，说，“从此以后，立誓不再从事这种活动。”

“特洛乌小姐，”米考伯先生回答说，“我的意图，就是要在将来白纸一张的新篇章上记下这样一个誓言。米考伯太太可以作我的监誓人。我相信，”米考伯先生正颜厉色地说，“我儿子维尔钦要永远记在心里：宁肯把手放到火里烧焦了，也不要用它去摆弄那种在他这个不幸之父的血液里注入毒素的毒蛇！”米考伯先生深深感动，并且一时之间，满脸现出绝望至极的神气，他用抑郁而恐怖的神情看着这些毒蛇（但是在绝望之中，他刚才对它们那种爱慕之情却并没减少多少），把它们叠了起来，放在口袋里。

那天晚上的活动就这样结束了。我们让愁烦和疲乏闹得筋疲力尽，我姨婆和我，第二天早晨就要回伦敦。当时我们安排好了，叫米考伯一家，在他们把家具什物都由经纪人出脱了以后，也跟我们到伦敦去；维克菲先生的事务，要在方便合适的速度下，由特莱得一手清理；在这种安排实行的期间，爱格妮也要到伦敦去。我们那天都在那所老房子里过的夜，那所老房子，现在既把希坡母子祓除而去了，就好像祓除去了一场大病一样；我就躺在我那个老屋子里，好像船沉余生，漂荡残魄，重返家园。

我们第二天到了伦敦，并没回我自己的家，而却回了我姨婆的家。我们单独坐在一块儿，像旧日那样，在睡觉以前，她对我说：

“你当真想要知道知道我新近压在心头的心思是什么吗？”

“当真想要知道知道，姨婆。如果我曾有过什么时候，碰到你有忧愁烦恼，愿意替你分忧解愁，那就是现在这个时候。”

“你自己的悲伤，不用把我这小小的忧愁再加上去，就已经够你受的了，孩子，”我姨婆慈爱地说，“我不把话告诉你，就是出于这种动机，特洛。”

“那我很清楚，”我说，“不过你现在还是告诉告诉我吧。”

“你明天能跟我坐车一块儿出去一趟不能？”我姨婆问道。

“当然能。”

“那么，九点钟，咱们一块儿出去一趟，”她说，“那时候我就把话告诉你，亲爱的。”

因此，第二天九点钟，我们一块儿坐着一辆小小的四轮车，回到伦敦。我们穿过街市，走了很远，然后来到了一所大医院旁边。紧靠医院停着一辆素净的灵车。灵车的车夫认出来是我姨婆；我姨婆从四轮小车的窗户那儿对他打了个手势，他按照我姨婆的手势，赶着灵车慢慢走去，我们的车就跟在后面。

“你这阵儿明白了吧，特洛，”我姨婆说，“他已经过去了！”

“是在医院里过去的吗？”

“不错！”

她不动声色地坐在我旁边；但是，我又看到几颗眼泪流到她脸上。

“他以前就住过一次医院了，”我姨婆跟着说。“他病了好久了——这些年以来，他这个人，一直就病病快快的，支离残破了。他这次最后发病的时候，他知道不久人世了，他让他们把我叫来。那时候，他表示了悔恨，非常地悔恨。”

“那回，你到他那儿去过，这我知道，姨婆。”

“我到他那儿去过，以后和他在一块儿待了好长的时间。”

“他是不是在咱们去坎特伯雷的头天晚上过去了的？”我说。

我姨婆点了点头。“现在没有人能再给他亏吃了，”我姨婆说。“那是一句没有用处的恫吓。”

我们坐着车出了城，来到号恩随①教堂墓地。

“埋在这儿比在街头作倒卧好多了，”我姨婆说。“他就是生在这儿的。”

我们下了车，跟在朴素的棺材后面，来到一个角落（这个角落我记

---

①村庄，在伦敦北约4英里。

得很清楚)，在那儿，举行了葬仪，使死者重归于土。

“三十六年以前，就是今天这个日子，我的亲爱的，”我们走回四轮小马车的时候，我姨婆对我说，“我结的婚。上帝慈悲我们大家吧！”

我们默不作声上车落座，她坐在我身旁，好久好久，握着我的手。后来，她一下哭了起来，说：

“我跟他结婚的时候，他还怪秀气的哪，特洛——不过他后来令人伤心地完全改了样儿了！”

她并没哭多久。她这一哭，心情舒畅了一些，一会儿就平静了，甚至于还有些高起兴来。她说，她的精神有点支持不住了，要不然，她不会忍不住而哭起来的。上帝慈悲我们大家吧！

于是我们坐着车，回到亥盖特她寄寓的那所小房儿。我们到了那儿，看见有一封短信，原来是那天早晨米考伯先生由邮局寄来的：

坎特伯雷，

星期五。

亲爱之特洛乌小姐与考坡菲，

最近天边庞然出现之美好乐土，复隐于沉沉阴霾之浓雾中，使运终命穷之流浪者，永无身受目接之期矣。又一希坡控米考伯案之拘票(以国王陛下威斯敏斯特皇家法席高等法院之名义所发)已送出，而此案之被告，已为此郡郡长法权辖区所弋获矣。

要拼个你死我活就在今朝，
你们看阵势乌压压杀气高，
爱德华的大队人马已来到，
带来了长枷重锁、手铐脚镣！①

此即吾委命之所，复加以迅速结局，吾此生其已矣(因忍受精神痛苦，有其极度，过此极度，即非所堪；现此极度，吾自觉已临吾身矣)。

①引彭斯的《班那克本：布鲁思对部队誓师词》第4～8行。

噫！噫！如后来之旅人，出于好奇及同情（此余所深望者），一临此城负债者监禁之处所，应沉思而深念，必沉思而深念，如睹此墙上以生锈之钉头刻画之缩名，而寻其隐约之迹。

维·米。

附言，吾重启此缄，敬以奉告：吾等共同之好友托玛斯·特莱得先生（伊尚未离此处，且步履异常安吉也）已以特洛乌小姐崇高之名义，尽付欠款及讼费矣。吾与全家之人，均正腾身世上福域之巅也。

第五十五章

暴风疾雨，惊涛骇浪

我现在要写到我平生一个重大的事件了；这个事件那样不可磨灭，那样惊心动魄，那样和前面那些章节里所说的一切，千丝万缕、纵横交错，因此，从我一开始这本记叙的时候，我就看见它，像平原上一座高塔一样，随着我渐进的叙述，形影越扩越大，甚至于在我童年时期许多事件上面，都投下了它那预示凶兆的阴影。

这个事件发生以后过了许多年，我还常常梦见它。我从梦中一惊醒来的时候，它那种种情景，还活灵活现地印在我的脑子里，因此我觉得，仿佛它那惊涛骇浪，在万籁俱寂的夜晚，在我这一无声息的卧室，仍旧狂肆猖獗。顶到此时此刻，我有的时候还要梦见它，虽然间歇更长，次数不定。只要一遇到狂风，甚至稍一提到海岸，我就联想到它，其强烈之甚，和我的脑子里所能意识到的任何事物一样。我现在要把它清清楚楚地写下来，就像我现在清清楚楚地看见它当时发生的情形一样。我并不是只回忆它，而是看着它进行，因为它又一次在我眼前发生。

因为移民出国的船张帆启碇的时刻很快地越来越近了，我那慈爱的老看妈上伦敦来了（我们乍一见面的时候，她为我难过得心都要碎了）。我一直陪着她自己、她哥哥和米考伯一家（他们大部分的时间都在一块儿)；但是我却始终没见到爱弥丽。

有一天晚上，启程的时间就在眼前了，我单独和坡勾提兄妹待在一起。我们的话题转到汉身上。坡勾提对我们说，汉向她告别的时候多么温柔体贴，他自己的行动又多么沉静安详，多么富有丈夫气概，特别是最近以来这个期间；她觉得那是他忍痛受难最严重的时候。这个软心肠的人儿谈起这个话题来，从来就没觉得腻烦过；她既是常和他在一起，所以说起他一桩桩的事情来，津津有味，而我们听她的时候，其兴趣也不下于她说这些故事那样。

我姨婆和我自己那时候正从亥盖特那两所小房儿搬出来了，因为我自己打算出国，她就准备回多佛她的老房子那儿。我们在考芬园那儿的公寓里暂时存身。那天晚上谈过话之后，我正要回到那儿去，一路上琢磨我上次在亚摩斯，汉和我，我们二人之间，所说的一切。我原来打算好了，要在船上和爱弥丽的舅舅告别的时候，给她一封信。我现在对于这种办法又犹疑起来，后来一想，最好还是现在就给她写信。我认为，她得到我的信以后，或许会愿意通过我，向她那个不幸的情人传几句告别的话。我应该给她这样一个机会。

这样，我就在上床以前，坐在我的屋子里给她写信。我告诉她，我曾见过汉；告诉她，汉曾请我把他的话转达给她(这些话我在这本书里别的地方已经写过了)。我只把他的话原原本本地转达了。那番话，即便我有权添枝加叶，也无需那样。因为那番话里所表达的忠贞不渝，宽宏大量，是用不着我或者任何人粉饰渲染的。我把信放在外边，好第二天送出去。我另外写了几个字给坡勾提先生，请他把信交给爱弥丽。天已破晓，我才上床就寝。

那时候，我的身体实际上比我所意识到的还弱，我一直到出太阳的时候才睡着了，所以第二天已经很晚还躺着，而且并没休息过来。我姨婆悄悄来到我的床边，我才醒了。我在睡梦中感觉到她来到我的床边。我想，这是我们大家都有过的经验。

“特洛，亲爱的，”我睁开眼的时候她说，“我本来想不惊动你。坡勾提先生来了，是不是叫他上来哪?”

我回答说，叫他上来，于是他很快就露面了。

“卫少爷，”我们握过手以后他说，“我把你的信交给爱弥丽了，先生。她写了这封信，要我请你先看看，要是你觉得没有什么碍处，就劳驾请你给转一下。”

“你看过了没有？”我问。

他很伤心地点了点头。我把那封信打开，如下念道：

你的口信，已经转到。哦，你那份好意，你那种令人舒怀展眉的仁爱，我应该怎样写法，才能表达出我感激你的意思来呢！

我把你那些话，都紧紧放在心上。我要把那些话永远记住，直到我死。那些话都是尖尖的芒刺，但是却又那样给人安慰。我已经默念那番话而祈祷过了。哦，我祈祷了多少回了。我看出来你是什么样子、舅舅是什么样子，我也就能想象出来上帝是什么样子了，而且也就能对他呼告乞求了。

永别了。现在，我的亲爱的，我的朋友，今生今世永离永别了。等到来生来世，如果我能得到宽恕，我或许会重生为孩童，再到你跟前。对你感激不尽，为你祝福不尽。永远永远分别了。

这就是那封信，满纸泪痕斑斑。

“我可以不可以告诉她，说你认为这样写没有碍处，你肯帮忙转交哪，卫少爷？”我把信看完了以后，坡勾提先生对我说。

“毫无问题可以，”我说——“但是我可正琢磨——”

“琢磨什么，卫少爷？”

“我正琢磨，”我说，“我想再到亚摩斯去一趟。在开船以前我往亚摩斯去一个来回，时间不但足够，而且还有富余。他那样孤单，我心里老想着他。我现在把她这封亲笔信交到他手里，同时，在分别的时刻，你能告诉她，说他已经收到她的信了，我想这对于他们两个都有好处。我严肃郑重地接受了他的托付，这个亲爱的好人，不论怎么给他尽心去办，都不算过分。往亚摩斯去一趟，对我说来，并不算什么。我的心老安不下去，活动活动还好点，我今天晚上就去亚摩斯。”

他虽然竭力劝阻我，但是我还是看了出来，他和我是一样的想法。假如说，我这种打算需要别人加以肯定，那他那种态度就会起到这种效果。他经我求他帮忙以后，亲自到驿车票房，给我订好了驿车上的车厢座位。傍晚，我坐着那趟车起了身，重踏上我在多次沧桑中走过的路。

我们走到伦敦外面头一站，我问车夫，“你没觉得今天的天色非常特别吗？我想不起来我曾看见过像这样的天色。”

“我也没看见过——没看见过跟这个一样的天色，”他回答道。“起风了，先生。我看海上很快就会出事的。”

原来浮云飞扬，乱趋狂走，奇堆怪垒，纷集沓合，全体看来，浓如黑墨；仅仅这儿那儿，有像湿柴所冒的烟那种颜色，乱涂狂抹；乌云垒聚，那样高厚，令人想到，乌云下面，直到地上最深的低谷谷底，深远之度都远所不及。狂乱失度的月亮，在乱云堆中瞎窜乱投，仿佛她在自然规律离经反常的可怕现象下，走得迷路，吓得丧胆。那天一整天里，一直都有风，这阵儿风大起来，呼啸之高，迥异寻常。一个小时以后，风更大大升级。云越阴越密，风更使劲地刮。

夜色渐深，云堆合而为一，乌压压地布满整个的天空，那时非常地黑，风就越刮越猛。风势一直不断升级，后来我们的马简直不能顶风前进了。在夜色昏沉的时候（当时正是九月末，夜已经不短了），有好几次，拉套的马都回转身来，或是屹立不动。我们一路真提心吊胆，唯恐驿车让风给刮翻了。一阵一阵横飞平掠的大雨，乘风而来，雨点都像飞刀流星剑一样。每逢遇到有挡风的树或者背风的墙，我们都恨不得停下来才好，因为我们实在是筋疲力尽，无法继续挣扎下去了。

破晓时分，风更越刮越厉害。我在亚摩斯的时候，也听到航海的人，说过像机关枪大炮的风，但是我却向来没见过像今天这样、或近乎今天这样的风。我们到了伊普斯威奇[①]，已经晚了很多了——因为自从出了伦敦十英里以后，我们每前进一步，都得经过一番奋斗。我们看到

---

① 萨福克郡首城，在伦敦东北 69 英里。亚摩斯距伦敦 121 英里。

市场上聚着一群人，他们害怕烟囱吹倒了，砸着他们，所以夜里就从床上爬起来了。其中有几个，在我们换马的时候，聚在旅店的院子里，告诉我们，说有大条铅瓦，从一所教堂的高塔上，让风硬给揪了下来，刮到一条胡同里，把胡同都堵死了。另几个就告诉我们，说从附近农村来的一些乡下人，看见一棵一棵的大树，连根拔起，横卧地上；整堆整堆的草垛，让风吹开，散布在路上和田里。风势不但丝毫没煞，而且刮得更猛。

我们奋力前行，由于越来越靠近大海，而从海上来的大风，又一直往岸上刮，所以风力更越来越可怕。我们离看到海还很早的时候，浪沫就已经飞到我们的唇边，咸雨就已经淋到我们的身上了。河水[①]溢出，漫到好些好些英里邻接亚摩斯的低平地带，一片一片、一湾一湾，都在自己的岸边上冲击，以它自己所有的力量，像浪潮拍岸那样向我们打来。我们走到大海在望的时候，一阵一阵从滚滚浪潮的低谷上面，看见天边上巨浪滔滔，错落参差，好像是另一个海岸，上面有楼阁台榭、屋宇房舍。我们终于到达了镇上的时候，人们都斜着身子，随风飘扬着头发，跑到门口看我们，都非常诧异，想不到会有驿车，经过这样夜晚来到。

我在从前住过的那个客店安置下了以后，去到外面，看海上的情况，一路沿着大街摇摇晃晃走去，满街都是沙子、海草和飞溅的海浪泡沫，一路上生怕房上的石板和瓦片掉下来，遇到拐角有风口的地方，碰见人就抓他一把。我走近海滩的时候，不但看到打鱼的人，而且看到镇上一半的人，都在那儿，躲在墙壁房舍的后面；又有些人，就有时冲风冒雨，往远处的海上看，而在走着“之”字要回原处的时候，老让风吹得离开了要走的路。

我也凑在这一群人之中，看见有女人呼天号地地哭；她们的丈夫，坐着捕青鱼或者采牡蛎的船出海去了。你要是说，这些船在能逃到任何

---

① 亚摩斯南面以亚尔河和维芬尼河为较大，西面则为著名的诺福克海汊咸沼区。

安全地处以前，很可能已经沉溺淹没了，是绝对有理由的。白发苍苍的老水手，夹在人丛中间，摇着头，打量一气大海，又打量一气天空，互相咕哝；船东们都又紧张，又担心；孩子们就挤作一团，使劲盯着大人的脸；甚至连勇敢沉着的水手，也都心慌意乱，焦灼忧虑，从背风避雨的地方，架起望远镜来，对着海看，仿佛观察敌人似的。

我喘息稍定，向大海望去，只见大海本身那样惊心动魄，在狂风迷目、沙石飞空、巨响吓人的骚乱之中看着，让我胆战目眩。突兀耸起的水墙浪壁，滚滚向岸而来，涌到最高之点，跌落下来，成为飞溅的浪花，看上去仿佛连其中最小的一浪，都能把全镇淹没。向后倒退的浪，吼声沉闷，往外扫去，就好像要在沙滩上挖出一些深洞来，仿佛它们就是特为要把这个地球挖空了而才来的一样。白顶的巨浪轰然翻卷，还没达到岸边，就把自己撞得粉碎，其中的每一片碎浪，仿佛都带着怒气十足的力量，冲到一起，又形成了另一个怪物。滚滚的高山变成了低谷；滚滚的低谷（不时有一只孤零零的海燕，从低谷中掠过）又涌起而成了高山。重涛叠浪，砰訇打来，使沙滩都为之震撼颤动；每一片大水，喧豗混乱，滚滚奔腾，自成形状，自占地位，却又刚一成形状，刚一占地位，又立即改变形状，退出地位，而把另外一浪驱走，把它的地位占据；天边上看起来像另一个海岸那片浪涛，连同它的楼阁台榭、屋宇房舍，都时起时伏，忽高忽低；乌云又快又厚地压来。我仿佛看到，整个自然界，都正在翻覆折腾，崩溃分裂。

这场值得纪念的大风——因为那个地方上的人，一直到现在，还记得那是那儿为人所知的一场最大的风——叫所有的人，都聚到一起。我在这一群人当中，找不到汉，就朝着他的房子走去。房门紧闭，没人给我应门。于是我从背阴的胡同和偏僻的小巷，来到他干活的船厂。在那儿我听说，他到洛斯托夫①去了，因为那儿有些船急需修理，得他那种手艺才能胜任；不过明天早上一早儿，他就会回来的。

我回了旅馆，梳洗了一下，换了一身衣服，打算睡一会儿，可是睡

---

①海口，在亚摩斯南10英里。

不着，那时已经下午五点了。我在咖啡室的壁炉旁坐了还不到五分钟，茶房就来了，以通火为名，跟我聊天儿。他告诉我，说就在几英里地以外，有两条运煤的船，连船上所有的人手，全都沉了；还有另外几条船，眼看着在停泊场拼命折腾，在危难中用尽力量，避免触滩。他说，要是今天晚上也像昨天晚上那样，那我们就得祷告上帝保佑他们，保佑所有那些可怜的水手了！

我的精神极其颓唐，感到十分孤寂，因为汉不在而忐忑不安，远远过于情势所应引起的。最近的一系列事件，对我发生了严重的影响，至于严重到什么程度，我却说不上来；同时，长时间身受狂飙烈风的猛吹狂震，也把我弄得头脑混乱。我的思想和记忆，都成了一堆乱麻，使我对于时间和空间应有的前后关系，一概模糊。因此我认为，如果我去到镇上，遇到一个我分明知道一定是在伦敦的人，我也不会感到吃惊。在这些方面，我的脑子莫名其妙地不能集中思想，如果我可以这样说的话；但是我这个脑子却又想得很多，想起来这个地方很自然地使我想起来的那些事，而那些事还特别地鲜明生动。在这样的情况下，茶房说的那个关于船的凄惨消息，并没经我怎么有意往那方面想，就立刻和我对汉担的心联系在一起。我一点不错，一直害怕，惟恐汉会从洛斯托夫走海路回来，而失事遭难。这种疑惧越来越大，于是我决定在用正餐以前，再去船厂一趟，问问造船工人，是否他认为，汉想要从海路回来，有万一的可能；如果他说出一丁点有可能的理由来，那我就往洛斯托夫去一趟，亲自把他带回来，免得他走海路。

我匆匆订好正餐，再去船厂。我去得一点也不算太早，因为造船工人手里提着灯笼，正要锁厂院的大门。我问他那个问题的时候，他大笑起来，说不用害怕，不管什么人，精神正常的也好，不正常的也好，都不会在这样的大风天开船出海，像汉·坡勾提那样天生来就是使船的，更不会了。

我事先本来也料到这一层，但是却到底还是身不由己，跑到那儿去问，我自己也感到很不好意思。于是我又回了客店。如果这样一场风还能再往大里刮，那我认为，它正在往大里刮。那时大风狂号怒吼，门窗吱吱嘎嘎，烟囱呼呼噜噜，我所托身的那所房子显得摇摇晃晃，海上波涌水立，骚乱喧豗，这一切都比午前更加可怕。再加上当时到处漆黑一片，使这场暴风雨更添了一层令人恐怖的气氛，有的确实存在，有的出于想象。

我饭也吃不下，坐也坐不稳，对任何事都定不下神儿去。我内心有些东西，隐隐约约和外界的暴风雨相呼应，把我记忆里深隐的东西翻腾出来，在其中引起一团骚乱。然而，尽管在我的脑子里有种种匆匆忙忙、纷纷乱乱的思想，随着轰声如雷的海呼浪啸而来，而这场狂暴的风雨和我对汉的悬念，却永远占着思想的前列。

我这顿正餐几乎并没沾唇就撤走了。我想喝一两杯酒，好提提精神。但那也是徒然。我坐在炉前，沉入昏昏欲睡的状态之中，但却并没失去知觉，因为我既能听见外边的喧豗，也能知道自己在什么地方。但是一种刚刚生出、难以名状的恐怖，却把这两种感觉都掩盖了；我醒过来之后——或者不如说，我抖掉了把我拘在椅子上的昏沉麻木以后，我全身上下，从头到脚，都叫一种毫无缘由、莫名其妙的恐惧传遍。

我来回溜达，想看一本旧地名词典，听各种惊心动魄的声音，看炉火里一张一张的面孔，一出一出的景物，一个一个的形象。到了后来，墙上那架不受扰乱的挂钟稳定沉着的滴答声音，恼得我实在难忍，于是我决定上床睡觉。

在这样的夜晚，听说客店里几个伙计商定，要一起守夜坐到早晨，是件令人安心壮胆的事。我精神疲倦，睡思颇浓，上了床榻；但是我一躺下，睡思倦意，却好像由于魔术邪法，全都去得无影无踪。我变得十分警醒，每种感官都异常敏锐。

我躺了好几个小时，听风声和涛声；一会儿仿佛听见海上有人尖声喊叫；一会儿又仿佛清楚地听见有人放信号炮；一会儿又仿佛听到镇上有房子倒塌。我起来了好几次，往外面打量；但是什么也看不见，只有一支我还点着的暗淡蜡烛，在窗玻璃上反映出它自己的影子，只有我自己憔悴焦灼的面目，从一片黑洞洞的幽冥中，往屋里对着我瞧。

后来，我惶惶不安，已到极点，于是我匆匆穿好衣服，来到楼下。

在大厨房里，我模模糊糊地看见一片片的咸肉和一串串的葱头在房椽上吊着；守夜的人们什么姿势都有，围着一张桌子坐在一块儿；他们特意把这张桌子挪得远远离开大烟囱而在靠近门的地方放着。一个漂亮的侍女，用围裙塞着耳朵，把眼睛盯着门口，在我进来的时候尖声一喊，以为我是个鬼；但是别的人却都比她镇静，看见我来了，又添了一个新伙伴，觉得高兴。一个男伙计接着他们刚才谈论的话碴问我，是不是我认为，运煤船上已经淹死了的那些水手，会在暴风雨中显魂。

我一直留在那儿，我敢说，有两个小时之久。有一次，我把客店院子的大门开开了，朝着空荡荡的街上望去。砂石、海草、水星、浪沫，不断扫过；我要关门的时候，没有法子，只得请别人帮忙，才把它关上，顶着风把它拴牢。

我终于又回到我那个冷冷清清的寝室以后，那儿显得既阴沉，又黑暗；不过我当时太疲倦了，于是重新上床，坠入——好像从高塔之上落到悬崖之下一样——沉沉的梦乡。我仿佛觉得，有很长的时间，虽然我梦见我身在别的地方，而且经历过一场一场不同的梦境，但是大风却一直不停，在我的梦中呼啸。到后来，我那点薄弱的现实之感也完全消失了，我梦见我和两个好朋友（但他们是谁我可说不清楚）在炮声隆隆中，一起围攻一座城镇。

大炮隆隆怒吼，那样震耳欲聋，连续不断，因而我想要听的某种声音，竟听不到，一直到我尽力挣扎，醒了过来。那时已经大天亮了——八九点钟了；现在不再是连天的炮火，而是狂风暴雨继续怒吼了。有人敲我的门，一边敲一边叫。

“什么事？”我大声问。

“有船出事了，就在跟前儿！”

我从床上跳起来，问，“什么船出事了？”

“一条二桅帆船，从西班牙来的，再不就是从葡萄牙来的，船上装着水果和酒。你要是想去看，就赶快起来，先生！海滩上的人都认为，它随时都会撞得粉碎。”

这个惊慌的声音顺着楼梯嚷上去；我要多快就多快，胡乱把衣服穿上，跑上了大街。

好些人已经跑在我前面，他们都朝着一个方向跑，朝着海滩跑。我也朝着那儿跑，赶过了好些人，很快就来到狂乱凶暴的大海面前。

顶到那时候，风势可能稍稍弱了一点儿，但是这个弱了一点可以觉得出来的程度，也就像我刚才梦里听到的那种上千尊大炮的轰声中，有五六尊停放而减弱了一样。风虽如此，海却由于又有整整一夜的骚乱翻腾，比我昨天最后看见的，更使人不胜恐怖。只见海上所表现的每一种景象，都呈现了腾涌起涨的声势；将近涯岸、尚未泮涣的浪头，一个高过一个，一个压下一个，犹如千军万马，一眼望不到头，漫天匝地，滚滚向岸而来，真正可怕到极点。

在风涛喧豗、难以听到其他声音的情况下，在麇集的人丛里，在无法形容的骚乱中，在我喘不出气来、尽力和天气搏斗的挣扎中，我心慌意乱，至于极点，因而我往海上想看一看那条失事的船，竟除了滚滚大浪的雪白浪头，看不到任何东西。一个半身赤膊的船夫，紧靠着我站着，用光着的胳膊(胳膊上刺着一个箭头，指向同一个方向)，往左边指去。这样，哎呀，我的天啊，我才看到了那条船，就在我们前面不远!

一支桅杆从离甲板六七英尺高的地方折断了，耷拉在船帮上，和乱糟糟的帆、索缠在一起。随着这条船的翻滚颠簸——这条船带着一种极难想象的猛劲，一刻不停地翻滚颠簸——所有这些乱糟糟的东西都使劲往船帮上打，似乎想把船帮打瘪了一样。即便到了那时候，船上的人还是努力想把这一团破碎损坏的部分砍掉。因为这条船的船帮正对着我们，所以在它向我们这面一侧歪的时候，我就能清清楚楚地老远看到，船上的人，拿着斧子，忙作一团，其中有一个，十分活跃，留着长鬈发，在那些人之中特别引人注目。但是，就在这一刹那，岸上发出一片喊声，高出风吼海啸之上。原来一个大浪，打在翻滚的破船上面，把甲板上的一切，一扫而光，把人、桅杆、酒桶、木板、船舷，一堆一堆像玩具似的东西，统统冲到沸腾的激浪之中去了。

二桅却还直立未断，上边带着些破帆布片儿、断绳子头儿，都拼命来回扑打。刚才那个船夫，在我的耳边哑着嗓子说，那条船触了一次滩，浮上来，又触了一次滩。我还明白，他又添了一句，说，这条船正在拦腰中裂。我也一下就能想到这一点，因为像那条船那样猛烈地又滚又撞，一个人工制造出来的东西是无法长时间受得了的。他说着的时候，又听见一片怜悯的呼喊，从海滩上发出；原来有四个人，随着破船从海里浮上来了，紧紧箍住尚未折断那根桅杆上的绳子。最上面的，是那个十分活跃、留着鬈发的人。

船上有一口钟。这条船正在那儿像发疯的野兽似地拼命挣扎，乱滚乱撞；一会儿全船横着歪向海岸这边，让我们看到它整个空空侧起的甲板，一会儿它又发疯似地跳起来，向海那面歪过去，我们就除了龙骨之外，看不见任何别的东西。就在这条破船这样翻滚冲撞的时候，那口钟叮当作响，那就是它给那几个可怜的人敲的丧钟，它的声音，乘风向我们传送过来。又一次我们看不见船了，随后它又浮了上来。又有两个人不见了。岸上那些人的痛苦更加厉害。男人们低声呻吟，紧扣双手；女人们尖声喊叫，背过脸去。另有一些人，就沿着沙滩发疯似地跑来跑去，向无救可得的地方呼救。我发觉我自己就是这些人当中的一个，胡乱央求我认识的一伙水手，叫他们想办法，别让那两个身在难中的人，眼睁睁地在我们面前丧命。

他们惶乱焦急地告诉我——我不知道我是怎样听懂他们的，因为，我当时所能听见的，本来就不多，而且即便不多的那点能听见的，也是我几乎不能平心静气地弄明白的——说一个小时以前，救生船就已经配置好了勇敢无畏的人手了，但是却任什么也做不了；同时，又没有人肯豁出命去，带着绳子，泅过水去，叫破船和岸上取得联络。因此就再没有别的办法可想了。正在这时候，我注意到，人群中又激动地骚乱起来。我于是看到人们往两旁一分，汉拨开众人，从人丛中一直来到前面。

我跑到他跟前——据我所了解的，本来是对他再次吁请救援。但是，尽管我叫那样从未见过的可怕景象，弄得精神错乱，他脸上表现出来的那种决心和他朝着海上望去的那种眼神——就跟爱弥丽逃走以后那天早晨，我记得的他那种眼神，完全一模一样——仍旧唤醒了我，使我深切感觉到他的危险。我用双手抱着他往后拽他，我央求刚才和我谈话的那些人，不要听他，不要存心让人送命，不要让他离开海滩一步！

岸上又发出一片呼喊；我们往那条破船看去，只见那块残酷的破帆，一阵一阵狠扑猛打，把靠下边那个人也打到海里去了，而绕着唯一留在桅杆上那个十分活跃的人，耀武扬威地在空里乱飞乱舞。

在当时那种场面下，在稳健沉着、视死如归那个人的决心下——那个人一直就是，只要一招手，就有半数人跟着他走——如果我对那个人哀求，叫他不要去，那我还不如对大风哀求，叫它不要刮，比较还有希望。"卫少爷，"他意气风发，双手握着我的手说，"要是我活到时候了，那脱也脱不过去。要是还没活到时候，那我就再等等。上帝在上保佑你，保佑所有的人！哥们儿，给我做好了准备，我就去了！"

人们扒拉我——但却并非无情无意地——把我扒拉到相当远的地方，就在那儿，有些人把我围起来，不让我走开；我糊里糊涂地听他们劝我，说，他不管有没有别人帮助，都决意非去不可；说，如果我去打搅那些为他作预防准备的人，我就会妨碍他的安全。我不记得，我对他们说了些什么，也不记得，他们都怎样对答我的；我只看见，海滩上忙作一团，人们把放在那儿的绞盘上圈的绳子带着跑，钻进一圈人里面，就是这圈人把他围了起来，把我的眼光挡住了。于是，我看见他，一个人单独站在那儿，穿着水手裤褂；一根绳子不知是把在他的手里，还是拢在他的手腕子上；另一根就缠在他的身上；几个最强壮精干的大汉，站在不远的地方，把着缠在他身上那根绳子的一头。他自己把这根绳子松松地盘在海滩上他的脚旁。

那条破船，即便在我这毫无经验的人眼里，也都可以看出来，正在崩裂分散。我看到，它正拦腰裂成两半，而孤零零地抱在桅杆上那个人那一条命，已经危于千钧一发。但是他仍然紧紧抱着桅杆不放。他戴着一顶样式特别的红帽子——不像水手戴的那种，而是颜色更鲜明的，给他暂时把死亡截住了的那几块越来越少的木板，又往上翻，又往外翘；预示他就要死的丧钟叮当地响；这时候，我们都看见他挥动他那顶帽子，我就看见他挥动他那顶帽子，我觉得我简直地要疯，因为那种动作，让我想起来，那个人原来是我过去一度亲密的朋友。

汉子然而立，目注大海，身后是屏声敛气的寂静，眼前是震耳欲聋的风浪。于是，来了一个巨大的回头浪，他向后往拉着缠在他身上的绳子那几个人看了一眼，跟在回头浪后面，一头扎到海里，跟着就和浪搏斗起来：他随着浪，一会儿升到浪的顶峰，一会儿沉到浪的谷底，一会儿埋在浪沫的中间，于是又让浪向岸带回。他们就急忙把他拖到岸上。

他受了伤了。我从我站的地方，看见他脸上有血，但是他却一点也没把那个放在心上。他好像匆匆地对那几个人作了些指点，让他们把他放得更松一些——我从他挥动胳膊的动作上看，也许是那样——于是又像刚才一样，投到海里去了。

这时他朝着破船冲去，随着浪一会儿升到浪的顶峰，一会儿沉到浪的谷底，一会儿埋在峥嵘的白色浪沫下面看不见了；一会儿被送向岸边，一会儿又被送向船边，一直艰苦而又勇猛地搏斗。这一段距离，本来不算什么，但是狂风和怒涛却使这种搏斗成为生死斗争。后来，他终于拢近破船了。他离船近极了，只要他再使劲泅一下，就能抓到船了，——但是就在那一刹那，一个像半面小山的绿色大浪，从破船外面，冲着岸卷过来，他仿佛竭尽全力猛一蹿，蹿到了浪里，而那条船也不见了！

我向他们往岸上拖他的地点跑去，只看到一些零星碎屑，在水里打漩涡，好像海浪打碎了的只不过是个酒桶。每人脸上都是一片惊慌之色。他们把他恰恰拖到我的脚边——不省人事——一灵已泯。他们把他抬到最近处的房子里；现在没有人阻拦我了，我一直在他身边忙碌，同时一切让他恢复知觉的办法都用到了；但是他已经让大浪硬给打死了，他那颗侠义高尚的心，永远停止搏动了。

我坐在床旁边，一丁点希望都没有了，而且一切办法都已用过了，正在这时，一个渔夫，在爱弥丽和我还是小孩子的时候以及那时以后，一直认识我的，在门口打着喳喳儿叫我的名字。

“先生，”他说，他那饱经风霜的脸上挂着眼泪，他那脸上的颜色和他那哆嗦着的嘴唇，都煞白煞白，“你能到那边去一下吗？”

刚才在我的脑子里，曾出现我和那人旧日同游共嬉的景象，现在在他脸上也出现了他想起那种景象的样子来。我当时惊慌失措，口呆目瞪，靠在他伸出来扶着我的一只胳膊上，问他：

“是不是有尸首冲到岸上来啦？”

他说，“是。”

“是我认识的吗？”我问。

他什么也没回答。

但是，他却把我领到海滩。而就在海滩上他和我，两个小孩子，一块找贝壳的地方——就在海滩上昨夜狂风刮倒了的老船一些细小碎片四面散布的地方——就在海滩上他那个破坏了的家的残址剩痕中间——我看见他枕着胳膊躺在那儿，正像我在学校里常常看见他躺着的时候那样。

第五十六章

新愁旧恨

哦，史朵夫啊，用不着说，像我们上次一块儿谈话的时候那样——我完全没想到，那会就是我们最后诀别的时刻——用不着说，“要想着我最好的好处！”我过去一直都是这样想着你的，现在，我亲眼看到这样光景，那我还能有所改变吗！

他们弄来一副手抬停尸架，把他放在那上面，还给他盖了一面旗子，然后把他抬起来，朝着有人家的地方走去。所有抬他的人，都认识他，都和他一块儿出过海、使过船，都亲眼看到他乘风破浪、嬉戏遨游。他们抬着他在狂暴犷野的风吼海啸中走过——一片喧豗骚乱中，唯一的安谧寂静。他们把他抬到那所小房儿那儿，在那儿，死神早已降临了。

但是，他们把停尸架放在门口的时候，先互相看，然后又看我，接着又互相耳语。我明白他们的意思。他们觉得，把他放在同一肃静的屋子里，好像不合适。

我们来到市镇里，把我们这副重担抬到客店。我刚能稍稍定下神儿来的时候，就把周阑请来，求他给我预备一辆车，好把我这个好友的遗体，连夜送到伦敦。我明白，怎样来护送这具遗体，怎样来通知他母亲迎接这具遗体，都是只能由我来完成的艰难任务，我也切望我能尽量忠实诚信地完成这一任务。

我所以选择在夜间走这一趟，为的是我离开镇上的时候，可以少惹得好事者的注意。但是我坐上了四轮旅行敞车，引着我所负的重任，出了客店的院子，尽管已经靠近半夜了，还是有很多人，正在那儿鹄立等候。在市镇的街旁，甚至于离开市镇、走上镇外不远的大道，我还不时看到许多的人。但是到后来，我身外到底只剩下了凄冷的昏夜和广漠的旷野了，身后只有我幼年好友的遗体了。

我来到亥盖特，正是秋光欲老、秋色正浓的一天，时间大约靠近中午；地上落叶纷纷，发出一股清香；依然挂在枝头的叶子则更多，或黄或红，或赭或丹，轻渲重染，斓斑烂漫。阳光正透过树叶射到地上。最后这一英里，我是步行的，我一边走一边想，琢磨我都得怎么来把我这责无旁贷的重任完成。我让整夜都跟在我后面那辆车先停下来，等候听信，再往前进。

那所房子，在我走上前去的时候，看着依然如故。没有一块窗帘子是卷起来的。那个砖铺的庭院，连同那条通向久闭不开那个门的游廊，也死气沉沉，毫无生命的迹象。那时候，风已经完全停了，不论什么，都纹丝儿不动。

起初，我鼓不起勇气来去拉大门上的铃儿；后来我到底拉了铃儿了，只听得，铃声里都好像表现了我来这一趟的使命。那个跑客厅的小使女出来了，手里拿着钥匙；她把大门的锁开开了以后，很关切的样子看着我对我说：

“对不起，先生。你生了病啦吗？”

“我一直地心慌意乱，而且疲乏不堪。”

“出了什么事儿啦吗，先生？——詹姆斯先生？——”

“不要作声！”我说。“不错，出了点儿事儿，这件事儿我还是得让史朵夫老太太知道知道。她在家吗？”

这个小使女很忸怩地回答我说，她们老太太现在很少出门儿了。她老待在自己的屋子里；她不会客人，不过可不能不愿意见我。她说，她们老太太已经起来了，达特小姐跟她在一块儿。她问我有什么话，她到楼上替我去回。我严嘱她，叫她务必不要在态度上露出任何形迹来，只叫她把我的名片拿上去，就说我在楼下等候；跟着在客厅里坐下（这时我们已经来到客厅了），等她回来。客厅里往日那种欢愉的燕居气氛已经不见了，百叶窗也都半开半闭。竖琴已经很多很多的日子没人弹了。他那幼童时期的照片还在那儿。他母亲放他的信的那个橱柜也在那儿。我纳闷儿，不知道她是不是现在仍旧还看那些信，她是不是还有再看那些信的一天！

这所房子那样寂静，小使女上楼的轻细脚步声我都听得见。她回来的时候，她传的话大意是说，史朵夫老太太多病体弱，不能下楼。不过，如果我肯见谅，不惜光临她的室内，那她就很高兴见我一面。因此没过多大的工夫，我就站到她的面前了。

原来她没待在她自己的房间里，而待在她儿子的房间里。我当然认为，她所以占用这个房间，只是为了她老念念不忘她这个儿子，并且他过去游戏之所使用、材艺之所成就，凡可以作纪念的，本来在她身边，骈列罗布，现在也都仍旧像他把它们撂在那儿那样，原样没动。但是，她却嘟囔着说，她所以没在自己的屋子里，只是因为那个屋子的位置方向，不适于她这个养病的人居住。即便在她接待我这一会儿，她都这样说；同时她那种威仪俨然的神情，不容人们对事情的真实性有丝毫怀疑。

在她的椅子旁边，像通常一样，站着萝莎·达特。自从她用她那双黑眼睛瞅我第一眼的时候起，我就看出来，她知道我到这儿来，绝不会是报什么喜信儿的。她那个伤疤，也在她瞅我那头一眼的时候，一下明显出现。她往椅子后面退了一步，为的是好别叫史朵夫老太太看到她的脸，然后用一种看到肉里的眼光把我细瞧，眼光一直绝不犹疑，绝不畏缩。

“我看到你穿着丧服，我很难过，先生，”史朵夫老太太说。

“我不幸太太死了，”我说。

“你还这么年轻，就遭到这样大的变故，”她回答说，“我听了非常难过。我听了非常难过。我希望时光会让你的悲痛慢慢减轻。”

“我希望，时光，”我看着她说，“会让我们大家的悲痛都减轻。亲爱的史朵夫老太太，我们遭到大灾巨变的时候，都应该信赖这一点。”

我说这话的时候，态度那样笃诚恳切，眼里那样满含眼泪，让她看了，大吃一惊。她把整个的思路，好像都打断了，都改变了。

我极力控制我的声音，要把他的名字说得温和平稳，但是我的声音却颤抖起来。她对自己把那个名字重复了两三遍。随后，强作镇静，向我说：

“我的儿子病啦吧。”

“病得很厉害。”

“你看见过他？”

“看见过。”

“你们两个言归于好啦吗？”

我不能回答说是，也不能回答说不是。她把头微微转向刚才萝莎·达特一直在她身旁站的地方，而就在这一刹那，我的嘴唇微微一动，对萝莎说，“死了！”

为了别引得史朵夫老太太往身后瞧，并且，更别让她听到她还没有思想准备来听的消息（虽然这个消息已经明白地表现在我脸上了），我很快地往她的脸上看去，但是我却先已看到萝莎·达特，带着失望已极、惊恐万分的神情向空里把两手一伸，跟着用两手把自己的脸使劲捂了起来。

那位眉目清秀的老太太——那样相像，哦，那样相像！——用一种眼神定了的样子瞅着我，把手放在前额上。我恳求她保持镇静，做好

亲报噩耗

准备来忍受我不得不告诉她的消息；其实我应该求她放声大哭，因为她坐在那儿，像一尊石像一样。

“我上次到这儿来的时候，”我结结巴巴地说，“达特小姐告诉我，说他正坐着船到处游逛。前天夜里，海上可真是惊心动魄，令人可怕。如果，像有人说的那样，那天夜里，他在海上，靠近一块危险的海岸；如果人家看见的那条船果真就是他坐的那条，那——”

“萝莎！”史朵夫老太太说，“到我前面来！”

萝莎到她前面来了，但是却毫无同情之心和温柔之意。她和她母亲对面而立的时候，她眼里发出烈火一般的光芒，她嘴里发出狰狞可怕的狂笑。

“现在，”她说，“你的骄傲可足了兴啦吧，你这个疯婆子？现在他可对你还了债、补了过啦吧！——用他的命，还了债、补了过啦！你听见啦没有？——用他的命啊！”

史朵夫老太太直挺挺地躺在椅子上，除了呻吟，别无声息，只睁大了眼睛茫然地瞅着她。

“啊，”萝莎狠命地捶自己的前胸，大声喊道，“你看看我吧！你呻吟吧，你哽咽吧，你看看我吧！你看看这儿吧！”她打着她那个伤疤说。“你看看你那死鬼儿子的成绩吧！”

这个做母亲的一声一声地呻吟，声声都扎到我的心里。那种呻吟，永远是一样的，永远是含混的，永远是憋着气的；永远是呻吟的时候，脑袋不想动而又非动不可，脸上死板而没有一丁点儿变化的；永远是从死硬的嘴里和紧咬的牙关发出的，好像由于痛苦，而牙关紧闭，而面肌僵硬一样。

“你还记得他都是什么时候干下了这件事的吧？”她接下去说。“你还记得他都是什么时候，因为继承了你那份脾气，因为你纵容、宠爱了他那份傲气和烈性，才干下了这件事，害得我一辈子破了相的吧？你看看我，都怎么得到死还带着他闹脾气给我弄的这个伤疤吧。既然都是你把他惯得才成了这个样子，那你就呻吟吧，哽咽吧！”

“达特小姐，”我请求她说，“看在老天的份上——”

"我就是要说！"她把两道闪电一般的眼光转向我说，"你，不要作声！你，看看我！我说，你、你这个骄傲的母亲，养了个又骄傲又无信义的儿子！你冲着你把他养大了，呻吟吧！你冲着你把他惯坏了，呻吟吧！你冲着你把他丧失了，呻吟吧！你冲着我把他丧失了，呻吟吧！"

她攥着拳头，她那瘦削的身子浑身乱颤，仿佛她那剧烈的感情正在一寸一寸地要了她的活命一样。

"你，讨厌他性情放纵！"她喊道。"你，恼恨他脾气高傲！你，头发苍白了的时候，反对起你生他那一天就给了他的这两种脾气！你，从他在摇篮里，就培养他，叫他成了后来那种样子，从他在摇篮里，就阻挠他，不叫他长成应该的样子。你这多少年的辛勤劳苦，现在可得到报酬了？"

"哦，达特小姐，这太可耻了！哦，这太残忍了！"

"我不是告诉过你，"她回答我说，"我就是要对她说一说吗？我站在这儿，世界上没有任何力量，能堵住了我的嘴，不让我说！我这么些年，一直都一声没响过，难道现在还不许说吗？我爱他，比你哪会儿都厉害！"她凶狠狠地冲着她说。"我本来能够爱他，而可不要任何回报。假如我做了他的太太，那我冲着他每年对我说一句情话，就可以由着他那喜怒无常的性儿，当他的奴隶。我会那样的。这有谁比我知道得更清楚！你尖酸刻薄、高傲自大、百般挑剔、自私自利。我这个爱，却是可以忠诚不渝、五体投地的——却是可以把你那种不值一提的咕噜唧哝踩在脚底下的！"

她那两只眼睛闪闪放光，两只脚在地上乱跺，好像她真在那儿把咕噜唧哝踩在脚下似的。

"你看这儿！"她一边说，一边毫不姑息地用手打她那个伤疤。"在他慢慢懂得了他干的是什么事儿以后，他明白过来了，而且后悔不该当初！我会给他唱歌，会陪他闲谈，会表示出来，对他所做的一切酷好热爱，会刻苦努力，学会他最感兴趣的东西，而我也真使他动过情。他在最青春焕发、最天真朴诚的时候，他爱的是我。不错，他爱的是我！有好多次，他用轻蔑的言辞，把你打发到一边去了，可把我放到心坎上！”

她说这些话的时候，疯狂——因为她当时的情形已经与疯狂相差无几了——之中含着嘲骂的高傲，同时还如饥似渴地回忆过去，在这种回忆当中，一种温柔情感的余火残烬，又一时复燃。

“我沦为一个玩具娃娃——我要是没叫他那童年无猜的追求迷住了，我本来应该知道我会沦为那种东西的——一个在他无聊的时候供他解闷儿的玩意儿，随着他那喜怒无常的脾气，一会儿拿起来，一会儿又扔下去，任凭他要着玩儿。在他渐渐腻烦了的时候，我也腻烦了。他一时的爱好不再存在了，我也不在原有的风韵情思方面，再下功夫，也就像我不愿意在他被迫娶我的时候和他结婚一样。我们一声不响地分道扬镳了。你也许也看出这种情况来，而可没觉得可惜。从那时以后，我在你们两个中间，只是一件破相变形的家具；没有眼睛，没有耳朵，没有感情，没有记忆。你呻吟？你就因为你把他造就成这种样子呻吟去吧；为你对他的爱，没有什么可呻吟的。我不是告诉过你，过去有一个时期，我爱他比你不论哪个时候都更厉害吗？”

她站在那儿，两只怒气冲冲的眼睛正对着那茫然的凝视和僵硬的面孔。在那种呻吟一阵一阵重复的时候，她一点也没软化，正如那张面孔只是一幅画儿，一点也没变化一样。

“达特小姐，”我说，“如果你一味固执而不可怜可怜这位极度痛苦的母亲——”

“谁可怜我？”她一针见血地反驳道。“这是她自己撒下的种子，她今天自食其果了，让她呻吟去吧。”

“那么如果他的过失——”我开始说。

“过失！”她大声喊道，同时热泪、疼泪一齐流下。“谁敢诬蔑毁谤他？他的灵魂，抵得上几百万他屈尊结交的那些朋友的。”

“没有谁能比我更爱慕他的了，没有谁能比我更亲切地永远怀念他的了，”我回答说。“我刚才要说的是，假如你不可怜他母亲，假如他的过失——你对于他的过失一直是苛责酷恨的——”

“那都是假的，”她薅着她的黑头发，大喊道，“我爱他可是千真万确的！”

“——如果他的过失，”我继续说，“在这种时刻还不能从你的记忆里抹掉，那你看看这个老人的样子吧，你就作为那是你以前从来没见过的人，给她点帮助吧！”

在整个这段时间里，这个老人的样子始终没有变化，而且看起来也不可能有变化。那个样子，一动不动，全身僵直挺硬，两眼定了神儿，时时发出同样低哑的哽咽；脑袋同样不由自主地颤动，但是却没有一丁点别的迹象，表示她还有生命。达特小姐突然在她面前跪下，开始解她的衣服。

“你这个该死的！”她用又悲痛又愤怒的混合表情看着我说。“你上这儿来，向来就没有是吉利的时候；你这个该死的！你走好啦！”

我从这个屋子走了以后，又急忙回来拉铃儿，好尽快地把仆人都惊动起来。她那时已经把那个无知无觉的老人抱在怀里，仍旧跪着趴在那个老人身上，又哭、又吻、又叫，又把她抱在怀里，像摇晃小孩一样，来回摇晃，想用种种轻柔温和的办法，来唤醒她那如睡如眠的知觉。我把她单独留在那儿，不用再不放心了，所以又悄悄转身往外走去，在离开这所宅子之前，把所有的人都惊动起来了。

那天下半天，我又回到了那儿。我们把他放在他母亲的屋子里。他们告诉我，说她还是跟先前一样；达特小姐一直没离开她；好几个医生给她诊视治疗，许多办法都试过；但是，如果不是那低低的声音时时发出，她就完全像一尊石像一样躺在那儿。

我在这所阴沉沉的房子里走了一个过儿，把窗户都遮严。停放他那个屋子的窗户，我最后遮严。我拿起那铅块一样的手，放在我的心窝上；整个世界好像只是一片死气，一片寂静，唯一打破这种死沉、寂静的，只有她母亲的呻吟。

第五十七章
万里征人

我连连受到亡友之痛；在这一连串打击之下，我放怀悼悲之先，还有一件事非做不可，那就是，我得把发生的事瞒着那些就要远去异域的人，让他们一无所知，而高高兴兴地出国远航。这件事还是刻不容缓的。

就在当天夜晚，我把米考伯先生拉到一边，私下里交待给他这个任务，让他把前边那场横祸的消息，对坡勾提先生封锁起来。他热情地把这个差事应承下来，把每一份可能冷不防使消息传到坡勾提先生耳朵里的报纸，全都扣留。

“假如消息保守不严，能透出来，传到他那儿，先生，”米考伯先生拍着自己的胸脯说，“那它一定得从我这个身躯上先透出来。”

我得在这儿说一下，米考伯先生为了适应他要去的那个社会的新环境，已经学到一副海上强盗那种大胆无畏的精神，当然不是绝对无法无天，而是带有防御自卫和说干就干的性质的。我们可以把他看成一个生于蛮荒之地的孩子，长期在文明世界之外生活惯了，如今又要回到他那本乡本土的蛮荒之地。

在他给自己装备的许多东西中间，有一全套油布防水衣，一顶矮顶儿草帽，外面涂着沥青或是腻着麻刀。他穿戴了这样一身粗糙服装，胳膊底下夹着一个水手普通用的望远镜，带着一副精明强干的劲儿，举目打量天上是否有风云欲来的兆头，那时候，就凭他这副样子，他那份水手劲儿比坡勾提先生那个真水手还足。他全家老少，都已披挂整齐，准备好了立刻开火行动，如果我可以这样说的话。只见米考伯太太，头上箍着一顶紧而又紧、毫不松动的软帽，牢牢实实地系在下巴颏下面；肩上披着一条大披肩，把自己裹成一个大包卷(就像当初我姨婆收留我的时候裹我那样)，在腰后系得牢牢实实的，成了一个解不开的疙瘩。米考伯大小姐，我就看到，也用同样的方式扎裹起来，以对付闹风浪的天气，浑身上下没有一点多余累赘的东西。米考伯大少爷让那身毛衣和我从未见过那么毛忽忽的一套水手服装，架弄得简直连他这个人都看不见了。那几个小一点的孩子，也都装在密不透气的包装里，像贮存的肉类似的。米考伯先生和他的大少爷两个人，全都把袖子松松地挽到手腕上，准备好了，不论哪儿需要搭把手儿，就往哪儿去，不论多会儿，需要上甲板，或是需要吆喝“哼——嗐——吆！”[①]只要一声令下，不管多么紧急，就多会儿去。

就在这种情况下，天色刚晚的时候，特莱得和我看到他们聚在当时叫做汉格夫台阶的木头台阶上，看着装有他们的财产的一条小船开走。我已经把那个可怕的事件告诉了特莱得了，他听了大为震动；但是把这件事保守秘密，却毫无疑问是一件功德。他到这儿来，就是要帮着我办最后这件事的。就是在这儿，我把米考伯先生拉到一边，把话告诉了他，他一口承担了下来。

米考伯一家寓在一个湫隘肮脏、摇摇欲坠的小酒店里，那个酒店，在那时候，就坐落在离那个木头台阶很近的地方。它那些半悬空中的木板房间，就悬在河上，米考伯一家，因为就要移到域外去，是汉格弗本地和汉格弗附近颇为引人注意的目标，所以招了好多的人来瞧他们，因此我们很乐于躲到他们的房间里面。那是一个上层木板楼房房间之一，潮水就在它下面来来去去。我姨婆和爱格妮都在那儿，忙着打点给小孩们在穿戴方面能多舒服一点的东西，坡勾提跟前放着那几件木然无知的老针线匣、码尺和一小块蜡头，不声不响地帮着干活儿，有好些人、好些事，都没有这些东西寿命长。

她问我话，我回答起来，并不是容易的；而在米考伯先生把坡勾提先生带进来的时候，我打着喳喳儿告诉他，说我已经把信转交了，一切都很好，这更不容易。但是我却把这两件事都做了，因而使他们感到快活。如果我万一脸上露出我心里难过的蛛丝马迹来，那我自己个人的悲愁，就足以说明它的原因了。

“那么船什么时候开哪，米考伯先生？”我姨婆问。

---

① 水手转绞盘时所吆喝的号子。

米考伯先生认为不管是对我姨婆还是对他太太，不能一下就把实话说出来，得慢慢使她们有精神准备，所以说，比他昨天所预期的还要早一些。

“我想大概是那条小船儿给你带回来的信儿吧？”我姨婆问。

“正是，小姐，”他答道。

“呃？”我姨婆说。“那么开船——”

“小姐，”他回答道，“他们告诉我，说我们一定要毫不含糊，明天早晨七点以前就上船。”

“哟！”我姨婆说，“那可叫快。开船出海就得这样吗，坡勾提先生？”

“不错，小姐。船得赶着潮水往外退的当儿顺水出海。要是卫少爷跟我妹妹明天下午到格里夫孙那儿赶到船上，那他们还能跟我们最后见上一面。”

“我们一定赶到船上，”我说，“一定！”

“顶到那时候，也就是顶到我们到了海上，”米考伯先生给我使了个眼色，说，“坡勾提先生和我要一块儿站个双岗，看着我们的行李和箱笼。爱玛，我爱，”米考伯先生说，一面皇乎其堂地把嗓子打扫干净了，“我的朋友托玛斯·特莱得先生真有义气，私下里和我说，请我允许他叫一份作料，好掺兑一种为量不多的饮料，这种饮料我们一般总认为，是特别和古代英国的烤牛肉[①]分不开的。简短地说吧，我这是指着——盆吃酒说的。按照普通的情况来说，我不敢贸然就请特洛乌小姐和维克菲小姐赏脸，但是——”

“我只能替我自己说话，”我姨婆说，“我祝你百福并臻，万事如意，为你干杯！”

“我当然奉陪，”爱格妮微笑着说。

米考伯先生立刻跑到楼下酒吧间里去了，他在那儿好像非常熟悉随

①这是指英国极为流行的一支歌儿说的。该歌里有一行，说，“哦！古代英国的烤牛肉啊！哦！但愿吃到古代英国的烤牛肉啊！”

便；他过了相当的时间，拿回来一大盂子热气腾腾的酒。我这儿还得说一下，他刚才剥柠檬皮，用的是他自己的一把折刀，这把折刀，约有一英尺之长，因为只有这样，和一个实际移民才能相配；——同时，他用完了这把折刀，还有些现鼻子现眼地，在上衣袖子上把它擦了一擦。这时我看到，米考伯太太和那两个年纪大点儿的家庭成员，每人也都用令人生畏的家伙装备起来了，而每一个小孩子，也都有他们自己的木匙子，用坚实的绳子拴在身上。米考伯先生，为了同样预习海上漂泊和林[①]中流浪的生活，给米考伯太太和他的大少爷、大小姐倒酒的时候，用的是令人看着就厌恶的小锡盂子，其实他满可以用酒杯，因为那是一点也不用费事的，屋里就有一个架子，上面满是酒杯。米考伯先生用自己特备的品脱杯喝酒；晚间完了事，还把品脱杯装在口袋里；他用那个杯和装那个杯的时候，都是心情欢乐的；我从来没见过，他干别的事儿，那样欢乐过。

“故国的豪华奢侈，我们置而不御了，”米考伯先生带着对他们这种置而不御的行动得意洋洋地说，“住在丛林里的人，当然不能期望享受到自由之土上面幽雅精美的事物。”

这时候，一个酒保进来说，楼下有人请米考伯先生下去一趟。

“我有一种预感，”米考伯太太一边说，一边把她那个锡盂子放下，“那是我娘家的一个成员。”

“如果是那样的话，”米考伯先生像往常那样，一接触到这个话题就突然激动起来，“那么，你娘家的成员——不论是男、是女，还是什么东西——既然已经把我们‘晒’了相当可观的一段时间了，那我也许得把这个成员也‘晒’到我高兴得便的时候。”

“米考伯，”他太太低声对他说，“在像现在这样时刻——”

“‘微罪小过而严究苛责’，[②]殊属不当！”米考伯一边说，一边

① 在19世纪英国殖民地上，如澳大利亚，凡尚未经开发之处，不论有树与否，概以bush称之。此处“林”字及后面“丛林”，即译bush。

② 引莎士比亚的《罗马大将恺撒》第4幕第3场第8行。

站起身来，“爱玛，我情愿受罚。”

“吃亏的是我娘家的人，米考伯，”他太太说，“不是你。要是我娘家的人到底明白过来了，他们过去的行为多么使他们心术败坏，现在愿意伸出手来，表示友好，那就别让他的手空空抽回。”

“我的亲爱的，”他回答说，“也只好如此了。”

“要不为他们着想，也得为我着想啊，米考伯，”她太太说。

“爱玛，”他答道，“在这样一个时刻，对这个问题那样看法，是无法否认的。虽然，即便现在，我也不能确保我能和你娘家的人拥抱言欢；但是，既然你娘家的一员，现在正在恭候，我当然也不能对和善的热情，泼上一盆冰冷的水。”

米考伯先生暂时告退，去了一小会儿，在这一会儿里，米考伯太太老有些放心不下，惟恐米考伯先生和她娘家那个“一员”，会口角起来。后来，刚才那个酒保又露面了，交给我一个字条儿，用铅笔写的，开头一行按法律格式写道，“希坡控米考伯案”。从这份“公文”中，我得知米考伯先生因又一次被捕，又突然爆发绝望之念，请我把他的刀子和品脱杯交持信人带给他，因为他在狱中余日无几的期间，这两件东西可能用得着。他还要求我，作为朋友最后一次的帮助，把他家里的人送到区上的贫民院，不要再想到，世上还曾有过他这样一个人。

我当然随着酒保，下楼去付欠款，作为对这个字条的答复。我来到楼下，只见米考伯先生正坐在一个角落里，阴郁地看着把他逮捕了的那个郡长的执行吏。他得到释放以后，极尽热烈地把我拥抱，然后在他的记事本上记了一笔账——我记得，还把我说总数的时候没留神而漏掉了的大约半个便士，都特别不苟地记在本子上。

这个重要伟大的记事本又恰逢其时地帮他想起了另一笔账。我们回到楼上的房间里以后（他在那儿解释他所以离开，是由于发生了一种他无法控制的情况），他就从记事本里拿出一大张纸来，叠成小幅，上面满满地记着很大的数字，都写得很工整。我在那些数字上溜了一眼；我应当说，我在小学生的算术书上，从来没见过那样大的数目。这些数目，好像都是他说的那四十一镑十先令零十一个半便士的本金，在各个不同的期限内，算计出来的复利。他把这些数目仔细考虑了，又把他的收入精心细意地估计了，最后才得出结论，选定一个数目，包括本钱，再加上从即日起到两年（十五个整月零十四天）的复利。他用这个数目，工工整整地开了一张期票，当场交给了特莱得，这样他这笔债，就算对特莱得以人对人的关系，完全清理了，同时表示了感激不尽。

“我仍旧有一种预感，”米考伯太太若有所思地摇着头说，“在我们最后离开这儿以前，我娘家的人会在船上露面。”

米考伯先生在这个问题上，显然也有他的预感，不过，他却显然把他的预感在锡盂子里淹没，在肚子里吞灭。

“你在漂洋过海的途中，要是有机会寄信回国，米考伯太太，”我姨婆说，“你可得把你们的情况告诉告诉我们，这当然不用我说。”

“我的亲爱的特洛乌小姐，”她回答道，“我想到有人盼着听到我们的消息，只有高兴。我决短不了要通信的。考坡菲先生自己，我相信，既然是多年的熟朋友了，就不会不愿意有的时候听一听我们的消息，因为我们从这对双生儿还不懂事儿的时候起就跟他认识。”

我说，只要她有机会，能写信来，我随时都希望听到他们的消息。

“托福苍天，以后这种机会一定有的是，”米考伯先生说。“现在这种年头儿，在整个大洋里，船只永远川流不息，我们路过的时候，一定会迎头遇到许多回头的船。我们这不过是过摆渡，”米考伯先生一边摆弄他的眼镜，一边说，“不过是过摆渡，距离只是凭空想出来的。”

米考伯先生从伦敦到坎特伯雷的时候，他能把它说得好像他要到天涯地角去一样；而在他从英国到澳大利亚去的时候，却又把它说得好像他只是过英伦海峡作一趟短途旅行似的；这种情况，我一想起来就觉得很奇怪，就觉得完全正像米考伯先生的为人。

“我在途中，要尽量不时地给他们说故事，”米考伯先生说，“我儿子维尔钦那条悠扬婉转的嗓子，我确信无疑，在船上厨房的火炉边，也要受到欢迎。米考伯太太在船上把那两条大腿——我希望，这种字眼儿在这儿不会有伤大雅[1]——她把两条大腿练得不晃摇了以后，我敢说她就会给他们唱‘小塔夫林’。海豚和海猪，我相信，可以经常看到在船头窜来窜去。而且，不管是在船的左舷或是右舷，都会不断看到好玩儿的东西。总而言之，”米考伯先生带着旧日那种文雅神气说，“极可能的情形是，船上部、船下部，一切都会特别令人兴奋，因而你听到主桅瞭望台上的瞭望员喊‘见陆喽’的时候，我们还要感到突如其来哪！”

他一面这样说，一面扬头伸胳膊地把锡盂子里的东西喝完了，他的神气就仿佛是，他已经完成了这趟航程，并且在最高海军当局面前，高等考试及格一般。

“我最大的希望是，我的亲爱的考坡菲先生，”米考伯太太说，“我们家里会有一支，再回故国过日子。不要皱眉头，米考伯！我现在说的不是我娘家那几支，我说的是咱们的孩子们的孩子。不管新苗长得多么旺盛，”米考伯太太摇着头说，“我都不能忘了老根儿；并且，如果咱们这一族能显身扬名，致富发财，那我承认，我希望他们赚的钱能给布列塔尼亚的库藏进财增富。”

“我的亲爱的，”米考伯先生说，“到了那时候，布列塔尼亚可得看我的高兴。我非说不可的是：她既然从来就没给我帮过什么忙，我对这个问题，并不特别热心。”

“米考伯，”米考伯太太答道，“这你就错了。你离国远去，米考伯，到这外洋异域，本是为的加强你自己和阿勒毕恩[2]的联系，而不是减弱你们之间的联系。”

“我再说一遍：咱们所谈的这种联系，我爱，”米考伯先生反驳道，“对我并没有过实惠，所以不能使我切实认为，我跟她又得形成另一种联系。”

---

①原文意为能在颠簸的船上稳步行走。在维多利亚时代的英国上流社会中，“大腿”视为猥亵字样，故米考伯先生有“有伤大雅”之语。

②阿勒毕恩，罗马人给不列颠（即现在的英国）的名字。

“米考伯，”米考伯太太回答道，“我得说，你这话又错了。你不知道你自己有多大能耐，米考伯。加强你跟阿勒毕恩之间的联系的，就是那种能耐，即便在你就要采取的这一步上，都是那样。”

米考伯先生坐在他那把安乐椅上，眉毛高高地扬着，对于米考伯太太陈述的意见，一半接受，一半驳斥；但是对其中的先见之明，却颇能领会。

“我的亲爱的考坡菲先生，”米考伯太太说，“我希望米考伯先生能知道，他自己处在什么地位上。我认为，米考伯先生从他上船张帆的时候起，就知道他处在什么地位上，是极其重要的。你根据你对我一向的了解，我的亲爱的考坡菲先生，就会知道，我是没有米考伯先生那种乐观性格的。我这个人的性格，如果我可以这样说的话，是非常讲实际的。我知道我们这是一种长途的航行。我知道这会使我们饱尝辛苦，动辄不便的。我不能把眼睛闭起来，硬不看这些事实。但是，我也知道米考伯先生是怎样一个人。我知道米考伯先生都有什么潜在力。因此我认为，米考伯先生知道自己处在什么地位上，是至关重要的。”

“我爱，”他说，“也许你可以允许我说，在现时现刻，你非让我感觉到我自己处于什么地位不可，几乎是不可能的。”

“我可认为并非如此，米考伯，”她反驳道。“并非完全如此。我的亲爱的考坡菲先生，米考伯先生的情况是不同寻常的。米考伯先生所以要到这样一个遥远的地方上去，明明白白是为了使他的才能能够第一次让人充分了解，充分赏识。我希望米考伯先生屹立船头，毅然断然地说，‘这块土地是我要来征服的！你们有高官显爵吗？你们有金钱财富吗？你们有财丰禄厚的肥缺美差吗？把它们都献上来好啦。它们都是我的’！”

米考伯先生把我们大家都溜了一眼，好像认为，这种想法大有可取之处。

“我愿意，米考伯先生，如果我把话说清楚了，”米考伯太太用她那种条分缕析的口气说，“成为掌握自己命运的恺撒。那样，我的亲爱的考坡菲先生，我觉得，才是他真正所处的地位。在这次航行一开始的时候，我愿意米考伯先生屹立船头，大声宣布：‘蹉跎延误为时已久了，失望颠簸为时已久了，拮据窘迫为时已久了。那都是在故国的情况。这儿可是一个新的地方。你们有什么补报抵偿，拿出来好啦。把它们献出来好啦。’”

米考伯先生很坚决的样子抱着两只胳膊，好像他那时候正站在船头上。

“如果那样办了，”米考伯太太说，“——如果那样感觉到他处的地位了——难道我说，米考伯先生会加强、而不是削弱他和不列颠的联系，是错的吗？如果在那个半球上出现了一位德高望重的社会人物，会有人告诉我，说祖国对这种情况感受不到影响吗？如果米考伯先生在澳大利亚叱咤风云，炫耀才智，我能心气那样低，竟认为在英国会如同无物吗？我不过是个女人，假如我的心气低到那样荒谬可笑的程度，那我就得说我有负于我自己，有负于我爸爸了。”

米考伯太太坚决相信她的辩论不容驳斥；这使得她说的这番话，带有义严理正的调子，这是我认为我从来没在她的谈话中听见过的。

“正因如此，”米考伯太太说，“我才越发希望，我们在将来的时候，能重返故土、安家立业。米考伯先生可能会载入史册，他将来会载入史册——后面这一点，是我不便自瞒，认为大有可能的——那时候他就应该是那个只让他出生而可不让他供职的国家里一个代表人物了！”

“我爱，”米考伯先生说，“叫我不受你对我的疼爱所感动，是不可能的。我永远是诚心诚意遵从你那份高超的见识的。该怎么样就得怎么样。如果我们的子孙能积财致富，那他们要把他们的钱，不论多少，献给我的祖国，我决不会舍不得，这是上帝都鉴临的！”

“那好极了，”我姨婆向坡勾提先生点着头说，“我现在为表示对你们大家的热爱干杯！但愿福泽、功业降临你们身上！”

坡勾提先生一直逗弄两个孩子，现在把那两个孩子一边一个，放在膝上，和米考伯夫妇一起对我们大家祝酒回敬。他和米考伯一家以同伙的关系亲热地握手，他那古铜色的脸上欣然微笑；那时候，我只觉得，

移居海外的人们

不论走到什么地方，他都会闯出道路，都会博取声誉，都会受到爱戴。

即便那几个孩子，也都听了大人的吩咐，每人在米考伯先生的盂子里，舀了一木匙酒，用来给我们祝寿。他们祝完寿以后，我姨婆和爱格妮站起身来，和移民们告别。那是一场令人心酸的离别。他们都哭了。孩子们到最后还揪着爱格妮不放。我们把可怜的米考伯太太撂下的时候，她难过至极，在一个昏暗的烛光下，又抽抽搭搭地哭，又呜呜咽咽地泣。那个烛光一定把那个屋子弄得，从河上看来，像个凄惨的灯塔一样。

我第二天早晨又去看他们，他们却已经走了。他们在五点钟那么早的时候，就坐着小船离去了。虽然在我的意念中，他们和摇摇欲坠的酒店以及木头码头台阶之间的联系，只是昨天晚上开始的事，但是现在因为他们已经离去了，这二者都看着寂寞凄凉、死气沉沉；据我看，因为有了这类离别，而造成前后情况迥异，这是一个很突出的实例。

第二天下午，我的老看妈和我来到格雷夫孙。我们看到那条大船停在河里，四周围着很多小船；那时刮的正是顺风，桅杆顶上挂着启航的信号。我马上雇了一条小船，坐着撑离河岸向大船划去，穿过乱哄哄一群小船的漩涡（大船就是漩涡的中心），上了大船。

坡勾提先生正在甲板上等我们。他告诉我，说米考伯先生刚才又被捕了一次（这也是最后一次），又是希坡告他；他还告诉我，说他已经遵照我事先对他的嘱托，把钱垫上了，我就把这笔钱还给了他。他接着就带着我们下到船舱里。在那儿，我原来还心有余悸，害怕发生的那件事儿，会有流言蜚语，传到他的耳朵里，但是我一看米考伯先生从背亮的地方走出来，带着一种友好、照顾的神气，挽着他的胳膊，告诉我，说自从昨夜以来，他们很少拆开过，我这种忧虑才烟消雾散。

那个场所，对我说来，是前所未见的。那儿是那么窄巴巴、黑咕隆咚的，因此，起初，我几乎难以分辨出任何东西来；但是，我的眼睛，慢慢地在暗中习惯了，一切才看得分明，那时我就好像置身于奥斯塔得①的

①17 世纪荷兰画家，兄弟二人，其作品以色调阴暗为特征。

一幅画里一样。在那些大船梁、舱帮、铆钉铆着的大铁环、移民们的卧铺、箱笼和包卷、木桶，以及各式各样的行李堆中间(这儿那儿有吊着摇晃的灯笼照着，别的方面就有通过帆布通气筒和舱口射下来的黄色日光照着)，挤满了一群一群的人，有的交新朋友，有的互相告别，有的说，有的笑，有的吃，有的喝；其中有一些，已经在他们自己占的那一席之地上面安置下来，把他们那种临时的家务安排好，把小不点儿的孩子们安顿在凳子上和矮扶手椅子上；另外一些，看到无法找到安身之处，就郁郁怏怏瞎走一气。从刚刚活了一两个星期的婴儿，到好像只有一两个星期好活的驼背男女老人；从靴子上还沾着一块一块英国泥巴的农夫，到肉皮儿上还带着煤灰炭烟残痕的铁匠；各色人等，老少不一，职业不同，好像都给塞进了这个狭窄的船舱里了。

我的眼光向四周扫了一下的时候，我认为我看到，在一个敞着的舱口旁边，有一个看着像爱弥丽的形影，和米考伯家的一个孩子，挨着坐在一起。这个形影，所以引起我的注意，是由于我看到另一个形影和她吻了一下，然后分开了，而这另一个形影，在它安详静悄地从那片乱嘈嘈的人群中翩然而过的时候，使我想起来，好像是——爱格妮！但是由于那时候，一切行动忙乱匆遽，一切情况杂乱无据，而我自己又心神无主，我可就失去了这个踪影了；而只知道，钟点已到，所有送行的人，都听到就得离开大船的警告；而只看到，我的看妈，坐在我身旁一个箱子上痛哭；又只看到，格米治太太，还有一个比较年轻的女人，穿着黑衣服，俯着身子，匆匆忙忙地帮着安置坡勾提先生的东西。

“还有什么没说的话没有，卫少爷？”坡勾提先生说。“在我们分手以前还有什么事儿拉下了的没有？”

“有一样事儿，”我说。“玛莎！”

他往我刚提到的那个年轻女人的肩膀上一碰，跟着玛莎就迎面对我而立。

“哎呀，你这个大好人！”我喊道。“你把她也带着哪！”

她泪如泉涌，替他回答了我。在那个时候，我什么也说不出来了，只紧紧地攥着他的手；如果说，我平生爱慕过、敬重过任何人，那我从心眼儿里爱慕、敬重的就是那个人。

船上送行的人快走光了。那正是我要受最大考验的时候。我把那个已经不在人间的高人义士托付给我的临别之言都对他说了。这些话使他大为感动。但是，他那一方面，又把他那许多充满疼爱、悔恨的话让我转达给那双早已听而不闻的耳朵，那时候，他使我更加感动。

时候到底到了。我和他拥抱了一下，搀扶着我那哭着的看妈，匆匆地离开了船舱。在甲板上，我和可怜的米考伯太太告别。即便在那时候，她还是张望四顾，寻找她娘家的人；而她最后对我说的一句话是，她永远也不能不跟米考伯先生。

我们跨过船帮，来到小船上，同时往后退到不太远的地方，以便看到大船顺河开航。那时节，正夕阳西下，大气平静，晚霞灿烂。那条大船停在我们和红霞之间，每一道纤细的绳索和尖细的桅杆都在晚霞中明显可见。这条壮丽的大船，静静地停在让夕阳映得通红的水上，船上所有的人，都拥在船栏边，在那儿一时之间，聚拢一起，光着脑袋，鸦雀无声。我从来没见过有的光景，像这种光景那样美丽如画，同时又那样伤心惨目，那样富有前途。

鸦雀无声，只有一会儿的工夫。帆刚一乘风扬起，船刚一开始移动，所有小船上的人，一齐发出三声欢呼，回旋荡漾，跟着大船上的人，也发出三声欢呼，以为应接，于是三声欢呼，发出又接应，应接又发出。这种声音，使我听来，感情激发，同时我看到帽子和手绢一齐挥动——于是我看到了她！

那时候我看到了她，在她舅舅身旁站立，在她舅舅肩头发抖。他急切地把手向我们一指，于是她看到了我们，而且对我挥手最后告别。唉，爱弥丽呀，容颜美丽而心神萎瘁的爱弥丽呀，你要以你那颗受伤萎瘁的心，尽最大的信赖，紧箍着他，因为他一直以他那伟大的爱，尽全部的力量紧箍着你！他们两个四周浸在玫瑰色的阳光中，高高站在甲板上，单独在一块儿，她箍着他，他抱着她，庄严肃穆、悠悠而去了。

在我们让小船摇到河岸的时候，夜色已经降临到肯特郡的群山上——也沉沉地降临到我身上。

第五十八章
去国遣愁

在我身外四合而来的是漫漫的长夜、沉沉的黑夜；像鬼魅一样把这样的夜萦回缠绕的，是许多希望，许多过失，许多使人留恋的回忆，许多枉自嗟呀的愁烦和悔恨。

我离开英国了，即便在那个时候，我都没意识到我得忍受的打击到底有多剧烈。我把所有的亲人，一概撂下而独自远去；我只相信，这场打击我已经受完了，这场打击已经过去了。正如一个战场上的人可以受到致命伤而却一无所觉那样，我这个人，在心性未受磨炼而孤身独处的情况下，对于我这颗心得力抗坚拒的伤痛，到底是什么样子，可就毫无认识了。

那种认识并不是很快就来到我的心上的，而是一点一点、一滴一滴来到的。我出国的时候所有的凄凉之感，一点钟一点钟地加深、扩大。起初的时候，我只感到，悲哀伤悼，沉重郁结地压在心头，别无其他可以辨别。随后这种感觉，就不知不觉地渐渐变为对于一切——对于我已丧失的一切——爱情、友谊、情趣；对于我破灭的一切——我初次的信赖、初次的热恋、生命中全部的空中楼阁；对于我余下的一切——一片遭到破坏的茫茫大地和漠漠荒野，在我身外伸展延续，一直到昏暗的天边：我对于这一切，一概感到绝望。

如果说，我的悲哀只是为我自己，不顾别人的，我并不知道它是那样。我哀悼我那孩子气的太太，那么年轻，还在那样如花似锦的年华，就被拗折。我哀悼那个他，本来可以赢得千万人的爱慕和艳羡，像很久以前就赢得我的爱慕和艳羡一样。我哀悼那颗碎了的心，在狂风暴雨、惊涛骇浪之中得到安息。我哀悼纯朴敦厚的那一家，只有残存孑余，漂泊异域，在那一家里，我孩提时期，曾听过晚风的呼号。

我在这些越积越多的忧愁之中越陷越深，到后来就到了没有希望能够自拔的那一天。我从一个地方游荡到另一个地方，不论到了哪儿，都负着一身重担。这时我感觉到了我这副重担的全部重量；我在这副重担的重压下，腰弯身屈，我自己在心里说，这副重担永远没有减轻的一日。

我的意气消沉到最低潮的时候，我就坚决认为，我只有一死，才能了却此债。那时候，我就有时想，要死最好死在故国，因此就当真在路上回过身来，以期可以早一些回到那里。另一些时候，我就从一个城市到一个城市，往外走得更远，去追寻我也不知道是什么的东西，想摆脱我也不知道是什么的东西。

要把我所经历的这一个神伤心瘁的劳乏时期，逐段回溯，不是我力所能及的。只有一些梦境，可以支离破碎、模糊隐约地描述一下，而在我非得回顾我一生中这个时期不可的时候，我仿佛也就是重温这样的梦境。我只见，我在异国的城镇、宫殿、教堂、寺宇、画廊、城堡、陵墓、光怪的街道——这些历史上和幻想中历久不灭的陈迹——中间经过，看到它们的新鲜奇异，就跟一个梦中之人看到的一样；身负痛苦的重担通过这一切，却又让这一切在我眼前消失，几乎没有觉察到它们。降临到我这颗未受磨炼的心上的，除了默思深念忧愁悲伤之外，是对一切事物都兴味索然的一片昏夜。现在让我在这样的昏夜中抬起头来看一看好啦——谢谢上帝，我终于这样做了！——从它那漫长、愁闷、惨淡的梦中，看到黎明好啦。

我心上笼罩着这种越变越浓的乌云旅行了好几个月。我本来要转身回国的，但是一些说不清楚的原因——一些当时在我内心挣扎了好久而仍旧无法更明确表达出来的原因——使我把回国的念头打消，而把旅程继续下去。有的时候，我心神不定地从一个地方来到另一个地方，哪儿也不停留；又有的时候，我就在一个地方长久流连。但是无论到什么地方，我都是漫无目的，魂不守舍的。

我来到瑞士。我由意大利北上，穿过阿尔卑斯山有名的山口之一以后，一直由一名向导带着，在羊肠小道上，漫游群山。如果那些令人悚然肃然的荒凉孤寂景色曾对我的心有所表示，我也并没领会。在庄严可畏的高峰和悬崖上，在奔腾吼鸣的悬瀑喷泉里，在荒寒凄冷的冰河雪岭中，我看到超逸卓绝的异景奇象；但是顶到那时候，它们告诉我的，也仅此而已，别无其他。

有一天傍晚，在日落之前，我由高而下，来到一个山谷，打算在那儿休息。在我沿着山边的羊肠小道朝着山谷往下走的时候（那时我看到山谷在下面远处，呈现一团暧暧之色），我觉到，一种久已生疏的美丽之感，宁静之情，一种使人变温化柔的感染力，由山谷的宁静所唤起，在我的胸臆中隐隐而动。我记得，我当时怀着一种并非完全令人窒息、并非十分使人绝望的忧愁停了下来。我记得，我当时几乎希望，也许我的心境可能还有好转的机会。

我来到山谷里面，当时夕阳正射在谷外远处的雪山上，那些雪山，把山谷围起，好像永世不变的白云。作成峡谷的那两道高山的山脚，柔绿葱郁（小小的村落就坐落在谷里），而远在这片柔绿葱郁的上方，则长着苍杉丛林，像钳子似地把冬日的雪堆切断，把雪崩截住。在杉林上面，一层一层的危崖峭壁苍岩灰石、耀眼炫目的冰海、稀稀疏疏芊绵平铺的草地，叠累而上，时分时合，一直伸延到山顶，和山顶上的积雪融成一片。山边之上，星星点点，这儿那儿，有孤零僻静的小板屋，每一个板屋都只是一斑一点，而却又是一家一户，从高入云霄的山上看来，显得比玩具房子还小。连山谷底上那个人家丛聚的村落也是同样的情况；这个村落有座木桥，横跨山涧，山涧就在乱石上飞溅而过，在丛林里砰訇而去。在宁静的大气中，传来远处的歌声——牧羊人的歌声；但是恰好那时有一片晚间明霞在半山腰浮掠而过，因此我几乎认为，那个歌声就是从那片明霞里来的，并非人间的乐音。在这样的宁静之中，伟大的自然突然向我说话了，它抚慰了我，使我把疲乏的头枕在草地上，让我哭起来；自从朵萝去世，我还一直未曾那样哭过！

不到几分钟以前，我看到一束给我寄来的信。于是我趁着他们给我准备晚饭的时候，溜达到村外，去看这些信。别的信件都没能投递到我手里，所以我已经有很长的时期没收到任何信了。自从我离开英国以后，除了写一行两行，报告我平安、都到了什么地方而外，再从来没有过坚忍之心和刚毅之气，能写一封长信。

这一小束信正在我手里。我把它打开，把爱格妮给我的一封信看下去。

她自己很快活，对人很有用，正像她所希望的那样，事情顺利。关于她自己，她就告诉了我这几句话，其余的话都是关于我的。

她没给我出任何主意，她没促我尽任何职分，她只以她固有的那种热烈态度告诉我，说她对我寄予的信赖是什么。她知道(她说)，一个人，有我这样的天性，怎样能够从苦难中吸取教益。她知道，苦难的磨炼，情绪的激发，怎样会使我这样的天性加强增高。她敢说一定，我受了痛苦之后，会在每一种目的上都有更坚定、更崇高的趋向。她既然对于我的声誉那样引以为荣，那样望其增长，所以她就深深地知道，我会继续勤劳，力行不辍。她知道，愁苦在我身上不会使我软弱，而要使我坚强。既然我童年时期所受的折磨曾经发挥了它的作用，把我造就成我后来那样一个人，那么更大的灾难会鼓励我前进，使我变成比过去更好的人；并且，既然苦难教育了我，我也就能教育别人。她把我委托给上帝——那个把我那天真纯洁的嫡亲亲人带到他身边安息的上帝；她要永远以手足之情把我爱护，不管我走到哪儿，都要伴随着我，对于我已经取得的成就引以为荣，但是对于我将要取得的成就，更要无尽无休地引以为荣。

我把信放在我的胸口，想到一小时以前我是一种什么样子！我听到那歌声渐渐消失，看到悠闲的晚霞渐渐变暗，山谷里各种景物的颜色全都褪去，山巅上金黄色的积雪也和远处苍白的夜间天空，混为一色；同时我感到我意念中的黑夜过去了，它所带来的一切阴影都消散了。那时候，我只觉得，我对她的爱——从此以后比过去不论何时都更亲密的她——我对这个她的爱，是无以名之的。

我把她的信看了许多遍。我睡觉以前给她写了回信。我告诉她，说我迫切需要她的帮助；告诉她，说我没有她的帮助，就不可能是，而且从来也不是，她所认为的那样，而只是她鼓励我那样，我也要往那方面努力。

我果然也就努力。再过三个月，就是我罹忧遭患以来，整整一年了。我不到这三个月期满，决定先不下任何决心，而只要按照爱格妮告诉我的那样去努力。我在这整段时间里，都待在那个山谷里及其附近。

三个月过去了以后，我决定继续在国外停留一个时期，暂时在瑞士住下来(这个国家由于那个可以纪念的傍晚，已经让我感到越来越可亲了)，重新执笔，继续工作。

我虔诚地委身于爱格妮把我所委托的方面；我寻觅自然，这种寻觅从来都不是徒劳的；我又允许我心里容纳有生的情趣，这是我曾一度避而远之的。我在这个山谷里过了不久，就有了几乎像在亚摩斯那样多的朋友；而在入冬以前，我离开那儿而到了日内瓦，春天又返回那儿，一去一回，他们那种热情的问候，虽然并非用英国的语言表达的，却让我听起来感到淳厚质朴。

我起早贪黑地工作，既耐心，又勤奋。我写了一本故事书，并非根据远时远地，而是根据我自己的生活经验，表现了一种用意。我把这本故事书寄给了特莱得。他帮助我安排，以有利于我的条件，把这本书出版；我越来越大的名气，从我邂逅的游客嘴里都可以听到。我稍事休息，略有调剂，就以我向来那种废寝忘食的劲头，根据一种新的想象，又投入工作，这种想象，占据了我全部的心神。这一工作越往前进展，我的想象力就越强烈，因此我最大的热烈劲儿都鼓起来了，要把这本书写好。那是我的第三部小说。那部书还没写到一半，在一个稍事休息的时候，我想到回国。

长期以来，我虽然耐心学习，耐心写作，但是我却早已养成强身健体的锻炼习惯。我的健康，在离开英国的时候，曾受到严重的损害，现在几乎完全恢复。我已经识多见广。我已经到过许多国家，因此我希望，我所积累的知识也增多了。

在这个出国的时期，我认为有必要追述的，我现在都已经追述了，只有一点作了保留。我把它保留到现在，并非企图把我的任何思想抹掉。因为，正如我已经在别的地方说过的那样，这本叙述是我写下来的回忆。我愿意把我的思想中最隐秘的部分先放在一边，一直保留到最后。现在我开始来写那一部分。

我还不能完全洞晓我自己内心的隐微，因此很难说清楚，我到底是从什么时候才开始想到，说我可以把心里最初想到、最富光明的希望寄托在爱格妮身上。我不能说，在我悲痛的哪个阶段里，我心里第一次想起来，说我在童心冥顽的时期，把她那宝贵的爱情，弃而未取。在过去，有一个时期，我感觉到，我不幸缺少了或者失去了些什么（而这种缺少或者失去的什么是我永远也无法得到的）；我相信，那时候，我可能就已经听见了这种思想在我内心深处窃窃私语。但是，在我那样忧伤、孤独地留在人间的时候，这种思想却以一种新的责备和新的悔恨在我的脑子里出现。

如果，在那个时期，我和她过往亲密频数，那我因寂寞孤独而容易流入软弱，就会把这种感情流露出来。我初次被迫离开英国的时候，我所渺茫恐惧的，就是这种感情的流露。她对我那种手足之情的丧失，哪怕是最小的一部分，都是我不能忍受的；但是，如果我把我前面所说的那种感情流露了，那我会在我们之间的关系上，加上一种过去所没有的拘谨束缚。

我不能忘记，她现在用以对待我的那种感情，是在我有自由选择、有自由发展的情况下发生的。因此，如果她曾用另外一种爱情爱过我——我有的时候想，过去有过一阵儿，她可能用那种爱情爱过我——那就是我把她那种爱情弃掷而未接受。既然在我们两个还都是小孩子的时候，我就已经习于把她看作是一个远非我这样情怀放荡、意趣狂恣的人能配得过的，那她那种爱情，当然不是我所能懂得的。我把我热烈的柔情用在另一个人身上，而我本来可以做的，我却并没做；我心中的爱格妮是我自己这个人和她那颗高尚的心所造成的。

在我心里渐渐发生变化之初，在我力图能多了解自己、能更做个好人的时候，我的确曾想过，通过渺茫的磨炼时期，可以看到有一天，我有可能希望把这种错过了的旧日勾销，从而身登福域，和她结婚。但是随着时光的流转，这种模糊的前景在我眼前暗淡了，消失了。如果她曾爱过我，那我就该把她更加视为神明；因为我记得我都怎样对她推心置腹，她都怎样了解我这放荡不羁的性情，她都怎样为了作我的朋友和姐妹而作了必得作的牺牲，她又怎样取得成功。如果说，她向来就没爱过我，那我能不能认为她现在还会爱我呢?

拿她和我比较，我老感到她忠诚不渝、坚韧不拔，而我则意志薄弱，心性委琐；我现在感到，我这种弱点越来越甚。假如我很久以前能配得上她，那么那时候，我可能会对她是什么样子，她可能会对我是什么样子？这都不在话下，因为反正我现在不是那种样子，她现在也不是那种样子。时光过去了。我也就让它过去了，因而失去此人，那有什么可怨的呢！

我在这种斗争中受尽苦恼，这种斗争使我心里充满了愁烦和悔恨，然而同时，我一直有一种持续不断的感觉，认为既然在希望鲜亮光明的时候，我轻率忽略，转身躲开了她，那么，在希望枯萎凋零了的时候，为了保持道义和荣誉，就应该满心羞愧，打消自己再回到这位亲爱的女孩子那儿去的念头——我凡是想到她的时候，我的思想深处都隐藏着这样的考虑——凡此种种，都同样是真情实况。我现在不再设法对自己掩饰，说我爱她，说我一心忠于她了；然而我却又要确定无疑地说，现在那已经太晚了，同时我们长期以来所保持的关系是不容打乱的。

我的朵萝曾隐隐约约对我表示说，在命运还没想要考验我们的那些年月里，可能发生什么；我对于这种表示，曾长久琢磨过，多次琢磨过。我曾认为，有些从未发生的事，结果往往跟确实发生的事，同样现实。她曾提到的那种年月，现在，在纠正我的错误那方面，就是现实；而且虽然我和朵萝在我们最愚傻的早年就分了手，那种年月，有朝一日，总会成为现实，不过也许要晚一些。我竭力把我和爱格妮之间本来可以有的情况转化为一种手段，可以叫我更加克己，更加果决，对我自己以及我的弱点和错误更加自觉。就这样，我通过事实可能发生的想法，达到事实永远不可能发生的信心。

所有这些纷纭复杂、昨是今非的思想，就像流沙一样，在我的脑子里流转迁徙，从我离开祖国到我重回祖国，整整延续了三年。从移居海外那些人坐的船起碇以来，三年的时间悄然而逝了；现在在同一日落时分，在同一泊船地点，我站在载我返国那条邮船的甲板上，瞧着我曾经瞧过航船倒影的玫瑰色河面。

三年。虽然一天一天过的时候十分短，总算起来却极长。而故国对我说来，是亲爱的，爱格妮也是亲爱的——但是她却不是我的——她永远也不会是我的。她本来可以是我的，但是那个机会却错过了！

第五十九章
倦游归来

一个寒如冬日的秋天晚上，我在伦敦上岸。天色阴沉，正下着雨，那时候，我在一分钟之内所见到的浓雾和烂泥，比我以往一年当中所见到的还多。我从海关步行走到纪念碑[1]，才找到了马车。那些房屋的前脸，正对着雨水流溢的街侧水沟，虽说像我多年的老友一样，我却只能承认，它们是肮脏不堪的老友。

我常常说过——我想人人都说过—— 一个人远离一个熟悉的地方，就好像预示这个地方要起变化。我从车窗里往外看，发现鱼街山有一所老房子，一个世纪以来，从没沾过漆匠、木匠、瓦匠的手，却在我去国的期间，已经拆掉了，而附近一条既不合卫生，又不便车马的古老街道，则修上了排水道，扩展了路面。我看到这种情况，就不禁要想，我多半会看到，圣保罗大教堂也比过去更苍老了。

我的朋友们，在境遇方面起的变化，我是早有所闻的。我姨婆久已重返多佛，再立门户。而特莱得则在我出国后第一期里，就开始在法院里执行一点律师职务。现在他在格雷法学会里有一套房间。他在他前几封信里告诉我，他很有希望，能很快就和那个世界上最招人疼的女孩子结合。

他们本来等我在圣诞节前回来，却没想到我回来得这样快。我故意让他们误等错盼，为的是让他们出其不意地见到了我而更加高兴。但

---

① 伦敦桥外为远洋船溯河而上最远的停泊所。海关在桥东泰晤士河北岸。纪念碑为纪念伦敦1666年之大火而竖。与鱼街山相对。

是，尽管这是我自己故弄玄虚，而在我孤孤单单，无声无臭、从一条条迷雾弥漫的街上叽里咕噜地走过，我却又硬不讲理，因为无人迎接我而感到凄凉失望。

不过，那些有名的商店，家家灯火辉煌，还稍稍使我心情振奋了一些。我在格雷法学会咖啡馆门前下车的时候，就已经精神振作起来了。它首先让我想起我在金十字架食宿的那种迥异于今的岁月，又使我想到从那时以后所经过的种种变化；但是这些都是自然而然的事。

"你知道特莱得先生住在这个法学会的什么地方吗？"我一边在咖啡馆的火炉旁烤着，一边问茶房。

"候奔院①，二号，先生。"

"特莱得先生在律师中间，越来越出名了吧，我想？"我说。

"呃，先生，"茶房回答说，"可能是，先生；不过我自己还没听人说过。"

这个茶房，仅仅中年，身材瘦削，求助于另一个更管事儿的茶房。这另一个茶房，是个老头儿，长得粗壮魁伟，双下巴，穿着黑短裤、长筒袜。他从咖啡馆紧头上好像教堂执事席的那么个地方走了出来，他原先在那儿，和一个盛现款的匣子、一本市民住址录、一本法界人名册，以及其他书册单据打交道。

"特莱得先生，"那个瘦茶房说，"住在大院二号的。"

这个魁伟的老茶房一摆手，把他打发开了；跟着很庄严地转身对着我。

"我正在这儿打听，"我说，"特莱得先生，住在大院二号的，是不是已经在律师中间越来越出名了？"

"从来没听见过这个名字，"这个茶房用又低沉又嘶哑的嗓音说。

我觉得颇为特莱得服输、抱歉。

"他还是个年轻人，对吧？"这个挺了不起的茶房把他的眼睛严厉地盯在我身上问。"他在这个法学会里有多长时间了？"

---

① 候奔院，1829 年改为南广场。

"不到三年，"我说。

这个茶房，我想大概在他那教堂执事席上过了四十年了，因此对这样一个无足轻重的话题不能再谈下去。他问我正餐想用点什么。

我觉得我又回到英国了，而且实在为特莱得觉得丧气。看来好像他是毫无希望的了。我很谦恭地点了一块鱼和一份牛肉排，然后站在火炉前，琢磨他这样默默无闻的情况。

我目送这个茶房头儿，不禁想到，慢慢开出像特莱得这样一朵花的园子，是得费心力、受艰苦，才能上进的地方。它有那么一种墨守故习、倔强顽梗、一成不变、庄严沉着、老成持重的气氛。我遍视这个屋子，只觉它地上铺的沙子①，毫无疑问，就和那个茶房头儿还是孩子的时候一样的铺法——这是说，如果那个茶房头儿也有过是孩子的时候，不过看起来这似乎是不大可能——我看到屋里那些晶光瓦亮的桌子，我能从那些桌子一平如水的老红木上看到自己的影子；看到那些油灯，灯芯修得齐整，灯罩擦得贼亮；看到那些看上去令人舒服的绿色帷幔，有纯黄铜帷杆儿支着，它们严严实实地挡着窗户；看到那两座点煤火的大壁炉，着得通红明亮；看到那一排一排大玻璃滤酒瓶，好像感觉出来，底下有一桶一桶价值昂贵的陈年葡萄酒；我看到这些东西以后，我就感到：不管是英格兰还是它的法律界，都是很难用强袭的办法就能攻下的。我上楼，到卧室里去把淋湿了的衣服换下来；那儿它那安着护墙板的房间那样空旷宽敞(我记得，这个房间正占在通向法学会的拱门门道上面)，四柱床那样宽大旷荡、沉静死板，五斗柜那样凛然难犯、庄严肃穆，好像都联合一致，对特莱得或任何这样胆大心粗的年轻人皱眉蹙额。我又下了楼去用正餐，那时候甚至这顿饭那么从容不迫，那个地方那么肃然无哗——因为暑假还没过去，这个地方没有客人——都大声疾呼，说特莱得胆大妄为，说他今后二十年的生活，希望甚为渺茫。

自从我出国远游以来，我没看到任何像这样的情况，现在看到了，

① 地上铺沙子，按时更换，以保持清洁，为无地毯以前所用的办法。

我对我的朋友所抱的希望就让它给粉碎了。那个茶房头已经跟我打够交道了。他再也不到我近前来了，而却对一位裹长皮绑腿的老绅士大献起殷勤来，给他上了一品脱特造的葡萄酒；这位老绅士并没发话点酒，所以这酒真好像是从地窨子里自己就跑出来了似的。另一个茶房打着喳喳告诉我，说这个老绅士是一个告老不干的状师，住在广场上，趁一大笔钱，这笔钱大家都认为，他要留给替他洗衣服那个妇人的女儿；同样据说，他有一套餐具放在柜子里，因为放置不用，都发乌了，尽管在他的房间里，从来没有活人的眼，看见过多于一匙一叉的时候。顶到这时候，我已经认为，特莱得完全一往不返，而且在我的脑子里确信无疑，他是毫无希望的了。

不过，因为我急于要见一见我这个亲爱的老朋友，所以匆匆忙忙地吃完正餐(那种匆忙，让那个茶房看来，决不会把他对我的看法提高了)，从后门出去了。大院第二号很快就到了，我从门框上写的住户姓名单上，知道特莱得占用的是一套顶楼房间，于是就往楼上走去。我发现这里的楼梯破旧不堪，每一层楼梯口都有一盏似明非暗的灯照着。有一根头粗身细的小灯芯，奄奄一息的样子，点在一个像地牢似的肮脏玻璃杯里。

我踉踉跄跄地上楼当中，觉得隐隐约约地听到一阵令人愉快的笑声；但是这种笑声，却并非代讼师或者辩护师的，也不是代讼师的录事或者辩护师的录事的，而是两三个欢乐、快活的女孩子的。由于我要停下来听一听是怎么回事，我把一只脚掉在一个窟窿里了(这是格雷法学会在那个地方缺安了一块板子而没补上)。我扑通一声摔倒在地，等我重新站稳了的时候，一切都悄然无声了。

我更加小心在意地摸索着把剩下的那一段路走完了，发现了用颜色写着特莱得先生寓那套房间外边的门正开着，于是我的心使劲地跳起来。我敲了敲门。里边跟着来了相当一阵混战之声，但是没有别的动静。我于是又敲了敲门。

一个看着挺机灵的小伙子，听差兼录事，上气不接下气地站在我面前，不过他看我那份神气，却仿佛是硬不承认是那样，而非让我从法律的角度来一个证明不可。

“特莱得先生在里边吗？”我问。

“在，先生，不过他正忙着哪。”

“我想见见他。”

这个看着挺机灵的小伙子把我周身上下打量了一番之后，才决定让我进去；为了达到这种目的，他把门又往大里开了一点儿，把我先让进一个跟小橱柜一样大的门厅，然后又让进一个小小的起坐间；在那儿，我才来到了我这位老朋友的面前（也是上气不接下气的），只见他坐在桌子前面，埋头看一堆文件。

“哎哟哟！”特莱得抬头一看喊着说。“原来是考坡菲呀！”跟着就冲到我怀里，我就把他紧紧抱住。

“一切都好吧，亲爱的特莱得？”

“一切都好，我的亲爱、亲爱的考坡菲，除了好消息，还是好消息！”

我们都乐得哭起来，我们两个人都乐得哭起来。

“我的亲爱的老伙计，”特莱得一边说一边兴奋地胡噜头发，其实那是一种毫无必要的举动，“我的最亲爱的考坡菲，你这位久别重逢、最受欢迎的朋友，我看到你别提有多高兴啦！你晒得多黑啊！我太高兴啦！我打心眼里说，我活了这么大，就从来没这么快活过，我的亲爱的考坡菲，从来没这么快活过！”

我也同样地不知道该怎样表达我的感情。一开始的时候，我什么话也说不出来。

“我的亲爱的老伙计！”特莱得说。“混得这么出名了！我的载誉而归的考坡菲，哎呀呀，我的老天爷！你多会儿到的？你从哪儿来的？你这一向都干什么来着？”

特莱得一直就没容我回答他任何问题，只不停地说下去，这时候早已把我使劲硬按在壁炉旁边一把安乐椅上，跟着整个这段时间里都用一只手使劲捅火，用另一只手拉我的领巾，因为他糊里糊涂地把领巾当作了大衣了。他还没等放下捅条，就又来使劲抱我；我于是也使劲抱他；

然后两个都大笑起来，接着两个都擦起眼泪来；我们两个又都坐下，隔着炉床互相握手。

“真没想到，”特莱得说，“你回来的时间，离你按理应该回来的时间，就差了那么一丁点儿，我的亲爱的老小子，结果你就没赶上参加那个典礼！”

“什么典礼呀，我的亲爱的特莱得？”

“嗳呀呀，我的老天！”特莱得像他往常那样把眼睛睁得大大地喊道，“难道你没收到我最后给你的那封信吗？”

“要是里边提到典礼的话，那可毫无疑问并没收到。”

“嗨，我的亲爱的考坡菲，”特莱得一边说一边用双手把他的头发抓得都直竖起来，然后又把两手放在我的两个膝盖上，“我结了婚了！”

“结了婚了！”我欢欣喜乐地大声喊道。

“哎哟哟，可不结了婚了！”特莱得说，“由霍锐斯法师主婚——和苏菲——结了婚了——在戴芬郡。嗨，我的亲爱的老小子，她在窗帘儿后边哪！你瞧！”

就在他说这话的时候，那个世界上最招人疼的女孩子嘴里笑着，颊上红着，从她那藏身之处跑出来了，把我吓了一跳。我相信(我不由自主地当场就说)全世界上，从来也没见过比她更高兴、更温婉、更忠实、更快活、更光彩照人的新娘子了。我按照老朋友所应该的样子吻她，同时全心全意、实心实意祝他们快活如意。

“啊呀呀，”特莱得说，“这番久别重逢，多让人高兴啊！你真黑得厉害，我的亲爱的考坡菲！嗳呀呀，我太高兴啦！”

“我也是一样，”我说。

“我敢保我也太高兴啦！”苏菲满颊红着、满脸笑着，说。

“咱们都是要多高兴就多高兴！”特莱得说。“就连那几位姑娘也都高兴。嗳呀，说真个的，我把她们给忘了。”

“把谁给忘了？”我问。

“那几位姑娘啊，”特莱得说。“苏菲的姊妹儿啊。她们都在我们这儿住着哪。她们来到这儿，见识见识伦敦。实在的情况是，刚才——上楼的时候摔了一跤的是你吧，考坡菲？”

“正是我，”我大笑着说。

“那么，我告诉你吧！你上楼摔倒了的时候，”特莱得说，“我正和那几位姑娘一块你追我赶、闹着玩哪。实在的情况是，我们正玩‘猫逮耗子’[①]哪。可是因为这是不好在威斯敏斯特大厅[②]干的，又因为她们要是让打官司的主儿看见了，会显得有失法界的体面，所以她们撒腿就跑了。现在她们正——听咱们哪，这是我敢断言的。”特莱得说，同时往另一个屋子的门那儿看。

“我很抱歉，”我又重新大笑起来说，“竟这样把你们搅散了。”

“嗳呀呀，”特莱得极为高兴地打断我的话头说，“要是你看到她们在你敲门以后，先是跑开，跟着又跑回来，拾她们头发上掉在地上的梳，接着又像发了狂疯似地跑去，你就不会这么说了。我爱，你去把那几位姑娘叫来，好吗？”

苏菲步履轻捷地跑去。我们听见，她刚一进隔壁的屋子里，就迎头听到一阵哄堂大笑。

“真是富有音乐性，对吧，我的亲爱的考坡菲？”特莱得说。“听起来真叫人心情愉快。让这些老旧的屋子都满室生辉。你知道，对于一个一直不幸得独身过日子的光棍说来，这真美快无比，真令人陶醉。可怜的小家伙们，苏菲一结婚，她们可都如失左右手一样——我跟你毫不含糊地说，考坡菲，她现在是、她一向都是、最招人疼的女孩子！——所以，现在我能看到她们兴致这样高，我那份满意，就简直地没法说了。在女孩子队里混，真是一桩十分令人愉快的事儿，考坡菲。那跟法界职业完全无关，但是那可真令人愉快。”

我看出来，他有点结巴起来，并且出于体贴我，害怕他说的话，会

① 英国一种儿童游戏。一人站在中间，四角各站一人，互相挪动位置，在四人挪动位置时，中间的人试捉之。

② 在国会之西，与国会相联。英国历史上最有名之大案，如查理第一之受审被判死刑，多在此审判。现用作国会之门厅。

惹我难过，所以我很诚恳地表示了我同意他的说法，这显然使他大为释怀，大为高兴。

“不过，”特莱得说，“说真个的，我的家务安排，可闹到归齐，还是完全不合当律师的体统，我的亲爱的考坡菲。就连苏菲住在这儿，都不合当律师的体统。但是我们可又没有其他住的地方。我们这是纵一叶之扁舟而浮于汪洋之大海，但是我们可有充分准备过苦日子。而苏菲又是一个超群逸众的好管家！你要是一听说，那些姑娘们都是怎样塞在这儿的，你就要大吃一惊。我就敢说，连我自己都不知道那是怎么弄的。”

“她们几位姑娘都跟你住在一块儿吗？”我问。

“老大，那个美人儿，在这儿，”特莱得放低了嗓音带着说体己话的神气说，“那就是凯洛琳。还有莎萝也在这儿——你知道，那就是我跟你提过、脊骨有毛病的那孩子。现在好得多了！还有那两个顶小的，苏菲给她们当老师的，也在这儿。还有露易莎，也在这儿。”

“真个的！”我喊道。

“真个的，”特莱得说。“现在这一套——我说的是房间——只有三个屋子，可是苏菲用奇方妙术给她们安置得好好的，所以她们睡得要多舒服就多舒服。三个在那面那个屋子里，”特莱得往那个屋子指着说，“两个在这儿这个屋子里。”

我不禁左右环顾，想找一找那个可供特莱得先生和特莱得太太安身的地方。特莱得明白了我的意思。

“哦！”特莱得说，“我刚才不是跟你说过，我们准备过苦日子吗！我们上个星期就在这儿的地上临时搭铺。不过在楼顶上还有一个小屋子——一个很叫人可心的小屋子，你上去一看就知道了——苏菲为了让我出其不意高兴一下，亲手把屋子裱糊了，现时我们俩就在那个屋子里睡。那是一块顶呱呱吉卜赛式的小地方。在那儿能看到很多外边的光景。”

“那么你到底还是如愿以偿地结了婚了，我的亲爱的特莱得！”我说。“我听了，就别提有多高兴啦！”

“谢谢你，我的亲爱的考坡菲，”我们又一次握手的时候他说。“真的，我是要多高兴就多高兴。你瞧，这儿就是你那个老朋友，”特莱得一面说，一面朝着花盆和花台，得意洋洋地直点头，“那儿就是那个带大理石面的桌子！所有别的家具，都只能是朴素、适用的就完了，这是你可以看得出来的。至于银餐具，哎哟哟，我们连一把银茶匙还都没有呢。”

“所有的东西还都得费力气去挣啊，是不是？”我愉快地说。

“确实不错，”特莱得回答说，“所有的东西还都得费力气去挣。当然，我们也有些可以叫做是茶匙的东西，因为我们茶里加上糖，总得搅的呀。但是它们可只不过是不列颠金[①]的罢了。”

“那样的话，以后弄到银子的，那银子就要显得更亮了，”我说。

“我们也正这样说！”特莱得喊着说。“你看，我的亲爱的考坡菲，”他又把嗓音降到说体己话的调子，“在我发表了为捷普斯控威格泽一案的假定辩护[②]以后(这个辩护对我当上律师帮了不少忙)，我去到戴芬郡，和霍锐斯法师进行了一次严肃的私人谈话。我从头到尾，详细地叙说了苏菲——我敢跟你毫不含糊地说，考坡菲，她是最招人疼的女孩子！——”

“我也认为毫不含糊，她是个最招人疼的女孩子，”我说。

“她确实是个最招人疼的女孩子，”特莱得打断我的话头说。“不过我恐怕我的话走了题了。我跟你提霍锐斯法师来着，是不是？”

“你说你从头到尾详细地叙说了——”

“一点不错！——叙说了苏菲和我怎样已经订了婚有很长的时间了，苏菲又怎样在她父母的应允下，很愿意——简短地说吧，”特莱得像往常那样坦率地微笑着说，“在我们只能用得起不列颠金家具这种现状下，和我一块儿过起日子来。就是这样。然后我对霍锐斯法师提出我

---

①锡和纯锑的合金，像银。

②原文 Doe dem. Jipes versus Vigzell。Jipes versus Vigzell 为捷普斯控威格泽，一个讼案；Doe 可能是 John Doe，法庭假设人名。这儿的辩护，可能是候补律师要进行的表演之一。未能确定，留此待证。

的意见，请他考虑——他是一个顶了不起的牧师，考坡菲，他应该当主教才是；再不，至少他的收入应该够维持生活的，不至于捉襟见肘才是——我对他提出意见说，假如我能打破现在的难关，而一年能挣到，比方说，二百五十镑；同时我能相当清楚地看到下一年也能挣到这个数目，或者比这个再多一点，另外再能备好一个像现在这样陈设简单的小地方；如果是这样的话，那苏菲和我就要结婚了。我冒昧地说，我们已经耐心等待了好几年了；还说，苏菲在她家里特别顶事，这种情形不应该反倒使她那慈爱的父母成为她成家立业的障碍——你看出这种意思来啦吧？”

“当然不应该，”我说。

“听到你也这样想，我很高兴，考坡菲，”特莱得回答我说，“因为，我这话绝没有归罪于霍锐斯法师的意思，不过我可总认为，做父母的、做兄弟的、或是诸如此类的什么人，在这类事情上，往往是相当自私的。哦！我还点出来，说我最诚恳的愿望就是能对这个家庭有好处；只要我在这个世路上能有发展，而他一旦发生了什么不测——我是指着霍锐斯法师说的——”

“我明白，”我说。

“——也是指着克鲁勒太太说的——那时候，我要是能够做他们家那些姑娘的父母，那就是我最大的愿望得到满足了。他以一种值得称赞的态度答应了我，这使我在心里觉得非常惬意，而且自动地替我去劝克鲁勒太太，叫她同意这种安排。这样一来，他们可惹了好大麻烦了。它从她的腿上往上攻到胸膛，又从胸膛往上攻到脑袋——”

“什么这样直往上攻啊？”我问。

“她的悲痛啊，”特莱得带着一种很严肃的表情回答说。“她全部的感情啊。我上次不是说过吗，她是一位高人一等的女人，但是可惜，她那两条腿可不顶用了。她一遇到糟心的事儿，那份糟心，一般总是落到她的腿上；但是这一回，它可往上攻到胸膛，又从胸膛往上攻到脑袋了，并且，简短地说吧，还以顶令人吃惊的样子，传经串皮，周遍全身。但是不管怎么样，他们还是始终不懈、温存体贴地看护她，总算把她救治过来了；我们顶到昨天，已经结了婚六个星期了。考坡菲，我看到全家的人到处放声大哭，到处晕了过去，我都怎样觉得自己就是个吃人的妖怪，你根本就想象不出来。克鲁勒太太一直顶到我们离开的时候，都不能见我——都不能宽恕我，因为我从她那儿把她的孩子抢走了——不过她是个心地善良的女人，从那时以后，她已经宽恕了我了。就在今天早晨，我还收到她一封令人愉快的信。”

“总而言之，我的亲爱的朋友，”我说，“你感到如登九天，是不是？这本是你应该感到的呀。”

“哦，你这是偏向我，才这么说！”特莱得大笑起来。“不过，要说真个的，我的处境可顶令人羡慕。我很卖力气地干活，没有餍足地学习法律。我每天早晨五点就起床，还是一点都不在乎。我白天把这几个姑娘藏起来，晚上和她们一块儿玩儿；我跟你说实话吧，我这儿正因为她们星期二就要回家了，心里老大的不高兴呢，因为星期二是米克勒节假期开始[①]的前一天。你瞧，”这时，特莱得把他说体己话的态度放弃了，而大声说，“姑娘们来了！考坡菲先生，克鲁勒小姐，——莎萝小姐——露易莎小姐——玛格瑞特和鲁塞！”

她们真是一丛地地道道的玫瑰花，看着都那么健壮、鲜亮。她们都娇俏、秀气，而凯洛琳小姐则更齐整；但是在苏菲那副喜颜笑容的表情里，却有一种温柔仁爱、乐天知足、宜室宜家的品质，这比美貌更强，因此我敢断定，我的朋友选择得好。我们都围着壁炉坐着，这时候，那个挺机灵的小伙子，原先准得是上气不接下气地把这些文件都摆出来了(这是我猜得出来的)，现在又把文件收拾起来，然后把茶具端上来。他干完了这些活儿以后，就告退安歇去了，把外室的门冲着我们砰地一声关上了。特莱得太太那双家庭主妇的眼睛里发出来十二分快活、安静的闪光，沏好了茶，就一声不响地坐在壁炉旁边，烤起面包片儿来。

她一边烤着面包片，一边告诉我，说她看见爱格妮来着。“汤姆”曾把她带到肯特郡作了一趟蜜月旅行，她在那儿还看到我姨婆，我姨婆

---

①从9月29日开始。

和爱格妮两个人身体都很好，他们只顾谈论我，别的都没顾得谈。她坚决相信，在我整个的出国期间，“汤姆”就没有一时一刻，没把我挂在心上的。“汤姆”在各方面都是权威，“汤姆”显然是她一生崇拜的偶像；不论发生什么变乱，他那个像座都不会动摇；不管发生什么事情，他永远要受她的信赖，受她五体投地的崇拜。

她和特莱得两个对那位“大美人儿”那份敬重，让我看着感到极其高兴。我并不是说，我认为那是合情合理的；但是我却认为，那是非常让人感到快乐的，而且那从根本上说，也是他们那样性格的一种表现。比如说，如果特莱得会想到那仍旧还得靠挣才能到手的茶匙，我毫不怀疑，那他一定是在他给“大美人儿”递茶的时候才想到的。如果他那脾气温柔的太太会对任何人专断独行，我敢断定，那也只能是因为她是那位“大美人儿”的妹妹，她才那样。我觉察到，这位“大美人儿”身上约略表现出一种未免娇生惯养和喜怒无常的脾气，但是特莱得和他太太，却很明显地把这种脾气看做是她生来就有的权力和天然赋予的本性。假如她生来就是蜂王，而他们生来就是工蜂，那他们也不会认为这种情况是更加理所当然的。

他们那种忘我的精神真令我心醉神迷，他们对于那些姑娘本人感到那样得意，他们对于她们一切怪念奇想那样无不应顺听从，都从琐细中表现出来他们自己那种优美的品质，而为我原先就极想看到的。要是说，有别的人，在一晚上的工夫里，叫了特莱得一声“心肝宝贝儿”，要他去把什么东西拿到这儿来，或是把什么东西搬到那儿去，或是把什么东西拿起来，或是把什么东西放下去，或是找什么东西，或是取什么东西，那他的大姨子、或者小姨子，这个那个的，在一个钟头之内，就至少要叫他十二次“心肝宝贝儿”。没有苏菲，她们也同样地什么也做不成。不定哪一个女孩子的头发散了，那除了苏菲，就没有别人能把它拢上梳好。不定哪一个女孩子忘了怎么唱一个曲子，那除了苏菲，就没有别人能哼得对。不定哪一个女孩子想不起戴芬郡哪个地名来了，那也只有苏菲知道。不定什么事情，需要写信告诉家里，那也只有苏菲能叫人信得过，在早晨吃饭以前就把信写好。不定哪一个女孩子打毛活打不下去了，那除了苏菲也没有人能说出来该怎么打。她们都是这个地方权力无限的女主人，而苏菲和特莱得则是伺候她们的奴仆。苏菲长了那么大，照看过多少小孩子，我想象不出来，但是她却仿佛出名地熟悉各式各样凡是用英语给小孩子唱的歌儿；她用世界上最清脆的小嗓儿，整打整打地按照人家点的歌儿，一个挨一个地唱（她的姊妹每人点一个，那位“大美人儿”一般总是最后发一通话），这种情况让我心迷神夺。这里面最可贵的地方是：这几个姊妹们，一方面硬要他们干这个，做那个，另一方面却都对苏菲和特莱得两个人极尽温柔和尊敬。我敢保，在我对他们告辞、特莱得就要出来陪我走到咖啡馆的时候，我觉得我从来也没见过那样百折不挠的一头头发，或是任何别样的一头头发，曾在那样一阵雨点子似的接吻当中，四处转动。

总之一句话，在我回来、向特莱得道了晚安以后，我还不由得又津津有味地把刚才那番情景琢磨了好半天。假使我能看到，有一千朵玫瑰花，在凋敝老旧的格雷法学会里一套一套房间的顶层上盛开，那它们也远不会让它有一半像现在这样灿烂生辉。我们要是想到，在枯燥呆板的法律文具和代讼师办公室当中，却有那些戴芬郡的女孩子，想到在吸墨粉、羊皮纸、红文件带、尘封的贴信纸、大墨水瓶、公文纸和草稿纸、法律报告、拘票、原告诉状、讼费单所造成的冷酷郁闷气氛当中，却有茶点、烤面包片儿和儿歌，那我们就会生出一种光怪陆离之感，就像我梦想到苏丹显赫的家族都让人批准加入代讼师的行列，而且还把能言鸟、善歌树和金水河[①]都带进格雷法学会的大厅里来了。不管怎么说，在我向特莱得告别，回到咖啡馆打算睡觉的时候，我发现，我为特莱得感到沮丧的心情大大改变了。我开始觉得，不管英国那些茶房头儿有多少等级，他都会前途发达的。

我把一把椅子拉到咖啡馆壁炉跟前，要消消停停地琢磨琢磨特莱得的情况，但是我却渐渐从琢磨他的幸福上面，转到从熊熊的煤火上追索许多的光景，而且随着煤块烧裂了、火苗变了样子的情况，想到我一生

---

① 见《天方夜谭·嫉妒妹妹的姐姐们》一故事。

中突出的大难巨变和生离死别。自从我离开英国以来这三年当中，我一直没看到过煤火；不过我却看见过很多柴火，看着它们烧成灰白色的炭灰，和炉床里羽毛似的灰堆混在一起；那种光景，在我心情沮丧中，恰恰以具体的形象，对我表现了我那死去的希望。

我这时候，能够回想过去，虽然仍旧沉郁，却已不再沉痛，而且能以无畏的精神看到将来了。家庭，以它最好的意义来说，对我已经不再存在了。我本来可以使之产生更亲爱的爱情的那个人，却经我教导，只以姊妹之情待我了。她要结婚的，她要有新人来要求她的温存柔情的，那样一来，她就永远也不会知道，在我的心里，我对她都产生了什么样的爱情了。我那番不顾前后的强烈感情已经造成了过失了，我得补过，才是正理。这就是种瓜得瓜，种豆得豆。

我正琢磨：我那没经磨炼的心性，是否在这方面真正受到磨炼，我是不是能坚决地忍受这种情况，是否能平静地在她的家庭中占有一种地位，像她平静地在我的家庭中占有的那个地位一样——就在这时候，我发觉我的眼光落到一张面孔上边，这张面孔真好像是从火苗里生出来的一样，因为它和我幼年的记忆密切相联。

瘦小的齐利浦先生——我在这本传记第一章里就说到怎样有赖于他的助产才有了我的那位大夫，就坐在我对面一个昏暗的角落里看报。顶到那时候，他也得算是经历岁月、年高神衰的了，但是，因为他是那么和善、温顺、安静的小瘦个儿，因此能那么平静、顺利地就挨过时光，所以我认为，他在那一会儿的工夫里，看起来可能正和他坐在我们家的客厅里，等着我呱呱坠地的时候，一模一样。

齐利浦先生六七年前就离开布伦得屯了，我从那时候以后就再没见到他。他正安安静静地细看报纸，他那小脑袋歪在一边，手跟前还有一杯热雪利尼加斯酒。他的态度那样温和友善，真仿佛他因为冒昧地看起那张报纸来，对它抱歉呢。

我走到他坐的地方跟前，问道，“你好啊，齐利浦先生？”

他没想到，会有一个生人对他这一问候，弄得惊慌失措，用他那说话慢腾腾的样子答道，“我谢谢你啦，先生，你真客气。谢谢你啦，先生。我想你也很好吧。”

“你不记得我了？”我说。

“呃，先生，”他很驯顺地笑着回答说，同时摇着头打量我，“我有一种印象，觉得看起你脸上不知什么地方来，好像有些面善，但是我可没把握，说不出准名字来。”

“但是你可在我自己还不知道我的名字以前很久，就知道它了，”我回答说。

“真个的吗，先生？”齐利浦先生说。“可能是我有幸，接——？”

“正是，”我说。

“哎呀呀！”齐利浦先生大声说。“从那时候以后，你大大地改了样儿了，这应该没有疑问吧，先生？”

“那很可能，”我说。

“呃，先生，”齐利浦先生说，“如果我没法子，非得请教你的尊姓大名不可，那我想你不会见怪吧？”

我告诉了他我叫什么的时候，他当真大为感动。他当真和我握起手来——那对他说来，真得算是一番剧烈的行动，因为他经常总是把他那略微有点儿热和、小小夹鱼刀[①]那样的手，从他的胯股旁伸出一两英寸远，而且不管什么人抓住它，他都要表现出极大的不安。即便那一次，他也是把他的手撤回的时候，就立即把它插到外衣的口袋里，并且看着好像，他把它安全撤回，才把心放下似的。

“嗳呀呀，先生！”齐利浦先生歪着头打量我说。“那么你这是考坡菲先生啦，对吗？呃，先生，我想要是刚才我敢不揣冒昧，仔细看一看你，那我就会认出你来了。你跟你那可怜的父亲可就太像了，先生。”

“我压根儿没有福气看到我父亲，”我说。

“一点也不错，先生，”齐利浦先生用一种安慰我的声调说。“不

① 上菜时用以从大盘(dish)夹到小盘(plate)，亦为烹调时翻鱼之具。二者均如小铲。

管从哪方面来说，这都是很叫人引以为憾的！即便在我们那块地方上，先生，”齐利浦先生一面说，一面慢慢摇了摇他那小小的脑袋，“我们对于你大名，也并非一无所知。你这儿一定是非常紧张的喽，先生，”齐利浦先生用食指敲着他的前额说。“你一定会觉得这是一种很得绞点脑汁的工作喽，先生！”

“你说你那块地方是哪儿哪？”我在他近旁坐下，问道。

“我在离伯雷·圣爱得门①几英里的地方开起业来，先生，”齐利浦先生说，“因为齐利浦太太她父亲的遗嘱上，留给她一份小小的财产，就在那一带，她到那一带来继承了那份产业，我也就在那儿买到一份包片行医的权益②。你听到我的生意干得不错，一定会很高兴的。我女儿现在已经长成一个高身量的大妞儿了，先生，”齐利浦先生说，同时又把他那小小的脑袋轻轻摇了一下。“就在上个星期，她母亲把她的连衣裙放开了两个褶儿。你瞧，光阴过得有多快啊，先生！”

这位又瘦又小的老人一面这样琢磨，一面把这时已经空了的酒杯举到嘴唇边上；那时我劝他把他的杯再斟满，我也再陪他一杯。“哦，先生，”他慢条斯理地说，“这已经比我平常的量过了好多了，不过我对于和你谈话这种快乐，可不能割舍。想起我有幸在你出疹子的时候给你瞧过病，仿佛就是昨儿的事一样。你那次的疹子还出得真叫好，先生！”

我对于他这番夸奖表示了感谢，又叫了尼加斯酒。酒很快就拿来了。“这真是一次不同寻常的放荡行为！”齐利浦先生一面把酒搅着，一边说，“但是，遇到这样一种不同寻常的场合，你叫我错过了，可办不到。你还没续弦吧，先生？”

我摇了摇头。

“我知道你不久以前，遭到悼亡之痛，先生，”齐利浦先生说。“我是从你继父的姐姐那儿听说的。那可真得说是斩钉截铁的性子，是

---

① 萨福克郡的一个市镇。

② 当时英国开业医生，可以通过买卖，得到和出让自己诊疗的病人。

不是，先生？”

“哼，可不是，”我说，“够斩钉截铁的。你在哪儿见着她的，齐利浦先生？”

“难道你不知道，先生，”齐利浦先生带着他那种顶安详的笑容说，“你继父又跟我们做了邻居啦吗？”

“不知道，”我说。

“他真又跟我们做了邻居了，先生！”齐利浦先生说。“娶了那一带的一个年轻小姐，带过来一份可不算少的财产，小可怜儿。——那么你现在这种费脑子的活儿，没让你觉得疲劳，先生？”齐利浦先生像一只知更鸟一样带着羡慕的眼光看着我。

我躲开这个问题，把话题又回到枚得孙姐弟身上。“我倒是知道他又结了婚了。你给他们家看病吗？”我问。

“不是经常的。他们请过我，”他回答道。“在枚得孙先生和他姐姐这两个人身上可以看到，坚定的器官在脑相学上强烈地发展了，先生。”

我回答他的时候，太富于表情了，因此齐利浦先生，受到我这种表情的鼓舞，再加上尼加斯酒的作用，把头很快地摇了几下，深有感慨地说，“啊，哎呀，旧日的情况，我们是忘不了的，考坡菲先生！”

“那么那个兄弟和姐姐还是在那儿走他们的老路了，是不是？”我问。

“呃，先生，”齐利浦先生回答说，“一个当医生的，既然老在各家各户常串，本来应该，不是他职业以内的事，都一概不闻不问，装聋作哑。因此，我只能说，他们是很严厉的，先生；不管是对今生今世，还是对来生来世，都是很严厉的。”

“来生来世该怎么办，自有一定之规，无需他们多管，这是我敢说的，”我回答道：“我只问，他们对于今生今世，在那儿干了些什么哪？”

齐利浦先生摇了摇脑袋，搅了搅尼加斯酒，一小口一小口地喝。

“她是一个挺招人喜欢的女人，先生！”他带着一种伤感的神气说。

“你说的是现在这位枚得孙太太吗?”

“确实是一位挺招人喜欢的女人，先生，”齐利浦先生说，“我敢说，要多和气就多和气！齐利浦太太的看法是，自从她结了婚以后，她的精神彻底受到制服了，她几乎得了抑郁性的精神病了。女人的眼睛，”齐利浦先生胆小怕事的样子说，“看人是最入木三分的，先生。”

“我想，她本来就非叫他们捏弄制服得跟他们那个万恶的模子一样不可。老天救救她吧！”我说。“她现在早已经叫他们给捏弄、制服了。”

“哦，先生，起初的时候，也很厉害地闹过吵子，这是我敢跟你担保的，”齐利浦先生说，“不过她现在可只成了一个游魂了。要是我拿着当体己话告诉你，说自从那个姐姐来帮着管家以后，弟弟和姐姐两个人把她一揉搓，她可就变得又呆又傻了，我这样说，能说是大胆孟浪吗?”

我告诉他，这是我不用费事就能相信的。

“我毫不犹疑地说，先生，”齐利浦先生一面说，一面又喝了一小口酒来壮胆，“她母亲就是死在这个上头的，这话可就是咱们两个人说；同时他们那种霸道、阴森、忧郁，把枚得孙太太给弄成呆子、傻子了。她结婚以前本是一个挺活泼的年轻女人，但是他们那种阴森、严酷，可把她给毁了。他们现在带她到这儿那儿去，根本不像她的丈夫和大姑子，倒更像疯子的监守人。这是齐利浦太太上礼拜刚跟我说的。我对你担保，女人的眼睛看人是入木三分的。齐利浦太太自己看人就入木三分！”

“他仍旧阴森森地自称他是遵经卫教吗?”（我把这个字眼儿和他连到一块儿，真不胜羞愧）我问。

“你说着了，先生，”齐利浦先生说；他因为放纵痛饮，不习惯让酒这样刺激，眼皮慢慢都红了。“这正是齐利浦太太给人印象最深的一句话，”他带着他那种最安详沉静，最慢条斯理的样子说。“她点明了，说枚得孙先生给自己立了一尊偶像，管它叫做神圣的天性。我听了这个话，简直就跟过了电一样。我对你担保，她说这句话的时候，你用一支鹅翎笔都能把我打得仰巴脚朝天、躺在地上。女人看人是入木三分的，先生。”

“她们这是由于直觉吧，”我这样一说，他大为高兴。

“我的意见得到赞同，我真高兴，先生。”他打断我的话头说。“我对你担保，我冒昧地表示与医学无关的意见，是绝不常有的。枚得孙先生有时候发表公开演说；人家说——照直地说吧，先生，齐利浦太太说，他近来那种霸道劲儿越厉害，他的主张就越凶狠。”

“我相信，齐利浦太太完全正确！”我说。

“齐利浦太太甚至于还说，”这个瘦小的人中间最驯顺的老头儿，受到极大的鼓励，接着说，“这种人胡说乱道，说他们那一套是宗教，其实他们只是拿那一套来发泄他的怒气和傲气。你不知道，先生，我得说，”他轻轻把脑袋歪向一边，继续说，“我在《新约》里，给枚得孙先生和枚得孙小姐，找不到根据。”

“我也从来没给他们找到根据。”

“同时，先生，”齐利浦先生说，“无人不厌恶他们，而且因为他们老很随随便便地就把所有厌恶他们的人都下到万劫不复的地狱里去，那在我们的左邻右舍当中，可就不断有人下到地狱里去了！不过，正像齐利浦太太说的那样，先生，他们可受到一种没完没了的惩罚；因为他们只能反躬内省，自食其心，而自己的心可不是好吃的东西啊。现在，先生，你要是原谅我，让我把老话重提，那咱们还是说一说你这副脑子吧。你是不是得把你这个脑子永远激动得非常兴奋，先生？”

我发现，在齐利浦先生自己的脑子受到尼加斯酒这种饮料的刺激而兴奋起来的情况下，把他的注意力从这个题目引向他自己的事情方面，是不用费什么事的；因为在后来的半小时当中，他呶呶不休地净谈这方面的情况。除了其他消息之外，还让我了解到，他那时所以来到格雷法学会咖啡馆，是因为他正要在一个精神病委员会会上，对一个因饮酒过度而精神错乱的病人提供他精神状态方面的医学证据。

“我敢跟你实说，先生，”他说，“我在这种场合，老是非常沉不住气的。凡是受凌辱、遭威吓的情况，我都受不了，先生。那种情况老叫我胆战心惊。生你那天晚上，我叫那位让人吃惊的太太吓得过了好久才恢复常态，你不知道吧，考坡菲先生？”

我告诉他，明天一清早我就要到我姨婆——那天晚上那个凛然不可犯的女人——那儿去，同时告诉他，这个女人是最慈祥、最了不起的。如果他和她更熟悉一些，那他就会充分了解到这一点。这种他有再见到她的可能，刚刚稍微一露，就好像把他吓坏了。他脸上要笑又笑不出来的样子，回答我说，“她真是这样吗，先生？真是这样吗？”跟着简直迫不及待，立刻就要了一支蜡烛来，睡觉去了，好像他在任何别的地方都不十分安全似的。他并没当真让尼加斯酒弄得晃悠；但是我却得认为，他那平常平缓的小小脉搏，在一分钟之内，比那个了不起的晚上我姨婆在失望之下用软帽打了他那一下以后，一定要多跳两三下。

午夜的时候，我在极度疲乏的情况下，也就寝去了；第二天坐在去多佛的驿车里度过了一天；一路平安，一下闯进了我姨婆那个老客厅（那时她正用茶点，戴上眼镜了），受到她、还有狄克先生、还有亲爱的老坡勾提的迎接（坡勾提现在是我姨婆的管家了）。他们都是大张着双臂，高兴得哭着迎接我的。

在我们平静下来，开始叙谈的时候，我对我姨婆说，我怎样碰到了齐利浦先生，他又怎样一直老记得她那样可怕，我姨婆听了，乐得不可开交。她和坡勾提两个人，关于我那可怜的母亲的第二个丈夫，和“那个没德损”的女人，可有的是说的。（——我想，我姨婆即便受到处罚，也不肯叫这个女人任何教名、表字，或者别的名字。）

第六十章
爱 格 妮

别人都走了，单独剩下我姨婆和我以后，我们一直谈到深夜。那些移居海外的人，怎样凡是写信回来，除了心神舒畅、充满厚望，别无二言；米考伯先生怎样当真以人对人的关系，有条不紊，认真不苟，汇回了一笔一笔为数不多的款项，从而卸却了“银钱上的负担”；捷妮怎样在我姨婆重返多佛以后，又伺候了她一阵儿，后来和一个生意兴隆的酒馆老板，作了神圣的结合，因而终于实行了她那誓绝男人的主张；我姨婆怎样在这段婚姻里，作了新娘子的教唆帮凶，并且亲自出马，参加婚礼，助了为山一篑之功，因而把她那同样誓与男人隔绝的伟大主义，最后用上了印，画上了押；所有这种种，都是我们的话题——那我从他们给我的信里，已经或多或少地知道了一些了。狄克先生，像往常一样，也不在忽略之列。我姨婆告诉我，说他怎样一直埋头抄写一切他能抓到的东西，怎样由于有了这种貌似正业的工作，因而对查理王第一保持敬而远之的距离；我姨婆怎样认为，狄克先生能自由快活、不必在拘谨中度岁月，愁闷中瘦下去，就是她一生中主要快乐、主要喜庆之一；她又怎样认为，除了她，没有人能充分了解他这个人（这作为是一种新颖奇特的概括结束）。

“那么你什么时候，特洛，”在我们像往常那样坐在壁炉前面的时候，我姨婆拍着我的手背说，“你什么时候到坎特伯雷去哪？”

“我想弄一匹马，明天早晨骑着去，姨婆，除非你想和我一块儿去。”

“我不去！”我姨婆用她那种突然简捷的样子说，“我打算就在这儿待着不动。”

我于是说，那我就骑马去啦。要是我今天赶着来看的是别人，而不是她，那我决不会经过坎特伯雷可不停一下的。

她听了很高兴，但是她却回答我说，“得了，特洛；我这把老骨头，等到明天，还不至于零散了哪！”一面在我满腹心思地坐在那儿瞧着炉火的时候，又轻轻地拍我的手。

我说满腹心思地，因为我又来到这儿，离爱格妮那么近，就不能不又想起来长久盘踞我心头的那些懊悔。那些懊悔，也许已经变得柔和轻微了，只是教导我，当年我青春焕发、前途无限的时候，我应该学到一些东西而却没能学到；但是却不能因此而就说不是懊悔。“哦，特洛，瞎眼哪，瞎眼哪，瞎眼哪！”我仿佛又一次听到我姨婆说，而且现在对她的意思，领会得更深了。

我们两个都沉默了有几分钟。我抬起眼睛来的时候，我发觉她正对着我定睛细看。很可能，她的脑子正随着我的思路，想同样的事情；因为我觉得，我的思路，虽然前此曾经那样冥顽纵恣，不可捉摸，现在却很容易寻迹追踪。

“你会看到，她父亲已经完全是个白发苍苍的老人了，”我姨婆说，“不过从一切别的方面来说，他都是个比原来更好的人了——是一个今是昨非的人了。你也不会再看到，他现在还用他那种可怜的刻着分寸的小小尺子衡量人生的利害、忧乐了。你记住了吧，孩子，这类事，用那样尺来量，即便能量出个长短来，也只不过是眼皮子底下那点事儿罢了。”

“确实是，”我说，

“你也会看到她，”我姨婆接下去说，“和向来一直地那样，美丽、真诚、幽娴贞静、忘我无私。要是我知道还有什么更高的赞美之词，特洛，那我就要用来赞美她。”

再高的赞美之词加到她身上也不嫌过分；再重的谴责之词加到我身上也不嫌过分。哎呀，我这个斜路走得多远哪！

“假如她能把她跟前那些小姑娘调理得都像她自己那样，”我姨婆说，说的时候，那股热诚都把她激动得甚至眼圈里都含着泪，“那老天在上，她这一辈子就算没白过了！于人有益，于己快活，就像她自己那天说的那样；她除了于人有益，于己快活，还能是别的样子吗？”

“爱格妮有没有——”我这与其说是对我姨婆说话，倒不如说是自言自语。

“呃？嘿？有没有什么？”我姨婆聚精会神地问。

“有没有意中人哪？”我说。

“有二十还不止哪，”我姨婆得意之中含有愤慨的样子说。“我的亲爱的，你走了以后，她要是想结婚，结二十次都办得到！”

“那毫无疑问，”我说。“那毫无疑问。不过是不是有任何意中人，能配得过她哪？配不过她的，爱格妮是看不上眼的。”

我姨婆坐在那儿，用手托着下巴，沉思了一会儿，然后慢慢抬起眼睛来，看着我说：

“我疑心她有属意之人，特洛。”

“可能终成眷属？”我问。

“特洛，”我姨婆很严肃地回答我说，“我说不上来；就连刚才的话我都不应该告诉你，因为她从来也没推心置腹对我透露过那类话。我这只不过疑心是这样就是了。”

她看着我的时候那样聚精会神，那样焦灼急切（我甚至看到她都哆嗦起来），因此我这时比刚才更加感到，她是随着我刚才的思路在那儿琢磨。这时候，我把我在出国期间所有那些日日夜夜里，在所有那些内心的斗争中，下定的决心，全部鼓起。

“假如真是那样，”我开始说，“我希望真是——”

“我并没说真是那样，”我姨婆很简捷地说，“那不过是我疑心认为是那样就是了，你不要完全听我这一套。你一定要把这话保守秘密。那种情况的可能性极小。我本来就不应该说出来。”

“假如是那样的话，”我又说，“爱格妮到时候自然会告诉我的。姨婆，一个我那样推心置腹无话不说的姊妹，是不会不肯对我也推心置腹的。”

我姨婆像她原先把眼光移到我身上那样，慢慢把眼光从我身上移开，满腹心事地用手把眼睛捂了起来。随后她又慢慢地把另一只手放到我的肩头；我们俩就这样坐着，回想过去，谁都没再说一句话，一直坐到分手去就寝的时候。

第二天一清早我就骑着马上了路，往我求学时期的地方奔去。即便在当时那种我很快就会又和她见面儿的情况下，我也不能说，我十分快活，因为我想到我得战胜自己的私心。

我那么熟悉的路很快就走过了，我来到那些安静的街道了，那儿每一块石头对我说来，都是一本童年读过的书。我步行走到那所老房子跟前，但是由于我情感满填胸臆，不敢径入，又退回来了。后来我又回到那儿，经过那个先是乌利亚·希坡、后来是米考伯先生经常坐的圆形屋子，从它那低低的窗户往里瞧，发现这个屋子这时候已经不是事务所了，而改成一个小客厅了。除了这一点，这所端重肃庄的老房子那种整齐洁净，都仍旧和我第一次看到它的时候一样。我叫那个把我让进屋里的新来女仆通报维克菲小姐，就说一个绅士，刚从国外回来，以朋友的身份来恭候她；她带着我上了那沉静庄重的老楼梯（她还提醒我留神那些我那么熟悉的楼梯磴儿），进了那个依然如故的客厅。爱格妮和我一起读过的那些书，都摆在书架上；我很多晚上在那儿用功的书桌，仍旧原地不动摆在那个大桌的一角旁边。希坡母子在那儿的时候所不知不觉带来的小小改变，又都改回来了。一切都跟在过去快活的岁月里一个样子。

我站在一个窗户里边，隔着古老的街道，瞧对面的房子；回想我刚到那儿的时候，怎样在下雨的下午瞅这些房子；回想我怎样常常琢磨那些在窗户里面出现的人，拿眼睛跟着他们上楼下楼；而这时候，女人们穿着木头套鞋，咭噔咯噔地走过人行便道，阴沉的雨丝斜着落了下来，雨水从那边的水溜里溢出，流到大街上。那时我常看着，进城来的，有些无业游民，在雨淋淋的夜晚，当黄昏的时分，把行李捆儿用棍子的一头挑在肩上，一瘸一拐地走过去；我那时看着那些人心里所有的感觉，又重新回到我心上；像那时一样，随着这种感觉而来的还有潮湿的泥土、缀着水珠的叶子和荆棘发出来的气味，袭人鼻官；我长途跋涉，习习的微风，袭人衣襟。

按着护墙板的墙上那个小门一开，使我一惊而转身。她向我走来的时候，她那美丽、娴静的眼睛和我的眼睛一对。她站住了，把手放在心口上，我用双臂把她抱住。

“爱格妮，我的亲爱的女孩子！我到你这儿来，太突然了吧。”

“并不，并不突然！我看到你只有高兴，特洛乌！”

“亲爱的爱格妮，又看到了你，我真感到快活！”

我把她紧紧抱在怀里，有一小会儿工夫，我们两个都默默无语。随后我们并排儿坐下，她那天使一样的面孔转到我这一面，上面所表示的欢迎，正是我整年整月，不管是醒着，还是在梦里，都想看到的。

她那么真诚，那么美丽，那么贞静——我欠她的感激之情那么多，我感到她对我那么亲密，因此我竟说不出话来，以表达我的感情。我想要给她祝福，想要对她表示感谢，想要对她诉说，她在我身上都有什么影响(像我常在给她的信里说的那样)：但是我想这个、想那个，都是徒然。我的情爱和我的快乐都哑口无言，不能出声。

她用她那种甜美的娴静，使我的激动得到平定；她旧话重提，把我引回我们分手的时候，她对我谈爱弥丽，说她怎样曾没让人知道，去看过她好多次；她对我温柔怜惜地谈朵萝的坟墓。她用她那高尚心性中不会错误的本能，把我记忆的心弦轻拢慢捻、婉谐和畅地拨动，因而使我毫无龃龉之感。我能倾听这些悲凄忧惋、缥缈悠扬的乐音，而不想逃避开由它所唤起的任何感情。既然和这种感情融合在一起的，是这个嫡亲亲的她本人，是我一生里保佑护助我的神灵，那我怎么还能想要逃脱避开呢?

“还有你哪，爱格妮，”我一会儿跟着说，“你跟我谈谈你自己吧。在所有过去这段时间里，你几乎就从来没跟我谈过你自己的生活啊！”

“我有什么可谈的哪?”她喜悦洋溢地微笑着回答我说。“爸爸身子硬朗，你看到我们在自己家里安居静处；我们的焦虑愁烦都烟消云散了，我们的家又重归我们了；你知道了这些情况，亲爱的特洛，就是知道了一切情况了。”

“一切情况，爱格妮?”我说。

她脸上微现忐忑不宁的惊异之色看着我。

“难道就没有什么别的情况了吗，妹妹?”我说。

她脸上的颜色，刚才那一会儿变白了，复原了，又变白了。她微微笑着，我觉得，还带着一种隐忍不露的愁闷，把头摇了摇。

我曾试图把她引到我姨婆隐约提起的那件事情上去，因为，虽然如果她推心置腹，对我说了体己话，我听了一定要感到切肤之痛，但是我对于我自己的心性，却必须加以磨炼，我对她那个人，却必须履行我应尽的义务。不过，我看出来，她很窘促不安，所以我就把这件事放过去了。

“你有很多的事要做吧，亲爱的爱格妮？”

“你是说教学生的事吗？”她说，同时带着她那种完全快活而安详的表情抬起头来看我。

“正是。那是很劳心费力的，是不是？”

“这种活动是令人愉快的，”她回答道，“所以要是我管它叫劳心费力的事儿，那就很难说我这个人感恩知德了。”

“凡是好事儿，你做起来就没有感到困难的，”我说。

她的脸又一次由红变白；同时，我在她低下头去的时候，又一次看到她那含有愁烦的微笑。

“你等一下，见见爸爸，”爱格妮高兴地说，“再和我们一块儿过一天，好不好？你也许想再在你那个屋子里睡一下吧？我们老叫那个屋子是你的屋子。”

那可不好办。因为我已经答应了我姨婆，说晚上骑马回到她那儿。不过我却可以欢乐地白天在那儿过一整天。

“我得去当一会囚徒啦，”爱格妮说，“不过旧日那些书都在这儿，特洛，还有旧日那些音乐。”

“就是旧日那些花儿，也都在这儿哪，”我一面说，一面往四围瞧去。“再不就是旧日那几种。”

“在你出国的期间，”爱格妮微笑着答道，“我把每一样东西都保存得像往常我们还都是小孩子的时候那样，我就以此为乐。因为我认为，咱们那个时候，是很快活的。”

“这是老天都知道的！”我说。

“而且每一件小小的东西，只要是能让我想起我这兄弟来的，”她说，说的时候，把她那诚恳的目光，高兴地转到我身上，“都是一个受到欢迎的伴侣。就连这个，”她把仍旧挂在她身旁那个小小的篮子，满满装着钥匙的，指给我看，“都好像叮叮当当地响得和过去一样！”

她又笑了一笑，然后从她刚进来的那个门那儿出去了。

这种手足之情，可是我得以信仰宗教那样的尊崇，严护密守的。我所剩下的只有这个了，这是一件珍宝。如果我一旦把那种神圣的推心置腹、素习常行，从基础上加以动摇（她所以以手足之爱待我，就赖有这种推心置腹、素习常行），那我就会失去这种手足之情，而且一旦失去，就永远不能复得。我把这一点稳稳地守在眼前。我越爱她，我就越应该永远别忘了这一点。

我走过大街，又看见了我那个老对头青年屠夫——现在当上警察了，把警棍挂在肉铺里——于是去到从前和他交手的地方，看了一下；在那儿，琢磨了一气夏波小姐和拉钦大小姐，以及那个时期里那些浅薄无聊的情好、喜爱和厌恶。没有任何人、任何事，经历了那个时期而还延续到现在的，只有爱格妮是例外。她这颗永远在我头上高照的明星，比以前更亮，比以前更高了。

我回来的时候，维克菲先生也从他那座园子里回来了。这座园子在出城两英里多的地方，他现在差不多每天都到那儿去从事园艺活动。我看到他正像我姨婆所形容的那样。我们和六七个小女孩坐在一起吃正餐；维克菲先生看着好像是墙上他那幅清秀画像的残魂剩魄一样。

往日那个安静的家庭里所有的那种宁谧和平气氛，我心里永远记得的，又弥漫全家。吃完了饭以后，因为维克菲先生现在戒了酒，而我也不想喝酒，所以我们就一直来到楼上。在那儿，爱格妮和她照看的那几个小姑娘，一同唱歌、玩耍、做功课。吃过茶点，那几个孩子都走了，于是我们三个人坐在一块儿，谈起逝去的往日来。

"在逝去的往日里，"维克菲先生摇着他那白发苍苍的脑袋说，"我自己所作所为，很多都是让人惋惜、让人悔恨的——都是让人深切地惋惜、深切地悔恨的，特洛乌，这你知道得很清楚。但是，我可不肯把那些事一概抹杀，即便我有能力那样做，我也不肯。"

看到他身旁那张脸，我很容易地就能相信他这个话。

"我要是把那些事抹杀了，"他接着说，"那我就得把那番忍耐、那番忠诚、那番笃实、那番孝顺，都一概随同抹杀了。这些品性，都是我决不能忘了的！即便为忘了我自己，也决不能忘了的。"

“我了解你，先生，”我轻柔地说。“我是以尊敬崇拜，一向都是以尊敬崇拜，来看待这种情况的。”

“但是可没有人知道，就是你也不知道，”他接下去说，“她都做了多繁重的事，都受了多大的苦，都作了多艰巨的斗争。亲爱的爱格妮啊！”

她带着恳求的样子把手放在他的胳膊上，不让他说，她脸上煞白煞白。

“唉，唉！”他叹了一口气说，说的时候，照我当时所看到的情况来说，仿佛是要把她曾受过的磨难，或是还得要受的磨难（这种磨难，就是我姨婆告诉过我的），暂时打发开了。

“呃！我还从来没跟你说过她母亲哪，特洛。别的人有跟你说过的吗？”

“从来没有人说过，先生。”

“那并没有多少可诉说的——但是可有不少得忍受的。她是在和她父亲的心愿翻着的情况下嫁给了我的，所以她父亲不认她这个女儿。在我这个爱格妮还没出生以前，她曾哀告过她父亲，求她父亲宽恕她。但是她父亲却是个非常狠心的人，而她母亲又很早就不在了。她父亲还是不认她这个女儿，他伤透了她的心了。”

爱格妮靠在他的肩膀上，悄悄地用胳膊搂着他的脖子。

“她那颗心是最柔顺、最温克的，”他说，“但是可伤透了。我对它那种温柔是最了解的。要是连我都不了解，那就再没有人能了解了。她非常爱我，但是可从来没快活过。她总是不声不响地忍痛受苦。在她父亲最后一次不认她的时候——他不认她并不止是一次，而是有许多许多次——因为她身体非常怯弱，心情非常郁闷，她可就恹恹瘦损、支离憔悴，竟一病不起了。她给我留下的是我这个爱格妮，只有半个月大，还有这一头斑白的头发，这是你看见我就想得起来的，因为你头一回到这儿来的时候就看见了。”

他吻了一下爱格妮的面颊。

“我那时对我这亲爱的孩子的爱是病态的，因为我那时整个的精神状态都是不健全的。关于这一方面我不再说了。我不是在这儿说我自己，特洛乌；我是在这儿说她母亲，说她自己。我只要把我现在是什么样子，或者一向是什么样子，给你提些线索，那你自己就会把我的事儿理出个头绪来的，这是我知道的。爱格妮是什么样子，用不着我说。我永远在她的品性里，看到她那可怜的母亲某些遭遇。今天晚上，在经过这么重大的变迁以后，我们三个人又重新相聚了，这是很好的一个机会，所以我把这些事对你说了。我把一切，全都说了。”

他那低下去的头，还有她那天使一般的面庞和女儿的孝心，这时候都比以往更增加了一层动人酸楚的意味。我要是想用什么来纪念我们这个夜晚的久别重聚，那我从这种情况当中就可以找到。

爱格妮没过多大工夫，就从她父亲身边站起来，轻轻走到钢琴前面，弹了几个我们在那个地方常常听到的旧曲。

“你是不是打算再出去一趟哪？”我站在爱格妮旁边的时候她问我。

“妹妹，你对这个问题怎么个看法哪？”

“我希望你不要再出去。”

“那我就不作那种打算好啦，爱格妮。”

“既然你问起我来，特洛乌，那我就得说，你不应该再出去，”她温和轻柔地说。“你那越来越大的名誉和成就扩大了你做好事的力量；因此即便我可以舍得我这个哥哥，”她把眼睛盯在我身上说，“时势恐怕可舍不得吧。”

“我之所以有今天，都是你一手造就的，爱格妮，这你应该知道得最清楚。”

“我一手造就的，特洛乌？”

“是啊！爱格妮，我的亲爱的女孩子！”我俯身对她说。“今天咱们俩见面的时候，我本来想要告诉告诉你，自从朵萝死后，我脑子里一直地想的事儿。你下楼来到我们那个小屋子里我跟前，爱格妮——用手往上指着，你还记得吧？”

“哦，特洛乌！”她满眼含泪，回答我说，“那样知疼着热，那样推心置腹，那样芳时华年！我怎么会不记得哪？”

“从那时以后我时常想，我的妹妹，你在我眼里，那时候是什么样儿，你一直就是什么样儿：一直用手往上指；一直往更美好的事物上引导我；一直往更崇高的事物上指点我！”

她只把头摇晃，从她满眼含着的眼泪里，我又看到她那种愁闷不快、安静不躁的微笑。

“我因为你这样，对你那样知情知义，爱格妮，对你那样感恩戴德，因而我内心深处对你的情爱，我就无以名之。我想要让你知道，却又不知道该怎样才能让你知道，我这一辈子都怎样要永远仰望你的丰采，永远接受你的指导，就像我过去在多苦多难的黑暗时期那样。不管发生什么新的事儿，不管你有什么新的结合，不管咱们中间发生什么变化，我都要永远依赖你、爱慕你，像我现在这样，像我一直那样。我在苦难的当中，你永远要给我安慰，我在窘迫的时候，你永远要给我解救，像你一向那样。我一直到死，我这最亲爱的妹妹，都要永远看到你在我面前，用手往上指！”

她把她的手放在我的手里，告诉我，说我这个人、我这番话，她都引以为荣；不过我对她这番夸奖，却远非她所敢当。于是她继续轻柔地又弹起琴来，不过眼光却仍旧盯在我身上。

“你知道吗，爱格妮，我今天晚上听到了那番话，”我说，“我的感情，很奇怪地有一部分，就好像是我头一回见到你那时候，对你所怀的感情；就好像是我在我那顽钝的学童时期，坐在你旁边，对你所怀的感情？”

“那是因为你知道我没有母亲了，”她微笑着回答说，“所以才用怜悯的心情看待我。”

“不止于此，爱格妮；我那时候就知道，几乎就像我知道了今天晚上说的这种情况似的，在你身上，有一种说不出道理来的柔和、温润东西；一种在别人身上可能是愁烦（据我现在所能了解的，正是那样），而在你身上却绝不会是愁烦的东西。”

她继续轻柔地弹下去，眼睛仍旧看着我。

“我心里怀着这样的奇怪思想，你不觉得可笑吗，爱格妮？”

“不觉得！”

“我说，即便在那个时候，我都当真相信，你能在一切灰心丧气面前，忠诚不渝地爱慕系恋，而且不到你停止呼吸，就不会停止那样；我要是作这样的梦想，你不觉得可笑吗？”

“啊，不觉得！啊，不觉得！”

有一会儿工夫，她脸上有一片苦痛难过的阴影，轻掠而过；不过，我还没从惊讶中恢复过来，这片阴影就已经过去了；她仍旧继续弹下去，带着她特有的恬静微笑看着我。

我在孤寂的夜晚骑马往回走的时候，风像一种令人不安的回忆一样从我耳边掠过；那时我想到前面那种光景，认为她并不快活。我也并不快活；但是顶到那时候，我还是把往事牢牢封起，而且，既然是我老想到她往上指的模样，那我想，她那指的是天堂，在那里，在将来无法渗透的神秘中，我也许能用一种尘世所没有的爱来爱她，而且告诉她，说我在这个世界上爱她的时候，心里曾经历了什么样的斗争。

第六十一章
一对悔罪人，令人发深省

有一个时期，我在我姨婆多佛的家里暂时寄寓——不论怎么样，得寄寓到我那本书写完了的时候，那总得好几个月——我在那儿，坐在窗户里面，不声不响地从事写作；我在那所房子里首次得到荫庇的时候，就是从那个窗户，看到海上月光荡漾。

我原先的打算是，只有遇到我这本记叙偶然有和我的小说发生关联的时候，我才提到小说，现在要实行这种打算，所以我不说我在写小说那方面，都有些什么期望、什么欢乐，怎么焦心、怎么得意。我以最大的专诚对写小说尽心，把心灵上一切的力量都用在写小说上面，这是我已经说过了的。如果说，我写出来的那几本小说，有任何价值，那别的方面不必我说，这几本小说自然也会表现出来。要不是这样，那我写出来的东西，就不会有多少好处，没写出来的，更无人过问了。

我有的时候，到伦敦去一下，在那儿的人山人海中间混迹厕身，再不就和特莱得对事务性的问题商议讨论。特莱得本来在我出国的期间，就以他那最清楚的头脑，帮了我不少的忙了；我在世路方面，正蒸蒸日上。我既是有了个臭名儿：于是就有我并不认识的人，开始给我写了大量的信——这些信绝大部分都是言之无物的，因而也是极难答复的——所以我就同意特莱得的提议，把我的名字，用颜色写在他的门上。在那儿，那位专管那一片儿而忠于所事的邮差给我投递了得以斛计的信；在那儿，过些日子，我就得费力费时地把这些信过一遍，像一个不拿薪俸的内政大臣一样。

在那些永远埋伏在博士公堂近旁的无数外界人士之中，时时有的人，在这些信里面，对我令人可感地提议，说借我的名字执行民教法学家的职务(如果我把未完成而必需的步骤完成了，做了一个正式民教法学家的时候)，赚得的利润分给我百分之几。不过我对于这类提议，一概拒绝；因为我早已深知，这类冒名顶替、活跃从事的民教法学家，为数不少了，同时我考虑到，博士公堂已经够坏的了，何必我来助它为虐，使它坏上加坏呢。

我的名字在特莱得的门上一下粲然出现的时候，那几个女孩子都已经回了戴芬郡了；那位顶敏锐的小伙子，整天看起来，好像并不知道有苏菲其人那样。因为苏菲只终日关在一个背旮旯的屋子里干活儿；只能看到下面一窄溜煤灰污染的天井，里面还有一个水泵；时常在楼梯上没有人声的时候，哼哼她那戴芬郡的民歌，用悦耳的歌声，把待在橱柜一般的公事房里那个敏锐的小伙子，弄得迟钝了。

我常看到苏菲在一个习字帖里练字，而每次我一露面儿的时候，她都老是把习字帖合上，急忙把它放到抽屉里。起初的时候，我不明白那都是什么意思。但是不久，秘密就都露了馅儿了。有一天，特莱得刚冒着轻洒的雪珠，从法院回到家里，他就从书桌里拿出一张纸来，问我认为，纸上面的字写得怎么样？

“哦，别价，托姆！”苏菲喊道，她正在炉前给特莱得烤便鞋。

“我的亲爱的，”特莱得满面含笑回答说，“为什么别价哪？考坡菲，你说这笔字写得怎么样？”

“写得出乎寻常地合于文书体格，一色官本正字。我想不起我曾见过那样规矩方正的笔迹。”

“不像女人的笔迹，是不是？”特莱得说。

“女人的笔迹？”我重复说。“砖石、泥瓦才更像女人的笔迹哪。”

特莱得乐得大笑起来，告诉我，说那是苏菲的笔迹。苏菲起咒发誓地说，他不久就得有一个抄写的录事了，而她就要当那个角色。她从习字范本上学会了这一笔字；她一个钟头能抄写两开的大张——我不记得是多少张了。苏菲听到特莱得对我这样把秘密都揭穿了，觉得非常不好意思，说，“托姆”要是当上了法官，他就不会把这件事这么随便就嚷嚷出去了。“托姆”就说，不对，不论在什么情况下，他都同样要把这件事引以为荣的。

“我的亲爱的特莱得，你这位太太，真是一百分地贤惠、一百分地叫人倾倒，”苏菲笑着走开了以后，我对特莱得说。

“我的亲爱的考坡菲，她一点也不含糊，是世界上最招人疼的女孩子！你没见哪，我的考坡菲，她那样会管我这个家，那样什么都准时不误，那样懂得持家过日子，那样俭朴节省，那样有条不紊，还那样乐天知足！”

“一点不错，你夸奖她，太应该了！”我回答他说，“你真有福气。我相信，你们自己，你们互相，把你们弄成了世界上最幸福的人了。”

“我也敢说，我们是世界上两个最幸福的人，”特莱得回答我说。“不管怎么说，我都得承认，我们是世界上两个最幸福的人。哎哟哟，我看到，在这些天里，一早天还没亮，她就点着蜡烛起来了，忙忙碌碌地安排一天的生活；录事们还都没到班儿上来，就上了市场，还不管好天坏天；用最简单朴素的东西，想法做出顶呱呱的小小正餐来，又是布丁又是排的；什么东西都各有各的正常地方；她自己老那样干净利落，那样花枝招展的；晚上不管多么晚，都老陪着我坐着不睡；脾气那样柔和，又老那样给别人打气；而所有这些情况，都是为了我；所以有的时候，我简直地不相信会有这样事，考坡菲！”

他把便鞋换上了，舒服自得地把脚一伸，连对便鞋都发生了柔情，因为那是她给他烤暖了的。

“有的时候，我简直地就不相信有这样事，”特莱得说。“再说，还有我们的乐趣哪！哎哟哟，我们这些乐趣，花钱不多就能得到，但是这些乐趣可又都是十分了不起的！我们晚上的时候，在这个家里，把外面的门一关，把窗帘子一拉——窗帘子都是她亲手做的——我们上哪儿还能找到更舒服严密的地方？天气好的时候，我们晚上到外面去散步，那我们在大街上就能看到好多好多开心的事儿。我们往珠宝商店那些闪闪发光的橱窗里瞧，看到有钻石眼睛的蟒蛇，盘在白缎里子的盒子里，我就指给苏菲看，说我要是买得起这种玩意儿的时候，我要送她哪一个；苏菲就把金表指给我看，说她要是买得起的时候，她都要送我哪一块（金表都装着保险壳，镶着宝石，外壳上是机器旋的浪纹花样，还装着卧轮卡子，还有这个那个的）。我们指出那些匙子、叉子、夹鱼的刀子、抹黄油的刀子、夹糖的钳子来，说，我们两个要是都买得起，我们都挑哪些。跟着，我们溜达到广场、大街，看到出租的房子，有的时候，我就抬头看那房子，说，我要是做了法官，那所房子住着行不行，跟着我们就把那所房子都分派了——哪个屋子我们自己住，哪几个给那几个女孩子住，等等等等；于是我们最后按照我们自己的意思，说这所房子住着行，或是不行，看情况而定。有的时候，我们买半价票，到池座后排去看戏——据我看起来，那儿就凭那么俩钱儿，连气味都够便宜的——我们在那儿，尽情尽兴地赏识戏剧，苏菲对于戏里的每一句话都相信是真的，我也同样相信是真的。回家的时候，路上我们也许在食品店里买点儿什么，再不就在鱼摊上买一个小小的龙虾，拿回家去，做一顿豪华的晚餐；一面吃着，一面聊天儿，谈我们所看到的种种。我说，考坡菲，我要是当了大法官，那我们就不能做这些事了，这你是知道的。”

“不管你当了什么，我的亲爱的特莱得，”我心里想，“你都要做些令人快活、叫人喜欢的事儿。”跟着我高声说，“我说，特莱得，我想你现在不画骷髅啦吧？”

“说真个的，”特莱得回答我说，一面又大笑，又红脸，“我的亲爱的考坡菲，我不能完全否认，说我没画过。因为，前几天，有一次，我坐在国王法席法庭里后面一排，手里拿着笔，我的脑子里，忽然想起一个念头来，说我得试试我过去会的那桩玩意儿，现在是不是还没忘。我恐怕我在书桌的牙子上，画了一个骷髅，还戴着假发。”

我们都痛快淋漓地哈哈大笑，笑完了，特莱得结束这段笑谈，又微微含笑看着炉火，用他那种宽厚恕人的态度说，“唉，老克里克呀！”

“我这儿收到那个老——流氓一封信，”我说，因为，冲着他揍特莱得那个劲儿，越是我看到特莱得那样随便地就宽恕了他，我就越不宽恕他。

“校长克里克来的信？”特莱得喊着说。“不会吧！”

“有些人，看到我越来越出名，越来越得意，叫我吸引得都朝着我来了，他们还发现，他们原来一直都对我挂心系怀。在这些人里面，毫不含糊就有克里克其人。他现在不当校长了，特莱得。他不干那一行了。他做了米得勒塞[1]的治安法官了。”

我本来认为，特莱得听到这个话，一定会觉得意想不到，但是他却一点也没有意想不到的表示。

“他怎么当上米得勒塞的治安法官的，你想得出来吗？”我说。

“哦呀！”特莱得说，“要回答这个问题可不容易。也许是他投了某一个人的票，或者借给了某一个人钱，或者买了某一个人的货物，再不然，就是他反正对什么人帮过忙，或者给什么人当过掮客，而那个什么人认识一个别的什么人，而那个别的什么人叫郡长提名任命了他吧。”

“不管怎样弄到的，反正他在任上，那是一点也不错的，”我说。

---

① 米得勒塞，英国一个郡，在伦敦西北，有的部分，和伦敦只一街之隔。

“他这儿给了我一封信，信上说，他们执行一种惟一真正能使囚徒遵守纪律的制度，他要是能把这种制度运用的情况指给我看一下，那他非常高兴。他们这种制度，是惟一不容置疑的办法，能使犯人真诚、永远悔过自新——一句话，他们这种办法不是别的，就是单人隔离囚禁①。你觉得怎么样？”

“对于这种制度觉得怎么样？”特莱得正颜厉色地问。

“不是对这种制度。对我接受他这番邀请，同时跟我一块走一趟，你觉得怎么样？”

“我不反对，”特莱得说。

“那么我回他信，就这样说啦。咱们先不必说，这个家伙对待咱们是什么样子；他怎样把他儿子都赶出门去了，怎样叫他太太和女儿过那样愁苦的生活，你还都记得吧？”

“完全记得，”特莱得说。

“然而，如果你把他的信看一下，你就会看到，他对于全部刑律重罪都犯全了②而判刑的囚徒，却又成了最温柔慈爱的人了，”我说；“但是，我可看不出来，他这个温柔慈爱，施于任何哪一类被造之物身上。”

特莱得把肩头一耸，一点也没觉得怪。我本来也想到他不会觉得怪；我自己就没觉得怪；我要是在实际人生中对于同样的讽刺看到的太少了，我才会觉得怪呢。我们把参观的时间安排好了，于是那天晚上我给克里克先生写了回信。

在我们约好了的那一天——我想就是第二天，不过那没有关系——特莱得和我，一块儿来到克里克先生大权在握的监狱。那是一座占地广大、结构坚固的建筑，花了好多的钱才盖起来的。我们快来到监狱大门前的时候，我不由得心里想，如果有任何人，以谐为庄、受到愚弄③，提

---

① 狄更斯最反对这种单人囚禁制度，详见他的《游美札记》第 7 章和第 3 章。

② 英国刑法，罪名只分两种：重罪与轻罪。凡不属轻罪即为重罪。

③ 慈善机关，实多惨酷，像狄更斯的《奥立弗 · 退斯特》里所写的孤儿院及《游美札记》第 3 章里写到的贫民委员会等等。但有的人，只听到慈善之名，便信以为真，此或此处“以谐为庄、受到愚弄”之意乎。

出建议，说要用这个监狱建筑费的一半，给青少年盖一个工业学校，或者给应得照顾的老人盖一所养老院，那这个国家里，要有什么样的叫嚷喧嚣啊。

在一个公事房里（这个公事房，很可以作巴别塔[①]的最下层，因为它盖得那样庞大坚固），有人给我们带领引见，来到我们的旧校长面前。只见那儿是一群人，有两三位属于治安法官之中喜欢多事那一类的，还有几位他们带来参观的人，克里克先生是这一群人里面的一个。他接待我的态度好像表示，我的心性就是他在过去的几年中培养起来的，我这个人就是他一直最温柔爱护的。我把特莱得引荐给他的时候，他表现了同样的态度，不过不像对我那样强烈，说他一直也是特莱得的向导、圣哲和朋友。我们这位尊严的老师比以前老得多了，而在仪容方面，并无所改善。他那副脸膛还是和从前一样地赤，那双眼睛还是和从前一样地小，而且未免更眍瞜了。原先他那潮乎乎的苍白头发，我以为是他的特别标志的，几乎完全掉光了，他那秃脑壳上很粗的青筋，一点也不比原先更顺眼。

这几位绅士互相交谈，我听了可以看出：世界之上，除了不论花多少钱，为犯人谋求最大的舒适而外，就没有任何其他应该视为重要的事情；除了监狱以内，在广阔的地球之上，再就没有任何事情可做；我听他们说完了这些话以后，我们就开始参观。那时恰好是正餐开饭的时候，所以我们先来到大厨房。在那儿，每个囚徒的正餐，一人一份，都像钟表的机器一样地规律，一样地准确，摆了出来（然后再送到每个囚徒的囚室里）。我避开众人，跟特莱得说，我纳闷儿，不知道是否有人感到过，囚徒们吃的这种量丰质美的食物，和水手、士兵、工人——这都是老老实实、勤苦工作的人之中的绝大部分——且不说乞丐，吃的正餐，中间那种惊人的差别。因为后面这些人五百个里面，也没有一个像有前面那种人吃得一半那么好。不过我听说，他们这儿有这种“制度”，必须吃得好。并且，我看到，只要有了这种“制度”，那么吃饭

---

① 见《旧约·创世记》第11章第4节以下。

方面的问题，一切方面的问题，如有任何怀疑，就都足以打破，如有任何不伦不类的怪现象，就都足以消灭；简而言之，这样一说，则对于这种制度，一下就解决了，再无可说了。所有的人，好像都认为，除了这种制度以外，决不会再有任何别的制度值得一顾。

我们从那些壮丽堂皇的过道里走过的时候，我问克里克先生和他的同僚，这种统辖一切、凌驾一切的制度，主要的优点是什么？我一听他们，我发现，它的主要优点就是：囚人完全和别的囚人隔绝——所有被囚禁的人，没有一个人知道其余任何别人的情况；还有，被囚禁的人，心神受到约束，导向健全的心境，因而生出真诚的懊悔与痛恨。

现在，我们开始到单人囚室里访问囚人，从这些囚室所在的过道里过，听到他们告诉我们囚徒到圣堂做礼拜以及其他等等；我从这些情况里只觉得，囚徒之间，非常有可能互相了解许多情况，他们中间，有一套相当完整的办法，互通声气。这种情况，我相信，在我写这一段书的时候，已经证明确属事实；但是，因为如果那时有人透露出这种怀疑来，那简直就是对于那种制度肆意亵渎；所以我就只好尽我所能，岌岌从事，以期看到懊悔痛恨。

但是即便在这一点上，我也不无疑虑。我看到，悔恨的方式，有其普遍的规格，就跟成衣铺橱窗里所挂出来的袄褂和背心，有其普遍的规格一样。我听到大量的忏悔，性质很少不同，即便忏悔所用的字句：也很少不同（这是使我认为极端可疑的）。我只看到许许多多狐狸，够不到葡萄园里的葡萄，就把整个的葡萄园都毁谤得不成样子，但是我却没看到，有多少狐狸，够得着一嘟噜葡萄的，可以信得过。不但如此，更有甚者；因为我还看到，最会坦白认罪的囚人，就是最引人入胜的对象，而他们那样自负、那样自大、那样城府深沉、那样喜爱欺诈（他们中间，有许多人，喜爱欺诈之甚，几乎令人难以置信，这是从他们的历史里可以看出来的），都使他们借坦白以取得发泄，而又借坦白以取得满足。

在我们往来于囚室之间的时候，我屡屡听到二十七号这个囚犯，他就是监狱里的宠儿，他看起来好像就是一个模范囚犯，因此我暂时停止了我对于坦白的批判，而等着先看一看这个囚犯，然后再说。二十八号，据我的了解，也是一颗辉煌朗照的特别明星；但是他的光辉却有些让二十七号那种特别辉煌的亮光给压下去了。我听到那么些关于二十七号的话，说他怎样对他身旁的每一个人都诚心诚意地劝诫警告，他怎样经常不断地给他母亲写孝思感人的信（他好像认为他母亲正处于极大的困境之中），因此我急不能待地想要一见其人。

不过我却还得耐心忍性、等候一歇。因为二十七号是要留到最后，作为大轴子演出的。不过后来我们到底来到他的囚室门外了；克里克先生从门上的小洞儿往里瞧了瞧，以最大的敬爱态度，对我们报告说，他在那儿读赞美诗集哪。

好多脑袋马上拥挤上来，都要看一看二十七号读赞美诗集，因此门上那个小洞儿都挤得严严地，纵深有六七层之多。为了要解决这种不便，同时要使我们有一个机会，和货真价实的二十七号谈一谈，克里克先生吩咐狱吏把囚室的门开开，把二十七号请到过道里来。门开开了，二十七号出来了，于是我和特莱得都大吃一惊，因为我们看到的这位改邪归正的二十七号，不是别人，正是乌利亚·希坡！

他一下就认出来是我们，同时，一面走，一面说（说的时候，身子还是像从前一样，直打拘挛）。

“你好哇，考坡菲先生？你好哇，特莱得先生？”

他这样跟我们一招呼，所有的人都表示敬爱羡慕。我有点觉到，每个人都认为，他不骄傲，而肯答理我们，感到惊异。

“呃，二十七号，”克里克先生带着惋惜的样子赞赏他，说，“你今天觉得怎么样啊？”

“我们很卑鄙哈贱，先生！”乌利亚·希坡说。

“你永远是卑鄙下贱的，二十七号，”克里克先生说。

说到这儿，另一位绅士，带着极端焦虑的样子，问，“你是不是非常地舒服哪？”

“是非常地舒服。我谢谢你啦，先生！”乌利亚·希坡往那方面瞧着，说，“在这儿，比一向在外面，舒服得多了。我看出来我都做了些

两个悔罪人

什么蠢事了，先生。我所以感到舒服的，就是因为我看出来了。”

有好几位绅士，听到这个话，深为感动，于是第三个发话的人，硬挤到前面，以满含感情的口气问，“你觉得那个牛肉怎么样？”

“谢谢你，先生，”乌利亚往这个发话的人那方面瞧着，说，“昨儿的牛肉，不大可心，因为老了点儿，不过忍苦受难是我的职分。我做过蠢事儿，诸位先生，”乌利亚带着驯服老实的微笑，往四围看了一转，说，“所以我应该毫无怨意，忍受后果。”

一阵嗡嗡之声发出，一部分是对二十七号这样天神一般的心情表示满意，一部分是对那个包伙食的商人表示愤慨，因为他惹得二十七号抱怨（这种抱怨，克里克先生马上就记在本子上）；嗡嗡之声平息了以后，只见二十七号站在我们的正中间，好像自以为他是一个应受夸奖赞美的博物馆里一件有价值的主要物件一样。为了要叫我这些刚刚入门的小徒弟一下就能更拨云雾而见青天，多开眼界，所以指示发出，把二十八号也放出来。

我已经吃惊很大了，因此，利提摩先生读着一本劝善书，走了出来的时候，我虽也惊讶，但事既如此，只有听之而已。

“二十八号，”一位戴眼镜的绅士说，这位绅士前次还没开过口，“上个星期，我的好朋友，你抱怨过，说蔻蔻不好，上星期以后，蔻蔻怎么样啊？”

“我谢谢你啦，先生，”利提摩先生说，“从上个星期以后，蔻蔻煮得好多了。你要是不嫌我大胆冒昧，先生，那我可得说，我认为，和蔻蔻一块儿煮的牛奶，可不太真着。但是我可知道，先生，在伦敦，牛奶掺假，太普遍了，又真又纯的牛奶，是不容易弄得到的。”

当时我看到，那位戴眼镜的绅士，好像支持二十八号，和克里克先生的二十七号对抗，因为他们两个，以亲手改造各自的人为己任。

“你的心情怎么样啊，二十八号，”戴眼镜的那位绅士问。

“我谢谢你啦，先生，”利提摩先生回答说。“我这会儿看出来我都做了些什么蠢事了，先生。我想到我过去那些伙伴犯的罪恶，非常于心不安，先生，不过我相信，他们是能得到宽恕的。”

“你自己很快活吧，是不是？”问话的人说，同时点头以示鼓励。

“我太感激你了，先生，”利提摩先生回答说，“完全快活。”

“但是，你心里到底有没有什么想要说的？”问话的人说，“要是有，尽管说好啦，二十八号。”

“先生，”利提摩先生只嘴里说，并没抬眼，“如果我的眼睛没看错了的话，我看到这儿有一位绅士，前些年就跟我认识，这位绅士要是知道一下，先生，我过去所以干了那么些蠢事儿，完全是因为在我伺候那班青年的时候，过的是一种无所顾虑、不用头脑的生活，完全是因为我叫他们引上了我自己没有力量能抵抗的歧途；这位绅士要是知道了我把我做的蠢事儿都归到这两方面，是于他有好处的。我希望这位绅士知道警惕，不要认为我鲁莽放肆，见我的怪。我这个话都是为的他好。我对于我自己过去做的蠢事儿深深地意识到。我希望，他对于他也有份儿的一切坏事和罪恶，知道后悔。”

我看到，有好几位绅士，听到这个话，都用手在眼上打眼罩儿，好像他们刚刚进教堂那样[①]。

“这个话可给你争光，二十八号，”问话的人说。“这也是我本来就想到，你要有这一手的。还有什么别的话没有？”

“先生，”利提摩先生说，说的时候，只把眉毛稍微一抬，但是却没抬眼睛，“从前有一个年轻的女人，堕落到放荡的路子上去了，我本来想把她拯救出来，先生，但是可没办到。我现在请这位绅士，如果他办得到的话，替我转告这个年轻的女人，就说，她对我做的坏事儿，我都宽恕了，还得告诉她，就说我号召她，叫她悔过——如果这位绅士肯帮忙，替我转告的话。”

“我深信不疑，二十八号，”问话的那个人说，“你说的这位绅士一定要对于你这样很得体地所说的话，深深感动——这也是我们大家都要深深感动的。好啦，你可以去啦。”

“我谢谢你啦，先生，”利提摩先生说。“诸位先生，我跟诸位道

---

① 教堂里面比外面暗。

日安啦，同时希望，你们自己和你们家里的人，都看出来你们的罪恶，而加以改正！”

二十八号说完了这番话，退入室内，未退之先，和乌利亚互相瞅了一眼，好像是说，他们两个通过某种传递消息的办法，并非一点也不认识。他的室门关上了以后，这群人中间，起了一阵嗡嗡之声，说二十八号是一个很体面的人，他这个案子是一个很有启发的突出案子。

“现在，二十七号，”克里克先生在场上就剩了他和他那个囚犯的时候说，“有没有任何事，有人可以替你做的？如果有，说出来好啦。”

“我得卑鄙哈贱地请求，先生，”乌利亚回答说，同时把他那装满了仇恨的脑袋一拘挛，“许我再给我妈写信。”

“那当然可以允许的，”克里克先生说。

“谢谢你啦，先生！我很替她担心。我害怕她不安全。”

有人不慎，问道，从哪方面来的不安全？但是别人却骇异地打着喳喳儿说，“嘘！”

“我说的是永生永世地安全，先生，”乌利亚朝着问话那个人那方面打了一个拘挛，说。“我愿意我妈也能达到我这种境界。我要是没到这儿来，我也不会达到我这种境界。我愿意妈也到这儿来。不论谁，要是叫人逮起来，送到这儿来，都有好处。”

这种情趣，让大家听了，非常感到满意——我认为，比那天所发生的任何事儿，都更令人满意。

“我还没到这儿来的时候，”乌利亚说，说的时候，偷偷地向我们身上溜了一眼，溜的神气里好像表示，他要把我们所属的那个外面世界，一概摧毁无余，如果他有那种力量的话；“我净干蠢事儿；现在我可看明白了我这些蠢事儿了。在外面的世界里，罪恶可多着啦。妈身上的罪恶也多着啦。世界上，除了这儿，再就没有一个地方不是充满了罪恶的。”

“你跟从前，大不一样了？”克里克先生说。

“哦哦，不错，先生！”这位前途有望的悔罪人说。

“如果你出去了，你不会有反复吧？”另一个人问。

“哎哟哟，不会，不会，先生！”

“呃！”克里克先生说，“很好，很好。你已经跟考坡菲先生打过招呼了，二十七号。你还有别的话要跟他说的没有？”

“你在我到这儿来、改了样儿以前很久就认识我了，考坡菲先生，”乌利亚看着我说；看的时候，那种坏样子，即便在乌利亚脸上我都从来没看见过。“当年虽然我干了一些蠢事儿，但是在骄傲的人中间，我可卑鄙哈贱，在粗暴的人中间，我可老实驯顺，那时候，你就认识我——你自己就对我粗暴过，考坡菲先生。你有一次，在我脸上打了一下，这是你知道的。”

大家都表示怜悯。还有几位，愤怒地冲着我瞧。

“不过我宽恕你了，考坡菲先生，”乌利亚说，同时拿他宽宏恕人这种天性作题目，和苛刻不敬、亵渎神圣的天性作对比，这我不必记下来。“我对每一个人都宽恕了。要是挟嫌怀恨，就不是我这样的人干的了。我坦率爽快地，不和你计较，我只希望，你以后把你的脾气好好地约束约束。我希望维先生悔过，维小姐也悔过，还有那一伙满身罪恶的人都悔过。你受到死了老婆的悲痛，我希望那会于你有好处；不过你顶好还是能到这儿来。维先生和维小姐也都顶好能到这儿来。我对你，考坡菲先生，最大的心愿，还有对所有你们诸位绅士最大的心愿，就是希望你们都叫人抓住，关到这儿来。我想到我过去干的那些蠢事儿和我现在的心境，我就敢保那是于你们都有好处的。你们这些没到这儿来的，我都怜悯。”

他在大家异口同音大加赞赏声中，溜溜湫湫地回了自己的囚室。而我和特莱得，就在他的囚室上锁之后，觉得大为松快。

我很想问一问，这两个家伙到底干了些什么，才关到这儿来的，我这种想问一问，是参观这番悔罪的行动里极突出的一种情况。而对这个问题，好像他们都讳莫如深。我看到那两个狱吏，觉得他们脸上隐隐约约地露出一些马迹蛛丝，表示他们对于这种煞有介事的乱腾，非常明白到底有什么意义。所以我就把我的问题向他们之中的一位提出。

“你知道，”我们沿着过道走去的时候，我说，“二十七号最后一次干的‘蠢事儿’，是什么罪行？”

回答是，一个银行案件。

“是向英伦银行诈欺取财吗？”我问。

“不错，先生，诈欺取财，伪造文件，合谋作案。他还有几个别的人。他支使那几个别的人去干活计。那是一个计划周密、要弄一大笔钱的案子。判的刑是终身流放。二十七号是那一伙子里最奸猾精细的家伙，他差一点就逃脱开了；不过没完全逃脱开。银行差一点儿就没能抓住他的辫子——只差一点儿。”

“你知道二十八号犯的是什么罪？”

“二十八号，”透露消息给我的那个人说，说的时候，从头到尾，都是低声细语的，同时在我们顺着过道走的时候还往后面看着，害怕叫克里克先生和其他的人听见，因为他对那两位清白纯粹的宝贝儿，说那样无法无天的话；“二十八号（也判了终身流放）找到了个当听差的地方，硬从他的少主人手里，连东西带钱，抢走了大约有二百五十镑之数，那时是他们要往外国去的头天夜里。我对于他这个案子记得特别清楚，因为把他抓起来的，是一个小矮子。”

“一个什么？”

“一个小矮妇人。我忘了她叫什么啦。”

“不是叫冒齐吧？”

“是，正是！二十八号这个家伙避开人的耳目，用淡黄色的假发和连鬓胡子，还有全套的化妆玩意儿，你一辈子从来都没见过的，化妆起来，要逃往美国去，在扫色屯[①]街上走的时候，叫那个小矮子妇人碰见了，她那双非常尖的眼睛一下就认了出来是他——钻到他的腿裆里，把他顶翻了——像狰狞的死神一样，抓住他不放。”

“真是了不起的冒齐小姐！”我喊道。

“你要是看到，在审判的时候，她都怎样站在证人席一把椅子上

---

① 英国一海口，为英国开往美国去的船最常停泊之所。

（我在那儿看见来着），你就得这样说，”我这位朋友说。“她抓住了他的时候，他把她的脸都开了，往死里狠梆她，但是她可老没撒手，抓住了他，一直抓到把他关起来的时候。实在的情况是：她把他抓得紧极了，法警没有办法，只好把他们两个一块儿逮起来。她作证的时候，精神抖擞极了，法官大为称赞；回家的时候，欢呼的人一路不断。她在法庭里说，即便那个家伙跟参孙[1]一样勇，她也要单人独马把他擒拿（因为她知道他做的坏事儿）。我也相信，那她办得到！”

我也相信，她办得到，我为这个，对冒齐小姐致以最崇高的敬意。

我们现在已经看到了一切要看的情况了。要是对克里克先生这位大人说，二十七号和二十八号，都始终一贯、毫无改变，说，他们那时候是什么样子，他们一直就是什么样子，说，那两个虚伪欺骗的混蛋，正是在那种地方上，会搞那一套悔罪把戏的家伙，说，他们跟我们一样地知道，这种悔罪，有什么市场价值，能在他们流放出国的时候，对他们直接有利；一句话，要是说，这档子事，腐朽糟烂，矫饰欺世，痛苦地发人深省，我要是对克里克大人这样说，一定是白说了。所以我们离开他们，让他们搞那一套制度吧，我们回到家里，自己纳闷儿吧。

“好者为乐，什么人玩什么鸟儿；不过如果这个鸟儿是个有病的鸟儿，那狠狠地玩它，也许得算好事，因为那样，那个鸟死得就快了。是不是，特莱得？”

“我希望是，”特莱得回答我说。

第六十二章
指路明灯

时光流转，圣诞节又已来到，我回国也两月还多。我常见爱格妮。不管一般人鼓励我的声音有多响亮，不管他们的声音在我心里所唤起的

---

①参孙，古犹太人的大力士，事迹见《旧约 · 士师记》第 13 ~ 16 章。

激动和奋勉有多强烈，我只要听到了她的赞扬，即便最轻极微，那任何别的声音，就一概不能比得。

我每星期至少一次，有时还不止一次，骑马去到她那儿，过一晚上。我经常在夜里骑马回来，因为旧日那种不快的感觉，永远萦回在我的心头——而在我离开她的时候，这种感觉，最使我愁闷不快——所以我宁愿腾身而起，纵身而出，而不愿在辗转反侧的不寐中，或者凄苦愁烦的睡梦里，把往事重温。有很多夜晚，遇到我心思狂乱、情绪凄苦，我就把夜里绝大部分的时间，都在马上消磨掉；那时候，我一边走，一边把我长期在国外那时候盘踞心头的种种思想，又翻腾出来。

如果换一种说法，说我听那种种思想的回声，那我也许更能表达真实情况。因为这种种思想，是从遥远的地方向我传来的。我本来已经把这种思想置于千里之外，而对我那无法改变的地位俯首听命了。我给爱格妮念我所写的东西，我看到她满脸都是专心细听的神气；我把她感动得时而微笑，时而流泪；我听到她对我生活其中的想象世界里虚无缥缈的事件，以诚恳的态度那样真挚地表示意见：那时候我就想，我的命运本来可能是什么样子——但是那只不过是想想而已，就像我和朵萝结婚以后，曾经想我希望我太太成为什么样子一样。

既然爱格妮用以爱我的爱，我如果加以骚扰，那就是我最自私自利、最卑鄙可耻地把它蹂践糟蹋，而且永远不能使它恢复原样，因此我非对她尽我的职分不可；同时，既然我这个人的命运，是我自己一手造成的，我所赢得的，只是我急躁轻率地情之所钟的对象，那除了自作自受，又能怨谁，因此我非对这一点有确切的认识不可：而我这种职分和这种考虑成熟的认识之中，包括了我感觉到的一切，我体验到的一切。但是我却又爱她；我现在，模模糊糊地想到，而且想到的时候，觉得可以是一种安慰：说，在遥远的将来，会有一天，我能直言不讳地承认我爱她而不受丝毫责备；会有一天，这一切都成为过去；会有一天，我可以说，“爱格妮，我回来的时候，就是这个样子，如今我老了，而我从那时候以后，就再没有过恋爱！”

她那方面呢，从来连一次都没对我露过，说她有任何改变。她对我向来一直是什么样，现在仍然是什么样，完全没有更改。

关于我和爱格妮的关系，从我回来那一夜以来，在我姨婆和我之间，有了一种情况，我不能把它说成是一种拘束，或者说成是对于这个问题的一种回避。但是我却可以说是一种默契，说我们两人，共同想到这个问题，而却都没把我们想的，用语言表达出来。我们晚间，按照老习惯坐在炉前，那时候，我们常常沉入这样的思绪之中，那样自然而然，那样彼此会心，好像我们毫无保留地明白说出来了一样。但是我们却保持了一直没打破的沉默。我相信，她那天夜里已经了解到、或者一部分了解到我的思想；而且很明显地她完全明白，我所以不把我的思想更进一步表示出来，是为了什么。

圣诞节既已来到，而爱格妮并没把新的体己话对我推心置腹地透露，因此有好几次，我心里发生了一种疑问——是不是她已经看了出来我心里真正的心事，而担心我听了会感痛苦，所以才克制自己，不往外说呢——这个疑问开始沉重地压在我的心头。如果我所疑心的果真不错，那么我所作的牺牲就等于白作了；我对她最起码的义务就没能尽到；我所避而不为的行动，就每一点钟都在进行。我决定把这个疑问解开，使之化除——假使我们两个之间，有那样隔阂存在，我要立即坚决动手把它扫除。

那是严冬寒冽的一天——那一天，我多么应该永远记住了啊——几小时前刚下过雪，虽然不深，却在地上冻得帮硬。在我窗户外面远处的海上，劲厉的风从北方吹来。我过去曾想到那种劲风，在瑞士荒凉寂寥的山上，横掠积雪，那里都是人类的足迹到不了的地方。我曾琢磨过，那些渺无人迹的地方和一片浩渺弥漫的大海，究竟哪一种更荒寒寂寥。

“你今天还骑马出门儿吗，特洛？”我姨婆在门口把头伸进来问。

“不错，”我说，“我要到坎特伯雷去走一趟。今儿的天气正好骑马。”

“但愿你的马也这么想，”我姨婆说，“不过这阵儿，它正耷拉着脑袋和耳朵，站在门外，好像认为，在马棚里待着更舒服哪。”

我得说一下，我姨婆允许我的马在禁地上走，但是对于驴，可毫不通融放松。

“它一会儿就精神勃勃的了！”我说。

“不管怎么说，反正骑马出去一趟，会对它的主人有好处的，”我姨婆说，同时看了看我桌子上那些稿子。“啊，孩子，你在这儿写了好长的时间了！我平常看书的时候，从来没想到，写书得费这么大的劲。”

“有的时候，看书也挺费劲的啊，”我回答说。“至于写书，那也自有许多引人入胜的地方，姨婆。”

“啊，我明白！”我姨婆说。“满足自己的雄心壮志，这是一乐，听到别人的赞扬、同情，这也是一乐；还有这个那个的，是不是？好啦，你去吧！”

“关于爱格妮的意中人，”我不露声色地站在她面前说——她拍了我的肩膀以后，已经在我的椅子上坐下了——“你还知道不知道有什么别的情况？”

她回答我之前，先抬起头来，往我脸上瞧了一会儿：

“我认为我知道，特洛。”

“你的印象是有根据的吗？”我问道。

“我认为有根据，特洛。”

她在疼我的心情中，露出疑惑、怜惜、或者说焦灼不定的神情来，往我脸上一直地瞧，因此我把更坚定的决心都表现出来，用十二分高兴的样子看着她。

“而且还不仅止于此就完了，特洛——”我姨婆说。

“啊！”

“我认为爱格妮快要结婚了。”

“上帝加福给她！”我高高兴兴地说。

“上帝加福给她！”我姨婆说，“也加福给她丈夫！”

我也同声附和了一句，随后和我姨婆分手，脚步轻快地下了楼，扳鞍上马，疾驰而去。我现在比以前，更有理由，把我决定要做的事付诸实行了。

那一次严冬驰马，我记得多清楚啊！凛冽的冰凌叫风从草叶上扫起来，从我脸上拂过；马蹄磕在地上，嘚嘚地奏出清脆的声音；已经耕过的地冻得硬邦邦的；生石灰坑里的雪堆在微风吹过的时候，轻轻打旋；拉着干草车的牲口，鼻里喷着气，停在山顶上喘息，抖得身上的铃铛叮当作响；盖着白雪的丘陵，坡斜脊圆，迤逦绵延，界着阴沉的天空，好像是画在一块硕大无朋的石板上一样！

我看到，爱格妮一个人待在那儿，那些小姑娘那时候都回自己的家去了，所以她在炉旁独坐看书。她看见我进来了，把书放下，像往常一样跟我打了招呼，跟着拿起针线笸箩，在一个老式窗户里面落座。

我在窗下座位上她旁边坐下，我们就谈起我正做着什么事儿，这个事儿什么时候可以做完，我上次来访以来，我又取得多少进展。爱格妮非常高兴，她笑着谈到将来，说我很快就会声名太大，这类话题都不值得再和我谈论了。

“所以，你可以看出来，为什么我才尽量利用现在的时间，”爱格妮说，“趁着还能办得到的时候，跟你谈一谈。”

我瞧着她那美丽的面庞儿，正专注在活儿上，那时候，她把她那温柔、明朗的双目抬起来，发现我正在那儿瞧她。

“你今天像有心事的样子，特洛！”

“爱格妮，我告诉告诉你我有什么心事，好吧？我本来就是要告诉你我的心事才到这儿来的。”

她像往常我们商量正经事情的时候那样，把手里的活儿放在一边，全神贯注地对着我。

“我的亲爱的爱格妮，我对你是真诚相待的，你对于这一点怀疑不？”

“不怀疑！”她好像吃了一惊的样子回答我说。

“我回来的时候，好歹总算把我欠你什么样的感激之债，最亲爱的爱格妮，告诉了你了，把我对你怀着多么强烈的热情，也告诉了你了，你还记得吧？”

“记得，”她温柔地说，“记得非常清楚。”

“你有一桩秘密，”我说，“是否我可得与闻哪，爱格妮？”她眼光下垂，全身发抖。

“我听说——不过是从别人嘴里，而不是从你嘴里听说的，这看起来好像奇怪——我听说，你已经把你那金玉一般的爱情钟于什么人了；这话即便我没听人说，我也几乎不会不知道的！这样一件跟你的幸福密切相关的事，你不要对我隐瞒吧！假如你真像你说的那样，也真像我所知道你可以的那样，一心相信我，那么，在所有的事情之中，对于这件事情，你最应该让我做你的朋友，做你的弟兄！”

她带着一种恳求的眼光，几乎是责备的眼光，从窗前站起来，仿佛不知身在何处的样子，忙忙穿过屋子，把两只手捂在脸上，一下痛哭起来，哭得使我难过得心为之疼。

然而这一哭，却在我心里唤起一种情况，使希望油然而生。我也不清楚究竟是怎么回事，反正这副眼泪使我联想到盘踞在我的脑子里那种安详而惨然的微笑，使我激动的，不是惊怕，也不是忧虑，而是希望。

“爱格妮！妹妹！最亲爱的！我冲撞了你啦吗？”

“你让我去吧，特洛。我不大舒服，我有些心神失常了。我过一会儿再跟你说好啦——下一次再跟你说好啦，我给你写信好啦。现在可别跟我说。现在可别说！别说！”

我竭力回忆，我以前一个晚上，跟她谈话的时候，她怎样说她的爱是不要回报的。看来那好像是：整个世界，上天下地，我必须在一瞬之间就搜寻遍。

“爱格妮，我眼看着你这样情况，而且知道是我把你弄到这样情况，实在受不了。我的最亲爱的女孩子，比我的生命中任何别的什么都更亲爱的，假如你不快活，那就让我分担你这种不快活吧。假如你需要有人帮助或者出主意，那就让我来给你帮助，给你出主意吧。假如你确实有负担压在心头，那就让我来想法减轻你的负担吧。要是我现在不是为你才活着的，那我还能为谁活着呢？”

“哦，放我去吧！我有些心神失常了！下一次再说吧！”我当时所能辨别出来的就是这几句话。

究竟是我出于自私自利、不顾轻重，才不假思索贸然而为呢？还是，我一下觉到有一线希望，因而看到一条明路，一向不敢设想的，在面前展开了呢？

“我还有话，一定得说一说。我不能让你这样就离开了！爱格妮，咱们俩既然经过了这么些年，在这些年里经过了这么些起伏悲欢了，那看在老天的分上，就彼此不要再有误会了！我一定得明明白白地都说一说。假如你有任何残存未去的想法，认为我会嫉妒你加给别人的幸福，认为我不能把你托给你亲自选择、更为亲爱的保护者，认为我不能站在远处，看着你的快乐感到满足，那就请你把这种想法打消了吧，因为这种想法，是我不配的！我的苦难并没完全白受。你的教导，并没完全白费。我对你的感情里，并没掺杂任何自私的成分。”

她现在镇静下来了。过了不大的一会儿，她把苍白的脸转向我，用低低的声音，虽然断断续续，但却清清楚楚，对我说：

“凭了你对我这份纯洁的友谊，特洛——我对你这份友谊确实毫不怀疑——我就得告诉你，说你误会了。我不能再说别的了。假如我在过去这些年里，有的时候需要有人帮助、有人出主意，这种帮助和主意我都得到了。假如我有的时候感到不快活，这种感觉已经都过去了。假如我曾有过负担压在心头，这种负担也已经减轻了。假如我有什么秘密，那并——不是现在才有的，而且也——不是你所猜测的那种，这个秘密是我不能泄露的，也是别人不能与闻的。这个秘密长久以来就存在我一个人心里，而且应该继续留在我一个人心里。”

“爱格妮！别走！就要你等一下！”

她正想走开，可是我把她拦住了。我用胳膊搂着她的腰。“在过去这些年里！”“那并不是现在才有的！”新的想法和新的希望在我的脑子里沸腾涡旋，我的生命里所有的颜色全起了变化。

“最亲爱的爱格妮！我最敬重、最尊崇的——我最衷心疼爱的！今天我到这儿来的时候，我本来想，不论什么都不能从我心里把这样一番自白掏出来。我本来想，我能把这番自白，在咱们这一辈子里，都藏在心里，不说出来，一直到咱们老了的时候。但是，爱格妮，假如我真有任何新生的希望，让我有那么一天，能用比妹妹更亲密——的称呼叫你，跟妹妹截然不同的！——”

她的眼泪簌簌下落，但却跟她刚才流的那种眼泪不一样；我在这副眼泪里，看到我的希望光明起来。

“爱格妮！你一直就是给我领路、给我支持的！假如在咱们幼年一块长起来了的时候，你把心多用在你自己身上一些，而少用在我身上一些，那我那种放纵任意的爱好，就无论如何也不会舍你而他求。但是你可那样比我高出百倍，那样在我童年的希望和失意中成了我离不开的人，因此凡事都跟你推心置腹、凡事都向你依赖倚靠，成了我的第二天性，在一段时期里，取得了我更重要的第一天性——像我现在这样爱你的天性——而代之！”

她仍旧哭泣，但并不是悲伤——而是欢乐！同时仍旧抱在我怀里，但是不是从前那样，而是从来没有过的那样——而是我原先认为永远不会有的那样。

“我爱朵萝的时候——像你知道的，爱格妮，那样如痴如醉地爱她的时候——”

“正是！”她恳切地喊道。“这是我知道了非常高兴的！”

“我爱她的时候——即便那时候，假如没有你的同情，我的爱也是不圆满的。我得到了你的同情，我的爱也就得到了圆满。后来我丧失了她的时候，爱格妮，我要是没有你，我会成什么样子呢！”

她更紧地偎在我的怀里，更近地贴在我的心上，她那颤抖的手放在我的肩头，她那温柔恬静的眼睛含着晶莹的泪珠看着我！

“亲爱的爱格妮，我离开祖国的时候，爱你，我留在国外的时候，爱你，我回到国内的时候，爱你！”

跟着，我尽力把我做过的挣扎，把我得出的结论，都告诉了她。我尽力把我的赤心，老老实实、完完全全，在她面前，披肝沥胆，掬诚相示。我尽力向她表明，我怎样曾经希望，对自己、对她，都有更进一步的了解；怎样根据了解得出结论，听命于这种结论，又怎么即便在那一天，也都是对这一决定忠守不渝，来到那儿的。如果她对我的爱(我说)，是能让我给她做丈夫的那一种，那她就可以那样做，但我并不是说，因为我本身理所应该，而只是因为我忠诚地爱她，因为我对她的爱经过忧患才成熟到现在这样，又因为成熟到现在这样，我才把它公开表明。哦，爱格妮啊，就在那同一时间里，我那孩子气的太太在天之灵，从你那忠诚的眼睛里，向我看着，表示嘉许；而且通过你，赢得我最温柔的回忆，使我想起那朵小花朵儿，在华年就凋谢了。

“我这个人快乐无比，特洛——我这颗心感情洋溢——不过，我还有一件事，非得说一说不可。”

“最亲爱的，什么事哪？”

她把温软的双手放在我的肩头，安静地看着我的脸。

“这会儿你猜一猜是什么事吧。”

“我就是不敢猜是什么事。告诉我吧，亲爱的。”

“我这一辈子一直地就没有不爱你的时候！”

嗽，我们真快活，我们真快活！我们流泪，但不是因为我们受过种种磨难(她所受的比我的更大得多)才到了现在这一步，而悲不自胜，而是因为，有了现在这一步，再也不会分离，而喜极生悲!

在那个冬天晚上，我们一起在田野里散步；冰冷的空气似乎也在分享我们那幸福的宁静。在我们流连徜徉的时候，早出的星星开始在天空闪烁，我们抬头看着星星，心里感谢上帝，把我们引导到这样的宁静之中。

夜间，在月亮的清辉之下，我们一起站在那个老式窗户里面，爱格妮静静地抬头看着月亮，我就随着她的目光看去；于是，我心里就出现了一个衣服褴褛、足茧踵决的男孩，没人管，没人理，在漫漫长途上艰苦跋涉，就是这个孩子，却会有今天，把紧贴着我的心跳动的那颗心叫做是他自己的。

第二天差不多要用正餐的时候，我们在我姨婆面前出现。坡勾提说，她在楼上我的书房里，她现在给我把书房收拾得井然有序，成了她得意的事了。我们看到我姨婆，戴着眼镜，坐在壁炉旁边。

“哟！”我姨婆在暮色苍茫中，使劲用眼瞧着说，“你带回家来的这位是谁呀？”

“爱格妮呀，”我说。

因为我和爱格妮约好了，先什么也不说，所以我姨婆觉得很有些不得劲儿。我说“爱格妮呀”的时候，她带着有希望的样子向我瞧了一眼，但是看到我还是跟平常一样，她怅然若失地把眼镜摘了下来，用它在鼻子上蹭。

虽然如此，她还是热诚地招呼爱格妮；随后我们就在楼下点上蜡烛的客厅里吃起正餐来。我姨婆把眼镜戴上了有两三次，为的是再看我一下，但是每次都是又把它摘了下来，垂头丧气地，用眼镜蹭鼻子，让狄克先生看了，极为慌乱不安，因为他知道这不是好兆头。

“我说，姨婆，”吃完饭以后我说，“我已经把你告诉我的事对爱格妮谈过了。”

“那样的话，特洛，”我姨婆满脸紫涨起来，说，“你可就不对了，你怎么说话不当话啊！”

“我相信你不是发火了吧，姨婆？我可以肯定地说，你要是听到，爱格妮并没因为意中人的事不快活，你就决不会发火了。”

“岂有此理！”我姨婆说。

我看到姨婆颇为生气，我就想到，最好的办法就是干脆给她消气。我搂着爱格妮，走到我姨婆的椅子背后，我们两个都俯身靠在她上面。我姨婆两手一拍，从眼镜里看了一眼，立即发起歇斯底里来，我平生见到她发歇斯底里，这还是头一次，而且是仅有的一次。

这阵歇斯底里一发作，把坡勾提叫上来了。我姨婆刚一缓和过来，就扑到坡勾提身上，管她叫蠢笨的老东西，用尽了全力抱坡勾提。抱完了坡勾提，又抱狄克先生(这一抱，他觉得无上荣幸，但是也大为惊讶)；抱完了狄克先生，才告诉他们这是为什么。随后，我们大家都共同感到非常快活。

我姨婆在上次和我作那番短短谈话中是存心为我好而故弄玄虚呢，

还是当真误解了我的心情呢，这是我弄不清楚的。不过她说，反正她告诉了我爱格妮要结婚了，而且我现在比谁都知道得更清楚，那是多么千真万确；那也就够了。

我们没过两个星期就结了婚了。特莱得和苏菲，斯特朗博士和斯特朗太太，是参加我们这个雅静婚礼的仅有客人。我们在他们喜气洋溢中和他们告别，然后一块儿驱车而去。我双手紧紧搂在怀里的，是我一生中一切雄心壮志的源泉，是我这个人的中枢，是我这个生命的中心，是我可以呼之为嫡嫡亲亲的人，是我的太太，是我对她把爱建立在磐石之上的亲人！

“最亲爱的丈夫！”爱格妮说。“现在既是我能用这个称呼叫你了，我就还得告诉你一件事。”

“什么事儿哪，说给我听听吧，我爱。”

“这是在朵萝临终那天夜里发生的。她让你叫我来着。”

“不错。”

“她告诉我，她给我留下一件什么。你能猜出来是什么吗？”

我相信我能。我把爱了我那么长时间的太太搂得更紧地靠在我身旁。

“她告诉我，她向我提出最后一个请求，她托付给我最后一件事。”

“那就是——”

“那就是，只有我能补这个空了的位置。”

于是爱格妮把头放在我的怀里，哭泣起来；我这时也陪着她哭泣，不过我们是那样地快活。

第六十三章
万里故人来

我打算写的东西，已经近于尾声了；但是在我的记忆里，还有一样事，虽然不太大，却明显突出，使我常常想起而感到快乐；这件事要是略过不写，那我织就的这张网，就得有一根线头没收好了。

我在名利两方，都更有增进，我的室家之乐，十二分美满。我结婚已经有十个幸福的年头了。有一次春天晚上，我和爱格妮正坐在我们伦敦家里的炉旁，我们的孩子有三个，也正在屋里玩耍，这时候，仆人来通报，说有个生客求见。

仆人曾问过这个生客，他是不是有事而来，他说没有事，就是要来看看我、叙叙旧，他是从远路来的。我的仆人说，他是个老头儿，看着像个庄稼人。

这一番话，让孩子们听起来，很神秘的，并且，很像爱格妮常跟他们说的一个大家爱听的故事一开头那样，说怎样来了一个年老的恶仙女，身穿斗篷，谁她都恨；因为这样，在孩子们中间发生了一阵骚动。我们的男孩子里，有一个把他的脑袋趴在他妈的膝上，以图安全，小爱格妮(我们最大的孩子)就把布娃娃撂在椅子上，作她的代表，她自己跑到窗帘子后面，把一头金黄鬈发从窗帘子中间的缝儿里伸出来，等待下文。

“让他到这儿来好啦！”我说。

于是一会儿就来了一个身子硬朗、头发花白的老人，走到昏暗的门口那儿停了一下。小爱格妮看到他这副样子，觉得好玩儿，马上就从窗帘子后面跑了出来，去领他进来；但是还没等到我看清楚了那个人的面目，我太太就一下站起来，又高兴又激动地对我喊道，原来是坡勾提先生！

果然不错，是坡勾提先生。他现在是个老人了，但是他这个老人，却满面红光，满身劲头，强壮坚实。我们刚一见面那种激动过去了以后，他在炉前坐下，膝上是孩子们趴着，脸上是火光照着，那时候他在我眼里，那样精力充沛，那样体魄健全，还外带着那样面目齐整，在我见过的老人里面，很少像他那样的。

“卫少爷，”他说。他用旧日的声音和旧日的称呼叫我，使我听起来，觉得那么顺耳！“卫少爷，我又见到你，见到你跟你这位贤惠的太

烟波万里客到门

太一块儿，真是我的喜庆日子！”

“一点不错是喜庆日子，我的老朋友！”我喊着说。

“还有这儿这些招人爱的小乖乖，”坡勾提先生说。“瞧，跟一把子鲜花儿似的！我说，卫少爷，我头一回看见你的时候，你也就跟这儿个小乖乖里面顶小的这个一般高！那时候爱弥丽也不见得更高，我们那个可怜的小伙儿也还只是个小伙儿！”

“从那个时候以后，时光给我带来的变化，可就比给你带来的大得多了，”我说。“不过，先叫这几个亲爱的小淘气儿睡觉去好啦；既然除了这儿，全英国不论哪所房子，都不能安得下你去，那你告诉我，你的行李放在哪儿好啦(我纳闷儿，不知道那个黑提包，跟着他走了那么远的路，是不是还在他的行李中间)，我好打发人去取，然后再来一杯亚摩斯掺水烈酒，咱们就把这十年的消息，供咱们把酒的谈助好啦！”

“就你一个人来了吗？”爱格妮问。

“不错，太太，”他说，一面吻她的手，“就我一个人。”

我们不知道怎样才能把我们欢迎他这份意思都表示出来，我们就把他安插在我们中间坐着。我开始听到旧日我听惯了的语音儿，我就觉得，他那是仍旧长途跋涉，寻找他心疼的那个外甥女儿呢。

“从那儿到这儿，”坡勾提先生说，“得走老远老远的水路；还是只能待四个礼拜左右的工夫。不过，水(特别是咸卤卤的水)对我可习惯成自然了；再说，朋友顶亲爱，再远也得来——我这儿还合上辙儿啦哪，”坡勾提先生说，没想到自己的话会押起韵来，“其实我根本一点也没管合辙不合辙。”

“这么远，好几千英里，好容易来了，可这么快就回去？”爱格妮问。

“不错，太太，”他回答说。“我临走的时候，应许了爱弥丽，说四个礼拜就回去。一年一年，年来年去的，我不会越长越年轻啊，这是你看得出来的；我要是不趁着这阵儿来，那我大概齐这辈子就不用打算还来啦。我心里老想，别等到我太老了，就一定得来看看卫少爷，看看甜净、鲜亮的你，看看你们结婚成家过的和美日子。”

他一直地瞧着我们俩，好像我们面色可“餐”，他就没有餍足的时候似的。爱格妮笑着把他那儿绺披散开来的斑白头发，给他撩在后面，好让他瞧我们瞧得更方便。

“现在，”我说，“请你把你们所有的情况，都告诉告诉我们吧。”

“我们的情况，卫少爷，”他回答说，“用不了多大一会儿就都说完了。我们只要一混，就不管怎么，没有混得不好的。一直混得挺好。我们该怎么干活儿就怎么干活儿，我们刚一开头的时候，也许艰苦一些，但是我们可一直地混得挺好。我们又养羊、又养牛，又干这个、又干那个，我们的日子过得要多不错就多不错。老天好像老在我们身上降福似地，”他说到这儿，恭恭敬敬地把头低下，“我们一直没有别的，净是兴旺事儿。我这是说，从长远里看，净是兴旺事儿。要是昨儿还不兴旺，那今儿准兴旺。今儿还不兴旺，明儿准兴旺。”

“爱弥丽哪？”我和爱格妮两个不约而同一齐地问。

“爱弥丽，”他说，“你跟她分手以后，太太——我们在‘林子’里安下了家的时候，我天天夜里，听到她隔着帆布幔子祈祷，就没有一次没听到你的名字的——那天太阳往西去了的时候，你跟她分了手以后，我和她都看不见卫少爷了，一开头儿，她的精神非常萎靡，亏了你——卫少爷，那样细心体贴，把那件事对我们瞒下了，要不，她那时就知道了，那我只觉得，她非熬煎坏了不可。但是船上可有的人，可怜，得了病，她就去看护他们；我们中间，还有小孩儿，她就去照顾他们；这样她就整天价忙叨，整天价做好事儿，这对她可真有好处啊。”

“她是什么时候才头一回听到那个话的哪？”我问。

“我听到了那个话以后，还是瞒着她，没对她说，”坡勾提先生说，“大概瞒了差不多有一年的工夫。我们那时候正住在没有人家的地方；但是可有的是树，都长得再没有那么直溜、秀气的了，还有玫瑰花，把我们的墙都爬满了，一直爬到房顶上。有一天，我下地干活儿去啦，来了一个过路的人，他是从我们的家乡诺福克，再不就是萨福克去的（我记不清楚到底是哪儿了）。我们当然把他让到家里，给他吃的喝的，对他表示欢迎。我们在那块殖民地上，就是这个风俗。他带了一份旧报，还有别的印出来的东西，讲到那场风浪。她看了那份报和别的什么，才知道了的。我晚上回到家里的时候，就看出来她知道了那件事了。”

他说到这几句的时候，把声音放低了，他脸上旧日那种庄严的神气，我记得那样清楚的，又布满了他整个的脸。

“这个消息叫她发生了大变化吗？”我们问。

“得说过了好久好久，都一直发生了大变化，”他说，一面摇头。“尽管得说这阵儿好一些了。不过，我认为，那儿那样看不见个人儿，对她很有好处。再说，她有好多活儿，像养鸡养鸭子什么的，都要她专上心去干，她也就专上心去干了，这样才算熬过来了。我不知道，”他满腹心事地说，“这会儿你要是看到了爱弥丽，卫少爷，还能不能认识她！”

“她的样儿变得那么厉害吗？”我问。

“我也说不上来。我天天跟她在一块儿，所以看不出来；不过，有的时候，我觉得她的样儿大大地改变了。细细的身子，”坡勾提先生说，一面往火上看，“多少有点儿怯弱的样子；碧蓝蓝的眼睛，又柔和、又愁戚戚的；眉眼儿挺清秀的；一颗小圆脑袋，轻轻往前探着；说话安安静静的，举动也安安静静的，还几乎老羞羞答答的。这就是爱弥丽。”

他坐在那儿，我们默不作声地瞧着他，他就仍旧瞧着炉火。

“有的人只当是，”他说，“她把情意错用了；另有的人就认为，她本来是结了婚的，男的死了，才落了单儿；没有人知道到底是怎么回事。她本来有好多的好机会，可以结婚，但是，她可对我说，‘舅舅，这种事算是永远跟我断了缘了。’她跟我在一块儿的时候，老高高兴兴的，有别的人在跟前儿，就不声不响；为教一个小孩，再不为看护一个病人，再不为帮助一个年轻的女孩子准备结婚，不论多远，她都没有不去的；她帮过许多女孩子准备结婚，但是可一次婚礼都没参加过；对她这个舅舅，真心疼爱；有的是耐性；不论年老的、年少的，没有不喜欢她的；不论谁，凡是有什么麻烦困难的，没有不找她帮忙的。这就是爱弥丽！”

他用手往他脸上从上到下一摸，要叹气却又忍住了，从火上抬起头来。

“玛莎还跟你在一块儿吗？”我问。

“玛莎，”他答道，“结了婚啦，卫少爷，到那儿第二年就结了婚啦。一个青年，原来在庄稼地里干活的，坐着他东家的大笨车往市上去，路上从我们那儿过——走那一趟，来回有五百英里还多——跟她求婚，说要讨她做老婆（老婆在我们那个地方是很缺的），而后两个人再在‘林子’里自己安家过日子。她先叫我把她的真实情况都告诉那个青年一下。我替她告诉了。他们就结了婚了。他们住的地方，除了他们自己说话的声音和鸟儿叫的声音，四百英里地以内，再就听不到别的声音了。”

“格米治太太哪？”我试着问。

这是一个很逗乐儿的话题，因为坡勾提先生一听我问起她来，马上就轰然哈哈大笑起来，同时用手上上下下地直搓他那两条腿；他原先在那个早就让风刮倒吹散了的船屋里住的时候，每逢遇到有什么开心的事儿，就老这样搓他的腿。

“你听了我这个话，恐怕要不相信！”他说。“你不知道，原来也有人跟她求婚来着！当真有个先在船上当过厨子的人，后来也来到澳大利亚做了移民，跟格米治太太求婚来着，说要娶她；要是没有这么回事，那我就是个大什么——你叫我把话说得更清楚了，可办不到了！”

我从来没看见爱格妮那样笑过。坡勾提先生一下这样狂喜起来，她看着好玩极了，因此她笑起来就没个完，她越笑，她也越引得我笑，也越引得坡勾提先生更狂喜，更搓腿。

“格米治太太怎么答复那个人的哪，”我笑够了的时候，问。

“你猜怎么着，”坡勾提先生回答我说，“格米治太太本来应该说，‘谢谢你啦，我很感激你，不过我这个岁数啦，不想再往前走啦。’但是她不但没那样说，倒反抄起一个水桶来（那时她身旁刚好放着一个水桶），一下扣在那个厨子的脑袋上，把他弄得直大声吆喝救命！我急忙跑到屋子里，才把他救了。”

坡勾提先生说到这儿，又轰然哈哈大笑起来，我和爱格妮也陪着他笑了一阵。

“不过，我对于这个大好人可得说，”他接着说，同时擦了一擦脸，那时候，我们都笑得连一点劲儿都没有了；“她原先对我说，她到澳大利亚，要怎么样怎么样，到了那儿，她果然就是她说的那样，还不止是那样。喘气的活人里面没有比她更顺条顺理、更忠心耿耿、更一点不留心眼儿净顾干活的，卫少爷。我从来再没听见她说，她孤孤单单的，连一分钟都没听说；即便我们只有那块殖民地当前，我们在那儿人地两生的时候，都没听说，至于想起那个旧人儿来，那也是打从离开了英国，一直没有的事！”

“现在，最后的一位，但却并不是最不重要的一位，米考伯先生哪，”我说。“他在这儿欠的债，都还清了——即便他借特莱得的名义写的手据——你还记得他借特莱得的名义开手据吧，我的亲爱的爱格妮——他也都还清了，因此我们可以理所当然地认为他混得不错。他最近的情况是什么样子哪？”

坡勾提先生微笑着把手放在他的胸兜里，掏出熨熨帖帖地叠着的一个纸包儿，从纸包里小心在意地拿出一张异乎常形的报纸来。

“你要明白，卫少爷，”他说，“因为我们过的日子很好；我们这阵儿不在‘林子’里了，我们一直去到米得培港啦，那儿是一个我们叫做市镇的地方。”

“米考伯先生有一度也住在‘林子’里，离你们不远吗？”我说。

“你说对啦，卫少爷，住在‘林子’里，”坡勾提先生说，“还是一心一意猛干活儿。我从来没见过，一位文墨人儿，那样一心一意猛干活儿的。我看见过，他那个秃脑袋，在太阳地里直冒汗，卫少爷，冒得我后来想，那个脑袋非晒化了不可。这阵儿他做了治安法官啦。”

“治安法官？是吗？”我说。

坡勾提先生把报纸上的一段指给我瞧，我就把那一段高声朗诵起来

(那张报是《米得培港时报》):

昨日在大旅社之大厅中，公宴卓越著闻之殖民同胞及同镇公民、米得培港区治安法官维尔钦·米考伯先生，济济一堂，诚为盛举。与会之人，充庭盈室，摩肩叠背，呼吸为之窒息。据估计，同时入席预宴者，不下四十七人，而过厅中及楼梯上之众不与焉。米得培港全镇逸群之众美、入时之多士、绝尘之诸彦，纷集沓来，以向此才能兼赅、遐迩爱戴、令闻美誉当之无愧之贵宾，恭致敬意。主持宴会者为麦尔博士(米得培港殖民地撒伦文法学校成员)，贵宾坐于其右。台布已撤，《勿归吾辈》圣诗已唱毕[①](圣诗歌声优美，吾人于其中不难辨出天赋歌喉之游艺歌唱家维尔钦·米考伯大少爷金石之音)，通常效忠爱国之祝酒词[②]，各自依次提出并欢乐举行。于是麦尔博士，发表富于情感之演说，随即对吾等之贵宾，祝酒致词，意谓："我等卓越著闻之贵宾、全镇之光荣。苟非为更腾达，即祝其永居吾人中间，而其居吾人中间，即祝其永远逸群绝尘，使无余地可更腾达！"与会之人，闻此祝词，齐声欢呼，其盛况有非语言所能表达者。欢呼之声起而伏，伏而起，如海涛之涌，滚滚不绝。及呼声终于止息，维尔钦·米考伯先生乃起而致谢。此卓越著闻之贵宾所作之答词，丽藻绮语、富艳畅达，远非敝社在才力欠备之情况下所能尽载。略事陈述，示意而已。此答词实伟论之精粹，其中数节，溯及贵宾事业成功之本源，且对听众中之年事较幼者，警之以切勿负无力偿还之债务，以其为礁石，可以覆舟也。其言至感人，即在座诸人中之至坚强者，亦为之坠泪。继此即向下列诸人祝酒：麦尔博士；米考伯夫人(伊在旁门前，文温优雅，鞠躬致谢，其旁则诸粲者，烂若银汉，高踞椅上，以观以饰此赏心悦情之盛况)；次则为瑞捷·白格太太(即前此之米考伯大小姐)；为麦尔太太；为维尔钦·米考伯大少爷(伊诙谐而言，云已不能以言词答谢，故请得以歌唱答谢，此言一出，全场

① 即《旧约·诗篇》第115首，为感谢诗，多用于宴会。
② 即祝酒时，首先对国王，以次及王后、太子及王室亲属提名祝酒。

为之捧腹)；为米考伯太太母家之人(此在祖国，自为人所熟知，故不赘言)，等等等等。祝酒已毕，餐桌移去，其速若神，以备跳舞。舞者欢娱至耀灵[①]示警，始行终止；在献身特浦随考锐神[②]诸人中，以维尔钦·米考伯大少爷及麦尔博士第四女公子、优雅动人、多才多艺之海琳娜小姐，为最引人注目云。

我反回去看前面麦尔博士的名字，想到麦尔先生，从前给米得勒塞治安法官当助教师，为贫所困，现在居然境遇佳胜，我正为之欣喜，这时坡勾提先生又往报上另一个地方指去，于是我在报上看到我自己的名字，因此如下读道：

致著名作家大卫·考坡菲先生

吾之亲爱老友阁下，

多年以前，吾窃有幸，得亲仰瞻眉宇，而今则此眉宇，已为文明世界中大多数人所心慕神追而亲切熟悉矣。

吾亲爱之老友阁下，虽吾人所难制御之情势，使吾与吾幼年之好友，暌违两地，吾不复得亲承謦欬，但吾于其人之高飞远翔，固无时无地不在念中也。且纵

汹涌重洋，砰訇澎湃，使人隔绝，

如彭斯[③]之所云，然不能屏斥吾辈，使之对其人陈于吾辈面前之浓郁华筵，弗得沉浸而咀嚼之也。

以此，吾亲爱之老友阁下，值此吾二人所共钦佩敬仰之人离此处而返国之际，吾不能不引以为良好之时机，为吾个人，并不自揣，为米得培港全体居民，公开向阁下致谢，以答阁下对吾辈优渥之厚赐。

吾之亲爱老友阁下，往矣无息！汝于此地，并非声誉无闻，亦非赏

---

①原文Sol，拉丁文“太阳”，也为罗马人日神。
②古希腊司舞蹈之神。
③彭斯《昔时往日》第15行。

识无人。吾辈虽“远在异域”，但非“举目无亲”，亦非“心怀郁郁”（且吾可赘言），更非“步履迟迟”。[1]吾之亲爱老友阁下，往矣无怠！冲天而起，鹰扬万里可也！米得培港之居民，最低亦可希冀瞩目于阁下之轩翥，以娱其情性，开其茅塞，益其智慧！

在地球此一部分之上，于众目睽睽之远瞩中，将永

有目一双，

在其犹未丧明、

尚能瞻视之日，

属于治安法官

维尔钦·米考伯也。

我把报上别的部分也都大概看了一下，我发现，米考伯先生原来是该报勤劳不懈、甚受重视的通讯员。在那份报纸上，还登了米考伯先生另一封信，谈的是一座桥的问题；还有一份广告，说，米考伯先生所写的同一类型书信集，将于近期重新出版，装订精美，“较前篇幅大增”；同时，那份报的社论，要不是我完全看错了，也是他的手笔。

在坡勾提先生和我们待在一块儿的时候，还有好些晚上，我们都长谈过米考伯先生。他待在英国的时候，始终住在我们家里——这个时期，我想，大概不过一个月——他妹妹和我姨婆，都到伦敦来看望他。他坐船回去的时候，我和爱格妮都到船上去给他送行；我们在这个世界上，永远也不会再有给他送行的那一天了。

在他离去以前，他和我一块到亚摩斯去了一趟，看一下我在教堂墓地里给汉的坟上立的那个小小的碑碣。他要我把碑碣上简单朴质的铭言抄给他，我正抄着的时候，我看到他俯下身去，把坟上的草拔起一丛，把坟上的土抓了一点。

“带给爱弥丽，”他说，一面把草和土揣在怀里。“这是我答应她

---

① 英18世纪文人哥尔斯密的《远游》第1行：“远在异域，举目无亲，心怀郁郁，步履迟迟。”

的，卫少爷。”

第六十四章
最后一次回顾

现在我这部记叙告终了。在我把这卷书合上以前，让我再一次回顾一下——最后一次回顾一下好啦。

我看到我自己，身旁跟着爱格妮，在人生的路途上前进。我看到我们的孩子和我们的朋友，在我们身旁追随回绕。我听到许许多多的喊声，在我仆仆的征途上，并非使我漠不关心。

在这一群电掣星驰飞逝而去的面目中，哪一些最清楚呢？你瞧，在我心里问这个问题的时候，所有的面目，都冲着我来了。

首先是我姨婆，戴着度数更深的老花镜，一个八十还多的老太太了，但是腰板还是挺直的，在冬寒十冷的时候，还能一气走上六英里而脚下稳健。

老跟她在一块儿的，是那个大好人我的老管家坡勾提；她也戴上眼镜了，晚上总喜欢靠着灯光最近的地方做活儿，但是不论多会儿，只要她坐下拿起活儿来，就从来没有不带着那块小蜡头、那个住在小房儿里的码尺，和那个盖儿上画着圣保罗大教堂的针线匣的。

坡勾提的脸腮和胳膊，在我还是婴孩的时候，本来又磁实、又红润，老使我纳闷儿，不明白为什么鸟儿不鸽她而却鸽苹果，现在却干瘪抽皱了；她那双眼睛，本来黑得连脸上眼睛四围都连累得也黑了，现在却暗淡模糊了(不过却仍旧闪烁有光)；但是她那个粗糙的大拇指，我一度认为很像小豆蔻擦床的，却仍旧跟从前一样，而且每逢我看到我那顶小的孩子，脚步不稳地从我姨婆跟前走到她跟前，用手抓她这个大拇指，我就想到我们老家那个小客厅里我还不大会走路那时候的光景。我姨婆那回的失望，也得到纠正了；她现在给一个活生生的贝萃·特洛乌做了教母了，朵萝(这是第二个女孩子)就说，我姨婆把她惯坏了。

坡勾提的口袋里鼓鼓囊囊的。那不是别的，原来是那本讲鳄鱼的书，这会儿未免残破不堪了，有好些篇，都撕下来了，而用线缝上了，但是坡勾提却把这本破书，拿着当珍贵的古玩一样，给那几个孩子瞧。我看到我自己孩童时期的面目，在读鳄鱼故事的时候抬起来看我自己；又看到这本书，因而想起我的旧相识——雪菲尔得的布鲁克；这都使我觉得纳罕。

今年夏天假期中，我看到我的孩子们中间，有一个老人，扎其大无比的风筝，而且在风筝放起来的时候，瞅着风筝在天空飘飖，脸上那个欢乐劲儿，语言无法形容。他以狂欢极乐的态度，冲着我又点头晃脑，又挤眉弄眼，打着喳喳儿告诉我，说，“特洛，我有一句话，你听了一定很高兴，我这阵儿没有别的事儿了，我那个呈文就快完成了，我还得告诉你，你姨婆是世界上顶了不起的女人，先生！”

这位弯腰驼背的老太太是谁哪？只见她拄着个拐棍儿，对我露出一副面貌，上面仍旧影影绰绰地能看出当年那种傲气和秀气，有气无力地跟错乱无序、迷惘无主、烦躁不耐、呆傻不慧的心灵作斗争。她在园子里；她身旁站着一个身材瘦削、皮肤深色、形容枯槁的女人，嘴唇上有一道伤痕留下的白印儿。让我听一下她们都说什么好啦。

“萝莎，这位先生是谁？我怎么想不起来啦。”

萝莎俯下身子，对她喊道，“这是考坡菲先生啊。”

“我见了你很高兴，先生。我看到你穿着丧服，我很替你难过。我希望，时光会对你有所帮助。”

她那位伴她的人，不耐烦地骂她，告诉她，说我并没穿丧服，叫她再好好地看一下，用法子激发她。

“你看见我儿子来着吧，先生？”那位年长的妇人说。“你们俩言归于好啦吗？”

她把眼睛盯在我身上看着我，把手放到前额上，呻吟起来。忽然之间，她用令人可怕的声音喊道，“萝莎，到我这儿来。他死啦！”萝莎跪在她前面，又对她抚摸，又和她争吵；一会儿恶狠狠地对她说，“我爱他比你爱他，不论什么时候都更厉害！”一会儿又安慰她，叫她在她怀里睡觉，好像她跟个有病的小孩一样。就在这种情况下，我离开了她们；就在这种情况下，我永远看到她们；就在这种情况下，她们年复一年消磨掉了她们的时光。

从印度开航回国的是什么船呢？这位英国阔女士，嫁给了一个苏格兰克瑞色[①]，一个年事已长、老咕噜咕噜地发脾气、有两个扇风耳的苏格兰人的，是谁呢？是朱丽叶·米尔吗？

不错，是朱丽叶·米尔，好闹脾气，爱讲排场；有个黑人，给她用金盘子盛来客的名片和寄来的信札；还有一位红铜色的女人，穿着一身麻布，头上束着一条颜色鲜亮的手绢儿，在她的梳妆室里给她开印度式的便饭。但是这阵儿的朱丽叶却不记日记了，也不唱《爱情的挽歌》了；她只永远跟那个老苏格兰克瑞色吵架。那个苏格兰克瑞色就简直跟一个皮毛晒黑了的黄熊[②]一样。朱丽叶在钱堆里滚，钱堆都够到她的嗓子眼儿了，不谈别的，不想别的，净谈钱，净想钱。我倒是喜欢她在撒哈拉大沙漠里呢。

再不就得说，现在就在撒哈拉大沙漠里！因为，虽然朱丽叶有雄壮伟丽的宅子，有有钱有势的宾朋，每天有奢侈豪华的筵席，我却看不到她身旁有青枝绿叶，生长繁茂；她身边没有能开花结果的任何东西。朱丽叶叫做是社交场中的人物，我都见过；这里面有捷克·冒勒顿先生，从他那个专利局里来到这儿，永远瞧不起那个给他找到这个位置的人，老对我说，老博士怎么是一个“宝贝蛋儿老古董”。不过，如果社交场中的人物，都是这种腹内空空的绅士和女士，朱丽叶啊，如果社交场中所培养的人物，都是这种对于一切可使人类进步或是落后的东西，一概漠然视之的，那我认为，我们会在撒哈拉大沙漠里迷而不返，所以我们顶好找到出路，从那里面逃出来啦。

还有博士，永远是我的好朋友，勤劳辛苦地编他那本词典（现在总

---

① 克瑞色：古利地亚国王，以富著。

② 应指肉桂色熊而言，其皮黄褐色。原文 tan，亦黄褐色。“熊”在英语中，以喻行动粗野之人。

算编到字母 D 了），在他的家庭里，和他太太过幸福的生活。还有那个老行伍，现在的身份，没有从前那样威风了，也不像从前那样有势力了！

近几年有一次，我碰到我那亲爱的老特莱得，那时他正在寺殿[①]法学会一套房间里工作，样子挺忙的，他的头发（在头上没秃的地方）比以前更桀骜不驯了，因为戴律师假发永远受到摩擦。他的桌子上，堆着一叠一叠很厚的文件；我四外看了一下，跟他说：

“要是苏菲现在是你的录事，那她的活儿可够累的！”

“你可以这样说，我的亲爱的考坡菲！但是在候奔院那时候过的那种日子，可真叫人开心！是不是？”

“就是那时候，苏菲老跟你说，你要做法官，是不是？不过那时候，这个话还没传遍全城，成为街谈巷议哪！”

“不管怎么样，”特莱得说，“反正如果我有做法官那一天——”

“哟，你将来总有那一天的，你还不知道？”

“呃，我的亲爱的考坡菲，要是我真有那一天，那我一定把这个话传一传，我不是原先就说过，说我要把这个话传一传吗？”

我们俩胳膊挽着胳膊，一块儿走去。我正和特莱得到他家里去赴宴。原来那一天是苏菲的生日；在路上，特莱得对我讲了一气他怎样有福气，怎样过得畅意。

“我真得说，我的亲爱的考坡菲，凡是我心里最想做的事都做到了。你瞧，这不是霍锐斯法师吗，提升了，一年能拿四百五十镑。我们那两个大男孩子，上了顶好的学校，在学校里成绩优良，品行优等。他们那几个女孩子，有三个结了婚了，都嫁的是富足的人家；还有三个，跟我们住在一块儿；剩下的那三个，自从克鲁勒太太故去了以后，给霍锐斯法师管理家务，她们都很快活如意。”

“只有——”我提了个头儿，说。

“只有大美人儿不快活，”特莱得说。“不错。她嫁了那样一个流

---

①所谓“寺殿”，指中寺或内寺法学会而言。

氓，真不幸。不过当年他有一股子花哨、俏皮劲儿，把她给迷住了。不过，不管怎么样，现在我们既然把她稳稳当当地弄到我们家里来了，和那个男的脱离了，那我们总得想法子让她再高兴起来才成。”

特莱得的房子，就是他和苏菲老在晚上散步的时候分派的房子——或者说，即便不是，也很容易地可以是。那是一所大房子；但是特莱得却不得不把他的公文放在梳妆室里，把他的靴子和公文放在一块儿；他和苏菲都得挤在顶层房间里，因为他们得把最好的房间让出来给大美人儿和其余那几个姑娘住。那所房子里老没有空闲屋子，因为不定由于有什么事儿，这个那个的，在那儿住着的女孩子——还是永远在那儿住着的——老比我能数得出来的多。就是这一回，我们进了那所房子的时候，我就看到她们一群，全在那儿，听见特莱得回来了，都跑到门口，把特莱得推来搡去，一个一个地吻他，一直把他又推又吻，都弄得喘不上气儿来了。在这儿，永久定居的是那位可怜的大美人儿，一个跟丈夫脱离关系的女人，带着一个小女孩儿；在这儿，苏菲过生日的席上，有那三个结了婚的女孩子，各自带着各自的丈夫，也是三个，还有一个丈夫的弟弟，还有另一个丈夫的堂弟，还有另一个丈夫的妹妹，这个妹妹好像跟那个堂弟订了婚了。特莱得完全是向来一直那样淳朴老实、毫无做作，坐在那张大桌子的末位上，像一个家长一样，苏菲就坐在主位上，冲着特莱得，满脸笑容，满面春风，他们中间那一张桌子两旁，坐着高高兴兴的客人，桌子上闪烁的，当然绝不会是不列颠金餐具。

现在，我本来还想再流连下去，但是我却把这种感情压伏了，我结束了我这个工作了，那时候，这些面目都慢慢消失了。但是，有一个面目，像天上的发光体一样，在我上面照耀，就是有了这个发光体，我才能看到所有别的人和物，这个面目高出所有的面目之上，超出所有的面目之外。这个面目留在那儿，永不消失。

我转过脸去，看到这个面目，美丽而恬静，在我的身旁。我的灯光焰低微了，我写到深夜；但是那个亲爱的人——没有她，我就不成其为我——却在我身旁陪伴着我。

1104

哦，爱格妮呀，哦，我的灵魂啊，我只求，在我的生命告终的时候，你的面目守在我身旁；我只求，在我现在所遣去的一切现实，都像阴影一样，从我身旁分解消灭的时候，我仍旧看到你，在我跟前，往上指着。

译文名著精选书目

傲慢与偏见	〔英〕简·奥斯丁 著 王科一 译
简·爱	〔英〕夏洛蒂·勃朗特 著 祝庆英 译
基督山伯爵	〔法〕大仲马 著 韩沪麟 周克希 译
少年维特的烦恼	〔德〕歌德 著 侯浚吉 译
茶花女	〔法〕小仲马 著 王振孙 译
呼啸山庄	〔英〕艾米莉·勃朗特 著 方平 译
悲惨世界	〔法〕雨果 著 郑克鲁 译
堂吉诃德	〔西班牙〕塞万提斯 著 张广森 译
红与黑	〔法〕司汤达 著 郝运 译
雾都孤儿	〔英〕狄更斯 著 荣如德 译
欧叶妮·葛朗台／高老头	〔法〕巴尔扎克 著 王振孙 译
莎士比亚四大悲剧	〔英〕莎士比亚 著 孙大雨 译
泰戈尔抒情诗选	〔印〕泰戈尔 著 吴岩 译
乱世佳人	〔美〕玛格丽特·米切尔 著 陈良廷等 译
鲁滨孙历险记	〔英〕笛福 著 黄杲炘 译
安娜·卡列尼娜	〔俄〕列夫·托尔斯泰 著 高惠群等 译
十日谈	〔意〕薄伽丘 著 方平 王科一 译
福尔摩斯探案精选	〔英〕柯南·道尔 著 梅绍武 屠珍 译
老人与海	〔美〕海明威 著 吴劳等 译
漂亮朋友	〔法〕莫泊桑 著 王振孙 译
巴黎圣母院	〔法〕雨果 著 管震湖 译
双城记	〔英〕狄更斯 著 张玲 张扬 译
最后一片叶子	〔美〕欧·亨利 著 黄源深 译
瓦尔登湖	〔美〕梭罗 著 徐迟 译
一九八四	〔英〕奥威尔 著 董乐山 译
复活	〔俄〕列夫·托尔斯泰 著 安东 南风 译
三个火枪手	〔法〕大仲马 著 郝运 王振孙 译
苔丝	〔英〕哈代 著 郑大民 译
变色龙	〔俄〕契诃夫 著 汝龙 译
钢铁是怎样炼成的	〔俄〕奥斯特洛夫斯基 著 王志冲 译
浮士德	〔德〕歌德 著 钱春绮 译
太阳照常升起	〔美〕海明威 著 赵静男 译
莎士比亚喜剧五种	〔英〕莎士比亚 著 方平 译
理智与情感	〔英〕简·奥斯丁 著 武崇汉 译
罪与罚	〔俄〕陀思妥耶夫斯基 著 岳麟 译
羊脂球	〔法〕莫泊桑 著 郝运 王振孙 译
鼠疫	〔法〕加缪 著 刘方 译
青年艺术家画像	〔爱尔兰〕乔伊斯 著 朱世达 译

我是猫	〔日〕夏目漱石 著 刘振瀛 译
神曲	〔意〕但丁 著 朱维基 译
红字	〔美〕霍桑 著 苏福忠 译
到灯塔去	〔英〕弗吉尼亚·伍尔夫 著 瞿世镜 译
格列佛游记	〔英〕斯威夫特 著 孙予 译
大卫·考坡菲	〔英〕狄更斯 著 张谷若 译
道连·葛雷的画像	〔英〕王尔德 著 荣如德 译
童年/在人间/我的大学	〔俄〕高尔基 著 高惠群等 译
城堡	〔德〕卡夫卡 著 赵蓉恒 译
汤姆·索亚历险记	〔美〕马克·吐温 著 张建平 译
九三年	〔法〕雨果 著 叶尊 译
铁皮鼓	〔德〕格拉斯 著 胡其鼎 译
卡拉马佐夫兄弟	〔俄〕陀思妥耶夫斯基 著 荣如德 译
远大前程	〔英〕狄更斯 著 王科一 译
马丁·伊登	〔美〕杰克·伦敦 著 吴劳 译
名利场	〔英〕萨克雷 著 荣如德 译
嘉莉妹妹	〔美〕德莱塞 著 裘柱常 译
细雪	〔日〕谷崎润一郎 著 储元熹 译
哈克贝里·芬历险记	〔美〕马克·吐温 著 张万里 译
儿子与情人	〔英〕劳伦斯 著 张禹九 译
野性的呼唤	〔美〕杰克·伦敦 著 刘荣跃 译
牛虻	〔英〕伏尼契 著 蔡慧 译
包法利夫人	〔法〕福楼拜 著 周克希 译
达洛卫夫人	〔英〕弗吉尼亚·伍尔夫 著 孙梁 苏美 译
永别了，武器	〔美〕海明威 著 林疑今 译
喧哗与骚动	〔美〕福克纳 著 李文俊 译
猎人笔记	〔俄〕屠格涅夫 著 冯春 译
圣经故事	〔美〕阿瑟·马克斯威尔 著 杨佑方等 译
希腊神话	〔俄〕库恩 编著 朱志顺 译
格林童话	〔德〕格林兄弟 著 施种等 译
月亮和六便士	〔英〕毛姆 著 傅惟慈 译
失乐园	〔英〕弥尔顿 著 刘捷 译
海底两万里	〔法〕儒勒·凡尔纳 著 杨松河 译
丧钟为谁而鸣	〔美〕海明威 著 程中瑞 译
安徒生童话	〔丹麦〕安徒生 著 任溶溶 译
了不起的盖茨比	〔美〕菲茨杰拉德 著 巫宁坤等 译
虹	〔英〕劳伦斯 著 黄雨石 译
摩格街谋杀案	〔美〕爱伦·坡 著 张冲 张琼 译
坎特伯雷故事	〔英〕乔叟 著 黄杲炘 译
战争与和平	〔俄〕列夫·托尔斯泰 著 娄自良 译
八十天环游地球	〔法〕儒勒·凡尔纳 著 任倬群 译
人生的枷锁	〔英〕毛姆 著 张柏然 张增健 倪俊 译